बाबल तेरा देस में

(उपन्यास)

बाबल तेरा देस में

(उपन्यास)

बाबल तेरा देस में

भगवानदास मोरवाल

राजकमल प्रकाशन

ISBN : 978-81-267-0886-4

मूल्य : ₹ 995

पहला संस्करण : 2004
तीसरा संस्करण : 2024

प्रकाशक : राजकमल प्रकाशन प्रा.लि.
1-बी, नेताजी सुभाष मार्ग, दरियागंज
नई दिल्ली-110 002
शाखाएँ : अशोक राजपथ, साइंस कॉलेज के सामने, पटना-800 006
पहली मंजिल, दरबारी बिल्डिंग, महात्मा गांधी मार्ग, प्रयागराज-211 001
1, अनमोल सोराबजी संतुक लेन, धोबी तलाव, मरीन लाइंस, मुम्बई-400 002
वेबसाइट : www.rajkamalprakashan.com
ई-मेल : info@rajkamalprakashan.com

मुद्रक : बी.के. ऑफसेट
नवीन शाहदरा, दिल्ली-110 032

BABAL TERA DES MEIN
Novel by Bhagwan Dass Morwal

पुरुष स्त्रियों के स्वामी हैं। जो नेक स्त्रियाँ होती हैं, वे आज्ञाकारी और अपने 'रहस्यों' की रक्षा करनेवाली होती हैं। जिन स्त्रियों से विद्रोही होने का भय हो—उन्हें समझाओ, उन्हें अपने बिस्तरों से दूर रखो और उन्हें कुछ सज़ा दो।

—क़ुरआन 4:5:34

यथाखरो मघवंश्चारुरेष प्रियो मृगाणां सुषदा बभूव।
एवा भगस्य जुष्टेयमस्तु नारी, संप्रिया पत्याऽविराधयन्ती॥

—अथर्ववेद 2:36:4

(जिस तरह वन्य-जीवों तक को शान्त वातावरण प्रिय होता है, उसी तरह परिवार को सुखमय बनाने के लिए स्त्री को चाहिए कि वह पति से विरोध या कलह न करे, अपितु उसके अनुकूल रहकर उसकी प्रियता प्राप्त कर अपने ऐश्वर्य की वृद्धि करे।)

बाबल तेरा देस में, एक बेटी एक बैल।
हाथ पकड़के दीनी जामें, परदेसी के गैल॥

—सादल्ला, मेवाती जनकवि

ठोकर खाकर गिरते-गिरते बची असग़री।

"हीरा का बाप, जुलम होगा...मैं तो दिन-धुप्परयाई में लुटगी !" फत्तू की माँ असग़री बदहवास-सी दौड़ी-दौड़ी धनसिंह के पास आई और हाँफने के साथ-साथ रुआँसी होती हुई बोली।

"कुछ हुओ भी ?" खाट पर बैठते हुए धनसिंह ने तसल्ली बँधाते हुए कहा।

"अरे अल्लाऽऽऽ बरबाद होगी...ढेड ने कहीं की ना छोड़ी मैं तोऽऽऽ !"

"हेत्तेरे की, लुटगी...बरबाद होगी बस यही गाती रहेगी या कुछ बोलेगी भी ?"

"हीरा का बाप, कहा बोलूँ, मैं तो हरामी ने तली में बिठा दी। कुछ भी ना छोड़ो !"

"तू अपनी ऐसी-तैसी करा ! या तो पहले रो ले, या फिर बता ले !" धनसिंह पहले तो झुँझला उठा किन्तु कुछ ही क्षणों के बाद शान्त होते हुए बोला, "असगरी, घबराणा सू काम ना चलोगे। ठंडा मन सू बता, आखिर बात है कहा ?"

"हीरा का बाप, सारा घर ए सकेर के लेगो फत्तू। मेरी जितनी भी चीज-बसत ही सबन्ने बाँधके लेगो। तीन पा की हँसली, आध सेर की कड़ी, पावभर की नेवरी, छण और अठन्नीभर को ढोलना।"

"हूँऽऽऽ ई तो होनी ही एक दिन।" धनसिंह ने पहले लम्बा हुंकारा भरा और कुछ पल सोचने के बाद हीरा को आवाज़ देते हुए बुलाया।

बाप का हेला सुनते ही हीरा तुरन्त आ गया।

"हीरा, नसीब खाँ और जैतूनी ए बुलाके ला !" हीरा को आदेश देते हुए कहा धनसिंह ने।

"यासू तो ई होतेई मर जातो...ऐसा कपूत सू तो मैं निपूती ही भली...कहीं की ना छोड़ीऽऽऽ!" भरभराकर रो पड़ी इस बार असग़री।

"असगरी, सबर सू काम ले। कोई-न-कोई रस्ता जरूर निकलेगो।" तसल्ली देते हुए धनसिंह बोला।

जब तक हीरा नसीब ख़ाँ और ज़ैतूनी को ढूँढ़कर लाता, तब तक पूरे मोहल्ले में यह ख़बर सरकंडे के फुनगे में लगी आग की तरह फैल गई कि फत्तू अपनी बेवा माँ को सचमुच तली में बिठाकर नौ दो-ग्यारह हो गया। जिसने भी सुना उसी ने फत्तू को खूब लानत-मलामत दी कि एक तो घर पर वैसे ही छान नहीं है, ऊपर से कपूत बेटा पूरे घर को झाड़-पोंछकर ले गया। परिणामस्वरूप हुआ यह कि जो फत्तू पूरे मोहल्ले

को बेहद चाल-चलनवाला और अल्लाह की गाय नज़र आता था, वही अव्वल दर्ज़े का छाकटा दिखाई देने लगा। जिस फत्तू में मजाल है, आज से पहले किसी को कोई बाँक तो दीखा हो, उसी फत्तू में दुनियाभर के खोट और ऐब नज़र आने लगे, और जिस फत्तू को पूरे मोहल्ले से लेकर आसपास की बहन-बेटियाँ 'बीरा' कहते हुए नहीं अघाती थीं, उन्हीं की निगाह में वह अचानक रावण और कंस बन गया।

असग़री ने तो उसी समय धनसिंह के भरे बँगले में यह तक घोषणा कर डाली कि आज से न तो मैं उसकी माँ हूँ, और न ही फत्तू उसका बेटा। आज के बाद चाहे वह किसी कुएँ में गिरे या पोखर में, चूल्हे में जाए या भाड़ में।

असग़री की इस घोषणा से चाहे और किसी के कलेजे में ठंडक पड़ी हो या नहीं किन्तु उन्होंने बेहद सुकून महसूस किया, जिनकी बहन-बेटियाँ ब-क़ौल सादल्ला नागर बेल की तरह बढ़ी जा रही हैं। मगर दूसरी ओर उन्हें ज़रूर थोड़ा-सा दुःख हुआ, जिन जर्जर और बूढ़ी काठियों के यहाँ सहारे के नाम पर एकाध फत्तू बचे हुए हैं। इन काठियों का तो यही सोच-सोचकर हलक़ सूखा जा रहा है कि अगर उनके फत्तुओं ने भी यही करतब कर दिखाया तब..?

देखते ही देखते धनसिंह का बँगला आनेवालों से पटता चला गया। जो भी आता वही तफ़सील से घटना की पूरी जानकारी लेता और असग़री के प्रति सहानुभूति के चन्द शब्द अर्पित कर, फत्तू के इस निरर्थक मनुष्य-जीवन में धूल डालकर चलता बनता। थोड़ी ही देर में हालत यह हो गई कि आने-जानेवालों को एक-सा जवाब देते-देते असग़री की ज़ुबान लड़खड़ाने लगी। नौबत यहाँ तक आ पहुँची कि आगे के शब्द पीछे और पीछे के शब्द आगे होने लगे। अन्ततः असग़री जब जवाब देते-देते आजिज़ आ गई, तब उसने ऐसी मुद्रा अपना ली कि पूछनेवालों ने उससे न पूछने में ही बेहतरी समझी।

असग़री द्वारा बताई गई ज़ेवरों की सूची को सुनकर कइयों का तो माथा ठनका कि इस बेवा ने इतना सब आख़िर मार कहाँ से लिया ? कुछ ने सिर्फ़ 'अरे रे रे...' कहकर पिंड छुड़ा लिया। कुछ को रह-रहकर सचमुच असग़री पर तरस आने लगा, तो कुछ ने मन ही मन उसे यह कहते हुए धिक्कारा कि ले और कर ले इस कलजुग में अपने जिगर के टुकड़े पर भरोसा।

नसीब ख़ाँ ने दूर से ही धनसिंह के बँगले पर जमा ठट्टे को देख लिया। उसे पूरा यक़ीन हो गया कि वाक़ई हीरा ने जो क़िस्सा उसे सुनाया है, उसमें रत्तीभर भी झूठ नहीं है।

नसीब ख़ाँ और ज़ैतूनी के आते ही भीड़ ऐसे छँट गई जैसे पानी से काई। उन्हें देखते ही असग़री की आँखों में रुका हुआ बाँध एक बार फिर ढह गया। जब तक धनसिंह नसीब ख़ाँ और ज़ैतूनी को विस्तार से पूरी बात बताता, असग़री मुँह पर पल्लू डाले फत्तू की बजाय स्वयं को कोसती रही।

बीच-बीच में असग़री गहरा साँस लेते हुए मुँह पर ढके पल्लू से अविरल बहते आँसुओं को पोंछ लेती। कभी दाएँ हाथ के अँगूठे और तर्जनी के पोरों के बीच नाक

को कसकर दबाती और सिनकते हुए उसी पल्लू से अन्दर ही अन्दर पोंछ लेती। आँसुओं और बार-बार नाक पोंछने के कारण मुँह पर पड़े पल्लू का एक हिस्सा पूरी तरह गीला हो गया। वहाँ खड़े लोगों की नज़र जब-जब असग़री की इस क्रिया पर पड़ती, तब-तब कुछेक का जी इस तरह मितलाने लगता कि सारी सहानुभूति इस लिजलिजेपन में बदल जाती। न तो यह फत्तू को इतना ढील देती और न यह नौबत आती।

देर तक धनसिंह के बँगले में पूरे मोहल्ले के बीच यह मन्त्रणा होती रही कि आख़िर कैसे इस अज़ाब से असग़री को मुक्ति दिलाई जाए।

आख़िर जिन लोगों को उम्मीद की कोई किरन नज़र नहीं आई और जिन्हें अपनी घर-गृहस्थी के दीगर काम निपटाने थे, वे झूठी-सच्ची तसल्ली देकर चले गए। जो पूरी तरह निठल्ले थे तथा जिनके लिए ऐसे अवसर और घटनाएँ महज मनोरंजन व समय काटने का माध्यम थीं, वे वहीं जमे रहे।

'असगरी, तेरी फत्तू सू 'कोई कहासुनी तो ना हुई ही ?'' नसीब ख़ाँ ने पहली बार पूछा।

''रईसन का बाप, ना।''

''वानै ही कोई ऐसी-वैसी बात कह दी होए ?'' इस बार ज़ैतूनी ने पूछा।

''ना, ऐसी भी कोई बात ना हुई।'' असग़री ने पुनः किसी सम्भावना से मना करते हुए कहा।

''कोईऽऽऽ कहासुनी भी ना हुई, वानै कोई ऐरी-वैसी भी बात ना कही, तो फिर ऐसी कौन-सी बात हो सके है !'' नसीब ख़ाँ ने धनसिंह, ज़ैतूनी और असग़री समेत पूरे बँगले को सुनाते हुए और किसी अन्य सम्भावना को तलाशते हुए ख़ुद से कहा।

''नसीब खाँ, मेरा ख्याल सू एक ही बात हो सके है !'' धनसिंह ने अंदाज़ा लगाते हुए कहा।

''कौन-सी ?''

''यही, के ई राँड वाहे काई लूली-लँगड़ी सू ही बींध देती तो आज ई नौबत ना आती।''

''यार धनसिंह, जो होगी सो होगी...अब आगे की सोचो।'' कुछ पल सोचने के बाद नसीब ख़ाँ स्वयं ही बोला, ''अन्यायी, ऐसे ना करें, पहले याकी नाते-रिश्तेदारीन् में पतो करवा लेएँ।''

''पर एक बात है जो आदमी सारा घर ए पोंछके लेगो, ऊ ऐसी जगह क्यों जाएगो ?''

''तो फिर कहाँ गयो होएगो ?'' नसीब ख़ाँ ने ज़ैतूनी के प्रश्न पर उसके साथ-साथ पूरे बँगले को सुनाते हुए कहा।

''नसीब खाँ, अब तो बस फत्तू की आना की बाट देखो। आना पे ही पतो चलेगो के ई कहा रोग है।'' अन्ततः धनसिंह ने सब नियति पर छोड़ दिया।

"रईसन का बाप, अब मैं कहा करूँऽऽऽ ?" असग़री गुहार करती हुई बोली।

"करे कहा ! राँड अब तू अपणा या रँडापा ए कोस। तोसू कितनी बर कही ही के याके नकेल घाल-घूलके अलग हट, पर तैने सुनी होए जब न...अब भुगत !" नसीब ख़ाँ के बजाय ज़ैतूनी असग़री पर इस तरह झल्लाई कि इसमें ग़ुस्सा कम, उसके प्रति सहानुभूति का गीलापन अधिक था।

असग़री कुछ नहीं बोली। बस, पल्लू के भीतर बहते हुए आँसुओं को पोंछती रही। धनसिंह जो स्वयं किसी निष्कर्ष पर पहुँचने की कोशिश में चुप बैठा था, ज़ैतूनी के वाक्य के अन्तिम शब्द पड़ गए थे उसके कानों में।

"जैतूनी, असगरी तो वाके खूब नकेल घाल देती, पर गाँठ में टका भी तो होएँ। अरे, दिन कट रा हैं यही कम है।" धनसिंह ने असग़री को जैसे गहरे पानी में उतरने से बचा लिया।

"ई भी तू सही कह रो है। बिचारी ने भरी उमर में माँग-माँगके अपनो आपो अच्छी-बुरी नजरन् सू बचाके ऊ इतनो बड़ो कर दियो, यही कम है। अन्यायी, जभी तो कोई सायर ने कही है के *कुआँ काँकर मत डिगे, मत बासन डिगे अभाय (आवाँ)/मत गोरी को पी मरे, मत बालक की माँय*।" नसीब ख़ाँ धनसिंह के तर्क का समर्थन करते हुए बोला।

"रईसन का बाप, छाती तो मेरी भी फट-फट जावे है बहू-पोतान् के बिना पर मैं राँड कहाँ तलक माँग-माँगके लाऊँ। एकाध कूढ़ बाड़ी-बिसवा भी ना हैं जिन्ने काई बणिया-बामण के पै (पास) गिरवी धरके ब्याज-बट्टा पे पैसा-धैला उठा लेती और याहे कहीं लपेट देती।" असग़री ने थोड़े-से शब्दों में अपने रीतेपन की व्यथा उलीच दी।

"तो याको मतलब ई हुओ के जिनके पै बाड़ी-बिसवा ना हैं, वे ना कर रा हैं गुजारो। बावली, नाई को पूत तो काई रूख में चोबा गाड़के एक टूटो-फूटो सीसा ही लटका लेए न, तो साल-छह महीना में नोटन् की धाँग लगा देए।"

"मैंने तो बहोत कह ली जैतूनी पर मेरी मानी होए जब न।"

"फिर तो याको इलाज हकीम लुकमान के पै (पास) भी ना है। बहाण, बिना चून तो रोटी थिपना सू रही। जब कुछ करेगो ही ना, तो कहाँ सू आएगो।"

"वा जेवर ए ही बेच-बूच देती। तोहे कौन-सी बहली[1] जोड़नी ही।" धनसिंह झल्लाते हुए बोला।

"बेच तो देती हीरा का बाप, पर उनका बेचना सू बिहा थोड़ेई होतो। गरीबन् लू तो आना-दो आना उधार भी ना मिले हैं।"

असग़री के इस तर्क से धनसिंह तो धनसिंह, ज़ैतूनी और नसीब ख़ाँ भी निरुत्तर हो गए। पूरे बँगले में सन्नाटा बिछ गया। सब एक-एक कर वहाँ से उठकर चल दिए। सारा बँगला खाली हो गया, सिवाय चिन्तामग्न नसीब ख़ाँ, ज़ैतूनी, धनसिंह और दोनों

---

1. बहली : एक प्रकार की बैलगाड़ी।

हाथों से सिर को थामे लम्बी-लम्बी साँसें लेती असग़री के।

सारी आशाओं, सारी सम्भावनाओं के छोरों पर मानो मोटी-मोटी गाँठें लग गईं। धनसिंह और नसीब ख़ाँ के जीवनानुभवों से निकलनेवाले समाधानों के सारे स्रोत सूख गए।

हारकर, इस सन्नाटे को बींधते हुए असग़री घुटनों पर हाथ रखकर खड़ी हुई और यह कहते हुए जाने लगी, ''अरे अल्लाऽऽऽ ! ऐसी जिन्दगानी सू तो मौत ही भली।''

''असगरी, हिम्मत सू काम ले और खुदा पे भरोसा राख। ऐसे मन का हारना सू काम ना चलेगो।'' अपनत्व से भीगे शब्दों से नसीब ख़ाँ असग़री को ढाँढ़स बँधाते हुए बोला।

''रईसन का बाप, खुदा पे तो भरोसा है ही, पर तम भी या बेवा पे मेहरबानी रखियो। मेरा लूगड़ा (बड़ा दुपट्टा) की लाज अब तिहारे ही हाथ में है।'' हिलकियाँ बँधती चली गईं असग़री की इस बार।

''असगरी, बावली होगी है ! तैने ई कैसे सोच ली के हम तोसू (तुझसे) अलग हैं। घबराए मत, लीली छतरीवालो सब ठीक कर देएगो।''

''जैतूनी ठीक कह री है...और फिर जेवर-गहणा तो हाथ को मैल है। अरी, जिन्दगी बणी रही तो और बन जांगा। उनके पीछे अब कोई मरो तो जावे ना है।'' धनसिंह ने हिम्मत बँधाते हुए कहा असग़री से।

नसीब ख़ाँ, ज़ैतूनी और धनसिंह असग़री को जाते हुए तब तक देखते रहे, जब तक वह आगे जाकर अपने घर की ओर जानेवाली गली में नहीं मुड़ गई। थोड़ी देर बैठकर ज़ैतूनी और नसीब ख़ाँ भी उठकर चले आए।

फत्तू को जो कुछ ले जाना था, वह ले गया लेकिन असग़री इसके बाद जैसे बौरा गई। एक तो बेवा ऊपर से बेटे की यह करतूत। कुदरत की इस दोहरी मार से असग़री पूरी तरह टूट गई। महीने भर में ताँबई जिस्म जंग लगा लोहा-सा हो गया।

इस बीच सारे नाते-रिश्तेदारों में ख़बर भिजवा दी, किन्तु फत्तू का कुछ पता नहीं चला। पता नहीं धरती निगल गई या फिर आसमान खा गया। धनसिंह और नसीब ख़ाँ ने अपनी करनी में कोई कसर नहीं छोड़ी लेकिन असफलता ने भी जैसे क़सम खा ली। हारकर वे दोनों भी चुप लगाकर बैठ गए।

दिन हफ़्तों में और हफ़्ते महीनों में बदलने लगे। असग़री ने भी अब उम्मीद छोड़ दी। हालाँकि बेटा तो अभी भी वापस आ सकता है परन्तु गहनों के बारे में सोचना सिवाय मन को तसल्ली देने के कुछ नहीं है।

एक दिन नसीब ख़ाँ, ज़ैतूनी और धनसिंह ने असग़री को बुलाकर समझा भी दिया।

''असगरी, रोज (मातम) मनाना सू अब कोई फायदो ना है। अब तो ऊपरवाला के सहारे छोड़ दे। बसकी होए तो पाँच-सात रुपिया की मेहनत-मजूरी कर लेए कर,

नहीं सात-आठ घर पकड़ ले और उनको छोटो-मोटो टहला कर देए कर। अरे, इकलो पेट है जैसे-तैसे भर ही जाएगो।'' शुरुआत नसीब ख़ाँ ने ही की।

''और फिर हम भी तो हैं। तू कोई चौड़ा में थोड़ी बैठी है।'' इतना कहकर धनसिंह ने लम्बा कश खींचा।

असग़री के पास वैसे इसके अलावा कोई रास्ता था भी नहीं। जिस्म में इतनी ताक़त तो अभी है कि मेहनत-मजदूरी करके अपना पेट पाल ही सकती है। जो हो चुका उसे भुलाना बेहतर है। जिसे उसकी चिन्ता नहीं, वह भला उसकी चिन्ता क्यों करे। यही सोचकर असग़री ने मन को एकदम पत्थर बनाया और ज़िन्दगी की बाकी बची दौड़ में शामिल हो गई।

●●

पूरे मोहल्ले की नज़रों में असग़री ने फत्तू को मन से भुला दिया। सबने यह मान लिया कि असग़री के हिए में किसी तरह का पुत्र-मोह अब नहीं बचा है। ममता के दरख़्त से पुत्र-मोह के सारे पत्ते ज़र्द होकर झड़ चुके हैं। परन्तु अपने आपमें वह भीतर ही भीतर किस तरह टूटकर बिखरती रहती है इसका अंदाज़ा कोई नहीं लगा पाता। किसी को कानों-कान भनक तक नहीं लग पाती कि जिस दरख़्त को वे सूखा हुआ मान चुके हैं, उसके भीतर का हरापन अभी पूरी तरह सूखा नहीं है। मरे हुए का तो फिर भी सब्र कर लिया जाए किन्तु जो अभी इस दुनिया में है, उसका कैसे सब्र कर लिया जाए। एकान्त पाते ही असग़री कटे हुए पेड़ की भाँति, निढाल हो खाट की पाटी पर सिर रखकर किस क़दर रोती रहती है, किसे पता। मजाल है उसी के भीत-पाखों को उसकी आहट तो मिल जाए। असग़री बेशक मोहल्ले की नज़रों में फत्तू को भुला चुकी है लेकिन अन्तर्मन में छपे हुए रेखाचित्रों को वह कैसे मिटाए ? रह-रहकर अतीत की परछाइयाँ वर्तमान से आकर तो बतियाती ही हैं।

समय कितनी तेज़ी-से असग़री को छूता हुआ दौड़ता रहा, उसे इसका बिल्कुल भी भान नहीं था। उस दिन भी नहीं होता यदि रईसन की माँ ज़ैतूनी अस्र की अज़ान के समय गिरती-पड़ती ना आती और उसे आकर ना बताती। बायने से भीतर घुसते वक़्त ज़ैतूनी चौखट की ठोकर खाकर गिरते-गिरते बची।

''असगरीऽऽ, ओ असगरी...निगोड़ी कहाँ धसी पड़ी है !''

असग़री ने अपने नाम की आवाज़ सुनी तो ओसारे से ही बोली, ''आ जा, महरी पका री हूँ।''

''तेरी टाँट में लकड़ी, महरी-वहरी ए छोड़, पहले बाहर आके देख !'' हाँफते हुए बोली ज़ैतूनी।

''कहा धरो है बाहर जाए दिखाण ले जा री है ?'' अन्यमनस्कता से पूछा असग़री ने।

''धरो है तेरो...मेरी जुबान ए कीं (क्यों) काली कराए है। खड़ी हो, बाखली पका

ले फटाफट।'' ज़ैतूनी रहस्य को गहराती हुई बोली।

''जैतूनी, बहाण तू भी कर ले मजाक।''

''मेरी सौक, मजाक ना कर री हूँ...देख, तेरो फत्तू आगो है।'' अन्ततः ज़ैतूनी ने रहस्य से वरक़ हटा ही दिया।

सुनते ही कुछ क्षणों के लिए मानो समय वहीं ठिठक गया। देह जैसे सुन्न होने लगी उसकी।

फत्तू के आने की ख़बर सुनकर थोड़ी देर के लिए तो असग़री को यक़ीन ही नहीं हुआ। किन्तु अगले ही पल लगा जैसे उसका कलेजा उछलकर बाहर आ जाएगा। फिर भी किसी तरह की आतुरता दिखाए बिना, उदासीन होने की मुद्रा अपनाते हुए बोली, ''आगो होएगो चोदो ! मैंने तो वाही दिन सबर कर लियो, जा दिन ऊ या घर सू उधड़ के गयो हो।''

''पर धसड़ी, ऊ इकलो ना है, साथ में नौसी भी है।''

''होएगी कोई नौसी-वौसी, मोहे कहा।'' असग़री कहने को तो कह गई परन्तु मारे ख़ुशी के उसके होंठ काँपने लगे।

''निगोड़ी, तू माँ है के वाकी बैरन है ! बहाण तैने तो धरती फाड़ दी...कदी (कभी) कह री है मैंने सबर कर लियो और कदी कह री है मोहे कहा। वा बहाण वा ! रंडी, मेरी जैसी माँ होती न तो अब तलक बेटा-बहू की खुसी में पूरा मुहल्ला में लड्डू बँटवा देती और एक तू है...।'' ज़ैतूनी एक ही साँस में कह गई बहुत कुछ।

असग़री को इसी नैतिक साहस की तो ज़रूरत थी। फिर क्या था असग़री ने चूल्हे पर चढ़ी महरी की हँडिया वहीं छोड़ी और खड़ी होकर ज़ैतूनी से लिपट गई, ''जै...जैतूनी, तू कहा समझ री ही मैंने सच्ची में फत्तू कू सबर कर लियो हो !''

''असगरी, मेरी बहाण दुनिया तो बावली है। जीते-जी कहीं ऐसे सबर करो जावे है। मैं सब समझ री हूँ। चल छोड़, अब बहू ए भीतर लिवा ला।'' ज़ैतूनी भी नहीं रोक पाई इस बार अपने आपको।

एक रिक्शे को मोहल्ले के स्त्री और बच्चों से घिरा देख असग़री के अन्तस में तेज़-तेज़ हिलोरें उठने लगीं। रिक्शे से दूर खड़ा फत्तू मारे अपराध-बोध के नज़रें नीची कर, न जाने किस गहरी सोच में डूबा हुआ है। इसी बीच औरतों ने मोहल्ले में प्रवेश करनेवाले इस नए चेहरे को ससम्मान रिक्शे से नीचे उतार लिया। भूल गईं सब कि कुछ दिन पहले इसी मोहल्ले ने इसी फत्तू के बारे में पीठ-पीछे क्या-क्या नहीं कहा। हल्के-हल्के क़दमों से बढ़ते हुए फत्तू की निगाह माँ से टकराई, तो सिर्फ़ 'माई सलाम !' कहकर उसने फिर निगाह नीची कर ली।

बेटे से निगाह मिलते ही असग़री पुरानी दीवार की मानिन्द भरभराकर ढह गई।

फत्तू ने लपककर माँ को सहारा दिया और उसे बाँहों के घेरे में ले लिया।

''असगरी, बावली मत हो ! ऐसी घड़ी में रोवाराट (रोना-धोना) अच्छो ना लगे है।'' भर आई आँखों को पोंछते हुए ज़ैतूनी उसे लगभग डाँटते हुए बोली।

ज़ैतूनी ने सही कहा है। यह समय अतीत को कुरेदकर दुःखी होने का नहीं बल्कि वर्तमान का स्वागत कर, उससे अठखेलियाँ करने का है। असग़री ने आँसुओं को पोंछा और बहू को सहारा देते हुए अन्दर लिवा लाई।

जिस तेज़ी के साथ फत्तू के ग़ायब होने की ख़बर फैली थी, उसी तेज़ी-से यह ख़बर फैल गई कि फत्तू वापस आ गया है—वह भी अकेला नहीं अपितु दुल्हन समेत। जिसे भी पता चला वह इस फत्तू को कम उस फत्तू को देखने ज़्यादा आया, जो अपने ही घर को साफ़ कर नौ-दो ग्यारह हो गया था। औरतों और बच्चों का तो ताँता ही बँध गया असग़री की बहू को देखने के लिए। भला, फत्तू भी कोई देखने की चीज़ हुई।

बहू को देखने के बाद जो भी असग़री के घर से बाहर आती, वही माँ-बेटे के भाग्य को सराहती आती। अपने भाग्य की इतनी प्रशंसा सुन असग़री सारे संतापों को भूल गई।

पता तो नसीब ख़ाँ और धनसिंह को भी लग चुका था। परन्तु उन दोनों में से कोई नहीं गया उससे मिलने।

अगले दिन सुबह-सुबह असग़री को अपनी कचैड़ी की ओर आता देख नसीब ख़ाँ दूर से ही हँसते हुए बोला, ''असगरी, बहू कहा आई अब तो बात भी ना करे है !''

''रईसन का बाप, मैं तो तेरे ही पै आ री ही।'' चौंतरे की सीढ़ियों से चढ़ते हुए असग़री बोली।

''मेरे पै, हुँ...'' नसीब ख़ाँ ने पहले एक रहस्यमय मुस्कान फेंकी और फिर लम्बा साँस लेते हुए बोला, ''जब बखत हो तब तू भी बचती डोले ही...खैर।''

असग़री ने नसीब ख़ाँ के इस व्यंग्य पर कोई प्रतिक्रिया व्यक्त नहीं की। बस, उसे कनखियों से देखकर नज़रें नीची कर लीं।

''वैसे एक बात है असगरी, बहू के आते ही तेरो भी एक ही दिन में रंग-सो निखर गो !''

असग़री का चेहरा सुर्ख़ होता चला गया। चेहरे की सिलवटें ऐंठने लगीं।

''रईसन का बाप...''

असग़री अभी कुछ कहने ही जा रही थी कि तभी धनसिंह भी आ गया।

धनसिंह को आता देख नसीब ख़ाँ बोला, ''आ जा यार, तू भी सही मौका पे आयो है।''

''कहा बतलावण हो री है चुपचाप ?'' धनसिंह ने शरारत-भरे अंदाज़ में पूछा।

''होती कहा...अरे, यही पूछ रो हूँ के ना कोई बाखली ना बतासा बस सेंत-मेंत में सासू बण बैठी।''

''रईसन का बाप, किसकी सासू ! अब आगी है तो कोई भगाई थोड़े ही जावे है।'' असग़री अपनी ख़ुशी को छिपाने का प्रयास करती हुई बोली।

''नसीब ख़ाँ, सुन रो है...अन्यायी, पुआ ना पापड़ी गद्द बहू आ पड़ी ! ऊपर सू ई और कह री है के ऊ भगाई थोड़ेई जावे है।''

"धनसिंह, ऐसो है भगाणो चाहे तो ऊ भग भी सके ई पर ई पहले अपना जी सू तो पूछके देखे। राँड, खुसी मना के खुदा ने तेरी सुन ली।"

"हीरा का बाप, तम जाणो तो सब हो।"

"चल छोड़, पहले वा काम ए बता जा काम सू आई है। ये गपड़चौथ तो पीछे भी होती रहंगी।" नसीब ख़ाँ विषय पर आते हुए बोला।

"रईसन का बाऽऽप..."

"हाँ बोल, कैसे रुकगी ?" असग़री को चुप होता देख नसीब ख़ाँ ने कहा।

"घणी उम्मेद लगाके आई हूँ आज तेरे पै।"

"कह तो सही पहले !" धनसिंह ने हिम्मत बँधाई इस बार।

"तमन्ने पतो तो है हीरा का बाप के या बेवा के पै कोई खत्ता तो गड ना रो है। रात भी जैसे-तैसे खींचखाँचके काम डिगा दियो हो। रूखी-सूखी जैसी भी बन पड़ी ही बहू खवा-पिवाके सुवा दी ही, पर अब तो ऊ भी ना है। मेरी हाथ जोड़ा सू एक गुजारस है..." कहते-कहते फिर रुक गई असग़री।

"असगरी, आज बात कहा है जो तू..."

"कैसे बताऊँ हीरा का बाप, कुछ हिम्मत-सी ना पड़ री है।"

"ठीक है जब हिम्मत ना पड़ री है तो जाण दे भैंस पाणी में। अरे, अपना आदमीन् में हिम्मत की कहा बात है।"

"रईसन का बाप, दसेक रुपिया दे दे आठ-दस दिनाँ कू। कम-सू-कम बिहावली बहू का चोचला तो पूरा कर लूँ।" आख़िरकार असग़री ने हिम्मत बटोरते हुए कह ही दिया।

"बिहावली बहूऽऽऽ !"

"हाँ रईसन का बाप, हम जैसा बोदा आदमीन् लू तो यही बिहा-बढ़ार है।"

"असगरी सही कह री है नसीब ख़ाँ। गरीब आदमी का कहा तो बन्ना और कहा बनवारा। मेरे यार, बखत पे जो हो जाए वही ठीक है।"

इस बीच नसीब ख़ाँ ने बनियान की जेब से ख़लीती निकाली और उसमें लिपटे नोटों में से पाँच का एक नोट असग़री की ओर बढ़ाते हुए पूछा, "पर असगरी, एक बात तो बता फत्तू के पै भी तो बचा होंगा कुछ ?"

"हेत्तेरे की, तू भी यार गड़ा मुरदान्ने लेके बैठगो। असगरी, ई तो बावली बात करे है। तू अपने घर जा और आराम सू अपनी बहू का चोचला कर।" नसीब ख़ाँ को हड़काते हुए धनसिंह ने असग़री को घर भेज दिया।

पैसे लेकर असग़री जाने लगी कि एकाएक नसीब ख़ाँ को जैसे कुछ याद आ गया।

"तू पचासेक रुपिया रहँटी पे काँई लू (क्यों नहीं) ना ले लेए ?" पीछे से असग़री को टोकते हुए सुझाव दिया नसीब ख़ाँ ने।

जाते-जाते रुक गई असग़री।

"रहँटी पे ले तो लूँ पर डर लगे हैं कहीं दिया ना जाएँ।"

"यामें डर की कहा बात है। अरे, हर महीना दस रुपिया के साथ एकाध रुपिया

ब्याज ही तो देनो पड़ेगो। या बहाने तेरो काम भी चल जाएगो और पचास रुपिया भारी भी ना पड़ंगा।''

''और खुदा-ना-खास्ता काई महीना में ये दस भी ना हुआ तो ? हीरा का बाप, पिछला महीना तैने देखो तो हो ऊ तमासा जब रहँटीवाला सेठ ने बिचारा टीकम चिमार का बाप गणेसी की पूरा मुहल्ला के आगे कैसी हया जोती ही।''

''ई बात तो तू सही कह रही है असगरी। महीना पे रहँटी तो देनी पड़ेगी ही। याही डर की वजह सू मेरी भी हिम्मत ना पड़े है।'' असग़री के डर से सहमते हुए अपना भी डर व्यक्त कर दिया धनसिंह ने।

''इनसू तो हमारा ये बणिया ही चोखा हैं। कम-सू-कम इनकी आँखन् में आपसदारी की सरम तो है। इन रहँटीवाला सेठन् को कहा भरोसो, कब अच्छा-भला माणस की पत ए बिगाड़ जाएँ। पतो ना हीरा का बाप या मेवात में मुथरा-आगरा कहाँ-कहाँ का सेठ आके रहँटी चला रा हैं।''

''या बात ए असगरी कह तो ठीक रही है।'' इस बार नसीब ख़ाँ ने भी असग़री का समर्थन किया।

''रईसन का बाप, इतनो डर रुपिया लेना सू ना लगे है, जितनो इन रहँटीवाला और इनका लठैतन् सू लगे है।''

''चल ठीक है, छोड़ या बीमारी ए।'' इतना कहकर धनसिंह ने विषय पर विराम ही लगा दिया।

असग़री ने मन ही मन कितनी दुआएँ और आशीषें दीं कि अगर नसीब ख़ाँ और धनसिंह इन्हें सुन लें तो पानी-पानी हो जाएँ। वापस लौटते समय असग़री के उन्हीं पाँवों में किसी अदृश्य शक्ति ने मानो ढेर सारी अदम्य ताक़त भर दी, जिन पाँवों से एक दिन पहले तक ख़ून निचुड़ा हुआ-सा था।

असग़री निहाल हो उठी। सारे दुःख, सारी पीड़ा एक ही रैले में धुल गए। असग़री के उसी घर में दुल्हन का मुँह देखनेवालियों का ताँता लग गया, जिस घर की ऊबी हुई दीवारें अपने अकेलेपन से कभी एक-दूसरे से बतियाते हुए डरती थीं। उसी असग़री को मानो दम मारने की फ़ुरसत नहीं है, जिस असग़री के ख़ाली वक़्त की जमी हुई तहों को खोलते हुए पूरे जिस्म में चींटियाँ-सी दौड़ने लगती थीं। जिस असग़री के कान बेवा और राँड शब्द सुनते हुए पक गए थे, उसी असग़री के कानों में जैसे सात सुरों का घोल घोल दिया है। असग़री ने न जाने कितनी बार बहू को कनखियों से अलग-अलग कोणों से इस तरह निरखा, मानो वह किसी नक़्क़ाशी की ख़ूबसूरती को निरख रही हो।

अपना मोहल्ला तो दूर रहा, आसपास के अन्य मोहल्लों की औरतों ने असग़री की बहू की सुन्दरता के बारे में सुना, तो वे भी उसे देखने का लोभ संवरण नहीं कर पाईं। उन बड़ी-बूढ़ियों का तो कहना ही क्या, जो आतीं मुँह देखने के बहाने तथा देर तक इधर-उधर पड़ी मूढ़ियों, पीढ़ा और खाट पर जमी रहतीं। आशीर्वचनों के शब्द जब पाँव दबाती बहू के साथ-साथ असग़री के कानों में पड़ते, तब लगता किसी ऊँचे झरने

का पारदर्शी निर्मल जल नीचे गिर रहा है।

असग़री की घर की दीवारें कई दिनों तक इन आशीषों से खनकती रहीं। गफोंदी ने तो मुँह फोड़कर अलग ले जाते हुए असग़री से कह भी दिया, "असगरी, रंडी या चाँद का टूक ए काई डिबिया में बन्द करके धरले, कहीं ऐसो ना होए याहे कोई जिन्द (जिन्न) ले उड़े ! वा निगोड़ी, कैसो भाग लिखाके आई है के कहाँ तो बहू का सपना हो रा हा और कहाँ आई तो ऐसी मलूक के दीवा लेके ढूँढती तो भी सात जनम तलक ना मिलती।"

गफोंदी के मुँह से बहू की सुन्दरता का बखान सुनकर असग़री की छाती मारे गर्व के फूलती चली गई। उसे गफोंदी के शब्दों में ईर्ष्या साफ़ दिखाई दे रही थी। किन्तु अगले ही पल एक अनजाने भय से वही छाती पिचकती भी चली गई कि यदि सचमुच इस गफोंदी का कहा सच हो गया तब ? गफोंदी के जाते ही असग़री एक बार फिर किसी चीज़ के बहाने अन्दर गई। और छोटी-बड़ी लड़कियों द्वारा बहू से की जा रही चुहलबाजियों पर विराम लगाने के बहाने उसे एक बार और निरख गई। पलभर में बारीक नज़रों से बहू की सुन्दरता को आँखों ही आँखों में उतार गई असग़री।

असग़री ओसारे में देर तक बौराई-सी खड़ी रही। गफोंदी का एक-एक शब्द उसके कानों में खदबदाता रहा। उसने मन ही मन पूरे मोहल्ले की एक-से-एक सुन्दर बहू की तुलना अपनी बहू से कर डाली, मगर उनमें से एक भी उसे अपनी बहू जैसी सुन्दर नहीं दिखाई दी। गफोंदी के इस कुबोल पर असग़री के भीतर असंख्य सुइयाँ-सी चुभती रहीं। लेकिन अगले ही पल उसने अपने भीतर बैठे डर को यह सोचते हुए झटक दिया कि यह तो अपनी-अपनी क़िस्मत है।

उस रात बिल्कुल भी नहीं सो पाई असग़री। थोड़ी-बहुत देर के लिए आँख लगी भी तो दूधिया रोशनी से भरे समन्दर में डुबकी लगाती रही। रातभर ऐसे-ऐसे सपने देखती रही कि अलस्सुबह फ़ज्र की अज़ान के साथ जब उसकी आँखें खुलीं, तब उसे अपने ज़िस्म का एक-एक रौआँ उस रोशनी में भीगा हुआ लगा।

इस तरह दोनों माँ-बेटा यानी असग़री और फत्तू पूरे मोहल्ले में सम्मान अर्जित करने के साथ-साथ ईर्ष्या के पात्र भी बन गए। जिस असग़री के लिए हाल तक सहानुभूति उमड़-उमड़ पड़ती थी, वही असग़री ज़्यादातर घरों की बड़ी-बूढ़ियों की आँख की किरकिरी बन गई। जिस फत्तू को पूरा मोहल्ला एक तरह से भुला चुका था, वही फत्तू इस कहावत का जीता-जागता पात्र बन गया कि ऊपरवाले के यहाँ देर है, अन्धेर नहीं।

दो

जिस तेज़ी के साथ फत्तू के ग़ायब होने की ख़बर फैली थी और जितनी तेज़ी के साथ उसके आने की ख़बर फैली थी, उतनी ही तेज़ी के साथ यह ख़बर भी पूरे मोहल्ले में

उड़ गई।

सुनते ही असग़री ने माथा पीट लिया। सारी ख़ुशी, सारा उत्साह और सारा उच्छाह पानी के बुलबुले की तरह ग़ायब हो गया। उन लोगों ने तो इस अवसर को हाथ से न गँवाने की क़सम ही खा ली, जिन्हें अपने शक और अंदाज़ों पर पूरा-पूरा यक़ीन था। असग़री का तो देहरी लाँघना दूभर हो गया और फत्तू, वह एक बार फिर खलनायक बन गया। जिन्हें अपने कानों पर विश्वास नहीं था, उन्होंने स्वयं जाकर सच्चाई की तसल्ली से तफ़तीश की। जिन्हें विश्वास करना था उन्होंने इस बात की परवाह नहीं की कि सच क्या है और झूठ क्या है, क्योंकि उन्हें तो अन्ततः यक़ीन करना ही था।

उसका इस पर पहले ध्यान क्यों नहीं गया ? देर तक सोचती रही असग़री।

उसने एक बार नहीं, बार-बार बहू का हाथ देखा। उसने जब भी उसका हाथ देखा उसे अपनी आँखों से भरोसा उठता दिखाई दिया। असग़री जब भी उसके हाथ पर गुदी इबारत और हथेली के पीछे गुदी आकृति को देखती, तभी उसे महसूस होता मानो असंख्य ज़हरबुझी बर्छियाँ उसके जिस्म में घुसी जा रही हैं। इसके बाद असग़री कभी नहाते समय और कभी कपड़े बदलते समय उसकी पूरी देह बेहद बारीकी से बाँच गई, किन्तु हाथ के अलावा उसे दूसरा प्रमाण नहीं मिला।

जिस गफोंदी ने एक दिन असग़री से इस चाँद के टुकड़े को डिबिया में बन्द करके हिफ़ाज़त से रखने की हिदायत रूपी सलाह दी थी, उसी गफोंदी ने पूरे मोहल्ले को यह सूचना फ़ैक्स कर दी। किससे नहीं कहा गफोंदी ने, जो भी मिला उसी से कहा।

''मोहे तो पहले ही सक हो के ज़रूर ई कोई हिंदुआणी है। ले बताओ या ढेड फत्तू ने धरती ना फाड़ दी जो या हिंदुआणी ए करके लायो है। हमारी कौम में छोरी-छापरीनू को काल पड़गो हो जो ई याहे उचके (सिर पर रखना) लायो है।''

ज़ैतूनी को रोककर जब उसने यह कहा तब ज़ैतूनी की भी समझ में थोड़ी देर के लिए कुछ नहीं आया।

''जैतूनी, हरामी फत्तू ने या हूर की परी में आखिर ऐसो कहा देखो है ? कम-सू-कम ई याहे तो सोचतो के जाहे मैं करके ले जा रो हूँ ऊ आखिर अपनी जात-बिरादरी की है भी या ना ?'' गफोंदी ने एक बार फिर अपनी व्यथा दोहराते हुए कहा।

''गफोंदी, इन बातनू सू कोई फरक ना मारे...बस, आपस में दिल मिलना चहिएँ और फिर बिचारा को घर बसगो यही कौन-सो कम है।''

''वा बहाण, तैने भली कही ! जरूरी हो ऐसो घर बसाणो।''

''चल छोड़, अब लियायो है तो कोई बात ना है।'' इतना कहकर ज़ैतूनी आगे बढ़ गई। मगर थोड़ी देर बाद गफोंदी फिर जा पहुँची ज़ैतूनी के पास।

''जैतूनी, बहाण तू एक बात बता, ई लुगाई या फत्तू के पै रुक जाएगी ?''

''हमने कहा मतलब गफोंदी, रुके या ना रुके।'' ज़ैतूनी ने फिर टालना चाहा गफोंदी को।

''मैं ई कह री हूँ जैतूनी के जो बीरबानी गैर-मरद के साथ ऐसे मुँ उठा के चली

आई, ऊ कहा घर बसाएगी...''

''गफोंदी, बहाण तू मेरो पीछो छोड़ ! निगोड़ी रुकेगी तो रुक जाएगी और भगेगी तो ना तोसू रुकेगी ना मोसू।''

हालाँकि गफोंदी ज़ैतूनी के पास से अपना-सा मुँह लेकर चली आई परन्तु हिम्मत उसने फिर भी नहीं हारी। कइयों को उसने अपनी पीड़ा से अवगत कराया। कुछ ने गम्भीरता के साथ उसकी बात सुनी और कुछ ने इस कान से सुनकर उस कान से निकाल दी। अब इसे गफोंदी का दुर्भाग्य कहिए या महज एक संयोग कि जब उसकी बात पर किसी ने कान नहीं धरे, तब वह नसीब ख़ाँ के पास पहुँच गई।

इससे पहले कि गफोंदी कुछ कह पाती, नसीब ख़ाँ ने ही पूछ लिया उससे, ''हाँ री गफोंदी, कैसे आई है?''

''रईसन का बाप, एक बात कहणी है।'' हिम्मत जुटाते हुए बोली गफोंदी।

''हाँ बोल !''

''ई फत्तू जा बीरबानी ए करके लायो है, तमन्ने पतो है याकी जात-बिरादरी कहा है ?''

''हाँ, पतो है।'' एकदम संक्षिप्त जवाब देकर छुटकारा पाना चाहा नसीब ख़ाँ ने।

''तमने जुलम ना कर दिया रईसन का बाप ! जब तमने पतो ही तो फिऽऽ...''

''तेरी माँ का मूँड में, काई को घर बिगाड़ना के कुछ और भी आवे है।'' एकाएक हत्थे से उखड़ गया नसीब ख़ाँ।

''पर रईसन का बाप, हमारा मुसलमानन् में गोदनी को रिवाज कहाँ है।''

''तू जाए है के कैसे...आई मुसलमानन् की ठेकेदार ! अरे, तेरा जैसान्ने तो बिगाड़ी है कठोल की फातिहा।''

''तू तो बुरो मानगो रईसन का बाप, मेरो मतलब ई ना हो जो...''

''तैने आज तो ई बात कह दी पर आगे मत कह दीजो...याही में तेरी भलाई है।''

इसके बाद गफोंदी से नसीब ख़ाँ के पास नहीं रुका गया। वह धीरे-से वहाँ से खिसकी और रास्तेभर उसने पीछे पलटकर नहीं देखा। घर आकर ही दम लिया।

नसीब ख़ाँ के पास से गफोंदी को गए हुए अभी कुछ ही देर हुई थी कि धनसिंह चला आया उसके पास।

''आ जा, अब तू कौन-सी खबर लायो है ?''

''यार खबर कहा, एक नई बात सुनी है।'' चिन्तित होते हुए कहा धनसिंह ने।

''कौन-सी ?'' समझ तो नसीब ख़ाँ पहले ही गया था किन्तु जानबूझकर अनभिज्ञता जताई।

''मेरे यार, यही के फत्तू जा बीरबानी ए करके लायो है ऊऽऽऽ...''

''हिन्दुआणी है, यही ना...अन्यायी, या मुहल्ला में आखिर ऐसी कहा आफत आ पड़ी के सब बावला हुआ पड़ा हैं। अरे, ई तो ऊ बात होगी के *घाटा की छोरी जाए,*

रावली का गुंड रोवाँ।''

''ई बात ना है नसीब खाँ, मेरो मतलब है के ऐसी को कहा भरोसो, कद (कब) धोखो दे जाए। मोहे तो ई डर लग रो है के *काया, माया, स्त्री और हरा रूख की छाँय/ये पलटे हैं पल्ल में, ये काए की नाँय।''*

धनसिंह के इस तर्क के बाद नसीब ख़ाँ से कुछ भी कहते नहीं बना। रह-रहकर उसे लगता रहा कि 'ये पलटे हैं पल्ल में, ये काए की नाँय' मानो किसी गहरे कुएँ से सुनाई दे रहा है। उसे पता ही नहीं चला कि धनसिंह उसके पास से कब उठकर चला गया। नसीब ख़ाँ के मन की दीवारों से धनसिंह द्वारा कहे गए दोहे का एक-एक शब्द देर तक टकराता रहा।

गफोंदी और धनसिंह नसीब ख़ाँ के समक्ष एक ऐसी भूल-भुलैया का मानचित्र छोड़कर चले गए कि जिसने उसकी सोच की सारी अक्षांश और देशान्तर रेखाओं को एक-दूसरे में बुरी तरह उलझा दिया। देर तक वह सोचता रहा कि जैसा वे दोनों कह रहे हैं, यदि वैसा हो गया तब ?

नसीब ख़ाँ उसी समय उठा और पहुँच गया सीधा धनसिंह के पास। कुछ पल की ख़ामोशी के बाद स्वयं ही शुरुआत करते हुए बोला, ''यार धनसिंह, वैसे ई सही बात है जो पूरा मुहल्ला में उड़ी पड़ी है ?''

''सही ना, सोलह आना सही है।'' धनसिंह ने पूरे विश्वास के साथ कहा।

''फिर अब कैसे होएगी ?''

''पतो ना यार, ई राँड भी जाने कहा लिखाके आई है !'' विषाद की गहरी लकीरें खिंच आईं धनसिंह की पेशानी पर।

''एक काम ना करें, एक बर फत्तू सू भी पूछ लेएँ ?''

''कोई फायदो ना है, जो सच्ची बात है ऊ तो है ही।''

''फिर भी, असलियत को पतो तो चल जाएगो।''

''ठीक है जैसी तेरी मर्जी।'' धनसिंह ने अपनी तरफ़ से स्वीकृति देते हुए कहा।

थोड़ी देर बाद फत्तू को बुलवा लिया दोनों ने।

फत्तू चुपचाप आकर बैठ गया। कुछ नहीं बोला। वह जानता है उसे यहाँ क्यों बुलवाया गया है। सवेरे से वह इसी सवाल का जवाब ही तो देता आ रहा है।

''फत्तू, ई हम कहा सुन रा हैं ?'' नसीब ख़ाँ ने ऐसे पूछा जैसे वास्तव में उन्हें कुछ भी पता नहीं है।

''काका, तमने जो सुनी है, ठीक ही सुनी है।'' फत्तू ने निःसंकोच कह दिया।

फत्तू की स्वीकारोक्ति ने उन दोनों से आगे के प्रश्न ही छीन लिए जैसे।

''याको मतलब ई हुओ के सब पतो हो तोहे ?'' धनसिंह ने कहा।

''हाँ, ऐसो ही समझ लेओ।''

''हूँऽऽऽ !'' धनसिंह ने पहले तो हुंकारा भरा और फिर एक तरह से फत्तू की दृढ़ता की परीक्षा लेते हुए बोला, ''तैने थोड़ी-बहोत भी ना सोची के मैं जो कर्रो हूँ ऊ ठीक

भी है या ना...''

''अन्यायी, तू या गाँओं में फिसाद करवाएगो ?'' धनसिंह की बात को बढ़ाते हुए नसीब ख़ाँ ने अपनी तरफ़ से जोड़ दिया।

''सोचते-सोचते ही तो ई नौबत याँ तक आ पहोंची।''

''चल यार ठीक है, अब लियायो तो ओटणी पड़ेगी ही। दुनिया की तो आदत है कहन की।''

अभी नसीब ख़ाँ ने अपनी बात पूरी की थी कि इसी बीच असग़री भी आ पहुँची। फत्तू को यहाँ बैठा देख उससे नहीं रुका गया।

''हीरा का बाप, या ढेड ने मैं कहीं की ना छोड़ी। पहले सारा जेवरन्ने लेगो और उन्ने बेचके बहू लायो तो ऊ भी आनूजात की।''

''असगरी, जो होगी वाहे छोड़।'' समझाते हुए कहा नसीब ख़ाँ ने।

''ऐसो है असगरी, आज जो बात बणा रा हैं अगर उन्ने इतनी चिन्ता होती तो ई नौबत ही ना आती। अब तलक फत्तू दो-तीन बालकन् को बाप बन चुको होतो।'' धनसिंह तर्क देते हुए बोला।

''असगरी घबराए मत, सब ठीक हो जाएगो। बस, तोहे थोड़ो-सो मजबूत होनो पड़ेगो।'' ज़ैतूनी भी उनमें शामिल होते हुए बोली।

''सही कह री है जैतूनी...फिर वैसे भी मरे पीछे बैध घणा और बिके पीछे गाहक घणा।''

''हीरा का बाप, ई बात तो तेरी सही है पर मुहल्ला-बिरादरी...''

''मुहल्ला और बिरादरी के मार गोली। बखत पड़े सब पीछे हट जावे हैं। कोई ना मूते है काई का चिरा पे। आराम सू बहू की सेवा-पाणी कर...और हाँ रे फत्तू, बोहड़िया सू कह दीजो सास की सेवा में कोई कमी ना रहनी चाहिए।'' हँसते हुए नसीब ख़ाँ ने माँ-बेटे के भय को कुछ कम करने की कोशिश करते हुए कहा।

''और कहीं बिरादरी ने हम जात-बाहर कर दिया तो ?'' असग़री ने आशंका जताते हुए पूछा।

''अभी कौन-सा तम जात-बिरादरी में हो। घबराए मत, हम सब सँभाल लेंगा।''

''रईसन का बाप, या बेवा का तम ही मालक हो। तिहारे भरोसे या मुहल्ला में पड़ी हूँ।'' कहते-कहते असग़री का गला रुँध आया।

''बावली मत हो असगरी ! मालक तो ऊपरवालो है...फत्तू, ले जा अपनी माँ ए घर और करो अपनी बहू की सार-सँभाल !'' ज़ैतूनी ने असग़री और फत्तू को घर भेजते हुए कहा।

ज़ैतूनी, नसीब ख़ाँ और धनसिंह की ओर से आश्वस्त हो दोनों माँ-बेटा घर चले आए।

घर आने के बाद असग़री को लगा मानो उसके फेफड़ों में ढेर सारी ताज़ा हवा भर गई है। जिस्म के जिन हिस्सों से उसे ख़ून निचुड़ता-सा लग रहा था, उनकी शिराओं में भी ख़ून ठहाठा मारने लगा। लगा मानो मीलों लम्बी, ऊबड़-खाबड़ उम्र की ढलान पर ज़ैतूनी, नसीब ख़ाँ और धनसिंह ने दृढ़ता के अनगिनत दीये जलाकर रख दिए हैं। जिस बहू को लेकर उसके दिमाग़ की नसें फटने को हो रही थीं, उनमें बर्फ़ के महीन टुकड़े तैरते हुए महसूस होने लगे। एक बार फिर असग़री अपनी बहू की सुन्दरता की तुलना अपने मोहल्ले से लेकर आसपास के अन्य मोहल्लों की नई-नवेलियों और प्रौढ़ता की दहलीज पर पाँव रख चुकी बहुओं से करने लगी, किन्तु उसे अपनी बहू के बराबर एक भी दिखाई नहीं दी। हरेक में कोई-न-कोई ऐब निकालकर एक सिरे से सबको ख़ारिज कर दिया। इस बार अपनी बहू की तुलना करते समय उसका जिस्म किसी आशंका से ऐंठा नहीं बल्कि एक-एक रोआँ उल्लास और उच्छाह के चौंधे में भीगता चला गया। उसने चुपचाप एक बार फिर पाखे की ओट से सिल-बट्टे से बतियाती बहू को ऐसे निहारा जैसे वह उसे पहली बार निहार रही है। घूँघट से अधढके चेहरे को असग़री देर तक निरखती रही। माथे पर चिपकी पसीने से भीगी मासूम लटों के घुमाव में देर तक उलझी रही असग़री। बेहद सलीक़े से सुती हुई नाक से धीरे-धीरे, मन्थर गति से सरकती पसीने की बूँद को वह देर तक नाक का कोका समझती रही। कानों में झूलती झुमकियों के रह-रहकर हिलने पर पींगें खाती रही वह। पता नहीं कितनी देर तक बहू के तराशे हुए जिस्म के एक-एक हिस्से को आँखों के दर्पण में उतारती रही असग़री।

बहू सिल की देह से लिपटे मसाले को तर्जनी से पोंछकर तथा उसे भीत से लगाकर खड़ी हो गई। बहू के ओसारे में जाने के बाद असग़री ने इस तरह लम्बा और गहरा साँस खींचा जैसे बरसों पहले खाली हो चुके फेफड़ों को आज वह पूरी तरह भर लेना चाहती है। पलभर के लिए उसे लगा मानो उसके दोनों ओर बड़े-बड़े पंख उग आए हैं और कपास के गोले की तरह हल्की होकर आसमान में उड़ने लगी है। धीरे-से वह पाखे से हटी और दबे पाँव चौक में पड़े खटोले पर आ लेटी। लेटने के थोड़ी देर बाद ही पलकों पर नींद की ख़ुमारी न जाने कब चुपके से आ बैठी।

असग़री ने इसके बाद सचमुच किसी की परवाह नहीं की।

बहू को लेकर पैदा हुए वितंडे पर जैसे-जैसे समय की गर्द जमती गई, यह वितंडा भी हाँफते हुए थक-हारकर बैठ गया। सब भूल गए कि फत्तू जिस औरत को करके लाया है, उसके किसी हाथ पर कुछ गुदा भी हुआ है। हालाँकि शुरू में कुछ चतुर-सयानी कामिनियों ने उसे कुरेदने की ज़रूर कोशिश की थी, कि किसी तरह वह अपना छोटा-मोटा भेद दे दे किन्तु असग़री की बहू ने आपा नहीं खोया। उसने भेद तो क्या हाथ पर गुदे शब्द में इस्तेमाल होने वाले स्वर और व्यंजनों तक के पास फटकने नहीं दिया किसी को। मजाल है उसने शिष्टाचार के नाजुक धागों को भूल से कभी तंग तो

किया हो। पूरा मोहल्ला उसके इस अशिष्ट व्यवहार पर भौंचक था।

बहू ने सास अर्थात् असग़री की सेवा में कोई कमी नहीं आने दी। असग़री धन्य हो गई। उसे पता ही नहीं चला कि कब पीछे छूट गए वे दिन जब वह इस कल्पना से सिहर-सिहर जाती थी कि एक दिन उसके घर के भीत-पाखे मुलायम स्पर्श से सहल उठेंगे। उदास आँगन की देह नरम पदचापों से झंकृत हो उठेगी। दीमक लगी जर्जर चौखट भीतर-बाहर आते-जाते महावर से रंगे पाँवों से निहाल हो उठेगी।

वाह री असग़री, क्या भाग लिखाके आई है !

वह जब भी अतीत की मोखियों से मुँह सटाकर बतियाने की कोशिश करती, तभी लगता जैसे अनगिनत मासूम किलकारियाँ उसके भीतर गूँज रही हैं। परन्तु शको-शुबहा की तेज़ निगाहों का घेरा बहुत दिनों तक सास-बहू के चारों ओर से नहीं हटा। इसी घेरे का परिणाम था कि लाख प्रयासों के बावजूद असग़री अपनी बहू का अपनी इच्छा से अच्छा-सा एक नाम तक नहीं रख पाई। बल्कि उसे ही वही नाम स्वीकारना पड़ा जिस पर पूरे मोहल्ले ने अपनी स्वीकृति की मुहर लगा दी थी।

उस दिन असग़री कुएँ पर पानी लेने के लिए जाने लगी कि बहू भी उसके साथ जाने के लिए तैयार हो गई। असग़री ने बहुत मना किया, उसने लाख दुहाई दी। अपने ऊपर आनेवाली मलामतों का वास्ता दिया मगर बहू ने सास की एक नहीं सुनी।

गफोंदी को तो जैसे इसी मौक़े का इन्तज़ार था। पता नहीं कब से वह इस मौक़े की तलाश में थी। गफोंदी को जब लगा कि दोनों सास-बहू घर से कुछ दूर पहुँच गई होंगी, तब उसने फटाफट भरा-भराया मटका खाली किया और चल दी कुएँ की ओर।

कुएँ पर पहुँचकर दोनों सास-बहू भीड़ छँटने का इन्तज़ार करने लगीं कि कब कुएँ की मुँडेर खाली हो और कब वे अपने मटके रखें।

कुएँ के भीतर पछाड़ खाते पानी पर जब-जब बाल्टी, कलशा, बंटा और घड़िया मुँह के बल गिरते तथा बाहर मुँडेर पर क़तारबद्ध रखे बर्तनों में उनसे पानी गिरता, तो लगता मानो छोटे-छोटे चंचल झरने गिर रहे हैं। कुएँ से बाहर-भीतर आते-जाते जब-जब ये आपस में, या कुएँ की दीवार से टकराते, तब इनसे पैदा होनेवाली ध्वनियों को सुनकर लगता मानो किसी देवालय में बज रही घंटियों, या किसी मस्जिद में हौले-हौले पढ़ी जा रही आयतों के स्वर गूँज रहे हैं।

असग़री की बहू ने उचककर पाड़छे को देखा तो पलभर के लिए वह बहुत पीछे लौट गई। इससे पहले कि वह वर्तमान में वापस आती किशना माली की बहू देवकी की नज़र पड़ गई उस पर। देवकी ने उसे देखा तो देखती रह गई। इसके बाद तो शान्ति सुनारी, डिबिया कुम्हारी, सल्ली पंजाबन समेत जितनी पनिहारिन कुएँ पर मौजूद थीं, सबकी नज़र ठहर गई उस पर। थोड़ी देर के लिए पैदा होनेवाले जल-तरंगों के स्वर एकाएक थम से गए। कुछ क्षण पहले छोटे-छोटे जो चंचल झरने गिर रहे थे, वे ठिठक गए। और तो और, चौपायों के खुरों से उड़ी धूल से अटा सूरज तक ठहर गया।

"ऐं री, ई कौन की बहू है ?" खुल आई धोती के पल्लू को खोंसते हुए फुसफुसाते

हुए सुरती बनेनी ने हैरत से डिबिया से पूछा।

"दारी पतो ना।"

"है तो वड्डी सोहणी।" सल्ली पंजाबन ने पहली बार सबकी तरफ़ से अपनी राय व्यक्त करते हुए कहा।

"पर ई है कौन की बहू ?" इस बार शान्ति सुनारी देवकी को कुहनी मारते हुए फुसफुसाई।

"मेरी है बहाण।" इससे पहले कि देवकी अंदाज़ा लगा पाती, असग़री उनकी दुविधा को भाँपते हुए बोली।

"ऐऽऽऽ तेरी ?" कइयों के मुँह से निकला एकसाथ।

"हाँ बहाण, है तो याही की।" इस बीच कुएँ पर पहुँच चुकी गफोंदी ने मुँडेर पर मटका रखते हुए कहा।

"अरी, कहीं ई ऊ लुगाई तो ना है जाकी सारा गाँओ में रौल मची पड़ी है।" डिबिया को एकाएक जैसे याद आ गया, "वा बहाण, जैसी सुनी ही ई तो वासू भी इक्कीस निकली।"

"बहना, ऐसी सुथरी बहू तो आज तलक हमारा बनिया-बामन में भी ना आई है।" सुरती बनेनी के शब्दों से ईर्ष्या साफ़ टपक रही थी।

"पर ऐसा सुथरापन ए कहा हथेली पे धरके चाटें, जाको ना खानदान को पतो, ना जात को।" गफोंदी आख़िर असली मुद्दे पर आ गई।

गफोंदी के इस अनायास आक्रमण पर असग़री अपने आपको नहीं रोक पाई।

"गफोंदी, तू लुगाई है या कुछ और बला है ! निगोड़ी, जब देखो बस राम-राम लड़ाई का पेंता।"

गफोंदी ने पहले एक कुटिल मुस्कान फेंकी तथा फिर सबको सुनाते हुए बोली, "वा बहाण, याने खूब कही। सच्ची कहो तो राम-राम लड़ाई का पेंता।"

"और अगर मैंने सच्ची-सच्ची कह दी न, तो तेरे पतंगा लगता चला जांगा ! बस्स याही में तेरी भलाई है के तू अपनी म्यान में रह। अरे, जब मोहे कोई उजर (उज्र) ना है तो तोहे कहा है। पतो ना दुनिया के काँई लू आग लग रही है।" असग़री का इशारा सीधे-सीधे गफोंदी की तरफ़ था।

"बहाण, ना तो हमारे कोई आग लग री है और ना कोई हमन्ने उजर है, पर ईमानदारी सू एक बात बता तू के जा बीरबाणी की ना जात को पतो, ना बिरादरी को वाहे या कुआँ पे कैसे चढ़ जाण देएँ ! कहा पतो ई कोई ऐसी-वैसी जात होए। अब तैने तो कह दी के तोहे कोई उजर ना है, पर ये जो इतनी पणिहारी आई हैं इनको तो होगो न दीन खराब।"

गफोंदी ने बहुत चालाकी से इतनी गहरी चोट की कि असग़री के जिस्म में आग लगती चली गई। गफोंदी ने अपनी बात इतनी तार्किकता के साथ कही कि वहाँ मौजूद पनिहारिनों में बेचैनी फैल गई।

''गफोंदी देख, चाहे याकी कोई जात होए पर अब तो ई मेरी बहू है...और हाँ, दीन खराब होएगो तो मेरो होएगो तेरा घर सू कहा जा रो है।'' बमुश्किल थोड़ा-सा सख़्त होते हुए बोली असग़री।

''बहना असगरी, ई बात तो तू गलत कह री है। गफोंदी की बात में दम तो है।'' सुरती बनेनी ने होंठों को टेढ़ा करते हुए गफोंदी का समर्थन करते हुए कहा।

यही तो चाहती थी गफोंदी।

''सुरती, तू सही कह री है। बहाण, दूसरान् को दीन खराब करना सू बढ़िया है ये दोनूँ सास-बहू अपना कुआँ पे काँई लू ना चली जाएँ...सिरकार ने बनवा तो राखा हैं चिमार-चुहड़ान् का अलग कुआँ।'' अपना पलड़ा भारी होता देख गफोंदी ने असग़री के जले पर और नमक छिड़क दिया।

''मेरा बाप की लुगाई, उनका कुआँ पे जाए मेरी जूती ! मैं तो याही कुआँ को पाणी पीऊँगी...उनका कुआन् पे मरवाती डोल तू। हमन्ने कोई भेजके तो देखे उनका कुआँ पे, दारी की ए कच्चो ना चबा जाऊँ तो...'' इतना कहकर तमतमाती हुई असग़री कुएँ पर चढ़ गई।

''देख लेओ बहाण याने तो ऊ बात करके दिखा दी के नकटा की नाक कटी, सवा हाथ और बढ़ी। सही कही है काई ने के नंग बड़ो परमेसर सू।''

''कुतिया भूँसती रह, तेरी जैसी बहोत देखी हैं।''

जब तक असग़री की बहू अपना और उसका मटका भरती रही, असग़री पता नहीं क्या-क्या बड़बड़ाती रही। गफोंदी ने जब देखा कि झगड़े को बढ़ता देख सब चुप लगा गई हैं, तब उसने भी चुप्पी साधने में बेहतरी समझी। इधर जितनी भी पनिहारिन थीं सबने अपने-अपने पात्र भरे और अपनी-अपनी दिशाओं की ओर बढ़ गईं।

●●

बहुत कोशिशों के बावजूद पूरे मोहल्ले में से कोई भी इस भेद को नहीं जान पाया कि आख़िर असग़री की बहू का असली नाम है क्या ?

पारो !

नहीं-नहीं, ऐसी भली औरत का यह नाम हरगिज़ नहीं हो सकता। भला यह भी कोई नाम हुआ। अरे, पारो तो मोहल्लेवालों की देन है, क्योंकि फत्तू की गाँठ में इतना नामा तो था नहीं कि वह हैदराबाद से निकाह करके बीवी ले आता, इसलिए सबने सोचा कि हो सकता है कहीं यूपी-सूपी से ले आया हो। वैसे भी यू.पी. के जमनापार के खादर के मर्दों को 'पारवा' और औरतों को 'पारो' कहा जाता है। और फिर पूरे गाँव की ज़ुबान पर यह शब्द अब इस तरह चढ़ चुका है कि सबने इस गहराई को नापना और उसमें झाँकना ही छोड़ दिया कि पारो का असली नाम क्या है। वैसे भी नाम में आख़िर रखा क्या है ?

तीन

दीवार पर टँगे आईने में असग़री की उस दिन यूँ ही अपने अक्स पर नज़र पड़ गई। आईने में अपने आपको देखकर असग़री पलभर के लिए ठिठक-सी गई। ग़ौर से देखा तो लगा जैसे चेहरे का साँवलापन थोड़ा निखर गया है। आँखों के नीचे जो झाइयाँ थीं, वे भी अब ना के बराबर हैं। गालों पर हल्का-सा भराव भी आ गया है। एकाएक उसे नसीब ख़ाँ का वह वाक्य याद आ गया, जो उसने उस दिन उससे अपनी कचैड़ी पर कहा था। असग़री ने कई बार, अलग-अलग कोणों से आईने में निहारते हुए चेहरे को अँगुली से छूकर देखा। नसीब ख़ाँ का वाक्य बार-बार उसे अपने भीतर गूँजता लगा, 'असगरी, बहू कहा आई तेरो तो एक ही दिन में रंग निखरगो !'

अब उस बात को कई महीने हो चुके हैं।

असग़री ने एक बार फिर अपने चेहरे को इस तरह छूकर देखा मानो वह नसीब ख़ाँ के कथन की पुष्टि करना चाह रही है। उसे अपने भीतर कुछ चटकता-सा महसूस हुआ। क्या ? यह उसे स्वयं ही नहीं पता। धीरे-धीरे वह अतीत में लौटने लगी। एक-एक कर वही चित्र उसके अवचेतन में मुस्कुराने लगे, जो वर्षों पहले न जाने कब के चिंदी-चिंदी हो अतीत में ग़र्क़ हो चुके हैं। एकाएक उसने अपने आपको इस कुफ़्र से मुक्त कर लिया कि बहू-बेटे के होते हुए ऐसा सोचना किसी गुनाह से कम नहीं है। वह भी तब जब वह एक बेवा की ज़िन्दगी बिता रही है। इस बार उसे लगा जैसे उसके जिस्म पर लाल चींटियाँ रेंग रही हैं। अतीत के झोल खाए परदे पर धीरे-धीरे धुँधली पड़ चुकी स्मृतियाँ थरथराने लगी हैं। सामने दीवार पर टँगे आईने से एकसाथ कई जोड़े हाथ उसके चौखटे को तोड़ते हुए अपनी ओर बढ़ते हुए दिखाई देने लगे। लेकिन इससे पहले कि असग़री अपने आपको इन हाथों की पहुँच से दूर कर पाती, उसे पारो की आवाज़ सुनाई दी, ''मईया !''

''हाँ।'' असग़री हड़बड़ाते हुए आईने के आगे से हटती हुई बोली।

पारो ने सास को देखा तो शरारत-भरी नज़रों से उसे ऊपर से नीचे तक देखती चली गई किन्तु बोली कुछ नहीं। जिस काम के लिए आई है उसी के बारे में बात करते हुए बोली, ''मैं तो जान री ही मईया के तू गैत (ईंधन रखने की जगह) में गई है !''

''बस, जा री हूँ।'' सिर पर लूगड़े को दुरुस्त करते हुए जवाब दिया असग़री ने।

''मईया, अभई ऊ आयो हो जो कल संझा कू भी आयो हो।''

''कौऽऽन ?''

''कोई चाँदमल बतायो।''

जाते-जाते रुक गई असग़री। चेहरे के भावों को छिपाते हुए सिर पर ईंढ़ी रखी और उस पर परात रखते हुए यह कहकर आगे बढ़ गई, ''ई ढेड, आज भी आयो हो ?''

असग़री ने यह इतनी ऊँची आवाज़ में कहा कि पारो के कानों में इसके शब्द गए बिना माने नहीं। अभी असग़री ने बाहरवाला बायना पार ही किया होगा कि पारो ने

सहजता के साथ एक और सूचना सरका दी, ''मईया, ई तो तीन दिनाँ ते रोज ही आ रो है।''

इस बार असग़री के पाँव जैसे ज़मीन से चिपक गए। सिर पर रखी परात बमुश्किल अपना सन्तुलन रख पाई।

''मैं वा बखत कहान् ही ?'' असग़री ने तल्ख़ी के साथ पूछा।

''तूऽऽऽ...'' कुछ क्षण सोचने के बाद पारो को जैसे याद आ गया, ''हाँ, तू गैत में गई ही ईंधन लेन।''

असग़री का इतना सुनना था कि उसी समय उसने सिर से परात उतारकर नीचे रख दी। असग़री ने धूप से बचने के लिए खटोला छाया में सरकाया और उस पर बैठते हुए बोली, ''और तो ना कह रो हो कुछ ?''

''कह तो कछु भी ना रो हो, बस ई कहके गयो हो मैं कल संझा कू फिर आऊँगो।'' इतना कहकर पारो अपने हिल्ले सिर लग गई।

मन उचट गया असग़री का इसके बाद।

चाहते हुए भी उसकी आँखें नहीं लग रही हैं। हालाँकि भादों की ठंडी-ठंडी पुरवा हवा की मीठी थपकियों से देह वैसे ही अलसायी-सी और पलकें भारी-भारी रहती हैं लेकिन आज इन ठंडे झोंकों का न तो देह पर कोई असर हो रहा है और न ही पलकों पर। धुले हुए आकाश में तेज़ गति से उड़ते हुए बड़े-बड़े सफ़ेद और मटमैले बादलों के गुच्छों के पीछे वह तब तक दौड़ती रहती, जब तक वे ठिठोली करते हुए एक-दूसरे को आत्मसात नहीं कर लेते। दूर आकाश में चक्कर काटती चीलों से तभी नज़र हटती जब वे अपनी ओर भागकर आनेवाले बादलों के रंग में नहीं घुल जातीं। पता नहीं और कितनी देर तक असग़री बादलों के गुच्छों और चक्कर काटती चीलों की गति से खेलती रहती, यदि बाहर से उसे अपने नाम की आवाज़ सुनाई नहीं देती। जब तक सिर से उतरे पल्लू को असग़री दुरुस्त करते हुए खड़ी होती, आवाज़ देनेवाला अन्दर ही चला आया चौक में।

''कौन, हीरा का बाप ! आ जा बैठ जा।'' खटोले को सरकाती हुई बोली असग़री।

''असगरी, बैठना को टैम ना है। ऐसे कर मेरा बँगला पे ही चल।''

''हीरा का बाप, कोई खास बात ?'' उलटे पाँव वापस होते धनसिंह से पूछा असग़री ने।

''हाँ, कुछ ऐसी ही समझ ले।'' इतना कहकर धनसिंह बाहर निकल गया।

असग़री का दिल ज़ोर-ज़ोर-से धड़कने लगा। पीछे-पीछे हो ली वह धनसिंह के। जब तक धनसिंह का बँगला आता, असग़री के पाँवों की मानो जान ही निगल गई। धनसिंह, ज़ैतूनी या नसीब ख़ाँ द्वारा इस तरह अनायास बुलवाने का अर्थ होता है, उसकी ओर बढ़ते अनिष्टता के पदचापों से उसे आगाह कराना। पता नहीं कैसे इनको उससे

पहले ये पदचाप सुनाई दे जाते हैं ?

असग़री चुपचाप बँगले में आकर बैठ गई। धनसिंह ने हुक्के से चिलम उतारी। उसकी राख को बाहर निकालकर, हारे;में राख के नीचे धीरे-धीरे सुलग रहे उपलों के टुकड़ों को चिलम के साथ लटकी चिमटी से उठा-उठाकर उसे भर लिया। धनसिंह ने जानबूझकर असग़री को इतना वक़्त दिया कि वह अपने आने की वजह ख़ुद ही भाँप जाए। क्या पता उसे जो बताया गया है, वह झूठ हो।

हुक्के की नै को होंठों से लगाते हुए बोला धनसिंह, ''असगरी, एक बात पूछणी है ?''

एक बार फिर बढ़ गईं असग़री की धड़कनें। टूटते शब्दों को जोड़ते हुए बोली, ''कौ...कौन-सी ?''

''यही के आजकल एक आदमी तेरे घर बहुत आवे-जावे है तेरी गैर-हाजरी में।''

''मोहे तो पतो ना है।'' अन्दाज़ा होते हुए भी अनजान बन गई असग़री।

''चलो अच्छी बात है। जब मालिक ही बेखबर है तो हमन्ने कहा गरज पड़ी काई का फटा में पाँव देना की।''

''हीरा का बाप, बता तो सही आखिर बात है कहा ?'' असग़री के होंठ काँपने लगे पूछते हुए।

''तू तो असगरी, बहू का चाव में ऐसी आँधी हुई पड़ी है के अपनो घर ही भूलगी।'' धनसिंह के चेहरे पर झुँझलाहट तैरने लगी।

''ई कहा कह रो है हीरा का बाप !''

''तोहे बहू कहा मिली तेरी तो आँखन् पे ही चिरबी चढ़गी।''

''मेरी तो कुछ समझ में ना आ री है के तू कह कहा रो है !'' असग़री को अपनी शिराओं में ख़ून जमता-सा लगने लगा।

'असगरी, मेरी ई समझ में ना आ री है के तेरी जैसी बीरबानी दीन-दुनिया सू आखिर इतनी बेखबर कैसे है ?''

असग़री ने कुछ नहीं कहा इस बार। बस, दोनों हाथों की हथेलियों के बीच माथे को थामे बैठी रही।

''असगरी, सुनी है के तेरे घर आजकल चाँदमल आवे-जावे है ?''

''खुदा तलक मोहे पतो ना है...पर हाँ, बहू आज कुछ कह तो रही ही या बाबत।''

धनसिंह ने लम्बा हुंकारा भरा और इतनी ज़ोर-से कश खींचा कि चिलम की राख ने, कुछ देर पहले डाले गए पानी के साथ हलक़ में ही जाकर दम लिया। खाँसते-खाँसते आँखें निकल आईं धनसिंह की। बमुश्किल क़ाबू पाया उसने अपने आप पर।

कुछ देर रुककर धनसिंह फिर बोला, ''असगरी, तैने तो बहोत दुनिया देखी है फिर कैसे चूक होगी तोसू ? तोहे पतो है सारा मुहल्ला में कैसी-कैसी बात उड़ री हैं ? अभी कुछ ना बिगड़ो है, यासू पहले कि या गरीबी का पैबन्द में घुसके कोई तेरा भाँडा-बरतन्ने खँगाले, वासू पहले सँभल जा !''

"सच्ची, मेरी तो आँखन् पे ही चिरबी चढ़गी। अब तैने बात छेड़ ही दी है तो तोहे मैं बता दूँ के या चाँदमल की बात सुनके मेरो जी पहले सू ही ठिकाणे ना है।"

इसके बाद धनसिंह के पास बैठना मुश्किल हो-गया असग़री का। वह उठकर जाने लगी तो धनसिंह ने उसे टोकते हुए कहा, "पर एक बात ध्यान में रखियो, बहू सू मत कहियो कुछ। पहले अपनी तसल्ली कर लीजो। हो सके मैं ही झूठ बोल रो होऊँ !"

घर आकर धनसिंह के कहे के अनुसार असग़री ने बहू से कुछ नहीं कहा।

असग़री ने पौली में से खाट निकाली और दरवाज़े के बाहर बिछाकर बैठ गई। असग़री पूरे दो घंटे बैठी रही घर के बाहर। उसे आज अपनी आँखों के आगे से यह परदा धीरे-धीरे उठता दिखाई देने लगा कि जिस रास्ते से मोहल्ले के लोग आते-जाते हुए कतराते थे, वही अब उनके लिए आम रास्ता हो गया। जिस असग़री से मोहल्ले के मर्द बात करने से मुँह चुराते थे, उसी असग़री से बात करने का कोई-न-कोई बहाना अब तैयार रहता। चाँदमल का पिछले कई दिनों से उसकी ग़ैर-हाज़िरी में लगातार आने की वटें अब खुलती जा रही हैं। लेकिन पहले अपने सिक्के को भी ठोंक-बजाकर देखना ज़रूरी है, क्या पता उसी में खोट हो। इसलिए पारो जब भी घर की देहरी लाँघती, असग़री बेहद चौकसी बरतते हुए एक सधे हुए गुप्तचर की भाँति उसके पीछे हो लेती।

असग़री चौक में बिछी खाट पर न जाने उस दिन किस उधेड़बुन में थी, कि शाम के झुटपुटे के बीच उसके कानों में फत्तू के नाम की आवाज़ पड़ी। तुरन्त पहचान लिया असग़री ने आवाज़ को और इससे पहले कि वह कुछ तय कर पाती, चाँदमल पौली को पार कर चौक में आ गया।

"असगरी, फत्तू है कै ?" ओसारे में चून माँढ़ती पारो पर नज़र गड़ाते हुए पूछा चाँदमल ने।

"ऊ तो अभी है ना।" असग़री बेहद सफ़ाई से पारो और उसके बीच में आ खड़ी हुई।

"कब तलक आएगो ?" चाँदमल पूछ तो असग़री से रहा है किन्तु नज़र उसकी पारो पर ही टिकी हुई है।

"पतो ना।" छोटा-सा उत्तर देकर असग़री ने चाँदमल रो पीछा छुड़ाना चहा।

"तैने तो असगरी बात ही करनी छोड़ दी। बहू कहा आई तेरा तो तौर (नज़र) ही बदलगा।"

"कहा करें, काम-धन्धा सू फुरसत मिले जब न।"

"काम-धन्धा तो ऐसे कह री है जैसे तेरा धान सूख रा होएँ। ऐसी बात ना है असगरी, पड़ोसी तो आखिर पड़ोसी ही रहवे हैं।"

समझ असग़री भी अच्छी तरह रही है कि चाँदमल जानबूझकर बात को खींच रहा है, लेकिन चाहते हुए भी वह उससे जाने के लिए नहीं कह पा रही है।

चाँदमल पूरे अधिकार के साथ वहीं बिछी खाट पर बैठ गया। असग़री का पूरा चौक चमेली के इत्र की ख़ुशबू से नहा गया। हालाँकि चाँदमल का इस तरह बैठना असग़री को बिल्कुल अच्छा नहीं लगा, लेकिन पता नहीं वे कौन-सी वर्जनाएँ और मर्यादाएँ हैं जो उसके आड़े आ रही हैं। बीच-बीच में चाँदमल जब भी कनखियों से रोटी पो रही पारो को देखता, तब असग़री को लगता मानो कोई धारदार चाकू उसके कलेजे में उतर रहा है। गहराते झुटपुटे में जब-जब चूल्हे से आँच की लपटें उठतीं, तब-तब पारो का संगमरमरी जिस्म उसके रेशमी उजाले से नहा उठता। भादो की उमस और गरमी के कारण पारो पसीने से पूरी तरह भीग गई। बीच-बीच में वह जब घूँघट के भीतर से वक्ष से चिपकी क़मीज़ को अँगुली से अलग कर मुँह से फूँक मारती, चाँदमल लम्बा साँस खींचकर रह जाता।

"असगरी, सौ-पचास रुपिया की जरूरत पड़े तो बेखटके माँग लीजो। अरे, तू कोई हमसू दूर थोड़ेई है।"

"अऽऽऽ !" अचकचाते हुए जैसे नींद से जागी असग़री। नहीं पता उसे चाँदमल ने क्या कहा है।

"अरे, पईसा तो हाथ को मैल है..." इतना कहकर चाँदमल ने बग़ल की जेब से एक सिगरेट निकाली और उसे मुँह में लगाकर माचिस ढूँढ़ने लगा। इसी बीच उसने जेब में भरे हुए काग़ज़ों को कुछ इस तरह बाहर निकाला कि उनके बीच रखे हुए सौ-सौ के दो नोट छिटककर ज़मीन पर गिर गए। उसने कुर्ते की सारी जेबें टटोल मारीं किन्तु उसे माचिस नहीं मिली, क्योंकि वह उसे मिलनी ही नहीं थी।

"असगरी, माचिस दीजो !" चाँदमल ने जानबूझकर पारो को सुनाते हुए कहा।

पारो ने तुरन्त चूल्हे की बग़ल में पड़ी माचिस उठाकर चाँदमल की ओर फेंक दी।

चाँदमल ने सिगरेट जलाई और एक लम्बा कश खींचकर, धुएँ का बड़ा-सा गुब्बार हवा में छोड़ा तथा यह कहते हुए खड़ा हो गया, "असगरी, या घर कू चाँदमल का दरवाजा सदा खुला हैं। जब जी करे आ जइयो !"

इतना कहकर चाँदमल ने अँगुलियों के बीच दबी सिगरेट की थूथनी से राख झाड़ी और कश खींचता हुआ बाहर निकल गया।

चाँदमल के जाते ही असग़री लम्बा साँस खींचते हुए बड़बड़ाने लगी, "कैसो बोहरा की पूँछ बण रो है के सौ-पचास रुपिया की जरूरत पड़े तो माँग लीजो। ढेड, तेरे कनै जाए मेरी जूती। भूखी मर जाऊँगी पर तेरी दहली पे हाथ ना फैलाऊँगी।"

असग़री देर तक चाँदमल से पीछा छुड़ाने की तरकीबें सोचती रही परन्तु उसे दूर तक कोई भी तरकीब नहीं सूझी। इन्हीं युक्तियों और उपायों से जूझती हुई न जाने कब उसकी आँखें लग गईं।

अगले दिन सवेरे-सवेरे पारो ने सिर पर परात रखी और बाहर की ओर जाते हुए असग़री से बोली, "मईया, मैं पोखरी ते एक तसला कीच भर लाऊँ। सारो कुठला फूटो परो है...चाखी को गरंड भी ठीक ना है। सोच री हूँ आज सबन्ने ठीक कर दूँ।"

पारो की बात सुनते ही असग़री के भीतर अंकुरित हो चुके संशय और सन्देह के कान खड़े हो गए।

"चल, मैं भी चलूँ तेरे साथ। दोनूँ सास-बहू एक ही चक्कर में लिआँगा।" असग़री ने पारो को कुरेदना चाहा।

"ना रहन दे मईया, मैं ही लिआँऊगी।"

असग़री ने बहू को ग़ौर से देखा—बिल्कुल ऐसे मानो उसके चेहरे से कुछ टोहना चाहती है। असग़री ने दोबारा नहीं कहा। कहीं ऐसा ना हो कि पारो को शक हो जाए और सारे खेल पर पानी फिर जाए। इसलिए इतना पूछकर चुप हो गई, "और भी कोई जा री है साथ ?"

"ना, इकली जा री हूँ।" पारो ने शाइस्तगी से कहा।

"ठीक है, जल्दी अइयो !"

असग़री को जब अंदाज़ा हो गया कि पारो आधे रास्ते पहुँच गई होगी, तब उसने भी तुरन्त परात उठाई और उसके पीछे हो ली।

अंदाज़ा एकदम सही निकला असग़री का। लेकिन यह क्या, यह कौन है पारो के पीछे-पीछे जो तेज़ी-से उसी की ओर लपका जा रहा है ? असग़री की चाल में एकाएक तेज़ी आ गई। सास-बहू के बीच फ़ासला तेज़ी-से कम होने लगा और जैसे ही असग़री ने देखा कि उसकी बहू के पीछे-पीछे तेज़ी-से जानेवाला और कोई नहीं चाँदमल है, तो सिर पर रखी अपनी परात को नहीं सँभाल पाई और नीचे गिरते हुए चीख़कर चुप हो गई।

चाँदमल ने पलटकर देखा। चेहरा एकदम सफ़ेद पड़ता चला गया।

पारो को भी यह देखकर हैरानी हुई कि जब सास साथ न आने के लिए मान गई थी, तब वह क्यों चली आई ? ख़ैर, दोनों ने अपनी-अपनी परात भरी और घर चली आईं।

असग़री ने घर तक का फ़ासला कैसे तय किया, वही जानती है। पता नहीं कीच से भरी परात भी ज़मीन तक कैसे आई।

घर में घुसते ही फट पड़ी असग़री।

"मोहे तो पहले ही पतो ही के ई रंडी ना बसा पाएगी मेरा छोरा को घर। सही कह रो हो हीरा को बाप के मोहे बहू कहा मिली, मेरी तो आँखन् पे ही चिरबी चढ़गी।"

सास का यह उलाहना सुनकर पारो भौंचक रह गई। उसकी समझ में नहीं आ रहा है कि कीच लाने तक घर उजड़ने या बसने की ऐसी कोई बात नहीं थी फिर यह एकाएक कहाँ से आ घुसी ? अचानक सास को यह क्या हो गया ? पारो ने कीच में सने हाथ जल्दी-जल्दी धोए और असग़री के पास आकर उसका हाथ पकड़ते हुए बोली, "मईया, कहा बात होगी आज ?"

"चल, आई मईया की चोदी ! मैं ना हूँ काई की मईया-वईया। उन्हीं खसमन् के पै जा जो तेरे पीछे-पीछे पूँछ हलाता डोले हैं।" तुनकते हुए अपना हाथ झटक लिया असग़री ने।

पारो की समझ में अभी भी नहीं आया कुछ। इससे पहले तो कभी ऐसा नहीं कहा। इस बार पारो केवल गम्भीर ही नहीं अपितु थोड़ा-सा सख़्त भी हो गई।

"मईया, साफ-साफ कह, बात कहा है ?"

"हरामन, अभी भी साफ-साफ कहना की कसर रहगी ! मेरी अब समझ में आई के तू मोहे अपने साथ कीच लेण कॉंई लू ना ले जारी ही। हुँ, ले जाती तो कैसे बतलाती अपना यार सू।"

अब आया पारो की समझ में असली मामला कि सास उस पर इतना गम्भीर लांछन क्यों लगा रही है। पारो कुछ क्षण तो चुप रही फिर असग़री की आँखों में आँखें डाल मुस्कुराते हुए बोली, "मईया, मोपे तोहे अकीन है या ना ?"

"धसड़ी, अकीन करो हो जभी तो ई बात हो री है। मैं भी दुनिया की ताईं तेरे नकेल घालके रहती तो ये दिन ना देखना पड़ता।"

"देख मईया, अगर अकीन है तो अपने मगज ते ये उल्टी-सीधी बात निकास दे और ना है तो नकेल घालके भी देख ले, जे मैं सात तारेन् (तालों) में भी रुक जाऊँ तो।"

असग़री ने झटके से देखा पारो की तरफ़।

"हाँ मईया, अगर मैं ऐसी होती न तो तेरे सपूत के संग ऐसे आँख मूँद के ना चली आती...अपने खादर में ही काई कोठा पे जा बैठती। मईया, मेरे साथ तो ऐसी भई है के अगर तू सुन लेएगी न तो तेरो करेजा फट-फट जाएगो।"

असग़री ने कोई प्रतिक्रिया व्यक्त नहीं की। बस, अपलक पारो की उन आँखों में देखती रही जिनके कोरों से छोटी-छोटी बूँदें झिलमिलाने लगी थीं।

"मईया, मैं सब समझ री हूँ के ई चाँदमल अपनी बेटी के बराबर तेरी बहू के चक्कर क्यों लगा रो है ! मैं दो-चार दिनाँ और देख री हूँ। या रोग ए मईया मैं ही काटूँगी एक दिन।"

असग़री को पूरा घर घूमता-सा दिखाई देने लगा।

"प...पर ऊ ढेड तेरे पीछे..."

"मोहे ना पतो ही के कोई मेरे पीछे आ रो है। मोहे तो पतो भी जभई लगी जब मैंने परात गिरने की अबाज सुनी ही। मईया, एक बात और सुन ले कान खोलके के मैं जो हँस-हँस के पूरे मोहल्ले ते बात कर लू हूँ, तो जाको ई मतलब ना है के मेरी कोई इज्जत ना है। ऐसे करम करने ते पहले तुम दोनों माँ-बेटा मेरो मरी को मुँ भले ही देखियो।" कहते-कहते पारो की आँखें भर आईं।

इतने दिनों बाद समझ पाई असग़री अपनी बहू को। उसने कल्पना भी नहीं की थी कि पारो इस तरह किताब के पन्नों की तरह खुलती चली जाएगी। असग़री को

आज अहसास हुआ कि मिलनसार स्वभाव का अर्थ वह नहीं है, जैसा वह समझ बैठी थी। असग़री के दिल और दिमाग़ पर पारो को लेकर अविश्वास की जो काई जमी पड़ी थी, आज वह पूरी तरह साफ़ हो गई।

चार

इधर शाम का झुटपुटा होता और उधर चाँदमल किसी-न-किसी बहाने पहुँच जाता असग़री के घर। असग़री दिन पर दिन अपने आपको एक ऐसे भँवर में फँसता हुआ महसूस करने लगी कि जितना वह उससे बाहर निकलने का प्रयास करती, वह उसमें और भीतर उतरने लगती। एक तरह से उसकी हिम्मत टूट गई। असग़री ने बहुत सोचा, अनेक रास्ते खोजे मगर थोड़ी दूर जाकर वे स्वयं ही बन्द हो जाते। उसके दिमाग़ ने जैसे काम करना बन्द कर दिया।

हारकर जब उसे कुछ नहीं सूझा तो पहुँच गई सीधी धनसिंह के बँगले पर। लेकिन यह क्या ? यहाँ तो पहले से ही नसीब ख़ाँ बैठा हुआ है। अब क्या करे असग़री ? विचित्र दुविधा में फँस गई वह। एक बार सोचा भी कि वापस हो ले लेकिन क्या इससे समस्या हल हो जाएगी ? नसीब ख़ाँ की भी नज़र पड़ गई उस पर। अब वापस लौटना भी मुश्किल है।

बहुत सोचा असग़री ने। निर्णय-अनिर्णय के बीच वह ऐसी फँसी कि पाँव कब बँगले की ओर बढ़ गए पता ही नहीं चला। असग़री चुपचाप आ बैठी बँगले में। धनसिंह और नसीब ख़ाँ की समझ में कुछ नहीं आया कि असग़री का इस तरह चुप आकर बैठने का क्या अर्थ हो सकता है ? धनसिंह ने सोचा कहीं यह उस दिन की बात का बुरा तो नहीं मान गई है। कहीं उसी का उलाहना देने तो नहीं आई है ! धनसिंह की हिम्मत नहीं पड़ी कि कम-से-कम वह असग़री से उसके आने का कारण ही पूछ ले।

"हाँ री असगरी, अब कौन-सी आफत आ पड़ी ?" अन्ततः नसीब ख़ाँ को ही पूछना पड़ा।

"कहा बताऊँ रईसन का बाप, या बीरबानी की जात को तो जीणो ही मुहाल है।" असग़री ने गहरा साँस लेते हुए बात चलाने का आधार बनाया।

"कहा मतलब ?" चौंकते हुए पूछा नसीब ख़ाँ ने।

"बात ही कुछ ऐसी है के जो ना कहते बने, ना सुनते बने।"

"साफ-साफ कह, आखिर रोग कहा है ?"

"कहा बताऊँऽऽ हमारी जान लू (के लिए) तो एक बिणजार (साँड) अच्छो निपज रो है। ढेड, रोज आ बड़े है घर में।" पलभर के लिए भूल गई असग़री कि वह नसीब ख़ाँ से किसकी शिकायत करने जा रही है।

''ऐसो कौन-सो बिणजार है अन्यायी जो रोज आ बड़े है ?'' नसीब ख़ाँ अपनी याददाश्त को आगे-पीछे खिसकाते हुए अंदाज़ा लगाते हुए बोला।

''हाँ यार, बिणजार है जभी तो रोज आ बड़े है।'' समझ गया धनसिंह कि असग़री किसके बारे में कह रही है।

''और कौन है रईसन का बाप, वही है जो...''

धनसिंह ने आँख के इशारे से असग़री को आगे कहने से मना कर दिया।

''हद है यार, कैसे कोई काई का घर में बड़ जाए ! अरे, वाहे साफ मना कर देओ के...''

''साफ-साफ ही तो मना ना करी जाए, यही तो जलन है।'' असग़री अपनी सीमाओं का वास्ता देती हुई बोली।

''नसीब खाँ, बात इतनी सूधी ना है जितनी तू समझ रो है।'' धनसिंह भी पूरी बात नहीं चाहता था खोलना।

''और तम अब बता रा हो ! धनसिंह, तोहे जब सारी बात पतो ही तो तैने भी छुपाके राखी।''

असग़री और धनसिंह दोनों चुप रहे।

''मेरी तो हीरा का बाप या बात पे बहू सू कहा-सुनी और होगी। बेमतलब मैं वाकी आँखन् सू और उतरगी।''

''तो याको मतलब ई हुओ के तैने बहू पे सक करो हो। मैं तो कहणो कुछ और चाह रो हो और तैने बहू जा छेड़ी।'' धनसिंह असग़री को डाँटने लगा।

''और कहा करती, पहले अपणो सिक्का भी तो परखनो जरूरी हो।''

''असगरी, तैने ई अच्छो ना करो। बहू को मुँह खुलवाके समझदारी ना दिखाई तैने।''

''और कोई रस्ता भी तो ना हो हीरा का बाप।''

नसीब ख़ाँ दाल-भात में मूसलचन्द की भूमिका निभाते हुए चुपचाप इस परिसंवाद को सुनता रहा। जब वे दोनों चुप हो गए, तब उसने अंदाज़ा लगाते हुए कहा, ''एक बात बता असगरी, तमने वासू सौ-पचास रुपिया उधार तो ना ले राखा हैं ?''

''रईसन का बाप, मैंने तो चोदा सू...'' कहते-कहते रुक गई असग़री कि नसीब ख़ाँ को कैसे पता चला इस बारे में।

''हाँ-हाँ याद कर, लिया होएँ कदी !''

नसीब ख़ाँ के चेहरे के भावों को देखकर असग़री समझ गई कि सचमुच वह किसी और के बारे में सोच रहा है।

''मैंने तो फूटी कौड़ी भी ना ले राखी है।''

''और फत्तू ने ?''

''फत्तू की मोहे पतो ना।'' असग़री ने बताया।

''असगरी, ऐसे कर पहले फत्तू सू पतो कर ले। अगर वाने ले राखा हैं कुछ

पईसा-धैला, जभी देखंगा कोई रस्ता।''

''और हाँ, वासू ई भी दरयाफ्त कर लीजो के वाने (उसने) और किस-किससू ले राखा हैं उधार !'' नसीब ख़ाँ की बात को आगे बढ़ाते हुए कहा धनसिंह ने।

सुनते ही असग़री ने माथा पीट लिया।

पारो, वह तो सुनते ही आपे से बाहर हो गई। मारे ग़ुस्से के चेहरा सुर्ख़ हो उठा। अब समझ में आया दोनों सास-बहू के चाँदमल का रोज़ाना शाम होते ही आने का बहाना।

इसके बाद पारो से रुका नहीं गया।

''ऐसो कर, यासू तो बढ़िया मोहे सजाके काई हाट में बिठा दे फिर देख कैसे नोटन् की धाँग लग जाएगी। मैं तेरे साथ याही मारे आई ही के तू मेरे पीछे आदमीन् की लेन लगा देएगो। या...यासू तो बढ़िया है मोहे काई कुआ-पोखर में धक्का दियाऽऽ...'' कहते-कहते पारो की रुलाई फूट पड़ी।

इस बीच असग़री कुछ नहीं बोली। पारो के भीतर जो लावा खदबदा रहा है, वह जितना बाहर आएगा, उतना ही अच्छा रहेगा। फत्तू चुपचाप सिर झुकाए पारो के उलाहनों को सुनता रहा।

''तेरे इन करमन्ने मैं मईया की आँखन् में भी गिरा दी। अब देखूँगी मैं वा चाँदमल ए के ऊ कितनो बड़ो धन्ना सेठ है। आन दे वाहे, मैं भी असल खादर की ना जो दारी के ए दिन में तारे ना दिखा दूँ तो...।'' कालिया साँपन-सी फुफकारती हुई ओसारे में चली गई पारो।

असग़री ने पारो का यह रूप देखा तो देखती रह गई। थोड़ी देर के लिए वह विचलित हो गई यह सोचते हुए कि कहीं उसकी दहली पर कोई अनर्थ तो होने नहीं जा रहा है ? लेकिन इससे पहले जो अनर्थ हो चुका है उसका क्या ? यही सोचकर उसने गहरा साँस खींचा कि हो सकता है, इसके बाद उसे नसीब ख़ाँ और धनसिंह के पास जाने की ज़रूरत ही न पड़े।

● ●

जैसी उम्मीद थी, वैसा ही हुआ।

अन्य दिनों की तरह चाँदमल मग़रिब की नमाज़ के बाद फिर आ पहुँचा। फ़ाइन का सफ़ेद तहमद, पाँवों में कुरम की ताज़ा-ताज़ा पॉलिश की गई जूतियों के साथ चमेली के इत्र की ख़ुशबू से, असग़री का पूरा चौक महक उठा। नाई द्वारा तराशे गए ताज़े-ताज़े ख़त पर हुए ख़िज़ाब के बावजूद अनेक सफ़ेद बाल पूरी ढीठता के साथ उसमें से झाँक रहे हैं। सिर की सफ़ेदी प्रौढ़ता की अन्तिम सीढ़ियों को पार कर अपने होने का साफ़ ऐलान कर रही है। चाँदमल ने कोई कमी नहीं छोड़ी सच्चाई के आईने

से झूठ बोलने में।

असग़री नमाज़ पढ़ते ही किसी अनहोनी के भय से पहले ही खिसक ली। रही बात फत्तू की, उसके आने का कोई समय नहीं है। आ जाए तो अभी टपक पड़े और ना आए तो इन्तज़ार करते-करते खाना तक ठंडा हो जाए।

कहने का तात्पर्य यह है कि स्थितियाँ एकदम चाँदमल के अनुकूल हैं अर्थात् मैदान बिल्कुल साफ़ है।

आदतन चाँदमल ने पहले बाहर से फत्तू को आवाज़ लगाई लेकिन इससे पहले कि जवाब में अन्दर से फत्तू के होने या न होने की कोई सूचना आती, चाँदमल दहली पार चुका था।

''डोकरा, जे तो अभई आए ना हैं।'' चाँदमल को बीच चौक में आया हुआ देख पारो बोली।

''और असगरी ?'' चाँदमल ने आँखों ही आँखों में पूरे घर को खँगालते हुए पूछा।

''पतो ना, जे भी कहाँ गई हैं।'' पारो ने संक्षिप्त-सा उत्तर देकर उसे चलता करने की कोशिश की।

पारो का जवाब सुनते ही चाँदमल एक ही छलाँग में जन्नत के द्वार पर पहुँच गया। इत्र की ख़ुशबू से पूरी फ़िजा महक उठी। सामने घूँघट में खड़ी पारो उसे पारो नहीं, जन्नत की सबसे हसीन और ख़ूबसूरत हूर दिखाई देने लगी।

पारो ने दुपट्टे को ठीक करने के लिए हाथ उठाया कि चूड़ियों की खनक से चाँदमल तड़ाक से वापस असग़री के चौक में आकर गिरा।

''कब तलक आंगा दोनूँ ?'' चौक में खाट की ओर बढ़ते हुए पूछा चाँदमल ने।

''कछु पतो ना डोकरा।''

''तो फिर ठीक है मैं उनका आना की बाट देख लूँगो।''

''डोकरा, बैसे कोई ऐसो-बैसो काम तो ना है ?''

''ना, काम तो ना है बस्स ऐसेई चलो आयो।'' इस बीच चाँदमल खाट तक पहुँच गया।

चाँदमल ने खाट बिछाने के लिए हाथ बढ़ाया ही था कि पारो ने उसे रोकते हुए कहा, ''ठीक है डोकरा, जा बखत कोई है ना घर में, थोड़ी देर में आ जइयो।'' पारो का धैर्य तेज़ी-से चूकने लगा।

''कोई बात ना है, मैं हूँ तो सही। मैं भी तो तिहारो ही आदमी हूँ।'' इतना कहकर चाँदमल ने खाट बिछाई और अभी उस पर बैठनेवाला ही था कि लपककर तेज़ी-से पारो खाट फिर से खड़ी करते हुए बोली, ''डोकरा, अभई मैं भलमनसाहत के साथ कह री हूँ नहीं तो...'' कहते-कहते रुक गई पारो।

''नहीं तो क़हा करेगी ?'' तमतमाते हुए पूछा चाँदमल ने।

''मैं पूरा मोहल्ला ए इकट्ठो कर लूँगी।''

''मुहल्ला ए इकट्ठो कर लेएगी...कहा करेगी तू मुहल्ला ए इकट्ठी करके ?''

"देख डोकरा, रार बढ़ाने में कोई फायदा ना है। मैं अभई आराम ते कह री हूँ।"

"आराम सू कह री है...आखिर तू है किस बाड़ी को बथुआ...ऐसी सती-सावतरी होती तो तू..."

चाँदमल का इतना कहना था कि पारो, वह तो मानो ऊपर से नीचे तक झुलस गई।

"डोकरा, अपने आप चले जाओगे जे मैं धक्का देके बाहर करूँ !"

"तू धक्का देके बाहर करेगी...हाथ तो लगाके देख मेरे, दारी की खूसनी (शलवार) ए तार-तार ना कर दूँ तो।"

फिर क्या था। पारो, पारो नहीं रही। शेरनी की तरह वह चाँदमल पर इतनी तेज़ी-से झपटी कि जब तक वह कुछ समझ पाता, सिर पर बँधे फेंटे का एक सिरा पारो के हाथ में था और बाक़ी ज़मीन पर गिरकर दूर तक खुलता चला गया।

चाँदमल ने ऐसी कल्पना ही नहीं की थी।

अँधेरा छा गया उसकी आँखों के आगे। लगा जैसे छोटे-छोटे जुगनू जल-बुझ रहे हैं। कुछ क्षणों के बाद उसे होश आया तो बदहवास वह बाहर की ओर लपका। इससे पहले कि पारो उस तक दोबारा पहुँचती, चाँदमल बीच रास्ते में था। पता नहीं अधेड़ जिस्म में इतनी चपलता और स्फूर्ति कहाँ से आ गई। फेंटे और स्वयं को सँभालने के चक्कर में एक जूती ही भीतर रह गई।

देखते ही देखते पूरा मोहल्ला इकट्ठा हो गया। इस बीच असग़री के पास भी इसकी ख़बर पहुँच गई।

पूरे मोहल्ले को इकट्ठा हुआ देख चाँदमल ने विषय ही बदल दिया, "लेओ सुन लेओ, ई है भलाई को नतीजो ! गरीब माणस समझ के एक तो सहारा देओ और ऊपर सू तोफान भी लगवाओ। अरे, जब लेके चुकानो बस की ना हो, तो जरूरी हो उधार लेणो...!"

थोड़ी देर के लिए जमा भीड़ की समझ में कुछ नहीं आया, किन्तु आते ही जब असग़री ने चाँदमल के छिलके उतारने शुरू किए, तब कहीं जाकर मामले की गाँठें खुलनी शुरू हुईं। तब तक उसके तीनों लड़के वली मोहम्मद, हसन मोहम्मद, दीन मोहम्मद तथा उनकी पत्नियाँ जुम्मी और मजीदन भी आ पहुँचीं। पता नसीब ख़ाँ और ज़ैतूनी को भी लग गया था मगर वे दोनों फ़िलहाल जानबूझकर नहीं आए। आए भी तो अन्य तमाशबीनों की तरह। भीड़ में एक तरफ़ खड़े रहे चुपचाप।

असग़री तो मारे क्रोध के काँपने लगी, "ढेड, तू मेरी बहू की खूसनी ए तार-तार करेगो ! हाथ तो लगाके देख दारी का ए कच्चो ना चबा जाऊँ। अबके तू मेरे घर मऊँ (की ओर) झाँकके देख जो तेरा दीदान्ने ना फोड़ दूँ...तू खूसनी ए तार-तार करेगो ! ढेड ले, तू पहले मेरी ए कर...मैं देखूँ तू कितनो बड़ो मरद है...कितनी आग भरी पड़ी है तेरे भीतर। खूसनी फाड़नी है तो अपनी छोरीन् की फाड़...औ...और अपनी इन बहून् की फाड़ !" असग़री ने हाथ नचाते हुए वहाँ मौजूद उसकी बहुओं पर निशाना साधते हुए कहा।

कहने का मतलब यह है कि अकेली असग़री चाँदमल के पूरे परिवार पर भारी पड़ने लगी।

इसी बीच न जाने कब फत्तू भी आ गया।

फत्तू पर नज़र पड़ते ही चाँदमल की जैसे जान में जान आ गई। वह तुरन्त लपककर उसके पास गया और उसे हड़काते हुए बोला, "कीं (क्यों) रे नाई का, या दो कौड़ी की बीरबानी सू हमारी इज्जत उतरवाणा के मारे तैने ये पईसा उधार लिया हा ?"

"दो कौड़ी की होंगी तेरी सगी-सहोदरी !" असग़री पुनः चाँदमल पर धावा बोलते हुए चिल्लाई।

फत्तू ने चाँदमल की बात का कोई जवाब नहीं दिया बल्कि उलटा अपनी माँ को ही डाँट दिया।

इस बार चुपचाप खड़े नसीब ख़ाँ से रुका नहीं गया और भीड़ से निकलकर थोड़ा आगे आ गया। जिस्म में तो उसके चाँदमल की बातें सुनकर पहले ही आग लगी जा रही थी, किन्तु वह यही सोचकर चुप रहा कि अच्छा है अगर मामला आपस में ही निपट जाए।

मगर फत्तू ने जब दोबारा अपनी माँ को डाँटा तब नसीब ख़ाँ से नहीं रहा गया। वह फत्तू के पास गया और उसकी बाज़ू पकड़ अपनी ओर घुमाते हुए बोला, "कीं रे फत्तू, ई सही बात है के तैने या चाँदमल सू कुछ पईसा ले राखा हैं ?" नसीब ख़ाँ ने जानबूझकर पूरे मोहल्ले के सामने यह प्रश्न किया था फत्तू से।

"हाँ।"

"फिर दे क्यों ना रहो है ?" अगला सवाल धनसिंह ने किया।

"काका, मना कौन कर्‌रो है।"

"अरे, ई तो मना करना सू भी बुरो है के अपने घर बुलाके..."

"चाँदमल, तू थोड़ी देर चुप रह...जब तोसू बात करें जभी बोलियो !" नसीब ख़ाँ ने चाँदमल को डाँटते हुए चुप करा दिया। इसके बाद वह पुनः फत्तू की तरफ़ पलटा और उससे बोला, "चलो ठीक है तू मना ना कर्‌रो है, पर या चाँदमल ए रोज-रोज अपने घर काँई लू बुलावे है...तेरी ई बेवा माँ और तेरी घरवाली ही चुकाएँगी कै याका करज ए ?" हल्के-से असलियत के पेंदे में सेंध लगाते हुए घेरा फत्तू को।

"... ..."

"अन्यायी, चुप क्यों है...बोल, क्यों बुलावे है अपने पीछे सू ?" नसीब ख़ाँ ने इस बार थोड़ा-सा सख़्त होते हुए पूछा।

"हाँ रे, जुआब देए न !" अबकी बार धनसिंह भी नसीब ख़ाँ के साथ हो लिया।

"काका, मैंने तो ना कही घर आना की। काका चाँदमल अपने आप ही आवे है, और फिर मोहे तो पतो भी आज ही चली है।" फत्तू ने दोटूक मना कर दिया।

"हाँ रे चाँदमल, फत्तू सही कह रो है ?" धनसिंह ने नसीब ख़ाँ के बजाय ख़ुद पूछा चाँदमल से।

"ध...धनसिंह, तो कहा मैं अपनी रकम ए भी लेण ना आऊँ याके घर। मेरी रकम कोई हराम की है ?" चाँदमल अकबका गया।

"कौन कह रो है के तेरी रकम हराम की है, पर पहले वा बात को जुआब दे जो अभी फत्तू ने कही है !"

धनसिंह और नसीब ख़ाँ के सवालों से घिरे चाँदमल को कोई रास्ता नहीं दीखा, जिससे होकर वह पूरे मोहल्ले की आँखों से बेदाग़ बच निकले।

"ना भई चाँदमल, हमें तो तेरो ई सहूर (शऊर) अच्छो लगो ना। मेरे यार, एक कहावत है के हिन्दू बुढ़ापा में जाके बिगड़े है और मुसलमान बुढ़ापा में आके सुधरे है, पर तैने तो ई कहावत ही उल्टी करके दिखा दी। अन्यायी, लोग तो हज्ज करन जावे हैं या मारे के उनको ध्यान खुदा की इबादत और दीन में लगो रह...पर तैने तो अपना मक्का-मदीना भी लजा दिया। पतो ना तैने ई करम कहा सोचके करो हो। मेरे यार, ई तो सोचतो के खुदा के घर भी जुआब देणो है।" इतना कहते हुए धनसिंह नसीब ख़ाँ को लेकर अपने बँगले पर आ गया।

धनसिंह ने जिस शालीनता के साथ चाँदमल को पूरे मोहल्ले के सामने शर्मसार किया, उसे देखकर सबको विश्वास हो गया कि यदि चाँदमल में थोड़ी-सी भी ग़ैरत होगी, तो भविष्य में ऐसी हरकत करने से पहले उसे कई बार सोचना पड़ेगा। असग़री, उसने तो जैसे राँद ही काट दी। इसके बाद चाँदमल का असग़री की तरफ़ आना तो दूर रहा, वह उसके घर की ओर पाँव करके सो जाए तो भी ग़नीमत है।

पता नहीं कब चुपके-से ज़ैतूनी जुम्मी और मजीदन के साथ चाँदमल को वहाँ से खिसकाकर ले गई ? घर जाकर यही नहीं हुआ चाँदमल के साथ कि सारी बहुओं समेत ज़ैतूनी ने उसका आरता नहीं उतारा, वरना परोक्ष रूप से वह सब हो चुका था, जो इस उम्र में नहीं होना चाहिए था।

धनसिंह के बँगले पर आने के बाद देर तक एक गहरे सदमे के बीच दोनों हाथों में सिर को थामे बैठा रहा नसीब ख़ाँ।

"नसीब खाँ, यार चाँदमल ने तो ई बात साबित करके दिखा दी के *एक पूत सपूत सू, समन्दर तिरे जहाज/हो जाए एक कुपातर कोख में, सारा जाए कुटम की लाज।"*

"धनसिंह, हीनी (यहाँ) आके तो मरनो हो जाए है। सही कहूँ या चाँदमल ने हम कहीं का ना छोड़ा।"

"जान दे यार, अपने आप भुगतेगो। वैसे भी *रँडुआ को कहा माजनो, जमीं बिना कहा लोग/पुतर बिना कहा रोसनी, दूध बिना कहा भोग।"*

"ई बात तो तेरी सही है के ऐसा को यही माजनो होनो चाहिए पर अन्यायी धूल तो पूरा कुणबा की पिटे है। अरे, ई चाँदमल या बात ए काँई लू भूल रो है के *पाप करा तीनूँ गया, धरम, करम और बंस/तीनूँ टीला देख ले, रावण, कैरू (कौरव) और कंस।"*

"हुँऽऽऽ।" धनसिंह ने हुंकारा भरा और यह कहते हुए राख में दबी धीरे-धीरे सुलग

रही आँच को कुरेदने लगा, ''यही सोच लेतो, तो ऐसी हया ना जुतती।''

नसीब ख़ाँ इसके बाद उठकर अपनी कचैड़ी में आ गया।

कई दिनों तक मोहल्ले ने पारो को घर से बाहर निकलते हुए नहीं देखा। जिन्होंने देखा भी उनके अनुसार जो पारो हँस-हँसकर बातें किया करती थी, वह हँसी ऐसे ग़ायब हो गई जैसे आसमान से बे-मौसम मेघ। उसकी इस हँसी पर किसी ने जैसे कोई बंधेज लगा दिया। अरसे तक किसी ने नहीं देखा पारो को पहले की तरह किसी से घड़ी-दो घड़ी रुककर बातें करते हुए।

पाँच

बत्तो आज सवेरे से ही चाक की तरह चकरघिन्नी बनी घूम रही है। उसका एक पाँव घर के भीतर है तो एक घर से बाहर। बर्तनोंवाले घर में वह कितनी बार जा चुकी है, उसे ख़ुद नहीं मालूम। उसकी ख़ुद की समझ में नहीं आ रहा है कि आज वह क्यों इस तरह बौरा रही है ?

आखातीज के आसपास वैसे भी उसका सिर घूमा रहता है। इसलिए कभी-कभी उसे अपने आप पर वहम-सा होने लगता है कि कहीं वह सचमुच बौरा तो नहीं गई है, क्योंकि इन दिनों न तो उसे खाने की सुध रहती है, न पीने की। बस, पौ फटते ही माटी में जा मढ़ती है। न ख़ुद का नहाने-धोने का पता और न बच्चों की सार-सँभाल। कई बार तो छह-छह दिन हो जाते हैं सिर को धोए हुए। इसीलिए बक़ौल उसके पति हीरा कि अगर कोई बत्तो के सिर से ओन्ना हटाकर, और एड़ियों में पड़ी गहरी बिवाइयों के साथ हाथों पर जमी मैल की पपड़ियों को देख ले, तो उसके हाथ का पानी भी न पिए।

दोपहर का चौका-बर्तन भी उसने बेहद हबड़-तबड़ में निपटाया। इस हबड़-तबड़ का इसी से अंदाज़ा लगाया जा सकता है कि मसूर की रँदी हुई दाल और चार रोटियों को काँसे की थाली में रख, जब उसे हीरा के सामने रखकर वापस पानी लाने के लिए पलटी, तो उसे हीरा की बड़बड़ाहट सुनाई देने लगी। बत्तो ने पलटकर देखा तो पाया कि हीरा रोटियों को उलट-पुलटकर देख रहा है।

'याकी तो आदत है हर चीज में नखरा लगाना की।' बत्तो भी बड़बड़ाती हुई पानी लेने चली गई।

बत्तो जब पानी से भरा गडुआ लेकर वापस आई, तब आते ही हीरा उस पर बिना टिकट चढ़ बैठा, ''यासू तो बढ़िया है एक दिन जहर लाके खवा दे, जासू सारी राँडा-नपूती ही खतम हो जाए। सारे दिन या माटी में हाड़ तुड़वाओ, फिर भी मजाल है एक गल्ला

टूक ढंग को तो मिल जाए !"

क्षणभर के लिए बत्तो सकपकाती चली गई। उसकी समझ में नहीं आया कि हीरा को एकाएक यह हो क्या गया है ? थाली लेकर आई थी तब तो अच्छा-भला था, अब इस पर कौन-सी खेड़ा देवत[1] चढ़ बैठी है ?

"कहा हुओ, कैसे आपा सू बाहर हुओ जा रो है ?" बत्तो ने भी तुनकते हुए पूछा।

"हुओ तेरी माँ को..." कहते-कहते रुक गया हीरा। एक पल रुककर फिर बोला, "ई दाल राँदी है ?" आथरी[2] में टेढ़ी करके रखी हुई थाली में पड़ी दाल में रोटी के टुकड़े को डुबोकर दाल के निथरे हुए ज़र्द पानी को दिखाने लगा।

"ठीक तो रँदी है। जल्दबाजी में थोड़ी-बहोत खड़ी रह ही जावे है।"

"चलो खड़ी रह जावे है पर याहे चाखके देख !" भन्नाते हुए हीरा ने थाली बत्तो की ओर बढ़ा दी।

बत्तो की समझ में फिर भी कुछ नहीं आया। इसलिए उसने अपनी तसल्ली के लिए यह कहते हुए रोटी का टुकड़ा डुबोया, "सत्यानासी या टूँटी का पानी में दाल घुटे ही ना है..." और बत्तो ने जैसे ही दाल में डूबे टुकड़े को मुँह में रखा कि उसे लगा रोटी का टुकड़ा न तो हलक़ से नीचे उतरता बन रहा है, न बाहर निकलता बन रहा है। बमुश्किल हलक़ से नीचे उतारा बत्तो ने उसे।

"आऽऽऽ मैं तो यामें निपूतो नून ही गेरनो भूलगी।" खिसियाते हुए बत्तो ने अपनी ग़लती स्वीकारते हुए कहा।

"चलो, दाल में तो नून गेरनो भूलगी पर इनमें कहा आग लगूगी ?" थाली में से एक रोटी उठाकर बत्तो को पलटते हुए दिखाया हीरा ने।

बत्तो ने सारी रोटियाँ उठाईं और उन्हें अन्दर ले जाते हुए बोली, "दुबारा सिकवा के भेज री हूँ।"

"कोई जरूरत ना है दुबारा-तिबारा भिजवाण की...तैने खवा दी और मैंने खा ली।" इतना कहते हुए हीरा ने पानी से भरा गडुआ उठाया और उसे हलक़ से नीचे उतारकर, खाली गडुआ एक तरफ़ लगभग पटक दिया।

जल-भुन गई बत्तो हीरा की इस मुद्रा को देखकर। वह भी तब जब बत्तो ने सीधे-सीधे अपने ऊपर आक्षेप के छींटों को पड़ते देखा। फिर तो बत्तो भी शुरू हो गई।

"हाँ-हाँ कह तो ऐसे रहो है जैसे मैं सारे दिन हिंडोला में बैठी हवा खाती रहू हूँ।"

"ई तेरो हर दूसरे-तीसरे दिन को राग है। अरे, ऐसी कमाई ए कहा छाती पे धर के ले जांगा। कलेऊ तो दूर रहो, रोटी भी ठीक सू ना मिले।"

"कलेऊ कैसे दूँ, कल ही तो चाखी की कीला-मानी गिरवाई हैं। सत्तू भी कई दिनाँ सू खतम हो रो है।" सफ़ाई देती हुई बोली बत्तो।

"सत्तू तो चलो खतम होगो हो, पर चूल्हा में भी आग लगूगी ही कै ?"

---

1. खेड़ा देवत : स्थानीय देवी।

2. आथरी : बर्तन घड़ने का पात्र।

"तोहे सब पतो है के मैं कोई ठाली तो बैठी रहू ना हूँ, बराबर हाड़ तुड़वाऊ हूँ तेरे साथ। फिर जल्दबाजी में आदमी सू गल्ती होई जावे है।" बत्तो ने भभकते हुए अलाव पर पानी डालना ही उचित समझा।

हीरा ने चुपचाप थाली अपने सामने रखी और पेट में लग रही आग को बुझाने लगा।

●●

आग बरसाती जेठ की गरम हवा जब ज़िद्दी बच्चे-सी जिस्म से आकर लिपटती, तब लगता मानो वह अहूवा (आवाँ) की तपिस से खेल रहा है। हवा के झोंकों के साथ मिट्टी को आकार देते थापे-पींडी की थप्-थप् आनेवाले को दूर से ही आगाह कर देती कि सावधान ! अब आप सृष्टि के 'आदि कलाकार' की बस्ती में प्रवेश करनेवाले हैं।

पति से कहासुनी के बाद बत्तो का पहली बार इस ओर ध्यान गया कि सवेरे से उसकी दाईं आँख रह-रहकर क्यों फड़क रही थी। बार-बार उसने जीभ से थूक लेकर आँख पर लगाया भी किन्तु उसका फड़कना रुका नहीं। अन्ततः वही हुआ जिसका डर था। वह किसी और से नहीं, हीरा से ही उलझ बैठी।

परसों ही अहूवा उतरा है।

जितने बर्तन अहूवा में पकने के लिए चढ़ाए थे खेड़ा देवत माई ने उन्हें वैसे ही पका दिए। खुद बत्तो और हीरा को अपनी आँखों पर विश्वास नहीं हुआ। अलग-अलग क़िस्म के बर्तनों के छोटे-छोटे द्वीपों पर जब-जब दोनों की नज़र पड़ती, तब-तब मारे उच्छवास के दोनों के फेफड़े सुबह की बहती बयार से फूलते चले जाते। कहीं सुर्ख़ छोटी-बड़ी हँडिया रखी हुई हैं, तो कहीं अपने आकार में सबसे बड़ा बर्तन गोल आँखें बन्द कर ऊँघ रही हैं। कहीं बेहद तन्मयता और तल्लीनता के साथ चीती गई बिलोवनियाँ जैसे खुद से शरमा रही हैं। कहीं मटके आपस में बतिया रहे हैं, तो कहीं छोटे-छोटे समूहों में कुल्हड़, ठेकना, तौला, झावा, ढूमरी, चिलम, सराई आपस में छोटे बच्चों-सी ठिठोली कर रहे हैं। नाँदों को देखकर तो हीरा की सुप्त शिराओं में लहू ठहाटा मारकर दौड़ने लगता है। रीढ़ की जो हड्डी नाँद का नाम सुनते ही कमान की तरह लरज़ती चली जाती थी और एक काल्पनिक दर्द से आह भरने लगती थी, वह भी आज बेहद खुश है।

बत्तो और हीरा का जी नहीं भरा पके हुए बर्तनों को देखकर। जी करता रहा कि वे देर तक बानी से पुते तथा खड़िया व कालोनी से चिते सुर्ख़ बर्तनों की इस पैंठ को बस निरखते रहें। धनसिंह की तो यह हालत थी कि वह बार-बार अँगुली के टोले से जब-जब इन्हें बजाते हुए इनके कोरेपन को परखता, तब-तब लगता जैसे सुबह की उजास में थार के किनारे रखे जल-पात्रों से प्रभात राग के स्वर फूट रहे हैं। अहूवा पर लगी इस छोटी-सी पैंठ पर किसी की नज़र न लग जाए, उससे बचने के लिए बत्तों ने घर से उतरी हाँडी लाकर इनके बीचोंबीच उलटी रख दी।

पूरा घर पके हुए बर्तनों से भर गया। जिस दिन अहूवा उतरा था उसी दिन शाम

को बत्तो ने बिना किसी हुज्जत के खेड़ा देवत की कड़ाही उतार दी। एक तो सोमवार का दिन और ऊपर से खेड़ा देवत की कड़ाही, दोनों काम हो गए।

खेड़ा देवत !

यही है हीरा और बत्तो समेत पूरे कुम्हरवाड़े से लेकर आधे से ज़्यादा चिमरवाड़े, ज़्यादातर खटीकों और किसी की श्रद्धा हो तो कुछ वाल्मिकियों की ग्राम देवी। हर सोमवार और शुक्रवार की शाम को धनसिंह बँगले के सामने बिछे चाक को बिना नागा दीवार से लगाकर खड़ा कर देता है, ताकि खेड़ा देवत पूजनेवालों को इससे कोई बाधा ना पहुँचे। जैसे-जैसे दिन छिपने को होता, धनसिंह के बँगले के दाईं ओर प्रस्थापित खेड़ा देवत को पूजनेवालों का ताँता लग जाता है। इन दो दिनों का तो इस मोहल्ले के कुत्तों को भी बेसब्री से इन्तज़ार रहता है।

खेड़ा देवत पूजनेवाले श्रद्धालु पूजा का सारा सामान अपने साथ लेकर आते हैं—मँजी हुई थाली में आठ पुए, तेल से भरे दीये में डूबी हुई रूई की बाती, माचिस, सिन्दूर और मँजे हुए लोटे में खेड़ा देवत के स्नान के लिए ताज़ा पानी। कुछ तो आँच का टुकड़ा तक घर से लेकर आते हैं। वैसे भी इस ग्राम देवी की मानता है क्या, क्या माँगती है यह—गुड़ और सरसों के तेल में बने सिर्फ़ आठ पुए। अरे, इस बहाने अपनी देवी भी मन जाती है और बच्चों का मुँह भी मीठा हो जाता है, वरना किसके बस में है रोज़-रोज़ कड़ाही उतारना। इसी बहाने चलो यही समझ लो कि 'घर का खावें, पीर भला मानें'।

उस दिन भी जुह्र की अज़ान के बाद लग गई बत्तो कड़ाही में।

ओसारा और चूल्हा उसने अह्वा से निपटते ही लीप-पोत दिया। कुएँ से ताज़ा पानी सबसे बड़ी लड़की कौशल्या पहले ही ले आई। जिस दिन घर में कड़ाही होती है उस दिन उत्सव का माहौल रहता है। हारे-थके चेहरे खिल उठते हैं। लड़कियाँ भाग-भागकर माँ के काम में हाथ बँटाती हैं।

बत्तो ने पहले से भिगोकर रखे गुड़ को छलनी से छाना और फिर पुओं के लिए चून घोल लिया। इस बीच कड़ाही में तेल गरम होता रहा।

बत्तो ने सबसे पहले छोटे-छोटे पुओं का एक घान उतारा ताकि सबसे पहले खेड़ा देवत को पूज लिया जाए। पहला घान उतरते ही कौशल्या उठी और मँजे हुए गडुए में ताज़ा पानी लेकर खेड़ा देवत को नहला आई। इस बीच रामरती रज़ाई के एक कोने से रूई का टुकड़ा लाई और उसकी बाती बटकर उसे तेल से भरे दीए में रख दिया। बत्तो ने छोटे-छोटे आठ पुए छाँटकर थाली में रख दिए। चिमटे से दहकती हुई आँच की अंगारी खींची और बाहर बैठे हीरा को बुलाने के लिए, सबसे छोटी लड़की मैना को भेज दिया।

कौशल्या ने पिता का इन्तज़ार न करके स्वयं थाली उठाई और उसे बाएँ हाथ की

हथेली पर रख, दूसरे हाथ से चिमटे के मुँह में अंगारी दबाकर बाहर आई और थाली धनसिंह को देते हुए बोली, "ले बाबा, खेड़ा देवत ए पूज दे !"

धनसिंह ने पोती से थाली ली और खेड़ा देवत को पूजने के लिए उसके सामने बैठ गया। इस दौरान बत्तो के ओसारे से आ रही पुओं के पकने की भीनी-भीनी गन्ध का पीछा करते हुए, मोहल्ले के सारे कुत्तों ने अपना-अपना आसन जमा लिया।

धनसिंह ने दीये को खेड़ा देवत यानी ज़मीन पर बने छोटे-से आलानुमा मन्दिर में रखा तथा दीये से एकदम सटाकर अंगारी को रख दीये को जला दिया। दीया जलाने के बाद धनसिंह ने चिमटे से अंगारी को फोड़ा तथा दीये के तेल में बीच की अँगुली का पोर बार-बार डुबोकर अंगारी पर छिड़कने लगा।

जब-जब अंगारी पर तेल के छींटे पड़ते, तब-तब गाढ़ा सफ़ेद धुआँ लहराता हुआ उठता और धीरे-धीरे कम होता हुआ ग़ायब हो जाता। धनसिंह बिना रुके अंगारी पर छींटे मारता रहा और इस तरह यह क्रिया तब तक जारी रही, जब तक अंगारी ने तेल के छींटों से भीगकर दम नहीं तोड़ दिया। धनसिंह जानता है इस तरह अंगारी का सुप्त होने का अर्थ यानी खेड़ा देवत अभी प्रसन्न नहीं है। जिस दिन खेड़ा देवत प्रसन्न नहीं होती है, उस दिन वह इसी तरह अपने पूजनेवालों को इन्तज़ार कराती है।

लगता है आज खेड़ा देवत आसानी से आनेवाली नहीं है। दीये के तेल ने भी लगभग समर्पण कर दिया। जिन कुत्तों ने अब तक पूँछ दबाए मौन साधा हुआ था, वे भी अब उकताने लगे। कुछ तो अँगड़ाई लेते हुए वहाँ से जाने के लिए खड़े हो गए।

धनसिंह ने पुनः प्रयास करते हुए चिमटे से अंगारी को कुरेदा और बड़बड़ाते हुए बोला, "लगे है, आज तू कुछ जादा ही नाराज है...। कौसल्या, बेटी थोड़ी-सी आँच और लिया !"

कौशल्या तुरन्त दूसरी दहकती हुई अंगारी ले आई।

धनसिंह ने पूरे आत्मविश्वास के साथ खेड़ा देवत को बुलाने की प्रक्रिया शुरू कर दी, और जैसे ही उसने दूसरी बार अंगारी पर तेल के छींटे मारे कि उठता हुआ सफ़ेद धुआँ दीये की लौ से प्रज्ज्वलित हो उठा।

"बोल खेड़ा देवत माऽऽई की जैऽऽ !" आँच से उठती हुई लपटों के सामने हाथ जोड़ते हुए जयघोष किया धनसिंह ने।

दीये और अंगारी से उठती हुई मिश्रित लौ के उजाले में खेड़ा देवत समेत सबके चेहरे भीग गए। एकाएक उठती हुई लौ के तेज़ प्रकाश में उकता गए कुत्तों ने उठते हुए अपने-अपने जिस्मों को ढीला किया और कुँकियाते हुए अपनी-अपनी बारी का इन्तज़ार करने लगे।

धनसिंह ने आठों पुओं में से एक-एक कर छोटे-छोटे टुकड़े नोंचे तथा उठती हुई लौ में डाल, भोग लगाया। आलेनुमा मन्दिर के पत्थर पर उत्कीर्ण खेड़ा देवत की काल्पनिक आकृति के मुँह पर भी पुए का उतना ही टुकड़ा चिपकाकर, पूजने की क्रिया से निपट, खड़ा हो गया धनसिंह। थाली को छोड़ कौशल्या बाकी का सामान अन्दर

ले गई।

धनसिंह ने पूजे गए पुओं के आधे-आधे टुकड़े किए तथा बेसब्री से इन्तज़ार कर रहे कुत्तों के सामने जैसे ही डाला कि पूर्व की तरह उनमें घमासान छिड़ गया। धनसिंह ने कोई ध्यान नहीं दिया उन पर और कौशल्या को आवाज़ देकर थाली अन्दर भिजवा दी।

खेड़ा देवत के सूना होते ही एक कुत्ता मौक़ा पाकर उठती हुई लौ के बीच से पुओं के जले-अधजले टुकड़ों को ढूँढ़-ढूँढ़कर खाने लगा, बल्कि बेहद सफ़ाई और सावधानी के साथ लौ से बचता हुआ उकरी हुई आकृति के मुँह पर चिपके हुए टुकड़े को जीभ से चाटने लगा।

ओसारे में थाली के पहुँचते ही मैना ने आव देखा न ताव कि उसमें से एक पुआ उठा लिया। इधर पुए का उठना था कि उधर बत्तो ने डाँटते हुए मैना के हाथ से पुआ छीन लिया, "जरा-सी भी तसल्ली ना है !"

अबोध मैना जैसे जड़ हो गई।

"कोई बात ना है, बालक-छोटी है। होई जावे है भूल-चूक।" बत्तो को शान्त करते हुए बोला हीरा।

"कम-सू-कम घरवत[1] तो जिमा लेण देती।"

"कौसल्या, बेटी घरवत जिमाया जा !" हीरा ने कौशल्या से कहा।

कौशल्या ने छलने में से एक ताज़ा पुआ लिया और घरवत जिमा आई।

ओसारे में बिछे टाट के टुकड़े पर बैठते हुए हीरा ने मैना को गोद में बिठाया और दुलारते हुए, बत्तो को झूठे-से डाँटने लगा, "तू मेरी लाडो ए डाँटे मत कर !"

खाना। खाने के बाद सबने अपनी-अपनी चारपाई ली और चौक में बिछाकर सब उन पर जा पड़े।

बाहर खेड़ा देवत पर अभी भी अपने प्रयास में एक कुत्ता जुटा हुआ है। लगभग पूरी तरह बुझ चुकी आँच से उठती धीमी-धीमी गन्ध में से पुओं के टुकड़ों को खोज-खोज कर खा रहा है। जल रहे दीये की मद्धिम रोशनी यदा-कदा रास्ते से गुज़रनेवाले को राह बता रही है। दीया तब तक जलता रहा जब तक उसकी बाती उसका साथ देती रही। बल्कि दीया बुझा ही तब, जब बाती ने उससे कह दिया कि इस निविड़ अँधेरे में आगे उसका साथ देने में वह असमर्थ है।

बर्तनों से भरे घर को बत्तो जब-जब देखती, उसका पूरा शरीर स्फूर्ति और चपलता से भर उठता। वह जितनी बार किवाड़ खोल उसमें अन्दर झाँककर देखती, उतनी ही बार उसे महसूस होता मानो खेड़ा देवत बर्तनों की पहरेदारी में बैठी हुई है। कभी-कभी तो उसे डर लगता है कि कहीं इन्हें नज़र न लग जाए। इसलिए वह नज़र से बचाने के

1. घरवत जिमाना : देवी-देवताओं को पूजने के बाद घर की सारी चौखटों को भोग लगाना।

लिए ग्राहकों को उसके दरवाज़े के आसपास तक फटकने नहीं देती है। अगर कोई जिज्ञासावश ताका-झाँकी करने की कोशिश करता भी है तो बत्तो उसे मुँह फोड़कर टोक देती है। अब कोई इससे नाराज़ हो जाए तो उसकी बला से। उसूल तो उसूल है। ग्राहक अपनी जगह और दुकानदारी अपनी जगह।

इसी उसूल के चलते उस दिन बत्तो और पारो के सींग उलझ गए थे। मगर बत्तो ने इसकी कोई परवाह नहीं की। ग्राहक और उसूल को उसने आपस में नहीं मिलने दिया। अब अगर पारो बुरा मान गई तो यह उसकी नामसझी है, बत्तो का इसमें क्या दोष है ?

वैसे उस दिन पारो को भी इस तरह मुँह उठाकर धड़धड़ाते हुए नहीं घुसना चाहिए था बत्तो के चौक में। चलो, चौक की तो कोई बात नहीं लेकिन बत्तो को पारो की जो बुरी बात लगी, वह यह कि उसे चौक में जूतियों समेत नहीं आना चाहिए था। कम-से-कम उन्हें तो वह बायने पर उतारकर आती। बस, बत्तो को पारो का यही कुलखनापन अच्छा नहीं लगा। और तो और पारो ने हद तो तब कर दी, जब वह बत्तो के चौक में बने चूल्हे से एकदम सटकर बैठ गई। बत्तो ने पारो के इसी कुलखनेपने पर टोक दिया उसे।

"पारो, बहना काई का चूल्हा-चौका ए तो देख लेए कर...तैने तो बिल्कुल ही दीदा मूँद लिया !"

अकबका गई पारो बत्तो के इस बर्ताव से। समझ में नहीं आया कि उससे ऐसी क्या ख़ता हो गई है जिस पर बत्तो ने इतनी बड़ी बात कह डाली ? वह क्यों इस बात को भूल गई कि इस समय वह उसके यहाँ एक ग्राहक बनकर आई है, कोई गपड़चौथ करने या फिर किसी की दूता-चुग़ली करने नहीं। वैसे भी ग्राहक तो भगवान सरीखा होता है। पता नहीं किस रूप में और कब आ जाए ?

"हाँ बहना बोल, कहा दिखाऊँ ?" बत्तो ने शिष्टता का आदर करते हुए दीवार से लगे पटड़े को पारो की ओर बढ़ाते हुए पूछा।

पारो भूल गई। सब गड्डमड्ड हो गया कि वह क्या लेने आई थी। फिर भी अपने आप पर संयम रख उसी अंदाज़ में बोली, "निगोड़ी, सबर तो राख...तू तो आते ही ऐसे चढ़ बैठी, जैसे मैं तेरा घर ए मूँड पे उचके ले जाऊँगी।"

बत्तो ने कुछ नहीं कहा। बस, यही सोचकर चुप लगा गई कि जो हो गया, सो हो गया।

"ला, एक मलूक-सी बिलोवणी दिखा दे !" पारो क्षणभर बाद भूल गई कि बत्तो ने उससे कुछ कहा भी था।

"बिलोवणी, ले अभी लाई।"

इतना कहकर बत्तो ने साँकल खोली और किवाड़ का सिर्फ़ एक पल्लू खोलकर बर्तनोंवाले घर में गई तथा दो बिलोवनी पारो के सामने रखती हुई बोली, "ले देख ले, जो तोहे अच्छी लगे छाँट ले !"

पारो ने बेहद बारीकी से दोनों बिलोवनियों का मुआयना किया। अँगुली के टोले से उन्हें बजाते हुए उनकी खनक को परखा तथा जिस बिलोवनी की आवाज़ उसे अधिक पैनी और महीन लगी, उसे अपनी ओर सरकाते हुए बत्तो की आँखों में आँखें धँसाते हुए बोली, "हाँ बहाण, बोल ?"

"मैं कहा बोलूँ, तोहे पतो ना है के आजकल बिलोवणी कितना में जा री है।" उसी अंदाज़ में मुस्कुराते हुए कहा बत्तो ने।

"रिजक की सौं मोहे पतो ना है।" पारो ने ऐसे कहा जैसे उसे पता भी है और नहीं भी है।

"चल छोड़, ना पतो है तो तू दे दे याका तीन सेर नाज।"

"ऐऽऽऽ तीन सेर ! निगोड़ी, तोहे मैं ही मिली हूँ के लूटण कू।"

"तो फिर कितनो देएगी ?"

"बहाण, देनी है तो ठीक-ठीक बता, नहीं मैं चली।"

"तू तो बता, कहा देएगी ?"

"मैं तो ढाई सेर लाई हूँ।"

"...वा बहना, तू खूब आई चतर की चोदी। रंडी, ढाई सेर में तो जेधड़ (मटका-घड़िया का जोड़ा) भी ना आवे है और तू आई है बिलोवणी लेण।"

इतना कहकर बत्तो ने दोनों बिलोवनियाँ उठाईं और उन्हें वापस अन्दर रखने के लिए जाने लगी कि पीछे से पारो टोकते हुए बोली, "दारी, इतनी ताती मुल्ली मत बन।"

"ना बनूँ तो कहा करूँ, कहीं ढाई सेर में बिलोवणी आती देखी हैं ?"

"और अगर चणा हुआ तो...!"

चनों का नाम सुनते ही बत्तो की आँखों में चमक लौट आई।

"चणा हुआ तो ढाई सेर में दे दूँगी।"

"दो में काम ना चलेगो ?"

"क्यों ना चलेगो, सब चलेगो, ले जा छोटी बिलोवणी।"

"ना, मोहे तो वही चहिए।"

"वही चहिएऽऽऽ...तो चल ऐसे कर पौने तीन सेर में ले जा। मैं सोचूँगी कि मैंने यामें कुछ कमायो ही ना।"

"पर मेरे पै तो ढाई सेर ही हैं। देए तेरी मरजी और ना देए तो...!"

इतना कहते हुए पारो सचमुच उठकर जाने लगी, तो बत्तो उसे वापस बिठाते हुए बोली, "मैं कौन-सी अभी माँग री हूँ, बाकी पीछे भिजवा दीजो।"

"पीछे-वीछे को कोई चक्कर ना है। देनी होए तो इतना में ही दे दे।"

बत्तो ने मन ही मन हिसाब लगाया कि वैसे ढाई सेर चनों में भी कोई नुकसान नहीं है। पाव भर चनों की ही तो बात है। इतने तो वह किसी और से भी निकाल लेगी। धन्धे में इतना नफ़ा-नुक़सान तो चलता ही रहता है।

"ठीक है, ना माने तो तू ढाई ही ला।"

सौदा तय होने के बाद बत्तो दूसरी बिलोवनी को रखने अन्दर जाने लगी कि पारो भी बेख़्याली में उसके पीछे-पीछे हो ली।

"आऽऽ निगोड़ी बत्तो, तेरो घर तो बासनन् सू अटो पड़ो है !"

इधर पारो का यह कहना था और उधर बत्तो जैसे हत्थे से उखड़ गई।

"बहना, तेरो ई कोई सहूर ना है।"

"कौन-सो सहूर ?"

"यही घर में आनो।"

"मैंने कौन-सो बुरो कर दियो बहाण ?"

"बुरो है या भलो, पर ई ठीक बात ना है।"

"रंडी, मैंने कौन-सी गाली दे दी जो तू ऐसे लाल-पीली हुई जा री ही।" इस बार पारो ने भी पलटवार किया एक तरह से।

"तू एक बखत गाली दे लेती पर ई तेरी हाय मोहे अच्छी ना लगी। कम-सू-कम इतनो तो लक्खण सीख ले के कैसे बिना सोचे-समझे काई का घर में घुस जाऊँ !"

"दारी, मैंने कौन-सो कुलखणोपन दिखा दियो, जो आज तू खजेली कुतिया-सी काटन् दौड़ री है।"

"ई कुलखणोपन ना है तो और कहा है के पहले तो काई का चूल्हा-चौका में घुस जाओ मुँ उठा के और कहो तो..."

"बहाण, तोहे तो बड़ो दरद हुओ अपना चूल्हा-चौका को...अगर ऐसी बात है तो धरी राख अपनी धरमसाला ए।"

"हाँ-हाँ धरी राखूँगी और कहा तेरे भरोसे बैठी रहूँगी...सच्ची बात कही है तो कैसा पतंगा लगा हैं !"

"हुँ ! धरी राख अपनी सानी, मेरी तो परलो मुहल्ला बाट देख रो है।" इतना कहकर सचमुच पारो उठकर चल दी।

"जा-जा तेरी जैसी छत्तीस डोले हैं !"

जाते-जाते पारो भी नहीं चूकी कहने से, "मोहे ना पतो ही के तू इतनी बड़ी बामणी है।"

"तेरी फूट री हैं...रंडी, हम तो उनसू भी बढ़के हैं। बामण कहा बेचे हैं हमारे आगे।"

"हम्बै पतो है जैसी बामणी है। चूतड़ धोए तो सूगली चोद ए दस-दस दिन हो जावे हैं और कह री है बामण कहा बेचे हैं, हमारे आगे। निगोड़ी, ई तो ऊ बात होगी के मोठ मन ही मन इतरा री है, ई ना पतो के बजार में भाव कहा है।" पारो अपने आप पर संयम रख, बिना उत्तेजित हुए व्यंग्य से सने शब्दों की नोंक चुभोते हुए बोली।

पारो के व्यंग्य ने सही चोट की। बत्तो भीतर तक तिलमिलाकर रह गई। उसने भी पारो की तरह संयम बरतने की मुद्रा अपनाते हुए, एक नए ब्रह्मास्त्र का इस्तेमाल करते हुए पारो को कोंचते हुए हमला किया, "और तैने ऊ बात करके दिखा दी के

तीन पा चून और चौबारा रसोई...ठीक है बहना, बामणी तो तू है जो...''

''हाँ-हाँ हूँ ना...'' कहते-कहते रुक गई पारो।

बत्तो ने पहले पारो की आँखों में आँखें डालीं और फिर बेहद तल्ख़ी के साथ जबरन मुस्कुराने का भाव प्रकट करते हुए बोली, ''हुँ, कह री है बामणी हूँ। या गाँओ में आणा सू पहले रही होएगी। अब तो तू मेवणी है, मेवणी !'' अन्तिम शब्द पर अधिक ज़ोर देते हुए बत्तो ने पिछले सारे हमलों का हिसाब चुकता-सा कर लिया।

''चल ई समझ ले...पर कभी तो ही।'' 'पर कभी' कहते हुए पारो के चेहरे पर एक गौरव-भाव साफ़ झलक रहा था।

''अच्छो परमेसरी, हाथ जुड़वा ले। तू जीती, मैं हारी। जहाँ सू तोहे सेंत-मेंत मिले, वहीं सू ले ले।'' इतना कहकर बत्तो ने दूसरी बिलोवनी भी उठाई और उसे अन्दर रख आई यह बड़बड़ाते हुए, 'आई बामणी की बच्ची। मुँ तो देख ले पहले सीसा में। इतनी भली होती तो या फत्तू नाई के घर ही बैठती, काई बामण के पल्ले ना बँधती।'

अच्छी-ख़ासी खलक़त जमा हो गई धनसिंह के घर के आगे। किसी की समझ में नहीं आया इस कहासुनी का कारण। हाँ, एक सूत्र अवश्य हाथ लगा दर्शकों के जिसका पारो से बहुत नज़दीक का सम्बन्ध है शायद।

आख़िर नसीब ख़ाँ ने ही डाँटते हुए कहा दोनों को, ''तिहारी माँ का मूँड में, कुछ बात भी होएगी ?'' फिर हीरा की ओर पलटते हुए पूछा, ''हीरा, कहा बात होगी ?''

मगर हीरा ने इनकार कर दिया कुछ भी जानने से।

''डोकरा, एक तो याके घर बासन लेन आओ ऊपर सू याकी बात भी सुनो।'' पारो ने स्वयं ही हल्के-से रहस्य से परदा उठाते हुए कहा।

''दारी, मैं कै (क्या) गई ही तोहे बुलाण।'' बत्तो ने बिना अवसर गँवाए कहा पारो से।

''अरी तू चुप रह, या पारो ए बताण दे पहले !'' नसीब ख़ाँ ने बत्तो को डाँट दिया इस बार।

और इससे पहले कि पारो अपना पक्ष रखती, हीरा की बड़ी लड़की कौशल्या ने सारा क़िस्सा विस्तार से बता दिया।

पूरा क़िस्सा सुनकर सभी इस नतीज़े पर पहुँचे कि जो कुछ भी हुआ, वह बेख़्याली में हुआ। न तो पारो की मंशा जूतियों समेत बत्तो के चौके में घुसने की थी, और न ही बत्तो का इरादा पारो को किसी तरह की ठेस पहुँचाने की थी। ज़ैतूनी ने तो उसी समय मामले को रफ़ा-दफ़ा करने की नीयत से पारो को हड़का भी दिया।

'पारो, बत्तो ई बात तो सही कह री है। कम-सू-कम तोहे ई तो सोचनी ही के काई का चूल्हा-चौका में ऐसे कैसे घुस जाऊँ ! निगोड़ी, आवें तो हम भी हैं बत्तो के घर, पर हम तो पणहा बायणा पे ही काढके जावे हैं भीतर।''

इधर धनसिंह ने भी बत्तो को डाँटते हुए कहा, ''अरे, पणहा लेके ही तो घुसी है...चूल्हा-चौका को कहा ये तो फिर लिप-पुत जांगा।''

"डोकरा, मैं मान तो री हूँ अपनी गलती पर तेरी बहू तो मेरे पीछे ही पड़गी। ले बता, हम तिहारे घर बासन-भाँडा लेण आवे हैं या बत्तो सू लक्खण-सहूर सीखण आवे हैं।" पारो ने अन्ततः अपनी ग़लती स्वीकार ली।

"चलो छोड़ो, जो होगी वापे माटी गेरो। अन्यायी, काजल सू काली कायली (शर्मिन्दगी) होवे है।" नसीब ख़ाँ ने मामले का लगभग पटाक्षेप करते हुए कहा।

बात आई-गई हो गई परन्तु इस चक्कर में पारो भूल गई कि वह बत्तो के पास आई किसलिए थी ? सिर पर पोटली रख जब वह थोड़ी दूर निकल गई कि एकाएक हीरा की उस पर नज़र पड़ गई। उसने पीछे से पारो को हेला देते हुए रोका, "या पोटली ए लेके लड़न कू ही आई ही कै ?"

"आई तो बासन लेण ही पर तेरी लुगाई ने सुना तो दिया हर का भजन।" पलटकर जवाब दिया पारो ने।

"आ जा, कोई बात ना है, ऐसी कहासुनी तो रोज होती रहवे हैं।" हँसते हुए बोला हीरा।

"ना, मैं तो कहीं और सू ले लूँगी।"

"जान देय न, एक बंदरी का रूसना सू कौन-सो बिंदाबन खाली हो जाएगो।" बत्तो ने एक बार फिर कोंच दिया पारो को।

"देख ले डोकरा, ई फिर कर री है गँडजली बात।" पारो ने इस बार नसीब ख़ाँ से शिकायत करते हुए कहा।

"यार धनसिंह, या बत्तो को कहीं मगज तो ना फिरगो है !" सीधे बत्तो के बजाय धनसिंह से बोला नसीब ख़ाँ।

"काका, ई राँड काई दिन हमारो सिर फुड़वा के मानेगी। इन बीरबानीन् को कहा बिगड़े है, ये तो लुक्क लगाके पीछे हट जाए हैं और भुगतनी हमन्ने पड़े हैं।" हीरा ने बुरी तरह डाँट दिया सबके सामने बत्तो को।

"बत्तो, निगोड़ी जब बात एक बर खतम होगी तो तू फिर काँई लू बढ़ा री है या राड़ ए !" ज़ैतूनी ने भी आड़े हाथों लेते हुए डाँटा बत्तो को।

बत्तो की इस ना-समझी ने वहाँ उपस्थित सभी की सहानुभूति को पारो के पक्ष में कर दिया।

एकाएक अपने विपक्ष में माहौल को होता देख बत्तो ने चुप लगाना ही बेहतर समझा।

"अरी आ जा, बहोत होगी और फिर तिहारी कौन-सी कोट-बहीन की सी चल री है !" नसीब ख़ाँ ने साधिकार पारो को वापस बुलाते हुए कहा।

पारो ना नहीं कह पाई इस बार। पाँव अपने आप वापस मुड़ गए।

"कौसल्या बेटी जा, जाए तेरी काकी माँग री है वाहे लिया !" धनसिंह ने पोती से कहा।

कौशल्या के अन्दर जाने से पहले बत्तो खुद उठी और उसी बिलोवनी को ले आई,

जिसकी आज के इस बत्तो-पारो प्रकरण में कमोबेश एक बड़ी भूमिका रही है।

बिलोवनी को लेकर पारो जाने लगी, तो न जाने बत्तो को क्या सूझा कि एक बार फिर शरारत कर बैठी पारो के साथ, "बाकी का चणा अपने आप भिजवा देएगी याऽऽऽ..."

पूरी बात भी नहीं सुनी पारो ने, "मेरी सौक, तोकू चणा ना पूरी कोठी उचवा दूँगी...। आ जइयो, साथ में अपना या घाघरा की जूँ ए और ले अइयो !" पारो का इशारा इस जूँ के रूप में सीधा-सीधा बत्तो के पति हीरा की ओर था।

पारो की इस हाज़िर-जवाबी पर सब ठहाका मारकर हँस पड़े। कुछ देर पहले तनाव की जो चादर मारे तनाव के फटने को हो रही थी, झोल खाकर धीरे-धीरे लरजती चली गई। नसीब ख़ाँ, धनसिंह, ज़ैतूनी तथा हीरा की सूझबूझ ने मामूली कहासुनी से उपजे तनाव के नुकीले डंठलों को सिर उठाने से पहले ही कुचल दिया।

"अन्यायी, ई पारो मैंने तो आज तलक इतनी गरम होती देखी ना, फिर आज ई कैसे हत्था सू उखड़ गी ?" हैरान होते हुए धनसिंह ने सबसे किया यह प्रश्न।

"कसूर या पारो को ना है धनसिंह, या मेवात का पाणी की तासीर ही कुछ ऐसी है। अरे, जभी तो कही है के *ई है मेवात, पहले घूँसा पीछे बात।*" नसीब ख़ाँ ने सगर्व अपने मेवात की प्रकृति का बखान करते हुए कहा।

"ई बात तो तेरी ठीक है नसीब खाँ, पर मैं बहोत देर सू ई सोच रो हूँ के हमारी बहू और या पारो का सींग आखिर उलझा कौन-सी बात पे हा ?" धनसिंह फिर से अपने पूर्व के प्रश्न पर आते हुए बोला।

"धनसिंह तेरी या बात में कुछ दम तो है के पारो जैसी बीरबानी कैसे अपना आपा ए खो बैठी ?" नसीब ख़ाँ भी धनसिंह के प्रश्न में भागीदार होते हुए बोला।

"जरूर हमारी बहू ने कोई ऐसी बात कह दी है जो पारो के पार होती चली गी।"

"मैंने कौन-सी वाके सेल (भाला) मार दी, मैंने तो बस यही कही ही के या गाँओ में आना सू पहले रही होएगी बामणी, अब तो तू मेवणी है।" बत्तो ने अंदाज़े से बताया।

"बस भई, खुलगी गाँठ सारा झगड़ा की !" नसीब ख़ाँ ने चहकते हुए कहा।

"कहा मतलब ?" आश्चर्य से पूछा धनसिंह ने।

"पीछे बताऊँगो तोहे याको मतलब।" नहीं खोला नसीब ख़ाँ ने इस गाँठ को। हैरत से सब देखते रहे नसीब ख़ाँ को।

"वैसे काका, एक बात और ना समझ में आई आज तलक के पारो को असली नाम है कहा ? हमने तो सुनी है के ई मेवणी ना है ?" हीरा ने नसीब ख़ाँ से पूछा।

"हूँऽऽऽ...!" सिर्फ़ लम्बा हुंकारा भरकर रह गया नसीब ख़ाँ।

"याकी बोली-बानी सू अब तो पतो लगानो मुसकल है के ई है कौन बिरादरी ?"

"अब तो ई मेवणीन् का भी कान कतरे है।" हीरा के प्रश्न को थोड़ा और जटिल

बनाते हुए ज़ैतूनी बोली।

"ई तो कोई बड़ी बात ना है। गाते-गाते सब मीरासी हो जावे हैं।" धनसिंह ने हीरा के सवाल पर तर्क का मुलम्मा चढ़ाते हुए कहा।

कुछ नहीं बोला नसीब ख़ाँ हीरा और धनसिंह के प्रश्नों और आकुलता से उपजी जिज्ञासाओं की कोंपलों पर। बस, मौन धारण किए अतीत से जैसे कुछ बीनता रहा। देर तक वह विगत के उलझे धागों को सुलझाने में लगा रहा। मगर वही नहीं धनसिंह या ज़ैतूनी भी नहीं ढूँढ़ पाए उस छोर को, जिसे पकड़कर वे वहाँ तक पहुँच जाते, जहाँ तक इनके साथ-साथ पूरा मोहल्ला पहुँचने की हरचन्द कोशिश करता रहा था।

हाँ, एक गिरह ज़रूर है, यदि वह खुल जाए तो वहाँ तक पहुँचा जा सकता है लेकिन उसकी भी मालिक ख़ुद पारो है। शायद इसीलिए पूरा मोहल्ला इस अध्याय को बहुत पहले बन्द कर चुका है। शुरुआत में कुछ चतुर-सयानों ने फत्तू को खूब खोदने की कोशिश ज़रूर की थी मगर वह भी अपने क़ौल से इंच भर नहीं डिगा।

सचमुच, फत्तू को डिगना भी नहीं चाहिए था क्योंकि अगर ऐसा हो जाता अर्थात् नाई का पूत इतनी आसानी से भेद दे देता तो कौन इन पर विश्वास करता। यदि ऐसा होता तो कैसे यह लोकोक्ति उसपर चरितार्थ होती कि *पखेरुओं में कव्वा और आदमियों में नव्वा*। इसीलिए ऐसी लोकोक्तियाँ फत्तू जैसों की अडिगता, दृढ़ता, अविचलता आदि-आदि के कारण आज तक बची हुई हैं।

छह

पारो के जाने के बाद अनेक प्रसंगों और क़िस्सों में से एक क़िस्सा ऐसा छिड़ा कि सब भूल गए वे धनसिंह के यहाँ किस प्रयोजन से आए थे।

इस बीच बत्तो पाँव पटकते हुए कई बार भीतर-बाहर आ-जा चुकी है लेकिन भोंदू हीरा उसके संकेत को समझ नहीं पाया या समझने के बावजूद बूबक बना रहा, कहना मुश्किल है। हारकर बत्तो से जब रहा नहीं गया तब उसे कहना ही पड़ा। हालाँकि उसकी मंशा अपने ससुर धनसिंह और नसीब ख़ाँ को वहाँ से उठाने की नहीं थी परन्तु कहे बिना काम भी तो नहीं चलता। अगर कोई और दिन होता तब वह कदापि नहीं डालती उनकी बातों में व्यवधान क्योंकि इस नासपीटे समय में कौन जाता है किसी के पास।

हीरा ने फिर भी नहीं सुना। सुनता भी कैसे, अभी-अभी तो यह प्रसंग छिड़ा है। आख़िर बत्तो का धैर्य जब जवाब दे गया, तब झुँझलाते हुए बोली, "ये किस्सा-कहानी तो जिन्दगीभर चलता रहेंगा..."

"थोड़ी देर चुप लगा, सुन ली !" हीरा ने डाँटते हुए वाक्य पूरा होने से पहले कहा बत्तो से।

नसीब ख़ाँ ने सुना तो वह उठते हुए बोला, "हीरा, या किस्सा ए काई और

दिन सुन लेंगा।''

और इससे पहले कि हीरा पुनः नसीब ख़ाँ से बैठे रहने का आग्रह करता, वह यह कहते हुए चल पड़ा, ''यार, पहले तू बहू की सुन...जो जरूरी काम है पहले वाहे निपटा, ये किस्सा-कहानी तो सचमुच जिन्दगीभर चलता रहेंगा।''

ग़ुस्सा तो हीरा को बहुत आया परन्तु उसे इसने पीने में ही भलाई समझी।

काम निपटाकर हीरा ने मुँह-हाथ धोए और वहीं बिछे खटोले को दीवार की छाया में बिछाकर लेट गया। दिनभर की थकान से देह का एक-एक पोर चटखने लगा। थकावट ने तुरन्त उसे नींद के हवाले कर दिया।

हीरा की जब आँखें खुलीं तो पाया सूरज लुढ़कता हुआ पच्छिम के बहुत क़रीब पहुँच चुका है। थकान हालाँकि अभी उसे खटोले से उठने की इजाज़त नहीं दे रही थी मगर उसे न चाहते हुए उठना पड़ा।

बत्तो आज सवेरे से ही चकरघिन्नी बनी घूम रही है। हीरा ने उसे बाहर-भीतर आते-जाते देखा तो उससे टोके बिना नहीं रहा गया।

''आज ऐसी कहा आफत आ री है जो तू...''

''हाँ-हाँ तोहे तो ई आफत ही दीख री है और जो सोनदेई को चाक पुजन आ रो है ऊ ना दीख रो है !''

''तो ई कौन-सी नई बात है जैसे और पुजा हैं ई भी पुज जाएगो।'' हीरा ने बेपरवाह होते हुए कहा।

''ई तो मोहे भी पतो है के पुज जाएगो, पर जो ऊ कानून छोंकेगी वाहे कौन भुगतेगो ?'' इतना कहकर बत्तो अन्दर चली गई। उसने पलटकर यह भी सुनने की कोशिश नहीं की कि जवाब में हीरा ने भी कुछ कहा है।

सुबह से बत्तो सोनदेई के चाक को लेकर बहुत उद्विग्न है। उसका उद्विग्न होना है भी जायज क्योंकि चाक के बहाने सोनदेई कौली तो भर लेगी दुनियाभर के बर्तनों की, परन्तु जब देने का समय आएगा तब बात बनाएगी। बड़ी लड़की कमला के ब्याह को बत्तो भूली नहीं है अब तक। इसलिए उसने उस समय तो कान में अंटा लगाकर यह कसम खा ली थी कि वह भविष्य में सोनदेई के किसी ब्याह को नहीं ओटेगी किन्तु स्वयं बत्तो अपने कौल पर नहीं टिक पाई, जिसका परिणाम आज देखने को मिल रहा है। यह तो सीधी-सीधी वह बात हो गई कि 'तोकू और ना, मोकू ठोर ना'।

वैसे बत्तो ने कान में अंटा अकारण नहीं लगाया था। इसके पीछे भी एक कारण था और वह यह कि कमला के ब्याह में सोनदेई ने मौक़ा-बे-मौक़ा इतने बासन मँगा लिए थे कि बत्तो परेशान हो उठी। हीरा ने उसे आगाह भी किया था किन्तु तब बत्तो ने उसकी एक नहीं सुनी।

ब्याह के तीन दिन बाद गई बत्तो सोनदेई के पास।

बत्तो ने मोटा-मोटा सब बता दिया कि उसके यहाँ से क्या-क्या आया है। सुनने के बाद सोनदेई अंदर गई और जब वापस आई, तब उसके हाथ में एक पत्तल पर थे दस-बारह लड्डू, लगभग इतनी ही पूरियाँ, जो कई दिनों की बासी होने के कारण पूरी तरह ऐंठ चुकी थीं, तथा साथ में थी पेठे की थोड़ी-सी सब्ज़ी जिसमें हल्की-हल्की बास आनी शुरू हो चुकी थी।

पत्तल को बत्तो के सामने रख, जम्फर की जेब से इक्कीस रुपए निकालकर उसकी ओर बढ़ाते हुए बोली, "बत्तो, बहना तू ही बच री ही आखिर में। ले, आज मैं सबसू निपटगी।"

बत्तो को काटो तो ख़ून नहीं। पलभर के लिए उसकी समझ में कुछ नहीं आया। बड़ी मुश्किल से रख पाई अपने आप पर संयम। शायद इसी संयम का परिणाम था कि उसने अपने ग़ुस्से पर क़ाबू पाते हुए बेहद तीखेपन से कहा, "सोनदेई, बहना मैं कोई चूहड़ी-चिमार हूँ जो तू मोहे ऐसे बिदा कर्री है ?"

"फिर बता और कैसे करूँ ?" एक कुटिल मुस्कान उछालते हुए उलटा सवाल कर दबोचने की कोशिश की सोनदेई ने।

"वा बहना, ई खूब रही। एक तो सारा घर ए खींच लाई ऊपर सू ई पूछ री है के कैसे करूँ।"

"बत्तो, दारी कन्या के हाथ पीले करे हैं कुछ तो सोच।" सोनदेई ने दूसरे रास्ते से घेरते हुए कहा।

सिर भन्ना गया बत्तो का। यहाँ आने तक कितना मजबूत बना रखा था उसने अपने आपको किन्तु सारी मजबूती इस तरह बिखर जाएगी, सोचा भी नहीं था बत्तो ने। सोनदेई ने अजीब साँसत में डाल दिया बत्तो को।

बाँच लिया बत्तो के चेहरे से उसकी दुविधा को सोनदेई ने।

"बत्तो, गरीब बामन पे कुछ तो रहम खा और फिर तेरे भी तो हैं दो-दो कन्या !"

फँस गई बत्तो सोनदेई के फंदे में। आख़िर उसके भी तो दो-दो लड़कियाँ हैं और कौन जाने जो अभी पेट में है वह भी लड़की हो। सोचते-सोचते बत्तो को अपने आप पर ही वहम होने लगा कि कहीं वही तो झूठ नहीं बोल रही है। तय कर लिया बत्तो ने कि सोनदेई जो देगी उसे लेकर चलती बनेगी।

लेकिन न जाने कैसे बत्तो की नज़र सामने कमरे के अधखुले दरवाज़े से, उसकी टाँड पर पड़ गई। टाँड को देखते ही बत्तो की तो दिमाग़ की नसें ही फटने लगीं। समझते हुए तनिक भी देर नहीं लगी बत्तो को। आ गया उसकी समझ में उसके चक्रव्यूह से बाहर निकलने का रास्ता।

"बहना सोनदेई, बुरो मान या भलो मान मैं सौ रुपिया सू एक आना भी कम ना लूँगी।"

"सौ रुपियाऽऽऽ ! बत्तो, कितने भाँडे आए हैं तेरे घर सू जो सौ रुपिया माँग री है ?" पहली बार सोनदेई अपने आपसे बाहर आते हुए बोली।

"ये तो मैं फिर भी कम माँग री हूँ। बासन तो मेरा घर सू आया हा कम-सू-कम सवा सौ का।"

"वा बत्तो, कैसे आए हैं सवा सौ के ? या घर में कहीं दीख रे हैं सवा सौ के बासन ?"

"सोनदेई, बामनी होके इतनी तो झूठ मत बोल। दारी, पूरी तो तेरी टाँड भरी पड़ी है ऊपर सू ई और पूछ री है कि कितने भाँडे आए हैं।"

"कौ...कौन-सी टाँड भर राखी है ?" शब्द टूटने लगे सोनदेई के। झूठ अन्ततः उसका साथ छोड़ने लगा।

बत्तो धीरे-से अपनी जगह से खड़ी हुई और कमरे का पूरा दरवाज़ा खोलकर उसी की टाँड, उसी को दिखाते हुए बोली, "तो ई टाँड झूठ बोल री है ?"

चेहरा सफ़ेद पड़ता चला गया सोनदेई का। लगा जैसे किसी ने उसके चेहरे से सारा रक्त निचोड़ लिया, "ब...बत्तो, आधे तो इनमें फूटे हैं।"

"वा बहना सोनदेई, तैने तो ई बात साबित करके दिखा दी के ना बुनाई देन कू, तो घटो बतायो सूत।" बत्तो ने बड़ी शालीनता के साथ सोनदेई के सयानेपन का पूरा पानी उतार दिया।

इससे पहले कि ये दोनों किसी समझौते पर पहुँचतीं तभी रामचन्दर आ पहुँचा। उसने पत्तल के साथ रखे इक्कीस रुपयों को वहाँ आते ही देख लिया था। देखते ही समझ गया कि मामला क्या है। इसलिए उसने इसी में बेहतरी समझी कि किसी तरह बत्तो को राज़ी कर लिया जाए। रामचन्दर अपनी प्रवृत्ति के अनुरूप बेहद विनम्रता के साथ हाथ जोड़ते हुए बोला, "बत्तो, गरीब बामनी ए मत मार !"

"भैया, हम भी तो गरीब हैं। हमारी छान पे कौन-सो घी सूख रो है। तेरी बहन ने तो हम मँगता-भिखारी समझ राखे हैं जो या बासी पत्तल के संग इक्कीस रुपिया देके बिदा कर्री है।"

"बत्तो, कुछ ऐसो कर जो तेरी भी बात रह जाए और याकी भी रह जाए। साँप भी मर जाए और लठिया भी ना टूटे।"

"नफा-नुकसान तो होते रहवे हैं...पर भैया आदमी सयानपत तो ना दिखाए। अब तूई बता ये इक्कीस रुपिया के बासन हैं ?" टाँड को दिखाते हुए पूछा बत्तो ने।

जवाब नहीं सूझा रामचन्दर को। बत्तो द्वारा दिखाए गए सबूत के आगे ज़्यादातर तर्क भौंथरे हो गए उसके।

"और फिर भैया, भटियारी अगर अपने घर सू पलोथन लगाएगी तो खाएगी कहा।"

देर तक झाँय-झाँय होती रही। अन्ततः मामला पचहत्तर में निपट गया।

बत्तो जाने लगी तो सोनदेई ने देखा कि वह अपनी पत्तल ले जाना भूल गई है। सोनदेई ने तुरन्त पत्तल उठाई और पीछे से टोकते हुए बोली बत्तो से, "बत्तो, या पत्तल ए तो ले जा !"

जाते-जाते रुक गई बत्तो। वह धीरे-से पलटी और यह कहकर तेज़ी-से निकल गई, "सोनदेई, हम इतना गया-गुजरा ना हैं जो तिहारा बचाखुचा ए खाएँ!"

सोनदेई के हाथ से पत्तल गिरते-गिरते बची। एकाएक पत्तल में इतना वज़न हो गया जैसे किसी ने उसकी हथेलियों पर कोई भारी पत्थर रख दिया हो। रामचन्दर भी जब तक कुछ कह पाता तब तक वह काफ़ी दूर निकल चुकी थी। सोनदेई और रामचन्दर दोनों भाई-बहन की ज़ुबान पर मानो शब्दों का अकाल पड़ गया। सोनदेई ने सपने में भी नहीं सोचा था कि यह बेशऊरी और शूगली-सी दीखनेवाली नीच कुम्हारी, उन्हें इस तरह करारा तमाचा जड़कर चलती बनेगी।

हाथ मलती रह गई सोनदेई। इसीलिए उसने बड़बड़ाते हुए पत्तल अन्दर ले जाकर पटक दी, 'मेरी सौक जभी राजी रहती जब दूसरा बनिया-बामनून की तरह, मैं भी पत्तल का नाम पे सारी जूठन ए सकेर के दे देती।'

अन्य दिनों की तरह सूरज निकलने से पहले हाथ-मुँह धोकर चाक पर बैठ गया हीरा।

चाक पर बैठने से पूर्व ही उसने मन बना लिया था कि चाहे 'सूत का बिनौला' हो जाए, आज वह दिन ढलने तक हर हालत में सारी घड़ती (बर्तन घड़ने का काम) निपटा देगा। जब से उसने अपने पिता धनसिंह से भर्तृहरि का क़िस्सा सुना है तभी से उसे एक उद्विग्नता ने घेरा हुआ है। उसका जी काम में नहीं रम रहा है।

सचमुच हीरा ने अपनी घड़ती अस्र की अज़ान से थोड़ी देर पहले पूरी कर ली। उसने जल्दी-जल्दी हाथ-पाँव धोए और पहुँच गया नसीब ख़ाँ की कचैड़ी में। उसे मानो पता था सब वहीं मिलेंगे। हीरा का अंदाज़ा एकदम ठीक भी निकला। कुछ आमने-सामने बिछी खाटों पर, तो कुछ इधर-उधर पड़ी मूढ़ियों पर जमे हुए हैं। पता नहीं विषय क्या था कि सब हँसते-हँसते दोहरे हुए जा रहे थे। हीरा ने वहीं एक डहले पर जगह बनाई और वह भी उनमें शामिल हो गया। लेकिन न जाने क्यों आज हीरा को नसीब ख़ाँ की कचैड़ी में रह-रहकर फूटनेवाले हँसी के ये फव्वारे अच्छे नहीं लग रहे हैं। काफ़ी देर तक इन्तज़ार करना पड़ा हीरा को कि कब इस प्रसंग का समापन हो और कब वह अपनी उत्कंठा शान्त करे।

आख़िर उसकी बारी आ ही गई यानी इधर कचैड़ी में संवादों के होंठ रुके और उधर हीरा ने तुरन्त चेप दिया, "वैसे काका, ई सही बात है के ई कुम्हार बिरह्मा सू भी बड़ो है?"

"कैसे?" हैरान होते हुए पूछा नसीब ख़ाँ ने हीरा से।

"सही कह रो है तू हीरा। तिहारी जात को जिकर तो हमारा बेद और पुराणनू में भी मिले है। अरे, याहे तो बड़ा-बड़ा ज्ञानी-ध्यानी या दुनिया को पहलो कारीगर मानता आया हैं।" हीरा की जिज्ञासा को शान्त भी किया तो रामचन्दर ने।

"वैसे कल हमारा बँगला में भी तो भरथरी को कोई किस्सा चल रो हो के..."

नसीब ख़ाँ की ओर देखते हुए जानबूझकर अपना वाक्य अधूरा छोड़ दिया हीरा ने।

"भरथरी को किस्सा सुनणो है तो काई दिन अपना बाप ए पकड़। ई भी कोई कम ज्ञानी-ध्यानी ना है।" वली मोहम्मद ने हीरा से कहा।

"कैसा ज्ञानी, मेरे यार ये सब सुनी-सुनाई बात हैं।" धनसिंह ने वली मोहम्मद से कहा।

"क्यों, सुनी-सुनाई कैसे है...ई तो सचमुच को किस्सा बतायो !" इस बार रामचन्दर बोला।

लग गया हीरा को कि गाड़ी तेज़ी-से उसी पटरी पर आती जा रही है, जहाँ वह उसे खींचकर लाना चाह रहा था।

"यार धनसिंह, अगर ये सब सुनी-सुनाई बात हैं तो काँई लू लोगबाग इन्ने सुने हैं ?" नसीब ख़ाँ ने धनसिंह की विदग्धता को चुनौती देते हुए कहा।

"काका धनसिंह, वा किस्सा ए तू सुनाई देए न, अभी पतो चल जाएगी के ये सुनी-सुनाई हैं या ना।" वली मोहम्मद ने जैसे हीरा के मुँह की बात छीन ली।

मना करते नहीं बना धनसिंह से और भर्तृहरि से सम्बन्धित उसी प्रचलित प्रसंग और प्रचारित कथा को सुनाने लगा, जिसे वह पहले भी कई बार सुना चुका है।

जेठ का तपता महीना।

साधु भर्तृहरि घूमते हुए एक गाँव से गुज़र रहा था कि मारे गरमी के उसका हलक़ सूखने लगा। गरमी और प्यास से साधु अत्यन्त व्याकुल हो उठा। संयोग था कि उस गाँव के जिस मोहल्ले में सबसे पहले उसने पदार्पण किया, उस मोहल्ले का सबसे पहला घर भोला कुम्हार का पड़ा। साधु ने वहीं अपना झोली-डंडा रखा और थोड़ा विश्राम करने की ग़रज़ से रुक गया। नीम की घनी छाया के नीचे भोला पूरी तन्मयता और एकाग्रता के साथ मिट्टी के लौंदे को आकार देने में लीन था। इतनी तन्मयता और एकाग्रता के साथ कि उसे इसका भी भान नहीं हुआ कि उसके पास अभी-अभी कोई आकर रुका है।

बीच में एक बार भोला ने गर्दन उठाई तो एक साधु को वहाँ चुपचाप खड़ा देख वह अवाक रह गया। भोला ने काम रोकते हुए पूरे आदरभाव के साथ साधु को बैठने के लिए एक मूढ़ी सरका दी। इसी बीच भोला ने तुरन्त अपनी पत्नी को आवाज़ देते हुए एक लोटा ठंडा पानी लाने के लिए कह दिया। पत्नी जब पानी लेकर आई, तब उस साधु को देखकर उसने मुँह बिचकाते हुए आँखों ही आँखों में भोला को डाँटा कि बेमतलब वह क्यों इन साधु-फ़क़ीरों के फेर में पड़ा रहता है। मगर भोला ने इस पर ध्यान न देकर, पत्नी से पानी का लोटा लिया और उसे बाएँ हाथ की हथेली पर रखकर साधु की ओर बढ़ाते हुए कहा, "बाबा, पहले पानी पिओ ! मारे गरमी के हलक सूखा जा रहा होगा !"

साधु ने पानी पिया और आगे की यात्रा के लिए प्रस्थान करने की ग़रज़ से उठकर जाने लगा कि भोला ने शिष्टतावश औपचारिकता निभाते हुए निवेदन किया, ''महाराज, कहाँ जा रहे हो इस गरमी में। आराम कर लो थोड़ा। वैसे भी यह साधु कौन-सा इस गरीब कुम्हार की चौखट पर रोज-रोज आता है !''

साधु ने सचमुच भोला का निवेदन स्वीकार कर लिया। पत्नी को जब पता चला तो वह गुस्से से तमतमा उठी। भोला ने पत्नी को समझाते हुए कहा कि साधु है, कौन-सा इसे हमेशा के लिए यहाँ वास करना है। धूप की तपिस कम होने के बाद जब साधु पुनः चलने के लिए उठकर जाने लगा, तब औपचारिकतावश भोला ने फिर निवेदन किया, ''महाराज, अच्छा होता अगर रात का विश्राम यहीं कर लेते !''

मगर यह क्या ?

साधु ने वापस अपना झोला-डंडा रखा और सचमुच भोला का निवेदन पुनः स्वीकार कर लिया।

भोला की पत्नी तो सुनते ही चढ़ बैठी भोला पर कि घर का तो खुद ही पूरा नहीं पड़ रहा है, ऊपर से इस मोड़े को और न्यौत दिया। खूब खरी-खोटी सुनाई भोला की पत्नी ने उसे।

बाहर बैठे साधु ने सब सुन लिया।

इस तरह साधु भोला के घर अतिथि के रूप में दो दिन ठहरा। भोला से जो बना उसने किया। उसके आदर-सत्कार में भोला ने कोई कमी नहीं छोड़ी।

जिस दिन साधु को भोला के यहाँ से प्रस्थान करना था, उसी दिन उसके यहाँ बर्तन पकाने के लिए अह्वा चढ़ना था। भोला से विदा लेने के बाद साधु चलने लगा तो जाते-जाते अह्वा पर लगनेवाले 'ठीकरों' में से वह एक ठीकरे पर न जाने क्या लिखकर वहाँ डाल गया।

ठीक तीसरे दिन, जिस दिन अह्वा उतरना था, सूर्योदय होते ही गाँव का एक महाजन पास के किसी गाँव में वसूली करने जा रहा था। चूँकि भोला का अह्वा रास्ते के किनारे पर था इसलिए उसे वहीं से गुज़रना था। पक चुके अह्वा की राख जगह-जगह से उतरकर नीचे बैठ गई थी। अह्वा पर आँच की ताप को रोकने के लिए जिन ठीकरों को बड़े जतन से एक-दूसरे से जोड़कर लगाया गया था, वे भी सब उलट-पुलट गए।

महाजन जैसे ही अह्वा के बग़ल से गुज़रा कि एकाएक उसकी नज़र एक ऐसे ठीकरे पर पड़ गई जिस पर कुछ लिखा हुआ था। महाजन ने रुककर उस ठीकरे को उठाकर बाँचा और बाँचने के बाद, उसका अर्थ जैसे ही उसकी समझ में आया, लगा जैसे भोला का पूरा अह्वा उसके आगे तेज़ी-से घूम रहा है।

भला यह कैसे सम्भव है ? सुबह-सवेरे जागती हुई आँखें कोई स्वप्न तो नहीं देख रही हैं ? महाजन का दिल ज़ोर-ज़ोर-से धड़कने लगा। चुपचाप उसने काँपते हुए हाथों से ठंडी राख को उठाया और हथेली पर रखकर जाँचा तो उसके आश्चर्य का ठिकाना नहीं रहा। ठीकरे पर लिखी इबारत का अर्थ एकदम वही है जैसा महाजन ने समझा था।

उसने बिना एक पल गँवाए वसूली पर न जाने का निर्णय किया और वापस तेज़-तेज़ कदमों से घर की ओर हो लिया, अपने नहीं हीरा के घर की ओर।

सवेरे-सवेरे बिना किसी पूर्व-सूचना के महाजन को अपनी दहली पर आया देख भोला घबरा गया। सोचने लगा कि उसने इस महाजन से कौन-सा कर्ज़ लिया हुआ है, जो यह अचानक आ धमका।

महाजन मुस्कुराते हुए वहीं बिछी एक खाट पर बैठ गया।

"सेठजी, कैसे सबेरे-सबेरे ?" अकबकाते हुए पूछा भोला ने।

"भोला, जो अहूवा पककर तैयार है क्या वह तेरा है ?" पहला सवाल किया महाजन ने।

"सेठजी, है तो मेरा ही।"

"हुँऽऽऽ..." कुछ क्षण रुककर फिर पूछा महाजन ने, "इसे तेरी बेचने की सलाह है ?"

"बेचने के लिए ही तो ये बर्तन पकाए हैं सेठजी।"

"तो फिर बता, पूरा अहूवा कितने में बेचना है ?"

भोला ग़श खाकर गिरते-गिरते बचा। उसने महाजन को सिर से पाँव तक कई बार देखा। उसे न तो अपनी आँखों पर विश्वास हो रहा है और न ही कानों पर।

"सेठजी, महाजनी छोड़कर कहीं बर्तन बेचने का इरादा है क्या ?" हिम्मत करके पूछा भोला ने।

"भोला, काम की बात कर।" महाजन ने डाँटते हुए कहा इस बार।

"वो बात तो ठीक है पर सेठजी..."

"सेठजी की कर ऐसी की तैसी ! अहूवा बेचना है तो सीधी बात कर और अगर बेचना है तब बता कितने दाम लेगा पूरे अहूवा के ?" झल्ला गया इस बार महाजन।

भोला की समझ में कुछ नहीं आया। उसने मन ही मन स्वयं को धिक्कारा कि एक तो सवेरे-सवेरे लक्ष्मी ख़ुद उसके पास आई है, ऊपर से वह ऊलजलूल सवाल कर रहा है। उसे आम खाने से मतलब है या पेड़ गिनने से। अन्ततः भोला ने महाजन का प्रस्ताव स्वीकार कर पूरे अहूवा के दाम बता दिए। महाजन ने भी बिना एक पल गँवाए जेब से पैसे निकाले और भोला को दे दिए।

इसके बाद महाजन अपने घर गया और कुछ खाली बोरियाँ, एक बड़ा अनाज छाननेवाला छलना तथा तीन-चार पल्लेदारों को लेकर पहुँच गया भोला के अहूवा पर। महाजन ने अहूवा से सारे पके हुए बर्तन बाहर निकलवाकर, बची हुई राख को छानने के लिए कह दिया अपने पल्लेदारों से।

जैसे-जैसे राख छनने लगी उसे देखकर इस बार सचमुच भोला मूर्च्छित हो गया। भोला की पत्नी ने महाजन को रोकने की बहुत कोशिश की। खूब रोई-चिल्लाई मगर सौदे के मुताबिक़ उस अहूवा पर महाजन का अधिकार हो चुका था। सारी राख छनने के बाद छलने में बची छानन को महाजन ने बोरियों में भरा और पल्लेदारों को घर ले

जाने के आदेश के बाद मुस्कुराते हुए भोला से बोला, "भोला, इन बर्तनों को भी तू ही ले ले। भला ये मेरे लिए वैसे भी अब किस काम के।"

मुश्किल से भोला धीरे-से उठा और मुट्ठी में राख भरकर उसे अपने माथे पर मारते हुए एक बार फिर मूर्च्छित हो गया।

क्षणभर के लिए कचैड़ी में व्याप्त सन्नाटे का कारण नहीं आया किसी की समझ में। भला समझ में आता भी कैसे, सब तो इस पहेली में उलझे हुए थे कि ऐसी क्या वजह थी जिसके कारण भोला बार-बार मूर्च्छित हो रहा था।

वली मोहम्मद ने सवालिया नज़रों से देखा धनसिंह की ओर, जो कचैड़ी में छाई ख़ामोशी पर मन्द-मन्द मुस्कुरा रहा था। हीरा तो जैसे किसी शोक में डूब गया।

"याके बाद कहा हुओ ?" वली मोहम्मद ने जिज्ञासावश पूछा।

"होतो कहा, रो-पीट के भोला अपने घर आगो।" धनसिंह के एक ही वाक्य ने पूरे क़िस्से का पटाक्षेप कर दिया।

"ना यार काका, तेरो ई किस्सा कुछ पल्ले ना पड़ो। बात कुछ जमी ना।" वली मोहम्मद ने जानबूझकर धनसिंह को उकसाते हुए कहा, क्योंकि वह समझ गया धनसिंह जानबूझकर इस प्रसंग के मर्म को छिपा रहा है।

"ई भी कोई बात हुई ! बणिया की कौम और इतनी बावली के एक कुम्हार का अहृवा की राख ए छनवा के ले जाए अपने साथ। या सेठ ने तो या कौम की नाक ही कटवा दी।" हसन मोहम्मद ने महाजन को उसकी मूर्खता पर धिक्कारा।

"ई कौन कहरो है के ई कौम बावली होवे है...बावला, बणिया जितनी स्याणी कौम तो तमन्ने मिलेगी ही ना।"

धनसिंह के इस तरह आत्मविश्वास के साथ महाजन के पक्ष में अपना मत प्रकट करने पर नसीब ख़ाँ समझ गया कि ज़रूर इस क़िस्से में कोई गिरह है। इसीलिए वह कुछ नहीं बोला। बस, वह भी हौले-हौले मुस्कुराता रहा।

"वाह, ई अच्छी सयानपत दिखाई के बासन तो उल्टा भोला कू दे दिया और खुद राख की छाणन् ऐ लेके चलतो बणो।"

"चाँदमल, पतो है ऊ सेठ बोरीन् में जाहे भरके लेगो हो ऊ कहा हो ?" धनसिंह ने सबको सुनाते हुए चाँदमल से पूछा।

"लेगो हो बाबाजी को घंटा ! मेरे यार, जो ठीकरा-ठाकरी ही उन्ने लेगो और कहा ले जातो।" इस बार चाँदमल अपना धैर्य खो बैठा जैसे।

धनसिंह ने एक रहस्यमयी मुस्कान चाँदमल पर उँडेली और फिर सबको सुनाते हुए बोला, "बावला भाई, वे ठीकरा-ठाकरी ना हा..."

"तो फिर कहा हा ?" धनसिंह का वाक्य पूरा होने से पहले ही चाँदमल लपककर बोला।

"यार चाँदमल, तोमें यही सबसू बड़ी बीमारी है के तू काई की पूरी बात ए ना सुने है।" नसीब ख़ाँ ने अपने छोटे भाई को डाँटते हुए कहा।

"चाँदमल, उन बोरीनू में कंचन हो कंचन।"

"कंऽऽचन...?" एकसाथ आश्चर्य प्रकट किया सबने।

"हाँ कंचन।" धनसिंह ने अन्ततः रहस्य से परदा हटा ही दिया।

"पर वा सेठ ए कैसे पतो चली के भोला का अह्वा की राख में कंचन मिलो पड़ो है ?" चाँदमल ने पुनः पूरी कचैड़ी की शंका का प्रतिनिधित्व करते हुए पूछा।

धनसिंह ने चाँदमल के बजाय वहाँ मौजूद पूरी कचैड़ी पर इस अंदाज़ में निगाह डाली जैसे वह सबसे कह रहा है कि अब किया न सही सवाल।

"चाँदमल, ई सब वा साधु को परताप हो। तमने याद होएगी के वा साधु ने जाते बखत भोला का अह्वा का एक ठीकरा पे कुछ लिखो हो...?"

"हाँ, लिखो तो हो।"

"बस, ई वाही ठीकरा की करामात ही। वा ठीकरा पे साधु ने ई लिखो हो के *बाबा को हेत, माई को कुहेत/आधो कंचन, आधो रेत।"*

जब किसी के पल्ले नहीं पड़ा इन पंक्तियों का मर्म, तब धनसिंह ने ही विस्तार से इसकी व्याख्या की, "चाँदमल, जब ऊ साधु भोला के घर रुको हो तो भोला ने साधु की सेवा-पानी में कोई कसर ना छोड़ी। जबकि भोला की घरवाली ने खूब खरी-खोटी सुनाई, के पतो ना अपनो तो कैसे-कैसे गुजारो हो रो है ऊपर सू ई मोड़ा और रोक लियो।

"साधु जब दो दिन पीछे जान लगो तो वाने सोची के या भोला ने कैसे-कैसे अपनी गरीबी में सू तेरी इतनी सेवा करी है, तो फिर तेरो भी फरज बणे है के तू भी याहे कुछ देतो चल। अब वा साधु के कनै कोई धन-दौलत तो ही ना, या मारे वाने सोची के क्यों न एक ठीकरा पे तू लिख चल। तीसरे दिन जब अह्वा उतरेगो तो भोला याहे पढ़ लेएगो और राख में मिला कंचन ए छणवा के अपने घर ले जाएगो, जासू बिचारा का दिलद्दर धुल जाएँ।"

"पर वाने आधा कंचन को ही बरदान काँई लू दियो, पूरा को भी तो दे सके हो जासू वाहे पढ़णा की जरूरत ही ना पड़ती।"

"मोहे पतो ही के कोई-न-कोई जरूर या बात ए पूछेगो। वली मोहम्मद, वा साधु ने आधा कंचन को बरदान या मारे दियो हो के, भोला ने तो खूब सेवा करी ही और वाकी घरवाली वाहे देखके हर बखत फनफनाती रहवे ही। जाने साधु की सेवा करी ही वाका हिस्सा में कंचन लिखगो, जाने ना करी वाका हिस्सा में रेत लिखगो।" धनसिंह ने लगभग पूरा मर्म बता दिया कचैड़ी को।

"याको मतलब ई हुओ के अगर भोला की घरवाली भी वाकी खूब सेवा करती तो पूरा अह्वा की राख कंचन होती।"

"एबाऽऽऽत। ई कही न तैने सही बात।" हसन मोहम्मद के तर्क से सहमत होते

हुए बोला धनसिंह।

अपने पिता की यह बात सुनते ही हीरा की आँखों के आगे बत्तो का चेहरा घूम गया। उसी बत्तो का जिसने कल इन सबको अपने घर से उठाकर ही दम लिया था। पता नहीं इनमें से कौन-सा उस समय भर्तृहरि के छद्म वेश में वहाँ मौजूद था। रह-रहकर हीरा को कभी भोला के भोलेपन पर तरस आता, तो कभी उसकी मूर्खता पर ग़ुस्सा आता कि उसकी अज्ञानता के कारण आज तक उसकी जाति रेत-माटी से जद्दोज़हद करती आ रही है। भला आदमी, दो-चार जमात पढ़ लिया होता तो उन्हें ये दिन तो नहीं देखने पड़ते। अचानक उसे होश आया कि वह भी तो निरा भैंस का फूफा यानी एकदम अँगूठा- टेक है।

नहीं, इसके लिए अकेला भोला दोषी नहीं है बल्कि उसकी पत्नी भी बराबर की दोषी है। अगर वह भी भोला की तरह साधु की मन से सेवा-सुश्रूषा करती तो वह आज मिट्टी नहीं कूटता, अपितु उस महाजन के वंशजों की तरह गाव-तकिए से सिर टिकाए सूद वसूल रहा होता। हालाँकि हीरा ने तुरन्त अपना एक तर्क गढ़कर भोला की पत्नी को इसमें शामिल कर अपने 'आपको' इस स्थिति के लिए जिम्मेदार होने से बचा लिया। फिर भी उसका मन एक अवसाद और नैराश्य से भर उठा।

इस अवसाद से उसे उसी समय मुक्ति भी मिल गई जब उसने अपने पिता से यह कहते हुए सुना, "नसीब खाँ, पतो ना यार किसका करम सू किसका भाग जाग जाएँ। अब बता करम तो करा हा भोला और वाकी घरवाली ने और भाग जाग उठा वा सेठ का। वा भई भोला, धन्य है तू और तेरी घरवाली।"

हीरा को लगा जैसे उसका पिता भोला को नहीं उसे सम्बोधित कर कह रहा है।

"वैसे रामचन्दर, तू भी तो थोड़ी देर पहले कुछ वेद-पुराण की बात कर्‌रो हो ?" हीरा ने आज हाथ आए अवसर को छोड़ना उचित नहीं समझा।

"हाँ, कह रो हो के तिहारी जात को तो बेद-पुराणन् में भी जिकर मिले है। या कुम्हार को चाक ही या सिरष्टी की सबसू पहली मसीन है। आज भी जहाँ-तहाँ खुदाई होवे है तो सबसू पहले माटी का बर्तन ही निकले हैं।"

इसके बाद रामचन्दर ने बताया कि सिन्धु प्रदेश की खुदाई में मिट्टी के बर्तन, खिलौने और मूर्तियाँ सबसे ज़्यादा पाई गई थीं। यहाँ तक कि मोहनजोदड़ो के एक हिस्से में तो काफ़ी संख्या में मिट्टी, अभ्रक और बालू की मदद से बनाए गए बर्तन मिले थे, जो वहाँ कुम्हारों की एक बस्ती का होने का एक प्रमाण है।

रामचन्दर ने वेदों का हवाला देते हुए बताया कि जितनी भी हुनरमन्द जातियाँ हैं उन सबमें कुम्हार को ही उत्तम माना गया है। जैसे *अथर्ववेद* और *यजुर्वेद* में कुम्हार जाति का वर्णन इस तरह किया गया है—

ओऊम् चतुरः कुम्भाश्चतुर्धा ददामि क्षीरेण पूर्णा उदकेन दहना।
नेमस्तक्षभ्यो रथकरिभ्यश्य को नमोनमः
कुलालेभ्य कमरिभ्य बोलो नमः।

"वैसे रामचन्दर, या जात का नाम भी घणाई हैं। कहीं याहे कुम्हार कहवे हैं, तो कहीं कुमावत। कहीं कुम्भकार कहवे हैं, तो कहीं कुलाल। कहीं कुमार कहवे हैं, तो कहीं पटेल और भग्गजी, परजापति (प्रजापति) या परजापत तो तमने सुन ही राखा हैं। मजा की बात तो ई है के बिहार में बहुत-सा कुम्हार अपना नाम के पीछे पंड्डत (पंडित) लिखे हैं।"

"पंड्डतऽऽ ?" आश्चर्य से पूछते हुए हँस पड़ा नसीब ख़ाँ।

"देखो, या मुलक में पूरी छूट है कोई ना पूछे है...अब कोई पंड्डत लिखे या बाल्मिकी, ई तो अपनी मरजी को सौदा है।" रामचन्दर ने इतना कहकर लगभग बात ही ख़त्म कर दी।

धनसिंह ने कचैड़ी की खिड़की से बाहर झाँककर देखा तो यह कहते हुए सभा विसर्जित करने की घोषणा कर डाली, "अन्यायी, पूरो दिन खतम् होगो और हम याँ बैठा गप्प मार रा हैं।"

इसके बाद एक-एक कर सब अपनी-अपनी दिशा में बढ़ गए। कचैड़ी में रह गए सिर्फ़ नसीब ख़ाँ, चाँदमल, हसन मोहम्मद और वली मोहम्मद। नसीब ख़ाँ को याद आया कि आज मग़रिब की अज़ान नहीं लगी है क्या ? मगर नहीं, उसका ऐसा सोचना एकदम ग़लत निकला क्योंकि तभी उसे महजत से अज़ान के स्वर सुनाई देने लगे।

सात

बत्तो ने हीरा को झिंझोड़ते हुए जगाया तो उसने हड़बड़ाकर आँखें खोलीं। आँखों को मींडते हुए उसने आसपास देखा लेकिन न जाने क्या सोचकर उसने कुनमुनाते हुए, ठीक बच्चों की तरह दूसरी ओर करवट बदल ली। इस तरह निश्चिन्तता के साथ हीरा को करवट बदलता देख बत्तो को गुस्सा तो बहुत आया परन्तु संयम से काम लेते हुए बोली, "क्यों आज दिनभर सोना की सलाह है ? देख, दिन कितनो चढ़ आयो है।"

बत्तो के आदेश को सुन हीरा बेमन से उठा और पलैंढ़ी की ओर बढ़ गया।

हीरा के अवचेतन में अभी भी भोला और साधु के बीच हुए संवाद और उसके बाद घटी घटनाओं की गूँज बनी हुई है। इस बीच बत्तो उसके सामने से गुज़री तो वह उसे टकटकी लगाए देखता रहा। बत्तो को हैरानी हुई हीरा के इस तरह देखने पर। वह क्षणभर के लिए रुकी और यह कहते हुए आगे बढ़ गई, "क्यों, यासू पहले देखी ना हूँ ?"

हीरा ने कोई जवाब नहीं दिया। बस, मन ही मन मुस्कुराकर रह गया।

वैसे सच बात यह है कि हीरा का मन आज काम करने को ज़रा भी नहीं है। अगर उसकी बत्तो के आगे थोड़ी-सी भी चलती, तो वह कब का इन माटी के गोंदों को हारे में रख, ऊपर से पानी छिड़क गीली गुदड़ी से ढक देता। परन्तु इस बत्तो के

आगे उसकी इतनी भी नहीं चलती है जितनी उस साधु के मामले में भोला ने चला ली। सोचते-सोचते लगा जैसे उसके भीतर वैराग्य की तरंगें उठने लगी हैं। सांसारिक मोह-माया के सारे बन्धनों से मुक्त हो मन उसी दिशा में बढ़ने को आतुर है। इस बीच न जाने उसे क्या हुआ कि जैसा वह कुछ देर पहले सोच रहा था, उसने वैसा ही कर फिर से खाट बिछाई और लेट गया। वह भूल गया कि इस घर में उसके अलावा पाँच प्राणी और भी हैं।

इस बीच बत्तो किसी काम से बाहर आई तो वह हैरान-परेशान कि आज इसे हुआ क्या ? बुत बनी देर तक वह हीरा को निरखती रही और कोशिश करती रही हीरा के इस काम रोको अभियान के कारणों को समझने की परन्तु वह इसमें असफल ही रही। ग़ुस्से को वह सिर्फ़ जज़्ब करने के कर भी क्या सकती है।

बत्तो को जब कुछ भी समझ में नहीं आया, तब वह हीरा के पास गई और अपनी प्रकृति के उलट अपने आप पर संयम बरतते हुए बोली, ''कैसे, तबैत-वबैत तो ठीक है ?''

''हाँ, कुछ ऐसीई हो री है।'' संक्षिप्त-सा जवाब देकर हीरा ने बत्तो को टालना चाहा।

बत्तो ने तत्परता के साथ पहले हीरा का माथा छुआ फिर पहोंचे पर अँगुलियों के पोरों को टिका, साँस रोककर नब्ज़ देखी। बत्तो को जब इस सबसे तसल्ली नहीं हुई, तब वह हीरा को सुनाते हुए अपने आपसे कहने लगी, 'माथा भी ठीक है, नबज भी सही चल री है फिर...' जानबूझकर अधूरा छोड़ दिया बत्तो ने आगे का वाक्य, यही सोचकर कि शायद हीरा ही इसे पूरा कर दे। लेकिन हीरा ने किसी तरह की प्रतिक्रिया व्यक्त नहीं की।

''चल ऐसे कर, डाकधर के दिखा लाऊँ।''

''ना ऐसे ही ठीक हो जाऊँगो।'' समझ गया हीरा बत्तो की चाल। इसीलिए उसने दूसरी ओर करवट ली और बत्तो की तरफ़ पीठ फेरकर आँखें मूँद लीं।

बत्तो ने भी भाँप लिया कि हीरा का आज काम करने को मन नहीं कर रहा है। किन्तु वह कह भी तो कुछ नहीं सकती क्योंकि हीरा ने चाल ही ऐसी चली है। पाँव पटकते हुए बत्तो अन्दर चली आई।

सूरज दनदनाता हुआ काफ़ी ऊपर चढ़ आया। बत्तो बाहर आई तो देखा हीरा के खर्राटे पूरी लय और सुर के साथ गूँज रहे हैं। मक्खियाँ भिनभिनाती हुईं पूरी स्वतन्त्रता के साथ बिना किसी व्यवधान के कभी अधखुले होंठों के बीच से चमकते हुए दाँतों पर बैठ उन्हें कुरेदने लगतीं, तो कभी बीच-बीच में उभरनेवाले खर्राटों से भयभीत होकर उड़ने के बाद फिर से यथास्थान ग्रहण कर लेतीं। कई मक्खियाँ तो पूरी निडरता के साथ फड़कते हुए नथुनों के अन्दर जैसे ही घुसने का प्रयास करतीं, वैसे ही हीरा का

हाथ पूरी गति से मुँह की ओर दौड़ता तथा इससे पहले कि उन पर वह प्रहार करता, चालाक मक्खियाँ बड़ी चपलता से हाथ को धता बताती हुईं उड़ जातीं। बत्तो देर तक खर्राटें लेते हीरा और चतुर मक्खियों के बीच चल रहे इस पकड़म-पकड़ाई को देखती रही। कई बार तो ऐसा हुआ कि हीरा का हाथ जब तेज़ी के साथ मुँह पर पड़ता, तब बत्तो की हँसी छूटते-छूटते रह जाती। यदि कोई और दिन होता तो बत्तो बच्चों को बुलाकर ज़रूर इस खेल को दिखाती।

हीरा को इस तरह घोड़े बेचकर सोता हुआ देख, बत्तो के जी में बाकी नहीं रहा कि जिस आदमी की तबियत ठीक ना हो, क्या वह इस तरह कच्ची नींद में सो सकता है ? बत्तो बस अब हीरा के जागने का इन्तज़ार करने लगी। जागने पर ही वह उससे करेगी दो-दो बात।

हीरा ने कुनमुनाते हुए जब आँखें खोलीं तो देखा दिन ढल चुका है। उसने आवाज़ देकर रामरती से पीने का पानी लाने के लिए कहा।

बत्तो के कान जैसे इसी आवाज़ को सुनने के लिए तरस रहे थे। इसीलिए उसने स्वयं पानी का गडुआ लिया और पहुँच गई हीरा के पास, "ले, अब तो होगी होएगी तबैत ठीक ?" कटाक्ष करते हुए पानी का गडुआ बढ़ा दिया हीरा की तरफ़।

हीरा को समझते हुए देर नहीं लगी कि बत्तो कहाँ बोल रही है। उसने चुपचाप गडुआ लिया और पानी पीने के बाद, बाकी बचे पानी से मुँह धोने के बाद बत्तो से पूछा, "रोटी बनगी हैं कैसे ?"

"तोहे रोटीनू सू कहा मतलब। तेरी तो वैसेई तबैत खराब बताई !" एक बार फिर कसा बत्तो ने व्यंग्य।

नहीं रुका गया हीरा से इस बार और हँसते हुए बोला, "कदी तो ठंडा दिमाग सू बात कर लेए कर। बारह मास तेरो गुस्सा नाक पे धरो रहवे है !"

इसी का तो इन्तज़ार कर रही थी बत्तो। फिर तो खूब सुनाई बत्तो ने हीरा को। किन्तु वाह रे हीरा, उसने भी मानो कानों में आर-पार छेद कर लिया कि इधर से सुना और उधर से निकाल दिया।

हारकर बत्तो भुनभुनाते हुए अन्दर जाने लगी तो देखा सामने से रामचन्दर चला आ रहा है। रामचन्दर को आता देख जाते-जाते रुक गई बत्तो।

"रिस्तेदार कैसे हमारी भैन नाराज कर राखी है !" रामचन्दर ने एकदम पास आते हुए कहा हीरा से।

समझ गई बत्तो कि उसके कानों में उसके कुछ शब्द पड़ गए हैं। पास में पड़ी मूढ़ी को साफ़ी से पोंछकर उसे रामचन्दर की ओर बढ़ा दिया हीरा ने।

कई वर्ष पहले घटी उस घटना के बाद से बत्तो की रामचन्दर से नज़र मिलाने की हिम्मत नहीं पड़ रही है। बत्तो ने उस दिन हालाँकि कहा तो था सोनदेई से लेकिन रामचन्दर की वहाँ मौजूदगी उसे रह-रहकर अपने अपराध-बोध का अहसास कराती है। यह उसी अपराध-बोध का कारण है कि बत्तो उसके सामने पड़ने से कतरा रही है।

देर तक हीरा और रामचन्दर में दुनिया-जहान की बातें होती रहीं। रामचन्दर जब उठकर चलने लगा तो अपनत्व से भीगे शब्दों के साथ हीरा लगभग शिकायत करते हुए बोला, "कदी-कदी चक्कर लगा लेए कर। मेरे यार, ये लेन-देन तो जिन्दगीभर चलता रहेगा।"

हीरा और बत्तो ही क्या रामचन्दर को कोई भी देखकर निहाल हो सकता है। वे दोनों तब तक उसे जाता हुआ देखते रहे, जब तक वह उनकी नज़रों से ओझल नहीं हो गया। बत्तो तो इस रामचन्दर के प्रति एक श्रद्धा से नत-मस्तक हो उठी, जिसने पूरी ज़िन्दगी अपनी विधवा बहन और उसके बच्चों के लिए खपा दी। ऐसे भाई पर हर बहन को जितना गर्व किया जाए उतना ही कम है।

रामचन्दर बेशक उन दोनों की नज़रों से ओझल हो गया किन्तु अवचेतन में वह अब भी उनके पास है। बरसों पुराने मटमैले, जगह-जगह से कटे-फटे चित्र एक बार फिर थरथराने लगे हीरा की स्मृति में। एक लम्बे अन्तराल के बाद एक बार फिर ये चित्र आपस में जुड़कर उस भयावह अतीत को ताज़ा करने का प्रयास करने लगे, जिसकी याद आते ही आज भी पूरे जिस्म में चींटियाँ-सी रेंगने लगती हैं। बहुत कोशिश की हीरा ने उस भयावहता से मुक्त होने की लेकिन नहीं हो पाया। कम्बख़्त ने भूले हुए छोरों को न छोड़ने की मानो ज़िद पकड़ ली।

● ●

पूरे गाँव में यह ख़बर आग की तरह फैल गई कि तिरलोकी बामन की लाश रावली के पास सड़क के किनारे खड़ी कीकरों के भीतर पड़ी हुई मिली है। जिसने भी सुना वही अवाक कि तिरलोकी जैसे भले आदमी की आख़िर किसी से क्या दुश्मनी हो सकती है ? क्या बिगाड़ा होगा किसी का उस आदमी ने ?

यह तो भला हो उन ग्वालों का जिनकी नज़र ख़ून से सनी लाश पर पड़ गई वरना एकाध दिन और रुक जाती तो चील-कव्वे ही खा जाते। कुछ भले आदमियों ने फ़िरोजपुर झिरका के थाने में जाकर इसकी सूचना दे दी। तुरन्त पूरा थाना हरकत में आ गया।

लाश को थाने में ले आया गया।

देखते ही देखते पूरा थाना अट गया लोगों से। मगर कोई नहीं शिनाख़्त कर पाया उसकी। अर्दली नसीब ख़ाँ ने भी यूँ ही जाकर देख लिया लाश का चेहरा।

लेकिन यह क्या ? नसीब ख़ाँ उलटे पाँव थानेदार के पास दौड़ते हुए आया और साँसों को क़ाबू में कर बमुश्किल कह पाया, "ज...जनाब, ई जो लाह्स आई है न, ई...ई तो हमारा गाँओ...ना-ना हमारा मुहल्ला का बामन तिरलोकी की है।"

"क्याऽऽऽ ?" थानेदार अपनी कुर्सी से खड़े होते हुए बोला।

"जी हाँ जनाब।"

थानेदार ने पहले ग़ौर से नसीब ख़ाँ का चेहरा देखा और जब उसे पूरी तरह यक़ीन हो गया कि नसीब ख़ाँ झूठ नहीं बोल रहा है, तब उसने इस अंदाज़ में साँस खींचा

मानो बेवक़्त आई मुसीबत अपने आप हल हो गई है। थानेदार ने नसीब ख़ाँ की ओर देखकर मन ही मन उसे धन्यवाद दिया कि चलो एक मामूली-से अर्दली के कारण भाग-दौड़ से तो पीछा छूटा।

कुछ देर चुप रहने के बाद थानेदार ने नसीब ख़ाँ की आँखों में आँखें धँसाते हुए पूछा, "नसीब खाँ, इस आदमी का चाल-चलन कैसा था ?"

"जनाब, आप तो चाल-चलन की बात कर्रा हो...मैं तो कहूँ के ई आदमी एकदम अल्ला की गाय हो।"

"पास-पड़ोस में किसी के साथ कोई लड़ाई-झगड़ा ?"

"मेरी निगाह में तो जनाब ऐसी कोई बात आई ना है।"

"हूँऽऽऽ !" नसीब ख़ाँ को अपने पास बुलाते हुए धीरे-से फुसफुसाते हुए पूछा थानेदार ने, "कहींऽऽऽ कोई ऐसा-वैसा चक्कर तो नहीं था। मेरा मतलब है किसी औरत के साथ... ।"

"जनाब, आप कैसीं बात कर्रा हो ! तिरलोकी जैसो दीन-ईमान और धरम-करमवालो बामण तो आसपास का गाँवन् में ढूँढ़ा सू भी ना मिलेगो।"

"और इसकी माली हालत ?" हर तरफ़ से निराश होने के बाद थानेदार ने अपने मतलब की बात पूछी।

"कैसे बताऊँ जनाब, गरीब आदमी की माली हालत बतान् लायक होए तो वाहे मैं बताऊँ भी।" नसीब ख़ाँ ने लम्बा साँस लेते हुए गहरे विषाद के साथ कहा।

"अच्छा चल छोड़..." थानेदार थोड़ा रुककर फिर बोला, "ठीक है, तू ऐसा कर अभी अपने गाँव जा और इसके घर खबर करके आ...और हाँ, गाँव के दो-चार खास आदमी भी साथ लेते आना, तब तक मैं पोस्टमार्टम के कागजात तैयार करवाता हूँ।"

"जी जनाब।" इतना कहकर नसीब ख़ाँ थाने से रवाना हो गया।

रास्तेभर नसीब ख़ाँ थानेदार द्वारा किए गए सवालों के बारे में सोचता रहा। थानेदार द्वारा तिरलोकी के बारे में किए गए सवालों से नसीब ख़ाँ विचलित हो उठा। साइकल से कई बार गिरते-गिरते बचा वह। उसे उस समय तो और भी हैरानी हुई कि जब एक बार उसने तिरलोकी के चाल-चलन की तसदीक़ कर दी, तब थानेदार क्यों उससे ऐसे सवाल किए जा रहा था।

गाँव पहुँचकर उसने सबसे पहले धनसिंह को लिया अपने साथ और तिरलोकी के घर जाने के बजाय सीधा वे दोनों दीना सरपंच के पास पहुँच गए।

पूरे गाँव को जैसे यक़ीन नहीं हुआ।

सोनदेई तो सुनते ही पछाड़ खाकर गिर पड़ी। पलक झपकते ही पूरा घर बियाबान जंगल में तब्दील़ हो गया। जिस घर में थोड़ी देर पहले भविष्य की कल्पनाएँ इधर से उधर पंख फैलाए अतीत से चुहलबाजी कर रही थीं, वही घर अब भायँ-भायँ करने लगा।

इस बीच दीना सरपंच ने पंचायत के सभी सदस्यों को इस हादसे की इत्तिला भिजवा दी। साथ में यह भी कहलवा भेजा कि जेब में हर सदस्य कुछ रुपए-धैले डाल

लाए। पता नहीं कब ज़रूरत पड़ जाए।

थाने में सोनदेई के साथ नसीब ख़ाँ, धनसिंह और दीना समेत पूरी पंचायत ही नहीं गई बल्कि गाँव में जिसने भी सुना और इस दुःख को अपना दुःख समझा, वही थाने की तरफ़ दौड़ लिया।

पूरा थाना अट गया लोगों से। थानेदार भी हैरान-परेशान कि इतने मामूली आदमी के लिए पूरा गाँव। सोनदेई तो कपड़े से ढकी अपने पति तिरलोकी की लाश से लिपट गई। इस हृदय-विदारक दृश्य को देखकर शायद ही किसी की आँखों से नीर नहीं बहा।

इस बीच पोस्टमार्टम के कागज़ तैयार हो गए और यह कहते हुए लाश पोस्टमार्टम के लिए भिजवा दी कि कल दोपहर तक उन्हें लाश सौंप दी जाएगी।

अगले दिन दोपहर को ही पोस्टमार्टम के बाद लाश थाने में आई।

पोस्टमार्टम की रिपोर्ट के अनुसार तिरलोकी की मौत सिर पर चोट लगने से हुई है। लेकिन यह चोट किसने की ? इसकी तफ़तीश होनी है अभी।

दिन का तीसरा पहर ख़त्म हुए काफ़ी देर हो गई लेकिन लाश अभी भी सोनदेई के सुपुर्द नहीं हुई है। थाने के बाहर जमा पूरी पंचायत तथा गाँव के दूसरे लोगों की चिन्ता सूरज के पच्छिम की ओर तेज़ी-से बढ़ते जाने पर बढ़ती जा रही है।

आख़िर धनसिंह ने ही नसीब ख़ाँ को बुलाया और पूछा, "नसीब खाँ, यार अब कहा देरदार है ?"

"हम्बै अन्यायी, आखिर घर पहुँचके दाग को भी तो इन्तजाम करनो है। अगर दिन छिपना सू पहले दाग ना लगो तो दिक्कत खड़ी हो जाएगी।" दीना ने स्वयं चिन्ता प्रकट करते हुए कहा।

नसीब ख़ाँ की भी समझ में नहीं आया कि जब पोस्टमार्टम के बाद लाश आ चुकी है तब फिर अब किसका इन्तज़ार है ? वह तुरन्त थानेदार के पास गया और उलटे पाँव वापस आकर दीना से बोला, "सरपंच, थोड़ी देर मेरे साथ चलियो, साहब ने बुलायो है !"

दीना नसीब ख़ाँ के साथ चला गया।

कमरे में उस समय कोई नहीं था सिवाय थानेदार के। दोनों खड़े रहे थानेदार के सामने। काफ़ी देर तक थानेदार कागज़ों को इधर से उधर उलटता-पुलटता रहा। जब उसे सफलता नहीं मिली तब नसीब ख़ाँ से बोला, "नसीब खाँ, यार एक कप चाय बोलकर आ...सिर कुछ भारी-भारी-सा हो रहा है !"

"जी जनाब।" इतना कहकर नसीब ख़ाँ कमरे से बाहर निकल आया।

नसीब ख़ाँ के कमरे से बाहर होते ही थानेदार ने मेज़ पर फैले कागज़ों को समेटा और दीना की तरफ़ देखते हुए बोला, "सरपंच साब, इसकी तो किसी ने हत्या की है !"

"जी चौस्साब, लगे तो ऐसा ही है।"

"वैसे गाँव में इसका किसी से कोई मन-मुटाव तो नहीं था ?"

"ना चौस्साब, मेरी जानकारी में तो ऐसी कोई बात ही ना।"

"और चाल-चलन मेरा मतलब है किसी से कोई नाजायज..."

''चौस्साब कैसी बात कर्‌रा हो...ई तो खुदा को बंदो इन कामन्‌ सू बहोत दूर हो। अगर ई ऐसो होतो तो आधो-सो गाँओ ना आतो थाणा में।''

आगे नहीं पूछा थानेदार ने कुछ। बस, छत के पंखे को देखता रहा। फिर मेज़ की दराज़ से कुछ काग़ज़ों को निकालते हुए बेहद गम्भीरता के साथ दीना को सुनाते हुए बोला, ''फिर तोऽऽऽ मामला काफी पेचीदा है।''

कुछ नहीं कहा दीना सरपंच ने थानेदार के इस वाक्य के जवाब में, शायद इसलिए कि हत्या जैसे गम्भीर मामलों की पेचीदगी को इन थानेदारों से बेहतर और कौन जान सकता है। देर तक कमरे में ख़ामोशी छाई रही। छत के पंखे की घर्र-घर्र अब और साफ़ सुनाई देने लगी।

थानेदार धीरे-से अपनी कुर्सी से खड़ा हुआ और लम्बा साँस लेते हुए बोला, ''हाँ तो सरपंच साब, बता फिर क्या करें ?''

दीना का सिर भन्ना गया। उसने चुपचाप कनखियों से देखा कि कहीं नसीब ख़ाँ तो नहीं खड़ा है, किन्तु अगले ही पल उसे याद आया कि वह तो बाहर गया है चाय लेने। हिम्मत जुटाते हुए कहा दीना ने, ''चौस्साब, करें कहा लाहस ए दे-दा के छुट्टी करो जासू बिचारा का दाग को इन्तजाम करें।''

''लाश दे दूँ ! लाश कोई ऐसे ही मिलती है सरपंच ! अभी तो इसकी पूरी तफ़तीश होनी है कि इसकी हत्या किसने की, कैसे की और क्यों की ? तू कह रहा है कि लाश दे दूँ। लाश देना कोई बच्चों का खेल है। क्या पता हत्या गाँव में से ही किसी ने आपसी रंजिश के चलते की हो।'' इतना कहकर थानेदार स्विच ऑन करने के लिए स्विच बोर्ड की ओर बढ़ गया।

''प...पर चौस्साब याकी ना ही काई सू कोई रंजस।'' कमरे में एकाएक फैल गए प्रकाश से अपने आपको बचाते हुए जवाब दिया दीना ने।

''सरपंच, यह तो तू कह रहा है न !'' दीना सरपंच की आँखों में आँखें डाल बोला थानेदार।

दीना की समझ में अब आया कि इस थानेदार का सिर क्यों भारी हो रहा था। उसकी समझ में अब आया कि इसी समय इसने नसीब ख़ाँ को क्यों भेजा है चाय लेने।

''तो फिर आप ही बताओ चौस्साब, कहा करें ?'' दीना ने अन्ततः सब थानेदार पर छोड़ दिया।

''सरपंच बताया न, मामला हत्या का है और फिर तफ़तीश में भी टाइम लगेगा। लाश इधर से उधर फिंकती फिरेगी। ऊपर से इस गरीब औरत को परेशानी उठानी पड़ेगी वह अलग...और सबसे बड़ी बात तो यह है कि पता नहीं इस मामले में कितने लोग लपेट में आ जाएँ। हो सकता है इन्हीं में से हो कोई जो इसका हितैषी बना घूम रहा है।''

थानेदार ने सरपंच दीना के सामने ऐसा जाल बिछा दिया कि जहाँ भी उसके कदम पड़ेंगे, उसमें वह उलझे बिना नहीं मानेगा। वही थानेदार जो शुरू में 'सरपंच साब' से नीचे नहीं उतर रहा था, अब सीधा ही सरपंच पर आ गया।

"चौस्साब बताओ ना अब करनो कहा है ?" दीना के इस बार हाथ-पाँव फूल गए। वही हुआ जिसका उसे डर था।

"सरपंच, मामला थोड़ा आपस का है इसलिए। अरे, गनीमत समझो कि तुम्हारा नसीब खाँ मेरा अर्दली है वरना किसी और का मामला होता तो दस हजार से कम में यह मामला नहीं निपटता।" थानेदार अब सीधे-सीधे असली मुद्दे पर आ गया।

"चौस्साब, देख लेओ...गरीब बामण है। कुछ याकी सोचो और कुछ नसीब खाँ की लिहाज कर लेओ !"

"ऐसा करो सरपंच फिर पाँचेक का बन्दोबस्त कर लेओ बाकी मैं...आ भई नसीब खाँ ले आया। ऐसा कर इसे दो कपों में डाल दे !" नसीब ख़ाँ को आया देख थानेदार ने बड़ी सफ़ाई से विषय बदल दिया।

"चौस्साब, बहोत-बहोत मेहरबानी। आप पिओ, मैं अभी आया !" इतना कहकर दीना सरपंच तेज़ी-से कमरे से निकल गया।

सारी चाय एक ही कप में डालकर नसीब ख़ाँ बाहर जाने लगा तो थानेदार ने उससे कहा, "ये रजिस्टर अलमारी में रख दे...और हाँ, मैंने सरपंच से कह दिया है कि वे लाश ले जाने का इन्तजाम कर लें।"

"जी जनाब, आपकी बहोत-बहोत मेहरबानी। गरीब बामणी जिन्दगीभर आपको दुआएँ देती रहेगी। पूरा गाँओ आपका ये अहसान कभी ना भूलेगा।" नसीब ख़ाँ के दोनों हाथ जुड़ते चले गए।

कमरे में बस चलते हुए पंखे की घर्र-घर्र के साथ, थानेदार द्वारा सुड़की जा रही चाय की आवाज़ गूँजती रही।

दीना के पसीने से भीगे माथे और उतरे हुए चेहरे को देखकर सबको जँच गया कि अवश्य कहीं कोई पेच फँसा रह गया है। दीना पहले तो चुप रहा यह सोचकर कि कैसे इस नई मुसीबत से निजात पाई जाए, लेकिन जब वह हर तरफ़ से निराश हो गया तब वह कुछ लोगों को एक ओर ले गया तथा उन्हें सारी स्थिति से अवगत कर दिया।

दीना की बात सुनते ही धनसिंह बिगड़ते हुए बोला, "तो अन्यायी, हमारा या नसीब खाँ को कहा फायदा हुओ थाणा में रहणा को !"

"धनसिंह, नीची अवाज में बात कर। नसीब खाँ ए तो या बात की खबर भी ना है और मेरो ख्याल है वाहे खबर होणी भी ना चहिए। कहीं ऐसी ना होए के बनी-बनाई बात ही बिगड़ जाए। मेरे यार, पाँच हजार रुपल्लीन की तो बात है। अरे, कम-सू-कम या मुसीबत सू तो पीछो छुट जाएगो और फिर बिचारी ई सोनदेई कहाँ-कहाँ धक्का खाती फिरेगी।"

दीना का तर्क सबको सही लगा। पैसों का क्या, वह तो हाथ का मैल है। कम-से-कम इस मिट्टी की माटी तो ख़राब होने से बच जाएगी। धनसिंह ने तुरन्त अपनी जेब से सौ रुपए निकाले और दीना को दे दिए। गिरधारी ने पाँच सौ, जलेब ख़ाँ ने तीन सौ...। इस तरह देखते ही देखते पाँच हज़ार रुपए कब इकट्ठे हो गए,

किसी को पता भी नहीं चला।

रुपयों को जेब के हवाले कर दीना यह कहते हुए तेज़ी-से थानेदार के कमरे की ओर लपक लिया, "गिरधारी, फटाफट एक टम्पू को इन्तजाम करो, मैं जब तक थाणेदार सू निपट के आ रो हूँ !"

दीना को तेज़ी-से अपनी तरफ़ आता देख थानेदार नसीब ख़ाँ से बोला, "नसीब ख़ाँ, ये केटली वापस दे आ...और हाँ फटाफट दो कप चाय और ले आ। उससे कहना, यार चाय में थोड़ी-बहुत मलाई-वलाई भी डाल दिया करे।"

"जी बेहतर जनाब।" सामने से दीना को आता देख समझ गया नसीब ख़ाँ कि दूसरी चाय जनाब ने किसके लिए मँगाई है।

"जब तक तू चाय लेकर आता है तब तक मैं लाश की सुपुर्दगी के कागजात तैयार कर देता हूँ।"

नसीब ख़ाँ ने खाली केतली उठाई और कमरे से निकल आया।

बाहर आकर नसीब ख़ाँ ने यूँ ही पूछ लिया गिरधारी से, "गिरधारी, लाहूस ले जाणा को कहा इन्तजाम करो है ?"

इससे पहले कि गिरधारी कोई जवाब दे पाता, धनसिंह तमतमाते हुए फट पड़ा, "इन्तजाम तो जब करें, जब तेरो ई थाणेदार लाहूस ए ले जाण देए !"

"कहा मतलब ?" हैरान होते हुए पूछा नसीब ख़ाँ ने।

गिरधारी तेज़ी-से धनसिंह के पास आया और लगभग धकियाते हुए उसे नसीब ख़ाँ से दूर ले गया।

नसीब ख़ाँ ने भाँप लिया कि उससे कुछ छिपाया जा रहा है। वह भी धनसिंह के पास गया और घुटी-घुटी आवाज़ में बोला, "धनसिंह, कहा बात है ? तम सब मोसू कहा छिपा रा हो ?"

"कुछ ना, बस ऐसे ही निकलगी मुँ सू।"

"ना धनसिंह कुछ तो है..." फिर नसीब ख़ाँ गिरधारी की ओर पलटा, "गिरधारी, मेरे यार तू ही बता दे कहा बात है...अरे अन्यायी, ऐसी कहा बात है जो तुम मोसू छिपा रा हो...जलेब खाँ, यार तेरी जुबान पे भी तालो पड़गो दीखे है...।" नसीब ख़ाँ का शरीर ऐंठने लगा जैसे।

नसीब ख़ाँ को छटपटाता देख सबने उसे बताना ही उचित समझा।

गिरधारी के होंठों से अन्तिम शब्द फूटने से पहले ही नसीब ख़ाँ के हाथ से केतली छूटकर ज़मीन पर आ गिरी। आँखों के आगे खक्क छा गया। नसीब ख़ाँ उसी समय पलटा और सीधा धड़धड़ाते हुए जा घुसा थानेदार के कमरे में।

भीतर का दृश्य देखकर नसीब ख़ाँ की आँखें जल उठीं। कनपटी की नसें खिंचती चली गईं। फड़कते हुए नथुनों से आ-जा रही साँस और दाँतों के पिसने की आवाज़ अपने ही कानों में उसे साफ़ सुनाई देने लगी।

भीतर कमरे के एक कोने में दीना थानेदार के सामने खड़ा बड़ी तत्परता के साथ

नोट गिनने में लीन है। अचानक नसीब ख़ाँ को इतनी जल्दी वापस आया देख थानेदार का चेहरा सफ़ेद पड़ता चला गया। दीना ने पलटकर देखा तो वह भी भौंचक। उन दोनों ने तो इसकी कल्पना भी नहीं की थी। दीना के हाथ जहाँ थे वहीं रुक गए। जो जीभ अँगूठे के पोर को गीला कर वापस जाने की जल्दी में थी, वह भी वहीं ठिठक गई।

"न...नसीब खाँ तू !" अकबकाते हुए पूछा थानेदार ने।

नसीब ख़ाँ ने कोई जवाब नहीं दिया। वह बिजली की गति से दीना की ओर लपका तथा पलक झपकते ही उसके हाथों से नोट छीन लिए।

नसीब ख़ाँ की इस क्रिया पर दीना और थानेदार से कुछ कहते नहीं बना। दोनों अपनी-अपनी जगह पर जड़ हो गए। देखते ही देखते सबकुछ उलट-पुलट गया। एकाध नोट जो दीना से छीनते समय छिटककर ज़मीन पर आ गिरे थे, नसीब ख़ाँ ने उन्हें भी उठाया और थानेदार की ओर मुख़ातिब होते हुए बोला, "वा जनाब, आपने तो ऊ कहावत भी मात कर दी के डायन भी सात घर छोड़ देवे है, पर आपने तो एक भी ना छोड़ो। कम-सू-कम मेरी ही लिहाज कर लेता जनाब...और फिर या गरीब बामण की लाहृस पे रुपिया ना लेणा सू कौन-सी आपकी हवेली पे ईंट ना चढ़ री ही। आपने तो जनाब, ई बात सच्ची करके दिखा दी के ई महकमा काई को सगो ना होवे है।"

पता नहीं नसीब ख़ाँ कैसे कह गया यह सब ? वह कैसे भूल गया अपनी सीमा और हैसियत को ?

"नसीब खाँ, यामें चौस्साब को कोई कसूर ना है। इन्ने तो हम अपनी मरजी सू दे रा हैं।" दीना ने थानेदार को बचाते हुए सफ़ाई दी।

"अपनी मरजी सू दे रा हो ! अरे, देणा हैं तो वा बिचारी बेवा कू देओ जाको सबकुछ उजड़ गो। देओ तो वा गरीब बामणी कू देओ जाकी *चंदा की-सी चाँदनी, दीवा की सी लौय/उनकू कैसा चैन हैं, जिनका गया नगीना खोय।"* नहीं रोक पाया इस बार नसीब खाँ अपने आपको, "दी...दीना चलो लाहृस ए उठाओ !" भर्राते हुए नसीब ख़ाँ थानेदार के कमरे से बाहर निकल आया।

नसीब ख़ाँ के पीछे-पीछे चला आया दीना सरपंच। बाहर आकर दीना नसीब ख़ाँ को एक तरफ़ ले जाकर बोला, "नसीब खाँ, तैने ई ठीक ना करो यार। कोई उल्टी-सूधी बात होगी तो ?"

"सरपंच, ई नसीब खाँ काँई मरज की दवा है। घबराए मत, मैं अपने आप देख लूँगो।"

"और लाहृस का कागज-पत्तर ?"

"उनकी फिकर मत करो, सब मिल जांगा।" नसीब ख़ाँ ने पूरे आत्मविश्वास के साथ कहा।

"देख ले यार, तिहारो ई महकमा कुछ ऐसोई है।" बेमन से नसीब ख़ाँ की बात मानते हुए दीना ख़ुद चला गया एक टैम्पो के लिए।

●●

तिरलोकी सोनदेई के सामने एक ऐसा रेगिस्तान छोड़कर पंचभूत में विलीन हो गया, जिसमें दूर-दूर तक कोई छायादार दरख़्त नहीं है।

सोनदेई की सूनी-निस्तेज आँखों में भविष्य की टेढ़ी-मेढ़ी इबारतें किसी से नहीं छिपीं। उम्र के इतने लम्बे सफ़र को दो छोटी-छोटी बच्चियों के साथ तय करना इतना आसान नहीं है। रामचन्दर की आँखें बहन के आगे फैले इस रेगिस्तान के अहसास भर से रह-रह कर बरस उठतीं।

तीसरे दिन फूल चुनने के बाद सोनदेई के भविष्य को लेकर मन्थन होता रहा। ऐसा भी नहीं है कि तिरलोकी का कोई अनब्याहा चाचा-ताऊ का लड़का ही हो जिसकी चूड़ियाँ सोनदेई को पहनवा दी जाएँ। बहुत विचार किया गया किन्तु हर बार निष्कर्ष इस मुक़ाम पर आकर दम तोड़ देता कि जैसे भी कटेगी, ज़िन्दगी तो सोनदेई को अकेले ही काटनी पड़ेगी।

इस बीच नसीब ख़ाँ दीना और धनसिंह को लेकर एक तरफ़ गठरी बनी सोनदेई के पास गया और कपड़े में लिपटी छोटी-सी गड्डी को उसे देते हुए बोला, "सोनदेई, बेटी ई छोटी-सी रकम है याहे धर ले !"

दीना और धनसिंह को छोड़ वहाँ उपस्थित लोगों की समझ में नहीं आया कि यह रक़म नसीब ख़ाँ ने कब और कहाँ से इकट्ठी कर ली ? कहीं ऐसा तो नहीं है कि नसीब ख़ाँ इसे अपनी तरफ़ से दे रहा है ? खुसर-पुसर शुरू हो गई इस दृश्य को लेकर।

आख़िर नसीब ख़ाँ को बताना ही पड़ा सबकुछ, "घबराओ मत, ना तो या रकम ए मैं अपने पै (पास) सू दे रो हूँ और ना ही काई सू ब्याज-बट्टा पे लायो हूँ। अरे, ई वही रकम है जाहे थाणेदार हमारी पंचात सू झटकनो चाह रो हो। तम ई सोच लेओ के या रकम ए थाणेदार कू दे चुका हो।"

बाकी का सारा क़िस्सा दीना सरपंच ने विस्तार से बता दिया।

"ले बेटी, यामें अहसान की कोई बात ना है। ई तो पंचात को फरज हो जाहे ई पूरी कर्‌री है।"

"हाँ-हाँ, ले ले !" चारों तरफ़ से एक स्वर में सबने नसीब ख़ाँ का समर्थन किया।

सोनदेई के हाथ काँपने लगे। नसीब ख़ाँ के हाथ से कपड़े में लिपटी छोटी-सी गड्डी को लेते हुए हूक मारकर बिखर गई, "काका नसीब खाँ, मेरी तो ज़ीवन की ही नैया डूबगी...मोहे तो बिना पंख को पंछी करगो...मैं कैसे भरूँगी उड़ान अपने हंस के बिना..."

"सोनदेई, बावली मत बन बेटी...ये हैं तो सही दो छोटी-छोटी चिड़िया।"

"काकी जैतूनी, मैं कैसे ढोऊँगी इतनी भारी गठरी ए...मोपे ना चढ़ो जाएगो या परबत पे।"

"सोनदेई, नीली छतरीवालो सब करेगो बेड़ा पार।" असग़री ने सिर पर हाथ फेरते

हुए तसल्ली दी।

"मेरी तो गाड़ी को पहिया ही पीछे छूटगो काकी असगरी...तू बता तो सही मैं कैसे खींचूँगी या गाड़ी ए इकलीऽऽऽ।"

"सोनदेई, बेटी खींचनी तो तोहे इकली ही पड़ेगी...बता, मैंने ना खींची ही इकली ने !" असग़री की भी हिलकियाँ बँध गईं।

सोनदेई का चौक एक बार फिर सिसकियों में डूब गया।

सोनदेई को खूब समझाया सबने। ढेर सारे आश्वासन दिए गए कि जैसा भी जिससे जो बनेगा, अपनी तरफ़ से हर कोई करेगा। वह यह न समझे कि वह बिल्कुल अकेली है। पूरा मोहल्ला, पूरा गाँव उसके साथ है।

इसी बीच रामचन्दर धीरे-से अपनी जगह से खड़ा हुआ और हाथ जोड़ते हुए बोला, "पंचो, अगर बुरा ना मानो तो मेरी एक छोटी-सी बिनती है।"

सबकी आँखें रामचन्दर पर आ टिकीं।

"हाँ बोल।" दीना ने सबकी ओर से स्वीकृति देते हुए कहा।

"अगरऽऽऽ..." कहते-कहते रुक गया रामचन्दर।

"रामचन्दर कह न, चुप कैसे हो गो ?" धनसिंह ने पूछा।

"अगर या गाँम ए कोई एतराज ना होए, तो मैं अपनी भैन की याँ देखभाल कर लूँ ?"

रामचन्दर के कहे का अर्थ किसी की समझ में नहीं आया।

"देखभाल कर लूँ, कहा मतलब दो-चार महीना या...?"

"माँवसा इतनी लम्बी उमर कहा दो-चार महीना में खतम हो जाएगी ?" उलटा नसीब ख़ाँ से सवाल किया रामचन्दर ने।

"हम यही तो पूछणो चाह रा हैं रामचन्दर ?" नसीब ख़ाँ ने साफ़-साफ़ पूछा इस बार।

"पंचो, दो-चार महीना ना, मैं पूरी उमर अपनी भैन की सेवा..."

"अरे, यासू बढ़िया और कहा बात होएगी और फिर वैसे भी या गाँओ ए कहा एतराज है।" दीना सरपंच ने रामचन्दर का वाक्य पूरा होने से पहले कहा।

"परऽऽऽ रामचन्दर, तू अपणा घरबार ए छोड़ के..."

"घरबार ए तो जब छोडूँ जब होए। मैंने तो आज सू ही ई मान लियो के यही मेरो घरबार है।" कहते-कहते रामचन्दर का गला रुँध आया।

सबने रामचन्दर के इस फ़ैसले को सराहा। हालाँकि बीच-बीच में संशय और आशंकाओं के बादल घिर-घिर आते कि कहीं रामचन्दर अपनी बहन को बीच मँझधार में छोड़कर चलता न बने। कुछ ने रामचन्दर के इस फ़ैसले को भावुकता में लिया गया फ़ैसला बताया, तो कुछ ने यह कहकर अपनी सोच पर विराम लगा लिया कि सोनदेई अभी

कौन-सी किनारे पर है, मँझधार में तो तिरलोकी उसे पहले ही छोड़कर जा चुका है।

इन्हीं शंका-आशंकाओं के बीच रामचन्दर आज भी अपने निर्णय पर पर्वत की तरह अडिग है। हाँ, बीच-बीच में छोटे-मोटे झंझावत ज़रूर आए, मगर रामचन्दर को वे अपनी अडिगता से विचलित नहीं कर पाए। वही रामचन्दर इस गाँव में अब इस तरह घुल चुका है कि उसे इससे अलग करके देखना दूध से पानी को, या पानी को दूध से अलग करके देखना है। दो-दो भांजियों के हाथ पीले करना और पूरे घर को यहाँ तक खींचकर ले आना हरेक रामचन्दर के बूते की बात नहीं है। यही कारण है कि आज भी रामचन्दर इस गाँव के जिस रास्ते से गुज़रता है, तो श्रद्धा और सम्मान वैसी ही विनम्रता से उसके समक्ष नत-मस्तक हो जाते हैं, जैसे उस समय फ़ैसला लेते समय हो गए थे। हालाँकि आज दीना सरपंच, गिरधारी, जलेब ख़ाँ इस दुनिया में नहीं हैं लेकिन नसीब ख़ाँ और धनसिंह के साथ उनकी परछाइयाँ हमेशा रामचन्दर के साथ रहती हैं।

आठ

सवेरे-सवेरे जिस घास और पत्तों पर ओस की बूँदें इठलाती हुई सूरज की किरनों के साथ मिलकर अपनी इन्द्रधनुषी छटा बिखेरती हुई दिखाई देती थीं, उसकी जगह अब पाले ने ले ली है। लगता है जगह-जगह मानो किसी ने छोटी-छोटी उजली-सफ़ेद चादरें सूखने के लिए बिछा दी हैं।

आधे माह तक आते-आते हालाँकि दिन बढ़ने शुरू हो जाते हैं लेकिन सूरज जैसे-जैसे पश्चिम की ओर बढ़ता है, ठंड भी वैसे-वैसे बढ़ती चली जाती है। तब लगता है मानो सूरज को भी इस ठंड से बचने की जल्दी है। दिन छिपते ही गैल-दगड़े औरों की ख़ामोशी और अपना अकेलापन ओढ़ लेते हैं।

बत्तो ने भी दिन छिपते ही चूल्हे पर यह सोचकर दाल चढ़ा दी कि ऐसी ठंड में अच्छा है खा-पीकर समय से निवृत्त हो लिया जाए। हीरा ने लालटेन की चिमनी साफ़ की और उसे जलाकर रामरती की ओर बढ़ा दिया। लालटेन लेकर रामरती जाने लगी कि लगा जैसे किसी ने पौली के किवाड़ बजाए हैं। लालटेन नीचे रख रामरती ने दरवाज़ा खोलकर देखा तो पाया बाहर सोनदेई खड़ी है एक बच्ची के साथ।

"लाली, तेरो बाप है कै ?" दरवाज़े से ही दरियाफ़्त करते हुए पूछा सोनदेई ने।

"आ जा, हूँ।" आवाज़ से पहचान लिया बत्तो ने।

"बैठना को टैम ना है बत्तो, मैं तो या लाली के मारे आई हूँ।" भीतर आते हुए कहा सोनदेई ने।

"ऐसी कहा तावली है..." फिर बच्ची की ओर पलटते हुए बोली बत्तो, "ई तो नँवासी दीखे है ?"

"हाँ, नँवासी ही है।"

"कमला आई है ?"

"हम्बै बत्तो, जभी तो आई हूँ। देखे न कनपटी सूज के कैसे तूमड़ी हुई पड़ी है।"

इतना कहकर सोनदेई ने बच्ची की गर्दन घुमाकर उसे दिखाना चाहा कि बच्ची दर्द से बिलबिला उठी।

"दारी, याके तो कनफेड़ हो री है।" बत्तो ने देखकर कहा।

"और मैं काँई मारे आई हूँ तेरे कनै।" सोनदेई ने अपने आने का प्रयोजन बताया।

इस बीच हीरा ने कौशल्या को बँगले से थापा लाने के लिए भेज दिया।

"सोनदेई, या लाली ए मेरे आगे बिठा दे।" कौशल्या से बर्तन घड़नेवाला लकड़ी का थापा लेते हुए निर्देश दिया हीरा ने।

सोनदेई ने बच्ची से हीरा के सामने बैठने के लिए जैसे ही कहा कि हीरा के हाथ में थापे को देखकर बच्ची की घिग्घी बँध गई।

बहुत मशक़्क़त करनी पड़ी बच्ची को हीरा के सामने बैठाने में।

हीरा ने पहले हल्के-से आँखों को मूँदा और होंठों ही होंठों में न जाने क्या बुदबुदाते हुए आँखें खोलकर, थापे को ज़मीन से छुआकर पहली बार बच्ची की कनपटी से लगाया कि मारे डर के उसकी आँखें बन्द होती चली गईं। ओसारे में बैठी बत्तो, कौशल्या, रामरती और मैना बच्ची को डरता देख, उनकी हँसी छूट गई। सोनदेई भी नहीं रोक पाई अपने आपको।

इस तरह हीरा ने थापे को सात बार ज़मीन से छुआकर बच्ची के गाल से छुआया।

"ऐसे करियो याहे सकाले (कल) सिदौसी और लिअइयो एक बर।" हीरा ने पूरे आत्मविश्वास के साथ इस तरह कहा मानो इस रोग का इसके अलावा और दूसरा इलाज़ है ही नहीं।

"कौसल्या, बेटी दाल ए चला दे !" बीच में बत्तो कौशल्या को निर्देश देती हुई बोली।

"चूरमा को बोंत (ब्योंत) बन रो दीखे है ?" सोनदेई ने पहली बार तनावमुक्त होते हुए पूछा।

"चूरमा कोई बातनू सू बने है सोनदेई। भलो कोई मीठा तेल को भी चूरमा-मलीदा होवे है...ई तो बालक बकाना (बहकाना) को सौदा है।" हीरा ने लम्बी साँस लेते हुए कहा।

"दारी, कल पूनु (पूर्णिमा) है और फिर बरत भी है या मारे..."

"तो फिर कल ही मींडती।" बत्तो की बात को बीच में काटते हुए सुझाव दिया सोनदेई ने।

"सलाह तो यही ही सोनदेई, पर कल नौगाँवा भी जानो है। पतो ना आते-आते कितनी अमेर हो जाए...या मारे सोची के आज ही बना लेएँ।"

"नौगाँवा में कोई रिस्तेदारी है ?"

"रिस्तेदारी-विस्तेदारी ना है। वाँ लालदास को मेला लगे है कल के दिन तो सोची मैं भी तेल चढ़ा आऊँ।" बत्तो ने कारण बताते हुए कहा।

"पर मैंने तो सुनी है दारी बत्तो के ई लालदास जात सू मेव हो ?"

"सुनी तो हमने भी है पर या बात सू हमें कहा मतलब के ई हिन्दू हो या मेव। जाकी आसीस लग जाए वही असली देवी-देवता है।" जवाब बत्तो के बजाय हीरा ने दिया।

"बत्तो, ऐसे करियो जब जाए न, मोहे भी बुला लीजो। तिहारे साथ मैं भी कर आऊँगी या तीरथ ए।"

"ठीक है, तैयार रहियो।" बत्तो ने हामी भरते हुए कहा।

●●

सोनदेई ने जैसा सुना, ठीक वैसा ही देखने को मिला।

पूर्वी राजस्थान के हरियाणा-राजस्थान की सीमा पर दिल्ली-अलवर मार्ग पर बसा छोटा-सा क़स्बा नौगाँव, अर्थात राजस्थान के मेवात में पड़नेवाला क़स्बा। मुख्य मार्ग पर बने विशाल द्वार, जिसे देखकर कोई भी कह सकता है कि इस द्वार की उम्र कितनी होगी। इसी द्वार के ऊपरी हिस्से पर बड़े-बड़े अक्षरों में लिखा हुआ है—मन्दिर श्री श्री 1008 लालदास जी महाराज।

बस से उतरने के बाद बत्तो और सोनदेई सहित सब इसी द्वार पर आकर रुक गईं। थोड़ी देर तक तो दोनों यही समझती रहीं कि मन्दिर यहीं है कहीं आसपास, किन्तु जल्दी ही उन दोनों का भ्रम दूर हो गया, जब उन्होंने देखा कि वहाँ खड़ी जीपों और अन्य निजी वाहनों के शोहदे ज़ोर-ज़ोर-से चिल्लाते हुए श्रद्धालुओं को अपने-अपने वाहन में आने के लिए आमन्त्रित कर रहे हैं, "आओ मेरी माता-बहनों, ये जाएगी पहले बाबा के मन्दिर...!"

थोड़ी देर के लिए तो सोनदेई की समझ में नहीं आया कि क्या अभी यहाँ से इन जीपों में लदकर और कहीं जाया जाएगा ? पूरे मेवात में बेख़ौफ दौड़ते इन मौत के डिब्बों से तो वैसे ही डर लगता है।

बत्तो और सोनदेई दोनों में देर तक मन्त्रणा होती रही कि जहाँ मन्दिर है वहाँ किसी वाहन से चला जाए या पैदल ही हाथ मारा जाए। अन्ततः यह तय किया गया कि मन्दिर तक जाया तो जाए किसी वाहन से मगर आते समय पैदल के बारे में सोचा जा सकता है। हालाँकि बहुमत जाने के लिए पैदल के पक्ष में था और सोनदेई ने पैदल चलने के लिए हामी भी भर दी थी परन्तु जिस बेमन से उसने स्वीकृति दी थी, उसे देखते हुए किसी वाहन से चलने का फ़ैसला किया गया।

एक जीप के खाली होते ही सारे भक्तजन उस पर सवार हो गए।

रास्तेभर सोनदेई आते-जाते लोगों के हुजूम को देखती रही। सबसे ज़्यादा हैरानी तो उसे यह देखकर हुई कि जिस लालदास के मन्दिर पर वे जा रही हैं, वह अगर मेव

था तो श्रद्धालुओं में अधिकता मेवों की ही होनी चाहिए लेकिन ऐसा नहीं था।

पूरे रास्ते लालदास से जुड़ी किंवदन्तियों और उससे जुड़े चमत्कारों का ज़िक्र होता रहा। बत्तो जब-जब इन चमत्कारों से होकर गुज़रती, वह रोमांचित हो उठती। श्रद्धाभाव से होंठों ही होंठों में न जाने क्या-क्या बुदबुदाती रही। लालदास के चमत्कारों को जीप का शोहदा जिस प्रामाणिकता और रोचक ढंग से हुमक-हुमककर सुना रहा था, उन्हें सुनकर बत्तो की श्रद्धा लालदास के प्रति और अगाध होती चली गई।

"चलो भई उतरोऽऽऽ...बाबा का अस्थान आ गया है...सेरपुरवाले, मन्दिरवाले जल्दी-जल्दी उतरो !" जीप से छलाँग लगाते हुए जीप का वह किशोर शोहदा श्रद्धालुओं से किराया वसूलने में जुट गया।

लेकिन इससे पहले कि वह शोहदा अपनी जीप से उतरी सवारियों से पूरा किराया वसूलता, तभी यह बखेड़ा खड़ा हो गया अर्थात दूसरी जीप का ड्राइवर और उसका शोहदा दोनों आते ही बत्तोवाली जीप के किशोर शोहदे पर टूट पड़े। जब तक वह किशोर कुछ समझ पाता छह-सात लात-घूँसे उसके खाते में जमा हो चुके थे। होंठों से ख़ून बहने लगा। लालदास के मन्दिर के ठीक सामने दोनों पक्षों की तरफ़ से आपस में खूब ले-दे तो हुई ही, लेकिन एक से एक पारम्परिक और अश्लीलता से भरपूर गालियों का जिस तरह खुलेआम वाचन और आदान-प्रदान हुआ, उसने लालदास के मन्दिर पर लगनेवाले इस मेले की शोभा में चार चाँद लगा दिए।

यह सिलसिला लगभग पन्द्रह मिनट तक चलता रहा और अन्त में दोनों तरफ़ से एक-दूसरे को देखने से लेकर, धरती में ज़िन्दा गाड़ने, एक-दूसरे की माँ-बहन की ऐसी-तैसी करने तथा थाने-कचहरी भिजवाने की चेतावनी और धमकियों के बीच इस बखेड़े का शान्तिपूर्ण तरीक़े से समापन हो गया।

●●

लालजी जब लक दया न उपजे, तब लक झूठा-ज्ञान
दया धरम का मूल है, जब लक घट में प्रान।

यही है बाबा लालदास अर्थात सन्त लालदास का मन्दिर।

भव्य प्राचीन इमारत पर बने बड़े-बड़े गुम्बदों को देखकर इसकी भव्यता का सहज ही अंदाज़ा लगाया जा सकता है। मुख्य द्वार के ऊपर उत्कीर्ण ओऊम् और इसके दाएँ-बाएँ बने स्वास्तिकों को देखकर कोई भी कह सकता है कि इन्हें हाल ही के कुछ वर्षों में बनाया होगा। बाहर बैठे एक साधु को देखकर यह कहना मुश्किल नहीं है कि साधुगिरी या सन्तई इसकी मरज़ी नहीं अपितु इसकी विवशता है, तभी तो वह लालदास के रचित दोहों को चबा-चबाकर उनका उच्चारण कर रहा है—

लालजी धरती तो धन की भरी, नीर भरो असमान
बिना हुकम वा राम के, राई मिले ना पान।

बत्तो और सोनदेई के हाथ भी औरों की तरह अर्चना की मुद्रा में बँध गए।

मुख्य द्वार से प्रवेश कर अन्दर परिसर में घुसते ही सोनदेई का विचलन शुरू हो गया। मन-पंछी रह-रहकर वापस उड़ने के लिए फड़फड़ाने लगा। उसे अपना दम घुटता-सा महसूस होने लगा। उसने पहली बार जीवन में ऐसा मन्दिर देखा है कि जिसके श्रद्धालु और भक्तजन तो हिन्दू हैं लेकिन मन्दिर के नाम पर यह मस्जिद की इमारत है। सबके साथ जब वह बाबा की समाधि बल्कि कहिए मज़ार पर पहुँची, तब उसकी आशंका विश्वास में बदलने लगी। हैरानी तो उसे यह देखकर हुई कि अच्छी-ख़ासी इतनी विशाल मस्जिद कैसे मन्दिर में परिवर्तित हो गई ? न घंटा, न घड़ियाल। न रौली, न सिन्दूर। न भजन, न कीर्तन। न दीया, न बाती—फिर कैसा मन्दिर ? उसने अपने दाएँ ओर देखा तो पाया कि कुछ श्रद्धालु एक नगाड़े पर थाप मार-मारकर मनौती माँग रहे हैं।

सचमुच अब सोनदेई का दम घुटने लगा। साँस लेना मुश्किल हो गया उसका यहाँ।

यदि उसे थोड़ा-सा भी अंदाज़ा होता कि बत्तो उसे मन्दिर के बजाय इस मस्जिद में ले जा रही है, वह यहाँ कदापि नहीं आती। पुजारी के नाम पर एक किशोर आने-जानेवाले को खील-पताशे का प्रसाद देते हुए कह रहा है, "आओ मेरी माता-बहनों ! बाबा सबकी मुराद पूरी करेंगे !" बीच-बीच में यह श्रद्धालुओं को 'राम-राम' कहना भी नहीं भूलता।

पूरे समय सोनदेई बत्तो का ही अनुसरण करती रही। बत्तो ने दोनों हाथों में किशोर से प्रसाद लिया और आगे बढ़ गई। परात में भरे खील-पताशों में से वह किशोर मुट्ठीभर कर सोनदेई को दे ही रहा था कि तभी उसने एक बुज़ुर्ग से यह कहते हुए सुना, "करीम, बेटे जल्दी-जल्दी कर, बाहर भक्तों की लैन लम्बी होती जा रही है !"

सोनदेई का बढ़ा हुआ हाथ वापस खिंच आया। किशोर भी इस निर्देश के चक्कर में भूल गया कि उससे कोई श्रद्धालु बिना प्रसाद के छूट तो नहीं गया है।

सोनदेई चुपचाप आगे बढ़ गई।

'तो क्या इस मन्दिर का पुजारी यह मेव का लड़का है ?' सोचते ही सोनदेई का जी मितलाने लगा। रह-रहकर उसे उबकाई-सी आने लगी। मन ही मन उसने बत्तो को खूब कोसा कि वैसे तो यह बत्तो इन्हें अपने चूल्हे-चौके से गज़भर दूर रखती है और कहाँ आज इन्हीं के हाथ से प्रसाद ले रही है।

अजीब-सी साँसत में घिर गई सोनदेई।

बत्तो देर तक सिर नवाए बाबा की समाधि के सामने खड़ी रही। ढोक देते हुए उसने न जाने उससे क्या-क्या माँगा ?

सबने मन्दिर को घूमकर चारों ओर से देखा। लालदास की समाधि के बग़ल में बनी उसकी पोतियों की समाधियों से लेकर, बाहर बनी छोटी-सी इमारत में बाबा के अन्य परिजनों की समाधियों को भी देखा। लगभग डेढ़ मीटर चौड़े आसारवाले इस मस्जिदनुमा मन्दिर की सुन्दर बनावट का इसी से अंदाज़ा लगाया जा सकता है कि ऊँची-ऊँची छतों में लटकी कड़ियों पर बैठी चिड़ियाँ जब-जब चहकतीं, तो उनका नाद देर तक इमारत में गूँजता रहता। सोनदेई ने कल्पना की कि यदि इस मस्जिद के ऊपर

बने गुम्बदों को ढहा दिया जाए, तो कोई नहीं कह सकता कि यहाँ कभी कोई मस्जिद थी—ठीक अयोध्या की तरह। हाँ, सोनदेई को यह देखकर ज़रूर तसल्ली हुई कि इस इमारत के जीर्णोद्धार के नाम पर यदि इसी तेज़ी-से कार्य चलता रहा तो अवश्य ही भविष्य में उसकी यह इच्छा पूरी हो जाएगी।

मन्दिर से लौटते हुए एक बार फिर बाबा के चमत्कारों का बखान शुरू हो गया। जीप के ड्राइवर के बग़ल में बैठी सोनदेई अपनी जिज्ञासा को रोक नहीं पाई, "ऐं रे डलेवर, ई बाबा सच्ची में मेव हो ?"

"हाँ, मेव ही हो। याको असल नाम हो लाल खाँ जो लकड़ी बेच-बेच के गुजारो करे हो। बाप को नाम हो चाँदमल और माँ को समदा। अच्छो-खासो बत्तीस आदमी को कुणबा हो याको।"

"अच्छो एक बात बता, या मन्दर में जो छोरा पुजारी बना राखो है ई भी मेव को सो दीख रो हो ?" सोनदेई का इशारा प्रसाद देनेवाले करीम नाम के किशोर की तरफ़ था।

"ई पुजारी-वुजारी ना है। दरसल या मन्दर की सार-सम्हाल, जो या गाँओ में साद बस रा हैं वे करता आ रा हैं, उनको ही छोरा है ई।"

सोनदेई के लिए यह एकदम नई जानकारी थी। मेवों में खाती, फ़क़ीर, कँडेरा, कुँजड़ा, नाई तो देखे हैं, पर साद नाम की नई जाति सुनी है।

इधर बत्तो एक सवारी द्वारा सुनाई गई उस साहूकार मोदी सहाय पर आए संकट से उबरने के लिए मन ही मन प्रार्थना कर रही थी, जिसकी नाव अब बीच समन्दर में पहुँच चुकी थी।

"बीच समन्दर में माल से भरी अपनी नाव को डगमगाता देख मोदी सहाय और उसकी पत्नी का जी सूखने लगा। इस बिपदा की घड़ी में हारकर साहूकार ने अपनी पत्नी से कहा, भली आदमनू, तेरे ही पीहर में कोई देवी-देवता होए तो तू उसका ही सुमरन कर ले, या फिर मुझे बता मैं उससे अरज करूँ !

"साहूकार की पत्नी ने बहुत ध्यान धरा तो ले-देके उसे एक नाम सूझा लालदास का। अपनी पत्नी के मुँह से लालदास का नाम सुनते ही साहूकार आँखें मूँद, इस बिपदा से छुटकारा पाने के लिए बाबा का सुमरन करने लगा।

"बाबा उस समय अलवर जिले के गाँव नाँगल भूरिया में थे। बाबा ने अपने नाम की टेर सुनी तो उसने उसी समय अपने ऊपर गुदड़ी ओढ़ी और ज़मीन पर लेट गया।

"इधर मोदी सहाय साहूकार और उसकी पत्नी ने देखा कि जो नाव कुछ देर पहले पानी से भरती जा रही थी, वह अब तेज़ी-से खाली होती जा रही है। देखते ही देखते साहूकार की नाव सही-सलामत किनारे आ लगी। साहूकार ने उसी समय नाव में रखे धन में से दसवाँ हिस्सा बाबा के नाम का अलग से रख दिया।

"बाबा लालदास जब अपने शरीर से गीली गुदड़ी उतारकर उसे कुटिया से बाहर सुखाने के लिए जा रहा था, तब उसके चेलों ने बाबा से पूछा था कि आज आपके

इतना पसीना कैसे आया जो गुदड़ी भी गीली हो गई। इस पर बाबा ने कहा इसका भेद तुम्हें बाद में पता चलेगा।

''कुछ महीनों के बाद जब साहूकार ने अपनी पत्नी के साथ बाबा के नाम का बचाकर रखा हुआ दसवाँ हिस्सा लाकर बाबा के चरणों में रख दिया, तब बाबा ने अपने चेलों को बुलाकर पूरा भेद बताया। बाबा ने बताया कि इस साहूकार की नाव कुछ महीने पहले समन्दर में डूबने लगी थी। तब इसने मेरा सुमरन किया था। मैंने अपने भक्त की अरज सुनकर इसकी नाव को कन्धा देकर समन्दर से पार कराया था। उस दिन मेरी गुदड़ी पसीने से नहीं, समन्दर से नाव को पार कराते समय भीगी थी।''

बस एक झटके के साथ रुकी कि बत्तो अकबकाते हुए द्विस्वप्न की खोह से बाहर निकलते हुए चौंक गई। बर्फ़-सी ठंडी हवा के हल्के-हल्के झोंकों से सराबोर माह महीने में उसे महसूस हुआ जैसे बाबा लालदास के साथ वह भी पसीने से तर है। उसने नज़रें बचाते हुए चुपचाप गर्दन और कमर को छूकर देखा लेकिन पूरी देह बर्फ़ की शिला-सी ठंडी लगी। रास्ते भर उसे लगता रहा मानो मोदी सहाय साहूकार की तरह उसकी भी हिचकोले खाती नैया को बाबा कन्धे देकर धीरे-धीरे किनारे की ओर बढ़ रहा है।

बस से उतरने के बाद इस बार फैसला बहुमत के पक्ष में गया, सिवाय सोनदेई के। सोनदेई ने साफ़ मना कर दिया पैदल चलने से। उसने एक ख़ाली रिक्शे को हाथ देकर रोका और उसमें बैठते हुए बत्तो से आग्रह किया, ''आ जाए न बत्तो !''

लेकिन बत्तो ने मना कर दिया।

समझ गई सोनदेई कि बत्तो क्यों मना कर रही है। रिक्शेवाला भी इसी उम्मीद में खड़ा रहा कि एक से दो सवारियाँ भली।

''दारी आ जा ! घबराए मत मैं दे दूँगी किराया।'' बत्तो की दुविधा को भाँपते हुए लालच दिया सोनदेई ने।

बत्तो पहले तो ना-नुकर करती रही लेकिन सोनदेई के अधिक ज़ोर देने और बाकी के एतराज़ न करने पर रिक्शे में बैठ गई।

रिक्शा जब काफ़ी आगे बढ़ गया तब सोनदेई ने पीछे पलटकर देखा। पूरी तसल्ली हो गई उसे कि उसकी आवाज़ उन तक नहीं पहुँच पाएगी। सोनदेई के लिए इससे अच्छा अवसर और क्या हो सकता था।

''बत्तो, रंडी तैने भी कहाँ ले जाके फँसा दी !''

बत्तो अवाक !

''कहाँ ले जाके फँसा दी ?'' उलटा बत्तो ने ही प्रश्न किया सोनदेई से।

''और, अगर मोहे पतो होती के वाँ मन्दिर के नाम पे महजत है तो बहना मैं कतई ना जाती।''

''दारी, मैंने तो तेरा नहौरा खाया ना हा...तू ही गई ही अपने आप।'' बत्तो ने स्पष्ट कह दिया।

''बत्तो, गई तो मैं अपने आप ही पर ऐसी ना सोची ही। वा बहना, या हिन्दू की

जात पे अपना दई-देवता तो मने ना हैं, आनजात के पीर-फकीरन की कौली भरती डोले है। हुँ, ई तो ऊ बात होगी के *घर के पूत कुँआरे डोलें, पड़ोसी के नौ-नौ फेरा।"*

"देख सोनदेई, बहना ई तो राजी को सौदा है। अगर तेरो जी इतनो ही दुःखी हो रो है तो आगे सू मत आओ हमारे साथ।"

"जी दुःखी होना की ही तो बात है। वैसे तू इन मेवन्ने अपना चौका-चूल्हा सू दूर राखे है और आज वाही मेव का छोरा सू परसाद लेके गपागप्प खा री ही। मैं तो भली मन्दर गई, बेमतलब दिन और खराब होगो।"

रिक्शे के रुकते ही सोनदेई रिक्शेवाले को अपना और बत्तो का किराया देने लगी कि बत्तो ने उसे रोक दिया।

"तू तो बुरो मानगी बत्तो !" इस बार सोनदेई खिसिया गई।

"यामें बुरा मानना की कहा बात है। बहना, ऊपर जाके भी तो हिसाब देनो पड़ेगो और फिर दूसरा के ऊपर तीरथ करी तो कहा करी।" इतना कहते हुए बत्तो ने अपना किराया दिया और तेज़ी-से आगे बढ़ गई।

सन्न रह गई सोनदेई बत्तो का जवाब सुनकर। उसे बत्तो से इस बार भी पहले की तरह बिल्कुल उम्मीद नहीं थी। लेकिन नहीं, बत्तो एक बार फिर सोनदेई को नाउम्मीद कर लगभग एक तमाचा-सा जड़कर पता नहीं कब, उसकी आँखों से ओझल हो गई।

घर आते-आते बत्तो का मन उचट गया। उसने मन ही मन क़सम खा ली कि भविष्य में वह इस सोनदेई को न तो अपने साथ कहीं ले जाएगी, और न ही उसके साथ कहीं जाएगी।

मैना उसे घर के बाहर ही खेलती मिल गई। मैना तो माँ को आया देख ख़ुशी से उससे लिपट गई किन्तु बत्तो ने उसे दुलारने के बजाय झिड़कते हुए अपने आपसे अलग कर दिया। हीरा ने बत्तो का यह रूप देखा तो उसे थोड़ा आश्चर्य हुआ, लेकिन यह सोचकर उसने कुछ नहीं कहा कि पूरे दिन की थकी हुई है, इसलिए उसका झुँझलाना स्वाभाविक है।

हीरा बत्तो के पीछे-पीछे हो लिया।

हीरा को अपने पीछे आता देख, बत्तो ने बड़बड़ाना शुरू कर दिया, "कह तो ऐसे रही ही जैसे मैंने वाके आगे हाथ जोड़ा होएँ...जैसे मैं ही वाहे जबरदस्ती लेगी ही !"

समझ गया हीरा कि ज़रूर किसी के साथ कोई टंटा हुआ है। फिर भी बात की जड़ तक पहुँचने की ग़रज से पूछ लिया, "किसे लेगी ही जबरदस्ती ?"

"वही सोनदेई, और कौन ! मैंने तो सौं खा ली के इन बणेनी-बामनीन् के साथ ना जाऊँगी कहीं।" हाथ में लटके थैले और कन्धे पर पड़े खेस को खाट पर पटकते हुए भुनभुनाई बत्तो।

"आखिर बात कहा होगी ?" हीरा ने शान्त भाव से पूछा।

"बात कहा, कह री ही के मैंने ऊ वाँ ले जाके फँसा दी।"

"फँसा दी, कहा मतलब ?"

इसके बाद बत्तो ने सारा प्रसंग बता दिया।

पूरी बात सुनने के बाद हीरा ने मुस्कुराते हुए कहा, "तो अभी कौन-सा मुल्ला मरगा या रोजा घटगा। मेला तो वाँ लगतो रहवे है, कह देती अब मत जइयो...और फिर याहे तो सारो मेवात जाने है के वाँ मन्दर और महजत साथ-साथ हैं...बल्कि मन्दर तो ऊ अब बणायो है, ही तो वाँ पहले महजत ही।"

"हुँ, वैसे तो कहवे है के मैं बामणी हूँ और सहूर (शऊर) ना है धैला को भी।" मुँह बिचकाते हुए बत्तो ने अपने साथ लाए केले के गुच्छे में से एक केला तोड़ा और उसे छीलकर, सारी झुँझलाहट उसी पर उतारते हुए, एक ही बार में आधे से ज़्यादा केले को मुँह में धर गई।

"चल छोड़, जैसी वाकी सिरधा।" एक तरह से हीरा ने विषय पर विराम लगाया और केले के उसी गुच्छे में से एक केला तोड़कर उसे छीलता हुआ बाहर चला आया।

बत्तो के अन्दर जो लावा खदक रहा था वह अब पूरी तरह ठंडा और शान्त पड़ चुका था। मैना इस बीच सरकते हुए माँ की गोद में घुस गई और केले का वह गुच्छा भी कौशल्या तथा रामरती द्वारा आधे से ज़्यादा कम कर दिया गया।

●●

दोनूँ दीन सू जाएगो, लालदास को साथ।

एकाएक हीरा के अवचेतन में यह लोकोक्ति न जाने क्यों थरथराने लगी। बत्तो ने दुःखी मन से जिस तरह सोनदेई के प्रसंग का ज़िक्र किया था, उसने इसे और भी गूढ़ बना दिया। हालाँकि उसने इसे गाहे-बगाहे सुना ज़रूर था मगर आज जैसे इस लोकोक्ति के एक-एक शब्द धीरे-धीरे मुलायम पंखुड़ियाँ-सी अपने अर्थ खोलते जा रहे हैं। जो उक्ति या लोकोक्ति महज कुछ शब्दों का पुंज हो, वह अपने भीतर इतना गहरा मर्म छिपाकर रख सकती है, यह बात कुछ-कुछ आज समझ में आई हीरा के।

हीरा ने कबीर के बारे में ज़रूर सुन रखा था कि मृत्योपरान्त किस तरह हिन्दू और मुसलमान अनुयायियों में उसके पंचतत्व में विलीन या सुपुर्द-ए-ख़ाक करने से पहले, उसके पार्थिव शरीर को लेकर खींचतान हुई थी। काले पहाड़ की देह पर उगी ढाक की लकड़ियों को बेचकर जीविकोपार्जन करनेवाले इस साधारण-से लकड़हारे को भी न तो कभी मन से मेवों ने स्वीकारा, और न ही हिन्दुओं ने कभी अपना माना।

न जाने क्यों आज हीरा को तरह-तरह की शंका-आशंकाएँ आलोड़ित कर रही हैं। उसे रह-रहकर लग रहा है कि इस सन्त के बारे में प्रचलित किंवदन्तियों और चमत्कारों को जिस तरह महिमा-मंडित कर इन्हें प्रचारित किया जा रहा है, उसके पीछे कोई बहुत बड़ा उद्‌देश्य कार्य कर रहा है। लो भला, इस कलजुग में कहीं ऐसा सत बचा है कि एक मामूली-सा लड़कहारा अवतार हो जाए ? लगता है किसी सोची-समझी योजना के तहत ही लालदास का महिमा-मंडन किया जा रहा है।

आख़िर इस लोकोक्ति में कोई तो भेद छिपा हुआ है, जिसे चाहे जिस पर चरितार्थ कर दिया जाता है। हीरा बार-बार इस लोकोक्ति की थाह लेने की कोशिश कर अपने आपको इस द्वन्द्व से मुक्त करने का प्रयास करता रहा कि क्यों इस मामूली-से लकड़हारे अर्थात लाल ख़ाँ उर्फ़ लालदास के दोनों मज़हबों से परित्यक्त होने की बात कही गई ?

हीरा को जब कुछ नहीं सूझा तब वह और कहीं नहीं, पहुँच गया नसीब ख़ाँ की कचैड़ी में। उसे पता है कि यही कचैड़ी उसकी शंका और आशंकाओं का निवारण कर सकती है। यह संयोग ही कहा जाएगा कि उस समय उसके पिता धनसिंह सहित दर्जन भर लोग जमा थे वहाँ। उनमें भी ज़्यादातर वे जिनके मुँह से इस लोकोक्ति को वह प्रायः सुनता आ रहा है।

हीरा ने जाते ही बिना किसी भूमिका के सबको सुनाते हुए ज़ोर-से कहा, "दोनूँ दीन सू जाएगो, लालादास को साथ !"

आश्चर्य हुआ पूरी कचैड़ी को कि आज एकाएक इस हीरा के बच्चे को यह क्या हो गया है ?

"मेरे यार हुओ कहा, आज हमारी बहू नौगावाँ गई ही लालदास का मन्दर पे।" धनसिंह ने हीरा से पहले बार-बार इस लोकोक्ति को दोहराने का कारण बताया।

"हीरा, आज कैसे ई बात आ गी ?" वली मोहम्मद ने धनसिंह के बताने के बावजूद पूछा।

हीरा पहले तो चुप रहा फिर लगभग पूरी कचैड़ी का आह्वान करते हुए बोला, "मैं या कचैड़ी ए मान जाऊँ, जो मेरी या बात को मतलब बता देए !"

सचमुच बहुत कठिन थी चुनौती। सब एक-दूसरे का मुँह ताकने लगे। मुस्कुराते हुए नसीब ख़ाँ ने धनसिंह की तरफ़ देखा।

"हाँ भई धनसिंह, तोहे पतो है के याको मतलब ?" एक रहस्यभरी मुस्कान के साथ पूछा नसीब ख़ाँ ने।

धनसिंह ने मना तो नहीं किया परन्तु यह भी स्वीकार नहीं किया कि इसका अर्थ पता है उसे।

नसीब ख़ाँ फिर चाँदमल की ओर पलटा तो उसने भी दोटूक इनकार कर दिया।

अन्ततः नसीब ख़ाँ और धनसिंह दोनों ने हीरा की जिज्ञासा शान्त करने के लिए जितनी गिरह उनके पास थीं, खोलनी शुरू कर दीं।

दोनों ने पलटकर अतीत में झाँककर देखा, तो पता चला बात ज़्यादा पुरानी नहीं है। क्योंकि यही एक ऐसा सूत्र है जो इस लोकोक्ति की गिरहों को समझने में सहायक हो सकता है।

लगभग उन्हीं दिनों की बात है जब अयोध्या कांड को लेकर सारे मेवात की नब्ज़ डूब-सी गई थी। उसी समय के चित्र हौले-हौले स्मृति में थरथराने लगे। शेरपुर के इसी लालदास के मन्दिर बल्कि कहिए मस्जिद को लेकर तरह-तरह की अफ़वाहों का बाज़ार गरम था।

धनसिंह ने इसी घटना के सन्दर्भ और परिप्रेक्ष्य में अपनी बात शुरू की—

देश के विभाजन के काफ़ी दिनों बाद तक शेरपुर के इस मन्दिर बनाम मस्जिद में नमाज़ पढ़ी जाती थी। इधर यहाँ पाँचों वक़्त की नमाज़ पढ़ी जाती और उधर लालदासी उसकी समाधि पर पूजा-अर्चना करते। धीरे-धीरे लालदासियों की संख्या (जिसमें हिन्दू अनुयायियों की बाहुल्यता थी) में तेज़ी-से वृद्धि होने लगी। फलस्वरूप नमाज़ियों की संख्या कम होती चली गई और अन्ततः एक दिन इस मस्जिद में नमाज़ पढ़नी बन्द हो गई। यहाँ तक कि कुछ समय बाद मेवों ने इसके परिसर में आना ही बन्द कर दिया। हाँ, पूर्व की तरह लालदास की समाधि की देखभाल वहीं रहनेवाला एक साद परिवार करता रहा।

कुछ वर्षों बाद अचानक यहाँ की मस्जिद में नमाज़ शुरू हो गई। इसका पता जैसे ही कुछ हिन्दू अतिवादियों को चला, तो इन्होंने नमाज़ियों को नमाज़ पढ़ने से रोकने का प्रयास किया। लेकिन नमाज़ियों ने उनकी बात यह कहते हुए मानने से इनकार कर दी चूँकि यह मस्जिद है और लालदास यानी लाल ख़ाँ भी मेव था इसलिए यहाँ नमाज़ पढ़ने का उनका पूरा अधिकार है।

इस घटना के बाद देखते ही देखते शेरपुर और आसपास के गाँव-खेड़ों में तनाव पैदा हो गया। इस तनाव का मुख्य केन्द्र यही नौगाँव क़स्बा था, जहाँ सोनदेई और बत्तो की उपस्थिति में खूब ले-दे हुई थी। क्योंकि यह मन्दिर बनाम मस्जिद हरियाणा-राजस्थान की सीमा पर है और यहाँ मेवों की संख्या कम है इसलिए मामले ने तूल नहीं पकड़ा तथा इसके बाद हमेशा के लिए इस मस्जिद में नमाज़ पढ़नी बन्द हो गई।

इधर जैसे ही तनाव कम हुआ और नमाज़ पढ़नी बन्द हो गई, इन हिन्दू अतिवादियों ने अलवर के जिला आयुक्त की मध्यस्थता के बाद एक ट्रस्ट गठित कर दिया, जिसके सारे ट्रस्टी हिन्दू बना दिए गए तथा जिसके संचालन की पूर्ण ज़िम्मेदारी इस ट्रस्ट को सौंप दी गई। तभी से इस मन्दिर की देखभाल यही ट्रस्ट करता आ रहा है।

नसीब ख़ाँ को समझते देर नहीं लगी। उसने हीरा का द्वन्द्व तुरन्त भाँप लिया।

''भला आदमी, लालदास जैसा की कहा तो जात और कहा धरम। अरे, मेव तो याहे अपणो पीर-पैगम्बर या मारे ना माने हैं के एक मामूली-सो लकड़हारो और उनको पीर...हुँ।''

''और रही बात हिन्दून की सो बहोत-सा हिन्दू याहे अपनो दई-देवता या मारे ना माने हैं के ऊ जात सू मेव हो। घणाई दिन तलक तो याही पे बहस चलती रही के या लाल खाँ मेरो मतलब है लालदास ए कौन-सा दीन में सामल करें—हिन्दू में या मुसलमान में। पर अब ई टंटा भी मिटगो...अब तो या मन्दर ए देखके कहणो मुस्किल है के ई कदी महजत भी ही। फिर एक दिन पतो चलेगी के जो साद याकी देखभाल कर्‌रा हैं उनकी जिगह कोई पंडुत बैठो है कब्जा करके।'' धनसिंह ने नसीब ख़ाँ के तर्क को अपने तर्क से वज़नी बनाते हुए कहा।

''पर ये मेव भी निरा मेव ही हैं। अरे, जब इन्ने या महजत में दुबारा निवाज पढ़नी

शुरू कर ही दी तो फिर क्यों रुकगा ?''

''हीरा, जिन्ने दुबारा निवाज पढ़नी शुरू करी ही, तो निवाज पढ़ना की नीयत सू ना आया हा। मेरे यार, उनकी नीयत तो लालदास का नाम पे जो लक्खोन् की जादाद ही, वापे ही।''

अन्त में नसीब ख़ाँ ने जो रहस्य उद्घाटित किया, वह सचमुच विचलित करनेवाला था।

हीरा उदास मन से कचैड़ी से उठा और घर चला आया। शेरपुर से आने के बाद बत्तो ने जितने दुःख के साथ सोनदेई के बारे में बताया, वह और गहरा होता चला गया।

देर तक हीरा के हृदय में रह-रहकर यही पंक्तियाँ गूँजती रहीं–

दोनूँ दीन सू जाएगो, लालदास को साथ।

नौ

शाम को दीया-बाती करने के बाद बत्तो खुद खाना लेकर आई और हीरा को थाली देकर वहीं ज़मीन पर एक बोरी के टुकड़े को बिछाकर बैठ गई। खाना खाने के बाद हीरा ने हाथ धोकर कुल्ला किया और थाली को खाट के नीचे सरकाकर लेट गया।

बत्तो द्वारा अपने आप खाना लाने का अर्थ खूब समझता है हीरा। वह जानता है कि जब उसे कुछ कहना होता है, तभी वह इस तरह लल्लो-चप्पो करती है वरना कौशल्या या रामरती के हाथों भिजवा देती है। बत्तो देर तक अपनी बात के लिए आधार खोजती रही, किन्तु हीरा ने उसकी ओर बिल्कुल भी कान नहीं धरे।

हारकर जब बत्तो को लगा कि उसे अब अपनी बात कह देनी चाहिए, तब वह धीरे-से खाट के और पास आई तथा हीरा से बोली, ''बुरो ना माने तो एक बात कहूँ ?''

''कौन-सी ?'' हीरा का अंदाज़ा कुछ-कुछ सही निकला।

''अबके हमारा सारा अह्वा सही उतरा हैं।''

''तो फिर ?''

''मैं सोच री हूँ के अगर थोड़ो-सो जुगाड़ और हो जाए तो भादू में बकरा कर देएँ !''

बत्तो के प्रस्ताव को सुन तुरन्त हीरा से कोई जवाब देते नहीं बना।

''और फिर बकरा में कितनो चून लगेगो यही कोई पाँच-छह धड़ी[1]।'' बत्तो ने हीरा की चुप्पी का अपने मन से अर्थ निकालते हुए कहा।

''परऽऽऽ बकरा तो हमने पहले ही काई और मतलब कू बोल राखो है।'' हीरा ने अँधेरे को बींधते हुए कनखियों से देखा बत्तो की ओर।

1. एक धड़ी : पाँच सेर।

नहीं समझ पाई बत्तो कि हीरा कौन से 'मतलब' की बात कर रहा है। नहीं याद आया उसे। हाँ, अगर दिन होता तो शायद समझ भी जाती। दूर दीवार पर लटकी लालटेन की मद्धिम रोशनी में भला बत्तो कैसे पढ़ पाती नैनों की भाषा ?

"हमने कौन-सो बकरा बोल राखो है ?" बत्तो ने याद करने की कोशिश करते हुए उलटा हीरा से पूछा।

"याद कर।"

"मोहे तो कुछ याद ना है।"

"क्यों तैने ही तो कही ही के अगर मियाँ बाबा ने हमारी सुन ली तो..."

"अच्छो-अच्छो वाकी कह रो है...परऽऽऽ वामें तो अभी घणाई दिन हैं।" कहते हुए बत्तो दोहरी होती चली गई।

"दिन हैं, मतलब ?" हुमकते हुए बत्तो की ओर झुका हीरा तथा लालटेन की रोशनी से बचते हुए भच्च से बत्तो की कलाई पकड़ ली।

कलाई पर हाथ पड़ते ही बत्तो ने उसे हीरा से छुड़ाने का बेमानी प्रतिरोध किया परन्तु इस प्रतिरोध का परिणाम यह हुआ कि चूड़ियों की खनखनाहट ने निस्तब्ध अँधेरे से हीरा की मुख़बिरी कर दी। हीरा ने हड़बड़ाकर बत्तो की कलाई छोड़ दी। इससे पहले कि बत्तो स्वयं को समेट पाती, पुनः उसकी कलाई हीरा की गिरफ़्त में थी।

"हाथ छोड़, अभी सारा बालक डोल रा हैं।" फिर से कलाई को मुक्त करने की कोशिश करते हुए फुसफुसाई बत्तो।

बत्तो ने बहुत कोशिश की कलाई छुड़ाने की किन्तु उस पर हीरा की पकड़ और मजबूत होती चली गई। इस बीच न जाने कब हीरा ने बत्तो की कमर को बाएँ हाथ के घेरे में ले लिया और जैसे ही अँगुलियाँ सरसराती हुई पेटीकोट के नेफ़े तक पहुँचतीं, बत्तो ने हीरा का हाथ झटकते हुए दूर कर दिया। कमर तो हाथ के घेरे से मुक्त हो गई किन्तु कलाई को मुक्त कराने में वह विफल रही। इसी कशमकश में हीरा ने बड़ी सफ़ाई से बत्तो की अँगुलियों में अपनी अँगुलियाँ फँसाईं और अपनी तरफ़ उसे खींचते हुए फुसफुसाया, "फिर अभी कितना दिन और हैं ?"

इस बार बत्तो ने पल्लू को दाँतों के बीच दबा शरमाते हुए कहा, "छोड़ न, कहा करेगो पूछके !"

"फिर भी बता तो सही ?" पाटी पर रखे बत्तो के हाथ की अँगुलियों में फँसी हीरा की अँगुलियों में जुम्बिश और तेज़ हो गई।

लेकिन बत्तो क्या जवाब दे। होंठों से शब्द फूटने का नाम नहीं ले रहे हैं। भला, ऐसी बातें भी कहीं बताई जाती हैं। दूसरी ओर हीरा ने भी जैसे क़सम खा ली कि आज वह उस मियाद को पूछकर ही रहेगा।

बत्तो समझ गई कि आज बताए बिना पिंड नहीं छूटनेवाला है। इसलिए वह सशर्त बोली, "अच्छो पहले हाथ छोड़ !"

"ना, पहले बता ?" शरारत नाचने लगी हीरा की आँखों में।

"तो बताऊँऽऽऽ ?"

"हाँ।" रोमांच से हीरा का एक एक रोआँ सिहर उठा।

"अभी तो कुछ भी मीजान ना है।"

सुनते ही हीरा की सारी उत्कंठा औंधे मुँह ज़मीन पर आकर पड़ी। जिस्म की खिंची हुई पेशियाँ ढीली पड़ती चली गईं। और तो और उसे यह भी पता नहीं चला कि बत्तो की अँगुलियों में फँसी उसकी अँगुलियाँ एक-दूसरे से कब बिछुड़ गईं? उबाल खाते उत्साह पर कब ठंडा पानी गिर गया उसे महसूस तक नहीं हुआ।

"हेत्तेरे की, मैं बेमतलब दिन गिन रो हूँ !"

"ई सब मेरे हाथ में थोड़ेई है।" बत्तो भी हीरा की निराशा में शामिल हो गई।

"पर अभी कुछ दिन पहले तू मोरी पे बैठ के हू-हू कर्री ही ?"

"ऊ तो वैसे ही जी खराब-सो होगो हो।"

"चलो, जब मियाँ बाबा चाहेगो हो जाएगो।"

"मैं जभी तो कह री हूँ के या बीच बाबा ए एक बर और निपटा देएँ। अगर वाकी मरजी होएगी तो ऊ अपनी भेंट फिर ले लेएगो।"

"ई तो तू ठीक कह री है। मैं चाचा सू भी बात कर लूँगो।" हीरा का इशारा अपने पिता धनसिंह की ओर था, जिसे वह चाचा कहकर सम्बोधित करता है।

"बात करके कल खटीकवाड़ा में चलो जइयो और छह-सात सेर को चोखो-सो बकरा खोल के लिअइयो। भादू तलक तो खूब जबर हो जाएगो।" बत्तो ने अपनी तरफ़ से प्रस्ताव को पुख़्ता करते हुए कहा।

कभी-कभी हीरा को बत्तो की यही बात अच्छी लगती है कि जब वह सोचती है, तो बहुत दूर की सोचती है। हीरा लेटे-लेटे ही धीरे-से बिना आहट किए बत्तो की तरफ़ पलटा और फिर से कलाई थाम ली। मगर इससे पहले कि हीरा अपने मंतव्य को अंजाम देता, बत्तो ने बेहद चपलता के साथ अपनी कलाई झटकते हुए छुड़ाई और यह कहते हुए उसकी पहुँच से दूर हो गई, "चुप्प पड़ो रह, अभी सारी रात पड़ी है।"

लालटेन की रोशनी से दीवार पर बनी बत्तो की छोटी होती परछाईं को हीरा तब तक देखता रहा, जब तक वह दीवार से अदृश्य नहीं हो गई।

सवेरे-सवेरे पहुँच गया हीरा खटीकवाड़े में। सोचा इस काम से निपट ले पहले वरना पता नहीं बाड़ों में बन्द रेवड़ कब जंगल की ओर कूच कर जाएँ। जाते समय जेब में पचास रुपए भी डालना नहीं भूला। सवेरे का समय है बोहनी-बट्टा भी ज़रूरी है। बात बन गई तो हाथों-हाथ बकरा खूँटे पर लाकर बाँध देगा।

जिस समय हीरा खटीकवाड़े में घुसा तो सम्पत की पौली के बाहर गहमागहमी को देखकर उसे समझते देर नहीं लगी कि ज़रूर आज सम्पत गोट[1] कर रहा है।

1. गोट : ग्राहकों के आदेश पर बकरा हलाल करना।

हीरा जिस समय सम्पत की पौली में पहुँचा था, उस समय वह पूरे मनोयोग और एकाग्रता के साथ खूँटी से लटके उलटे हलाल बकरे की खाल उतारने में व्यस्त था। ज़मीन पर चारों तरफ़ फैली ताज़ा ख़ून की मोटी परत, जगह-जगह दीवार पर जमे सुर्ख़ ख़ून के थक्के, और उन पर भिनभिनाती अनियन्त्रित मक्खियों के बीच से होता हुआ, वह सम्पत तक पहुँच गया। गोड़ों तक कटे हुए पायों और धड़ से अलग हुए सिर के पास जाकर हीरा खड़ा हो गया।

"आ गई भग्गजी, कितनी चहिए ?" अपने पास आए हीरा को देखते हुए व्यंग्य किया सम्पत ने।

"यार, मैं तो और काम सू आयो हूँ।" हीरा ने कहा।

"तो फिर ऐसे कर थोड़ी देर पीछे आ, जब तक मैं इन गाहकन्ने निपटा दूँगो।"

"ठीक है।" इतना कहकर हीरा पौली से बाहर निकल आया।

हीरा के आने तक सम्पत अपने काम से निपट चुका था।

"यार सम्पत, सात-आठ सेर को कोई बकरा है कै तेरा रेवड़ में ?" आते ही काम की बात की हीरा ने।

"क्यों, बकरा करना की सलाह बन री दीखे है ?" हीरा के सवाल का जवाब देने के बजाय सम्पत ने उलटा पूछा।

"हाँ यार।"

"कब करना की सलाह है ?"

"भादू की सलाह बन री है।"

सम्पत पहले तो सोचता रहा फिर अँगुलियों पर कुछ गणना करते हुए रुक गया, "मेरी माने तो चार-पाँच सेर को ही कोई बच्चा ले जा। मेरे यार, भादू तलक तो ई खूब जबर हो जाएगो। बस, चराई कर दीजो बढ़िया-सी। वैसे भी कितना आदमी भेला[1] होंगा, यही कोई साठ-सत्तर।" सम्पत ने हिसाब लगाया और छुरी तथा बुग़दे (एक प्रकार का बड़ा छुरा) को साफ़ करते हुए गुटके के पास रख दिया। भिनभिनाती मक्खियों को उड़ाते हुए अलगनी से धोती उतारी तथा हीरा को लेकर घर के पिछवाड़े बने बाड़े की ओर चल दिया।

ढाक की लम्बी-लम्बी पतली लकड़ियों को आपस में एक-दूसरे से जोड़कर बनाए गए बाड़े में क़ैद भेड़-बकरियों में, सम्पत को देखते ही हलचल शुरू हो गई। छोटे-छोटे मेमने और बकरियों के छौने देह को फड़फड़ाते हुए अपनी माँओं से पहले फुर्ती के साथ खड़े हो गए। सम्पत ने हीरा को पूरा रेवड़ दिखा दिया। हीरा ने बेहद बारीकी से कइयों के कान, पूँछ और जिस्म के साथ-साथ पिछली रानों के बीच हाथ डालकर टटोल-टटोलकर देखा कि कहीं सम्पत ने किसी बच्चे को ख़स्सी तो नहीं कर रखा है।

समझ गया सम्पत हीरा की इस जाँच-पड़ताल का अर्थ, "बेफिकर होके ले जा, ना तो कोई खस्सी है ना ही दागी।" इतना कहते हुए सम्पत ने एक स्वस्थ काले बच्चे को छाँटकर हीरा की ओर बढ़ा दिया।

---

1. भेला होना : एकत्रित होना।

हीरा ने अन्तिम बार उसका निरीक्षण किया और उसे रेवड़ से बाहर ले आया।

जब तक सम्पत और हीरा बाड़े के पास खड़े रहे तब तक बाड़े में कोई हलचल नहीं हुई, किन्तु जैसे ही हीरा उस बकरी के बच्चे को लेकर चलने लगा कि उसने जैसे चलने से मना कर दिया। उसे देखकर पूरे रेवड़ में खलबची मच गई। जैसे-जैसे बच्चे को लेकर हीरा बाड़े से दूर होता गया, उसकी माँ ने चीत्कार करते हुए धरती-आसमान एक कर दिया। थोड़ी देर पहले तक जिस दुलारे को देख-देखकर माँ हुलस रही थी, उसे ही अब वह असहाय और कातरता के साथ अपने आपसे दूर होता हुआ देख रही है।

नए मेहमान के आते ही पूरा घर उल्लास से सराबोर हो गया। मैना के पाँव मारे ख़ुशी के ज़मीन पर ही नहीं पड़ रहे हैं। कभी वह उसके गले से लिपट जाती, तो कभी उसे गोद में उठाने का प्रयास करती। हीरा और बत्तो मुस्कुराते हुए चुपचाप मैना और इस नए सदस्य के बीच चल रहे मान-मनुहार और मूक-संवाद को देर तक निरखते रहे। इस बीच कौशल्या ने नई कतरनों की बटी हुई रस्सी उसके गले में डाली तथा उसे खाट के पाए से बाँध दिया ताकि यह फिर से रेवड़ में न पहुँच जाए।

हीरा ने साफ़ी में बँधी पोटली बत्तो को देते हुए कहा, "ले, साँझ कू इन्ने बणा लीजो !"

बत्तो ने पोटली रामरती की ओर बढ़ा दी। रामरती ने ज़मीन पर रखते हुए पोटली खोली, तो देखते ही वह बिगड़ते हुए बोली, "माँ, कितनी बर कही है के ये सिरी-पाया मत मँगाए कर।" जी मितलाने लगा रामरती का।

सिर पर उगे सींगों के मध्य टकटकी लगाए दो मोटी-मोटी कंचानुमा निस्तेज आँखों को निरन्तर अपनी ओर ताकते रहने से रामरती उद्विग्न हो उठी। रह-रहकर लगता रहा जैसे ये आँखें उसे ही घूर रही हैं।

दिन ढले काफ़ी देर हो चुकी है।

हीरा ने ओसारे के चूल्हे को जलाया और अपने काम में जुट गया। देखते ही देखते सिर्फ़ हीरा का घर ही नहीं बल्कि आसपास के पूरे वातावरण में सिरी-पायों के भुनने की तीखी चिरायँध फैल गई।

इस बीच रामरती ने बग़ैर कहे मसाला पीसा और उसे लेकर ओसारे में रखने गई कि अधजले सिरी-पायों को छिलता देख उसे मितली-सी आने लगी। जगह-जगह से झाँकती सफ़ेद चमड़ी और सिर पर उगे दो सींगों के मध्य से घूरती उन्हीं दोनों आँखों को देखकर पूरे शरीर में झुरझुरी-सी दौड़ गई।

उस दिन रामरती का मन इतना उद्विग्न रहा कि उसने शाम को खाना भी नहीं खाया। लगता रहा जैसे थाली में दो सफ़ेद कंचे इधर से उधर लुढ़क रहे हैं।

खाना खाने के बाद चौका-बरतन [illegible] निपट इधर-उधर खाट-खटौले बिछ गए।

रात में ख़ामोशी जैसे-जैसे घुलने लगी, वैसे-वैसे चौक में बँधे बकरी के बच्चे का क्रन्दन माँ के बिछोह में तीव्र और कर्कश होने लगा—बिल्कुल ऐसे जैसे वह किसी बीहड़ में नितान्त अकेला खड़ा है।

हीरा और बत्तो समेत पूरे परिवार ने उसे चुप कराने की बहुत कोशिश की लेकिन उसका क्रन्दन बदस्तूर जारी रहा। रामरती को तो रातभर नींद नहीं आई। रह-रहकर उसे लगता रहा मानो घूरती हुई दोनों आँखें चीत्कार करते इसी बच्चे की हैं।

रामरती की बीच-बीच में जब भी आँखें लगीं, अपनी तरफ़ घूरती उसे दो आँखें उससे अपनी मुक्ति की गुहार करती दीखीं।

●●

सम्पत ने ग़लत नहीं कहा था कि भादों तक यह बकरा एकदम ज़बर हो जाएगा। हीरा मान गया उसके अंदाज़े को। इस अंदाज़े का इसी से पता चलता है कि वह हर आने-जानेवाले का आह्वान करता।

खेड़ा देवत के बग़ल में खूँटे से बँधे इस बकरे को हीरा जब-जब देखता, तब-तब वह विह्वल हो उठता। सुते हुए बड़े-बड़े दो घुमावदार सींग। केले के छिलके-से लम्बे-लम्बे कान। तुरही की तरह मुड़ी हुई झबरीली पूँछ और चिकनी शिला पर अभ्रक के कणों-से चमकते बालों को देखकर, इसकी पुष्टता का सहज ही अनुमान लगाया जा सकता है। हर आने-जानेवाले को देखते ही पिछली टाँगों पर खड़ा होकर जब-जब वह गर्दन टेढ़ी कर अपने एक ख़ास अंदाज़ में, देर तक हवा में तना रहता तो हीरा ही क्या पूरा परिवार जैसे निहाल हो उठता।

अब तो हीरा को भी इसे छेड़ने में मज़ा आने लगा है। इसीलिए वह जानबूझकर उसके पास जाता और 'थि-थि' कहता हुआ हाथ का पंजा उसके आगे कर उसे उत्प्रेरित करता। पता नहीं इन शब्दों में आवाहन के साथ-साथ कैसा आह्वान होता कि बकरा एक झटके के साथ स्प्रिंग की तरह पिछली टाँगों पर उछलकर खड़ा हो जाता, तथा सामने तनी हथेली पर पूरी ताक़त और सधे हुए माथे से इस तरह प्रहार करता मानो वह हीरा के चौक में नहीं, किसी रणक्षेत्र के वक्ष पर खड़ा हुआ है।

हीरा और बकरे के बीच यह छेड़छाड़, चुहलबाजी प्रायः चलती रहती। कभी हीरा उसके रानों (जाँघों) पर हाथ फेरते हुए गुदगुदी करता, तो कभी रानों के बीच तेज़ी-से बढ़ रहे सख़्त कपूरों (अंडकोश) को धीरे-धीरे सहलाते हुए मसलता। नतीजतन इस छेड़छाड़ के चलते बकरे को मज़ा आने लगता और सारी क्रियाओं को त्याग वह पिछली टाँगों को चौड़ा कर, जिस्म को ढीला छोड़ इत्मिनान से खड़ा हो जाता, और मुँह से जीभ का थोड़ा-सा अग्र भाग निकालकर 'बोऽऽऽ' की आवाज़ निकालने लगता। हीरा ग़ौर से देखता कि बकरा जब यह आवाज़ निकाल रहा होता, तब उसके जिस्म में ऐंठन के साथ-साथ एक विचित्र प्रकार की जुम्बिश-सी होने लगती।

लेकिन जल्दी ही हीरा को न केवल अपनी इस चुहलबाजी का ख़ामियाजा भुगतना पड़ा बल्कि अपने आप पर बेहद शर्मसार भी होना पड़ा।

हुआ दरअसल यह कि एक दिन वह जब यूँ ही बकरे के कपूरों को देर तक सहलाता रहा, तो एकाएक हीरा को महसूस हुआ जैसे उसका हाथ किसी गुनगुने

लिसलिसे द्रव्य से सन गया है। हीरा को समझते हुए तनिक भी देर नहीं लगी और जैसे ही उसे इस द्रव्य का भान हुआ, उसने झटके से अपना हाथ खींचा और बग़ैर यह सोचे-समझे धोती से पोंछ लिया कि बाद में धोती का क्या हस्र होगा। यह तो अच्छा हुआ जो किसी ने विशेषकर कौशल्या या रामरती में से उसे देखा नहीं। उस दिन के बाद हीरा ने कान में जैसे अंटा दे लिया कि भविष्य में इस बेशर्म, बेहया बकरे के साथ वह किसी तरह का मैत्रीपूर्ण सम्बन्ध नहीं रखेगा।

रात को जब हीरा ने बत्तो को पूरा क़िस्सा सुनाया, तो बत्तो हँसते-हँसते लोटपोट हो गई। मारे हँसी के उसका पेट दूखने लगा।

रातभर इस प्रकरण पर विचार करने के बाद अगले दिन कौशल्या और रामरती को सुनाते हुए मैना को यह कहते हुए चेता दिया कि यह बकरा पहले की तरह अब बच्चा नहीं रहा है। इसके सींग बड़े-बड़े और नुकीले हो गए हैं, इसलिए अच्छा है कि इससे दूर ही रहा जाए। क्या पता यह किस दिन किसे घायल कर दे।

बत्तो ने अपनी बात इस अंदाज़ में कही कि तीनों लड़कियों की आँखें मारे भय से एक अनजानी कल्पना से सिकुड़ने-फैलने लगीं। वही मैना जिसे जब भी मौक़ा मिलता निर्द्वन्द्व भाव से बकरे के गले से जा लिपटती थी, माँ की गोद में दुबक गई। वही रामरती जिसे प्रायः भुने हुए, अधजले सिर पर उगे दो सींगों के मध्य दिखाई देनेवाली निस्तेज आँखों में इसी बकरे का अक्स दिखाई देता था, वह भी इस चेतावनी के बाद अपने आप में सिमटती चली गई।

इसी बीच बत्तो और हीरा की आँखें आपस में टकराईं तो दोनों होंठों ही होंठों में मुस्कुराकर रह गए। यही तो चाहते थे दोनों, यानी बत्तो की सयानपत से साँप भी लगभग मर गया और लाठी भी टूटने से बच गई।

लेकिन अब हँसने की बारी हीरा की थी।

मारे शर्म के बत्तो तो हीरा के सामने पड़ने से बचती रही कई दिनों तक। हीरा से जब भी उसकी आँखें मिलतीं तभी अपने आप हीरा के मुँह से 'बोऽऽऽ' की आवाज़ निकलने लगती, बिल्कुल ऐसी आवाज़ जैसे सचमुच उन्हीं का बकरा बोल रहा है। बल्कि एक दिन तो बत्तो हीरा से इस बात पर उलझ भी पड़ी, "मोहे ना लगे ई सहूर बढ़िया, तैने मजाक ही बना लियो चौबीस घंटा को।"

हीरा ने चुप रहने में ही बेहतरी समझी। कुछ नहीं बोला लेकिन अगले ही पल उसकी फक्क से हँसी छूट गई। आपे से बाहर हो गई इस बार बत्तो। खूब सुनाया उसने हीरा को और अन्त में यह चेतावनी देते हुए तमतमाती हुई किसी काम से बाहर निकल गई कि आइन्दा यदि वह इस रामायण को लेकर बैठा, तो उससे बुरा और कोई नहीं होगा।

बत्तो की इस चेतावनी का वही असर हुआ जैसा वह चाहती थी अर्थात हीरा की

ज़ुबान पर जैसे ताला लग गया। लेकिन वह रामायण ही क्या जिसकी चौपाइयाँ मनुष्य को उद्वेलित न करें, और जिसकी याद दिलाते ही बत्तो हत्थे से न उखड़े।

आख़िर यह क़िस्सा है क्या जिसे सुनते ही बत्तो बेक़ाबू हो उठती है ?

हुआ दरअसल यूँ कि अन्य दिनों की तरह उस दिन भी धूप से बचाने के लिए बत्तो जब इस बकरे को झुककर खूँटे से खोलने लगी कि पहले उसने 'बोऽऽऽ' की आवाज़ निकालते हुए हल्के-से बत्तो को कोंचा। नहीं भाँप पाई बत्तो बकरे की नीयत को। यही सोचकर ध्यान नहीं दिया कि जानवर है भूखा रह गया होगा। लेकिन इससे पहले कि बत्तो रस्सी को खूँटे से खोल पाती, बकरे ने मुँह से जीभ का अग्र भाग निकाला और झुकी हुई बत्तो पर चढ़ बैठा। पलभर के लिए नहीं समझ पाई बत्तो सिवाय इसके कि ऊपर मानो कोई भारी लोथ गिरी हो। बमुश्किल रोक पाई अपने आपको ज़मीन पर गिरने से वह। जब तक बत्तो ख़ुद को सँभाल पाती, बकरा इत्मिनान से पूर्व की तरह गर्दन टेढ़ी कर उसे निरखने लगा।

बत्तो पहले तो मारे शर्म के धरती में समाने को हुई कि मौक़ा-ए-वारदात चश्मदीद गवाह के रूप में सिवाय हीरा के कोई और नहीं था, किन्तु अगले ही पल मारे ग़ुस्से के उसकी कनपटी सुलग उठी। हीरा भी थोड़ी देर के लिए सकते में आ गया कि इस बेहया, बेशर्म बकरे ने यह किया क्या ?

इसके बाद बत्तो अपना संयम खो बैठी जैसे।

"मेरा बाप का चोदा, घणी आग बड़ री है तेरे भीतर ! बेसरम ले, मैं निकालूँ तेरी आग ए !" पाँव से चप्पल निकालकर तड़ातड़ बकरे के मुँह पर बरसाने लगी।

मार खाता बकरा मिमियाता हुआ तेज़ी-से खूँटे के चक्कर काटने लगा। बकरा आगे-आगे और शेरनी की तरह हरहराती हुई बत्तो उसके पीछे-पीछे। बकरे की समझ में नहीं आ रहा था कि उसने ऐसा क्या क़सूर किया है जिसकी उसे इतनी सख़्त सज़ा मिल रही है। शुरू में दो-तीन वार के बाद बकरा भी सतर्क हो गया। बत्तो का हाथ जितनी तेज़ी-से उसकी ओर बढ़ता, उतनी ही तेज़ी और चपलता से वह अपने मुँह को किसी भी सम्भावित वार से बचा जाता। खूँटे से बँधे बकरे और बत्तो के बीच हाथापाई का खेल तभी समाप्त हुआ जब हीरा उन दोनों के बीच में आया।

बकरे का क्रन्दन सुनकर कौशल्या, रामरती और मैना हड़बड़ाती हुई बाहर आईं, तो उन्हें आया देख बत्तो ने बड़ी चतुराई से संवाद ही बदल दिए, "ढेड, घणो मरखणो हो रो है ! ले मैं बनाऊँ तोहे बिणजार ! सबर राख, थोड़ा दिन की बात और है।" इतना कहते हुए चलते-चलते उसने बकरे के मुँह पर एक और चप्पल जड़नी चाही परन्तु पहले से चौकन्ना बकरा एक बार फिर अपना मुँह साफ़ बचा गया। जैसे उस बेशर्म-बेहया को पहले से अंदाज़ा था कि दुश्मन पलटकर ज़रूर वार करेगा।

माँ का ग़ुस्सा और तेवर देखकर तीनों लड़कियों ने उसी वक़्त तय कर लिया कि अब इस बकरे से दूर रहने में ही भलाई है।

इस तरह देखते ही देखते जो बकरा एक दिन पहले तक इस परिवार का अभिन्न

अंग और अनन्य सदस्य था, अपनी कारगुज़ारी के चलते हाशिए पर आ गया। जो परिवार अपने हलक़ से निवाला उतारने से पूर्व यह देखना नहीं भूलता था कि उसके सामने भी कुछ दाना-पानी है या नहीं, वही अब निष्ठुर, बेरहम और उसके प्रति एकदम उदासीन हो गया। खूँटे से बँधा अब वह चुपचाप देखता रहता। हाँ, शुरू में पूर्व की तरह उसने सबका ध्यान आकर्षित करने की ज़रूर कोशिश की। कभी वह अपनी पिछली टाँगों पर उछलकर हवा में तनते हुए किसी चुनौती का सामना करने का आह्वान करता, तो कभी अगले पाँवों के खुरों से रेत को खुरचकर अपने प्रति बरती जानेवाली उपेक्षा के विरोध में रोष प्रकट करता।

लेकिन दूसरी ओर ज्यों-ज्यों उसके लिए तय किया गया दिन निकट आने लगा, त्यों-त्यों रामरती की उदासी बढ़ने लगी। आनेवाले तय दिन को लेकर तरह-तरह की कल्पनाओं के आड़े-तिरछे चित्र उसके भीतर बनने-बिगड़ने लगे। खूँटे से बँधे निरीह, बेज़ुबान बकरे को देखकर सोचती कि वह दिन अब दूर नहीं, जब इस घर के भीत-पाखों के बीच इससे जुड़े अतीत के चित्र और इसकी चीत्कार ही बची रह जाएगी। आत्मीयता और अपनत्व के महीन धागे देर तक रामरती की तन्द्रा से लिपटे कभी खिंचने लगते, तो कभी ढीले पड़ने लगते।

दस

आसोजा की तावड़ी, जोगी होगा जाट
मेव फकीरी ले गया, बणियान्ने ले ली खाट।

सच कहा है कि आदमी या तो भादो में मरे है या साझे में।

उतरते भादो और चढ़ते क्वार की तेज़ घाम में लगता है जैसे पूरी देह पर असंख्य नश्तर चुभ रहे हैं। ऐसे में यदि किसी ज्वार-बाजरा या ग्वार के खेत में घुस जाओ, तो लगेगा मानो किसी गहरे कुएँ में उतारकर जिस्म पर सैकड़ों चींटियाँ छोड़ दी हों। कई बार तो जी चाहता है कि इस चटक धूप, जिसमें गेंडे तक की खाल झुलस जाती है, बस पानी से भरी किसी डबरी में पड़े रहो। हालाँकि भादो अपने उतार पर है किन्तु बादलों के बड़े-बड़े गुच्छे आइस-पाइस खेलते बच्चों की तरह कभी हरहराकर हल्की फुहारें और कभी मोटी-मोटी बूँदें डालकर छितर जाते हैं। कई बार तो ऐसा लगता है जैसे इन्द्र देवता धरती पर ही आकर अपना आसन जमा लेंगे, परन्तु कुछ देर बाद फैली बादलों की ओढ़नी को बींधता हुआ सूरज धुले आसमान में किसी बच्चे की निश्छल हँसी बिखेरता हुआ दिखाई देने लगता।

बादलों के साथ सूरज की यह लुका-छिपी न तो हीरा को अच्छी लग रही है, न बत्तो को। श्यामल घने बादल बीच-बीच में जब अप्रत्याशित रूप से बरसने लगते, तब दोनों की जान हलक़ में आकर अटक जाती। ऐसी जान तो जेठ-षाढ़ में भी नहीं सूखती

है, जब पूरा घर चिते-पुते कच्चें बर्तनों से पकने की तैयारी में अटा रहता है। यदि मौसम उस दिन भी ऐसी ही बेईमानी पर उतर आया तब ?

पल-पल में मौसम के इस बदलते हुए मिज़ाज ने हीरा और बत्तो को दुश्चिन्ताओं की कन्दराओं के समीप लाकर खड़ा कर दिया। अच्छा होता यदि भादो के बजाय वे क्वार या कातक में तय कर लेते।

उतरते हुए भादो का आख़िरी बुधवार।

बत्तो ने अपनी बुआ सास और ननद गंगा के साथ मिलकर पहले ही सारा घर-आँगन लीप-पोतकर तैयार कर दिया। केवल ओसारे में एक हाथ और फिरना है क्योंकि यहीं लगनी है मियाँ बाबा की जोत। बाहर खेड़ा देवत के बग़ल में बँधा बकरा घर आए मेहमानों को आता-जाता देख कौतूहलवश सूनी आँखों से निहार लेता है। अपनी प्रकृति के अनुसार कभी गर्दन टेढ़ी कर सामने से गुज़रनेवाले से दो-दो हाथ करने का आह्वान करता है, तो कभी खुरों से मिट्टी खोदते हुए अपनी भी उपस्थिति दर्ज़ कराने की कोशिश करता है।

बँगले में बिछी खाटों प· गुड़गुड़ाते हुक्कों में ऐसे विषयों पर बहस जारी है जिनसे न तो इन्हें कभी लेना था, और न ही भविष्य में कुछ देना होगा। पूरे घर में उत्सव का माहौल है। इस बीच धनसिंह ओसारे का कई बार जायज़ा ले चुका है। थोड़ी-थोड़ी देर बाद खाट और मूढ़ों पर बैठनेवालों की अदला-बदली हो रही है। कभी हाथ में कली लिए नसीब ख़ाँ चला आ रहा है, तो कभी टहलता हुआ फत्तू आ पहुँचता है। कभी चाँदमल आ रहा है तो कभी वली मोहम्मद। हीरा के ज़्यादातर रिश्तेदारों के लिए न तो नसीब ख़ाँ अपरिचित है, न उसके लिए इसके ये रिश्तेदार। न फत्तू के लिए पराए हैं और न चाँदमल के लिए बेगाने।

लो, रामचन्दर भीं चला आया। अब हो गया बंटाधार।

आख़िर क्यों चला आया आज यह ? नहीं आना चाहिए था इसे इस मौक़े पर ? क्या रामचन्दर को मालूम नहीं है कि हीरा के आज यहाँ क्या है ? हीरा का तो साँस ही अटक गया। रामचन्दर को देखते ही उसने अपने आपको दीवार की ओट में कर लिया—इस डर से कि कहीं वह इस गहमागहमी का कारण न पूछ बैठे। हीरा क्या बताएगा रामचन्दर को, यही कि आज उसके यहाँ बकरा...छि...छि, एक ब्राह्मण के सामने...। परन्तु हीरा रामचन्दर की नज़रों से नहीं बच पाया। रामचन्दर समझ गया, उसके छिपने का कारण। ऐसा नहीं है कि वह हीरा की आस्था-अनास्था से भिज्ञ नहीं है। अच्छी तरह जानता है। अनजाने में या किसी बेख़्याली के चलते नहीं आया है वह। जानबूझकर आया है। हाँ, शुरू के दिनों में उसे बेहद विचित्र लगा था यह जानकर कि मुसलमान तो हैं सो हैं पर कुम्हारों में यह सब और वह भी हिन्दू होते हुए। लेकिन धीरे-धीरे रामचन्दर ने महसूस किया और स्वयं को समझाया कि इस दुनिया में हज़ारों ऐसे कर्म, रस्मो-रिवाज़

और मान्यताएँ हैं जिनमें एक को अपनी श्रद्धा के बिम्ब दिखाई देते हैं, तो दूसरे को अनास्था के दृश्य नज़र आते हैं। इस गाँव में आकर रामचन्दर ने क्या नहीं देखा बल्कि अच्छा हुआ जो उसने अपनी नंगी आँखों से सबकुछ देख लिया। यदि ऐसा नहीं होता तो इन्हीं आस्थाओं और श्रद्धा की कोठरियों से उसे धनसिंह, हीरा, नसीब ख़ाँ, फत्तू, सम्पत के चेहरों पर लम्बे-लम्बे नुकीले दाँत और सुर्ख़ आँखें ही दिखाई देतीं।

रामचन्दर जानबूझकर ऐसे बना रहा मानो सचमुच उसने हीरा को देखा नहीं है किन्तु मौक़ा पाते ही उसे दीवार की ओट से खींचते हुए शिकायत-भरे लहजे में बोला, ''भैन चो' ऐसे आँख चुरा रो है जैसे मैंने तेरी कुन्नी (भैंस की एक क़िस्म) के हाथ लगा दियो होए !''

''यार रामचन्दर तू ?'' हीरा ने भी रामचन्दर की तरह अनजान बनने की मुद्रा अपना ली।

''तेरी भैना के बिन्दाबन में जिमाने के बखत आँख फेरतो डोले है।''

''रामचन्दर, ऐसी बात ना है। बस पाँच-सात मेहमान-सा आ रा हैं।''

''ये पाँच-सात मेहमान हैं ? मेरे दीदा फूट रे हैं ? अरे, सारे गाँम में तो डोंडी (मुनादी) पिटी पड़ी है के आज...ठीक है मैं अपनी भैन बत्तो...''

''रामचन्दर, सुन तो सही।'' हाथ-पाँव फूल गए इस बार हीरा के। चेहरा फ़क़ पड़ता चला गया इस डर से कि कहीं रामचन्दर सचमुच अन्दर न चला जाए और बत्तो सब बता दे।

हीरा और रामचन्दर को बतियाते देख धनसिंह समेत और कई रिश्तेदार उनके पास आ गए। सब चुप रहे, बोला कोई नहीं।

इसी बीच एक रिश्तेदार ने फुसफुसाते हुए दूसरे से पूछा, ''ई कौन है ?''

''ई रामचन्दर पंडुत है।'' दूसरे ने धीरे-से जवाब दिया।

''पंडुतऽऽऽ !''

पूछनेवाले ने इस शब्द पर इतना ज़ोर दिया कि वह चाहते हुए भी अपने स्वर को रामचन्दर के कानों में जाने से नहीं रोक पाया।

''हाँ रिस्तेदार, मैं पंडुत हूँ, रामचन्दर पंडुत और ई हीरा भैन चो' मेरो बहनेऊ है...है काई ए परेसानी ?'' रामचन्दर ने वहाँ मौजूद हीरा के रिश्तेदारों को इस अंदाज़ में डाँटा कि उसके बारे में जानकारी हासिल करनेवाले की सारी जिज्ञासा और उत्कंठा धराशायी हो गई। लेकिन कुछ ही क्षणों के बाद पूरा वातावरण ठहाकों से गूँज उठा रामचन्दर के इस अभिनय पर। किसी को उम्मीद नहीं थी कि रामचन्दर तनाव के रेशों को इस तरह एक झटके में मसल देगा।

हीरा अभी भी इस तनाव से पूरी तरह मुक्त नहीं हो पाया। तनी हुई भृकुटि के ऊपर छलछला आई पसीने की बूँदें अभी भी झिलमिला रही हैं।

''ले, पसीना पोंछ ले माथे से ! घबराए मत मोहे सब पतो है तेरे याँ कहा है आज।'' कन्धे पर पड़ी साफ़ी को हीरा की ओर बढ़ाते हुए रहस्योद्घाटन किया रामचन्दर ने।

हीरा अभी रामचन्दर द्वारा निर्मित खोह से बाहर निकला ही था कि उसे सामने रामरती परात में बकरे के लिए जौ ले जाती हुई दीखी। इससे पहले कि रामरती उस परात को बकरे के सामने रख पाती, लपककर हीरा ने उसे उसके सामने से खींच लिया।

"यार हीरा, मेरा गुस्सा ए बिचारा या बकरा पे क्यों उतार रो है ?"

"रामचन्दर, हीरा ने सही खींची है परात। आज या बकरा ए दाना-पानी कुछ ना देनो है।" धनसिंह को हस्तक्षेप करना पड़ा इस बार।

अवाक रामचन्दर कि यह कैसा अन्याय है इस निरीह जानवर के साथ। आदमी से भी उसके अन्तिम समय में पूछा जाता है एक बार। कुछ नहीं समझ पाया रामचन्दर बल्कि एक जुगुप्सा के चलते पूरी देह में सनसनाहट दौड़ गई।

इसके बाद तो रामचन्दर ज़्यादा देर नहीं रुक पाया धनसिंह के बँगले पर। आँखों का बार-बार आपस में टकराना अच्छा नहीं होता है। कुछ बातों को जानते हुए, उन्हें न जानना उनके विश्वास और उनकी शुचिता को बचाए रखता है। हीरा भी उससे रुकने का आग्रह नहीं कर पाया। करता भी कैसे, दिन ढलनेवाला है। सम्पत भी एक चक्कर लगा चुका है और अपनी ओर से यह सूचित कर चुका है कि जैसे ही उनका मीज़ान बने, बुलवा लेना।

●●

आज सवेरे से ही बेशर्म, बेहया बकरे का क्रन्दन रह-रहकर हवा में गूँज रहा है।

धनसिंह ने ओसारे का अन्तिम बार मुआयना किया तो पाया लगभग पूरी तैयारी हो चुकी है। हालाँकि दिन ढल चुका है लेकिन इसका अंदाज़ा नहीं हो रहा है कि बजा क्या होगा ? परन्तु इसी बीच महजत के लाऊडस्पीकर से जुह्र की अज़ान सुनाई देने लगी। धनसिंह को अब अंदाज़ा हो गया। बाहर एक तरफ़ रखा कड़ाह, उसमें पड़ी डोरी (लोहे का बड़ा खोंचा) और बग़ल में रखी सौ के क़रीब दूमरियाँ (बड़ा सकोरा) अपने साफ़ होने के इन्तज़ार में हैं।

कल्लन फ़क़ीर को अन्तिम सन्देशा भिजवाया जा चुका है। सम्पत पहले ही छुरी तथा बुग़्दे की धार लगाकर ओसारे में रख चुका है। धनसिंह ने बेहद ग़ौर से मुआयना किया ओसारे का। एक-एक चीज़ का बारीकी से जायज़ा लिया—कहाँ जोत लगनी है...पुओं के लिए गुड़ भिगोकर रखा है या नहीं...कहाँ बकरे की खाल उतरनी है...बाजरा और कढ़ी रँदने के लिए चूल्हे पर चढ़ी है या नहीं...सुर्ख़ी (ताज़ा ख़ून) के लिए मँजी हुई परात है या नहीं...लाधे (मल) के लिए जिस कूँडे की व्यवस्था की गई है, वह मजबूत भी है या नहीं...लोबान, अगरबत्ती के साथ अठवाई (भोग लगाने की खाद्य सामग्री) के लिए पाँच दूमरियाँ रखी हैं या नहीं आदि-आदि।

इस बीच धनसिंह और हीरा यानी दोनों बाप-बेटों के बीच मन्त्रणा हुई जिससे यह निष्कर्ष निकला कि उनकी तरफ़ से पूरी तैयारी है। अब सिर्फ़ इन्तज़ार है तो बस कल्लन का मगर कल्लन का दूर-दूर तक कोई अता-पता नहीं है।

धनसिंह झुँझला उठा हीरा पर, "तैने कल्लन तक खबर भिजवाई भी है या ना ?"

"चाचा, मैं खुद गयो हो।" दगड़े पर दूर तक निगाह मारते हुए कहा हीरा ने।

"पतो ना, कब तो ई बकरा हलाल होएगो, कब ई बनेगो और कब ई रँदे..."

"ले, नाम लेते ही आगो।" सामने से कल्लन को आता देख हीरा का चेहरा खिल उठा।

"आ जा यार, घणी लम्बी उमर है।" धनसिंह की जैसे जान में जान आ गई।

कल्लन ने भी आते ही ओसारे का मुआयना किया। उसके आते ही चौक में सक्रियता बढ़ गई। एकाएक सारी महिलाएँ इतनी व्यस्त हो गईं मानो उन्हें दम मारने तक की फ़ुरसत नहीं है।

सारी तैयारियों से सन्तुष्ट हो कल्लन ने धनसिंह और हीरा की ओर देखा, "हाँ तो धनसिंह, सुरू करें ?"

"देख ले, कुछ कमीबेसी तो ना है ?" धनसिंह ने तसल्ली करते हुए उलटा कल्लन से पूछा।

"ना कोई कमी ना है। सब तैयार है, एकदम रेडी।"

"तो फिर पढ़ बिस्मिल्ला।" धनसिंह ने अपनी तरफ़ से स्वीकृति देते हुए कहा।

"हीरा, यार बकरा ए खोल ला !"

कल्लन का आदेश सुनते ही हीरा तुरन्त बाहर चला गया।

हीरा को अपनी ओर आता देख बकरा उछलकर अपने पिछले पैरों पर खड़ा हो गया। हीरा ने बेहद स्नेहिल भाव से उसकी पीठ पर हाथ फेरा तथा खूँटे से खोलकर अन्दर ओसारे में ले जाने लगा कि एकाएक जैसे उसने अन्दर जाने से मना कर दिया। हीरा के हाथ में थमी रस्सी को इस तरह छुड़ाने का प्रयास करने लगा मानो उसे अपने अन्तिम समय का इलहाम हो गया है। रामरती ने उसे देखा तो देखते ही उसका दिल बैठने लगा। काफ़ी मशक़्क़त के बाद हीरा उसे ओसारे तक लाने में कामयाब हो पाया।

धनसिंह ने एक सराईं में सरसों का तेल भरा। रूई की मोटी बाती बटकर सराईं में भरे तेल में डुबोते हुए उसे दीवार के साथ रख दिया। सराईं के एक ओर अनाज की सेर-डेढ़ सेर की ढेरी लगा दी। चौक में जल रहे चूल्हे से आँच की मोटी अंगारी मँगाकर दीये के सामने रख दी। इसके बाद उसने दीया जलाया और अँगुली के पोर को तेल से भरी सराईं में डुबोकर अंगारी पर छिड़कने लगा। तेल के मोटे-मोटे छींटे जब-जब अंगारी पर पड़ते, तो धुएँ की सफ़ेद लकीरें हवा में लहराती हुई विलीन हो जातीं। पूरा ओसारा सरसों के तेल के गन्धभरे धुएँ से लिपट गया।

जैसे-जैसे धुएँ की लकीरें गाढ़ी होती गईं, धनसिंह की बीच की अँगुली का पोर भी तेज़ी-से इस अरज के साथ तेल में डुबकी लगाने लगा, "आ भई मियाँ बाबा, आ जा...देर मत कर !"

पता नहीं यह मियाँ बाबा की अनुकम्पा थी या हदकती अंगारी पर पड़ते तेल के छींटों और दीये की लौ का कोई गुप्त समझौता कि पाँचवीं बार ज्यों ही अँगुली के पोर

से अंगारी पर छींटे पड़े कि भक्क से धुएँ की लकीरें हरहराकर तेज़ लौ में तब्दील हो गईं।

धुएँ को लौ में तब्दील होते ही पूरे ओसारे ने समवेत जयकारा लगाया, "बोल मियाँ बाबा की जैऽऽऽ !"

मियाँ बाबा ने अपने भक्तों को ज़्यादा इन्तज़ार नहीं कराया।

जोत और दीये की मिली-जुली रोशनी से पूरा ओसारा नहा गया। लगा उसकी सफ़ेद दीवारों पर प्रकाशपुंज के सरोवर से अंजलि भरकर छिड़क दी हो। परछाइयाँ दीवारों पर दीये की लौ के इशारों पर नृत्य करने लगीं। भादो की उमस से छलछला आए पसीने की बूँदों से इस कदर किरनें फूटने लगीं, मानो सुबह की सोई दूब पर ओस की बूँदें मुस्कुरा रही हों।

धनसिंह ने कलशे से गडुए में पानी भरा और चुल्लू से बकरे के जिस्म पर छिड़कने लगा। कल्लन इस छिड़के हुए पानी को बालों में रमाने लगा। बार-बार पानी पड़ने से बकरे के शरीर में सिहरन होने लगी। बकरे में तेज़ी-से पैदा होनेवाली जुम्बिश से उत्साहित होकर धनसिंह ने एक बार फिर चुल्लू में पानी भरा और जैसे ही बकरे पर छिड़का कि उसने पूरी ताक़त से ऐसी फड़फड़ी लगाई मानो सचमुच मियाँ बाबा उसकी काया में प्रवेश कर गया हो।

आधे-आधे मिनट के अन्तराल में बेशर्म, बेहया बकरे ने तीन फड़फड़ी लगाकर स्वयं अपनी ज़िन्दगी और मौत का फ़ासला चन्द मिनटों में बदल दिया।

हीरा ने बकरे के गले से रस्सी खोलकर खूँटी पर टाँग दी। रामरती जो अभी तक ओसारे की तरफ़ मुँह किए बैठी थी, अब उसने उस तरफ़ पीठ कर ली। धनसिंह, हीरा और कल्लन तीनों ने मिलकर बकरे को ज़मीन पर लिटा दिया। धनसिंह ने उसकी पिछली टाँगें कसकर दबा लीं तथा हीरा के पंजों की पकड़ उसकी अगली टाँगों पर मजबूत होती चली गई। बकरा रह-रहकर पूरी ताक़त से अपनी मुक्ति के लिए छटपटाने लगा। वातावरण को बींधता हुआ उसका क्रन्दन और तेज़ हो गया।

सुर्ख़ी के लिए सामने रखी परात को कल्लन ने बकरे की गर्दन के एकदम समीप खींच लिया। छुरी की धार को परखते हुए कल्लन ने दोनों बाप-बेटों को सतर्क रहने की हिदायत देते हुए कहा, "अच्छी तरह दबा के रखियो, हिले ना !"

"चिन्ता मत कर।" कल्लन को आश्वस्त करते हुए हीरा की पकड़ और सख़्त हो गई।

"धनसिंह, तैयार है न ?" अन्तिम बार पूछा कल्लन ने।

"तू बेफिकर रह यार !" इस बार धनसिंह झुँझला-सा गया।

रामरती ने दोनों के संवाद सुने तो वह उठकर तेज़ी-से अन्दर चली गई।

"तो फिर पढ़ूँ बिस्मिल्ला..."

इतना कहकर कल्लन ने आँखें बन्द कीं, छुरी को धीरे-से होंठों तक ले गया। होंठों ही होंठों में कुछ बुदबुदाया फिर नीचे लिटाए गए बकरे का सिर घुटने के नीचे

दबाया तथा कंठ की पतली चमड़ी को बाएँ हाथ की चुटकी से पकड़कर लगभग घुटी-घुटी आवाज़ में गले पर छुरी रेतने लगा, "बिस्मिल्लाऽऽहि, अल्लाहु अकबरऽऽऽ..."

धनसिंह का पूरा घर बकरे के आर्तनाद से दहल उठा। क्षणभर के लिए हीरा और धनसिंह की आँखें मुँदती चली गईं। इधर कई जोड़े हाथों की पकड़ से मुक्त होने की बेमानी कोशिश में बकरा तड़फड़ाने लगा और उधर कल्लन का हाथ पूरी गति से उसकी गर्दन को रेतता रहा। बकरे के आर्तनाद से घर, आँगन, ओसारा, छान-छप्पर और भीत-पाखे तक लहूलुहान हो गए। अबोध मैना ने बकरे के गले से फूटते हुए ताज़े रक्त का फव्वारा देखा तो भीतर तक काँप गई। अन्दर बैठी रामरती ने अपने दोनों कानों में अँगुलियाँ ठूस लीं। रह-रहकर उसे लगता रहा जैसे कल्लन की छुरी उसी के गले को रेत रही है।

कल्लन ने श्वास नली काटकर अलग कर दी। कुछ क्षण पहले तक जो चीत्कार अपने अस्तित्व के लिए प्रतिरोध कर रही थी, वह अब 'घुर्र-घुर्र' में बदल गई। कटे हुए गले की शिराओं से पूरे जिस्म का लहू निचुड़कर परात में जमा होने लगा। रक्त की कई धाराएँ आपस में विलीन हो गईं। जिन आँखों से कातरता अपने मुक्त होने की गुहार कर रही थी, वे भी स्थिर हो गईं और धीरे-धीरे पूरी देह ठंडी होकर शिथिल पड़ गई। सुर्ख़ी के रूप में ताज़े ख़ून ने परात में विशाल गोल थक्के की शक्ल ले ली। कल्लन ने परात को तब तक नहीं हटाने दिया, जब तक उसे यह यक़ीन नहीं हो गया कि सारा ख़ून परात में आ चुका है—मियाँ बाबा का प्रसाद है आख़िर।

रामरती के दिल और दिमाग़ दोनों ने जैसे काम करना बन्द कर दिया। रह-रहकर बकरे का चीत्कार अभी भी उसके कानों में गूँज रहा है। उसने अन्दर से ही सामने ओसारे में देखा तो धड़ से सिर को अलग हुआ देख, उसका कलेजा मुँह को आ गया। क्षणभर के लिए अँधेरा छा गया उसकी आँखों के आगे। वही ओसारा जो थोड़ी देर पहले जोत और दीये की मिश्रित रोशनी में परछाइयों के संग रास रचाते हुए एक अलौकिक गन्ध पूरे वातावरण में घोल रहा था, अब एक ऐसे मक़तल में बदल गया जहाँ ताज़ा लहू से सने हाथ ही हाथ दिखाई दे रहे हैं। ठहरी हुई दो मोटी-मोटी आँखें जैसे फिर से डबडबा उठेंगी।

"हीरा, या सुरखी ए हटा पहले !" ख़ून से भरी परात जो अब एक ख़ून का विशाल थक्का बन चुका था, उसे हटाने का निर्देश देकर छुरी को निर्जीव देह से पोंछते हुए कल्लन खड़ा हो गया, "और हाँ, अब सम्पत सू कह दे के ऊ अपणो काम शुरू कर देए।" जाते-जाते तहमद को फटकारते हुए कहा।

सम्पत से कहने की ज़रूरत नहीं पड़ी। वह स्वयं ही पहले से अपना इन्तज़ार कर रहा था। आते ही उसने खूँटी पर लटकी रस्सी को उतारकर ओसारे के बलैंडे (छान के बीचोंबीच लगनेवाली बल्ली) में डाला और धोती की लाँग चढ़ाते हुए अपने काम में जुट गया।

सबसे पहले सम्पत ने बकरे के अगले पाये अलग किए। फिर पिछली टाँगों को

छुरी की नोंक से बीच में से चीरकर, सिर-विहीन हिस्से को उठाते हुए बलैंडे से बँधी रस्सी में फँसाकर उलटा लटका दिया।

सम्पत ने पूरी एकाग्रता और सफ़ाई के साथ खाल उतारी तथा उसकी तह बनाकर उसे जोत के बग़ल में रख दिया। सम्पत के कौशल को देखकर देखनेवाला थोड़ी देर के लिए दंग रह जाए कि उसने बकरे के जिस्म से खाल नहीं बल्कि वस्त्र उतारे हैं।

खाल उतारने के बाद सम्पत ने धड़ और सीना खोला तो उनके खुलते ही फेफड़े, तिक्के, आँत, गुर्दे सब बाहर झाँकने लगे। एक-एक कर सबको सम्पत ने बड़ी ही कुशाग्रता से अलग किया। इसके बाद उसने ओझड़ी (आमाशय) को अलग किया और उसे हीरा की ओर बढ़ाते हुए निर्देश दिया, "याहे अच्छी तरह साफ करवा लीजो...और हाँ, एक बाल्टी पानी और मँगवा दे !"

हीरा ने तुरन्त एक बाल्टी पानी लाकर रख दिया।

सम्पत ने छोटी आँत में फँसे मल को निकालने के लिए उलटे टँगे हिस्से के फेर (गुदा) में पानी डाला। पानी के दबाव से आँत में फँसी मेंगनी एक-एक कर तेज़ी-से नीचे रखे कूँडे में गिरने लगीं। जो नहीं निकलीं उन्हें निकालने के लिए उसने फिर से फेर में पानी डाला तथा मुँह से उसमें हवा भरने लगा, इस बार पानी और हवा के दबाव से छोटी आँत गुब्बारे की तरह फूल गई। जो मेंगनी पहले निकलने से इनकार कर रही थीं, इस बार वे एक-एक कर बाहर निकल आईं।

छोटी आँत साफ़ करने के बाद सम्पत ने उसे गुर्दा, कलेजी और तिक्को के साथ ही रख दिया।

"हीरा, या कूँडा ए हटा के याकी जगह एक बोरी बिछा दे। कूँडा में जो ई ओझड़ी पड़ी है न याहे भी साफ करवा के इन आँतन के साथ बणवा लीजो...ध्यान सू हटइयो कूँडा ए।"

हीरा साँस रोककर ओझड़ी, मेंगनी और ख़ून से लबालब भर गए कूँडे को डरते-डरते, पूरी सावधानी बरतते हुए उठाकर ज्यों ही हटाने लगा कि वही हो गया जिसका डर था।

"यार हीरा, तोसू पहले ही कही के ध्यान सू हटइयो।" सम्पत ने मुँह बनाते हुए कहा।

दरअसल, कूँडा उठाते समय हीरा का ऐसा सन्तुलन बिगड़ा कि ओझड़ी यानी आमाशय बग़ावत कर कूँडे से नीचे आ गिरी। गिरते ही ओझड़ी पके हुए तरबूज़ की तरह खिल गई। ओसारा तो ओसारा, धनसिंह का पूरा घर दिमाग़ फटनेवाली दुर्गन्ध से भर गया। ओझड़ी के तौलिए जैसे रोएँ बाहर झाँकने लगे। फेफड़ों में जमा की गई साँस को भी हीरा आख़िर कब तक रोके रखता। उसने भीतर भरे साँस को छोड़ते हुए जैसे ही दोबारा ताज़ा साँस ली, तो उसे लगा मानो उसके दिमाग़ की नसें तड़क रही हैं।

"यार सम्पत, याही आफत के मारे मेरो मन ना करे है या बकरा-वकरा ए करन को। पतो ना हमारा देवी-देवतान्ने भी यही भेंट अच्छी लगे है। मेरे यार, एक तो

जीव-हत्या ऊपर सू या नरक ए और ढोओ।'' ज़मीन पर ओझड़ी से निकलकर बिखरे हुए मल को दोनों हाथों से, साँस रोकने की बार-बार कोशिश कर वापस कूँडे में भरते हुए कोसा अपने कुलदेवता को हीरा ने।

''वैसे ई रिवाज बस अब तिहारी बिरादरी में ही बच री है।'' बलैंडे से लटके मांस के लोथड़े को नीचे उतारते हुए बोला सम्पत।

''कहा करें यार, जी तो ना करे है या करम ए करना कू...पर या बिरादरी और जुबान के आगे मजबूर हैं।''

''बिरादरी कू दोस मत दे। वासू तो आसानी सू निपट लियो जाए पर या जुबान सू कौन निपटे...और फिर मेरे यार जब कभी मन करे तो ये खटीक और कसाई किस मरज की दवा हैं। अरे, कम-सू-कम या गन्द ए तो ढोना सू बच जाएँ।'' हीरा द्वारा बिछा दी गई बोरी पर लकड़ी का गुटका, छुरी और बुग़्दे को रखते हुए सम्पत ने तर्क दिया।

''यार, या बहाने थोड़ा-बहोत रिस्तेदार इकट्ठा हो जावे हैं और दो-चार अपना यारा-प्यारा निपट जावे हैं। बस, याही लालच में ई साँग रचो जावे है।'' हीरा भूल गया थोड़ी देर के लिए जिस दुर्गन्ध से दिमाग़ फटने को हो रहा था, वह अभी भी ओसारे में व्याप्त है।

सम्पत ने फुर्ती के साथ पहले लोथड़े से फर (अगले पैर) अलग किए। फिर रानों को बाकी के हिस्से से अलग किया और इसके बाद एक-एक कर गर्दन, सीना, चाँप तथा पुट्ठ को अलग-अलग कर बोरी पर रख दिया। इसी बीच धनसिंह को ओसारे में झाँकता देख वह निर्देश देते हुए बोला, ''काका, फटाफट ये सिरी और पाया भून के साफ कर ले...जब तक मैं या ओझड़ी ए भी लगे हाथ साफ कर दूँ...सब साथ रँद जांगा।'' इतना कहते हुए सम्पत ने ओझड़ी में बचे-खुचे मल को कूँडे में डाल दिया। जो दुर्गन्ध काफ़ी हद तक कम होने लगी थी, हवा में फिर घुल गई।

धनसिंह सिरी-पायों को लेकर किसी दूसरे चूल्हे पर भूनने के लिए जाने लगा, तो पीछे से टोकते हुए सम्पत ने पूछा, ''काका, कैसा पीस करूँ छोटा-छोटा या...''

''मेरे यार, ना घणा छोटा न बड़ा...गोल-गोल-सा कर दे।'' सम्पत को निर्देश देते हुए धनसिंह आगे बढ़ गया।

लाधे की दुर्गन्ध और भुनते हुए सिरी-पायों की चिरायँध से घर तो घर आसपास का वातावरण भी एक विचित्र-सी गन्ध से सराबोर हो गया।

सूरज को पश्चिम की ओर तेज़ी-से भागता देख सम्पत के हाथों में यकायक तेज़ी आ गई। जिन हिस्सों को छुरी से अलग करना था, उन्हें छुरी से कर दिया तथा जिन पर बुग्दा इस्तेमाल होना था, उन्हें बुग्दे से काटकर बोरी पर रखे ढेर में शामिल कर दिया। इस तरह अपने वायदे के अनुसार एक निश्चित समय में अपने कर्म से निवृत्त हो, सम्पत ने अपने छुरी-बुग़्दे धोकर साफ़ किए और जाने के लिए खड़ा होते हुए धोती की लाँग को दुरुस्त करते हुए बोला, ''ले भई हीरा, अब तम जानो और तिहारो काम

जाने, मैं तो चलो....पर हाँ...'' चलते-चलते सम्पत को जैसे याद आ गया, ''ऐसे करियो भुना हुआ सिरी-पाया और ओझड़ी का पीसन्ने या सारी मीट में मिला दीजो, सब एकसाथ रँद जांगा।''

''ई तो मैं करवा दूँगो पर रोटी खाण जरूर आ जइयो !'' तिक्कों के छोटे-छोटे टुकड़ों को तकुए में पिरोते हुए आग्रह किया हीरा ने।

''रोटी तो खाण आ जाऊँगो पर ई बता रोटीन् सू पहले को इन्तजाम है के ना ?'' एक रहस्यभरी मुस्कुराहट उछालते हुए पूछा सम्पत ने।

''कैसो इन्तजाम ?'' जानबूझकर अनजान बनते हुए हीरा ने भी उसी अंदाज़ में सवाल किया।

''घंटा को और कैसो !''

''तू आ तो जइयो यार !''

हीरा ने जिस तरह 'इन्तज़ाम' होने का संकेत दिया, सम्पत उससे समझ गया कि पट्ठे ने लगता है 'सचमुच' का इन्तज़ाम किया हुआ है। सम्पत के चेहरे से सारी थकान धुल गई। सचमुच हीरा बहुत समझदार है। ऐसे मौक़ों पर ऐसे ही समझदारों और समझदारी की ज़रूरत होती है।

●●

धनसिंह, कल्लन और हीरा ओसारे में एक बार फिर आ गए।

इस बार मियाँ बाबा को भोग देने की प्रक्रिया शुरू हो गई। दो-तीन बोरियों को जोत के सामने बिछा दिया गया। रँदा हुआ बाजरा, कढ़ी, छोटे-छोटे पुए तथा एक चंगेरी में दस फुलके ओसारे में पहुँचा दिए गए।

कल्लन ने पुनः आँच की ताज़ा अंगारी मँगाई और जलते हुए दीये के सामने रख दिया। पाँच दूमरियों में अठवाई भरी जाने लगी। हरेक दूमरी में दो फुलके, उनके ऊपर आधा चमचा रँदा हुआ बाजरा, आधा चमचा कढ़ी, दो पुए तथा कड़ाह में से एल्यूीनियम के भगोने में अलग से निकालकर रख दी गई मीट में से एक-एक बोटी तथा शोरबे की बूँदें टपका दी गईं।

जोत को अन्तिम रूप देने के लिए कल्लन आगे सरक आया। इस बीच धनसिंह ने चार-पाँच अगरबत्तियाँ जलाकर अनाज की ढेरी में खोंस दीं। दहकती हुई ताज़ा अंगारी से उठती हुई लौ पर लोबान का चूरा पड़ते ही पूरा ओसारा एक मिश्रित गन्ध से भर गया। कुछ घंटे पहले तक जिस ओसारे से लेकर पूरे घर के नथुने लाधे की दुर्गन्ध और चिरायँध से फटने को हो रहे थे, वही सुगन्ध से गँधाने लगे। वही ओसारा जिसने एक मक़तल की शक्ल अख़्तियार कर ली थी, अब ऐसा प्रार्थना-स्थल बन गया, जिसमें वैराग्य और स्तुति के बंध गूँज रहे हैं। धनसिंह ने अपनी तरफ़ से सारी कार्यवाही सम्पन्न कर कल्लन से दरूद[1] पढ़ने के लिए कह दिया।

---

1. दरूद : दुआ

दरूद पढ़ने के साथ भोग की प्रक्रिया भी समाप्त हो गई।

इसके बाद धनसिंह ने सबसे पहले बत्तो को बुलाया। बत्तो जोत के सामने एक रुपए का सिक्का चढ़ाते हुए, घुटनों के बल माथा टेककर मियाँ बाबा से अरदास करती रही। पता नहीं बत्तो ने बाबा से क्या-क्या माँगा ? अपनी सुख-समृद्धि के लिए किसी साधु से कंचन का ढेर, प्रौढ़ता की दहलीज़ पर कदम रखने के बावजूद बस एक पुत्र-रत्न का वरदान, या फिर तीनों कन्याओं के लिए सुयोग्य वर के साथ-साथ अच्छा घरबार कौन जाने ?

कल्लन ने दीये और उसके सामने पड़ी अंगारी से धुएँ के रूप में उठ रही गंध के बीच, उठती हुई लौ के ऊपर दोनों हाथों को फेरते हुए बत्तो की मनोकामना पूरी होने के लिए उसे आशीर्वाद दिया, तथा अठवाई से भरी एक दूमरी उसके आँचल में रख दी। इस तरह अठवाई की पाँचों दूमरियों में से एक कल्लन को और बाकी धनसिंह के परिजनों को प्रसाद के रूप में दे दी गईं। रँदी हुई सुर्ख़ी का प्रसाद भी सगे-सम्बन्धियों समेत बच्चों में बाँट दी गई।

मगर बत्तो की ननद यानी हीरा की ब्याहता बहन गंगा ने सुर्ख़ी का प्रसाद यह कहते हुए लेने से इनकार कर दिया, ''ना भाई, हमारे याँ ना है तिहारे मियाँ की आण।''

गंगा के इस तरह दोटूक मना करने पर न तो हीरा ने कुछ कहा, न बत्तो ने इसका कारण पूछा। पूछने की ज़रूरत भी नहीं थी। उन्हें पता है कि जब गंगा अब इस परिवार की सदस्या ही नहीं रही, तब वह क्यों ले इनका प्रसाद। उनके देवता का प्रसाद लेकर वह क्यों अपने कुल-देवता को रुष्ट करे।

रामरती ने जब से ओसारे का दृश्य देखा है तथा बकरे का आर्तनाद उसके कानों में पड़ा है तभी से दो ठहरी हुई आँखें उसे अपनी ओर घूरती हुई दिखाई दे रही हैं। सुर्ख़ी का प्रसाद तो हालाँकि उसने ग्रहण कर लिया किन्तु जीभ पर उसे रखने से मन बार-बार इनकार कर रहा है। न चाहते हुए रामरती ओसारे में गई थी। जोत के आगे ढोक देने के बाद प्रसाद लेकर लौटते हुए उसने देखा कि जोत के बग़ल में रखी दीये की लौ से खाल की परछाईं दीवार पर हौले-हौले लहरा रही है। रामरती को लगा जैसे परछाईं में दो नुकीले सींग उग आए हैं तथा दीये की रोशनी में उनके मध्य दो आँखें चमकने लगी हैं।

रामरती तेज़ी-से ओसारे से निकल आई।

दिमाग़ में बसी लाधे की दुर्गन्ध और सिरी-पायों की चिरायँध से उसको चक्कर आने को हुआ। अनिच्छा के बावजूद, साँस रोककर सुर्ख़ी का एक टुकड़ा जीभ पर रखा ही था कि जी कसैलेपन से मितला उठा। लगने लगा जैसे उल्टियाँ हो जाएँगी। रामरती तेज़ी-से बाहर की ओर दौड़ती हुई गई। पहले उसने मुट्ठी में दबा सुर्ख़ी का प्रसाद अँधेरे में उछाला और फिर हू-हू करती हुई पेट पकड़कर बैठ गई। यह तो ग़नीमत थी कि इस रेलमपेल में किसी का उस पर ध्यान नहीं गया वरना कोई और अवसर होता तो उल्टी आने का कारण उसे पता नहीं किस-किसको, क्या-क्या बताना पड़ता तथा

सुननेवाला इसका क्या-क्या अर्थ निकालता।

रामरती देर तक अँधेरे में आँखें बन्द कर मियाँ बाबा से उसका प्रसाद मन से ग्रहण न करने की अपनी इस धृष्टता और कुचेष्टा के लिए मन ही मन क्षमा माँगती रही, 'हे मियाँ बाबा, मोहे माफ कर दीजो...हे मियाँ बाबा...मियाँ बाबाऽऽऽ।'

भादो की दमघोंटू उमस और गरमी ने बस प्राण ही नहीं लिए वरना शरीर में वैसे कुछ छोड़ा नहीं। पसीने से तर कपड़े ऐसे चिपक गए जैसे मेह में भीगे पत्ते तने से चिपट जाते हैं। ऐसे में चूल्हों के आगे रोटी पो रही बहुओं पर क्या बीतती होगी, इसका आसानी से अंदाज़ा लगाया जा सकता है। भीत-पाखों से टेक लगाए, हाथ पर हाथ धरे बड़ी-बूढ़ियों की नसीहतों, दुनिया-जहान की हो रही मज़म्मत और तेज़ी-से करवट ले रहे इस नासपीटे बे-मुरव्वत वक़्त को दी जा रही मलामत के शब्द पिघले हुए सीसे की मानिन्द रह-रहकर बेचारी इन बहुओं के कानों में जान-बूझकर उँडेले जा रहे हैं। यह तो इन बड़ी-बूढ़ियों की शर्म तो क्या लिहाज़ समझिए कि ये शब्दों की इन नुकीली बर्छियों को चुपचाप सहे जा रही हैं अन्यथा यही बातें अपने-अपने घरों में कही जातीं, तो ये चून से लगे परात-कूँडों को एक तरफ़ सरकाकर इस गपड़चौथ में शामिल हो जातीं। मगर ऐसा होता नहीं है। इन्हीं अवसरों का इन्तज़ार करते हुए हमारे घरों के चूल्हे आज तक बचे हुए हैं। हमारी बहुएँ बड़ी-बूढ़ियों की क़तार में कब शामिल हो जाती हैं, इसका पता न तो तब चलता है जब ये बेटियों से बहुएँ हो जाती हैं, और न तब ही पता चलता है जब ये बहुओं से बड़ी-बूढ़ियों में तब्दील हो जाती हैं।

"अरी, ऐसे बैठे-बैठे कैसे पार बसाएगी !" एकाएक धनसिंह ने चुपके से आकर साँझ के झुटपुटे में किसी घने दरख़्त की शाख़ पर बैठी चिड़ियों के झुंड की ओर जैसे मिट्टी का ढेला उछाल दिया।

सारी नसीहतों और नासपीटे वक़्त के ख़िलाफ़ बाँधे जा रहे मन्सूबों पर जैसे पानी पड़ गया। एक-एक कर सारी बड़ी-बूढ़ियाँ बेमन से खड़ी हुईं और घर के साथ-साथ बिरादरी तथा पास-पड़ोस की महिलाओं को जिमाने की तैयारी में जुट गईं।

कड़ाह में से एक बाल्टी में डोरी से अनुपात के अनुसार बोटियाँ और शोरबा निकालकर धनसिंह सन्तो यानी अपनी बहन को देते हुए बोला, "ले री सन्तो, ई बाल्टी तेरे जुम्मे है। सबन्ने खवा-पिवाके अलग होओ। कुछ कमीबेसी होए तो मोहे बँगला में सू बुलवा लीजो !"

अपनी ज़िम्मेदारी की इतिश्री कर धनसिंह बँगले में आ गया।

भूख तो हालाँकि पूरे बँगले को लग रही थी किन्तु जिस चीज़ का इन्तज़ार है वह कहीं नहीं दिखाई दे रही है। भला, यह भी कोई बात हुई। असली मज़ा तो भूख का उसके बाद ही आता है। धनसिंह का पूरा बँगला एक अतृप्त बेचैनी से कसमसाने लगा। रह-रहकर लगने लगा कहीं लालटेन की मद्धिम रोशनी में व्याप्त अनुपस्थित गन्ध अपने

सब्र का बाँध न ढहा दो।

"यार हीरा, कितनी देर है...कहीं तू हमन्ने बेकूप तो ना बणा रो है ?" सम्पत के सब्र ने अन्ततः बग़ावत कर ही दी।

"आदमी भेजो है। बस्स आतो ही होएगो।"

"तेरो भी हीरा ऊ किस्सा है के सिकार के बखत कुतिया हँगाई मरे है।"

इससे पहले कि हीरा कोई जवाब देता बँगले में उसके जीजा जग्गी यानी जगन प्रसाद ने उद्घोष किया, "लेओऽऽऽ जी साब !" बग़ल में लटके थैले को उतारकर नीचे रख दिया जग्गी ने।

जग्गी के आते ही बँगले में रौनक लौट आई। सबके वही चेहरे खिल उठे जो बेसब्री और इन्तज़ार में कुछ देर पहले कुम्हलाए जा रहे थे। हीरा ने इसके बाद एक भी पल गँवाना उचित नहीं समझा। वह तुरन्त उठकर भीतर गया और सात-आठ कप-गिलास, कटोरी में कटी हुई प्याज़, एक गडुए में पानी तथा काग़ज़ के एक टुकड़े पर थोड़ा-सा पिसा हुआ नमक ले आया।

"चाचा, ले सुरू कर !" थैले में से फूले हुए ब्लैडर को निकालकर अपने पिता धनसिंह की ओर बढ़ाते हुए हीरा बोला।

"अरे, मेरा ही हाथन् में..."

"या बखत तू ही है सबसू बड़ो, ले पढ़ बिस्मिल्ला।" सम्पत ने धनसिंह का वाक्य पूरा होने से पहले ही कहा।

अपनी वरिष्ठता का धर्म और फ़र्ज़ दोनों का पालन करते हुए धनसिंह ने ब्लैडर की नली से बँधे धागे को तोड़ा तथा जितने कप और गिलास उसके आगे रखे गए थे, उन्हें भरकर सबकी ओर बढ़ा दिया गया।

"हीरा, यार ई कौन-सी 'बंसीलाल' मँगाई है ?" सम्पत ने कप को पहले सूँघा, फिर उसमें बीच की अँगुली का पोर डुबोया और उसे हवा में छिड़कते हुए, वही सवाल किया जो अमूमन ऐसे मौक़ों पर किया जाता है।

"ई तो पहाड़ऊपर की दीखे है !" हीरा के बजाय अन्दाज़ा धनसिंह ने लगाते हुए कहा।

"जो भी है, माल है बढ़िया।" एक ही साँस में कप को गले से नीचे उतार गया सम्पत।

● ●

नहीं रोक पाया अपने आपको कल्लन।

इशा की अज़ान लगे काफ़ी देर हो चुकी है। उसने पास में रखी बेंत उठाई और बाहर छाए अँधेरे का जायज़ा लेते हुए उसमें ग़ायब हो गया।

कल्लन के कानों में दूर से ही धनसिंह के बँगले से छन-छनकर आ रहे संवाद पड़ गए। अंदाज़ा लगा लिया उसने मन ही मन कि लगता है महफ़िल अपने पूरे

शबाब पर है।

अनायास धनसिंह को अपने नाम की चिर-परिचित आवाज़ सुनाई दी। धनसिंह ने लालचन्द को भेजा यह जानने के लिए कि बेवक़्त यह कौन आ टपका।

लालचन्द ने दरवाज़े से ही बुलाया धनसिंह को इशारे से। बाहर से शायद उसे चुपचाप बुलाने का ही निर्देश दिया गया था। हालाँकि धनसिंह ने सेन चलाते हुए आँखों के इशारे से पूछा भी किन्तु लालचन्द कुछ नहीं बोला। उठकर धनसिंह बाहर चला गया और लालचन्द अन्दर आ गया।

"कौन कल्लन ?" आवाज़ से अँधेरे में भी पहचान लिया धनसिंह ने।

"हाँ यार, मैं हूँ।" फुसफुसाते हुए अपनी तसदीक़ की कल्लन ने।

"तो फिर बाहर क्यों खड़ो है, भीतर चल !"

"तू समझे कर यार ! ऐसे कर, बाहर ही भिजवा दे।" कल्लन ने फुसुफुसाते हुए आग्रह किया।

"पर यार सब अपणा ही आदमी हैं।"

"धनसिंह, बावली बात मत कर..."

"ठीक है, मैं यहीं भिजवा रो हूँ।" इतना कहते हुए धनसिंह अन्दर चला आया।

धनसिंह ने एक कप 'बंसीलाल' उर्फ़ 'पहाड़ऊपर' से भरकर लालचन्द के हाथों बाहर भिजवा दिया।

"बिस्मिल्लाऽऽहिर्रहमानिर्रहीऽऽम..." कल्लन पूरा कप एक ही साँस में हलक़ से नीचे उतार, दाढ़ी पर हाथ फेरते हुए लालचन्द से आग्रह करते हुए बोला, "लालचन्द, यार एक कप और भिजवा दीजो बस्स !"

लालचन्द दोबारा एक कप और लेकर बाहर जाने लगा कि पीछे से सम्पत ने उसे टोक दिया, "यार, तू ये भर-भर कप कहाँ ले जा रो है ?"

"कहीं ना।" लालचन्द ने पीछे मुड़कर देखना भी उचित नहीं समझा, जवाब देना तो दूर रहा।

इस व्यवधान से बँगला थोड़ी देर के लिए ठहर-सा गया। अपनी तसल्ली के लिए सम्पत उठकर जाने लगा कि धनसिंह ने उसे वापस बिठाते हुए डाँट दिया, "तू समझे कर।"

धनसिंह की इस पहेली ने पूरे बँगले में बेचैनी पैदा कर दी। सन्देह और शंका ने खुसर-फुसर व कानाफूसी का रूप ले लिया।

आख़िरकार धनसिंह को इस पहेली से यह कहते हुए परदा उठाना ही पड़ा, "हेत्तेरे की...ऐसी कहा आफत आ पड़ी...कोई ना है, कल्लन है।"

"कल्लनऽऽऽ ?" एकसाथ कइयों के मुँह से निकला।

"तो कहा मुसलमान भी दारू..."

"अपनी चोंच बन्द कर !" धनसिंह ने बीच में डाँटते हुए सवाल करनेवाले दूर के एक रिश्तेदार की जिज्ञासा को वहीं दबोच दिया।

इस तरह एक के बाद एक कप-गिलास खाली होते रहे। दो-दो कप-गिलास के बाद ही 'पहाड़ऊपर की' उर्फ़ 'बंसीलाल' ने या कहिए 'बंसीलाल' उर्फ़ 'पहाड़ऊपर की' ने अपना रंग दिखाना शुरू कर दिया।

तीसरे चक्र में सम्पत ने अपना कप होंठों से छुआया ही था कि जग्गी यानी हीरा के जीजा जगन प्रसाद ने उसे टोकते हुए कहा, "तेरी भैन को टोपा, जामें दो-चार बूँद पानी तो मिला ले !"

सम्पत का भरा हुआ कप नीचे आ गया। उसने पहले कटोरी में रखे प्याज़ के टुकड़ों में से एक टुकड़ा उठाकर उसे नमक से लगाया और कचर-कचर चबाते हुए, जग्गी उर्फ़ जगन प्रसाद की आँखों में आँखें डाल होंठों को वक्र करते हुए बोला, "अबे ओ बिरज के बन्दर ! बहन चो' तू सिखाएगा इस सेर को पीना। स्साले, तुम्हें क्या पता ये लाल परी, अंगूऽऽर की बेटी कैसे..." इतना कहते हुए सम्पत ने कप उठाया और "पी जाती है।" कहकर गटागट खाली कर गया।

मुँह खुला का खुला रह गया जग्गी का कि सम्पत यह क्या कह गया। लेकिन जैसे ही उसे समझ में आया वैसे ही उसने 'पहाड़ऊपर की' से भरा गिलास लगभग पटकते हुए नीचे रखा और खड़ा हो गया, "क्या कहा बिरज का बन्दर ! भैन चो' तेरी हिम्मत कैसे हुई बिरज का बन्दर कहने की...अगर मैं यानी जगन परसाद बन्दर है तो वह नहीं बैठता इनसानों के साथ।"

इतना कहते हुए जग्गी अपनी जगह से उठकर बँगले से बाहर जाने लगा कि लालचन्द ने उसे खींचकर वापस बैठा लिया।

जग्गी अपना आपा खो बैठा। 'पहाड़ऊपर की' को भी जैसे ऐसे ही अवसर की तलाश थी। वह भी अब सिर चढ़कर बोलने लगी जिसके परिणामस्वरूप जग्गी पलटते हुए हीरा पर चिल्लाया, "भैन चो' देख ले तेरे बहनेऊ की कैसी इज्जत हो री है...हेत्तेरे की !" इतना कहकर जग्गी ने अपना सिर दोनों हाथों में थामा और पूरे बँगले को सुनाते हुए बोला, "अगर मैं बिरज का बन्दर हूँ तो तुम्हारी भैन क्या हुई बन्दरी ! इसलिए मैं यानी जगन परसाद इस भरी महफिल में यह ऐलान करता हूँ कि आज के बाद तुम्हारी इस बन्दरी को हम नहीं रखेंगे !"

खाट पर बैठे हुए धनसिंह को लगने लगा कि खूँटी से लटकी लालटेन धीरे-धीरे झूल रही है। उधर बाहर अँधेरे में घुटनों के बीच सिर दबाए कल्लन बस यही बड़बड़ाए जा रहा है, "अरे धनसिंह, अन्यायी एक कप और भेज दे...बस्स एक कप...खुदा का बन्दा बस्सऽऽऽ।"

धनसिंह बमुश्किल अपने आपको सँभालते हुए खाट से उतरा। जैसे-तैसे जग्गी यानी अपने दामाद तक पहुँचा और उसकी ठोड़ी को हाथ लगाते हुए मनौव्वल की, "मेहमान, चाहे तम बन्दर हो या सेर पर अब तो हमारे सिर के ताज हो...सम्पत तो बेकूप है, नासमझ है...और फिर नसा-पानी में मुँ सू ऐसी बात निकल ही जावे है..." धनसिंह कहने को तो कुछ और भी जा रहा था किन्तु कहने से पहले ही वह खच्च

से खाट पर बैठ गया।

"नईं-नईं, हम ताज नहीं बिरज के बन्दर हैं। देखो खों-खों !" सचमुच बन्दर की तरह मुँह से आवाज़ निकालते हुए जग्गी आगे बोला, "नसे में तो सिर्फ मैं यानी यह बन्दर है...होस में हैं तो बस ये इनसान।" इतना कहकर जग्गी ने जैसे ही खाट से उतरने के लिए छलाँग लगाई कि धोती का खुसा हुआ एक हिस्सा खुलकर पाए से अटक गया।

धोती के अटकते ही 'चिर्र' की आवाज़ आई कि लालचन्द ज़ोर-से चिल्लाया, "बम्मारा, लो जी इनकी तो फट गई !"

"चोप्प, भैन चो' उठा के बाहर फेंक दूँगो !"

इस बार जग्गी ने जिस तरह लालचन्द को डाँटा, उससे पूरे बँगले को यक़ीन हो गया कि बात उनके हाथ से निकल चुकी है। एक अजीब-सी अफरा-तफरी मच गई। जग्गी को सँभालने के चक्कर में पाँवों की ठोकरों से भरे, अधभरे और खाली कप-गिलासों के टकराने से अलग-अलग स्वर फूटने लगे—बिल्कुल ऐसे जैसे निविड़ अँधेरे में किसी उनींदे ताल से जल-तरंगों के स्वर फूट रहे हों।

जग्गी बार-बार धोती के खुल गए पल्लू को पकड़ने की कोशिश करता किन्तु हर बार वह इसमें विफल रहता। आख़िर हीरा को ही अपने जीजा की सहायता करनी पड़ी और रूठा हुआ पल्लू जग्गी के हाथ में थमा दिया। कम्बख़्त पल्लू तो हाथ में आ गया परन्तु अब उसे वह जगह नहीं मिल रही है, जहाँ उसे टाँगा जाना था। उसकी समझ में नहीं आया कि इससे पहले यह पल्लू आख़िर टँगा कहाँ हुआ था।

हीरा ने इशारे से अपने पिता की ओर इशारा किया। समझ गया धनसिंह बेटे का इशारा। उसने तुरन्त ब्लैडर से एक गिलास भरा और उसे हीरा को दे दिया। बमुश्किल अपने आपको सँभालते हुए हीरा ने कप पकड़ लिया। इसके बाद हीरा ने बायाँ हाथ जग्गी के गले में डालकर, दाएँ हाथ में थमे गिलास को जैसे ही जग्गी के होंठों से लगाया कि उसने ऐसा झटका मारा कि 'पहाड़ऊपर की' उर्फ़ 'बंसीलाल' सबको भिगोती चली गई। यह तो ग़नीमत हुई कि हवा में लहराता हुआ गिलास किसी को लगा नहीं।

बँगले के बाहर अच्छा-ख़ासा ठट्टा जमा हो गया। बच्चों में खुसर-फुसर शुरू हो गई। भला होती क्यों नहीं, बँगले का दृश्य ही जो उनके लायक ठहरा।

"अरे धनसिंहऽऽऽ, ऐसी कहा आग लग्गी ! अन्यायी, एक कप और भिजवा दे...खुदा का बन्दा बस्सऽऽऽ।" कल्लन को जब भी होश आता, आँखें तरेरते हुए यह वाक्य कहना नहीं भूलता।

आख़िर बत्तो से नहीं रुका गया और तमतमाते हुए बँगले तक आई। बँगले में प्रवेश नहीं किया उसने। दरवाज़े के बाहर ही खड़ी रही। वह जानती है अपनी सीमा।

"या ढेड सू मैंने पहले ही कही ही के या मूत ए मत लइयो, पर मेरी सुनी होए जब न। अब तो राजी है के घर आया मेहमान की कैसी हया जुत री है !"

सबको बहुत बुरा लगा बत्तो का इस तरह हस्तक्षेप करना, वह भी मर्दों के बीच

आकर। धनसिंह को तो और भी बुरा लगा क्योंकि जिस 'पहाड़ऊपर की' उर्फ़ 'बंसीलाल' को यह मूत बता रही है, उसे तो पूरा बँगला एक बार नहीं कई बार हलक़ से नीचे उतार चुका है। मगर वह कुछ नहीं बोला। अपमान के इस 'पहाड़ऊपर की' से कड़वे घूँट को पीने के अलावा और कोई विकल्प फ़िलहाल था भी नहीं। इसलिए अपने आप पर संयम बरतते हुए सिर्फ़ इतना कहा, "अरी तू चुप रह, काई की हया ना जुत री है।"

"ई एकाध बर की बात ना है चाचा, हमारे जब भी कोई टहला होवे है ऐसो ही धूमस मचे है।"

"तू भीतर जा, हम सब सँभाल लेंगा। ऐसी मजाक तो छोरा-छापरान् में चलती रहवे है।" धनसिंह ने जिस तरह यह कहा बत्तो समझ गई कि अन्दर जाने में ही भलाई है।

इसके बाद धनसिंह का धैर्य चूक गया, "मादर चो' बहोत डिरामा हो लियो...बैठ नीचे !" धनसिंह ने अपने दामाद यानी जग्गी अर्थात जगन प्रसाद को डाँटते हुए खाट पर बैठा दिया।

"मैं...मैं डिरामा कर रो हूँ बाबा ! एक तो मेरी हया पे बन री है ऊपर सू..."

"चुप्प ! कहा बन री है तेरी हया पे ? काई ने तेरी घाघरी उतार ली, या तेरी कोई इज्जत लूट ली ?"

जग्गी हवा निकले गुब्बारे की तरह शान्त हो गया। अपने समर्थन में उसने एक-एक कर सबकी तरफ़ देखा लेकिन किसी ने उसका साथ नहीं दिया। स्थिति को तेज़ी-से नियन्त्रण में होता देख, सम्पत अपनी जगह से खड़ा हुआ और जग्गी पर गिरते हुए उससे लिपट गया, "जीजा, माई डीयर जीजा...देख हम हैं तेरा साला और तू है हमारो बहनेऊ। अगर कोई मोसू गल्ती होगी है तो ले ई पकड़ मेरी सात नम्बर की जूती और जितनी चाहे मार ले।" ज़मीन से पता नहीं किसकी कितने नम्बर की जूती उठाकर सम्पत जग्गी को देने के बजाय अपने सिर पर मारने लगा।

अजीब स्थिति पैदा हो गई बँगले में। जग्गी क़ाबू में आया तो सम्पत फैल गया।

इसी बीच हीरा धीरे-से अपनी जगह से खड़ा हुआ और जग्गी से हाथ जोड़कर कहने लगा, "जीजा, सम्पत की ओर सू मैं माँग रो हूँ माफी !"

"हीरा, यामें माफी की बात ना है पर..."

"फिर कैसी बात है ! अरे, बन्दर कह दी तो कौन-सी तेरे पूँछ लग्गी...तू कह दे यासू मेवात को उजबक।"

धनसिंह का तीर एकदम निशाने पर लगा। बँगले में एकाएक सन्नाटा छा गया। इसी दौरान एक बार फिर कल्लन की आवाज़ अँधेरे को चीरती हुई सबके कानों में पड़ी, "अरे कोई मेरी भी सुन लेओ ! धनसिंह, अन्यायी ऐसो कहा टोटो पड़गो...खुदा का बन्दा बस एक कप और भिजवा देऽऽऽ !"

"यार, पहले याको मुँ फूँक के आओ ! याँ तो अपनी ही ना सिमटना में आ री है और याहे अपनी पड़ री है।" झल्लाते हुए धनसिंह ने आधा कप भरा और उसे लालचन्द को थमा बाहर भेज दिया कल्लन के पास।

जग्गी धीरे-से खाट से खड़ा हुआ। खुल आई धोती की लाँग कसी और न जाने किसकी जूतियों को अपने जूते समझ जबरन उन्हें पाँवों में फँसाकर बाहर जाने लगा कि हीरा उसे पकड़कर लगभग चिरौरी करते हुए बोला, ''जीजा, यार अब तो मांन जा !''

''अन्यायी देख लेओ, कैसो अत्ते खाँ बण रो है हमारी जान कू ! अरे, जब सम्पत ने माफी माँग ली तो किस्सा खतम् होगो।'' धनसिंह का नशा हिरन होने लगा।

''जीजा, रातभर की बात है बस्स। ना माने तो सिदौसी (अलस्सुबह) पहली मोटर सू निकल...''

''मैं जा रो हूँ अपनी ऐसी-तैसी करान...इतनी देर होगी कम-सू-कम मोहे मूत के तो आन देओ !'' अपने आपको हीरा से मुक्त कर जग्गी तेज़ी-से बाहर निकल गया।

लघु-शंका से निवृत्त हो जग्गी वापस आया तो बँगले को पूरी तरह सामान्य देख उसे विश्वास नहीं हुआ कि यह वही स्थल है जहाँ थोड़ी देर पहले कुरुक्षेत्र होते-होते बचा था। ज़मीन और खाटों पर औंधे पड़े कप-गिलासों को एक बार फिर सीधा किया जाने लगा। एक बार फिर उनमें 'पहाड़ऊपर की' उर्फ़ 'बंसीलाल' भरकर उन्हें इज़्ज़त बख़्शी जाने लगी। प्याज़ की कचर-कचर फिर सुनाई देने लगी। ब्लैडर का फूला हुआ पेट धीरे-धीरे खाली होने लगा।

रात की गहराती निस्तब्धता में बरसाती कीट-पतंगों की झुनझुन, झींगुरों के आलाप और यदा-कदा बेसुर मेंढकों का टर्राना तेज़ हो गया। लालटेन की चिमनी के भीतर थिरकती लौ की ओर आकर्षित हो छोटे-छोटे पतंगे मँडराने लगे। 'पहाड़ऊपर की' उर्फ़ 'बंसीलाल' ने एक बार फिर पूरे बँगले को अपने वश में कर लिया। धनसिंह की आँखों के पपोटे सुर्ख़ हो गए। लालचन्द बार-बार अपना सिर हीरा के कन्धे पर पटकता लेकिन हीरा उतनी ही फुर्ती से उसे दूर झटक देता। दीवार से सिर टिकाए सम्पत जग्गी को घूरते हुए ऐसा दिखाने की कोशिश करने लगा मानो सिवाय उसके सब नशे में चूर हैं। ब्लैडर का पेट भी तेज़ी-से खाली होने लगा। बमुश्किल उसमें एकाध कप ही बची होगी। अब यह भाग्य की बात है कि उस पर किसका नाम लिखा हुआ है।

तभी सम्पत ने दीवार से सिर हटाया और उसे झटका देते हुए जग्गी से अनुनय करने लगा, ''म...माई डीयर जीजा, एक अरज है इस स्साले की आपसे।''

''अरज नहीं साले साहब, आज इस भैन चो' जीजा से हुकम कर हुकम...आ... आज तो यह सिर कलम करके तेरे चरनों में रख देगा, समझे !'' यह वही जग्गी उर्फ़ जगन प्रसाद है जो लघु-शंका से पूर्व बँगले के नियन्त्रण से बाहर था।

''पक्का ?''

''एकदम पक्का...आजमा के तो देख इस सेर के बच्चे को !'' छाती पर हाथ मारते हुए लगभग दहाड़ते हुए कहा जग्गी ने।

''तो माई डीयर जीजा, अरज यह है कि...'' इतना कहकर सम्पत ने सबकी तरफ़ देखा, तो सबको जैसे साँप सूँघ गया किसी अनिष्टता के भय से, ''आज स्याहपोस के

किस्से में से कुछ सुना दे !'' सम्पत ने वाक्य पूरा कर सचमुच जग्गी से अरज की।

''बस्स इतनी-सी अरज है। कसम इस 'पहाड़ऊपर की' आज तू सीस भी माँगता तो वह भी मिलता।'' गिलास खाली करते हुए जग्गी ने जैसे मन के पूरे कपाट खोल दिए।

धनसिंह को ग़ुस्सा तो बहुत आया अपने दामाद के इस तरह रंग बदलने पर किन्तु यह सोचकर चुप लगा गया कि इसमें इसका दोष नहीं है। सवेरे होने पर ही पूछा जाएगा इससे रात के हाथी का मोल।

''हाँ यार जीजा, तेरे मुँ से सुने बहोत दिन होगा हैं।'' हीरा ने अपने जीजा में हवा भरते हुए कहा।

''देख, सुना तो दूँगो पर मेरी एक सरत है...मंजूर होए तो कहूँ ?''

''कैसी सरत ?''

''यही के बीच में कोई फच्चर ना फँसाएगो।''

''मंजूर है...पर हमारी भी एक सरत है के गाके सुनइयो।''

जग्गी ने अपने ससुर धनसिंह की ओर इस अंदाज़ में देखा जैसे पूछ रहा हो कि बची है अभी थोड़ी-बहुत ?

लालचन्द भाँप गया जग्गी की नीयत को, ''जीजा, अगर इजाजत हो तो एक छोटा-सा, लवली-सा और हो जाए ?''

''हाँ-हाँ क्यों नहीं !'' इससे पहले कि जग्गी अपनी स्वीकृति देता, धनसिंह ने उसके गिलास में ब्लैडर की नली डाली और उसे उलटाकर सबको सुनाते हुए बोला, ''लो भई, अल्ला-अल्ला और खैर सल्ला !'' इतना कहकर धनसिंह ने खाली ब्लैडर बेरहमी से खाट के नीचे पटक दिया।

जग्गी ने पहले तो कुछ सोचा और फिर एक ही साँस में गिलास खाली कर गया।

''हाँ तो साहिबान, यह किस्सा है उस समय का जब वजीर की इकलौती नौजवाँ और बला की खपसूरत वजीरजादी जमालो को दिलोजान से चाहनेवाला गबरू रोजाना की तरह उसके महल के नीचे से गुजर रहा था...

''तो साहिबान, गबरू जब महल के नीचे से गुजर रहा था, तो रोजाना की तरह उसके कानों में कुरान के सरीपे (अध्याय) के बोल पड़े। गबरू के पाँव वहीं रुक गए। देर तक वह उस खिड़की के नीचे खड़ा रहा, जिसके पास बैठी वजीर की इकलौती नौजवाँ और बला की खपसूरत वजीरजादी की आवाज आ रही थी। चाहकर भी गबरू से नहीं रुका गया। वह बेताब था वजीरजादी की एक नजर पाने के लिए...

''तो साहिबान, गबरू ने जब बार-बार वजीरजादी के मुँह से गलत पढ़े जा रहे कुरान के बोल फिर से सुने, तो उसने वजीरजादी को सुनाते हुए कहा...क्या कहा साहिबान, जरा गौर फरमाएँ—

गलत ना पढ़ना चाहिऽऽए है ये कुराऽऽन सरीऽऽफ़
इसीलिए मैं आपकोऽऽ देता हूँ तकलीफ़...
देता हूँ तकलीफ़, इनायत जो हुजूर फरमावे

दिलोजान हो शाद, महल के ऊपर हमें बुलावे।

तिकड़क्...तिकड़क्...तिकड़क्...तिकड़क्
धिधिंग...धिधिंग...धिधिंग
धिंग...धिंग...धिंग...धिंग।

जग्गी के सुर से टेक लगाते हुए लालचन्द ने मुँह से झील-नक्काड़े की हू-ब-हू ऐसी नकल उतारी कि लगा सचमुच धनसिंह के बँगले के बजाय किसी स्टेज पर स्याहपोश खेला जा रहा है। जग्गी का स्वर रात के सन्नाटे को चीरता हुआ पसीने और उमस से लथपथ अलसाए जितने भी कानों में पड़ा—लगा वे भी स्टेज के सामने बैठ जमालो और गबरू के बीच चल रहे प्रेमाख्यान की गहराई में उतरे हुए हैं।

इधर जग्गी ने जैसे ही अपना बंध समाप्त किया कि न जाने किसके मुँह से उधर यह जयकारा फूटा—बोल, अटल छत्र की जैऽऽऽ !

सबके मुँह से जयकारे का अन्तिम शब्द 'जै' लगभग एकसाथ फूटा।

लेकिन कौन है यह जयकारा लगानेवाला ? सबने दरवाज़े पर देखा तो सब हतप्रभ कि जयकारा लगानेवाला और कोई नहीं कल्लन है, यानी कल्लन फ़क़ीर।

सभा विसर्जित हो गई। 'स्याहपोश उर्फ़ पाक मुहब्बत' का स्टेज भी उखड़ गया।

रातभर जगह-जगह पड़ी हड्डियों को मोहल्ले के कुत्तों द्वारा 'कटर-कटर' चबाने की आवाज़ रह-रहकर कानों में पड़ती रही। बीच-बीच में आपस में मचे घमासान से कई बार नींद भी उचट जाती। खाना खाकर कौन कहाँ पड़ गया, किसी को पता नहीं। लगा जैसे मियाँ बाबा ने सबको दबोच लिया है, सिवाय रामरती के जिसकी आँखों से नींद मानो उड़ गई। नीम अँधेरे में, आकाश में टिमटिमाते तारों की जगह उसे रह-रहकर दो नुकीले सींगों के मध्य दो निस्तेज आँखें रातभर घूरती रहीं।

पूरी रात नहीं सो पाई रामरती। एक उद्विग्नता और नैराश्य से घिरी रही वह। कानों में रह-रहकर बकरे का आर्तनाद गूँजता रहा। लगता रहा जैसे रँदी हुई सुर्ख़ी का स्याह टुकड़ा उसकी जीभ पर रखा हुआ है। रातभर उसे लगता रहा जैसे उल्टियाँ होने को हैं। सुबह उसकी आँखें खुलीं भी तो तब जब महजत के लाऊडस्पीकर से फ़ज्र की अज़ान के चीख़ते स्वरों ने उसे झिंझोड़ते हुए जगाया।

ग्यारह

रुई के गोले की तरह समय कहाँ से कहाँ पहुँच गया, पारो को इसका भान ही नहीं हुआ। होता भी कैसे, समय कोई ऐसी चीज़ तो है नहीं जो आदमी के बस में हो जाए,

या फिर किसी ताले में बन्द कर चाबी जेब में डाल ली जाए।

भान तो उसे उस दिन भी नहीं होता यदि वह कुएँ पर नहीं जाती। उस दिन अन्य दिनों की अपेक्षा कुछ ज़्यादा ही भीड़ थी। भीड़ भी ऐसी कि गाँव के इस इकलौते कुएँ पर पाँव धरने तक की जगह नहीं। पारो को दूर से ही अंदाज़ा हो गया कि बाज़ार के नल आज फिर नहीं आए हैं।

कुएँ पर पहुँचने के बाद पारो को देर तक यह बात सालती रही कि उसने इस पर पहले क्यों नहीं ध्यान दिया, या फिर उसे पहले क्यों नहीं पता चला इसके बारे में ? यही सब पारो की समझ में अभी तक नहीं आ रहा है।

धीरे-धीरे पारो जैसे अतीत की सीढ़ियाँ उतरने लगी। वर्षों पूर्व पानी से भरे, अधभरे और खाली कुएँ की दीवार से खनकते कलशा, बंटा, बाल्टी और मिट्टी की घड़िया के मिश्रित जल-तरंगों के स्वर कानों में गूँजने लगे। कुएँ की चक्राकार परिधि में पछाड़ खाता पानी कभी बाएँ ओर मुँह के बल पड़ता, तो कभी दाएँ ओर चित गिरता। कभी आगे की ओर द्रुत गति से लपकता, तो कभी पीछे की ओर हरहराता उलटे पाँव होता।

सिलसिलेवार अतीत के पुराने, मटमैले चित्र सजीव होने लगे।

उस दिन गफोंदी ने कितनी हिक़ारत के साथ उसकी सास असग़री को उलाहना देते हुए कहा था, "असगरी, एक बात बता जा बीरबानी की ना जात को पतो ना बिरादरी को, वाहे कैसे अपणा कुआँ पे चढ़ जाण देएँ !"

गफोंदी का एक-एक शब्द पारो के कानों में किसी घन की तरह बजने लगा, "...कहा पतो ई कोई चिमार-चुहड़ी होए !"

कितने गहरे घाव दिए हैं इस बैरी कुएँ ने कि जब जी चाहता है उनमें टीस उठनी शुरू हो जाती है।

"पारो, दारी कहा सोच री है खड़ी-खड़ी ?"

अकबकाते हुए पारो वर्तमान में लौट आई। देखा बाईं ओर सोनदेई टोकनी को पूरी तल्लीनता के साथ भूड (बालू) से माँज रही है।

"सोनदेई, ई बहू कसकी है जो चुपचाप पल्ला करके खड़ी है ?" कुएँ से नीचे खड़ी एक नवोढ़ा की ओर इशारा करते हुए पूछा पारो ने।

"दारी, मोहे तो पतो है ना।" सोनदेई ने अनभिज्ञता जताते हुए, मुँडेर से एक अन्य पनिहारिन से इस बारे में पूछा।

लेकिन उस पनिहारिन ने जो कुछ बताया उसे सुनकर शब्द पारो को अपने हलक़ में अटकते-से लगे। जी चाहने लगा कि वह खाली मटके के साथ वापस लौट जाए। जब नल आएँगे तभी भर लेगी। किन्तु अगले ही पल उसके अन्तर्मन के जैसे पाँव ठिठक गए, यह सोचते हुए कि इससे पहले क्यों नहीं गया उसका ध्यान इस तरफ़। पहले भी तो ये इस कुएँ से पानी ले जाती रही हैं। बेहद हैरानी हुई पारो को यह देखकर कि इतना सब पता होने के बावजूद सोनदेई किसी तरह की प्रतिक्रिया प्रकट करने के

बजाय अपनी टोकनी की चमक देख-देखकर सिहा रही है।

पारो एक-एक कर अतीत की काई लगी सीढ़ियाँ लाँघने लगी—

सुरती बनेनी, डिबिया कुम्हारी, शान्ति सुनारी सबने उस दिन एक सुर में गफोंदी के इस तर्क को सही ठहराते हुए उसका समर्थन किया था कि जब इनके कुएँ अलग हैं, तब ये वहीं क्यों नहीं जाते ? लेकिन आज बोलना तो दूर रहा, किसी ने एक शब्द तक नहीं कहा। वही सोनदेई कैसे चुपचाप अपनी टोकनी को रगड़-रगड़कर चमकाने में व्यस्त है, जो कभी अपने तन से किसी शूद्र के छूने भर से पहले अपने आपको थुथकारकर पवित्र करने का प्रयास करती तथा घर पहुँचने पर नहाकर ही दम लेती थी। फिर चाहे दिन बर्फ़-सा पिघलने को क्यों न हो रहा हो। लेकिन आज वही सोनदेई टोकनी को माँजते हुए सबसे बेख़बर गुनगुना रही है—

मेरे सिर पे बंटा-टोकनी
मेरे हाथों में नेझू डोर
मैं पतली-सी कामिनी !

"सोनदेई, ई कौन ही जासू तैने या बहू का बारा में पूछी ही ?" पारो ने अपने शुबहा को परखने की ग़रज़ से पूछा।

"तू या झींगर चिमार का छोरा की बहू ए ना जाने ?" उलटा पारो से ही सवाल किया सोनदेई ने।

इस बार पारो के घुटने जवाब दे गए। उससे खड़ा होना दूभर हो गया। क्या सचमुच उसकी स्मरण-शक्ति क्षीण हो गई है ? लगा जैसे पूरा कुआँ उसे घूमता दिखाई दे रहा है—मय पतली-सी कामिनी सोनदेई के।

उसे अब समझ में आया कि वास्तव में जैसा वह सोच रही है, वैसा कुछ भी नहीं है। आज तक यह कैसा अनर्थ होता आ रहा है ? कहाँ तो इसी कुएँ पर चढ़ने की सख़्त मनाही थी और कहाँ आज ये इठलाती-इतराती निर्द्वन्द्व भाव से चढ़ना तो दूर रहा, उसमें से पानी भर-भरकर ले जा रही हैं। न कोई टोका न टाकी, न भय न ख़ौफ़।

पारो निस्पन्द-सी खड़ी कुएँ की गहमागहमी को निरखती रही और देखती रही इधर से उधर इतराते-इठलाते उन चेहरों को, जिन्हें क़ायदे से इस कुएँ पर नहीं चढ़ना चाहिए था। पता नहीं पारो कब तक ऐसे ही कुएँ पर खड़ी रहती यदि सोनदेई जाते हुए उसे नहीं टोकती।

आख़िर उसके पाँव कुएँ की सीढ़ियों की ओर बढ़ ही गए।

पानी के नाम पर कुएँ के पेंदे में बन गई छोटी-सी चीढुकली (गड्ढा) में मात्र उलीचन बची है। पारो ने बेहद सावधानी के साथ गाद के ऊपर निथरे हुए पानी के नाम पर अपना मटका तो भर लिया, किन्तु इसे देखकर कोई नहीं कह सकता कि यह पानी पीने के लायक है भी। लगता है पारो ने यह पानी किसी कुएँ से नहीं पोखरी से भरा है।

कुएँ से नीचे उतर मुँडेर पर रखे पानी से भरे मटके को उचकर पारो जाने ही वाली थी कि सन्तो दाई की बहू ने आव देखा न ताव, फट से अपना खाली मटका उसी के बग़ल में रख दिया। एकदम अच्छा नहीं लगा पारो को सन्तो दाई की बहू का यह शऊर। कहीं ऐसा तो नहीं है कि उसने अपना मटका जानबूझकर सटाकर रखा है ? वह थोड़ा अलग हटकर भी तो रख सकती थी ?

नहीं रुका गया पारो से। सदियों के दबे हुए संस्कार हरहराकर उठ खड़े हुए।

"सन्तो की बहू, तू अपणा या मटका ए थोड़ी हटके भी तो धर सके ही !"

तन-बदन में आग लगती चली गई सन्तो दाई की बहू के। वह समझ गई पारो ऐसा क्यों कह रही है। तुरन्त पलटकर जवाब दिया, "हटके सो मैं कोई तेरा मटका और तेरे भीतर घुसी जा री हूँ !"

"रंडी, बहोत गरमी है तोमें (तुझमें) तो। ले, ई कोई मतलब हुओ के ना तो ई देख री है के काई का पाणी में छींट पड़ंगी और ना ई देख री है के..."

"हमारी छींटन् सू अगर इतनो ही परहेज है तो क्यों आवे है या कुआँ पे...लगवा ले अपना बायणा के आगे हुचकड़ (हैंडपम्प) ! हुँ, गुड़ खाए और गुलगुलान् -सू परहेज।" सन्तो दाई की बहू ने पारो का सचमुच पानी उतार दिया।

खुला का खुला रह गया पारो का मुँह। सिर पर रखी ईंढ़ी अपने ऊपर रखे जानेवाले मटके का इन्तज़ार करती ही रह गई। एक बार फिर गफोंदी का बरसों पुराना वाक्य गूँजने लगा उसके कानो में, 'असगरी, तैने तो कह दी के तोहे कोई उजर (उज्र) ना है, पर ये जो इतनी सारी पणिहारी आई हैं इनको तो होगो न दीन खराब !'

इस बीच सन्तो की बहू तमतमाते हुए कुएँ पर चढ़ गई। घड़िया के गले में नेझू (रस्सी का फंदा) डाली तथा कुएँ के जगत पर खड़ी हो घड़िया जैसे ही कुएँ में छोड़ने लगी कि पीछे से पारो की पुनः आवाज़ आई, "अरी ओ सन्तो की बहू, तेरी कैसी मति मारी जा री है। रंडी, एक तो तम हमारा कुआन् पे मुँ उठा के चली आओ हो, ऊपर सू जूती-चप्पल समेत और चढ़ जाओ हो...ई कोई तिहारो सहूर है !"

किड़िक् !

मिट्टी की पकी हुई घड़िया से नहीं झेली गई कुएँ की दीवार से अपनी टक्कर। टुकड़ों-टुकड़ों में बिखरकर कुएँ में ही समाधि ले ली। सन्तो की बहू ने खाली नेझू कुएँ से बाहर खींची और पलटते हुए पारो पर जैसे हमला बोल दिया।

"कुआँ कै तेरा खसम को है जो तू चबर-चबर बोल री है।" चोट खाई शेरनी-सी तमतमाते हुए बोली सन्तो की बहू।

"राँडहोणी, यामें चबर-चबर की कहा बात है ? तमने खुद ही सोचनी चहिए के कहाँ जाएँ और कहाँ ना जाएँ। जब सिरकार ने तिहारो कुआँ अलग बनवा राखो है तो फिर तम वाही पे जाके क्यों ना मरो !" गफोंदी का बरसों पुराना वाक्य हू-ब-हू दोहरा दिया पारो ने।

"देख, राँड-वाँड तो बखाने मत...नहीं तेरा हक में अच्छी ना होएगी ! अपनी म्यान में धरी रह यामें ही भलाई है।" सामने से आती हुई और पनिहारिनों को देखते हुए बोली सन्तो की बहू।

पहले तो उन्हें भी पारो और सन्तो की बहू के बीच चल रही इस नोंक-झोंक में रस आने लगा। मगर शीघ्र ही उन्हें अहसास हुआ कि वास्तव में यह मामला व्यक्तिगत नहीं अपितु इसमें उनका समुदाय, वर्ग यहाँ तक कि परोक्ष रूप से वे स्वयं भी शामिल हैं।

"चम्पा, कहा बात है ?" अभी-अभी आई पनिहारिनों में से एक ने गम्भीर होते हुए पूछा।

रुआँसी हो उठी सन्तो दाई की बहू अर्थात चम्पा।

"बात कहा होती, कह री है के जब सिरकार ने तिहारो अलग कुआँ..."

"अलग कुआँऽऽऽ ?" एकसाथ निकला सबके मुँह से।

इसके बाद चम्पा ने सारा वृत्तान्त सुना दिया।

बस फिर क्या था–पारो के सारे तर्कों, सारी नसीहतों और सारे उलाहनों की धार को, उन वर्ग विशेष की पनिहारिनों के तथाकथित सरकारी सामाजिक न्याय की पैनी धार ने भोंथरा बना दिया।

पारो का समर्थन न तो थोड़ी देर पहले आई जुम्मी ने किया, न हजारे बनिया की घरवाली ने। न सालिगराम सन्नार्थी ने किया, न अभी-अभी आई इस बत्तो की बच्ची ने। पता नहीं सबके मुँह पर यह कैसा ताला लग गया। पारो लपककर सबसे पहले जुम्मी के पास इस उम्मीद से गई कि सजातीय होने के नाते कम-से-कम यह तो उसका साथ देगी।

परन्तु जुम्मी ने यह कहते हुए पिंड छुड़ा लिया, "पारो छोड़, कहा धरो है लड़ाई-झगड़ा में।"

जुम्मी से निराश होकर इस बार पारो हजारे बनिया की घरवाली की ओर पलटी, "ऐं री, हमारो कोई दीन-धरम ना है जो ये ठाढ़ सू हमारा कुआन् पे आके पानी ले जावे हैं।"

"अरी छोड़, बात बढ़ाना सू कहा फायदो।" हजारे बनिया की घरवाली भी यह कहते हुए चुप लगा गई।

"बत्तो, निगोड़ी तू तो कह कुछ...ई तो कोई बात ना हुई के मुँ लगाई डोमणी और गाए ताल-बताल (ताल-बे-ताल)।" थके हुए योद्धा की तरह परास्त होते हुए पारो बत्तो से बोली।

लेकिन बत्तो ने भी किसी तरह की प्रतिक्रिया व्यक्त नहीं की। बस, मौन साधे 'कोऊ नृप होए, हमें का हानि' वाले अंदाज़ में अपनी बाल्टी माँजने में लगी रही।

"चल री चम्पा, याहे भूसन दे !" सन्तो की बहू चम्पा से एक पनिहारिन बोली।

"और हाँ, आईंदा ई राँड-वाँड बखाने न, तो याहे नेझू सू सूड़ दीजो। पीछे होएगी

जो देखी जाएगी, जादा-सू-जादा कोरट-कचैड़ी ही तो होएगी।" दूसरी ने चम्पा का हौसला और पारो को सीधी-सीधी चेतावनी देते हुए कहा।

पारो खड़ी की खड़ी रह गई। दूर तक जाते हुए देखती रही उन्हें।

उनके चले जाने के बाद जैसे सबकी हिम्मत लौट आई। एक-एक कर खुलने लगे सबके मुँह।

"दारी, इन छोटी-मोटी जात के कहा मुँह लगनो। कीच में पत्थर मारना को मतलब है अपने ही ऊपर छींटा गिरवाना। इनसू तो दूर ही रहना मैं फायदो है।" यह वही हजारे बनिया की घरवाली है जो थोड़ी देर पहले पारो को बात न बढ़ाने के फायदे बता रही थी।

"ओ भई, आजकल जमाना वड्डा खराब है। जो कहे बस चुपचाप सुन लो, साडे मुल्तान का तो यही उसूल है।" सालिगराम सन्नार्थी जो पूरे कुएँ पर एकमात्र पुरुष था, ने बेहद दार्शनिकता के साथ सलाह दी।

"बहाण, जब इन्ने हौले-हौले हमारा कुआन् पे चढ़णो सुरू करो हो ये जभी रोकना हा, अब कोई फायदो ना है। अब तो ये कोरट-कचैड़ी की धमकी देएँगी ही।"

"बहना, धमकी क्यों ना देएँगी सिरकार ने जो ये सिर पे चढ़ा राखा हैं।" जुम्मी के तर्क को हजारे बनिया की घरवाली ने और पुख़्ता करते हुए कहा।

पारो एकदम अकेली पड़ गई। मौक़े पर सब चुप्पी साध गई थीं। अब कहने से फ़ायदा भी क्या है, जो कहना था उन्हीं के सामने कहना था। एक-एक कर सब लौट गईं। किसी निर्जन द्वीप पर पारो अकेली रह गई। अन्ततः उसने भी सिर पर मटका उचा और यह सोचते हुए लौट पड़ी कि जब बनिया-बामन जैसी जातों को इनके इस तरह कुएँ पर आने से कोई परहेज़ और परेशानी नहीं है, तब इन छोटी-मोटी डकौत, कुम्हार, नाई, कँडेरा, कुंजड़ा जैसी जातों को क्या पड़ी, जो वे इन्हें आने से रोकें।

घर आकर पारो ने डरते-डरते इस घटना का ज़िक्र फत्तू से किया तो वह भी बिगड़ गया, "तू भी बेमतलब चलती गाड़ी का पहिया में पाँव अलझाती डोले है। तोहे आज पतो चली है...अरे, ये आज सू ना मुद्दत सू इन कुआन् पे आ रा हैं। फिर जब सारा गाँओ ए कोई उजर ना है तो हमारो कौन-सो पड्डा (भैंसा) कीच में पड़ो है ! जब इनका आना सू काई और की जात ना बदली तो तेरी कैसे बदल जाएगी...? पर हाँ, तू एक बात बता आज कैसे अचानक तोहे या बात को ख्याल आगो ?"

चुप रही पारो। कुछ नहीं बोली। बोलती भी कैसे ? उसे ख़ुद ही नहीं पता कि एकाएक उसे आज इसका क्यों ख़्याल आया ? लेकिन हाँ उसे फत्तू के इस तर्क में वज़न दिखाई दिया कि जब इतने दिनों में किसी की जात या धर्म नहीं बदला तो अब भला क्या बदलेगा। पारो ने लम्बा साँस खींचा और मन ही मन अपने आपसे यह कहते हुए सिर को झटका कि उसके पास अब बदलने को है भी क्या ? जो बदलना था वह तो इस फत्तू के साथ आने पर ही बदल गया।

पारो जाते-जाते रुक गई। लगा फत्तू ने जैसे कुछ कहा है। उसने पलटकर फत्तू

से पूछा तो फत्तू ने दोहराते हुए कहा, "तेरी पणहा आगी हैं कोठी के नीचे पड़ी हैं !"

पारो ने नई जूतियाँ पाँवों में पहनीं और आगे-पीछे चलते हुए उन्हें जाँचा कि कहीं कुछ कमीबेशी तो नहीं है इनमें। पारो देर तक जाँचती रही इन्हें मगर वह इनसे सन्तुष्ट नहीं हुई।

"ये तो कुछ मोहे जमी ना।"

"अभी नई-नई हैं, एकाध दिन तो काटेंगी ही। सोते बखत इनके सिरसू को तेल चुपड़ दीजो, धैरे (सुबह) तलक तो ये फोस-सी हो जाएँगी।"

"या पाँव की जादा केड़ी है। देखे न, चलो भी ना जा रो है !" पारो दाएँ पैर को ज़मीन पर जमाते हुए बोली।

"तो फिर ऐसे करियो, दिन छिपे तू ही चली जइयो टीकम के पै (पास)...जो कुछ कमीबेसी है, खुदी बता अइयो !" फत्तू ने अन्ततः रास्ता बताते हुए अपना पीछा छुड़ा लिया।

मग़रिब की अज़ान के बाद पारो जूतियों को लेकर जाने लगी कि सबसे छोटी लड़की नसरीन माँ को कहीं जाता देख मचल उठी और ज़िद करने लगी माँ के साथ चलने की। पारो ने बहुत कोशिश की बहलाने की परन्तु उसकी सारी कोशिशें बेकार गईं। जीत अन्ततः बाल-हठ की हुई और न चाहते हुए भी पारो को उसे अपने साथ ले जाना पड़ा।

पारो टीकम के घर पहुँची तो वहाँ जाकर पता चला कि वह घर पर नहीं है। पौली को पार कर पारो ने अन्दर जाते हुए आवाज़ देते हुए पूछा, तो ओसारे से बाहर झाँकते हुए जमना बोली, "अरी आ जा जीजी, आज कैसे रस्ता भूलगी या मुहल्ला को !"

"रस्ता कहा, मैं तो तेरा ही खसम के पै (पास) आई हूँ।"

"ऐसी कहा जरूरत आ पड़ी मेरा खसम की ? अभी है तो सही तेरो मोड़ा सही-सलामत।" सेन चलाते हुए कोंचा जमना ने पारो को।

"क्यों, और की भी तो पड़ जाए है जरूरत कदी-कदी...तोहे ना पड़ी आज तलक ?"

पारो ने जिस लहजे में जमना पर व्यंग्य किया था उसके बाद उससे कोई जवाब देते नहीं बना।

अब तक पारो ओसारे के एकदम पास आ गई।

"पूड़ा बण रा दीखे हैं ?" कूँडे में भरे आटे के घोल और चूल्हे पर चढ़ी कड़ाही से उठती तेल की झल से पैदा हो रही गुड़ैली ख़ुशबू को नथुनों से भीतर खींचते हुए पूछा पारो ने।

"हम्बै जीजी, आज सोमबार है न तो सोची के कड़ाही कर देएँ। वहीं गयो है खेड़ा

देवत ए पूजन। बस आतो ही होएगो।'' जमना ने टीकम के बारे सूचना देते हुए बताया।

''ठीक है, आवे तो बता दीजो के ये पहणा गई ही पर...''

''जीजी बैठ तो सही ! साल-छह महीना में एकाध बर तो आवे है और अब आई है तो घोड़ा पे सवार होके चल दी...'' कहते-कहते रुक गई जमना। ओसारे में ही बैठी बहू को डाँटते हुए बोली, ''अरी ओ कुलखणी चोद, कम-सू-कम घर आया आदमीन् का कान-कायदा करना सीख ले। तेरी महतारी ने कुछ सहूर सिखाया भी हैं या ना...उठ के पीढ़ा तो दे दे सतवन्ती !''

खिसियाते हुए बहू ओसारे से बाहर गई और पीढ़ा लाकर वापस आने के बाद पारो के पाँव दबाने लगी। पारो के होंठ अभी बहू को दिए जानेवाले आशीर्वचनों से फड़फड़ानेवाले ही थे कि दोनों होंठ आपस में चिपक गए। चूल्हे से उठती तेज़ लपटों और बल्ब की मिश्रित रोशनी में उसे जमना की बहू को क्षणभर की देरी नहीं हुई पहचानने में।

''जमना, ई है तेरी बहू ?'' पारो की आँखें बहू के चेहरे पर चिपकी हुई थीं लेकिन पूछा उसने जमना से था।

''हाँ री जीजी, है तो मेरी ही।'' जमना ने कड़ाही में आटे का घोल छोड़ते हुए लम्बा साँस खींचा।

''ई तो बहाण, काई अच्छा खानदान की दीखे है !''

''अच्छा खानदान की है जभी तो कहा सू पीढ़ा लाई है।''

बहू को अपनी सास और पारो का व्यंग्य चीरता चला गया। वह उसी समय उठी और ओसारे से बाहर चली आई।

जमना भी कहाँ माननेवाली थी। तुरन्त बहू को सुनाते हुए कहा, ''जीजी, देख लियो मिजाज ! नाक पे माखी तो कहा बैठ जाए नकीली (स्वाभिमानी) की नाक पे।''

''जमना छोड़, आज कोई ना बदे है। बहाण, अब तो ऊ बात होरी है के गुंडा गाँओ ए ना कथे और गाँओ गुंडा ए ना कथे।'' जमना की बहू के तेवरों को देखते हुए पारो ने बात को वहीं विराम देना उचित समझा। अच्छा किया जो उसने कुएँ पर इसी बहू द्वारा सन्तो दाई की बहू चम्पा को कहा गया वह वाक्य नहीं कहा कि अब यदि वह यानी पारो राँड-वाँड बखाने तो उसे रस्सी से सीधी कर देना। कुएँवाली घटना को पी गई पारो।

''अरी जीजी, तेरी लाली कहाँ है ?'' जमना को अचानक याद आया।

''जाएगी कहाँ, ई धँसी पड़ी मेरी गोदी में।'' झुँझलाते हुए नसरीन को अपने से अलग करते हुए बताया पारो ने।

''बेटी पुआ खाएगी ?'' लोहे के छलने में रखे हुए पुओं में से एक पुआ उठाकर जमना ने नसरीन की ओर बढ़ा दिया।

ठीक वही हुआ जिसका डर था।

पारो इसीलिए यहाँ रुकना नहीं चाह रही थी। फिर भी उसने जमना से नज़र बचाते

हुए नसरीन को आँखें निकालते हुए इस तरह घूरा कि उसने माँ की आँखों की भाषा पढ़ने में जरा भी चूक नहीं की।

"ले बेटी !" माँ-बेटी के बीच हुई इस मौन-सन्धि से अनभिज्ञ जमना ने साधिकार कहा।

मगर नसरीन ने सिर हिलाते हुए इस अंदाज़ में पुआ लेने से मना किया कि उसने माँ की बात भी रख ली और अपनी दमित इच्छा भी ज़ाहिर कर दी।

"ले...ले बेटी, कुछ ना कहेगी माँ !" भाँप गई जमना बच्ची की मंशा को। नसरीन के बार-बार आधे-अधूरे मन से मना करने के अंदाज़ से जमना समझ गई कि अपनी माँ की स्वीकृति मिले बिना यह लेगी नहीं। इसीलिए वह इस बार पारो की तरफ़ पुआ बढ़ाते हुए बोली, "ले जीजी, तू दे दे अपना हाथ सू !"

"जमना रहण दे, ना खाएगी।"

"ओऽऽऽ जीजी, तू कह तो सही !"

जमना के इस आग्रह पर पारो से ना कहते हुए नहीं बना। फिर भी उसने जिस तरह नसरीन से पूछा, वह हड़बड़ा गई यानी माँ के इशारे को पकड़ने में उससे यहीं चूक हो गई। नरम-नरम ताज़ा पुओं के उतरते घान और उनकी ख़ुशबू के चलते, जहाँ उसे पुए लेने से इनकार करना चाहिए था, वहाँ उसने 'हाँ' में मुंडी हिला दी।

पारो की सारी मेहनत पर पानी फेर दिया नसरीन ने। अबोध नसरीन ने यह महसूस करने की ज़रूरत ही नहीं समझी कि इस समय उसकी माँ पर क्या बीत रही होगी—बस, वह तो मज़े से नरम-नरम पुओं का आनन्द लेती रही।

तब तक टीकम भी आ गया। पारो ने जल्दी-जल्दी संक्षेप में सारी बात बताई और नसरीन को लेकर बाहर चली आई।

बाहर आते ही नसरीन ने जैसे ही एक और गल्ला मारा कि उसके गाल पर ज़ोर का तमाचा पड़ा। शाम के झुटपुटे में उसकी आँखों के आगे जैसे असंख्य जुगनू टिमटिमाने लगे। पुआ हाथ से छिटककर न जाने कहाँ जा पड़ा। अनायास और अप्रत्याशित इस तमाचे से नसरीन की साँस-सी रुक गई कुछ पलों के लिए।

पारो ने उसकी कसकर बाज़ू पकड़ी और ग़ुस्से में दाँत पीसते हुए लगभग घसीटकर ले जाते हुए बोली, "तू घर चल, तोहे हूनी (वहीं) उधेड़ूँगी ! ढेडणी सरभंग बनी पड़ी है !"

घर आने तक पारो मासूम नसरीन को न जाने कितनी संज्ञाओं और उपमाओं से सम्बोधित करती रही। नसरीन का क्रन्दन भी हिचकियों में तब्दील हो चुका था। उसकी समझ में अभी तक नहीं आया कि उसकी माँ ने आख़िर यह सज़ा उसे दी किस अपराध के लिए है ?

घर पहुँचते ही नसरीन को फत्तू की ओर धकियाते हुए बोली पारो, "ले पकड़ याहे !"

बाप को देखते ही नसरीन उससे लिपट गई। थोड़ी देर तक फत्तू की भी समझ

में कुछ नहीं आया। कन्धे पर पड़े गमछे से पहले उसने नसरीन का मुँह साफ़ किया और पुचकारते हुए पूछा। लेकिन जवाब उसके बजाय पारो ने दिया, "ढेड़णी, ना तो चिमार ए देखे है ना चुहड़ा ए...बस जो कोई दे देए वाहे मुँ में उड़सती होवे है !"

"ऐसी कहा आफत आ गी जो..."

"चुप कर, तैने ही ये बालक बिगाड़ राखा हैं। ना जात ए देखे हैं, ना आनजात ए।" पारो ने बीच में डाँटते हुए टोका फत्तू को।

पारो की इस डाँट से सारी गम्भीरता हवा हो गई। फत्तू ने मुस्कुराते हुए पारो की आँखों में झाँका और लगभग उनमें डुबकी लगाते हुए कहा, "याको मतलब है मैं तो पहले सू ही बिगड़ो पड़ो हूँ।"

"और...इन बालकन् पे सारी छाया बाप की पड़ी हुई है। सारा ऐब इनमें बाप का भरा पड़ा हैं।" पारो से भी इस बार मुस्कुराए बिना नहीं रहा गया। कनखियों से देखा उसने फत्तू की तरफ़। समझ गई वह कि फत्तू का इशारा कहाँ है। क्षणभर के लिए जिस्म का एक-एक रोआँ खड़ा हो गया।

चन्द शब्दों और उनके गहरे अर्थों ने सारा तनाव तथा पारो का ग़ुस्सा तिल के दानों की तरह बिखेर दिया।

"तू भी उल्टी बात करे है, या बालक ए अभी इन बातन की कहाँ समझ है।" हँसते हुए फत्तू ने कहा।

"समझ तो ना है, पर जब मैंने आँख का इसारा सू मना कर दी ही याकी जब भी समझ में ना आई।" पारो अपने ही शब्दों में उलझने लगी।

"तू भी बालक जैसी बात कर्री है। बेकूप, या बालक ए पूड़ा खाणा सू मतलब है याकी बला सू कोई चिमार होए या बामण होए...और अब जब खा लियो तो कौन-सी याकी जात बदलगी। रहेगी तो ई फत्तू की बेटी ही। चल छोड़, तू भी पतो ना कहा बात ले बैठी।" इतना कहते हुए उसने नसरीन का चेहरा अपनी तरफ़ घुमाया और मुस्कुराते हुए पूछा, "नसरीन, ई तो बता बेटी पूड़ा सुआद भी हा कै ना ?"

"यासू कहा पूछे तू ही चलो जा जमना के पै, अभी तो उतार री होएगी...जीम आ ताजा-ताजा पूड़ा !" पारो ने व्यंग्य किया फत्तू पर।

"नसरीन, बेटी तैने अच्छी याद दिवा दी। वैसे हमन्ने भी पूड़ा बणाए घणाई दिन ना होगा हैं कै ?"

नसरीन ने बाप के समर्थन में सिर हिला दिया कि वास्तव में इस घर में पुआ बने बहुत दिन हो गए हैं। बहुत दिन हो गए हैं जमना के ओसारे की तरह इस घर से उठती तेल की गुड़ैली झल के। एकाएक नरम-नरम ताज़ा पुओं की महक, उनका मिठास और स्वाद फत्तू की जीभ पर इतराने लगा।

"सुन, धैरे पूड़ा बणना चहिएँ चाहे सन् सत्तावन हो जाए !"

फत्तू ने जैसे पारो के मन की बात छीन ली। वह ख़ुद ही कहने जा रही थी कि क्यों ना वे भी कल पुए उतार लें। पारो धीरे-से नसरीन के पास गई जिसकी पलकें

रह-रहकर नींद के कारण भारी हो रही हैं। प्यार से उसे सहलाया और उसे फत्तू की गोद से लेकर खाट पर सुला दिया।

पारो के नथुनों में अभी भी जमना के ओसारे से उठनेवाली गुड़ैली गन्ध घुली हुई है। लग रहा है जैसे स्वयं उसके हाथ आटे के घोल में सने हुए हैं। गोल-गोल, छोटे-छोटे नरम पुओं से छलना भरा हुआ है।

बारह

कच्ची भीत को लीप-पोतकर चाहे कितने जतन से बचाकर रखो, एकाध छेद तो फिर भी उसमें रह ही जाता है। इसलिए बार-बार प्रयास किया जाता है कि इन छेदों को जैसे भी हो बन्द रखा जाए ताकि घर की बात घर में ही रहे। लेकिन कब तक ? कब तक रेह-लगी दीवारों में आरपार हो चुके बरसों पुराने छेदों पर पहरा बिठाकर इनकी चौकसी की जा सकती है ? सच तो यह है कि घर की वे बातें जिन्हें इन छेदों की ओर देखने तक की सख़्त मनाही होती है, वे स्वयं इनके पास चलकर आती हैं और इन्हीं को गवाह बनाकर, बिना आहट किए चुपचाप पता नहीं कब घर से बाहर चली जाती हैं। इस तरह देखते ही देखते ये छेद इतने बड़े जाते हैं कि न चाहते हुए भी इनके भीतर का एक-एक भेद जाना जा सकता है।

ऐसा ही घर, घर नहीं हवेली है—हाजी चाँदमल की हवेली।

यह वही हवेली है जो कभी अरजन की हवेली के नाम से जानी जाती थी, धीरे-धीरे हाजी चाँदमल की हवेली हो गई। कारण ? कारण बहुत साफ़ है। अपने वालिद मरहूम अरजन के इन्तक़ाल के बाद हज करके आया चाँदमल हाजी हो गया और देखते ही देखते यह हवेली हाजी चाँदमल की हवेली के नाम से पुकारी जाने लगी। अपने पुरखों की निशानी और यादगार को हाजी चाँदमल के नाम पर तब्दील होता देख न तो कभी गोर ख़ाँ, जुह्र ख़ाँ तथा चाक ख़ाँ ने एतराज़ किया और न ही नसीब ख़ाँ ने इस ओर ध्यान दिया कि क्यों और कैसे उनका एक पुरखा बेनाम हो गया। गोर ख़ाँ, जुह्र ख़ाँ और चाक ख़ाँ द्वारा एतराज़ करने का तो सवाल इसलिए पैदा नहीं होता, क्योंकि वे तो पार्टीशन के दौरान अपने मुल्क़ यानी पाकिस्तान चले गए। बच गया नसीब ख़ाँ—उसने इस फटे में पाँव देना इसलिए उचित नहीं समझा कि उसकी बला से हवेली उसके वालिद अर्थात अरजन के नाम से पुकारी जाए या अपने छोटे भाई चाँदमल के नाम से। औलाद के नाम पर उसके है कौन ? बस एक बेटी रईसन और वह भी अपने घर चली गई। हिस्से में उसके जंगल की इतनी ज़मीन तो है कि मजे से उसके तो दिन कट ही रहे हैं, छठे-चौमासे रईसन को भी कुछ न कुछ दे ही देता है। रही बात चाँदमल के तीनों बेटों यानी वली मोहम्मद, हसन मोहम्मद और दीन मोहम्मद की, उन्होंने इस पर जानबूझकर इसलिए कान नहीं धरे कि अरजन की हवेली से उन्हें अपना सम्बन्ध

किसी मेव ख़ानदान से कम एक क्षत्रिय ख़ानदान से ज़्यादा जान पड़ता। कभी-कभी तो जाने-अनजाने अपने पुरखों, इस दादालाई हवेली और अपनी नस्ल पर इन्हें एक सवालिया निशान-सा लगा दिखाई देता कि कहीं हाजी चाँदमल किसी हिन्दू ख़ानदान से तो ताल्लुक़ नहीं रखता है ? इसलिए आज जब कोई इनके सामने इस पुश्तैनी हवेली को हाजी चाँदमल की हवेली कहकर सम्बोधित करता है, तब इनका सीना मारे आत्म-गौरव के फैलता चला जाता है।

इसी हाजी चाँदमल की हवेली ने बहुत कोशिश की कि अपने नाम के इस पुराने टाट पर लग चुके पैबन्दों में और इज़ाफ़ा न हो। परन्तु इस टाट को सीने का जितना प्रयास किया जाता, उसमें एक और नया छेद हो जाता। सच्चाई तो यह है कि इस हवेली की दीवारें, अब दीवारें नहीं रहीं बल्कि महज दीवारों का भ्रम पैदा करती हैं। कहने को हवेली एक है मगर इसमें घर् अनेक हैं। कुछ पुराने लोगों का तो यहाँ तक मानना है कि यह सब उस बेवा असग़री के श्राप का परिणाम है कि इधर हवेली के अन्दर कुछ घटता है, तथा उधर चन्द घंटों बाद हवेली के गज़भर चौड़े आसार को धता बताते हुए वह पूरे मोहल्ले की ज़ुबान पर होता है।

पिछली रात को भी इस हवेली में ऐसा ही कुछ हुआ।

हवेली के सारे दरवाज़े, सारे रोशनदान यहाँ तक कि खिड़कियों और पुरानी मोखियों को बन्द करने के बावजूद सुबह पूरा मोहल्ला जान गया कि गज़भर चौड़े आसारवाली इस चाँदमल की हवेली के भीतर क्या हुआ ?

पता बत्तो को भी शायद ही लगता यदि सोनदेई इसका ज़िक्र नहीं करती।

"अगर मैं झूठ बोल री हूँ तो या पारो सू पूछ ले !" सामने से आती पारो को सुनाते हुए कहा सोनदेई ने।

"कहा पूछ ले पारो सू ?" तब तक उन दोनों के पास पहुँच चुकी पारो ने उलटा पूछा।

"दारी, रातवाली बात पे या बत्तो ए अकीन ही ना आ रो है।"

"सोनदेई, या हवेली में ई नई बात ना है।" पारो ने गम्भीर होने के बजाय अनमनेपन के साथ कहा।

"कैसे ना है नई बात, या मोहल्ला में और काई की बहू-बेटी ना हैं ?" बत्तो ने पारो की बात पर झुंझलाते हुए कहा।

"कोई असर ना पड़े...जैसो कोई करेगो वैसो भरेगो और फिर ई हाजी ही कौन-सो कम है।" ठंडी शिला-सी पारो हल्के-से नए रहस्य से परदा हिलाते हुए बोली।

"वैसे दारी, मैंने तो सुनी है के हाजी अपनी बड़ी बहू जुम्मी सूऽऽऽ ?" एकदम नज़दीक आते हुए सोनदेई ने फुसफुसाते हुए सीधे-सीधे पूछने के बजाय अँधेरे में तीर छोड़ा।

"और याका सबसू छोटा बेटा दीन मोहम्मद, वाने भी तो अपनी घरवाली मारी ही।"

"पतो ना या हाजी को तो सारो को सारो अहूवा (आवाँ) ही कैसो बिगड़ो हुओ है।" पारो के कहने पर बत्तो के होंठ वक्र होते चले गए। मुट्ठियाँ भिंचती चली गईं उसकी।

"तमन्ने तो इतनो ही पतो है, मैंने तो अपने पिछवाड़े ये कई बर देखा हा बतलाता हुआ।"

"कौन ?" पारो के इस नए रहस्य पर सोनदेई ने विस्मय से पूछा।

"और कौन सुसरा-बहू।"

"पारो, तैने तो बस ये बतलाता देखा हैं और जो मैं देख चुकी हूँ अगर वाहे बता दूँ तो तिहारी पोंक छूट जाए।"

"तैने कहा देखो ?"

सोनदेई ने जिस तरह पूछा था उससे बत्तो भाँप गई कि सोनदेई के पेट में मरोड़ा उठना शुरू हो गया है। इसलिए वह जानबूझकर बात टालते हुए बोली, "सोनदेई छोड़, क्यों मेरी जुबान ए काली करवाओ।"

"देख बहना बत्तो, या तो तू या रामाण ए छेड़ती ना और अब छेड़ दी है तो तोहे बतानी पड़ेगी ही।" सोनदेई जैसे ज़िद पर उतर आई।

सोनदेई ने पारो की उपस्थिति में ऐसा फंदा डाल दिया कि बताने के अलावा बत्तो के पास और कोई रास्ता ही नहीं बचा।

● ●

क्वार की मिश्रित हवा का तेज़ झोंका दूर तक फैले खेतों की देह को छूता हुआ निकलता, तो आदमक़द ज्वार से ठुके खेतों में जाते हुए डर लगता। पके हुए सूखे भुट्टे नर-मुंडों की तरह एक लय के साथ आपस में ऐसे टकराते मानो अपनी बात मनवाने की ज़िद कर रहे हों। अधसूखे बादामी पत्तों पर सुर्ख़ चकत्तों को देखकर लगता जैसे किसी रक्त-पिपासा देवी ने उन पर ख़ून के छींटे छिड़क दिए हों। साँय-साँय करते हवा के शोर के बीच कोई गला रेत जाए तो कई दिनों तक पता भी न चले। तेज़ झोंके खेतों को बाँटती मेड़ों और दूर तक जाती संकरी गली से होकर गुज़रते, तो एक अजीब-सी हौलनाक आवाज़ कानों से टकराती।

बत्तो इस बार हाजी के खेत की ओर बढ़ गई। एक कोने में हरी-हरी पौध देखकर वह वहीं रुक गई। उसके हाथ तेज़ी-से चलने लगे यह सोचकर कि कहीं हाजी ना आ टपके। बेटे-बहुओं में तो फिर भी थोड़ी-बहुत शर्म और लिहाज़ है किन्तु हाजी में रत्तीभर भी नहीं। हालाँकि आभास तो उसे पहले से ही था कि खेत के अन्दर कोई है लेकिन बीच-बीच में हवा के साथ आवाज़ें तैरती हुई कानों से टकराकर आगे बढ़ जातीं, तो यह आभास सिर्फ़ आभास ही रह जाता। अपने आभास को पुष्ट करने की ग़रज़ से बत्तो ने साँस रोककर अस्फुट स्वरों की दिशा टोहनी चाही, तो इस बार इस अस्फुटता में चूड़ियों की खनक भी सुनाई दी उसे।

'होगी कोई हाजी के घर से !' बत्तो की जैसे जान में जान आ गई कि चलो कोई तो है आसपास।

हल्की चटक धूप और पूर्णिमा का व्रत रखने के कारण लग रही प्यास तथा छन-छनकर आ रही हवा के बावजूद बत्तो की नीयत बदल गई और उस खनक का पीछा करती हुई खेत में घुस गई। चूड़ियों की तेज़ होती खनक और किसी स्त्री की फुसफुसाहट से यह तो साफ़ हो गया कि यहाँ कोई अकेली नहीं, कोई और भी है।

बत्तो के जिस्म में स्फूर्ति आ गई। क़दम तेज़ी-से आगे बढ़ने लगे। परनिन्दा में शामिल होने का सुख बत्तो यूँ ही नहीं गँवाना चाहती थी।

लेकिन यह क्या ?

जैसे ही वह खेत के भीतर पहुँची कि लगा पूरा खेत उसकी आँखों के आगे चक्कर काट रहा है। नसों में दौड़ता रक्त फूटकर देह से बाहर आने को हो रहा है। पलभर के लिए आँखों के आगे अँधेरा छा गया और मस्तिष्क की नसें जैसे तड़कने लगीं।

बरसों पुराना यह चित्र आज भी बत्तो के स्मृति-पटल पर दस्तक देता है, तो लगता है मानो कानों में गरम सीसा खदक रहा है और आँखों से झल-सी उठने लगती हैं। बत्तो की साँस फूलने लगी, बिल्कुल ऐसे जैसे वह मीलों दौड़कर आई है। चारों ओर सन्नाटे का एक गहरा आवृत्त बन गया।

''बता तो सही तैने खेत में देखो कहा हो ?'' एक विद्रूप मुस्कान उछालते हुए पूछा सोनदेई ने।

''ऐंऽऽऽ !'' बत्तो अकबकाते हुए तड़ाक से वर्तमान में आ गिरी। लगता रहा मानो वह अभी भी उस खेत में आदमक़द ठुकी हुई ज्वार से घिरी खड़ी है, ''ना बहना, अब आगे बताना की हिम्मत ना है।'' अगले ही पल पूरी गति से चल रहे चलचित्र की रील तोड़कर, बत्तो ने सारा दृश्य एक झटके के साथ परदे से ग़ायब कर दिया।

''जाऽऽऽ दारी, जब तेरे बस की ना ही तो क्यों लेके बैठी या रामाण ए।'' बत्तो को क़ायल-माकूल करने के बहाने सोनदेई ने उसे उकसाया।

''सोनदेई, ऐसी बात बताते बखत थोड़ी-बहोत झिझक-सी होवेई है।'' पारो भाँप गई बत्तो के चेहरे पर पुते अतीत के स्याह विषाद को।

इस बीच बत्तो अपने आपको सँभाल चुकी थी। एक बार फिर अतीत की सीढ़ियाँ उतरती हुई उसी खेत में जा पहुँची—

''बहना, जब मैं वाँ पहोंची तो कहा देखो के एक आदमी एक बीरबानी ए गुथ रो है...''

''ऐ बीरबानी ए ?'' चलचित्र की टूटी हुई रील को पुनः जुड़ता देख सोनदेई की आँखें चमक उठीं।

''हाँ सोनदेई। मैंने भी लपक के दँराती निकाल ली के या हरामी ए आज मैं फाँस के रहूँगी, जो काई की पराई बहू-बेटी ए इकल्ली समझ के वाकी इज्जत पे हाथ गेर रो है।''

"पर वे हा कौन ?" सोनदेई ने तुरन्त पूछा बत्तो से कि कहीं वह फिर से चलते हुए चलचित्र की रील न तोड़ दे।

"बहना, यहीं आके तो मेरो मगज घूमगो जब मैंने सुनी के ऊ बीरबानी वासू कह री ही...बाप, आज ना काई और दिन देख लीजो। मेरो जी वैसे भी ठिकाने ना है। बाप, हाथ जुड़वा ले...रोज-रोज काई ने हम देख लिया तो मैं कहीं की ना रहूँगी...

"थोड़ी देर तो मैं भी चक्कर में पड़गी के ये आखिर हैं कौन ? पर बहना, जैसे ही वाने पलट के देखी के मेरी तो देखते ही घिग्घी बँधगी। मैं तो गस (ग़श) खाके गिरती-गिरती बची। पतो भी ना चली के मेरा हाथ सू दराँती कब नीचे आ पड़ी।"

"पर वे होंगा भी कोई ?" धैर्य जवाब दे गया इस बार सोनदेई का।

"वही तो बता री हूँ दारी के वे दोनूँ जुम्मी और चाँदमल हा।"

"कहाऽऽऽ ?" सोनदेई और पारो के मुँह से एकसाथ निकला।

"हाँ, दोनूँ सुसरा-बहू।" इसके बाद के शब्द जैसे हलक़ में कंचा बन अटक गए बत्तो के।

पारो को तो लगने लगा जैसे पूरी देह पर अनगिनत लम्बे-लम्बे सुर्ख़ कनखजूरे सरसरा रहे हैं। पूरी देह सिहरती चली गई।

सन्नाटा बिछ गया थोड़ी देर के लिए तीनों के बीच। सोनदेई के वही कान जो कुछ देर पहले तक इस दृश्य की परिणति तक पहुँचने के लिए बेचैन हुए जा रहे थे, अब सुन्न पड़ गए।

"मोहे देखते ही चाँदमल तो हरामी ई भी भूलगो के वाने तहमद भी लपेट राखो है या ना। बस, गंडखल्लो (बिना तहमद के) ही भग दियो..."

इससे पहले कि बत्तो अपनी बात समाप्त करती, उसके द्वारा खींचे गए दृश्य की कल्पना पर सोनदेई अपने आपको नहीं रोक पाई और फिस्स से हँस पड़ी। क्षणभर पहले तक जुगुप्सा, उद्दीपन और एक लिजलिजेपन से जो शरीर ऐंठे जा रहे थे, सोनदेई की हँसी से एकाएक ढीले पड़ गए।

घूरकर देखा बत्तो ने सोनदेई की आँखों में तथा परदे पर तेज़ी-से बदल रहे दृश्यों पर इस बार यह कहते हुए विराम लगा दिया, "तू तो हँसेगी ही बहना। जापे बीते है ना, वही जाने है।"

सोनदेई को तुरन्त अपनी ग़लती का अहसास हुआ। एक बार फिर वह गम्भीर हो गई। तीनों भूल गईं कि इस समय वे हाजी चाँदमल के उसी खेत में हैं या...।

"और ऊ सती-सावतरी जुम्मी ?" पारो के लहजे में जुम्मी के प्रति व्यंग्य और तल्ख़ी के साथ-साथ घृणा साफ़ दिखाई दे रही थी।

"बहना, ऊ तो सूखा पत्ता-सी काँपन् लगी...और यासू पहले के मैं कुछ फैसला करती, जुम्मी खुदी गिरती-पड़ती आई और मेरा पाँवन में गिरती हुई बोली—'बत्तो, काई सू कहियो मत, नहीं मैं जीते-जी मर जाऊँगी। मैं उमर भर तेरी बाँदी बणके रहूँगी... तेरा पावन्ने धो-धो के पीऊँगी...या गाय की लाज अब तेरा हाथ में है'।" अपना आँचल

पसारते हुए ठीक उसी मुद्रा में बताया बत्तो ने, जैसी अभ्यर्थना जुम्मी ने की थी उससे।

"तैने वाही बखत वाके पणहा ना उड़ाई के रंडी तेरे इतनी आग धँसी पड़ी है, जो तू खसम ए छोड़ के बाप समान सुसरा के साथ मुँ कालो करती डोले है !" पारो की आँखों से चिंगारियाँ फूटने लगीं।

"तुम कहा समझ री हो मैंने कुछ ना कही ? जी तो मेरा में भी वा बखत बहुत आई के या पेरनी (एक घुमंतू जाति की स्त्री) का झोंटा पकड़के याहे दराँती सू चीर दूँ...पर बहना, जो बात जुम्मी ने बताई वाहे सुनके मेरा पाँवन के नीचे सू जमीन खिसक गी। मोहे भी पीछे लगो के यामें जुम्मी को कोई कसूर ना है।" दीर्घ निःश्वास लेते हुए बत्तो ने एक नए रहस्य के कपाट खोल दिए।

"ई कहा कह री है तू ?" पारो ने विस्मय से पूछा।

"हाँ, मैं सही कह री हूँ। सच्ची बात तो ई है के या जमाना ए हमारो कसूर तो दीख जावे है, पर इन मरदन की कोई ना कहवे है।"

इसके बाद बत्तो ने जो कुछ बताया उसे सुनकर सोनदेई और पारो को जैसे यक़ीन ही नहीं हुआ। स्वयं पारो ने भी स्मृति के पृष्ठों को पलटा तो सारी तस्वीर एकदम साफ़ हो गई। उसे बत्तो के कहे पर विश्वास हो गया।

●●

उन्हीं दिनों की बात है यह जब वली मोहम्मद जुम्मी को चाला (गौना) करके लाया था। महीनों तक मोहल्ले में इसकी चर्चा होती रही कि वली मोहम्मद की जुम्मी के साथ कैसे निभेगी ? वली मोहम्मद से ज़्यादा मोहल्ले के उन युवाओं को जुम्मी की फ़िक्र थी, जिसकी ठुकी हुई देह को देखते ही सिसकियों और सर्द आहों से, न जाने कितनों की कितनी रातें स्याह हुई जा रही थीं।

पारो ने भी सुना था इसके बारे में लेकिन उसने इस पर ध्यान नहीं दिया लेकिन जब एक दिन वली मोहम्मद और जुम्मी को ग़ौर से देखा, तब उसे पहली बार पूरे मोहल्ले का उनको लेकर चिन्तित होना वाजिब लगा। उसे उन दोनों की दैहिक तुलना करने पर पहली बार मजबूर होना पड़ा। अतल गहराई वाले समुद्र के भीतर बहनेवाली ठंडी धाराओं का ताप पहली बार उसे महसूस हुआ, वली मोहम्मद और जुम्मी के बीच इस दैहिक असमानता को देखकर।

बरसों बाद आज बत्तो की बात पर एक-एक कर अतीत के पन्ने अपने आप फड़फड़ाकर पलटने पर आमादा हैं, जब ऐसे ही एक दिन गफोंदी ने कुएँ पर जुम्मी को छेड़ते हुए पूछा था, "जुम्मी, ई वली मोहम्मद तेरे कनै आवे-जावे भी है या ना ?"

जुम्मी ने कोई जवाब नहीं दिया।

गफोंदी ने जुम्मी की ओर से कोई जवाब न पाकर फिर कोंचा, "देख जुम्मी, ई वली मोहम्मद तो है मौलवी साब। याहे ना है दुनियादारी की कोई समझ। याहे तो बस निवाज पढ़ना सू और जमात में डोलना सू ही फुरसत ना है।"

मगर जुम्मी ने इस बार भी कोई जवाब नहीं दिया। बस, पानी से भरा मटका अपने सिर पर रखा और तेज़ी-से घर की ओर चल पड़ी।

●●

बत्तो का तर्क आज सही जान पड़ रहा है कि ज़माना सारा दोष सिर्फ़ उन्हीं का मानता है, पुरुषों का नहीं। कहाँ उस समय छरहरा बदनवाला वली मोहम्मद जिसकी मस भी नहीं भीगी थी, और कहाँ ठहाटा मारता समुद्र जिसकी लहरें ख़ुद उसी के वश में नहीं थीं।

"तैने वा जुम्मी सू पूछी ना के ऊ अपना सुसरा सू अपनी मरजी सू है या..."

सारे चित्र एकाएक सजीव होकर बिखर गए जब पारो ने सुना कि सोनदेई बत्तो से कुछ कह रही है।

"सोनदेई, पूछी ही पर बहना ना तो मोहे जब अकीन हुओ और ना अब हो रो है। बकौल जुम्मी वाके साथ तो ई बात होगी के *खसम करो हो सोन कू, होगी पत्थर ढोन कू।* ताली एक हाथ सू ना बजे है। कुछ लोह में खोट कुछ लुहार में।"

"फिर सही बात तो ई है के जुम्मी भी अपनी आग ए कहाँ तलक दाब के राखती।"

पारो के इस तर्क से सोनदेई हालाँकि सहमत थी मगर फिर भी उससे पूछे बिना नहीं रहा गया।

"ई बात तो तेरी ठीक है पर अकेला या हाजी की इतनी हिम्मत तो है ना, जरूर यामें जुम्मी की भी रजामन्दी होएगी।"

"अब तो जबरदस्ती भी रजामन्दी मानी जाएगी। मैंने सारी बात खोद-खोदके पूछी ही जुम्मी सू और वाने जो किस्सा बतायो, वाहे सुणके तो मेरी भी छाती फटी होती वा बखत।"

सोनदेई के तर्क और प्रश्नों का बत्तो जवाब देने लगी इस बार।

"कहन लगी के जब मैं चाला सू पीछे आई ही तो एक दिन वली मोहम्मद खेत में सू या हाजी ने घर भेज दियो और इकली पाके मैं धर दबोची। मैंने छुटाना की खूब कोसिस करी, लाख दुहाई दी, खूब हाथ-पाँव मारा पर सब बेकार। एक बर सोची भी के रौल मचा दूँ पर फिर ई सोच के चुप लगागी के या मरद को तो कुछ ना बिगड़ेगो...उल्टी दुनिया मेरो ही मुँ कालो करेगी के जब खसम सू पेट ना भरो तो सुसरा जा पकड़ो। बस, याही बदनामी का डर सू खून को घूँट पीके रहगी...।

"या मरद की जात की तो झूठी भी सच्ची हो जाए है और हम चाहे कलेजा चीर के दिखा देएँ, हमारे ऊपर कोई अकीन ना करे है। फिर तो याको जब जी करे हो मौका-बेमौका धर-दबोचे हो। ऊ भी कहाँ तलक अपने आप ए बचाती फिरती।"

इतना कहते हुए बत्तो ने अपनी नम हो आई आँखों को पोंछा और फिर गहरा साँस खींचते हुए एक तरह से जुम्मी के शब्दों को दोहराती हुई बोली, "अब तुम चाहे याहे

रजामंदी कह लेओ या जबरदस्ती, पर मरनो तो आखिर हमन्ने ही पड़े है।''

''परऽऽऽ आज तलक या बात की हवेली में काई ए पतो ना चली के सुसरा-बहू आपस में...''

''ऐसी बात छुपी हैं आज तलक, जो ई छुपती।''

''वैसे बत्तो, जुम्मी ए या बात की खबर घर आके जरूर देनी ही के या सुसरा ने वाके साथ कैसो जुलम करो है।''

''सोनदेई, बहना तू भी कैसी बावली बात कर्‌री है, बता किस्‌सू कहती ? वली मोहम्मद सू कहती ? वासू कहके वाहे मरनो हो। वली मोहम्मद को कहा बिगड़तो ऊ तो तीन बर तलाक-तलाक कहके पिंड छुड़ा लेतो। जुम्मी बिचारी कहाँ जाती, मरनो तो हर तरफ सू या जुम्मी को ही हो।'' बत्तो ने जुम्मी का पक्ष लेते हुए समर्थन किया उसके फ़ैसले का।

''वैसे कितनी कोसिस कर लेओ बात तो एक दिन फूट ही जावे है। अब बताओ रात या हवेली में जो कुछ हुओ वाकी भी तो पतो चलगी सारा मुहल्ला ए।'' पारो पुनः रातवाली घटना पर लौटते हुए बोली।

''पर रात कू हुओ कहा ?'' बत्तो पिछले दृश्यों को भूल ताज़ा विषय पर आते हुए पूछने लगी पारो से।

पारो जो अब तक स्मृतियों की पीछे छूट चुकी तंग गलियों में बहुत दूर निकल गई थी, वापस लौटते हुए हाजी चाँदमल की हवेली में जा पहुँची।

● ●

कहने को हाजी चाँदमल की हवेली पारो के घर से थोड़ी-सी दूरी पर है परन्तु इतनी भी नहीं कि पास-पड़ोस में बासन-भाँडे खड़कें और उस तक उनकी आवाज़ ही न आए। सच तो यह है कि यदि सास-बहू या ननद-भावज आपस में एक-दूसरे की ओर दीदे फाड़कर देख भी लें, तो पड़ोसियों से लेकर पूरे मोहल्ले में इसकी तुरन्त डोंडी (मुनादी) पिट जाती है। इसलिए जिस मोहल्ले की यह स्थिति हो, वहाँ के घरों की दीवारों के कच्चेपन का सहज ही अंदाज़ा लगाया जा सकता है।

सोनदेई और बत्तो पारो के एकदम नज़दीक आ गईं। आँखें कहीं और हैं किन्तु कानों के परदे पारो के होंठों से चिपक गए। पारो ने सरसरी तौर पर आसपास का मुआयना किया, यह जाँचने के लिए कि कोई बैरी कहीं उसे ताक तो नहीं रहा है, जो हाजी के पास जाकर इसकी चुग़ली कर दे ? पारो को पूरी तसल्ली हो गई लेकिन बताने से पहले उन दोनों से वह यह हामी भरवाना नहीं भूली, ''देखो बहाण, मैं बता तो दूँगी पर मेरी एक सरत है !''

''कौन-सी ?'' इस व्यवधान पर सोनदेई अपनी झुँझलाहट नहीं छिपा पाई।

''पहली तो ई के मैंने जो सुनी है वही बता री हूँ...और दूसरी ई के तम काई सू जाके कहोगी ना के ई बात हमने फलाणी का मुँ सू सुनी है।''

"दारी, तैने हम निरा बूबक (मूर्ख) समझ राखी हैं !" इस बार सोनदेई हत्थे से उखड़ गई।

"ना बहाण, फिर भी। आज का बखत में काई पे भरोसा ना है।"

"भरोसा ना है तो धरी राख अपनी धरमसाला ए, मैं तो चली !" सोनदेई तिलमिलाते हुए बोली।

बुरा तो बत्तो को भी बहुत लगा पारो का उन पर भरोसा न करने की बात पर, मगर हाजी की हवेली में घटे प्रकरण का आँखों-देखा हाल सुनने के लोभ ने, उसे अपने आप पर संयम बरतने पर मजबूर कर दिया। उसने आँखों ही आँखों में इशारे से सोनदेई को समझाया कि थोड़ी देर चुप रहने में उनकी जेब से कुछ जा थोड़े ही रहा है।

"हाँ, तो रात कू ऊपर चौबारा में दीन मोहम्मद की सबसू छोटी बहू हसीना जब इकल्ली सो री ही, तो सोते-सोते वाहे कुछ खड़का सुनाई पड़ो। उनींदी ही वाने खाट में सू ई सोच के उचकके देखी के होएगो कोई कुत्ता-बिल्ली। अभी वाने करवट ही ली के ऊ खड़का फिर सुनाई पड़ो। बहू ने पलट के देखो तो वाहे फिर भी कुछ ना दीखो...तो बहाण, अभी वाकी आँख लगी ही के वाहे लगो जैसे ऊ काई अलसेट ने दबा ली होए... ।"

"हाथ रहगो होएगो छाती पे !" पारो की प्रामाणिकता को खँगालते हुए जाँचा सोनदेई ने।

"सोनदेई, तू पहले काई की पूरी बात सुन लेए कर दारी।" सोनदेई की टोकाटोकी पर उसे डाँटते हुए पारो ने अपनी बात जारी रखी, "और जैसे ही हसीना की आँख खुली तो वाकी घिग्घी बँधगी...देखी, वाके तो ऊपर कोई झुको खड़ो है।"

"खड़ो कै कोई अड़ोसी-पड़ोसी होएगो...होएगो वाको खसम !"

"देख सोनदेई, तोहे सुनूनी होए तो सुन...नहीं अपणो रस्ता नाप।" अबकी बार पारो ने सोनदेई को साफ़-साफ़ चेतावनी दे डाली।

"याहे बकन दे, तू आगे चल।" बत्तो का धैर्य भी चूकने लगा।

"बत्तो, अगर तम ना सुणना चाहो तो लेओ मैं चली।" पारो ने सचमुच इस बार अपना तम्बू उखाड़ना शुरू कर दिया।

"पारो, दारी सुन तो सही ! मैं माँग री हूँ याकी ओड़ सू माफी।" बत्तो सोनदेई को मलामत देते हुए पारो को वापस पटरी पर लाते हुए गिड़गिड़ाई।

"हाँ, तो मैं कह री ही के यासू पहले हसीना कुछ करती वाने भच्च सू एक हाथ सू वाको नाड़ो पकड़ लियो और दूसरा हाथ सू वाको मुँ भींच लियो... । अब तू ही बता सोनदेई के अगर ऊ वाको खसम होतो तो वाहे जबरदस्ती करना की कहा जरूरत पड़ी, ऊ राजी-रजा सू भी तो सब काम कर सके हो...और फिर एक बात बताऊँ वाको खसम तो कई दिनाँ सू गाँओ में ही ना है।"

"तो...तो फिर ऊ कौन हो जाने वा बहू पे हाथ गेरना की कोसिस करी ही ?" ज़ुबान लड़खड़ाने लगी सोनदेई की।

"हो कौन, वही हो हरामी दीन मोहम्मद।"

बत्तो और सोनदेई को अपना जिस्म ठंडा पड़ता नज़र आने लगा।

"...और जैसे ही दीन मोहम्मद ने हसीना को नाड़ो खींचो, तो वाने ढेड का गोसान (अंडकोश) में ऐसी लात मारी के हरामी बिलबिलातो हुओ हूनी (वहीं) बैठगो। बहू ने फटाफट मौको देखो और नीचे आके अपनी ददिया सास जैतूनी सू लिपटगी।"

"पारो, अगर वा बहू की जगह मैं होती न तो वाका गोसान्ने उखाड़ के हाथ में दे देती।" दाँत पीसते हुए यह उसी सोनदेई ने कहा, जिसे अपनी शंका-आशंका और तर्क-वितर्कों के आगे पारो का कहा अविश्वसनीय लग रहा था।

"अब तो सारी हवेली में हाय-तौबा मचगी। सास-बहून् सू लेके, सारा मरद-माणस इकट्ठा होगा...सबन्ने खूब खोद-खोद के पूछी के आखिर बता कहा है ? कोई अड़ोसी-पड़ोसी कूदके चौबारा में आ घुसो या कोई भूत-परेत सू डरगी ? थोड़ी देर में जब हसीना होस में आई तो जब कहीं जाके असल बात फूटी वाका मुँ सू। वाही बखत वली मोहम्मद और हसन मोहम्मद दोनूँ भाई दीन मोहम्मद ए खींचके लाया और वाका ऐसा हाड़ तोड़ा के हरामी अभी तलक खाट में पड़ो है। ई तो वा जुम्मी की सलाह पे बचगो, नहीं वे वाका हाथ-पाँव ही तोड़ देता।"

"जुम्मी ने कहा सलाह दी ही ?" बत्तो ने पूछा।

"बोली के तम क्यों या घर की हया जुतवाणा पे तुल रा हो ? क्यों जग-हँसाई करवाओ हो ? कल अगर ई बात हवेली सू बाहर फूटगी तो कोई तमने बोलण भी ना देएगो के अब या हवेली का मरद अपणी ही बहू-बेटीन् पे हाथ गेरन लगा हैं। या बहू ए हाथ जोड़के समझा देओ के खुदा के वास्ते मुँ बन्द रखना में याकी और या हवेली की भलाई है।"

"जुम्मी ने जब ई सलाह दी तो वाकी दौरानी (देवरानी) मजीदन वापे भहरा (टूट) के पड़ी के तू तो देएगी ही ऐसी सलाह। तैने भी तो सुसरा ढेड पे खूब फड़वाई ही खूसनी। हुँ, सौ मूसी खाके बिल्ली कैसी हज्ज करना की सलाह दे री है ! ऊ तो वली मोहम्मद ने चुप्प करवा दी, नहीं मजीदन सुसरा-बहू की ऐसी पत्तल फाड़ती के सारी हवेली देखती रह जाती। आखिर सबन्ने जुम्मी की ही बात सही लगी। ई तो हसीना ही काई चोखा खानदान की है जाने जुबान ना खोली। कोई और सी होती तो अब तलक थाणा-कचैड़ी करवा देती।"

"ई तो तू सही कह री है पारो। भला खानदान की यही पिछाण होवे है।" बत्तो भी पारो के तर्क में शामिल हो गई इस बार।

●●

इतनी दूरी है हाजी चाँदमल की हवेली और असग़री के घर की। हालाँकि सच और झूठ का पता तो पारो को भी ठीक-ठीक नहीं है किन्तु इस भेद को उसने जहाँ से भी चुराया उसे सुनकर सोनदेई या बत्तो ही नहीं कोई और भी सुनता तो विश्वास किए

बिना नहीं रहता। सच पूछा जाए हाजी की हवेली के गज़भर चौड़े आसार में अवश्य ही ऐसी कोई दर्ज़ है, जिससे आँख लगाकर पारो ने यह दृश्य अपनी स्मृति में क़ैद किया है। लेकिन न जाने क्यों जब भी वह इस दृश्य की कल्पना करती है, तभी उसे लगता है मानो लम्बे-लम्बे ज़हरीले सुर्ख़ कनखजूरे उसकी देह पर सरसरा रहे हैं।

तेरह

कुछ देर पहले तक पारो को अपनी देह पर जिन असंख्य कनखजूरों की महज सरसराहट महसूस हो रही थी, अब लगने लगा उनके क़तारबद्ध नुकीले पाँव उसकी नर्म-मुलायम जाँघों में धँसने लगे हैं। पूरा जिस्म एक लिजलिजेपन से सिहर उठा। रोआँ-रोआँ एक अकल्पनीय भय से भयभीत हो, इस तरह मुस्तैद हो गया जैसे एक-दूसरे को इनके आने की सूचना दे रहा है।

पारो ने उस दिन अपना अतीत बयान करने से पूर्व अपने आपको कितना कठोर बनाया होगा, कितना निर्मम बनाया होगा तथा अपने आपको कितना छीजा होगा—वही जानती है। न जाने कैसे असग़री की अनुभवी आँखों को इतनी जल्दी उसके अतीत पर शक-सा हो गया। कई बार असग़री ने शब्दों को चुबलाते हुए इसकी थाह लेनी भी चाही, किन्तु हर बार पारो बड़ी सफ़ाई से उससे बच निकलती। पारो असग़री से बचने की जितनी कोशिश करती, असग़री के शुबहा के नाख़ून उतने ही पैने होते जाते।

अन्ततः एक दिन असग़री को भी जैसे मौक़ा मिल गया। बहुत सोचने के बाद यही एक तरीक़ा सूझा उसे।

●●

दोनों सास-बहू इतनी दूर निकल आईं कि जहाँ तक निगाह जाती बस मुँडे हुए खाली खेत ही दिखाई देते। पारो ने मन ही मन सोचा कि इस शिखर दोपहरी में वह पूरी ताक़त के साथ चीख़े तो शायद ही किसी को उसकी चीख़ सुनाई दे। दूर-दूर तक आदमी जात का नामोनिशान नहीं।

असग़री ने बेहद प्यार से पारो का हाथ पकड़ा और थोड़ा आराम करने की सलाह देकर एक शीशम के नीचे ले गई।

इस सलाह पर पारो ने हल्का-सा विरोध भी किया।

"मईया, आराम तो घर भी हे जाएगो...पहले ईंधन तो कर लेएँ।" नहीं बाँच पाई पारो सास की मंशा को।

लेकिन असग़री ने कोई जवाब नहीं दिया। बस, चुपचाप शीशम के नीचे बैठ गई—बिल्कुल इस तरह मानो यहाँ तक आते-आते वह बहुत थक चुकी है। न चाहते हुए भी पारो सास का अनुसरण कर बैठ गई उसके सामने।

असग़री के पहले ही सवाल पर पारो ने चारों ओर दूर-दूर तक एक बार फिर देखा किन्तु उसे कोई दिखाई नहीं दिया। दिल ज़ोर-ज़ोर-से इस तरह धड़कने लगा मानो उछलकर बाहर आ जाएगा।

''पारो, बेटी ऐसी कौन-सी बात ही जाके पीछे तू अपणा मुलक ए छोड़ के या मेवात में आके मरी है, ऊ भी एक हिन्दुआणी होके ?''

पारो ने कोई जवाब नहीं दिया। शीशम के तने से पीठ टिकाए बस अँगूठे से रेत कुरेदती रही।

''आखिर तैने या फत्तू में कहा देखो है ? कहा सोच के तू याके पीछे-पीछे चली आई ? कहींऽऽऽ या हरामी ने कोई नक्कस-ताबीज तो ना पिया दियो घोलके ?''

परन्तु पारो इस बार भी चुप रही। बस, टकटकी लगाए घनी पत्तियों के बीच कलोल कर रहे परिन्दों को निहारती रही। सुर्ख़ चेहरे पर एकसाथ कई भाव आए और ग़ायब हो गए।

''ना बेटी, बात तो कोई-न-कोई है जो तू मोसू (मुझसे) छुपा री है ! मैं तो वा दिन भी सुनके दंग रहगी जब फत्तू ने मोहे बताई के तू तो जात सू भी बामणी है। बेटी, हमारा या मेवात में बणिया-बामण तो दूर रहा ये छोटी-मोटी कुम्हार-खटीक जैसी जात तलक हमारा हाथ को ना खावे हैं। मैंने तो वाही दिन या हरामी फत्तू पे खूब माटी गेरी ही के ढेड तोहे ई बामणी ही मिली। अरे, लानी ही तो कोई छोटी-मोटी जात की घेर लातो...पर ई थोड़ेई पतो ही के या बेवा का भाग में तू ही लिखी ही...।'' पता नहीं असग़री और क्या-क्या कह जाती यदि उसकी आँखों के कोर नहीं भीग आते।

पहली बार पारो को अपने भीतर कुछ चटकता-सा महसूस हुआ। उसने असग़री की आँखों में आँखें डालीं, फिर उसके हाथों को अपने हाथों में लिया तथा पास सरकते हुए अपना सिर उसकी गोद में रख दिया, किसी अबोध बच्ची की तरह।

असग़री के शुबहा के जो नाख़ून पारो के अतीत को कुरेदने की चाह में तर्क-कुतर्क के सहारे उसके भीतर घुसने की कोशिश कर रहे थे, वे इस बार थोड़ा नरम पड़ गए। असग़री देर तक अपनी गोद में रखे पारो के सिर को सहलाती रही। आँखों से बहते गुनगुने पानी से असग़री की जंघा का काफ़ी हिस्सा भीग गया। एक हद तक पारो के भीतर जमे अवसाद और विषाद के थक्के आँसुओं के बहाने बाहर आ गए।

''मईया, सुने हैं के गाँम ते इतनी दूर सूने जंगल में, ऊ भी ऐसी भरी दुपहरिया में काई सीसम के नीचे ना बैठनो चहिए ?''

असग़री ने पारो को घूरकर देखा उसकी इस पहेली पर।

''हाँ, कहवे हैं के इनपे जिन्न बास करे हैं ?'' पारो ने मुस्कुराते हुए देखा सास की ओर।

एकाएक असग़री को जैसे कुछ याद आ गया और खड़े होते हुए पारो का हाथ पकड़, उसे उठाते हुए बोली, ''तू ठीक कह री है, चल खड़ी हो !''

पारो ने वापस बिठा लिया असग़री को, ''मईया, ये जिन्न-भूत मरद की जात ते

जबर ना होवे हैं। कम-ते-कम इन्ने अपनी बहू-बेटीन् की तो पिछान होवे है।"

"सही कह री है बेटी तू। पिछाण ना होवे है तो बस या मरद की जात के ही ना होवे है।"

"फिर भी बिचारे इन जिन्न-भूतन् ते डर्‌री है !" मुस्कुराते हुए पारो के होंठ वक्र होते चले गए।

"ना बेटी, चल खड़ी हो !" असग़री की देह सचमुच काँपने लगी, ठीक ऐसे जैसे शीशम से कोई प्रेतात्मा उतरकर उसकी काया में प्रवेश करने लगी है।

लेकिन पारो ने असग़री का हाथ नहीं छोड़ा।

"मईया, मैं आज तोहे सारी आपबीती सुनाके रहूँगी।"

"बेटी, मोहे ना सुननो कुछ। मोहे तो बहोत डर लग रो है। अच्छी याद दिवा दी तैने। कहीं ऊ ढेड बंसी सुनार या सीसम में सू उतरके तोमें (तुझमें) ना आ जाए। हींनी तो आई ही डिबिया कुम्हारी की बड़ी बहू। आज तलक पतो ना चलो वाको। मलूक लुगाईन् पे तो ऊ हरामी वैसे भी टूट के पड़े है...चल खड़ी हो !" सचमुच वापस चलने की ज़िद करने लगी असग़री।

"तू बेफिकर रह मईया। आज वा बंसी सुनार ए आन तो दे।" पारो ने पुनः बिठाते हुए कहा असग़री को।

चुपचाप बैठ गई असग़री पारो की बग़ल में तथा सुनने लगी अपनी बहू पारो के विगत की अन्तर्कथा।

● ●

चन्द्रकला ने कभी सपने में भी नहीं सोचा था कि अपना ही घर अवैध सम्बन्धों का एक अभेद्य किला बन जाएगा। घर की दीवारें आदमख़ोर और हिंस्र भेड़ियों की शरणस्थली बन जाएँगी।

उस दिन भी उसे कहाँ पता चलता यदि वह छोटी भाभी के मना करने के बावजूद नोहरे[1] में नहीं जाती। आज भी उस दृश्य को याद कर चन्द्रकला की धमनियों में बहता ख़ून जमने लगता है। लगता है जैसे पूरे जिस्म पर छोटे-छोटे कनखजूरों की क़तारें रेंग रही हैं।

जेठ की तपती हुई निस्तब्ध दोपहरी।

नोहरे के सबसे पिछले कोठे का अधखुला दरवाज़ा ठेलकर चन्द्रकला ने अन्दर कदम रखा ही था कि भीतर का दृश्य देखकर बदहवास ही उलटे पाँव बाहर की ओर दौड़ पड़ी। बाहर आकर ज़ोर-ज़ोर-से उछाल मार रहे कलेजे पर क़ाबू पा अभी वह कुछ समझ पाती कि पीछे से किसी ने उसे भच्च से दबोच लिया और घसीटते हुए वापस उसी कोठे में ले जाकर पटक दिया। एक झन्नाटेदार थप्पड़ उसकी कनपटी पर पड़ा। थप्पड़ इतना तेज़ था कि चन्द्रकला की आँखों के आगे अँधेरा छा गया। बाकी तो उसे याद नहीं,

---

1. नोहरा : आवास से अलग वह अहाता जहाँ जानवर रखे जाते हैं।

हाँ चेतावनी भरे ये शब्द उसे आज भी याद हैं, "अगर जे बात नोहरे ते बाहर फूटगी न, तो दारी की ए चीर के सुखा दूँगो !"

ज़मीन पर पड़े जिस्म के साथ-साथ टेंटुए पर बढ़ते दबाव से चन्द्रकला की भयातुर आँखें कंचे-सी बाहर खिंच आईं। बत्तीसी भिंच गई चन्द्रकला की। सूखे पत्ते-सी काँपने लगी वह। सामने कोने में चिपकी देह से उसकी नज़रें मिलीं कि नज़रें मिलते ही वह देह भी अलगनी पर लटकी धोती-सी थरथराने लगी।

"और सुन ! अपनी भाभी के संग चुपचाप घर चली जा...मोंहड़ा ना खुलनो चहिए, समझी !"

पता नहीं इस चेतावनी में कैसा भय घुला हुआ था कि चन्द्रकला को पता ही नहीं चला कि भाभी उसे अपने संग घर लाई थी, या वह भाभी को अपने साथ लाई थी। सचमुच यह उस चेतावनी का असर था या घर की मान-मर्यादा, इज़्ज़त-आबरू का घर की दीवारों से बाहर फूटने का डर कि चन्द्रकला का वास्तव में कभी मुँह नहीं खुला।

घर आते ही बड़ी भाभी तो अपने कमरे में जाकर धम्म-से बिस्तर पर जा गिरी।

"मैं ना कहबे ही के मंत जा नोहरे में, अब तो राजी है न...अब तो देख लियो न सबकुछ अपनी आँखन् ते !" छोटी भाभी ने आते ही डाँटा चन्द्रकला को।

"तो जाको मतलब है भाभी तोहे..."

"हाँ, मोहे सब पतो है। मैंने जभी तो मना करी ही पर मेरी मानी होए जब न।"

इसके बाद तो चन्द्रकला से खड़ा होना मुश्किल हो गया। तभी पिताजी के मठारने की आवाज़ सुन छोटी भाभी ने झट से मुँह पर पल्ला डाला और पता नहीं कब वहाँ से छिटक गई। पिता से चन्द्रकला की सिर्फ़ आँखें भर मिलीं ! ग़नीमत थी कि उसने चन्द्रकला से कुछ कहा नहीं। आँखों की भाषा ही इतनी स्पष्ट थी कि उसका एक-एक वाक्य और वाक्य में उपयुक्त एक-एक शब्द का स्वर और व्यंजन साफ़ पढ़ा जा सकता था।

उस दिन के बाद चन्द्रकला को अपना ही घर एक ऐसा असुरक्षित बाड़ा दिखाई देने लगा, जिसके चारों ओर ढाक की पतली टट्टियों के बजाय महज एक झीनी पारदर्शी झिल्ली है, और उसका भी कोई भरोसा नहीं कि कब दो मजबूत पंजे चीरते हुए आएँ और इसे छिन्न-भिन्न कर जाएँ।

किसी अनिष्टता के भय से डरी और सहमी चन्द्रकला ने इस घटना का किसी से ज़िक्र नहीं किया।

●●

महीनों तक रातभर उसे ऐसे डरावने सपने आते रहे कि बीच में जब-जब उसकी आँखें खुलतीं, तब-तब लगता जैसे पास में किसी की तेज़-तेज़ साँसें चल रही हैं, बिल्कुल हाँफने जैसी। वह साँस रोककर बिस्तर से और लग जाती। मजाल है भूल से करवट तो ले ले। अँधेरे में लगता मानो दो परिचित हाथ उसे अपने घेरे में कसते हुए जा रहे हैं। कई

बार तो चन्द्रकला मारे डर के अपने बिस्तर से उठकर छोटी भाभी के बिस्तर में जा घुसती और उससे चिपक जाती। इस व्यवधान से छोटी भाभी की नींद उचट जाती, किन्तु वह यह सोचकर फिर सो जाती कि देखा होगा पगली ने कोई दुःस्वप्न।

चन्द्रकला के तेज़ी-से होते दैहिक विकास, आम्र की बौर-सी फूटती गोलाइयों और कुन्दन-से दमकते लावण्य ने इधर उसी की सुरक्षा की चूलों को ढीला कर दिया। उस दिन बाहर का दरवाज़ा बन्द कर अन्दर चौक में नहा रही थी कि एकाएक उसे लगा कि किवाड़ों के पीछे से दो मोटे-मोटे दीये उसकी देह को पढ़ रहे हैं। चन्द्रकला ने लपककर कपड़े पहने और तेज़ी-से दरवाज़ा खोलकर देखा, तो उसे बाहर कोई नहीं दीखा। उसने गहरा साँस खींचा और धौंकनी-सी तेज़-तेज़ चल रही साँसों को क़ाबू में कर यह सोचते हुए जल्दी-जल्दी नहा ली कि हो सकता है यह उसका कोरा वहम हो। उस दिन के बाद से चन्द्रकला बेहद चौकन्नी हो गई। वह जब भी नहाती दरवाज़ा अच्छी तरह बन्द कर, उसके साथ चारपाई खड़ी कर उस पर कोई धोती-ओन्ना डालना नहीं भूलती। हाँ, उस दिन उसने पहली बार अपनी देह में हो रहे इस परिवर्तन को ध्यान से देखा, तो क्षणभर के लिए वह ख़ुद को देखकर नर्म टहनी-सी लरज़ती चली गई।

मगर उस दिन तो सम्बन्धों, मर्यादाओं, पवित्रताओं, नैतिकताओं के सारे महीन धागे जैसे एक झटके में टूट गए। शुचिताओं के सारे स्रोत मानो सूख गए। पता नहीं वह घर भी कैसे पहुँच पाई। काँपते हुए छोटी भाभी से लिपटकर इस तरह रोने लगी कि आवाज़ तक गले में घुटकर रह गई। बहुत पूछा छोटी भाभी ने किन्तु चन्द्रकला से कुछ भी बताते नहीं बना। पीछे-पीछे आई बड़ी भाभी से भी पूछा छोटी भाभी ने परन्तु उसने भी कुछ नहीं बताया।

छोटी भाभी ने ही चन्द्रकला को झिंझोड़ते हुए पूछा, "चन्दा, बता तो सही का हुओ ?"

लेकिन चन्द्रकला तो जैसे काठ हो गई।

"पतो ना, निपूती भैमाता ने जाके लिलार में का-का लिखी है !"

छोटी भाभी ने अभी अपना वाक्य पूरा ही किया था कि अन्दर प्रवेश करते हुए एक कर्कश स्वर गूँजा, "जे का रोनो-धोनो मचा रक्खो है ! कोई मरगो है जा घर में जो सब सोग मना री हो !"

पिता की आवाज़ थी यह। बड़ी भाभी तो लपककर बग़लवाले कमरे में घुस गई और चन्द्रकला ने घिघियाते हुए मुँह छोटी भाभी की गोद में घुसा लिया।

पिता ने चन्द्रकला का बाज़ू पकड़ा और उसे छोटी भाभी की गोद से बाहर खींचते हुए चिंघाड़ा, "क्यों री, कौन-सी मुसीबत आ पड़ी जो तैने जे दीदा सुजा राखे हैं।"

नीम की पत्तियों-सी थरथराने लगी चन्द्रकला। चेहरे से मानो किसी ने रक्त निचोड़ लिया। अचानक उसे लगा जो दीये उस दिन दरवाज़े की झिरी से उसके जिस्म में धँसे जा रहे थे, कहीं वे इसी पिता की आँखें तो नहीं थीं ? किसी तरह मज़बूत पंजों से अपने आपको मुक्त कर चन्द्रकला भी उसी कमरे में घुस गई, जिसमें पहले से ही बड़ी भाभी

दुबकी खड़ी थी।

"जे सारे याके चलित्तर हैं। नित नए-नए बैन बनाके छिनार बनी घूमेगी तो जेई (यही) हाल होएगो। बेमतलब साँग रचा राखो है।" फुफकारता हुआ पिता बाहर निकल गया।

एक पिता द्वारा अपनी बेटी के लिए इस्तेमाल किए गए शब्दों और उनसे ध्वनित अर्थों ने चन्द्रकला को दोनों कानों में अँगुलियाँ ठूँसने पर बाध्य कर दिया। चन्द्रकला उसी बड़ी भाभी से लिपट गई जिसका तन हमेशा उसे दुश्चरित्रता के पैबन्दों से ढका नज़र आता था। पता नहीं क्यों आज इसी बड़ी भाभी में उसे सुरक्षा का कौन-सा पहरुआ दिखाई दे रहा है ?

चन्द्रकला ने इसके बाद तय कर लिया कि निपट सूने घर में अकेले नहाना तो दूर रहा, वह इसमें रुकेगी भी नहीं। ठुके हुए आदमक़द साँय-साँय करते ईख के घने जंगल के भीतर घुसने की तो उसने जैसे क़सम खा ली। इसलिए अगले दिन वह खेतों पर गई तो थी, किन्तु दोनों भाभियों के साथ।

दूर तक जाती खेतों के बीच की पतली गली में बैठ गईं तीनों ननद-भावज।

भयातुर चन्द्रकला बार-बार अपने चारों ओर देखते हुए ऐसे चौंक जाती मानो दबे पाँव कोई अदृश्य किन्तु परिचित आकृति उनकी ओर बढ़ रही है, या फिर खेतों में छिपकर उनकी बातें सुनने की कोशिश कर रहा है। बड़ी भाभी ने पकड़ लिया चन्द्रकला का डर। हालाँकि शक तो उसे कल ही हो गया था किन्तु जब तक चन्द्रकला ख़ुद बयान न करे, वह कैसे यक़ीन करे।

बड़ी भाभी से जब बिल्कुल ही नहीं रहा गया, तब चन्द्रकला की आँखों में आँखें धँसाते हुए पूछ लिया, "बीबी, बुरो ना माने तो एक बात पूछूँ ?"

तुरन्त भाँप गई चन्द्रकला कि बड़ी भाभी क्या पूछना चाहती है। घायल बछिया-सी कातरता के साथ उसकी ओर देखा। जवाब कुछ नहीं दिया।

"कल ऐसी कौन-सी बात ही जाए तू कह ना सकी ?"

चन्द्रकला ने एक बार फिर बड़ी भाभी की आँखों में झाँका। दोनों की आँखों ने मानो एक-दूसरे की व्यथा बाँच ली। अगले ही क्षण बड़ी भाभी से लिपट गई चन्द्रकला और ज़ोर-से हूक मारकर रो पड़ी।

"बीबी, तोहे मेरी सौं है...बता तो सही आखिर बात का ही ? अगर तू कल ही बता देती तो मैं जभई तेरे संग चलती और दारी के वा बिजार ए हँसिया ते फाँस के आती। देखती मेरी गऊ-सी ननद पे किसने आँख उठाई है।" ज़मीन पर पड़ी हँसिया की मूठ पर छोटी भाभी की पकड़ सख़्त होती चली गई।

"भाभी, का बताऊँ ? ऐसी तो कभई सुपने में भी ना सोची ही के..."

चन्द्रकला आगे अभी कुछ और कहती कि तभी उनके बाएँवाले खेत में कुछ हलचल-सी हुई। चन्द्रकला लपककर छोटी भाभी से चिपट गई। बड़ी भाभी एकदम मुस्तैद हो गई। परन्तु अगले ही पल तीनों ने देखा कि अपने ही मोहल्ले का एक कुत्ता

खेत से निकलकर मेड़ पर तेज़ी-से बढ़ गया। पसीने से तर हो गई चन्द्रकला। लगा किसी ने भरा कलशा उँडेल दिया है उस पर।

"चन्दा, अगर मेरो अंदाजा गलत ना होए तो एक बात पूछूँ ?"

मौन स्वीकृति में सिर हिला दिया चन्द्रकला ने।

"कहींऽऽ खेत में कल अपने पिताजी तो ना...?"

सुनते ही चन्द्रकला ने दोनों कानों को हाथों से इस तरह भींचकर बन्द कर लिया कि मजाल है उसे कुछ सुनाई तो दे जाए, सिवाय अपने ही कानों की गहरी सुरंगों में सनसनाती हवाओं के शोर के।

बड़ी भाभी का शक तथा अंदाज़ा और पुख़्ता हो गया। छोटी भाभी का मुँह खुला का खुला रह गया। आँखें जैसे ठहर गईं।

"जी...जीजीऽऽऽ पतो है तू का कह री है ? तेरो मगज तो ठिकाने है ? तू कहीं बौरा तो ना गई है ?" छोटी भाभी का गला बैठता चला गया। शब्द कंचों का रूप ले हलक़ में फँस-से गए।

पहले तो बड़ी भाभी अपनी खोज पर निश्चल मौन धारण किए धीरे-से मुस्कुराई और फिर हँसते हुए बोली, "पर छोटी, जे बात तो मैंने अंदाजे ते कही है, मैं कौन-सी ही वा बखत मौके पे।"

"बीबी, तो का जीजी को अंदाज़ा सही है ?" छोटी भाभी ने क्षणभर रुककर लम्बा साँस खींचते हुए अविश्वसनीय भाव से पूछा चन्द्रकला से।

"हाँ भाभी।"

अबकी बार छोटी भाभी को लगा जैसे ठुके हुए खेतों की सघनता ऊँची-ऊँची सूनी हवेलियों में परिवर्तित हो गई है। ऐसी सूनी निर्जन हवेलियों में जिनके भीतर घुप्प अँधेरा है और इस अँधेरे में सभी मोखियों के पास दुनिया के सारे पिता घात लगाए बैठे हैं।

"जीजी, कहीं पिताजी या बीबी ते नोहरे बारी बात को बदला तो ना ले रे हैं ?"

"छोटी, जे तो मैंने भी ना सोची ही कभई। पर एक बात है जा आदमी की नीत अपनी सगी बेटी पे खराब हो जाए बाको कहा ईमान। मैं तो फिर जा घर की बहू हूँ, बाके छोरा की लुगाई ऊ भी बेटी समान।"

"ठीक कह री है तू, जैसे पिताजी हमारे पिता समान ससुर तो हैं पर पिता कभई ना हो सकेंगे।" छोटी भाभी ने बड़ी भाभी के कहे का अर्थ खोलते हुए कहा।

इस बीच पता नहीं कब सन्नाटा आकर उनके बीच बैठ गया। ऊँचे-ऊँचे खेतों की ख़ामोशी चन्द्रकला को काटने लगी। छोटी भाभी तो हाँफने लगी ठीक ऐसे जैसे ससुर नाम का कोई व्यक्ति उसके पीछे दौड़ा आ रहा है।

"तेरे कनै हँसिया तो ही बीबी, वाही बखत तू..." छोटी भाभी ने पिच्च से ज़मीन पर थूकते हुए अपना वाक्य अधूरा छोड़ दिया। पता नहीं यह वाक्य किसकी मुक्ति के लिए इस्तेमाल किया छोटी भाभी ने—अपनी ननद चन्द्रकला के लिए, या अपने पिता समान ससुर के लिए।

"सही कह री है छोटी, अच्छो रहतो जे तू या तो अपनी लीला खतम कर लेती या फिर वा राच्छस की।"

आश्चर्य हुआ चन्द्रकला और छोटी भाभी को बड़ी भाभी के मुँह से फूटे इन शब्दों को सुनकर। लगा जैसे किसी छोटी-सी पहाड़ी के पीछे कोई बिजली चमकी हो। महसूस हुआ बहुत ऊँचाई से किसी खोए हुए प्रपात की पतली धार उनके बीच आकर गिरी हो।

"पर बीबी, पिताजी ने कही का ही ?"

"भाभी, बताते हुए हलक सूख-सूख जावे है। बताबे की बात होए तो बताऊँ भी।"

"चन्दा, अगर बताबे से ऐसे ही डरती रही तो एक दिन मेरी तरह तू भी..."

"भाभीऽऽऽ !" चन्द्रकला के पपड़ाए होंठ बस फड़फड़ाकर रह गए। भीतर तक छिलती चली गई वह।

दोनों भाभियों ने बहुत हिम्मत बँधाई। अच्छे-बुरे का खूब वास्ता दिया, तब कहीं जाकर थोड़ी-सी खुली चन्द्रकला, "और भाभी जैसे ही मैंने पीछे मुड़के देखी के मेरी तो दाँती ही भिचगी। पतो ना वाने कब अपनी धोती खोली और कब नीचे सरका दी। भाभी, याते पहले ऊ मोपे (मुझ पर) झपट्टा मारतो मैं तो भग दी आँख बन्द करके...पतो ना घर भी कैसे पहुँची।"

बड़ी भाभी ने किसी तरह की प्रतिक्रिया व्यक्त नहीं की। छोटी भाभी, उसकी रह-रहकर हँसिया की मूठ पर पकड़ सख़्त-ढीली होती रही।

बड़ी भाभी हौले-से चन्द्रकला को अपने अंक में समेटते हुए बोली, "चन्दा, बीबी हिम्मत करके अगर मैं भी भागके तेरे भईया के जा लिपटती और सारी बात बता देती, तो ई तेरी भाभी अपने पिता समान सुसर की लौंडिया ना बनी फिरती। पतो ना, जा बखत हमारे पिता समान सुसर की आँखन में कैसो खौप हो जाने मेरी जुबान ही कील दी। जब बताई तो बहोत अमेर होगी। उल्टी तेरे भईया ने ई तोहमत और लगा दी के तू तो बस मेरी नाम की ब्याहता है, लुगाई तो तू मेरे बाप की ही है।"

"याके भईया, हुँ...वे भी तो बाप के टिक्करन पे जी रे हैं। देख ना री हो जेठ जी तो चरसी बने बौराए घूमे हैं और हमारे वे रात-दिन दारू के नसे में डूबे रहबे हैं। का पतो बैरी बाप ने जानबूझ के बेटान् में जे ऐब डारे होएँ !" छोटी भाभी कुछ पल रुककर उठते हुए फिर बोली, "बीबी, बुरो ना माने तो एक बात कहूँ ?"

बड़ी भाभी और चन्द्रकला ने एकसाथ झाँका छोटी भाभी की आँखों में।

"मेरी माने तो मौका पाके काई के साथ उछट जा।"

"हाँ चन्दा, छोटी कह तो सही रही है। अगर तू इन भईया और या बाप के भरोसे बैठी रही तो समझ ले पड़गे तेरे भाँवर।" बड़ी भाभी ने छोटी भाभी के तर्क से सहमत होते हुए कहा।

चन्द्रकला प्रतिक्रियास्वरूप कुछ कहती कि तभी छोटी भाभी की नज़र सामने से आ रहे अपने ससुर पर पड़ गई। कोहनी के टहले से जेठानी को चेताते हुए छोटी खड़ी हो

गई। चन्द्रकला के तो पैर ही जवाब दे गए। पूरी देह बर्फ़ की मानिन्द ठंडी पड़ती चली गई। अच्छा हुआ कि कुछ न कहकर वह दाईं ओर मुड़ गया। चन्द्रकला को तो होश ही तब आया, जब छोटी भाभी के ये शब्द उसके कानों में पड़े, "जीजी देखी, कैसी हमारी सीआईडी करते डोले हैं !"

इसके बाद तीनों ने हल्के-हल्के ईख के भरोटे बाँधे और चन्द्रकला को बीच में कर घर चली आईं।

●●

चन्द्रकला ने छोटी भाभी के साथ ही देखा था उसे पहली बार।

चिलचिलाती धूप और आग बरसाती जेठ की गरम हवाओं के थपेड़ों से जूझता वह तभी विश्राम करता जब पूरा काम निपट जाता। पसीने से भीगी बनियान देह से ऐसे चिपकी होती जैसे बरसात में भीगे तने से पत्ते। बक़ौल छोटी भाभी कभी-कभी तो पसीने की तीखी दुर्गन्ध के कारण उसके पास खड़ा होना दूभर हो जाता। वह साँस रोककर दूर से ही कलेऊ का कटोरदान उसके पास रखती, और एक झटके से इस दुर्गन्ध की परिधि से बाहर आकर ही साँस लेती।

लगभग महीना हो चुका है इसको आए हुए।

उस दिन भी चन्द्रकला के साथ छोटी भाभी ही थी। ठहाटा मारती बलिष्ठ भुजाओं की सख़्त मछलियाँ। शान्त, क्लान्ति-विहीन चेहरा।

छोटी भाभी ने यूँ ही पूछ लिया था उससे, "ऐं रे भईया, तू कहाँ ते आयो है ?"

कोई जवाब नहीं दिया उसने। बस, चुपचाप छोटी भाभी के हाथ से कटोरदान लिया तथा छह-सात कदम की दूरी पर पीठ फेरकर कलेऊ करने लगा। कलेऊ कर ट्यूबवैल की धार के नीचे धोए गए कटोरदान को वापस देकर जाने लगा, तो छोटी भाभी ने मुस्कुराते हुए एक बार फिर कोंचा, "ऐं रे भईया, हम का तेरे मुँ ते कोर छीने हैं, जो तू रोजाना इतनी दूर जाके और ऊ भी पीठ फेरके कलेऊ करे है !"

जाते-जाते रुक गया वह।

"सेठाणी, बात ई ना है...दरस्सल भोज और भजन इकंत (एकान्त) का ही होवे हैं।"

सिर भन्ना गया छोटी भाभी का। इस रूखे-से दीखनेवाले आदमी से इतने गहरे जवाब की उम्मीद बिल्कुल नहीं थी। उसने तुरन्त अपने को सँभाला और वापस पहलेवाले प्रश्न पर आ गई, "भईया, तैने ई तो बताई ना के तू आयो कहाँ ते है ?"

"सेठाणी, कहा करोगी पूछके।"

"कछु बुराई है ?"

"ना, ऐसी बात ना है।"

"तो फिर ?"

एक अनजाने द्वन्द्व से घिर गया वह कि बताए या न बताए। अन्ततः उसे बताना

ही पड़ा।

"सेठाणी, मुलक है मेरो मेवात।"

"मेवाऽऽऽत ! भईया ई कौन-सो मुलक है ? हमने तो सुनो ही आज है।" हैरान होते हुए पूछा छोटी भाभी ने।

"जभी तो मैं कह रो हो सेठाणी के कहा करोगी पूछके।"

सचमुच छोटी भाभी को अपनी ग़लती का अहसास हुआ, "चल छोड़, मुलक-वुलक ते का लेनो, पर ई तो बता दे के जात कौन-सी है ?"

"सेठाणी, तम अपणे घर जाओ, कुछ ना धरो है इन बातन् में। अगर मैंने जात बता दी तो फिर तम ई पूछोगी के ई कौन-सी जात है।" इतना कहकर सचमुच वह आगे बढ़ गया।

"अरे भईया सुन तो सही, हम कोई तोहे गारी दे री हैं...हम तेरी जात ही तो पूछ री हैं !" इस 'हम' में इस बार छोटी भाभी ने बेवजह चन्द्रकला को भी लपेट लिया।

"सेठाणी, गाली तो ना दे री हो पर सुनके मुँ सू गाली ही निकलेगी।"

"का मतलब ?"

"हाँ सेठाणी।" इस बार उसने धीरे-से नज़रें उठाकर उन दोनों की तरफ़ देखा और फिर बेहद धीमे स्वर में, यानी इतने धीमे स्वर में बोला कि उन्हें सुनाई भी स्पष्ट नहीं दिया तथा अपनी ओर से वह यह भी बता गया जिसे वे पूछना चाह रही हैं।

"मेऽऽऽव !" एक बार फिर हैरानी से पूछा छोटी भाभी ने।

"हाँ सेठाणी, मेव।"

"भईया, तू हमारे ऊपर एक अहसान और कर दे...अपनो नाम और बता दे बस्स !"

छोटी भाभी की इस निश्छलता पर उससे मुस्कुराए बिना नहीं रहा गया। सचमुच इन्हें पता नहीं है कि मेव होते कौन हैं ? धर्म-संकट में फँस गया वह क्योंकि उसे पता है कि नाम सुनते ही उन दोनों की ओर से क्या प्रतिक्रिया होगी, फिर भी उसने नाम बता ही दिया।

नाम सुनते ही छोटी भाभी तो जैसे किसी गहरी खाई में गिरते-गिरते बची, "तो...तो भईया जाको मतलब है तू कटल्ल...मेरो मतलब मुसलमान है ?" अपनी ग़लती को तुरन्त सुधारते हुए पूछा छोटी भाभी ने।

"हाँ सेठाणी।" इतना कहकर वह आगे बढ़ गया। शायद अपने बारे में उसे इससे ज़्यादा ज़रूरत भी नहीं थी परिचय देने की।

'इसका अर्थ यह हुआ कि आज तक जिसके लिए वे अपने बर्तनों में खाना-कलेऊ लाता रही हैं, वह मुसलमान है।' छोटी भाभी के हाथ से मँजा हुआ कटोरदान गिरते-गिरते बचा। उसने तुरन्त उसे अपने हाथों से पुनः रेत से रगड़-रगड़कर माँजा और ट्यूबवैल की धार के नीचे धोकर चन्द्रकला के साथ चल पड़ी घर की ओर।

अब तो छोटी भाभी के पाँव खेतों का नाम सुनते ही जवाब देने लगते। न चाहते

हुए भी जब कभी खेत में काम करते इस फ़तह मोहम्मद अर्थात फत्तू पर नज़र पड़ती, तभी उसका हलक़ सूखने लगता। हर बार उसे फत्तू यही योजना बनाता नज़र आता कि किस दिन उसे मौक़ा मिले और किस दिन वह उसकी गर्दन रेतकर चलता बने। काटने-पीटने में तो ये वैसे भी बहुत निर्दयी होते हैं।

छोटी भाभी ने बड़ी भाभी समेत चन्द्रकला को ताकीद कर दी कि खेतों में जाते समय वे पूरी सावधानी बरतें। चन्द्रकला को तो उसने विशेष रूप से सजग रहने के लिए कह दिया कि सुन्दर और जवान हिन्दू औरतों के ये ख़ास दुश्मन होते हैं।

इस तरह दिन नहीं महीनों गुज़र गए मगर फत्तू ने किसी की तरफ़ आँख उठाकर भी नहीं देखा। उन्हीं मजबूत कन्धों और हाथों, जिन पर सबने शक किया था उन्हें या तो फावड़ा चलाते हुए देखा जाता या हल की मूठ थामे हुए। कभी उन्हें ईख काटते हुए देखा जाता, तो कभी पानी देने के लिए नर्म-मुलायम रेत के धोरे बनाते हुए देखा जाता।

भय का आवरण धीरे-धीरे हटता चला गया। अब तो चन्द्रकला को भी लगने लगा कि जब से फत्तू आया है उसमें उसे सुरक्षा का कवच दिखाई देने लगा है। फत्तू के खुरदरेपन में उसे एक मुलामियत-सी नज़र आने लगी। खेतों पर तो उसे महसूस होता जैसे दो आँखें लगातार उसका पीछा करतीं, उसकी सुरक्षा में लगी हुई हैं।

और एक दिन फत्तू ने हिम्मत करके यूँ ही पूछ लिया चन्द्रकला से।

''सेठाणी, बुरो ना माने तो एक बात पूछ लूँ ?'' इस परिवार की सारी औरतें फत्तू के लिए अब तक सेठानी हो गईं।

पहला संवाद था यह फत्तू का चन्द्रकला से।

''बुरी मानने की होएगी तो मान भी जाऊँगी।'' पलकें झुकाए हुए कहा चन्द्रकला ने।

''ईऽऽऽ लालाजी तेरो सगो बाप है ?''

संवाद के रूप में पहले ही सवाल पर भारी-भारी हथौड़े बजने लगे मस्तिष्क में चन्द्रकला के। पसीना छलछला आया माथे पर। कहीं छोटी भाभी ने मज़ाक में इसे पूरा क़िस्सा...नहीं, छोटी भाभी ऐसा क्यों करेगी ? तो क्या इसने पिताजी और बड़ी भाभी को किसी दिन...? चन्द्रकला किसी गहरे कुएँ में उतरने लगी। उसने अपने आपको संयत किया और चेहरे को भावहीन बनाते हुए उलटा सवाल किया, ''क्यों, कछु सक है ?''

''ना-ना मैंने तो बस ऐसेई पूछ ली।'' चन्द्रकला ने जिस लहजे में प्रतिप्रश्न किया उससे फत्तू अकबका गया।

फत्तू ने उसी समय विषय पर विराम देने में अपनी भलाई समझी और बिना कुछ कहे खेत में घुस गया।

इसके बाद चन्द्रकला सप्ताहभर खेतों पर नहीं आई। समझ गया फत्तू उसके न आने का कारण। उसे जब भी कोई दूर से आता दिखाई देता, उसकी धड़कनें तेज़ होने लगतीं। वह दूर से ही देख लेता कि चन्द्रकला अकेली है या कोई उसके साथ है। एक

अनिश्चितता लगातार उसका पीछा करती रहती।

जिस दिन वह आई तो आते ही फत्तू हाथ जोड़कर उसके सामने खड़ा हो गया तथा घिघियाते हुए बोला, "सेठाणी, मैंने तो वा दिन ऐसे ही पूछ ली। पूछणा के पीछे मेरी कोई ऐसी-वैसी मंसा ना ही। गल्ती होगी मोसू। आईन्दा मैं ना पूछूँगो तिहारी घर की बात।"

चन्द्रकला चुप रही। उसने सावधानी के साथ कटोरदान खोला और खीर से भरी कटोरी फत्तू की तरफ़ बढ़ाते हुए बोली, "आज मावस ही।"

फत्तू ने चुपचाप चन्द्रकला के हाथ से कटोरी ली और कटोरदान से रोटियाँ लेकर उठने लगा कि चन्द्रकला का स्वर फूटा, "फत्तू, आज यहीं बैठके खा ले !"

चन्द्रकला के आग्रह बल्कि कहिए आदेश दोनों को टालने की हिम्मत नहीं कर पाया फत्तू। उसने वहीं पीठ फेरी और खाना खाने लगा। इस बीच चन्द्रकला ट्यूबवैल से कटोरदान में पानी ले आई।

कुल्ला करके फत्तू उठकर जाने लगा तो चन्द्रकला बोली, "फत्तू, जा दिन तैने पूछी ही के ई लालाजी मेरो सगो बाप है कै। सच्ची बता तोहे का लगे है...मेरी सौं है फत्तू जो तू झूठ बोले।"

"सेठाणी, बाप तो ई तेरो सगो ही होएगो पर ईमान सू पूछे न यामें बाप जैसा गुण हैं ना। पता ना क्यों मोहे याकी नीत में हर बखत खोट दीखे है।" अपने तर्क पर शक का लेप चढ़ाते हुए कहा फत्तू ने।

"जाकी कोई बजह ?"

"बजह-वजह तो कुछ ना है, बस जब देखो अपणी बहू-बेटीन्ने तकतो रहवे है। मोहे याका बैन ठीक ना दीखे हैं...फिर भी, हो सके मेरो अंदाजो गलत होए और खुदा करे गलत ही होए।"

"फत्तू, तेरो अंदाजा और सक दोनूँ बिल्कुल सही हैं। बाप तो मेरो ई सगो ही है पर..."

"सेठाणी बस, अब आगे बताना की जरूरत ना है।" इतना कहकर फत्तू ने हँसिया उठाई और तेज़ी-से सामनेवाले खेत में घुस गया।

● ●

असग़री का पूरा शरीर ठंडा पड़ गया।

पारो ने घबराकर उसका माथा छुआ, फिर नब्ज़ टटोली तथा अन्त में उसे झिंझोड़ती हुई बोली, "मईया, ओ मईया !"

असग़री ने कोई जवाब नहीं दिया—बस टकटकी लगाए पारो को देखती रही। हाथ-पाँव फूल गए पारो के। उसे अपनी ज़िद और फ़ैसले दोनों पर गुस्सा आने लगा कि क्यों नहीं उसने उसकी बात मानी। कहीं ऐसा तो नहीं है कि कुछ देर पहले वह जिस बंसी सुनार की बात कर रही थी, वह इस शीशम से उतरकर इसमें प्रवेश

कर गया है !

पारो ने इस बार ज़ोर-से झिंझोड़ा असग़री को। सचमुच असग़री इस बार हड़बड़ाते हुए जैसे नींद से जागी। उसने अपने चारों ओर निगाह डालते हुए ऐसे देखा मानो उसकी आँखें किसी को खोज रही हैं। किसे खोज रही हैं, असग़री स्वयं ही भूल गई। खुद ही भूल गई असग़री कि जिसे वह खोजती हुई ईख के बियाबान में भटक रही है, वह तो उसके सामने बैठी है।

''पारो, बेटी चन्दा ने ई एकदम सही फैसला लियो के अपणा वा रावण-सा बाप के तमाचा मारके वा फत्तू के पीछे हो ली। वाकी जिगह अगर मैं होती तो मैं भी यही करती जो वा चन्दा ने करी ही। बल्कि मैं तो ऐसा ढेड बाप का मगज ए खिलाके आती, पीछे जो होती देखी जाती।'' असग़री का ताँबई चेहरा खिंचता चला गया। मुट्ठियाँ रह-रह खुलने और बन्द होने लगीं। आँखों से इस पिता नाम के रिश्ते के प्रति घृणा और लिसलिसेपन का ताप उठने लगा।

सास की इस भंगिमा पर पारो जैसे निहाल हो उठी। मुग्ध हो उठी अपने उस निर्णय पर जिस पर असग़री ने अपने समर्थन की मोहर लगा दी, किन्तु अगले ही पल उसके भीतर हिलोरें ले रही उत्कटता इस डर से बैठती चली गई कि चन्द्रकला यानी चन्दा तो पारो के रूप में उसके सामने बैठी है, फिर वह कौन-सी चन्दा की बात कर रही है ? उसने उसके सामने अलग-अलग मुद्राओं और भंगिमाओं के द्वारा स्वयं को चन्दा के रूप में चिह्नित करने की कोशिश की, किन्तु असग़री को पारो में चन्दा का अक्स नज़र नहीं आया।

''मईयाऽऽऽ, तू जा चन्दा की बात कर्री है ऊ तो तेरे आगे बैठी है, तेरी आँखन् के आगे !'' पारो ने लगभग झुँझलाते हुए असग़री का हाथ पकड़कर अपने आपसे छुआते हुए कहा।

असग़री ने पारो का पूरा जिस्म टटोला और दीर्घ निःश्वास लेते हुए अपने आपको मलामत देती हुई बोली, ''जा दारी, मैं तो जाने तोहे कहाँ-कहाँ ढूँढ़ आई।'' असग़री ने इस बार पारो को अपने निकट खींचा और उसे बाँहों में भरते हुए बोली, ''पारो, बेटी अब तू भूल जाके तू कदी चन्दा या चन्दरकला ही। अब तो तू पारो है या असग़री की बहू।''

''मईया, अपनो आपो कभई इतनी जल्दी भुलायो जावे है ?''

''बेटी, ना भुलाएगी तो हर बखत तू अपणे आप ए उन खेतन् में खड़ी पाएगी जहाँ पहले ही तेरो बाप खड़ो है। बेटी, अब तू बस मेरी बहू बणके रह, छोड़दे अपणा माँ-बाप की चन्दा बणनो !''

चन्दा !

अतीत से बतियाते हुए यह शब्द पारो की स्मृति में अठखेलियाँ करने लगा—बिल्कुल मासूम चन्दा की तरह। पारो की हिलकियाँ बँधती चली गईं, ''म...मईया, अपने बाप की चन्दा तो मैं कभई ना ही, पर अपनी भाभीन् की चन्दा ए कैसे भुला दूँ !'' पारो

को लगा मानो घर और नोहरे की अकेली दीवारों से दोनों भाभियों की आवाज़ें 'चन्दा-चन्दा' पुकारती हुई बौराई-सी उसे ढूँढ़ती हुई घूम रही हैं।

"घबराए मत बेटी, बखत सारा घावन्ने हौले-हौले सऽऽऽब भर देएगो।" असग़री ने धीरे-से नज़रें बचाते हुए आँखें पोंछ लीं।

"मईया, अब पतो चलो है कि घर में माँ को होनो कितनो जरूरी है।"

कुछ पलों के लिए जैसे सब ठिठक गया दोनों के बीच। कितने सवाल एक-दूसरे की आँखों में उभरे और ग़ायब हो गए।

तभी न जाने पारो को क्या सूझा कि उसने असग़री का हाथ पकड़ा और उसे उठाते हुए बोली, "मईया, खड़ी हो...चल बहोत अमेर होगी। कहीं ऐसो ना होए तेरो बंसी सुनार उतरके नीचे आ जाए।"

असग़री ने मुस्कुराते हुए पारो की आँखों में झाँका।

"पारो, बेटी एक गुजारस है।"

चलते-चलते रुक गई पारो।

"बेटी, तू ई मईया-मईया कहनी और छोड़ दे। माई कह कर जैसा हमारा मेवन् में कहे हैं...वैसेऽऽ कोई जबरदस्ती ना है मैं...मैं तो बस्स..."

घूरकर देखा पारो ने असग़री की ओर। सहम गई असग़री पारो की इस भंगिमा पर।

"काँई लू ना है जबरदस्ती आखिर असगरी की बहू है पारो !" असग़री के अधिकार और अपनेपन को अपने शब्दों में उकेरा पारो ने।

मुँह खुला का खुला रह गया असग़री का। विस्फरित नेत्रों से टकटकी लगाए देखती रह गई पारो को। लगा जैसे कानों में दूर से किसी रतवाई के बोल पड़े हो। शिखर दोपहरी में पड़ रही ठंडी फुहारों में वह नितान्त अकेली खड़ी भीग रही है।

एकाएक असग़री कनखियों से देखते हुए ज़ोर-से हँस पड़ी, "हरबाबन[1], तू तो सालभर में ही पूरी मेवणी होगी !"

अवाक पारो से कुछ भी कहते नहीं बना। पता नहीं कितनी देर तक बिना कुछ कहे और बिना कुछ बोले पारो असग़री की आँखों में तथा असग़री पारो की आँखों डूबती-उतरती रही।

चौदह

हाजी चाँदमल की हवेली कई दिनों तक एक तटीय जंगल बनी रही। दूर तक आसमान में बादल का न कोई थक्का दीखा, न किसी झोंके का पूर्वानुमान ही लग पाया। न किसी ने दरख़्तों के बीच कोई फुसफुसाहट सुनी, न ही पत्तों ने किसी तरह की आहट होने

1. हरबाबन : प्रपंची

दी। न दूर तक फैले समन्दर में थरथराती लहरों ने कोई शक पैदा होने दिया, न किसी पाल ने आकर किनारे पर कोई सूचना दी। शायद इस सबकी ज़रूरत थी भी नहीं क्योंकि पूरा जंगल जानता है इस सन्नाटे का मतलब, और फिर वह क्यों बताए अपने मौन रहने का कारण ?

पूरी हवेली को जैसे यक़ीन हो गया कि सप्ताहभर पहले जो कुछ इस हवेली के भीतर घटा था, उसे हवेली के साथ-साथ पूरा मोहल्ला भूल चुका है, यहाँ तक कि खुद हसीना भी। मगर यह कोरा भ्रम था। जानबूझकर भुला देने का वहम। जब पूरा मोहल्ला अपने भीतर इस हवेली के असंख्य अनदेखे-अनसुने काल्पनिक प्रसंगों और किंवदन्तियों के शील-अश्लील चित्रों और उनके पक्ष में अकाट्य प्रमाणों को सहेजकर रख सकता है, तब इस हवेली विशेषकर हसीना के लिए कैसे सम्भव है कि अपनी देह पर दाग़ दी गई अमिट छापों को वह भुला दे ?

जमशेद को देखते ही हसीना हूक मारकर इस तरह रो पड़ी, मानो मुद्दत से किसी बाँध में रुका पानी उसके किनारों को तोड़कर बह पड़ा हो। जमशेद अवाक। दादी ज़ैतूनी और जुम्मी रह-रहकर सलाह देती रहीं पिछली बातों को भूल जाने की। जेठानी होने के नाते जमीला, ज़ुबैदा और रमज़ानो ने लाख दुहाई दी कि इस हवेली की और मिट्टी ख़राब करवाने से कोई फ़ायदा नहीं है।

''हसीना, दारी जब तेरा पीतसरा ने तेरे आगे फेंटा धर दियो, तो तेरो फिर भी पेट ना भरो !'' दादी ज़ैतूनी ने हसीना को डाँटते हुए कहा।

दादी ज़ैतूनी का इतना कहना था कि मजीदन बिफर पड़ी, ''माई, तैने ई भली कही। याको मतलब तो ई हुओ के या हवेली का मरद रात-बिरात इकल्ली देख के हमन्ने गुथता रहँ और हम मुँ पे ताला लगाके चुप बैठी रहँ !''

जमशेद जो काफ़ी देर से किसी भूल-भुलैए में भटका हुआ था, उसे धीरे-धीरे उलझी हुई गिरह अब सुलझती दिखाई देने लगी। फिर भी अपनी आदत के अनुसार संयम और शालीनता का अतिक्रमण किए बिना चाची मजीदन की ओर पलटा, ''काकी, आखिर बात है कहा ?''

''मोसू कहा पूछे, अपनी बूढ़ी माँ सू पूछ...या अपनी ताई जुम्मी सू पूछ जो तेरी लुगाई ए ई सलाह दे री हैं के मुँ बन्द रखणा में वाकी और या हवेली की भलाई है।''

इस बार जमशेद ने दादी ज़ैतूनी की ओर देखा लेकिन दादी ज़ैतूनी ने जमशेद को कोई जवाब नहीं दिया, उलटा हसीना के पास आते हुए बड़ी आत्मीयता के साथ अनुनय करते हुए समझाने लगी, ''हसीना, बेटी अगर तू चाहवे है के या हवेली का पाड़-तिवाड़ (बँटवारा) ना होएँ और हम बड़ा-बूढ़ान् की पाग ना उछले, तो मेरी हाथ जोड़ा सू गुजारस है के अपणी छाती पे घूँसो मार ले। तू यही सोच के सबर करले के तेरे साथ कुछ हुओई ना। अरी बावली बेटी, अगर तेरे संग यासू जादा कुछ हो जातो तो तू कहा करती, यही के काई कुआ-पोखर को मुँ देख लेती।''

''यही काम कर लेती तो बढ़िया रहती। कम-सू-कम इन रावणन् सू तो याको पीछो

छुट जातो !" मजीदन का गला रुँध आया। ग़ुस्से से आँखों के कोर गीले हो उठे।

"हाँ बेटी, अगर यही कर लेती तो मेरी तरह मुँ छुपाती ना डोलती !" इस बार जुम्मी भी नहीं रोक पाई अपने आपको और हसीना को छाती से लगाते हुए सुबक पड़ी।

मोतियाबिन्द से त्रस्त दादी ज़ैतूनी की आँखों से मोटी-मोटी बूँदें गिरने लगीं। हवेली के भीतर का वातावरण एकाएक आर्द्र होता चला गया। एक तरफ़ हसीना की जेठानियों जमीला, ज़ुबैदा, मोहसिना, ज़ीनत, रमज़ानो और ज़रीना की हिलकी बँधती चली गई, तो दूसरी तरफ़ खड़े याक़ूब, मुबीन, युनूस, जावेद, इक़बाल, इरशाद के साथ हवेली के ज़िम्मेदार कहे जानेवाले वली मोहम्मद, हसन मोहम्मद, चाँदमल और नसीब ख़ाँ इस कृत्य से पैदा हुई मलामत और ज़िल्लत से शर्मसार होते रहे। जमशेद की आँखों से रह-रहकर मानो ख़ून टपकने लगा। कनपटी की नसों का उभार साफ़ दिखाई देने लगा। नथुनों से साँसें इस तरह निकलने लगीं जैसे किसी लुहार की भट्टी से निकल रही हैं।

"हसीना तो बावली निकली, नहीं वाही बखत कुछ कर-करा देती !" जमीला यानी जुम्मी की बड़ी बहू ने दाँत पीसते हुए हसीना को धिक्कारते हुए सिसकियों के बीच सबको सुनाते हुए कहा।

पता नहीं हसीना के लिए जुम्मी, मजीदन और जमीला की सलाह थी, या फिर इस हवेली के तमाम मर्दों को दी जानेवाली चेतावनी ? जुम्मी के शब्दों में वर्षों से उसके भीतर पक रहे ग़ुस्से और अपमान का खुला विद्रोह था, या दादी ज़ैतूनी से लेकर हवेली की बाकी की स्त्रियों का सतर्क रहने का आह्वान ?

जब तक जमशेद वहाँ खड़ा रहा लगा, जैसे शिराओं में दौड़ रहा ख़ून पानी हो गया है। पूरा जिस्म ऐंठ-सा गया। मुट्ठियों में रह-रहकर जुम्बिश होती रही। जब-जब अपने ही 'पिता' का चेहरा उसके अवचेतन से बतियाने की कोशिश करता, भुजाओं की मछलियाँ फड़फड़ाने लगतीं। बार-बार जमशेद के चेतन और अवचेतन के बीच रिश्तों की एक ऐसी महीन दीवार आ खड़ी होती, जिसके एक ओर किसी असुर का अट्टाहस सुनाई देता, तो दूसरी ओर वरक में लिपटा एक ऐसा अक्स दिखाई देता जिसकी शक्ल हू-ब-हू उसके पिता यानी दीन मोहम्मद से मिलती है।

काश ! हसीना को छूनेवाले हाथ इस हवेली के बाहर, या इस पिता के अलावा किसी और के होते। दिमाग़ की नसें फटने लगीं जमशेद की। अपनी आँखों के आगे उसे इस हवेली के तमाम पुरुषों के साथ-साथ अपना भी पौरुष पिघलता हुआ दिखाई देने लगा।

जमशेद को उसका ताऊ वली मोहम्मद बाहर पौली में ले आया। कचैड़ी में ले जाना उचित नहीं समझा वली मोहम्मद ने। शायद जमशेद की आँखों से फूटती चिन्गारियों की भाषा पढ़ ली थी उसने।

जमशेद की आँखें उस चेहरे को ढूँढ़ती रहीं जो इस समय वहाँ मौजूद नहीं है। वली मोहम्मद को समझते हुए देर नहीं लगी कि जमशेद की आँख किसे ढूँढ़ रही हैं ?

पूरी हवेली की निगाहें नसीब ख़ाँ और वली मोहम्मद पर टिकी हुई हैं। इन दोनों

से ही हवेली को उम्मीद है। ये दोनों ही उलझी हुई गिरहों को सुलझाने में सक्षम हैं। अनिष्टता और अप्रियता के झंझावतों से ये ही बचा सकते हैं इस हवेली को। इस हवेली की दीवारें बदनामी और बदकारी की रेह से यदि थोड़ी-बहुत बची हुई हैं, तो इन्हीं के कारण बची हुई हैं।

वली मोहम्मद ने पहले पौली में उचटती नज़र मारी, फिर धीरे-से जमशेद के सिर पर हाथ फेरते हुए उसकी आँखों में देखा, "जमसेद, बेटा ई अच्छो तो हुओ है ना। पहले ही या हवेली की इतनी बदनामी हो चुकी है के अब याका बारा में जो भी सुनेगो, वाहे कोई अचरज ना होएगो। बेटा, मेरी तो यही सलाह है के अब गम खाणा में ही भलाई है !"

शिष्टता के खोल से बाहर नहीं निकला जमशेद। शून्य में निहारती आँखों में एक के बाद एक भाव आते-जाते रहे। उसने धीरे-से अपने ताऊ की आँखों में झाँका तो वली मोहम्मद अपने कोरों के पतले बाँधों को नहीं रोक पाया, "जमसेद, बेटा मैं सब समझ रो हूँ के तेरे ऊपर कहा गुजर री होएगी...अगर तोहे मैं ही ना समझूँगो तो कौन समझेगो।"

पता नहीं ऐसा प्रायः क्यों होता है कि जब कभी इस हवेली का गरम ख़ून अपने तटबन्धों को ढहाने पर आमादा होता है, तब या तो वली मोहम्मद बीच में आ जाता है या फिर जुम्मी। पता नहीं इन दोनों में ऐसा क्या है, जिसे देखते ही इस हवेली का उफान मारता ख़ून चुपचाप बैठता चला जाता है।

"बेटा जमसेद, तेरी जगह अगर मेरो आकूब या मुबीन होतो तो भी मैं उनसू यही कहतो।"

किसी ने दख़ल नहीं दिया ताऊ-भतीजे के बीच चल रहे संवादों में। सब चुपचाप किसी तरह इस तूफ़ान को शान्ति से गुज़रने का इन्तज़ार करते रहे। सफ़ेद दाढ़ी और अधपकी पलकों से ढकी नसीब ख़ाँ की आँखें सारा दृश्य अपने भीतर सोखती रहीं।

आख़िर जब उससे रहा नहीं गया तब उसने भीत से टिकी पीठ को सीधा किया और जमशेद की तरफ़ पलटते हुए बोला, "हाँ बेटा जमसेद, तेरो ताऊ ठीक कह रो है। वैसे बेटा, मेरी भी यही कहन है के *कम खाणो कम सोवणो, दोनूँ बात भली/गुसो मार बस में करो, वे नर हुआ बली।*"

"जमसेद, आज तू अपणा बूढ़ा बाप की भी मान ले !" हसन मोहम्मद ने नसीब ख़ाँ का समर्थन किया।

जवाब में कुछ नहीं कहा जमशेद ने। पूरी पौली की आँखों में उसे सिवाय याचना के कुछ नहीं दिखाई दिया। अन्त में उसने दादा नसीब ख़ाँ की आँखों में उतरकर देखा। सिमटी हुई जिल्द में हल्की-सी जुम्बिश हुई।

"बूढ़ा बाप, मैं मान तो जाऊँगो पर मेरी एक सरत है ?" पहली बार ख़ामोश पौली में जमशेद का वाक्य उछला।

जिस अंदाज़ में जमशेद ने अपनी शर्त रखी उसके मद्‌देनज़र किसी को उम्मीद नहीं

थी कि ग़ुस्सा, शर्मिन्दगी और रंज से सराबोर इस पौली में कोई शर्त भी दुबकी बैठी है।

''देख बेटा, अगर कोई ऐसी सरत है जो पावन्ने ढकके सिर ए उघाड़ देएगी तो रहन दे।'' चाँदमल ने पहली बार अपने पोते से कहा।

''हेत्तेरे की ! अन्यायी, पहले याकी बात तो पूरी सुन लेओ !'' नसीब ख़ाँ ने अपने छोटे भाई चाँदमल को टोकते हुए कहा।

''सरत ई है बूढ़ा बाप के या हवेली में या तो मैं रहूँगो या मेरो बाप रहेगो।''

जमशेद की शर्त सुनकर किसी की समझ में नहीं आया कि वे इसका क्या जवाब दें।

''हूँऽऽऽ !'' इस बार दादा नसीब ख़ाँ ने लम्बा हुंकारा भरा और कोशिश करने लगा जमशेद की शर्त में छिपे मर्म को समझने की।

''पर जमसेद, बात तो फिर हूनी की हूनी (वहीं की वहीं) रही।'' हसन मोहम्मद को विनाश के दर्पण के दरकने का अहसास हो गया शायद।

''हसन, बड़ा बाप ने अपनी बात पूरी ना करी है अभी। पहले वाहे अपनी बात खतम करन दे।'' किसी सुखद परिणति की आशा में वली मोहम्मद ने हसन मोहम्मद को चुप रहने का हुक्म देते हुए कहा।

''वली मोहम्मद, जमसेद ने बहोत गहरी सरत धरी है। हमन्ने बहोत सोच-बिचार के जुआब देणो पड़ेगो।'' दादा नसीब ख़ाँ ने गूढ़ता के चौपड़ पर अनसुलझे सवालों की गोठियाँ बिखेरते हुए कहा।

पूरी पौली की नज़रें अब नसीब ख़ाँ पर आकर ठहर गईं।

नसीब ख़ाँ ने सब पर निगाह फेरने के बाद सबसे अन्त में वली मोहम्मद की तरफ़ देखा। मगर वली मोहम्मद ने किसी तरह की प्रतिक्रिया व्यक्त न कर आँखें नीची कर लीं। नसीब ख़ाँ समझ गया इसका अर्थ।

सचमुच जमशेद ने हवेली को उस दो राहे पर लाकर खड़ा कर दिया, जिसके एक छोर पर बाप के रूप में दीन मोहम्मद खड़ा है, तो दूसरे छोर पर जमशेद यानी एक बेटा।

''जमसेद, बेटा तेरो ई आखरी फैसला है ?'' अन्तिम बार पूछा जैसे दादा नसीब ख़ाँ ने।

''बूढ़ा बाप, बात फैसला की ना है...बात या हवेली की आबरू बचाणा की है।''

''कोई और रस्ता ना है ?''

''एक है।''

''कौन-सो ?'' एकसाथ कइयों के मुँह से निकला।

''यही के मैं ही या हवेली सू चलो जाऊँ।'' जमशेद बोला।

''ई तो कोई रस्ता ना हुओ यार जमसेद। ई सरत तो तैने पहले ही लगा दी ही।'' वली मोहम्मद झल्ला गया इस बार।

''और अगर हम जमसेद की बात मान लेएँ तो याकी कहा गारंटी है के ऐसी कुबद

फिर ना होएगी ?" हसन मोहम्मद की पेशानी पर दुश्चिन्ताओं के धारे खिंच आए।

"तेरी बात भी ठीक है..." कुछ पल ख़ामोश रहने के बाद नसीब ख़ाँ किसी फ़ैसले पर पहुँचते हुए बोला, "तो फिर लालाओ, एक काम ही हो सके है..."

"के अगर हमारा बाप ने अबके काई की बहू-बेटी आँख उठा के भी देखी, तो हम वाहे जमीन में जिन्दो गाड़ देंगा।" तपाक से दादा नसीब ख़ाँ का वाक्य दीन मोहम्मद के मँझले लड़के इरशाद ने पूरा किया।

नसीब ख़ाँ अवाक कि इरशाद ने कैसे उसके मन की बात जान ली ?

"इरसाद, चल तेरी ही बात मान लेएँ पर ई काम हमारो बाप हवेली सू बाहर गाँओ-बस्ती में करेगो तो...?"

इक़बाल ने सवाल तो हालाँकि अपने छोटे भाई इरशाद से किया परन्तु इसका उत्तर दिया वली मोहम्मद के छोटे लड़के मुबीन ने, "यामें तो की कहा बात है ! अब अगर आगे कोई ऐसी-वैसी बात होगी तो हमारी ना होएगी कोई जुम्मेदारी। अरे, जैसो कोई करेगो, वैसो भरेगो। दूसरा का डंड (दंड) ऐ हम काँई लू भुगतें।" जमशेद के ताऊ के लड़के मुबीन ने एक तरह से पल्ला झाड़ लिया अपनी तरफ़ से।

इस बीच नसीब ख़ाँ और वली मोहम्मद की आँखें मान-अपमान, न्याय-अन्याय तथा अच्छे-बुरे की असल परिभाषा बाँचने की कोशिश करती रहीं।

"अन्यायी, ये सब तो पीछे की बात हैं, पहले बड़ा बाप ए अपणी बात तो पूरी कर लेण देओ !" हसन मोहम्मद पुनः असली बात पर आते हुए बोला।

एक बार फिर सबकी निगाहें दादा नसीब ख़ाँ पर केन्द्रित हो गईं।

"...हम पहले दीनू सू ही ना कहके देख लेएँ के साल-छह महीना कू ऊ काई जमात-वमात में काँई लू ना चलो जाए !" नसीब ख़ाँ ने साँप भी मर जाए और लाठी भी टूटने से बच जाए की नीति का अनुसरण करते हुए सुझाव दिया।

"और अगर वाने मना कर दी तो ?"

"हाँ, इरसाद की बात है तो सही। ऐसा आदमी को जमात में मन लगे है कहीं !" इक़बाल ने छोटे भाई की इस आशंका पर अपने ही बाप पर इस अंदाज़ में व्यंग्य किया कि पूरी पौली के होंठ टेढ़े होते चले गए।

"ऐसो है, अगर वामें थोड़ी-सी भी समझ होएगी तो ऊ यहीं समझ जाएगो और ना समझो तो वाकी दवा हकीम लुकमान के पै (पास) भी ना है।" नसीब ख़ाँ ने अन्ततः जैसे हाथ खड़े कर दिए।

"बड़ा बाप, सबसू बढ़िया यही बात है के हम चुपचाप जमसेद की बात मान लेएँ। एक म्यान में दो तलवारनू की अब बिल्कुल भी गुंजास ना है।" हसन मोहम्मद को जमशेद की शर्त मानने के अलावा कोई दूसरा रास्ता नहीं सूझा।

"पर बूढ़ा बाप, हमारो बाप है कहाँ ? वा दिन सू कहीं दिखाई ना दे रो है ?" इक़बाल ने दादा नसीब ख़ाँ के साथ-साथ पूरी पौली से पूछा।

"होएगो कहाँ, डोल रो होएगो कहीं कुत्ता मारतो !" हिक़ारत के साथ इरशाद ने

बड़े भाई को जवाब दिया।

"वैसे अगर जमसेद न्याला होणा में खुस्स है तो याहे राजी-राजी न्याला करके या राड़ ए खतम करो।" वली मोहम्मद अपने छोटे भाई हसन मोहम्मद के तर्क से सहमत होते हुए बोला।

"अन्यायी, जैसे भी होए या आफत ए जल्दी निपटाओ ! जो कुछ करणो है फटाफट करो !" चाँदमल जो अब तक चुप बैठा था, उसका भी जैसे धैर्य चूक गया।

"बाप, ये सारा बीज तेरा ही बोया हुआ हैं जो आज हमसू कट भी ना रा हैं।" हसन मोहम्मद ने अपने बाप हाजी चाँदमल को चुप कराते हुए कहा।

"मेरे यार, अब गड़ा मुरदान्ने उखाड़ना सू कोई फायदो है ?" नसीब ख़ाँ ने बीती बातों पर परदा डालने की ग़रज़ से कहा।

"चोखो भई, जैसी तिहारी मरजी।" चाँदमल ने इतना कहा और पाँवों में पणहा डाल उसने पौली से बाहर हो जाना ही उचित समझा।

"मैंने तो या जमसेद की माँ मरे पीछे ही कही ही के कहीं सू कोई बुरी-बावली घेर-घार के याके नकेल घाल देओ, पर मेरी काई ने मानी होए जब न।" पौली में घुसते हुए दादी ज़ैतूनी ने सुनाते हुए कहा सबसे।

"बूढ़ी माई, दुनिया होवे है रँडुआ एक हमारो ही बाप थोड़ेई हुओ है। कहा कमी है याके...पोता-पोती सब हैं, अल्लाताला ने सारी मौज कर राखी है।" इरशाद तमतमाते हुए बोला।

"बेटा, मैं याहे सुरू सू ही जाणू हूँ। यामें सारा ऐब अपणा या बाप हाजी का भरा पड़ा हैं। हाजी ने ही अपणा बखत में कौन-सी कम डोली कूदी ही।"

"माई, जो होगी सो होगी। अब तो काई तरह या बला ए टलन देओ !" वली मोहम्मद ने ज़ैतूनी को अतीत की खुरदरी पगडंडियों पर जाने से रोकते हुए कहा।

इसके बाद वली मोहम्मद ने उसके आने से पहले लिए गए फ़ैसले पर हुई सहमति से ज़ैतूनी को अवगत करा दिया।

पौली के निर्णय को सुनकर क्षणभर के लिए ज़ैतूनी की छोटी-छोटी आँखें भर आईं। चेहरे पर तेज़ी-से बढ़ती जिल्द और सूखे होंठ कँपकँपाकर रह गए। उसने धीरे-से जमशेद की ओर देखा किन्तु पता नहीं उसकी आँखें उसके चेहरे को पढ़ पाईं या नहीं।

"बस्स, यही कसर और बची ही...ढेड ने सब मटियामेट कर दियो !" दीर्घ निःश्वास लेते हुए ज़ैतूनी ने प्रतिक्रिया स्वरूप बस इतना ही कहा।

कोई नहीं समझ पाया कि दादी ज़ैतूनी का यह दर्दभरा इशारा किसकी ओर है—हाजी चाँदमल की ओर है या दीन मोहम्मद की ओर। वली मोहम्मद की ओर है या जमशेद की ओर है ?

ज़ैतूनी वापस पौली से बाहर जाने लगी कि दरवाज़े से टकराकर गिरते-गिरते बची। ग़नीमत थी कि इरशाद ने लपककर यह कहते हुए उसे सँभाल लिया, "बूढ़ी माई, देख के !"

"बेटा, अब कहा करनो है देख के।" इतना कहते हुए ज़ैतूनी पौली से बाहर चली आई।

पन्द्रह

एक डरावने सपने को बीते हालाँकि अरसा हो गया लेकिन अपने पीछे वह अपने होने के निशान इस क़दर छोड़ गया कि हवेली के जो दरख़्त अपनी जड़ों को लेकर एक गुमान पाले हुए थे, वे भी इस तरह हिल चुके थे कि उन्हें अपने होने पर शक-सा होने लगा। छोटे-छोटे पौधों तक का विश्वास उठ गया इन दरख़्तों से। हवेली की औरतों में अपने मर्दों के प्रति अविश्वास गले तक भर गया और इन मर्दों की आँखें, वे तो अपनी ही आँखों में आँखें डाल जैसे बतियाना भूल गईं।

दीन मोहम्मद ने भी मुड़कर शक्ल नहीं दिखाई। भला, किस मुँह से दिखाता वह शक्ल ?

अच्छा हो यदि वह अब मुड़कर आए ही नहीं। उस दुःस्वप्न को दोहराने से बेहतर है उसका ज़मीं-दोज़ हो जाना। दादी ज़ैतूनी से लेकर हवेली की सबसे छोटी बहू हसीना तक का ऐसा ही कहना है। बल्कि अब तो धीरे-धीरे सबने दीन मोहम्मद को भुलाने की एक बेमानी-सी आदत भी डाल ली।

लेकिन नहीं, जल्दी ही पूरी हवेली का ऐसा सोचना औंधे मुँह ज़मीन पर आ गिरा।

बत्तो के कहे पर यक़ीन तो पहले ज़ैतूनी को भी नहीं हुआ, किन्तु बत्तो ने जब सबूत के साथ अपनी बात कही तब उसे यक़ीन करना ही पड़ा। वैसे भी बत्तो को झूठ बोलने की क्या ज़रूरत पड़ी। वह कोई दूधपीती बच्ची थोड़े ही है, जो उसकी आँखें धोखा खा जाएँगी। उसने अपनी आँखों से जब देखा होगा तभी तो वह कह रही है। परन्तु ज़ैतूनी को बत्तो के कहे पर पूरी तसल्ली नहीं हुई, इसीलिए वह पहुँच गई सीधी बत्तो के पास।

"बत्तो, जब तैने दीनू देख लियो हो, तो कम-सू-कम वाहे रोक के टोकती तो सही के ढेड जब घर की बहू-बेटीनू पे पार ना बसाई, तो गैरनू के साथ गू खातो हाँडे है।"

किन्तु बत्तो ने फिर वही प्रमाण और तर्क दिया जो पहले दे चुकी थी।

ज़ैतूनी के पास सिवाय यक़ीन करने के अब कोई रास्ता नहीं बचा, इसलिए वापस जाते-जाते बोली, "बत्तो, बेटी मेरी हाथ जोड़ा सू एक अरज है के या बात ए काई और सू मत कहियो !" ज़ैतूनी की आँखों से कातरता टपकने लगी।

दीन मोहम्मद की इस ख़बर ने हवेली के एक-एक रोएँ में सिहरन-सी पैदा कर दी। मर्दों की कनपटी की नसों में रक्त का प्रवाह ठहाटे मारने लगा। जो घाव पूरी हवेली को सूखा हुआ लग रहा था, उसमें भय और संशय का पस पड़ता दिखाई देने लगा। बत्तो की सूचना को यदि सही मान लिया भी जाए तो उसके अनुसार दीन मोहम्मद के साथ जो अपरिचित चेहरा था, उसके साथ उसका क्या सम्बन्ध हो सकता है—किसी

को बताने की ज़रूरत नहीं है।

अगले दिन दादी ज़ैतूनी ने चुपचाप बत्तो द्वारा बताए गए स्थान पर दीन मोहम्मद की खोज में इक़बाल और इरशाद को भेज दिया। जाना तो जमशेद भी चाह रहा था उनके साथ, किन्तु दादी ज़ैतूनी ने उसे जाने से रोक दिया। वह भाँप गई उसके जाने का मन्तव्य। जाते-जाते दादी ज़ैतूनी ने उन दोनों को पूरी छूट दे दी कि यदि वह साथ आने में आनाकानी करे, तो वे उसकी मश्क़ भी बाँधकर ला सकते हैं।

परन्तु उन दोनों को दीन मोहम्मद की मश्क़ बाँधने की ज़रूरत नहीं पड़ी। दादी ज़ैतूनी द्वारा दी गई छूट का उन्हें कोई फ़ायदा नहीं हुआ, क्योंकि शाम को वे जब लौटकर आए तब दीन मोहम्मद नहीं था उनके साथ। दादी ज़ैतूनी को ग़ुस्सा तो बहुत आया बत्तो पर कि उसने ऐसा झूठ क्यों बोला। किन्तु फिर अगले पल यह सोचकर चुप लगा गई कि कौन-सा वह वहीं बैठा होगा। उछट गया होगा कहीं ओर। यह भी तो हो सकता है कि उसने भी बत्तो को देख लिया हो।

एक तो इक़बाल और इरशाद का बैरंग लौटना, ऊपर से बत्तो की ख़बर को पारो द्वारा फिर से मौलिक सूचना के रूप में देना, दोनों ने दादी ज़ैतूनी का जैसे मग़ज़ घुमा दिया। तन-बदन में ज़ैतूनी के मानो आग लगती चली गई। बत्तो जैसी भली औरत से उसे ऐसी उम्मीद नहीं थी। उसने जिस डर के कारण बत्तो से दुहाई देते हुए मना किया था आख़िर वही बात हो गई। नहीं रुका गया ज़ैतूनी से और तमकती हुई पहुँच गई बत्तो के पास।

"ऐं री हीरा की राँड, निगोड़ी तैने तो ऊ बात कर दी के डायन भी सात घर छोड़ देवे है, पर तैने तो इतना भी ना छोड़ा !" पूरी देह थरथराने लगी मारे ग़ुस्से के।

बत्तो को समझते हुए देर नहीं लगी। ज़ैतूनी के इस तरह तमतमाने से वह समझ गई कि पारो अपनी भूमिका बख़ूबी निभा चुकी है। अब सफ़ाई देना बेकार है। तीर कमान से निकल चुका है।

बत्तो सिर झुकाए चुपचाप सुनती रही।

"बत्तो, बेटी तू जाने तो सब है के या पारो के साथ हमारा हाजी ने कैसो सल्लूक करो हो। अब सारा गाँओ में डोंडी पिट जाएगी या बात की।" मुलायम रूई-सी नर्म पड़ती चली गई दादी ज़ैतूनी।

"काकी, तू फिकर मत कर। ऐसी ना है पारो और फिर मैं वाहे समझ दूँगी के अब ना करे ऊ काई के आगे या बात को जिकर।"

"बात समझाणा की ना है बेटी...बात है बदनामी की। कोयला सू जादा काली कायली होवे है।" ज़ैतूनी धीरे-से और निकट आते हुए बोली।

इस तरह बत्तो के कहे पर धीरे-धीरे अविश्वास की गर्द चढ़ने लगी। उसके सबूतों और तर्कों पर संशय की परतें चढ़ने लगीं। परन्तु न जाने क्यों एक अकल्पनीय भय दादी ज़ैतूनी को भीतर ही भीतर कुतरता रहा। उसे रह-रहकर लगता रहा कि जिस दृश्य का सब पटाक्षेप हुआ माने बैठे हैं, वह अभी हुआ नहीं है। एक अनजाना डर उसे बार-बार चेता रहा है शान्त और मौन चक्रवात की उदासी के प्रति।

••

महीना ही बीता होगा अभी कि दादी ज़ैतूनी के सामने उसका भय और आशंका साक्षात् खड़ा ज़ोर-ज़ोर-से ठहाका मार रहा था। जिसने भी अपनी आँखों से देखा, पलभर के लिए उसे यक़ीन नहीं हुआ।

दीन मोहम्मद फन कुचले नाग की तरह फुफकारता हुआ पूरी निर्भयता के साथ घुसा हवेली में। वह भी अकेला नहीं बल्कि बक़ौल उसी की सबसे छोटी बहू हसीना—एक ज़हरीली साँपन के साथ। आते ही दीन मोहम्मद ने अपने इरादे साफ़ करते हुए यह ऐलान कर डाला कि अच्छा हो बिना किसी हुज्जत के इस हवेली की ज़मीन-जायदाद में उसका जितना हिस्सा बनता है, उसे दे दिया जाए वरना कोर्ट-कचहरी तो फिर है ही।

दीन मोहम्मद के इस ऐलान ने हवेली की सारी सम्भावित योजनाओं पर जैसे पानी फेर दिया। जिन शिराओं में जो गरम ख़ून ठहाटा मारता हुआ इतरा रहा था, वह भी ठंडा पड़ता चला गया। पूरी हवेली एकाएक निहत्थी हो गई। सिवाय आत्म-समर्पण के और कोई चारा नहीं था और जो था उस पर हवेली के लुटने और लुटाने के अलावा कुछ नहीं दिखाई दे रहा था। बिना किसी हुज्जत के दीन मोहम्मद ने पहली फ़तह हासिल कर ली। यह दीगर बात है कि इस फ़तह में उसे पूरी हवेली का बहिष्कार भी हासिल करना पड़ा था।

पूरी हवेली को यक़ीन-सा हो गया कि हवेली में एक ऐसी साँपन घुस आई है जो जब चाहे अपना रूप बदल सकती है। पहली बार इसे देखने का लोभ संवरण कोई नहीं कर पाई—न जमीला, न ज़ुबैदा। न मोहसिना, न ज़ीनत। न रमज़ानो, न ज़रीना। यहाँ तक कि हसीना भी।

हसीना और ज़रीना ने तो इस साँपन को पहली ही नज़र में भाँप लिया कि इसमें कितना ज़हर है, यानी मजाल है जो इसका काटा पानी तो माँग जाए। ज़रूर यही साँपन उनके ससुर दीन मोहम्मद को सिखा-पढ़ाकर लाई है कि सबसे पहले वह इस हवेली की ज़मीन-जायदाद में अपना हिस्सा माँगे। दीन मोहम्मद अर्थात उनका ससुरा लाख बुरा है परन्तु इतना भी बुरा नहीं है कि वह अपने बड़े बाप यानी ताऊ नसीब ख़ाँ, ज़ैतूनी या अपने बड़े भाई वली मोहम्मद तक की आँखों की शर्म न करे। इसलिए इस साँपन के ज़हरीले दाँतों को तोड़ना बहुत ज़रूरी है। इसीलिए इन दोनों ने अपना सारा ध्यान इस साँपन बल्कि कहिए जादूगरनी पर केन्द्रित कर दिया। इसकी एक-एक गतिविधि, यहाँ तक कि उसके एक-एक हाव-भाव पर इन्होंने कड़ा पहरा बिठा दिया। ज़रीना ने तो कई बार छिपते-छिपाते इसके अंग-प्रत्यंग को बेहद बारीक निगाहों से टटोलते हुए देख भी लिया। गौर वर्ण होने के साथ-साथ इसकी गहरी काली आँखों, पतले-पतले होंठ और सुती नाक ने इनके शक को और पुख़्ता बना दिया।

ज़रीना ने जिस प्रामाणिकता के साथ एक दिन सबके सामने इस साँपन या कहिए

जादूगरनी का नख-शिख वर्णन किया, उस दिन के बाद पूरी हवेली में बेचैनी व्याप गई। कइयों को तो वह यह विश्वास दिलाने में सफल हो भी गई कि उसके ससुर के रूप में जो व्यक्ति इस हवेली में वापस आया है, वास्तव में वह दीन मोहम्मद है ही नहीं बल्कि उसका रूप धारण किए कोई तोता, कव्वा या कबूतर है, जिसे यह अपने साथ लाई है, ताकि इस हवेली पर यह कब्ज़ा कर सके। नतीजतन हवेली के बच्चों की सारी माँओं ने उन पर अपनी-अपनी तरह से बन्दिश लगा दी, ताकि इस जादूगरनी का इन बच्चों पर साया न पड़ सके।

इधर दीन मोहम्मद ने भी अपने साथ लाए चेहरे यानी हवेली की नज़र में इस साँपन या जादूगरनी को सख़्त चेतावनी देते हुए साफ़ कह दिया कि यदि उसने उसे हवेली में किसी से नज़र मिलाते हुए भी देख लिया, तो उससे बुरा कोई नहीं होगा। किसी चीज़ की ज़रूरत हो वह उससे कह। अगर वह उससे आसमान से तारे तोड़कर लाने के लिए कहेगी, वह उन्हें भी तोड़कर ले आएगा लेकिन इस हवेली के आगे वह हाथ हरगिज़ नहीं फैलाएगी। दीन मोहम्मद को खेतों पर जाना होता तो वह उसे अपने साथ ले जाता। उसकी कोशिश होती कि वह कम से कम हवेली की औरतों के सामने पड़े।

लेकिन ज़रीना और हसीना के इस तर्क और मत से यदि कोई सहमत नहीं थी तो वह थी जुम्मी तथा कुछ हद तक दादी ज़ैतूनी। हालाँकि पहली बार तो इन्हें भी इनके तर्कों में, जिन्हें बेहद प्रामाणिकता के साथ प्रस्तुत करने कोशिश की गई थी, कुछ-कुछ मज़ा आया था किन्तु जल्दी ही यह समझ में आ गया कि हो न हो ये दोनों ऐसा किसी साज़िश के तहत कह रही हैं।

हसीना ने तो बाक़ायदा एक दृश्य घड़ भी लिया।

"बूढ़ी माई, मैंने अपनी आँखन् सू देखी ही ई साँपन रात कू भेस बदलती हुई !" हसीना ने जिस अंदाज़ में दृश्य का ब्यौरा दिया, उसे सुनकर और उसकी कल्पना कर दादी ज़ैतूनी समेत सबकी देह में बिजली की तरंग-सी कौंध गई। पूरी हवेली से घिरी बैठी ज़ैतूनी की पुतलियाँ भय और विस्मय से फैलने-सिकुड़ने लगीं।

"कौन-सो भेस बदल री ही ?" ज़रीना ने अपनी धड़कनों को संयत करने की कोशिश कर, छाती पर हाथ रख हैरानी से पूछा।

"जरीना, मेरी बहाण घुप्प अँधेरा में मैंने एक काली नागन बाबा का जंगला में सू भीतर घुसती देखी ही।"

"तो फिर तैने वाही बखत रौल काँई लू ना मचाई ?" मजीदन ने बेहद सीधा-सादा सवाल किया।

"माई, मैं तो ई सोचके चुप्प लगागी के कहीं कोई और भेस बदल के ई मेरे ही ना चिपट जाए।" एकदम मासूम-सा तर्क दिया हसीना ने।

"पर तू इतनी रात गए अपना या बाबा मेरो मतलब है अपना सुसरा का कोठा पे कहा करन गई ही ?" इस बार जुम्मी ने सीधे-सीधे हसीना को घेरते हुए पूछा।

“मैं...मैं तो मूतन खड़ी हुई ही माई।”

“पर मैंने तो सुनी है के रात में तू डर के मारे मूतन खड़ी ही ना होवे है !” दादी ज़ैतूनी के इस नए रहस्य ने एक ख़ामोशी बिछा दी।

“हो सके बूढ़ी माई वा दिन खड़ी हुई होए।” हसीना को घिरता देख ज़रीना ने सहारा दिया उसे।

“बू...बूढ़ी माई मैं कोई झूठ बोल री हूँ।” सफ़ाई देने के चक्कर में हसीना के शब्द टूटने लगे।

“वैसे बूढ़ी माई, हसीना सही कह री है, एकाध बर मैंने भी देखी ही ई भेस बदलती हुई।” हसीना के पक्ष को मज़बूती प्रदान करने की ग़रज़ से पूरे आत्मविश्वास के साथ कहा ज़रीना ने।

“अच्छो, तैने भी देखी ही ई भेस बदलती हुई...फिर तो तू भी खड़ी हुई होएगी मूतन !” दादी ज़ैतूनी ने हसीना को छोड़ ज़रीना की आँखों में आँखें धँसाते हुए शब्दों को इस तरह चुबलाया कि मुश्किल हो गया पूरी हवेली को अपने होंठ बन्द रखना।

“बूढ़ी माई, जरीना तो बिचारी गूदड़ी में ही मूत लेवे है।”

ज़ीनत ने जिस मासूमियत से यह कहा, उसे सुनते ही सबकी हँसी छूट गई।

दादी ज़ैतूनी ने सबको डाँटते हुए चुप करने की कोशिश की लेकिन बावजूद इसके हँसी के छोटे-छोटे निर्मल झरने बीच-बीच में इस तरह गिरते रहे कि उसे भी अपनी हँसी रोकनी मुश्किल हो गई।

“हाँ तो तू काँई लू खड़ी हुई ही ?” फिर से बात पर आते हुए ज़रीना से पूछा दादी ज़ैतूनी ने।

“मैं तो पानी पीण कू खड़ी हुई ही।” आँखें चुराती हुई ज़रीना बमुश्किल बोली।

“देख री हो तम सब इन दोनूँ का चलित्तर। रंडी दिन-दहाड़े कैसा-कैसा तुक्का घड़ री हैं। एक रात कू पाणी पीन खड़ी हुई ही और दूसरी मूतन खड़ी हुई ही...देख लेओ, दोनूँ साँप की माँवसी कैसी एक हुई पड़ी हैं।”

दादी ज़ैतूनी के इस वाक्य के बाद तो सब हँसते-हँसते लोटपोट हो गईं। ज़ुबैदा और मोहसिना के तो पेट ही दूखने लगे। रमज़ानो, उसकी तो और भी बुरी हालत हो गई, हँसते-हँसते आँखों से पानी बहने लगा।

एक बार फिर डाँटना पड़ा दादी ज़ैतूनी को, “धसड़ियो, चुप्प हो जाओ ! कोई सुनेगो तो कहा कहेगो के हाजी की हवेली कैसी अघा री है।”

“वैसे जरीना, तिहारो ई तुक्का कुछ भिड़ो ना।” मोहसिना ने सीधे-सीधे ज़रीना को शक के घेरे में खड़ा करते हुए कहा।

“और ईऽऽऽ किस्सा भी कुछ देखो-सुनो सो लगे है !” ज़ीनत जैसे कुछ याद करते हुए बोली।

“काकी, पिछला जुम्मा की रात कू टेलीबिजन में भी तो आई ही हूबहू ऐसी फिलम...जामें दो साँपन आपस में गुतथे-गुतथे खून-खच्चर होगी ही। वामें एक सपेरा

भी हो और ई गीत भी हो के मैं तेरी दुसमन, दुसमन मैं तेरी...एक साँपन यामें भेस बदल के जंगला में सू ऐसे ही तो घुसी ही जैसे ई हसीना काकी बता री है...।''

जब तक मोहसिना आँखें निकालते हुए इशारे से अपने लड़के ज़फ़र को रोकती, तब तक उसके कमान से अन्तिम तीर भी निकल गया, ''...और माई तैने भी तो ऊ पूरी फिलम देखी ही।''

''अच्छोऽऽऽ अब समझ में आई के ये लुगाई काँई लू ना आके बैठे हैं मेरे पै ! आएँ तो कैसे आएँ ऊ हरामी टेलीबिजन आण देए जब न। सारा दिन तो दीदा वा टेलीबिजन में धँसा रहवे हैं। मैं भी तो कहूँ दारी के आजकल इन लुगाइन्ने फुरसत कैसे ना मिल री है ! हरामणो, इतनो ध्यान तम या टेलीबिजन की इन बेहया लुगाइन में लगाओ हो, उतनो खुदा में भी लगाओ हो !''

''बूढ़ी माई, और कितनो ध्यान लगाएँ या खुदा में। पाँचू बखत निवाज पढ़े हैं। पूरा रोजा राखे हैं। सारा कलमा-पाक पढ़े हैं, यासू जादा और कितनी इबादत करें।''

''और फिर सारा दिन काम-धन्धा में या देह तोड़ के, रात-बिरात थोड़ो-बहोत देख लेएँ तो कौन-सो गुनाह करूरा हैं।'' मोहसिना की बात का समर्थन करते हुए तल्ख़ी से कहा ज़ीनत ने।

''बेटी, ई गुनाह ना कुफर (कुफ्र) है। हमारा इस्लाम में ऐसी बेहूदा चीजन्ने देखणू की इजाजत ना है।''

''तो याको मतलब ई हुओ बूढ़ी माई के ई गोरमिंट बावली है, जो लक्खोन रुपिया फूकके इन्ने बणा री है।''

''ऐसी बात ना है बेटी, दरसल इन्ने देखणा सू आदमी को ईमान खराब होवे है और फिर पतो ना कहाँ तक सही है पर मैंने तो सुणी है के ढेड या टेलीबिजन में लोग-लुगाई खुल्लम-खुल्ला लिपटता दीखे हैं ?'' दादी ज़ैतूनी की आँखों में हल्की-सी चमक ने दस्तक दी इस बार।

''बूढ़ी माई ! हमने तो ऐसा आदमीन को ईमान जादा खराब होतो देखो है जो रात-दिन खुदा की इबादत में मँढ़ा रहवे हैं...और फिर या बात की कहा गारंटी है के जो ऐसी चीजन् सू दूर रहवे है, वाको ईमान बणो रहवे है ?''

''ई तो तू ठीक कह री है जीनत...'' क्षणभर चुप्पी साधने के बाद दादी ज़ैतूनी ने धीरे-से कहा, ''जीनत, दारी काई दिन मोहे भी दिखाओ न या टेलीबिजन ए...मैं भी तो देखूँ आखिर ई ढेड है कहा बला !''

''बूढ़ी माई रहन दे, तू काँई लू अपना ईमान ए खराब करे है। तू तो अपना खुदा की इबादत में रमी रह।'' मोहसिना ने जानबूझकर कोंचा।

''ऊ तो रोज देखणा सू होतो बतायो...और फिर एक बर देखणा में कहा बुराई है।'' तुरन्त तर्क घड़ लिया ज़ैतूनी ने।

''और अगर बूढ़ी माई यामें लोग-लुगाई लिपटता दीखगा तो...?'' ज़ुबैदा ने दादी ज़ैतूनी की उत्कंठा को धीरे-से कुरेदकर छोड़ दिया।

"वैसे ई सही बात है दारी ?"

"कौन-सी ?" मोहसिना ने दादी ज़ैतूनी की आँखों की चमक और होंठों की महीन कम्पन को हौले-से छूते हुए पूछा।

"दारी वहीऽऽऽ।"

"बूढ़ी माई, कौन-सीऽऽऽ ?"

इससे पहले कि दादी ज़ैतूनी के होंठों से कुछ निकलता हँसी का फव्वारा फूट पड़ा। हवेली के गज़भर चौड़े आसार के भीतर लगा जैसे भादो के उमस भरे महीने में कोई दोंगड़ा तेज़ी-से आकर सबको भिगोता हुआ निकल गया।

हसीना और ज़रीना के इस कपोल कल्पित तुक्के पर दादी ज़ैतूनी ने पानी फेर दिया। पूरी योजना का भट्‌ठा बैठा दिया बीच में घुस आए इस बुद्धू बॉक्स ने। एकदम अकेली पड़ गईं दोनों। अन्त में सबने एक राय से दादी ज़ैतूनी के अनुभव की दुहाई देते हुए उसी पर छोड़ दिया कि हवेली में घुस आई इस साँपन या कहिए जादूगरनी के भेद का वही पता लगाए। एक वही है जो इस हवेली के अन्दर व्याप्त उत्कंठा, जिज्ञासा, कौतुक, रहस्य आदि-आदि को शान्त कर सकती है।

दादी ज़ैतूनी ने पूरा चक्रव्यूह तैयार कर लिया।

मोहसिना और ज़ीनत को यह ज़िम्मेदारी सौंपी गई कि वे बराबर दीन मोहम्मद पर नज़र रखें। उसकी हर गतिविधि की जानकारी उसे देती रहें। हसीना और ज़रीना की प्रतिभा को ध्यान में रखते हुए उन्हें यह कार्यभार सौंपा गया कि किसी-न-किसी बहाने वे इस साँपन से नज़दीकी बनाएँ। बस, ये दोनों काम हो जाएँ, बाकी वह अपने आप सँभाल लेगी। वैसे कुछ ज़िम्मेदारियाँ दादी ज़ैतूनी ने अपने कुछ बाल-जासूसों को भी सौंप दीं।

उस दिन मोहसिना और ज़ीनत ने अपने अनजाने मगर विश्वस्त सूत्रों के हवाले से दादी ज़ैतूनी को यह सूचना दी कि अगले दिन दीन मोहम्मद यानी उनका चचिया ससुर घर से बाहर रहेगा पूरे दिन। शायद किसी गवाही के लिए जाना पड़े थाने में।

सूचना मिलते ही दादी ज़ैतूनी के भीतर जैसे कुछ चटकने लगा। एक चिर-परिचित स्मृति-गन्ध उसके भीतर घुलती चली गई।

"मोहसिना, दारी फिर तो साँझ लू झिरका सू इमरती और घेवर का कोथला भर-भर के आंगा।" एक झटके में दशकों पीछे लौट गई दादी ज़ैतूनी।

"ई तो कोई नई बात है बूढ़ी माई।" मोहसिना नहीं ले पाई इस कहे की थाह।

गहरा साँस लेते हुए दादी ज़ैतूनी ने उस खिड़की की तरफ़ देखा, जिसमें से यदा-कदा सहमा हुआ एक अपरिचित चेहरा बाहर झाँक लेता है। पलकें अतीत की भीनी-भीनी ख़ुशबू के बोझ से मुँदती चली गईं।

"बूढ़ी माई, कहान् खो गी ?" मोहसिना ने पूछा।

"कहीं ना बेटी, बस यही याद कर्री ही के झिरका की इमरती खाए कितना दिन होगा हैं।"

"तो फिर कह दूँ काका सू के एक कोथली इमरती बूढ़ी माई कू भी लिआए !" थोड़ी देर बाद समझी मोहसिना दादी ज़ैतूनी के इस कहे का मतलब।

"बहाण, अब कौन खवाएगो मोहे इमरती...वे दिन गया जब..." कहते-कहते रुक गई वह। तुरन्त बात बदलते हुए पूछा, "हाँ तो दीनू कल झिरका जा रो है ?"

"हाँ बूढ़ी माई।"

चूँकि दीन मोहम्मद की ज़िम्मेदारी मोहसिना और ज़ीनत को सौंपी गई थी, इसलिए इन दोनों ने अपने कर्तव्य का पालन पूरी ईमानदारी के साथ किया। किसी तरह की कोताही नहीं बरती। अतः अगले दिन फ़ज्र की अज़ान से उनकी आँखें बराबर दीन मोहम्मद का पीछा करती रहीं।

लगभग नौ बजे जैसे अन्तिम बार दोनों की नज़रें बिना आहट किए आपस में टकराईं और तब तक एक-दूसरे से मौन सन्देशों का आदान-प्रदान करती रहीं, जब तक उनका चचिया ससुर दीन मोहम्मद हवेली के द्वार से बाहर नहीं हो गया।

तुरन्त दादी ज़ैतूनी के पास पहुँचा दी गई यह शुभ-सूचना।

बादलों के विशाल गुच्छे सवेरे से तेज़ पुरवा हवा के साथ अठखेलियाँ कर रहे हैं।

दादी ज़ैतूनी के निर्देशों के अनुसार रमज़ानों ने हवेली का मुख्य द्वार बन्द करवा दिया। आज यह उसकी मरज़ी से खुलेगा। जिसे जो चाहिए, वह उसे बाहर ही मिल जाएगा। बीच चौक में खड़े विशाल वृद्ध नीम की मज़बूत भुजाओं पर बरही (मोटा रस्सा) डालकर आमने-सामने दो झूले डाल दिए गए। इन्हीं के लिए बेहद गम्भीरता के साथ मन्त्रणा चल रही है। आपस में धक्कम-धक्का, धींगा-मुश्ती, शिकवा-शिकायत, मारा-मारी मची हुई है बहुओं में। जब-जब कोई बहू चिरौरी करती हुई दादी ज़ैतूनी को अपने ढंग से प्रभावित करने की कोशिश करती, तो उसे लगता जैसे पुराने दरख़्त की भुजा को कोमल लता सहला रही है।

एकाएक उसे लगा शायद कहीं कुछ छूट गया है। उसे किसी की कमी महसूस हो रही है। आख़िर कौन है जो उसके अन्तर्मन पर अपनी अनुपस्थिति की हल्की-हल्की थाप दे रही है ? दादी ज़ैतूनी बार-बार इस थाप को सुनने का प्रयास करती किन्तु असफल रही उसे जानने में।

बेचैन हो उठी दादी ज़ैतूनी।

हवेली के बीच मची इस चिल्ल-पौं में अचानक जैसे वह थाप सुनाई दे गई।

"मजीदन, दारी तेरी जिठानी कहान् है ?"

"माई कौन, जुम्मी ?" मजीदन ने उलटा उसी से पूछा।

"हाँ, कहीं दिखाई ना पड़ री है ?"

क्यों नहीं आई जुम्मी ? कहाँ चली गई ?

एकाएक ढूँढ़ मच गई जुम्मी की ?

आख़िर सूचना भी दी तो उसकी पोती ज़ैनब ने कि वह ऊपर चौबारे में लेटी हुई है एकदम अकेली। हवेली के भीतर मची चिल्ल-पौं के पाँव ठिठक गए इस ख़बर को सुनते ही। अठखेलियाँ उदास हो गईं और सावन की नमी से भीगा उल्लास सरसों के दानों-सा बिखर गया। दादी ज़ैतूनी ने जमीला को भेजा अपनी सास को लेने के लिए किन्तु उलटे पाँव वापस लौट आई, वह भी अकेली।

हारकर ज़ैतूनी खुद गई उसे लेने।

जुम्मी पहले तो टालती रही यह कहते हुए कि उसका जी ठिकाने नहीं है किन्तु जब ज़ैतूनी ने ज्यादा ज़िद की तब वह अपने आपको नहीं रोक पाई, "माई, ई कोई अच्छो सहूर ना है। यामें वा बिचारी को कहा कसूर है ? अभी या हवेली में आए वाहे जुम्मा-जुम्मा आठ दिन भी ना हुआ हैं और बगैर वाहे देखे-भाले कोई साँपन कह री है, तो कोई जादूगरनी। सारी हवेली पीछे पड़ री है वा इकली के।"

"बात तो तेरी सोलह आने सही है, पर इन लुगाइन्ने मैं कैसे समझाऊँ जो वाकी दुसमन बणी बैठी हैं।"

"पर ई कोई अच्छो तरीका थोड़ेई है के हम एक पराई नार ए ऐसे खिजाएँ।"

"जुम्मी, तू घबराए मत। तू देखती रह या जैतूनी को खेल। मैं बेमतलब या साँग ए ना लेके बैठी हूँ, कोई-न-कोई याको मतलब जरूर है। चल खड़ी हो, मेरे पे भरोसा राख।" यक़ीन दिलाते हुए ज़ैतूनी ने जुम्मी का हाथ पकड़ा और उसे जबरन खाट से उठाने लगी।

"ठीक है माई, मैं एक ही सरत पे तेरे साथ चल री हूँ के वाके साथ कोई ऐसी-वैसी बात ना होणी चहिए।"

"तू आ तो सहीऽऽऽ !" इतना कहते हुए जुम्मी को लेकर ज़ैतूनी चौबारे से बाहर निकल आई।

दोनों को साथ आता देख फिर तो हवेली का चौक जैसे बौरा गया।

जमीला, ज़ुबैदा और मोहसिना समेत सारी बहुओं ने लगभग ठेलते हुए जुम्मी को उठाकर एक झूले पर बैठा दिया। जुम्मी ने बहुत मना किया कि उसे वैसे ही चक्कर बहुत आते हैं। झूले पर बैठने से तो और भी हालत ख़राब हो जाएगी मगर बहुएँ नहीं मानीं। सामनेवाले झूले पर मजीदन को बैठा दिया गया। आमने-सामने दौर-जेठानी को बैठा देख दादी ज़ैतूनी जैसे निहाल हो उठी। जिस्म का एक-एक रोआँ मानो उससे चुहलबाजी करने लगा। नहीं रोक पाई अपने आपको वह। अन्दर ही अन्दर घुट रही एक बेमानी झुँझलाहट फूटकर होंठों पर आ ही गई आख़िर, "तिहारी टाँट में लकड़ी, ऐसे ही दाँत फाड़ती रहोगी या फूटा मुँ सू कुछ गाओगी भी !"

हवेली के चौक को जैसे इसी आदेश का इन्तज़ार था। सावन की हल्की-हल्की उमस भरी ठंडी बयार में पींगें अपनी ऊँचाइयाँ नापने लगीं। समवेत स्वरों ने हवेली को

मानो सावन की हरीतिमा से आच्छादित कर दिया। एकसाथ कंठों से फूटे स्वरों ने पिता-पुत्री की व्यथा को लड़ी में पिरो दिया—

आयो बाबल पछेवा को मेह
खड़ी री खड़ी मैं भीजूँ बड़ तले

तू कैसे भीजे मेरी लाल
अपने घर बेटी बैठणो

मैं कैसे जाऊँ मेरा बाप ?
नणदी हठीली तालो जड़ चली

ताला का करूँ बारह टूक
नूसठ खोलूँ वाकी साँकली

मैं कैसे बड़ूँ मेरा बाप
आगे धरो है बैरी पीसणो

चाखी का करूँ बारह टूक
बाखल तो बिखेरूँ बैरी पीसणो

आयो बाबल पछेवा को मेह री
आयो बाबल पछेवा को मेहऽऽऽ...।

इस बीच कई जोड़ी आँखों ने दीन मोहम्मद के उस जंगले को देखा, जिसने उस पर एक अदृश्य पहरा बिठाया हुआ है, धीरे-से खुला। लगा मज़बूत सलाखों से झाँकते दो दीये भी हवेली के साथ अठखेलियाँ करना चाहते हैं। पतले-पतले होंठ उस अनजानी व्यथा में शामिल हो जाना चाहते हैं, जिसकी प्रतिध्वनियाँ उसके कानों में गूँज रही हैं। लेकिन नहीं वे जानते हैं, इस अतिक्रमण की परिणति।

दादी ज़ैतूनी ने ज़रीना की तरफ़ चुपचाप एक रहस्यमयी मुस्कान उछाली। उसी ज़रीना की तरफ़ जिसने अपनी आँखों से इस साँपन या कहिए जादूगरनी को भेस बदलते हुए कई बार देखा है। ज़रीना तुरन्त समझ गई दादी ज़ैतूनी के इस संकेत का अर्थ।

दर्जनभर आँखों से बचती-बचाती ज़रीना जंगले के पास गई और मज़बूत सलाखों के पार से बाहर झाँकती उदास आँखों से न जाने क्या संवाद हुआ कि जंगला एक झटके के साथ बन्द हो गया। निराश ज़रीना ने वापस आकर दादी ज़ैतूनी को बताया तो वह एक बार फिर धीरे-से मुस्कुराई।

जुम्मी और मजीदन दोनों उतर आईं झूले से। इनके बाद इस बार जमीला और ज़ुबैदा से कहा गया झूले पर बैठने के लिए। लेकिन जमीला ने यह कहते हुए दोटूक मना कर दिया कि उसे तो अपनी सास जुम्मी से भी अधिक चक्कर आते हैं, जी

मितलाने लगता है और उल्टियाँ होने लगती हैं। किसी ने जमीला पर ज़ोर नहीं डाला तथा उसकी जगह दूसरी को तलाशा जाने लगा।

इससे पहले कि जमीला की जगह दूसरी को तलाशा जाता, पूरी हवेली को जैसे अपनी आँखों पर यक़ीन नहीं हुआ। एक अघट दृश्य उनके सामने था।

पूरा चौक मानो विमूढ़ हो गया। ठंडी हवा का विशाल आर्द्र आवर्त थोड़ी देर के लिए वहीं ठिठक गया। हरे पत्तों-सा दादी ज़ैतूनी और जुम्मी के साथ किलकने लगा पूरा चौक।

"आ जा सकीला बेटी !" लपककर दादी ज़ैतूनी ने उसे अपने अंक में समेटते हुए ज़ोर-से कहा, "अरी हटो, जमीला के बदले या सकीला ए बिठाओ !"

"अ...अम्माँ, हमको रहने दो ख़ुदा के वास्ते।"

"[illegible] दें ?" दादी ज़ैतूनी की पुतलियों ने शरारत से पूछा।

"नहीं अम्माँ, उन्हें पता चल गया तो हमारी जान पर बन आएगी।" एक सम्भावित भय से डरते हुए बोली वह।

"कैसे बण जाएगी। कुछ कहके देखे, हरामी का माथा ए न फोड़ दूँ तो !" पूरे आत्मविश्वास के साथ ढाँढ़स बँधाते हुए कहा दादी ज़ैतूनी ने।

बहुत मना किया शकीला ने परन्तु दादी ज़ैतूनी, जुम्मी और मजीदन के आगे उसकी एक नहीं चली।

इसके बाद जुह्र की अज़ान तक एक के बाद एक लम्बी-लम्बी पींगों के साथ गीत उठाए जाते रहे। लगा जैसे हाजी चाँदमल की हवेली में वर्षों बाद ऊँचे-ऊँचे झरने गिर रहे हैं, जिनके छींटों से पूरी हवेली की दीवारें अन्दर तक एक शीतलता से नहा गई हैं।

इस प्रहसन से निपट सब अपने-अपने हिल्ले सिर लग गईं। इस बीच किसी का ध्यान नहीं गया इस ओर कि एकाएक दादी ज़ैतूनी कहाँ ग़ायब हो गई। बड़ी-बूढ़ी है, निकल गई होगी किसी के पास अपने अतीत के पुराने चित्रों को समेटने—यही सोचकर किसी ने ध्यान देना उचित भी नहीं समझा।

मगर नहीं, इस समय दादी ज़ैतूनी जहाँ है उसके बारे में यह हवेली सोच भी नहीं सकती। उसके बारे में यदि जानती हैं तो सिर्फ़ दो ही जनी, इनमें से एक है स्वयं दादी ज़ैतूनी और दूसरी...।

अन्तिम अध्याय तक पहुँचते-पहुँचते जिस्म ठंडा पड़ने लगा दादी ज़ैतूनी का। ठहरी हुई पुतलियाँ उसके पूरे जिस्म को टटोलने लगीं। अच्छा हुआ जो शकीला ने ख़ुद ही अपने अतीत की गिरह उसके सामने खोलकर रख दी, और इससे ज़्यादा अच्छा यह हुआ कि अन्य के बजाय दादी ज़ैतूनी ने स्वयं अपने कानों से उसके इस अतीत की लोमहर्षक आपबीती सुन ली। उसकी समझ में अब आया कि असुरक्षा के कौन-से नुकीले काँटे शकीला को इन सलाखों से बाहर न आने के लिए मजबूर कर रहे थे।

शकीला के कहे पर कुछ देर के लिए उसे अपने कानों पर यक़ीन-सा नहीं हुआ।

"सकीला, बेटी वैसे तम भाई-बहाण कितना हो ?" पता नहीं दादी ज़ैतूनी ने यह सवाल बातचीत जारी रखने की ग़रज़ से किया था या फिर इस लोमहर्षक कथा पर विराम देने के लिए, कौन जाने ?

"अम्माँ..." कहते-कहते रुक गई शकीला। कुछ पल रुककर दादी ज़ैतूनी की आँखों में देखा।

दादी ज़ैतूनी ने फिर वही सवाल दोहरा दिया।

"अम्माँ, भाई नहीं है। छह बहनें ही बहनें हैं।" एक अनजाने अपराध-बोध के चलते हिचकते हुए बताया शकीला ने।

गहरा साँस लेते हुए न जाने दादी ज़ैतूनी ने अपने आपसे क्या कहा कि बालिश्त भर दूर बैठी शकीला तक नहीं सुन पाई उसे।

"इनमें सू ब्याहता कितनी हैं ?"

'ब्याहता' शब्द सुनते ही शकीला को लगा मानो हलक़ में कोई फाँस चुभ रही है। वह क्या बताए कि इनमें से कितनी ब्याहता हैं ? क्या वह खुद को भी ब्याहता मानती है ?

दादी ज़ैतूनी ने शकीला की आँखों में डूबती-उतरती दुविधा को पकड़ लिया शायद। इसीलिए उसने पुनः इसी सवाल को दोहरा दिया।

"बस दो।" धीरे-से खुलीं दो नीम की-सी पत्तियाँ।

"मतलब ?"

"हाँ अम्माँ, मैं और मेरी छोटी बहन परवीन।"

"याको मतलब है तू भी अपणे आप ए ब्याहता मानके चल री है ?"

"तो क्या मैं आपकी नज़र में ब्याहता नहीं हूँ ?" दादी ज़ैतूनी से ऐसा पूछते हुए शकीला का हलक़ सूखने लगा।

"बेटी, बिना बन्ना-बनवारा के कैसो तो ब्याह और इनके बिना कैसी ब्याहता। ब्याहता को मतलब है अपना मेल का सू निकाह होनो। एक दूसरा ए मन सू कबूल करनो।"

"हमारा भी तो निकाह ही हुआ है अम्माँ।" लगभग चीख़ते-चीख़ते रह गई शकीला।

"हुँ...हुओ होएगो निकाह ! ई निकाह है जो बाप बराबर तैने खसम करो है ?" पहली बार दादी ज़ैतूनी का चेहरा सख़्त होता देखा शकीला ने।

शकीला चुप्पी साध गई। कुछ भी कहते नहीं सूझा उससे।

"मगर अम्माँ, यह तो हमारे अम्मीं-अब्बा ने किया है। हमारा इसमें क्या क़सूर है...और फिर हमारे हैदराबाद में तो ये आम बात है।"

"रंडी, ई भलो हैदराबाद हुओ। बूढ़ा-बूढ़ा बाप सरीखा आदमीन् के साथ अपना जिगर का टूक ए ढोरन की ताईं खूँटा सू खोल के हाँक देए हैं, और तम उनके संग

चुपचाप चली आओ हो।'' चेहरे की मांसपेशियाँ खिंचने लगीं दादी ज़ैतूनी की।

''अपनी मरज़ी से कौन जाता है। मुझे तो फिर भी ये अपने साथ बाइज़्ज़त विदा कर लाए, मगर परवीन तो ताउम्र ब्याहता बनी इन्तज़ार की पतली डोर से बँधी रहेगी कि कब वह शेख़ आएगा और कब उसे अपने साथ ले जाएगा। मैं तो फिर भी बहुत खुशनसीब हूँ अम्माँ कि मुझे कम-से-कम एक ससुराल और एक शौहर नसीब हो गया। बेशक वह मेरे अब्बा की उम्र का है...पर मेरी उस छोटी बहन प...परवीन का क्या...'' बीच में ही शकीला की आवाज़ भर्राती चली गई।

दादी ज़ैतूनी ने लपककर शकीला को छाती से लगा लिया।

''अम्माँ, मेरी फूल-सी नाज़ुक परवीन का...?''

''सकीला, घबराए मत। बेटी अल्लाताला सऽऽऽब ठीक कर देएगो। अगर तिहारा भाग में यही लिखी है तो बेटी वाहे कोई ना मिटा सकेगो।''

''अम्माँ, बेशक हमारे घरों की ग़रीबी इन बूढ़े अरबी शौहरों के ज़रिए भेजी जानेवाली रकम से धुल जाती है मगर हमारे हाथ तो इसके एवज़ में इनकी सलामती, इनके उम्रदराज़ होने की दुआओं और जल्दी लौटने के इन्तज़ार में उम्र भर के लिए आसमान में टँग जाते हैं। इनके आने के इन्तज़ार में हमारा तो आँखों का नूर ही हमेशा के लिए ख़त्म हो जाता है।''

''तो ऊ सेख तेरी बहाण ए संग लेके ना गयो ?'' यह नया रहस्य था ज़ैतूनी के लिए।

''कोई नहीं ले जाता अम्माँ।''

''सकीला, बेटी मेरी तो कुछ भी समझ में ना आ री है के तू कहा कह री है।''

''अम्माँ, इन अरबी शौहरों को दरअसल इस मुल्क़ में मौज-मस्ती के लिए एक जिस्म चाहिए, इसलिए शरई आड़ में हमारी ग़रीबी का फ़ायदा उठाकर दौलत के बल पर निकाह कर हमें हासिल कर लेते हैं। ये हमें अपने साथ ले जाएँ तो तसल्ली हो जाती है मगर ऐसा होता नहीं है। ये हमें यहीं छोड़ जाते हैं हमारे रहमोकरम पर। शुरुआत में ये हमें रुपए भेजते हैं इसलिए कि कभी इस मुल्क़ में दोबारा आएँ, तो हमारा जिस्म इन्हें आसानी से मिल जाए मगर धीरे-धीरे यह रुपया भी आना बन्द हो जाता है।''

''पर ई दीन मोहम्मद तो तोहे अपने साथ लिआयो ?''

''इन्हें ग़रज़ थी। हालाँकि इनसे पहले उस शेख़ ने मुझे ही पसन्द किया था, पर पता नहीं कैसे उसकी नज़र परवीन पर पड़ गई। बस फिर क्या था परवीन को देखते ही अपने वायदे से मुकर गया वह। अम्मीं-अब्बा ने पहले तो बहुत मना किया मगर उसने परवीन के लिए रुपयों का ढेर लगा दिया। मेरी एक ख़ाला ने आख़िर तक मना किया था कि बड़ी से पहले छोटी का निकाह करना कहाँ का इन्साफ़ है। यह तो शुक्र था उस ख़ुदा का जिसने एक मौलवी के साथ इन्हें उसी वक़्त भेज दिया।''

''याको मतलब ई हुओ सकीला के तिहारा हैदराबाद में ये ढेड माँ-बाप अपनी बेटीन्ने...''

"हाँ, अम्माँ ऐसा ही समझ लो...आख़िर छह-छह बेटियों के लिए जहेज माँ-बाप कहाँ से लाएँ !"

"दहेज ना होएगो तो जरूरी है औलाद पैदा करनी। यासू तो बढ़िया है पैदा होतेई इनका टेंटुआ दबा देएँ।" सुर्ख़ होती चली गईं दादी ज़ैतूनी की आँखें।

"इससे तो यह भी अच्छा है अ...अम्माँऽऽ" शकीला की हिलकियाँ बँधती चली गईं इस बार।

"हुँ, ई निकाह थोड़ेई हुओ...ई तो खरीदारी होगी के मंडी में जाओ और गाँठ में जितनो पैसा है वैसी चीज खरीद लाओ।"

"अरब के शेख़ों और दिल्ली के सेठों के[1] लिए तो मंडी ही है हमारा हैदराबाद।"

"फिर तो सकीला तू या दीन मोहम्मद के साथ अपनी मरजी सू ना आई है।" बेहद मासूमियत भरी चालाकी से टटोला उसे दादी ज़ैतूनी ने।

"न...नहीं, अम्माँ ऐसी बात नहीं है। खुदा क़सम हमने तो इन्हें दिल से क़बूल किया है..."

"चुप्प कर, आई खुदा की बच्ची ! या खुदा ए और घसीट री है बीच में।"

पता नहीं दादी ज़ैतूनी ने शकीला को उसके झूठ पर डाँटा या उसकी कायरता पर, कहना मुश्किल है।

आख़िर वही हुआ जिसका डर था।

शकीला सूखे पत्ते-सी काँपने लगी। अगर इस हवेली ने सचमुच उसे स्वीकार नहीं किया तब वह कहाँ जाएगी ? अपनी धरती से सैकड़ों मील दूर इस रेगिस्तानी समन्दर में उठनेवाले बवंडरों का वह कैसे सामना कर पाएगी ? अच्छा होता वह उसी समय दीन मोहम्मद के साथ आने से मना कर देती। कम-से-कम वह अपनों के सामने तो रहती। लेकिन नहीं, परवीन समेत अपनी छोटी कमसिन बहनों के भविष्य के लिए वह ऐसा नहीं कर पाई। सच तो यह है कि इस दीन मोहम्मद के साथ वही कौन-सा आना चाहती थी। अपनी छोटी बहनों की शक्ल याद आते ही उसके जिस्म पर चींटियाँ-सी सरसराने लगीं। एक अकल्पनीय और अपरिचित भय से अन्दर तक सहमती चली गई शकीला। असुरक्षा का वही घेरा जिसे दादी ज़ैतूनी की उपस्थिति ने थोड़ा ढीला कर दिया था, देखते ही देखते वह उसे तेज़ी-से कसता दिखाई देने लगा।

"तू तो एकाध जमात भी पढ़ी दीखे है सकीला ?"

"ऐंऽऽऽ !" हड़बड़ाते हुए जैसे नींद से जागी। लगा जैसे जागते हुए भी वह सपने में हैदराबाद में थी।

दादी ज़ैतूनी ने वही सवाल फिर किया।

"हाँ, मैट्रिक किया हुआ है।"

"मैटिक मतलब...कलमा-कुरान ?"

1. दिल्ली का सेठ : हैदराबाद में मेवात से जानेवाले मेवों को दिल्ली का सेठ कहकर बुलाया जाता है।

"नहीं अम्माँ, मैट्रिक का मतलब दसवीं किया हुआ है। मैं तो आगे भी पढ़ना चाहती थी मगर नहीं पढ़ाया मेरे अम्मीं-अब्बा ने।"

सुनते ही दादी ज़ैतूनी के मुँह से निकला, "तो राँड, काई पढ़ा-लिखा के ही बँधती...या हाली के संग काँई लू चली आई ?"

"अम्माँ, मैं कौन-सी अपनी मरज़ी से..."

कहते-कहते रोक गई अपने आपको शकीला। अपने आप पर उसे ग़ुस्सा भी बहुत आया कि वह क्यों बार-बार इस 'मरज़ी' शब्द को अपने मन और ज़ुबान पर ला रही है। शकीला ने चुपके-से दादी ज़ैतूनी की आँखों में इस तरह देखा जैसे वह उनमें कुछ बाँचना चाह रही है। इधर दादी ज़ैतूनी ने शकीला की आँखों में उकर आए भावों को समझ लिया था परन्तु किसी तरह की प्रतिक्रिया व्यक्त नहीं की।

दादी ज़ैतूनी जाने के लिए खड़ी हुई तथा चुपचाप धीमे-धीमे क़दमों से उसके कमरे से निकल आई। बाहर चौक में आकर उसने धीरे-से उस जँगले की तरफ़ देखा जो उसके आते समय बन्द था, अब आधे के क़रीब खुला हुआ है, और दो टिमटिमाते दीये दूसरी तरफ़ से अपलक उसे ही निहार रहे हैं।

सोलह

आज सवेरे से ही बत्तो का मन उद्विग्न-सा है।

भूख ने जैसे मुँह फेर लिया और प्यास पता नहीं कहाँ रूठकर छिप गई। हीरा के लौटने तक बत्तो उठते-बैठते अपने सारे देवी-देवताओं से बस यही प्रार्थना करती रही कि हीरा लौटे तो कोई अच्छी ख़बर लेकर। वह जब भी खेड़ा देवत के सामने से गुज़रती तो दोनों हाथ स्वतः ही विनय की मुद्रा में जुड़ते चले जाते। आँखें अपने आप मुँदती चली जातीं और होंठ स्वयं ही बुदबुदाने लगते, 'हे खेड़ा देवत माई, मेरी बस यह अरज और सुन ले। सोलह सोमवार तेरी कड़ाही उतारूँगी !'

ओसारे में आती तो दीयों की झिलमिल रोशनी में लगता मानो सफ़ेद धुएँ के साथ लोबान की ख़ुशबू दिमाग़ में घमेर पैदा कर रही है। हाथ जोड़कर खड़ी हो जाती बत्तो उस जगह, जहाँ इतने अरसे बाद कल्लन फ़क़ीर द्वारा पढ़ी जानेवाली दरूद और बकरे का आर्तनाद जैसे अभी भी कानों में गूँज रहा है।

'हे मियाँ बाबा, तैने जैसे मेरे और काम साधे हैं इसे भी साध दीजो ! बस तू इनके हाथ पीले करा दे मियाँ बाबा !' मन ही मन ओसारे में अकेली प्रार्थना करती अपने कुल देवता से बत्तो।

जब से इसने सुना है कि खाता-पीता घर है, कई बीघा ज़मीन के मालिक हैं और दोनों लड़कियाँ यानी कौशल्या तथा रामरती रानी बनी राज करेंगी, तभी से इसके पाँव ज़मीन पर नहीं पड़ रहे हैं। मगर इसके साथ ही एक डर उसे रह-रहकर विचलित भी

किए जा रहा है कि हीरा तो ऐसे मामलों में निरा भैंस का फूफा है, कहीं उसके होते बात बिगड़ नहीं जाए। इसीलिए उसने यह ज़िम्मेदारी अपने ननदेऊ जग्गी यानी जगन प्रसाद को सौंप दी है। हालाँकि नज़र में तो इसके यह जग्गी भी कोई क़ायदे का आदमी नहीं है किन्तु उसकी वाक्पटुता और कुशल व्यवहार पर इसे पूरा भरोसा है। खेल-तमाशों में भाँड़गिरी करनेवाला भला कभी खरा उतरता देखा है ? बावजूद इसके बत्तो को यदि कोई उम्मीद है तो इसी भाँड़ से है। शायद इसलिए कि जिस आदमी ने छत्तीस तरह का पानी पिया हो, दुनिया-जहान की अनगिनत अच्छी-बुरी आँखें देखी हों, वह कहीं-न-कहीं सिप्पा भिड़वा ही देगा। यह उसी भरोसे का परिणाम है कि आज हीरा जग्गी के साथ गया है।

रह-रहकर बत्तो एक कल्पना से सिहर उठती कि आख़िर बेटियों के बिना कैसा लगेगा यह घर ? बत्तो जब भी अकेली होती तभी उसे लगता मानो अग्निकुंड के चारों ओर पड़ते भाँवरों के बीच पूरा घर समवेत सिसकियों और हिलकियों में डूबा हुआ है। पता नहीं कब आँसुओं के पतले धारे बिन बताए, आँखों के कोरों से होते हुए गालों को भिगो जाते। ठंडी बयार के जिन झोंकों से घर की दीवारें भीगी रहती हैं, वे झोंके तब कहाँ से आएँगे ? निश्छल किलकारियों और निर्बाध कुलाँचों से जो भीत-पाखे व आँगन हुलसा रहता है, तब वह उन्हें कहाँ से लाएगी ? अब तो पता ही नहीं चलता कि कब हाथों का घेरा गले में पड़ता और कब मान-मनुहारों की फुहारें बरसने लगती हैं। लगा जैसे वह घेरा अभी भी उसके गले में पड़ा हुआ है। बत्तो एक बेमानी प्रतिरोध करते हुए इस घेरे से मुक्त होने की कोशिश करती है। बत्तो का जी चाहता है कि गले में पड़े नरम मुलायम गालों की गुनगुनी ऊष्मा यूँ ही बनी रहे।

बत्तो एक बार फिर नहीं रोक पाई अपने आपको। अच्छा हुआ जो तीनों में से एक भी नहीं है इस समय उसके पास—न कौशल्या, न रामरती। यहाँ तक कि दिनभर पीछे-पीछे लगी रहनेवाली मैना भी, वरना इन आँसुओं को देखकर इनसे पैदा होनेवाले प्रश्नों का उत्तर देना मुश्किल हो जाता उसके लिए।

अस्र की अज़ान अभी-अभी लगी है।

बाहर कुछ परिचित स्वरों और पदचापों को सुन बत्तो तेज़ी-से बाहर आई। अंदाज़ा एकदम सही निकला। जग्गी और हीरा को देख दिल इतना तेज़-तेज़ धड़कने लगा मानो उछलकर बाहर आ जाएगा।

"कुछ बणी बात ?" अपने आप पर बमुश्किल क़ाबू पाने के बावजूद निकल ही गया आख़िर मुँह से।

"पहले दम तो लेण दे !" जवाब देने के बजाय झुँझलाते हुए झिड़क दिया हीरा ने बत्तो को।

एक अनजाने भय से सहमती चली गई बत्तो हीरा की इस हरकत पर। माथे पर

पड़ी दुश्चिंताओं की लकीरों को देख अहसास तो बत्तो को पहले ही हो गया था कि...।

देर तक सन्नाटा छाया रहा। इस बीच धनसिंह भी आ गया।

खाट पर लेटा हीरा आसमान में उड़ रही चीलों को देखता रहा बस। जग्गी ने कनखियों से एकाध बार उसकी तरफ़ देखा भी, मगर पता नहीं हीरा को इस शून्य में ऐसा क्या नज़र आ रहा है कि वहाँ से नज़रें हटने का नाम नहीं ले रही हैं। बत्तो को सचमुच अब घबराहट होने लगी। कल्पनाओं के सारे रंग एक-एक कर फीके पड़ते दिखाई देने लगे।

बत्तो से रहा नहीं गया तो उसने जग्गी से पूछ लिया इस बार, "ननदेऊ, सब ठीक तो है ?"

"हाँ, सब ठीक है।"

"तो फिर ई खटपाटी लेके कैसे पड़ो है ?" बत्तो का इशारा हीरा की तरफ़ था।

"ऐसे ही, आदमी इतनी दूर सू चलके आवे है तो थक-हार जावेई है।"

बत्तो ने अन्दर ही अन्दर गहरा साँस खींचा लेकिन तसल्ली उसे जग्गी के कहे पर अभी भी नहीं हुई।

हीरा ने उचटती निगाह से देखा दोनों की तरफ़।

"फिर बात बनी कै ना ?" इस बार धनसिंह ने दख़ल देते हुए पूछा।

"बात तो बाबा पहले सू बनी-बनाई है। बस, थोड़ी-सी हीरा की तसल्ली करानी ही।" जग्गी ने ससुर की तरफ़ देखते हुए कहा।

"तो भला आदमी, छोरान्ने रुपिया-धैला सू रोक भी आया हो ?" धनसिंह की आँखों में उजास भर आया इस बार।

"बाबा, वैसे तो सारा काम ए निबटा के आया हैं। इक्कीस-इक्कीस रुपिया सू रोक भी आया हैं। अब ऐसा करो के जितनी जल्दी हो सके कौसल्या और रामरती ए लपेट-लपाट के गंगा नहाओ।"

"ई बात तो तैने सोलह आना सही कही है ननदेऊजी। वैसे भी आजकल काई को कोई भरोसा ना है।" हुलसते हुए जग्गी का समर्थन करते हुए बोली बत्तो।

"और हाँ, पैसा-धेला की ओड़ सू चिन्ता मत करियो। मैं हूँ न।"

"ननदेऊजी, हमें तो तिहारो ही आसरो है।"

हीरा ने कनखियों से देखा बत्तो और जग्गी को। प्रतिक्रिया इस बार भी व्यक्त नहीं की किसी तरह की।

बत्तो तो जैसे आज ज़मीन पर चल ही नहीं रही है। उसने बहुत कोसा अपने आपको कि ननदेऊजी उनके लिए इतना कुछ कर रहे हैं और वह उसके बारे में कैसा सोच रही थी। उसने अभी से तय कर लिया कि कौशल्या और रामरती को विदा करने के बाद अपने ननदेऊजी को विदाई में क्या-क्या देना है। बेशक वह पैसे से ग़रीब है दिल से तो नहीं है। यह तो उसका बस नहीं चला वरना अपने ननदेऊजी की आरती

उतारती।

दीया-बाती कर बत्तो ने बँगले से हीरा को बुलवाया और उसकी आँखों में आँखें डाल चहकते हुए बोली, "आज तो कुछ नसा-पानी करा दे अपने बहनेऊ कू !" बत्तो ने क़मीज़ की जेब से बीस का नोट निकालकर हीरा की हथेली पर रख दिया।

हीरा से तुरन्त कुछ कहते नहीं बना लेकिन अपने डर को बताए बिना रह भी नहीं पाया, "अगर याने वा मूत ए पीके कुछ डिरामा करो न, तो वाकी सारी जिम्मेदारी तेरी होएगी।" मियाँ के बकरे के समय हुई घटना की याद दिलाते हुए बोला हीरा।

"कोई डिरामा ना होएगो और अगर करेगो भी तो आज वाहे सब माफ हैं। दुधारू गाय की एकाध लात भी सहनी पड़े है।" मुस्कुराते हुए बत्तो अन्दर चली गई किसी काम के लिए।

सचमुच जग्गी यानी जगन प्रसाद ने कोई ड्रामा नहीं किया उस दिन। वैसे धनसिंह, जग्गी और हीरा के आलावा था भी नहीं कोई। बत्तो ने किसी को आने की इजाज़त भी नहीं दी। किसी चौथे को बुलाने का अर्थ है जानबूझकर अपना भेद बताना। वैसे भी इन खाने-पीनेवालों का कोई भरोसा नहीं है। धनसिंह ने भी अपने दामाद जग्गी से उस समय ज़्यादा छानबीन करना उचित नहीं समझा, सिवाय उन गोत-नात के जो पहले भी नहीं टकरा रहे थे आपस में।

उस दिन अरसे बाद धनसिंह को ढंग की नींद आई। रातभर वयस्कता की ओर तेज़ी-से क़दम बढ़ाती पोतियों के संग उनके बचपन से खेलता रहा सपनों में। परन्तु हीरा, पता नहीं उसे कौन-सा साँप सूँघ गया। बत्तो खाने के लिए कहती तो खा लेता, पीने के लिए कहता तो पी लेता। शुरू में बत्तो ने हीरा पर कोई ध्यान नहीं दिया। सोचा ऐसे ही कोई हरारत होगी किन्तु जब कई दिन हो गए तब उसका माथा ठनका। अच्छा नहीं लगा उसे हीरा का इस तरह गुमसुम रहना। बत्तो ने एकाध बार जानने की कोशिश भी की कि ऐसी क्या बात है, जो हीरा को लकड़ी लगे घुन की तरह खाए जा रही है ?

इस बीच बिचौला यानी जग्गी के कई संदेश आ गए कि आख़िर अब देरदार क्या है ? बत्तो ने भी एक बार झल्लाते हुए हीरा से कहा, "जाकी बेटी हैं ऊ तो धणी चुप बैठो है और दूसरो आदमी इनकू मरो जा रो है !"

हीरा कुछ नहीं बोला। अन्यमनस्कता के साथ घर से बाहर निकल गया।

हीरा की इस उदासीनता पर पाँव पटकते हुए बत्तो सीधी गई अपने ससुर के पास, "चाचा, ऐसे हाथ पे हाथ धर के कब तलक काम चलेगो !" बत्तो ने सीधे ही कहा।

"बेटी, मैं तो तैयार हूँ पर हीरा भी तो कहे कुछ।"

"ऊ कहा कहे, वाने तो वाही दिन सू जैसे मुँ खोलना की सौं खा राखी है। ननदेऊ जी का भी कई बौरा आ चुका हैं।"

"तो फिर बता, मैं अकेलो कहा करूँ ? अरे, ई तो ऊ बात होगी के मुद्दई सुस्त और गवाह चुस्त।"

"कम-सू-कम चाचा वाहे बैठा के दोनूँ बाप-बेटा आपस में बोल-बतलाओ तो सही। काई पंड्डत सू पत्रा बँचवा के लगन-वगन दिखवाओ !"

"ठीक है साँझ कू मैं वासू बात करूँगो।" धनसिंह पारो से सहमत होते हुए बोला।

शाम को धनसिंह ने हीरा और बत्तो दोनों को बुलवा लिया। मगर हीरा की उसी उदासीनता को देखकर धनसिंह हत्थे से उखड़ गया, "अपणी ऐसी-तैसी करा...जिन्दगी भर इन्ने घर बिठाके खवा !"

"चाचा, घर बिठाणा की कौन कह रो है।"

"तो फिर और कहा है...हम तो इनका फिकर में सूखा जा रा हैं और तू छैला..."

"ना, मोहे तो जैसे इनकी फिकर हैई ना...ऐसे आँखन् देखी माखी ना खाई जाए है ! ऐसे जानते-समझते कुआँ में ना धकेला जाए हैं बालक।"

"कुआँ में ना धकेला जाए हैं, कहा मतलब है तेरो ऐसा कहण को ?"

कुछ नहीं बोला हीरा।

समझ गया धनसिंह हीरा का इस तरह उखड़ा-उखड़ा रहने का कारण। ज़रूर ऐसी कोई गाँठ है जिसे खोलते हुए हीरा डर रहा है। बत्तो की भी समझ में धीरे-धीरे अब आने लगा। उसने मन ही मन स्मृतियों में पिछली बातों में झाँका तो सारे सूत्र एक-दूसरे से जुड़ते चले गए। हीरा की पहले दिन की झुँझलाहट और बाद में गुमसुम रहना, ज़रूर इन सबका इसके इस वाक्य से गहरा सम्बन्ध है जो इसने अभी कहा है।

"हीरा, बेटा तू कुछ छुपा रो है हमसू। बता तो सही आखिर बात है कहा ?" धनसिंह ने सीधे-सीधे पूछ लिया।

"देख, बिना बताए तो पार बसेगी ना।" बत्तो ने भी हीरा की हिम्मत बँधाने की कोशिश की।

हीरा को दोनों का कहना ठीक लगा। आख़िर वह कब तक इस बात को छिपाएगा ? और तब कहा तो क्या कहा जब सब समाप्त हो जाएगा।

इसके बाद हीरा ने जो कुछ बताया उसे सुनकर बत्तो ने तो माथा ही पीट लिया। धनसिंह से बदले में कुछ भी कहते नहीं बना।

"अगर ऐसी बात ही तो तम छोरान्ने मत रोकके आता।" धनसिंह ने सहजता से कहा।

"रोकके तो न आता, पर चाचा मोहे तो पतो ही जब चली जब सारो काम हो लियो।"

"याको मतलब हुओ के या ननदेऊजी ए पहले सू सब पतो है।"

"हुँऽऽऽ जभी वाकी रोज खबर आ री हैं...जभी ऊ इतनी तावली मचा रो है के जितनी जल्दी हो सके इन्ने लपेट-लपाट के गंगा नहाओ। मेरे यार, ई गंगा नहानो थोड़ेई

हुओ, ई तो अपने संग इन छोरीन्ने लेके वामें डूबनो जैसो हुओ।''

''पर चाचा, अब हो कहा सके है। अरे, अब तो अपनी बात सू मुकरना को मतलब है बिरादरी में बुरो बणनो...बिरादरी सू हुक्का-पाणी अलग करवानो।''

''तो फिर ऐसे कर, हमन्ने काई कुआँ-पोखर में धकेल आ। मजा सू फिर अपनी बिरादरी के साथ पीजो हुक्का-पाणी...आराम सू रहियो बिरादरी में भलो बणके।''

''बत्तो, बेटी रौल मचाना सू ना निबटेगो ई मसलो। ठंडा दिमाग सू सोचण दे।'' धनसिंह ने संयम से काम लेने की रणनीति अपनाने की सलाह देते हुए समझाया बत्तो को।

''चाचा, चाहे दुनिया इत सू उत हो जाए पर मैं अपणा इन जिगर का टूकन्ने अपने जीते-जी ऐसे गरत में ना धकेलूँगी। अगर याके बसकी ना है तो मैं दे दूँगी इन्ने जहर।''

''ऐसो कुबोल मत बोल बेटी। हिम्मत और दिमाग सू काम ले। मैं कल ही जग्गी ए बुला के वासू बात करूँगो।''

''चाचा, ऐसा आदमी सू बात करना की अब कोई जरूरत ना है।''

''बत्तो, गरमी मत खा बेटी। अभी कुछ ना बिगड़ो है।''

''बिगड़ तो बहोत चुको है चाचा। मैं जानू हूँ जग्गी जैसो आदमी है। यासू तो अच्छो है हम चुपचाप...''

''तू बावलो होगो है ! जग्गी जैसो आदमी है मोहे सब पतो है। दो-चार बड़ा आदमीन सू जान-पिछाण होना को मतलब ई ना है के ऊ हमन्ने निगल ही जाएगो।'' इतना कहकर धनसिंह चुपचाप लेट गया।

हीरा का डर एकदम सही निकला।

बहुत समझाया धनसिंह और हीरा ने। लाख दुहाई दी। बत्तो ने अपना ओन्ना तक डाल दिया पाँवों में लेकिन जग्गी यानी जगन प्रसाद ने एक नहीं सुनी, और अन्ततः धमकी देकर फुफकारता हुआ चला गया।

उनके सारे हथियार जैसे भोंथरे हो गए।

अब क्या करे धनसिंह ? कैसे इस भँवर से वे बाहर निकलें ? जग्गी की बात मानने का अर्थ है कौशल्या को जीते-जी नरक में धकेलना और न मानने का मतलब है उसकी ताक़त से लोहा लेना, जो कम-से-कम उनके बूते की बात नहीं है।

''चाचा, मेरी तो सलाह है के जीजा की बात मान लेओ। अरे, कौसल्या ना सही कम-सू-कम रामरती तो सुखी रहेगी।'' हीरा ने हारकर आत्मसमर्पण कर दिया।

''यानी कौसल्या ए मैं जीते-जी मार दूँ। चाचा, चाहे मेरी जान चली जाए पर मैं अपनी लाडोन्ने...'' कहते-कहते बत्तो बुक्का मारकर रो पड़ी।

''बत्तो, बेटी ऐसी हिम्मत हारना सू काम ना चलेगो...और फिर कौन-सा हम अपनी बेटीन्ने दौलत लेके दे रा हैं।'' इतना कहकर धनसिंह तेज़ी-से बाहर निकल आया।

जिस वक़्त धनसिंह कचैड़ी पर पहुँचा सब उसे वहीं मिल गए यानी नसीब ख़ाँ, चाँदमल, वली मोहम्मद, हसन मोहम्मद, याक़ूब, मुबीन सब।

"आई भई काका, कैसे इतनी रात गए ?" हसन मोहम्मद ने अपनी मूढ़ी धनसिंह की तरफ़ सरकाते हुए यूँ ही पूछ लिया। गाँव-देहात में इशा की अज़ान होते-होते काफ़ी रात हो जाती है।

"कौन, धनसिंह ?" तस्बीह को थोड़ा विराम देते हुए पूछा चाँदमल ने।

"हाँऽऽऽ यार, मैंई हूँ।" गहरा साँस लेते हुए छोटा-सा जवाब दिया धनसिंह ने।

"काका, कुछ परेसान-सो लग रो है, सब ठीक तो है ?" वली मोहम्मद ताड़ गया धनसिंह की परेशानी को।

"यार वली मोहम्मद, बात ही कुछ परेसानी की सी है।" धनसिंह की पेशानी पर लकीरें और गहरा गईं।

"अन्यायी, ऐसी कहा बात होगी ?" मणकों पर फिरती हुई अँगुलियाँ ठहर गईं इस बार।

धनसिंह ने इसके बाद सारी बात बता दी। पूरी कचैड़ी सकते में आ गई सुनते ही। नसीब ख़ाँ, उसके तो मुँह से बस इतना ही निकला, "खुदा ही खैर करे ! पतो ना और कितनो बुरे बखत आएगो अभी !"

"काका, ई तो तैने कुछ अजीब बात बताई है।" वली मोहम्मद हैरान होते हुए बोला।

"देख भई काका, कौसल्या और रामरती तिहारी ही बेटी ना हैं, या मुहल्ला और या गाँओ-बस्ती की भी बेटी हैं। अब तैने ई बात बता दी है तो चाहे लाहूस बिछ जाएँ, जग्गी आँख तो उठाके देख जाए।" हसन मोहम्मद के नथुने फड़फड़ाने लगे।

"धनसिंह, तैने अच्छो करो जो बखत सू ई बात बता दी ! कोई-न-कोई रस्ता जरूर निकलेगो।" नसीब ख़ाँ ने धनसिंह को तसल्ली देते हुए कहा।

● ●

अभी पन्द्रह दिन भी नहीं बीते कि एक दिन पूरे मोहल्ले ने देखा धनसिंह के घर के सामने एक जीप आकर रुकी। धनसिंह ने बँगले से बाहर आकर देखा। पहले तो पलभर के लिए उसकी समझ में नहीं आया इन अपरिचित चेहरों को एक-एक कर जीप से उतरते हुए, परन्तु जैसे ही उसने उसमें से अपने दामाद जगन प्रसाद उर्फ़ जग्गी को उतरते हुए देखा, तब उसे समझते हुए देर नहीं लगी।

हीरा का डर सही साबित हो गया। धनसिंह के तो पैरों तले से ज़मीन खिसकने लगी, सामने खड़े दर्ज़न भर अनजान लोगों को देखकर।

आग की तरह फैल गई पूरे मोहल्ले में यह ख़बर। नसीब ख़ाँ, चाँदमल, रामचन्दर, सम्पत, वली मोहम्मद, हसन मोहम्मद, दादी ज़ैतूनी, असग़री, सोनदेई, पारो जिसे भी पता चला वहीं दौड़ पड़ा धनसिंह के घर की ओर।

अन्दर हलकान होती बत्तो के चेहरे से जैसे सारा रक्त निचोड़ लिया किसी अदृश्य शक्ति ने। दादी ज़ैतूनी, असग़री, सोनदेई, पारो, जुम्मी, मजीदन, शकीला सब उसे ढाँढ़स बँधाती रहीं।

"बत्तो, तू या बात सू बेफिकर रह के हम तेरे साथ ना हैं। इन्ने हाथ तो लगानू दे अगर दारीकान्ने कच्चो ना चबा जाऊँ।" दादी ज़ैतूनी की आँखें जलने लगीं।

"या जग्गी ने धरती ना फाड़ दी जैतूनी।"

"असगरी, या हरामी जग्गी ने ई समझी है के या धनसिंह और हीरा के कोई आगे-पीछे ना है..." दादी ज़ैतूनी अभी कुछ और कहती कि एकाएक एक कोने से ज़ोर-ज़ोर की सिसकियाँ सुनाई देने लगीं।

सबने देखा पलटकर। जुम्मी लपककर गई उसके पास, "कौसल्या, बेटी बावली होगी है।"

"ना ताई, ई सब मेरी वजह सू हो रो है...मैं हूँ या सारा फिसाद की जड़।" हिलकियाँ बँध गईं कौशल्या की।

"ऐसी बात ना कह करे हैं बेटी...बेटी तो लिच्छमी होवे है।" सोनदेई ने समझाया।

देर तक कौशल्या की हिलकियाँ नहीं थमीं।

इधर तर्क-वितर्कों और बहस-मुबाहिसा से धनसिंह का बँगला पूरी तरह गरमाया हुआ है।

"रिस्तेदार, सही बात ना बतानो भी तो धोखा हुओ। जो छोरा तमने कुँआरो बतायो हो ऊ दूजबर निकलो या ना ?" रामचन्दर ने अपना तर्क रखते हुए कहा।

"और फिर ऐसे जान-बूझके माखी ना निगली जावे है।" नसीब ख़ाँ रामचन्दर से सहमत होते हुए बोला।

"देखो साब, अब तो छोरा रुकगे, तो रुकगे। अब तो ये छोरी हमारी होगी।" जीप में से उतरी एक सवारी ने लगभग अपना फ़ैसला सुनाते हुए कहा।

"रिस्तेदार, अन्यायी तमने तो ऐसे फैसलो सुना दियो जैसे हमारी छोरी कोई ढोर-डंगर हैं के एक बर सौदा होगो तो होगो।" वली मोहम्मद अपने आप पर क़ाबू पाते हुए बोला।

"हाँ रिस्तेदार, ऐसे ही समझ लेओ।" पूरे आत्मविश्वास के साथ कहा उसी सवारी ने।

"ऐसे तिहारे होती होएगी।" हसन मोहम्मद भूल गया कि उसने क्या कह दिया।

"देखो रिस्तेदार, भूल-चूक तो होई जावे है। अरे, अगर हमन्ने असलियत को ना पतो चलती तो दूसरी बात ही। अब पतो चलगी तो या बात ए यहीं खतम करो..."

"और अगर तम ई चाहो के ई रिस्तेदारी बणी रहे तो एक काम हो सके है दोनूँ में सू एक छोरी को रिस्ता ले लेओ।" नसीब ख़ाँ ने साँप भी मर जाए और लाठी भी न टूटे की नीति पर अमल करते हुए सुझाव या कहिए प्रस्ताव रखते हुए कहा।

"ना जी, छोरी जाएँगी तो दोनूँ जाएँगी और अगर राजी-रजा सू ना जाएँगी तो ठाढ़

सू जाएँगी।''

''सुन रे रिस्तेदार, या भोला में मत रहियो के ये दोनूँ बाप-बेटा इकला हैं...एक बात और ध्यान में धर ले के ये छोरी सिरफ हीरा की ना हैं, पूरा गाँओ की हैं। अगर अब की बर मुँ सू ऐसी बात निकाली तो लाहस बिछ जांगी।'' हाजी चाँदमल तस्बीह को विराम देते हुए गरजा इस बार।

''तो ऐसो है रिस्तेदार के हम भी असल बृज का हैं।''

''बिरज के तेरो नाना को है वापे हमारो भी उतनो ही हक है जितनो तिहारो है। तमने ई बात ना सुनी के *बृज रज न देवन की/आधी जाटन की, आधी मेवन की।''* नसीब ख़ाँ ने तैश में आई एक अन्य सवारी को उसकी ऊँचाई बताते हुए कहा।

''चलो रे चलो, अब हमन्ने ये मेव ही देखने हैं।'' जग्गी इतना कहते हुए खड़ा हुआ और सबको वापस जीप में बैठ जाने का हुक्म देते हुए बँगले से बाहर निकल गया।

बाहर खड़ी जीप ज़ोर-से घरघरायी और धूल उड़ाती हुई आँखों से ओझल हो गई।

जीप के जाते ही धनसिंह के बँगले में सन्नाटा छा गया। रह-रहकर आपस में टकराती आँखें जग्गी के अन्तिम वाक्य, या कहिए चेतावनी के रूप में इस्तेमाल किए गए शब्दों का अर्थ ढूँढ़ने लगीं। बाहर दगड़े में जीप द्वारा उड़ाई गई धूल हवा में देर तक उड़ती रही। यह धूल अपने पीछे अनिष्टताओं की अनेक गूँजें छोड़ गई, जिसकी आहट कभी भी फिर से सुनाई पड़ सकती है।

''रामचन्दर, बताओ आज का बखत में आदमी किसपे अकीन करे ?'' बँगले में पसरे सन्नाटे से मुक्त होने की कोशिश करते हुए कहा नसीब ख़ाँ ने।

''ई हाल तो जब है जब जग्गी, याकी बहन को टोपा हीरा को सगो बहनेऊ है। कोई गैर होतो तो भी बात समझ में आती।''

''यार रामचन्दर, ई जग्गी ऐसो लगे तो ना है।'' हसन मोहम्मद को हैरानी हुई जग्गी के इस व्यवहार पर।

''वैसे मोहे या बात के पीछे कोई और ही राज दिखाई पड़ रो है।''

वली मोहम्मद के कहने का अर्थ शायद नसीब ख़ाँ ने भाँप लिया लेकिन उसे खोलने के बजाय वह कहने लगा, ''धनसिंह, जभी कही है काई सायर ने के—

उठ गई प्रीत-परीत, टूट गया नाता-रिस्ता
मया-मोह कित गया, पड़ा भाईन् में भाँता
मतलब की संसार है, मतलब की संसार
माया की सब दोस्ती, नहीं अच्छी ढूँढ़े नार
कलजुग आयो बुरो जमानो।''

''पर यार नसीब खाँ, हमारो जँवाई तो अन्यायी साफ-साफ धमकी देके गयो है।'' धनसिंह की आँखों में डर साफ़ झलकने लगा।

''धनसिंह, ऐसी धमकी तो रोज मिलती रहवे हैं। घबराए मत, हम हैं न संग।''

चाँदमल ने ढाँढ़स बँधाते हुए कहा।

"फिर भी चौकस तो रहणो चहिए। ऐसा आदमी को कोई भरोसा ना कद (कब) चोट कर जाए।" नसीब ख़ाँ सतर्क रहने की हिदायत देते हुए बोला।

"वैसे हीरा, यार कुछ ऐसो जुगाड़ ना भिड़ जाए के जितनी जल्दी हो सके इन छोरीन् का भाँवर पड़ जाएँ ?"

"कैसी बावली बात कर्रो है यार रामचन्दर। हमने कोई वा जग्गी का नोट गिणवा राखा हैं, जो हम अपनी छोरीन् का ऐसेई फेर-पट्टा करवा देएँ। हम कोई वाकी दाब में रहवे हैं।"

"रामचन्दर, हसन ठीक कह रो है...जूँ का डर सू कोई खूसनी छोड़ी जावे है !" वली मोहम्मद ने अपने छोटे भाई के तर्क पर सहमति जताते हुए कहा।

दानी ज़ैतूनी, असग़री, सोनदेई, पारो भी बत्तो को इसी तरह की हिम्मत बँधाकर चली गईं। पता ही नहीं चला कि कब दीया-बाती का समय हो गया। कौशल्या ने चौक में लालटेन जलाकर खूँटी पर टाँग दी तो प्रकाश पूरे घर में फैल गया। बत्तो के तो पाँव ही ऐसे हो गए मानो भारी-भारी पत्थर बाँध दिए हैं उनसे।

पूरी रात बत्तो को नींद नहीं आई। बुरे-बुरे ख़्यालों और कल्पनाओं से जूझती रही। कई रातों तक उसे लगता रहा जैसे बाहर रास्ते में एकसाथ घरघराती कई जीपें दौड़ लगा रही हैं। एक अनजान, अदृश्य डर हर समय जैसे बत्तो का पीछा करता रहता। परछाईं की भाँति चिपकी रहने लगी बत्तो बेटियों से। जग्गी यानी अपने ननदेऊ की ताक़त से वह अच्छी तरह परिचित है। इसलिए वह जो धमकी देकर गया है, वह महज धमकी नहीं है।

आज रह-रहकर असग़री की ये पंक्तियाँ उसे याद आ रही हैं—

बिचौला मेरा दो बणगा
एक जीजो, दूजो फूफो बेईमान।

● ●

किसी ने कल्पना भी नहीं की थी कि धनसिंह का सगा जँवाई इस सीमा तक जा सकता है। कहने में और करने में बहुत अन्तर होता है किन्तु जग्गी ने जैसा कहा वैसा कर दिखाया।

अलस्सुबह ख़ाकी वर्दियों से लदे दो पुलिस के ट्रकों को देखकर पूरा गाँव सकते में आ गया। जब तक गाँव में कोई कुछ समझ पाता, इन ख़ाकी वर्दियों ने उस दिशा को अपने घेरे में ले लिया, जहाँ धनसिंह का घर था। यह तो अच्छा हुआ जो एक सिपाही का, जो चार-पाँच सिपाहियों की अगुवाई कर रहा था, फत्तू से सामना हो गया। पता नहीं फत्तू की छठी इन्द्रिय कैसे काम कर गई कि उसने सिपाही को धनसिंह के घर की दिशा तो बताई परन्तु एकदम ग़लत। इससे पहले कि सिपाहियों की वह टुकड़ी धनसिंह

के घर के सही पते पर पहुँचती, फत्तू ने अपना काम कर दिया।

दादी ज़ैतूनी और असगरी पूरे मोहल्ले की औरतों को लेकर पहुँच गईं बत्तो के पास। ज़ैतूनी ने सबको निर्देश दे दिया कि उन्हें क्या करना है।

पुलिस ने मोहल्ले के सारे नाकों पर पहरे बिठा दिए। मजाल है वहाँ से कोई परिन्दा तो निकल जाए। लगभग घंटाभर पुलिस मग़ज़ मारती रही इन गँवार, जाहिल लोगों से पर मजाल है किसी ने कुछ तो बताया हो। हताश ख़ाकी वर्दियों को उसी नीति का पालन करने पर मज़बूर होना पड़ा, जिसके लिए वह जानी जाती है यानी लगभग दर्जनभर मोहल्लेवालों पर डंडे भी बरसाए मगर सफलता फिर भी हाथ नहीं लगी।

अचरज तो इन ख़ाकी वर्दियों को यह देखकर हुआ कि जैसा उन्हें इस गाँव के बारे में बताया गया था, वैसा उन्हें बिल्कुल भी देखने को नहीं मिला। हारकर थानेदार ने गाँव के बाहर खड़ी एक पुलिस जीप में बैठे जग्गी को बुलवाया। जग्गी थानेदार के बुलावे पर उसके पास गया, तो यह देखकर उसने सिर पीट लिया कि जहाँ थानेदार अपने कुछ सिपाहियों के साथ खड़ा है वह धनसिंह का घर है ही नहीं।

थानेदार ने सुना तो वह दंग रह गया कि अभी तक वे ऐसे ही अँधेरे में तीर मार रहे हैं। पलभर के लिए उसे अपने थानेदार होने पर बेहद ग़ुस्सा आया। थानेदार ने तुरन्त जग्गी को अपने साथ लिया और दौड़ पड़ा धनसिंह के घर की ओर।

लगभग डेढ़ सौ गज़ पहले उन्हें छह-सात औरतों का छोटा-सा हुजूम मिला, जिनमें तीन-चार बहुएँ थीं लेकिन उन पर किसी ने ध्यान नहीं दिया। घर के बाहर दादी ज़ैतूनी, असग़री, जुम्मी, सोनदेई और पारो के साथ बैठी बत्तो की जैसे ही जग्गी पर नज़र पड़ी कि शेरनी की भाँति उस पर टूटकर पड़ीं। ग़नीमत थी कि थानेदार की ओट ले ली उसने। दादी ज़ैतूनी और असग़री ने जिस तरह जग्गी को आड़े हाथों लिया उसे देखकर थानेदार का मग़ज़ घूम गया।

"हरामी, लिआयो अपणी माँ का खसमन्ने !" शुरुआत असग़री ने की।

"तो याको मतलब ई हुओ के या गाँओ की बहाण-बेटी अब पुलिस का पहरा में रहंगी। जग्गी, डूब मर ढेड काई कुआँ-पोखर में...अपणा ही साला के घर या पुलिस ए लाके तोहे थोड़ी-बहोत भी हया नहाई !" दादी ज़ैतूनी का जिस्म काँपने लगा।

पूरा घर छान मारा लेकिन पुलिस को न तो कौशल्या मिली और न ही रामरती। समझ गया थानेदार कि जो घंटाभर इस घर के भ्रम में ज़ाया हुआ है, इस दौरान पूरा खेल हो चुका है। झल्लाते हुए लौट आया थानेदार उसी जगह जहाँ नसीब ख़ाँ, धनसिंह, रामचन्दर और चाँदमल बैठे हुए थे।

"बाबा, मैं आखिरी बार कह रहा हूँ कि या तो उन दोनों लड़कियों को हमारे हवाले कर दो वरना..."

"चौस्साब, हमारी जान ही तो ले लेओगा और कुछ तो ना है।"

नसीब ख़ाँ की इस दृढ़ता पर थानेदार ने आख़िरकार हथियार डाल ही दिए। पस्त हो गया वह इनके संकल्प के आगे।

''बाबूजी, ये छोरी ही तो हमारी आबरू हैं, अब बताओ इन्ने हम कैसे तिहारे हवाले कर देएँ। हमें जब अपणा सगा रिस्तेदार पे भरोसा ना है, तम तो फिर भी पराया आदमी हो।''

''सही कह रो है तू वली मोहम्मद। कोई कमीण ही अपनी आन ए गिरवी धरके करेगो ऐसो काम।'' फत्तू का जबड़ा खिंचता चला गया।

''यार जगन प्रसाद, इन लोगों की बातें सुनकर मुझे तो ऐसा लग रहा है कि यह मामला वह है ही नहीं जैसा तूने एस.पी. साब को बताया था।'' अपने बग़ल में बैठे जग्गी से कहा थानेदार ने।

''चौस्साब, वैसे आप ए असल बात को पतो भी है ?'' नसीब ख़ाँ के हाथ लग गया असलियत का छोटा-सा रेशा।

''बाबा, आप लोगों की बातें सुनकर मुझे भी कुछ शक-सा हो रहा है।''

''मतलब चौस्साब ?'' चौंकते हुए पूछा नसीब ख़ाँ ने।

''मतलब यह कि इस देश में अब ऐसी नौबत आ गई कि हम हिन्दुओं की बहू-बेटियों को मुसलमान रखेंगे।'' थानेदार बड़ी सफ़ाई से अपनी बात बदल गया।

''कैसी बात कर्‌रा हो चौस्साब, बहू-बेटी भी कोई हिन्दू-मुसलमान की होवे हैं। अरे, ये तो पूरा गाँओ-बस्ती की होवे हैं।'' चाँदमल की सफ़ेद पुतलियाँ शून्य को ताकने लगीं।

''बाबूजी, चलो हम तो ठहरा मुसलमान...ई जग्गी तो हिन्दू है। ये छोरी चलो हमारी ना लगे है कुछ, पर कहा ये या जग्गी की भी ना लगे हैं ? ई हीरा तो याको सगो सालो है जाकी छोरीन्ने ई ठाढ़ सू जीते-जी डुबोणा में लग रो है।'' वली मोहम्मद बहुत कुछ कह गया एक ही साँस में।

''चौस्साब; ई कहाँ को इन्साफ है के एक सगो फूफा अपनी बेटी समान छोरी ए एक दूजबर के पल्ले बाँधना की जिद पे अड़ रो है।''

नसीब ख़ाँ द्वारा पूरे मामले को उद्‌घाटित होता देख थानेदार ने लम्बा साँस खींचा और पास आते हुए पूछा, ''बाबा, तफ़सील से बताओ आखिर असली बात क्या है ?''

''चौस्साब, इतनो सबकुछ बताणा के पीछे भी कुछ कसर रहगी ?'' उलटा सवाल किया नसीब ख़ाँ ने।

''देखो बाबा, हमें तो यह बताया गया था कि इस जगन प्रसाद के साले की किसी लड़की को कोई नसीब खाँ नाम का आदमी जबरन अपने घर बिठाना चाहता है। इसलिए एस.पी. साब ने यह गारद भेजी है कि कहीं आपस में कोई दंगा-फसाद ना हो जाए, इसलिए लड़कियों को हम अपने साथ लेने आएँ हैं।''

इस नए रहस्य पर सबका मुँह खुला का खुला रह गया।

''चौस्साऽऽऽब, आप ए पतो है ई नसीब खाँ कौन है ?'' चाँदमल की देह जैसे फटने को हो रही थी।

''उसे भी तो गिरफ़्तार करके ले जाना है।'' थानेदार ने आगे की कार्रवाई से सबको अवगत कराते हुए कहा।

"ऐसा करो चौस्साब, पहले वाहे ही गिरफ्तार कर लेओ ! ई बैठो तिहारे आगे नसीब खाँ...गेर लेओ याका हाथन् में हथकड़ी !"

"क्याऽऽऽ ?" रामचन्दर ने अपने सामने बैठे नसीब ख़ाँ की ओर इशारा किया तो थानेदार को अपनी आँखों पर विश्वास नहीं हुआ।

"हाँ बाबूजी, यही है नसीब खाँ।" वली मोहम्मद ने रामचन्दर की बात की पुष्टि करते हुए कहा।

कुछ नहीं बोला गया थानेदार से। न जाने कब आँखों ही आँखों में उसने वहाँ मौजूद अन्य ख़ाकी वर्दियों को इशारा किया कि एक-दो को छोड़कर पता नहीं सब कब वापस हो लिए।

"चौस्साब, मैं बताऊँ असल बात, या कमीण जग्गी ने वा बेटावाला सू खाया हैं नोट। ई तो या धनसिंह की पोतीन् को ब्याह ना करवा रो है उन्ने बेच रो है।" नसीब ख़ाँ का चेहरा खिंचता चला गया घृणा से।

"बाबा, मैंने तो पहले ही भाँप लिया था जब इस आदमी ने मुझे सही दिशा न बताकर दूसरे के घर भेज दिया था।" फत्तू की ओर इशारा करते हुए बताया थानेदार ने, "पूरा यकीन मुझे तब हो गया था जब मैंने रास्ते में छह-सात औरतों को देखा था, और रही-सही कसर तब पूरी हो गई जब इस बाबा के घर के बाहर बैठी दो-तीन बुजुर्ग औरतों ने इस जगन प्रसाद को जमकर लताड़ा था। लेकिन फिर भी मैं सच्चाई अपनी आँखों से देखना चाह रहा था।"

"चौस्साब, अब तो सारी हकीकत आपने अपनी आँखन् सू देख ली के किसकी नीत में खोट है ?"

"बाबा, आप बेफिक्र रहो। आईन्दा आँच भी नहीं आएगी। अगर अब कभी ये जगन प्रसाद ऐसी नीच हरकत करे तो सीधे मेरे पास चले आना।"

"बाबूजी, ई हरकत तो जब करेगो जब हम याहे या गाँओ में घुसन देएँगा।" वली मोहम्मद ने सबका फ़ैसला सुना दिया अपनी ओर से।

"ठीक है बाबा, कोई भूल-चूक...जुबान से कुछ हल्की-फुल्की बात निकल गई हो तो माफ करना। क्या करें नौकरी ही ऐसी है...चल भई जगन प्रसाद, अब तेरी खबर लेनी है।"

थानेदार ने जिस अंदाज़ में जग्गी यानी जगन प्रसाद से चलने का आदेश दिया था उसे देखकर सबको जँच गया कि इसके साथ थाने में यह थानेदार कैसा सलूक करेगा।

● ●

धनसिंह के परिवार पर आया यह संकट यदि टला तो सिर्फ़ दो लोगों की वजह से, पहला फत्तू जिसने पुलिस को सही घर के बजाय दूसरी जगह भेज दिया और दूसरी थी दादी ज़ैतूनी। बाकी सब यह माने बैठी थीं अगर कौशल्या और रामरती आज पुलिस के हाथ पड़ने से बचेंगी, तो किसी करिश्मे के चलते ही बचेंगी। दादी ज़ैतूनी की कल्पना

के आधार पर यह प्रपंच रचा गया था जिसे असग़री और मोहल्ले की दूसरी औरतों ने सफल बनाने में बराबर का योगदान दिया था।

बत्तो की आँखों से आँसू रुकने का नाम नहीं ले रहे हैं। ज़ैतूनी और असग़री की आँखों से जब-जब उसकी आँखें टकरातीं, तब-तब अपने आप भर आतीं उसकी आँखें।

"बत्तो, बेटी हम माणस कौन होवे हैं काई ए बचानवाला, बचावे तो ऊ खुदा है।" ज़ैतूनी बत्तो को समझाते हुए बोली।

"बस्स ई समझ ले के कौसल्या और रामरती का भाग सूधा हा।"

"ना काकी असगरी, हमकू तो तम ही खुदा सू बढ़के हो। तिहारा या अहसान ए जिन्दगी भर ना भूलंगा हम।" कृतज्ञता से दोहरी होती चली गई बत्तो।

"चल छोड़, जो होगी वापे माटी गेर। अब कोई चोखो सो घर ढूँढ़के इनका हाथ पीला कर दे।"

"सही कह री है बूढ़ी माई, कहीं ई जग्गी फिर कोई फंद न रोप देए।" जमीला ने ऐसे कहा मानो जग्गी अभी भी उनके सामने खड़ा है।

"अगर वामें थोड़ी-सी भी गैरत होएगी तो ऊ चुप्प बैठ जाएगो। इतनो माजना झड़ना के पीछे भी ऊ कोई और कुबद करेगो, तो समझ लेओ के वासू बड़ो नकटो ना है कोई।" दादी ज़ैतूनी ने जग्गी की अनुपस्थिति में उस पर मलामत देते हुए कहा।

"ख़ैर, मान गए अपनी अम्माँ का दिमाग़...क्या तरीक़ा ढूँढ़ा कौशल्या और रामरती को घर से महफ़ूज़ निकालने का।" शकीला ने हुलसते हुए दादी ज़ैतूनी की तारीफ़ की।

"वैसे माई, तोहे ई तरकीब सूझी खूब के जरीना और हसीना का लत्ता पहरा, तैने ये मेवणी बणाके चुपचाप निकाल दी।" जुम्मी ने भी सराहते हुए कहा।

"सच्ची बताऊँ, बहना मोहे तो बहोत डर लग रो हो...।" सोनदेई का भय अभी भी नहीं हुआ दूर।

"और मेरा तो पसीना ही छूटगा जब कौसल्या को फूफा और थाणेदार हमारे पै सू गुजरा हा के कहीं ये सिपाई इनका घूँघट उघाड़के ना देख लेएँ !" हसीना को लगा जैसे अभी भी वह पसीने से भीगी हुई है।

"देखता तो जब, जब उन्ने सक होतो...और अगर ऐसी नौबत आती दीखती तो हरामीन्ने दराँती सू ना चीर देती।" दादी ज़ैतूनी का जबड़ा सख़्त होता चला गया।

"ना माई, देख ली आज तेरी चतराई।" जुम्मी हँसते हुए बोली।

"ले, जुम्मी चतराई सू तैने खूब याद दिवाई। बत्तो, बहाण आज वा गीत ए सुणा दे के दमड़ी का चार आना कर लाई रे, देख..."

"हाँ बत्तो, घणाई दिन होगा हैं वाहे सुने !" पारो ने दादी ज़ैतूनी द्वारा व्याप्त तनाव और उद्विग्नता के कुहासे को हटाने में साथ देते हुए कहा।

"काकी, आज ना काई और दिन सुणा दूँगी। आज जी ठिकाणे ना है।" अनमनेपन के साथ कहा बत्तो ने।

"जी ठिकाणे ना है, सब ठीक तो है...कौन-सो महीना चढ़ रो है ?" सेन चलाते

हुए छेड़ा दादी ज़ैतूनी ने।

"ना काकी, ऊ बात ना है।"

"देख बत्तो, ऐसी छोटी-मोटी आफत तो आती रहवे हैं और सबसू बड़ी बात तो ई है के आदमी की पिछाण होगी। रही बात दो-चार सौ रुपिया खरच होणा की तो सुन *धन लुटगो लुट जाण दे, धन की होगी गार/मिंतर तो परखो गयो, धन हो जाए सौ बार।"*

"सही बात है बत्तो। भूल जा, जो होणी ही सो होगी।" अन्ततः असग़री ने विषय को जैसे ख़त्म कर दिया।

"चल सुना दे, अरी चुप हो जाओ...सुणना की बात है, बहोत ज्ञान है या बात में। अगर काई ने बीच में दाँत फाड़ा तो रंडी की खूसनी ए फाड़ दूँगी।" इस बेमानी चेतावनी का अर्थ ही अपने आपमें इतना उथला था कि सब हँसे बिना नहीं रह पाईं।

"गा तो दूँगी पर काकी एक 'होली' तोहे भी गानी पड़ेगी, और हाँ साथ में सबन्ने ई मेरे संग गानो भी पड़ेगो।"

"ठीक है बत्तो, मैं तैयार हूँ।" दादी ज़ैतूनी ने तुरन्त स्वीकृति देते हुए कहा।

बत्तो ने पहले गला खँखारते हुए उसे गाने लायक बनाया और फिर धीरे-धीरे बोल उठाते हुए गाने लगी–

दमड़ी का चार आना कर लाई रेऽऽऽ
देख बलम मेरी चतराई।

दौड़ी तो दौड़ी मैं गई कुम्हरा के
आपकू मटका खसम कू कुल्लड़
छोरा कू भोबला दिवा लाई रेऽऽऽ
देख बलम मेरी चतराई।

दौड़ी तो दौड़ी मैं गई दरजी के
आपकू जम्फर खसम कू कुड़ता
छोरा कू टोपला सिंवा लाई रेऽऽऽ
देख बलम मेरी चतराई।

दौड़ी तो दौड़ी मैं गई थाणा में
आपकू थप्पड़ खसम कू डंडा
छोरा की खोपड़ी खिला लाई रेऽऽऽ
देख बलम मेरी चतराई।

सबने बत्तो के साथ यह गीत इस तरह गाया कि बत्तो के भीतर फैला झुटपुटा बारिश की पहली बूँदों की तरह धुलता चला गया। रही-सही कसर अन्तिम बंध तक पहुँचते-पहुँचते हँसी के फव्वारों ने पूरी कर दी। हँसते-हँसते पेट दूखने लगा सबका।

"हाँ तो माई अब तू सुरू हो जा !" ठहाकों के सैलाब को थोड़ा मन्दा पड़ता देख मजीदन ने याद दिलाते हुए कहा दादी ज़ैतूनी से।

"दारी छोड़, मैं काई और दिन..."

"ना बूढ़ी माई, हाँ करके तो सुनानी ही पड़ेगी।" ज़रीना लगभग ज़िद करती हुई बोली।

"अम्माँ, आज ही सुनाओ ! मैं भी तो सुनूँ कि मेरी अम्माँ कैसा गाती है।"

शकीला के इस रस-भरे आग्रह में पता नहीं कैसा मिठास था कि दादी ज़ैतूनी से ना करते नहीं बना।

"ठीक है, ना मानो तो सुनो !" इसके बाद दादी ज़ैतूनी ने आँखों को हल्के-से मूँदा और फिर स्वर तेज़ होता चला गया–

ना कोई तेरो कुटम-कबीला, मात-पिता ना भाई है
ना कोई तेरो बेटा-बेटी, ना संग चले लुगाई है
रोवे पीटे रुदन मचावे, बिछट चलो मेरो घर को
सुमरन कर बंदा हर को।

चार सख़ूस (शख़्स) याहे लेके चालाँ, बना काठ की डोली है
जंगल में तो जाए उतारो, फूँक दई फागन की सी होली है
कोई-कोई जले आग की झल में, काई कू बास कबर को
सुमरन कर बंदा हर को।

दादी ज़ैतूनी की इस 'होली' के बाद देर तक ख़ामोशी छाई रही बत्तो के चौक में। जीवन के इस दर्शन में व्यावहारिकता के अतिक्रमण पर सबके भीतर जैसे कुछ ख़दबदाने लगा। दादी ज़ैतूनी और असग़री से इसके बाद वहाँ बैठा नहीं गया। नैराश्य, अवसाद और एक अनजाने विषाद ने इनके भीतर जैसे कुछ उमेठ दिया।

"चलो री खड़ी होओ, निवाज को बखत भी हो गो है !" इतना कहकर दादी ज़ैतूनी उठी ही थी कि मग़रिब की अज़ान के स्वरों ने सबको उठने के लिए मजबूर कर दिया।

एक-एक कर सब चली आईं बत्तो के घर से। एक बार फिर बत्तो का चौक एक निर्जन-सा टापू बन गया। एक ऐसा टापू जिस पर भय, डर, शंका, आशंकाओं के गिद्ध मँडराते फिर रहे हैं।

सत्रह

शकीला ने भी अपना अलग से टेलीविज़न ले लिया। हवेली के ऊपर मुर्गे की कलगी-सा टँगा एंटीना इसकी गवाही जो दे रहा है। पूरी हवेली की आँखें एक बार फिर रहस्यमय

तरीक़े से आपस में टकराईं और मुस्कुराते हुए इस कानाफूसी के साथ चुप्पी साध गईं कि अब देखती हैं दादी ज़ैतूनी इस शकीला को क्या उपदेश देती है ? लेकिन नहीं, दादी ज़ैतूनी ने न तब कुछ कहा जिस दिन दीन मोहम्मद स्वयं सगर्व एंटीना को हवेली की छत पर टाँग रहा था, और न उस दिन कुछ कहा जब शकीला इसके लाने की ख़ुशी में पूरी हवेली को लड्डू बाँटते हुए, सबको उसे देखने का न्यौता देती हुई घूम रही थी।

चूँकि शकीला ख़ुद सबको टेलीविज़न देखने का न्यौता देकर आई थी इसलिए किसी ने भी एक बार झूठे से ना नहीं की। न जमीला ने, न ज़ुबैदा ने। न मोहसिना ने, न ज़ीनत ने। यहाँ तक कि वही ज़रीना और हसीना भी अपने आपको वहाँ जाने से नहीं रोक पाईं, जिन्होंने जाने से पूर्व एकान्त में इस पर ख़ूब मन्त्रणा की थी कि आख़िर वे किस मुँह से इस साँपन बल्कि कहिए जादूगरनी की दहली पर पाँव रखेंगी, जिसके विरुद्ध उन दोनों ने जमकर विष-वमन किया था। हसीना ने अपनी जेठानी ज़रीना को यह तर्क देते हुए राज़ी कर लिया कि टेलीविज़न देखना तो महज एक बहाना होगा, असली मक़सद तो कोई और है, जिसे हसीना ने ज़रीना के कानों में फुसफुसाते हुए विस्तार से बता दिया।

सुनते ही ज़रीना के भीतर जल्दी-से-जल्दी शकीला के यहाँ पहुँचने की उत्कंठा हिलोरें लेने लगीं। मान गई ज़रीना हसीना को।

ज़रीना और हसीना का अनुमान बिल्कुल सही निकला। पूरे कमरे को उन दोनों ने अपनी आँखों और स्मृति में चुपचाप क़ैद कर लिया। किसी को अपनी मंशा पर शक नहीं होने दिया इन्होंने। दादी ज़ैतूनी तो उस दृश्य को देखने के लिए बेचैन हो उठी, जिसका वह एकाध बार बहुओं से ज़िक्र भी कर चुकी है, लेकिन अभी तक उसे ऐसा कुछ भी नज़र नहीं आया।

हारकर झुँझलाते हुए उसने मोहसिना से ही पूछा लिया धीरे-से, ''मोहसिना, दारी या टेलीबिजन में तो ऐसी कोई बात दीख ना री है।''

''बूढ़ी माई, कौन-सी ?'' नहीं समझ पाई मोहसिना दादी ज़ैतूनी के कहने का अर्थ।

''दारी वही, लिपटम-लिपटावाली बात।''

''अच्छोऽऽऽ ! माई, जभी बैठी है तू यामें आँख गड़ाए।'' हँसते हुए बोली मोहसिना।

''मोहसिना, चुप कर। रौल मत मचा !'' मोहसिना को चुप कराते हुए कहा दादी ज़ैतूनी ने।

''अम्माँ, क्या हुआ ?'' शकीला ने देख लिया था उन दोनों को शायद बतियाते हुए।

''कुछ ना दारी, मैं तो ऐसेई कह री ही।'' बात को रफ़ा-दफ़ा करते हुए चुप्पी मार गई वह।

ज़रीना और हसीना मौक़े-बेमौक़े जब भी दादी ज़ैतूनी के पास आती हैं, वह समझ जाती है कि वे किसी नए रहस्य को उद्‌घाटित करने आती हैं।

बिल्कुल सही समय का चयन किया इन दोनों ने। शिखर दोपहरी में जब पूरी हवेली अपने आपको नींद के हवाले करने की तैयारी में थी, तभी पहुँचीं वे दोनों।

हसीना ने जबरन उसके हाथ से बीजणा खोंसते हुए कहा, "बूढ़ी माई, हारगी होएगी, ला मैं कर दूँ हवा !"

और ज़रीना उसके पाँयते की ओर बैठते हुए बोली, "बूढ़ी माई, ला तेरा पाँव दबा दूँ !"

दादी ज़ैतूनी ने बारी-बारी से दोनों को कनखियों से देखा। बोली कुछ नहीं बल्कि ऊँघने की मुद्रा अपनाते हुए धीरे-से आँखें और मूँद लीं।

"बूढ़ी माई, एक बात पूछणी ही अगर ना सोई होए तो।" ज़रीना ने ज़ोर-ज़ोर-से और जल्दी-जल्दी पाँव दबाने शुरू कर दिए।

लेकिन दादी ज़ैतूनी के जिस्म में किसी तरह की हरकत नहीं हुई।

"सो गी बूढ़ी माई ?" इस बार ज़रीना थोड़े ऊँचे स्वर में बोली।

"बोलती जाओ, मैं सब सुन री हूँ।" उन दोनों के अनुमान को ग़लत साबित करते हुए बिना आँखें खोले कहा दादी ज़ैतूनी ने।

"बूढ़ी माई, तोहे कुछ सक-सो ना है ?" हिचकिचाते हुए पूछा हसीना ने।

"काँई को ?" उलटा पूछा हसीना से।

"यही केऽऽऽ हमारो सुसरा जा या सकीला ए करके लायो है, ऊ सच्ची में तोहे मुसलमान्नी लगे है ?"

"कहा मतलब !" आँखों से सारी खुमारी उतरती चली गई दादी ज़ैतूनी की।

"कल जब हम सब वाके घर टेलीबिजन देखण गया हा, तो तैने एक बात पे ध्यान धरो हो के ना।"

"कौन-सी बात पे ?"

"यही के जैसो वाको रहन-सहन है, जैसी ऊ सजधज के मटकती डोले है..."

"और थोथरा पे किरीम-पौडर पोती राखी है..."

"तो फिर ?" इससे पहले कि ज़रीना हसीना की बात पूरी कर पाती, दादी ज़ैतूनी ने टोक दिया बीच में।

"फिर कहा बूढ़ी माई, तू भी जानबूझके आँख मूँद री है।" हसीना उखड़ते हुए बोली।

"तम बात ए घुमा-फिराके काँई लू कह री हो, साफ-साफ काँई लू ना कहो।"

"बूढ़ी माई, हम तो रात-बिरात जो या टेलीबिजन ए देख लेएँ तो ई कुफर (कुफ्र) होगो। तेरो इस्लाम ऐसी बेहूदी चीजन् की इजाजत ना देवे है, और ई साँपण् जाने (जिसने) पूरी हवेली किरीम-पौडर सू सड़ा राखी है वाहे पूरी छूट है। वाकू (उसके लिए) ना तो ई गुनाह है और ना कुफर।"

"बूढ़ी माई, मोहे तो पूरो सक है के ई मुसलमानूनी हैई ना।" हसीना के तर्क के आधार पर ज़रीना ने एक झटके में घोषणा कर दी।

"मोहे तो ई काकी पारो-सी कोई हिन्दुआणी लगे है।" ज़रीना ने हसीना के तर्क को पुख़्ता बनाते हुए कहा।

"पर जरीना, बेटी जो आदमी पाँचू बखत निवाज पढ़े...कुरान-पाक ए बाँचे और जाको नाम भी..."

"ई कोई बात ना हुई बूढ़ी माई, अगर डाडी (दाढ़ी) राखणा सू हर आदमी मुसलमान हो जाए, तो आधो-सो जादा मुलक आज मुसलमान होतो।" हसीना ने दादी ज़ैतूनी के सामने एकदम मौलिक तर्क दिया।

"वैसे एक बात तो सोचणा की है माई, तैने आज तलक कोई मेवणी देखी है किरीम-पौडर सू लिपी-पुती ? और फिर ठीक है अगर तोहे हमारो सक गलत लगे तो कोई बात ना है। चल री जरीना, खड़ी हो।" इतना कहते हुए दोनों दादी ज़ैतूनी के पास से चली आईं।

देर तक दादी ज़ैतूनी इस नए भँवर से बाहर आने का रास्ता तलाशती रही परन्तु वह इसमें सफल नहीं हो पाई। हारकर उसने स्वयं को अनिर्णय और अनिश्चितता के सुपुर्द किया और लम्बा साँस छोड़ते हुए आँखों को मूँद लिया, शायद बन्द आँखों को मिल जाए कोई रास्ता।

●●

अब तो दादी ज़ैतूनी को पहले से ही आभास होने लगा है कि जैसा वह सोचती ठीक वैसा हीं होकर रहता है। उसे पहले ही लग गया था कि ज़रीना और हसीना इस बात को पूरी हवेली में रोपे बिना मानेंगी नहीं। उसका यह सोचना एकदम सही निकला भी।

सबसे पहले जुम्मी आई उसके पास। जुम्मी को देखते ही भाँप गई वह, उसके आने की वजह।

"माई, ई मैं कहा सुण री हूँ ?" बिना किसी लाग-लपेट के आते ही पूछा जुम्मी ने।

"ठीक ही सुणी होएगी।" दादी ज़ैतूनी ने स्वीकारोक्ति भाव से कहा।

"वैसे माई, ई कोई अच्छी बात ना है। तू उन्ने धमकाए काँई लू ना है के जब जी में आवे है ये लुक्क लगाके पीछे हट जावे हैं।" तमतमाते हुए जुम्मी ने हसीना और ज़रीना की शिकायत की।

"जुम्मी, तू बता मैं कहा समझाऊँ ? वैसे भी या बूढ़ी काठी की अब कौन माने है।" निरीह दादी ज़ैतूनी ने अपनी विवशता प्रकट कर दी।

"ठीक है, फिर मैंई बात करूँगी उनसू।" जुम्मी एक तरह से बैरंग लौट गई दादी ज़ैतूनी के पास से।

शाम को यह ख़बर पूरी हवेली में पुआल में लगी आग की तरह फैल गई कि शकीला ने किराए पर वी.सी.पी. मँगाया है। बच्चों के तो पाँव ही ज़मीन पर नहीं पड़ रहे हैं, आते ही आसन लगा लिया।

कचैड़ी में भी पहुँची यह ख़बर। सुनते ही तस्बीह के मणकों पर फिसलती अँगुलियाँ रुक गईं। सफ़ेद पुतलियों को दिशाहीन शून्य की ओर घुमाते हुए बोला चाँदमल अपने बड़े भाई से, "नसीब खाँ, यार ई कौन-सो नयो ढिटपंग (तमाशा) आ घुसो हवेली में ?" चाँदमल के स्वर में हल्की-सी तल्ख़ी थी।

"कुछ ना, तू चुपचाप अपनी तस्बीह फेरी जा !"

"अन्यायी फिर भी, कुछ तो रोग होएगो ई ?" चाँदमल ने रिरियाते हुए आग्रह किया।

"हेत्तेरे की, तोहे कहा मतलब है इन बातन् सू।"

"ठीक है भई, जैसी तिहारी मरजी...ना बताओ तो अपणी ऐसी-तैसी कराओ।" झुँझलाते हुए चाँदमल ने टटोलते हुए तस्बीह को ढूँढ़ा और उसके मणकों पर अँगुलियों के पोरों ने फिर से गति पकड़ ली।

सुनते ही जमशेद की तो आँखें जल उठीं, जब उसे अपने विश्वस्त सूत्रों से यह पता चला कि उसका बाप वी.सी.पी. शकीला के कहने पर लाया है। सीधा गया वह कचैड़ी में और नसीब ख़ाँ पर चढ़ बैठा, "बूढ़ा बाप, तम हमारा बाप ए काँई लू ना समझा रा हो ! ई हवेली है या कोई..."

"जमसेद, तसल्ली सू काम ले !"

"पतो ना, या बीरबाणी ने ऐसो कौन-सो नक्कस घोल के पिया राखो है के बैरी वाके पीछे मजनूँ बणो डोले है।" चाँदमल ने अपने आपसे पूरी कचैड़ी को सुनाते हुए कहा।

"जावेद, बेटा अपणा काका ए बुलाके लइयो।" नसीब ख़ाँ ने दीन मोहम्मद को बुलाने के लिए जावेद को भेजते हुए कहा।

थोड़े ही देर बाद दीन मोहम्मद कचैड़ी में हाज़िर था।

"दीनू, मेरे यार तैने ई कहा तमासा बणा राखो है। अरे, ई बहू-बेटीन् को घर है कोई सराय ना है !" वली मोहम्मद ने आते ही दीन मोहम्मद को डाँटा।

"कैसो तमासो ?" उलटा उसी ने पूछा कचैड़ी से।

"देख रो है बूढ़ा बाप, कैसो भोलो बण रो है !" दीन मोहम्मद की ओर बिना देखे कहा नसीब ख़ाँ से जमशेद ने। पिता के प्रति उसके शब्दों में घुली नफ़रत किसी से छिप नहीं पाई।

"हद कर दी तैने भी यार दीनू...तोहे ई तमासोई ना दीख रो है। अरे, जब तू वाका कहणा पे वा टेलीबिजन ए उठा लाओ तो हम कुछ ना बोला और अब वाका कहणा सू तू या बीडीओ ए उठा लायो।" वली मोहम्मद ने साफ़ कह दिया।

"मैंने कौन-सो गुनाह कर दियो ? और भी तो धरा हैं या हवेली में। जब ये मुबीन

और युनुस लाया हा तो कोई ना बोलो, मेरे लाते ही सबके चीस चलनी सुरू होगी।'' दीन मोहम्मद उखड़ गया इस बार।

''अरे तो खुदा का बन्दा या टेलीबिजन सू पेट ना भरो, जो या बीडीओ ए और उच लायो।''

''बड़ा बाप, ऐसी चीजन् सू कहीं पेट भरतो देखो है ! अरे, जब हवेली के साथ-साथ पूरो मोहल्लो वा 'पंडून को कड़ा'[1] ए देखण आवे है तो कोई ना बोले है !'' दीन मोहम्मद ने तर्क दिया।

''याहे देखणा में कोई बुराई ना है बल्कि ई तो हमन्ने देखणो ही चहिए। बावला, यामें तो हमारा पुरखान् को बखान है...'' कहते-कहते आँखें मुँदती चली गईं नसीब ख़ाँ की और होंठों से स्वतः ही शब्द फूटने लगे–

चलें बाण-कमाण, मेघ अम्बर पे छायो
ऐसो ना है कोई, छुड़ावन उनकू आयो
वा परबत के बीच, लड़ाँ दो सिंह बिरह्मा का
जानो भिडें पहाड़, टूक उड़ जाए गजा का
वे नर तो ऐसे भिड़ाँ, जैसे भिड़ाँ पहाड़
'सादल्ला' जानूँ कदी, वे ना बैठें हार।

अगले पल नसीब ख़ाँ द्यूत क्रीड़ा में लीन कौरव और पांडवों की सभा में एक ही छलाँग में पहुँच गया। चौपड़ में पांडवों की लगातार होती हार से नसीब ख़ाँ के जबड़े भिंचने लगे। मुट्ठियाँ अपने आप हरकत में आ गईं–

काई के घी का बलें, काई के घोर अँधेर
काई का भजन में, काई न दीनी भाँजी गेर
कैरूँन् के घी का बलें, पंडून् घोर अँधेर
पँडून् का भजन में, कैरूँन्ने दीनी भाँजी गेर।

अतीत की गुंजलक से निकलकर नसीब ख़ाँ जब वापस कचैड़ी में लौटा, तो देखा कि दीन मोहम्मद अपने बड़े भाई वली मोहम्मद से कुछ कह रहा है।

''पर दीन मोहम्मद तो ई कह रो है के ई बीडीओ बड़ी माई ने मँगवायो है।''

''बड़ी माई ने ?'' वली मोहम्मद के इस रहस्योद्घाटन पर चौंकते हुए पूछा नसीब ख़ाँ ने।

''हाँ, सकीला तो यही कह री है।''

''ठीक है, अब तू जा ! मैं करूँगो वासू बात।'' नसीब ख़ाँ ने दीन मोहम्मद को कचैड़ी से चलता किया।

---

1. पंडून को कड़ा : महाभारत पर आधारित लोक-कथा। मेवात में 'पंडून को कड़ा' जिसके रचयिता जनकवि सादल्ला हैं, बेहद लोकप्रिय है।

"हूँऽऽऽ तो सारा रोग की जड़ ई जैतूनी है।" दीन मोहम्मद के जाते ही लम्बा हुंकारा भरते हुए कहा चाँदमल ने।

इशा की नमाज़ के बाद चौका-बर्तन से निपटकर शकीला ने छत पर ही कमरे के बाहर रखवा दिया टेलीविज़न वी.सी.पी. के साथ। बच्चों ने पहले ही अपना-अपना स्थान ग्रहण कर लिया।

दादी ज़ैतूनी ने आज पौली से खाट भी नहीं निकलवाई किसी से। वहीं लेटी रही। हालाँकि आज गरमी अन्य दिनों की अपेक्षा कुछ ज़्यादा है। ढूँढ़ती हुई शकीला पौली में आई तो उसे दादी ज़ैतूनी को वहाँ लेटा देख थोड़ा आश्चर्य हुआ। शायद ज़ैतूनी ने शकीला के पदचापों को दूर से ही पहचान लिया था।

"अम्माँ !"

लेकिन ज़ैतूनी दम साधे सोने की मुद्रा अपना आँखें मूँदकर लेटी रही।

"अम्माँ, सो गई क्या ?" शकीला ने एक बार फिर आवाज़ दी।

इस बार कुनमुनाते हुए करवट बदली ज़ैतूनी ने।

"अम्माँ, मैं शकीला। चलो न वीडियो लगा दिया है !"

"सकीला, बेटी मेरी तबैत ठीक-सी ना है।"

"क्या हुआ ?" लपककर माथा छुआ शकीला ने, "लगता है कुछ हरारत-सी है !" शकीला भी भ्रम में पड़ गई, "अच्छा अम्माँ, मैं टी.वी. चलाकर आती हूँ। वीडियो तो किसी और दिन मँगवा लूँगी।" इतना कहकर शकीला तेज़ी-से निकल आई पौली से।

धीमे पड़ते पदचापों से ज़ैतूनी को जँच गया कि शकीला उससे दूर जा चुकी है। उसने लम्बा साँस खींचा और देह को एकदम ढीला छोड़ दिया। रह-रहकर उसके कानों में हसीना और ज़रीना के शब्द ख़दबदाने लगे। वह जानती है कि इन दोनों की बातों में कोई सार नहीं है किन्तु उनके कहे को अन्ततः किसे साबित करना है कि यह झूठ है, शकीला को ही न।

देर तक सोचती रही वह। अचानक उसे लगा जैसे वही परिचित पदचाप उसकी ओर बढ़ रहे हैं। उसने तुरन्त करवट बदली और पुनः सोने का उपक्रम करने लगी।

"अम्माँ, लो यह दवाई ले लो। हरारत ख़त्म हो जाएगी।" पौली में पूरी तरह से छा गए अँधेरे में शकीला ज़ैतूनी की ओर एक टेबलेट बढ़ाते हुए बोली।

"सकीला, ऐसी हारी-बीमारी तो लगी रहवे हैं बेटी...और फिर या उमर में अब ये दवा-दारू भी कहान् तलक साथ देएँगी। अब तो ई बात है बेटी के *चलणो है डटणो नहीं, चलणो पी के साथ/गुजर होएगी सासरे, पीहर थोड़ा दिन को साथ।*"

"अम्माँ, आप तो शायरी भी अच्छी कर लेती हैं।" मुस्कुराते हुए चुटकी ली शकीला ने।

"बेटी, काँई की सायरी। जिन्दगी का धक्का सब सिखा देवे हैं।"

"अच्छा छोड़ो, पहले आप यह दवा लो।" कहते हुए शकीला ने बायाँ हाथ दादी ज़ैतूनी की गर्दन के नीचे डालते हुए उसे बैठाया तथा टेबलेट मुँह में डालते हुए पानी का गिलास होंठों से लगा दिया।

न चाहते हुए भी दादी ज़ैतूनी को जबरन टेबलेट हलक़ से नीचे उतारनी पड़ी।

"अम्माँ, खड़ी होइए आपकी चारपाई बाहर डाल देती हूँ। ताज़ा हवा से थोड़ी राहत मिल जाएगी।"

पता नहीं पौली में पसरे अँधियारे में ऐसा कौन-सा स्नेह बरस रहा था कि दादी ज़ैतूनी से ना कहते नहीं बना।

"सकीला, बेटी बुरो ना माने तो एक बात पूछूँ ?" पौली के बाहर फैले अँधेरे में ज़ैतूनी की आँखें शकीला की आँखों से नहीं टकरा पाईं।

"अम्माँ, ऐसी कौन-सी बात है जिसे पूछते हुए आपको मुझसे इजाज़त लेने की ज़रूरत आ पड़ी।"

"बात ही ऐसी है बेटी। सुनके हो सके तोहे भी अच्छी ना लगे, पर कहा करूँ मैं भी लाचार हूँ।"

"अम्माँ, ये आपको हो क्या गया है, आप क्यों इस तरह लफ़्ज़ों को तोड़-तोड़कर बोल रही हैं ?" शकीला का धैर्य चूकने लगा अब।

ज़ैतूनी ने अपने बग़ल में बैठी शकीला के सिर पर हाथ फेरा और कहने का प्रयास करने लगी, "सकीला, मेरा काननू में ई बात आई है के तू..."

"अम्माँ, कहो न क्यों चुप हो गई ?" शकीला का जिस्म ऐंठने लगा।

"बेटी, सुनी है के तू मुसलमानूनी ना है ?"

"या ख़ुदा ! ये...ये क्या कह रही हैं आप...किसने कहा आपसे यह सब ?" लगभग चीत्कार करते हुए पूछा शकीला ने।

"बेटी, काई ने कही है जभी तो पूछ री हूँ।"

"समझ में नहीं आ रहा है कि आप सबको मुझसे परेशानी क्या है ! मैं...मैं आख़िर आपका बिगाड़ क्या रही हूँ !" शकीला का गला भर आया।

"देख, यामें रोना-पीटना की तो जरूरत है ना। मैं जो पूछ री हूँ वाको जुआब दे।" बमुश्किल अपने आपको भावुकता के रेले में बहने से रोकते हुए सख़्ती से पूछा दादी ज़ैतूनी ने।

"रोऊँ नहीं तो क्या ख़ुशी मनाऊँ अम्माँऽऽऽ !"

न चाहते हुए भी अन्तिम शब्द गले से इतनी ज़ोर-से निकला कि सिर्फ़ जमीला ने ही नहीं ज़ुबैदा को भी सुनाई दे गया। फिर क्या, देखते ही देखते पूरी हवेली इकट्ठी हो गई दादी ज़ैतूनी के इर्द-गिर्द। नहीं थीं तो बस ज़रीना और हसीना। जुम्मी ने पौली के बाहर का बल्ब जला दिया।

बल्ब जलते ही मजीदन ने शकीला के पास जाकर पूछा, "सकीला, बहाण कहा हुओ ?"

''हुओ कहा, ई आग उन धसड़ी लुगाईन् की लगाई हुई है।'' जुम्मी समझ गई शकीला के सुबकने का अर्थ।

''पर वे दोनूँ हैं कहान्, दिखाई ना दे री हैं ?'' चारों तरफ़ निगाह डालते हुए टटोला मजीदन ने।

''होंगी कहान्, बड़ री होंगी वा हरामी टेलीबिजन में !'' जुम्मी ने अंदाज़े-से कहा।

''मेरा बाप की लुगाइन्ने में दिखाऊँगी या टेलीबिजन ए...बिगड़ा खानदान की, जब देखो वाही के आगे धरी रहवे हैं।''

इतना कहकर दादी ज़ैतूनी खाट से उठने लगी कि ज़ीनत जाते हुए बोली, ''बूढ़ी माई, तू बैठी रह, मैं बुलाके लारी हूँ।''

कुछ देर ही में मुजरिमों की भाँति दोनों यानी ज़रीना और हसीना सबके सामने थीं।

''कीं री पैरनियों, तमन्ने काटी ही याकी नाल (नाभि) जो तम याहे हिन्दुआणी बता री हो !'' मजीदन चिंघाड़ते हुए बोली।

ज़रीना और हसीना दोनों चुप। समझ गईं दोनों कि जो पासा उन दोनों ने मिलकर फेंका था, लगता है वह उलटा पड़ गया।

''वैसे माई, तमन्ने लगती होएगी ई मुसलमानूनी, हमन्ने तो जँचे ना है।'' ज़रीना ने हिम्मत बटोरते हुए कहा।

''कैसे ना जँच री है, वाके पीछे कोई वजह तो होएगी या वैसेई मार्‌री हो धूल में लट्ठ ?'' दादी ज़ैतूनी ने सबके सामने पूछा।

''बूढ़ी माई, जैसो ई सिंगार करे है वैसो कोई करतो देखो है हमारा दीन में..और तो और एक दिन तो ई उन साड़ीन्ने भी दिखा री ही जिन्ने ई अपने साथ लाई है।'' ज़रीना ने अपना तर्क दिया, वह भी सबूत के साथ।

''सकीला, वैसे जरीना की बात में दम तो है। ऐसो साज-सिंगार और साड़ी हमारा या मेवात में हिन्दुआणी ही पहरा हाँ।'' परोक्ष रूप से समर्थन किया मजीदन ने ज़रीना का।

''आपा, इनकी बातों में दम नहीं, जहालत और जाहिली भरी हुई है। इनकी निगाह में सिर्फ़ ओढ़ने-पहनने से ही जाना जाता है कि कौन हिन्दू है और कौन मुसलमाँ। इन्हें इन्सान की पाकीज़गी से कोई मतलब नहीं है। आदमी का सलीके से रहना इनकी नज़र में गुनाह है, कुफ्र है। आपा, यह तो वक़्त की मार थी वरना ये ज़रीना और हसीना हम जैसी ख़वातीनों की ताउम्र होड़ नहीं कर सकतीं।'' सबने देखा कि शकीला के अन्तिम शब्द तक आते-आते नथुने फड़फड़ाने लगे। ताँबई चेहरा सुर्ख़ होता चला गया शकीला का बल्ब की रोशनी में।

सन्नाटा छा गया पौली में। शकीला की बात पर किसी से कुछ कहते नहीं बना। शायद इसलिए कि शकीला ने गुस्से में जिन भारी-भरकम शब्दों का इस्तेमाल किया था वे उनके ऊपर से गुज़र गए।

"अब तो राजी हो छिनाल, कैसे भिजो-भिजोके मारके गई है। बेमतलब ये निकम्मी हमारी हया जुतवाणा पे तुली हुई हैं। थोड़ी-बहोत सरम होए तो चुल्लू भर पानी में डूब मरो दोनूँ !" शकीला के जाते ही दादी ज़ैतूनी ने ज़रीना और हसीना को खूब डाँटा।

ज़रीना हसीना को देखने लगी और हसीना ज़रीना को। तभी एकाएक क्या हुआ कि दोनों की फिस्स से हँसी छूट गई।

"वा बहाण, तिहारी जैसी बेहया ना देखी या दुनिया में। तमने तो ऊ बात करके दिखा दी के नकटा की नाक कटी, सवा हाथ और बढ़ी।"

"बूढ़ी माई, कैसे ना है या दुनिया में कोई और बेहया...देखी ना, अभी तो बैठी ही तेरे पै...कैसे टसुआ बहा री है।"

बेशक ज़रीना ने शकीला को लेकर यह बात दादी ज़ैतूनी को कोंचने के लिए कही थी किन्तु जुम्मी को बहुत बुरा लगा।

"कितनी कह लेओ इनके ना लगे है एक भी। पूरी लोढ (चिकना पत्थर) हुई पड़ी हैं।"

"बूढ़ी माई, लगे हमारा दुसमन के।"

हसीना ने इस बार जिस अंदाज़ में कहा उसे देख और सुनकर दादी ज़ैतूनी भी हँसे बिना नहीं रह पाई।

"वैसे एक बात बताओ, तम या बिचारी के हर बखत काँई लू पीछे पड़ी रहो हो ? कहा बिगाड़ो है याने तिहारो ? कुछ तो लिहाज करो आखिर तिहारी सास लगे है ई।" दादी ज़ैतूनी ने मुस्कुराते हुए पूछा।

"बूढ़ी माई, हम बस एक ही सरत पे याको पीछो छोड़ सके हैं !" हसीना ने गम्भीर होते हुए कहा।

"कौन-सी ?"

"यही के अगर एकाध किरीम-पौडर की डिब्बी ई हमारी सास हमन्ने भी दे देए।" हसीना ने मुँह में दुपट्टे का पल्लू ठूँसते हुए कहा।

"कहाऽऽऽ !" हैरत से देखा सबने हसीना की तरफ़।

दादी ज़ैतूनी को घेरकर बैठी ज़मीला, ज़ुबैदा, मोहसिना, ज़ीनत और रमज़ानो की जिस तरह हँसी छूटी हसीना की बात पर, उसने हवेली में घुस आए दमघोंटू उमस को एक झटके में पोंछ दिया। दादी ज़ैतूनी को अब कहीं जाकर तसल्ली हुई। मन इतना हल्का हो गया कि सारा विषाद घुल गया। लेकिन तभी एकाएक दादी ज़ैतूनी को क्या सूझा कि वह जमीला से बोली, "जमीला, बेटी हीं तो कुछ गरमी जादा-सी है। मेरी खाट ए थोड़ी आगे कर दे !"

इतना कहकर दादी ज़ैतूनी खाट से उतरने लगी कि तीनों-चारों बहुओं ने उसके उतरने से पहले खाट उठाई और ज़ैतूनी समेत हवा में झुलाती हुई आगे करने लगीं। जब तक दादी ज़ैतूनी खाट पर बैठी हवा में झूलती रही, तब तक उसके जो मुँह में आया बकती रही।

ज़मीन पर खाट टिकने के बाद भी दादी ज़ैतूनी को देर तक लगता रहा जैसे वह अभी भी हवा में झूल रही है, कभी मय खाट तो कभी बिना खाट के।

अट्ठारह

दादी ज़ैतूनी अपने पीहर को और नसीब ख़ाँ अपने ससुराल को जैसे भूल ही गए थे। भूलना भी था क्योंकि पीहर में अब बचा कौन है, जिसके पास वह जाए। ले-देकर एक भाई बचा था यहाँ वह भी अब अल्लाह को प्यारा हो गया। उसके जीवित रहते वह स्मृतियों को वहाँ जाकर दो-चार साल में ताज़ा कर आती थी, मगर अब तो जैसे वह अपने रूखों को भी तरस गई है। इसीलिए तो कहा है कि *बिन माँ किसी टोकरी, बिन पी किसो सिंगार/बिन भाई पीहर किसो, चाहे बस्ती बसें हजार।* हाँ, इसके अलावा तीन भाई और हैं जो पहले ही विभाजन के समय पाकिस्तान चले गए। शुरू में उनका भी यहाँ बराबर आना-जाना रहा लेकिन बहू-बेटों के निखालिस पाकिस्तानी हो जाने के कारण उनका भी आना-जाना अब लगभग बन्द हो गया, और अब जो बचे हैं भाइयों के नाम पर, वे सब चाचा-ताऊ के हैं।

बड़ी इच्छा थी ज़ैतूनी की कि सुपुर्द-ए-ख़ाक से पहले अपने पीहर के उन कुआँ-पोखरों और कुछ उसकी तरह बूढ़े हो चले रूखों को एक बार देख लेती। भला चाचा-ताऊ की औलाद तो बुलाने से रही।

शुरू में ज़ैतूनी पर बहुत आरोप लगे थे इस हवेली में कि जाने अपने इस भाई को वह चोरी-छिपे क्या-क्या देती थी। उसने बहुत यक़ीन दिलाने की कोशिश की किन्तु उसकी बात पर किसी ने यक़ीन नहीं किया। बाद में ज़ैतूनी ने भी जैसे निश्चय कर लिया कि जब उस पर किसी का विश्वास ही नहीं है, तब वह सचमुच क्यों न अपने भाई की मदद करे।

दीन मोहम्मद तो ज़ैतूनी के इस भाई यानी मामा को देखते ही कहना शुरू कर देता, "मामो आयो माई हँसी, देगो पाँच लेगो अस्सी।" यानी दीन मोहम्मद का कहना यह संकेत करना होता कि मामा हवेली में आ चुका है। एक दिन दादी ज़ैतूनी ने दीन मोहम्मद को डाँटा भी, "हरामी, तिहारा कितना अस्सीन्ने लेगो है ई ?"

"माई, ई तो कहावत है और या बात ए मैं थोड़े कह रो हूँ याहे तो सारी हवेली जाने है।" दीन मोहम्मद कहता।

ज़ैतूनी का वही भाई इस दुनिया से हमेशा-हमेशा के लिए विदा हो गया। अन्तिम समय में अपने भाई का चेहरा भी नहीं देख पाई अभागी ज़ैतूनी। जब तक वह पहुँचती सुपर्द-ए-ख़ाक हो चुका था। इसी भाई के फ़ातिहा में शामिल होने गई थी दादी ज़ैतूनी नसीब ख़ाँ के साथ। यहीं आकर छेड़ी थी ज़ैतूनी ने चर्चा जिसके आधार पर बत्तो से वापस आकर कहा था उसने।

सुनते ही बत्तो को तो जैसे मुँहमाँगी मुराद मिल गई।

"पर एक बात साफ-साफ कह दूँ बत्तो के इनके पै कोई टैक्टर-फैक्टर ना हैं। गरीब माणस हैं। हाँ, मेरी इतनी गारंटी है के तेरी छोरी रहंगी सुख सू।"

"काकी, हमन्ने और कहा चहिए। बस, बालक सुखी रहणा चहिएँ।" बत्तो ने अपनी तरफ़ से लगभग स्वीकृति देते हुए धीरे-से कहा, "वैसे काकी तैने भी बता दी है न साफ-साफ के हम भी कोई धन्ना सेठ ना हैं।"

"तैने कहा मैं बावली समझ राखी हूँ। ई कोई कहणा की बात है बेटी। अरी, तिहारा बारा में हम ना जानंगा तो कौन जानेगो।"

"बस काकी, मेरा सिर सू या बोझ ए उतरवा दे, जिन्दगीभर तेरो अहसान न भूलूँगी।"

"यामें अहसान की कहा बात है और फिर तू कहा समझ री है मैं या रिस्ता कू ऐसेई पच री हूँ...ना, बत्तो मेरो भी एक लालच है यामें। कम-सू-कम इनके बहाने मैं भी उन रूखन्ने देख लेए करूँगी, जिनसू कदी हम लिपट-लिपटके बतलावे हा।" दादी ज़ैतूनी न जाने कब उन दरख़्तों के नीचे जा पहुँची जिनकी उसे शक्ल भर याद है।

"काकी, बस काई तरह तू या जुगत है भिड़वा दे।"

"जुगत ए तो मैं भिड़वा दूँगी, पर पहले अपना सुसर और खसम सू तो पूछ ले ?"

"उनकी फिकर मत कर तू..."

"और हाँ, एक सरत भी धरी है उन्ने।"

"कौन-सी ?" कलेजा धक्-से रह गया बत्तो का।

"यही के सबसे छोटी छोरी तोहे पढ़ाणी पड़ेगी पाँच-सात जमात।"

मुश्किल से जान में जान आई बत्तो की, "ई कौन-सी बड़ी बात है काकी। मैंने तो रामरती सू भी बहोत कही ही पर ऊ पढ़ी होए जब न। कौसल्या का जी में ही तो वाहे या मारे इस्कूल ना भेज पाई के इकली मोसू ना सिमटे हो घर को काम। वैसे भी हमारा काम में सौ आदमी भी कम हैं।"

"तो फिर ठीक है, तू अपना घर में सलाह-मसौरा कर ले अच्छी तरह और मोहे एकाध दिन में आराम सू बता दीजो।" दादी ज़ैतूनी ने बत्तो को स्थिर-मन से सोचने के लिए भरपूर समय देते हुए कहा।

धनसिंह एकाध दिन बाद तो क्या, शाम को ही पहुँच गया ज़ैतूनी और नसीब ख़ाँ के पास। सारी बातें पूरी तरह खुलकर हुईं। न ज़ैतूनी ने, न धनसिंह ने किसी की तरफ़ से कुछ भी छिपाकर नहीं रखा। पूरी तसल्ली हो जाने के बाद जाते हुए धनसिंह ने सारी ज़िम्मेदारी उन दोनों पर छोड़ते हुए कहा, "जैतूनी, लगे हाथ उनका नात-गोत और मँगवा ले।"

"और तिहारा नात-गोत ? तू भी तो दे दे !" नसीब ख़ाँ ने उसी सामय धनसिंह

से भी पूछ लिया।

"हमारा तो अभी ले ले।" इतना कहकर धनसिंह की आँखें किसी को तलाशने लगीं। तभी सामने से युनुस को आता देख बोला, "युनुस, यार एक कागद और कलम लइयो !"

युनुस ने उसी समय अपनी जेब से खाली काग़ज़ और पैन निकालकर धनसिंह की ओर बढ़ाया कि धनसिंह ने उसे टोकते हुए हल्की-सी डाँट लगाई, "मेरे यार, तेरी तरह मैं पढ़ो-लिखो होतो तो मेरी भी जेब में टँगो पातो ऐसो पैन...यापे तू ही लिख दे के...।" अपने पाँचों गोत्र लिखवाने के बाद युनुस से पूछा, "और कैसी चल री है तेरी उकालत ?"

"दादा, ठीक-सी ही चल री है।" पैन को वापस जेब के हवाले करते हुए बोला वह।

"एकाध गाहक फँस-वँस भी जावे हैं या ना ?"

"हाँ, महीना में पाँच-सात मेव आ ही जावे हैं। वैसे भी अभी नई-नई वकालत है। गाहक तो असली बैसाख में आणा सुरू होंगा, जब सिरसू-नाज बिकनो सुरू हो जाएगो। लट्ठ तो जभी बजेगो न आपस में, जब गाँठ में कुछ पईसा-धैला होएगो।"

"अच्छो है यार, तू पढ़-लिक्खगो तो उकील भी बणगो।" युनुस से काग़ज़ लेने के बाद उसे ज़ैतूनी की ओर बढ़ाते हुए बोला धनसिंह, "ले पकड़ हमारा नात-गोत। अब तू जाणे और तेरो काम जाणे।" अपने काम से निबट धनसिंह घर चला आया।

पन्द्रह दिन भी नहीं लिए ज़ैतूनी ने।

हवेली में गठरी रख सीधी हो ली धनसिंह के घर की ओर। जुम्मी ने कहा भी, "माई, पाणी-पात पी ले ! दम ले ले थोड़ो-बहोत !"

"बत्तो के पै ही जाके पी लूँगी। कम-सू-कम कोरा मटका को तो पाणी मिलेगो।"

"लगे है कुछ बात बणती-सी दीख री है।" पीछे से टोका जुम्मी ने।

"सब लिखन्त की बात है। जाको जोड़ा जहाँ लिखो है हूनी बणेगो। आदमी तो बस कोसिस करे है।" जाते हुए जवाब दिया ज़ैतूनी ने।

धनसिंह बँगले में ही मिल गया।

"धनसिंह, ले पकड़ उनका नात-गोत !" क़मीज़ की बग़लवाली जेब से काग़ज़ के एक पुर्ज़े को निकालकर धनसिंह की ओर बढ़ाते हुए बोली, "वैसे मैंने मिलान करवाके देख लिया हैं फिर भी अपनी तसल्ली करणा में कोई हरज ना है।"

"पर मैं इन्ने बँचवाऊँ किसूसू ?" एक नई मुश्किल आ खड़ी हुई धनसिंह के सामने।

धनसिंह ने हीरा को आवाज़ देकर बुलाया। आवाज़ सुनकर हीरा तो नहीं आया, बत्तो आ गई।

"अरी, हवेली में सू काई ए बुलाके लइयो ! मुबीन, युनुस, जावेद कोई-न-कोई होएगो। ये नात-गोत बँचवाके मिलवाणा हैं।"

ससुर के आदेश का पालन कर बत्तो चली गई हवेली। कोई नहीं मिला इनमें से हवेली में। कुछ नहीं सूझा बत्तो को। मारे ख़ुशी के सबकुछ गड्डमड्ड हो गया। सामने जा-नमाज़ पर बैठी बेहद तल्लीनता से अपने स्कूल के काम में डूबी मुमताज़ ही दीखी उसे।

"मुमताज, बेटी हमारे घर चलियो थोड़ी देर !" बत्तो ने सीधे ही मुमताज़ से आग्रह किया।

मुमताज़ ने कोई प्रतिक्रिया व्यक्त नहीं की। न चलने का कारण पूछा, न इसका कारण पूछा कि इस हवेली में जब और हैं, तब उसी से चलने को क्यों कहा जा रहा है। ऐसा भी नहीं है कि नवरात्रि वग़ैरा चल रहे हों जिनमें कन्या जिमाने के लिए उसकी ज़रूरत हो और अगर नवरात्रे हों भी, तो अस्र की नमाज़ के समय थोड़ी जिमाई जाती हैं कन्या। यह काम तो सुबह ही होता है। असमंजस में पड़ गई मुमताज़।

बत्तो भाँप गई उसकी दुविधा। इसलिए उसने उसकी माँ रमज़ानो से आग्रह किया, "दारी, भेज दीजो मुमताज ए मेरे साथ। एक चिट्ठी-सी बँचवाणी है।"

मुमताज़ ने सुना तो चेहरा गौरवान्वित होता चला गया। आँखें चमक उठीं उसकी।

"परऽऽऽ घर में तेरी मैना भी तो है, ऊ भी तो जाने है चिट्ठी-पत्तरी पढ़नो...।"

"लेऽऽ तैने ई खूब कही। बहना ई तो ऊ बात होगी के बगल में छोरा गाँओ में ढिंढोरा।"

"ना-ना, ई बात कर दी तैने तो के घर को जोगी जोगिया, आन गाँओ को सिद्ध।"

"अब ऐसे करूँ, आई हूँ तो मुमताजेई ले जाऊँ साथ।"

"ठीक है, जा बेटी मुमताज, चली जा अपणी दादी के साथ।" रमज़ानो ने बेटी को आग्रहभरा आदेश देते हुए कहा।

मुमताज़ पीछे-पीछे हो ली बत्तो के। हवेली से जाते हुए रमज़ानो बेटी को अपलक देखती रही। उसे आश्चर्य हुआ यह देखकर कि इतनी जल्दी मुमताज़ क्या किसी के काम भी आ सकती है ? लगा जैसे उसके भीतर ठंडी बयार का तेज़ झोंका कुलाँचे भर रहा है।

"मुमताज, बेटी तू बाँच भी लेएगी याहे ?" जाते ही पूछा मुमताज़ से दादी ज़ैतूनी ने।

धीरे-से मुमताज़ ने धनसिंह से काग़ज़ का पुर्ज़ा लिया और बिना किसी शब्द को ग़लत पढ़े, दोनों पक्षों के गोत्रों का मिलान कर वापस धनसिंह को देते हुए बोली, "ले दादा !"

इसके बाद उसने धीरे-से अपनी पड़दादी की आँखों में देखते हुए पूछा, "बूढ़ी माँ, और भी बँचवानो है कुछ ?"

दादी ज़ैतूनी को लगा जैसे उसके कानों में पड़ी आवाज़ मुमताज़ की नहीं, अपितु छोटे-छोटे शंखों के मुँह से निकली आवाज़ है। तो क्या मुमताज़ यहाँ तक पहुँच गई है दौड़ती हुई।

"जैतूनी, या छोरी ए या तो जज्ज बणनो चहिए या उकील।"

धनसिंह के होंठों से फूटे आशीर्वचन रूपी इस वाक्य को सुन दादी ज़ैतूनी का सीना गर्व से चौड़ा होता चला गया। मुमताज़ ने यूँ ही नहीं कहा था उससे। ऐसे ही चुनौती नहीं थी दी कुछ भी पढ़वाने की। मुमताज़ की आँखों का आत्मविश्वास देखकर उसकी आँखों में कब खारा पानी तैर आया, दादी ज़ैतूनी को पता ही नहीं चला।

ज़ैतूनी की दौड़-धूप सार्थक हो गई। अब तो हालत यह हो गई कि बत्तो जब भी उसके पास जाती सचमुच बिचौलन की तरह बर्ताव करती वह। कभी-कभी बत्तो भूल जाती कि पड़ोस में काकी के रिश्ते के बावजूद अब वह एक बिचौलन भी है और ऐसे बिचौले या बिचौलन पर धिक्कार है जो लड़के या लड़कीवालों के पीछे-पीछे घूमे। क़ायदे से इनको इन बिचौलियों के इशारों पर चकरघिन्नी की तरह घूमना चाहिए। एक सिद्धहस्त बिचौलिए की विशेषता ही यही होनी चाहिए कि उसकी मरज़ी के बिना मजाल है दोनों पक्षों के यहाँ पत्ता तो हिल जाए। क्योंकि शादी के बाद तो कोई इन्हें टके के भाव भी पूछने से रहा। हालाँकि यह बात दीगर है कि दोनों पक्षों की बन गई तो ठीक और यदि आपस में कुछ मनमुटाव पैदा हो गया, या लेन-देन पर कुतंगा (सोंटा) बज गया, तो वर पक्ष की गालियाँ सुनो और वधू पक्ष की बद-दुआएँ हासिल करो। इसलिए बक़ौल दादी ज़ैतूनी यानी बिचौलन आजकल बिचौलापन बेहद घाटे का सौदा रह गया है। मगर नहीं दादी ज़ैतूनी या नसीब ख़ाँ के बारे में ऐसा सोचकर बत्तो ग़लती कर रही है। वे तो बतौर एक मुखिया की भूमिका निभा रहे हैं।

सारे सन्देशों का आदान-प्रदान अब इन्हीं के माध्यम से होने लगा। लड़कों को रोकने के लिए जानेवालों में हीरा और धनसिंह तो गए ही नसीब ख़ाँ को भी ले लिया गया साथ में। बल्कि ज़ैतूनी तो पहले ही पहुँच गई अपने मायके। ऐसे मौक़े पर कब किसकी ज़ुबान फिसल जाए कहना मुश्किल है।

सोनदेई की मंशा इस समय बत्तो को कोंचने या काफ़ी हद तक भर चुके घाव को कुरेदने की नहीं थी परन्तु इस मौक़े पर जग्गी की कमी उसे बेहद खली। जग्गी ने तो जो किया, अच्छा नहीं किया किन्तु अगर ताउम्र इन प्याज़ के छिलकों को ऐसे ही उतारते रहेंगे, तो उतरते ही जाएँगे।

धनसिंह और हीरा के चलने से ठीक पहले सोनदेई के मुँह से न चाहते हुए भी निकल ही गया, "बत्तो, बहना अपने ननदेऊ कू खबर ना भेजी...कहीं दिखाई तो पड़ ना रो है ?" चारों तरफ़ निगाह मारते हुए पूछा उसने।

"ऐसे आदमी के तो मैं पणहा भी ना मारूँ, बुलानो तो दूर रहो। खबर भेजन लायक वाने काम करा हैं जो मैं खबर भिजवाती।"

"ऊ बात तो ठीक है बत्तो, पर तेरी ननद गंगा ने तो ना बिगाड़ो है कुछ।"

गंगा का नाम आते ही बत्तो का मन बर्फ़ का टुकड़ा-सा हो गया। वह भी तो जोह रही होगी बाट कि कब उसकी भतीजियों के जीवन में ये दिन आएँ और कब वह अपने चाव-चोंचले पूरे करे। आँखें भर आईं बत्तो की।

असग़री की नज़रों से नहीं बचा पाई बत्तो अपनी आँखों को, ''बत्तो देख, हर माणस का अपना करम होंवे हैं। चलो, तेरा नणदेऊ ने जो करो सो करो पर तू तो ऐसो मत कर।''

''असगरी छोड़, पहले या काम सू निपट लेएँ। अभी तो सारो काम पड़ो है। वैसे सही कह री हो तम सब।'' बत्तो के बजाय धनसिंह बोला।

''ये तो मिलता का मेला हैं धनसिंह। या काम सू निपटके गंगा के सासरे जाके अपना सारा रिस्तेदारन्ने मनाके अइयो। है तो आखिर तू बेटीवालो। वैसे भी छोटो बण के कहा बिगड़ जाएगो।''

''काकी असगरी, अगर इन्ने ठंडा दिमाग सू ना सोची न तो उनको कुछ ना बिगड़ेगो, गंगा कू जिन्दगीभर को उलाहनो हो जाएगो।''

''सही कह री है तू सोनदेई।'' पारो ने भी सोनदेई के तर्क से सहमत होते हुए कहा।

धनसिंह ने लम्बा साँस खींचा और नसीब ख़ाँ से बोला, ''यार नसीब खाँ बात तो इनकी सही है। अन्यायी, इतनी दूर जाके तो मैंने सोची ना...।''

''मेरो भी यही माननो है। नहीं ई बात हो जाएगी के *जाने आन-बान समझी नहीं, होए चाहे चौदह बिधा निदान/गयो बखत आवे नहीं, 'भीकजी' पच-पच फिरे जहान।''*

इसके बाद तीनों चले गए।

बत्तो ने एक बार फिर खेड़ा देवत का सुमरन किया। कई बार मियाँ बाबा को याद किया कि अबकी बार वे उसकी नैया सही सलामत किनारे लगा दें। अकेले में बत्तो देर तक अच्छे-बुरे ख़्यालों से घिरी रही। न जाने कहाँ-कहाँ उसका मन-पंछी उड़ान भरता रहा। यह तो अच्छा हुआ जो जुह्र की अज़ान ने उसे वर्तमान में लाकर पटक दिया अन्यथा पता नहीं कितनी देर तक वह शुभ-अशुभ के चक्रवात में फँसी रहती।

अगले ही दिन लौट आए धनसिंह और हीरा लेकिन नसीब ख़ाँ और ज़ैतूनी वहीं रुक गए एक दिन के लिए। समझ गया धनसिंह उन दोनों के रुकने का आशय।

तीसरे दिन वे भी लौट आए।

शाम को नसीब ख़ाँ और ज़ैतूनी धनसिंह के बँगले पर ही आ गए। हीरा और बत्तो को पता चला तो वे भी आ बैठे वहीं। न जाने कहाँ से रामचन्दर भी चला आया।

बात धनसिंह ने ही शुरू की, ''नसीब खाँ, यार कोई माँग-वाँग तो ना हैं उनकी ?''

''अन्यायी, माँग की तो तू ऐसे पूछ रो है जैसे उनकी ही छान पे घी सूख रो है। धनसिंह, आदमी वे भी बोदा ही हैं।''

''बाकी छोड़, पहले तू ई बता के बिहा को ब्योंत कब बणा रा हो ?'' बीच में दख़ल देते हुए पूछा ज़ैतूनी ने।

''कब को कहा, मैं तो चाह रो हूँ के याही आखातीज पे हो जाएँ हाथ पीला। असूज सावा है...काई पंडुत-वंडुत सू भी पूछणा की जरूरत ना है...क्यों रामचन्दर ?''

''ना, कोई जरूरत ना है, काई पंडुत सू कोई पत्रा-वत्रा दिखवाणा की।'' रामचन्दर

ने धनसिंह की बात की पुष्टि करते हुए कहा।

"तो फिर ठीक है धनसिंह, मैं आते-जाते काई के हाथ खबर भिजवा दूँगी के अबके आखातीज को बिहा पक्को समझें..."

"और रही बात पीली चिट्ठी की वाहे एक महीना पहले लिखवा भेजंगा।" ज़ैतूनी के वाक्य को पूरा करते हुए बोला धनसिंह।

धनसिंह को लगा मानो मन पर रखा भारी पत्थर हट गया है आज। बस, एक गाँठ और बची है जिसका अभी खुलना बाकी है। हालाँकि उम्मीद तो कम है कि यह आसानी से खुल जाएगी परन्तु फिर भी सोचने में बुरा क्या है। अपने मतलब के लिए छोटा बनने में बुराई भी क्या है। अच्छा हुआ जो असग़री और सोनदेई ने समय रहते उन्हें चेता दिया अन्यथा गंगा के लिए उम्रभर का उलाहना तो रहता ही बल्कि कोई बड़ी बात नहीं कि वह अपनी ही बेटी को सीने से लगाने के लिए हमेशा के लिए वंचित हो जाता। मन ही मन धनसिंह उन दोनों को नमन कर पता नहीं फिर सोच की किस कंदरा में निकल गया।

● ●

धनसिंह को जैसा शक था सबकुछ वैसा ही घटा।

बग़ैर इस बात का ख़्याल करे कि जो व्यक्ति उसके सामने बैठा है, उसके ससुर होने के साथ-साथ एक बेटी का बाप भी है, जग्गी के जी में जो आया उसने खूब कहा लेकिन धनसिंह ने बदले में कुछ नहीं कहा। बस, जग्गी यानी जगन प्रसाद अर्थात अपने जँवाई के विष-बुझे शब्दरूपी बाणों को सहता रहा चुपचाप। मजाल है उफ़् तक तो की हो उसने।

हारकर धनसिंह ने अपने सिर से फेंटा उतारा और उसे अपने जँवाई के पाँवों में रखते हुए गुहार की, "जग्गी, तू तो हमारे जूता मारेगो वे भी खाने पड़ेंगे, पर या पाग की लाज तोहे रखनी ही पड़ेगी।"

नहीं देखा गया इस बार जग्गी के ताऊ और चाचा से। खूब डाँटा जग्गी को उसकी इस बेअदबी पर। इसके बाद तो जग्गी यानी जगन प्रसाद की ज़ुबान तलुए से चिपक गई।

धनसिंह के समधी यानी जग्गी के पिता ने परोक्ष रूप से बेटे को मलामत देते हुए लताड़ा, "चौधरी, याकी नाक हमेंई पतो है जितनी बड़ी है, पर किस्सू कहें। सरम आवे है बताते हुए के जा आदमी की नीत अपनी बेटी सरीखी भतीजी-भांजिन पे पैसा लेन की होए, वाको कहा तो मान और कहा इज्जत।"

"चौधरी साब, घबराओ मत ! ऐसी बंदरिया के रूसने से कौन-सो हमारो बिन्दाबन खाली हो जाएगो। पड़न देओ याहे इकलो।" इतना कहते हुए जग्गी के ताऊ ने धनसिंह

का हाथ पकड़ा और उसे उठाते हुए अपनी बैठक में ले गया, "चौधरी साब चलो, अब रोटी-टूक खा लेओ, घनी अमेर होगी है। अगर यामें समझ होएगी तो रातभर में समझ जाएगो।"

रातभर में जैसे पानी का ज्वार सवेरे तक एकदम शान्त हो गया। पूरी रात बरसी ओस की बूँदों ने तपती रेत को पूरी तरह ठंडा कर दिया।

सवेरे धनसिंह बेटी को बिदाई देकर वापस लौटने लगा तो जग्गी ने कुछ नहीं कहा सिवाय इसके, "बाबा, मेरी जब भी जरूरत पड़े याद कर लीजो !"

कुछ नहीं कहा धनसिंह ने। सबसे रामा-किसना की ओर चल पड़ा। वापस आकर उसने किसी को नहीं बताया सिवाय नसीब ख़ाँ और रामचन्दर के।

आखातीज जैसे-जैसे नज़दीक आने लगी बत्तो मोहल्ले की सबसे व्यस्ततम महिला हो गई। एकसाथ तीन-तीन लड़कियों को ब्याहना छोटी बात थोड़े ही है। शुरू में तो खर्चे-पानी का अंदाज़ा लगाना मुश्किल था किन्तु धीरे-धीरे धनसिंह, हीरा और बत्तो के हाथ-पाँवों ने फूलना शुरू कर दिया, जब खर्चा उनकी पहुँच से आगे जाता दिखाई देने लगा। आख़िर कैसे कसी जाए इस पर लगाम ? बहुत मनन किया धनसिंह ने, तब कहीं जाकर एक यही उपाय सूझा कि बारात के खाने-पीने में ही कुछ कतर-ब्योंत की जाए। लेकिन अगले ही पल उसने इस पर यह सोचते हुए विराम लगा दिया कि बाराती कौन-से रोज़-रोज़ आते हैं। परदेसी और अतिथि कौन-सा हमेशा रहते हैं। धनसिंह को कुछ नहीं सूझा तो मन ही मन यह कहते नसीब ख़ाँ और ज़ैतूनी के पास पहुँच गया—*चतर नार और बैल को, गाहक सारो देस/माँगणहार और पावणो, इनको आदर करो हमेस।*

इन दोनों को टटोलना बेहद ज़रूरी था वरना ऐसा न हो कि मौक़े पर ये ही बिदक जाएँ।

"नसीब खाँ, यार रोटी कहा देणी चहिए बरात कू ?" धनसिंह ने हल्के-से पूछा।

"तिहारो भी तो कुछ ब्योंत होएगो ?" नसीब ख़ाँ ने उल्टा धनसिंह से पूछा।

"हमारी सलाह बूरा-पूरी की बण री है।"

"थोड़ो-बहोत और ना हो जाएगो ऊपर-नीचे ?"

"तू भी तो दे कुछ सलाह ?" धनसिंह ने बात नसीब ख़ाँ पर डालते हुए पूछा।

"यार, अब बूरा-पूरी का जमाना ना रहा। अब तो खड़ा खाणा को फैसन चल रो है...ऐसो कर मीठा में लड्डू, दो साग और पूरी कर दे बस्स...यासू जादा ना कोई जरूरत है और ना तेरी गुंजास है।"

"ठीक है, यही कर देंगा।" इतना कहकर धनसिंह जाने के लिए खड़ा हो गया।

"अगर तमसू कुछ देते बणे तो अपनी बेटीन् कू दीजो।" नसीब ख़ाँ ने जाते-जाते सलाह दी।

एक गहरे असमंजस से उबार दिया नसीब ख़ाँ ने धनसिंह को।

बहुत उद्विग्न और व्याकुल थी उस दिन बत्तो। चैत के बदलते मिज़ाज ने मौसम में कुछ अजीब तरह की अन्यमनस्कता घोली हुई थी। हालाँकि बत्तो की इस व्याकुलता का मौसम से कुछ लेना-देना नहीं था क्योंकि यह उद्विग्नता और बेचैनी उसके भीतर की थी।

इशा की अज़ान लगे काफ़ी देर हो चुकी थी। इतनी देर कि सब इशा की नमाज़ पढ़कर कमर सीधी करने की जुगत में लगे होंगे कि तभी बत्तो को लगा जैसे किसी ने घुटी-घुटी आवाज़ में उसे पुकारा है। उठकर ख़ुद गई वह पौली का दरवाज़ा खोलने के लिए। हल्का-सा दरवाज़ा खोलकर देखा कि आख़िर कौन हो सकता है इस समय।

सामने खड़ी ज़ैतूनी को देखकर पूरा दरवाज़ा खोलते हुए कहा बत्तो ने, "काकी, मोहे बुलवा लेती...ऐसा अँधेरा में कहीं ठोकर खाके गिर-विर जाती !"

"गिरे तो वे हैं जो अपणा गैल-दगड़ान्ने ना जाने हैं।" अन्दर आते हुए बोली ज़ैतूनी।

"आ जा, ले खाट पे बैठ जा आराम सू।"

खाट को टटोलते हुए बैठ गई ज़ैतूनी। फिर घर में यदा-कदा उठनेवाली आहटों और अँधेरे को टोहते हुए पूछा, "हीरा ना दीखे है ?"

"हाँ, अपणी बहाण के गयो है।"

"कैसे, सब ठीक तो है ?"

"सब ठीक है।"

ज़ैतूनी को लगा जैसे बत्तो उससे कुछ छिपा रही है। उसने एक बार फिर मद्धिम रोशनी में जैसे कुछ टोहते हुए कहा, "बत्तो, मैं आज एक खास काम सू आई हूँ तेरे पै।"

"वही तो मैं भी सोच री हूँ के कोई-न-कोई ऐसो काम है जरूर जो आज..."

"देख, तू नाटेगी (मना नहीं करेगी) ना।" आश्वस्त होना चाहा ज़ैतूनी ने।

"अगर मेरे बस की हुओ तो।"

"ठीक है..." इतना कहते हुए ज़ैतूनी ने ओन्ना के नीचे छाती से चिपकाकर रखी कपड़े की एक छोटी-सी पोटली निकाली और बत्तो की ओर बढ़ाते हुए बोली, "बत्तो, याहे तू अपने पै रख ले और हाँ, काई सू या बारा में कुछ कहियो मत।"

"काकी, कहा है यामें ?"

"दारी, है कहा पाँचेक हजार रुपिया हैं। हवेली में तो तू जाणेई है कैसा-कैसा चोर बसा पड़ा हैं, या मारे सोची के तेरे पै धर आऊँ।"

"पर काकी, मैं भी इनकी कहान् तक रखवाली करूँगी...महीना-डेढ़ महीना पीछे वैसेई या घर में मिहमानन् की भीड़ लग जाएगी...और ऐसा में काई के ये हाथ लगूगा तो..."

"हाथ कैसे लग जांगा...बरत लीजो ब्याह में।" ज़ैतूनी ने बेहद आसान-सा उपाय सुझा दिया।

"ना काकी, ऐसो बोझ ना है उठानो मेरा बसकी...बरता पीछे देणा भी तो पड़ंगा।"

"दे दीजो खाते-कमाते, जल्दी किसे है !" दादी ज़ैतूनी नहीं कह पाई साफ़-साफ़।

"काकी, खुदा के वास्ते..."

"बत्तो, चुपचाप धर ले ! बावली बात मत कर।" इतना कहकर ज़ैतूनी जाने के लिए खड़ी हो गई।

जब तक बत्तो कुछ कह पाती, दरवाज़े पर पहुँच गई वह।

तेज़ी-से लपककर पास आते हुए बोली बत्तो ज़ैतूनी से, "काकी, चल मैं छोड़ आऊँ...घणी रात होगी दीखे है।"

"तू घर रह अपने...मैं चली जाऊँगी।"

बीच दरवाज़े पर खड़ी बत्तो अँधेरे में ग़ायब हो गई ज़ैतूनी को हैरानी से देखने की कोशिश करती रही।

●●

दिन छिपते ही कन्यादान देनेवालों का सिलसिला शुरू हो गया।

पारो इक्यावन रुपए के साथ पाँच बर्तन देने लगी कि बत्तो ने यह कहते हुए लेने से इनकार कर दिया, "पारो, बहना क्यों इतनो बोझ गेर री है...ऐसे कर ग्यारह रुपिया और तीन बासन दे जा।"

"यामें ब्रोझ की कहा बात है...ये तो इन छोरीनू का भाग हैं। कहा पतो इनको हमारे ऊपर कोई करज ही होए।"

"ई बात तो तेरी ठीक है, पर याका बदला में हमन्ने भी तो यासू जादा देनो पड़ेगो।"

"तो कहा कन्यादान उल्टो लेण कू दियो जावे है। ई तो अपना-अपना मन की बात है।"

बत्तो ने हालाँकि पारो से कन्यादानस्वरूप उपहार ले तो लिया किन्तु वापस देने की चिन्ता से अभी से घिर गई।

सबने दिया अपनी हैसियत और इच्छानुसार। असग़री ने पारो से अलग डाले पाँच रुपए कन्यादान में।

हाजी की हवेली ने तो सारी सरहदें ध्वस्त कर दीं। कौन नहीं आया जिसने कन्यादान नहीं दिया। जुम्मी, मजीदन यहाँ तक कि ज़रीना और हसीना जिससे जो बना डालकर आई। ज़ैतूनी जब कन्यादान डालने आई तो उसे देखते ही बत्तो लगभग खींचते हुए एक तरफ़ ले गई।

"काकी, अभी भी कसर रहगी है जो..."

"बत्तो, बेटी ई तो कन्यादान है और कन्यादान पे छोरीनू को हक होवे है समझी।"

"पर काकी इतनो सब..."

"कहा इतनो सब, एक-एक जोड़ी चुटकी और एक सौ एक रुपिया ही तो हैं।"

कन्यादान देकर ज़ैतूनी वहीं एक तरफ़ पीढ़ा लेकर बैठ गई।

शकीला ने बहुत कोशिश की कि किसी की उस पर नज़र न पड़े लेकिन पता नहीं कब से दो आँखें उसका पीछा कर रही थीं। अपने आपको बचाने का बहुत प्रयास किया उसने तथा एक हद तक वह इसमें सफल भी हो गई। अकेली थी उस समय बत्तो जब वह उसके पास पहुँची। बिजली की गति, बल्कि कहना चाहिए पलक झपकते ही उसने एक पैकेट जबरन थमा दिया बत्तो के हाथों में।

"सकीला, कितना देओगी तम सब।" बत्तो ने यह भी ध्यान नहीं दिया कि आख़िर इस पैकेट में है क्या ?

"आपा, मुझे औरों से मतलब नहीं, ये तो मैं..." अभी उसने हाथ वापस खींचा ही था कि सामने से उसे हसीना आती हुई दीख गई। बत्तो जब तक कुछ समझ पाती वह यह कहते हुए लौट गई, "आपा, फेरों के वक़्त मुझे ज़रूर बुलवा लेना !"

"ठीक है, बुलवा लूँगी।"

"चाची, कहा देगी है हमारी सास कन्यादान में ?" एकदम पास आते हुए बेहद मासूमियत के साथ पूछा हसीना ने बत्तो से।

"पतो ना दारी..." इतना कहकर बत्तो ने वह पैकेट खोलकर देखना चाहा लेकिन हसीना को इस बीच जो कुछ देखना था, देख लिया।

"चाची, मत खोल ! होएगो कुछ।"

इतना कहकर हसीना कब वहाँ से लौट गई, बत्तो को नहीं पाता।

शकीला को बुलाना नहीं भूली बत्तो।

फेरों के समय दादी ज़ैतूनी के पास ही आकर बैठ गई वह। रामचन्दर के मुँह से फूटते मन्त्रोच्चार के साथ अग्निकुंड में पड़ती समिधा से जब-जब तेज़ लपटें उठतीं, तब-तब उसकी रोशनी से सबके चेहरे भीग उठते।

सबसे पहले कौशल्या के फेरे पड़े। फेरों के लिए जैसे ही कौशल्या उठी और अग्नि के चारों ओर हल्के-हल्के कदमों से फेरे लेने लगी कि समवेत स्वर गूँजने लगे अग्निकुंड से उठते धुएँ के साथ।

अन्तिम फेरे तक आते-आते तो पूरा चौक हिचकियों और हिलकियों में डूब गया। शकीला भी नहीं रोक पाई अपने आपको। दादी ज़ैतूनी के कन्धे पर सिर रख सुबकने लगी। पूरा कन्धा भीग गया आँसुओं से। दादी ज़ैतूनी शकीला को चुप कराए या अपनी आँखों को बहने से रोके, कुछ तय नहीं कर पाई वह। नहीं पता चला इन सिसकियों और हिलकियों में कि कौन-सी बत्तो की है, कौन-सी गंगा की ? कौन-सी असग़री की है, कौन-सी पारो की ? कौन-सी दादी ज़ैतूनी की है, तो कौन-सी शकीला की ?

बमुश्किल चलकर आई फेरों के बाद हवेली में शकीला।

आने के बाद एक बार उसके कानों में ज़ोर-से रोने की आवाज़ें ज़रूर आई थीं,

जिसे सुनकर उसने अंदाज़ा लगा लिया कि विदा हो रही हैं तीनों। देखना तो वह इस दृश्य को भी चाहती थी किन्तु हिम्मत नहीं जुटा पाई। कानों में अँगुलियाँ ठूँस ली उसने। जितनी देर उसने कानों में अँगुलियाँ ठूँसे रखीं, उतनी देर लगता रहा मानो वह किसी वीराने में दौड़ रही है। लगता रहा जैसे सूनी घाटियों में सिवाय साँय-साँय के कुछ सुनाई नहीं दे रहा है। दूर तक फैले रेगिस्तान में पूरे वेग के साथ सनसनाते हुए रेत के बवंडरों से घिरी खड़ी है वह।

रातभर शकीला इसी वीराने में नितान्त अकेली दौड़ लगाती रही। बीच-बीच में जब कभी आँखें खुलतीं तो लगता कौशल्या और रामरती की सिसकियाँ उसके कानों से टकरा रही हैं। एक बार अँगुलियों से छूकर देखा भी शकीला ने अपने गालों को तो अँगुलियों के पोर गीले होते चले गए। नहीं समझ में आया उसके कुछ ? यानी वह नींद में भी रोती रही है ? अगर रोती रही है तो क्यों ? शकीला ने बहुत कोशिश की उस 'क्यों' का उत्तर पाने की परन्तु उसे इसका उत्तर नहीं मिला।

हारकर उसने करवट ले सोने का प्रयास भी किया लेकिन नींद ने पलकों की दहलीज़ पर आने की मानो क़सम खा ली। हाँ, जब थक-हारकर नींद आने भी लगी तो फ़ज्र की अज़ान ने सुबह होने की उद्घोषणा कर दी। न चाहते हुए भी शकीला ने बिस्तर छोड़ा और वज़ू कर जा-नमाज़ बिछाकर फ़ज्र की नमाज़ अदा करने लगी।

उन्नीस

यह एक भ्रम था जिसे अब तक शकीला पाले हुए थी।

मुमताज़ आई उसे बुलाने। शकीला को थोड़ा आश्चर्य हुआ कि एकाएक वह इतनी अहम कैसे हो गई है, जो उसका बुलावा भेजा गया है ? उसने मुमताज़ से पूछा भी कि उसे क्यों बुलवाया गया है किन्तु मुमताज़ ने अनभिज्ञता जताते हुए कुछ भी बताने से इनकार कर दिया। हाँ, उसे मुमताज़ ने यह ज़रूर बताया कि वहाँ सारी ताई और दोनों चाचियाँ यानी ज़रीना और हसीना सब बैठी हुई हैं।

माथा ठनका शकीला का !

उसने बहुत सोचा। कल्पनाओं के घोड़े चारों दिशाओं में दौड़ाए लेकिन सब जहाँ रुकते वहाँ उन्हें ज़रीना या हसीना ज़रूर मौजूद मिलतीं। अंदाज़ा लग गया उसे कि हो न हो बात वही है जिसपर वह अभी तक, एक बेमानी भ्रम का आवरण चढ़ा हुआ माने बैठी है।

मुमताज़ को उसने यह कहते हुए वापस भेज दिया कि आती है वह थोड़ी देर में। इस बीच शकीला ने अपने आपको इस नए वितंडे से निपटने के लिए मानसिक रूप से तैयार कर लिया। अब तो वैसे भी उसे इस हवेली से सामना करने की आदत-सी पड़ गई है।

शकीला को आता देख सबके होंठ चिपक गए। एक ऐसी चुप्पी छा गई कि उस समय कोई सूईं भी गिरती, तो उसकी खनक दूर तक सुनाई दे जाती। सबसे पहले दादी ज़ैतूनी से ही टकराईं उसकी नज़रें। उसने दादी ज़ैतूनी की आँखों की निष्कलुषता को बाँच लिया। चेहरे की झुर्रियों में किसी तरह की जुम्बिश न देख उसने गहरा साँस लिया। फिर जुम्मी और मजीदन की ओर देखकर बीच में उसकी निगाह ज़रीना से टकराई, तो एक कुटिल मुस्कान ने शकीला का मौन स्वागत किया।

"अम्माँ, आपने हमें बुलाया है ?" निरपराध भाव से ओत-प्रोत पूरे आत्मविश्वास के साथ पूछा शकीला ने दादी ज़ैतूनी से।

"हाँ दारी, बुलाई तो मैंने ही है।" ज़ैतूनी के शब्दों से एक बाह्य दबाव साफ़ ध्वनित हो रहा था।

"बताइए, मैं क्या ख़िदमत कर सकती हूँ आपकी ?"

शकीला की इस स्पष्टवादिता पर सब हैरान।

"खिदमत कहा सकीला बस्स ऐसेई। सोची सब बैठी हैं तो तोहे भी बुलवा लेएँ।" दादी ज़ैतूनी कि हिम्मत नहीं पड़ी कि जिस प्रयोजन से उसे बुलवाया गया है, उसके बारे में पूछ तो ले।

"अम्माँ, बात तो कोई-न-कोई ज़रूर है वरना..."

"ऐसी काई बात ना है बस।"

"माई, साफ-साफ कह न ! तोहे काई को डर थोड़ेई है।" मजीदन को अच्छा नहीं लगा इस तरह बात को घुमा-फिराकर कहना।

"डर तो तम सबन्ने लग रो है, ले मैं बताऊँ !" इतना कहकर जुम्मी शकीला की ओर मुख़ातिब हुई और बोली, "सकीला, बहाण सुनी है के तू भी बत्तो के कन्यादान घालके आई ही ?"

"बड़ी आपा, जब आप सब डालकर आ रही थीं तब मैंने सोचा कि क्यों न मैं भी डाल आऊँ।" शकीला ने साफ़-साफ़ कह दिया।

"हमारी बात और है..."

"तू चुप कर, आई हमारी की चोदी !" बीच में टपक पड़ी ज़रीना को डाँटा मजीदन ने।

"ई तो अच्छी बात है सकीला पर ई बता के तू देके कहा आई ही ?" दादी ज़ैतूनी ने ज़रीना के बीच में कूदने पर ध्यान न देते हुए पूछा।

"जब आपको यह पता लग चुका है अम्माँ कि मैं बत्तो आपा के यहाँ कन्यादान डालने गई थी, तब यह भी पता चल गया होगा कि मैं क्या देकर आई हूँ।"

"हमने तो सुणी है के तू हैदराबाद सू जिन साड़ीन्ने लेके आई ही उन्ने देके आई है ?"

"ना-ना सुणी ना है, ई हमारो अंदाजो है।" मजीदन के कहे पर प्रामाणिकता के बजाय अंदाज़े का सहारा लेते हुए कहा जुम्मी ने।

"बड़ी आपा, आपने सुना भी सही है और अंदाज़ा भी आपका सही है।" सच्चाई को स्वीकारते हुए जवाब दिया शकीला ने।

"पर बेटी, उन्ने देण की कहा जरूरत ही, एकाध रुपिया घाल आती।"

"अम्माँ, मैं क्या करती उनको अपने पास रखकर। ख़राब ही तो होतीं वे मेरे पास रखी-रखी।"

"काँई लू होती खराब, उनका सूट भी तो बण सके हा।" हसीना ने तपाक से विकल्प सुझाते हुए कहा।

"क्या फ़ायदा होता, सूट भी तो साड़ियों में से ही बनते।" शकीला ने व्यंग्य करते हुए जवाब दिया।

"साड़ी तेरे पै धरी-धरी खराब होती...सूट उनमें सू बणता ना, ई खूब कही। कल कू तू उन्ने भी दिया जो या हवेली में पड़ी-पड़ी बिगड़ री हैं।" फुफकारते हुए बोली हसीना।

"अम्माँ, मुझे जो अच्छा लगा मैंने वही किया।" शकीला ने हसीना की तरफ़ देखे बिना कहा ज़ैतूनी से।

ज़ैतूनी कुछ नहीं बोली।

"बूढ़ी माई, तू कैसे ना बोल री है कुछ। पतो ना याने ऐसो कहा घोलके पिया राखो है जो ना तो ई जुम्मी माई कह री है कुछ, और न ई मजीदन माई कह री है। पतो ना या राँड ने..."

"हसीना, तहज़ीब और तमीज़ भी कोई चीज़ होती है। पहली और आख़िरी बार कह रही हूँ कि मेरे साथ तहज़ीब से पेश आया करो !"

सन्नाटा छा गया थोड़ी देर के लिए वहाँ। हसीना की तो ज़ुबान ही तलुए से चिपक गई। शब्दों का अकाल-सा पड़ गया, शकीला के इस तेवर को देखकर। दादी ज़ैतूनी की आँखों में एकाएक चमक लौट आई, फिर भी उसने शकीला को समझाने के अंदाज़ में कहा, "बेटी, वैसे तोहे वे साड़ी..."

"अम्माँ, मैं समझ नहीं पाई हूँ अभी तक इस हवेली को। एक तरफ़ तो आप कहती हैं कि हमारे यहाँ साड़ी नहीं पहनी जाती हैं और दूसरी तरफ़ आप उन्हें किसी को देने से भी मना करती हैं। जब आपको अपना फ़ायदा दिखाई देता है तो आपका मज़हब चुप हो जाता है, और नुक़सान होता दिखाई देता है तो वह फिर बोलने लगता है।"

शकीला न जाने क्या-क्या कह गई, किसी की समझ में कुछ नहीं आया, सिवाय मुमताज़ के।

"बूढ़ी माँ, नई माँ ठीक कह री है।"

"चुप कर, दो हरप कहा पढ़ लिया वाही का सुर में सुर मिला री है !" रमज़ानो ने बेटी को डाँटते हुए कहा।

"माई, सुर में सुर कहा...जब देखो तम सब या बिचारी के पीछे पड़ी रहो हो।"

"तू ना रहेगी चुप !" रमज़ानो ने इस बार धमकी देते हुए डाँटा मुमताज़ को।

“ठीक है, आण दे साँझ लू बाबा ए, सारी बात बताऊँगी वाहे।” मुमताज़ ने अपने दादा दीन मोहम्मद का भय दिखाते हुए कहा।

इसके बाद तो सब सहमती चली गईं इस डर से कि अगर सचमुच मुमताज़ ने दीन मोहम्मद को सब कुछ बता दिया तब...?

“छिनालो ! तम या हवेली में पौड़ (झगड़ा) मचवाके मानोगी। मुमताज, मेरे पै आ !” दादी ज़ैतूनी ने आनेवाली स्थिति की गम्भीरता को भाँपते हुए मुमताज़ को बुलाया अपने पास।

देर तक मुमताज़ को समझाती रही दादी ज़ैतूनी तथा अन्ततः वह मुमताज़ को मनाने में सफल भी हो गई कि वह अपने दादा यानी दीन मोहम्मद से इसके बारे में कुछ नहीं कहेगी।

दादी ज़ैतूनी ने हवेली को सम्भावित कलह से बचाने की गुहार करते हुए सबको यह कहकर चलता किया, “वैसे या सकीला ने ऐसी कौण-सी ई हवेली लुटवा दी ? अरे, या बहाने कौसल्या और रामरती ए चोखी-सी साड़ी तो मिलगी। बत्तो कौण-सी दे पाती ऐसी तेहल (कपड़ों का जोड़ा)। चलो छोड़ो, कन्यादान में ही तो दी हैं याने साड़ी। एक गरीब आदमी के थोड़ो सहारो लग्गो यही कौन-सी छोटी बात है।” बड़ी चतुराई से बात को बढ़ने से रोका उसने।

बड़ी मुश्किल से छाँटने में कामयाब हो पाई तनाव के धुन्ध को दादी ज़ैतूनी। उसके पास सिवाय मुमताज़ के और कोई नहीं थी। इस दौरान एक अजीब-सी तनाव भरी ख़ामोशी उनके चारों ओर व्याप्त थी। इसी बीच फ़ौजिया भी आ बैठी उनके पास। दादी ज़ैतूनी की अनुभवी आँखों ने पढ़ लिया, फ़ौजिया यानी मुमताज़ की छोटी बहन का चेहरा। इसलिए उसने सीधे न पूछकर, बात दूसरे विषय से शुरू की, “फौजिया, बेटी आज मदरसा ना गई ?”

“बूढ़ी माँ, गई तो ही पर पूरी छुट्टी होगी।”

“पूरी छुट्टी, पर आज तो जुम्मेरात है ?”

“पतो ना बूढ़ी माँ।”

“ये मास्टरनी भी हराम की तनखा चाहवे हैं। पढ़ाणो-लिखाणो कुछ है ना, जब जी मैं आवे छुट्टी कर देवे हैं।” मुमताज़ और फ़ौजिया को सुनाते हुए बड़बड़ाई दादी ज़ैतूनी।

“बूढ़ी माँ, ई सकीला माई काँई लू रो री है ?” फ़ौजिया ने सहज भाव से पूछा।

“रो री है ?” इस सूचना ने दादी ज़ैतूनी को अन्दर तक बेचैन कर दिया। अनिष्टता की हल्की-हल्की थाप उसे साफ़ सुनाई देने लगी।

“बूढ़ी माँ, आज मैं बाबा सू कहके मानूँगी !” मुमताज़ का चेहरा सख़्त होता चला गया।

“आज फिर कही ही छोटी चाची ने कुछ ?” फ़ौजिया ने दादी ज़ैतूनी के बजाय अपनी बड़ी बहन से पूछा।

''कुछ ना, ऐसेई रो री होएगी।'' मुश्किल हो गया दादी ज़ैतूनी को मामला दबाना।

''ई अच्छी बात ना है बूढ़ी माँ। पतो ना हमारी या जरीना और हसीना चाची ए कहा दुसमनी है वासू।''

फ़ौजिया ने जिस तेवर और अंदाज़ के साथ कहा उसे सुनकर दादी ज़ैतूनी एक अनहोनी के भय से सहमती चली ही गई बल्कि उसे आश्चर्य हुआ कि न्याय-अन्याय या अच्छे-बुरे का इन बच्चियों को भी पता है। हालाँकि कुछ ही पलों के बाद उसे यह देखकर अच्छा भी लगा कि चलो अप्रत्यक्ष रूप से कोई तो है शकीला के साथ। वयस्कों की हमदर्दी तो थोड़ी देर के लिए समझ में आनेवाली बात है परन्तु इन बच्चियों की इस हमदर्दी का क्या अर्थ हो सकता है ? यह प्रश्न देर तक उसे परेशान करता रहा। इसलिए उन्हें जानबूझकर सुनाते हुए वह बोली, ''रो री है अपणा जीता-जीवतान् कू। एक तो साड़ीन्ने दियाई ऊपर सू साँग रच री है !''

''बूढ़ी माँ, अभी तो थोड़ी देर पहले तू कह री ही के कौन-सी सकीला ने हवेली लुटा दी और अब वाकी बुराई कर्‌री है !''

''तमन्ने बड़ो तरस आ रो है वापे...बड़ी हैजवाल (हितैषी) बण री हो वाकी !'' बनावटी ग़ुस्सेवाली मुद्रा अपनाते हुए डाँटा दादी ज़ैतूनी ने मुमताज़ को।

''तरस की कहा बात है। सही बताऊँ बूढ़ी माँ, सकीला माई है बहोत अच्छी।''

''अच्छोऽऽऽ कह तो ऐसे रही है जैसे तमन्ने रोज ऊ सिपारा पढ़ावे है !'' ज़ैतूनी ने फ़ौजिया की आँखों में आँखें डालते हुए कहा।

''सिपारा ही ना बूढ़ी माँ, अब तो ऊ हमन्ने इस्कूल को काम भी करावे है।'' मुमताज़ ने तपाक से कहा।

''अब समझ में आई, जभी ले री हो तम वाकी मेहर (हिमायत)।''

''यामें मेहर की कहा बात है बूढ़ी माँ, हम ना देखे हैं या हवेली में के किसके साथ कहा हो रो है।''

मुमताज़ के इस तथ्यपूर्ण तर्क के बाद दादी ज़ैतूनी जैसे निहत्थी हो गई। उसे पता ही नहीं चला कि मुमताज़ और फ़ौजिया कब उसके पास से उठकर चली गईं। दादी ज़ैतूनी एकदम अकेली रह गई। कोई नहीं बचा उसके पास। वह रह-रहकर एक अनजाने भय से सिहर-सी जाती। यद्यपि वह यह सोचकर भी पुलकित हो उठती कि वह अकेली नहीं है, परोक्ष रूप से और भी हैं शकीला के साथ।

हवा में ही रह गया दादी ज़ैतूनी का हाथ। थपथपाते हुए रह गया उसका हाथ दरवाज़े को। चुपचाप, दबे पाँव इसीलिए तो आई है ताकि शकीला को उसके आने की भनक न पड़े। उसने कान किवाड़ों के दर्ज़ पर टेक दिए अन्दर से आते अस्फुट मिश्रित उन शब्दों को सुनने के लिए, जो कानों तक आते-आते एक फुसफुसाहट में तब्दील हो रहे थे। दादी ज़ैतूनी कान को और नज़दीक ले आई। आख़िर कौन है अन्दर ? यह जानने

के लिए इस बार उसने कान की जगह आँख चिपका दी दर्ज़ पर। बेहद बारीकी से देखा उसने अन्दर का दृश्य।

अन्दर का दृश्य एकदम साफ़ दिखाई देने लगा अब।

शकीला की आँखों से फूटती आँसुओं की धाराओं को एकसाथ कई हाथ रोकने की कोशिश कर रहे हैं।

''मुमताज़, बेटी तुम्हें खुदा की क़सम जो अपने बाबा को बताया...''

''ना, सकीला माई मैं आज कहके मानूँगी...ई कोई बात हुई।'' मुमताज़ का चेहरा सुर्ख़ हो उठा।

''मुमताज़, तुम्हें मेरी क़सम।''

''ठीक है एक सरत पे ना कहंगी हम।'' फ़ौजिया ने सवालिया निगाह से देखते हुए कहा।

''शर्त और मुझसे ?'' आँसुओं से भीगा चेहरा इस बार आश्चर्य से पुत गया।

''हाँ, और वह यह के पहले यह रोना बन्द करो।''

''ये लो !'' शकीला ने तुरन्त आँसुओं को पोंछते हुए फ़ौजिया को यह कहते हुए गले से लगा लिया, ''पता नहीं इस हवेली में ये मुलायम पत्ते कहाँ से आ गिरे हैं !''

मुमताज़ और फ़ौजिया दोनों में से कोई नहीं समझ पाई इसका अर्थ। जाने के लिए वे दोनों खड़ी हुईं तो दादी ज़ैतूनी दरवाज़े से हटकर अँधेरे में एक ओर सरक गई। उनके जाने के बाद ज़ैतूनी देर तक सोचती रही कि वह शकीला के पास जाए या नहीं। अन्ततः इस अन्तर्द्वन्द्व में दादी ज़ैतूनी ने यह सोचते हुए दरवाज़ा थपथपा दिया कि जब वह यहाँ तक आई है, तब क्यों न इससे मिलकर जाए।

''अम्माँ, आऽऽप ?'' दरवाज़ा खोलते हुए बाहर खड़ी ज़ैतूनी को देखकर कहा शकीला ने।

''कैसे, सो री ही ?'' उलटा ज़ैतूनी ने पूछा उससे।

''नहीं अम्माँ...हाँ-हाँ !'' अकबका गई शकीला।

''आँख तो ऐसी ही दीख री हैं जैसे सोके खड़ी हुई है !'' शकीला की आँखों को पढ़ते हुए जानबूझकर कहा उसने।

''हाँ अम्माँ, बस यूँ ही थोड़ी आँखें लग गई थीं।''

शकीला की इस झूठ पर एक बार तो उसके जी में आया कि वह कह दे क्यों उससे झूठ बोल रही है, लेकिन नहीं कह पाई सिवाय इसके, ''जा, पहले मुँ धो ले !''

सचमुच शकीला मुँह धोने चली गई।

वापस आई तो ज़मीन पर चटाई बिछा उस पर बैठते हुए बोली, ''अम्माँ, कहो तो थोड़ी चाय बना दूँ।''

''ना रहण दे, मोहे ना लगे चाय-वाय अच्छी।''

''फिर ठीक है, आपको कॉफ़ी पिलाती हूँ आज।'' इतना कहकर शकीला कॉफ़ी बनाने के लिए खड़ी हो गई।

"हाँ, ई ठीक रहेगी।"

दो कप कॉफ़ी बना लाई शकीला।

"देख सकीला, बेटी इनकी बातनू को बुरो मत माने कर। अभी इन्ने पतो ना है के ऊँट कितनी बर बैठे है।" दादी ज़ैतूनी का इशारा ज़रीना और हसीना की ओर था।

इस बीच शकीला कॉफ़ी के कई घूँट भर चुकी थी।

शकीला को एक के एक बाद घूँट भरते हुए देख ज़ैतूनी ने प्लेट में गरम कॉफ़ी उँडेली और फूँक मारते हुए पहला ही घूँट भरा था कि अगले ही पल मुँह में भरी कॉफ़ी यह कहते हुए बाहर उँडेल दी, "सकीला, निगोड़ी तैने तो दूध ही जला दियोऽऽऽ !" कॉफ़ी से भरा कप नीचे रख दिया ज़ैतूनी ने।

"अम्माँ, दूध जला दिया ?" हैरान होते हुए पुनः घूँट भरा शकीला ने।

"औऽऽऽ...सूँघके देख कैसी हीक आ री है यामें सू।" होंठों को लूगड़े के पल्लू से पोंछते हुए कहा।

समझ गई शकीला, "अम्माँ, यह दूध नहीं जला है बल्कि कॉफ़ी का स्वाद ही ऐसा होता है।"

"ना बहाण, मोहे ना आयो धेला को भी स्वाद तेरी या ओफी-कोफी में...यासू तो तेरी चाह ही चोखी है।"

"तब फिर ठीक है मैं चाय ही बनाकर लाती हूँ।"

इतना कहकर शकीला चाय बनाने के लिए जाने लगी कि ज़ैतूनी ने उसका हाथ पकड़कर वहीं बैठा लिया।

"अम्माँ, रुको तो सही।"

"सकीला, रहण दे काँई लू दुःखी होए।"

"अम्माँ, आपको मेरी क़सम है जो..."

शकीला के मनुहार पर दादी ज़ैतूनी की कलाई पर पड़ी उसकी पकड़ ढीली पड़ती चली गई।

"पतो ना रंडी सू कौन-सो जनम को रिस्तो है। ऐसी खुसामद तो अपनी कोख सू पैदा हुई भी ना करे हैं।" शकीला की पीठ फिरते ही बड़बड़ाई ज़ैतूनी।

"अम्माँ, आपने कुछ कहा ?" शायद बड़बड़ाने के अस्फुट शब्दों के टुकड़े पड़ गए थे शकीला के कानों में।

"ना-ना, कुछ ना कही।" अकबकाते हुए जवाब दिया ज़ैतूनी ने।

चाय आते ही ज़ैतूनी ने उसे प्लेट में उँडेला और फूँक मारते हुए लय के साथ घूँट भरने लगी। चाय के घूँटों की आवाज़ कमरे में रह-रहकर गूँजने लगी।

चाय ख़त्म कर ज़ैतूनी उठकर जाने लगी तो शकीला ने जैसे याद दिलाते हुए कहा, "अम्माँ, आप कुछ कह रही थीं ?"

"ना, बस ऐसे ही तेरा हाथ की बणी चाय पीणा कू मन करो तो चली आई।"

"मगर अभी तो आप कह रही थीं कि मुझे नहीं लगती है चाय-वाय अच्छी !"

घूरकर देखा ज़ैतूनी ने शकीला की आँखों में।

शकीला ने ज़्यादा कुरेदना मुनासिब नहीं समझा ज़ैतूनी को, इसीलिए जाते हुए बोली, "अम्माँ, इसी तरह आ जाया करो कभी-कभी।"

शकीला के इस आग्रह पर ज़ैतूनी के आगे बढ़ते क़दम वहीं ठिठक गए। एक पल रुककर पलटकर देखा शकीला को। दादी ज़ैतूनी के इस तरह पलटकर देखने से मानो शकीला के सारे संताप धुल गए।

ख़ुद चली आई शकीला उसके पास, "अम्माँ, क्या बात है ?" हैरत से मुस्कुराते हुए पूछा शकीला ने।

कुछ नहीं बोली दादी ज़ैतूनी। सिर पर हाथ फेरते हुए भाव-विह्वल हो गई, "जीती रह बेटी, तेरी गोद जल्दी हरी होवे।"

"तो क्या सिर्फ़ यही दुआ देने आई हैं आप इतनी दूर ?"

"सकीला, बेटी बेसक तू या हवेली की नजर में लाख बुरी है, पर मोहे पतो है के तेरो कद कितनो ऊँचो है। जिन्दी रही बेटी तो ऐसी गल्लेन साड़ी आ जांगी तोकू, पर कौसल्या और रामरती कू ऐसी साड़ी जिन्दगीभर पैदा ना होती। बस, मेरी हाथ जोड़ा सू यही अरज है के तू करियो वही जो तेरा जी में आए। मत सुणियो काई की..." कहते-कहते दादी ज़ैतूनी की आँखों में पानी उतर आया।

"आ...आप यह क्या कर रही हैं !" पतली जिल्द में लिपटे नर्म-मुलायम हाथों को अपने हाथों में ले लिया शकीला ने।

"और हाँ, या हवेली की बेटीन्ने ऐसेई एक सूत में पिरोके रखियो...बिखरन मत दीजो इन्ने !"

"अम्माँ, आज आप यह कैसी बातें..."

इससे पहले कि शकीला कुछ और कहती, बाहर आहट-सी हुई। पलटकर देखा दादी ज़ैतूनी ने तो देखते ही चेहरा सफ़ेद पड़ता चला गया। दीन मोहम्मद एक कुटिल और विद्रूप मुस्कान बिखेरते हुए दरवाज़े पर आ पहुँचा था।

शकीला की नज़रें दीन मोहम्मद से मिलीं तो हाथ में झूलते हुए काग़ज़ के लिफ़ाफ़े पर नज़र डालते हुए पूछा, "ये क्या ले आए आज ?"

"कुछ ना।"

"नहीं कुछ तो है ?" शकीला ने फिर पूछा बेख़्याली में। उसे क्या मालूम कि दीन मोहम्मद बताना नहीं चाह रहा है।

"कुछ ना, इमरती हैं...अलवर गयो हो।" न चाहते हुए दीन मोहम्मद को बताना पड़ गया।

"आज फिर ले आए !" शकीला ने दादी ज़ैतूनी से नज़रें बचाते हुए धीरे-से कहा।

"अच्छो चलूँ बेटी !" ज़ैतूनी ने लिफ़ाफ़े के जिस्म पर जगह-जगह घी के दाग़ों को कनखियों से निरखते हुए जाने की इजाज़त माँगी।

"अम्माँ, चली जाना, पहले इमरती खाइए। मेरी तो पसन्दीदा मिठाई बन गई हैं

ये इमरतियाँ।'' इतना कहकर शकीला ने एक कटोरी में पाँच-छह इमरती दादी ज़ैतूनी की तरफ़ बढ़ा दीं।

पोपले मुँह में घुलती इमरती की चाशनी दादी ज़ैतूनी को पलक झपकते ही दशकों पीछे ले गई दौड़ाती हुई। उसने कल्पना भी नहीं की थी अतीत की स्मृतियाँ इन इमरतियों की चाशनी में इस तरह घुलती चली आएँगी।

''माई, कैसी हैं इमरती ?'' शरारत से पूछा दीन मोहम्मद ने।

''ढेड, मोसू कहा पूछे...पूछ अपणी या बींदणी सू !''

इसके बाद न तो दादी ज़ैतूनी से वहाँ रुका गया और न ही अब वहाँ रुकने का कोई मतलब था। चौखट पार करते हुए वह आगे बढ़ी ही थी कि लपककर शकीला ने उसे यह कहते हुए सँभाल लिया, ''अम्माँ, देखकर !''

सचमुच दरवाज़े की चौखट दादी ज़ैतूनी को दिखाई नहीं दी, या जानबूझकर अनदेखी कर गई थी, कहना मुश्किल है। वापस लौटते हुए ज़ैतूनी के जिस्म में एक नई ताक़त, एक नई स्फूर्ति ने जैसे शिराओं में रुक-रुक प्रवाहित हो रहे रक्त की गति को तेज़ कर दिया।

भड़ाक ! समझते हुए देर नहीं लगी दादी ज़ैतूनी को कि यह आवाज़ और किसी के दरवाज़े की नहीं, शकीला के दरवाज़े की है जो अभी-अभी बन्द हुआ है।

बीस

हाजी की हवेली के गज़भर चौड़े आसारों से जैसे स्वर लहरियाँ फूट रही हैं। ज़ैतूनी के उन्हीं जोड़ों में, जो रात-रातभर गठिया बाय के कारण ऐंठे रहते हैं, न जाने कहाँ से ताक़त आ गई। पूरे चौक में ठिठोलियों और चुहलबाजियों को मानो दम मारने की फ़ुरसत नहीं है। हसीना के पहले लड़के यानी दीन मोहम्मद के पोते की मुसलमानी जो है। फत्तू सुबह से ही उस्तरा, बीच में चिरी चौड़ी खपच्ची और अपने दूसरे सामान के साथ आकर बैठा हुआ है। बीच-बीच में कभी वह उस्तरे की धार को तर्जनी के पोर से जाँचने लगता है, तो कभी पतली खपच्ची की मज़बूती को। एक टोकरा, परात में छनी हुई राख और एक गूदड़ी की तह बनाकर एक तरफ़ लाकर रख दी।

पूरी हवेली ने बहुत सोच-समझकर रखा है हवेली के इस नए मेहमान का नाम यानी—लियाक़त अली। यह नाम शकीला का सुझाया हुआ है। दादी ज़ैतूनी ने पूछा भी था इस नाम का अर्थ जिसे शकीला ने विस्तार से बताया था।

''लियाकत, नाम तो बढ़िया है।'' जुम्मी हुलसते हुए बोली।

''बड़ी आपा, लियाकत नहीं लियाक़त...क़त बोलिए।'' जुम्मी के उच्चारण को दुरुस्त करते हुए कहा शकीला ने।

''मैं भी तो लियाकत...कत बोल री हूँ।''

"फिर वही लियाकत...बड़ी आपा लियाक़त यानी क़ाफ़ वाला क़।"

"ठीक है हम तो याही सू काम चला लेंगा। हमने या चोदा काफ-बटण सू कहा लेणो है।"

शकीला पूरे इन्तज़ाम को बेहद ग़ौर से देख रही है। यह पहला अवसर है जब वह देखेगी कि यहाँ कैसे निभाई जाती है सुन्नत की रीत। सारी बहुओं को एक जगह इकट्ठा हुआ देख ज़ैतूनी डाँटने लगी उन्हें, "छिनालो, ऐसे खड़ी-खड़ी दीदा फाड़ती रहोगी या कुछ गाओगी भी !"

ज़ैतूनी की इस डाँट पर शकीला एक रोमांच से भर उठी। वह भी तो सुने इस अवसर पर यहाँ क्या गाया जाता है।

"बूढ़ी माई, गा तो लेएँ पर हमूपे आए जभी।" ज़रीना ने मना करते हुए कहा।

"एक-दूसरा की दूती-चुगली लगाते तो खूब आवे है...अभी सुन लेओ सारा गाँओ की खबर तुरत बता देएगी...हया तो ना आ री है थोड़ी-बहोत ई कहते बखत !" ज़रीना को मलामत देते हुए दादी ज़ैतूनी ख़ुद ही आगे आने लगी कि तभी सामने से उसे जुम्मी आती दिखाई दी, "जुम्मी, दारी इनके पै बैठके एकाध गीत तो उठवा दे !"

जुम्मी ने भी डाँटा उन्हें, "सीख लेओ कुछ या फूटा मुँ सू, नहीं तो आगे जाके ये गीत ढूँढा सू भी ना मिलंगा।"

"छोड़ो बड़ी आपा, अम्माँ पहले ही हमें बहुत कह चुकी है।"

"सकीला, बहाण आजकल की इन बहू-बेटीन्ने इन चीजन् को बिल्कुल ही सौक ना है।"

जुम्मी भी अपने भीतर का गुबार निकाल बैठ गई उनके पास।

इसके बाद जुम्मी ने गीत का बोल उठाया, तो सभी उसमें शामिल हो गईं—

नाईड़ा मेरो भाईड़ा, उस्तरो पैनायो रे !
जे नाई तेरा काँपाँ हाथ, ले अल्लाह को नाम रेऽऽऽ
नाईड़ा मेरो भाईड़ा...

काँई को तेरो उस्तरो, काँई की बगडोर रे
सोना को मेरो उस्तरो, रेसम की बगडोर रे
नाईड़ा मेरो भाईड़ा...

लियाकत बेटो लाड़लो, जाकी सुन्नत आज रे
जा दिन सू तो हिन्दू हो, हुओ मुसलमान रे
बँधो दीन को सहरो, हुओ मुसलमान रे
नाईड़ा मेरो भाईड़ा, उस्तरो पैनायो रेऽऽऽ।

सारी तैयारी हो गई मुसलमानी की।

अन्तिम बार जाँचा फत्तू ने उस्तरे की धार को। अपने पड़दादा चाँदमल की गोद

में सजे-धजे लियाक़त ने भी सहमते हुए देखा फत्तू को। बीच हवेली में फत्तू ने टोकरे को उलटा रख उस पर तह में लिपटी गुदड़ी बिछाकर, कुछ राख गुदड़ी पर तथा बाकी टोकरे के आगे रख दी।

"हाँ भई काका, लाए न अपना पोता ए !" फत्तू ने चाँदमल की तरफ़ देखते हुए कहा।

चाँदमल ने लियाक़त को अपनी गोद से उठाकर नसीब ख़ाँ व नसीब ख़ाँ ने उसे दीन मोहम्मद को दे दिया। दीन मोहम्मद पोते को लेकर टोकरे के पास आया ही था कि पोते की घिग्घी बँध गई और पूरी ताक़त से दीन मोहम्मद से चिपक गया। दीन मोहम्मद ने पहले तो स्नेह से टोकरे पर उसे बैठाने की कोशिश की लेकिन जब वह टोकरे पर बैठने के लिए तैयार नहीं हुआ, तब उसे दीन मोहम्मद ने डाँटते हुए ज़बरन टोकरे पर बैठा दिया। अपने सामने बैठे फत्तू के हाथ में उस्तरे को देखकर घबरा गया लियाक़त।

हसन मोहम्मद भी आ गया टोकरे के पास। फत्तू ने लियाक़त को बातों में लगाते हुए उसका कुर्ता जंघाओं से हटाया कि लियाक़त ने झट-से कुर्ते से जंघाओं को ढक लिया। समझ गया फत्तू ऐसे बात नहीं बनेगी। उसने और दीन मोहम्मद ने अन्तिम प्रयास किया उसका ध्यान बँटाने का। इस बीच दीन मोहम्मद ने अपने कुर्ते की जेब से एक रुपया निकाला और उसे लियाक़त की जेब में डाल दिया। लियाक़त अपने दादा के फ़रेब में आ गया इस बार।

फत्तू लियाक़त से नज़र बचाने की कोशिश करते हुए और नज़दीक आया तथा धीरे-से कुर्ता उठाकर लियाक़त की जननेन्द्रिय के अग्र भाग की पतली त्वचा को चिरी हुई खपच्ची में डाल, उसे अँगुलियों के पोरों से पकड़ बेहद प्यार से दुलारते हुए, आकाश की तरफ़ देखकर बोला, "लियाकत, बेटा देख तिहारी मेड़ी (चौबारे) पे जाणे ई कहा बैठो है !"

नहीं समझ पाया लियाक़त फत्तू के फ़रेब को और जैसे ही उसने मेड़ी की ओर देखा कि फत्तू के होंठों से फूटते 'बिस्मिल्लाहिर्रहमानिर्रऽऽहीऽऽम' के अस्फुट शब्दों के साथ लियाक़त के कर्णभेदी चीत्कार से पूरा चौक गूँज उठा। जननेन्द्रिय के अग्र भाग की पतली चमड़ी कटकर राख से भरी परात में आ गिरी। सुर्ख़ ख़ून की पतली धार बँध गई जननेन्द्रिय से। चाहकर भी अपनी मरज़ी से छटपटा नहीं पाया लियाक़त। फत्तू बहते हुए ख़ून को रोकने के लिए मुँह में कुछ बुदबुदाते हुए बार-बार राख डालने लगा। बीच-बीच में फत्तू बहते हुए ख़ून को फूँक मारकर भी रोकने की कोशिश करता। इधर वह जननेन्द्रिय पर राख डालता उधर वह ख़ून से फिर भीग जाती। जब तक कटे हुए हिस्से से रक्तस्राव बन्द नहीं हुआ, फत्तू उस पर राख बुरकता रहा।

जैसे-जैसे रक्तस्राव कम होता गया, वैसे-वैसे दीन मोहम्मद की पकड़ भी ढीली पड़ती चली गई। इस बीच ज़रीना अन्दर से बाखली ले आई। बाखली से भरी परात लेकर जमशेद फत्तू के पास भी गया। बाखलियों को देखकर फत्तू से रुका नहीं गया

और पूरी हवेली को सुनाते हुए नसीब ख़ाँ से उलाहने भरे अंदाज़ में बोला, "काका, अब लद गा वो दिन जब ये उबला चणा और गींहूँ बँटे हा। कम-सू-कम धड़ी-धैं सेर (पाँच-दस सेर) लड्डू ही मँगवा लेता। आखिर पड़पोता की मुसलमानी हुई है।"

नसीब ख़ाँ को भी ग़ुस्सा बहुत आया इन बाखलियों को देखकर किन्तु चुप रह गया। फत्तू ने जैसे उसके मुँह की बात छीन ली।

"जमसेद, ये गींहूँ-चणा उबालणा की किसने कही ही ?" नसीब ख़ाँ ने झुंझलाते हुए पूछा।

"बूढ़ा बाप, मोहे तो पतो ना है।" अनभिज्ञता जताते हुए सहज ही छुटकारा पा लिया जमशेद ने।

"अन्यायी, या हवेली को काँई लू नाम डुबोणा पे तुल रा हो। तमने बिल्कुल ही जमीन पे हाथ टेक राखा हैं...चल छोड़ या परात ए और तुलवा ला धैं सेर लड्डू।" अपनी जेब से सौ-सौ के दो नोट निकालकर जमशेद की ओर बढ़ा दिए नसीब ख़ाँ ने।

"ई हुई ना काका बोहरान् की-सी बात !" फत्तू अपने तीर को सही निशाने पर लगता देख इतराते हुए बोला।

ज़ैतूनी के पास भी पहुँची नसीब ख़ाँ के इस बोहरेपन की ख़बर। लगभग दौड़ते हुए आई वह बाहर।

"तैने ई कहा करो ?"

"कहा करो है, मतलब ?" उलटा पूछा नसीब ख़ाँ ने ज़ैतूनी से।

"अभी तो ई और पूछ रो है के कहा करो है। तोहे कहा मतलब पड़ी अपणी जेब सू रुपिया परखाणा की ! अरे, असली धणी तो चुप्प बैठा हैं और बोहरा की पूँछ बण रो है तू !" तमतमाते हुए बोली ज़ैतूनी।

"बावली मत बण...जा तू भीतर जाके अपनो काम कर।"

"मोहे ना लगे है अच्छो तेरो ऐसो सहूर।"

पाँव पटकते हुए ज़ैतूनी वापस जाने लगी कि उसके कानों में फत्तू के ये शब्द पड़े, "काका, मोहल्लावाला भी कहा याद राखंगा के हाजी की हवेली में पड़पोता की मुसलमानी पे नसीब खाँ ने लड्डू बँटवाया हैं।"

जाते-जाते रुक गई ज़ैतूनी, "तो ढेड तैने चढ़ायो है ई बाँस पे।" इसके बाद नसीब ख़ाँ की ओर देखते हुए बोली, "हुँ लड्डू बँटवाया हैं, आयो पड़पोता को पड़दादो !"

किसी की समझ में नहीं आया कि दादी ज़ैतूनी ने यह अपने दो सौ रुपए के नुक़सान के बदले में कहा है, या इस हवेली में आए इस नए मेहमान की मुसलमानी होने की खुशी में कहा है ?

● ●

सवेरे से कई बार बुलावा आ चुका है हवेली से।

एक बार तो हीरा ने उसे डाँट भी दिया लेकिन वह कैसे बताए कि उसके पाँव

हवेली की तरफ़ जाने से क्यों मना कर रहे हैं ! बल्कि आज तो उसका जी कर रहा है कि घर का दरवाज़ा बन्द कर वह खूब रोए। इतना रोए कि फिर कभी ऐसे अवसरों पर उसकी आँखों के कोर तक न भीग पाएँ।

कितनी मिन्नतें माँगी, कितने ओझा-फ़कीरों से गंडा-ताबीज़ कराए। कितने साधु-महात्माओं से भभूत ली और कितनी बार इस खेड़ा देवत और अपने मियाँ बाबा से अरज की परन्तु कुछ असर नहीं हुआ। इतने दिनों बाद असर हुआ भी तो एक के बाद एक तीनों लड़कियाँ ही पैदा हुईं।

अब तो आशाओं के दीयों की लौ ही धीरे-धीरे मंदी पड़ती जा रही है। हीरा ने भी अब उससे पूछना लगभग बन्द कर दिया। ऐसे अवसरों पर चाहे वह किसी का कुआँ हो या अक़ीक़ा, नामकरण संस्कार हो या मुसलमानी, मन इतना उद्विग्न हो उठता है कि मन करता है कहीं अकेले में जी भरकर रोती रहे वह। अब तो यही सोचकर बत्तो कभी-कभी परेशान हो उठती है कि क्या धनसिंह की वंश-बेल यहीं आकर रुक जाएगी।

एक बार जुम्मी के मुँह से सुनी थीं उसने ये पंक्तियाँ—*सासू तानो देवे बहू आई बाँझ, सोचके मैं यूँई सूखूँ।* आज रह-रहकर ये पंक्तियाँ उसे न जाने क्यों याद आ रही हैं ?

अगले दिन ऐसे ही मिल गई ज़ैतूनी।

बिना किसी भूमिका के चढ़ बैठी बत्तो पर, "बत्तो, बहाण तू तो घणी बड़ी आदमन् होगी दीखे है !"

समझ गई बत्तो दादी ज़ैतूनी कब का उलाहना दे रही है, "ना काकी, ऐसी बात ना है। जी कुछ ठिकाणे ना हो।"

"क्यों, कोई महीना चढ़ रो है जो जी ठिकाणे ना हो ?"

"ना काकी, महीना-वहीना तो ना चढ़ रो है, बस ऐसेई।"

"तो फिर ठीक है, अभी तो घणाई मौका आंगा। दारी, हम भी कह देंगा के हमारो जी ठिकाणे ना है।"

"काकी, सच्ची बात तो ई है के..." आवाज़ भर्रा गई बत्तो की।

ज़ैतूनी को झटका-सा लगा।

"बत्तो, बेटी कहा बात है ?" सिर पर हाथ फेरते हुए पूछा ज़ैतूनी ने।

"मेरी हिम्मत ही ना पड़े है काकी अब ऐसी जिगह जाण की। मोपे ना देखो जावे है ई सबऽऽऽ।" बत्तो किसी रेह लगी जर्जर दीवार-सी भरभरा उठी।

"बत्तो, मैं समझ री हूँ तेरा दुःख ए, पर बेटी ये सब तो कुदरत का हाथ में हैं। हम माणस यामें कर भी कहा सके हैं।" ज़ैतूनी ने समझाने की कोशिश की बत्तो को।

"ना काकी, या बीरबानी की जात की बिना सपूत जने कोई कदर ही ना है।"

सारी तस्वीर एकदम साफ़ हो गई। बत्तो के न आने का कारण जान गई ज़ैतूनी लेकिन वह सिवाय ढाँढ़स बँधाने के कर भी क्या सकती है। देर तक चुप रहीं दोनों। एकाएक ज़ैतूनी को जैसे कुछ याद आ गया, "बत्तो, दारी सुणी है के तकिया में कोई

बहोत पहोंचो हुओ दरवेस आ रो है !"

"काकी, दरवेस कौन...वही है कल्लन फकीर।" ज़ैतूनी की सूचना की चमक फीकी करती हुई बोली बत्तो।

"क्यों, कल्लन ना हो सके है दरवेस ? मैंने तो सुणी है के खलकत की खलकत जारी है वाकी पै गंडा-ताबीज लेण।"

"जा री होएगी काकी। मैंने तो या दरवेस सू भी बड़ा-बड़ा साधु-महात्मा और पीर-फकीरन् के आगे माथा टेक लिया, पर मजाल है या कुई में कोई मीठा सोता तो फूट जाए।" लम्बा साँस लेते हुए कहा बत्तो ने।

"मेरी माने तो तू एक बर याके पै भी जाके देख ले...कहा पतो याही का जस सू तेरी गोद..."

"काकी, अब सारा जस बेकार हैं।"

"देख ले बेटी, हमने तो बूढ़ी-बूढ़ीन् के भी बालक होता देखा हैं। कहा पतो या कल्लण की दुआ सू ही छोरा हो जाए और फिर कह करे हैं के लग जाए तो खाक की और ना लगे तो कहा लाखन् की भी ना लगे। ई तो अपना-अपना अकीन की बात है। सुनी है के सारी रात असगरी पेट का दरद सू उलट-पुलट होती रही बताई। धैरे (सुबह) फत्तू वाहे कल्लन के पै लेके गयो तो एक ही चुटकी में घोड़ी-सी कूदती आई।"

●●

आशा-निराशा के एक नए आवृत्त में क़ैद कर चली गई ज़ैतूनी। खुद बत्तो को भी बेहद आश्चर्य हुआ यह सुनकर कि दादी ज़ैतूनी उसी कल्लन के पास जाने की सलाह दे रही है, जो उसकी नज़र में महज माँग-माँगकर खानेवाले फ़क़ीर से अधिक कुछ नहीं है। उसे याद आया जब मियाँ का बकरा किया था, तब दरूद पढ़ते हुए एक तीख़ी गन्ध का भभूका बत्तो के नथुनों से टकराया था। शायद भ्रम था उस समय उसका और ख़ुद को लानत-मलामत देते हुए खूब कोसा। लेकिन रात को जब सब बँगले में बैठे हुए थे तब यूँ ही बाहर आते-जाते अचानक उसकी निगाह लालचन्द पर पड़ गई थी। बत्तो को लगा उसके हाथ में कुछ है, क्या है इसी की पुष्टि करते हुए लालचन्द से पूछ बैठी वह।

"लालचन्द, कहाँ ले जारो है या कप ए...?"

"क...कप...कहाँ है कप ?" कप को पीछे छिपाते हुए उलटा उसी ने प्रश्न किया बत्तो से।

"ना, मोहे कुछ ऐसो ही लगो जैसे तेरे हाथ में कुछ है।"

इतना कहकर बत्तो आगे बढ़ गई परन्तु अपनी आँखों पर उसे कुछ शक-सा हुआ। बढ़ते हुए कदम ठिठक गए। लगा जैसे लालचन्द ने उससे झूठ बोला है, यह और कोई नहीं उसके हाव-भाव ही बता रहे थे। वापस हो ली बत्तो और दबे कदमों से अँधेरे में उसी गुम साए के पीछे हो ली, जिसने उससे कुछ देर पहले झूठ बोला था।

कानों से टकराई फुसफुसाहट से वह सतर्क हो गई। थोड़ी और आगे बढ़ी तो सुना

लालचन्द किसी को कह रहा है, "यार, अब मत मँगइयो !"

"ठीक है।"

इसके बाद लगा जैसे किसी के हलक़ में कुछ उतर रहा है। एक तीखी गन्ध पूरी फ़िज़ा में घुलती चली गई।

"कौ...कौन ?" अपने से दूर अँधेरे में खड़े साये को देखकर पूछा लालचन्द ने।

"अच्छोऽऽऽ तो अँधेरा में या भैंरो बाबा पे चढ़ावा चढ़ रो है।"

"भावज, तो...तोहे मेरी सौं काई सू कहियो मत।" कल्लन रिरियाते हुए बोला।

"मोहे कहा जरूरत पड़ी काई सू कहणा की...।"

इतना कहकर बत्तो लौटने लगी कि कल्लन ने लपककर उसके पाँव पकड़ लिए। गिरते-गिरते बची बत्तो।

"भावज, पहले सौं खा अपणा मियाँ बाबा की के काई सू..."

"निपूता पहले पाँव तो छोड़ !" अपने पाँवों को कल्लन से छुड़ाते हुए बोली बत्तो।

"ना भावज, पहले सौं खा।"

"ले, मियाँ बाबा की सौं...अब तो छोड़ दे मेरा पावन्ने !"

"अल्लाताला तिहारी कमेर में बरकत करे...तम रोज ही मियाँ बाबा को बकरा करो और मैं...धनसिंऽऽऽह, अन्यायी कहा टोटो पड़गोऽऽऽ.." कहते-कहते एक ओर लुढ़क गया कल्लन।

पता नहीं कब तक और क्या-क्या बड़बड़ाता रहा कल्लन। बत्तो अपने जिस काम से घर से बाहर निकली थी, उसके लिए आगे बढ़ गई।

तो क्या इसी कल्लन फ़क़ीर यानी कल्लन दरवेश के पास जाने के लिए लोगों का ताँता लगा हुआ है ? बत्तो नहीं कर पाई तय कि वह इस दरवेश के पास जाए या नहीं ? बत्तो एक ऐसे द्वन्द्व से घिरती चली गई जिसमें से वह जब-जब निकलने का प्रयास करती, तब-तब उसे अपने कानों में दादी ज़ैतूनी का यह वाक्य खदबदाता हुआ सुनाई देता कि लग जाए तो ख़ाक की और ना लगे तो लाख की। यह तो अपने-अपने यक़ीन और श्रद्धा की बात है।

● ●

सोनदेई और पारो को तकिया की ओर जाता देख बत्तो को समझते हुए देर नहीं लगी कि वे दोनों कहाँ जा रही हैं। एक बार तो उसके मन में आया भी कि वह इन्हें बता दे कि जिस दरवेश के पास ये जा रही हैं, उसकी असलियत क्या है, किन्तु न जाने क्या सोचकर चुप लगा गई। फिर भी टोक दिया उसने उन्हें।

"सोनदेई, कहाँ चल दी दोनूँ ?"

"बहना, तू तो ऐसे पूछ री है जैसे तोहे पतोई ना है...और कहाँ जा री हैं वहीं जा री है जहाँ सारो गाँओ जा रो है।"

समझ गई बत्तो सोनदेई के लहजे से कि उसे इस तरह उसका राह चलते टोकना

अच्छा नहीं लगा।

"बत्तो, तू भी माँग ले या दरवेस सू कुछ।" सेन चलाते हुए कौंचा पारो ने।

"ना दारी, मोहे कुछ काम है।" झूठ बोलते हुए जवाब दिया बत्तो ने।

"ठीक है, जब फुरसत मिले हो अइयो।" इतना कहते हुए पारो सोनदेई के पीछे-पीछे तेज़ी-से बढ़ गई।

बत्तो एक बार फिर किसी उलझे हुए जाल में जा गिरी। इस बार वह भी नहीं रोक पाई अपने आपको।

एक थाली में सेरभर आटा, पावभर के करीब दाल और कटोरी में सौ एक ग्राम सरसों का तेल डाल चल पड़ी तकिया की ओर। दूर से ही दिखाई दे गई बेर की झाड़ियों और पुराने पेड़ों से आच्छादित तकिए के बीच बनी कल्लन दरवेश की झोंपड़ी। यही है इस दरवेश का स्थान। सोनदेई और पारो उसे वापस आती हुई मिल गईं तकिया के बाहर।

"हमने जब कही तब तो काम पड़गो...।" पारो ने अपने बराबर में आते ही कहा बत्तो से।

"समझे कर दारी, कुछ चीज इकंत में ही माँगी जावे हैं...क्यों बत्तो ?" बत्तो की आँखों में उतरते हुए पूछा सोनदेई ने।

"ना सोनदेई, ई बात ना है। सोची के जब सारो गाँओ जा रो है तो मैं भी कर आऊँ या दरवेस का दरसन।"

"ठीक है चली जा, वैसे भी भीड़-वीड़ ना है।" बत्तो को सूचना देती हुई सोनदेई और पारो आगे बढ़ गईं।

●●

झोंपड़ी के बाहर ही ठिठक गए बत्तो के पाँव। अन्दर चल रहे वार्तालाप के अस्फुट शब्दों को सुन बत्तो ने अंदाज़ा लगा लिया कि सचमुच अन्दर ज़्यादा श्रद्धालु नहीं हैं लेकिन कितने हैं, कहना मुश्किल है।

इस बीच अन्दर से एक बार फिर जो शब्द उसके कानों में पड़े, वे उसे काफ़ी चिर-परिचित से लगे। बत्तो ने कानों को पुआल की पतली दीवार से सटा लिया।

"यार कल्लन, हम कल सू तेरा नहौरा खा रा हैं पर तू एक भी नम्बर बताके राजी ना है।"

इसका मतलब है अन्दर लालचन्द है ?

"अन्यायी, कम-सू-कम आज तो बता दे !"

बत्तो ने इस आवाज़ को भी पहचान लिया। इसका अर्थ है अन्दर दीन मोहम्मद भी है। मगर ये दोनों कौन-से नम्बरों की बात कर रहे हैं ? सुना है कल्लन तो नक्कस और भभूत देता है, फिर ये नम्बर-वम्बर...। नहीं समझ में आया बत्तो के यह खटराग।

"यार लालचन्द, रोज तो बता रो हूँ अब ना लग रा हैं तो मेरे कहा करूँ। मेरे

यार, ई तो सट्टा है लग जाएँ तो सारा नम्बर लग जाएँ और ना लगे तो एक भी ना लगे।'' कल्लन दरवेश ने सीधे-सीधे अपना पिंड छुड़ाते हुए कहा।

''तो फिर तेरो दरवेस होणा को कहा फायदो हुओ ! अन्यायी, तेरे पै आके हमन्ने कहा घंटा मिलो !'' दीन मोहम्मद उखड़ते हुए बोला।

''ठीक है, आज ये दो नम्बर और ले जाओ। कम-सू-कम एक तो मेरा अंदाजा सू लगणो ही चहिए।''

''अंदाजा-वंदाजा ना, ठीक-ठीक बता। दरवेस भी अंदाजा सू बतान् लगा तो होगो काम।'' लालचन्द एकदम तसल्ली करते हुए बोला।

''मेरे यार, जो भी है ले जाओ...जल्दी करो, नहीं कोई आ जाएगो।'' दरवेश उन्हें जल्दी से जल्दी झोंपड़ी से टालने की कोशिश करते हुए झल्लाया।

''अच्छो भई दरवेस बाबा, हमारे ऊपर ऐसी ही मेहरबानी रखियो।'' लालचन्द ने हँसते हुए कहा।

''चल यार लालचन्द, जल्दी कर, काई ने झोंपड़ी में सू निकलता हुआ देख लिया तो बेमतलब मारा जांगा।'' दीन मोहम्मद ने यह कहते हुए लालचन्द का हाथ पकड़ा और लगभग खींचते हुए उसे झोंपड़ी से बाहर ले आया।

बत्तो ने पूरी चपलता के साथ अपने आपको झोंपड़ी की आड़ में किया और जब देखा कि वे दोनों काफ़ी दूर निकल गए हैं, तो उसने फिर से यह सोचना शुरू किया कि वह इस दरवेश के पास अन्दर जाए या यहीं से लौट जाए। बत्तो कल्लन के इस रूप को देखकर उसके प्रति एक वितृष्णा, विरक्ति और किसी हद तक एक घृणा से भर उठी। लौटने का निश्चय किया तो दादी ज़ैतूनी के शब्दों ने उसका रास्ता रोक लिया। अन्ततः कदम अपने आप झोंपड़ी के दरवाज़े की ओर बढ़ गए यह सोचते हुए कि यहाँ तक आने के बाद बिना दरवेश के दर्शन किए वापस लौटना किसी तरह की समझदारी नहीं है।

बत्तो को सामने खड़ा देख कल्लन के चेहरे पर जैसे हवाइयाँ उड़ने लगीं।

''भा...भावज, तू भी चली आई !'' अपने आपको सँभाल, एक विद्रूप मुस्कुराहट बिखेरते हुए कहा कल्लन ने।

''हाँ बाबा।'' पैरों को छूते हुए सीधे से भरी थाली बत्तो ने उसके सामने रखते हुए अरज की, ''बाबा, मेरी या झोली में या कुल को बस एक चिराग गेर दे !'' आँखों से कातरता टपकने लगी बत्तो के।

''या दुनिया के साथ तू भी बावली हो री है भावज...ऊ भी जब, जब तोहे सब कुछ पतो है।'' सुलफ़े में जम गई तम्बाकू की पपड़ी को खुरचते हुए बोला कल्लन।

''झूठी ही सही, या धूनी में सू एक चुटकी राख गेर दे मेरी झोली में...चाहे कोरा कागद को बणाके दे दे कोई नक्कस।'' इस बार कल्लन के पाँवों में लेट गई बत्तो।

''भावज, कुछ ना है मेरे पै। ई दुनिया तो बेमतलब बौराई डोल री है और फिर तोसू कुछ छिपो थोड़ेई है।''

अवाक बत्तो कि इसे कैसे पता चला कि मैं इनकी बातें सुन रही थी। श्रद्धा और आस्था से ओतप्रोत बत्तो सचमुच जैसे बौरा गई, "ना दरवेस बाबा, आज मैं खाली हाथ ना जाऊँगी। जैसे तू औरन्ने आसीस दे रो है, या दुखियारी ए भी दे दे। जैसे तू सारा गाँओ ए नक्कस दे रो है एक मोहे भी दे दे !"

"मैं कैसे समझाऊँ तोहे के या ढोंगी के पै कुछ भी ना है...अरे, किसको दरवेस और कैसो दरवेस। सब अपना-अपना मतलब सू आ रा है। काई ए अपना सट्टा को नम्बर चहिए तो काई ए अपना घर में गड़ी दौलत चहिए।" धीरे-धीरे कल्लन अब अपना संयम खोने लगा।

"मोहे ना चहिए इनमें सू कुछ। बाबा, मैं तो बस एक चुटकी भभूत माँग री हूँ या धूनी में सू। मैंने सुनी है के तेरी या धूनी में पड़ी अंगारी पे कोरो कागद धरते ही हरप उग आवे हैं...ई कोई कम बड़ो चमत्कार है बाबा ?"

"भावज, ई कोई चमत्कार ना है। सब इन आँखन् को धोखो है। अगर अकीन ना है तो ले, तू अपनी आँखन् सू देख ले।" इतना कहकर चारपाई के नीचे रखी एक कटोरी में पड़े द्रव्य में कलम की नोंक डुबोते हुए कोरे काग़ज़ पर वह कुछ लिखने लगा। थोड़ी देर रुककर उसी काग़ज़ को बत्तो को दिखाते हुए बोला, "भावज, ध्यान सू देख या कागद पे कुछ लिखो हुओ दिखाई दे रो है ?"

बत्तो ने ग़ौर से उलट-पुलटकर देखा किन्तु उसे कुछ भी दिखाई नहीं दिया उस कोरे काग़ज़ पर। कल्लन ने फिर उसके छोटे-छोटे टुकड़े किए और उनमें से एक टुकड़ा हल्की आँच पर रख दिया। बत्तो ने देखा कि जिस काग़ज़ पर उसे कुछ नहीं दिखाई दिया था, वही आँच की तपिस से जैसे-जैसे बादामी होता गया, उस पर वैसे-वैसे शब्द दिखाई देने लगे।

अभिभूत बत्तो काग़ज़ के उस अधजले टुकड़े को देखकर आवेग के साथ लगभग चीख़ती हुई बोली, "धन्य है बाबा, यही तो तेरो करिस्मा है।"

"काँई को करिस्मा, बौरा गी है तू !" ज़ोर-से डाँटते हुए बोला कल्लन। कुछ क्षण रुककर फिर शान्त भाव से बोला, "भावज, ई सब हाथ की सफाई है।"

"तो फिर धूनी में धरते ही या कागद पे ये हरप...?"

"सब तेरी आँखन् के आगे ही तो करो हो, फिर भी ई पूछ री है के ये हरप।"

"मैं कुछ समझी ना।" अवाक बत्तो देखती रही तेल से तर दाढ़ी से ढके कल्लन के चेहरे की ओर।

"या कटोरी में आक को दूध है और याही दूध सू मैंने तेरी आँखन् के आगे ये हरप लिखा हा, जो आँच पे धरते ही याकी तपस सू उकर आया हैं। बस्स, यही बिद्या है मेरे पै जासू पूरा गाँओ ए लूट-लूटके खा रो हूँ। अब तो होगो अकीन या दरवेस पे !" व्यंग्य से पूछा कल्लन ने।

बत्तो ने कुछ नहीं कहा। थाली से सामान दूसरे बर्तन में डालने के बाद वह बोझिल कदमों से बाहर आ गई झोंपड़ी से। तभी पीछे से टोका कल्लन ने, "भावज, अब तू

या दुपहरी में इतनी दूर चलके आई है तो कैसे तेरा दिल ए तोड़ूँ। ले, झोली फैला ! कम-सू-कम एक चुटकी भभूत तो लेती जा या धूणी में सू। जब तोहे या दरवेस पे इतनो अकीन है, तो तोहे कैसे भेजूँ खाली हाथ।''

बत्तो ने आँख मूँदते हुए फैला दी झोली दरवेश के सामने। कल्लन ने धूनी से चुटकी भर राख ली और होंठों ही होंठों में न जाने क्या बुदबुदाते हुए बत्तो की झोली में डाल दी।

''जा भावज, हो सके ई राख ही अपणो कोई करिसूमा दिखा देए...पर हाथ जोड़ा सू एक अरज है मेरी के या कागद वाली बात ए काई सू कहियो मत। जब तलक या गरीब फकीर को धंधो-पाणी चल रो है, याहे चलण दीजो। वैसे भी भावज, दो-चार दिनाँ में मैं अपने आप ही या टंडीरा ए समेटके चलतो बणूँगो।''

बत्तो की जीभ तालू से चिपक गई और आँखें भर आईं। लौटने से पहले एक बार फिर वह कल्लन के पाँवों की ओर झुकी कि कल्लन ने एक झटके-से अपने पाँव पीछे कर लिए।

झोंपड़ी से दूर होती बत्तो को कल्लन देर तक देखता रहा। देखता रहा उन थके हुए क़दमों को जिनसे आस्था और श्रद्धा की धूल रह-रहकर चुहलबाजी कर रही है।

''हुँ, बावली कहीं की, या ढोंगी के पै आई है।'' इतना कहते हुए वह वापस झोंपड़ी में मुड़ा और दरवाज़े के नाम पर टाट के परदे को ढाल दिया। शिखर दोपहरी में सूनी झोंपड़ी की पुआल की दीवारों के अन्दर कल्लन फ़क़ीर यानी कल्लन दरवेश के स्वर गूँजने लगे—

बस्ती तजी अबादी छोड़ी, जंगल में डेरा दीनो
तहमद तज गला में कफनी, हाल फकीरी कर लीनो
सकल सराय मुसाफिर पंछी, बासो एक पहर को
सुमरन कर ले बंदा हर को।

इक्कीस

शकीला ने बहुत समझाया जुम्मी और जमीला को कि मुबारक अली की उम्र ही क्या है। वैसे भी अभी इसकी उम्र पढ़ने-लिखने की है। इसलिए इतनी जल्दी क्या है, इसके निकाह की ? अगर पढ़ाई पूरी करने के बाद इसे कहीं मुलाज़िमत मिल जाती है तो रिश्तों की क़तार लग जाएगी। परन्तु शकीला की सलाह पर किसी ने कान नहीं धरे। सबसे ज़्यादा हैरानी तो उसे यह देखकर हुई कि युनुस जैसा पढ़ा-लिखा आदमी भी उसके समर्थन में नहीं आया। बल्कि उसने तो शकीला को डाँटते हुए ज़ैतूनी से कह भी दिया, ''बूढ़ी माँ, या हवेली का मालिक हम हैं या ई है ! मैंने भी तो निकाह पीछे ही करी

अपणी सारी पढ़ाई।''

''सकीला, युनुस सही कह रो है। भलो, पढ़ाई को बिहा सू कहा मेल।'' दादी ज़ैतूनी ने युनुस का समर्थन किया।

''अम्माँ, ज़माना बहुत बदल चुका है वैसे भी तीन-चार साल ही की तो बात है और फिर मैंने सुना है कि लड़की भी पढ़ी-लिखी नहीं है।''

''पढ़ी-लिखी सू कौन-सी हमने थाणेदारी करानी है। घर को ही तो काम-धन्धो कराणो है।'' जमीला ने शकीला के तर्क से असहमति जताते हुए कहा।

''या .खुदा कैसे समझाऊँ मैं आप लोगों को।''

''हमन्ने ना है जरूरत समझणा की। अपनी समझ ए अपणे पै धरी राख।'' जमीला ने दोटूक मना कर दिया।

''सकीला, ऐसा घर किस्मत सू ही मिले हैं। छोरी को बाप पटवारी है और दो भाई सिरकारी मुलाजम हैं। सुनी है के तीनूँ बाप-बेटान् की ऊपर की कमेर इतनी है के तनखा तो उनकी सूखीसट्ट बच जावे है।''

''और लेन-देण भी सुनी है के तगड़ो ही होएगो।'' अपनी सास जुम्मी के वाक्य को और वज़नी बनाते हुए जमीला की आँखें चमक उठीं।

शकीला की समझ में अब आया जब बड़ी आपा जुम्मी और मुबारक अली की माँ जमीला ने असली बात बताई। फिर भी वह हैरान होते हुए बोली, ''अजीब है, जिस बेटी का बाप पटवारी हो, दो-दो भाई मुलाज़िम हों, उस घर की बेटी अनपढ़ हो, बड़ी हैरानी की बात है !''

''कौन कह रो है के छोरी अनपढ़ है ? हमने तो सुणी है के ऊ चार जमात पढ़ी है। सारी कुरान ए पढ़ लेवे है। घर का सारा हिसाब-किताब ए लगा लेवे है। बीजणा-चँगेरी तो बहोत सुथरी बणाती बताई...और तो और एकाध कपड़ा-लत्ता भी सीं लेवे है और तू कह री है के छोरी अनपढ़ है !'' जमीला ने अपनी होनेवाली बहू के गुणों की पूरी फ़ेहरिस्त बाँच दी शकीला के आगे।

''बड़ी आपा, दो-चार जमात पढ़े हुए को आप पढ़ा-लिखा और कुरान की तिलावत करने को आप पढ़ाई-लिखाई का हिस्सा मानती हैं। जमीला, कुरान की तिलावत करना हमारी मज़हबी ज़रूरत है। इसको पढ़ना-लिखना नहीं कहा जाता।'' शकीला का चेहरा आवेश में ताँबई होता चला गया।

''अरी, याके मुँ काँई लू लगो हो। चलो, चार दिन की मुसल्ली ऐसेई अल्ला-अल्ला करे है। दो हरप कहा पढ़गी हमन्ने समझा री है पढ़ाई-लिखाई को मतलब !'' युनुस जुम्मी और जमीला को लेकर चला गया दादी ज़ैतूनी के पास से।

देखती रह गई शकीला। दादी ज़ैतूनी ने भी कुछ नहीं कहा। बड़े-बड़े पत्थरों से चिनी हवेली की दीवारों को ताकती रही बस।

पहली बार शकीला को इस हवेली में दम घुटता-सा महसूस होने लगा। इतनी दुःखी तो वह तब भी नहीं हुई थी जब इस हवेली ने उसके मुसलमान होने पर शक किया था। इतनी बेचैन तो वह उस दिन भी नहीं हुई थी जिस दिन वह अपनी उन साड़ियों को, इनकी नज़र से बचाते हुए कौशल्या और रामरती के लिए कन्यादानस्वरूप दे आई थी। वह तो इनकी अज्ञानता थी लेकिन शकीला युनुस की इस सोच को क्या कहे ?

हर बार की तरह उसे सूझा तो बस एक ही रास्ता, और वह है दादी ज़ैतूनी। वहाँ पहुँची तो देखा पहले से छोटी आपा मजीदन बैठी हुई है। मजीदन के सामने उसने इस विषय को छेड़ना उचित नहीं समझा। वह देर तक बैठी रही ज़ैतूनी के पास और इन्तज़ार करती रही कि कब छोटी आपा उठकर जाए और कब वह अपनी बात कहे, परन्तु मजीदन ने तो जैसे न जाने की क़सम ही खा ली। बैठे-बैठे बेचैनी होने लगी शकीला को।

यह तो अच्छा हुआ जो दादी ज़ैतूनी ने ही पूछ लिया, ''काम-धन्धा निबड़गो दीखे है ?''

''अम्माँ, कैसा काम। वही कपड़े धोना, खाना बनाना, साफ़-सफ़ाई करना यही काम है।''

''सही कह री है सकीला, पढ़ी-लिखी को कहा लेनो-देणो या जमींदारा सू। बस, नहा-धोके सारे दिन सोती रहो पंखा के नीचे।''

मजीदन के इस व्यंग्य पर शकीला भीतर तक तिलमिलाकर रह गई।

''छोटी आपा, यही क्या कम है कि मज़े से सोती रहो।'' शकीला ने जानबूझकर कोंचा मजीदन को।

''बिना पढ़ी-लिखी की भी कोई जिन्दगानी है। धैरे-धैरे (सुबह-सुबह) मुँह अँधेरे उठ के लग जाओ और रात तलक पिसती रहो कोल्हू का बैल-सी।'' लम्बी साँस लेते हुए कहा दादी ज़ैतूनी ने।

''वैसे एक बात पूछूँ अम्माँ ?'' शकीला ने दादी ज़ैतूनी के मर्म को जैसे पकड़ लिया।

''हाँ पूछ।''

''जिनके यहाँ खेतीबाड़ी होती है वहाँ पढ़ी-लिखी औरतों की तो ज़रूरत ही नहीं होती होगी ?''

नहीं समझ पाईं दोनों में से शकीला की इस उलटबाँसी को।

''अम्माँ, मुझे लगता है कि ऐसे घरों में क्या मतलब है पढ़ी-लिखी औरतों का।''

ज़ैतूनी ने ग़ौर से देखा शकीला को।

''तेरो मतलब कहा है ऐसी बातन् सू ?'' ज़ैतूनी झुँझला गई इस बार।

''मतलब है अम्माँ। मुझे एक बात बताओ मुबारक अली का इतनी जल्दी निकाह करना आपकी नज़र में जायज़ है ?''

''कहा बुराई है यामें ?'' दादी ज़ैतूनी के बजाय तमतमाते हुए मजीदन ने पूछा

उलटा।

"आपा, अभी उसकी उम्र ही क्या है और वैसे भी वह दसवीं में ही है। पढ़-लिखकर उसे कुछ बनने तो दो पहले।"

"सकीला, अच्छो है आदमी को जितनी जल्दी इन झंझटन् सू पीछो छूट जाए।"

"बिहा अब कर लेंगा और चाला जब कर लेंगा जब मुबारक अपणी पढ़ाई-लिखाई पूरी कर लेएगो।" मजीदन के पास जैसे सारे सवालों के पहले से जवाब मौजूद थे।

"मगर छोटी आपा निकाह भी तभी क्यों ना किया जाए।"

"तू ना समझेगी ! ऐसो तगड़ो रिस्तो रोज-रोज ना आवे है दहली पे।" मजीदन ने आख़िर सभी सवालों का एक जवाब दे दिया।

"ऐसा लगता है छोटी आपा जैसे शादी-ब्याह आपके यहाँ सिर्फ़ एक बोझ है जिसे जितनी जल्दी हो करके फ़ारिग होओ।" शकीला भूल गई कि जो कुछ वह कह रही है उसका जवाब कितना कड़वा हो सकता है।

"बोझ ना है तो फिर तेरा माँ-बाप ने तू कैसे ताड़ दी या बूढ़ा के साथ।"

"मजीदन, तू चुप कर !" मजीदन को डाँटते हुए बोली दादी ज़ैतूनी।

"माई, अब देण दे याहे जुआब। अब कैसे होगी ई चुप।"

"आपा, आप क्यों मेरे इस घाव को कुरेद रही हैं...हमारे तो हालात ही ऐसे थे कि..."

"बस, यही समझ ले के सबका हालात ही ऐसा हैं।" मजीदन उफन आए दूध की तरह फिर से शान्त होते हुए बोली।

चली आई शकीला। बल्कि जो घाव धीरे-धीरे भर रहा था वह फिर से हरा हो उठा। नाहक ही शकीला ने सूखी ज़मीन समझ दलदल में पैर रख दिया।

शकीला की सलाह न तो किसी ने मानी और न ही किसी को माननी थी। यानी जितनी तत्परता सगाई में दिखाई गई, उससे कहीं ज़्यादा तत्परता निकाह में दिखाई थी। कह सकते हैं कि चट मँगनी और पट बिहा की नीति पर अमल किया गया। हाँ, उसकी एक सलाह ज़रूर मान ली गई कि जिन दिनों मुबारक अली के निकाह की बात चल रही थी उन दिनों मोहर्रम था। शकीला ने डरते-डरते दिया था यह सुझाव, "अम्माँ, मोहर्रम के दिनों में शादी-ब्याह की बात करना भी गुनाह होता है। अगर कुछ करना है तो मोहर्रम के बाद ही सोचिएगा।"

बेहद शर्मिन्दगी उठानी पड़ी थी पूरी हवेली को कि इस ओर तो उनका ध्यान ही नहीं गया। यदि नहीं गया तो क्यों नहीं गया ? आख़िर ये कैसे मेव, नहीं-नहीं मुसलमान हुए कि जहाँ मातम मनाना चाहिए, वहाँ ये शादी-विवाह की बात कर रहे हैं...छिः !

परिणामस्वरूप हुआ यह कि मुबारक अली की ज़िन्दगी का तो भट्ठा बैठ ही गया, मैट्रिक की परीक्षा में भी वह फेल हो गया। लेकिन उसकी इस असफलता का संताप निकाह

में मिले दहेज ने धो दिया। सच पूछा जाए तो शकीला ने इसकी कल्पना नहीं की थी कि दहेज में मुबारक अली को इस तरह पाट दिया जाएगा। उसकी समझ में अब आ रहा है उन सूक्तियों का अर्थ जिनके आगे उसकी कोई सुनने को तैयार नहीं था। हवेली के चौक में दूर-दूर तक फैला सामान शकीला और उसकी नसीहत का जैसे मखौल उड़ा रहा है। एक तरफ़ खड़ी नई मोटर साइकिल जैसे उसे रह-रहकर घूर रही है।

शिख से पाँव तक ज़ेवरों से लदी दुल्हन को देखकर शकीला अपने आपमें एक अपराध-बोध से सिमटती चली गई। लगा जैसे उसके भीतर हल्के-हल्के कुछ बिखर रहा है। ग़लत नहीं कहा था मजीदन ने कि अगर बोझ नहीं थी तब क्यों इस उम्रदराज़ दीन मोहम्मद के साथ उसे मूक पशु की तरह चलता कर दिया ? हालाँकि जब-जब वह इस तेरह-चौदह वर्षीया नई-नवेली दुल्हन को देखती, तब उसे हँसी भी आती अपने आप पर।

पहली बार मुँहदिखाई के समय पहला संवाद था उसका इसके साथ, ''आपका नाम क्या है दुल्हनिया ?''

अचकचा गई दुल्हन इस मेवात में इस क़दर नफ़ीस अंदाज़ में पूछे गए इस सवाल पर। बमुश्किल टूटे हिज्जों में दे पाई वह जवाब, ''स...सगुफ्ता !''

''सगुफ्ता नहीं, शगुफ़्ता। शगुफ़्ता का मतलब पता है यानी जो हर वक़्त खुश रहे...खिला रहे...हँसता रहे !''

दुल्हन ने ग़ौर से झाँका इस अपरिचिता की आँखों में।

''सकीला, तू तो याहे पढ़ाण बैठगी। ना तैने याहे अपणा बारा में कुछ बतायो और ना ही याका बारा में कुछ पूछो !'' मजीदन ने टोकते हुए कहा शकीला से।

''शगुफ़्ता, मैं आपकी ददिया सास हूँ।'' 'ददिया' शब्द पर ज़ोर देते हुए बताया शकीला ने।

''वैसी ना, जैसी होए करे हैं। बस समझ ले के ई तेरी ददिया सास है।'' एक विद्रूप और कुटिल मुस्कान बिखरते हुए शकीला का बाकी का परिचय हसीना ने दिया।

नहीं रुका गया शकीला से इसके बाद वहाँ। उसी समय उठकर चली गई वह।

शकीला के जाते ही पूरा कमरा ठहाके से गूँज उठा। रमज़ानो, ज़रीना और हसीना तो हँसते-हँसते लोटपोट हो गईं।

''जमीला देखी, कैसी पढ़ा री ही हमारी सास तेरी बहू ए के सगुफ्ता को मतलब है जो हर बखत हँसती रहे, खुस्स रहे...।''

''और जो खुद को मुँ हर बखत फूलो रहवे है, वाकी ना कह री ही।'' ज़रीना की बात को बीच में काटते हुए हसीना ने सचमुच मुँह फुलाते हुए कहा।

''और तो और निगोड़ी, ददिया सास तो ऐसे बता री ही जैसे यही हमारी असली सास होए।'' ज़रीना ने परोक्ष रूप से वह सब कह दिया जो क़ायदे से उसे यहाँ नहीं कहना चाहिए था।

कुछ समझ में नहीं आया इस नए मेहमान शगुफ़्ता के। ये कटाक्ष यदि शकीला

को लेकर किए जा रहे थे तो ये उसे एकदम अच्छे नहीं लगे। हालाँकि यह पहेली अभी भी उसकी समझ से बाहर है कि जिसकी उम्र अपनी ही बहुओं के बराबर हो, वह कैसे उनकी सास और उसकी ददिया सास हो सकती है ? इस हवेली की अभी ऐसी बहुत-सी बातों और रहस्यों से उसे रू-ब-रू होना है। वैसे भी इनसे परिचित होने की अभी उसे कौन-सी जल्दी है।

"सगुफ्ता, तेरी ई ददिया सास कुछ मुँदिखाई में देके भी गई है या ना ?" व्यंग्य करते हुए पूछा हसीना ने।

"देके तो जब जाती, जब तम वाहे देण देती। हर बखत वाहे कोंचती रहो हो।" अन्दर आते हुए डाँटा जुम्मी ने।

"माई, हमने कोई अपनी सास को हाथ पकड़ राखो है !" ज़रीना ने तुनकते हुए कहा।

"वैसे जुम्मी, इन बहुअन् की जुबान पे तो बिल्कुल भी लगाम ना है। ना टैम ए देखे हैं, ना बखत ए देखे हैं। बस, जो मुँ में आए भूँसती रहवे हैं।" मजीदन ने गुस्से से कहा।

"माई, तू तो ऐसे कह री है जैसे..."

"चुप कर छिनाल, असल बीज की बोवा तो तूई है ! तैने या हवेली की सारी बहू बिगाड़ के धर दी। ई तो बखत ही बुरो हो या सकीला को नहीं तिहारी जैसीन्ने ई अपनी बाँदी बणाके भी ना रखती।" हसीना का सलीके से पानी उतार दिया मजीदन ने। आँखों से जैसे चिंगारियाँ फूटने लगीं।

"वैसे हसीना, इतनी बदी अच्छी ना रहवे है। नाता में ई रहेगी तो तिहारी सास ही, चाहे ई वैसी होए या ऐसी होए।" जुम्मी ने बेहद साफ़गोई से कहा।

यह पहला अवसर था जब जुम्मी और मजीदन ने शकीला का खुलकर पक्ष लिया था और ज़रीना तथा हसीना को जमकर लताड़ा था। हसीना के मुँह से एक शब्द नहीं फूटा। उठना मुश्किल हो गया उसका। बस, वह रोई नहीं यही ग़नीमत थी।

जुम्मी को लगा कि हसीना से कुछ ज़्यादा ही कह दिया है, उन दोनों दौर-जिठानी ने। वह धीरे-से हसीना के पास गई और उसके सिर पर हाथ फेरते हुए समझाने लगी, "हसीना, बेटी हम कोई तेरा दुसमन ना हैं। तू अच्छी-खासी स्याणी है, समझदार है। ऐसी बात अब तमन्ने सोभा ना देए है। अब बता या नई बहू पे तिहारो और या हवेली को कहा असर पड़ो होएगो। बेटी, थोड़ो समझदारी सू काम लेओ !"

पता नहीं हसीना सहित वहाँ उपस्थित ज़रीना, रमज़ानो, ज़ीनत, मोहसिना, ज़ुबैदा और जमीला पर क्या असर हुआ, कहना मुश्किल है। किन्तु इस दख़ल का यह असर ज़रूर हुआ कि थोड़ी देर पहले जो तनाव मौजूद था वह कपूर की भाँति उड़ गया।

"जरीना, जा अपनी सास सकीला ए बुला ला ?"

मजीदन शायद यह जाँचना चाहती थी कि उसकी जेठानी जुम्मी के कहे का कुछ असर भी हुआ है या नहीं।

"और हाँ, अपनी बूढ़ी माँ ए भी लिवा लइयो साथ।" जुम्मी ने पीछे से टोकते हुए निर्देश दिया ज़रीना को।

थोड़ी देर बाद दादी ज़ैतूनी और शकीला दोनों चली आईं ज़रीना के साथ। यह संयोग ही था कि उस समय दुल्हन के पास सिवाय हवेली के और कोई नहीं थी। मजीदन ने रहे-सहे विषाद के बादलों को यह कहते हुए छाँट दिया, "सकीला, बहाण मुँदिखाई ना करणो है ?"

"आपा, मैं तो पहले ही देख चुकी हूँ दुल्हनिया का मुँह।"

"देख चुकी हूँ ?" जुम्मी ने जानबूझकर हैरान होते हुए अनभिज्ञ होने की मुद्रा अपनाई।

"हाँ बड़ी आपा, काफ़ी देर पहले देख चुकी हूँ।"

"बेटी सगुफ्ता, तेरी ई ददिया सास ठीक कह री है ?" इस बार दादी ज़ैतूनी ने दुल्हन से पूछा।

अन्ततः इस प्रश्नोत्तरी को समाप्त शकीला ने ही किया, यह कहते हुए, "अम्माँ, आप चाहती हैं तो मैं फिर से पूरी कर लेती हूँ मुँहदिखाई की रस्म।"

"और, असल मुँदिखाई तो अब होएगो।" हुलसते हुए कहा दादी ज़ैतूनी ने।

सचमुच फिर से हुई दुल्हन की मुँहदिखाई। शकीला ने पहले कसे हुए उरोजों के बीच फँसे हुए पर्स को निकाला। फिर उसमें से एक पचास और एक एक रुपए का नोट निकालने के बाद, सबसे अन्त में उसमें से एक सुर्ख़ लाल रंग की डिबिया निकालकर शगुफ़्ता के हाथ में रखते हुए बोली, "जैसे आज मुस्कुरा रही हो, ताउम्र ऐसे ही मुस्कुराते रहना।"

दुल्हन के चारों ओर बने आवृत्त में ऐसी ख़ामोशी व्याप गई कि आपस में एक-दूसरे को देखने की हिम्मत तक टूट गई।

"सगुफ्ता, बेटी या डिबिया ए सबके आगे खोलके तो दिखा के तेरी या छिनाल ददिया सास ने मुँदिखाई में आखिर दियो कहा है ?" दादी ज़ैतूनी की आँखों में गर्व के क़तरे झिलमिलाने लगे। उसने शकीला पर व्यंग्य के बहाने उन सभी बहुओं को सुनाते हुए ऐसे देखा, जैसे कह रही हो कि यदि थोड़ी-बहुत हया बची है तो चुल्लू में पानी लेकर उसे नाक से छुआ ही लो।

रमज़ानो, ज़रीना और हसीना के काटो तो ख़ून नहीं।

शगुफ़्ता ने धीरे-से खोली डिबिया। डिबिया खुलते ही कइयों का तो थूक ही हलक़ में अटक गया। दादी ज़ैतूनी ने एक बार फिर पूरे कमरे को देखा। नहीं रोक पाई अपने भीतर ठहाटा मार रहे आह्लाद को वह, "देख री हो, याहे कहवे हैं मुँदिखाई !"

"माई, ई तो घणाई की ना होएगी ?" जुम्मी के मुँह से अनायास निकला।

"चौन्नी (चवन्नी) भर सू तो कहा कम होएगी।" अंदाज़ा लगाया मजीदन ने।

"सकीला, बेटी इतनी भारी अँगूठी देण की कहा जरूरत ही मुँदिखाई में। जादा-सू-जादा इक्यावन रुपिया दे देती।" दादी ज़ैतूनी किसी भी मौक़े को चूकना नहीं चाहती थी।

"अम्माँ, क्या ये अगूँठी इनसान से भी महँगी है ?"

शकीला ने जिस तरह जवाब दिया उसे सुनकर दादी ज़ैतूनी का सीना गर्व से गुब्बारे की तरह फूलता चला गया।

"अरी, कहा हो रो है ?' एकाएक बाहर से आवाज़ आई।

पहचान ली ज़ैतूनी ने किसकी आवाज़ है यह। इसलिए वह भी हेला देते हुए बोली, "असगरीऽऽऽ आजा ! तू भी देख ले पड़पोत बहू को मुँ।" ज़ैतूनी की आवाज़ में अपनी ही तरह की खनक थी।

असग़री अंदर चली आई।

"आ जा, भीतर आ जा ! सगुफ्ता, बेटी ई भी तेरी वही लगे है जो मैं लगू हूँ।"

समझ गई शगुफ़्ता इस तरह परिचय कराने का अर्थ। वह चुपचाप धीरे-से उठी और असग़री के पाँव दबाने लगी।

—तेरा बीरा बणा रहेंऽऽऽ !

—तिहारी जोड़ी सलामत रहेऽऽऽ !

—तेरी गोद जल्दी हरी होवेऽऽऽ !

जब तक शगुफ़्ता असग़री के पाँव दबाती रही, तब तक वह आशीषों की फुहारों से भीगती रही। असग़री ने दुपट्टे के पल्लू से बँधा पाँच का नोट खोला और शगुफ़्ता के हाथ पर रख दिया।

"असगरी, पतो है दीन मोहम्मद के घर सू मुँदिखाई में कहा मिलो है ?"

"कहा ?"

"चौन्नी भर सू जादा की अँगूठी और इक्यावन रुपिया।" चहकते हुए बताया ज़ैतूनी ने।

"ऐ चौन्नी भर की अँगूठी ! फिर तो मौज कर दी।" हैरान होते हुए कहा असग़री ने।

इसके बाद तो मुँह देखनेवालियों का ऐसा सिलसिला शुरू हुआ कि थक गई शगुफ़्ता पाँव दाबते-दाबते। दादी ज़ैतूनी किसी को भी यह बताने से नहीं चूकती कि शकीला ने मुँहदिखाई में क्या दिया है।

दो ही दिन में हवेली के कान पक गए दादी ज़ैतूनी के मुँह से इसे सुनते-सुनते। दो दिन रही शगुफ़्ता अपने ससुराल और तीसरे दिन विदा हो गई अपने मायके। एक के बाद एक सबके पाँव दाबते हुए शगुफ़्ता शकीला के पास गई, तो उसके झुकने से पहले शकीला ने कन्धों से पकड़कर उसे उठाया और आँखों में देखते हुए बोली, "शगुफ़्ता, हमारे इस्लाम में बड़ों के पाँव छुए या दबाए नहीं जाते हैं, मुसाफ़हा किया जाता है।" इतना कहकर शकीला ने शगुफ़्ता के दोनों हाथ अपने हाथ में लेते हुए कहा,

''ख़ुदा हाफ़िज़ ! अपना ख़्याल रखना !''

सबने सुनी शकीला की यह सलाह, जो उसने विदा होते समय शगुफ़्ता को दी थी। हालाँकि क्षणभर के लिए अच्छा तो किसी को भी नहीं लगा न जुम्मी को, न मजीदन को। न जमीला को, न ज़ुबैदा को। न मोहसिना को, न ज़ीनत को। ज़रीना और हसीना का तो कहना ही क्या ? उन्हें तो लगा मानो यह शकीला की बच्ची मेवों से उन्हें काफ़िर बनाकर छोड़ेगी। दादी ज़ैतूनी ने भी सुना परन्तु प्रतिक्रिया किसी ने व्यक्त नहीं की।

इस परिघटना ने कई बेचैन सवाल खड़े कर दिए। शाम भी पता नहीं कैसे पकड़ी सबने। इशा की नमाज़ तक सब अपने चौका-बरतनों से निवृत्त हो गईं। टी.वी. में भी आज किसी को कुछ नज़र नहीं आया। एक-एक कर सब आ बैठीं दादी ज़ैतूनी के पास। शकीला के पास एक बार फिर बुलावा भेजा गया। वह भी चुपचाप चली आई। पहले की तरह वह अब परेशान नहीं होती है अपने बुलावे को लेकर।

''हटो री, जगह छोड़ो सकीला कू !'' शकीला को आता देख दादी ज़ैतूनी बोली सबको सुनाते हुए।

सब पानी पर जमी काई-सी हटती चली गईं।

''सकीला, मेरे पै आ जा !'' अपने पास बुलाते हुए कहा ज़ैतूनी ने।

सिरहाने के बजाय पाँयते की ओर बैठ गई शकीला। बड़ी-बुजुर्ग के इतने आदर-अनादर का तो उसे अब पता चल ही गया है।

''सकीला, बेटी आज तू एक खास मकसद सू बुलाई है हमने।''

''बताओ अम्माँ।''

''दारी, बात ई है के आज जब सगुफ्ता अपने पीहर जा री ही तो तैने वासू कही ही के हमारा इस्लाम में पाँव ना दाबा जावे हैं।''

''ऐसी कोई बात नहीं है अम्माँ। दरअसल मुझे उससे अपने पाँव दबवाना अच्छा नहीं लगा।''

''ई बात तो ना है सकीला, ऐसी कोई बात है जरूर जो तैने वासू कही है। बहाण देख, हम ठहरा एकदम अनपढ़-गँवार। हमन्ने ना है पतो अपना दीन-धरम का बारा में कुछ भी। हम तो बस ई देखता आया हैं के अपना सू बड़ी, चाहे ऊ बेशक काई जात की होए पाँव दबाना अच्छी बात माने हैं।''

''मगर यह तो अच्छी बात है अम्माँ। आजकल वैसे भी कौन किसी के पाँव छूता या दबाता है और फिर यह तो अपनी-अपनी रिवायत है।''

''ई तो तेरी बात ठीक है पर तैने जो ऊ इस्लाम और मुसाफा वाली बात कही ही, वाहे खोलके बता।'' जुम्मी असली विषय पर आते हुए बोली।

''बड़ी आपा, असली बात तो यह है कि इस्लाम में पाँव छूने की नहीं बल्कि मुसाफ़हा की इजाज़त दी गई है। हमारे इस्लाम में सबको बराबर का दर्ज़ा दिया गया है। सबको एक नज़र से देखने को कहा गया है।''

''पर पाँव दबाणा में बुरी बात कहा है सकीला। अब देखे न अगर हमारी बहू-बेटी

हिन्दून की बड़ी-बूढ़ीन का पाँव दबावे हैं, तो उनकी बहू-बेटी भी दबावे हैं हमारा पाँव। तैने कितनी बर देखी होएगी बत्तो मेरा पाँव दबाती।"

"अम्माँ, मैं इसको ख़राब थोड़े ही कह रही हूँ बल्कि मुझे तो यह सब देखकर इतना अच्छा लगा है कि मैं इसको बयान नहीं कर सकती।"

"याको मतलब ई हुओ माई के आना वाला बखत में हमारी बड़ी-बूढ़ी अपना पाँव दबवाणा की भी नादीदी हो जाएँगी !" जुम्मी की आँखों में उदासी का कुहासा छा गया।

"और जिन आसीसन्ने हम या मारे बचा के राखे हैं के कद कोई बहू हमारा पाँव दाबे और कब उन्ने हम देएँ, हमारे भीतर ही खतम हो जाएँगी।" दादी ज़ैतूनी की खनक मन्द पड़ती चली गई।

"फिर तो बूढ़ी माई, बहू सास सू हाथ मिलाएगी और सास बहू सू।"

"तू तो अभी कर ले सास सू मुसाहा...तम जैसी तो चाहो हो के कद ये कान-क़ायदा खतम होएँ और कद तम आजाद बणी घूमो।" जुम्मी ने ज़ीनत को डाँटते हुए कहा।

"चलो हमारी तो कटगी, अब तम करो अपणी फिकर।" बेफ़िक्र साँस लेते हुए दादी ज़ैतूनी ने अपने अन्त की घोषणा कर दी।

"वैसे सकीला, हमारा मजहब में ऐसी और भी घणी सारी बात होंगी जिन्ने हम ना जाने हैं। खैर, चल छोड़ बखत पे देखी जाएगी और फिर वैसे भी कह करे हैं के *मेव को कहा मुसलमान और जाट को कहा हिन्दू...*। चलो री खड़ी होओ, या रामाण ए अब हीनी खतम करो...जाके जी में आवे ऊ हमारा पाँव दाब देए कर जाके ना आवे, वे हमसू मरे ना हैं।" सभा को विसर्जित करने की उद्घोषणा की ज़ैतूनी ने।

दादी ज़ैतूनी का इशारा सीधे-सीधे इस हवेली की सभी बहुओं की ओर था। अब यह इन बहुओं पर निर्भर करता है कि वे किसकी बातों पर अमल करती हैं दादी ज़ैतूनी की, या फिर शकीला द्वारा बताए गए निर्देशों पर, जो कहीं ज़्यादा सुविधाजनक, व्यावहारिक और धर्मसम्मत हैं—इसका पता तो आनेवाले दिनों में ही चल पाएगा।

बाईस

बुरा तो दीन मोहम्मद को भी बहुत लगा लेकिन चाहकर भी वह शकीला का विरोध नहीं कर सका। इस प्रत्यक्ष और परोक्ष प्रतिरोध की शकीला ने कोई परवाह नहीं की। किसी की नहीं सुनी उसने। अपने फ़ैसले पर दृढ़ रही। इसी दृढ़ता के चलते ये विरोध और प्रतिरोध अपने पैरों पर ज़्यादा दिन नहीं खड़े रह पाए।

दीन मोहम्मद ने शुरू में प्रतिवाद करते हुए शकीला को समझाया, "या हवेली में इतना काम हैं, जरूरी हो ई मदरसा खोलनो !"

सुनते ही शकीला के जिस्म में आग लगती चली गई, "एक तो आप यह मदरसा-

वदरसा कहना बन्द करिए। मुझे इस लफ्ज़ से ही नफ़रत है।"

"तू ई मदरसा ना खोल री है तो कहा करूरी है ?" तर्क-वितर्क पर उतर आया दीन मोहम्मद।

"जनाब दीन मोहम्मद, मैं कोई मदरसा नहीं खोल रही हूँ। बस, थोड़ा-सा वक़्त निकालकर इस हवेली की बच्चियों को पढ़ा देती हूँ, ताकि ये इस हवेली की दूसरी औरतों की तरह जाहिल न रहें।"

शकीला ने जिस तेवर के साथ अपना तर्क दिया था, उसे सुनकर दीन मोहम्मद भनभनाता हुआ कमरे से बाहर निकल गया। जाते-जाते शकीला के कानों में ये शब्द पड़े दीन मोहम्मद के, "अपनी ऐसी-तैसी करा...अपनी तरह इन छोरीन्ने भी बिगाड़के रहेगी।"

दीन मोहम्मद के इस वाक्य पर शकीला को ग़ुस्सा नहीं आया, बल्कि मुस्कुराकर रह गई वह।

इशा की नमाज़ के बाद उसने सब जगह जाना छोड़ दिया, यहाँ तक कि दादी ज़ैतूनी के पास भी। हाँ, वह तभी जाती जब दादी ज़ैतूनी उसे याद करती।

मुमताज़ और फ़ौजिया तो उसके पास बा-ज़िद आती हैं पढ़ने। शुरू में इन्हें भी रोकने की कोशिश हुई थी परन्तु दोनों ने दोटूक मना कर दिया रुकने से। नतीजतन महीने भर के अन्दर शकीला के कमरे ने बक़ौल दीन मोहम्मद एक मदरसे का रूप ले लिया। मुमताज़, फ़ौजिया, सबीना, फ़िरोजा समेत मैना और असग़री की तीनों पोतियाँ सलीमा, नफ़ीसा और नसरीन को मिलाकर एक अच्छी-खासी संख्या हो गई, शकीला के इस मदरसे में। चहकती हुई सारी बच्चियाँ अपने-अपने घर जाकर जब बतातीं कि शकीला भैनजी ने आज पढ़ाई के साथ-साथ कैसी-कैसी कहानियाँ सुनाई हैं, तब अपनी ही बेटियों से उन्हें ईर्ष्या-सी होती।

शकीला ने सबसे पहले सबको हिदायत देते हुए साफ़ कह दिया था कि पढ़ाते वक़्त न वह किसी की दादी है, न चाची-ताई। वह सिर्फ़ एक टीचर है।

"मतलब भैनजी ?" तपाक से पूछा मैना ने।

"मतलब यह कि आप मुझे भैनजी नहीं, मैडम कहकर पुकारोगी...और हाँ एक बात और, यहाँ मैं जो कुछ आपको पढ़ाऊँगी, सबको वह फिर से घर जाकर पढ़ना होगा। जो ऐसा नहीं करेगी उससे मैं बिल्कुल बात नहीं करूँगी, रूठ जाऊँगी उससे।"

शकीला जब यह सब बच्चियों को कह रही थी, तो उसे इन छोटे-छोटे मासूम चेहरों में आत्मविश्वास और आत्मबल साफ़ दिखाई दे रहा था।

नतीजा इन बच्चियों के परिवारों को शीघ्र ही दिखाई देने लगा।

उस दिन असग़री ने यूँ ही बेख़्याली में अपनी बड़ी पोती से कह दिया, "सलीमा, अपनी माँ के साथ खेत पे चली जा !"

"बूढ़ी माँ, पतो तो है के मैं इस्कूल को काम कर री हूँ। अगर मैंने ना करो तो साँझ कू सकीला मैडम बात ना करेगी।"

मैडम ! आश्चर्य हुआ सुनकर असग़री को, "ई सकीला कद सू होगी मैडम ?" सलीमा की आँखों में झाँकते हुए पूछा असग़री ने।

"मैडम तो हैई ऊ बूढ़ी माँ...देखी ना, ऐसे बात करे है जैसे मैडम करे हैं।"

हँसे बिना नहीं रह पाई असग़री सलीमा की इस परिभाषा पर। पलभर के लिए तो शकीला से ईर्ष्या-सी हो गई असग़री को। इसके बाद कुछ नहीं कहा उसने सलीमा से।

देखते ही देखते पूरी हवेली के लिए शकीला ईर्ष्या का पात्र बन गई।

असग़री को न जाने उस दिन क्या सूझा कि सवेरे-सवेरे पहुँच गई वह शकीला के पास, "सकीला, दारी एक अरज है बुरो ना माने तो...?"

शकीला के पास जब भी कोई ऐसी 'अर्ज़' या 'एक बात है' कहने के अंदाज़ के साथ आता है तो उसकी धड़कनें एकाएक बढ़ जाती हैं। वह जानती है कि ऐसी 'अर्ज़' और 'एक बात है' का सीधा-साधा सम्बन्ध उसकी निजी ज़िन्दगी से जुड़ा होता है और इन्हें वह बिल्कुल सुनना नहीं चाहती है। पेशानी पर धारे खिंच आए शकीला के। बमुश्किल वह स्वीकृति दे पाई पारो को अपनी बात कहने की।

"बहाण, मेरा दो पोता हैं...कहा करूँ ढेड पढ़णा का नाम पे ऐसे बिदके हैं जैसे मरखणी गाय।"

"अम्माँ, मैं फिर आपकी इसमें क्या मदद कर सकती हूँ ?"

"सकीला, मैं चाहू हूँ के इन्ने भी तेरे पै भेज दूँ।"

"अम्माँ, मैंने कोई स्कूल नहीं खोला हुआ है। यही सोचकर पढ़ा देती हूँ इन्हें कि इनके साथ थोड़ा-सा मेरा भी वक़्त कट जाता है। फिर सलीमा, नफ़ीसा और नसरीन तो आती ही हैं।"

"ठीक है बहाण, मैं तो घणी उम्मेद लगाके आई ही।" निराश हो असग़री वापस लौटने लगी।

"यह बात नहीं है अम्माँ जैसा आप सोच रही हैं। एक तो मैं इन बच्चियों को उनकी मरज़ी के बिना पढ़ा रही हूँ, दूसरा मेरे पास पहले ही काफ़ी हैं। मैं तो यह सोचकर इन्हें लेकर बैठ जाती हूँ कि चलो इस बहाने ये कुछ लिख-पढ़ जाएँगी। लड़कों का क्या है वे तो बसर कर ही लेंगे, मगर दिक्कत लड़कियों के लिए होती है।" कहते-कहते भाव-विह्वल हो उठी शकीला।

"ई बात तो तेरी सही है और फिर कम-सू-कम इनका पढ़णा सू दो कुल तो सुधरंगा। कह करे हैं के *बेटा सू बेटी भली, जै कुलवन्ती होए/बेटा उजाले एक कुल, बेटी उजाले दोए।*"

दो-तीन बार हुई दरवाज़े पर दस्तक।

कूलर की हवा और दोपहर के खाने का भी न जाने कैसा नशा होता है कि इधर

चारपाई पर लेटो और उधर नींद आ दबोचती है। पता नहीं इतनी दोपहरी में कौन हो सकता है ? बेमन से शकीला ने दरवाज़ा खोला तो सामने खड़ी दादी ज़ैतूनी और असग़री की जुगल-जोड़ी को देखकर आश्चर्य हुआ।

"आ जा असगरी, भीतर आ जा सीली-सीली हवा में।" साधिकार ज़ैतूनी असग़री को लेकर अन्दर आ गई।

"जैतूनी, निगोड़ी याका कोठा में तो ऐसे समझ जैसे सुरग बरस रो होए !" असग़री ने कमरे में व्याप्त ठंडक को फेफड़ों में खींचते हुए कहा।

"अम्माँ, आज कैसे आप लोगों ने तकलीफ़ की इतनी धूप में ?" शकीला ने सीधे ही पूछ लिया उनके आने का प्रयोजन।

"दारी, सोची के चलके आज तेरा कोठा की सीली-सीली हवा ही खा आएँ।" ज़ैतूनी बोली।

"तो फिर अम्माँ, चटाई बिछा देती हूँ। आराम से तकिया का सिरहाना लगाकर लेट जाइए !" इतना कहकर शकीला ने फ़र्श पर दो चटाई बिछा दीं। साथ में दो तकिया भी डाल दिए।

ज़ैतूनी और असग़री ने तकिया सिरहाने लगाया और लेट गईं। थोड़ी देर के लिए कमरे की ठंडक में वे भूल ही गईं कि यहाँ वे आई किसलिए थीं। समझ शकीला भी गई थी कि ये दोनों इतनी धूप में बिना कारण तो आने से रहीं।

"अम्माँ, आऽऽप सचमुच ही हवा खाने आई हैं या किसी और काम से आई हैं ?" शकीला ने दोनों से आख़िर पूछ ही लिया।

"ना-ना ऐसो कोई काम-वाम ना हो...ई तो असगरी आ बैठी मेरे पै, तो बैठे-बैठे सोची के चल तोसू मिल भी लेएँ और तेरा कोठा की सीली-सीली..."

"मगर अम्माँ, कूलर तो नीचे मोहसिना और ज़ुबैदा के यहाँ भी है। इतनी धूप में सीढ़ियाँ चढ़कर आप लोग..."

"जैतूनी, बहाण में तो चलूँ ! सकीला तो हमारा आणा को बुरो मानगी दीखे है।" असग़री उठने का नाटक करने लगी।

"मैंने बुरा नहीं माना है अम्माँ। मैंने तो ऐसे ही अंदाज़े से पूछ लिया।" अकबकाते हुए कहा शकीला ने।

"असगरी बैठे न, तू भी रंडी हर बखत घोड़ा पे सवार रहवे है।" ज़ैतूनी ने असग़री को वापस बैठाते हुए कहा।

"तो फिर तू पूछताछ के अलग हट। तैने भी दारी पूरी रामाण छेड़ दी।"

शकीला का अंदाज़ा एकदम ठीक निकला। ऐसी चिलचिलाती धूप में किसकी हिम्मत पड़ती है कहीं आने-जाने की।

"सकीला, बेटी एक बात कहणी है बुरो तो ना मानेगी ?" झिझकते हुए पूछा ज़ैतूनी ने।

"हाँ पूछो !" शकीला का दिल ज़ोर-ज़ोर से धड़कने लगा।

"देख बेटी, बुरी माने तो रहण दे...हम चली जांगी।" असग़री शकीला के चेहरे के भावों को पढ़ते हुए बोली।

शकीला को लगा कि सचमुच अब कलेजा उछलकर बाहर आ जाएगा।

"बेटी, तोहे या हवेली में आए हुए साल भर तो हो ही गयो है ?"

"हाँ अम्माँ बल्कि डेढ़ साल से भी ज़्यादा।"

"और अभी तलक मोहे तो कोई मीजान दीख ना रो है, कीं असगरी ?" शकीला के बजाय असग़री से कहा ज़ैतूनी ने।

लेकिन पूछा इस बार शकीला ने, "अम्माँ, किस चीज़ का मीज़ान ?"

"यही के अभी तलक तो तेरा पाँव हमन्ने कुछ भारी-वारी-सा दीख ना रा हैं।" ज़ैतूनी ने आख़िर वह कह ही दिया, जिसे कहने या पूछने के लिए वे यहाँ तक चलकर आई हैं।

"अम्माँ, आख़िर इस सबकी इतनी जल्दी क्या है ?"

"वा बहाण, कैसे ना है जल्दी ।" असग़री बोली।

"यह फ़िक्र मेरी है अम्माँ। मुझे नहीं है अभी इसकी ज़रूरत।"

"जैतूनी, निगोड़ी ई लुगाई है या कोई और तोफान है।" असग़री तमतमा उठी इस बार।

लेकिन ज़ैतूनी ने अपना संयम नहीं खोया।

"सकीला, बेटी ई तो खुदा की नैमत है और वाका रस्ता में अड़ंगा लगाणो अच्छी बात ना है। बालक-छोटा तो जितनी जल्दी हो जाएँ उतनो ही अच्छो है। बीरा, बालक-छोटा होणा सू बीरबाणी की कदर ही बढ़े है, घटे ना है।"

"मगर अम्माँ, यह सब इनसान के हाथ में तो है नहीं।" चीख़ते-चीख़ते रह गई शकीला।

"जैतूनी, बहाण खड़ी हो। ई लुगाई तो कुछ सुण के ही राजी ना है।" इस बार सचमुच असग़री जाने के लिए खड़ी हो गई।

"ठीक है बहाण, जैसी तेरी मरजी। अरे, मैं तो खुदा सू ई दुआ माँग री ही के वाका बुलावा आणा सू पहले अपणो इन पोता-पोतीनू को मुँ और देख जाती...पर लगे है...चल असगरी !" इतना कहते हुए ज़ैतूनी असग़री के पीछे-पीछे हो ली।

दरवाज़ा भड़ाक से बन्द कर शकीला कटे पेड़-सी बिस्तर पर आ गिरी। लगा जैसे वह भीतर ही भीतर चाक हुई जा रही है। कूलर उसने पूरा तेज़ कर दिया इसलिए कमरा एक घुटे-घुटे शोर से भर गया। मगर इसी बीच बिजली चली गई। एक अजीब-सा सन्नाटा छा गया कमरे में। दरवाज़ा तो दूर रहा उसने खिड़की भी नहीं खोली। एक ज़िद थी कि चाहे बिजली आए या ना आए वह नहीं खोलेगी इन्हें। यह इसी ज़िद का परिणाम था कि पूरी देह तो पसीने से तर हो ही गई बल्कि पसीने की एक अजीब-सी गन्ध पूरे कमरे में फैल गई।

इशा की नमाज़ के बाद फिर थपथपाया किसी ने दरवाज़ा।

"अम्माँ, आप फिर !" दरवाज़ा खोलते हुए पूछा शकीला ने।

"आ जा माई !" दीन मोहम्मद ने बाहर चारपाई बिछाते हुए कहा।

"भीतर ही चल, सीली-सीली हवा में।" इतना कहते हुए ज़ैतूनी कमरे में आ गई।

समझते देर नहीं लगी शकीला को। उसी बात को अब ज़ैतूनी दीन मोहम्मद के सामने कहेगी। दोपहर को ही इनसे पीछा छुड़ाना मुश्किल हो गया था, ये फिर चली आईं। अपने आप पर झुँझला गई शकीला।

दादी ज़ैतूनी ने किसी तरह की भूमिका की ज़रूरत नहीं समझी और सीधी ही विषय पर आ गई, जो दोपहर को अधूरा रह गया था।

"दीनू, तू या सकीला ए एक बर वा दरवेस के पै तो ले जाके देख।"

"वा कल्लन के पै, पर माई काँई लू ?" विस्मय से पूछा दीन मोहम्मद ने।

"बेटा, एक बर ले जाणा में बुराई कहा है।"

"पर माई बता तो सही काँई लू ले जाऊँ ? ना कोई हारी, ना बीमारी...ना कोई भूत, ना परेत फिर बेमतलब ले जाऊँ याहे वा ढोंगी के पै।" दीन मोहम्मद को ताव आ गया।

"ढेड, इतना बड़ा दरवेस ए जब तू ढोंगी बता रो है जभी तो याकी गोद हरी ना हो री है। बिल्कुल भी सहूर ना है, जो मन में आए है बकतो होवे है।" ज़ैतूनी ने डाँटते हुए कहा दीन मोहम्मद से।

"मेरी ई समझ में ना आ री है माई के याकी गोद हरी होणा सू वा कल्लन को कहा मेल है।"

"मेल काँई लू ना है...ई दुनिया बावली है जो वाके पै रोती हुई जा री है और हँसती हुई आ री है। सुनी है सोनदेई, बत्तो, पारो सब होके आई हैं।"

"बावली तो तू और तेरी दुनिया हो री है माई। मोहे सब पतो है के ऊ कितनो बड़ो दरवेस है।"

"ठीक है तू मत ले जइयो, मैं ले जाऊँगी याहे धैरे (अगले दिन)। तैयार रहियो सकीला। चलणो है तोहे मेरे संग तकिया में।" ज़ैतूनी ने आदेश देते हुए कहा।

"मगर इनकी इजाज़त के बिना..."

"चुप कर आई इजाजतवाली, या ढेड सू मोहे भी इजाजत लेणी पड़ेगी।" कुछ नहीं सुना इसके बाद ज़ैतूनी ने और चली आई पौली में।

"ये दरवेश का क्या मामला है, कौन है यह कल्लन दरवेश ?" ज़ैतूनी के जाते ही पूछा शकीला ने दीन मोहम्मद से।

"तोहे ना पतो ?" उलटा दीन मोहम्मद ने पूछा।

"मुझे क्या पता। मैं तो पूरे दिन इस कमरे में क़ैद रहती हूँ।"

"ठीक है, ना है पतो तो कल जब माई के साथ जाएगी, सब पतो चल जाएगी।" एक रहस्यमयी मुस्कान शकीला की तरफ़ उछालते हुए कहा दीन मोहम्मद ने।

"फिर भी बताओ तो सही थोड़ा-बहुत।"

"हेत्तेरे की, मैं कहा बताऊँ। कुछ बतान लायक होए तो बताऊँ भी।"

"तो फिर अम्माँ बेवजह ज़िद कर रही हैं उसके पास ले जाने की...कुछ होगा तभी तो वे कह रही हैं।"

घूरकर देखा दीन मोहम्मद ने शकीला की ओर तथा सिर झटकते हुए ख़ुद से कहा बड़बड़ाते हुए, 'हाँ है बाबा जी को घंटा।'

"कुछ कहा आपने ?" पलटते हुए पूछा शकीला ने। शायद उसके कानों में 'बाबा' शब्द पड़ गया था।

"कुछ ना।" इतना कहकर तेज़ी-से बाहर निकल गया दीन मोहम्मद।

अगले दिन पूरी हवेली में यह ख़बर जंगल में आग की तरह फैल गई कि शकीला को दादी ज़ैतूनी के साथ तकिया की ओर जाते हुए देखा गया है। क्यों जाते हुए देखा गया है ख़बरची इस ख़बर को हासिल करने में चूक गया। सबने अपने-अपने अंदाज़ों के घोड़े दौड़ा दिए यह पता लगाने के लिए आख़िर वे दोनों तकिया की ओर गई हैं, तो क्यों गई हैं ? लेकिन सबके घोड़े खाली हाथ लौट आए। हारकर इस ख़बर की लपटें यह सोचते हुए मंदी पड़ गईं कि अब तो उनके वापस लौटने पर ही पता चलेगा।

देर तक कल्लन दरवेश कभी आँखों को मूँदकर अपने लम्बे-लम्बे बालों को हवा में झटकते हुए, धूनी में पड़ी राख की चुटकी भरकर शकीला पर फेंकता। कभी बग़ल में रखे काग़ज़ के चौकोर टुकड़ों को तपाते हुए, उन पर उभरी आड़ी-तिरछी लकीरों को ग़ौर से देखते हुए न जाने क्या-क्या बड़बड़ाने लगता। इस रोमांचकारी दृश्य को देखकर दादी ज़ैतूनी की आँखें विस्मय और भय से फैलती-सिकुड़ती रहीं। मोतियाबिन्द से त्रस्त जिन आँखों को कभी-कभी दीखने में परेशानी होती है, उन्हें सब कुछ एकदम साफ़ दिखाई दे रहा है, कहना मुश्किल है।

"जैतूनी, ले ये नक्कस और इन्ने चार जुम्मा तलक इसा की निवाज पीछे पानी में घोल के पियाती रहियो या बहू कू...अल्ला ने चाही तो याकी जल्दी ही गोद भर जाएगी...पर हाँ, ध्यान रखियो इन्ने कोई खोलके ना देखे, नहीं मेरी ना होएगी कोई जिम्मेदारी।" कल्लन ने चार सुर्ख़ बादामी काग़ज़ के अधजले टुकड़ों की पुड़िया बाँधते हुए निर्देश दिया।

"ध्यान सू सुन ले सकीला, जैसे ई दरवेस कह रो है वैसेई करनो है।" कल्लन का निर्देश ज़ैतूनी ने सकीला को बताते हुए एक बार फिर दोहरा दिया।

"वैसे जैतूनी, ई तो मैंने तोसू पूछी ही ना के ई तेरा है कौन-सा पोता ही बहू ?" कल्लन ने अध्यात्म की अपनी दुनिया से बाहर आते हुए पूछा।

"काई पोता-वोता की बहू ना है, ई तो दीन मोहम्मद का घर सू है।" संक्षिप्त-सा परिचय दिया ज़ैतूनी ने शकीला का।

"दी...दीन मोहम्मद का घर सू है ! कहींऽऽऽ ई ऊ तो ना है जैतूनी जाहे दीनू हैदराबाद सू भगाके लायो हो !" बारीक निगाहों से शकीला के भरे हुए जिस्म का मुआयना करते हुए पूछा कल्लन ने !

"भगा के ना, निकाह करके लायो है।" ज़ैतूनी ने कल्लन की सूचना को दुरुस्त करते हुए बताया।

शकीला के पोर-पोर से चिंगारियाँ फूटने को हो रही थीं किन्तु विवश थी। इस बीच शकीला ने कनखियों से देखा कि कल्लन की छोटी-छोटी आँखों में एक के बाद एक भाव आ-जा रहे हैं। लगा जैसे पैनी नज़र जिस्म में अन्दर तक घुसने को आतुर है।

"वैसे जैतूनी, याके कुछ हारी-बीमारी तो ना है ?"

"मोहे तो कुछ लग ना री है। अगर कोई भीतर की बीमारी होए तो कह ना सकूँ।"

"ला री, अपणा हाथ ए आगे बढ़इयो ! लगे हाथ तेरी नबज ए और देख लूँ... तू कौन-सी हीं रोज-रोज आएगी।" कल्लन ने सीधे-सीधे आदेश देते हुए कहा।

न चाहते हुए भी शकीला ने दायाँ हाथ आगे बढ़ा दिया।

कल्लन की अँगुलियों के पोर देर तक शकीला की गोल कलाई पर टिके रहे। शकीला का रह-रहकर मन करता रहा कि अपनी कलाई को वह उससे झटककर मुक्त कर ले। वह जानती है कि उसे भीतर या बाहर की क्या बीमारी है और क्या नहीं है।

"दरवेस, कोई घणी बड़ी बीमारी है कै ?" बीच में ज़ैतूनी ने बाधा डालते हुए पूछा।

"ऐसी तो कोई खास ना है। अल्ला ने चाही तो ये नक्कस ही काम कर देंगा। एक काम करियो अगला जुम्मा कू और दिखा ले जइयो याहे।" इतना कहकर कल्लन दरवेश झोंपड़ी के पिछले हिस्से में टँगे परदे के पीछे चला गया।

"अच्छो फिर हम चलाँ !"

जाने की इजाज़त लेते हुए दादी ज़ैतूनी शकीला को लेकर चलने लगी कि पीछे से टोकते हुए कल्लन ने कहा, "अगला जुम्मा कू लाणो मत भूलियो !"

शकीला तेज़ी-से निकली दरवेश की झोंपड़ी से, बिना यह देखे कि दादी ज़ैतूनी उससे कितनी पीछे रह गई है।

हवेली में प्रवेश करने से पहले ही सबको पता चल गया कि दादी ज़ैतूनी और शकीला पहुँच चुकी हैं। शकीला तो सीधी अपने कमरे में चली आई।

मजीदन ने पूछा सबसे पहले, "माई, कहान् सू आ री हो दोनूँ सास-बहू ?" अनजान बनते हुए कुरेदा ज़ैतूनी को।

"कहीं ना, एक जरूरी काम सू गया हा।" सिर से लूगड़ी उतार खाट पर पटकते हुए जवाब दिया ज़ैतूनी ने।

"ऐसी कौण-सो जरूरी काम आ पड़ो बूढ़ी माई, जो आज या पटरानी ए साथ ले जाणा की जरूरत पड़गी।" हसीना ने तुनकते हुए कहा।

"जरूरी है सारी बात बताणी ! जाओ अपनो-अपनो काम करो !"

इतना कहकर दादी ज़ैतूनी खाट पर लेटने ही वाली थी कि मोहसिना का लड़का ज़फर यानी मजीदन का पोता तपाक से बोला, "बूढ़ी माँ तो हमने देखी ही तकिया में बणी वा झोंपड़ी में सू निकलती।"

"झोंपड़ी में सूऽऽऽ !" एकसाथ निकला कइयों के मुँह से।

"हरामी, तू कहा करण गयो हो तकिया में ?" आँख निकालते हुए मजीदन ने पोते को डाँटने की मुद्रा अपनाई।

इससे पहले कि जफ़र कुछ और बताता दादी ज़ैतूनी माथे पर हाथ मारते हुए झल्लाई, "चाहे पत्ताल में चला जाओ, हूँ भी ढूँढ़ लेवें हैं हरामी।"

"अच्छोऽऽऽ अब समझ में आई !" मजीदन ने ऐसे कहा जैसे सारे रहस्य से परदा उठ गया।

"तो फिर बूढ़ी माई, दिवा लाई हमारी सास ए नक्कस ?" व्यंग्य करते हुए कहा हसीना ने।

"चलो, जाते-जाते बूढ़ी माई एकाध पोता-पोती और देख जाएगी।" जमीला ने हँसते हुए छेड़ा।

ज़ैतूनी ने पता नहीं जमीला का यह वाक्य सुना भी या नहीं, क्योंकि ज़रीना ने इशारे से सबको बताया कि वह तो सचमुच जा चुकी है, यानी ज़ैतूनी की आँखें लग गई हैं।

"माई !" धीरे-से पुकारा जुम्मी ने यह जानने के लिए कि सचमुच ज़ैतूनी की आँखें लग गई हैं, या वह ऐसे ही उनसे पिंड छुड़ाने के लिए सोने का बहाना कर रही है।

लेकिन किसी तरह की प्रतिक्रिया नहीं आई ज़ैतूनी की ओर से। एक-एक कर सब निराश होते हुए उठीं और वापस अपने-अपने हिल्ले सिर लग गईं।

काटे से नहीं कटा दिन। पता नहीं कितनी घड़ियाँ और कितने पहर हो गए दिन में। जुह्र, अस्र और मग़रिब के बीच का फ़ासला भी न जाने कितना लम्बा हो गया। मग़रिब की अज़ान लगने का अर्थ है इशा की अज़ान में अभी कई घंटे हैं। आतुरता और उद्विग्नता रह-रहकर ज़ैतूनी की अँगुली पकड़, यह याद दिलाना नहीं भूलतीं कि अब इशा की अज़ान ही लगेगी।

जैसे ही इशा की अज़ान लगी, नमाज़ पढ़ने के बाद पहुँच गई शकीला के पास ज़ैतूनी।

मुसल्ला लपेटते हुए शकीला ने मुड़कर देखा, ज़ैतूनी खड़ी है दरवाज़े पर।

"आओ अम्माँ !" कहते हुए उसने चारपाई बिछा दी।

•

"सकीला, रोटी-टूक बणा ली कैसे ?"

"हाँ अम्माँ, आज वे जल्दी आ गए थे इसलिए नमाज़ से पहले बना लिया।"

"दीख ना रो है, गयो कहान् है दीनू ?" चारों तरफ़ निगाह मारते हुए पूछा ज़ैतूनी ने।

"नमाज़ पढ़ने गए हैं, आते ही होंगे बस...लो, नाम लेते ही आ गए। यह फ़ायदा है मस्जिद नज़दीक होने का।"

"माई, कैसे आजकल तू घेगली (चकरघिन्नी) हुई पड़ी है ?" आते ही कोंचा दीन मोहम्मद ने।

"क्यों, मेरो हीन् आनो मना है। बस, चली आई...मेरी मरजी।" साधिकार कहा ज़ैतूनी ने।

"कैसे, दिवा लाई नक्कस ?" सेन चलाते हुए पूछा दीन मोहम्मद ने।

"हरामी, तेरे भरोसे रहती तो गई भैंस पाणी में।"

अब समझ में आया शकीला के कि दादी ज़ैतूनी इस समय यहाँ क्यों आई है। रही-सही पुष्टि तब हो गई जब सीधे ही उसने शकीला से कह दिया, "सकीला, ले लेए न बेटी वामें सू एक नक्कस !"

"अम्माँ, ले लूँगी।" टालना चाहा दादी ज़ैतूनी को शकीला ने।

"कद ले लेएगी ?" इतना कहकर ज़ैतूनी स्वयं खड़ी हुई और पलैंढ़ी से गिलास में पानी लाते हुए बोली, "ला कहान् हैं वे ?"

शकीला को जँच गया कि दादी ज़ैतूनी नक्कस पिलाए बिना जानेवाली नहीं। बेमन से वह उनमें से एक नक्कस लाई और ज़ैतूनी को दे दिया। ज़ैतूनी ने उस अधजले बादामी रंग के टुकड़े को गिलास में डाला और उसे अँगुलियों से मसलने लगी।

लगभग आधे गिलास पानी में अधजले काग़ज़ के टुकड़े अर्थात नक्कस को अँगुलियों द्वारा निर्ममता से मसलता हुआ देख शकीला का जी मितलाने लगा, यह सोचते हुए कि इसी पानी को उसे हलक़ से नीचे उतारना होगा, पहले से ही उबकाइयाँ आनी शुरू हो गईं।

"ले बेटी, मैंने यामें नक्कस घोल दियो है। कल्लन दरवेस को नाम लेके याहे पी जा !"

दादी ज़ैतूनी के हाथ से गिलास लेते हुए शकीला को ग़ुस्सा तो बहुत आया यह सुनकर जैसे होनेवाली सन्तान को दीन मोहम्मद का नहीं कल्लन का नाम दिया जाना है। पानी के मटमैले रंग को देखकर शकीला ने आँखें मूँद लीं। होंठों ने गिलास को छूने से मानो साफ़ मना कर दिया और जीभ, उसने तो पहले ही तय कर लिया कि अन्दर जाने से पहले इसे उलट देगी।

"पी जा बेटी, सोचे मत !" ज़ैतूनी ने मजाल है नज़रें पलभर के लिए तो हटाई हों गिलास से।

शकीला ने पलभर के लिए साँस रोका और एक झटके में पानी हलक़ से उतार

गई। लेकिन अगले ही क्षण उबकाइयों से बुरा हाल हो गया। दीन मोहम्मद लपककर शकीला की ओर दौड़ा तथा उसे मोरी पर ले जाने लगा कि दादी ज़ैतूनी ने उसे डाँटते हुए रोक दिया, "पीछे हट, आओ हैजवाल बणके !"

"माई, पतो ना तू भी कैसा-कैसा ढोंग..."

"ढोंग है ई, ढेड देख ले अभी तो पहलो नक्कस है। पीते ही हुओ कै ना असर। दूध ओंट जाए तो एक गिलास पिया दीजो, सब ठीक हो जाएगो।" दीन मोहम्मद को डाँटने के साथ-साथ निर्देश देते हुए बोली ज़ैतूनी।

'हू...हू' करती हुई शकीला दौड़कर मोरी तक आई और उल्टियाँ करते हुए, जो कुछ थोड़ी देर पहले खाया था, सब उलट दिया। दीन मोहम्मद ने बहुत डाँटा ज़ैतूनी को लेकिन उसने दीन मोहम्मद की बातों का बुरा नहीं माना। जब ज़ैतूनी को लगा कि फिलहाल उसकी भूमिका ख़त्म हो गई है, तब वह उठते हुए बोली, "अल्ला ने चाही तो जल्दी ही तेरा पाँव अब भारी हो जांगा...दीनू, निपूता मोहे पौली तक तो छोड़ आ !"

दीन मोहम्मद को जाने की ज़रूरत नहीं पड़ी दादी ज़ैतूनी के साथ क्योंकि उसी समय हसीना आ गई।

"बूढ़ी माई चल, मैं छोड़ दूँ तोहे।" हसीना ने बिना किसी जवाब के दादी ज़ैतूनी का हाथ पकड़ा तथा उसके आगे-आगे चल पड़ी।

पौली में पहुँचते ही हसीना ने धीरे-से छेड़ा ज़ैतूनी को, "बूढ़ी माई, लगे है जैसे सच्ची में हमारी सास का पाँव भारी होगा हैं !"

"चुप कर छिनाल !" डाँटते हुए मुस्कुराई दादी ज़ैतूनी।

खिलखिलाकर हँसती हुई चली आई हसीना पौली से।

●●

लालचन्द और दीन मोहम्मद को जब भी कल्लन तकिया की ओर आता देखता, उसकी आँखें चमक उठतीं। अब इसे तुक्का कहिए या तीर कि कल्लन जिन छह-सात अंकों को बताता, एकाध का उनमें से सट्टा लग ही जाता। भला उसका क्या बिगड़ रहा है, जो मन में आता है बोल देता है। आज कई दिनों के बाद आते हुए दीख रहे हैं दोनों।

देखते ही बाँछें खिल गईं दरवेश की।

"हाँ भई लालचन्द, लगा दीजो आँख बन्द करके उतना, जितना तेरा छज्जा पे बैठा हा कबूतर...और दीनू तू भी मत चूकियो, जितना दिया हैं तेरी मुरगी ने अंडा लगा दीजो तू भी...आज या दरवेस को एलान है..."

"तेरी या दरवेस की ऐसी की तैसी। तू पहले ई बता तैने कहा बीमारी दे दी मेरी घरवाली कू !" कल्लन की झोंपड़ी में चढ़ बैठा दीन मोहम्मद।

"कहा मतलब ?" चौंकते हुए पूछा लालचन्द ने।

"यार, कल हमारी बुढ़िया सकीला ए लाई ही याके पै। पतो ना याने उनकू कहा

दे दियो के वाहे पीते ही वाकी बुरी हालत होगी...मार उल्टीन् के आँत खिंच आई बाहर।'' दीन मोहम्मद ने संक्षेप में सारा वाक़या कह सुनाया।

''मैंने कहा दियो...अन्यायी, जाहे सारो गाँओ ले जा रो है वही दियो हो। फिर एक बात बताओ मेरे पै कोई ऐसी-वैसी बिधा धरी है, जो दुनिया आ रही है। अब पूरो गाँओ बावलो हुओ पड़ो है तो मैं कहा करूँ। अरे, जैसे मैंने औरन् कू नक्कस दिया हा, उनकू भी दे दिया।'' कल्लन ने साफ़ कह दिया।

''छोड़ यार, नक्कस का टूक अटक गा होंगा हलक में।'' लालचन्द ने विवाद को ख़त्म करते हुए कहा।

''और सुनी है के तैने वे अगला जुम्मा कू फिर बुलाई हैं !'' दीन मोहम्मद आँखें तरेरते हुए बोला।

''यार लालचन्द, मानगा या दीनू ए बुढ़ापा में कहा माल लायो है हैदराबाद सू।''

''बकवाद बन्द कर यार कल्लन। फटाफट एकाध नम्बर बता। आजकल कड़की आई पड़ी है।'' दीन मोहम्मद असल मक़सद पर आते हुए बोला।

''नम्बर के अपणी ऐसी-तैसी कराएँ, जब दे रो हो तो तमन्ने अड़ंगा ठोक दियो बीच में...अब तो गई भैंस पानी में।''

''यार, क्यों नखरा कर्रो है बता-बतू दे कुछ।'' लालचन्द चिरौरी करते हुए बोला।

''नम्बर तो मैं बता दूँगो पर पहले ई बताओ के मेरी दवा लाया हो या ना ?'' होंठों पर जीभ फेरते हुए पूछा कल्लन ने।

''ले, पहले तू अपनी दवा ले !'' पेट और पायजामे के नेफ़ा के बीच फँसाकर रखे हुए पव्वे को निकालकर कल्लन की ओर बढ़ा दिया लालचन्द ने।

''दुक्का, पंजा, छक्का, अट्ठा !'' इतना कहकर कल्लन ने पव्वा अपने सिरहाने ठूँस लिया। इसके बाद दोनों तेज़ी-से निकल आए कल्लन दरवेश की झोंपड़ी से।

अगले जुम्मा, ठीक इशा की नमाज़ के बाद फिर पहुँच गई दादी ज़ैतूनी। उसे देखते ही कल्पना मात्र से जी मितलाने लगा शकीला का। इतना तो शकीला को अंदाज़ा हो गया कि दादी ज़ैतूनी को उस पर इस मामले में रत्ती भर भी विश्वास नहीं है। यदि होता तो उसे इस जुम्मे का इन्तज़ार नहीं होता और वह इशा की नमाज़ के बाद सीधी उसके पास नहीं चली आती।

''दीन मोहम्मद ना दीख रो है ?'' चारों तरफ़ ग़ौर से देखते हुए पूछा ज़ैतूनी ने।

''लालचन्द के साथ गए हैं किसी ज़रूरी काम से।''

''जरूरी काम कहा, गया होंगा बैरी सट्टा लगाण।''

''सट्टाऽऽऽ ?''

''और...या बखत लालचन्द के साथ जाणा को और कहा मतलब हो सके है।''

यक़ीन नहीं आया शकीला को अपने कानों पर।

“सकीला, थोड़ी-बहोत नकेल घालके राख या ढेड के, नहीं तो काई दिन हवालात में पड़ो मिलेगो।”

“मगर अम्माँ, मुझे तो इसका कुछ गुमान ही नहीं था।”

“अब तो होगो। चल छोड़, नक्कस ले ले पहले !”

शकीला ने आज एक बार भी झूठे से प्रतिरोध नहीं किया। न उसे उबकाई आई, न मितली। न ही नक्कस हलक़ में अटका और न ही उल्टियाँ आईं। बग़ैर साँस रोके एक ही घूँट में पी गई गिलास में घुले नक्कस को शकीला। दादी ज़ैतूनी चुपचाप मुस्कुराती हुई उसे देखती रही और सोचती रही कि कितना असर है कल्लन दरवेश के इन नक्कसों में कि दूसरे ही नक्कस ने शकीला को अपने वश में कर लिया।

दादी ज़ैतूनी ने लम्बा साँस लिया और बिना किसी सहारे के पौली में चली आई। लेटते ही नींद ने धर दबोचा बावजूद इसके कि आज अन्य दिनों की अपेक्षा गरमी कुछ ज़्यादा है।

कूलर की ठंडी हवा में भी नींद नहीं आ रही है शकीला को। रह-रहकर कानों में दादी ज़ैतूनी के शब्द बज रहे हैं। ग़लत थोड़े ही कहा है दादी ज़ैतूनी ने और फिर ऐसे कामों का परिणाम भी वही होता है जैसा उसने थोड़ी देर पहले बताया था।

लगभग ग्यारह बजे धीरे-से खुला दरवाज़ा। सन्दूक के ऊपर रखी रोटियों की चँगेरी उठाकर दीन मोहम्मद यह सोचते हुए कटोरी में सब्ज़ी डालने लगा कि कौन जगाए शकीला को, लेकिन शकीला की ही आवाज़ आई, “आ गए जनाब, हो गया काम ?”

“तू अभी सोई ना।” बिना देखे कहा दीन मोहम्मद ने।

“कितने का लगा आज ?” कौंचते हुए पूछा शकीला ने।

“तोमें कहा घुसगो आज, जो तू सूधी कुल्हाड़ी सू लत्ता धो री है।” हैरान होते हुए कहा दीन मोहम्मद ने कि एकाएक आज इस शकीला को क्या हो गया है।

“ज़रा ये तो बताना जिस काम से गए थे, वह हो गया ?”

“कहाँ, आज ऊ आदमी ही ना मिलो।”

“आदमी नहीं मिला या सट्टा नहीं लगा ?”

हाथ से कौर गिरते-गिरते बचा दीन मोहम्मद के।

“तोहे कैसे पतो के मैं...”

“मैं तो जैसे इस दुनिया में रहती ही नहीं हूँ !”

“दुनिया में रहवे है तो चुपचाप सो जा।” दीन मोहम्मद शकीला को डाँटकर चुपचाप खाना खाने लगा।

“ठीक है, अब तो सो जाती हूँ, कल करूँगी आपसे पूरी हवेली के सामने बात। कहते हैं हम तो मुसलमान हैं...शर्म नहीं आती अपने आपको मुसलमान कहते हुए।” दीन मोहम्मद को सुनाते हुए दूसरी ओर करवट ले ली शकीला ने।

जँच गया दीन मोहम्मद को कि कल पूरी हवेली के सामने जो उसकी गत बनेगी, उसकी अभी से कल्पना की जा सकती है। इसीलिए खुशामद पर उतर आया दीन

मोहम्मद और बिना यह सोचे-समझे कि जो वह काम करने जा रहा है, दादी ज़ैतूनी आकर उसे पहले ही कर चुकी है।

"आज जुम्मा है...नक्कस-वक्कस लियो है या ना ?"

कोई जवाब नहीं दिया शकीला ने।

दीन मोहम्मद एक नक्कस लेकर उसे शकीला को देते हुए बोला, "चल खड़ी हो, याहे घोलके पी जा नहीं तेरो दरवेस नाराज हो जाएगो !"

शकीला दम साधे पड़ी रही।

दीन मोहम्मद ने हल्के से शकीला का बाज़ू पकड़ा और उसे जैसे ही उठाने लगा कि उसने हाथ झटक दिया दीन मोहम्मद का। शकीला के इस रूप को देखकर वह सहम गया और हाथ से छिटककर दूर जा गिरे नक्कस को, जो अपनी तहों से खुल गया था, उठाते हुए बोला, "ले, तेरो तो नक्कस ही खुलगो।"

शकीला ने झपटकर छीन लिया उस नक्कस को दीन मोहम्मद के हाथ से। उसकी पुनः तह बनाने लगी कि उस पर उभरे शब्दों को देखती गई वह। शकीला ने पूरा खोल लिया उसे इस बार। वह भूल गई दरवेश के उस आदेश को कि कोई इसे खोलेगा नहीं। आश्चर्य हुआ दीन मोहम्मद को शकीला के चेहरे पर बल्ब की रोशनी में आते-आते भावों को देखकर।

जैसे ही एकाएक कमरे में शकीला की ज़ोर-से हँसी छूटी कि उसे देखकर दीन मोहम्मद का पूरा जिस्म सिहर उठा कि कहाँ तो क्षणभर पहले यही शकीला अपने ही क़ाबू में नहीं आ रही थी और कहाँ यह हँसे जा रही है !

"भली आदमन् कुछ हुओ भी ?" हिम्मत कर पूछा दीन मोहम्मद ने।

"लो, देख लो अपने दरवेश का कारनामा !"

"कहा मतलब ?"

"मतलब यह कि इस नक्कस के नाम पर उसने उर्दू के पाँच-सात हरूफ़ लिखे हुए हैं...पढ़कर सुनाती हूँ अलिफ़ बे...पे...ते...टे...स...।" पढ़ते-पढ़ते एक बार फिर हँसी छूट गई शकीला की, "यह है आपके दरवेश का कलमा।"

"याका बारा में माई कू बतइयो, वही लेगी ही तोहे वा ढोंगी के पै...और अभी तो एक बर और बुलाई है तू वाने अपनी झोंपड़ी में।" सेन चलाते हुए छेड़ा दीन मोहम्मद ने शकीला को।

"सच बताऊँ, मुझे तो उस पर शुरू से ही यक़ीन नहीं था लेकिन हमारी अम्माँ वह तो उसे पैगम्बर से कम ही मानकर नहीं चल रही थी। वे तो उल्टियों का मतलब ही कुछ और लगा बैठी थीं। अगर ऐसे ढोंगियों से यह दुनिया चलने लगी तो कौन पूछेगा इन वैद्य-हकीमों और अल्लाह को।"

दीन मोहम्मद की मुश्किल से जान में जान आई। अच्छा हुआ जो शकीला इस कल्लन के चक्कर में उलझ गई। फिर भी ज़रूरी. था कि इसे ज़्यादा-से-ज़्यादा इस कल्लन-पुराण में उलझाए रखना। इसलिए कल्लन के बारे में वह स्वयं द्वारा गढ़ी गई

ऐसी कई कथाओं के बारे में शकीला को बताने लगा, जिनसे कभी बेचारे इस कल्लन दरवेश का वास्ता तो दूर रहा, उसने सोचा भी नहीं होगा।

दीन मोहम्मद को जब लगा कि शकीला रह-रहकर नींद की झपकी ले रही है, तब उसने उठकर बल्ब बुझाया और अगले दिन की कल्पना में चुपचाप आ लेटा अपनी चारपाई पर। कूलर के तेज़ शोर और उसकी ठंडक में पता ही नहीं चला कि उन दोनों को कब नींद आ गई।

तेईस

कल्पना भी नहीं की थी ज़ैतूनी ने कि सब इतनी तेज़ी-से और इतनी जल्दी बदल जाएगा। देखते ही देखते सपने हो गए वे दृश्य जिन्हें देखकर पूरा जिस्म एक रोमांच से सिहर उठता था। आख़िर एकाएक इस मेवात को यह हो क्या गया है ? उसके अपने ही तीज-त्यौहार, रीति-रिवाज सब अब उधार लिए से लगते हैं।

मुहर्रम पर निकलनेवाले ताज़िए और इस अवसर पर गाए जानेवाले हब्दा[1] और साबूनी[2] आज भी ज़ैतूनी की स्मृति में क़ैद है। विशाल जुलूस के रूप में निकलने वाले ताज़िए महज अतीत के चित्र बनकर रह गए हैं। हब्दा गानेवाले होंठ समय के ताप से पपड़ा गए हैं। गोल वृत्त में लयबद्ध कदमों के साथ, सूर्य के चारों ओर अपनी धुरी पर चक्कर काटती और छाती पीटती हुई हब्दे देती, पसीने से तर-ब-तर सखी-सहेलियाँ की मीठी यादें-भर रह गई हैं उसके पास।

जब कभी ज़ैतूनी उन दृश्यों को याद करती है, तब लगता है जैसे वह भी पूरे उत्साह के साथ हब्दा देनेवाले उस वृत्त में शामिल है। गाँव के एकदम पच्छिम में स्थित ग्यारमी में झुम्मन फ़क़ीर के यहाँ से ढोल-ताशे के साथ दस दिन तक निकलनेवाली शामें-ग़रीबाँ। मुहर्रम पर निकलनेवाले ताज़ियों की थड़ी पर तैयारियाँ तथा ताज़िए के दिन उनके रास्तों में पड़नेवाले दरख़्तों की शाखाओं का छँगना—एक-एक दृश्य को याद करते हुए लगता है जैसे मुँदी हुई पलकों पर वे अभी भी बैठे हैं।

उसे याद है कि उनकी बैठक में रखे विशाल डहले (बड़ी चारपाइयाँ) ताज़ियों के लिए तब तक इस्तेमाल होते रहे, जब तक वे पूरी तरह जर्जर नहीं हो गए थे। शायद इन डहलों के मज़बूत और भारी-भारी पाए, बाही, सेरू ताज़िया बनानेवालों की पहली पसन्द होते। अपने पीहर की वह थड़ी न जाने क्यों हमेशा उसे आकर्षित करती है, जहाँ से ताज़िए अपने गंतव्य यानी कर्बला की ओर प्रस्थान करते थे। आख़िरी बार जब अपने भाई के फ़ातिहा में शामिल होने के लिए अपने पीहर गई थी, तब वह उस थड़ी पर भी पर गई थी। जर्जर होते थड़ी के हिस्से को वह देर तक निरखती रही थी। छत के

1. हब्दा, 2. साबूनी : मुहर्रम के दिनों में मेवात में गाए जानेवाले शोक-गीत।

किस हिस्से पर टामक (बड़ा नगाड़ा) लटकी रहती थी। बरसों तक दो डहले कहाँ बिछे रहते थे। किन-किन खूँटियों पर बाराती अपने लत्ते-कपड़े टाँगते थे। बाहर किस कोने में एक स्थायी अँगीठी धीरे-धीरे सुलगती हुई हमेशा ऊँघती रहती थी। बहुत बारीकी से देखा ज़ैतूनी ने उन हिस्सों को, जो उसके बचपन के मूक गवाह थे।

इसी थड़ी पर इन ख़ूबसूरत और शिल्प की दृष्टि से बेजोड़ ताज़ियों का निर्माण होता था। कई बार तो दूर से देखकर लगता मानो ये इमाम हुसैन की याद में बाँस की कमचियों और रंगीन पतंगी काग़ज़ों से बने ताज़िया नहीं, अपितु हवा में झूलती कोई रंग-बिरंगी इमारत चल रही है। एक डहले पर बनाया गया ताज़िया उठकर चलने लगता तो शिखर पर हवा से घूमती फिरकनी मानो अपने साथ आने का आह्वान करती। हब्दा देती किशोरियों और मायके आई युवतियों के स्वछन्द कदमों से खुँदती गैल-दगड़ों तक की धूल तौबा कर उठती। लेकिन आज उसके पीहर के ही नहीं ससुराल के भी वे चौड़े-चौड़े रास्ते और मोहल्लों के बड़े-बड़े चौक, जो उस समय कम आबादी के बावजूद उमड़ते सैलाब के लिए छोटे पड़ जाते थे, एकदम उदास-उदास नज़र आते हैं। वह कई बार इन्हें ग़ौर से देखकर पहचानने की कोशिश करती है और रह-रहकर सोचती है कि क्या ये वही रास्ते हैं, जहाँ से भीड़ का रैला शान्त पानी की मानिन्द धीरे-धीरे बहता हुआ निकला करता था ?

याद करती है ज़ैतूनी इन्हीं गैल-दगड़ों में टामक, अलगोजे और चिकारा[1] की अलग-अलग धुनों पर थिरकते उन पेंकों[2] को, जिन्हें पूरे मुहर्रम गुड़ का शरबत पिलाने की होड़ लगी रहती थी। क़त्ल की रात[3] को तो मजाल है मानो आँख लग जाए। हब्दा देनेवाली युवतियों के बोलों और टामक की गुमक से पूरी रात गूँजती रहती थी। पता नहीं चालीसा[4] का मेला भी अब कहीं लगता है या नहीं ? ज़ैतूनी पीछे की ओर पलटकर देखती है, तो पलभर के लिए लगता है जैसे अलग-अलग अखाड़ों को संदेशा देते पेंक बौराए-से घूम रहे हैं। चिकारा, अलगोजा और टामक के अखाड़ों में एक-दूसरे से बाज़ी मारने की होड़ में पता ही नहीं चलता कि रात का कौन-सा पहर बीत गया है ?

भूल-सी गई है अब तो ज़ैतूनी अपने ही इन बोलों को। एक दृश्य को तो आज भी याद कर सीना गर्व से चौड़ा होता चला जाता है इसी ज़ैतूनी का। चाला के बाद शायद दूसरी बार आई थी नसीब ख़ाँ के साथ अपने ससुराल में। सिर्फ़ सुना ही था ज़ैतूनी ने कि नसीब ख़ाँ जैसा पट्टेबाज आसपास के पाँच-सात गाँवों में नहीं है। लोगों को इन्तज़ार रहता था कि कब ताज़िए आएँ और कब उन्हें इस पट्टेबाज की चपलता और कौशल देखने को मिले। नहीं आया यक़ीन ज़ैतूनी को जब तक वह ख़ुद अपनी आँखों से न देख ले। बहुत उपाय किए परन्तु जुगत नहीं भिड़ी। आख़िर उसने अपनी कुनबे की एक जेठानी का सहारा लिया। उसी ने दिखाया ज़ैतूनी को नसीब ख़ाँ का कमाल।

---

1. चिकारा : एक वाद्य-यन्त्र, 2. पेंक : मुहर्रम के दिनों में सन्देश देनेवाला, 3. क़त्ल की रात : ताज़िए निकलने से पहले की रात, 4. चालीसा : ताज़िए दफ़न करने के चालीस दिन बाद लगनेवाला मेला।

हाथ में पट्टे की मूठ को थामे पूरी फ़ुर्ती से प्रतिद्वन्द्वी के वार से बचकर, बाज़ की गति से पलटकर वार करना, सचमुच एक दर्शनीय दृश्य होता है।

साँस रुक गई ज़ैतूनी की।

विशाल घेरे में आकर जैसे ही एक आदमी ने नसीब ख़ाँ के नाम की उद्घोषणा की, तो एक दर्शक ने हुमकते हुए कहा, "ले वाड़ी[1], अब आनवालो है हमारो घोड़ा-पछाड़ !"

अवाक रह गई ज़ैतूनी। घोड़ापछाड़ यानी नसीब ख़ाँ। नहीं यह कैसे हो सकता है। कहाँ छरहरे बदन का नसीब ख़ाँ और कहाँ ढाई-तीन गज़ लम्बा घोड़ापछाड़—दोनों में भला क्या मेल। घोड़ापछाड़ आख़िर घोड़ापछाड़ है। देखा तो ज़ैतूनी ने कभी नहीं है मगर यह सुना ज़रूर है कि यदि कोई घोड़ा अपनी पूरी गति से किसी सड़क पर दौड़ रहा हो और घोड़ापछाड़ उसके समान्तर किसी खेत में, तो मजाल है घोड़ा इस घोड़ापछाड़ नामक सर्प से आगे तो निकल जाए—यानी इतना फुर्तीला होता है यह सर्प। ग़लत ही तुलना की है इस ना-समझ दर्शक ने नसीब ख़ाँ की घोड़ापछाड़ से।

एकाएक भीड़ से उठी किलकारी ने ज़ैतूनी की सोच पर विराम लगा दिया क्योंकि अगले ही पल उसने देखा कि सिर पर सफ़ेद फेंटा बाँधे और तहमद का लँगोट लगाए सचमुच बिजली की गति से हरहराते हुए प्रवेश किया है किसी ने। कई पल लगे ज़ैतूनी को इसे पहचानने में। हवा में लहराता पट्टा और पंजों पर तनकर अपने प्रतिद्वन्द्वी को चुनौती देते हुए कई चक्कर काटे नसीब ख़ाँ ने।

इसी बीच दूसरा प्रतिद्वन्द्वी भी बीच घेरे में आ पहुँचा। दोनों पट्टेबाजों का पहले एक-दूसरे से मुसाफ़हा कराया गया आपस में, तब कहीं जाकर पट्टेबाज़ी की विधिवत् शुरुआत हुई। दोनों ने पहले देर तक एक-दूसरे के वारों से बचते हुए आपस की कमज़ोरियों को भाँपा। फिर आँखों ही आँखों में कदमों की चालों को परखा। नसीब ख़ाँ अपने प्रतिद्वन्द्वी को देर तक छकाता रहा और क़ैद करता रहता अपने मस्तिष्क में कि कहाँ से वार किया जाए अपने प्रतिद्वन्द्वी पर—दाएँ से या बाएँ से, ऊपर से या नीचे से। नसीब ख़ाँ अपने ऊपर होनेवाले हर सम्भावित वार से अपने आपको बचा जाता। मजाल है अपने प्रतिद्वन्द्वी का पट्टा उसके जिस्म को छू तो जाए। इसके बाद तो धीरे-धीरे नसीब ख़ाँ आक्रामक होने लगा। जब-जब उसका प्रतिद्वन्द्वी उसके वारों को बचाता, तब-तब नसीब ख़ाँ का पट्टा दुगनी गति से उस पर प्रहार करता।

हवा में लहराते और कभी-कभी एक-दूसरे के वार से बचने के लिए स्थिर हो जाते पट्टों पर दर्शकों की आँखें टिकी हुई हैं। आँखों की पुतलियाँ पट्टों के साथ-साथ घूमने लगीं। कई बार तो 'कटाकट...कट...कट' का स्वर ही सुनाई देता। एक बार तो नसीब ख़ाँ के प्रतिद्वन्द्वी ने उस पर इतनी तेज़ी-से वार किया कि ज़ैतूनी की आँखें बन्द होती चली गईं। किन्तु जैसे ही जनसमूह का शोर सुनाई दिया, समझ गई ज़ैतूनी कि उसका घोड़ापछाड़ उस वार को भी साफ़ बचा गया है।

---

1. वाड़ी : मित्र।

शायद उसी दर्शक के मुँह से निकला था यह, जिसने नसीब ख़ाँ को घोड़ापछाड़ की संज्ञा दी थी कि *इत-बित लू तेगा तणाँ, भूप रहा बल खाए/इनमें कायर कौण-सो, जो पीछे पग धर जाए।* ग़लत भी क्या कहा है इस दर्शक ने। दोनों तरफ़ से तलवार रूपी पट्टे ही तो तने हुए हैं। पूरा शरीर इन्हीं के इशारों पर ही तो बल खा रहा है।

इसी बीच नसीब ख़ाँ के प्रतिद्वन्द्वी का वार नसीब ख़ाँ के पट्टे के मूठ पर इतना तेज़ पड़ा कि नसीब ख़ाँ बिलबिला उठा। 'कट' की आवाज़ सुनकर लगा जैसे वार मूठ से ढकी अँगुलियों पर नहीं, बेंत के पट्टे पर पड़ा है। बस, यही वार निर्णायक साबित हुआ। इसके बाद तो नसीब ख़ाँ ने अपने प्रतिद्वन्द्वी को दम नहीं लेने दिया। नहीं समझ पाया नसीब ख़ाँ का प्रतिद्वन्द्वी कि वह कैसे तो इन वारों से बचे और कैसे नसीब ख़ाँ पर पलटवार करे ? वह बग़ल को बचाता तो सिर पर वार। सिर को बचाता तो कन्धे पर। कन्धे को बचाता तो बाज़ू पर। अन्ततः हार मानते हुए ज़मीन पर रख दिया नसीब ख़ाँ के प्रतिद्वन्द्वी ने अपना पट्टा।

शाम को अँगुलियों पर फिटकरी का गरम पानी डालते हुए छेड़ा था ज़ैतूनी ने, "खुदा तोड़ी[1], ऐसी फुर्ती तो घोड़ापछाड़ में भी ना देखी !"

दर्द से बिलबिलाते हुए पूछा नसीब ख़ाँ ने, "तोहे कैसे पतो ?"

"क्यों, मैं ना देख सकूँ हूँ तेरी या पट्टेबाजी ए !" एक रहस्यमयी मुस्कान तैर गई ज़ैतूनी के होंठों पर।

"तैने कहान् सू देख ली ?" विश्वास नहीं हुआ नसीब ख़ाँ को।

"कसाईन् की हवेली पे सू और कहाँ सू।"

सुनते ही आधा दर्द जैसे ग़ायब हो गया नसीब ख़ाँ का।

"इतनो हुस्यार पट्टेबाज भी चोट खागो ?" व्यंग्य किया ज़ैतूनी ने।

"ऊ भी तो हो खिलाड़ी, और फिर जब तक कोई ढंग की चोट ना पड़े कहा मजा आवे है खेल में...किं ?" इतना कहकर शरारत से देखा नसीब ख़ाँ ने।

ज़ैतूनी ने कुछ नहीं कहा। बस चुपचाप गरम पानी डालती रही नसीब ख़ाँ की अँगुलियों पर।

●●

ताज़ियों के आगे-आगे धीरे-धीरे खिसकती टामक पर पड़ती चौबें तथा उनके पीछे पलंग को हरे लीलन से ढककर बनाई गई तुरबत को बोझिल कदमों से उठाते मरसिया-ख़्वाँ। शुरू में ज़ैतूनी सालों तक रईसन को गोद में लिए इन ताज़ियों के नीचे से निकलती। सिर्फ़ वही क्यों जिनके घरों के आगे से ताज़िए निकलते थे उन्हें इन्तज़ार रहता कि कब ताज़िए आएँ और कब वे अपने बच्चों को उनके नीचे से निकालें। यहाँ तक कि आसपास के घरों की औरतें अपने बच्चों को इनके नीचे से निकालना नहीं भूलतीं। ज़ैतूनी की आज तक यह समझ में नहीं आया कि उनका इन ताज़ियों के नीचे

1. ख़ुदा तोड़ी : ख़ुदा की क़सम।

से अपने बच्चों को निकालना तो समझ में आता है लेकिन यह बत्तो, सोनदेई यहाँ तक कि पूरा चिमरवाड़ा अपने बच्चों को इनके नीचे से क्यों निकालता है ? पहले बत्तो कौशल्या को इनके नीचे से निकालती थी, बाद में कौशल्या रामरती को निकालती रही कई वर्षों तक। परन्तु अब न तो ताज़िए निकलते हैं और न उनके नीचे से कोई निकलने की कल्पना करता है। असग़री को तो वह दूर तक फत्तू को गोद में उठाए इनके नीचे जाते हुए देखती। वही सोनदेई जिसने लालदास के मन्दिर से आने के बाद बत्तो को साफ़ कह दिया था कि वह ऐसे मन्दिर में कभी नहीं आएगी, जो मूल रूप से मस्जिद है, उसी सोनदेई को कमला के जन्म के बाद हर वर्ष ताज़िए के नीचे से निकलते हुए देखा जाता।

ईद से कहीं ज़्यादा उल्लास मुहर्रम पर निकलनेवाले इन ताज़ियों के अवसर पर देखा जाता। नए-नए लिबास और अपने पारम्परिक गहनों जैसे हार, हमेल, तोड़, गुलीबन्द और छण से लकदक किशोरी और युवतियों को जहाँ भी मौक़ा मिलता हब्दा देने लग जातीं। कई बार तो ऐसा होता कि भीड़ के कारण वे चढ़ जातीं किसी हवेली की छत पर हब्दा देने और तब तक हब्दा देती रहतीं, जब तक देह पूरी तरह से मना नहीं कर देती। हब्दा देने के चक्कर में कई बार तो यह होता कि जब ये छतों से उतरकर नीचे आतीं और खाए गए मीठे के चलते ज़ुबान को थोड़े नमकीन की दरकार होती, तो रहड़ियों से पुलाव या कीमे के पकौड़े ख़त्म हो चुके होते।

अन्तिम ताज़ियों से पहले के ताज़िए की बात है यह। ताज़िए जब चिमरवाड़े में पहुँचे तो खम्बे से टीकम की बैठक में जानेवाला बिजली का तार आ गया बीच में। बहुत कोशिश की तार को बल्ली और डंगी से ऊँचा करने की। किन्तु एक निश्चित ऊँचाई के बाद खिंचे तार ने ऊपर होने से मना कर दिया। शायद महीना-पन्द्रह दिन पहले ही लगा था बिजली का मीटर टीकम के यहाँ, क्योंकि इससे पहले तो ऐसा कभी नहीं हुआ। बहुत सोचा गया कि बिना झुकाए ताज़िए को कैसे ले जाया जाए आगे। बस, ताज़िए को आगे बढ़ाने का एक ही रास्ता था और वह था बिजली के उस तार को काटकर हटाना।

टीकम उसी वक़्त अन्दर से तार काटने का औज़ार लाया तथा यह कहते हुए तार काटने की अनुमति दे दी कि तार का क्या वह तो फिर जुड़ जाएगा, लेकिन ताज़िया ज़रूर निकलना चाहिए। इसके बाद तो बीच चिमरवाड़े में पट्टेबाज़ी का देर तक प्रदर्शन होता रहा। ऐसा कोई घर नहीं बचा जिसके बच्चे ताज़िए के नीचे से नहीं निकले।

यह भी उसी ताज़िए की बात है।

मुहर्रम की छुट्टियों पर युनुस अलीगढ़ से आया था। अन्तिम वर्ष था बी.ए. में उसका और लॉ में दाख़िले के लिए हवेली से स्वीकृति मिल गई थी। आते ही उसने घोषणा कर दी कि इस बार यहाँ मुहर्रम के अवसर पर ऐसा बिल्कुल नहीं होगा, जैसा

होता आया है।

हवेली के लिए यह आश्चर्य में डालनेवाली ख़बर थी कि इस बार युनुस क्या करवाएगा उनसे ? ज़ैतूनी ने कौतुकता से पूछा, "बेटा, अबके तू कहा करवाएगो हीं ?"

"बूढ़ी माँ, ये हब्दा-वब्दा बन्द होंगा। अरे, हमारा या मेवात में तो ताजियान् में ऐसी खुसी मनाई जावे है जैसे ई कोई ईद या बकरीद होए।"

तो फिर इस बार युनुस कैसे मनवाएगा इन ताज़ियों को ? कैसी तैयारियाँ कराएगा ताज़ियों से पहले ? इसी को जानने के लिए इकट्ठी हो गई पूरी हवेली। युनुस ने सबको ध्यान से सुनने का निर्देश देते हुए कहा कि जैसा वह बताएगा उसी के अनुरूप होगी इस बार ताज़ियों की तैयारी।

उसने बताना शुरू किया वह सब जो वह पिछले मुहर्रम पर अपने एक दोस्त के यहाँ देख और सुनकर आया था उत्तर प्रदेश के एक सैयद परिवार में।

मुहर्रम की तैयारी यहाँ बक़रीद से ही शुरू हो जाती है। बीस दिन पहले से मातम मनाने का अभ्यास शुरू हो जाता है। घर की औरतें बच्चों के लिए काले कपड़े सींती हैं। कुछ बड़ी-बूढ़ी नौहों की बयाज़ें निकालकर लाती हैं और इन नौहों को इस तरह गाती हैं कि गानेवाली खुद तो चाहते हुए नहीं रो पाती हैं, अलबत्ता उनका मातम में साथ देनेवाली बाकी औरतें दुपट्टों में मुँह ढाँपकर इस तरह रोती हैं कि उन्हें देखनेवालों को भी रोना आ जाता है।

मुहर्रम के दिनों में रोज़ शाम को मरदाने इमामबाड़े में ताशा बजाकर मजलिस के लिए लोगों को इकट्ठा किया जाता है और ग़िलाफ़ ढके मिम्बर[1] पर बैठकर मजलिस पढ़ी जाती है। दस मुहर्रम को जब अलग-अलग हिस्सों से जुलूस आते, तो उनमें से एक आदमी 'बोल मुहमदी' का उद्घोष करता है, बाकी सारा जुलूस उसका जवाब 'या हुसैन' कहकर देता है।

मातम मनाने के दौरान जो मरसिया गाया जाएगा, युनुस उसे लिखकर लाया है अपने साथ और एक-एक हिज्जे पर ज़ोर डालते हुए ध्यान से पढ़कर सुनाता है—

जिस घड़ी नहर प-खैमे शहे-वाला के हुए
और सितमगार मज़ाहिम लबे दरिया के हुए।

आठवें-नवें मुहर्रम तक आते-आते मातम मनानेवालों का अभ्यास इतना हो जाता है कि जब वे ज़ोर-ज़ोर से रोते हैं, तो दूर से ही पता चल जाता है कि कहीं मातम हो रहा है। यहाँ तक कि युनुस ने एक आदमी को तो ठीक 'शामें गरीबाँ' के दिन लगनेवाली मजलिस में मातम करते समय इस क़दर बेहोश होते देखा, कि उसे वापस होश में लाने के लिए मुँह पर पानी के छींटे मारने पड़े। बल्कि एक आदमी तो नौ की सुबहवाली मजलिस में मातम मनाते हुए इस तरह गिरा कि उसका बायाँ हाथ ही टूट गया।

1. मिम्बर : ग़िलाफ़ चढ़ा तीन सीढ़ियों का प्लेटफार्म, जिसपर एक आदमी बैठकर कर्बला की कथा सुनाता है।

मुहर्रम की इन मजलिसों में मजलिस के आख़िर में 'अंजुमने-हुसैनिया' का जब कोई आदमी रूमाल में मजलिस के प्रसाद को 'यतीम का हिस्सा ! यतीम का हिस्सा !!' कहता हुआ उसे नीलाम करता है तो बच्चे भी उस हिस्से को ख़रीदने के लिए टूट पड़ते हैं। यानी इन बच्चों को थोड़े-बहुत पैसे भी देने पड़ेंगे। ग्यारहवें मुहर्रम को 'अंजुमने-हुसैनिया' के जलसे में जितना पैसा इकट्ठा किया जाता है, उसकी घोषणा की जाती है। बाद में इसे किसी अनाथालय या दीन के काम के लिए किसी मस्जिद में भेज दिया जाता है।

तीन आदमी सोज़ख़्वानी[1] करते हैं, जिनमें से एक शाह और अन्य दो रोते हुए उसके बाज़ू की भूमिका निभाते हैं। सोज़ख़्वानी के बाद मिम्बर पर जाकर शाह द्वारा दरूद पढ़ी जाती है और सोज़ख़्वानी के दौरान ही सलाम सुनाई जाती है। युनुस यह सलाम भी मरसिया की तरह लिखकर अपने साथ लाया है, तथा बाक़ायदा उसी लय और सुर में गाने की कोशिश करते हुए पढ़कर सुनाता है—

जगह मोल ली है मज़ारों की ख़ातिर
ज़मीं पर शहे-दीं निशा खींचते हैं
शबीहे-इमामे-ज़माँ खींचते हैं।

सलाम सुनाने के बाद युनुस ने मिम्बर पर बैठकर ग़मगीन अंदाज़ में रोनी सूरत बनाकर मजलिस में पढ़ा जानेवाला मरसिया, जैसा वह अपने एक मित्र के साथ उस सैयद परिवार में देखकर आया था सुनाने लगा—*हज़रत से कर्बला-ए मुअल्ला करीब हैऽऽऽ।* इस मरसिया को सुनाने के बाद जब उसने यह कहा कि पूरी मजलिस इस मरसिया को सुनकर रोने लगती है, तो उसे लगा जैसे पूरी हवेली भी सचमुच रो पड़ेगी इस मरसिया को सुनने के बाद।

बच्चों के लिए यह दृश्य कौतूहल और रोमांच पैदा करनेवाला था। हालाँकि शुरू में तो इन्होंने भी युनुस को ध्यान से सुनने-समझने की कोशिश की, लेकिन जब इनके कुछ पल्ले नहीं पड़ा तो बच्चों में बेचैनी शुरू हो गई। फलस्वरूप यह बेचैनी आपस में चुटकी-चिकौटी और एक-दूसरे को चिढ़ने-चिढ़ाने में तब्दील हो गई।

जुम्मी की नज़र पड़ गई अपने सबसे बड़े पोते मुबारक अली पर, जिसने इसी बेचैनी के चलते अपनी बड़ी बहन ज़ैनब के ऐसी चिकौटी भरी कि न चाहते हुए भी उसके मुँह से चीख़ निकल गई। नहीं रुका गया जुम्मी से और जैसे ही वह मुबारक पर झपटी कि वह बेहद फुर्ती से दादी की जद से बाहर हो गया तथा इशारे से और कोंचने लगा ज़ैनब को।

'ढेड अइयो तू, तोहे चूल्हा में सरकाऊँगी !' जुम्मी ने मुँह ही मुँह में दाँत पीसते हुए पोते से कहा।

---

1. सोज़ख़्वानी : इसमें तीन आदमी मरसिया पढ़ते हैं। बीचवाला शाह कहा जाता है और दाएँ-बाएँ बैठनेवाले बाज़ू।

पोता-पोती के इस झगड़े में जुम्मी मजलिस से पीछे छूट गई। जब तक वह उसमें शामिल होती उसने देखा कि दादी ज़ैतूनी, मजीदन और अन्य बहुएँ ओन्ना-लूगड़े के पल्लुओं से आँखों को पोंछ रही हैं। पोते ने सब गड़बड़ कर दिया।

सचमुच इस दृश्य ने हवेली में ऐसा मातमपूर्ण माहौल पैदा कर दिया कि युनुस को पूरा यक़ीन हो गया कि अभ्यास के रूप में इतना ही काफ़ी है। इसलिए इससे आगे बताने के बजाय उसने यह सोचते मजलिस बर्ख़ास्त कर दी कि अब जो होगा वह अभ्यास के रूप में नहीं बल्कि वास्तविक रूप में होगा।

●●

सारी तैयारी हो गई मुहर्रम को सैयदों की तरह मनाने की। लेकिन बावजूद इसके अभी बहुत सारे सवाल हवेली के सामने खड़े हैं। उदाहरण के लिए जितने पात्र, जितने चरित्र और जिस तरह का माहौल इसके लिए ज़रूरी है, वे कैसे पैदा होंगे ? बड़ी-बूढ़ियों के नाम पर एकमात्र दादी ज़ैतूनी नौहों के लिए बयाज़ें कहाँ से निकालकर लाएगी ? उसने तो नाम ही युनुस के मुँह से सुना है। हवेली में मरदाना इमामबाड़ा कहाँ बनाया जाएगा ? मातम के दौरान कहाँ से मरसियों को लाया जाएगा और कौन इन्हें गाएगा ? कौन मातम मनाने के दौरान वास्तविक रूप से रोएगा ? 'शामें-गरीबाँ' के दिन लगनेवाली उस मजलिस में कौन मातम करते समय तड़ाक से ज़मीन पर गिरेगा और कौन अपने हाथ-पाँव तुड़वाएगा ?

लेकिन इन चुनौतियों और सवालों की परवाह किए बिना युनुस अपने मिशन में जुटा रहा।

मजलिस पढ़ने के लिए मिम्बर पर ढकने के लिए ग़िलाफ़ बनकर तैयार हो गया। सोज़ख़्वानी किससे करवाई जाएगी ? शाह को सुर देने के लिए बाज़ू कौन होंगे ? मरसिया पढ़ने से पहले पेशख़्वाँ[1] कौन होगा ? कौन मरसिया से पहले माहौल बनाने के लिए पेशख़्वानी करेगा ? युनुस ने मन ही मन सब तय कर लिया। परन्तु असली परेशानी तो तब आई जब इन सारे सम्भावित पात्रों ने ऐन मौक़े पर अपना-अपना किरदार निभाने से साफ़ मना कर दिया। चलो, मजलिस में मरसिया भी वह पढ़ लेगा किन्तु सबसे अहम था पेशख़्वाँ जिसके लिए पहले कोई योग्य व्यक्ति नहीं दिखाई दे रहा था, और जो दिखाई दिया उसका ख़्याल आते ही युनुस का मुरझाया चेहरा खिल उठा। उसकी मेहनत सफल हो गई लेकिन युनुस के चेहरे का यह खिलापन उस समय निराशा में बदल गया, जब उस सम्भावित पात्र के सामने पेशख़्वाँ का प्रस्ताव रखा गया, तो उसने यह प्रस्ताव एक झटके में ठुकरा दिया। युनुस ने बहुत मिन्नतें कीं। दीन की बहुत दुहाई दी कि वह इस प्रस्ताव को स्वीकार कर ले लेकिन उस पात्र ने युनुस का यह प्रस्ताव हर बार अस्वीकार कर दिया। हारकर झुँझलाते हुए युनुस ने उसके मुसलमान होने पर ख़ूब लानत-मलानत दी।

1. पेशख़्वाँ : मरसिया पढ़नेवाले से पहले जो माहौल बनाने के लिए पढ़े।

युनुस का यह तीर एकदम निशाने पर लगा यानी फत्तू पेशख़ाँ बनने के लिए भारी मन से तैयार तो हो गया, पर साथ में उसने अपनी दुविधा बेलौस युनुस के सामने प्रकट भी कर दी, "यार युनुस, तू मोहे मौज खाँ, जलेब खाँ, उल्लू खाँ, पट्ठे खाँ जो चाहे बणा दे, पर खुदा का बंदा ई पेसखाँ बणनो मेरे बसकी ना है !"

"काका, तैने तो काफिर भी मात कर दिया। अरे, मैं कोई ई सब अपणी भलाई कू कर्रो हूँ, तिहारी भलाई कू कर्रो हूँ। एक सच्चा मुसलमान की हैसियत सू तोहे वैसे भी मना ना करनी चहिए...और फिर तोहे कौण-सो ई सुर में गाणो है। ई समझ लीजो कोई गधा रेंक रो है।" झुँझलाते हुए युनुस ने फत्तू की भूमिका पर थोड़ी-सी रोशनी डालते हुए कहा।

अन्ततः फत्तू पेशख़ाँ की भूमिका के लिए तैयार हो गया लेकिन इस शर्त के साथ कि यदि इसके अलावा उसने उससे कुछ और कराया, तो वह बीच में छोड़-छाड़कर भाग जाएगा, फिर धरे रखना अपनी धरमशाला।

युनुस के सिर से एक बड़ा बोझ उतर गया। एक बड़ी परेशानी से मुक्त हो गया वह। चूँकि इस हवेली में यह प्रयोग पहली बार हो रहा है इसलिए युनुस ने मुहर्रम की उन्हीं रस्मों पर अमल करने का मन बनाया, जिनमें मर्दों की ही भागीदारी होगी।

युनुस ने एक बार फिर सम्भावित पात्रों को समझा दिया कि किसको क्या-क्या करना है। पेशख़ाँ से लेकर शाह और बाज़ुओं को पहले ही इत्तिला दे दी गई। सोज़ख़्वानी करनेवाले शाह यानी काका दीन मोहम्मद को तो जब भी मौक़ा मिलता, वह इस आयोजन के आयोजक, निर्देशक और सूत्रधार युनुस को उसी वक़्त, बताई गई पंक्तियों को मिश्रित मेवाती उर्दू में सुनाना शुरू कर देता। युनुस हर बार अपने काका को यह बताना नहीं भूलता कि मजलिस में ये पंक्तियाँ गाकर सुनानी हैं। इसलिए दी गई धुन में कुछ कमीबेशी रह गई है, तो वह उसे अच्छी तरह रट ले। युनुस दीन मोहम्मद के इस अद्भुत आत्मविश्वास को देखकर निश्चिन्त हो जाता यानी अब किसी तरह के घपले का कोई प्रश्न ही नहीं उठता।

नसीब ख़ाँ के अनुरोध पर युनुस इस बात के लिए तैयार हो गया कि इमामबाड़े के रूप में इस्तेमाल होनेवाली हवेली में आयोजित मजलिस के लिए लोगों को इकट्ठा करने के लिए वह ताशे नहीं बजवाएगा। जिसे बुलवाना हो, उसे चुपचाप बुलवा ले।

सुबह से ही भीड़ जमा होने लगी इमामबाड़े यानी हाजी की हवेली में। हर कोई यह जानने और देखने को उत्सुक था कि आख़िर मुसलमानों में मुहर्रम मनाने का असली ढब है क्या ? चाँदमल को यह क़तई पसन्द नहीं था, उसके लिए तो जैसे पहले से ताज़िए मनाए जाते रहे हैं, वैसे ही मनाए जाने चाहिए। इसलिए एक बार उसने युनुस को बुलाकर अपनी नाराज़गी दर्ज़ भी करा दी, "युनुस, अन्यायी या हवेली में तैने ई कहा अफंड रचा राखो है ?"

युनुस को ग़ुस्सा तो बहुत आया लेकिन यह सोचकर चुप्पी साध गया कि रिश्ते में सगा दादा है, वरना मन में तो ऐसा आया कि इसका टेंटुआ दबाकर, एक ताज़िया

इसका भी बनवा दूँ। फिर भी उससे कहे बिना नहीं रहा गया, "बूढ़ा बाप, तसबीह फेरणा सू ही आदमी मुसलमान ना बण जावे है...और भी बहोत कुछ करनो पड़ो है सच्चो मुसलमान बणना कू।"

"चोखो भई, जैसी तेरी मरजी...तू बणके दिखा दे सच्चो मुसलमान। हम तो ठहरा गूँठा टेक और तू ठहरो आलम-फाजल। देखो, कैसो मनेगो या हवेली में मोहर्रम !" इसके बाद चाँदमल की अँगुलियों के पोर तसबीह पर तेज़ी-से फिसलने लगे।

सबकुछ युनुस के दिशा-निर्देशों और योजना के अनुसार था। सोज़ख़्वानी के लिए दीन मोहम्मद मिम्बर पर आ बैठा मरसिया गाने के लिए। शाह अर्थात दीन मोहम्मद का सुर देने के लिए दोनों बाज़ू यानी जावेद और इक़बाल भी आ बैठे। पेशख़ाँ के रूप में फत्तू को मिम्बर के सामने आने के लिए युनुस ने इशारा किया कि वह आए और पेशख़्वानी शुरू करे।

यह पहला मौक़ा था जब फत्तू को इतने लोगों के सामने कुछ गाना तो नहीं सिर्फ़ गुनगुनाना था। बड़ी हिम्मत कर आज की मजलिस के लिए अपना पेशख़ाँ मिम्बर के सामने आ बैठा चुपचाप। उसे क्या करना है, वह अच्छी तरह जानता है। युनुस ने खँखारते हुए उसे इशारा करने की कोशिश भी की, परन्तु फत्तू का उससे सम्पर्क नहीं जुड़ पाया। दूसरी बार खँखारा युनुस ने तब फत्तू की नज़र पड़ी उस पर। युनुस ने दाँत पीसते हुए इशारा भी किया कि वह पेशख़्वानी शुरू करे लेकिन सबकुछ गड्डमड्ड हो गया।

बहुत कोशिश की फत्तू ने गले से केवल 'ऊ...ऊ...ऊ' निकालने की परन्तु लगा जैसे गले में कोई कंचा फँस गया है। युनुस ने सिर पीट लिया। छोटे-छोटे बच्चों की भीड़ फत्तू को देखते हुए उसे छेड़ने लगी तो वह रहा-सहा भी भूल गया।

हारकर युनुस ने मजलिस पढ़ने के लिए अपने काका दीन मोहम्मद को इशारा किया। दीन मोहम्मद ने आँखें बन्द कर मजलिस में मरसिया की शुरुआत बाक़ायदा गाते हुए की, "अरेऽऽऽ !"

युनुस ने दीन मोहम्मद को बीच में टोकते हुए कहा, "काका, ई अरेऽऽऽ कहा ?" झुंझला गया युनुस।

"यार, सुर ना बाँधू !" आँखें खोल युनुस से कहा दीन मोहम्मद ने।

"ठीक है।" इतना कहकर चुप हो गया युनुस।

"अरेऽऽऽ जा घड़ी नहर पे खेमा...शाह चोखावालोऽऽऽ !"

"काका, कहा हुओ नहर पे ? तू ई सिंहलवाटी[1] गा रो है या मरसिया पढ़ रो है और फिर शहे-वाला की जिगह ई शाह चोखा[2] कहाँ सू आ घुसो ? ध्यान सू सुन ऐसे

---

1. सिंहलवाटी : मेवाती लोक-गीत का एक प्रकार। प्रायः सिंहलवाटी अश्लील माने जाते हैं। 2. शाह चोखा : मेवात का एक गाँव।

गायो जाएगो ई।'' इसके बाद युनुस ने बाक़ायदा असली सुर में गाकर बताया दीन मोहम्मद को।

''तो फिर ठीक है तू ही गा ले याहे...हमारे पै तो ऐसेई गायो जाएगो।'' इतना कहकर दीन मोहम्मद मिम्बर से उठ गया। उसने युनुस को कहने तक का अवसर नहीं दिया कुछ।

युनुस ने बहुत कोशिश की काका दीन मोहम्मद को मनाने की मगर वह नहीं माना। हारकर युनुस को ही बैठना पड़ा मिम्बर पर। लेकिन यह क्या, उसकी भी मूल धुन ऐन मौक़े पर कहाँ ग़ायब हो गई ? नहीं समझ पाया युनुस। वह जब भी मूल धुन में गाने की कोशिश करता, उसकी मेवाती धुन उस पर सवार हो जाती।

सारी मेहनत पर पानी फिर गया युनुस की। सारी छुट्टियाँ मुहर्रम को सैयदों द्वारा मनाने की नकल में ज़ाया हो गई, आधे से ज़्यादा गाँव के लिए उपहास का पात्र बना वह अलग। शायद इसी शर्मिन्दगी के कारण वह कई दिनों तक हवेली से नहीं निकला। चाँदमल ने तो कोंचते हुए कई बार उससे पूछा भी कि वह बन गया सच्चा मुसलमान, या अभी कुछ कमी है ?

युनुस से कोई जवाब देते नहीं बना। बस, चुपचाप निकल जाता अपने दादा के सामने से।

● ●

'हुँ, देसी गधी और पूरबी चाल !' कहते हुए अपने आप ही हँस पड़ी ज़ैतूनी।

लगता है जैसे कल की ही बात हो। आज पीछे पलटकर देखती है ज़ैतूनी तो वे गैल-दगड़े, चौक-चौराहे तो दिखाई देते हैं, जहाँ से अपनी धुरी पर सूर्य के चारों ओर हब्दा देते पाँव गुज़रते थे, किन्तु वे बोल और आवाज़ें कहीं नहीं सुनाई देती हैं। पट्टेबाज़ों के पाँवों तले हुलसती रेत और गर्द भी है परन्तु पट्टों के टकराने से पैदा होनेवाली टंकार कहीं विलुप्त हो गई है।

आज वर्षों बाद भी ज़ैतूनी के कानों में ये बोल मानो गुदगुदी करते हैं—

इत-बित सू तेगा तणाँ, भूप रहा बल खाए
इनमें कायर कौण-सो, जो पीछे पग धर जाए।

चौबीस

मुमताज़, मैना, फ़ौज़िया, सलीमा, सबीना, फ़िरोज़ा, नफ़ीसा, नसरीन अपने पारम्परिक खेल यानी ढाई ढूकला, कोकला छपाती, कंठू और घर-घर खेलना जैसे खेलों को भूलती जा रही हैं। अब वे खेलती भी हैं तो अलग ही तरह के खेल खेलती हैं।

उस दिन ज़ैतूनी भी देखती रह गई इनके इस खेल को। मैना अपने दादा की ऐनक

उठा लाई, तो पारो की पोती सलीमा उठा लाई, अपने दादा फत्तू का वह बक्सा जिसमें उस्तरा, दो-तीन कंघे, फिटकरी, शेविंग क्रीम, कैंची, नौहरना (नाखून काटने का औज़ार) तथा रेज़र मशीन रखी हुई थी। मुमताज़ दो दीयों के पेंदे में छेद कर, उनमें एक लम्बी कत्तर बाँधकर स्टैथस्कोप यानी आला बना सारा सामान मेज़ पर रखकर बैठ गई, आँखों पर मैना द्वारा लाए गए चश्मे को लगाकर।

ज़ैतूनी आँखें मूँद इस तरह लेटी रही जैसे सचमुच वह गहरी नींद में है और बच्चों को पता नहीं है।

लेकिन पहले खेल की शुरुआत करती है मैना। सारा सामान मेज़ से हटा दिया गया है। मेज़ के साथ रखी कुर्सी पर मैना बैठती है। सारे बच्चे सामने पूरे अनुशासन में बैठे हैं। नाटक करते हैं अपने सामने खड़ी खुर्राट टीचर के हाथ में रूल देखकर डरने का।

"चलो बच्चो, निकालो किताब !" कड़क आवाज़ में रूल हिलाती आदेश देती है टीचर।

"जी भैनजी !" सारे बच्चे कहते हैं एकसाथ।

"देखो, मैं तुम्हारी भैनजी नहीं हूँ...तुम मुझे आज से सकीला मैडम कहोगे...समझे !"

"जी भैनजी !"

"फिर वही भैनजी।"

"जी...जी मैडमजी।"

"और सुनो, मैडम के पीछे यह जी नहीं लगता...समझे !"

"जी मैडम।"

इसके बाद एक अध्यापिका की तरह पढ़ाती है मैना। ज़ैतूनी हैरान कि यह मैडम न केवल बच्चों को पटर-पटर पढ़ा रही है बल्कि कुछ ऐसे शब्द भी बोलती है जिनके अर्थ उसके भी पल्ले पड़ते हैं अर्थात सी फोर...मायने बिल्ली, डी फोर...मायने कुत्ता !

अगले खेल में बेहद गम्भीरता के साथ नफ़ीस अंदाज़ में मुमताज़ मैना की जगह ले लेती है, यानी पात्र बदल जाते हैं। आँखों पर वही ऐनक, गले में लटका स्टैथस्कोप। मेज़ पर तरतीब से रखा सलीमा द्वारा लाया गया बक्सा और उसका सामान।

"चलिए, जीभ निकालिए !"

मरीज़ पूरी जीभ बाहर निकालता है।

"उफ़् ! कितनी बदबू आ रही है। टूथपेस्ट नहीं करती हो ?" डॉक्टर मुँह फेरते हुए पूछती है।

"डाकधरनी, ई टूसपेट कहा होवे है ?" उलटा सवाल करता है मरीज़।

"पता नहीं कैसे जाहिल लोग हैं जिन्हें टूथपेस्ट तक नहीं मालूम...अच्छा, ये सारे बच्चे आपके हैं ?" मरीज़ के पीछे खड़े पाँच-छह बच्चों को खड़ा देख फिर पूछती है डॉक्टर।

"जी डाकधरनी, मेराई हैं।"

"शरम नहीं आती बच्चों की लाइन लगाते हुए।" डाँटती है इस बार डॉक्टर।

"सरम काँई की, ये तो खुदा की नैमत हैं...और फिर हमारी मरजी, हम चाहे कितना ही बालक बनाएँ।" स्त्री मरीज़ चढ़ बैठती है डॉक्टर पर इस बार।

"हाँ-हाँ बनाओ जितनी मरजी हो। कभी अपनी हालत देखी है कि बच्चे पैदा करते-करते खून भी नहीं रहा तुम्हारे अन्दर।" अच्छी तरह डाँटा इस बार डॉक्टर ने अपने मरीज़ को।

"डाकधरनी साब, यामें मेरो कहा कसूर है...मैं तो ना चाहूँ, पर मेरी चले तो हैई ना घर में।" रुआँसी होते हुए विवशता जताई मरीज़ ने।

"ठीक है, अपने आदमी को समझाने की कोशिश करो...समझी !"

"जी डाकधरनीजी।"

नहीं रोक पाई अपने आपको ज़ैतूनी और ज़ोर-से हँसते हुए बोली, "डाकधरनी, मोहे भी देखियो, मेरे कहा बीमारी है !"

"आऽऽऽ बूढ़ी माँ तो जग री है।" हड़बड़ाते हुए बोली फ़िरोज़ा।

हड़कम्प मच गया बच्चों में। मैना ने तुरन्त अपने दादा की ऐनक सँभाली तो सलीमा ने फटाफट अपने दादा का बक्सा। देखते ही देखते डॉक्टर के क्लिनिक की जगह दो उदास मेज़-कुर्सी बच गईं दादी ज़ैतूनी के सामने। बहुत गुस्सा आया ज़ैतूनी को अपने ऊपर कि क्यों उसने बच्चों की कल्पनाओं को इस तरह टोक कर बिखेर दिया। वह आँखें बन्द कर चुपचाप भी तो देख सकती थी यह सब।

सोचती है ज़ैतूनी कि इन बच्चियों को ये सपने किसने दिखाए हैं ? कौन भर सकता है इस हवेली में इनकी कल्पनाओं में ये रंग ? ज़रूर यह शकीला का ही काम है। इनकी इच्छाओं को वही दे रही है खाद-पानी। एक गहरे उच्छवास से भर उठी ज़ैतूनी।

तभी उसे मुमताज़ की आवाज़ सुनाई दी, "बूढ़ी माँ, मेरो पैन तो ना रहगो है ?"

चौंक जाती है ज़ैतूनी मुमताज़ को देखकर।

"पतो ना बूढ़ी माँ, मेरो पैन कहाँ खोगो ?" बिना देखे दादी ज़ैतूनी को सुनाते हुए बोली मुमताज़।

"हींनी होएगो, ध्यान सू देख।"

नहीं मिला मुमताज़ को अपना पैन। निराश होते हुए खड़ी हो गई। ग़ौर से देखती है ज़ैतूनी मुमताज़ को।

"बूढ़ी माँ, ऐसे कहा देख री है ?" हैरान होते हुए पूछा मुमताज़ ने।

"मुमताज, बेटी हीं आ मेरे पै !" स्नेह से बुलाया ज़ैतूनी ने उसे अपने पास। मुमताज़ अपनी पड़दादी की गोद में बैठ गई।

"तो तू डाकधरनी बणेगी ?" सिर पर हाथ फेरते हुए पूछा दादी ज़ैतूनी ने।

"हाँ बूढ़ी माँ, मैं तो डाकटरनी ही बनूँगी।" उल्लसित होते हुए कहा मुमताज़ ने।

"अल्ला तेरी मुराद पूरी करे।"

"पर बूढ़ी माँ, मैं आप ए जरूर देखूँगी।"

एक और परिवर्तन देखा ज़ैतूनी ने कि अब वे तू-तड़ाक की अपेक्षा कुछ ऐसे शब्दों का इस्तेमाल करने लगी हैं, जिन्हें सुनने के लिए कभी-कभी कान तरसने लगते हैं।

"पर मेरी लाल तू मोहे देखेगी तो तब, जब मैं रहूँगी।" छत की कड़ी में झूलती उस चिड़िया की तरफ़ देखते हुए कहा ज़ैतूनी ने, जो अभी-अभी फुर्र से उड़कर बाहर चली गई।

एकटक देखती रही मुमताज़ अपनी पड़दादी की निर्निमेष, निस्तेज आँखों में। नहीं समझ पाई वह दादी ज़ैतूनी के इस कहे का अर्थ।

ज़ैतूनी ने लम्बा साँस खींचा और यह कहते हुए लेट गई खाट पर, "ध्यान सू ढूँढ़ ले बेटी, सब मिल जाएगो तेरो पैन !"

● ●

अलस्सुबह ठंड से सिकुड़ते हुए अपने आपको सँभालते हुए मुमताज़, फ़ौजिया समेत छोटी-छोटी नन्ही सबीना और फ़िरोज़ा को देखा एक दिन अपनी खिड़की से शकीला ने। मुमताज़ और फ़ौजिया का तो जाना ठीक है किन्तु उसे सबीना और फ़िरोज़ा का जाना या उन्हें भेजना कुछ तर्कसंगत नहीं लगा। जो उम्र सुबह की कुनमुनाती ठंड में मीठे-मीठे सपने लेने की है, उस समय वे कहीं जा रही हैं, लेकिन कहाँ ? जब तक वह कुछ अंदाज़ा लगा पाती सब हवेली के दरवाज़े को पार कर चुकी थीं।

शाम को सब पढ़ने आईं तो आते ही पूछा शकीला ने।

"मैडम, युनुस ताऊ ने भेजा है हमें महजत में सरीपा पढ़ने के लिए।" मुमताज़ ने बताया।

"सरीपा, यानीऽऽऽ ?"

"उर्दू पढ़ने के लिए।" मुमताज़ ने फिर कहा।

"तुम्हारा तो जाना समझ में आता है मगर ये सबीना और फ़िरोज़ा..." कहते-कहते रुक गई शकीला, "मुमताज़, बेटी ऐसा करो जब तक आप सब उर्दू की पढ़ाई पूरी नहीं कर लेती हैं, मैं आपको पढ़ाना छोड़ देती हूँ। मुझसे नहीं होगा मासूमों पर यह ज़ुल्म कि सुबह से लेकर शाम तक ये इल्म और तालीम के लिए अभी से भागी फिरें।"

"लेकिन मै...मैडम !" मुमताज़ ही क्या किसी की समझ में नहीं आया कि एकाएक उनकी मैडम को यह क्या हो गया है।

"बेटी, इतना सब कैसे करोगी तुम...अलस्सुबह मस्जिद में जाना, वहाँ से फिर घर आकर स्कूल के लिए तैयार होना। दिनभर वहाँ खपना और उसके बाद शाम को फिर मेरे पास...तुम्हारे भी जान है, जिस्म है तुम्हारे भी।"

"मैडम, आप इसकी चिन्ता छोड़िए, हम सब कर लेंगी। पिछले पन्द्रह दिन से भी तो करती आ रही हैं।"

"मुमताज़, बेटी यह ज़ुल्म मुझसे नहीं होगा।"

"ठीक है मैडम, हम फिर महजत में जाने के लिए मना कर देते हैं।" पता नहीं

कैसे कह गई मुमताज़।

"ऐसा हरगिज़ मत करना मुमताज़...भूलकर भी इस बात का ज़िक्र मत करना हवेली में। मेरे न पढ़ाने से तो फिर भी काम चल जाएगा मगर मस्जिद में जाने से इनकार करने का नतीजा तुम नहीं समझती।

"फिर आप ही बताइए मैडम, हम क्या करें ?"

"ठीक है, अगर आप सब इसके लिए तैयार हो तो ठीक है वरना यह ज़ुल्म...चलिए, अगला लेसन निकालिए !"

उदास बच्चियों के चेहरे पर चमक लौट आई। शिथिल पड़ गए हाथों में तेज़ी आ गई। शकीला सहमती चली गई इनकी इस दृढ़ता और आत्मविश्वास को देखकर। एकाएक उसे लगा जैसे किसी की कमी है। तभी उसे याद आ गया, "मैना नहीं आई आज ?"

"हाँ मैडम, उसकी बड़ी बहन रामरती आई है आज।" फ़ौजिया ने सूचना दी।

"कोई बात नहीं।" इतना कहकर अपने काम में लग गई शकीला।

वही हुआ जिसका शकीला को डर था।

हवेली में जैसे तूफ़ान आ गया। दीन मोहम्मद, उसकी तो आँखों से मानो ख़ून टपकने लगा। उसका बस नहीं चला अन्यथा शकीला का सिर क़लम कर देता।

"मैंने पहले ही कही ही के छोड़ दे या मदरसा ए लगाणो, पर मेरी सुणी होए जब न।" नथुने फड़कने लगे दीन मोहम्मद के।

"और मैंने भी तब आपसे कहा था कि मदरसा लफ़्ज से मुझे बेहद नफ़रत है। इन बच्चियों को पढ़ाना या तालीम देना कोई गुनाह है ?"

"गुनाह ना है तो और कहा है ! सारी हवेली कह री है के तू इन छोरीन्ने पढ़ा ना री है, इन्ने काफर बणा री है।"

"मैं इन्हें काफ़िर बना रही हूँ ! तालीम हासिल करना क्या काफ़िर बनना है ?" तिलमिलाते हुए बोली शकीला।

"काफर ना बणा री है तो इन्ने काँई लू रोक री है महजत में जाणा सू ?"

"कि...किसने बताया कि मैं इन्हें मस्जिद में जाने से रोक रही हूँ ?"

"पूरी हवेली कह री है...युनूस कह रो है...मुबीन कह रो है...किस-किसको नाम लूँ मैं, सब कह रा हैं।"

"ठीक है मैं बात करती हूँ सबसे...मैं पूछती हूँ इस मुमताज़ और फ़ौजिया से कि मैंने इन्हें कब रोका है मस्जिद जाने से !" शकीला रुआँसी हो उठी।

"खुदा की बंदी, मेरी मान और छोड़ तू सारा चक्कर...काँई लू अपने सिर या बुराई ए मोल ले री है। एक तो ई हवेली तोसू वैसेई खुस्स ना है, ऊपर सू तैने ई नयो बीज और बो दियो !" एकाएक दीन मोहम्मद नरम पड़ता चला गया।

"ठीक है अगर इस हवेली की निगाह में यह गुनाह है...बेहतर इनसान बनाने की कोशिश करना उन्हें काफ़िर बनाना है, तो यह गुनाह मैं आज के बाद नहीं करूँगी।" इतना कहकर शकीला ने दीवार पर लटका अस्थायी ब्लैक बोर्ड हटाकर एक तरफ़ फेंक दिया। चाक के टुकड़ों से भरा डिब्बा उछालते हुए पीछे बहनेवाली गन्दी नाली के हवाले कर दिया।

सबके पास पहुँचा दी गई यह सूचना कि आज के बाद कोई नहीं जाएगी शकीला के पास पढ़ने।

अचरज तो पारो को भी हुआ सुनकर लेकिन कारण का पता नहीं चल पाया। बहुत पूछा उसने सलीमा, नफ़ीसा और नसरीन से परन्तु तीनों में से कोई नहीं बता पाई कि एकाएक शकीला मैडम ने ऐसा सख़्त फ़ैसला कैसे ले लिया, जबकि एक दिन पहले ही तो वे पढ़कर आई थीं।

पारो ने असग़री से पूछा तो उसे यह सुनकर हैरानी हुई, जब असग़री ने उसे बताया, "सुणी है के ऊ इन बालकन्ने पढ़ाणा के बजाय काफर बणा री है।"

विश्वास नहीं हुआ पारो को। अगर ऐसी कोई बात होती तो कम-से-कम इन तीनों में से कोई तो बताती। हैरानी तो उसे यह सोचकर भी हुई कि सलीमा से लेकर नसरीन तक उसकी तारीफ़ करते हुए नहीं अघाती हैं, फिर यह सब हुआ कैसे ?

पारो और किसी के पास नहीं बत्तो के पास गई सीधी।

"बत्तो, ई मैना भी रोक ली है कै तैने सकीला के पै जाणा सू ?" जाते ही पूछा पारो ने।

"बहना, मैंने तो ना रोकी। हसीना ही आई ही ई कहण के अब मत भेजियो अपनी छोरी ए हवेली में पढ़ण।"

"हसीना आई ही ?" यह जानकर और भी हैरानी हुई पारो को।

"हाँ, वही आई ही।"

"सकीला ना आई ?"

"ना।"

"बत्तो, मोहे या रोग की जड़ ही कुछ और लगे है। मेरी सास तो ई कह री है के सकीला इन्ने काफर...ऐसो ना करें हम दोनूँ ना मिल लेएँ सकीला सू।" तुरन्त बात बदलते हुए सुझाव दिया पारो ने।

"पारो, कोई फायदो ना है। हवेली में तो वैसेई कलेस हो रो है। कहीं सारी कटी-जली हमारे सिर ना आ पड़े। बेमतलब की दुआ-सलाम भी जाती रहे।" बत्तो ने अपना डर व्यक्त करते हुए कहा।

"ठीक है, तू छोड़। मैं ही लाऊँगी या बात को असल भेद।" इतना कहकर पारो

चली आई बत्तो के पास से।

जिस समय पारो हवेली की पौली में पहुँची अकेली ही थी दादी ज़ैतूनी। हवेली में एक अजीब-सी ख़ामोशी पसरी हुई थी। करवट लिए ज़ैतूनी अतीत के बीहड़ों में चहल-क़दमी कर रही थी, वह भी निपट अकेली। चुपचाप दबे पाँव कौले से लगकर खड़ी हो गई पारो तथा कान धर दिए ज़ैतूनी के होंठों पर—

कह दीजो नाई का मेरी माई सू
कच्ची कैद सू बरी कर ले जाए
सासू रंडी का झिले ना मोसू बोल !
अकेली अपणा बाबल की
सासू रंडी ने बिखेरा मेरा लाड़
कह दीजो नाई का... ।

आ जायो बीरा ले जायो
बैठी पाऊँगी पुलिया के नीचे तोए
आ जायो बीरा ले जायो
मैं तो खोदूँ बजड़िया में दूब।

मन तो पारो का ऐसा कर रहा था कि वह भी ज़ैतूनी के पीछे-पीछे अतीत के इन बीहड़ों में खड़े झाड़-झंखाड़ में चलती रहे, तथा सुनती रहे अपने दुःखों के इस अन्तहीन पुराण को लेकिन समय ने जैसे उसे वहीं रोक लिया।

"बूढ़ी सलाम !"

"कौन ?" पलटते हुए पूछा ज़ैतूनी ने।

"मैं हूँ, पारो !" कहते हुए पारो पाँव दाबने लगी उसके।

"आ जा ! जीती रह...तेरो सुहाग बणो रहे...तिहारी कमेर में बरक्कत होए !" यानी जब तक पारो पाँव दबाती रही आशीषों की कोमल पत्तियाँ बिखरती रहीं ज़ैतूनी के मुँह से, "आज कैसे याद आ गी या हवेली की ?"

"बूढ़ी, फुरसत ही कहाँ मिले है।" इतना कहकर सामने पड़े पीढ़े पर बैठ गई पारो।

"दारी, कदी-कदी फुरसत निकालके चली आए कर, या बहाना सू मिल-भेंट हो जाए बस्स।"

समझ में नहीं आ रहा है पारो के कि वह जिस मक़सद से आई है, उसकी कैसे शुरुआत करे ?

पारो को चुप देख मौक़ा उसे ज़ैतूनी ने ही दे दिया, "बालक-छोटा सब ठीक हैं ?"

"कहाँ, अच्छी-भली आवे ही सकीला के पै पढ़ण तेरी पोती...पतो ना वानै कैसे रोक दी आना सू।" पारो ने बेहद चतुराई से अपना मंतव्य प्रकट कर दिया।

"पारो, रोकती ना तो कहा करती...सुनी है वानै ये छोरी महजत में जाना सू रोकी ही।"

"बूढ़ी, एक बात कहूँ...मोहे या बात में कुछ दम-सो ना दीख रो है। भलो सोच, जो बीरबाणी कह-कहके बालकन्ने अपणी मरजी सू पढ़ा री है ऊ काँई लू रोकेगी इन्ने ?"

"अकीन तो मोहे भी ना आ रो है, पर सुनी के वानै सिपारा पढ़णा सू रोकी ही ये छोरी।"

"अगर कोई ऐसी बात होती तो हमन्ने ना बताती तेरी पोती !" पारो का इशारा सलीमा, नफ़ीसा और नसरीन की ओर था, "बत्तो ए भी ना है या बात को इलम (इल्म)।"

"बात में दम तो है तेरी पारो...एक दिन तो सारी हमारी पोती, तीनूँ तेरी छोरी और बत्तो की मैना याही पौली में मास्टरनी और डाकधरनी को हू-ब-हू ऐसो साँग कर्‌री है के दारी मैं तो दंग रहगी देखके।"

"जभी तो कह री हूँ बूढ़ी मोहे यामें कुछ गड़बड़-सी लग री है। नाएँ तो हम ऐसे करें खुद या सकीला सू पतो कर लेएँ के आखिर असली जड़ है कहा !"

"दारी, तैने तो मेरा मुँ की बात छीन ली।" तुरन्त पारो के प्रस्ताव का समर्थन कर दिया ज़ैतूनी ने।

"ऐसो करें बूढ़ी, कल पूछें या बात ए। वैसे मेरी एक सलाह है !"

"कौन-सी ?"

"यही के..." इतना कहते हुए पारो दादी ज़ैतूनी के एकदम नज़दीक आई और फुसफुसाते हुए सारी योजना ऐसे बताई कि अगर कोई तीसरा होता, तो उसे भी इसकी भनक नहीं लगती।

योजना सुनकर दादी ज़ैतूनी का चेहरा खिल उठा। लगा जैसे शरीर में रक्त का संचार एकाएक तेज़ हो गया है। ताज़ा हवा से फेफड़े फूलते चले गए। एक बार फिर जा पहुँची अतीत के उसी झाड़-झंखाड़ में—

खिला री दाणो बटला को
मोहे चलती ए खेल लगाए,
लम्बा बाल सुहावणा, घणो मिलायो तेल
जुआनी ऐसे जाएगी, जैसे बाजीगर को खेल
खिला री दाणो बटला को।

बत्तो और पारो ही गईं शकीला के पास पहले।

झटका-सा लगा दोनों को यह देखकर कि वही शकीला जो अपने यहाँ किसी को इस तरह औचक आने पर फूली नहीं समाती थी, आज एकदम उदासीन है। किसी तरह का उछाह नहीं दिखाया उसने। चुपचाप दरवाज़ा खोला और यह कहते हुए दो मूढ़ियाँ

लाकर पटक दीं उन दोनों के सामने, "आओ आपा !"

उन दोनों ने ग़ौर से देखा शकीला का चेहरा। लगा जैसे ताँबई चेहरा कुछ ही दिनों में स्याह पड़ गया है। दोनों को शक हुआ कि कहीं किसी ने उनके आने की ख़बर तो नहीं दे दी है इसे।

बत्तो ने जानबूझकर शिकायत करते हुए कहा, "सकीला, बहना हमसू ऐसी कौन-सी नाराजगी है जो दुआ ना सलाम !"

"आपा, आप लोगों से भला क्या नाराज़गी हो सकती है।" बेमन से जवाब दिया शकीला ने।

"ना, कोई-न-कोई तो नाराजगी है जो ये बालक भी बुलाना बन्द कर दिया।" पारो ने कुरेदते हुए पूछा।

"नहीं आपा, मन नहीं किया तो बुलाना बन्द कर दिया।" नज़रें चुराते हुए टालना चाहा शकीला ने।

"सकीला, मन तो पहले भी हो पर..."

पारो ने अपनी बात भी पूरी नहीं की थी कि लगा जैसे मुद्दत से जमा पानी हरहरा कर किनारों को ढहाता हुआ बह निकला।

"सकीला, बहना कहा होगो ?" बत्तो ने शकीला का सिर अपनी गोद में रखते हुए पूछा।

"आपा, मैंने ऐसा क्या ग़लत कर दिया जो इन बच्चियों को रोज़ाना एक घंटा लेकर बैठ जाती हूँ।"

"ना, कुछ भी गलत ना है।" बत्तो ने कहा।

"फिर क्यों मेरे ऊपर यह इल्ज़ाम लगाया जा रहा है कि मैं इन्हें काफ़िर बना रही हूँ। मैं इन मासूमों को क्या बनाऊँगी काफ़िर जिन्हें इस लफ़्ज का मतलब तक नहीं पता।"

"सकीला रुक, मैं अभी आई !" इतना कहकर पारो तेज़ी-से उसके कमरे से निकल गई।

शकीला की समझ में कुछ नहीं आया कि एकाएक पारो क्यों चली गई।

कुछ ही देर बाद पारो लौटी तब वह अकेली नहीं बल्कि दादी ज़ैतूनी और असग़री सहित उसके साथ जुम्मी, मजीदन समेत हवेली की सारी बहुएँ थीं।

"माई, मोहे पहले ही जँच री ही के सकीला ऐसी हैई ना...ले अब सब तू अपणा कानन् सू सुन ले।" जुम्मी ने आते ही कहा।

"सकीला, बेटी ई सही बात है के तैने ये छोरी महजत में जाणा सू रोकी ही ?"

"अम्माँ, आप कैसी बात कर रही हैं। मैं क्यों रोकूँगी इन्हें।"

"बेटी, हमने तो यही सुणी है।" असग़री ने सुने हुए के आधार पर कहा।

"अम्माँ, आपने यह किससे सुना ?"

"सभी कह रा हैं युनुस, मुबीन, रमजानो, जरीना, हसीना सब..."

"मगर मेरी तो इस बारे में इनमें से किसी से कोई बात ही नहीं हुई।"

"अगर कोई बाऽऽऽत ना हुई तो ई बात चली कैसे ?" सबको सुनाते हुए दादी ज़ैतूनी ने जैसे ख़ुद से कहा।

"बूढ़ी माई, चली कैसे याने खुद ने कही ही मुमताज सू।" हसीना ने दख़ल देते हुए कहा।

मुमताज़ ! ये मुमताज़ कहाँ से आ गई बीच में ? तुरन्त मुमताज़ को बुलाया गया।

"हाँ री मुमताज, कहा कही ही तिहारी या मैडम ने ?" ज़ैतूनी ने शकीला की तरफ़ देखते हुए पूछा मुमताज़ से।

मुमताज़ ने सबकुछ बता दिया जैसा शकीला ने उनसे कहा था।

"मुमताज, बेटी अब तू जा !" मुमताज़ को बाहर भेजने के बाद हसीना को दादी ज़ैतूनी ने सबके सामने जिस तरह आड़े हाथों लिया, हसीना का खड़ा होना मुश्किल हो गया वहाँ।

"अम्माँ, ऐसा कह कर मैंने कौन-सा गुनाह कर दिया। मैंने तो यह इसलिए कह दिया था कि सबीना और फ़िरोज़ा को सर्दी में कँपकँपाता हुआ देखकर मुझसे रहा नहीं गया। बड़ा आसान है किसी को काफ़िर कह देना। मुसलमानों के लिए तो यह किसी गाली से कम नहीं है।"

"पर बहना सकीला, या काफर को मतलब है कहा ? मैं तो या हाजी ए हर बखत इन बालकन् सू काफर ही कहतो सुनू हूँ...पतो ना ई कितनी बड़ी गाली है।"

"बत्तो आपा, इसका कुछ मतलब नहीं है। काफ़िर का मतलब होता है जो खुदा या भगवान को न मानता हो।"

"बस, याको ई मतलब है।" बत्तो ज़ोर-से हँसते हुए बोली।

"पता नहीं अपने आपको मुसलमान कहनेवाले ये लोग अभी भी कौन-सी दुनिया में रह रहे हैं।"

इतना कहकर शकीला उठने लगी कि जुम्मी ने उसे टोकते हुए कहा, "सकीला, तेरी दहली पे तो इतना सारा मिहमान आया बैठा हैं और तू चल दी उठके !"

"बड़ी आपा, आप इतनी देर से बैठी हैं क्या आपके लिए चाय वगैरा भी ना लाऊँ !" बमुश्किल शकीला के होंठों पर मुस्कान लौटी।

चाय का नाम सुनते ही बत्तो उठते हुए बोली, "अच्छो, सकीला मैं तो चलूँ !"

"आपा, मैं जानती हूँ कि आप हमारा खाती-पीती नहीं हैं। बेफ़िक्र रहिए आपको नहीं पिलाऊँगी...आपके लिए कैम्पा की बोतल है फ्रिज में।"

"पर ऊ मैना तो मैंने कई बर देखी है हीनू सू चीज ले जाती।" हसीना ने मोर्चा मारने के अंदाज़ में कहा।

"ऊ तो बालक-छोटी है और फिर बालक तो वैसे भी भगवान को रूप होवे है। उन्ने कहा मतलब कौन-सी चीज किसकी है, उन्ने तो खाणा सू मतलब।" बत्तो ने लगे हाथ हसीना की शंका का निवारण कर दिया।

"वैसे एक बात तो है बत्तो या सिंदूकची-सी का फायदा तो घणाई हैं। सारा दिन तो पीती रहो याको सीलो पाणी, ऊपर सू कई रुपिया की बरफ जमे है ऊ अलग।" दादी ज़ैतूनी ने फ्रिज के एकसाथ कई फ़ायदे गिनाते हुए कहा।

"देखी ना काकी, वा सालिगराम सन्नार्थी की बहू कितनी-सी बरफ देवे है एक रुपिया की।" पारो के होंठ टेढ़े होते चले गए।

"सकीला, तू रहण दे या कम्पा-सम्पा ए। मोहे तो याहे देखते ही उबकाई-सी आवे है...बेमतलब जी और खराब हो जाएगो।" फ्रिज से शकीला को कैम्पा निकालते हुए देखकर कहा बत्तो ने।

"सकीला, तू निकाल ! मैं देखूँगी आज याहे पीके !" एक तरह से शकीला को आवाहन करते हुए कहा ज़ैतूनी ने।

"हम्बै दारी, काकी ए पिया तू या कम्पा ए...।" बत्तो ने मुस्कुराते हुए शकीला को उत्साहित किया।

चूँकि चाय बनने में अभी समय लगेगा, यही सोचकर शकीला ने एक कैम्पा खोलकर दादी ज़ैतूनी की ओर बढ़ा दी।

अपने आवाहन पर क़ायम रहते हुए दादी ज़ैतूनी ने तपाक से फुर्ती के साथ लम्बा घूँट भरा कैम्पा की बोतल से। मगर यह क्या, इधर घूँट का भरना था और उधर नाक और मुँह से झाग के रूप में कैम्पा बाहर आ निकली।

"हरामणो, ई कहा बला पिया दी तमने !" आँखों से पानी निकल आया दादी ज़ैतूनी ने।

"काकी, मैंने याही मारे तो ना पी।" हँसते हुए कहा बत्तो ने।

"तो धसड़ी तैने बताई काँई लू ना...मैं याकी धसक सू मर जाती तो..."

"अम्माँ, आपको आदत नहीं है इसे पीने की।"

इस बीच चाय भी बन गई। शकीला ने सबको दे दी चाय।

"सकीला, बहाण चाय तो तेरी ली पी, पर अब ई बता तैने सोची कहा है ?" असग़री ने पूछा।

"अम्माँ, किस बारे में ?" प्रतिप्रश्न किया शकीला ने।

"लेओ बहाण, याने तो ऊ बात कर दी के सारी रात रामाण बाँची और धैरे ई पूछ री है के सीता किसको बाप हो !" असग़री ने हँसते हुए कहा।

"नहीं अम्माँ, मैं और बुराई नहीं लूँगी।" समझ गई शकीला कि असग़री किस रामायण की बात कर रही है।

इसी दौरान दीन मोहम्मद भी आ गया। कमरे में जमा औरतों को देखकर पूछा, "माई, कहा होगो ?"

"कुछ ना, हरामी तैने भी ना बताई असल बात।" ज़ैतूनी ने दीन मोहम्मद को डाँटा।

समझ गया दीन मोहम्मद ज़ैतूनी के कहने का मतलब, "माई, मेरी बात को कौन

अकीन करतो। वैसे मोहे भी ई अच्छो ना लग रो है के छोटा-छोटा बालक धैरे-धैरे जाएँ जाड़ा में कुकड़ता हुआ। ई भली पढ़ाई होगी के जो ना धैरे दम लेण देए, ना साँझ लू।'' दीन मोहम्मद ने भी अपने मन का गुबार निकाल दिया।

''ऐसे करें या दीनू सू हामी भरवा देएँ !'' बत्तो ने जान-बूझकर छेड़ा दादी ज़ैतूनी को।

''तो कहा अब दीनू होगो है या हवेली को मालक...बूढ़ा-बड़ा मरगा हैं जो यासू हामी भरवाएँ।'' बिगड़ गई इस बार ज़ैतूनी।

''मैं तो या मारे कह री ही काकी के दीनू है तो आखिर याको...''

''चुप कर, आई दीनू की चो...'' कहते-कहते रोक गई अपने आपको ज़ैतूनी, ''या सकीला पे हमारो ना है कोई हक ?'' साधिकार कहा ज़ैतूनी ने।

''हक़ तो आप सबका है मगर...''

''असगरी, आज सू ही भेज दीजो अपनी पोतीन्ने...बत्तो, तू भी कह दीजो अपनी छोरी सू।'' ज़ैतूनी ने बिना शकीला और दीन मोहम्मद से पूछे घोषणा कर दी।

शकीला हैरान ज़ैतूनी के इस फ़ैसले पर।

''सकीला, बताती तो ना पर आज सब हैं या मारे बता री हूँ। मुमताज, फौजिया, सलीमा और मैना मेरे पै आ चुकी हैं पहले के काई तरह मैं सकीला मैडम ए मना लूँ। एक दिन तो उन्ने नहौरा भी बहोत करा हा, पर मेरा तो हाथ बँधा पड़ा हा...मैं कहती भी तो किसूसू कहती।'' कहते-कहते ज़ैतूनी का गला भर्रा उठा।

शकीला का पूरा कमरा ख़ामोश। सब हैरान यह सोचकर कि आख़िर कौन-सा भरोसा, कौन-सी आस्था थी, इस धवल केशों से पटी काया में, जो सब उसी के पास आती हैं ? क्यों नहीं उन्होंने अपने-अपने माँ-बापों से कहा ?

शकीला की हिलकियाँ बँध गईं, ''अ...अम्माँ, आपको पता है, मेरा क्या हाल रहा इन छह-सात दिनों में ! पता नहीं इन बच्चियों से मेरा कौन-सा जनम का रिश्ता है। पता नहीं इनमें कैसी कशिश है कि मैं अपने-आपको इनके बिना अधूरी समझने लगी हूँ। ख़ुदा करे यह जज़्बा इनमें यूँ ही बना रहे...जो मैं नहीं हो पाई ये बच्चियाँ हो जाएँ।''

''फिकर मत कर सकीला, सब ठीक हो जाएगो।'' असग़री ने सिर पर हाथ फेरते हुए कहा।

''मगर अम्माँ...''

''अगर-मगर कुछ ना...मजीदन, समझा इन लुगाइन्ने। अगर इन्ने अब कोई लुक्क लगाई तो ओजड़ा (तोड़ना) दीजो इनका टखणान्ने (टखनों को)...और अगर तेरो कहो ना माने तो मोहे आके बतइयो, मैं चीरुँगी फिर इनकी टाँगन्ने...सुण री हो ना तम सब !''

ज़ैतूनी के जिस्म में एकाएक न जाने कहाँ से ताक़त आ गई। लगा जैसे आँखों से आग बरस रही है। सबने मुद्दत बाद देखा उसका यह रूप। पहली बार जमीला से लेकर हसीना तक की आँखों में भय तैरता हुआ देखा गया।

पहली बार शकीला को महसूस हुआ मानो उसका जिस्म रूई के गोले की तरह हल्का हो गया है।

कनखियों से देखते हुए कहा दीन मोहम्मद ने शकीला से, "आज तो सेरभर पक्को खून बढ़गो होएगो !"

"हाँ, आपको तो ऐसा ही लगेगा। आप क्या समझेंगे औरत के दुःख को। देख लिया न इन बच्चियों के लिए आईं भी तो कौन, इनकी माँ और दादी...मर्द ने तो किसी ने नहीं की इनकी पैरवी।"

दीन मोहम्मद देखता रह गया शकीला को। कुछ भी कहते नहीं बना उससे।

वह चुपचाप उठकर जाने लगा तो पर्स से पचास का नोट निकालकर उसकी ओर बढ़ाते हुए बोली शकीला, "लो, एक ब्लैक बोर्ड और चाक का डिब्बा ले आना शाम को !"

"पैसा हैं मेरे पै।" इतना कहकर दीन मोहम्मद बाहर निकल गया।

'पहली बार की है समझदारी की बात मियाँ दीन मोहम्मद !' होंठों ही होंठों में कहा शकीला ने अपने आपसे।

पच्चीस

मरियो, मरियो रे बिचौला तेरो पूत
धकेली झुंडा-झाड़न् में
झाड़ जलें, झुंडा जलें
जले छान को फूस
मुकद्दम की दाढ़ी जले
जले वा पटवारी की मूँछ
मरियो, मरियो रे बिचौला...।

"कौन !" चौंक पड़ी ज़ैतूनी। लगा जैसे कोई है पौली में। अभी वह दूसरा बंध उठाती कि पलटकर देखा उसने, "सकीला तूऽऽऽ ?" आश्चर्य हुआ उसे इस तरह चुपचाप सुनते हुए।

"न...नहीं अम्माँ मैं तो ऐसे ही गुज़र रही थी यहाँ से कि..." जबरन आँसुओं को पीने की कोशिश की शकीला ने।

"अच्छोऽऽऽ ऐसेई गुजर री ही...चलो, मान ली तेरी ई बात पर ये आँख कैसे हो री हैं गीली ?" शकीला की आँखों में उतरते हुए पूछा ज़ैतूनी ने।

"हाँ...हाँ...ना अम्माँ बस्स..." गड्डमड्ड हो गए शब्द आपस में।

"ना, कुछ तो है ?" एक बार फिर कुरेदा ज़ैतूनी ने उसे।

"ख़ुदा क़सम, वो बात नहीं है जैसा आप समझ रही हैं...दरअसल आपके इस गीत के बोल सुनकर आँखों में पानी उतर आया था।"

"तो ईऽऽऽ बात है।"

"अम्माँ, अगर इस गीत की आख़िरी लाइन में पटवारी के बजाय मौलवी जोड़ दूँ तो ?"

"मौलवी जोड़ दूँ, मतलब ?" ज़ैतूनी को अपने इस मौलिक गीत में शकीला की इस तरह छेड़छाड़ अच्छी नहीं लगी।

"हाँ अम्माँ, इनके साथ हैदराबाद में एक मौलवी ही तो थे जो इन्हें हमारे घर लाए थे। वही मौलवी तो बिचौला बनकर आए थे।"

"अब समझ में आई तेरी इन आँखन् में आँसू आणा और पटवारी की जगह मौलवी जोड़ना को मतलब।"

"मगर अम्माँ, इस मौलवी ने..." छठी इन्द्रिय ने शकीला को जैसे सावधान किया आगे कुछ कहने से।

"अब तो समझ में आगी न के ये मुल्ला-मौलवी भी कदी-कदी कैसा उल्टा करम करे हैं !"

"ये भी तो आख़िर उसी जमात के हैं जिसके हमारे मियाँ दीन मोहम्मद और युनुस हैं।"

"सकीला, बेटी ई मरद की तो जात ही ऐसी है...सब एक जैसा हैं...चल छोड़ या गीबंत ए, ई बता कैसे आई ही ?" विषय को भटकने नहीं दिया ज़ैतूनी ने।

"मैंने कहा न अम्माँ, बस ऐसे ही गुज़र रही थी यहाँ से।"

"देख सकीला, आँखन में धूल झोकियो काई और के। सही बता तू या गीत ए ही सुणन कू आई ही न ?" ज़ैतूनी ने शकीला की चोरी पकड़ ली जैसे।

"हाँ अम्माँ, आई तो इसी नीयत से थी। सोचा, अगर आपके पास थोड़ा वक़्त होगा तो कुछ सुनूँगी आपके मुँह से।"

"बखत ही बखत है मेरे पै...मैं कौण-सो सारे दिन पीसणो पीसती रहू हूँ..." एकाएक उदासी भर आई आँखों में, "पर कहा करूँ, इन नई-नई बहून के आगे कहाँ चले है अब हमारी।"

"क्यों नहीं चलती है अम्माँ, खूब चलती है। सब तो मानती हैं आपका कहना।"

"अगर मेरो कहो मानती तो सब हर बखत तेरे पीछे ना पड़ी रहती।"

"छोड़ो अम्माँ, नए ज़माने की बहुएँ हैं...अगर आप इनकी छोटी-छोटी बातों पर ध्यान देने लगेंगी, तो आपमें और इनमें क्या फ़र्क रह जाएगा।" बेपरवाह होते हुए कहा शकीला ने।

एक बार फिर देखा ज़ैतूनी ने शकीला की आँखों में।

"नयो जमाना तो तू ऐसे कह री है जैसे तू तो पुराणा जमाना की है। रिस्ता में बड़ा होणा सू आदमी कोई उमर में थोड़ेई बड़ो हो जाएगो।"

"नहीं अम्माँ, उम्र को कोई नहीं देखता। सब रिश्ते को ही देखते हैं।"

शकीला के इस दार्शनिक भरे अंदाज़ पर ज़ैतूनी का मग़ज़ घूम गया लेकिन अगले ही पल सीना एक उजास से भी फूलता चला गया। एक गर्त में जाने से रोक लिया शकीला ने उसे। शकीला का क़द उसकी निगाहों में इतना ऊँचा हो गया कि ऊपर देखते हुए उसकी गर्दन भी नहीं उठ रही है।

"सकीला, आज तू माँग ले अपनी या अम्माँ सू कुछ।" दादी ज़ैतूनी के होंठ लरज़ने लगे। हाथ पकड़कर अपने पास बैठा लिया खाट पर उसे।

"अम्माँ, आपसे क्या मागूँ। सबकुछ तो है इस शकीला के पास। किस चीज़ कमी है इसे।"

ज़ैतूनी ने एक बार फिर देखा ग़ौर से। पानी की परत तैर आई है जैसे आँखों में।

ज़ैतूनी और क़रीब आ गई उसके और अंक में समेटते हुए भर्राई, "बेटी, या बात ए मोसू कह री है के सबकुछ है तेरे पै...एक बीरबाणी की कहा-कहा जरूरत होवे है मोसू जादा जाणे है तू...। अरी बावली बेटी, बीरबाणी होके मैं ही ना समझूँगी तोहे, तो और कौण समझेगी।"

बहुत कोशिश की शकीला ने दाँतों के बीच होंठों को भींचकर उन्हें ख़ामोश रखने की लेकिन दादी ज़ैतूनी के आगे उन्होंने जैसे घुटने टेक दिए। देर तक समझाती रही ज़ैतूनी शकीला को कि अपने इन दुःखों को याद करते हुए और सुनते-सुनते ऐसे ही कट जानी है यह ज़िन्दगी।

शकीला के भीतर जमा विषाद आँसुओं के बहाने बह गया। उठकर उसने आँखों पर पानी के छींटे मारे और वापस ज़ैतूनी के पास आ बैठी।

"पता नहीं अम्माँ क्यों, बार-बार मेरा मन करता है कि आपसे कुछ-न-कुछ सुनती रहूँ।"

"कुछ को मतलब ?" टटोलते हुए पूछा ज़ैतूनी ने।

"यही, हमारे और आपके दुःखों से बने कुछ..." शकीला इस 'कुछ' की परिभाषा भूल गई कुछ क्षणों के लिए।

"ठीक है मैं समझ री हूँ तेरो मतलब। एक दिन बत्तो भी कह री ही, वाहे भी बुलवा लूँ..." इतना कहते हुए उसने वहाँ से गुज़र रहे ज़फ़र को टोकते हुए कहा, "जफर, बत्तो के पै जा और वासू कह के वाहे मैं बुला री हूँ।" ज़ैतूनी ने ज़फ़र को आदेश देते हुए भेज दिया बत्तो के घर।

कुछ ही देर बाद बत्तो ज़ैतूनी के सामने उपस्थित थी, "काकी, कैसे याद करी ही ?"

"याद कहा, ऐसेई अठाली बैठी ही सोची तोहे भी बुलवा लूँ।"

समझ गई बत्तो कि आज ज़ैतूनी का मन-पंछी स्मृतियों की किसी पुरानी डाल पर बैठकर कूकने को कर रहा है।

"काकी, तू कहे तो सोनदेई और पारो ए भी बुलवा लेएँ। या बखत धुप्पराई (दोपहरी) में वे भी माखी मार री होंगी अठाली बैठी।" बत्तो ने स्वीकृति लेते हुए पूछा ज़ैतूनी से।

"आ जाएँ तो बुलवा लेओ।" ज़ैतूनी ने इजाज़त देते हुए साथ में यह भी जोड़ दिया, "तो फिर ऐसो करो वा असगरी ए भी बुलवा लेओ !"

तुरन्त हरकारे रवाना कर दिए गए अलग-अलग दिशाओं में।

जब तक वे तीनों आतीं किसी ने जाकर हवेली में सबको बता दिया कि पौली में दादी ज़ैतूनी ने उन्हें बुलवा भेजा है। दोपहर में अलसाती देहों में एकाएक तेज़ी आ गई। एक-एक कर सब जमा हो गईं पौली में।

मुद्दत बाद हाजी की हवेली में लम्बी-लम्बी सफ़ेद जटाओं से लिपटे बरगदों से लेकर छोटे-छोटे पौधों का संगम नज़र आ रहा है।

"हाँ री असगरी, इन लुगाईन् सू ई तो पूछ के ये या बखत या पौली में काँई लू भेली हुई हैं ?"

पूरी पौली ख़ामोश।

एकाएक ज़ैतूनी को यह क्या हो गया है ? किसने चलती गाड़ी के पहिए में यह पाँव दिया है ?

असग़री ने कोई जवाब नहीं दिया।

"अम्माँ, आपने ही तो बुलवाया है सबको।"

"मैंने बुलवायी हैं, कोई है तेरे पै गवाह ?"

शकीला भौंचक !

"मैं बताऊँ बूढ़ी माई..."

"हाँ तू बता ढेडणी, तू ले या पिंडी ए !" दाँत पीसते हुए मुट्ठी बाँधकर जिस अंदाज़ में ज़ैतूनी ने हसीना को डाँटा, हसीना की सिट्टी-पिट्टी गुम हो गई।

लेकिन कुछ क्षणों के बाद जिस तरह पौली में एक ज़ोरदार ठहाका गूँजा, उसे सुनकर सबकी सब चौंक पड़ीं। जब तक पूरी पौली के यह रहस्य समझ में आता, हँसते-हँसते लोटपोट हो गई जुम्मी और मजीदन ज़ैतूनी के इस अभिनय पर।

"असगरी, कैसी रही ?" कोहनी का टहला मारते हुए पूछा ज़ैतूनी ने।

"दारी मानगी तोहे। ये लुगाई अपणा मन में चाहे लाख चतर बणती होएँ, पर तैने आज एक बात साबत करके दिखा दी के अगर तू चाहे तो इन्ने अभी भी चौड़ा में बेच आए।" असग़री ने ज़ैतूनी के इस अभिनय की प्रशंसा करते हुए कहा।

"पर असगरी कहा करें, या नया जमाना ने हम जैसान् की कदर बिल्कुल ही खतम कर दी।" गहरा साँस लेते हुए बोली ज़ैतूनी।

"अब हमारी बची भी कितेक है, बस आखरी मंजल है। कोई बड़ी बात ना है जब काई दिन ई सुणना में आए के *पी आयो है लेण कू, कस लायो घोड़ी/साथण मेरा साथ की, आज बिछट चली जोड़ी*।"

"मैं भी तो यही कह री हूँ असगरी के *या पीहर सू पीव कू, लेती जा सोगात/कहा जुआब दूँ पीव कू, मेरा खाली दोनूँ हाथ।*"

"ई देह तो जैतूनी खालिस नाल है, याको भी कोई भरोसा ना, कब दगा दे जाए। निगोड़ी, ई देह तो *काया नकल बिंदूक है, कैसा पेचन सू जोड़ी/नाल पड़ी रह जाएगी, जब याकी निकलेगी गोली।*"

" *धोली चादर ओढ़के, जा सोयो मैदान/ अब तू हमसू कद मिले, हमीं मिलंगा आन।*"

दादी ज़ैतूनी और असग़री में जैसे होड़ लग गई।

" *पिया आयो लेण कू, भर बुगला को भेस/नैना रोवे मन हँसे, चली पिया के देस।*"

अच्छा नहीं लगा शकीला को यह सब। कैसी अशुभ बातें कर रही हैं ये दोनों। मजाल है कोई टोक तो दे इन्हें। नहीं रहा गया शकीला से।

"अम्माँ, ख़ुदा के लिए बन्द करिए यह सब !" लगभग चीत्कार करते हुए टोका शकीला ने।

पलभर के लिए पौली ठहर-सी गई। सबको लगा जैसे विशाल बगुलों की गठरियों को कन्धों पर लादे किसी जनसमूह के पैर ठिठक गए हैं। ज़ैतूनी को भी लगा जैसे वह इन धवल बगुलों के झुंड से बिछुड़ गई है थोड़ी देर के लिए।

"सकीला, तैने कुछ कही है ?" ज़ैतूनी ने ऐसे पूछा मानो वह किसी गहरे कुएँ से बोल रही है।

हैरानी के साथ झुँझलाते हुए कहा शकीला ने, "अम्माँ, आप ये कैसी बातें कर रही हैं ? क्या हो गया है आप दोनों को ? क्या बोले जा रही हैं आप—घोड़ी कस लाया...जोड़ी बिछुड़ चली...सौगात लेती जा...मेरे दोनों खाली हाथ...काया बन्दूक की नकल है...बगुले का भेस। ख़ुदा के वास्ते मत करिए ऐसी बातें। मुझे बहुत डर लग रहा है आपकी इन बातों को सुनकर।" शकीला की आँखों में कातरता की बूँदें झिलमिला उठीं।

"हाँ काकी, सकीला सही कह री है...मोहे भी डर लग रो है...। सुणानी है तो कुछ ढंग की बात सुनाओ।" बत्तो शकीला के तर्क से सहमत होते हुए बोली।

ज़ैतूनी को जैसे अपनी ग़लती का अहसास हुआ, "सकीला, तू सही कह री है बेटी। पतो ना हम्भी जाने कहाँ-कहाँ भटकूगी...। चल छोड़, अच्छो करो जो तैने मैं उल्टी बुला ली वा बुगलान् की भीड़ में सू, नहीं तो..."

"बस भी करो अम्माँ, फिर वही बगुला !" चीख़ते-चीख़ते रह गई शकीला।

दादी ज़ैतूनी एक आत्मग्लानि से भर गई। आख़िर क्यों उन्हें आज ऐसे दोहे और चित्र याद आ रहे हैं ? नहीं समझ पाई ज़ैतूनी। पूरी पौली को बेहद बारीकी से देखा। अपने चेहरों पर चस्पाँ हुई नज़रों से बचना मुश्किल हो गया असग़री और ज़ैतूनी को।

"जैतूनी, सही तो कह री है ई सकीला। इतना दिनाँ में भेला हुआ हैं तो कहा यही

सुणनू के मारे भेला हुआ हैं।'' असग़री बेहद चतुराई के साथ ग्लानि के दलदल से किनारा करते हुए बोली।

''तो फिर बता, इन्ने कहा सुणाएँ ?'' ज़ैतूनी ने असग़री से ही पूछा उलटा।

''माई, चंदरावल गूजरी की बात[1] सुणा दे !'' मजीदन ने अपनी पसन्द बताते हुए कहा।

''तेरो मतलब है गोकल को कान्हा और चंदरावल को किस्सो ?''

''हाँ बूढ़ी माई, आज यही सुणा दे। वैसे भी हमने कदी ना सुणो है ई किस्सा।'' ज़रीना ने आग्रह किया।

शकीला का सिर घूम गया मेवात और इस हवेली के गज़भर चौड़े आसारों के दरम्यान दबी एक और गिरह को खुलता देख। रोमांच से आह्लादित हो उठी वह। मौत की अनजानी छाया के भय से जो विषाद और नैराश्य कुछ देर पहले तक पौली में भरा हुआ था, वह अब तेज़ी-से छँटने लगा।

धीरे-धीरे ज़ैतूनी इसके बाद गोकुल की कुंज-गलियों में जा खोई–

जमुना के किनारे कान्हा अपने बाल सखाओं के साथ गौ चराने जाते हैं। वहीं से गुज़रनेवाली नन्दगाँव की ग्वालिनों की मटकियों में से कान्हा अपने बाल सखाओं के साथ मिलकर उनमें भरा दही-मक्खन तो खाते ही हैं, साथ में उनकी मटकियों को भी फोड़ देते हैं। सारी ग्वालिनें हारकर चन्द्रावल से कान्हा की इस शरारत की शिकायत करती हैं। इसके बाद चन्द्रावल तय करती है कि उनके साथ वह भी दही-मक्खन बेचने जाएगी।

''माई, किस्सो तो ई तेरो ठीक है पर ऐसे ना, याहे गाके सुना...जो ज्ञान गाके सुणना में है ऊ बात में ना है।'' जुम्मी ने बीच में टोकते हुए कहा।

''गाके, तो लेओ याहे गाके ही सुणो–

मुख दरपन में देख, नैनन बीच कजरा डारो
ऐसी बणी मलूक, झलक जोबन पे मारो
नख बेसर नख पहर के, मोती लीनो डार
खींची माँग सिन्दूर की, माथे बिंदी अजब बहार

देख चन्दरावल को रूप, राखी राब पड़गी कायल
झाँझन बिछवा पहर, पाँव में पहरी पायल
दिन की किरन समान, बनी चन्दरावल नारी
वामें चिता सो लंक, लगे जैसे नागन कारी

दधि बेचन कू चली, सीस धर दधि की मटकी
जोबन झोका खाय कला, जैसे नागन नट की

---

1. चन्द्रावल गूजरी की बात : मेवाती लोक-कवि सादी द्वारा रचित कृष्ण और चन्द्रावल की कथा।

बीन बजाई श्याम ने, निकसे छोटे-छोटे ग्वाल
जमना जी के घाट पे, गूजरी घेर लई ग्वाल
लई गूजरी घेर, श्याम ने दीनो हेला
निकसे छोटे-छोटे ग्वाल, ब्रज के निकसे छैला
पकड़ो चन्दरावल ने हाथ, दधि तोहे कैसे ख्वाऊँ
नन्द महर के द्वार, पकड़ तोहे ले जाऊँ

किसन बदल गो रूप, देह कर लीनी भारी
देख किसन को रूप, हँसे मुख दे-दे ताली
कदी कन्हैया जुआन, कदी हो जाए बारो
कदी खिले है चन्द, कदी ऊ कान्हा कारो
नथ बेसर नथ झटक, हाथ छतियन पे डारो

माथा की बिंदी हड़ी, गल को झटको हार
गूजरी लूटी श्याम ने, वाको फीको करो सिंगार
कोई उतारे मटकिया, काई न झटकी चीर
अँगिया फाड़ी श्याम ने, कर दी छोटी-छोटी लीर।

नहीं सुना गया आगे का चित्रण। इसी दृश्य की कल्पना से पौली हँसते-हँसते लोट-पोट हो गई। जब-जब दादी ज़ैतूनी ने मुद्राओं और भंगिमाओं से एक-एक प्रसंग का वर्णन किया, तो लगा जैसे हाजी की हवेली में उनके सामने चन्द्रावल और कान्हा में छीना-झपटी, जोरा-जोरी हो रही है। दादी ज़ैतूनी की आँखों की चमक देखकर शकीला हैरान रह गई। एक-एक दृश्य को ज़ैतूनी ने जो मूर्त रूप दिया उसे सुनकर शकीला ठगी-सी रह गई। 'कोई उतारे मटकिया, काई ने झटकी चीर/अँगिया फाड़ी श्याम ने, कर दी छोटी-छोटी लीर' इन पंक्तियों को गाते समय ज़ैतूनी ने जिस तरह मुद्राओं के द्वारा इस दृश्य को अभिनीत किया, उसे देखकर तो कुछ पल के लिए लगा जैसे सचमुच कान्हा के रूप में कोई नर्तकी नृत्य-नाटिका प्रस्तुत कर रही है।

साँस फूलने लगा दादी ज़ैतूनी का। उसने गूदड़ी का सिरहाना लगाया और खाट पर चित्त हो गई।

"धींगड़ियो ! तिहारी भी काई ने अँगिया फाड़ दी है जो पाणी-पात ए भी भूल गी।" दादी ज़ैतूनी ने खाट पर पड़े-पड़े लम्बा साँस लेते हुए सबको मलामत देते हुए डाँटा।

एकसाथ लपकीं कई बहुएँ पानी लेने के लिए।

पानी पीने के बाद दादी ज़ैतूनी ने लम्बी साँस खींचते हुए छेड़ा शकीला को, "अब तो पेट भरगो होएगो या अभी और फड़वाऊँऽऽऽ।"

"अम्माँ, इससे आगे नहीं ख़ुदा के वास्ते !" ज़ैतूनी के अन्तिम शब्द को विस्तार

देने से पहले रोकते हुए गुहार की शकीला ने।

"माई, लगे हाथ एकाध रतवाई भी सुणा देओ।" जमीला ने आग्रह किया इस बार।

"रतवाई, अब कहान् धरी हैं रतवाई...अब तो ये सुपना होगी।" धीरे-से अतीत में झाँकते हुए बोली असग़री।

"जभी तो कह री हूँ माई के तमन्ने तो फिर भी दो-चार याद होंगी, हीं तो एक भी ना है।" जमीला ने असलियत स्वीकारते हुए कहा।

"असगरी, याद है एकाध रतवाई ?" ज़ैतूनी ने पूछा।

"जादा ना हैं एकाध ही होएगी मुसकल सू।"

"ठीक है जितनी याद हैं उतनी तू सुणा दे...जब तक हो सके मोहे भी याद आ जाएँ एकाध।"

इसके बाद असग़री अपना एक हाथ कान के ऊपर रख, उसी अंदाज़ में रतवाई सुनाने की कोशिश करने लगी, जैसे उन्होंने कभी सुनीं और गाई होंगी।

परबत पे मोरा नाच रहो
देख तो चलूँ याको नाच
बलम डोला डाट्यो।

मेरा नणदी का बीरा
परदेसी की पीत, फूस को तापणो
परदेसी उठ जाए, जीव को दाझणो।

झूठो मोती ओस को
पौन चले ढल जाए
भरोसो ना है मौत को।

इसके बाद दादी ज़ैतूनी ने सुनाईं कुछ रतवाई–

औंडी रोटी घी घणो
खा ले मेरा नणदी का बीर
तोमें मेरो जी घणो।

औंडी जौल कठोल की
गोदी में ले ले मेरा नणदी का बीर
लावण तो भीजे जोल की।

ज़ैतूनी और असग़री को घेरकर बैठी सोनदेई, पारो, बत्तो, जुम्मी, मजीदन सहित किसी का मन न करे, वहाँ से उठने का। ज़ैतूनी और असग़री को तो महसूस हुआ

मानो दशकों बाद उनके भीतर ताज़ा हवा भरी है। काश, यह पौली और यह हवेली ऐसे हास-परिहासों, मान-मनौव्वल, जोरा-जोरी, अठखेलियों और चुहलबाजियों से सराबोर रहे—मन ही मन दुआ माँगी ज़ैतूनी ने अपने परवरदिगार से।

लेकिन नहीं, शायद नियति को यह मंज़ूर नहीं था। यदि मंज़ूर होता तो क्यों उठते-उठते आशा-निराशा से निर्मित यह ढेला आकर गिरता उनके बीच ?

"सकीला, अब तो घणाई दिन होगा। बहना, अब तो कान ही तरसगे या खबर ए सुन्ने कू।"

समझ गईं सब कि सोनदेई के कान कौन-सी ख़बर को सुनने के लिए तरस रहे हैं।

हल्के-से मिलीं शकीला की नज़रें दादी ज़ैतूनी से। क्या जवाब दे शकीला उसके इस सवाल का। ज़ैतूनी ने ही लीपापोती करते हुए कहा, "दारी, ई कोई माणस का हाथ में थोड़ेई है...और फिर अभी याहे कौण-सी जल्दी है !"

"सही कह री है बूढ़ी माई, अभी तो दो ही बरस हुआ हैं। दो-चार बरस हो जाएँ तो कर लेएगी आराम सू पैदा।" हसीना ने जिस अंदाज़ में व्यंग्य किया, उसका अर्थ सब समझ गईं।

सोनदेई को अपने अतिरेक पर अब झुँझलाहट हो रही है। वह तो अनुमान ही नहीं लगा पाई थी कि उसकी सहजता का इतना गूढ़ अर्थ ओट लिया जाएगा।

"याकी साथ की तो दो-दो बालकनू की माँ बणगी हैं बल्कि एकाध के तो तीसरो भी पेट में होएगो और याहे अभी जल्दी ना है।" मजीदन ने चुटकी लेते हुए छेड़ा।

शकीला का चेहरा जहाँ स्त्रियोचित लज्जा-भाव से लरज़ जाना चाहिए था, इसके उलट ज़र्द पड़ता चला गया। पौली में किसी से निगाह मिलाने की हिम्मत तक नहीं सहेज पाई वह। शकीला का पौली से उठना मुश्किल हो गया।

•

कमरे में आते ही शकीला कटे पेड़-सी आकर ढेर हो गई। ख़ुद की देह उसे अब सन्देहास्पद लगने लगी। अपनी पूर्णता पर ही उसे शक होने लगा। एक अपराध-बोध और ग्लानि से भर उठी वह कि क्यों नहीं ज़ैतूनी द्वारा कल्लन दरवेश से लाए गए उन तथाकथित अधजले कागज़ के टुकड़ों पर लिखे हरूफ़ों से बने नक्कसों को सच्चे मन से ग्रहण किया ? लगता है यह उसी अनादर का नतीजा है। कुछ भी थे वे टुकड़े मगर उनके साथ ज़ैतूनी की आस्था और पवित्रता तो जुड़ी हुई थी। यह उसी आस्था और पवित्रता के अनादर का ही नतीजा है कि वह अपने ही घर में—नहीं...नहीं अपना कहाँ से हुआ ? क्या है उसका इस हवेली में ? कहाँ से हो गया यह उसका घर ?

शकीला का सिर फटने लगा यह सोचते हुए कि यदि कल उसे इस हवेली से...। पूरे जिस्म में एक काल्पनिक भय की सिहरन दौड़ गई। हाथ-पाँव जैसे ठंडे पड़ने लगे। देखते ही देखते पूरा शरीर तप उठा। माथे की नसें तड़कने लगीं। इसके बाद उसे

नहीं मालूम कि क्या हुआ।

पता चलते ही दौड़ी-दौड़ी आई ज़ैतूनी। दीन मोहम्मद तो ज़ैतूनी को देखते ही बिफर पड़ा।

"परऽऽऽ जुहर की निवाज तलक तो ई मेरे पै ही...जब तलक तो ई ठीक ही।" ज़ैतूनी ने बताया।

"जब जुहर तलक ई ठीक ही तो फिर ताव कैसे चढ़गो ?" ज़ैतूनी को सुनाते हुए खुद से पूछा दीन मोहम्मद ने।

क्या जवाब दे ज़ैतूनी दीन मोहम्मद के इस प्रश्न का ? इस बीच उसे लगा मानो शकीला उससे कुछ कहना चाहती है लेकिन दीन मोहम्मद की उपस्थिति उनके बीच में बाधा बनी हुई है।

अन्ततः ज़ैतूनी ने ही निकाला रास्ता।

"कुछ दवा-दारू ली है कैसे ?" शकीला से पूछा उसने।

"हाँ, एक गोली दे राखी है।" जवाब दीन मोहम्मद ने दिया।

"पर ताव तो है अभी।" माथे को छूते हुए बोली ज़ैतूनी।

"थोड़ी देर में उतर जाएगो।" दूध का गिलास चारपाई के सिरहाने फ़र्श पर रखते हुए कहा दीन मोहम्मद ने।

"दीनू, ऐसो कर एकाध गोली और लिया। रात-बिरात अगर फिर सू ताव चढ़गो तो कहाँ हाँडतो फिरेगो।"

ज़ैतूनी का सुझाव सही लगा दीन मोहम्मद को। उसने तुरन्त पाँवों में जूतियाँ डालीं और यह कहते हुए बाहर निकल गया, "माई, जब तलक मैं दवाई लेके आऊँ, हींनी (यहीं) बैठी रहियो याके पै !"

यही तो चाहती थी ज़ैतूनी।

दीन मोहम्मद के जाते ही दादी ज़ैतूनी से लिपट गई शकीला।

"सकीला, बावली हो री है बेटी !" अंक में समेटते हुए बोली ज़ैतूनी।

"अ...अम्माँ, अल्लाहताला मुझे यह किस ज़ुर्म की सज़ा दे रहा है। अ...अभी और कितने इम्तिहान देने होंगे मुझे।"

"बेटी, हम सबकी डोर वाही का हाथ में है...घबराए मत, सब ठीक हो जाएगो।"

"मगर अम्माँ कब...कब ठीक हो जाएगा ?"

"ऊपरवाला पे भरोसा राख बस्स।"

"अम्माँ, कब तक रखूँ भरोसा !" चीत्कार करते हुए बोली शकीला।

समझ में नहीं आ रहा है ज़ैतूनी के कि वह शकीला को कैसे धीरज बँधाए ? सच तो यह है कि अब उसे भी डर लगने लगा है उम्मीदों के इस तरह दो वर्षों बाद भी उनके स्रोतों के न खुलने से। लेकिन नहीं, अगर वही इतनी जल्दी ना-उम्मीद हो जाएगी, तो शकीला को कैसे तसल्ली दे पाएगी वह।

"सकीला, इतनी जल्दी ना-उम्मेद होणा की जरूरत ना है बेटी। अरी, हमने तो

छह-छह सात-सात बरस पीछे गोद हरी होती देखी हैं...और अभी तो तोहे दो ही बरस हुआ हैं।" अपने आत्मविश्वास पर लौटते हुए समझाया ज़ैतूनी ने।

"और अगर आनेवाले साल भी इसी तरह सूखे निकल गए तब ?"

"तब तो अपणा भाग पे रोणा के सिवाय..."

"अम्माँऽऽऽ !" चीख़ गले में ही फँसकर रह गई शकीला के।

एकाएक सीढ़ियों को पार करते पदचापों को सुनकर दोनों के होंठ सिल गए। शकीला अपने आप पर नियन्त्रण कर पहले की तरह सामान्य दीखने की कोशिश करने लगी।

दवाई लेकर आ गया दीन मोहम्मद। ज़ैतूनी ने इसके बाद वहाँ बैठना उचित नहीं समझा। कुछ ज़रूरी हिदायतें देकर वह जाने के लिए खड़ी हो गई। दरवाज़े से बाहर जाने लगी कि चौखट की ठोकर खाकर गिरते-गिरते बची। दीन मोहम्मद ने लपककर सँभाल लिया।

"माई, चल मैं छोड़ आऊँ !"

"चल बीरा !" इतना कहकर दादी ज़ैतूनी ने पलटकर शकीला की ओर देखा, लेकिन इससे पहले कि दोनों एक-दूसरे की आँखों में उमड़ते सवाल-जवाब को पढ़ पातीं, ज़ैतूनी यह कहते हुए दीन मोहम्मद के पीछे-पीछे खिंचती चली गई—

तख्ता ढीला हो रहा, चूहकण लगी हैं कील
गढ़ के घेरा हो रहे, 'भीकजी' अब घड़ी-पहर की ढील।

शकीला को अपने भीतर जैसे कुछ दरकता-सा महसूस हुआ। एक ज़ैतूनी ही तो है, जो उसे पूरी तरह समझती है। दवाई लेते ही नींद आ गई शकीला को।

नीम अँधेरे में नींद में होने के बावजूद दीन मोहम्मद को लगा जैसे कोई अपने आपसे बातें कर रहा है ? कौन हो सकता है ? लपककर उसने बल्ब जलाया। रोशनी से भरे कमरे में उन दोनों के अलावा उसे कोई दिखाई नहीं दिया। अर्ध-बेहोशी की हालत में शकीला बड़बड़ा रही है। दीन मोहम्मद ने झिंझोड़ते हुए जगाया शकीला को। पूरा बदन गरम भट्टी-सा तप रहा है बुखार से। बीच-बीच में वह 'अम्माँ' यानी ज़ैतूनी को पुकारने लगती।

रात काटनी मुश्किल हो गई दीन मोहम्मद के लिए। सवेरा होते ही सीधा पहुँच गया ज़ैतूनी के पास।

"माई, सही-सही बतइयो कल जब सकीला तेरे पै आई ही तो कहा बात हुई ही वाके साथ ?"

क्षणभर के लिए सहम गई ज़ैतूनी इस डर से कि क्या शकीला ने दीन मोहम्मद को सारी बात बता दी है ? हिम्मत कर उसने उलटा उसी से पूछा, "कहा बात हुई ही ?"

"कुछ तो हुई होएगी।"

"ना, कुछ भी ना हुई।"

"जब कुछ ना हुई तो ऊ सारी रात काँई लू बड़बड़ाती रही ?"

"ताव में आदमी ऐसेई बड़बड़ाए है।" टालने का प्रयास करते हुए बोली ज़ैतूनी।

"ना माई, कुछ तो हुओ है...?" ज़ैतूनी की आँखों में बैठे चोर को बचाने की कोशिश करते हुए शायद देख लिया था दीन मोहम्मद ने।

"ऐसी कुछ भी बात ना हुई।" एक बार फिर झूठ बोल गई ज़ैतूनी।

"ठीक है, अगर ना हुई तो मेरा सिर पे हाथ धरके कह।" दीन मोहम्मद ज़ैतूनी का हाथ पकड़ जबरन अपने सिर पर रखते हुए बोला।

नहीं बोला गया ज़ैतूनी से झूठ और बता दी सारी बात।

सुनते ही दीन मोहम्मद आपे से बाहर हो गया, "माई, पतो ना हवेली की ये बीरबाणी या सकीला सू कहा चाहवे हैं ! अरे, जब या धणी ए कोई परेसानी ना है तो इन्ने कहा है !"

दीन मोहम्मद क्या-क्या बोलता चला गया, इस पर ज़ैतूनी ने कुछ नहीं कहा। जब उसे लगा कि दीन मोहम्मद का गुबार निकल गया है, तब वह बोली, "दीनू, बेटा ऐसी बात तू कह सके है क्योंकि तू मरद है। हम ना कह सकें। अगर खुदा-ना-खास्ता ऐसी कोई बात होगी न, तो सबसू पहले या हवेली का मरद ही कहेंगा के तू बीरबाणी भी घेरके लायो तो ऐसी ए लायो के...। चाहे सकीला में लाख गुण हैं पर एक यही कमी याकी जिन्दगी ए नरक बणा देएगी। याकी देह अभी भरी-पूरी है तो तोहे भी ई अच्छी लग री है, पीछे तो बेटा सबसू जादा तू ही उलाहणो देएगो...ये बात अभी अच्छी लग री हैं पीछे यही सेल-सी चुभंगी।"

"पर माई, ई हमारा हाथ में तो है ना।" एकाएक पुरुष से इनसान बनते हुए रिरियाया दीन मोहम्मद।

"मैं भी तो यही कह री हूँ, पर इन लुगाइन्ने कौण समझाए ! अपनी कमी भी सबसू पहले हम लुगाइन्ने ही दिखाई देवे हैं।"

"वैसे एक बात कहूँ, मोहे जरूरत ना है काई औलाद की। मैंने यही करम करके बहोत बुराई मोल ले ली है। अब और बुराई लेणा की हिम्मत ना है माई। पतो ना वा बखत मेरी आँखन् पे कैसी पट्टी बँधगी।"

पहली बार दीन मोहम्मद की आँखों में पश्चाताप के क़तरे देखे दादी ज़ैतूनी ने।

"बावला दीनू, तोहे तो ना है जरूरत पर वा सकीला का मन सू जाके पूछ।"

दीन मोहम्मद का शरीर ठंडी शिला-सा हो गया। चुपचाप लौट आया ज़ैतूनी के पास से।

कमरे में घुसते ही शकीला के शब्द पड़े उसके कानों में, "हो आए अम्माँ के पास। पूछ आए मेरे इस मर्ज़ की जड़ !"

दीन मोहम्मद सन्न रह गया।

"अच्छा, एक बात पूछनी है आपसे ?"

"हाँ, पूछ।"

"कल्लन दरवेश कहाँ होगा, आप बता सकते हैं ?" कराहते हुए पूछा शकीला ने।

दीन मोहम्मद तड़ाक से गिरा ज़मीन पर। ग़ौर से देखा उसने शकीला को। आख़िर क्या हो गया है, इस अच्छी-भली औरत को। इससे पहले कि शकीला कुछ और पूछती, वह कमरे से निकल गया।

छब्बीस

शुरू में बहुत बुरा लगा था शकीला को लेकिन अब नहीं लगता। आज तो इस सम्बोधन को बार-बार सुनने को मन कर रहा है। उसका तो यहाँ तक मन कर रहा है कि वह पूरे मुहल्ले से कहे कि आज उससे खूब कहें।

उसे याद आया यह सम्बोधन सबसे पहले उसने दादी ज़ैतूनी के ही मुँह से सुना था। उस दिन मुमताज़, सबीना, फ़िरोज़ा, फ़ौजिया, मैना, सलीमा, नफ़ीसा, नसरीन चिड़ियों की झुंड-सी चहकती, फुदकती हुई जा रही थीं, शकीला के पास। पीछे-पीछे ज़ैतूनी भी थी उनके। छज्जे पर खड़ी शकीला को देखकर मुस्कुराते हुए कहा था उससे, "ले, आगी है तेरी फौज।"

फ़ौज ! क्या वह इन्हें किसी लड़ाई के लिए तैयार कर रही है ? सचमुच बहुत बुरा लगा था शकीला को उस दिन। दादी ज़ैतूनी के इस व्यंग्य का अर्थ वह दूसरे रूप में ले गई। यह बात दीगर है कि वह बोली कुछ नहीं। बाद में तो हवेली से लेकर पूरे मुहल्ले के लिए यह दस्ता 'शकीला की फ़ौज' के नाम से ही जाना जाने लगा। आज यही फ़ौज शकीला की पहचान बन गई है। इसी फ़ौज के कारण जैसे उसका अस्तित्व बचा हुआ है।

वार्षिक परिणाम घोषित हुआ है आज शकीला की इस फ़ौज का। उत्तीर्ण होना तो दूर की बात रही, सब अपनी-अपनी कक्षाओं में अव्वल रही हैं। गर्व से शकीला का सीना चौड़ा होता चला गया अपनी इस उपलब्धि पर। आज ख़ुशी से शकीला के पाँव ज़मीन पर नहीं पड़ रहे हैं। मुमताज़ और मैना, उन दोनों की आँखों की चमक तो देखते ही बन रही है। मुमताज़ को थोड़ा-सा रंज है तो इस बात का कि सिर्फ़ दो अंकों से पिछड़ गई वह मैना से। इसलिए स्कूल से आते ही मुमताज़ ने शकीला के सामने यह घोषणा कर दी, "मैडम, अगले साल मैंने इस मैना की बच्ची से ज्यादा मार्क्स नहीं लिए तो मेरा नाम भी मुमताज नहीं।"

"देख लिया मैडम आपने, पिछली बार जब मैं इससे पीछे रह गई थी, तब मैंने तो नहीं कहा था कुछ।" मैना ने मुमताज़ की चुनौती स्वीकार करने के बजाय शिकायत की उसकी।

"मुमताज़, बेटी इस तरह किसी को चेलैंज नहीं करते। खुलेआम चेलैंज करने से

आदमी का उसमें ग़रूर झलकता है। जो कुछ करना है बिना किसी को बताए चुपचाप और मन से करना चाहिए।''

''मैडम, जैसे एकलव्य ने किया था।''

खुला का खुला रह गया शकीला का मुँह। मैना को देखती रह गई वह। पहली बार मैना की इस तीक्ष्णता से ईर्ष्या-सी हुई शकीला को। किन्तु अगले ही पल उसे डर भी लगा कि इन बच्चियों की यह प्रतिस्पर्धात्मक ईर्ष्या और इनका तेज कहीं इन्हीं का दुश्मन न बन जाए।

''अच्छा सुनो, ये लो पचास रुपए और इनकी बर्फ़ी लेकर आओ !'' मैना की ओर नोट बढ़ाते हुए आदेश दिया शकीला ने।

''मैडम, कित्ते की लानी है ?'' जाते-जाते पूछा मैना ने।

''सबकी लानी है।'' शकीला ने मुस्कुराते हुए कहा।

''पचास रुपए की ?'' हैरान होते हुए फिर मुमताज़ ने पूछा।

''हाँ बेटे, पूरे पचास रुपए की लानी है।''

चहकती हुई चिड़ियों की झुंड-सी शकीला की फ़ौज फुदकती हुई उसकी नज़रों से ओझल हो गई। पीछे से देर तक अपनी फ़ौज को निहारती रही शकीला।

सबसे पहले दादी ज़ैतूनी के पास गई शकीला की फ़ौज। इसके बाद नसीब ख़ाँ, चाँदमल, वली मोहम्मद, असग़री, पारो, बत्तो सबके पास से होती हुई पूरी हवेली में घूम गई।

नसीब ख़ाँ तो दूर से ही देखकर हँसते हुए बोला, ''खुदा खैर करे भई, आज तो सकीला की फौज आ री है।''

''बूढ़ा बाप, मुँह खोल !'' मुमताज़ ने लगभग हुक्म देते हुए कहा।

''मुँ खोलूँ, पर काँई खुसी में ?'' हैरान होते हुए पूछा नसीब ख़ाँ ने।

''ना, पहले मुँह खोल बूढ़ा बाप !'' इस बार फ़ौजिया ने हुक्म दिया।

''ऐऽऽऽ ले !'' पड़पोतियों के आदेशात्मक मनुहार पर मुँह स्वतः ही खुलता चला गया।

मुमताज़ ने पूरी बर्फ़ी नसीब ख़ाँ के मुँह में ठूँस दी।

''अरी बावली, अब बताओ भी तो सहीऽऽऽ !'' इस बार नसीब ख़ाँ अनुनय पर उतर आया।

''बूढ़ा बाप, हम सब पास होगी हैं ना याकी खुशी में।'' इतना कहकर मुमताज़ चाँदमल की तरफ़ बढ़ गई।

''ऐ तम सब पास हुई हो ?'' नसीब ख़ाँ को जैसे अपने कानों पर विश्वास नहीं हुआ।

''कौन-कौन-सी जमात में होगी हो ?'' सफ़ेद पुतलियों को शून्य में घुमाते हुए, तस्बीह के मणकों को थोड़ा विराम देते हुए पूछा चाँदमल ने।

''बूढ़ा बाप, मैं और मैना तो नौंवी में होगी हैं। सबीना, फौजिया, फिरोजा और

सलीमा आठवीं में औऽऽऽर...''

इससे पहले कि याद करते हुए मुमताज़ अन्य के बारे में बता पाती, चाँदमल ने हैरान होते हुए कहा, ''ऐऽऽऽतम सब इतनी पढ़गी हो !''

''बूढ़ा बाप, अभी तो हम और पढेंगी।'' सबीना ने पुलकित होते हुए कहा।

''ये बरफीन् का पईसा किसने दिया हैं, तिहारा माँ-बाप ने ?'' हँसते हुए पूछा नसीब ख़ाँ ने।

''ना, बूढ़ा बाप ये तो हमारी मैडम ने दिया हैं।''

''तो तिहारा मदरसान् में अब बरफीन् का पईसा भी मिलन लगा हैं।''

''बूढ़ा बाप, मदरसा की मैडम ने ना हमारी शकीला मैडम ने दिया हैं।''

''कहाऽऽऽ सकीला ने दिया हैं !'' मुमताज़ के इस रहस्योद्घाटन पर चौंकते हुए कहा नसीब ख़ाँ ने।

इस तरह शकीला की यह फ़ौज पूरे दिन हवा के ताज़ा झोंके की तरह हवेली में इधर से उधर हरहराती रही। दादी ज़ैतूनी तो जब-जब इन्हें देखती, भीतर तक एक ठंडक से भीग उठती और असग़री वह तो अपनी तीनों पोतियों को देखकर निहाल हो उठती। बहुत शर्मसार हुई वह जब तीनों पोतियाँ बर्फ़ी खिलाते हुए उसके गले से लिपट गई थीं। पहली बार उसे अहसास हुआ कि इस तरह की ख़ुशी भी कोई ख़ुशी होती है। उनसे तो यह शकीला ही लाख दरज़े समझदार निकली, जिसने इन बच्चियों की ख़ुशी में शामिल हो आज अपना क़द और ऊँचा कर लिया।

असग़री उसी समय हवेली की तरफ़ चल दी।

पौली में ज़ैतूनी से भेंट हो गई उसकी। आते ही ज़ैतूनी ने छेड़ा असग़री को, ''तू भी पोतीन् का पास होणा की खुसी में बरफी बाँटन् आई है ?''

''जैतूनी, एक बात कहूँ...निगोड़ी, जिनकी औलाद है उनके तो थोड़ी-सी भी हया ना है और जाकी ये कुछ भी ना लगे हैं, ऊ सिहाती डोल री है।''

''ई तो तू सही कह री है पर यामें हमारो भी कहा कसूर है। दारी, हमारे ना तो कदी ये छोरी-छापरी पढ़ी ही और ना ही ये बरफी बँटी ही।''

इसी बीच बत्तो भी आ गई।

''ले, बत्तो भी आ गी अपनी सरमिंदगी ए उतारन्।'' बत्तो को आया देख असग़री ने अपनी तरफ़ से जोड़ते हुए कहा।

''काकी, सरमिंदगी है जभी तो सोची के या फूटा मुँ सू कम-सू-कम सकीला को एहसान जता आऊँ।'' बत्तो ने अपने आने का कारण बताया।

''बत्तो, ई एहसान ऐसे कम ना होएगो। मेरी मानो तो हम सब एक काम करें, क्यों ना हम्भी वाहे एकाध किल्लू बरफी दियाएँ।'' दादी ज़ैतूनी ने सुझाव दिया।

एकमत से असग़री और बत्तो ने ज़ैतूनी का सुझाव मान लिया।

तीनों को अपने यहाँ आया देख शकीला को आज आश्चर्य नहीं हुआ बल्कि उसे लग रहा था कि ऐसा ही होना है।

जाते ही लूगड़े में छिपे लिफ़ाफ़े को शकीला की तरफ़ बढ़ाते हुए बोली ज़ैतूनी, "ले, इन्ने धर ले !"

समझ गई शकीला कि क्या हो सकता है इस लिफ़ाफ़े में, "अम्माँ, य...यह किस ख़ुशी में ?"

"और अगर हम तोसू पूछें के तैने कौण-सी खुसी में बरफी बँटवाई ही, तो फिर ?" असग़री ने शकीला से प्रश्न किया।

"अच्छाऽऽऽ तो आप लोग एहसान उतारने आई हैं।"

"सकीला, यामें एहसान की कहा बात है। सच्ची कहें हमें तो पहले ही या बात की कायली है।"

"यह तो अपनी-अपनी सोच है अम्माँ। किसी को किसी में ख़ुशी नज़र आती है, तो किसी को किसी और में। अगर मैंने आज मिठाई बँटवाई है तो यह कोई एहसान नहीं है किसी पर, यह मेरी अपनी ख़ुशी है।"

"बेटी, हम् भी तो अपनी खुसी सू दे रा हैं।" असग़री ने आग्रह किया।

"तो फिर ठीक है, आपने दे दिया और मैंने क़बूल कर लिया। अब आप भी मेरी एक बात मानिए और वह यह कि शाम को जब ये मेरे पास आएँगी, तब आप अपने हाथों से उन्हें देंगी।"

शकीला का मुँह ताकती रह गईं तीनों। कुछ नहीं सूझा उन्हें शकीला के सुझाव बल्कि कहिए शर्त पर।

"फिर भी थोड़ी-बहोत तो धर ले !" बत्तो ने फिर से इसरार किया।

"ठीक है, यह मैं कर लेती हूँ। हालाँकि मुझसे भी एक काम रह गया था।" इतना कहकर उसी लिफ़ाफ़े से शकीला ने बर्फ़ी के तीन टुकड़े निकाले और ज़बरन, मना करने के बावजूद एक-एक टुकड़ा तीनों के मुँह में ठूँस दिया।

वापस लौटते हुए असग़री और ज़ैतूनी ने शकीला को आशीषों से पूरी तरह भिगो दिया। उनके जाने के बाद भी उसको अपने कोनों में इन आशीर्वचनों के बोल जैसे मीठा रस घोलते हुए सुनाई देते रहे। परन्तु इस शब्द-रस के बीच एक ऐसी कड़वी बूँद भी पड़ गई, जिसने सारी मिठाए एक कसैलेपन में तब्दील कर दी।

पलटकर हँसते हुए असग़री ने ही तो कहा था, "पर सकीला, असली खुसी तो वा दिन होएगी जा दिन या कोठा में काई बालक की किलकारी गूँजेगी !"

एक बार फिर शकीला की आँखों के आगे कल्लन दरवेश की धूनी और धूनी में हल्की आँच पर सिंकते, ज़र्द काग़ज़ के टुकड़ों पर उभरे अक्षर तैर गए।

● ●

शकीला ने मारे उछाह के दस दिन तक नहीं पढ़ाया अपनी फ़ौज को। हैरानी हुई सबको

कि उनकी मैडम को आख़िर यह हो क्या गया है ? कुछ समझ में नहीं आया किसी के। अब तो उनकी मैडम बाहर की दुनिया के बारे में भी खूब बातें करती है।

उस दिन वैसे कोई ऐसा प्रसंग छिड़ा नहीं था फिर भी न जाने क्यों शकीला ने पूछ लिया।

"मुमताज़, तुम्हारी मस्जिद की तालीम कैसी चल रही है ?"

"मैडम, तिलावत[1] कर लेती हूँ।"

"तिलावत ही कर लेती हो या उसे समझती भी हो ?"

कुछ नहीं बोली मुमताज़।

"अच्छा है, मगर आगे जाकर इसे समझने की भी कोशिश करना।"

"पर मैडम, कैसे समझें हाप्पजी (हाफ़िज़जी) समझाते ही नहीं हैं। वैसे भी कुरान अरबी में है इसलिए..."

"इसीलिए तो एक आम मुसलमान को इसे समझने में दिक़्क़त आती है लेकिन अब तो इसके तर्जुमे भी आ गए हैं। मेरी एक सलाह है मुमताज़ कि क़ुरान-पाक के अन-निसा, अल-बक़रा, अल-आराफ़, अन-नूर, अर-रूम और अत-तलाक़ सूराओं को ज़रूर ध्यान से पढ़ने और समझने की कोशिश करना !"

"मैडम, इन सूराओं में क्या खास बात है ?"

"इन्हें पढ़कर तुम्हें अपनी ताक़त और कमज़ोरियों का पता चलेगा।"

"ठीक है, मैं कल ही पूछूँगी हाप्पजी से इन सूराओं की आयतों का मतलब।"

"नहीं मुमताज़, अभी तुम इन पर ध्यान मत देना...पहले अपनी स्कूल की पढ़ाई पर ध्यान दो, वैसे भी इस बार तुम्हारे बोर्ड के इम्तिहान हैं और मैं भी तुम्हें अब नहीं पढ़ा पाऊँगी।"

"क्यों मैडम ?" इस बार मैना ने निराश होते हुए पूछा।

"इसलिए कि मेरी खुद की तालीम ही यहाँ तक है।"

"पढ़ तो हम अपने आप लेंगी मैडम, बस आप हमारे पास बैठी रहना।" मुमताज़ ने पूरे आत्म-विश्वास के साथ कहा।

"इतना भरोसा है अपने आप पर ?" हैरान होते हुए शकीला ने पूछा।

मुमताज़ और मैना दोनों शरमाकर रह गईं।

सच तो यह है कि अब शकीला का भी मन नहीं लगता है इन्हें पढ़ाने में। एकाएक न जाने क्यों एक अरुचि-सी होने लगती है इन बच्चियों को पढ़ाते हुए। वह बहुत कोशिश करती है अपने आपको समझाने की परन्तु अचानक उसकी वाणी की ताक़त व गरमी कहाँ ग़ायब हो गई है, खुद उसकी समझ में नहीं आ रहा है। पता नहीं क्यों छोटी-छोटी बात पर वह इन बच्चियों पर खीजने तक लगी है ? कभी-कभी जिस्म में ऐसी ऐंठन-सी पैदा होने लगती है कि वह चाहते हुए भी अपनी खीज और ग़ुस्से को क़ाबू नहीं कर पाती है। इसीलिए मुमताज़ से लेकर नसरीन तक शकीला के व्यवहार

1. तिलावत : कुरान का पाठ करना।

में हुए इस परिवर्तन को देखकर सहमी-सहमी रहने लगी हैं।

ताज्जुब तो मुमताज़ और मैना को उस दिन हुआ जब अंग्रेज़ी की वर्णमाला पर ज़ीनत को शकीला ने बहुत डाँटा। ऐसा पहली बार हुआ। उन्हें याद है कि इससे पहले मजाल है उसने कभी इन्हें आँखें तो दिखाई हों, फिर अब उनकी मैडम को क्या हो गया है एकाएक—समझ ये भी नहीं पा रही हैं।

अकेले में शकीला अपने आप और अपने इस बर्ताव पर खूब झुँझलाती कि क्यों इन बच्चियों को देखते ही उसकी आँखों में बौखलाहट और विक्षोभ उतर आता है ? आख़िर उसके इस मर्ज़ का इलाज़ है क्या ? बहुत कोशिश की शकीला ने अपने आपको समझने की, किन्तु वह और उलझती चली गई अपने आपमें। आख़िरकार उसने यह तय कर लिया कि वह अब इन्हें बिल्कुल नहीं पढ़ाएगी। इससे ज़्यादा और गुनाह वह नहीं कर पाएगी।

शकीला ने तबियत ख़राब होने का बहाना बनाकर कुछ दिनों के लिए अपनी फ़ौज से आने के लिए मना कर दिया। लेकिन यह कैसे सम्भव है कि शकीला का स्वास्थ्य ठीक न हो और किसी को पता न चले। सबसे पहले जुम्मी आई उसकी कुशलक्षेम पूछने। समझ गई शकीला कि पूरी हवेली को ख़बर हो चुकी है।

"सकीला, दारी सुनी है..."

"नहीं-नहीं बड़ी आपा, ऐसी कोई बात नहीं है।" इससे पहले कि जुम्मी उसके स्वास्थ्य के बारे में पूछती, शकीला पहले ही बोल पड़ी।

"कुछ ऐसी ही बात आई ही सुणना में ?"

"बस ऐसे ही जी कुछ अजीब-सा हो गया था।"

"कोई ऐसी-वैसी बात तो ना है निगोड़ी ?" कोहनी का टहला मारते हुए कोंचा जुम्मी ने।

"ना बड़ी आपा, ऐसा कुछ भी नहीं है।" चेहरे की आब एकाएक क्षीण होती चली गई।

"वैसेऽऽऽ महीना-वहीना तो ठीक आ रा हैं ?" गम्भीर होते हुए पूछा जुम्मी ने।

"सब ठीक है बड़ी आपा।" हल्की-सी झुँझलाहट तैर गई चेहरे पर।

अभी जुम्मी गई थी कि दादी ज़ैतूनी आ पहुँची। आते ही उसने भी वही सवाल किया और शकीला की ओर से फिर वही जवाब मिला।

"पतो ना, अल्लाताला या बिचारी की कद सुणेगो।" निराश होते हुए कहा ज़ैतूनी ने।

शकीला से संवाद जारी रखने के लिए दादी ज़ैतूनी के पास शब्दों का अकाल पड़ गया मानो। वह उठकर जाने लगी तो शकीला जैसे कुछ याद करते हुए बोली, "अम्माँ !"

जाते-जाते रुक गई ज़ैतूनी।

"आपको याद है, आप मुझे एक बार किसी दरवेश के पास ले गई थीं ?"

हैरानी हुई ज़ैतूनी को कि आज शकीला को अचानक उसकी कैसे याद आ गई।

"हाँ, लेके गई ही।"

"मुझे एक बार और ले चलो उनके पास।"

"लेके तो जब चलूँ, जब ऊ होए...और फिर वानै तो ढेड ने जैसो करम करो हो, वासू इन पीर-दरवेसन् पे सू अकीन ही उठगो।"

"क्या किया उसने अम्माँ ?" शकीला जानने से पहले ही 'उन' से 'उस' पर आ गई।

"दारी, बतान् लायक होए तो बताऊँ भी।"

"फिर भी, आख़िर उसने किया क्या ?" इस नए कौतुक को जानने की जिज्ञासा में शकीला अपना दुःख भूल गई।

"सुणी ही के ऊ तो एक लुगाई ए लेके भगूगो ! पतो ना जब दुनिया पे ई साधु-फकीरी करनी बस की ना है, तो काँई लू ऐसा ढोंग करे हैं।"

शकीला के हाथ से आस्था का पात्र मानो ज़मीन पर गिरकर टुकड़ा-टुकड़ा हो गया।

"रंडी आई तो ही वासू नक्कस लेण पर नक्कस के साथ वाहे भी ले उड़ी...हुँ, वाको तो खुद को ही नक्कस होगो। सही कही है के *कलजुग बियापो खलक में, पाप हुओ भरपूर/कर तिरिया सू दोस्ती, पुत्तर हुओ पिता सू दूर*।" दादी ज़ैतूनी ने विद्रूप मुस्कान बिखेरते हुए एक अकल्पनीय, अविश्वसनीय प्रेम-कथा का अन्त करते हुए कहा।

शकीला की सारी आशाएँ ज़मीं-दोज़ हो गईं। काश, वह दरवेश इसे प्रायश्चित का एक अवसर तो दे जाता। परन्तु अगले ही क्षण उसे लगा कि एक तरह से यह अच्छा भी हुआ। उसे याद आने लगा वह दृश्य जब उसने देखा था कि किस तरह कल्लन की आँखें उसके जिस्म में धँसने को आतुर हो रही थीं। उसकी आँखों में कैसे स्त्री-देह को पाने की आकांक्षा के सुर्ख़ डोरे तैर रहे थे। एक झटके से हवा में खींचा शकीला ने अपना हाथ। लगा जैसे कल्लन दरवेश की अँगुलियों के खुरदरे पोर अभी भी उसकी कलाई पर टिके हुए हैं। अच्छा हुआ जो वह उसके बुलाने पर दोबारा तकिया में नहीं गई, वरना क्या पता उसके कच्चे कलमों के सहारे वही उसके पीछे-पीछे हो लेती। शकीला की साँसें फूलने लगीं। उसने मन ही मन अपने परवरदिगार और उससे कहीं ज़्यादा दादी ज़ैतूनी का शुक्रिया अदा किया, जिसने उस ढोंगी की ख़बर सुनाकर उसे एक गहरे दलदल में जाने से बचा लिया। दादी ज़ैतूनी ने उसके विषाद को धो डाला। शायद इसी कारण उसका मन इतना उद्विग्न था।

शकीला को लगने लगा कि तेज़ी-से उसमें कुछ परिवर्तन हो रहा है। जो झुँझलाहट, झल्लाहट उसे छोटी-छोटी बात पर होती थी, वह भी काफ़ी हद तक कम हो गई है परन्तु अब एक दूसरी तरह की बेचैनी होने लगी उसे।

एक महीना कैसे बीत गया इसका शकीला को पता ही नहीं चला।

वह कल ज़रूर कहलवा भेजेगी या स्वयं जाकर कह आएगी। एक स्व-रचित

चिर-परिचित कल्पना से शकीला के जिस्म में ताज़गी लौट आई कि वह फिर से मान-मनुहार, अनुनय-विनय, रूठने-मनाने के उड़नखटोले पर सवार हो हिचकोले लेने लगेगी। देर रात तक इन्हीं कल्पनाओं में डूबी शकीला को नींद आ ही गई आख़िर।

उसने थोड़ी-सी बेचैनी महसूस की। उठकर नींबू का पानी भी पिया मगर रह-रहकर लगता रहा जैसे उल्टियाँ होने को हैं। दीन मोहम्मद को उसने जगाना उचित नहीं समझा। उसने सोने का फिर से प्रयास किया किन्तु सो नहीं पाई। हालाँकि अभी साढ़े ग्यारह ही बजे हैं परन्तु पूरे गाँव में ऐसा सोवता पड़ गया जैसे न जाने कितनी रात हो गई है। हारकर नींद ने पुनः समर्पण कर दिया।

फ़ज्र की नमाज़ पढ़कर घर की साफ-सफ़ाई से निपटकर, वह हवेली के चौक में बनी कुईं पर नहाने के लिए पानी लेने गई थी। अनायास लगा जैसे पूरी हवेली उसकी आँखों के आगे घूम रही है। अच्छा हुआ जो पहले से पानी के लिए आई मजीदन ने उसे सँभाल लिया, वरना चक्कर खाकर वहीं गिर पड़ती। सहारा देते हुए वह उसे उसके कमरे में ले आई।

पूरी हवेली में शकीला के सवेरे-सवेरे अचानक अचेत होने की ख़बर फैल गई। दौड़ी-दौड़ी आई ज़ैतूनी। सबकी आँखें एक-दूसरे से बेहद रहस्यमयी ढंग से टकराकर मुस्कुराने लगीं। इसी बीच ज़ैतूनी ने असग़री के पास भेज दिया किसी को। असग़री के आने तक शकीला को होश भी आ गया। शकीला ने अपने आपको अपने कमरे में पाया और चारों तरफ़ खड़ी हवेली को देखा, तो उसे आश्चर्य हुआ।

असग़री ने बेहद बारीकी से मुआयना किया। कुछ सवाल भी किए उसने शकीला से। इन सवालों के मिले सकारात्मक जवाबों और उसके अनुभव ने जो नतीजा निकाला, उसे सुनकर वहाँ खड़े चेहरे खिल उठे।

"दीनू, ढेड अब तो राजी हो ले !" असग़री ने थोड़ी दूर खड़े दीन मोहम्मद को छेड़ते हुए कहा।

दादी ज़ैतूनी का तो जिस्म ही मारे ख़ुशी के लरज़ उठा। आँखें भर आईं, बिखरे हुए शब्द एक-एक कर फूटने लगे होंठों से, "अ...असगरी, सकीला कू तो समझ ले दूसरो जनम मिलो है।"

"दीनू, शकीला को ध्यान रखियो और हाँ अब या उमर में आके ये जुआ-सट्टा छोड़ दे।" असग़री ने दीन मोहम्मद को हँसी-हँसी में डाँटते हुए कहा।

दीन मोहम्मद किसी युवा की तरह शरमाते हुए बाहर निकल गया, ऐसे जैसे मानो वह पहली बार पिता बनेगा।

इसी बीच शकीला चारपाई से उठने लगी तो जुम्मी ने यह कहते हुए वापस लिटा दिया, "अभी लोटी रह थोड़ी देर...और हाँ, अब तू ई धींगड़ीपणो छोड़ दे।"

"हसीना, अपणी सास को ढंग सू ख्याल रखियो।" जमीला ने शरारत-भरे अंदाज़ में कहा।

"मजा तो अब जब है सकीला, जब तम दोनूँ सास-बहू एक ही दिन..."

अंसग़री का वाक्य पूरा होने से पहले ही कमरा ठहाकों से झंकृत होता चला गया।

"अगर एक ही दिन ये सास-बहू माँ बणगी तो तू कर लेएगी इनकी एकसाथ जचगी ?" ज़ैतूनी का इशारा शकीला और हसीना की ओर था।

"तू तो इन सास-बहू की बात कर्री है साथ में तू भी जणके देख...तेरी भी ना कर दूँ तो।" ज़ैतूनी को भी लपेट लिया इस बार असग़री ने।

देर तक चुहलबाजी, छेड़ना-कोंचना, हँसी-ठट्ठा चलता रहा।

शकीला से नहीं रुका गया तो वह उठते हुए बोली, "अम्माँ, सुबह-सुबह आप खाली हाथ जाती हुई अच्छी नहीं लग रही हैं।" असग़री को टोका उसने।

शकीला कोने में रखे एक कनस्तर को उठाकर लाई और ज़ैतूनी के सामने रखते हुए बोली, "अम्माँ, आप ही दे दीजिए इन्हें !"

"देखी जैतूनी या सकीला की सयानपत। अगली ने सारो इंतजाम पहले ही कर राखो है।" असग़री हँसते हुए बोली।

"नहीं अम्माँ, वो बात नहीं है। अभी आठ-दस रोज़ पहले ये फिरोज़पुर झिरका गए थे, वहीं से उठा लाए।"

"तो कहा फिरोजपुर वाहे ये बतासा ही मिला ?"

"मिले तो बूढ़ी माई हूनू बहोत कुछ है पर हमारी चाची को खाते-खाते जी भरगो।" ज़ीनत ने मासूम बनने की मुद्रा अपनाते हुए छेड़ा दादी ज़ैतूनी को।

"तू चुप रहेगी या अभी सुणेगी मोसू हर का भजन !"

"जैतूनी, निगोड़ी या बहू ने कै तेरे चुटकी भर ली है जो तू याहे डाँट री है।" असग़री ने टोका ज़ैतूनी को।

"काकी, डाँटेगी क्यों ना फिरोजपुर की इमरती जो घुली जारी हैं मुँ में।" जुम्मी ने हँसते हुए ज़रीना को डाँटने का राज़ खोलते हुए कहा।

"चलो री चलो, बस होगो मुँ मीठो...अब याहे आराम करण देओ !" ज़ैतूनी ने तुरन्त विषय पर विराम लगाते हुए कहा।

कमरे में अकेली रह गई शकीला। देर तक उसके कानों में थोड़ी देर पहले चल रहे हँसी-ठट्ठे गूँजते रहे। शकीला एक बार फिर कल्पनाओं के घने जंगल में भटक गई और पीछा करती रही उन अदृश्य किलकारियों का जिन्हें अभी शक्ल लेने में समय लगेगा। आँखें जब खुलीं तो पता चला कि जुह्र की नमाज़ का समय भी हो गया है।

नमाज़ पढ़कर हटी तो उसे लगा जैसे उसकी दिनचर्या से कुछ छूट गया है, क्या छूट गया है याद नहीं।

कुछ देर बाद दीन मोहम्मद आया तब उसी ने उलाहना देते हुए याद दिलाया, "क्यों आज रोटी-टूक को बोंत ना है ?"

यही तो छूट गया था शकीला से।

"आपने जगाया क्यों नहीं ?"

"बस ऐसेई। सोची आज तोहे खूब सोण दूँ।"

"ठीक है, अभी बना देती हूँ।" इतना कहकर शकीला खाना बनाने में लग गई।

अस्र की नमाज़ पढ़ शकीला स्वयं ही सबके घर गई।

"सकीला, आज कैसे रस्ता भूलगी ?" शकीला को अपने घर देखकर हैरानी हुई असग़री को।

"अम्माँ, ऐसी कोई बात नहीं है। मैं तो यह कहने आई हूँ कि कल से सलीमा, नफ़ीसा और नसरीन को भेज देना।"

इतना कहकर शकीला वापस लौटने लगी कि असग़री ने उलाहना देते हुए कहा, "सकीला, बेटी आज पहली बर तो तू हमारी दहली पे आई है और बिना कुछ..."

"अम्माँ, अभी मुझे बत्तो आपा के यहाँ भी जाना है। फिर किसी दिन आऊँगी फ़ुरसत निकालकर।"

"हाँ बेटी, गरीब के घर कौन आवे है !"

"ऐसी बात नहीं है अम्माँ। आपने कैसे सोच लिया यह।" शकीला ने रुककर एक पल के लिए असग़री की आँखों में झाँका।

बत्तो के यहाँ भी नहीं रुकी शकीला। बस, मैना को अगले दिन आने के लिए कहकर चली आई।

सत्ताईस

एक माह के भीतर धनसिंह के पास दो सन्देशे आ चुके हैं और हर बार धनसिंह ने यह कहते हुए असमर्थता प्रकट कर दी कि अभी उनकी गुंजाइश नहीं है। लेकिन रक्षा-बन्धन पर कौशल्या और रामरती आईं, तो उनके द्वारा दोटूक कहलवा भेजा कि जैसे भी हो, इस साल के अन्त तक गौना कर देना होगा। धनसिंह ने पुनः अपनी असमर्थता जतानी चाही कि इससे पहले ही हीरा ने अपनी स्वीकृति दे डाली। बाद में धनसिंह भी अपने फ़ैसले पर पुनर्विचार करते हुए सहमत हो गया।

बाप-बेटे की सहमति ने बत्तो को एक साँसत में डाल दिया। तुरन्त उससे कोई जवाब देते नहीं बना।

"कौसल्या, तो कहा चौधरी को ई आखरी फैसला है ?" बत्तो का संकेत अपने समधी की ओर था।

"हाँ माँ, आखरी ही समझ लेओ।" दबे स्वर में कहा कौशल्या ने।

"वैसे बात भी उनकी सही है बेटी, जहाँ चिन्ता बेटीवाला 'ए होणी चहिए, वाँ बेटावाला ए हो री है।"

"और फिर एक दिन तो गौणा करनो ही पड़ेगो।" हीरा ने बाप के तर्क का

समर्थन किया।

"ठीक है, जब सबकी यही सलाह बण री है तो कर देओ।" बत्तो ने भी हारकर आत्म-समर्पण कर दिया।

"पर असली बात कुछ और है माँ। ई कौसल्या तो डर्री है बताते हुए।"

"कौन-सी बात ?" धनसिंह ने आश्चर्य से पूछा।

"बाबा, उन्ने ई डर लग रो है के कहीं मैना..."

"मै...मैना क...कहा मैना ?" ज़ुबान लड़खड़ाने लगी बत्तो की।

"तू चुप रहेगी या ना, पहले बात तो पूरी सुन ले !" हीरा ने बत्तो को डाँट दिया इस बार।

"...के कहीं मैना वाँ जाना सू मना ना कर देए।"

"रामरती, बेटी तू कैसी बावली बात कर्री है। ऐसे कोई लूट मच री है जो मैना मना कर देएगी।"

"हाँ बाबा, याही डर की वजह सू हमारे सुसरा ने लक (ज़ल्दबाजी) मचा राखी है।" कौशल्या ने पहली बार इस डर से हल्का-सा आवरण हटाया।

"पर कौसल्या, वे या बात ए सोच कैसे रहा हैं...उन्ने हमारी मैना का बारा में ऐसी-वैसी कोई बात सुणी है जो..."

"बाबा, ऊ बात ना है। दरअसल उन्ने डर लग रो है के कहीं मैना दसमीं करे पीछे मना न कर देए।"

"क्यों, मेहमान भी तो पढ़ रो है ? अरे, ई तो अच्छी बात है के..."

"बाबा, ई तो हमेंई पतो है जैसो तिहारो मेहमान पढ़ रो है। दो साल सू दसमीं मेंई पड़ो है और अबके भी कोई उम्मेद ना है पास होने की।" रामरती ने एक भ्रम तो दूर कर दिया अपने दादा का।

"पर हमारी मैना, ऊ तो सुनी है सारी जमात में सबसू तेज है...देखी ना, पूरी-पूरी रात लट्टू के आगे किताबन् में कैसे दीदा गड़ाए बैठी रहवे है।" बेटी की तारीफ़ करते हुए कहा बत्तो ने।

क्षणभर के लिए पूरे परिवार का सीना गर्व से फूलता चला गया, किन्तु अगले ही पल किसी आशंका के भय से हवा निकले गुब्बारे की तरह पिचकता भी चला गया।

"हुँ, पास कहाँ सू होए। सारे तो ऐब भरे पड़े हैं...और तो और, सुनी है चोरी-छिपे दारू भी पीन लगो है।" अपने ससुरालवालों के भय के पीछे छिपी पूरी राम-कहानी बता दी रामरती ने।

इस विकट समस्या का हल किसी को नहीं सूझा तथा सूझा भी तो धनसिंह को ही।

"ठीक है बेटी कौसल्या, कह दीजो अपना सुसरा सू के देवउठनी पीछे आ जाएँ वे। बेमतलब हम भी आँट खोल-खालके निसड़का (निवृत्त) होएँ। सही लक मचा रो है चौधरी। कहा पतो मैना का जाणा सू मेहमान कूढ़ में ही आ जाए..."

"अरे, जब नकेल घलेगी तो अपने आप लेन में आ जाएगो।" धनसिंह के तर्क पर अपनी सहमति की मुहर लगाते हुए कहा हीरा ने।

"ई बात तो तिहारी ठीक है पर अबके तो याके दसमीं के पेपर हैं। सकीला बता री ही के याहे अबके बहोत कसाला करनो पड़ेगो।"

"बता तो ऐसे रही है जैसे याहे कसाला करके कलट्टर बणनो है...।"

"ठीक है, जैसी तिहारी दोनूँ बाप-बेटा की मरजी ! मेरी बला सू याहे भट्टी में झोंक देओ !" तमतमाते हुए उठकर भीतर चली गई बत्तो।

"बाबा, माँ ठीक ही तो कह री है। मुसकिल सू तो हमारे घर में कोई पढ़ री है वापे भी ऐसा बंधेज बाँध रे हो।" रामरती ने पिता से असहमति जताते हुए अपने दादा से शिकायत की।

"पर बेटी रामरती..."

"बाबा, आठ-दस महीना में हमारी मैना काई के साथ भग ना जाएगी...घबराओ मत, मैं समझा दूँगी।"

"हाँ बाबा, हमारे सास-सुसरा या रामरती सू ही डरे हैं।" कौशल्या ने मुस्कुराते हुए रामरती की ओर देखा।

"देख लेओ बेटी, कोई ऊँच-नीच ना हो जाए। वैसे भी छोरी-छापरी को मामला है !" धनसिंह ने डरते हुए कहा।

हीरा भी कुछ कहने जा रहा था कि सामने से मैना को आता देख चुप हो गया।

"मैना, आगी बेटा !" पोती के सिर पर हाथ फेरते हुए कहा धनसिंह ने।

बत्तो की समझ में नहीं आ रहा है कि शकीला से कैसे कहे वह अपने मन की बात।

काफ़ी देर हो गई उसे शकीला के पास बैठे-बैठे। कोई सूत्र हाथ नहीं आ रहा है जिसे पकड़कर वह अपनी बात कह दे। अच्छा हुआ जो दीन मोहम्मद ताड़ गया उसकी दुविधा को।

"भावज, कहा बात है...सब ठीक तो है ?"

हैरानी हुई शकीला को कि वह तो नहीं भाँप पाई बत्तो की दुविधा और दीन मोहम्मद ने जान लिया।

"कैसे बताऊँ दीनू, एक नई साँसत में जान आ फँसी है !" गहरा साँस लेते हुए कहा बत्तो ने।

"आपा, क्या हुआ, सब ठीक तो है ?"

"हाँ सकीला, ठीक ना है जभी तो तेरे कनै आई हूँ...अच्छो एक बात बता मैना अबके पास भी हो जाएगी ?"

"आप ये कैसी बातें कर रही हैं ! आपा, सुना है क्लास में मैना और मुमताज़

ये दो ही लड़कियाँ हैं जिनसे पूरे स्कूल को बड़ी उम्मीद है। देखो, इन दोनों में से किसकी मेहनत अपने स्कूल का नाम रौशन करती है। आप सिर्फ़ पास होने की बात कर रही हैं।''

''भावज, बात आखिर है कहा ?'' दीन मोहम्मद ने कुरेदते हुए पूछा।

''दो-तीन बौरा (सन्देश) आ चुका है समधाणा सू के कैसे भी होए अबके आँट खुल जाणी चहिए।''

''कौन-सी गाँठ खुल जानी चहिए ?'' शकीला को लगा बत्तो से शायद उच्चारण ग़लत हो गया है।

''हमारे हीं आँट खोलणा को मतलब चाला (गौना) सू होवे है। बत्तो, मैना का चाला की बात कर्‌री है।'' दीन मोहम्मद ने बत्तो के कहने का अर्थ समझाते हुए कहा।

''मगर आपा, अभी ऐसी कौन-सी जल्दी है। बच्ची होशियार है, पढ़ने में तेज़ है और अगर वह आगे पढ़ना चाहती है तो इसे पढ़ने दीजिए।''

''सकीला, वाका चाहणा या ना चाहणा सू बात थोड़ेई बनेगी...और फिर वैसे भी हमारी घर में कितनी चले है तोहे सब पतो है।''

''यही तो हमारी बदकिस्मती है आपा कि हमारी ज़िन्दगी का फ़ैसला भी दूसरे करते हैं। आपने मैना से भी पूछा है इसके बारे में ?''

''मैं कैसे पूछूँ सकीला...मेरो तो सोच-सोचके कलेजा फटो जावे है। रातभर मोहे कैसा-कैसा सुपना आता रहा हैं, मैं तोहे कैसे बताऊँ। माँ होके भी मैं मजबूर हूँ।'' कहते-कहते बत्तो का गला भर आया।

''ऐसे काम ना चलेगो भावज, कोई-न-कोई रस्ता तो निकालनो पड़ेगो।''

''यह बाद की बात है अभी उसे इम्तिहान देने दो।''

''सकीला, तेरी तो ऊ बहोत माने है। तू कोसिस करियो वाहे समझाणा की।''

''आपा, वक़्त तो आने दो। सब ठीक हो जाएगा। आप माँ हैं मगर मैं आपसे ज़्यादा जानती हूँ आपकी मैना को, और हाँ एक बात का ध्यान रखें कि जितना हो सके उससे यह बात दूर रखना।''

''कहाँ तलक राखेंगा सकीला। पतो तो वाहे चलणी है ही।''

''तू भी उल्टी बात कर्‌री है, ऐसी बात कहीं छुपे हैं।'' दीन मोहम्मद ने बत्तो का समर्थन किया एक तरह से।

''वैसे एक बात कहूँ आपा...''

शकीला की आँखों में झाँका बत्तो ने।

''कभी-कभी मुझे भी मैना से डर-सा लगता है। सच कहूँ, ख़ुदा ऐसी बेटी हर माँ-बाप को दे।''

पता नहीं शकीला ने यह मैना की प्रशंसा में कहा या बत्तो को डराने के लिए, परन्तु इतना अवश्य है कि शकीला की इस अतिशयोक्ति से बत्तो के भीतर सचमुच एक भय व्याप गया। वह कई दिनों तक इस वाक्य के अतल में उतरकर इसका अर्थ

खोजती रही। अब तो जब भी सौम्य, शान्त और अपने में खोई-खोई-सी रहनेवाली उसी की अपनी बेटी मैना उसके सामने पड़ती है, तो शकीला का यह वाक्य कानों में खदबदाने लगता है। आख़िर क्या अर्थ छिपा हुआ है शकीला के इस डर में ? बत्तो को लगने लगा मानो किसी अनिष्टता की अदृश्य छाया रात-बिरात उसके द्वार पर धीरे-धीरे दस्तक देने लगी है। बीच-बीच में सोते हुए हड़बड़ाकर खड़ी हो जाती है वह। मिचमिचाती आँखों को खोल जब वह बराबर के एकमात्र कमरे में झाँककर देखती है, तो बल्ब के नीचे किताब में दो दीये ही डूबे नज़र आते हैं। कई बार तो बिजली चली जाने के बाद लालटेन के मद्धिम प्रकाश से बनी अपनी ही मैना की छाया से डर जाती है बत्तो।

बार-बार सुमरन करती है अपने कुल देवी-देवताओं का बत्तो।

—हे मियाँ बाबा, या कुल की लाज अब तेरा ही हाथ में है...हे खेड़ा देवत माई, काई तरह या जंजाल सू पीछा छुड़ा दे।

●●

धनसिंह का डर सही साबित हुआ यानी इधर कौशल्या और रामरती ने वापस लौटकर संदेश दिया और उधर हीरा का समधी उमराव उसकी दहली पर था। जब तक बँगले में दरी-चद्दर बिछाकर मेहमान को पानी-पात पिलाया जाता, तब तक नसीब ख़ाँ और ज़ैतूनी को बुलवा भेजा धनसिंह ने।

"फूफा सलाम !" नसीब ख़ाँ को देखते ही उमराव ने सलाम किया।

"उमराव, सब ठीक-ठाक है ?" ज़ैतूनी ने मूढ़ी पर बैठते हुए पूछा उमराव से।

"हाँ फूफी, सब ठीक है।"

"अन्यायी, तू अब आयो है। यासू बढ़िया उन छोरीन् के साथ ही चलो आतो। घी-बूरा[1] तो खा जातो। मेरे यार, मिहमान-पावणा मौका पे ही आता अच्छा लगे हैं !" नसीहत के साथ-साथ शिकायत करते हुए कहा नसीब ख़ाँ ने।

"फूफा, हम तो घणाई आ जाएँ पर हमारो चौधरी बुलाए तो सही।"

"हमने कद मना करी है। अरे, तिहारो घर है, जब दिल करे चला आओ।" धनसिंह ने हँसते हुए कहा।

"ई मना ही है फूफा के हम तो बौरा देते-देते हारगा और ये..."

"नसीब ख़ाँ, हमने तो यही कही ही के मैना अब के दसमीं का पेपर दे लेए बस।"

"यामें तो धनसिंह ने कोई गलत बात ना कही उमराव।" ज़ैतूनी ने धनसिंह की दलील का पक्ष लेते हुए कहा।

"पर फूफी, ई तो हमारी मरजी है के हम वाहे आगे पढ़ाएँ या ना पढ़ाएँ।"

"मेरे यार, यामें आगे पढ़ाणा ना-पढ़ाणा की बात कहाँ सू आगी। बात तो याही साल की है और फिर छोरी दस जमात पढ़ जाएगी तो तिहारे ही काम आएगी।"

"फूफा, बात ई ना है। असल बात ई है के अगर आँट अबके ना खुली तो फिर

1. घी-बूरा खाना : ब्रज समेत पूरे मेवात में रक्षा-बन्धन पर ससुराल जाने को घी-बूरा खाना कहा जाता है।

गई तीन साल की।''

''फिर तो और भी बढ़िया बात है, या बीच ऊ और पढ़ लेएगी।'' हँसते हुए बोला नसीब ख़ाँ।

''वैसे भी हमारी मुमताज और मैना सारा मदरसा में अव्वल बताई। मुमताज तो कहवे है के मैं डाकधरणी बणूँगी और तिहारी मैना ऊ तो अभी सू मास्टरनी बणी डोले है।'' हुलसते हुए ज़ैतूनी ने दोनों की प्रशंसा करते हुए कहा।

''फूफी, ना हमन्ने वाकी मास्टरी चहिए ना डाकधरी...और फिर वाहे कौण-सो सुसराड़ में मदरसा खोलणो है। अरे, माटी ही तो कूटणी है।'' उमराव ने अपनी मंशा ज़ाहिर करते हुए कहा।

''ई तो ठीक है के ना तो तमन्ने यासू मास्टरी करवाणी है ना डाकधरी, पर दिलद्दर धु जांगा तिहारा। कुल उजल जाएगो तिहारो। ऐसी कुलवन्ती दीया लेके भी ढूँढ़ा सू ना मिलेगी उमराव !'' ज़ैतूनी की आँखें जलने लगीं जैसे। फिर सबको सुनाते हुए बोली, ''यामें तिहारो कसूर ना है भाई। ये तो वा छोरी का भाग में ही पत्थर लिखा हैं। जभी तो काई ने कही है के *भली करी करतार, मरद की नार बणाई/बणके हुई तैयार, मरद की चरण चढ़ाई*।''

''नसीब खाँ, मेरा ख्याल सू चौधरी ठीक कह रो है। मेरी भी यही सलाह है के आँट खोल-खालके हम फारिग होएँ...कम-सू-कम रोजाना की ई राँडा-निपूती तो खतम होएगी।''

''ठीक है भई धनसिंह, जब तिहारी ही ऐसी मरजी है तो हम यामें कहा कर सके हैं।'' नसीब ख़ाँ से नहीं हो सका इसके बाद प्रतिरोध।

''धनसिंह, तम ई ठीक ना कर्रा हो...'' ज़ैतूनी फिर हीरा की ओर पलटते हुए तमतमाई, ''हीरा, ढेड तू कैसे ना बोल रो है और कहाँ है तेरी राँड ? ऊ कैसे मुँ दुबकाए पड़ी है घर में !'' कनपटी की नसें उभर आईं ज़ैतूनी की। दीवार की ओट से आई सिसकी पर पलटी ज़ैतूनी, ''तू तो वाकी महतारी है। तू भी कहे न कुछ या फूटा मुँ सू !'' ज़ैतूनी के जिस्म में ऐंठन-सी होने लगी। इसके बाद वह उमराव की ओर घूमते हुए बोली, ''उमराव, अगर या रिस्ता के बीच में मैं ना होती न, तो अब तलक तोहे धक्का देके बाहर कर देती !'' ज़ैतूनी की आँखों में जैसे ख़ून उतर आया।

इसी बीच न जाने कब बत्तो अपने समधी उमराव के पास पहुँची और उसके सामने आँचल फैलाते हुए याचना करते हुए गिड़गिड़ाई, ''चौधरी, हमारी ना तो कम-सू-कम या बूढ़ी आदमन् की ही मान लेओ !''

''बावली बात मत कर चौधरन ! आखिर हमारी भी कोई इज्जत-आबरू है। एक तो जुआन छोरी ऊपर सू पढ़ी-लिखि। कल कू कोई ऐसी-वैसी बात होगी, तो हम कहीं मुँ दिखाण लायक भी ना रहंगा।''

''तेरेई है इज्जत-आबरू। हम तो जैसे घाघरी उघाड़के बैठा हैं। ठीक है आ जइयो देवठनी पीछे और ले जइयो बिदा कर्के !''

ज़ैतूनी ने फुफकारते हुए जिस तरह सबकी ओर से फ़ैसला सुनाया, बत्तो से वहाँ नहीं रुका गया। अन्दर ही जाकर उसने दम लिया। पीछे-पीछे आ ली ज़ैतूनी। देर तक समझाने की कोशिश करती रही वह।

बातों-बातों में बत्तो ने गौने के लिए डाले जा रहे दबाव का असली कारण बताया, तो सुनते ही ज़ैतूनी बिगड़ गई बत्तो पर, "तेरी टाँट में लकड़ी, तैने ई बात बँगला में ही काँई लू ना बताई।"

"काकी, कैसे बताती ? अगर हम जादा जिद करता तो बात और बिगड़ जाती।"

"ई तो तैने समझदारी दिखाई वा बखत।" बत्तो को डाँटने के बजाय बर्फ़ की मानिंद ठंडी पड़ती चली गई ज़ैतूनी।

"अब बता काकी, मैं कहा करूँ...कहाँ जाके अपणा यां मूँड ए फोड़ूँ !" कच्ची भीत-सी भरभराकर ढह गई ज़ैतूनी की गोद में।

"करे कहा, दबा दे वाका टेंटुआ अपणा हाथन् सू...! अब तो चुपचाप बस छाती पे पत्थर धरके तमासा देखी जा बावली।" ज़ैतूनी भी थककर बीच रास्ते में ही रुक गई।

बत्तो अकेली रह गई, वह भी एकदम निहत्थी। सारे अस्त्र-शस्त्र किसी ने जबरन हर लिए जैसे। एक ज़ैतूनी थी जो इस निरे अंधकार में उसकी अँगुली पकड़, उसे किसी गंतव्य पर पहुँचा पाने में समर्थ थी। किन्तु वह भी इतनी जल्दी उसे इस निर्जन स्थल पर अकेला छोड़कर लौट जाएगी, नहीं सोचा था। अब कहाँ जाए बत्तो ? किससे गुहार करे इस बीहड़ में। ऐसी कोई खोह नहीं दिखाई दी बत्तो को जिसमें वह मैना को लेकर छिप जाए। जो दीखी उसमें पहले से कोई-न-कोई मौजूद था।

निढाल होकर पड़ गई बत्तो चारपाई पर।

बत्तो किसके पास नहीं गई। किससे नहीं पूछा। कोई नहीं छोड़ा उसने—न असग़री, न पारो। न रामचन्दर, न सोनदेई। न जुम्मी, न म़जीदन परन्तु कहीं उसे वह रास्ता नहीं दीखा, जिस पर चलकर मैना को भस्म होने से बचा ले। यहाँ तक कि उस शकीला ने भी हाथ खड़े कर दिए जिसने यह आश्वासन दिया था कि समय आने पर सब ठीक हो जाएगा। शकीला को यह अंदाज़ा थोड़े ही था कि बात इतनी दूर तक पहुँच जाएगी। हाँ, इस पूरे मामले पर रोशनी डालते हुए उसने जो सन्देह व्यक्त किया था, उसे सुनकर तो बत्तो को अपने पैरों तले से ज़मीन खिसकती दिखाई दी।

"स...सकीला, बहना तू ई कहा कह री है ?" अकबकाते हुए कहा बत्तो ने।

"हाँ आपा, मेरा यह महज अंदाज़ा है। मुझे नहीं लगता कि ऐसे माहौल में मैना सुखी रह पाएगी।"

"तो फिर...बहना तू तो पढ़ी-लिखी है तैने भी अपणी उमर में इतना घाव झेला हैं...कोई तो रस्ता होएगो तेरे कनै।" एक तरह से गुहार करती हुई रिरियाई बत्तो।

"बस, यही एक रास्ता है कि वह ज़िन्दगीभर उस खूँटे से बँधी छटपटाती रहे।"

"ऐसी सलाह मत दे बहना सकीला।"

"फिर एक और रास्ता है..."

"जल्दी बता बहना।" बत्तो ने शकीला का वाक्य भी पूरा नहीं होने दिया।

"बताऊँ ?" नथुने फड़फड़ाने लगे शकीला के।

बत्तो को रह-रहकर लगने लगा मानो कलेजा उछलकर बाहर आ जाएगा।

"...यही के सब मिलकर अपने हाथों से उसे ज़हर दे दें !"

"स...सकीलाऽऽऽ !"

अच्छा हुआ जो चीख़ बत्तो के गले में ही दबकर रह गई।

"आपा, आप ही बताओ हम कर भी क्या सकती हैं...हम कैसे अपने आपको..." कहते-कहते शकीला का गला रुँध आया।

देर तक सोचती रही शकीला।

परन्तु चलते-चलते शकीला ने जो एक और रास्ता बताया उसे तो सुनकर ही बत्तो चक्कर खाकर गिरते-गिरते बची। लगा जैसे किसी ने कानों में गरम सीसा उँड़ेल दिया। किसी निर्जन घाटी में साँय-साँय करते सन्नाटे के बीच जैसे कोई भारी घन पड़ रहा है कानों में। तेज़-तेज़ साँसें चलने लगीं उसकी।

बमुश्किल अपने आपको सँभाला बत्तो ने।

"सकीला ठीक है, हम ई मानके तसल्ली कर लेंगा के हमारी मैना का भाग में यही लिखी है, पर इतनो कठोर फैसला लेणो हमारे बसकी ना है..."

"वही तो मैं भी कह रही हूँ आपा कि बेशक मैना की शादी बचपन में उसकी मरज़ी के ख़िलाफ़ कर दी थी, मगर उसे इतनी आसानी से तोड़ा भी तो नहीं जा सकता है।"

"जो भी है, बहना अब तो वाहे भुगतनो ही पड़ेगो।"

"ठीक कह री हैं आपा आप, अब वह इसके अलावा कर भी क्या सकती है।" लम्बा साँस लेते हुए कहा शकीला ने।

शकीला मैना को जब-जब देखती तो देर तक देखती रहती।

मुमताज़ और मैना को आने से मना तो पहले ही कर दिया था, लेकिन न जाने क्यों इन दोनों में उसके पास आते ही प्रतिद्वन्द्वता के भाव हिलोरें लेने लगते हैं। मैना चुपचाप आती और अपने काम में लग जाती। मैना की इस चुप्पी पर शकीला कई बार भीतर तक सहमती चली जाती।

आज भी मैना की इस चुप्पी से बेहद डर लगा शकीला को।

शकीला का एक और भ्रम काँच की तरह टूटकर बिखर गया।

मैना ने विद्रोह या प्रतिरोध करना तो दूर रहा, मुँह तक नहीं खोला। ठगी-सी रह गई शकीला। उसका भय अब और भी गहरा हो गया किन्तु वह किससे कहे।

मैना की विदाई के समय पूरा मोहल्ला इकट्ठा हो गया। देखते ही देखते धनसिंह

का चौक हिलकियों और सिसकियों का ताल बन गया। सबसे ज़्यादा मैना शकीला के गले लगकर रोई, अपनी माँ बत्तो से भी ज़्यादा। शकीला ने जबरन अलग किया उसे अपने आपसे। परन्तु एक चेहरा मैना को कहीं दिखाई नहीं दिया। बार-बार उस चेहरे को टोहती आँखों को पढ़ लिया शकीला ने। शकीला ने भी उसे बहुत ढूँढ़ा किन्तु वह भी नहीं खोज पाई उसे। कइयों से पूछा शकीला ने और सबको हैरत हुई यह जानकर कि मुमताज़ ऐसे मौक़े पर कहाँ ग़ायब हो गई ?

एकाएक सोनदेई को लगा कि हीरा की बग़लवाली कच्ची कोठरी से सिसकियाँ आ रही हैं। लपककर गई सोनदेई तो देखा चेहरा आँसुओं के सैलाब में तर है। सोनदेई ने तुरन्त शकीला को इसकी जानकारी दी। इसके बाद तो शकीला के साथ और भी हो लीं।

"मुमताज, बेटी तू याँ...!" भर्राते हुए कहा बत्तो ने।

मैना को जैसे ही पता चला कि उसकी आँखें जिस चेहरे के लिए तरस रही हैं वह तो उसी के बिछोह में आँसुओं में डूबा हुआ है, दौड़कर लिपट गई उससे।

किसी ने नहीं किया उन दोनों को अलग। एक-दूसरे के आँसुओं से भीगे काँधे जब तपकर ठंडे हो गए, तभी दोनों अलग हुईं। घर के दरवाज़े पर लगी जीप में मैना को बिठाया जाने लगा कि ज़ैतूनी ने हीरा के समधी उमराव को हेला देते हुए चेताया, "उमराव, अब खूब कुटवा लीजो हमारी लाडो सू माटी...और सुनले, अगर छोरी कू काई तरह को दुःख पहोंचो तो मोसू बुरो ना होएगो कोई !"

जीप में सवार होने के बजाय मैना वापस पलटी और दादी ज़ैतूनी से लिपट गई।

"मैना, जा मेरी चिड़िया ! घबराए मत। है न तेरी ई बूढ़ी माँ।" दादी ज़ैतूनी ने स्वयं सहारा देते हुए चढ़वाया जीप में। मैना के बैठने के बाद कौशल्या और रामरती भी सवार हो गईं। कौशल्या और रामरती दोनों बहनों ने मैना को अपने बीच में बैठा लिया।

जीप ने स्टार्ट होते हुए हॉर्न दिया। गंगा मैना को पानी पिलाने के बाद, बाकी बचे पानी को जीप के दाएँ-बाएँ सैल कर हटी ही थी, कि तभी 'हटियो-हटियो' की आवाज़ सुनकर सब जीप के आगे से हट गईं। आते ही उस आवाज़ ने पीठ पर लदी पूरी मशक जीप के आगे उँडेल दी तथा जीप के आगे खड़ा हो गया। समझ गया उमराव उसके खड़े होने का अर्थ। वह जीप से नीचे उतरकर आया और पाँच का नोट बढ़ा दिया उसकी तरफ़।

"चौधरी, या हमीद सक्का की इतनी छोटी औकात ना है।" खाली मशक को कन्धे पर लटकाते हुए कहा हमीद सक्का ने।

"उमराव, हरामी जीप लायो है तो जीप को सो मान तो कर !" ज़ैतूनी ने भी नहले पर दहला जड़ दिया।

विवश होकर उमराव को इक्कीस रुपए देने पड़े हमीद सक्का को।

मैना को लेकर अपने पीछे स्मृतियों और रेत का गुबार छोड़ती हुई जीप आँखों

से ओझल हो गई। दबी और घुटी-घुटी सिसकियों के साथ उदास आँखों में अनेक आशंकाओं की आहटें बच गईं धनसिंह के आँगन में। एक दिन पहले तक एक परिचित आवाज़ से जो दर-ओ-दीवार आपस में बतियाते रहते थे, वे भी अब मौन हो गए।

रह-रहकर चौंक उठती बत्तो। लगता मानो चुपके-से मैना ने उसे पुकारा है।

मुमताज़ भी घर आकर खूब रोई। दादी ज़ैतूनी, जुम्मी, शकीला सबने बहुत समझाया उसे...और शकीला कितना रोई थी चुपचाप, सिसकियों को होंठों ही होंठों में पीते हुए, वही जानती है।

अगले दिन सब थीं शकीला के कमरे में। नहीं थी तो बस मैना। वही मैना जिसके एक दिन न आने पर एक खालीपन-सा महसूस होता था। शकीला की नज़र बार-बार उसी जगह पर जा पड़ती जहाँ मैना आकर बैठती थी। नहीं सहा गया शकीला से यह खालीपन। उठकर बाहर जाने लगी तो पीछे से मुमताज़ की आवाज़ पर पलटी वह। शकीला की आँखों में हल्के-से देखा मुमताज़ ने। दौड़कर लिपट गई मुमताज़ शकीला से।

"मै...मैडम, मेरा मन नहीं लग रहा है मैना के बिना।" सुबक उठी मुमताज़।

"तो क्या मैडम, मैना दीदी अब नहीं आएगी यहाँ ?" अबोध नसरीन ने मासूमियत से पूछा।

"क्यों नहीं आएगी, बस आठ-दस दिन की ही तो बात है।" भर आई आँखों को पोंछते हुए कहा शकीला ने।

"लेकिन मैडम, बूढ़ी माँ तो कह रही थी कि मैना की बस अब हो ली पढ़ाई।"

"नहीं फ़ौजिया, मैना ज़रूर आएगी। अच्छा ऐसा करते हैं जब तक मैना लौटकर नहीं आती है हम छुट्टी कर लेते हैं।" इतना कहते हुए शकीला ने सबको भेज दिया।

● ●

मैना के आने की ख़बर सुनते ही शकीला और उसकी फ़ौज के पाँव ज़मीन पर नहीं पड़ रहे हैं। फ़िरोज़ा ने तो मैना के आने की खुशख़बरी सबसे पहले शकीला को सुनाते हुए कहा, "मैडम, मैना दीदी आ गई है, बुला लाऊँ उसे !"

फ़िरोज़ा की ओर देखकर हल्के-से मुस्कुराई शकीला, "आज तो आई है कल बुला लेंगे।"

अगले दिन शकीला को बुलवाने की ज़रूरत नहीं पड़ी किसी को। सब पहुँच गईं नियत समय से लेकिन आज मैना के होते हुए उसकी जगह फिर खाली है।

"मैडम, मैना दीदी तो नहीं आई आज ?" नसरीन ने अपनी शंका की पुष्टि करते हुए पूछा।

"ठीक है, आज आप पढ़िए। कल हम सब चलेंगे मैना को लेने।"

मुमताज़ ने कोई प्रतिक्रिया व्यक्त नहीं की। मैना की तरह वह भी अब ख़ामोश रहने लगी है।

अच्छा नहीं लगा शकीला को, "मुमताज़, क्या हुआ ?"

"मैडम, आप क्यों झूठी तसल्ली दे रही हैं हम सबको। मुझे पता है मैना अब नहीं आएगी।"

"क्याऽऽऽ ! किसने कहा तुमसे ?" हैरान होते हुए पूछा शकीला ने।

"खुद मैना ने।"

"मैना नेऽऽऽ ?" शकीला की समझ में कुछ नहीं आया। देह ठंडी पड़ने लगी, "ठीक है आप जाइए आज, कल से देखेंगे।" इतना कहकर शकीला भी साथ-साथ उठ गई।

शकीला जिस वक़्त बत्तो के घर पहुँची, वहाँ एक अजीब-सा सन्नाटा छाया हुआ था। मैना के आने की ख़ुशी में किसी प्रकार की प्रसन्नता के चिह्न विद्यमान नहीं थे वहाँ।

"आ जा बहना सकीला !" बेमन से पटड़ा बढ़ाते हुए कहा बत्तो ने।

"आपा, मैना कहाँ है ?" बैठने के बजाय शकीला ने मैना के बारे में पूछा।

"है कहाँ, भीतर पड़ी है माटी बणी।" सामने की ओर इशारा करते हुए बताया बत्तो ने।

शकीला अन्दर ही चली गई मैना के पास।

"मैना !"

मैना की ओर से कोई जवाब नहीं आया। शकीला ने फिर पुकारा तो धीरे-से पलटते हुए देखा उसकी ओर मैना ने।

"या ख़ुदा आठ-दस दिनों में ही मेरी मैना को यह क्या हो गया।" चारपाई पर लेटी मैना के शुष्क चेहरे को देखते हुए कहा।

"मैडमऽऽऽ !" लेटी-लेटी मैना शकीला से चिपक गई। हिलकियाँ बँध गईं उसकी। कटे पंख-सी छटपटाती रही वह।

"मैना, बेटी आज आप आई नहीं। तुम्हारे बिना किसी का मन नहीं लग रहा है।" जानबूझकर अपने आपको भाव-विह्वल होने से रोका शकीला ने।

"मैडम, मेरा भी तो मन नहीं लगा था वहाँ आपके बिना।"

"ठीक है, अब आ गई हो तो कल से आना शुरू कर दो।"

"पर सकीला, अब कहा फायदो है...महीना पीछे फिर चली जाएगी।" इसी बीच बाहर से आ गई बत्तो ने जवाब दिया शकीला को।

"हाँ मैडम, माँ ठीक कह रही है अब कोई फायदा नहीं है।" मैना ने बत्तो की पुष्टि करते हुए कहा।

"उन्ने साफ मना कर दी है के कोई जरूरत है इम्तहान-सिम्तहान दिवाणा की।"

"मगर आपा, अब तो गौना भी हो गया फिर वे क्यों ऐसी ज़िद कर रहे हैं ?"

"सकीला, तू समझणा की कोसिस कर आखिर वे बेटावाला हैं।"

"बेटेवाले हैं तो इसका यह मतलब नहीं है कि हमारी मैना उनकी ज़र-ख़रीद है।" शकीला जैसे क़ाबू से बाहर हो गई।

"वैसे सकीला सही कह री है। अब तो आँट भी खुलगी। अब काँई को डर है उन्ने। वैसे भी ई सकीला उनकी ही भलाई की कह री है।" पारो भी आ गई इस बीच।

"पारो, बहना समझ तो मैं भी बहोत रही हूँ, पर कहा करूँ मजबूर हूँ।" बत्तो ने बेबस होते हुए कहा।

"आपा कोई मजबूरी नहीं है, कह दीजिए उनसे कि हम मैना को फागुन में नहीं सिलौनो (रक्षा-बन्धन) पर भेजेंगे। इस बच्ची की तो हिम्मत देखो, चुपचाप सहे जा रही है सबकुछ।"

"ठीक है बहना, तू कह री है तो कोसिस करके देख लेएँ।"

"आपा, इतना छोटा मत बनाइए अपने आपको। आख़िर आपको डर किस बात का है ?"

"ठीक है, मैं बौरा भिजवा दूँगी।" बत्तो ने दृढ़ता से कहा।

"अब तो ख़ुश...।"

मैना ने मुस्कुराते हुए सिर हिला दिया।

"और हाँ, अपने आपको इतना कमज़ोर मत बनाओ। थोड़ा दिल और दिमाग़ से फ़ैसला करना सीखो।" शकीला चली गई इतना कहकर बत्तो के यहाँ से।

एक बार फिर शकीला के कमरे में सुबह का उजास फैल गया। मैना की उपस्थिति ने शकीला की पूरी फ़ौज में ताज़गी और उत्साह का वेग भर दिया। रात-दिन एक कर दिया मुमताज़ और मैना ने। न भूख की चिन्ता, न प्यास की परवाह। बावजूद इसके मैना में एक नया जोश ठहाठे मारने लगा। सबकुछ बिसार दिया दोनों ने।

परीक्षा-फल आने तक शकीला हर समय अपने परवरदिगार से उनकी सफलता के लिए दुआ करती रही। वह जानती है कि यह केवल मैना या मुमताज़ की परीक्षा नहीं अपितु उसकी भी परीक्षा है।

परिणाम घोषित हुआ तो सबसे ज़्यादा प्रसन्नता शकीला को हुई। आशा के अनुरूप था उन दोनों का परिणाम। बस, दुःख था तो इस बात का कि उसका एकलव्य यानी मैना उसकी आशाओं पर खरी नहीं उतरी। आख़िर कैसे चूक गई मैना अपने लक्ष्य से ? कैसे खंडित हो गई उसकी एकाग्रता ? परन्तु अगले ही पल शकीला अपने आप पर झुँझला भी गई कि वह कौन-सी मैना की बात कर रही है। उस मैना की जिसे पहले ही लक्ष्यहीन कर दिया गया था—नहीं, लक्ष्य बेशक आज शकीला के इस एकलव्य के पास नहीं है परन्तु अस्त्र तो है उसके पास। बिना अस्त्र के कैसा लक्ष्य ?

अट्ठाईस

हाजी की हवेली के गज़भर चौड़े आसारों से जैसे-जैसे मद्धिम-मद्धिम स्वर-लहरियाँ प्रस्फुटित हो रही हैं, दादी ज़ैतूनी, जुम्मी और मजीदन की तो चाल ही बदल गई है।

''आखिर अल्लाताला ने सकीला की सुन ही ली।'' उच्छ्वास लेते हुए कहा ज़ैतूनी ने।

''जैतूनी, जभी तो कही है के या लीली छतरीवाला के देर है अंधेर ना है।'' जच्चा के कपड़ों को दुरुस्त करती हुई बोली असग़री।

''बस, एक कमी रहगी असगरी के या छोरी की जगह छोरा-सो हो जातो।''

''जो बख़्सीस दी है वासू तसल्ली ना है तेरे...अभी तो छोरा की उम्मेद और कर री है।'' हत्थे से उखड़ गई असग़री।

''मैं...मैं तो एक बात कह री ही दारी।'' खिसियाते हुए झेंप मिटाने की कोशिश की ज़ैतूनी ने।

''ई तो सुकर ना मना री है के ना होणा सू कुछ तो हुओ। अगर ई भी ना होती तो...और फिर ई सबन्ने एक बर ही जन देएगी कै ? अभी तो ई सुरुआत है।''

''और फिर माई, ये छोरा-छोरी पैदा करना हमारा हाथ में तो है ना !''

जुम्मी को भी असग़री का पक्ष लेता देख, ज़ैतूनी ने चुप रहने में ही भलाई समझी।

कचैड़ी में इस ख़बर के पहुँचने पर एक मिली-जुली प्रतिक्रिया हुई। कहना मुश्किल था कि किसे प्रसन्नता की अनुभूति हो रही थी और कौन इस ख़बर से परेशान था। अंदाज़ा नहीं लग पाया काफ़ी देर तक। सिवाय चाँदमल की अँगुलियों के पोरों के सब जैसे ठहर गया। नसीब ख़ाँ, वली मोहम्मद तथा हसन मोहम्मद के चेहरों को देखकर कहना कठिन था कि हवेली में किसी नए सदस्य का आगमन हुआ है। दीन मोहम्मद उसे तो मानो किसी गहरे सदमे ने दबोच लिया।

''ले भई नसीब खाँ, अब तो दीनू ए भी करनो पड़ेगो...''

''दीनू, अब तो तू भी कर ले एक मोटर साइकिल को इन्तजाम।'' कचैड़ी की सीढ़ियाँ चढ़ते हुए चाँदमल के वाक्य को ही पूरा किया असग़री ने।

''असगरी, तू सही कह री है। अभी तलक तो दीनू ने लियो ही लियो है, देना की बारी तो पट्ठा की अब आई है।''

इतना कहकर चाँदमल ने सिरहाने रखी तस्बीह उठाई और अभी उसे फेरने ही लगा था कि सबीना ने आकर दूसरी ख़बर सुनाते हुए कहा, ''बूढ़ा बाप, मुबारक पास होगो है !''

इस ख़बर ने कचैड़ी में थोड़ी देर पहले घुस आई मनहूसियत को धो दिया जैसे।

''चलो, अल्लाताला ने मुबारक की भी आखिर सुन ही ली !'' तस्बीह को मुक्त कर चाँदमल के दोनों हाथ आसमान की ओर उठते हुए चले गए, ''अरे, और ना तो अब कम-सू-कम याहे ले-देके कहीं चिपकवा तो देंगा।''

सब भूल गए कि इसके अलावा इस हवेली में दूसरी अच्छी ख़बर भी है। इतनी ख़ुशी तो इस हवेली को मुमताज़ के इसी मैट्रिक में प्रथम श्रेणी में उत्तीर्ण होने पर भी नहीं हुई, जितनी इस मुबारक अली वल्द याक़ूब अली वल्द वली मोहम्मद वल्द हाजी चाँदमल द्वारा लगातार कई वर्षों की जद्दोजहद और मशक़्क़त के बाद उसके पास होने पर हुई है। मुमताज़ का क्या अगर वह डॉक्टर तो क्या जज भी बन जाती है तब इससे हवेली को क्या फ़ायदा ? आख़िर है तो पराई अमानत। ख़ानदान का नाम तो इन लड़कों से ही होना है।

"हाँ यार चाँदमल, अब मुबारक अली या लायक तो होईगो है के दे-दिवा के कहीं लग ही जाएगो।" कुछ पल रुककर नसीब ख़ाँ ने अपनी राय दी।

"पर बूढ़ा बाप, अब ले-देके भी चिपकवाणा का टोटा पड़ रा हैं।" युनुस ने असलियत से वाक़िफ़ कराते हुए कहा।

"मेरे यार, याहे कोई मास्टरी-वास्टरी तो मिलणा सू रही। अरे, पन्द्रह-बीस हजार देके कहीं चपड़ासी लग जाए वही बहोत है।"

"अब भूल जाओ बूढ़ा बाप। वो बखत गया जब पन्द्रह-बीस हजार देके चपड़ासी की नौकरी मिल जावे ही। अब तो चपड़ासी का रेट भी बहोत ऊँचा हो रा हैं, बल्कि चपड़ासी सू मास्टरी मिलनी फिर भी आसान है।"

"कहाऽऽऽ ! मास्टरी आसान है ?" मुबीन के इस रहस्योद्घाटन पर हैरान होते हुए पूछा नसीब ख़ाँ ने।

"हाँ बूढ़ा बाप, मास्टरी पानी आजकल वाकई मुसकल ना है। बस, एक बर जेबीटी में दाखिलो मिल जाए। और ना मुबारक उड़दू (उर्दू) को तो मास्टर लग ही सके है।" मुबीन ने शिक्षा के क्षेत्र में पाई जानेवाली इस असीम सम्भावना के प्रति आश्वस्त होते हुए बताया।

"अन्यायी, जब ऐसी बात है तो पहले याही काम ए कराओ ! वैसे मेरा ख्याल में मास्टरी सू बढ़िया कोई दूसरी मुलाजमत है भी ना। बस, एक बर कहीं चिपक जाओ फिर देखो कैसी मौज ही मौज है। मदरसा में जाओ या मत जाओ...जाओ भी तो पढ़ाओ या मत पढ़ाओ। कोई पूछणेवालो ना है।" चाँदमल की सफ़ेद पुतलियाँ एक अनजानी ख़ुशी से चमक उठीं।

"और सबसू बढ़िया बात तो ई है चाँदमल के सारा दिन काम करो अपणा खेतन् में और तनखा मारो मुफत में सिरकार की। अब तू दूर ही काँई लू जाए, देखे तो है रोज सालिगराम सन्नार्थी का छोरा ए। कैसे मास्टरी में मौज ले रो है। जाए है मदरसा की कहके और गप्प लड़ावे है सारे दिन चाय का खोखान् पे। छठे-चौमासे जब जी में आए, मार आवे है एकाध चक्कर।"

"ई तो तिहारी बात ठीक है बूढ़ा बाप, पर जेबीटी में भी तो दाखिलो मिले काई तरह। दाखिला पीछे तो मैं देख लूँगो। काई लीडर-वीडर सू बात करके याहे काई इस्कूल में लगवा दूँगो परऽऽऽ।"

"मेरे यार, तैने तो ऊ बात करके दिखा दी के हाथी निकाल दियो और पूँछ के बल दे रो है। जब तेरा इन लीडरन् सू ऐसा रसूख हैं, तो दाखिलो भी इनसू ही कह के करवा दे।" इस बार हसन मोहम्मद ने मुबीन की राजनीतिक पहुँच पर मलामत देते हुए उसे उकसाया।

परन्तु युनुस उनकी इस योजना से सहमत नहीं था। उसका मानना था कि अध्यापकी से बेहतर है वकील बनना। वैसे भी मेवात में इस पेशे की कहीं ज़्यादा अहमियत और इज़्ज़त है। इसलिए युनुस ने सबसे असहमति जताते हुए यह सुझाव दिया कि क्यों न मुबारक अली को जे.बी.टी. कराने के बजाय बारहवीं, यानी प्लस टू के बाद अलीगढ़ मुस्लिम विश्वविद्यालय या जामिया मिलिया इस्लामिया में दाख़िला दिलाया जाए। लेकिन पूरी हवेली ने युनुस के इस सुझाव या कहिए प्रस्ताव को एक सिरे से ख़ारिज कर दिया।

"युनुस, एक बात बता तू सारे दिन वा कचैड़ी में मगज मारतो रहवे जब कहीं जाके कोई मेव फँसे है। अरे, तेरी उकालत सू ई मास्टरी लाख दरजे अच्छी है, कम-सू-कम महीना होतेई मुफत की सी तनखा तो आ पड़े है घर में।" सबसे पहले हसन मोहम्मद ने युनुस के सुझाव की हवा निकालते हुए कहा।

"ऊपर सू पाँच-सात बालक और घेर लेओ टूसन का नाम पे।" अध्यापकी के दूसरे फ़ायदों में से एक का नाम बताते हुए मुबीन ने आगामी योजना की हल्की-सी रूपरेखा बनाते हुए कहा।

"सही कह रो है यार तू मुबीन, मास्टरी तो एक किसम की पिलसण (पैंशन) होगी। वैसे भी मुबारक जैसा गधान् कू मास्टरी सू बढ़िया और कोई धन्धा ना है।" चाँदमल ने भी अपने अनुभव के आधार पर अध्यापकीय पेशे के पक्ष में अपना मत देते हुए 'मास्टरी' पर अपनी मुहर लगा दी।

नसीब ख़ाँ ने यह कहते हुए मुबारक अली के उज्ज्वल भविष्य के लिए कामना करते हुए मुबीन के जिम्मे यह काम सौंप दिया, "जैसे भी होए ई काम अब तेरे जिम्मे है। अब तोहे दिवाणो है मुबारक ए या टीबी में दाखिलो। तेरे जिम्मे है याहे मास्टर बणानो।"

युनुस अपना-सा मुँह लेकर रह गया परन्तु हिम्मत उसने फिर भी नहीं हारी। उसने भी जैसे क़सम खा ली कि वह मुबारक अली को हाथ से ऐसे नहीं जाने देगा। अन्तिम प्रयास करते हुए उसने शान्त और आश्वस्त हो चुकी कचैड़ी में धीरे-से कंकर उछाल दिया, "हम आपस में ही कुल्हिया में गुड़ फोड़ रा हैं। अरे, वा धणी सू भी तो पूछो जाहे ई सब करनो है...वाकी भी तो राय लेओ !"

सबको युनुस का कहना ठीक लगा। उसी समय मुबारक अली को खोजकर कचैड़ी के सामने उपस्थित किया गया।

"मुबारक, बेटा तेरो युनुस काका तोहे उकील बणानो चाह रो है और हम कह रा हैं तू बणे मास्टर...अब बता के तू कहा बणेगो ?" वली मोहम्मद ने पोते से बड़े स्नेह

से पूछा।

मुबारक अली असमंजस में पड़ गया यह सोचते हुए कि उसकी भलाई आख़िर है क्या बनने में--एक वकील में या एक मामूली अध्यापक बनने में ?

"और हाँ, एक बात और सुन ले ध्यान सू के अगर तोहे बणनो है उकील तो जानो पड़ेगो तोहे अलीगढ़ या दिल्ली, और अगर करनी है मास्टरी तो जानो पड़ेगो नमक का फिरोजपुर।"

हसन मोहम्मद ने जिस ढंग से मुबारक अली से पूछा था उसने उसकी समस्या को उसी समय हल कर दिया। इसीलिए उसने बिना एक क्षण गँवाए अपनी इच्छा बता दी, "दिल्ली चलो जाऊँगो।"

"दिल्ली तो चलो जाएगो पर छैला हूँ पढ़णो पड़ेगो और पहले प्लस टू करनी पड़ेगी।"

मुबीन के मुँह से प्लस टू और आगे पढ़ने का नाम सुनते ही मुबारक अली के हाथ-पाँव फूल गए। जिस तत्परता के साथ उसने दिल्ली जाने का मन बनाया था, उसी तत्परता से वह दिल्ली से वापस आते हुए बोला, "फिर तो फिरोजपुर ही ठीक है।"

मुबीन का तीर एकदम निशाने पर लगा। उसने एक विद्रूप मुस्कान फेंकते हुए युनुस की तरफ़ देखा।

इस तरह मुबारक अली वल्द याक़ूब अली वल्द वली मोहम्मद एकमत से पूरी हवेली के लिए मास्टरजी हो गए अर्थात पास में तीन पा चून और रसोई बना दी चौबारे पर, या सीधे-सीधे यह भी कह सकते हैं कि चुटकी भर चून और चौबारे रसिया।

मोहसिना ने तो जमीला से हँसते हुए कह भी दिया, "जमीला, बहाण अब तो बहू मास्टरनी और माँ मास्टर की माँ होगी।"

"जब तू उकीलनी हो सके है तो मेरी बहू मास्टरनी और मैं मास्टर की माँ भी ना हो सकू हूँ।" जमीला ने ईंट का जवाब पत्थर से दिया।

"जमीला, वैसे तू लगे तो मेरी जिठानी है पर मेरी एक सलाह है।" पास आते हुए कहा मोहसिना ने।

"कैसी सलाह ?"

"मेरी माने तो अब तू अपना मुबारक को चाला (गौना) कर ही दे !"

"तोहे अचानक ई चाला की बात कैसे सूझगी ?" जमीला ने मुस्कुराते हुए पूछा।

"देख, अभी चाला कर देएगी तो ठीक रहेगी। कहीं ऐसो ना होए के पीछे जग-हँसाई होए।"

"मोहसिना, बहाण तोहे जो कुछ कहणो है साफ-साफ कह...बात मत चुबला।" जमीला ने मोहसिना को डाँट दिया इस बार।

"साफ-साफ ही तो बता री हूँ। जमीला, कहीं ऐसो ना होए पीछे तेरो मुबारक बहू ए लाणा सू मुकर जाए।"

"तेरो मूँड तो ना फिरगो है...कैसे मुकर जाएगो ! या बहू ए कोई हम भगा के लाया

हैं...आखिर निकाह हुओ है वाको...ऐसेई मुकर जाएगो !''

''जमीला, बहाण तोहे पतो तो सब है। हमारा मेवन् में एक तो बालक-छोटा पढ़े ना हैं...खुदा-ना-खास्ता कोई दो-चार जमात पढ़ जाए और ऊपर सू कहीं सिरकारी मुलाजम हो जाए, तो सबसू पहले पतो है ऊ कहा काम करे है ?''

''कहा करे है ?'' जमीला ने तुरन्त पूछा।

''ऊ अपणी वा घरवाली ए तलाकेगो जासू वाको निकाह छोटी उमर में हुओ है।''

मोहसिना की इस आशंका पर जमीला के ललाट पर दुश्चिंताओं के धारे खिंच आए। अभी पिछले बैसाख में घटी उस घटना को याद कर वह बेचैन हो उठी, जब उसके मायके में उसके ही कुनबे के रिश्ते में लगनेवाले उसके भतीजे ने अपनी पहली बीवी को तलाक़ दे दिया था। बिरादरी भी कुछ नहीं कर पाई थी इस मामले में। दिखावे के लिए एकाध पंचायत हुई किन्तु नतीजा कुछ नहीं निकला। पहली पत्नी रो-धोकर घर बैठ गई। जमीला के उस भतीजे ने, जो दिल्ली पुलिस में सिपाही के पद पर तैनात है, नौकरी लगते ही पहली बीवी को यह कहते हुए तलाक़ दे दिया कि दिल्ली जैसे शहर में उसके साथ निबाह बहुत मुश्किल है। जबकि सच्चाई यह है कि इस तलाक़ के पीछे दहेज भी बड़ा कारण था।

''देख, चाला पीछे कम-सू-कम नकेल तो घल जाएगी मुबारक के।''

मोहसिना के इस तर्क भरे सुझाव में जमीला को दम नज़र आया, परन्तु एक डर और आशंका अभी भी थी उसको।

''मोहसिना, अगर मुबारक ने चाला पीछे भी छोड़ दी तो ?''

''फिर तो बहाण वाको अल्लाह ही मालिक है।'' इस आशंका की काट मोहसिना के पास भी नहीं थी, ''...पर हम अभी सू इतनी आगे की काँई लू सोचें। पहले चाला तो होण दे फिर देखी जाएगी।''

मोहसिना ने समय रहते जमीला को एक सम्भावित अनिष्टता के प्रति सचेत कर दिया। जमीला आज ही बात चलाएगी याक़ूब से। बातों-बातों में छिड़े इस प्रसंग ने जमीला को बेचैन कर दिया।

बहुत हिम्मत करके जमीला ने मोहसिना की आशंका और अपने डर को याक़ूब से कह ही दिया।

सुनते ही याक़ूब देर तक इस पर मनन करता रहा। स्थितियों का आकलन कर वह भी अन्ततः उसी निष्कर्ष पर पहुँचा, जिसके प्रति मोहसिना पहले ही जमीला को सावधान कर चुकी है अर्थात अगर दुर्भाग्यवश मुबारक अली सचमुच यह कुफ़्र कर बैठा तब...? मुश्किल से तो इस हवेली पर लगे दाग़ धीरे-धीरे हल्के पड़ने लगे हैं और यदि ऐसा हो गया, तो ये दाग़ एक बार फिर मिटने के बजाय स्थाई रूप से इस हवेली की दीवार पर उकर जाएँगे। बहुत सोचा याक़ूब ने तथा वह भी इसी नतीजे पर पहुँचा कि

मोहसिना के सुझाव के अनुसार मुबारक अली का चाला कर देना ही उचित होगा। याक़ूब ने कुछ क्षण रुककर पहले दूर तक जाती आशंकाओं की पगडंडी पर निगाह डालते हुए देखा भी किन्तु इसका अन्त वहीं जाकर हुआ, जैसा उसने अभी-अभी निर्णय लिया है।

अपने इस फ़ैसले को अन्तिम रूप देने से पहले उसने नसीब ख़ाँ, पिता वली मोहम्मद, दादी ज़ैतूनी और अपने छोटे भाई मुबीन से सलाह-मशविरा करना उचित समझा तथा पहुँच गया इनके पास।

याक़ूब के तर्क से सभी ने सहमति जताई लेकिन नसीब ख़ाँ ने युनुस से भी एक बार मन्त्रणा करने की सलाह दी। इसीलिए शाम को इशा की नमाज़ अदा करने के बाद सब कचैड़ी में एक बार फिर एकत्रित हो गए।

लेकिन नसीब ख़ाँ की इस सलाह ने जैसे सबकुछ चौपट कर दिया यानी युनुस और मुबीन ने इनके तर्क से असहमति जताते हुए अपना मत इनके फ़ैसले के विपक्ष में दे डाला। नसीब ख़ाँ से लेकर दादी ज़ैतूनी तक सबने बहुत दुहाई दी किन्तु इनकी इस स्थापना से कम-से-कम युनुस तो बिल्कुल सहमत नहीं हुआ।

युनुस को जब लगा कि कहीं इस सबका ठीकरा उसी के ऊपर ना आ फूटे, तो वह झल्लाते हुए यह कहकर उठ गया, ''ठीक है तिहारा डर ए मैं सही मान भी लूँ, पर कुल मिलाके तम या मुबारक के साथ अन्याय कर्‌रा हो।''

''यामें अन्याव कहाँ सू होगो ? मेरे यार, सत्रह-अट्ठारह बरस का गबरू को हम चाला कर्‌रा हैं और तू कह रो है ई वाके साथ अन्याव है।''

''बूढ़ा बाप, वे बखत गया। अब तो आदमी गबरू जब मानो जावे है, जब पहले ऊ पढ़-लिखके अपणा पावन् पे खड़ो ना हो जाए। मोहे सबसू बड़ो डर ई लग रो है के चाला पीछे कहीं मुबारक कहीं को ना रहे...। खैर, करोगा तो वही जैसो तम चाहोगा पर मेरी ई सलाह है के मुबारक सू भी या बारा में वाकी राय ले लेणी चहिए।''

''मुबारक की कहा राय लेणी है ! अरे, राय तो उनसू ली जाए है जिनका बड़ा-बूढ़ा ना होवे हैं, और या हवेली का बड़ा-बूढ़ा मरा ना हैं, जिन्दा हैं अभी।'' चाँदमल को युनुस का सुझाव सीधे-सीधे अपने अधिकारों पर अतिक्रमण और उनका हनन लगा।

''तो फिर ठीक है मत लेओ वाकी राय। बाँध देओ वाका गला में बकरी...''

इतना कहकर युनुस सचमुच कचैड़ी से जाने लगा कि मुबीन ने उसे रोकते हुए कहा, ''दो मिनट रुक तो सही। इतनो तातो मुल्ला मत बण। बूढ़ा बाप, युनुस ठीक कह रो है...जुआन-जवान बालक है वाकी राय लेणा में कोई हरज ना है।''

''घंटा कह रो है ठीक ! वा दिन तो ना कही याने कुछ जब सकीला ने याही बात की दुहाई दी ही।''

''जब तो तू भी ई बोलो हो के दो हरप कहा पढ़गी हमन्ने सिखा री है पढ़ाई-लिखाई को मतलब। वाने भी तो यही कही ही के जमानो बहोत बदलगो है !'' दादी ज़ैतूनी ने युनुस को घेरते हुए अपने पति का समर्थन किया।

सचमुच चारों ओर से घिर गया युनुस। कुछ भी जवाब देते नहीं बना उससे।

"हत्तेरे की, तम भी पतो ना कद की बात ए ले बैठा। अरे, अभी फैसलो हो जाएगो या बात को...पहले मुबारक ए ढुँढवा के लाओ।" तस्बीह के मणकों पर अँगुलियों के पोरों में गति लाते हुए कहा चाँदमल ने।

मुबारक अली को एक बार फिर कचैड़ी के समक्ष उपस्थित किया गया। जैसाकि किसी को भी आशा नहीं थी यानी अपने दादाओं के आदेश को मानने से उसने दो टूक मना कर दिया। पूरी कचैड़ी में सन्नाटा छा गया। चाँदमल की अँगुलियों में फँसी तस्बींह एक झटके के साथ रुक गई।

युनुस का चेहरा विजयी भाव से खिल उठा।

अब क्या किया जाए ? किसी को कुछ नहीं सूझा। बस, अब एक ही उम्मीद बची थी और वह थी दादी ज़ैतूनी।

याक़ूब ने दादी ज़ैतूनी के पाँव पकड़ लिए लेकिन ज़ैतूनी ने यह कहते हुए साफ़ इनकार कर दिया, "जब मेरी या हवेली में कोई सुणेई ना है तो मैं कहा करूँ।"

"बूढ़ी माँ, देख ले अगर कोई ऊँच-नीच होगी न तो हम कहीं का ना रहंगा... आख़िर हमारे भी बहाण-बेटी हैं...हमारी भी छोरी जुआन हो री हैं कल इनके साथ कोई ऐसो सल्लूक करोगो तो...।"

अन्तिम वाक्य ने विचलित कर दिया ज़ैतूनी को। बहुत विचार किया उसने। अपने अनुभवों के सारे अश्वों को दौड़ा दिया इस समस्या का निदान खोजने के लिए। अन्ततः एक ही युक्ति सूझी उसे। हालाँकि यह कोई युक्ति या हिकमत नहीं थी बल्कि एक हथियार था जिसका इस्तेमाल करने का मन ज़ैतूनी ने बहुत सोच-विचार कर बनाया। इसीलिए इसके इस्तेमाल से पहले उसने सबसे एक बार मशविरा करना ज़रूरी समझा।

अगले दिन शाम को दादी ज़ैतूनी ने सबको बुला लिया अपने पास और बिना किसी लाग-लपेट के सबको सुनाते हुए कहा, "सुनी है मुबारक ने चाला करना सू दोटूक मना कर दी है ?"

"बूढ़ी माई, तू तो ऐसे पूछ री है जैसे तोहे कुछ भी पतो ना है। तेरे आगे ही तो मना करी ही वाने।" जमीला ने ज़ैतूनी की याददाश्त दुरुस्त करते हुए कहा।

"माई, अब कर दी तो कर दी। वाके गोला-लाठी[1] तो लगणा सू रही।" जुम्मी निराश होते हुए बोली।

"जमीला, मोहे तो मेरो सक ठीक होतो दीख रो है।" मोहसिना ने अपने बग़ल में बैठी जमीला से कहा।

"वैसे एक बर या सकीला की भी तो राय लेके देखो या मामला में !" अपने सामने बैठी शकीला से परोक्ष रूप से पूछा ज़ैतूनी ने।

"सकीला, तेरी कहा सलाह है या बारा में ?" जुम्मी ने पूछा।

"बड़ी आपा, किस बारे में ?" हैरानी जताते हुए उलटा सवाल किया शकीला ने।

1. गोला-लाठी : शारीरिक दंड देने का एक तरीका।

"देख री हो याहे सब पतो है फिर भी कैसी चुप-छिनाल बण री है।" अपनी जेठानी रमज़ानो को कोहनी मारते हुए फुसफुसाई ज़रीना।

शकीला तो शकीला दादी ज़ैतूनी समेत मजीदन के कानों में भी पड़ गया ज़रीना का यह वाक्य। शकीला ने जिस अंदाज़ में त्यौरी चढ़ाते हुए देखा ज़रीना को, उससे सब सहमती चली गईं।

इससे पहले कि कोई अप्रिय प्रसंग छिड़ता मजीदन तुरन्त विषय पर आते हुए बोली, "दारी, मुबारक का चाला का बारा में।"

"मेरी क्या सलाह हो सकती है इस बारे में। हवेली के बुज़ुर्गों को जैसा मुनासिब लगे वे फ़ैसला ले लें।"

"बहाण, हम बुजरगन्ने तो कोई भी ना गिदान (पूछना) रो है के आखिर हम हैं कौन-सी बाड़ी का बथुआ।" अपने बाद की पीढ़ियों की उपेक्षा से घायल दादी ज़ैतूनी ने शिकायत की जैसे।

"सकीला, मुबारक ने तो बिल्कुल मना कर दी है। कह रो है के जब तलक ऊ वा ढेड टीबी ए पूरी ना कर लेएगो चाला की बात भूल जाओ।"

समझ गई शकीला कि जुम्मी जे.बी.टी. की ही बात कर रही होगी।

"बड़ी आपा, उसने ग़लत तो नहीं कहा है।"

"गलत तो ना है पर कहीं ऊ पीछे बिल्कुल ही मना ना कर देए !" दादी ज़ैतूनी ने शंका जताते हुए कहा।

"यह तो आपको निकाह के वक़्त ही सोचना था।"

शकीला की इस उदासीनता ने किसी तरह की गुंजाइश नहीं छोड़ी किसी और की राय के लिए।

"चलो, अब मोहे ही करनो पड़ेगो कुछ।" चारों तरफ़ से ना-उम्मीद होते हुए लम्बा साँस खींचा दादी ज़ैतूनी ने।

अगले दिन मुबारक अली को अपने पास बुलवाया ज़ैतूनी ने।

ज़ैतूनी ने खूब वास्ता दिया अच्छे-बुरे का। लाख दुहाई दी इस हवेली की मान-मर्यादा की परन्तु मुबारक अली पर कोई असर नहीं हुआ। टस-से-मस नहीं हुआ वह अपने निश्चय से। हारकर ज़ैतूनी ने उसी हथियार का उपयोग किया जिसका वह करना नहीं चाहती थी।

"मुबारक, बेटा तोहे पतो है हमारी सारा गाँओ में कैसी थू-थू हो री है ?"

"बूढ़ी माँ, काँई बात पे ?" विस्मय से पूछा मुबारक अली ने।

"या बात पे के तैने निकाह ही कबूलना सू मना कर दियो है।"

"कैसी बात कर्‌री है बूढ़ी माँ !"

"हाँ, सब यही कह रा हैं के याही मारे तू चाला ना कर्‌रो है।"

"बूढ़ी माँ, मैंने तो कदी मना ना करी ही...मैंने तो ई कही ही के जब तक मेरी ई जे.बी.टी. ना हो जाए।"

"ई तो तू कह रो है बेटा। दुनिया को मुँ थोड़ेई बन्द करो जावे है। अब तो तेरी सास भी यही कह री बताई।"

मुबारक अली ख़ामोश हो गया।

"ठीक है बेटा, कर जैसी तेरी मरजी पर तू ई भी मत भूल के तेरी बहाण जैनब अभी कुँआरी बैठी है। अगर तैने बखत सू चाला की हाँ ना भरी, तो तेरी बहाण को रिस्ता करनो मुसकिल हो जाएगो।" दादी ज़ैतूनी तपते लोहे पर चोट करने से नहीं चूकी।

"पर बूढ़ी माँ..."

"मुबारक, बेटा तू या हवेली के मऊँ देख...अपनी बहाण जैनब ए देख। फिर या निपूता टीबी को तेरा चाला सू कहा मतलब। बिहा पीछे जैसे तैने दसमीं कर ली वैसेई याहे भी कर लीजो। अरे, तेरो युनुस काका तो बिहा पीछे उकील तक बणगो और तू...हम तो बेटा, ई सोच के बैठा हैं के कद तेरो चाला होए और कद (कब) जैनब ए लपेट-लपाट के फारिग होएँ।" दादी ज़ैतूनी ने अपनी तरफ़ से कोई कसर नहीं छोड़ी।

"ठीक है बूढ़ी माँ, जब ऐसी बात है तो..."

"बेटा, घर में जुआन बेटा-बेटी हर माँ-बाप ए बोझ दीखे हैं। अब तू बता तेरा सास-सुसरा पे कैसी बीत री होएगी...वे भी तो माँ-बाप हैं काई का। उनपे कैसी बीत री होएगी जुआन बेटी ए घर में बैठी देख-देखके...कल, हमारी जैनब के साथ ऐसो हुओ तो तेरे ऊपर कहा बीतेगी !"

दादी ज़ैतूनी ने मुबारक अली के भागने के सारे मुहानों को बींध दिया। वह जहाँ से भी भागने का प्रयास करता, वहीं उसे जैनब पहले से खड़ी दिखाई देती। मुबारक अली आख़िर दादी ज़ैतूनी के तर्कों के आगे ध्वस्त हो गया।

●●

इस तरह हवेली में एकसाथ कई परिघटनाएँ घटीं—पहली मुबारक अली का चाला और दूसरी, मुमताज़ का एक स्थानीय महाविद्यालय में प्रवेश। जितनी मशक़्क़त इस हवेली को मुबारक अली को गौना के लिए उसे राज़ी करने में करनी पड़ी, उससे कहीं ज़्यादा जद्दोजहद मुमताज़ को इसी हवेली को मनाने में करनी पड़ी। हालाँकि शुरू में मुमताज़ ने बहुत मिन्नतें कीं, लेकिन हवेली ने यह कहते हुए साफ़ मना कर दिया था कि बिगड़े ज़माने में एक लड़की होने के नाते उसके लिए इतनी ही शिक्षा काफ़ी है। वैसे शकीला की कोशिशों की भी इसमें मुख्य भूमिका रही।

इधर ज़ैनब का भी रिश्ता पक्का हो गया। असग़री ने अपनी पोतियों को घर बैठा लिया। इस तरह देखते ही देखते शकीला की फ़ौज बिखरती चली गई और जुम्मी, मजीदन, ज़रीना, हसीना की तरह वह भी हवेली की एक ऐसी इकाई बनकर रह गई,

जिसे न तो सूरज उगने का पता चलता और न डूबने का। हाँ, कभी-कभी महजतों के कँगूरों पर टँगे लाउडस्पीकरों से आते अज़ान के स्वरों को सुनकर अवश्य अहसास होता कि सूरज इस वक़्त आकाश में कहाँ टँगा होगा। उसी से पता चलता कि उसके साथ-साथ ज़िन्दगी भी अपनी निरंतरता की दौड़ में शामिल है।

उनतीस

जिस दिन से इस ख़बर ने गाँत में प्रवेश किया है, उसी दिन से एक अबूझ रोमांच गैल-दगड़ों से लेकर सारे गली-मोहल्लों में कुलाँचें भरता हुआ इतराता घूम रहा है। जो भी सुनता पहले तो उसे यक़ीन नहीं होता किन्तु जब पता चलता कि सचमुच ऐसा ही होने जा रहा है, तब पहले वह मन ही मन सरकार की ना-समझी पर हँसता और फिर यह कहकर कि इस मुल्क़ का ख़ुदा ही मालिक है, इसके भविष्य की सलामती और बेहतरी के लिए दुआ माँगता।

सुबह-शाम उठते-बैठते जब भी मौक़ा मिलता बैठक-कचैड़ियों से लेकर बँगले-पौलियों में बतियाते ज़्यादातर मर्दों के चेहरे इसी विषय पर बहस करते हुए इस चिन्ता से ज़र्द हुए जाते कि आख़िर इस देश का कैसे होगा बेड़ा पार ?

चाँदमल की कनपटी की पेशियाँ रह-रहकर खिंचने लगतीं। जबड़ों का उभार अपने आपको रोके से नहीं रोक पाता।

''...तो याको मतलब ई हुओ रामचन्दर के ई मुलक तो मुलक अब इन गाँवन् में भी ये बीरबाणी करंगी हमारे ऊपर राज। अब ये देंगी हमन्ने हुकम के हमन्ने कहा करनो है।'' तस्बीह के मणकों पर अँगुलियों के पोर कभी हौले-हौले सरसराते, तो कभी गति पकड़ लेते।

''सुनी तो है।'' रामचन्दर ने अंदाज़े से कहा।

''अन्यायी, या सिरकार ने हद ना कर दी। अरे, या गाँओ में मरद-माणस बधिया होगा हैं, जो ई सरपंची या घाघरा पलटन का हाथन् में दी जा री है ?''

''अब जो होएगी देखी जाएगी। मरो तो जावे है ना।''

''ई बात तो तेरी ठीक है रामचन्दर, पर सिरकार इन्ने मूँड पे चढ़ाके अच्छो ना कर्‌री है...वैसे एक बात तो बता खड़ी कौन-कौन हो री हैं ?'' चाँदमल अपनी उत्कंठा को छिपा भी नहीं पाया।

''अभी तो ई खबर ही सुनी है, जब इलेक्सन होंगा अपने आप खबर चल जाएगी।''

''ई भी तू सोलह आने ठीक कह रो है यार। हम बेमतलब अभी सू अपनी खोपड़ी ए खराब कर्‌रा हैं और फिर जाहे खड़ो होणो है ऊ होए, हमें कहा मतलब।''

''वैसे ई हवा फैली पड़ी है के सालिगराम सन्नार्थी (शरणार्थी) का छोरा की बहू

ए तैयार कर री है उनकी बिरादरी।'' धीरे-से सरका दी रामचन्दर ने यह सूचना।

''पर इन सन्नार्थीन्ने बोट कौण देएगो ?''

''अब वो बखत गया जब ये पाकिस्तान सू आया सन्नार्थी हा। अब तो ये या मुलक का बासिन्दा हैं।'' फिर धीरे-से चाँदमल के नज़दीक आते हुए चारों ओर देखकर फुसफुसाया रामचन्दर, ''हाजीजी, एक बात कहूँ ?''

''हाँ कह।''

''तम या हवेली में सू क्यों ना खड़ी कर देओ काई ए ?''

''हवेली में सूऽऽऽ ! रामचन्दर तेरो दिमाग तो ठीक है यार ! ना भई, मोहे अच्छो ना लगे ई सहूर (शऊर) के भला घर की बहू-बेटी इन मरद-माणस का काम में अड़ंगा लगाएँ।''

''मैं तो ऐसेई मजाक कर्‌रो हो हाजीजी। भला घर की बेटीन्ने कहीं ये सब सोभा देए हैं !'' इतना कहकर रामचन्दर चाँदमल के पास से उठकर चला आया।

चाँदमल नहीं समझ पाया रामचन्दर के कहने का अर्थ कि उसके कहने में कोई व्यंग्य छिपा हुआ था, या फिर उसके तर्क का समर्थन किया था उसने ?

उस दिन सोनदेई, बत्तो और पारो भी यूँ ही बातें कर रही थीं आपस में।

''सोनदेई, देख री है अभी सू कैसा तेवर बदल गा हैं या पद्‌मा का।'' बत्तो का संकेत सालिगराम की बहू यानी गाँव की सम्भावित सरपंच की ओर था।

''बहना, तेवर तो बदलंगा ही सरपंचनी जो बनन कू जा री है।''

''वैसे दारी सोनदेई तू खड़ी हो जा मेरी माने तो।'' हँसते हुए कोंचा बत्तो ने।

''क्यों, मैंई दीख री हूँ तोहे फालतू।''

''ना, मैं तो वैसेई छेड़ री ही। हमारी घर में तो कोई सुणे ना है, सरपंच होणा पे जरूर ई गाँओ सुनेगो।''

''बत्तो, वैसे एक बात कहूँ या पद्‌मा सू तो हमारी ई सकीला भी चोखी है।'' पारो ने ऐसे ही कहा।

''हाँ, सकीला ए खड़ी करवा दे तू...हवेली में सू ही अगर तीन बोट भी मिल जाएँ तो वाहे।'' बत्तो ने पारो को टोकते हुए कहा।

''ई तो तू बत्तो सही कह री है। वैसे भी सकीला की या हवेली में जितनी औकात है हम सब जाने हैं।''

''और फिर बिना चून-उपलाणन् सू तो रोटी थिपना सू रही।'' बत्तो गहरा साँस लेते हुए बोली।

''देख लेओ, अगर कोई बात बन जाए और ई हवेली राजी हो जाए तो।''

''पारो की बात में दम तो है बत्तो।'' सोनदेई ने पारो के तर्क के प्रति आश्वस्त होते हुए कहा।

''चलो, तिहारी बात ए मान भी लूँ...पर या बात ए हवेली में जाके चलाएगो कौन ? हाजी तो सुनते ही भड़क जाएगो।'' सोनदेई ने आशंकित होते हुए अपना

डर प्रकट किया।

"बात चलाणी मुसकिल ना है...और फिर तेरो भाई रामचन्दर कब काम आएगो।" पारो ने आधी समस्या हल करते हुए कहा।

"काकी जैतूनी सू मैं और काकी असगरी बात कर लेंगा।" रही-सही समस्या का हल बत्तो ने ढूँढ़ लिया।

●●

कचैड़ी में इस विषय पर विचार करना उचित नहीं लगा रामचन्दर को। इसलिए सबको हवेली में बुलवा लिया। चाँदमल की तो समझ में ही नहीं आया कुछ कि ऐसी क्या आफ़त आ पड़ी, जो इस तरह बिना किसी पूर्व सूचना और आभास के उसे हवेली में ले जाया जा रहा है ? परेशान हो गया चाँदमल। कौड़ी जैसी पुतलियाँ रह-रहकर टटोलने लगीं रहस्य को। एक हाथ दीन मोहम्मद के कन्धे पर और दूसरे हाथ में झूलती तस्बीह की बेचैनी बर्दाश्त से बाहर हो गई। हालाँकि उसने एकाध बार दीन मोहम्मद से पूछना चाहा भी किन्तु दीन मोहम्मद हर बार टाल गया बात को।

आख़िर सब्र का कमज़ोर बाँध बीच रास्ते तक पहुँचते-पहुँचते ढह गया, "अन्यायी, ऐसो कहा अजाप आ पड़ो जो सबका मुँ पे ताला लगो पड़ो है !" कन्धे से हाथ हटा लिया चाँदमल ने।

"बाप, तू चुपचाप चले चल ! हवेली में सब पतो चल जाएगी।" बाप की किसी भी प्रतिक्रिया से पहले ही दीन मोहम्मद ने पुनः हाथ पकड़ा और लगभग चाँदमल को खींचते हुए ले आया हवेली में।

पूरी हवेली समेत सब इकट्ठे हो गए।

हवेली के अलावा धनसिंह, रामचन्दर, फत्तू, हीरा, असग़री, सोनदेई, बत्तो, पारो सबने अपनी-अपनी जगह ले ली।

अपनी राजनीतिक कुशलता और अनुभव का परिचय देते हुए बात मुबीन ने ही शुरू की, "बूढ़ा बाप, दादी असगरी, ताई सोनदेई और काकी बत्तो कुछ कहणो चाह री हैं !"

मुबीन ने सबको सुनाते हुए कहा तो था नसीब ख़ाँ से लेकिन बोला चाँदमल, "मेरे यार, ये या बात ए कचैड़ी में भी कह सकी ही।"

"चाँदमल, तू पहले पूरी बात सुन लेए कर।" नसीब ख़ाँ ने डाँटते हुए कहा।

"चोखो भई, जैसी तिहारी मरजी।" इतना कहते हुए चाँदमल अपनी तस्बीह के खेल में लग गया।

"हाँ असगरी बोल !" नसीब ख़ाँ इस बार सीधे-सीधे मुद्दे पर आ गया।

"रईसन का बाप, हमारी ई सलाह बण री है के क्यों ना हम सरपंची कू अपनी सकीला ए खड़ी कर देएँ।"

असग़री के मुँह से इस प्रस्ताव को सुनते ही हत्थे से उखड़ गया चाँदमल, "ओ

असगरी ! खुदा की बन्दी तम काँई लू या हवेली की और धूल पिटवाणा पे तुल री हो !''

''बूढ़ा बाप, तू थोड़ी देर चुप बैठो रह न !''

मुबीन ने जिस तुर्शी के साथ अपने दादा को डाँटा चाँदमल यह सोचकर चुप लगा गया कि अवश्य ही यह कोई गम्भीर मामला है।

''असगरी, अगर हम सकीला ए खड़ी कर भी देएँ तो हमन्ने बोट कौन देएगो ?''

''रईसन का बाप, एक बात कहूँ अगर या सकीला ए बोट मिलंगी न तो या हवेली, या तिहारे ऊपर ना मिलंगी...ये बोट मिलंगी सकीला के अपने ऊपर। साथ में ई भी बता दूँ के वा सालिगराम का छोरा की बहू की अगर या पूरा गाँओ में कोई काट है तो सकीला ही है।''

शकीला के प्रति असग़री के इन उद्गारों को सुन आधी से ज़्यादा हवेली में बेचैनी फैल गई।

''हाँ भई धनसिंह, तू कैसे चुप है...तू भी तो बोल कुछ ?''

''नसीब खाँ, असगरी को अंदाजा है तो ठीक। अरे, पढ़ी-लिखी है...समझदार है।''

''ऊ तो ठीक है यार, पर याहे इतना बोट मिलंगा कैसे ?''

''ऐसो है बूढ़ा बाप, पहले तम अपनी रजामन्दी तो देओ...बोटन् को भी इन्तजाम करंगा हम।'' मुबीन ने हवेली समेत सबको आश्वस्त करते हुए कहा।

''देख मुबीन, अगर ऐसी बात है तो हमारी ओड़ सू तू हाँ समझ ले।'' नसीब ख़ाँ ने हवेली की ओर से अपना फ़ैसला सुना दिया।

''नसीब खाँ, अन्यायी कैसे समझ लेएँ हाँ !'' न जाने कहाँ से ताक़त आ गई एकाएक चाँदमल के जिस्म में कि उठते हुए फिर बोला, ''तो अब या हवेली की लुगाई पंचन् के बीच में धँसके बैठंगी...ना भई धनसिंह, चाहे बुरो मान या भलो मान हमन्ने ना है मंजूर तिहारी ई सलाह।'' चाँदमल ने नसीब ख़ाँ के निर्णय के विरुद्ध अपना फ़ैसला सुना दिया।

नहीं रोक पाई इस बार असग़री अपने आपको, ''जैतूनी, बहाण ई चोखी रही के अपने घर बुलाके कैसे बैठी है चुप ! वा बहाण, हमीं रहगा हैं सिर फुड़वान कू।''

''असगरी, मैं सब देख री हूँ इन मरदन का चलित्तर ए। हम लुगाई तो जैसे आदमी की जात ही ना है। ये मरद ही जाणे हैं पंचन् के बीच में बैठणो, हम तो जैसे जाणेई ना हैं।'' दादी ज़ैतूनी ने बिना अपने संयम को खोए व्यंग्य करते हुए अपनी आवाज़ उठाई।

हवेली के मर्दों में से किसी की आवाज़ नहीं आई।

''रामचन्दर, तू भी तो कह रो हो कुछ ?'' हालाँकि रामचन्दर शुरू से ही चुप था परन्तु नसीब ख़ाँ ने ऐसे कहा जैसे सचमुच रामचन्दर कुछ कहना चाह रहा था।

''मैं कहूँ तो जब, जब ई हवेली काई नतीजा पे पहुँचे। याँ तो ई किस्सा हो रो है कि अपनी-अपनी टुनटुनी और अपनो-अपनो राग।''

"यार मामा, तू छोड़े न हमारा बूढ़ा बाप ए। समझ लेओ हमने हाँ कर दी।" मुबीन वापस विषय पर रामचन्दर को लाते हुए बोला।

"हाँ, तो मैं ई कह रो हो के या गाँओ में तिहारी कितनी बोट हैं ?" रामचन्दर ने गम्भीर होते हुए पूछा।

"जितनी हैं सब तेरे आगे हैं।" नसीब ख़ाँ ने वास्तविकता को सामने रखते हुए कहा।

"मैं तिहारी इन बीस-पच्चीस बोटन् की बात ना कह रो हूँ। मैं बात कर्‌रो हूँ तिहारा पूरा कुणबा की।"

"हद कर्‌रो है तू यार रामचन्दर ! अन्यायी, मैं भी तो कुणबा की बात कर्‌रो हूँ।" नसीब ख़ाँ झल्ला गया इस बार।

"माँवसा, मैं या कुणबा की बात ना कर्‌रो हूँ। मेरो मतलब है तिहारा गोत की कितनी बोट हैं ?"

आश्चर्य हुआ पूरी हवेली को रामचन्दर की इस दूरदर्शिता पर।

"यार रामचन्दर, या बात पे तो हमने गौर ही ना करो। मुबीन, लगइयो हिसाब के हमारा गोत की कुल कितनी बोट हैं ?" नसीब ख़ाँ का बुझ गया चेहरा खिल उठा।

"बूढ़ा बाप, होंगी कोई ढाई सौ के करीब...पर मोहे जँचे ना है के हमारा गोती हमन्ने बोट दे भी देंगा।" मुबीन ने लगे हाथ अपना संशय भी प्रकट कर दिया।

"मुबीन, ई कोई बड़ी बात ना है। पतो ना तू कैसी लीडरी करे है। अरे, जल और कुल ए मिलना में कितनी देर लगे है।" हसन मोहम्मद ने मुबीन की राजनीतिक समझ पर शक करते हुए कहा।

"और फिर है तो सब हमारो कुणबा। कैसे ना देएँगा ? चाहे हमन्ने उनका पाँवन् में फेंटा धरनो पड़ जाए, वाहे भी करंगा।" नसीब ख़ाँ ने भावी रणनीति की पहली चाल चलते हुए कहा।

"अब देखो, इनमें सू मरी-सू-मरी दो सौ बोट अपना गोत की मान के चलो, बीसेक अपनी हवेली की हो जाएँगी। चालीस-पैंतालीस हम खिंचवा देंगा...पचासेक हरिजनन् की हो जाएँगी और इतनी ही दूसरी लगा लेओ। अब बताओ, बनगी के ना हमारी सकीला...!"

"और अगर खुदा-ना-खास्ता ऊपरवाला ने हमारी सुन ली, तो कम-सू-कम हम अपणा दुःख-दरद ए सकीला के आगे कह तो देएँगा। वा सालिगराम की बहू के आगे कौन जाके मूँड मारेगो !"

"...और फिर ई तो मोटो-सो अंदाजा है, जब खड़ी होएगी तब और देखंगा।" रामचन्दर ने असग़री द्वारा बात पूरी न होने के कारण अपनी बात पूरी की।

रामचन्दर के इस गणित पर पूरी हवेली का चेहरा खिल उठा।

"रामचन्दर, बीरा तू छोड़ इन मरदन् को चक्कर। चल मैं चलूँ अभी तेरे संग और मोहे बता कहाँ लगाणो है गूँठा। चल मैं लगा दूँगी सकीला का बदला मैं।" हौंस में दादी

ज़ैतूनी यह भी भूल गई कि वह कह क्या रही है।

"बूढ़ी माँ, गूँठा-दस्तख वही करेगो जाहे खड़ो होणो है। वैसे भी हमन्ने बहोत चतराई सू काम लेणो है। अगर इन सन्नार्थीन्ने थोड़ी-सी भी भनक लग्गी तो सारो खेल बिगड़ जाएगो।"

"बस, एक ही बात को डर है रामचन्दर के कहीं ये हरिजन दगा ना दे जाएँ ?" माथे पर सिलवटें खिंच आईं नसीब ख़ाँ के।

"इनकी तरफ सू बेफिकर रह बूढ़ा बाप। इन्ने मेरे ऊपर छोड़ देओ। मैं अपने आप देख लूँगो, तम तो बस अपणी बोटनू की चिन्ता करो।" मुबीन ने परे आत्मविश्वास के साथ कहा।

सर्वसम्मति से शकीला को हवेली ने सरपंच पद के लिए अपना उम्मीदवार घोषित कर दिया लेकिन सिर्फ़ हवेली के भीतर। साथ में यह भी फ़ैसला लिया गया कि पर्चा दाख़िल करने से पहले अपने कुनबे अर्थात अपने गोत्र के कुछ ज़िम्मेदार व्यक्तियों और बुज़ुर्गों से अवश्य सलाह-मशविरा कर लिया जाए।

हवेली की महिलाओं को यह हिदायत दे दी गई कि कोई भी इसके बारे में अपना मुँह नहीं खोलेगी। यदि ऐसा हुआ तो इसके लिए गम्भीर परिणाम भुगतना पड़ सकता है।

पुरुषों के जाने के बाद दादी ज़ैतूनी के पास केवल महिलाएँ रह गईं। दादी ज़ैतूनी ने कनखियों से शकीला की तरफ़ देखा और मुस्कुराते हुए छेड़ा उसे, "सकीला, दारी अब तो हँस दे !"

"अम्माँ, हमें यह सब अच्छा नहीं लग रहा है। ऐसा करने से पहले कम-से-कम हमसे पूछ तो लिया होता।"

"लेओ और खड़ी कर देओ !" हसीना को जैसे अवसर मिल गया, "वैसे बूढ़ी माई, या हवेली में और बीरबाणी ना ही जो तमने..."

"तमने भी हद कर दी माई। हसीना जैसी चतर बीरबाणी के होते ई सकीला ही मिली। चलो, अभी कुछ ना बिगड़ो है। सकीला का मन में ना है तो याहे खड़ी कर देओ !" मजीदन ने जितनी गम्भीर मुद्रा अपनाते हुए हसीना की बात काटते हुए कहा, उससे कोई नहीं समझ पाई कि उसकी इस गम्भीरता में कितना बड़ा व्यंग्य छिपा हुआ है।

"ई तो तू सही कह री है मजीदन। या मेंढकी के तहनाल जड़वा देओ जासू याका पाँव धरती पे ही ना पड़ें।" दादी ज़ैतूनी ने अन्ततः मजीदन की गम्भीरता में छिपे व्यंग्य को खोल ही दिया।

ज़ैतूनी ने जिस तरह व्यंग्य किया था उसके बाद हसीना से वहाँ रुक नहीं गया और पाँव पटकते हुए चली गई।

शकीला ने बहुत मना किया, कई तरह के बहाने बनाए किन्तु उसकी किसी ने नहीं सुनी। उधर चाँदमल ने भी हवेली के इस फ़ैसले के ख़िलाफ़ बहुत हाथ-पाँव पीटे परन्तु उसकी भी नहीं मानी किसी ने। मुबीन ने ही एक बार फिर उसे अपनी राजनीतिक परिपक्वता का सहारा लेते हुए शान्त किया।

"बूढ़ा बाप, तू तो बेमतलब परेसान हो रो है। अरे, सरपंच बणके कौन-सी वाहे पंचात करनी है...वाहे कौन-सो पंचन् के बीच में जाके बैठणो है। ऊ तो बस नाम की सरपंच रहेगी, सरपंची तो सारी काका दीनू ए करनी है। याहे तो बस कागज-पत्तरन् पे सेन (साईन) करना पड़ंगा।"

"अन्यायी, अब समझ में आई तिहारी बात। मैं भी तो कहूँ नसीब खाँ के इन बीरबाणीन् के बस में है कोई राज चलाणो। अगर ऐसी बात है तों मोहे ना है कोई एतराज।" मुबीन की योजना को सुन चाँदमल ने भी अपनी रज़ामंदी दे दी।

"पर एक बात है यार मुबीन, ई दो-चार हरप पढ़ी बीरबाणी है अगर बिचलगी तो सँभालनी मुसकल हो जाएगी।" नसीब ख़ाँ ने अपना अन्तिम डर व्यक्त किया।

"बाप, बेसक पढ़ी-लिखी है पर है तो बीरबाणी। तम याकी फिकर मत करो आखिर याकी नकेल रहेगी तो मेरा हाथन् में।" दीन मोहम्मद ने आगामी योजना के मद्देनज़र अपनी मंशा स्पष्ट करते हुए कहा।

दीन मोहम्मद और मुबीन की इन पुख़्ता योजनाओं से आश्वस्त हो पूरी कचैड़ी ने राहत की साँस ली और भावी योजना को अमल में लाने की ग़रज़ से अपनी-अपनी खोहों में सिमटते चले गए। चाँदमल ने सिरहाने रखी तस्बीह उठाई और अँगुलियों के पोर एक बार फिर अपने आपमें व्यस्त होते चले गए।

पूरे गाँव में स्थानीय आवेश और उत्तेजना पूरी ताक़त के साथ पींगें भरने लगी। राजनीतिक बिसात पर तरह-तरह की गोटियाँ फेंकी जाने लगीं। सत्ता प्राप्त करने के वही नए और पारम्परिक दाँव-पेंच, छल-छद्म, घात-प्रतिघात, फंद-प्रपंच रचने शुरू हो गए, जो सत्ता के शीर्ष पदों के लिए रचे जाते हैं।

नसीब ख़ाँ ने अपने कुनबे अर्थात अपने गोती भाइयों के आगे सिर से फेंटा उतारकर ज़मीन पर रखते हुए गुहार लगाई, "लालाओ, तमने ही अब या पाग की लाज रखणी है ! अरे, आपस में हम कटें-मरें, चाहे जो करें पर हमारो कुणबा तो एक है। अपणा तो अपणा ही रहवे हैं। अपणो तो मारेगो भी, तो मारके छाँह में ही गेरेगो।"

नसीब ख़ाँ की इस गुहार ने ऐसा असर किया कि तिनकों-सा बिखरा उसका पूरा गोत्र यानी उसका कुनबा देखते ही देखते एकसूत में बँधता चला गया। अगले दिन एक बार फिर अपने इस कुनबे को इकट्ठा किया उसने। उसी वक़्त उसके कुनबे की सारी वोटों ने क़ुरान पर हाथ रखते हुए यह क़सम ले ली कि चाहे दुनिया इधर से उधर हो जाए, परन्तु सारी वोट जाएँगी शकीला के डिब्बे में ही।

अपने कुनबे की इस प्रतिज्ञा से चाँदमल तो इतना भाव-विह्वल हो गया कि वह नहीं रोक पाया अपने आपको, "अरे, जभी तो काई सायर ने कही है के *धन बिन किसो धनेसरी, रुत बिन किसी बहार/भाई बिन भारत किसो, पी बिन किसो सिंगार।* भाईन के बिना ई लड़ाई जीतनी मुसकल है।" चाँदमल ने रहे-सहे उन मुहानों को रोक दिया, जिनमें एकाध सूराख बच गया था और जिनमें से उसके कुनबे की कुछ वोटों के खिसकने का भय था।

इधर ज़ैतूनी, असग़री, बत्तो, पारो ने कोई कसर नहीं छोड़ी। लेकिन न जाने किस भेदिए ने चुनाव से तीन दिन पहले विरोधियों को यह सूचना भिजवा दी कि धनसिंह और रामचन्दर कुछ हिन्दू मतों को शकीला के पक्ष में करने की अगुवाई कर रहे हैं। हड़कम्प मच गया विरोधी खेमे में यह सुनते ही कि आख़िर उनके हिन्दुओं में ये विभीषण और जयचन्द कहाँ से पैदा हो गए।

रात को चुपचाप रामचन्दर को बुलवाया गया सालिगराम के घर। बहुत समझाया गया रामचन्दर को। यहाँ तक कि उसे इसके गम्भीर परिणाम भुगतने तक की चेतावनी दे डाली लेकिन रामचन्दर बेहद सफ़ाई से सही-सलामत लौट आया। उस रात रामचन्दर पूरी रात नहीं सो पाया था। देशभक्ति और देशप्रेम के जितने बोदे छिलके उसने सालिगराम के घर अपने हिन्दू भाइयों के श्रीमुख से उतरते हुए देखे थे, थोड़ी देर के लिए उसे अपने ऊपर ग्लानि-सी होने लगी थी। नसीब ख़ाँ, चाँदमल, वली मोहम्मद को जिन विशेषणों से अलंकृत होते हुए उसने सुना था, उसे अपने ऊपर हिन्दू होने पर शर्म आने लगी थी। यानी उसी रामचन्दर को यह बताने की कोशिश की जा रही थी, जिस रामचन्दर ने स्वयं नसीब ख़ाँ का वह रूप देखा है, जिसे बहुत से लोग शायद अब भूल चुके हैं। उसे पहली बार वे गाँठें खुलती दिखाई दीं, जिनके चलते विभाजन के बाद आज तक साँझे समाज के बट-वृक्ष की जड़ों में तेज़ी-से मट्ठा डाला जा रहा है। अपनी आँखों से रामचन्दर ने देख लिया इन मट्ठा डालनेवालों को।

जैसाकि बहुतों को उम्मीद नहीं थी ठीक उसके विपरीत हुआ अर्थात जब सरपंच पद के नतीजों की घोषणा हुई, तब पता चला कि सालिगराम के लड़के की बहू औंधे मुँह जाकर गिरी। उसकी समझ में नहीं आया कि जो बयार एक बार उसे निर्विरोध चुने जाने के पक्ष में बह रही थी, उसने कैसे अपनी दिशा बदल ली ?

आख़िर वे कौन-से मत थे जिन्हें वे अपने पक्ष में करने में असफल रहे ? विरोधी खेमे ने बहुत आत्म-मन्थन किया कि उसका हिन्दुत्व का कार्ड कैसे सूखे पत्ते की तरह छिन्न-भिन्न हो गया ? शक की सूई घूम-फिरकर जहाँ रुकी, वह था हरिजन मोहल्ला, जिसपर इन्हें पहले भी भरोसा नहीं था। आख़िर इनसे क्या कमी रह गई थी ? शराब की थैलियों से लेकर नकदी तक, क्या-क्या नहीं लुटाया इन मतों को हासिल करने के लिए ?

नहीं समझ पाया इस खेल को पराजित खेमा और शायद कभी समझ भी न पाए।

हाजी की हवेली के बाहर खलक़त जमा हो गई।

फूलमालाओं से लदे दीन मोहम्मद के चेहरे से टपकता विजयी भाव दूर से ही देखा जा सकता है। जो भी आता वह दीन मोहम्मद को ही बधाई देता। उसके कुनबेवालों ने तो शकीला की इस जीत की ख़ुशी में ग्यारह सौ एक की माला तक दीन मोहम्मद के गले में डाल दी। नसीब ख़ाँ और चाँदमल दोनों भाई दीन मोहम्मद का नाम तक भूल गए जैसे। हर बात में उनके मुँह से नाम के बजाय 'सरपंच' निकलने लगा।

देखते ही देखते इतने बड़े नाटक की नायिका नेपथ्य में चली गई। किसी को अहसास ही नहीं हुआ कि अचानक यह नायक कैसे इस नाटक के केन्द्र में आ गया।

पंचायत की जो भी कार्रवाई होती सरपंच के रूप में दीन मोहम्मद ही उसका प्रतिनिधित्व करता। दीन मोहम्मद ही क्या अन्य महिला पंचों का प्रतिनिधित्व भी उनके पति ही करते। शकीला तथा अन्य महिला पंचों की भूमिका केवल उनके अँगूठे-दस्तख़त तक सिमटकर रह गई। गाँव के विकास के नाम पर राज्य सरकार से धन कब आता और कब कहाँ लग जाता, उसका पता सिर्फ़ दीन मोहम्मद या अन्य महिला पंचों के पतियों को ही रहता।

सोनदेई ने तो एक दिन शिकायत करते हुए शकीला से कह भी दिया, "सकीला, बहना हमने याही मारे रात-दिन एक करे है कै ?"

"क्या हुआ आपा ?"

"हुओ कहा, बहना हम तो जान रे है के अब तो अपनी सरपंच है। अब तो कम-सू-कम अपनी गली पक्की होई जाएगी।" उलाहना देते हुए कहा सोनदेई ने।

"ठीक है आपा, मैं बात करती हूँ आज उनसे।"

"किसूसू बात करेगी ?" हैरान होते हुए पूछा सोनदेई ने।

"और किससे...आपके सरपंच साब से।"

"हमारो सरपंच ! कौन है हमारो सरपंच ?"

"आपा, उन्हीं से...मेरा मतलब है दीन मोहम्मद से।"

"तो सरपंच तू है या तेरो दीन मोहम्मद ?" सोनदेई के होंठ वक्र होते चले गए।

सोनदेई ने जिस तरह शकीला से पूछा था, शकीला तिलमिलाकर रह गई।

"आपा, अच्छा होगा अगर एक बार इस बारे में आप अम्माँ को भी बता दें।"

"सकीला, सरपंच तो है तू और बात करें हम दीन मोहम्मद या काकी जैतूनी सू। यासू तो अच्छो होतो जो हम वा पद्‌मा कू ही बोट दे देता। ले बता, हमें कहा फायदा हुओ तोहे बोट देके।" इतना कहकर सोनदेई लौट गई भुनभुनाते हुए।

सोनदेई का एक-एक शब्द शकीला को ज़हर बुझा तीर-सा लगा। उसने दीन मोहम्मद से इस बारे में बात भी करनी चाही, किन्तु दीन मोहम्मद ने उसे यह कहते डाँट दिया, "ये मरद-माणस का काम होवे हैं। तू अपणो मतलब उतना ही काम सू राख, जितनो तोसू कहो जावे है।"

इसके बाद तो शकीला सीधी पहुँच गई दादी ज़ैतूनी के पास।

“अम्माँ, क्या हमें बस दस्तावेज़ों पर दस्तख़त करने के लिए सरपंच बनाया गया है ?” जाते ही कहा शकीला ने।

“बेटी, यामें फिर बुराई कौण-सी है ? और फिर सब जगह ऐसेई चल री हैं पंचात।”

“यानी दस्तख़त किसी और के हुकुम किसी और का ?”

“हाँ, हमारे हीं ऐसी ही रीत चली आ री है।”

“अगर ऐसा है तब क्या फ़ायदा ऐसे ओहदे का। मैं आज ही दे देती हूँ अपना इस्तीफ़ा। आज ही छोड़ देती हूँ इस सरपंची को।” पता नहीं शकीला क्या-क्या कह गई।

जब तक ज़ैतूनी कुछ कह पाती, शकीला जा चुकी थी।

आश्चर्य हुआ सोनदेई को। दो दिन पहले उसकी शकीला से बात हुई थी और आज गली में खड़ंजा बिछाने का कार्य शुरू हो गया। असग़री को जब पता चला तब उसे इस तरह का भेदभाव अच्छा नहीं लगा। उसकी गली में तो और भी बुरा हाल है। अगर इस नरक से अब भी मुक्ति नहीं मिली, तब क्या फ़ायदा हुआ इस शकीला की बच्ची को वोट देने का।

“सकीला, बहाण बोट तो हमने भी दी ही। वा सोनदेई का बोटन् में ही लग रा हा के लाल, जो वाकी गली में तैने काम सुरू करवा दियो ?” असग़री का ताँबई चेहरा सुर्ख़ होता चला गया मारे ग़ुस्से के।

“अम्माँ, बेफ़िक्र रहिए आपकी भी हो जाएगी।” शकीला ने पूरे आत्म-विश्वास के साथ आश्वासन देते हुए कहा।

“हो तो जब जाएगी, जब तेरी कुछ चलती होए। चल तो सारी तेरा खसम की रही है। जब काम ही करवाणो है तो वाही के पै काँई लू ना जाएँ।”

एक दिन बत्तो ने भी टोक दिया। साल पूरा होते-होते शकीला का हवेली से बाहर निकलना दूभर हो गया। अब क्या करे शकीला ? कुछ नहीं आया उसकी समझ में और जो कुछ आया, वह उसके लिए तो आसान था परन्तु हवेली के लिए असहनीय। बेशक हो किसी के लिए असहनीय। वह अब और नहीं किसी के विश्वास को आघात पहुँचाएगी। यही रास्ता अपनाना पड़ेगा उसे फिर चाहे हवेली इसे स्वीकारे या न स्वीकारे—यह हवेली जाने।

●●

सवेरे-सवेरे आवाज़ दी किसी ने दीन मोहम्मद को।

“सरपंच साऽऽऽब !”

बाहर निकलकर देखा शकीला ने। आवाज़ लगानेवाले ने शकीला से पूछा दीन

मोहम्मद के बारे में। शकीला ने सिर हिलाते हुए बता दिया कि हाँ है।

आवाज़ देनेवाला सीधा चला आया कमरे में।

''सरपंच साब, जल्दी कर यार नहीं तो बीडीओ चलो जाएगो।'' आगन्तुक ने दीन मोहम्मद से फटाफट तैयार होने के लिए कहते हुए फिर कहा, ''और हाँ, वा बिल पे सरपंचणी का दस्तख ले लिया हैं न ?''

''तसल्ली तो कर यार, सारा काम हो जांगा।'' इतना कहते हुए दीन मोहम्मद एक काग़ज़ के पुर्ज़े को शकीला की तरफ़ बढ़ाते हुए बोला, ''ले, जल्दी यापे दस्तख कर दे !''

शकीला ने उस पुर्ज़े को लेते हुए पूछा, ''क्या है ये ?''

''कुछ भी होए, तू कर-करा देए न।''

शकीला ने उसे ग़ौर से देखते हुए फिर पूछा, ''यह कौन-सी गली का बिल है, सोनदेई आपा वाली का है क्या ?'' प्रश्न के साथ-साथ शकीला ने स्वयं ही उत्तर भी दे दिया।

''हाँ, वाही को है।'' दीन मोहम्मद ने शकीला की ओर बिना देखे कहा।

''मगर यह तो पच्चीस हज़ार का बिल है, जबकि मेरे हिसाब से यह काम मुश्किल से दस-बारह हज़ार का होना चाहिए।''

दीन मोहम्मद तड़ाक से ज़मीन पर आकर पड़ा जैसे।

''तो...तोहे कैसे पतो के ई दस-बारह हजार को काम है ?'' दीन मोहम्मद ने आँखें नहीं मिलाईं शकीला से।

''मैं कल देखकर आई थी।''

''तो देखणा सू ई दस-बारह हजार को होगो ?'' तब तक दीन मोहम्मद अपने आपको सँभाल चुका था।

''क्यों, कितनी ईंटें लगी होंगी, यही दो ट्रक।''

''ठीक है लगी होंगी, तू दस्तख कर दे !'' जबड़ा खिंचने लगा दीन मोहम्मद का।

''दस्तख़त तो मैं कर देती हूँ मगर इस बिल के साथ-साथ यह काग़ज़ भी दे देना अपने बी.डी.ओ. साब को !'' हस्ताक्षर करने के बाद बिल के साथ एक और पुर्ज़ा देते हुए कहा शकीला ने।

''कहा लिख रो है यामें ?'' हाथ काँपने लगे दीन मोहम्मद के उन दोनों को लेते हुए।

''अपने बी.डी.ओ. साब से ही पढ़वा लेना।''

''फिर भी कुछ तो लिख रो होएगो ?''

''सरपंची से इस्तीफ़ा है मेरा।''

''अ...अस्तीफाऽऽऽ !'' शब्द जैसे दीन मोहम्मद के गले में फँस गए, ''प...पर काँई लू दे री है तू याहे ?''

''मुझसे नहीं सँभाली जाती है अब यह।''

''भली आदमन्, सँभाली तो जब जाए जब तोसू कोई याहे सँभालणा की कह रो

होए...'' फिर वह उस आगन्तुक की ओर पलटा, ''अन्यायी, कैसी बावली बात कर्री है ई लुगाई। ई हाल तो तब है जब याहे बस एकाध कागदन् पे दस्तख करना पड़े हैं।''

''इसीलिए तो मुझसे नहीं होगा यह सब।''

दीन मोहम्मद के हाथ-पाँव ठंडे पड़ने लगे। जिस्म से मानो कोई अदृश्य शक्ति धीरे-धीरे रक्त निचोड़ने लगी।

सारी हवेली को मानो किसी चक्रवात ने झिंझोड़ दिया। चाँदमल को पता चला तो सुनते ही तस्बीह अँगुलियों से छिटककर नीचे आ गिरी। किसी की समझ में नहीं आया कि शकीला को एकाएक यह हो क्या गया है ? जब तक किसी की समझ में नहीं आया, तब तक सब एक-दूसरे से प्रश्न-प्रतिप्रश्न करते रहे।

''दीनू, हरामी तैने वामें कोई धौल-थप्पड़ तो ना जमा दियो ?'' ज़ैतूनी ने झुँझलाते हुए पूछा दीन मोहम्मद से।

''माई, तू भी कैसी बावली बात कर्री है। मैंने तो आज तलक वाके उँगली भी ना लगाई।''

''तो फिर ऐसी कहा बात हो सके है ?'' नसीब ख़ाँ ने अपने आपसे कहा।

''हाँ, वा़ने ई जरूर कही ही के सोनदेई की गली में जो काम हुओ है, ऊ इतना को ना है जितना को ई बिल है।'' दीन मोहम्मद ने बताया।

''मेरे यार, यही तो है सारा रोग की जड़।'' नसीब ख़ाँ ने मर्म को पकड़ लिया जैसे।

जब तक शकीला आती सारी हवेली इकट्ठी हो गई।

दादी ज़ैतूनी ने बहुत समझाया। हवेली की मान-मर्यादा की दुहाई दी। स्त्री के हाथ में आई सत्ता का महत्त्व समझाया परन्तु शकीला अपनी दृढ़ता पर क़ायम रही।

''बूढ़ी माँ, याहे ई बता दे के असल लागत सू दुगना-तिगना का जो ये बिल बणे हैं, इनमें पूरी पंचात सू लेके बीडीओ...यहाँ तलक एमएलए को भी हिस्सा होवे है। बिना हिस्सेदारी के ई बीडीओ तो दूर रहो, ये एमएलए भी बिलन्ने पास ना होण देए हैं।'' तमतमाते हुए मुबीन ने शकीला को सुनाते हुए कहा।

''और फिर इनमें सू हमारे कितनो पल्लो पड़े है ? मोटी रकम तो इन बीडीओ और एमएलए के पै चली जाए है।'' दीन मोहम्मद ने सारा घटा-जमा बता दिया।

''सकीला, इतनो सती-सावत्रिपणो अच्छो ना होवे है बहाण। मुसकल सू तो खाना-कमाणा को एक जरिया हाथ आयो है, वाहे तू गँवाना पे तुल री है।'' मजीदन ने बिना किसी लाग-लपेट के अपना मंतव्य प्रकट कर दिया।

''और फिर हमने इन इलेक्सन में जो हज्जारोन् रुपिया फूँका हैं वे याही मारे फूँका हैं !'' मुबीन ने अपने अनुभव के आधार पर सत्ता प्राप्त करने का असली उद्देश्य

स्पष्ट करते हुए कहा।

चारों ओर से घिर गई शकीला।

"सकीला, बेटी ऐसी मत सोच। ले, फाड़ दे अपणा या अस्तीफा ए।" दादी ज़ैतूनी ने दीन मोहम्मद से लेकर इस्तीफ़ावाला पुर्ज़ा शकीला की तरफ़ बढ़ा दिया।

"हम्बै बहाण ले ले ! ऐसो जुलम मत कर हमारे साथ।" मजीदन के वाक्य में आदेश के साथ-साथ परोक्ष चेतावनी भी थी।

शकीला ने बिना किसी प्रतिरोध के अपना इस्तीफ़ा वापस लिया, और उसकी चिंदी-चिंदी कर एक तरफ़ फेंक दिया।

एक बार फिर हवेली की धमनियों में रुक गए रक्त ने गति पकड़ ली। कुछ देर के लिए जो हवेली थम-सी गई थी, वह अपने गंतव्य की ओर बढ़ने लगी। चाँदमल के जो पोर तस्बीह के मणकों को भुला बैठे थे उन्हें एकाएक उनकी याद आ गई। परन्तु बावजूद इसके हवेली में एक डर और आशंका व्याप गई कि शकीला ने बेशक अपना इस्तीफ़ा वापस ले लिया है बल्कि उसे लेने पर मजबूर किया गया है, अब यदि उससे कोई राय नहीं ली गई तो चिंदी-चिंदी हुए इन काग़ज़ के टुकड़ों को फिर से जीवित होने में वक़्त नहीं लगेगा।

इशा की नमाज़ के बाद मौक़ा देखकर मुमताज़ आ बैठी शकीला के पास। शकीला जानती है मुमताज़ का इस तरह बेवक़्त आने की वजह। फिर भी उसने जानबूझकर नहीं पूछा उससे आने का कारण।

सहमते हुए मुमताज़ ने ही पूछा, "मैडम, आपने अपना इस्तीफ़ा देने के बाद वापस क्यों ले लिया ?"

शकीला ने धीरे-से मुमताज़ की आँखों में देखा और फिर उसी से सवाल किया, "क्यों, वापस नहीं लेना चाहिए था ?"

"नहीं, एक बार जब दे दिया तो दे दिया।"

"मुमताज़, तुम यहीं ग़लती कर रही हो। मौक़ा तो एक बार क़ातिल को भी देना चाहिए। तुमने देखा नहीं पूरी हवेली का क्या हाल था।"

"और अगर ऐसा फिर हुआ तो ?"

"नहीं, अब नहीं होगा ऐसा।"

"वैसे एक राज़ की बात बताऊँ मैडम कि बूढ़ी माँ ने पीछे बहुत डाँटा था सबको।"

"मुमताज़, मेरा एक काम कर दोगी ?" मुमताज़ पर ध्यान दिए बिना कहा शकीला ने।

"कौन-सा मैडम ?" सहमते हुए पूछा मुमताज़ ने।

"घबराओ मत, तुम्हें सिर्फ़ यह करना है कि इस गाँव की जितनी भी औरतें मैम्बर

हैं, उनसे यह कहना कि वे एक बार मुझसे मिल लें।''

''ले...लेकिन मैडम...''

''ठीक है, मैं बत्तो आपा से कहती हूँ।'' भाँप गई शकीला मुमताज़ के डर को।

मुमताज़ ने नहीं की कोशिश यह समझने की कि अब उसकी मैडम किसलिए पंचायत की महिला सदस्यों से अपने आपसे मिलने के लिए कह रही है। उसे तो इसी में अपनी भलाई लगी कि वह बिना मतलब हवेली के कोप-भाजन से बच गई है।

तीस

पूरी हवेली ने प्रयास कर लिया परन्तु वह इस रहस्य को जानने में असफल ही रही। दीन मोहम्मद ने भी अपनी तरफ़ से पूरी कोशिश करके देख ली किन्तु वह भी हताश हो गया। शकीला हर बार उसे बड़ी चतुराई से टाल जाती। मुमताज़ से भी पूछा गया खोद-खोदकर, खूब लोभ-प्रलोभन दिए गए, डराया-धमकाया गया किन्तु वह भी कुछ बताने में विफल रही।

हवेली का एक-एक सदस्य हैरान-परेशान कि आख़िर शकीला के पास वे सब आई किसलिए थीं ? आई भी थीं तो उनके बीच क्या बात हुई ? हैरानी तो सबको इस पर हो रही है कि दादी ज़ैतूनी को भी इसकी भनक नहीं लग पाई। उसका खुफ़िया तन्त्र पूरी तरह इस बार ध्वस्त हो गया। ज़रीना और हसीना को अपनी उस छठी इन्द्रिय पर काफ़ी ग़ुस्सा आ रहा है जो इन्हें इस अवसर पर धोखा दे गई।

परन्तु जो कुछ हो रहा है, अच्छा नहीं हो रहा है—ऐसा केवल दीन मोहम्मद का ही नहीं, पूरी हवेली का कहना है। चाँदमल तो इस सबके लिए अगर किसी को ज़िम्मेदार मानता है, तो दीन मोहम्मद को मानता है। बक़ौल चाँदमल न तो दीन मोहम्मद शकीला की लगाम ढीला छोड़ता, न इस हवेली को ये दिन देखने पड़ते।

एक भय, एक आशंका बल्कि एक हद तक सम्भावित अनिष्टता सबको भीतर ही भीतर उद्वेलित किए जा रही है। दीन मोहम्मद की तो उसके बाद हिम्मत नहीं होती है कि वह किसी दस्तावेज़ पर शकीला से दस्तख़त करा ले। यहाँ तक कि वह यह तक नहीं पूछ पाता है शकीला से कि वह इस तरह कहाँ चल देती है बग़ैर उसे बताए।

बहुत डाँटा चाँदमल ने बेटे को बुलाकर कि वह एक और ग़लती कर रहा है शकीला को छूट देकर। मग़ज़ घूम गया दीन मोहम्मद का कि आख़िर वह क्या करे ? हारकर उसने कचैड़ी में सबके सामने हथियार डाल दिए।

''बाप, अब मेरे बस की ना रही ई बिद्या। चाहे अब ई सरपंची रहे या जाए।''

अचानक इस तरह दीन मोहम्मद को टूटता देख हाजी विचलित हो उठा अर्थात् यदि दीन मोहम्मद के हाथ से सत्ता की बागडोर चली गई, तो हवेली के मर्दों के लिए सिवाय डूब मरने के और कोई रास्ता नहीं बचेगा।

"दीनू, बेटा मेरा कहणा को ई मतलब ना है जो तू समझ रो है। मेरो मतलब है जैसे भी होए बेला-पुचकारके वाहे काबू में राख।" चाँदमल का इशारा शकीला की ओर था।

"बाप, अब वामें घुसो तो जाए है ना। मैं कहाँ तलक वाके पीछे-पीछे डोलूँ !"

"नसीब खाँ, अन्यायी तू ही ढूँढ़ कोई रस्ता। ऐसे हाथ पे हाथ धरना सू कैसे काम चलेगो।"

"अब बता मैं भी कहा करूँ। पहले तो सूधी कुल्हाड़ी सू लत्ता धोके वे फाड़ लिया, अब कह रा हो के मैं कोई रस्ता ढूँढू !" नसीब ख़ाँ ने भी हाथ खड़े कर दिए।

"चोखो भई, जैसी तिहारी मरजी। जब सब यही चाहवो हो कि या हवेली का सारा फैसला अब ई लुगाई करे तो ठीक है।" इतना कहकर चाँदमल ने लम्बा साँस खींचा और खाट पर लेटते हुए सबको सुनाते हुए बड़बड़ाने लगा—

लोग वाहे मत जाण, जाका घर में पंच लुगाई
बेटी वाहे मत जाण, पीहर में जो घाले स्याही।

ठीक दो सप्ताह बाद दीन मोहम्मद का बी.डी.ओ. कार्यालय से बुलावा आ गया।

बी.डी.ओ. को उसने समझाने की बहुत कोशिश की लेकिन सब बेकार। सामने मेज़ पर रखा काग़ज़ का पुर्ज़ा कैसे झूठ बोल सकता है।

"सरपंच, मैं जानता था तेरे अन्दर जरूर बेईमानी आएगी। ठीक है अब ले लेना डेवलपमेंट के लिए फंड। दूँगा तेरे हाथ में घंटा।" इतना कहकर खंड विकास अधिकारी ने काग़ज़ का वह पुर्ज़ा दराज में रख, भड़ाक से दराज बन्द कर दिया।

"सु...सुनो तो सही बीडीओ साब ! अल्लाह की सौं मोहे पतो ना है ई कागद किसने भिजवायो है।" दीन मोहम्मद घिघियाते हुए बोला।

"फिर किसने भिजवाया है ?" खंड विकास अधिकारी का सख़्त चेहरा थोड़ा मुलायम पड़ गया।

"हाँ, अकीन तो करो मेरे ऊपर।

"लेकिन दस्तखत तो इस पर तेरी घरवाली के हैं ?"

"जब ऊ सरपंचणी है तो वाही का दस्तख होंगा।"

"इसका मतलब यह हुआ सरपंच कि अब सरपंची तेरी घरवाली ही करेगी, क्यों ?"

"ऐसा मत सोचो बीडीओ साब। मेरी सेवा-पाणी में ऐसी कहा कमी रहगी जो आप भी..."

"मैंने सेवा-पानी की तो बात ही नहीं की है। मैं तो वह कह रहा हूँ जो यह कागज बोल रहा है।"

"पर या कागद में ऐसी कहा बात लिख री है जो आप इतना बिगड़ रा हो ?"

"इसमें लिखा हुआ है कि आगे से वह सारे कागज-पत्तरों पर दस्तखत बीडीओ

दफ्तर में खुद आकर करेगी।''

''खुद आके !'' हैरान होते हुए कहा दीन मोहम्मद ने।

''और क्या मैं इसे अपनी तरफ से बनाकर कह रहा हूँ।''

''ठीक है बीडीओ साब, जब आपकी भी ऐसी मरजी है तो...''

''मरजी क्या, पाँव पर तो कुल्हाड़ी तूने खुद मारी है, इस उम्र में जवान और पढ़ी-लिखी औरत से ब्याह रचाकर। अब ले मजा !''

''मजा कहा बीडीओ साब, जिन्दगी ख्वार हो जाती दीखे है या उमर में आके।'' दीन मोहम्मद कुर्सी से उठा और खंड विकास अधिकारी को सुनाते हुए बोला, ''बीडीओ साब, *धौला-धौला सब भला, धौला भला ना केस/तिरिया दबे, ना दुसमन हटे, अब तू नीची राख नरेस*।''

''वाह सरपंच, क्या बात कही है के तिरिया दबे, ना दुसमन हटे।''

''खुदा ही खैर करे बीडीओ साब।''

आख़िरकार दीन मोहम्मद को समझ में आ ही गया कि इस लड़ाई को वह हार चुका है। हवेली तक आते-आते उसी के द्वारा कहे गए दोहे की अन्तिम पंक्ति उसके कानों में गूँजती रही।

और अभी महीना ही बीता होगा कि खंड विकास कार्यालय से पुनः बुलावा आ गया। हड़कम्प मच गया हवेली में। ऐसा नहीं है कि खंड विकास कार्यालय से कोई पहली बार बुलावा आया है, आता रहता है। परन्तु इस बार दीन मोहम्मद का नहीं बतौर सरपंच शकीला को बुलवाया गया है। वह भी अकेली नहीं पूरी पंचायत के साथ। इसीलिए इस बुलावे पर पूरी हवेली की धड़कनें तेज़ हो गईं।

चाँदमल की सफ़ेद पुतलियाँ तो रह-रहकर शून्य को ताककर बीच-बीच में स्थिर हो जातीं। कार्यालय से आए सन्देशवाहक से पूछा भी चाँदमल ने, किन्तु वह कोई सन्तोषजनक जवाब नहीं दे पाया। दीन मोहम्मद और मुबीन की तुरन्त ढूँढ़ मच गई। दादी ज़ैतूनी, जुम्मी और मजीदन का बुरा हाल हो गया, यह सोच-सोचकर कि ऐसी क्या मुसीबत आ गई जो केवल शकीला को बुलवाया गया है।

हसीना को एक बार फिर मिल गया मौक़ा, ''बूढ़ी माई, अब तो राजी है न जब सारो कुणबा जेल में चाखी पीसेगो।''

ज़ैतूनी क्या कहे !

''और बणवा देओ याहे थाणेदारनी।'' ज़रीना ने भी मौक़े का फ़ायदा उठाते हुए अपना गुबार निकाल दिया।

''सही कह री हो बहाण, अगर मोहे पतो होती के ई लुगाई या हवेली की ऐसी हया जुतवाएगी तो मैं कदी ना खड़ी होण देती याहे।'' ज़ैतूनी के शब्दों से पश्चात्ताप साफ़ झलक रहा था।

"और हाँ, एक बात और साफ-साफ कह देएँ हम बूढ़ी माई के अगर कोई ऊँच-नीच होगी, तो मैं और जरीना ना जांगा गवाही देण।" हसीना ने किसी भी सम्भावित अप्रिय घटना से अपना पल्ला झाड़ते हुए कहा।

"गवाही तो तम बेसक मत दीजो, पर ऊ कहान् है जाने ई बीज बोयो है ?" शकीला को खोजते हुए पूछा ज़ैतूनी ने।

"होएगी कहाँ, कटूरी होएगी वा खसम के पै जाणा की तैयारी।" हसीना ने मुँह बिचकाते हुए कहा।

इसी बीच तेज़ी-से जाते हुए दीन मोहम्मद को रोकते हुए पूछा ज़ैतूनी ने, "दीनू, काँई लू बुलाई है ई सकीला थाणा में ?"

"माई थाणा में ना, दफ्तर में बुलाई है !" झुँझलाते हुए ज़ैतूनी के कुबोल पर टोका दीन मोहम्मद ने।

"हाँ-हाँ वही।"

"ई तो अब दफ्तर में ही जाके पतो चलेगी। ई राँड हमन्ने कहीं की ना छोड़ेगी।" भुनभुनाते हुए बढ़ गया दीन मोहम्मद।

थोड़ी देर में शकीला तैयार होकर सबके सामने थी। शकीला को इस तरह तैयार हुआ देख, कइयों के तो तन-बदन में आग लगती चली गई।

"देख री है बूढ़ी माई, ऐसे तैयार होके जा री है जैसे कहीं नाच में जा री है।" हसीना ने आँखें तरेरते हुए कहा ज़ैतूनी से।

"मैं सब देख री हूँ..."

इससे पहले कि दादी ज़ैतूनी कुछ और कहती शकीला एकदम नज़दीक आ गई उसके और मुस्कुराते हुए बोली, "अम्माँ, आप भी चलिए न हमारे साथ !"

"हाँ-हाँ याहे ले जा अपने साथ !" मजीदन ने छेड़ते हुए ज़ैतूनी को कोंचा।

"मैं के तेरे साथ चलके झाँझ बजाऊँगी !" ज़ैतूनी ने लगभग मना करते हुए कहा।

"बूढ़ी माई, नौता तो ऐसे दे री है जैसे तोहे बरात में ले जा री है।" हसीना ने एक बार फिर बाज़ी मारते हुए कहा।

"ना बहाण, हम ना चलें तेरे साथ। हमारा या मेवात में ना है ऐसी रिवाज के घर की बहू-बेटी थाना-कचैड़ीन् में हाँडती फिरें।" मजीदन ने दोटूक मना कर दिया।

"आपा, यह किसने कह दिया कि मुझे थाने में बुलाया है। यह बी.डी.ओ. का दफ़्तर है, वही दफ़्तर जहाँ आपके सरपंच साब रोज़ाना जाते हैं। आप चलिए तो सही मेरे साथ !" मजीदन के भ्रम को दूर करने का प्रयास करते हुए मनुहार की शकीला ने।

शकीला ने जिस आत्म-विश्वास के साथ अपनी बात कही थी, उससे कुछ को थोड़ी तसल्ली-सी हुई।

"माई, चलो तो सही। जादा-सू-जादा हम बँध ही तो जांगा और फिर वैसे भी या

इकल्ली के साथ जाणा को हमारो फरज बणे है।" जुम्मी ने साहस बटोरते हुए ज़ैतूनी को साथ चलने के लिए उकसाया।

"जब तेरो जी जाणा की गवाही दे रो है तो चल मैं भी चलूँ साथ।" दादी ज़ैतूनी ने अपनी स्वीकृति दे दी।

इसी बीच शकीला ने असग़री, सोनदेई और बत्तो के पास भी सूचना भिजवा दी, साथ चलने की।

शकीला के साथ दादी ज़ैतूनी, जुम्मी, मजीदन और मुमताज़ को देख कचैड़ी का सिर घूम गया। चाँदमल तो सुनते ही एक बार फिर हत्थे से उखड़ गया।

"नसीब खाँ, अन्यायी मैं ई कहा सुन रो हूँ !" तस्बीह को विराम देते हुए चिंघाड़ा चाँदमल।

"फिर बता मैं कहा करूँ ?" हताश होते हुए उलटा चाँदमल से ही पूछा नसीब ख़ाँ ने।

"मुबीन, मेरे यार काई लीडर-वीडर सू बात करके तूई या आफत सू पिंड छुड़ा !"

"बूढ़ा बाप, ऐसे घबराना सू बात ना बनेगी। वैसे भी बीडीओ ने ई इकल्ली ना बुलाई है। सारी बीरबाणी पंच जा री हैं साथ।" मुबीन ने हिम्मत बँधाते हुए अपने दादा चाँदमल को समझाया।

"वे भी बुलाई हैं ?" हैरान होते हुए कहा ज़ैतूनी ने।

"हाँ बूढ़ी माँ, ऐसी ही सुनी है।"

"फिर यामें डरना की कहा बात है !" एकाएक ज़ैतूनी के जिस्म में ताक़त लौट आई।

"मुबीन, मेरी बात माने तो सबन्ने टैक्टर में बिठाके ले जा...और हाँ दीनू सू कह दे के दो-चार लाठी पटक लेएगो टरेली में, पतो ना कहाँ काम आ जाएँ।"

"तू भी यार हर बखत उल्टी बात करे है। अरे, ये कोई वाँ लट्ठ बजाण जा री हैं !" नसीब ख़ाँ ने हड़का दिया चाँदमल को।

"फिर भी बहू-बेटीन् को मामलो है कोई ऊक-चूक हो जाए..."

"वाड़ी तू चुपचाप अपनी तस्बीह में लगो रह !"

"चोखो भई, जैसी तिहारी मरजी।" बड़े भाई की इस डाँट पर चाँदमल की अँगुलियों के पोर सचमुच तस्बीह के मणकों पर तेज़ी-से फिसलने लगे किन्तु कहे बिना फिर भी नहीं माना वह–

जो मूढ़ा पे बैठी रहे, आँखन् कजरा डार
'कोक' कहे सुन ब्यासजी, ऐसी सिर कटवा दे नार।

नसीब ख़ाँ हालाँकि बात ख़त्म कर खाट पर लेट गया किन्तु एक डर उसे अन्दर ही अन्दर कुतरने लगा। वही क्या हवेली से लेकर पूरा मोहल्ला और मोहल्ले से लेकर पूरे गाँव में शंका-आशंकाओं के शुभ-अशुभ चित्र बनने-बिगड़ने लगे। दूसरी ओर जैसे

ही सालिगराम के लड़के की बहू को इसके बारे में पता चला, वैसे ही उसके और उसके शुभचिन्तकों में उम्मीदों के अंकुर फूटने लगे कि क्या पता कुछ ही घंटों में उनके भाग का छींका टूटकर नीचे आ गिरे !

अस्र की अज़ान हो गई।

ट्रेक्टर की आवाज़ सुनने के लिए चाँदमल के कान तरस गए। इस दौरान मजाल है ग़लती से भी अँगुलियों के पोरों ने रुककर दम तो लिया हो। सूरज जैसे-जैसे पच्छिम की ओर तेज़ी-से सरकने लगा, हाजी समेत हवेली में बची धड़कनों की गति बढ़ने लगी। तरह-तरह की कल्पनाओं और अनिष्टताओं में डूबने-उतरने लगे सब।

"नसीब खाँ, यार चूल्हा में जाए ई सरपंची और भट्टी में पड़े ई सरपंच। हम तो बिना सरपंची के ही चोखा हा। मैं तो आज ही या दीनू सू कह दूँगो के या बीमारी सू काई तरह पिंड छुड़ा।" चाँदमल की आवाज़ डूबने लगी।

"तू तो बेमतलब घबरा रो है कुछ ना होए, अब आ जावे हैं सब।"

नसीब ख़ाँ ने अभी अपनी बात पूरी की ही थी कि चाँदमल के कानों में ट्रेक्टर की आवाज़ पड़ी।

"ले आगा दीखे हैं !" चाँदमल का चेहरा खिल उठा।

ठीक हवेली के सामने आकर रुका ट्रेक्टर। ट्रेक्टर के आते ही पूरा मोहल्ला इकट्ठा हो गया। एक-एक कर ट्रॉली से सब उतर आईं। महिला पंच भी वहीं उतरीं सबके साथ। दीप्त चेहरों पर पुते विजयी भाव को देखकर ही सब समझ गए कि लगता है वैसा कुछ नहीं घटा, जिसे लेकर सब आशंकित थे।

बी.डी.ओ. कार्यालय से लौटने के बाद तो दादी ज़ैतूनी और असग़री की देह में मानो दुगनी ताक़त आ गई। सोनदेई, बत्तो, जुम्मी, मजीदन, मुमताज़ की भंगिमाओं से साफ़ है कि शकीला के साथ जाने का उनका फ़ैसला कितना सही था। इनके साथ-साथ महिला पंचों की चाल भी बदल गई।

दीन मोहम्मद किसी हारे हुए योद्धा की तरह भारी-भारी कदमों से कचैड़ी की सीढ़ियाँ पार करते हुए अन्दर दाख़िल हुआ ही था कि नसीब ख़ाँ का सब्र जवाब दे गया, "दीनू, सब ठीक तो है...कैसे बुलाई ही सकीला...कोई ऊँच-नीच तो ना हुई ?" एक ही साँस में पूछ बैठा नसीब ख़ाँ।

दीन मोहम्मद के मुँह से एक शब्द नहीं निकला।

"बेट्टी का बाप, कुछ बोलेगो भी या थोथरा सू ?" दाँत पीसते हुए इस बार चाँदमल चीख़ा।

"बूढ़ा बाप, कुछ भी ना हुओ। हम तो बेमतलब घबरा रा हा।" मुबीन ने आते हुए बताया दीन मोहम्मद के बजाय।

क्षणभर में कचैड़ी में थोड़ी देर पहले फैला तनाव एक झटके में धुल गया। नसीब

ख़ाँ और चाँदमल ने राहत की साँस ली।

इसके बाद मुबीन ने सारा क़िस्सा विस्तार से बता दिया।

"याको मतलब ई ऊ बीडीओ ना है जाने दीनू धमकायो हो ?" हैरान होते हुए कहा नसीब ख़ाँ ने।

"बूढ़ा बाप, वाही का बदला में तो आयो है ई नयो बीडीओ।"

"चलो फंद कटो। अब कम-सू-कम दीनू की सरपंची तो आराम सू चलेगी।" पुलकित होते हुए बोला चाँदमल।

"दीनू की तो सरपंची चलली, जितना दिन चलणी ही।" एकाएक प्रकट हुए रामचन्दर ने बुरी ख़बर देते हुए कहा।

"कहा मतलब ?" पलभर पहले लौटी चमक चेहरे से ग़ायब हो गई चाँदमल के।

"मतलब ई बूढ़ी बाप के वा पुराना बीडीओ को तबादलो करवायो ही या सकीला ने है।" मुबीन ने साफ़ करते हुए बताया।

"रामचन्दर, तो कहा ई दो टका की बीरबाणी अब इतनी मरखणी होगी के बड़ा-बड़ा मुलाजम याहे डर के मारे अपने पै बुलाण लगा हैं !" नथुने फड़कने लगे इस बार चाँदमल के।

"असल बात है भी यही बूढ़ा बाप के या नया बीडीओ ने ये सब बुलाई ही या डर के मारे ही के कहीं ये बखत आणा पे याहे भी ना फिंकवा देएँ।" मुबीन की आँखें चमक उठीं मारे गर्व के।

"ठीक है यार रामचन्दर, हमन्ने तो सरपंची सू मतलब है। अरे, दीनू के पै ना तो सकीला के पै रहगी और फिर अब देखंगा के सकीला कौन-सा पहाड़ ए उचके लाएगी।"

"उचके कहा बाबा जी को भंतू लाएगी ! ना भई रामचन्दर, ई कोई अच्छी बात ना है के इज्जतदार खानदान की बहू-बेटी सिरकारी मुलाजमन् के पीछे धक्का खाती फिरें। मरद-मुट्यार तो फिर भी खटा जाए पर..."

"बीडीओ ने साफ कह दी है के कहीं आणा-जाना की जरूरत ना है। जब जरूरत पड़ेगी हमारो चपड़ासी कागद लेके तेरे घर पहोंच जाएगो।" रामचन्दर ने मुस्कुराते हुए बताया।

"यासू तो बढ़िया काम कोई हो ना सके है। अन्यायी, घर बैठे-बैठे सरपंची चलेगी और कहा चहिए हमन्ने !" नसीब ख़ाँ की धवल पलकों से ढकी आँखों में नया उजास भर आया।

दीन मोहम्मद ने इस दौरान कोई प्रतिक्रिया व्यक्त नहीं की। बस चुपचाप सुनता रहा कचैड़ी में हो रही इस बातचीत को। बीच-बीच में जब-जब शकीला की तारीफ़ में कहे गए शब्द उसके कानों में पड़ते, तो लगता लोहे की छोटी-छोटी गरम गोलियाँ खदक रही हैं।

रामचन्दर जितनी देर कचैड़ी में बैठा रहा, बस मन्द-मन्द मुस्कुराता रहा।

इधर ज़ैतूनी को घेरकर बैठे कुछ मुरझाए चेहरों को देखकर कहना मुश्किल नहीं है कि उनका यहाँ बैठना जैसे तपती रेत पर बैठना है। जब-जब मुमताज़ बी.डी.ओ. कार्यालय का चित्रण करती, तब वे चेहरे और भी देखने लायक होते। एक दृश्य को सुनकर तो सबके पेट में बल पड़ गए हँसते-हँसते। हू-ब-हू बी.डी.ओ. की नकल उतारते हुए बताया मुमताज़ ने, ''अच्छा, पहले यह बताइए कि आप लोग क्या लेंगी चाय या कॉफ़ी ?''

''अम्माँ बताइए न, क्या लोगी ?'' शकीला की आवाज़ में बोली इस बार मुमताज़।

''बहाण देख लेओ, जो सब पीएँगी मैं भी पी लूँगी।'' दादी ज़ैतूनी की नकल थी यह।

''अम्माँ, बताइए तो ?''

''देख भाई, वाहे तो मँगइयो मत जामें सू जला दूध की सी हीक आवे है, बाकी कुछ भी मँगवा ले।'' दादी ज़ैतूनी बनी मुमताज़ ने शकीला के बजाय बी.डी.ओ. से कहा।

एक ज़ोरदार हँसी का फव्वारा फूटा दादी ज़ैतूनी के चारों ओर।

''वैसे एक बात है निगोड़ी, मानगी या सकीला ए।'' असग़री ने शकीला की ओर देखते हुए कहा।

''पर एक बात समझ में ना आई असगरी के जब वा अफसर ने बुलाई तो ये सब मैम्बरनी ही। फिर ई सकीला हमन्ने अपणे साथ काँई लू लेगी ही ?'' दादी ज़ैतूनी ने वह सवाल किया जो उसे बी.डी.ओ. कार्यालय जाते समय करना चाहिए था।

''या मारे लेगी ही बूढ़ी माई के कोई उल्टी-सूधी बात हो जाती तो कोई बचाणिया भी तो चहिए हो।''

परन्तु हसीना के इस कुतर्क और दादी ज़ैतूनी के सवाल का जवाब शकीला ने नहीं बल्कि मुमताज़ ने दिया।

''बूढ़ी माँ, मैडम हम सबको इसलिए साथ ले गई थीं ताकि हम सब अपनी आँखों से अपनी ताक़त को देख लें। हम नहीं जाते तो पता नहीं आप क्या-क्या अंदाज़ा लगातीं।''

''याको मतलब ई हुओ के या सकीला ए सारी बात पतो ही ?'' असग़री ने मुस्कुराते हुए कहा।

''हाँ बूढ़ी माँ, अगर हम नहीं चलते तो इनकी बातों का कौन यकीन करता...एक बात और बता दूँ बूढ़ी माँ असली सरपंची तो अब देखना।'' मुमताज़ ने पता नहीं कैसे कह दिया यह इतना विश्वास के साथ।

''ठीक है सकीला, अगर तोहे हमारी जरूरत पड़े तो हीनी सू टेर लीजो...दौड़ी-दौड़ी आएँगी सब।'' असग़री ने सारी महिलाओं की तरफ़ से आश्वासन देते हुए कहा तथा फिर वहाँ उपस्थित सभी महिला पंचों को सम्बोधित करते हुए बोली, ''और सुनो री मैम्बरनियो, जाके कह दीजो अपना-अपना खसमन् सू के जितने दिन उनकी चलनी ही चलूली, अब चलेगी हमारी !''

''पर काकी चलेगी तो जब, जब ये मरद चलण देंगा।'' एक पंच ने अपनी आशंका

प्रकट करते हुए कहा।

"तोहे पतो तो सब है के घर में हमारी कितनी चले है।" दूसरी पंच ने पहली के तर्क को पुख़्ता करते हुए कहा।

"मगर यह घर नहीं पंचायत है। आइन्दा पंचायत की बैठकों में उसी को आना होगा जो चुनकर आया है।" शकीला ने साफ़ लफ़्ज़ों में अपनी मंशा जता दी।

"पर सकीला, बहाण हमसू तो जबरदस्ती होएगी ना। बेमतलब इतनी-सी बात पे कोई घर में कलेस थोड़ेई करो जाएगो। अगर वे याही में खुस हैं तो होता रहें, हमारो तो ना बिगड़ रो है कुछ।" पहली महिला पंच अपनी दृढ़ता से डगमगाते हुए बोली।

"तो या सकीला ने ही करी कोई जबरदस्ती ! याने ही बजायो हो कोई लट्ठ ! अगर ना है तिहारे बसकी, तो छोड़ देओ या मैम्बरी ए, कोई जबरदस्ती तो है ना काई के साथ।"

सब चुप। किसी ने नहीं कहा कुछ।

"ठीक है, आप कुछ मत कहिएगा। आप बेफ़िक्र होकर जाइए अपने-अपने घर। परेशान होने की ज़रूरत नहीं है।" एक विद्रूप मुस्कान उछालते हुए शकीला ने सबको विदा किया अपने यहाँ से।

हवेली से बाहर निकलते हुए हवेली का जो विशाल दरवाज़ा हमेशा असग़री को अपने क़द से बहुत ऊँचा दिखाई देता था, आज उसी दरवाज़े की ऊँचाई उसे अपने क़द से भी कम नज़र आने लगी। हवेली से बाहर आने पर लगा मानो दुनिया बहुत छोटी हो गई है। समझ नहीं पाई असग़री कि आज से पहले यह दुनिया उसे इतनी बड़ी क्यों लग रही थी ?

असग़री ने पूरी ताक़त से अपने फेफड़ों में हवा भरी। अपने-अपने घरों की ओर जाते हुए सबने एक-दूसरे की आँखों में झाँका। असग़री तब तक खड़ी रही जब तक सब उससे काफ़ी दूर नहीं निकल गईं। अन्त में बच गई वह अकेली। भूल गई क्यों और कहाँ खड़ी है वह ?

अच्छा हुआ जो सामने से पारो आती हुई दीख गई।

"माई, घर ना चलनो है ?" पास आकर मुस्कुराते हुए पूछा पारो ने।

असग़री को एकाएक याद आया कि यह वह जगह नहीं है जहाँ वह खड़ी है।

"चल।" इतना कहकर असग़री पीछे-पीछे हो ली पारो के।

इकत्तीस

हाजी चाँदमल को यह सुनकर बिल्कुल भी अच्छा नहीं लगा। बिल्कुल ख़ुशी नहीं हुई उसे यह सुनकर। आख़िर इस सम्मान से हवेली को क्या फ़ायदा होगा ? जो होना था वह तो इसी शकीला ने गँवा दिया, वरना दीन मोहम्मद कुछ-न-कुछ इस हवेली में ला

ही रहा था।

यह पहला मौक़ा है जब राज्य का राज्यपाल इस क्षेत्र की किसी महिला को उसके उत्कृष्ट कार्यों के लिए सार्वजनिक रूप से सम्मानित करने जा रहा है। जब राज्यपाल उसे सम्मानित करेगा, तब इसका अर्थ हुआ अख़बारों में भी इसकी तस्वीरें प्रकाशित होंगी।

बस, यहीं आकर रुक गया चाँदमल। उसने उसी समय दीन मोहम्मद और मुबीन को बुलवाया और लेना शुरू कर दिया उन दोनों को आड़े हाथ।

"तो याको मतलब ई हुओ के अब सकीला की फोटू अखबारन् में छपंगी ?" तस्बीह को हल्का-सा विराम देते हुए पूछा चाँदमल ने।

"पर बूढ़ा बाप, यामें बुराई कहा है।" जवाब मुबीन ने दिया।

"बुराई, तू मोसू पूछ रो है के यामें कहा बुराई है...वली मोहम्मद...ओ वली मोहम्मद ! अन्यायी कहाँ मरगो !"

"हीं ना है वली मोहम्मद।" दीन मोहम्मद ने बताया।

"ठीक है आण दे वली मोहम्मद ए वासू पूछियो के अखबारन् में फोटू छपणा में कहा बुराई है...पतो ना तम कैसा मुसलमान हो। अरे, हमारा हदीस में साफ मना कर राखी है के..."

"बूढ़ा बाप, पतो ना तू भी बे-बखत कौन-सा बखत की बात ए ले बैठे है।" मुबीन खीज गया इस बार।

"ठीक है, फिर ऐसो करो याहे सजा-धजाके काई पैंठ में बिठा देओ !"

"यार चाँदमल, तोसू चुप कॉंई लू ना रहो जाए ! तोहे पतो-वतो कुछ है ना बस बेमतलब भुस में लट्ठ मारतो होए है।" काफ़ी देर से चुप बैठे नसीब ख़ाँ ने डाँट दिया चाँदमल को।

"चोखो भई, जैसी तिहारी मरजी।" एक बार फिर तस्बीह ने गति पकड़ ली।

परन्तु चाँदमल के मन में एक के बाद एक उठ रहे प्रश्नों ने उसे चुप नहीं रहने दिया।

"पर यार नसीब खाँ, एक बात तो बता या अफंड सू हमन्ने कहा फायदो होएगो ?"

"तू फायदा की बात करूरो है। अरे, पूरा मेवात में रौल मची पड़ी है के सिरकार हाजी चाँदमल की बहू ए तमगा दे री है, ई कोई छोटी बात है।" नसीब ख़ाँ ने गर्वीले स्वर में कहा।

"ई तो ठीक है पर पूरा गाँओ के आगे मुँ उघाड़ के इस्टेज पे खड़ो होणो कहा बहू-बेटीन्ने सोभा देए है !"

"तोहे सोभा की पड़ री है। अरे, हवेली में जाके उन बीरबाणीन् सू पूछ जिनका पाँव धरती पे ना टिक रा हैं।" हुलसते हुए कहा नसीब ख़ाँ ने।

"वैसेऽऽऽ खाली तमगा ही मिलेगो या कुछ पईसा-धैला भी मिलंगा ?"

"हमारा बूढ़ा बाप ए तो कोई ऐसो वर मिल जाए के ई जा चीज के हाथ लगाए वही सोना की हो जाए...हर बखत बस पईसा ही पईसा।" मुबीन हँसते हुए बोला।

"ई हाल तो तब है जब ना कुछ दीखे है, ना भाले है। कबर में पाँव लटका पड़ा हैं और दौलत की हाय लग री है।" नसीब ख़ाँ ने चाँदमल को मलामत देते हुए झिड़का।

"बूढ़ा बाप, चलिए सब तैयार हो गई हैं !"

"ई तो फौजिया दीखे है ?" आवाज़ पहचानते हुए कहा चाँदमल ने।

"हाँ बूढ़ा बाप, मैं हूँ। आपको दिखाई नहीं देता वरना आपको भी ले चलते अपने साथ।"

"अच्छो है बेटी जो ना दीखे।" लम्बा साँस भरते हुए बोला चाँदमल।

"आप तो चलो बूढ़ा बाप !" नसीब ख़ाँ के गले से मुलायम लता-सी लिपटते हुए मनुहार की फ़ौजिया ने।

"बेटी हम कहा करंगा ज़ाके। तू जा तो रही है।" एक शीतलता से नसीब ख़ाँ भीगता चला गया पड़पोती के महज इन कुछ शब्दों को सुनकर।

"खुदा ही खैर करे ! कैसो जमानो आगो है...वा भई 'एवज' तैने भी खूब कही है। नसीब ख़ाँ ले, तू भी सुन—

माँ सू बेटी सौक कहेंगी, कान-कायदो ना इनके
पत अपना की सरम नहीं, जब संग चली जांगी गैरन् के
पिया सू पीत तोड़ी, गैरों से मोहब्बत जोड़ी
कुल कान कुटम की तोड़ी, रह गई सरम अब थोड़ी
कलजुग ब्यापो खलक में, पाप हुओ भरपूर
कर तिरिया सू दोस्ती, पुत्तर हुओ पिता सू दूर।"

कुछ नहीं बोला नसीब ख़ाँ। बस चुपचाप मन्द-मन्द मुस्कुराते हुए सुनता रहा और ग़ौर से देखता रहा हाजी चाँदमल यानी अपने छोटे भाई को।

सैकड़ों मील दूर दक्षिण भारत के हैदराबाद से अधेड़, अँगूठा टेक दीन मोहम्मद के साथ आई शकीला, जिसे अपने वजूद के लिए किसी दरख़्त से टूटे पत्ते की तरह खाद-मिट्टी बनने में वर्षों लग गए वह अब, वह शकीला नहीं रही। महिलाओं के सामाजिक-आर्थिक विकास में उसकी महत्त्वपूर्ण भूमिका के लिए, मेवात में विदेशी अनुदान और ऋण पर जीवित एक सरकारी संस्था इसे सम्मानित कर रही है।

इस अवसर पर कहने को इस क्षेत्र में सरकारी आँकड़ों के अनुसार अब तक हुए विकास की छोटी-सी तस्वीर प्रस्तुत करने के लिए करीब पचास पंडाल सजे हुए हैं, जिन्हें

देखकर कोई भी कह सकता है कि इनमें प्रदर्शित वस्तुएँ बाहर से मँगाई गई हैं। परन्तु इसके बावजूद इस क्षेत्र की सामाजिक-आर्थिक विकास की झलक इस प्रदर्शनी में देखी जा सकती है। स्थानीय दर्शकों को आश्चर्य हो रहा है यह देख-देखकर कि उनका क्षेत्र इतना विकास कर चुका है और उन्हें इसकी भनक तक नहीं है।

देशी-विदेशी अनुदान और ऋण से चलनेवाली कोई सरकारी संस्था किसी भव्य समारोह का आयोजन करे, और उसमें वह स्थानीय लोक-संस्कृति को दर्शाने के लिए सांस्कृतिक कार्यक्रम प्रस्तुत न करे—धिक्कार है ऐसी सरकारी संस्था पर। ऐसी संस्था के लिए यह बेहद शर्म और लगभग चुल्लूभर पानी में डूबकर मर जाने जैसी बात है। आख़िर इस समारोह में आनेवाले गणमान्य व्यक्ति इस क्षेत्र की सांस्कृतिक विरासत के बारे में क्या सोचेंगे ? इसीलिए इस परम्परा का निर्वाह करते हुए गणमान्य व्यक्तियों की लानत-मलामत से बचने के लिए एक सांस्कृतिक कार्यक्रम की भी प्रस्तुति की जानी है। दूसरे शब्दों में कह सकते हैं कि जिस क्षेत्र की महिलाओं में शिक्षा का प्रतिशत एक दहाई से भी कम हो, जहाँ सौ में से अस्सी परिवार गरीबी-रेखा के नीचे जीवन-यापन कर रहे हों, उनकी कोई अपनी सांस्कृतिक पहचान न हो, ऐसा हो ही नहीं सकता।

दूर-दूर तक पेड़ों की शाखाओं और खम्बों से झूलते सरकारी बैनर, पोस्टरों से पटी दीवारों, मंच की भव्यता और दर्शकों के बैठने से लेकर उनके जलपान की व्यवस्था को देखकर अंदाज़ा लगाना मुश्किल है कि यह इस देश के एक बेहद पिछड़े क्षेत्र की निर्धन और अशिक्षित महिलाओं के सामाजिक-आर्थिक विकास को दिखाने का प्रयास है। कैसी विडम्बना है कि ग़रीब देश के विकास को इतनी भव्यता के साथ प्रदर्शित किया जा रहा है। किराए के वाहनों की लम्बी-लम्बी क़तारें और अतिथियों सहित अधिकारियों के लिए मँगाई गई बहुराष्ट्रीय कम्पनी द्वारा निर्मित मिनरल वाटर की बोतलों को देखकर कहना कठिन है कि यह आयोजन उस देश के ऐसे क्षेत्र में हो रहा है, जहाँ शुद्ध पेयजल उनके लिए अभी भी एक सपना बना हुआ है।

दादी ज़ैतूनी, असग़री सहित जुम्मी, मजीदन, जमीला, ज़ुबैदा, मोहसिना सारी हवेली आई है शकीला के साथ। कहा तो हसीना और ज़रीना से भी बहुत था किन्तु उन दोनों ने जाने से साफ़ मना कर दिया। दादी ज़ैतूनी ने बहुत समझाया, अच्छे-बुरे का वास्ता दिया बल्कि यह तक कह डाला कि वे दोनों अपनी सास की इस तरक़्क़ी से जली-भुनी जा रही हैं। परन्तु वे दोनों अपने क़ौल पर अन्त तक टिकी रहीं।

हारकर ज़ैतूनी ने अपने अनुभव और व्यावहारिकता के तरकश में ऐसे ही अवसरों के लिए सँभालकर रखे गए, कुछ तीरों में से एक तीर निकालकर फेंकते हुए गुज़ारिश की।

"अगर सकीला तिहारे आगे हाथ जोड़के कहे जब तो चल देओगी ?"

अभी ज़ैतूनी ने अपना वाक्य पूरा ही किया था कि जुम्मी नहीं रोक पाई अपने आपको, "माई, तू भी हद कर्‌री है। ई कोई सकीला का छोरा को बिहा है जो इनके आगे ऊ हाथ जोड़े। ऐसी रूसी-मनाई तो बिहा-बरातन्‌ में ही होवे है।"

जुम्मी ने जैसे पूरा नज़ारा बदल दिया। एकसाथ कइयों ने किया उसके तर्क का समर्थन।

"चलो री चलो, धरी रहण देओ इन्ने ! हम भी देखंगा के एकाध बंदरी का रूसना सू कौन-सो बिंदाबन खाली हो जाएगो !" इतना कहकर जुम्मी चल दी।

इस बीच लाउडस्पीकर पर हुई इस उद्‌घोषणा से मंच के सामने बैठी महिलाओं में मची चिल्ल-पौं थम-सी गई कि आज के मुख्य अतिथि महामहिम राज्यपालजी बस कुछ ही देर में हमारे बीच पहुँचनेवाले हैं।

प्रथम पंक्ति में बिछे सोफ़ों में से एक में सकुचाई-सी बैठी शकीला की धड़कनें तेज़ हो गईं, किन्तु मंच के सामने बैठी महिलाओं की दूसरी पंक्ति में बैठी ज़ैतूनी की आँखों में अलग ही तरह की चमक थी।

"असगरी, तोहे पतो है ऐसा मौका पे कहा-कहा होवे है ?" ज़ैतूनी ने धीमे स्वर में बेहद मासूमियत से पूछा।

"बहाण, मैंने तो आज तलक ऐसा तमासा देखा ना हैं। आज भी मैं या मारे चली आई के सकीला ने घणाई नहौरा खाया हा।" अनभिज्ञता जताते हुए असग़री ने लगे हाथ यह भी बता दिया कि उसे लाने में शकीला ने उससे कितना निहौरा करे हैं।

मुख्य अतिथि महामहिम राज्यपाल निर्धारित कार्यक्रम के अनुसार सही समय पर आ गए।

परम्परानुसार ऐसे आयोजनों में मुख्य अतिथियों के स्वागत के नाम पर मीलों दूर स्थित शहरों से मुँहमाँगे दामों पर ख़रीदकर लाए गए गुलदस्तों यानी पुष्प-गुच्छ और मुक्त-भाव से ख़रीदे गए उपहारों से अतिथियों का स्वागत किया गया। जगह-जगह अनावश्यक रूप से उग आईं खाक़ी वर्दियों को देखकर एक अनजाना भय व्याप गया उन दर्शकों में, जिन्होंने पहली बार ऐसा आयोजन देखा है।

स्वागत औपचारिकताओं से फ़ुरसत मिलने पर सबसे पहले संस्था के अध्यक्ष को भाषण के लिए आमन्त्रित किया गया। अध्यक्ष ने अपने भाषण में विस्तार से उस धन में से एक-एक पाई के खर्च होने का ब्यौरा दिया, जिसके बारे में वहाँ उपस्थित जन-समूह पूरी तरह बेख़बर था। अध्यक्ष ने यह भी घोषणा की कि अब ऐसा समारोह हर वर्ष आयोजित किया जाएगा।

इन्तज़ार की घड़ियाँ ख़त्म हुईं। इस बीच शकीला ने मुमताज़ से तैयार कराए गए उस भाषण को जेब से निकालकर अन्तिम बार देखा, जिसे यदि ज़रूरी समझा गया तो पढ़ देगी।

उद्‌घोषक ने शकीला की उपलब्धियों को संक्षेप में बताने के बाद मुख्य अतिथि और शकीला को एकसाथ मंच पर आमन्त्रित किया। महामहिम राज्यपाल अर्थात मुख्य अतिथि ने शकीला को शॉल ओढ़ाकर जैसे ही स्मृति-चिह्न प्रदान किया कि पूरी जनसभा तालियों से गूँज उठी।

मुख्य अतिथि द्वारा अपना आसन ग्रहण करने के बाद उद्‌घोषक पुनः माइक

पर आया।

"माननीय महामहिम राज्यपालजी, अब मैं आमन्त्रित करता हूँ उन बच्चियों को जिन्होंने बड़ी मेहनत से यह गीत तैयार किया है। तो सबसे पहले मैं आमन्त्रित करता हूँ राजकीय माध्यमिक पाठशाला की इन बच्चियों को, जो अपना नृत्य प्रस्तुत करेंगी !"

उद्‌घोषणा समाप्त होते ही लाउडस्पीकर से वही हरियाणवी गीत 'मेरा झूमर बणवा दे, ओ नणदी का बीरा' बजने लगा। स्थानीय माध्यमिक पाठशाला की बच्चियों ने जैसे ही इस गीत की धुन पर थिरकते हुए मंच पर प्रवेश किया कि सामने बैठी भीड़ में खुसर-पुसर शुरू हो गई। अपना नृत्य समाप्त कर राजकीय माध्यमिक पाठशाला की छात्राएँ मंच से हटी ही थीं कि मंच-संचालक ने एक बार फिर डायस पर आकर उद्‌घोषणा की—

"माननीय मुख्य अतिथि महामहिम राज्यपालजी, मेवात की ये बच्चियाँ अब एक ऐसा नृत्य प्रस्तुत करने जा रही हैं जिसने अपनी एक अन्तर्राष्ट्रीय पहचान बना ली है। आज यह नृत्य इस देश की सांस्कृतिक पहचान बन चुकी है...तो लीजिए प्रस्तुत है यह नृत्य।"

उद्‌घोषक के हटते ही असंख्य आँखें मंच पर टिक गईं यह देखने के लिए कि इस अति-पिछड़े और अशिक्षित क्षेत्र का ऐसा कौन-सा नृत्य है, जिसने अपनी अन्तर्राष्ट्रीय पहचान बना ली है। कई तो इतने भाव-विह्वल हो उठे कि उनकी आँखें भर आईं यह सोचकर कि उनकी भी कोई पहचान है। उन्हें तो अभी तक यही भ्रम था कि उनकी अपनी कोई पहचान ही नहीं है।

लेकिन यह क्या ? मंच का दृश्य जैसे-जैसे साफ़ होने लगा उनकी भावुकता एक उद्विग्नता में परिवर्तित होने लगी। क्या यह है उनकी पहचान ? क्या उनके साथ-साथ यह है इस देश की पहचान ?

ज़ैतूनी और असग़री ही नहीं वहाँ उपस्थित ज़्यादातर के चेहरे खिंच आए।

"जैतूनी, दारी जहाँ देखो ई सालिगराम सन्नार्थी की बहू घुसी मिले है !" असग़री ने झुँझलाते हुए कहा।

"पर ये गा कहा री हैं ? ई कौण-सो गीत है हमारो मेवात को ?"

"गवा री होएगी कोई अपणो गीत।"

"एक बात है असगरी, याहे बस थोड़ो-सो मौको मिलनो चहिए अगर पाँव समेत ना घुस जाए तो सबन्ने धकियाके।"

"ई हाल तो जब है जब ई सरपंचणी ना है, अगर बण जाती तो...?"

"सब हमारी सकीला-सी बूबक थोड़ेई हैं के देखी जाओ घर फूँकके तमासो। मरी जा री है के बस काई तरह गाँओ का गैल-दगड़ा पक्का हो जाएँ। अगर आज या गाँओ की सरपंचणी ई सालिगराम की बहू होती न, तो अब तलक अपणा घर ए भर लेती।"

"ऐसी बात मत कर जैतूनी अगर हमारी सकीला बूबक होती न तो जो इज्जत वाहे आज मिल री है, ऊ ना मिलती। अब बता या सालिगराम की बहू ए ये बालक कुदाना

का कितना पईसा मिला होंगा यही हजार-पाँच सौ। ऐसा काम तो हमारा या मेवात में मीरासी करा हाँ। सही कहूँ जैतूनी इन्ने तो बस पईसा सू मतलब है...इज्जत-आबरू सू ना है।"

पता ही नहीं चला ज़ैतूनी और असग़री को कि वे कितनी दूर निकल गईं। वापस लौटीं भी तो तालियों की गड़गड़ाहट सुनकर। शायद 'उनकी पहचानवाला' नृत्य समाप्त हो चुका था।

मुख्य अतिथि का भाषण समाप्त होते ही जैसे ही यह घोषणा हुई कि सभी दर्शक जलपान करके जाएँ, वैसे ही अफ़रा-तफ़री मच गई। शकीला भीड़ को चीरती हुई बमुश्किल पहुँची दर्शकों के बीच बैठी ज़ैतूनी के पास और बहुत कहा उसने कि थोड़ा-बहुत वे भी खा-पी लें। परन्तु ज़ैतूनी ने साफ़ मना कर दिया। उसका मना करना भी तर्कसंगत था कि भला ऐसे धूमस में कुछ खाया-पिया जाता है।

सब लौट आईं समारोह से।

दादी ज़ैतूनी को इस आयोजन से बेहद निराशा हुई। इसीलिए उससे कहे बिना रहा भी नहीं गया, "सकीला, इतनी-सी बात कू इतनो बड़ो ढोंग रचाना की कहा जरूरत ही या सिरकार ए ?"

शकीला ने कोई जवाब नहीं दिया। शायद इस प्रश्न का कोई जवाब था भी नहीं। हाँ, मुमताज़ ज़रूर मुस्कुराई थी अपनी पड़दादी के इस प्रश्न पर। उसे अचानक याद आया कि लौटते समय रास्ते में शकीला ने असग़री से पूछा था, "अम्माँ, पेंशन तो आपको बराबर मिल रही है न ?"

"बेटी, तैने कोसिस करके बँधवा दी मेरी पिलसण। बस, हमारी तो यही कहन है के तू इन बड़ा-बूढ़ा और गरीब-गुरबानू की ऐसेई सेवा करती रह।" असग़री का एक-एक शब्द कृतज्ञता से भीगा हुआ था।

मुमताज़ कैसे कहे दादी ज़ैतूनी से कि इस इतनी-सी बात के लिए ही तो लोग अपना पूरा का पूरा जीवन होम देते हैं। असग़री के इस वाक्य से बड़ा कोई जवाब नहीं हो सकता ज़ैतूनी के प्रश्न का।

मुमताज़ यही सोचकर चुप रह गई कि कुछ प्रश्नों का जवाब कभी-कभी पूरी उम्र तक नहीं मिलता।

● ●

सरकंडे के फुनगे में लगी आग की तरह पूरे मोहल्ले में फैल गई यह ख़बर।

असग़री के पास भी पहुँची यह ख़बर कि ठीक हाजी की हवेली के बायने पर एक मारुति आकर रुकी है। वैसे देखा जाए तो यह कोई ख़बर थी भी नहीं कि कोई मारुति हवेली के सामने आकर रुके। जब से मुमताज़ कॉलेज जाने लगी है, तभी से हाजी का कोई-न-कोई असनाव (रिश्तेदार) महीने में एकाध बार आ ही जाता है यह बताने के लिए कि फलाँ जगह का रिश्ता मुमताज़ के लिए अच्छा रहेगा। हो सकता है कोई

असनाव आज फिर आया हो।

लेकिन नहीं। ख़बर यह थी कि उस मारुति में से कुछ शहरी क़िस्म की महिलाओं को उतरते देखा गया है। बिल्कुल ऐसी कि जो हाथ लगाने से मैली हो जाएँ। जिनकी कीमती साड़ियों की सिलवटें भी नहीं टूटी हैं अभी, तथा धूप के चौंधे से बचने के लिए जिन्होंने आँखों पर बड़े-बड़े काले चश्मे चढ़ाए हुए हैं। गला तथा गुदाज़ कलाइयाँ स्वर्णाभूषणों से भरी हुई हैं, और जिस्म से मदहोश करनेवाली सुगन्ध फूट रही है।

सुनते ही असग़री की देह में सिहरन-सी दौड़ गई। मुँह से बेसाख़्ता निकला, "कहीं ढेड ई दीनू हैदराबाद सू कोई और तो ना कर लायो !" पता नहीं असग़री को ऐसा क्यों लगा जबकि शाम को ही तो उसकी दीन मोहम्मद से दुआ-सलाम हुई थी।

बदहवास लपक ली हवेली की ओर वह। पीछे-पीछे पारो भी हो ली।

ख़बर ग़लत नहीं थी। हवेली के बायने पर खड़ी मारुति दूर से ही दीख गई। बाहर आपस में धक्कम-धक्का कर रही भीड़ ने असग़री के अंदाज़े को और पुष्ट कर दिया।

"नपूताओ, कहा धूमस मचा राखो है, हटो एक घाँ (तरफ़) लू !" भीड़ को ज़बरन चीरती घुस गई हवेली में असग़री।

पौली में शकीला को घेरकर बैठी हुई कीमती साड़ी और आँखों पर अभी भी चढ़े काले चश्मों के बीच चल रही गपड़चौथ में जाते ही ख़लल डाला असग़री ने।

"जैतूनी, दारी सुनी है के दीनू हैदराबाद सू फिर लायो है काई ए करके ?"

समझ गई ज़ैतूनी कि असग़री के पास सही ख़बर नहीं पहुँची है।

"आ जा, तेरी कसर और रहगी ही !" असग़री को अपने पास बुलाते हुए कहा ज़ैतूनी ने।

"अम्माँ, तू भी आ गई, अच्छा हुआ।"

असग़री ने पलटकर देखा तो हैरान होते हुए बोली, "अच्छोऽऽऽ तू लाई दीखे है इन्ने।"

"हाँ अम्माँ, ये मेरी दिल्लीवाली मासी की बहू है। वो जिसने लाल सिल्क की साड़ी पहनी हुई है मेरी मासी की बहू की देओरानी है, और उसके बगल में जिसके गले में डायमंड का नेकलेस है मेरी मासी की देओरानी की ननद है।" सालिगराम के लड़के की बहू पद्मा ने तीनों का संक्षिप्त किन्तु भारी-भरकम परिचय कराते हुए कहा।

"तो कहा ये भी हमारी सकीला ए कोई इनाम-सिनाम देण आई हैं ?" मुस्कुराते हुए पूछा असग़री ने।

"नहीं अम्माँ, हम तो यहाँ इसलिए आई हैं कि हमारी संस्था मेवात की औरतों की भलाई के लिए कुछ करना चाहती है। इसलिए सोचा कि क्यों ना इस बारे में शकीला बहन से कुछ मदद ली जाए।" अपने आने का मक़सद बताते हुए पद्मा की दिल्लीवाली मौसी की बहू बोली।

"ऐ तम दिल्ली सू इतेक दूर आके हमारो भलो करोगी ?" हैरानी से कहा असग़री ने।

"हाँ अम्माँ।"

"पर एक बात बताओ पहले। बहाण, ई संस्था-फंस्था होवे कहा बीमारी है ? आजकल बहोत सुणा हाँ याका बारा में। हमारा मेवात में भी ये बहोत उगी पड़ी बताई !"

"संस्था का मतलब है कुछ ऐसी औरतों का समूह, जो मिलकर गरीबों, यतीमों, बेवा, बेसहारा औरतों की मदद करता है।"

"हूँऽऽऽ तो ई बात है।" लम्बा हुंकारा भरा असग़री ने।

असग़री ने जिस लहजे में अपनी जिज्ञासा प्रकट की थी, उससे काले चश्मेवाली लाल सिल्क की साड़ी थोड़ा सकपका गई।

"बात यह है अम्माँ कि हमारी संस्था ने यह महसूस किया है कि यहाँ की औरतों के लिए तालीम, उनके साथ परिवारों में होनेवाली मारपीट और उनकी माली हालत सुधारने के लिए उसे कुछ करना चाहिए।" इस बार डायमंड का नेकलेस पहने यानी पद्मा की मासी की देओरानी की ननद ने विस्तार से अपने आने का उद्देश्य स्पष्ट करते हुए बताया।

"ई तो चलो ठीक है के हम्में तालीम की कमी है। हमारी माली हालत भी ठीक ना है, पर तमसू ई किसने कह दी के हमारा घरनू में हमारे साथ मारपीट होवे है ?"

"नहीं-नहीं, वह बात नहीं है अम्माँ...हमारा मतलब है हमारी बहनों के साथ उनके पति जो मारपीट करते हैं।" काले चश्मे ने मारपीट का अर्थ साफ़ करते हुए कहा।

"वैसे एक बात बता बहाण के थोड़ी-बहोत कहा-सुनी कौन-सा घर में ना होवे है ? जब घर में दो बासण होंगा तो वे खड़कंगा भी...एकाध धौल-थप्पड़ तो तेरे भी टिका होंगा कदी ?" ज़ैतूनी ने उलटा पद्मा की मासी की बहू की देओरानी अर्थात लाल सिल्क की साड़ी से कहा।

सकपका गई लाल सिल्क की साड़ी यह सोचकर कि इस अनपढ़, गँवार औरत को कैसे पता है कि उनके घरों में भी उनके पति उनके साथ मारपीट करते हैं। हाथ कनपटी की ओर जाता-जाता रह गया उसका। रात को कनपटी पर पड़ा पति का तमाचा जैसे अभी भी कसक रहा है।

"हाँ, रही बात हमारी माली हालत की तो बहाण अगर दो-दो, तीन-तीन हजार रुपिया तम हमन्ने दे जाओ, तो हो सके हमारो कुछ भलो हो जाए।"

ज़ैतूनी और असग़री ने जिस सयानपत से उन्हें घेरा उससे पद्मा की दिल्लीवाली मौसी की बहू और उनके साथ आई अन्य ननद-भाभियों के माथे पर पसीना छलक आया। जुम्मी, पारो, बत्तो, मजीदन, सोनदेई सहित पूरी पौली को मुश्किल हो गया अपनी हँसी को रोकना।

"अम्माँ, इनका कहना यह है कि ये हमारे इस गाँव की औरतों के छोटे-छोटे गुट बनाएँगी, और सबसे हर महीने बीस-बीस, पच्चीस-पच्चीस रुपए इकट्ठा करके उन्हें बैंक में जमा कराएँगी।"

"हाँ अम्माँ, हमारी संस्था गाँव की औरतों के छोटे-छोटे सेल्फ़ हेल्प ग्रुप्स मेरा मतलब है स्वयं सहायता समूह बनाएगी, जो अपनी मदद खुद करेंगे।" शकीला के समझाने से उत्साहित होते हुए पद्मा की मासी की बहू की देओरानी ने थोड़ा और विस्तार से बताने की कोशिश की।

"पर या काम ए तो हमूभी कर लेंगा। यामें तिहारी कहा जरूरत पड़ेगी ?"

"हमारी संस्था आपसे पैसा लेकर बैंक में जमा कराएगी और जब साल-डेढ़ साल बाद जितना आपका पैसा जमा होगा, तो बैंक से आप उससे दुगना लोन ले सकती हैं। उस लोन से आप अपने घर की जरूरतों को आसानी से पूरा कर सकती हैं।" लाल सिल्क की साड़ी ने पूरा गणित समझाते हुए बताया।

"चलो, तिहारी ई बात भी मान ली पर ये बीस-पच्चीस रुपिया हर महीना आएँगा कहान् सू ? हमारी कोई फैकटरी तो चल ना री है...और चलो, हमन्ने लड़-झगड़ के ये इकट्ठा कर भी लिया तो साल-डेढ़ साल तलक कौन बाट देखेगो। ई तो बहाण ऊ बात होगी के कद मरी सासू और कद आया आँसू।"

असग़री के इस तर्क पर दिल्ली से इतनी दूर मेवात की महिलाओं की भलाई करने आई सिल्क की साड़ी, काला चश्मा और डायमंड का नेकलेस झुँझला-से गए इस बार।

"अम्माँ, इतना तो करना ही पड़ेगा। वैसे भी इसका फ़ायदा आप ही लोगों को होगा, जब बैंक से आपको सस्ती दरों पर हजारों का लोन मिलेगा। उस लोन से आप गाय-भैंस खरीद सकती हैं। बच्चों को पढ़ा-लिखा सकती हैं...और तो और उनकी शादी-ब्याह भी करवा सकती हैं।"

"इसीलिए कहते हैं कि सब्र का फल मीठा होता है।" हुमकते हुए डायमंड के नेकलेस ने सिल्क की साड़ी द्वारा गिनाई गई फ़ायदों की सूची का समर्थन करते हुए कहा।

"चलो, हमन्ने तो यासू फायदो होएगो। हम तो या सबर का फल ए, जो भी कड़बो या मीठो होएगो, वाहे खा लेंगा, पर यासू तमन्ने कहा फायदो होएगो ? तम काँई लू दिल्ली सू इतनी दूर चलके धूल-धूप में अपनी या कंचन-सी देह ए भुलझाती डोलो हो ?"

असग़री के इस प्रश्न पर चारोंखाने चित आकर गिरीं वे तीनों। उनमें से किसी से जवाब देते नहीं बना उसके इस प्रश्न का। देर तक एक-दूसरे की आँखों में आँखें डाल इस स्थिति से निपटने के लिए जूझती रहीं तीनों।

"ऐसो है बहाण, तम अपणी दिल्ली में ही देख लेओ ऐसी बीरबाणी और हाथ जोड़ा सू हमन्ने हमारा हाल पे छोड़ देओ।" सचमुच हाथ जोड़ते हुए ज़ैतूनी ने टका-सा जवाब देकर पद्मा की मासी की देओरानी की ननद-भाभियों की योजना पर जैसे पानी उँड़ेल दिया।

वहाँ से उठना मुश्किल हो गया उनसे, परन्तु दिल्ली से मीलों दूर आकर खाली हाथ लौटना तो इस देश के समाज-सेवियों ने कभी सीखा ही नहीं। हिम्मत नहीं हारी उन्होंने।

"शकीलाजी, हमें दरअसल आप जैसे एक कैरेक्टर की तलाश थी। यह तो अच्छा हुआ जो आप हमें मिल गईं। हम चाहते हैं कि क्यों न आप पर एक स्टोरी की जाए।" बड़ी चतुराई से काले चश्मे ने विषय बदल दिया।

"स्टोरी, मतलब ?" शकीला का चेहरा हल्का-सा सख़्त हो गया इस बार।

"मेरा मतलब है असली हिन्दुस्तानी औरत की एक सच्ची कहानी।"

"मैं आपका मतलब समझी नहीं।"

"हम टी.वी. के लिए एक ऐसा प्रोपोजल बनाते हैं जिसमें एक मेव औरत की इस मुकाम तक पहुँचने की कहानी हो।"

"मेव औरत ना, मेवणी कह !" असग़री ने सिल्क की साड़ी की भाषा दुरुस्त करते हुए कहा।

शायद इस बार काले चश्मे को असग़री का इस तरह हस्तक्षेप करना अच्छा नहीं लगा। इसीलिए पलटते हुए वह उससे बोली, "अम्माँ प्लीज़, हम जरा शकीला बहन से काम की बात कर लें !"

"हद कर दी बहाण तैने तो...दारी, एक तो मैं तोहे सही बात बता री हूँ ऊपर सू ई और कह री है के हम अपणा काम की बात कर लेएँ...। इतनी देर सू काम की बात ना हो री ही, तो कहा झाँझ बज री ही...और हाँ, एक बात और बता दूँ के सकीला मेवणी ना हैदराबादन है।"

"क्याऽऽऽ हैदराबादन !" पद्मा की दिल्लीवाली मौसी की बहू सहित उसकी ननद-भाभियाँ हैरत से बोलीं।

"हाँ भरजाईजी, शकीला मेवनी नहीं है, इसे तो दीन मोहम्मद हैदराबाद से लाया है।" पद्मा ने असग़री की पहेली का खुलासा करते हुए कहा।

यह एकदम नई जानकारी थी उन तीनों के लिए। एकाएक अपनी भावी 'स्टोरी' में दाख़िल होनेवाले इस सस्पेंस ने नई जान डाल दी। तीनों समाज-सेवियों के चेहरे मारे ख़ुशी के सुर्ख़ होते चले गए। परन्तु दूसरी तरफ़ शकीला का चेहरा ज़र्द पड़ता चला गया यह सोचकर कि ज़िन्दगी से अघाई ये तथाकथित समाजसेवी उसके अतीत पर जम चुकी परतों को, अपनी उत्कठता के नाखूनों से खरोंचे बिना नहीं मानेंगी। अपने जिस स्याह अतीत को शकीला बमुश्किल भूल पाई है, आज फिर उसे उसी में लौटना पड़ेगा।

"शकीलाजी, फिर तो हमारी यह स्टोरी हिट हुई समझो। वैसे, सच-सच बताऊँ शक तो मुझे पहले भी हुआ था कि आप मेवनी हो ही नहीं सकती। आपके बोलने का जो स्टाइल है उसे देखकर लगता ही नहीं है कि आप एक जाहिल और गँवार मेवनी हैं।" काले चश्मे की क्षीण होती चमक एकाएक वापस लौट आई।

बहुत बुरा लगा मुमताज़ को। यानी मेवनी होने का अर्थ है जाहिल और गँवार होना। चाहते हुए भी नहीं कह पाई वह कुछ। चुप रही बस।

"दीदी, इस चैलेंजिंग रोल को मैं एक्ट करूँगी।" पद्मा की मासी की देओरानी अर्थात डायमंड नेकलेस के होंठ लरज़ने लगे मारे रोमांच के, "शकीलाजी, प्लीज़ अपने

बारे में कुछ बताइए न कि आप कैसे अपने घर से भागकर आई थीं ? यहाँ आकर आपको क्या-क्या परेशानी उठानी पड़ी ? आपने मैरिज कोर्ट में की थी, या किसी मस्जिद में जाकर निकाह किया था। यहाँ पहुँचने के बाद आप कैसा फ़ील कर रही हैं ?'' शकीला की भूमिका में डूबा डायमंड नेकलेस मानो हवा में तैरने लगा।

शकीला को लगने लगा मानो उसके जिस्म से धीरे-धीरे रक्त निचुड़ने लगा है। उसकी समझ में नहीं आ रहा है कि वह कैसे इनसे मुक्त हो। हिम्मत कर, साहस बटोरते हुए शकीला ने कह ही दिया, ''मैडम, आप मेरे लायक बताइए कोई काम। मैं आपकी क्या ख़िदमत कर सकती हूँ इस सेल्फ़ हेल्प ग्रुप्स के मामले में ?''

''ऐसा करते हैं शकीलाजी, यह एस.एच.जी. प्रोजेक्ट हम दूसरे गाँव में शुरू करते हैं। हमें लगता है कि इसके बजाय आपका इस्तेमाल टी.वी. प्रोपोजल के लिए अच्छी तरह हो सकता है।'' लाल सिल्क साड़ी ने भावी योजना को अमली जामा पहनाते हुए कहा।

''माफ़ करना, इस मामले में मैं आपकी कोई मदद नहीं कर सकती।'' शकीला ने अन्ततः अपनी असमर्थता प्रकट कर ही दी।

''शकीलाजी, समझने की कोशिश करिए। अगर हमारा यह प्रोपोजल पास हो गया तो समझ लीजिए वारे-न्यारे हो जाएँगे आपके।''

शकीला की कनपटी की नसें खिंच आईं। उसने धीरे-से मुमताज़ की ओर देखा। मुमताज़ भाँप गई शकीला की परेशानी। मुमताज़ उठकर दादी ज़ैतूनी के पास गई और न जाने फुसफुसाते हुए कान में क्या कहा कि वह मुमताज़ के पीछे-पीछे चली गई।

''बूढ़ी माँ, बहुत हो गया। अगर ये थोड़ी देर और यहाँ बैठी रहीं तो शकीला मैडम पागल हो जाएगी।'' रुआँसी हो गई मुमताज़।

''पर बेटी, घर आयो इनसान ऐसे थोड़ी ताड़ो जावे है।''

''तो फिर ठीक है बूढ़ी माँ, मैं ही करती हूँ कुछ।'' मुमताज़ ने दादी ज़ैतूनी का इन्तज़ार भी नहीं किया और पौली में चली आई।

''चलो, ऐसा करते हैं प्रोफ़िट में फ़िफ्टी-फ़िफ्टी शेअर कर लेते हैं। सारा फाइनेंस हम करेंगे। बस, आपको यह करना होगा कि आपको अपनी रीयल स्टोरी हमें देनी होगी...बाकी स्क्रिप्टिंग वगैरा सब हमारी होगी।''

काले चश्मे का इतना कहना था कि मुमताज़ लगभग चीख़ते हुए बोली, ''पद्मा आंटी प्लीज़, अपनी भाभी को ले जाइए यहाँ से !''

''क्यों बेटी, क्या हुआ ?'' पद्मा ने हैरान होते हुए पूछा।

''बस आंटी बहुत हो गया।''

''शकीलाजी, ये लड़कीऽऽऽ ?''

''मैं बताती हूँ, माई नेम इज़ मुमताज़ एंड आई एम ए डाटर ऑफ दिस हवेली...नाऊ यू मे गो प्लीज़ !''

''ओऽऽऽ यह तो बहुत अच्छी इंग्लिश बोलती है !'' डायमंड नेकलेस का मुँह खुला

का खुला रह गया।

"आप क्या समझती हैं, सब पर सिर्फ़ आपका ही हक है !"

हवेली तो हवेली वहाँ खड़ी भीड़ भी अवाक कि अचानक मुमताज़ को यह क्या हो गया।

"वैसे बुरो ना मानो तो एक बात कहूँ बहाण, तमन्ने ना है लेणो-देणो काई की भलाई-बुराई सू। तमन्ने तो बस अपनी फिकर है। ये सिलक की स्याड़ी और आँखन् पे काली ऐनक चढ़ाके कहीं देखा हैं भलाई का काम होता। भलाई का काम करनूवाला तो रेत-माटी में सना डोले हैं। गला में सोना को गुलीबन्द पहरके ना डोले हैं।" ज़ैतूनी ने मुमताज़ को सहारा देते हुए कहा।

"जैतूनी, ऐसा अघाया माणस काई को कहा भलो करंगा। इन्ने कहा पतो के या बीरबाणी की जात को असल दुःख कहा होवे है।" असग़री ने ज़ैतूनी की बात को आगे बढ़ाते हुए कहा।

बाद में जिसका भी दाँव लगा उसी ने बहती गंगा में हाथ धोने शुरू कर दिए। हारकर पद्मा की दिल्लीवाली मासी की बहू, लाल सिल्क साड़ीवाली उसकी मासी की बहू की देओरानी तथा डायमंड का नेकलेस पहने उसकी मासी की देओरानी की ननद ने वहाँ से खिसकने में ही भलाई समझी।

धूल उड़ाती हुई मारुति ऐसे ग़ायब हो गई जैसे गधे के सिर से सींग। लेकिन जाते-जाते आँखों पर चढ़े काले चश्मों के मुँह से सबने चेतावनी भरे ये शब्द भी सुने कि यह आपने अच्छा नहीं किया। कभी तो हमें भी मौक़ा मिलेगा।

शकीला का सीना गर्व से चौड़ा होता चला गया। सारा संताप आज मुमताज़ ने पानी के तेज़ रैले की तरह धो दिया। शकीला की साधना मुमताज़ के इस रूप को देखकर मानो पूरी हो गई।

"सकीला, दारी हमारे तो कुछ पल्ले पड़ी ना के वे कहा गिटर-पिटर कर री ही ? इतनी दूर आके इन्ने आखिर कहा जरूरत पड़गी गरीब आदमीन् की भलाई करणा की ?" उन तीनों के जाने के बाद जैतूनी ने पूछा।

"बूढ़ी माँ कैसी भलाई ! समाज सेवा के नाम पर संस्थाएँ बना-बनाकर ऐसे लोगों ने लूट मचाई हुई है। गरीब और अनपढ़ों के नाम पर मिलनेवाला देश और विदेश का पैसा इन्हीं की जेब में तो जा रहा है। देखा नहीं आपने ये हमारी भलाई, या किसी की सेवा करने नहीं बल्कि अपनी कीमती साड़ियों और ज़ेवरों को दिखाने आई थीं।" शकीला के बजाय जवाब मुमताज़ ने दिया।

"जैतूनी, ये सब इन जैसी अठाली और अघायी बीरबाणीन् का चोचला हैं। बिना मतलब के तो ये काई का चिरा पे भी ना मूते हैं। ये दीख री ही तमन्ने गरीब, बेसहारा और बेवान् की मदद करती। इनको अपनो ही पेट भर जाए वही कहा कम है।"

असग़री का एक-एक शब्द एक कसैलेपन से सना हुआ था।

"अम्माँ, यही तो इस मुल्क की बदक़िस्मती है कि इस पर राज भी आज यही तबका कर रहा है।"

"बूढ़ी माई, तमन्ने गल्ती करी। उनसू ई कहणी ही के बहाण हमारी भलाई तो यामें है के ले पकड़ दराँती और चल हमारे साथ खेतन् में।"

"हरामन, सारी बात हमीं कहती...या बात ए तो तू भी कह सके ही !" डाँटते हुए कहा ज़ैतूनी ने हसीना को।

"बूढ़ी माई, मैं कैसे कहती। मेरा बोलणा पे तो वैसेई बंधेज बाँध राखो है या हवेली ने।" हसीना ने यहाँ भी मौक़ा नहीं चूका।

"खैर, आज मुमताज ने उनकी चोखी खबर ले ली। दारी, जिन्दगीभर याद राखेंगी कि हम्भी गया हा काई की भलाई करन।" ज़ैतूनी ने सन्तोष की साँस लेते हुए कहा।

"वैसे मजा आ जातो बूढ़ी माई, अगर हसीना उनसू खेत में चलणा की कह देती। या क्वार का महीना में दारी ऐसे चू जाती जैसे काई जोहड़ी में खुदी कुईं चू जावे है।"

ज़रीना की इस कल्पना पर एक ज़ोरदार ठहाका गूँजा पौली में।

"सही बताऊँ जैतूनी, मैं तो ई जान री ही के हरामी ई दीनू फिर लिआयो दीखे है हैदराबाद सू काई और ए।"

"तू कहा, मैं भी यही समझ री ही जब आते ही उन्ने मोसू सकीला का बारा में पूछी ही। सुनते ही मेरा तो पाँवन् के नीचे सू जमीन खिसकगी।"

"वैसे बूढ़ी माँ, आपने एक बात पर तो ध्यान दिया ही नहीं !" मुमताज़ ने अचानक एक और रहस्य से धूल पोंछते हुए कहा।

"कौन-सी ?" एकसाथ निकला कइयों के मुँह से।

"यही कि वे हमारी मैडम पर टेलीविजन के लिए फ़िल्म बनाना चाहती थी।"

"ऐ खुदा की सौं !"

"हाँ बूढ़ी माँ, वे उसी के बारे में तो गिटर-पिटर कर रही थीं।"

"सकीला, याको मतलब ई हुओ के तू तो बहोत बड़ी होगी।" असग़री को पहली बार शकीला के व्यक्तित्व का एक और पक्ष दिखाई दिया।

"नहीं अम्माँ, वे मेरे लिए नहीं अपने मतलब के लिए इस काले पानी में धूल फाँकने के लिए आई थीं।"

"सकीला, ई तो तैने अच्छो ना करो। दारी, तोपे फिलम बण जाती तो कम-सू-कम हम भी या बहाने देख लेता टेलीबिजन में लिपटम-लिपटाई।"

"असगरी, अब तो तेरे भी आगो है ई ढेड टेलीबिजन। अब तो तू भी खूब देखती होएगी ?" ज़ैतूनी ने छेड़ते हुए पूछा असग़री से।

"दारी कहाँ ! हमारो नम्बर कौन आण देवे है। पोता-बहू को पेट भर जाए वही कम है !" निराश होते हुए फिर कहा असग़री ने, "वैसे भी मोहे बुरी लगे हैं ये छिपकली-सी ढूँगा मटकाती लुगाई।"

"वैसे तू कह ले पर स्वाद तो आवे है इन्ने देखणा में जब लोग-लुगाई..."

"अम्माँ, अब बस भी करो ! बुढ़ापे में पता नहीं कभी-कभी आपको क्या सूझता है। कम-से-कम इन लड़कियों का तो ख़्याल रखा करो।" दादी ज़ैतूनी को हल्के-से झिड़की लगाते हुए रोका शकीला ने।

जुम्मी, मजीदन, बत्तो, पारो समेत बहुओं का बुरा हाल हो गया। मुँह पर ढाठा लगाने के बावजूद हँसी होंठों के नरम बाँधों को ढहाते हुए बाहर आ ही गई। दादी ज़ैतूनी और असग़री के मध्य चले इस परिसंवाद ने थोड़ी देर के लिए सबको भुला दिया कि वे आठ-साढ़े आठ दशक पूरे कर चुकीं वृद्धा नहीं, अपितु किशोरवय को लाँघती नव-यौवना हैं।

मुश्किल से विराम लगा इस प्रसंग पर। कहाँ तो चिन्तन हो रहा था अघायी, निठल्ली, संगमरमरी समाज सेवियों के शग़ल और चोंचलों पर, तथा कहाँ वह आ टिका निःस्संग ठिठोली और चुहलबाजियों पर।

सबके जाने के बाद शकीला को रह-रहकर लगता रहा कि वह मुमताज़ को सीने से देर तक चिपकाए रखे। उसने ऐसा किया भी। जब तक मुमताज़ शकीला के सीने से लगी रही, शकीला को लगता रहा मानो मुमताज़ गरम लोहे-सी दहक रही है। अपने आपसे अलग कर वह मुमताज़ को निरखने लगी कि एकाएक लगा जैसे मुमताज़ के रूप में वह स्वयं खड़ी है उसके सामने। हल्के-से छूकर देखा उसने मुमताज़ को, उसी मुमताज़ को जिसने आज उसे किसी गर्त में उतरने से पहले हाथ पकड़कर ऊपर खींच लिया।

बत्तीस

किसी को अपने कानों पर विश्वास नहीं हुआ। हाहाकार मच गया हवेली में।

कुछ पल के लिए पूरी हवेली एक ज़लज़ले से दहल उठी। आख़िर उनके कान इस ख़बर को सुनने से पहले फट क्यों नहीं गए। अतल गहराई वाले किसी महासागर के सीने में दबी एक ठंडी धारा हवेली के गज़भर चौड़े आसारों के बीच बहने लगी। अच्छा हो यह धारा एक विस्फोट में बदले, इससे पहले क्यों न इसे हवेली के अन्दर ही दबा दिया जाए।

रह-रहकर हवेली के एक कमरे से फूटती सिसकियाँ धीरे-धीरे किसी घायल चौपाए के आर्तनाद में बदलने लगीं। बीच-बीच में शगुफ़्ता की रुलाई में डूबा कमरा आर्द्र हो उठता। दादी ज़ैतूनी की गोद में पड़ी निढाल शगुफ़्ता के जिस्म से मानो पूरा रक्त ही निचुड़ गया। शगुफ़्ता की आँसुओं में डूबी सुर्ख़ आँखें जब-जब वहाँ बैठी जुम्मी, मजीदन सहित अपनी सास जमीला से होती हुई अन्त में शकीला से टकरातीं, तब लगता किसी शान्त पड़े सागर में ज्वार उठ रहा है। न जाने किस आशा में अपनी हिलकियों को

रोक, हर बार उसकी आँखें शकीला पर आकर ठहर जातीं। सूखे और पपड़ाए होंठ जैसे कुछ कहते-कहते रुक जाते।

मुमताज़ की आँखों से चिंगारियाँ फूटने लगीं। आक्रोश और आवेश के अंगारे दहक तो शकीला की आँखों में भी रहे थे, किन्तु वह उनके ताप को हर बार थोड़ा-थोड़ा कर आँसुओं के रूप में कम कर देती।

दादी ज़ैतूनी की उम्मीदों के सारे स्रोत जैसे सूख गए। वही शकीला जिस पर सारी निराश आँखें किसी चमत्कार की आस में आकर टिक जातीं, वह भी जैसे बुत हो गई। शगुफ़्ता का धैर्य जवाब देने लगा अब। दादी ज़ैतूनी उसका सिर अपनी दोनों हथेलियों में लेकर अपनी गोद से उठाकर, उठने लगी कि शगुफ़्ता उससे लिपट गई फिर से।

"बूढ़ी माई, ऐसे मत जा मोहे या जंगल में इकल्ली छोड़ के !" शगुफ़्ता के कंठ से यह आर्तनाद ऐसे फूटा मानो सूखे पत्तों के कुचलने की आवाज़ फूट रही है।

"बेटी, फिर बता मैं कहा करूँ ?" बमुश्किल फूटे ज़ैतूनी के होंठों से शब्द।

"बूढ़ी माई, थोड़ो-सो जहर लाके और खवा दे मोहे बस्स ! मैं...मैं अब कौन-सा मुँ सू जाऊँगी अपना बाबल की दहली पे।" घायल बछिया-सी तड़पते हुए गुहार लगाई शगुफ़्ता ने।

"जहर और मैं लाके खवा दूँ। मेरो बस चलतो तो मेरी लाडो मैं या काम ए भी कर देती।"

"फिर मेरो कसूर तो बताओ तम सब ?"

"कसूर, कसूर तो बेटी उन मरदन् सू जाके पूछ जो जब चाहें हमन्ने दूध में सू माखी की ताईं निकालके फेंक देवे हैं।" पहली बार दादी ज़ैतूनी की मुट्ठियाँ हल्के-से भिंची।

एक बार फिर शगुफ़्ता ना-उम्मीदी की खाई में जा गिरी।

"बूढ़ी माँ, वैसे मैं एक बात पूछूँ ?"

मुमताज़ के इस अचानक हस्तक्षेप पर सबकी आँखें उसके चेहरे पर चस्पा हो गईं।

"कौन-सी बेटी ?"

"यही के मुबारक ने भावज को जिस तरह तलाक दिया है, वह सही है ?"

"यामें सही और गलत कहा, तलाक तो तलाक है।" दादी ज़ैतूनी से पहले हसीना ने कहा।

"काकी, सही और गलत कुछ होता ही नहीं है ?" इस बार मुमताज़ ने पलटकर हसीना से पूछा।

"यामें गलत और सही कहा है, जब मुबारक ने तलाक दे दियो, तो दे दियो बस्स।"

"मैं यही तो पूछ रही हूँ कि क्या यह तलाक शरीअत के मुताबिक दिया गया है ?"

"लेओ बहाण, अब ई चीकली (छोटी बच्ची) बताएगी हमन्ने के ये हदीस और सरीअत कहा होवे हैं ?" एक विद्रूप मुस्कान फेंकते हुए कहा हसीना ने।

"धसड़ी, तेरी ई जुबान तलवा के क्यों ना लगे है। हर बखत जो जी में आवे है भूँसती रहवे है। चुप ना रहो जाए है तोपे !" मजीदन ने ज़ोर-से डाँटा हसीना को।

हसीना चुप हो गई। एक शब्द नहीं फूटा उसके मुँह से।

"देख बेटी मुमताज, सरीअत कहा कहवे है ई तो मोहे पतो ना है, पर मरद का मुँ सू तीन बर निकली तल्लाक को मतलब है तल्लाक होगो।"

"बूढ़ी माँ, एक ही वक्त में कही गई तीन तलाक क्या जायज है ?"

"बेटी, जायज और ना-जायज कहा...हमने तो जितना भी तल्लाक होता देखा हैं, ऐसेई होता देखा हैं।"

"वा बूढ़ी माँ !"

मुमताज़ के होंठ मुस्कुराने की मुद्रा में जिस तरह सिकुड़ते चले गए, वह सबकी समझ से बाहर था। उसकी इस असमय कुटिल मुस्कुराहट का सिर्फ़ शकीला ने साथ दिया।

"अम्माँ, वैसे क़ुरान में कहा गया है कि अल्लाहताला के नज़दीक हलाल चीज़ों में सबसे ज़्यादा घिनावनी चीज़ है तो वह है तलाक़। इसीलिए कहा गया है कि तलाक़ से पहले अच्छा है एक हकम (पंच) मर्दों में से, और एक औरतों में से चुनकर मियाँ-बीवी दोनों में सुलह करा देनी चाहिए।"

"सुलह-सफाई तो जब कराई जाए जब काई ए पतो चलती और फिर छोटी-मोटी बात पे मरद-बीरबाणी में खटपट होती ही रहवे हैं। फिर भी कोई ऐसी बात ही तो एकाध धौल-थप्पड़ मारके बात ए खतम करतो।"

"मोहे तो पहले ही डर हो या बात को बूढ़ी माई। मैंने तो या जमीला सू पहले ही कही ही।" मोहसिना ने याद दिलाते हुए कहा।

"मगर हम कर भी तो कुछ नहीं सकती हैं। वैसे भी मर्दों का दर्ज़ा हम पर ज़्यादा है। निकाह की सारी गिरह उसी के हाथ में हैं। वे हमारे क़व्वाम (सरपरस्त) हैं। हम नेक औरतों का तो फ़र्ज़ ही शौहरों के हुकम की तामील करना, और उनकी ग़ैर-मौज़ूदगी में अल्लाह की तौहफ़ीक (कृपा) से उनकी हिफ़ाज़त करना है। जब तक उसका मन करे वह औरत के साथ निबाह करे और जब निबाह ना हो उसे तलाक़ दे दे। औरत तो वैसे भी उसके लिए खेती की तरह है।"

"तू ठीक कह री है सकीला। वैसे तलाक पीछे बीरबाणी की जो माटी खराब होवे है, ऊ तो याका गरना सू भी बढ़के है।"

"पर माई, मरो भी तो ना जावे है।" जुम्मी की आँखें भर आईं ज़ैतूनी के वाक्य पर।

"और मार तो ई बीरबाणी की जात झेल भी जाए, पर या मार का घाव तो जीते-जी ना मिटे हैं।"

"तभी तो हदीस में कहा गया है अम्माँ कि उनको ऐसी मार मारो जो सख़्त और तकलीफ़ देनेवाली ना हो।"

"बूढ़ी माँ, बुरा ना माने तो एक बात कहूँ, मेरे लिहाज से यह निकाह जायज नहीं है।"

"मुमताज, तू बावली तो ना होगी है जो सरासर अल्लाताला की हुकमउदूली कर री है !" दादी ज़ैतूनी ने डाँट दिया इस बार मुमताज़ को।

"नहीं अम्माँ, मुमताज़ एकदम सही कह रही है। शरीअत के मुताबिक़ यह तलाक़ जायज़ नहीं है।" शकीला ने मुमताज़ का साथ देते हुए कहा।

शगुफ़्ता के हलक़ में शकीला और मुमताज़ के शब्दों ने संजीवनी की बूँदें टपका दीं मानो। उसके अर्ध-मूर्च्छित शरीर में न जाने कहाँ से ताक़त आ गई। उसने दादी ज़ैतूनी की गोद से अपना सिर निकाला और लपककर शकीला के पाँवों को पकड़ दुहाई देते हुए गिड़गिड़ाई, "मोहे बचा ले माई ! मैं जिन्दगीभर तेरा पावन्ने धो-धोके पीऊँगीSSS !"

शकीला अपने पाँवों से लिपटी शगुफ़्ता को अलग करते हुए बोली, "शगुफ़्ता, घबराने से काम नहीं चलेगा मेरी बच्ची...और फिर अल्लाहताला से बढ़कर कोई नहीं है। उस पर भरोसा रख।"

"मुमताज, मेरी नणदी तू काई तरह अपनी इन छोटी-छोटी भतीजीन्ने यतीम होणा सू बचा ले...। बूढ़ी माई, तोहे इन दूध पीवता जीवाकन् को वास्तो हैSS !" मुमताज़ से होती हुई पुनः दादी ज़ैतूनी से लिपट गई शगुफ़्ता। उम्र की केवल दो दहाई छूते-छूते दो लड़कियों की माँ बन चुकी शगुफ़्ता एक ही दिन में पुराना दरख़्त बन गई। कोई नहीं कह सकता इसे देखकर कि हवेली में एक दिन पहले तक यही शगुफ़्ता हिरनी की तरह कुलाँचें भरती रही होगी।

दादी ज़ैतूनी ने इशारे से फ़ौजिया से पानी लाने के लिए कहा, तो फ़ौजिया दौड़कर एक गिलास पानी ले आई।

"सगुफ्ता, बेटी ले पाणी तो पी ले !" होंठों से पानी के गिलास को छुआते हुए बोली ज़ैतूनी।

"बूढ़ी माई, या दहली को पानी तो मेरा भाग सू कल ही छिनगो। पतो ना, पिछला जनम में ऐसा कौन-सा करम करा हा के जाका पल्ला सू बँधी ही वाने ही बीच में छोड़ दी।"

"ऐसा घबराना सू काम ना चलेगो बेटी, थोड़ो हिम्मत सू काम ले।" सिर पर हाथ फेरते हुए तसल्ली दी दादी ज़ैतूनी ने।

"हिम्मत भी तो बची होए बूढ़ी माई ! मैं कैसे अपणी माँ सू आँख मिलाऊँगीSSS मैं तो कहके आई ही अपणी माँ सू के अब के ईद पे पूरा दस दिन रहके जाऊँगी... पर मोहे कहा पतो ही मेरी माई के अब तेरी ई लाडो तेरी दहली पर सदामदा कू आ पड़ेगीSSS...।" एक बार फिर शगुफ़्ता की रुलाई फूट पड़ी।

चाहते हुए भी नहीं रोक पाई अपने आपको इस बार दादी ज़ैतूनी। अपनी छाती से बाज़ुओं के घेरे में लेकर भींच लिया शगुफ़्ता को। एक बार फिर पूरा कमरा हिलकियों और सिसकियों में डूब गया। जुम्मी, मजीदन, शकीला, जमीला, मोहसिना, मुमताज़ और फ़ौजिया के समवेत विलाप से हवेली के आसार भी सुबकने लगे अबकी बार।

बाहर चौक में बैठे नसीब ख़ाँ, वली मोहम्मद, हसन मोहम्मद तेज़ी-से लपके कमरे की तरफ़।

"अरी चुप हो जाओ, अब कहा फायदो है रोणा सू।" नसीब ख़ाँ ने कमरे में प्रवेश करने के बजाय बाहर से ही हेला देते हुए कहा।

"माई तू भी बौराई पड़ी है। तमने तो ऐसे रँडरोवणो मचा राखो है जैसे कदी तल्लाक होता हुआ देखा ही ना है...बेमतलब हवेली सिर पे उठा राखी है !" दीन मोहम्मद ने बाहर से ही ज़ैतूनी को लगभग डाँटते हुए लापरवाही के साथ कहा।

तमतमाते हुए बाहर आई दादी ज़ैतूनी।

"हरामी, तोहे ई रँडरोवणो दीख रो है ! जब पतो चलती जब कदी तिहारी बहाण-बेटीन् के संग होतो ऐसो।" भूल गई दादी ज़ैतूनी कि वह दीन मोहम्मद को चेता रही है, या उसे कोई अभिशाप दे रही है।

"अरी तो माई, आदमी मर जावे है जब भी तो करो जावे है सबर। तम भी ई मानके सबर कर लेओ के ई बहू भी या हवेली के लेके मरगी।"

शकीला के कानों के परदे तो जैसे फटने को हो गए अपने पति के इन शब्दों को सुनकर। दादी ज़ैतूनी की आवाज़ ही जैसे ग़ायब हो गई। आख़िर कहने को बचा भी क्या है दीन मोहम्मद के इस कथन के बाद।

हवेली ने सारी कोशिशों और सम्भावनाओं को खंगालकर देख लिया परन्तु वापसी का कोई रास्ता नहीं दिखाई दिया।

जो था वह इतना सख़्त और दुर्गम कि उसके बारे में सोचने भर से पूरी देह में चींटियाँ-सी दौड़ने लगतीं। वैसे भी अगर इसी रास्ते को अपनाना था, तो क्यों इतना कठोर निर्णय लिया गया ?

"वली मोहम्मद और कोई रास्ता ना है कै यार ?" नसीब ख़ाँ के शब्द टूटने लगे।

"जो हो ऊ मैंने पहलेई बता दियो है।"

"पर ई तो बहोत मुसकल है।"

"अब चाहे मुसकल है या आसान सरीअत तो यही कहवे है।"

"यानी अगर मुबारक या बहू ए उल्टो लाणो चाहे तो ई जरूरी है के पहले ई काई और सू निकाह पढ़वाए, फिर ऊ याहे तल्लाक देए।" नसीब ख़ाँ ने दीर्घ निःश्वास लेते हुए कहा।

"हाँ, कुरान में साफ-साफ लिख री है के अगर मरद बीरबाणी ए एक बर तलाक दे देए, तो ऊ बीरबाणी वा मरद कू जब तलक हलाल ना होएगी, जब तलक ऊ दूसरा मरद सू निकाह ना पढ़वाएगी। मेरो मतलब है के सगुफ्ता मुबारक कू जभी हलाल होएगी, जब ऊ पहले दूसरा मरद सू निकाह करे, और फिर ऊ मरद याहे अपनी मरजी सू तलाक देए।"

"पर ई वली मोहम्मद असली बात ए तो बता ना रो है।"

"कौन-सी असली बात ?" नसीब ख़ाँ ने दीन मोहम्मद की ओर देखते हुए पूछा।

"यही के हलाला को मतलब बस दूसरो निकाह ना है बल्कि ई निकाह जब तलक जायज ना मानो जाएगो, जब तलक ऊ दूसरो मरद जाके साथ निकाह हुओ है वाको मजा ना चाख लेए।"

वली मोहम्मद सचमुच जिस बात को कहने में संकोच कर रहा था, दीन मोहम्मद ने उसे एकदम खुलकर कह दिया।

"अरे ओ मौलवी साबो ! खुदा के वास्ते बन्द करो या रामाणए। मेरे यार, ई तो सोचो के या हवेली में और बहू-बेटी भी मौजूद हैं। अन्यायी, जो मुँ में आ री है बके जा रा हो।" चाँदमल ने वली मोहम्मद और दीन मोहम्मद को टोकते हुए कहा।

"बाप, यामें बकणा की कहा बात है। हम तो वही बता रा हैं जो हदीस और सरीअत में लिखी पड़ी है।"

"ठीक है, अगर ऐसी बात है तो हम अपणा मुबारक को दूसरो निकाह कर देंगा। मेरे यार, छोरीन् को कोई टोटो पड़ रो है। ना भई, हमारी बसकी ना है या रस्ता पे चलणो। मेरो मन गवाही ना दे रो है हलाला पीछे या बहू ए उल्टो बुलाणा कू।" चाँदमल के नथुने फड़कने लगे। तस्बीह के मणकों पर पोरों की गति और तेज़ हो गई।

"मैंने तो पहले ही कही ही बाप के या रस्ता पे चलनो इतनो आसान ना है।"

"आसान और मुसकल तो देखी जाए यार वली मोहम्मद, पर या बात की कहा गारंटी है के जाके साथ हलाला होएगो ऊ आसानी सू तल्लाक दे ही देएगो। अगर वा मरद ने तल्लाक देणा सू मना कर दी, तो तम वाको कहा बिगाड़ लेओगा ! या मारे मेरी एक सलाह है अगर तम बुरो ना मानो तो..." नसीब ख़ाँ ने उम्मीद फिर भी नहीं छोड़ी।

तस्बीह के मणकों पर फिसलते अँगुलियों के पोर ठिठक गए चाँदमल के।

"देख भई नसीब खाँ, अगर कोई ऐसी सलाह है जैसी अभी वली मोहम्मद और दीनू ने दी ही तो वाहे धरी राख अपने पै (पास)।"

"हेत्तेरे की...अरे, तो मैं कौण-सी वाहे मानना की कह रो हूँ। अगर तिहारी समझ में आ जाए तो वाहे मान लीजो, नहीं तम अपणे घर और मैं अपने।" नसीब ख़ाँ ने अपने ऊपर किसी तरह की बात नहीं रखी।

"तो फिर फटाफट कह !"

"देखो, अगर हदीस और सरीअत में ऐसी सरीत (शर्त) धरी गई है तो एक काम हो सके है। यासू हवेली की बात हवेली में रह जाएगी और बिचारी बहू भी बाहर जलील होणा सू बच जाएगी।"

"अरे तो अन्यायी सेड़देसेनी कह न !" चाँदमल का धैर्य चूकने लगा।

"मेरी सलाह ई है के क्यों ना या बहू को निकाह मुबारक का छोटा भाई अनीस सू करवा देएँ...महीना-दस दिन पीछे यासू तल्लाक दिवा देंगा। अरे, साँप भी मर जाएगो और लाठी भी टूटना सू बच जाएगी।"

"पर सरीअत में तो हलाला पीछे..."

"तू भी बावली बात कर्रो है वली मोहम्मद, हो तो गी सरीअत की बात पूरी। रही बात वाकी जो तू कहणो चाह रो है, तो मेरे यार कौन-सा तेरा मुल्ला-मौलवी पहरा देता डोल रा हैं।"

"और फिर ये मुल्ला-मौलवी कौन-सा असमान सू उतरके आया हैं, ये भी तो हम जैसा माणस हैं।" चाँदमल ने एक तरह से नसीब ख़ाँ का सुझाव बल्कि प्रस्ताव मंजूर करते हुए कहा।

एक चुप्पी छा गई इसके बाद उनके बीच। शायद इसलिए कि अभी कोई-न-कोई दुविधा बची हुई है।

"पर नसीब खाँ, मुबारक और अनीस दोनूँ भाई या बात पे राजी भी हो जांगा ?"

"बाप, अनीस ए तो हम राजी कर लेंगा पर असल बात तो मुबारक की है।" हसन मोहम्मद ने अनीस के प्रति आश्वस्त करते हुए कहा।

"मुबारक कै बिलात गयो है, हींनी होएगो ! वाहे बुलाके लगे हाथ पूछपाछके छुट्टी करो।" वली मोहम्मद ने तुरन्त समस्या का हल करने का सुझाव दिया।

"ठीक है...देखूयो है कहाँ ऊ ?" चारों तरफ़ निगाह मारते हुए पूछा नसीब ख़ाँ ने।

ढूँढकर लाया गया मुबारक अली को। नसीब ख़ाँ ने अभी कुछ देर पहले हुई बातचीत का सार सुनाते हुए पूछा, "हाँ बेटा मुबारक, बता तेरी कहा सलाह है ?"

"बूढ़ा बाप, मोहे मंजूर ना है। यासू तो बढ़िया मैं दूसरो निकाह कर लूँगो।" मुबारक अली ने दोटूक मना कर दिया।

"तू बता तो सही आखिर तोहे परेसानी कहा है ?" कुरेदते हुए पूछा नसीब ख़ाँ ने।

"ना बूढ़ा बाप, मोहे ई हलाला-वलाला ना है मंजूर।"

"अरे तो बेट्टी का बाप, हम कौन-सा सगुफ्ता ए या अनीस की बगल में सोना की कह रा हैं। अन्यायी, सरीअत की बात भी रह जाएगी और या बिचारी बहू की माटी भी खराब होणा सू बच जाएगी।" इस बार झुंझला उठा नसीब ख़ाँ।

नहीं माना मुबारक अली ने हवेली का प्रस्ताव। बहुत कोशिश की हवेली ने उसे समझाने की किन्तु उसने किसी की नहीं सुनी।

मुबारक अली के इस निर्णय की सूचना शगुफ़्ता के कानों में पड़ी, तो चीत्कार करती हुई वह एक बार फिर मूर्च्छित हो गई।

नसीब ख़ाँ उठकर जाने लगा तो टाँगें काँपने लगीं ज़ोर-ज़ोर से। हाजी चाँदमल भी खाट से उठने लगा तो पता नहीं तस्बीह छिटककर कहाँ जा गिरी ? अंदाज़े से ढूँढ़ता रहा देर तक। मिली भी तो वहीं जहाँ वह बैठा हुआ था। बीच-बीच में शगुफ़्ता के बिलखने की आवाज़ उनके कानों में पड़ती, तो लगता मानो पूरे शरीर में सूइयाँ चुभ रही हैं।

सारी आशाओं और सम्भावनाओं के सारे किनारे आख़िरकार धीरे-धीरे ढहते चले गए। आँसू भी रोते-रोते ख़त्म हो गए। फ़रियाद, मनुहार या विनती करती आवाज़ें भी हलक़ में घुलकर रह गईं। बार-बार अपनी सलामती के लिए सिजदे में उठते हाथ भी थक गए। सूनी आँखों में उम्मीदों के सारे क़तरे सूख गए। बन्द हो गए रोशनी के सारे सूराख़। जहाँ तक शगुफ़्ता की नज़र जाती सिवाय अँधेरे के कुछ भी दिखाई नहीं देता। परन्तु इस घने अँधेरे के बावजूद उसने अपनी आस्था और श्रद्धा की पतली डोर नहीं छोड़ी। नियमानुसार पाँचों वक़्त की नमाज़ अदा करना नहीं भूलती वह।

हवेली में सबकी दिनचर्या जैसे गड्डमड्ड हो गई। किसी को पता नहीं कि किसने भूख लगने पर खाना खाया तथा प्यास लगने पर पानी पिया। जुम्मी को तो जब भी मौक़ा मिलता, वह अकेले में जाकर बीच-बीच में अपने भीतर जमे अवसाद को आँसुओं के द्वारा बहा आती। एक बार तो दादी ज़ैतूनी से जैसे ही पिछवाड़े की तरफ़ उसका सामना हुआ, वह अपने आपको नहीं रोक पाई। उसे क्या पता था कि ज़ैतूनी भी उसी की तरह उस एकान्त में जा रही है जिससे वह खुद संलाप कर आ रही है। देर तक रोती रहीं दोनों एक-दूसरे से लिपटकर।

''माई, मेरी तो छाती फटी जा री है बहू की हालत ए देख-देखके !''

''और मेरी कहा हालत है तोहे पतो है। रात में जब भी थोड़ी-सी आँख लगे तो ऐसो लगे जैसे सगुफ्ता मेरा पाँयता में खड़ी है। समझ में ना आई के या ढेड मुबारक ने ई सोची कहा है। हम तो फिर भी रो-पीटके अपनो मन हल्को कर लेंगा पर ई सगुफ्ता कहान् तक रोएगी।''

''माई, सकीला और मुमताज बेर-बेर में जो ई कह री हैं के ई तल्लाक जाईज है या ना है...कम-सू-कम उनकी सुनो तो सही पूरी बात।''

''ई तो तू सही कह री है जुम्मी। कहा पतो बेटी उनकी बातन् सू ही कोई रस्ता निकल आए...''

दादी ज़ैतूनी अभी कुछ और कहती कि लगा कोई आ रहा है। दोनों ने तुरन्त अपनी-अपनी आँखों को पोंछा और एक-दूसरे की उलटी दिशा में इस तरह बढ़ गईं कि आनेवाला उन्हें देखकर भाँप हीं नहीं पाए कि इस एकान्त में वे दोनों एक ही उद्देश्य से आई थीं।

''मुमताज, बेटी धैरे (सुबह) तू या तल्लाक-वल्लाक का बारा में कह री ही कुछ ?'' पहल इस बार दादी ज़ैतूनी ने की।

''ना बूढ़ी माँ, मैं तो ऐसेई पूछ री ही।'' उदासी के साथ जवाब दिया मुमताज़ ने।

''ऐं री सकीला, कैसे ना है ई तल्लाक जाईज ?'' मुमताज़ की तरफ़ से किसी तरह का जवाब न पाकर शकीला की ओर पलटी वह।

“हाँ अम्माँ, ऐसे तलाक़ जायज़ नहीं माने गए हैं कि जब मन में आया तीन बार एकसाथ तलाक़-तलाक़ कह दिया।”

“तो फिर कैसे दियो जावे है ?”

“इसका भी एक तरीक़ा होता है। तलाक़ की ठीक-ठीक हदों पर अगर अमल किया जाता, तो आज हवेली में यह नौबत ही नहीं आती।”

“निगोड़ी, फिर बताए न वे कौन-कौन-सी हद होवे हैं ?”

“अम्माँ, तलाक़ एक बार में नहीं बल्कि एक-एक महीने के फ़ासले से कहना होता है। हदीस में एक वाक़या है कि हज़रत अब्दुल्लाह बिन उमर रज़ि० को अल्लाह के रसूल सल्लाहु अलैहि वसल्लम ने इस बात पर डाँटा कि उसने अपनी बीवी को तब तलाक़ दिया था, जब वह पाकी की हालत में नहीं थी यानी तुहूर (पाकी) का इन्तज़ार किए बिना उसने तलाक़ दे दिया।”

“देख बहाण, हम हैं एकदम गूँठा टेक। हमारे तो तेरी ई कुरान समझ में आ ना री है, जो कुछ बताणो है साफ-साफ बता। ये जलेबी-सी तो बणाए मत।”

शकीला को जुम्मी की यही सादगी अच्छी लगती है।

“बड़ी आपा, मेरे कहने का मतलब है कि हर तलाक़ के बीच में एक महीने का फ़ासला ज़रूरी है। यह तलाक़ तभी कहना चाहिए जब औरत कपड़ों से नहीं हो। इसकी वजह यह है कि हो सकता है इस बीच मियाँ-बीवी में फिर से सुलह हो जाए। सल्लाहु अलैहि वसल्लम ने तो अब्दुल्लाह बिन उमर रज़ि० को यहाँ तक हुक्म दे डाला कि वह रुजू यानी अपने फ़ैसले पर फिर से सोचे और जब उसकी बीवी कपड़ों से पाक हो जाए, तभी वह तलाक़ दे।”

हवेली से घिरी शगुफ़्ता में हल्की-सी जुम्बिश हुई। पथरायी आँखों में थोड़ी-सी हलचल हुई।

“पर सकीला, हमारे हीं तो हँगते-मूतते जब जी में आवे, एक झटका में तीन बर तल्लाक ऐसे कह देवे हैं जैसे हम कोई भेड़-बकरी होएँ। सही है पढ़ा-लिखा को यही तो फायदो है। हमारा हीं का इन मुल्ला-मौलवीन्ने तो कुछ पतोई ना है।”

“ऐसा मत कहो अम्माँ, सबको सब पता है। यह मर्द की जात इतनी मासूम नहीं है जितना आप समझती हैं। जहाँ इनको सहूलियत होती है वहाँ उसी के मुताबिक़ ये चीज़ों को तय करते हैं। यह तो इनको पता है कि एकसाथ तीन तलाक़ कहने से तलाक़ हो जाता है, यह नहीं मालूम कि अगर कोई शौहर एक ज़बान तीन तलाक़ कहे तो ऐसे तलाक़ को तलाक़-उल-बिदअत कहा जाता है, और एक ही वक़्त में तीन तलाक़ देने से एक ही तलाक़ पड़ती है। और सुनिए, क़ुरान में एक जगह साफ़ दर्ज़ है कि अपने में से दो इन्साफ़ करनेवाले गवाहों की मौजूदगी में ही तलाक़ दी जाए। क्या मुबारक अली ने तलाक़ देते वक़्त इन सारी हदों को ध्यान में रखा था ?”

सब चुप। कौन दे जवाब शकीला के इन सवालों का। कहना चाहा था शगुफ़्ता ने कुछ किन्तु शकीला ने उसे चुप रहने के लिए कह दिया इशारे से।

"चलिए, हमारे जनाब मुबारक अली ने शगुफ़्ता को तलाक़ दे दिया और हवेली ने उसे मान भी लिया, मगर निकाह के वक़्त जो मह्र तय हुआ था क्या वह उसे देने के लिए तैयार है ?"

"मजीदन, दारी हमारी मेवात में महर देणा की रिवाज भी है ?" जुम्मी ने जवाब देने के बजाय पलटकर मजीदन से पूछा।

"निकाह के बखत लिखवा तो सब देए हैं, पर तलाक पीछे हमने तो ना देखो है कोई फूटी कौड़ी भी देतो।" मजीदन के एक-एक शब्द से आक्रोश फूटने लगा।

"मगर अम्माँ, क़ुरान में तो साफ़ लिखा है कि औरत के मह्र को ख़ुशदिली के साथ अदा करो।"

"निकाह के बखत तो सब बोहरा बण जाए हैं। महर के नाम पे लिखवा देए हैं मोटी-मोटी रकम के तल्लाक लिए पीछे कौन तो लेएगो और कौन देएगो। नीत तो देणा की पहले ही ना रहवे है।" मजीदन ने साफ़-साफ़ बता दिया।

"मह्र-ए-मुअज्जल का यही तो मतलब रह गया है कि निकाह के वक़्त दिखावे के लिए हज़ारों-लाखों के दस्तावेज़ यह समझकर लिख दिए जाते हैं कि बाद में कौन किसे देता है। मगर हम यह भूल जाते हैं कि तलाक़शुदा औरत के लिए इद्‌दत के दिन कितने मुश्किल भरे होते हैं। उसे अपने और अपने बच्चों की परवरिश के लिए एक-एक पैसे के लिए मुहताज होना पड़ता है। अपनी छोटी-छोटी ज़रूरतों और तकलीफ़ों के लिए न जाने किस-किसके आगे हाथ फैलाना पड़ता है। सच कहूँ अम्माँ, मेरा तो उस वक़्त के बारे में सोचते हुए कलेजा मुँह को आने लगता है।" आँखें भर आईं शकीला की।

इसी बीच दादी ज़ैतूनी ने जमीला को इशारे से अपने पास बुलाया और फुसफुसाते हुए उसके कान में न जाने क्या कहा। इसके बाद जमीला शगुफ़्ता के पास गई। उसने भी शगुफ़्ता के कान में पता नहीं क्या कहा कि अगले ही पल पूरा कमरा हतप्रभ रह गया। कई तो चीख़ते-चीख़ते रह गईं इस दृश्य को देखकर। मुमताज़ और फ़ौजिया ने अपनी हथेलियों से चेहरा ढाँप लिया। नसें तड़कने लगीं शकीला के दिमाग़ की।

"अम्माँऽऽऽ ! खुदा के वास्ते शगुफ़्ता को रोको !" लगभग झपटते हुए शगुफ़्ता द्वारा घुटनों तक खींच दी गई शलवार को वापस ऊपर करते हुए चीख़ी शकीला।

"बूढ़ी माई, अब तो अकीन होगो के तलाक के बखत मैं लत्तान् सू ही...अब तो अकीन आगो सिलवार पे ये खून देखके !" शलवार की मियानी पर लगे ख़ून के धब्बों को दिखाते हुए शगुफ़्ता ने ज़ैतूनी की ओर देखते हुए कहा, "अगर अभी भी कसर रहगी होए तो बूढ़ी माई सबके आगे नंगी होके दिखाऊँ !"

"सगुफ्ता, बन्द कर बेटी...अब यासू जादा और कितनी नंगी होएगी।" दादी ज़ैतूनी का पूरा शरीर काँपने लगा।

"बूढ़ी माई, नंगी तो मैं और भी हो जाऊँगी पर काई तरह मोहे बखस (बख़्श) देओ ! मैं या हवेली में तिहारी बाँदी बणके रहूँगी...तिहारा पाँवन्ने धो-धोके पीऊँगी पर जैसे भी होए मेरा माथा पे या कलंकए लगणा सू रोक लेओऽऽऽ !"

शगुफ़्ता की फ़रियाद और उसका आर्तनाद हवेली के गज़भर चौड़े आसारों से सिर पटक-पटककर लहूलुहान होता रहा। दो ही दिनों में शगुफ़्ता कोयले-सी हो गई, एकदम स्याह।

सारी आशाएँ दीये में ख़त्म होते तेल की तरह एक-एक कर टिमटिमाती हुईं बुझने लगीं। दादी ज़ैतूनी, जुम्मी, मजीदन, जमीला, शकीला यहाँ तक कि मुमताज़ और फ़ौजिया से उसके हाथ तेज़ी-से फिसलने लगे। इन्होंने भी बहुत प्रयास किया उसे थामे रखने का लेकिन ये भी नहीं रोक पाईं उसे। हारकर हवेली ने उसे पूरी तरह नियति के हवाले छोड़ दिया। अब तो शगुफ़्ता की आहें, उसका क्रन्दन, उसका विलाप, उसकी गुहार, उसकी दुहाई सब भोंथरी पड़ने लगीं। आख़िर कब तक सब उसे झूठी दिलासा देती रहें ? कब तक तिराए रखें उसे एक तिनके-सी पतली उम्मीद पर ? डूबना तो अन्ततः उसे है ही क्योंकि वह भूल रही है कि बीच मँझधार में जाकर कभी कोई लौटा है, जो वह लौट आएगी ?

●●

लाख कोशिशों के बावजूद हवेली के गज़भर चौड़े आसार इस ख़बर को बाहर जाने से नहीं रोक पाए एक बार फिर।

हवेली के सारे दरवाज़े, सारे रोशनदान, सारी खिड़कियों और सारी मोखियों को बन्द करने के बाद भी, तीसरे दिन पूरा मोहल्ला जान गया कि हाजी की हवेली के भीतर कितना निर्मम फ़ैसला लिया गया है। इस बीच किसी भेदिए ने शगुफ़्ता के मायके भी पहुँचा दी यह ख़बर।

बहुत सोचा गया। पूरे दिन कचैड़ी में मन्त्रणा होती रही कि कैसे आनेवाले हालात से निपटा जाए। सारी सम्भावनाओं पर विचार किया गया। पंचायत से लेकर कानूनी दाँव-पेंच तथा मामले के कोर्ट-कचहरी तक जाने की नौबत पर गहन चिन्तन किया गया। युनुस को उसकी सारी कानूनी पोथियों को खंगालने की सलाह और निर्देश दिया गया। वली मोहम्मद को उसकी योग्यतानुसार शरई नुकतों की जानकारी के मुताबिक़ मोर्चा थमा दिया गया।

परन्तु इससे पहले कि हवेली में अन्य पहलुओं पर भी मन्थन होता ज़ुहर की नमाज़ के थोड़ी देर बाद गर्द उड़ाती दो जीपें ठीक कचैड़ी के सामने आकर रुकीं।

अनुमान एकदम सही निकला।

जिन्हें नहीं पता था वे भी जान गए इन दो जीपों के आने का अर्थ। इनमें से एक में आधी से ज़्यादा महिलाएँ थीं तो दूसरी पुरुषों से एकदम ठुकी हुई थी। एक-एक कर दोनों जीपें खालीं हो गईं। एक तो खाली होते-होते सुबकियों और सिसकियों में डूब गई।

माँ ही थी यह शगुफ़्ता की, जो हवेली के दरवाज़े तक पहुँचते-पहुँचते पछाड़ खाकर ज़मीन पर गिर पड़ी, और यह दादी थी उसकी जो कच्ची भीत की मानिन्द भरभराकर ढह गई।

"अरी मेरी बछिया, ऐसी कहा खता होगी तोसू जो जड़ समेत उखाड़ के फेंक दी !" हवेली के दरवाज़े से गिरती-पड़ती दाख़िल होती माँ बिलखते हुए बोली।

पहचान गई शगुफ़्ता इस आवाज़ को। कौन हो सकती है भला माँ के सिवाय ? कैसे भूल सकती है इस आवाज़ को वह। भागकर जा लिपटी वह उस माँ की छाती से, जिसे वह मात्र गन्ध से जान लेती थी। दादी भी आ पहुँची तब तक। दादी ने बाज़ुओं में समेट लिया शगुफ़्ता को। एक-एक कर दोनों भावजों सहित माँ और दादी ने भींच लिया उसे अपनी बाँहों में।

किसी कि हिम्मत नहीं हुई शगुफ़्ता को उनसे अलग करने की। निरीह आँखों से देखती रहीं सब।

आख़िर दादी ज़ैतूनी ही गई उनके पास तथा शगुफ़्ता से उसकी दादी को अलग करते हुए भर्राई, "चौ...चौधरन् हिम्मत सू काम ले !"

इस बीच जुम्मी, मजीदन, जमीला, शकीला भी उनके नज़दीक आ गईं। सबको जैसे-तैसे कमरे में लाया गया। शगुफ़्ता चिड़िया के बच्चे-सी चिपक गई माँ की छाती से।

"वैसे, ठीक ना हुओ है चौधरी ई हमारे साथ। अरे, हमारा बालक में अगर कोई कमी ही या यासू कोई गुस्ताखी होगी ही, तो इतनो कड़ो फैसला लेण सू पहले खबर तो करता हमारे पै।" शगुफ़्ता के दादा ने नसीब ख़ाँ से शिकायत करते हुए कहा कचैड़ी में।

"चौधरी, यही तो कलेस है। हमन्ने भी अभी तलक पतो ना चली है के आखिर या रोग की जड़ है कहा।"

"अन्यायी, हमसू लेण-देण में कोई चूक होगी होए...हमारा बालक में ही कोई खोट आगो होए, या कुछ और बात होगी होए तो तम हमन्ने बताओ तो सही।"

"पूछी तो हमने भी बहोत है चौधरी, पर मुबारक ने कुछ ना बताके दी।"

"तो चौधरी फिर अब कैसे होएगी ? कोई तो रस्ता बचो होएगो उल्टा लौटना को ?" शगुफ़्ता के दादा ने पूरी कचैड़ी से पूछा।

"रस्ता तो है चौधरी पर है थोड़ो टेढ़ो।"

"चौधरी, टेढ़ा-मेढ़ा की फिकर मत कर हम सब सँभाल लेंगा। रुपिया-धैला की ओड़ सू बेफिकर रह। नोटन् में आग लगा देंगा पर काई तरह हमारी पाग ए उतरना सू बचा लेओ !" पतली जिल्द से पटे शगुफ़्ता के दादा के हाथ काँपने लगे।

"रुपिया-धैला की जरूरत ना पड़ेगी यामें। बस्स थोड़ो-सो हिम्मत सू काम लेनो पड़ेगो।"

"चौधरी, तू बता तो सही के आखिर ऊ रस्ता है कौन-सो ?"

"रस्ता कहा, हलाला है मेरो मतलब है दूसरो निकाह।"

"हलालाऽऽऽ !"

"और कोई दूसरो रस्ता भी तो ना है चौधरी।" ठंडी आह भरते हुए कहा नसीब ख़ाँ ने।

"यानी पहले हम अपनी बहाण को दूसरो निकाह करें फिर वाहे तलाक दिवा के या हवेली में भेजें। बूढ़ा बाप, हमन्ने मंजूर ना है इनकी ई सरत। अरे, जब हमन्ने अपनी बहाण को दूसरो ही निकाह करणो है, तो हम वाहे हूनी (वहीं) क्यों ना रहण देएँ।" शगुफ़्ता के बड़े भाई ने आवेश में कहा।

"बेटा, अगर हदीस और सरीअत के मुताबिक चलणो है तो यही एक रस्ता है नहीं तो..."

"वैसे एक बात बताओ बूढ़ा माँवसा के हदीस और सरीअत के मुताबिक ई तलाक भी हुओ है ?" शगुफ़्ता के छोटे भाई ने तमतमाते हुए पूछा इस बार।

"तो कहा बिना हदीस और सरीअत के हुओ है ?" नसीब ख़ाँ के कहने से पहले दीन मोहम्मद ने सवाल किया।

"इतेक ताता होणा की जरूरत ना है। या हदीस और कुरान का बारा में जितनो तम जानो हो, उतनो ही हम जाने हैं।" शगुफ़्ता के दादा ने थोड़ा सख़्त होते हुए डाँट दिया दीन मोहम्मद को।

"फिर हदीस और सरीअत तो ई भी कहवे है के तलाक पीछे निकाह के बखत जो मह्र लिखो गयो हो, ऊ भी देनो पड़े है।"

"लालाओ, ऐसो है के अगर हदीस और सरीअत पे चलना की बात करोगा, तो ये प्याज का सा छिलका उतरता ही जांगा।" तेज़ी-से बढ़ते जा रहे तनाव पर लगाम कसते हुए टोका नसीब ख़ाँ ने।

"तो फिर बताए न चौधरी हम कहा करें ? तमन्ने तो हम बीच रस्ता में ला छोड़ा।" लगभग गुहार करते हुए पूछा शगुफ़्ता के दादा ने।

"समझ में ना आ री है कुछ। हम तो कहीं का ना छोड़ा चौधरी या मुबारक ने।" एक तरह से हथियार डालते हुए बोला नसीब ख़ाँ।

देर तक ख़ामोशी छायी रही कचैड़ी में।

"चौधरी, बस एक यही रस्ता है।" नसीब ख़ाँ पुनः उसी पर वापस आते हुए बोला।

"जहाँ तलक हमारी छोरी को सवाल है, वाहे तो हम राजी कर लेंगा। रही बात मुबारक की वाहे तम राजी कर लेओ !" शगुफ़्ता के पिता ने हल्की-सी दीखी आशा की किरन को पकड़ते हुए कहा।

"पर वाने तो कल ही मना कर दी।" चाँदमल से नहीं रुका गया।

"कल मना करी ही ना, चौधरी वाहे बुलवाओ तो सही...हम वाका पाँव पकड़ लेंगा...वाका पाँवनू में फेंटा धर देंगा। कुछ भी करनो पड़ जाए, हम वाहे मना लेंगा। आखिर है तो हमारो सिर को ताज।" शगुफ़्ता के दादा ने मनुहार करते हुए कहा।

मुबारक अली को एक बार फिर कचैड़ी में बुलवाया गया।

एक बार फिर मुबारक अली को मनाने की कोशिश की गई। दोनों तरफ़ से अपनी-अपनी आबरू लुटने का भय दिखाकर दुहाई दी गई, परन्तु मुबारक अली अपने फ़ैसले पर अडिग रहा।

"तो तेरो ई पक्को फैसला है ?" शगुफ़्ता के छोटे भाई ने, जो पेशे से वकील भी है, जैसे अन्तिम बार पूछा मुबारक से।

"हाँ।"

"ठीक है फिर। निकाह के बखत जो मह्र लिखी गई ही वाहे और जो इद्दत को खर्चा है, नफ़क़ा (गुज़ारा-भत्ता) के साथ वाहे अदा करदे ! ले जांगा हम अपनी बहाण ए।"

"अल्ताफ, तू तो मह्र ऐसे माँग रो है यार जैसे दो-चार तमने अदा करी होएँ।" इस बार युनुस ने कहा शगुफ़्ता के भाई से।

"हमारा खानदान में ना है ऐसी रिवाज। बीरबाणी की इज्जत करते जाणे हैं हम।"

"तों फिर ठीक है, हिम्मत है तो ले लेओ मह्र और नफ़क़ा।" हत्थे से उखड़ गया इस बार युनुस।

"नफ़क़ा तो मैं कानून का बल पे वसूल लूँगो !"

"तू मोहे सिखा रो है कानून। कितनो दिवा देएगी तेरी ई सी.आर.पी.सी. 125, हद-सू-हद पाँच सौ रुपिया महीना...ऊ भी कब तलक जादा-सू-जादा इद्दत तलक ! अगर थोड़ो-बहोत कानून का बारा में पतो है तो याद कर वा शाहबानो ए। वाने भी वसूल लियो हो कानून के बल पे अपनो नफ़क़ा...ऊ भी निहाल कर दी ही तेरा सुप्रीम कोर्ट ने अपनो फैसला सुणा के। इतनी ही हिम्मत ही तेरी कोर्ट-कचैड़ी में तो कैसे बणगो रातभर में नयो कानून ? हुँ...कह रो है कानून का बल पे वसूल लूँगो नफ़क़ा। सिर का बाल उतर जांगा अदालत का चक्कर काटते-काटते। उमर बीत जाएगी फैसला होते-होते। जमीन-जादाद नील्लाम हो जाएगी। वकील, मुंशी और पेशकार नींबू-सो निचोड़के रख देंगा। अल्ताफ, या कानून-वानून, अदालत-फदालत की धौंस वाहे दीजो, जाहे इनको पतो ना होए !"

एक ही वार में युनुस ने ध्वस्त कर दिया शगुफ़्ता के भाई अल्ताफ़ को। पहली बार चमकीं हवेली के मर्दों की आँखें एक आत्म-गौरव से। पहली बार उन्हें अपने युनुस पर गर्व हुआ। पहली बार इस हवेली को अपने उस फ़ैसले पर थोड़ा पश्चात्ताप हुआ, जिसके चलते इसी युनुस की सलाह न मानकर कानून की पढ़ाई के लिए मुबारक अली को अलीगढ़ या दिल्ली न भेजकर, उसे जे.बी.टी. में प्रवेश दिला दिया गया था। यह दीगर बात है कि आज यही मुबारक अली अपने चाचा मुबीन के राजनीतिक पहुँच के कारण मजे से बिना किसी हील-हुज्जत के अध्यापकी का भरपूर आनन्द ले रहा है। यह पहला मौक़ा है जब युनुस का क़द हवेली की नज़र में एकाएक इतना ऊँचा हो गया।

शगुफ़्ता का भाई अल्ताफ़ अपनी कानूनी लड़ाई किसी भी अदालत में जाने से पहले ही हार गया। चाहते हुए भी वह अपनी बहन को गर्त में समाने से नहीं बचा

पाया। पहली बार उसे अपने पेशे से नफ़रत-सी होने लगी। कानून की सारी किताबें उसे बेमानी लगने लगीं। सच ही तो कहा है युनुस ने कि क्या शगुफ़्ता महज पाँच सौ रुपए प्रतिमाह मिलनेवाले गुज़ारे-भत्ते से गुजर-बसर कर लेगी, और फिर इसकी भी क्या गारंटी है कि इतनी ठोकरें खाने के बाद यह भत्ता उसे मिल ही जाएगा।

अल्ताफ़ ने मन ही मन फ़ैसला कर लिया कि वह किसी भी हालत में हवेली से नफ़क़ा नहीं लेगा। वह मह्र के लिए भी अब दबाव नहीं डालेगा। यही सोचते हुए उसने निश्चय कर लिया कि *'अगर वह (शौहर) मह्र देने से मना करे, तो औरत को हक़ है कि वह अपने आपको उससे रोक ले।'*

वह रोकेगा शगुफ़्ता को मह्र लेने से।

सम्भावनाओं की जो थोड़ी-बहुत नमी बची थी वह भी अन्ततः युनुस और अल्ताफ़ की कानूनी बहस-मुबाहिसा की तपिस में भाप बनकर उड़ गई। यदाकदा एक-दूसरे से जो आँखें टकरा जाती थीं, वे भी मानो रास्ते से भटक गईं। बीच-बीच में हुक्कों और फ़र्शियों की गुड़गुड़ाहट के साथ गुड़ैले धुएँ की जो गन्ध कचैड़ी में एक अजब-सा उन्माद पैदा करती थी, वह भी ज़हरीली-सी हो गई।

इधर हवेली में रह-रहकर उठती सुबकियों और हिलकियों को जैसे ही कचैड़ी के इस अन्तिम निर्णय की सूचना पहुँची, तो उसे सुनते ही वहाँ हाहाकार मच गया। हवेली तो हवेली पूरे मोहल्ले से लेकर असग़री, पारो, बत्तो, सोनदेई सबको अपना-अपना कलेजा उछलकर बाहर आता दीखा। दादी ज़ैतूनी और शगुफ़्ता की दादी तो एक-दूसरे से मुरझाई लता-सी लिपट गईं। जुम्मी, जमीला, मजीदन, शकीला को अपना-अपना जिस्म बर्फ़-सा ठंडा पड़ता दिखाई देने लगा।

सूचना देनेवाला और कोई नहीं शगुफ़्ता का दादा ही था। आँखों की मद्धिम पड़ती रोशनी के चलते या शगुफ़्ता के ग़म के चलते, कहना मुश्किल है, शगुफ़्ता को पहचानने में तनिक देर लगी उसे।

"बूढ़ा बाप, या हवेली में ही दे जा मेरे जीती-जीवती के माटी। मैं...मैं अब कौन-सा मुँ सू चलूँगी तेरे साथ। तैने बहोत खिला ली मैं अपणी गोदी मेंऽऽऽ !"

"चल खड़ी हो, अभी तो बहोत ताकत है इन हाथन् में !" बहुत कोशिश की शगुफ़्ता को सँभालने की उन्हीं हाथों ने, जो वक़्त की मार से लगातार काँप रहे हैं।

कुछ नहीं लिया शगुफ़्ता ने अपने साथ। यहाँ तक कि पैरों में चप्पलें भी नहीं डालीं। दोनों बच्चियों को उसकी भावजों ने गोद में उठा लिया। चलते समय बारी-बारी से सब पर डाली शगुफ़्ता ने नज़र। सबसे अन्त में एक ओर सुबकती मुमताज़ को कातरता के साथ देखा उसने।

नहीं रोक पाई मुमताज़ अपने आपको और दौड़ते हुए गई ज़ैतूनी के पास, "बूढ़ी माँ, रोक लो भावज को..." फिर वहीं दीवार से पीठ लगाकर बैठे नसीब ख़ाँ की तरफ़ मुड़ी, "बूढ़ा बाप, खुदा के वास्ते रोको उसेऽऽऽ !"

कोई नहीं रोक पाया शगुफ़्ता को।

लगभग धकियाते हुए शगुफ़्ता को जीप में पटका और जैसे ही जीप एक झटके के साथ आगे बढ़ी कि पूरी ताक़त लगाकर लपकी जीप की तरफ़ दादी ज़ैतूनी, लेकिन तब तक जीप धूल उड़ाती हुई तेज़ी-से ओझल हो गई उसकी नज़रों से।

दूर तक जीप के पहियों से उड़ी गर्द देर तक हवा में उड़ती रही।

हवेली के भीतर अलग-अलग कमरों से रह-रहकर आती सिसकियों से पहली बार हवेली के आसार द्रवित हुए। शाम को हवेली के चूल्हे तो जले परन्तु उनमें बलती आँच में पहले जैसा ताप नहीं था। पता नहीं उस दिन कितने हलक़ों से रोटी का ग्रास तो दूर रहा, पानी का घूँट तक नहीं उतरा नीचे। रातभर अलग-अलग कोनों से हिलकियाँ सुनाई देती रहीं। निविड़ अँधेरे में हवेली की दीवारों से पूरी रात न जाने कौन टकराता हुआ घायल होता रहा। दादी ज़ैतूनी की तो जब भी आँखें लगतीं, उसे बस शगुफ़्ता का चीत्कार ही सुनाई देता।

मुमताज़ की आँखों से जैसे नींद ही उड़ गई। वह जब भी सोने का प्रयास करती शगुफ़्ता उसे आकर जगा देती। अचानक उसे याद आया कि एक बार शकीला मैडम ने उससे कहा था कि क़ुरआन-पाक के अन-निसा, अल-बक़रा, अल-आराफ़, अन-नूर, अर-रूम और अत-तलाक़ सूराओं को ज़रूर ध्यान से पढ़ने और समझने की कोशिश करना। आज वर्षों बाद मुमताज़ की समझ में आ रहा है कि शकीला मैडम ने क्यों उससे इन्हें ध्यान से पढ़ने और समझने की सलाह दी थी। एक-एक कर वे आयतें उसके अवचेतन में गूँजने लगीं जिन्हें उसने समझने की कोशिश तो तब की थी, किन्तु उनके अर्थ आज विस्तार पा रहे हैं।

—मर्द औरतों पर क़व्वाम (सिरधरे) हैं। इसलिए अल्लाह ने एक को दूसरे पर प्रमुखता दी है। नेक औरतें वे हैं कि जब तू (मर्द) उसे देखे तो तेरा दिल ख़ुश कर दे। वे शौहरों का हुक्म माननेवाली और उनकी अनुपस्थिति में अल्लाह की तौहफ़ीक से उनके हक़ों की हिफ़ाज़त करनेवाली होती हैं। जो औरतें ऐसी हों जिनके सरक़शी (विद्रोही) होने का डर हो, उन्हें समझाओ, बिस्तर में उन्हें अकेला छोड़ दो और उन्हें मारो।

—तुम्हारी औरतें तुम्हारे लिए खेती-समान हैं। अपनी खेती में जिस तरह से चाहो आओ और अपने लिए आगे बढ़ाओ।

—तुम्हारा उस पर यह हक़ है कि तेरे यहाँ वह ऐसे व्यक्ति को न आने दे, जिसको तू ना-पासन्द करता हो।

—वह उसके घर में से कोई चीज़ उसकी इजाज़त के बिना सदक़ा (ख़ैरात) ना करे। अगर वह ऐसा करेगी, तो बदला शौहर को मिलेगा और गुनाह औरत पर होगा। वह उसकी इजाज़त के बिना घर से न निकले।

—ईमानवाली औरतों से कहो कि वे अपनी निगाहें नीची रखें और अपनी शर्मगाहों

की हिफ़ाज़त करें। अपना शृंगार न दिखाएँ। अपने सीनों पर अपनी ओढ़नियाँ रखें। सिवाय अपने पति, पिता, दादा, पड़दादा, नाना, पड़पोते और अपने भाइयों के। अपने पाँव ज़मीन पर मारती हुई न चलें, ताकि लोगों को इसकी ख़बर न हो पाए।

एकाएक मुमताज़ को याद आया कि कॉलेज में भी संस्कृत के प्राध्यापक ने ऋग्वेद का ऐसा ही एक श्लोक सुनाया था छात्राओं को सम्बोधित करते हुए–

अधः पश्यस्व मोपरि सन्तरां पादकौ हर।
मा ते कशप्लकौ दृशन्, स्त्री हि ब्रह्मा बभूविथ ॥

(हे नारी, तू नीचे की ओर देखा कर, ऊपर की ओर नहीं। अपने पैरों को मिलाकर रखा कर। तेरी जंघाएँ दिखाई न दें। वस्त्र ऐसे पहन जिससे तेरे ओष्ट तथा कटि के नीचे के हिस्से पर किसी की दृष्टि न पड़े।)

आश्चर्य हुआ मुमताज़ को यह जानकर कि दोनों के अर्थों में तथा इन अर्थों से निकलनेवाली ध्वनियों में कितनी समानता है। इन्हीं ध्वनियों के बीच न जाने कब मुमताज़ की आँखें लग गईं।

सबकी रात अपने-अपने द्वन्द्वों से जूझते हुए बीती।

रातभर हवेली किसी उजाड़ खँडहर की तरह भाँय-भाँय करती रही। हवेली के पिछवाड़े वही बिल्ली पूरी रात रोती रही, जिसके कभी-कभार रोने से पूरी हवेली एक अनजाने ख़ौफ़ से सिहर उठती थी, लेकिन आज किसी को उसके रोने से डर नहीं लगा। इसलिए किसी ने उठकर उसे भगाने की कोशिश भी नहीं की क्योंकि हवेली के पिछवाड़े दीवार से लगकर रोनेवाली यह बिल्ली, बिल्ली नहीं शगुफ़्ता थी शायद जिसका रुदन रात की ख़ामोशी को बींधता हुआ सबके कानों से टकराता रहा।

तैंतीस

इशा की नमाज़ पढ़कर दीन मोहम्मद अभी महजत से लौटा ही था कि तभी उसे बाहर से किसी ने आवाज़ दी।

दरवाज़ा दीन मोहम्मद के बजाय शकीला ने खोला, वह भी आधा।

"सरपंच है कै ?"

पूछनेवाले को तो शकीला ने पहचान लिया किन्तु उसके साथ आए दूसरे व्यक्ति को नहीं पहचान पाई वह। शकीला ने पूरा दरवाज़ा खोल दिया।

"आ भई फत्तू कैसे...और ई रिस्तेदार ?" एक ही साँस में दीन मोहम्मद ने दोनों ज़रूरी सवाल दाग़ दिए।

"यार, ई मेरी फूफी का जेठ को छोरा हनीफ है।" फत्तू ने भी अहम सवाल के बजाय दूसरे का उत्तर देते हुए कहा।

"बोल, कहा सेवा है मेरे लायक ?"

फत्तू ने पहले कमरे में चारों ओर देखा तथा फिर हिचकते हुए बोला, "याऽऽऽर, काम ही कुछ ऐसो है।"

"तो फिर कह न !"

"थोड़ो-सो बाहर चल देए तो ठीक रहेगो।" फत्तू ने गोपनीयता बनाए रखने की ग़रज़ से कहा।

फत्तू के साथ दीन मोहम्मद बाहर चला आया। वहाँ से सीधे वे थड़ी पर आ गए। इससे अच्छा एकान्त मिलना और कहीं मुश्किल था। इस बीच फत्तू ने जेब से बीड़ी का बंडल निकालकर तीन बीड़ियाँ सुलगा लीं, और उन दोनों को एक-एक देते हुए अपनी फूफी के जेठ के लड़के हनीफ़ से बोला, "हाँ, अब बोल !"

फत्तू की बात सुनते ही दीन मोहम्मद के माथे पर सिलवटें खिंच आईं।

"यार, काम बहोत टेढ़ो है।"

"काम टेढ़ो है जभी तो हम तेरे पै (पास) आया हैं और फिर या धणी ए भी तो देख अगलो फौज में है।" फत्तू ने अपनी फूफी के जेठ के लड़के की ओर संकेत करते हुए कहा।

"ई बात तो तेरी ठीक है पर घर में जो पहले सू बैठी है, ऊ कहाँ जाएगी ?"

"यही तो रोणो है यार दीनू। अगर वाही के एकाध बालक हो जातो तो आज ई नौबत ही ना आती।"

"देख ले यार, कहीं कुछ उल्टी-सूधी बात ना हो जाए !" चिन्तित होते हुए कहा दीन मोहम्मद ने।

"उल्टी-सूधी बात तो जब होएगी जब हम तोहे उज्जगर (उजागर) करंगा। बस, तू तो वाहे दिल्ली सू हमारे साथ कर दीजो, बाकी हम अपणे आप देख लेंगा।" फत्तू ने बेहद आसान रास्ता सुझाते हुए कहा।

"ठीक है, पर यामें मोटी रकम खरच होएगी।" खुलकर बात करने में कोई बुराई नहीं दीखी दीन मोहम्मद को।

"रकम की तू फिकर मत कर, बस काई तरह या काम ए करवा दे।"

"तो फिर साफ-साफ सुनले चार हजार लूँगो मैं।" साफ़ कहने और सुखी रहने की नीति का अनुपालन किया दीन मोहम्मद ने।

"वैसे या काम में कुल कितनी रकम लग जाएगी ?" अंदाज़ा लेते हुए पूछा फत्तू ने।

"पन्द्रह तो मान के चलो आना-जाणा समेत। दो-चार हजार छोरी का माँ-बाप का हाथ पे भी धरना पड़ंगा।" दीन मोहम्मद ने मोटा-मोटा खर्चा बताते हुए आगे जोड़ा, "हजार-पाँच सौ का कपड़ा-लत्ता भी सिंवाओगा।"

"हाँ भई हनीफ बोल, सौदा मंजूर है ?"

हनीफ़ ने स्वीकृति में सिर हिला दिया।

"ठीक है दीनू, तू हमारी ओड़ सू हाँ समझ ले। जब तेरो बौंत बणे मोहे खबर कर दीजो, तेरी रकम तैयार मिलेगी।"

"बौंत कहा, ये रोजा निकल जाएँ बस।"

दोनों तरफ़ से बात पक्की समझ फत्तू हनीफ़ को लेकर जाने लगा, तो पीछे से हेला देता हुए टोका दीन मोहम्मद ने, "फत्तू, यार सुनियो !"

वापस लौट आया फत्तू। इसके बाद दीन मोहम्मद ने अँधेरे में फुसफुसाते हुए न जाने उसे क्या समझाया कि हनीफ़ को फत्तू का बस यही वाक्य सुनाई पड़ा, "तू बेफिकर रह।"

नहीं जान पाई शकीला कि साल में दो-तीन बार दीन मोहम्मद हफ़्ता-हफ़्ताभर के लिए कहाँ ग़ायब हो जाता है। पता इस बार भी नहीं चलता यदि फत्तू की फूफी का जेठ का लड़का हनीफ़ अपने वायदे से नहीं मुकरता। फत्तू और दीन मोहम्मद में हाथापाई होते-होते रह गई।

फत्तू ने बहुत मनुहार की कि हनीफ़ का हाथ तंग है, इसीलिए उसकी रकम का अभी इन्तज़ाम नहीं हो पाया है। जैसे ही इन्तज़ाम होगा सबसे पहले उसी को निपटाएगा वह।

परन्तु दीन मोहम्मद ने एक नहीं सुनी, "जब गाँठ में टका ना हा तो जरूरी हो लुगाई को मजा लेणो। अरे, रकम तो फुंकी मेरी और नौसी की बगल में सो रो है पट्ठा ऊ हनीफ।"

"दीनू, तू फिकर मत कर। मैं तेरी एक-एक पाई ए चुकता करवाऊँगो। बस्स, बीसेक दिन की मोहलत और दे दे।" फत्तू निहौरा करते हुए बोला।

"देख फत्तू, जमानत ली है तैने मैं तो या मारे जामिन ए पकड़ूँगो। अगर तिहारी बसकी रकम देणी ना है तो वाहे उल्टी कर देओ। मैं कहीं अकरी-मंदी काई और के बैठा दूँगो...गल्लेन गाहक डोल रा हैं मेरे पीछे। जादा-सू जादा मेरो नफा ही तो मारो जाएगो।"

"अच्छो ऐसो कर, दस दिन की मोहलत दे दे बस। अगर हनीफ ना देएगो, तो मैं चुकाऊँगो तेरी रकम ए।"

"ठीक है, अगर दसवें दिन मेरी रकम नहीं आई तो मोसू बुरो ना होएगो कोई।" दीन मोहम्मद का बस नहीं चला वरना वह अपने कपड़े फाड़ लेता।

"यार, तू तो ऐसी बात कर्रो है जैसे मैंने कदी तोसू लेके दिया ना होएँ।" इस बार फत्तू थोड़ा कठोर होते हुए बोला।

"अच्छो एक काम कर, एकाध भैंस तो होएगी वाके पै। चल, तू रकम का बदला

में वाका खूँटा सू एक भैंस ही खुलवा दे। मैं यही सोच के सबर कर लूँगो के या सौदा में मोहे नफा ही ना हुओ।'' परास्त होने का नाटक करते हुए कहा दीन मोहम्मद ने।

''ठीक है, मैं हनीफ सू बात करके देख लूँ।'' फत्तू को यही उपाय ठीक लगा।

दोनों ने इस सुखद परिणति पर गहरा श्वास खींचा और अपनी-अपनी दिशाओं की ओर बढ़ गए।

शकीला को जब से दीन मोहम्मद के इस कृत्य के बारे में पता चला है, तभी से उसे अपनी शिराओं में दौड़ता लहू बाहर फूटता हुआ महसूस हो रहा है। दिमाग़ की नसें फटने को हो रही हैं। शक तो उसे उसी दिन हुआ था जब फत्तू हनीफ़ को लेकर उसके पास आया था, परन्तु उसे यह उम्मीद नहीं थी कि वह इस हद तक जा सकता है ? दीन मोहम्मद यह कार्य भी कर सकता है ?

बेसब्री से इन्तज़ार है आज शकीला को दीन मोहम्मद का। एक-एक पल उसे किसी पहाड़ की मानिंद जान पड़ रहा है।

शायद दीन मोहम्मद के ही क़दमों की आवाज़ है यह।

''आ गए, कर आए सौदा ?'' बिना किसी भूमिका के शकीला ने सीधे ही कहा।

''किसको सौदा ?'' बे-रुख़ी के साथ उलटा उसी ने पूछा।

''भैंस का और किसका !''

झटके से पलटकर देखा दीन मोहम्मद ने शकीला की तरफ़।

''आपको शर्म नहीं आती इस उम्र में औरतों का धन्धा करते हुए !'' फट पड़ी शकीला।

''तेरो दिमाग तो सही है, कौण-सो धन्धा कर्‌रो हूँ मैं औरतन् को ?'' उलटा चोर कोतवाल को डाँटे की नीति का अनुसरण करते हुए डाँटा दीन मोहम्मद ने शकीला को।

''खुदा से ख़ौफ़ खाओ ! सारी बदकारी क्या इसी हवेली के हिस्से में आई है ? आप क्या समझ रहे थे मुझे पता नहीं चलेगा। औरत को क्या आपने जानवर समझा हुआ है, जो इस तरह उनका सौदा करते हो...। ठीक है मैं इसी वक़्त बताती हूँ सबको आपके इस कारनामे के बारे में।''

इतना कहते हुए शकीला कमरे से बाहर निकली ही थी कि दीन मोहम्मद घायल शेर की तरह झपटा उसे रोकने के लिए। बमुश्किल पकड़ पाया वह शकीला को। लेकिन शकीला ने जैसे तय कर लिया कि वह आज कहे बिना नहीं मानेगी। दीन मोहम्मद की गिरफ़्त से छूटकर वह फिर जाने लगी कि बौखलाकर दीन मोहम्मद उस पर टूट पड़ा।

शोर सुनकर पूरी हवेली इकट्ठी हो गई दीन मोहम्मद के कमरे के बाहर। कचैड़ी में भी ख़बर कर दी किसी ने। आश्चर्य हुआ पूरी हवेली को यह देखकर कि कल तक जो दीन मोहम्मद शकीला की खूसनी की जूँ बना हुआ था, एकाएक वह घायल शेर कैसे बन गया। बात ज़रूर कोई बहुत गहरी है जो दीन मोहम्मद को अन्दर तक छीलती चली

गई, वरना दीन मोहम्मद और शकीला पर हाथ उठा जाए।

चाँदमल भी नहीं रोक पाया अपने आपको तथा कचैड़ी से चला आया न जाने किसका सहारा लेकर। शकीला के रोने की आवाज़ जब-जब उसके कानों में पड़ती तो महसूस होता जैसे शहद की बूँदें टपक रही हैं। दहाड़ते हुए दीन मोहम्मद जब-जब शकीला को डाँटता, तब-तब बेटे की इस मर्दानगी पर उसका सीना फूलता चला जाता। काश, दीन मोहम्मद जो दिलेरी और हिम्मत आज दिखा रहा है, इसी को वह शुरू में दिखाता तो शकीला के इतने पाँव नहीं होते। दूसरे शब्दों में कहा जाए कि इतने वर्षों से कायरता का जिस तरह वरण किया हुआ था, उसे बहुत पहले उतारकर फेंक देना चाहिए था दीन मोहम्मद को।

इसी तरह शकीला की सिसकियाँ जब-जब ज़रीना और हसीना के कानों से टकरातीं, तो लगता मानो हलक़ में आबे-ज़मज़म उतर रहा है। इस दृश्य और इस दिन का तो इन्हें मुद्दत से इन्तज़ार था। एक तरफ़ खड़े दीन मोहम्मद का पूरा जिस्म काँप रहा था, जिसे देखकर कहना मुश्किल था कि यह कँपकँपाहट उसके भीतर उबाल मार रहे ग़ुस्से के कारण थी, या आगामी परिणाम के भय के कारण।

समझ गया दीन मोहम्मद कि आज शकीला कहे बिना मानेगी नहीं। इधर शकीला ने भी सोच लिया कि यदि आज वह चुप रही, तब फिर शायद ही कह पाए कभी।

"अम्माँ, आप जानते हैं कि ये क्या धन्धा करते हैं ?" ज़ैतूनी के बहाने पूरी हवेली से पूछा शकीला ने।

सब एक-दूसरे की तरफ़ ताकने लगे कि आख़िर शकीला कौन-सा रहस्योद्घाटन करनेवाली है।

"बेटी, कहा धन्धा करे है ?"

"ये...ये औरतों की ख़रीद-फरोख़्त करते हैं।" लगभग चीख़ते हुए कहा शकीला ने।

"नसीब खाँ, अन्यायी ई कहा कह री ? मेरे तो कुछ पल्ले पड़ ना री है।" चाँदमल ने पोरों की गति कुछ कम करते हुए पूछा।

"ये औरतों को बाहर से ला-लाकर बेचते हैं इस मेवात में।"

"दीनू, लाला ई कहा कह री है ?" इस बार चाँदमल ने सीधे-सीधे बेटे से ही पूछा।

"कुछ ना कह री है बाप, वा बीरबाणी की बात कर्री है जाए मैं फत्तू की फूफी का जेठ का छोरा कू करवाके लायो हूँ बिहार सू।" बाहर से अपने आपको मज़बूत बनाने का प्रयास करते हुए बोला दीन मोहम्मद।

"तो ई औरतन् को धन्धा कहान् सू होगो ? काई गरीब और जरूरतमन्द को घर बसवाणो कोई औरतन् की खरीद-फरोखत होगी ?"

शकीला चीख़ते-चीख़ते रह गई चाँदमल के इस तर्क को सुनकर। इसका मतलब हुआ यह हवेली सबकुछ जानती है ?

"सकीला, हमारा या मेवात में ई आम बात है। हीं ना माने है कोई इन बातन्

को बुरो...बल्कि ई तो सबाब को काम है।'' ज़ैतूनी ने भोला-सा तर्क दिया।

''किसी ग़रीब का घर बसाना सवाब का काम हो सकता है मगर जानवरों की तरह सौदेबाज़ी करना तो कुफ़्र हुआ न।''

''ई तो बावली बात कर्री है। कोई यासू ई पूछे के जो आदमी अपणा आठ-दस दिन खराब करेगो, सौ-पचास रुपिया गाँठ सू भी फूँकेगो, वाका बदला में अगर ऊ हजार-पाँच सौ कमा रो है तो ई कहाँ सू कुफर होगो !''

कुछ नहीं बचा इसके बाद शकीला के पास कहने को। सारी जिरह और सारे तर्क बेमानी हो गए। चोर नज़रों से देखा उसने अपने इर्द-गिर्द खड़ी औरतों को। हैरत हुई उसे यह देखकर कि उसके पक्ष में उन्होंने एक लफ़्ज तक नहीं कहा जिनके लिए वह अपने हाथ झुलसा रही है।

''चलो रे चलो, बेमतलब जगहँसाई करवा राखी है या बीरबाणी ने। कदी हमन्ने हदीस और सरीअत पढ़ाए है, और कदी हमूपे बीरबाणी बेचणा को इल्जाम लगाए है। सारी कमी या बेटी चो' दीनू की है। ई सुरू सू ही अगर याके नकेल घालके राखतो तो आज याकी जुबान ना निकलती इतनी।'' चाँदमल जाने का उपक्रम बनाते हुए बोला।

''बड़ी इमाम की चोदी बण री ही, अब ना करेगी ई चबर-चबर।'' हसीना चहकते हुए फुसफुसाई ज़रीना के एकदम पास जाकर।

''अब बैठ जाएगी अपणो-सो मुँ लेके। हवेली की नाक में दम कर राखो हो या इकली लुगाई ने।'' ज़रीना भी बाँटने से नहीं रोक पाई अपनी ख़ुशी को।

दीन मोहम्मद को शकीला ने देखा तो क्षणभर के लिए उसके चेहरे पर पुते सन्तोष के भावों और होंठों पर तैर रही कुटिल मुस्कान से उसके अन्दर भय-सा समा गया।

धीरे-धीरे सारी छत खाली हो गई। कमरे में भी कोई नहीं बचा सिवाय दादी ज़ैतूनी और मुमताज़ के। ज़ैतूनी भी उठकर जाने लगी कि दरवाज़े से टकराकर गिरते-गिरते बची। अच्छा हुआ जो मुमताज़ ने सँभाल लिया।

''तू भी दे ले थोड़ो-बहोत सहारो। आज तू ना बोली मुमताज ?'' कन्धे का सहारा लेते हुए पूछा ज़ैतूनी ने।

कुछ नहीं कहा मुमताज़ ने। बस, पलटकर शकीला की उदास आँखों में हल्के-से झाँका। पलभर में पता नहीं कितनी बातें हो गईं दोनों के बीच।

''मुमताज, बेटी मेरी खाट तलक छोड़ आ मोहे। रात घणी होगी दीखे है। मैं तो या सकीला ए समझाती-समझाती हारगी। अब राजी रही न जब सबके आगे अपनो माजनो झड़वा लियो। इन मरदन् सू जीत पानो आसान काम ना है बेटी। ले बता, वा बिचारी सगुफ्ता ने ही कहा बिगाड़ो हो या हवेली को और उन छोटी-छोटी जीवाकन्ने कहा बिगाड़ो हो, जो या हवेली ने ऐसे ताड़ दी जैसे उनको यामें कुछ हिस्साई ना हो।'' पुरानी फाँस कसक उठी ज़ैतूनी के भीतर।

मुमताज़ दादी ज़ैतूनी को छोड़कर वापस लौटने लगी, तो ज़ैतूनी ने उसका हाथ थाम

लिया, "मुमताज, बेटी तू ही कदी-कदी आ जाए कर मेरे पै !"

दादी ज़ैतूनी ने जिस तरह मुमताज़ से आग्रह किया था लगा जैसे किसी ऊँचे झरने के गिरने से पैदा हुई फुहारों से भीग गई है मुमताज़। पतली जिल्द से लिपटे हाथों को अपने हाथों में लेकर मुमताज़ देर तक उनसे खेलती रही—बिल्कुल ऐसे जैसे किसी नवजात के हाथों से खेल रही है।

● ●

दरवाज़ा खोलकर बाहर झाँककर देखा शकीला ने। तुरन्त पहचान लिया शकीला ने उन दोनों को। उन्हें देखते ही त्यौरियाँ चढ़ गईं शकीला की।

"सरपंच है कै ?"

लेकिन शकीला ने दीन मोहम्मद के अन्दर होते हुए भी झूठ बोलते हुए कहा, "नमाज़ अदा करने गए हैं।"

"निवाज पढ़ण गयो है !" खुद से सवाल करते हुए फत्तू ने अपने पीछे खड़े हनीफ़ से पूछा, "हनीफ, यार अजान लगे तो घंटा भर ना होगी है कै ?"

"कौन है ?" खाट पर लेटे-लेटे ही ज़ोर-से आवाज़ देते हुए पूछा दीन मोहम्मद ने।

"अन्यायी, तू तो निवाज पढ़ण गयो बतायो !" अन्दर झाँकते हुए शकीला के झूठ को पकड़ते हुए कहा फत्तू ने।

"कौन, फत्तू ! सब ठीक तो है ?" खाट से उठते हुए पूछा दीन मोहम्मद ने।

"ठीक कहा यार दीनू, तैने तो हमारी जान कू बीज बो दियो।"

फत्तू की झल्लाहट से साफ़ था कि मामला उसी से जुड़ा हुआ है।

"चल, बाहर बात करंगा तसल्ली सू।" दीन मोहम्मद पाँवों में पणहा डाल उन्हें बाहर ले आया।

फत्तू से पूरा वाक़या सुन दीन मोहम्मद बोला, "अब बता, यामें मेरी कहा गल्ती है ?"

"पर भाई साब, मैं वाकी रखवाली कहानू तक करूँगो। अगर मोहे पतो होती के ऊ ई ऐसा चाल-चलन की निकलेगी, तो मैं याहे कतई ना लातो अपने साथ।"

"यार फत्तू, हनीफ तो ऐसे कह रो है जैसे मैं इन्ने ठोक-बजाके लातो होऊँ। अरे, एकाध तो निकल ही जावे है ऐसी।"

"मेरी घणी तो रकम डूबगी या चक्कर में। अरे, रकम में आग लगाई मैंने... सैंकड़ोन् मील धक्का खाया मैंने और मजा लूट रा हैं पट्ठा पड़ोसी। कहीं एकाध को खून ना हों जाए मेरे हाथ।" भूतपूर्व सैनिक हनीफ़ की आँखों में प्रतिशोध की लपटें उठने लगीं।

"देख, अगर ऐसी बात है तो दे दे सुरी (सुसरी) ए तल्लाक। मेरे यार, जितना तेरा खरच हुआ हैं इतना तो कोई भी दे देएगो।" दीन मोहम्मद ने सीधा-सरल उपाय

बता दिया पिंड छुड़ाने का।

"हम याही मारे तो आया हैं तेरे पै के तू ही कोई गाहक ढूँढ़ दे।"

"हम्बै यार दीनू, हूँ तो वाहे कोई फ्री में भी ना लेएगो। तू ही ढूँढ़ दे कोई चोखो-सो जरूरतमन्द गाहक।" फत्तू ने निवेदन करते हुए कहा।

"अरे तो तम वाही आदमी सू काँई लू ना चलाओ बात जाके पै ई जावे है ?"

"बात कैसे चलाएँ, वाने पहले सू ही दो-दो कर राखी हैं।"

"हद है यार फिर भी भला आदमी को पेट ना भर्‌रो है, हीं तो एक ने ही लट्‌ठ दे राखो है।" ईर्ष्या-सी हुई दीन मोहम्मद को उस भले आदमी से।

"वैसे एक बताऊँ भाई साब, मैंने तो ई घर में बड़ते ही भाँप ली ही के है *बत्तीसी छिरछिरी, बैल-सी गैणी*[1]*/'कोक' कहे सुन ब्यासजी, तिरिया पाड़ोसी लहणी।*"

दीन मोहम्मद को हनीफ़ के इस अनुभव पर ग़ुस्सा तो बहुत आया, किन्तु यह सोचकर चुप रह गया कि उजबक जब तुझे ऐसा ही लगा था, तभी कर देता वापस। अब महीनाभर मज़ा लूटने के बाद कह रहा है कि 'कोक' कहे सुन ब्यासजी, तिरिया पाड़ोसी लहणी।

"भाई साब, मोहे कहा पतो ही के ई हमारा वा पड़ोसी सू याही मारे हँस-हँस के बात करे ही।"

"हनीफ, ऐसी ही बीरबाणी का बारा में तेरा या सायर ने कही है के *पड़दो तो खोले नहीं, हँस-हँस करे बात/'कोक' कहे सुन ब्यासजी, तिरिया बहुतन् करे तलास।*"

"यार दीनू, या मुसायरा ए काई और दिन कर लीजो। पहले या आफत सू पिंड छुड़वा।" फत्तू का सब्र जैसे दग़ा दे गया।

"मैं कह तो रहो हूँ सुरी ए तल्लाक दे-दाके पीछे हटो।"

"तल्लाक तो ई दे देए, पर पहले दूसरो गाहक तो ढूँढ़।"

"यार फत्तू, मैं ना कर पाऊँगो अब ई काम। मेरा घर में पहले ही या बात पे घणो कलेस हो चुको है।" दीन मोहम्मद ने हाथ खड़े करते हुए असमर्थता प्रकट कर दी।

"भाई साब, ऐसो मत सोच। हजार-पाँच सौ को घाटा भी हो जाए तो कोई बात ना है। जब इतना डूबगा हैं तो ये भी सही...बस, काई तरह मोहे तू या जहन्नम सू बचा ले !"

मन ही मन मुस्कुराया दीन मोहम्मद इस भूतपूर्व सैनिक यानी हनीफ़ के शौर्य और पौरुष पर। तेज़ी-से गहराते शाम के झुटपुटे में दीन मोहम्मद इसके चेहरे की निरीहता तो नहीं पढ़ पाया, किन्तु शब्दों में छिपी विरक्ति से भाँप गया कि उसके कथन में कितनी सच्चाई है।

"ठीक है, मैं ही निकालूँगो कोई रस्ता। मोहे ही करनी पड़ेगी कोसिस।"

"कोसिस ना यार दीनू, ई काम तोहे करवानो पड़ेगो !"

"मेरा हाथ में तो है ना। जैसे ही कोई मिलेगो मैं तोहे खबर कर दूँगो।"

---

1. गैणी : छोटे क़द की।

"पर भाई साब, थोड़ी जल्दी करियो !" रिरियाते हुए गुहार की हनीफ़ ने।

"अल्लाह पे भरोसा राख बस।"

फत्तू और हनीफ़ से विदा ले दीन मोहम्मद घर चला आया।

हनीफ़ के एक के बाद एक कई तक़ाज़े आ चुके हैं।

इधर दीन मोहम्मद ने भी बहुत प्रयत्न किए किन्तु जैसा वह चाहता था वैसा नहीं मिल पाया। एक-दो जो मिले भी वे इस स्थिति में नहीं हैं कि ठीक-ठाक रकम खर्च कर सकें।

हारकर दीन मोहम्मद ने इन्हीं में से एक को चुन लिया। यह ग्राहक उसकी फ़ेहरिस्त में सबसे आख़िर में था, क्योंकि दीन मोहम्मद की इच्छा थी कि यदि ज़रूरतमन्द के साथ-साथ कोई युवा मिल जाता तो ज़्यादा अच्छा होता। हालाँकि उम्र तो इसकी भी कम नहीं है किन्तु है ज़रूरतमन्द, और ज़रूरतमन्द ही इसे रोकने में सफल हो पाएगा।

सौदा कुल मिलाकर छह हज़ार में तय हुआ।

इधर सौदा तय हुआ और उधर दीन मोहम्मद ने पूर्व योजना के अनुसार हनीफ़ के पास ख़बर भिजवा दी।

जैसीकि योजना बनाई गई थी तथा जैसी उम्मीद थी बिल्कुल उसी के अनुरूप हुआ सब।

ठीक तीसरे दिन हवेली के सामने ठट जमा हो गया। किसी की समझ में नहीं आया कि आख़िर यह अपरिचिता है कौन ? जगह-जगह उघड़े जिस्म से झाँकते सुर्ख़ चकत्ते। सूजे हुए होंठों से रिसता ख़ून और भयातुर काँपती कर्कश चीत्कार से हवेली की बुनियाद तक दहल गई।

ज़रा भी अनुमान लगाना मुश्किल नहीं था इस अपरिचिता को देखकर कि इसके साथ क्या सुलूक हुआ होगा। लेकिन यह गिरह अभी खुलनी बाकी थी कि इस हवेली से और इस हवेली में रहनेवाले दीन मोहम्मद से इसका क्या सम्बन्ध हो सकता है।

शोर सुनकर शकीला भी आ गई बाहर।

"खुदा के वास्ते हमको बचा लो दीन मोहम्मद...नहीं तो ऊ कसाई हमको जिन्दा मार डालेगा !"

देर नहीं लगी शकीला को समझते हुए अर्थात पन्द्रह दिन पहले फत्तू और हनीफ़ के आने का मतलब। उन दोनों के साथ दीन मोहम्मद का घर से बाहर जाना और आज इस अपरिचिता का यहाँ आना—सारे सूत्रों ने मिलकर सारी तस्वीर साफ़ कर दी।

शकीला आगे बढ़कर उसे ज़मीन से उठाकर सँभालते हुए हवेली में लाने लगी कि तेज़ी-से दीन मोहम्मद ने लपकते हुए डाँटा उसे, "तेरो दिमाग तो ख़राब ना होगो है...कहाँ ले जा री है या अजाप ए !"

'अजाप' शब्द सुनते ही शकीला ने घूरकर देखा दीन मोहम्मद की आँखों में। पढ़

गया दीन मोहम्मद शकीला की पनीली आँखों में उतरी पूरी आयत को। नहीं ठहर पाया ज़्यादा देर तक वह शकीला की आँखों में रह-रहकर उठते बवंडर की मूक गर्जना के आगे।

"अरी, कहा आफत है तू...तोहे यही दहली मिली है कै पूरा गाँओ में !" दीन मोहम्मद ने अपरिचिता को ऐसे डाँटा मानो इससे पहले उसने इसे कभी देखा तक नहीं।

"आपके पाँव पड़ती हूँ, हमें बचा लो उस बेरहम से !" इतना कहते हुए सचमुच वह दीन मोहम्मद के पाँवों से लिपट गई।

"अच्छी बला है...देखो अन्यायी, कैसे लिपट री है मेरे !" वहाँ जमा भीड़ की ओर देखते हुए बोला दीन मोहम्मद।

"चलिए खड़ी होइए, आइए मेरे साथ !" शकीला ने पुनः उस अपरिचिता को खड़ा किया और अपने साथ हवेली के अन्दर ले आई।

दीन मोहम्मद ने शकीला को रोकने की एक बेमानी कोशिश की किन्तु सब बेकार।

"सकीला, दारी ई कहा तमासो है जो तू..."

"आपा, अन्दर आइए मैं सब बताती हूँ !" अपने अन्दर उठ रहे तूफ़ान को दबाते हुए शान्त भाव से मजीदन से कहा शकीला ने।

जुम्मी ने एक पुरानी शॉल उसके ऊपर डालते हुए कहा, "देखो तो सही, हरामी काई कसाई ने कैसी मारी है बिचारी। पूरी देह उधेड़के धर दी।"

शकीला ने पीने के लिए पानी लाकर दे दिया।

"बेटी, तू या मेवात की तो लग ना री है...कौण-सो मुलक है तेरो ?" स्नेहिल भाव से पूछा दादी ज़ैतूनी ने।

"हाँ अम्माँ, बिहार से आए हैं हम।"

"हमारा या दीन मोहम्मद ए कैसे जाणे है ?" जुम्मी ने पूछा इस बार।

"यही तो लाए थे हमें अपने साथ।"

"जब ई लायो हो तो इतना दिन तलक किसके साथ ही ?"

"हनीफ़ मियाँ के साथ थी।"

"हनीफ मियाँ, ई हरामी नयो मुल्ला कौन पैदा होगो है ?" दादी ज़ैतूनी ने वहाँ उपस्थित पूरी भीड़ से पूछा।

"मैं बताती हूँ अम्माँ..." इसके बाद शकीला ने पुराने सूत्रों के आधार पर सबकुछ बता दिया।

"तो कहा ई वही है जाका बारा में तू वा दिन कह री ही ?" मजीदन ने हैरान होते हुए पूछा।

"यांको मतलब है ई वा ढेड फत्तू की फूफी का जेठ का छोरा ने मारी है ?"

"हाँ अम्माँ।" शकीला ने ज़ैतूनी के अनुमान की पुष्टि की।

"देख बेटी, मेरी माने तो एक सलाह दूँ ?"

अपरिचिता ने स्वीकृति में सिर हिला दिया।

"देख, ये लड़ाई-झगड़ा तो मरद-बीरबाणी में चलता रहवे हैं। इन घावन् को कहा, ये तो आज ना, कल भर जांगा...पर मेरी ई सलाह है के तू उल्टी वाई के पै चली जा !"

"मगर अम्माँ, मैं वहाँ जाकर अब क्या करूँगी।"

"ना बेटी, ऐसी मत सोच...मरद-बीरबाणी तो ऐसा बासण हैं जो खड़कता ही रहवे हैं। कहान् तलक तू भगी-भगी डोलेगी...जमानो बहोत खराब है। अभी भी कुछ ना बिगड़ो है उल्टी चली जा !" अच्छे-बुरे का बहुत वास्ता दिया दादी ज़ैतूनी ने।

"पर अम्माँ, मैं कैसे जाऊँ वहाँ...वे तो मुझे तलाक दे चुके हैं।"

"मर राँड...!" सिर थाम लिया दादी ज़ैतूनी ने दोनों हाथों में, "या तलाक ने तो हमारी जिन्दगी ख्वार कर राखी है...हँगो तो तलाक, मूतो तो तलाक !" पिच्च से ज़मीन पर थूकते हुए कहा दादी ज़ैतूनी ने।

"मगर उसने तलाक दिया किस बात पर है ?"

"सकीला, या मरद की जात ए सारा हक अख्तयार हैं...वाकी मरजी है ऊ जो चाहे कर सके है।" जुम्मी की आँखों से चिंगारियाँ फूटने लगीं।

"ठीक है, अम्माँ फिर ऐसा करते हैं इसे वापस बिहार भिजवा देते हैं।" शकीला ने सुझाव दिया।

"नहीं आपा, ख़ुदा के वास्ते मत भेजो मुझे वापस। चली भी जाऊँगी तो मुझे कौन घुसने देगा घर में। इससे बेहतर है, मैं अपनी जान यहीं दे दूँगी !" अपरिचिता ने फ़रियाद करते हुए कहा।

बहुत समझाया सबने लेकिन वह इसके लिए तैयार नहीं हुई।

"अम्माँ, मैं इस हवेली के एक कोने में पड़ी रहूँगी। मुझे कुछ नहीं चाहिए। बस, दो वक़्त रोटी दे देना। सारा काम करने को तैयार हूँ मैं। ज़िन्दगी भर आपकी ख़िदमत करूँगी।"

"या पेट को ही तो सारो रोणो है बेटी, नहीं तू ऐसे धक्का खाती ना डोलती।" छोटी-छोटी बूँदें चमकने लगीं ज़ैतूनी की आँखों में।

थोड़ी देर सोचने के बाद दादी ज़ैतूनी बोली, "ठीक है, जब तलक तेरो कहीं बन्दोबस्त ना हो जाए तू हीनी (यहीं) पड़े रह या हवेली में।"

"मैं...मैं आपका यह एहसान मरते दग तक नहीं भूलूँगी अम्माँ। मेरे लिए तो इस वक़्त आप ख़ुदा से भी बढ़कर हैं।"

"इतनो गुनाह मत कर मेरे ऊपर, मोहे माणस ही रहन दे !" मीठी-सी झिड़की मारते हुए डाँटा ज़ैतूनी ने उस अपरिचिता को।

यही तो चाहता था दीन मोहम्मद। फिर भी उसने औरों की तरह दादी ज़ैतूनी के इस एकपक्षीय फ़ैसले पर बुरा-सा मुँह बनाया। औरों का तो मुँह बनाने का कारण समझ

में आता है, क्योंकि किसी को अपने शौहर के फिसलने का भय सताने लगा, तो किसी को इस जवान-जहान के होते अपने बड़े होते बेटों की शुचिता भंग होने की चिन्ता खाने लगी। लेकिन यह समझ में नहीं आया कि दीन मोहम्मद ने क्यों बनाया है बुरा-सा मुँह।

विरोध तो दीन मोहम्मद ने दादी ज़ैतूनी के फ़ैसले का बहुत किया और खुलकर उस डर को खूब हवा दी, जिसके चलते बहुतों को अपनी-अपनी पहचान और वजूद एकाएक ख़तरे में पड़ता दिखाई देने लगा, परन्तु अन्दर से वह खुश भी बहुत था। इस खुशी का कारण था स्थितियों का उसकी योजना के अनुसार अनुकूल होते जाना। दो दिन में ही उसने हवेली में ऐसा वातावरण तैयार कर दिया कि इस कृत्य का असली सूत्रधार दीन मोहम्मद वल्द हाजी चाँदमल हवेली के बहुत बड़े हिस्से के लिए खलनायक से नायक बन गया।

हवेली के इस नायक को भी इसी वक़्त का इन्तज़ार था जैसे।

''ऐं री माई, तैने इतनो बड़ो फैसलो इकली ने ऐसे ले लियो जैसे या हवेली में सब मरगा होएँ।'' यह पहला संवाद था बतौर नायक।

''ढेड, या फूटा मुँ सू कदी तो ढंग की बात कर लेए कर, जब देखो भुस में लट्ठ मारतो होवे है।'' दादी ज़ैतूनी ने डाँटते हुए टोका दीन मोहम्मद को।

''ठीक है, अगर कोई ऐसी-वैसी बात होगी न तो फिर मत कहियो। मैं ना होऊँगो वाको जिम्मेदार।'' अन्तिम शब्द पर दीन मोहम्मद ने इस तरह ज़ोर डाला कि इधर-उधर भीत-पाँखों से सटे जिस्मों में बेचैनी होने लगी।

इधर दीन मोहम्मद बतौर नायक अपनी इस महत्त्वपूर्ण भूमिका को निभाकर हटा और उधर ज़्यादातर बहुओं ने जैसे दादी ज़ैतूनी पर हल्ला बोल दिया। हारकर दादी ज़ैतूनी को इसी नायक का सहारा लेने पर विवश होना पड़ा।

दीन मोहम्मद को जैसे मुँहमाँगी मुराद मिल गई। सच तो यह है कि वह खुद ही हवेली में आ पड़े इस मरे साँप को, किसी भी हालत में जल्दी-से-जल्दी अपने गले से उतारकर, इस नए ग्राहक के गले में डाल चैन की बाँसुरी बजाना चाहता है।

''माई, जब तू इतना नहौरा खा री है तो मोहे ही करनो पड़ेगो कुछ इन्तजाम।''

इस तरह एक बार फिर नैतिक रूप से इस अपरिचिता की डोर अपने आप दीन मोहम्मद के हाथों में आ गई। अब वह इसे आसमान में चाहे जितनी दूर उड़ाते हुए जिधर चाहेगा गोता खिलाएगा। जितना चाहेगा तानकर रखेगा और जब चाहेगा इसे कन्नों से तोड़कर हवा में बिना डोर के छोड़ देगा। भला कटी पतंग की भी कोई दिशा होती है ?

माथा ठनका शकीला का।

कहाँ तो एक दिन पहले शाम को दीन मोहम्मद ने दादी ज़ैतूनी को 'इन्तज़ाम' करने का आश्वासन दिया था, और कहाँ रात भर में इन्तज़ाम हो भी गया क्योंकि अगले दिन 'इन्तज़ाम' उसके साथ था। सबने देखा उसे। दादी ज़ैतूनी ने भी एक बार नहीं कई

बार उतारा उसे आँखों में। उसकी एक-एक भंगिमा और हाव-भाव को बेहद बारीकी से बाँचा।

"ऐं रे भाई, तू याके साथ निभा भी लेएगो ?" पता नहीं किस भंगिमा का अर्थ निकालते हुए पूछा ज़ैतूनी ने।

"दादी, मोहे कहा निभाणो है...ई बात तो वासू पूछो जाहे मेरे साथ निभाणो है ?" नए ग्राहक ने उलटा ज़ैतूनी से पूछा।

खोपड़ी भन्ना गई ज़ैतूनी की इस बेसहूरे-से दीखनेवाले का इतना तीखा प्रश्न सुनकर।

"माई, तोहे कहा मतलब है...तेरी बला सू निभे या ना निभे। पतो ना तोहे भी चलती गाड़ी का पहिया में पाँव देणा की कहा आदत-सी पड़ री है !" दीन मोहम्मद ने झल्लाते हुए संवादों की बुनियाद को मजबूत होता देख डाँटा ज़ैतूनी को।

चुप हो गई दादी ज़ैतूनी।

"हाँ वाड़ी कलन्दर, फिर करवाऊँ भेजणा की तैयारी ?" दीन मोहम्मद ने किसी भी तरह की ढील देनी उचित नहीं समझी।

"पर यार दीनू, तैने ई तो बताई ना के वा फौजी ने काँई बात पे ई तलाक दी ही ?" अनिर्णय और अनिश्चितता की पतली डोर पर झूलते कलन्दर ने पुनः अपनी उलझन से अवगत कराते हुए पूछा।

"अन्यायी, फौजी आदमी है...आगो होएगो काई बात पे गुसा।" दीन मोहम्मद साफ़ पी गया सच्चाई को।

कलन्दर ने कुछ नहीं पूछा इसके बाद।

"माई, समीना ए बुलवइयो !" दीन मोहम्मद ने बिना एक क्षण गँवाए कहा दादी ज़ैतूनी से।

थोड़ी ही देर में अपरिचिता यानी समीना को हाज़िर कर दिया गया। अकेली नहीं थी वह—जुम्मी, मजीदन और शकीला भी थीं साथ में।

'कलन्दर, ई खड़ी समीना। पूछ ले जो कुछ पूछनो है !"

दीन मोहम्मद के प्रस्ताव पर कलन्दर ने जिस तरह समीना की तरफ़ देखा, समीना की देह में बिजली का करंट-सा दौड़ गया। एक-एक रोआँ खड़ा हो गया अपनी जगह। पूरे जिस्म में चींटियाँ-सी रेंगने लगीं। चेहरा ज़र्द पत्ते-सा पीला पड़ता चला गया। पाँवों की जैसे जान ही निकल गई।

"ना, मोहे ना पूछणो है कुछ।"

समीना को लगा जैसे कलन्दर के होंठों से फूटे शब्द किसी गहरे कुएँ की दीवारों से टकराकर आ रहे हैं। पलभर के लिए शिराओं में ठिठक गया रक्त का प्रवाह फिर से कुलाँचें भरने लगा। पलकों को धीरे-से उठाकर निरखा कलन्दर को उसने, तथा अपने परवरदिगार का लाख-लाख शुक्रिया अदा किया।

"दीनू, ठीक है। भिजवाणा की करो तैयारी।"

कलन्दर की हाँ के बाद दीन मोहम्मद ने न जाने उसे क्या इशारा किया कि कलन्दर उसके पीछे-पीछे चला आया बाहर।

"हाँ भई कलन्दर, अब तो होगो तेरो काम...ला, निकाल मेरी रकम !" दीन मोहम्मद ने एकान्त पाते ही कहा।

कलन्दर ने जेब से एक पैकेट निकाला और उसे दीन मोहम्मद को देते हुए बोला, "अभी तो ये तीन पकड़, बाकी कल भिजवा दूँगो।"

"कल-वल को कोई चक्कर ना है। देणा हैं तो देके जा पूरा, नहीं बेटी अभी बाप के ही है।"

"अकीन कर यार, कल जरूर भिजवा दूँगो।" गिड़गिड़ाते हुए बोला कलन्दर।

"मैंने कह दी न एक बर। सौदा मंजूर होए तो पूरा निकाल, नहीं मैं दूसरो गाहक पकड़ूँ।"

इतना कहकर दीन मोहम्मद वापस जाने लगा तो लपककर कलन्दर उसे रोकते हुए रिरियाया, "दीनू, खुदा तलक कल धैरे-धैरे भिजवा दूँगो !"

"यार, मेरो टैम खराब मत कर। घणाई गाहक हैं मेरे पै।" दूध का जला भला छाछ को कैसे पी सकता है बिना फूँक मारे।

"अच्छो भई, ना माने तो तू पूरा ही ले !" जेब से एक और पैकेट निकालकर दीन मोहम्मद की ओर बढ़ा दिया कलन्दर ने।

आगे बढ़ते कदम वहीं थम गए दीन मोहम्मद के, "ऐसो है, काई और ए चोदनो सिखइयो ! तेरा जैसा बहोत देखा हैं।" कलन्दर की आँखों में आँखें डालते हुए एक विद्रूप मुस्कान उछाली दीन मोहम्मद ने।

एक उज्ज्वल और सुखद भविष्य की कल्पना में डुबकी लगाती हुई समीना कलन्दर के साथ चली गई। सबने अपनी हैसियत के अनुसार कुछ-न-कुछ ज़रूर दिया। जाते समय वह दादी ज़ैतूनी और शकीला से लिपटकर इतना रोई कि इतना तो वह हनीफ़ के साथ बिहार से आते वक़्त भी नहीं रोई थी। जब-जब दादी ज़ैतूनी के मुलायम हाथ उसकी पीठ पर फिरते, तब-तब लगता मानो नए-नए चोट के निशानों पर कोई बर्फ़ का टुकड़ा फिर रहा है।

कलन्दर और समीना के जाते ही दीन मोहम्मद ने गहरा साँस खींचा। वापस अपने कमरे में आया तो बिना कहे शकीला के हाथ में पानी का गिलास देखकर उसे हैरानी हुई। प्यास तो उसे सचमुच ही लग रही थी इसलिए एक ही साँस में पूरा गिलास पी गया।

"चलो, या आफत सू तो पीछा छूटो !" खाली गिलास शकीला की ओर बढ़ाते हुए बोला दीन मोहम्मद।

शकीला ने कनखियों से देखा दीन मोहम्मद को।

"ऐसे कहा देख री है ?"

"देख रही हूँ कि इस सौदे में तो अच्छा मुनाफ़ा हो रहा है।"

"तेरो दिमाग तो ठीक है...हर बखत जब देखो राम-राम लड़ाई का पेंता।" पलटकर वार करना उचित समझा दीन मोहम्मद ने।

"अच्छा ! अपनी बच्चियों के सिर पर हाथ रखकर कहो कि आपने इस आदमी से एक भी पैसा नहीं लिया है ?" दीन मोहम्मद के चेहरे पर आँखें गड़ाते हुए पूछा शकीला ने।

"खुदा की बंदी, तू चुप कर ! तेरे हाथ जोड़ूँ काई और सू मत कह दीजो या बात ए !" खाट से उठते हुए दीन मोहम्मद की घिग्घियाँ बँध गईं। आँखों ने इनकार कर दिया शकीला की आँखों से सामना करने से।

जी तो कर रहा था शकीला का कि वह चीख़-चीख़कर इस पूरे प्रकरण से एक-एक परत उठाकर दिखाए पूरी हवेली को, लेकिन चाहते हुए भी वह कुछ नहीं कर पाई बल्कि रह-रहकर उसे तरस आने लगा। किस पर आने लगा, नहीं समझ पाई शकीला। समीना पर या दीन मोहम्मद पर, उन दोनों पर या केवल अपने आप पर। मुश्किल हो गया शकीला को यह समझना।अगर समझ भी जाती, तब वह कर भी क्या सकती है ? बचा ही क्या है कुछ करने को उसके पास। ताक़त तो सारी मानो इस दीन मोहम्मद ने सोख ली, जो थोड़ी-बहुत बची है वह किसी काम की नहीं।

चौंतीस

साथण मेरा साथ की, कह ना मन की बात
कैसे तो दिनड़ा कटा, कैसे कटी निगोड़ी रात।

रोऊँ तो कजला बह, हँसू तो जोबन जाए
रात निगोड़ी ऐसे कटी, जैसे लकड़ी ए घुन खाए।

शक तो ज़ैतूनी को पहली ही बार हुआ था किन्तु रिश्ते और उम्र के इतने लम्बे फ़ासले ने उसे रोक दिया। अपनी संगी-सहेली और हमउम्रों को अपने आप ही बता देगी। यही सोचकर चुप लगा गई कि पराये खूँटे पर तो चौपाया भी उदास रहता है कुछ दिनों तक। जब एकाध बार जाएगी तो अपने आप रम जाएगी।

लेकिन एकाध बार की बात दूर रही, दूसरी बार में ही दादी ज़ैतूनी को अपनी आशंका सच होती हुई लगी। बेहद प्यार से सीने से लगाते हुए कहा था ज़ैतूनी ने।

"जैनब, बेटी बिहा पीछे छोरी-छापरी डोडा-सी खिल जावे हैं, पर पतो ना तू मोहे ही ऐसी लग री है याऽऽऽ..." जानबूझकर वाक्य अधूरा छोड़ ज़ैनब की आँखों में झाँका उसने।

अपनी आशंका सच में ढलती दिखाई देने लगी ज़ैतूनी को वरना ज़ैनब की आँखों के कोर रिस नहीं जाते।

"बूढ़ी माँ, ऐसी कोई बात ना है...सब ठीक है।"

जिस तरह नज़रें चुराते हुए ज़ैनब ने शब्दों को चुबलाया था, उसे देखकर सहम-सी गई ज़ैतूनी।

"मैं अभी आई बेटी।" इतना कहकर दादी ज़ैतूनी ज़ैनब को अकेला छोड़ सीधी गई शकीला के पास।

अचानक अपने सामने ज़ैतूनी को देख शकीला सकपका गई।

"अम्माँ, सब ख़ैरियत तो है ?"

"सकीला, बहाण मोहे तो कुछ भी खैरियत ना दीख री है।"

"हुआ क्या अम्माँ ?" घबरा गई इस बार शकीला।

"मोहे तो बेटी लक्खण कुछ ठीक-सा ना दीख रा हैं।" कहते-कहते निढाल-सी हो गई ज़ैतूनी।

"अम्माँ, बताओ तो सही आख़िर बात क्या है ?"

"बेटी, मोहे तो दाल में कुछ कालो-सो दिखाई दे रो है।"

गहरा श्वास छोड़ते हुए ज़ैतूनी ने अपने सन्देह और अनुभव के आधार पर, जो कुछ बताया उसे सुनकर शकीला स्तब्ध रह गई।

शकीला उसी समय जुम्मी, मजीदन और जमीला को बुलाकर लाई। घबरा गईं सब दादी ज़ैतूनी की दशा देखकर। छूकर देखा लगा जैसे शरीर ठंडा पड़ता जा रहा है। परन्तु जैसा सब सोच रही थीं वैसा कुछ भी नहीं था। ज़ैतूनी ने एक-एक कर सबकी तरफ़ देखा।

"जुम्मी, ई मेरो ही सक है या तमने भी ऐसो लगरो है ?" ज़ैतूनी ने उन्हें भी अपने सन्देह से अवगत कराते हुए पूछा।

"माई, याको मतलब ई हुओ के जो मैं सोच री ही, वही तू भी सोच री है ?"

सबने ध्यान से देखा जुम्मी की तरफ़।

"जमीला, रंडी तू कैसी महतारी है जो अभी तलक तोहे कुछ भी पतो ना चलो !" मजीदन ने डाँटते हुए कहा जमीला से।

"एक बात बता बूढ़ी माई, माँ होके मैं कोई अच्छी लगती ऐसी बात पूछती हुई। ये बात तो वाकी भावज और साथण ही अच्छी लगे हैं पूछती हुई। पर कहा करूँ आज याकी भावज होती तो मोहे तिहारी ये बात थोड़ी सुणनी पड़ती।" जमीला का भरा हुआ जख़्म एकाएक हरा हो उठा।

"मोहे तो पहले ही जँच री ही के वा बेकसूर सगुफ्ता की हाय जरूर या हवेली पे पड़ेगी।" दादी ज़ैतूनी जमीला के दुःख में शामिल होते हुए बोली।

"सकीला, बहाण तू ही टटोलके देख जैनब ए के ऐसी कहा बात है जो वाहे भीतर ही भीतर घोल री है।" जुम्मी ने सुझाते हुए कहा।

"मगर बड़ी आपा, मुझे बता देगी वह ?" अपनी दुविधा को प्रकट करते हुए बोली शकीला।

"साथ में मुमताज ए भी ले ले। तोहे ना तो कम-सू-कम वाहे बता देएगी।"

मजीदन का सुझाव उचित लगा शकीला को।

ज़ैनब ने जो कुछ बताया उसे सुनकर शकीला और मुमताज़ को अपने कानों पर विश्वास नहीं हुआ। मान गई शकीला दादी ज़ैतूनी और जुम्मी की अनुभवी आँखों को, जिन्होंने आँखों की मौन भाषा से ज़ैनब की व्यथा बाँच ली।

"मगर ज़ैनब यह बात तुमने पहले क्यों नहीं बताई ?"

"कैसे बताती मैडम, बिहावली ही या मारे मैंने ई समझी के होएगी कोई ऐसी-वैसी बात, पर जब अबके चाला पे भी ऊ मेरे पै ना फटको, तब मोहे भी थोड़ो-सो खटको हुओ।"

"वैसे कोईऽऽऽ ऐसी-वैसी बात तो नहीं है ?" हिचकते हुए पूछा शकीला ने।

"मैं कैसे बताऊँ..." समझ गई ज़ैनब कि शकीला क्या पूछना चाहती है।

शकीला ने मन ही मन हिसाब लगाते हुए सोचा कि निकाह को अभी सिर्फ़ दो ही महीने हुए हैं, यानी अभी कुछ नहीं बिगड़ा है। लेकिन ऐसे ही दो महीने और गुज़र गए तो...। एकाएक सूरा अल-बक़रा की आयत के ये शब्द उसके अवचेतन में गूँजने लगे—*जो लोग अपनी बीवियों से न मिलने की क़सम खा बैठे हैं, उनके लिए ज़्यादा-से-ज़्यादा चार महीने की मोहलत है...।*

पता नहीं ज़ैनब के शौहर ने उसके पास न आने की क़सम खाई है या फिर कोई और वजह है। एक अनजाने भय से शकीला सिहरती चली गई। अनुमान लगा लिया शकीला ने कि ज़ैनब का शौहर महज नाम का मौलवी नहीं है अपितु कुरान, हदीस और शरीअत के एक-एक लफ़्ज और उसके एक-एक हिज्जे के अर्थ व उसकी परिभाषा से परिचित है।

"क्या तुमने इशा की नमाज़ के बाद ग्यारह दानेवाली मिर्च लेकर आगे-पीछे ग्यारह बार दरूद शरीफ़ और दरमियान में ग्यारह तस्बीह *'या लतीफ़ु या व दूदु'* दुआ पढ़ी थी ?"

"लेकिन मैडम, इस दुआ का हमारे जीजा और जैनब से क्या वास्ता हुआ ?" ज़ैनब से पहले जिज्ञासा प्रकट करते हुए मुमताज़ ने पूछा।

"वास्ता है तभी तो पूछ रही हूँ।"

"पता नहीं आप भी कभी-कभी कैसी दकियानूसी बातें करती हैं !"

"मुमताज़, याद कर लो इस दुआ को। यह तुम्हारे भी काम आएगी। दरअसल यह दुआ खाविंद के नाराज़ होने, या उसके बेपरवाह रहने पर उसे मनाने की दुआ है।" मुस्कुराते हुए कहा शकीला ने।

'आपको भी समझना बहुत मुश्किल...'

"तुमने कुछ कहा मुमताज़ ?"

"न...नहीं...हाँ मैडम, आपको अपने मौलवी साब दवा-दारू या किसी दुआ से माननेवाले लगते हैं ? मुझे तो मामला ही कुछ और लगता है..." इसके बाद मुमताज़ ने ज़ैनब से पूछा, "जैनब, कहीं उनकी कुछ माँग-वाँग तो नहीं है ?" अनुमान लगाया मुमताज़ ने।

"हाँ ज़ैनब, हो सकता है उनकी कुछ माँग हो। याद करो तुमने इस बाबत कुछ सुना हो !" मुमताज़ के अंदाज़े ने शकीला को एक पुख़्ता आधार दे दिया मानो।

याद करने की बहुत कोशिश की ज़ैनब ने। अपनी याददाश्त को आगे-पीछे खिसकाया, तो अन्ततः उसे मानो सूत्र मिल ही गया, "हाँ, एक दिन मेरी सास और नणद में कुछ ऐसी बात हो तो रही ही के अगर बिहा में मोटर साइकिल और मिल जाती तो..."

"बस करो ज़ैनब ! आगे बताने की ज़रूरत नहीं है।"

उसी समय शकीला और मुमताज़ दादी ज़ैतूनी के पास आईं तथा रोग की असली जड़ के बारे में बता दिया। शकीला ने साथ में यह भी बता दिया कि ज़ैनब के शौहर मौलवी अख़्तर अली की इस तरीक़े के इस्तेमाल के पीछे क्या मंशा हो सकती है।

"बूढ़ी माँ, अभी कुछ नहीं बिगड़ा है...अभी तो बात सिर्फ तीस-पैंतीस हजार की है वरना कहीं ऐसा ना हो कि हमारी जैनब..."

"तम दोनूँ कहनो कहा चाह री हो ?" बीच में मुमताज़ को टोकते हुए पूछा ज़ैतूनी ने।

"अम्माँ, मुमताज़ ठीक कह रही है। इसे ईला कहते हैं, जिसका मतलब सिर्फ़ औरत को सज़ा देना और उसे दुःख पहुँचाना होता है, यानी अपनी ख़्वाहिश पूरी करने के लिए भी ईला का इस्तेमाल किया जा सकता है। शरीअत के मुताबिक़ इसके लिए ज़्यादा-से-ज़्यादा चार महीने की मीयाद रखी गई है, अगर शौहर ने उसके पास न जाने की क़सम खाई हुई है तब। इस मीयाद के अन्दर मर्द के लिए ज़रूरी है कि वह अपनी बीवी के पास जाए, वरना मीयाद बीत जाने के बाद उसे मजबूर किया जाएगा कि वह बीवी को छोड़ दे।"

"सकीला, हमारो तो तेरा या सरीअत ने खून पी राखो है !" ज़ैतूनी झुँझला गई इस बार।

"हमारी साँसें ही शरीअत में अटकी हुई हैं अम्माँ।"

"और अगर सौहर ने कसम ना खाई है तो...?"

"क़सम नहीं खाई है तोऽऽऽ" शकीला पहले तो धीरे-से मुस्कुराई और फिर जुम्मी की इस जिज्ञासा को शान्त करते हुए बोली, "बड़ी आपा, फिर तो शौहर बीवी से नाराज़ होकर अगर दस साल भी अलग रहेगा, तो ईला के दायरे से बाहर रहेगा।"

"या अल्ला, हमारा जँमाई ने कसम ना खाई हो बस !" पोती की सलामती के लिए हाथ सिजदे में उठते चले गए जुम्मी के।

"अब ये किसको पता है बड़ी आपा कि मौलवी अख़्तर अली ने क़सम खाई भी है या नहीं। अगर नहीं भी खाई है तो अपनी ज़ैनब के लिए इतनी बड़ी सज़ा क्या कम है ?"

"तेरो मतलब है दस बरस तक ! ऐसो कुबोल मत बोल बेटी।" हलक़ में शब्द कंचे की मानिंद फँसकर रह गए।

"बूढ़ी माई, मैं अपणा सारा जेवर बेच दूँगी, एकाध खेत ए गिरवी रखवा दूँगी पर अपणा या जिगर का टूक की जिन्दगी सगुफ्ता की ताईं ख्वार ना होण दूँगी !" कहते-कहते जमीला सुबक पड़ी।

"इस तरह घबराने से काम नहीं चलेगा जमीला। अभी कुछ नहीं बिगड़ा है।" शकीला ने जमीला को धीरज बँधाते हुए कहा।

"सही कह री है तू सकीला। अच्छो हुओ जो बखत सू गिरह खुलगी, नहीं तो हम कहीं का ना रहता।" ज़ैतूनी ने शकीला का समर्थन किया।

कचैड़ी में यह बात पहुँची तो हाजी चाँदमल की कौड़ी-सी सफ़ेद पुतलियाँ शून्य में ठहर गईं। बूढ़े जिस्म में रह-रहकर हरकत होने लगी। तस्बीह पर फिसलती अँगुलियों के पोर सुन्न हो गए।

नसीब ख़ाँ ने कचैड़ी में निगाह घुमाते हुए कहा, "चाँदमल, सन्नू खाँ मेवाती ने ऐसा ही माणसन् का बारा में ई दोहा कहो है के *जिनका बुजरक मर गया, रिगड़-रिगड़ के टाँग/उनकी भी दहेज में, अब मारुति की माँग।*"

"यार नसीब खाँ, ऐसा मुल्ला-मौलवी या कौम और मजहब की कहा खिदमत करंगा। पर कहा करें बेटीवाला हैं, सिर तो नीचे देणो ही पड़ेगो।" धीरे-धीरे फिर सरसराने लगे मणकों पर पोर।

"अरे, चाहे कोई खिदमत करे या लूटे पर फिलहाल तो कोई रस्ता निकालो !"

"रस्ता कहा, जल्दी सू एक मोटर साइकल खिंचवाके लाओ और दे-दाके वा मौलवी साब का मुँ ए भुलसाओ !"

"चाँदमल, बात मोटर साइकल या मारुति की ना है...बात है के कोई मौका भी तो होए। गाँओ और बिरादरी पूछेगी तो उन्ने कहा जुआब देओगा। ऐसी चीज बिहा-छूछक में ही दी जाती अच्छी लगे हैं।"

"ई बात भी तेरी सही है पर देनी तो पड़ेगी ही एक-न-एक दिन।"

"एक काम हो सके है चाँदमल के हम क्यों ना या मोटर साइकल के बदले वाहे नगद रुपिया दे देएँ। फिर हमारी बला सू चाहे ऊ मोटर साइकल ख़रीदे या कोई गधी खरीदे।" नसीब ख़ाँ ने सबसे आसान उपाय सुझाते हुए कहा।

"परऽऽऽ ई याकूब इतनी मोटी रकम को इन्तजाम करेगो कैसे ? कहाँ सू पैदा करेगो तीस-पैंतीस हजार रुपिया ?" हाजी चाँदमल के माथे पर चिन्ताओं की लकीरें

एकाएक गहरा गईं।

"इन्तजाम तो याहे करनो ही पड़ेगो चाहे अपणो आप बेचणो पड़े।"

कचैड़ी में निस्तब्धता छा गई। उसी युनुस के जबड़े कसने लगे जिसने अपने वितर्कों से शगुफ़्ता के भाई अल्ताफ़ को नफ़क़ा (गुज़ारा-भत्ता) के मामले में अनुत्तरित कर दिया था। कानून तो दहेज़ को लेकर भी बहुत सख़्त बने हुए हैं और वह चाहे तो दहेज़-निरोधक कानून के तहत मौलवी अख़्तर अली सहित, उसके पूरे परिवार को जेल की सलाखों के पीछे भी करवा सकता है, लेकिन अन्ततः इसका परिणाम बेक़सूर ज़ैनब को ही भुगतना पड़ेगा। नहीं, युनुस ऐसा कदम कदापि नहीं उठाएगा। वह एकदम चुप रहेगा।

सर्वसम्मति से सबने मौलवी अख़्तर अली की माँग मानने में ही इस हवेली की भलाई समझी। लेन-देन का क्या, यह तो उम्रभर चलता रहता है। परन्तु एक शख़्स ऐसा भी है जो हवेली के इस फ़ैसले से सहमत नहीं था और वह है ख़ुद ज़ैनब का दादा वली मोहम्मद। उसने मना किया भी किन्तु उसकी किसी ने नहीं सुनी।

पता ही नहीं चला कि एक-एक कर सब कब उठ गए कचैड़ी से। केवल नसीब ख़ाँ और चाँदमल दोनों रह गए। युनुस ने जाते हुए बारी-बारी से देखा उन दोनों को। नसीब ख़ाँ की आँखों को देखकर लगा मानो किसी पोखर के पेंदे में बचे थोड़े-से पानी में कुलबुलाते जलचर, इस पानी के सूखने के भय से अपने आपको बचाने की गुहार कर रहे हैं। हाजी चाँदमल ने तस्बीह को सिरहाने रखा और वहीं रखी लाठी लेकर, मन के भीतर अंकित मानचित्र पर दिए गए दिशा-निर्देशों के सहारे लघुशंका के लिए चला गया। पहली बार युनुस ने अपने दादा चाँदमल को ध्यान से देखा। लगा जैसे चारपाई से दरवाज़े तक का फ़ासला मीलों लम्बा हो गया है चाँदमल के लिए। टाँगें रह-रहकर काँपने लगीं। नहीं पड़ी युनुस की हिम्मत कि वह वापस लौटकर अपने दादा का सहारा बन उसे वहाँ तक तो छोड़ आए, जहाँ उसे जाना है।

पूरी हवेली का सन्देह और आशंका आख़िर सच साबित हुई।

लगभग दो महीने बाद ज़ैनब मायके आई तो चेहरे से टपकते आब और लावण्य से स्पष्ट था कि वह अब कितनी ख़ुश है। हवेली के अन्दर मानो शीतल बयार बहने लगी ज़ैनब को खुश देखकर। मौलवी अख़्तर अली खुद छोड़ने आया मोटर साइकल पर उसे। पूरी तरह बदली हुई नज़र आई इस बार ज़ैनब। काले बुर्क़े में ढकी ज़ैनब को क्षणभर के लिए पहचानना मुश्किल हो गया।

मुमताज़ ने आते ही छेड़ा उसे, "लगता है हमारा जीजा पूरी शरीअत और हदीस पढ़ाकर लाया है ?"

पलटकर कोई जवाब नहीं दिया ज़ैनब ने। बस चुपचाप उसने अपनी अटैची खोली तथा उसमें से एक पुस्तक निकालकर मुमताज़ को देती हुई बोली, "ले, तेरा जीजा ने

तोहे ई तोफा भेजो है !"

हैरत हुई मुमताज़ को यह देखकर कि मौलवी अख़्तर अली और तोहफ़े में किताब ! तोहफ़े को ग्रहण करते हुए उसने सबसे पहले उसका शीर्षक देखा। नहीं समझ पाई वह इस शीर्षक का अर्थ। आवरण पलट वह वहीं खड़ी-खड़ी उसके पृष्ठों पर सरसरी नज़र डालने लगी कि शकीला की आवाज़ पर उसकी एकाग्रता भंग हुई।

"मुमताज़, क्या पढ़ा जा रहा है, कोई ख़ास चीज़ है ?"

"हाँ मैडम, खास ही है क्योंकि हमारे जीजा ने मेरे लिए यह तोहफ़ा भिजवाया है।"

"तोहफ़ा ?" हैरानी से पूछा शकीला ने।

"हाँ मैडम, आप भी देखिए।"

"यह तो हिन्दी ज़ुबान में है और हिन्दी ज़ुबान मुझे आती नहीं है मगर लगता है, यह किताब कुछ जानी-पहचानी-सी है।"

"चलिए, मैं ही बताती हूँ। इस किताब का टाइटल है..."

"क्याऽऽऽ यह तोहफ़ा भेजा तुम्हें मौलवी साब ने ?" किताब का शीर्षक सुनते ही शकीला को अपने भीतर कुछ घुमड़ता-सा महसूस होने लगा।

"जी, पर आप इसका नाम सुनकर इतना परेशान क्यों हो रही हैं ?" शकीला के चेहरे पर एक के बाद एक बदलते भावों को देखकर पूछा मुमताज़ ने।

"चलो अच्छा है। वैसे भी अब तुम्हें इसकी ज़रूरत पड़ेगी।"

"इसका मतलब है, आप इसके बारे में पहले से जानती हैं।"

"हुँ, लानत है इस मुल्क़ की उन मुसलमान औरतों पर जो हकीमुल उम्मत हज़रत मौलाना अशरफ़ अली थानवी की इस किताब के बारे में नहीं जानती हैं। हमारे यहाँ तो निकाह में लड़की के एक हाथ में कुरान, तो दूसरे में इस किताब को दिया जाता है।"

"निकाह में दिया जाता है !" मुमताज़ ने विस्मय से पूछा शकीला के इस रहस्योद्घाटन पर।

"समझ में नहीं आता मुमताज़ कि आप लोग कैसे मुसलमान हैं जो इस ज़रूरी किताब के बारे में भी नहीं जानते हैं। इस मुल्क़ के मुसलमानों का एक बहुत बड़ा तबक़ा इसे बड़े चाव और इज़्ज़त के साथ पढ़ता है।"

सचमुच मुमताज़ को अपने मुसलमान होने पर सन्देह और एक तरह से ग्लानि-सी होने लगी।

"अगर मेरा कहना ग़लत है तो अपने मौलवी अख़्तर अली साहब ने तुम्हें यही किताब तोहफ़े में क्यों दी है ? और भी सैकड़ों मज़हबी किताबें हैं जो दी सकती थीं ?"

शकीला की इस दलील ने मुमताज़ को परेशान-सा कर दिया। एक अन्तर्द्वन्द्व से उद्विग्न हो उठी कि इस किताब का क्या करे वह—इसे वापस मौलवी साब को दे दिया जाए या...।

"मुमताज़, मेरी सलाह है कि यह किताब तुम्हें ज़रूर पढ़नी चाहिए बल्कि मेरा तो

कहना है कि हर मुसलमान औरत को इसे पढ़ना चाहिए।" मुस्कुराते हुए कहा शकीला ने।

मुमताज़ नहीं समझ पाई शकीला के इशारे को कि उसके इस 'पढ़ने' में आह्वान छिपा हुआ है या कोई व्यंग्यार्थ। उसने किसी भी तरह की प्रतिक्रिया व्यक्त न कर, चुपचाप मौलवी अख़्तर अली का तोहफ़ा दुपट्टे में छिपाया, और यह सोचकर रेहल पर रखी जुज़दान में लिपटी कुरान के पास रख दिया कि वह अब इसे अवश्य और इत्मिनान से पढ़ेगी। इसी के कारण आज उसे अपनी पहचान एकाएक सन्देहास्पद-सी लगने लगी थी।

● ●

बहिश्ती ज़ेवर।

मुमताज़ ने बेहद ध्यान से पढ़ा हकीमुल उम्मत हज़रत मौलाना अशरफ़ अली थानवी रह० द्वारा रचित इस असली और पूरी किताब को, जिसे औरतों और बच्चियों के लिए इस्लामी शरीअत का 'इन्साइक्लोपीडिया' कहा जाए तो बड़ी बात नहीं होगी। समझ तो वह पहले ही गई थी इसके पहले अध्याय की पंक्तियों को पढ़कर कि यदि कोई इस पुस्तक को शुरू से आख़िर तक समझकर पढ़ ले, तो वह दीन की जानकारी में एक दरमियाने क़िस्म के आलिम के बराबर हो जाए। अनुमान तो मुमताज़ को इस 'इन्साइक्लोपीडिया' के प्राक्कथन में दर्ज अनेक चिन्ताओं को पढ़कर हो गया था कि शकीला मैडम इसे क्यों एक ज़रूरी किताब बता रही थीं। अगर हिन्दुस्तानी औरतों की दीन की तबाही को देख-देखकर मौलाना साहब का दिल नहीं दुःखता तो क्या ख़ुद औरतों का दुःखता ? औरत के इस इलाज़ की चिन्ता अगर उन्हें नहीं होती, तो क्या स्वयं इन औरतों को होती ? ग़लत नहीं कहा था उन्होंने कि यह तबाही सिर्फ़ हमारे दीन तक ही सीमित नहीं थी बल्कि दीन से गुज़रकर हमारी दुनिया तक पहुँच गई थी। हमारी ज़ात से गुज़रकर हमारे बच्चों, यहाँ तक कि शौहरों तक पर असर कर गई थी। इसकी एक बड़ी वजह है हमारी औरतों का दीनी इल्म से ना-वाक़िफ़ होना। बच्चे चूँकि हमारी गोद में पलते हैं, इसलिए इसकी वजह से उनका दीन तो तबाह होता ही है, उनकी दुनिया भी बे-लुत्फ़ और बे-मज़ा हो जाती है तथा शौहर, उस बेचारे को तो उम्रक़ैद हो जाती है।

मुमताज़ कई दिनों तक बेचैन और अपने आपसे नाराज़-सी रही कि क्या वास्तव में उनके कारण यह तबाही दीन से गुज़रकर उनकी यानी मर्दों की दुनिया तक पहुँच गई थी ? उनसे गुज़रकर उनके बच्चों और शौहरों पर असर कर गई थी ? अगर सचमुच ऐसा है तो इस औरतज़ात को इस 'दुनिया' से ख़त्म हो जाना चाहिए। मुक्त कर देना चाहिए उसकी उस दुनिया और ज़ात को जिसका दीन उसकी वजह से तबाह हो जाता है। दुनिया बे-मज़ा और नीरस हो जाती है और बेचारे शौहर उम्रभर के लिए क़ैद।

बहुत सारे हुक्म और हिदायतों के साथ मुमताज़ को इसकी जो सबसे अच्छी चीज़ लगी, वह थी ग़्लाफ़, कुर्ते, रुमाल और साड़ियों के किनारों तथा कोनों पर बनाए जानेवाले बेल-बूटों के कुछ दिलकश नमूने, तथा तकियों व चद्दरों पर काढ़े जानेवाले नमूने के तौर पर दिए गए दो शे'र। मुमताज़ ने चुपचाप ये दोनों शे'र अपनी कॉपी के सबसे अन्तिम पृष्ठ पर उतार लिए। एक शे'र तो हालाँकि बेहद हल्का बल्कि महज एक तुकबन्दी थी किन्तु दूसरा शे'र उसे कुछ वज़नी लगा। इसलिए उसने थोड़े-से अभ्यास के बाद उसे याद कर लिया और जब भी अवसर मिलता, उसे गुनगुनाने लगती—

कोने तक समेट लिए हैं ग़्लाफ़ में
टुकड़े जिगर के टाँग दिए हैं ग़्लाफ़ में।

मुमताज़ जब भी अकेले में इस शे'र को गुनगुनाती, तब लगता मन के किसी कोने में हल्के-हल्के तार झनझना रहे हैं।

प्राक्कथन के अन्त में 'असली इनसानी ज़ेवर' शीर्षक से प्रकाशित उस कविता की कुछ पंक्तियों को भी मुमताज़ उतारना नहीं भूली, जिसके बारे में मौलाना साहब की इच्छा थी कि मैं अपने इसी प्राक्कथन को इसी कविता पर ख़त्म करूँ ताकि पढ़नेवाले ख़ासतौर से लड़कियाँ, इसे पढ़कर खुश हों और इसके विषय में उनकी ज़्यादा रुचि हो। मुमताज़ ने ठीक उसी अंदाज़ में गुनगुनाते हुए इन पंक्तियों को उतारा, जैसे स्कूल के किसी समारोह में वह अन्य कविताओं को रटकर सुनाती थी—

एक लड़की ने यह पूछा अपनी अम्मींजान से
आप ज़ेवर की करें तारीफ़, मुझ अनजान से

कौन-से ज़ेवर हैं अच्छे, यह बता दीजे मुझे
और जो बद-ज़ब[1] हैं, वह भी बता दीजे मुझे

यों कहा माँ ने मुहब्बत से कि ए बेटी मेरी
गोशे-दिल से बात सुन लो, ज़ेवरों की तुम ज़री

सीम व ज़र के ज़ेवरों को लोग कहते हैं भला
पर ना मेरी जान, होना तुम कभी इन पर फ़िदा

सोने-चाँदी की चमक बस देखने की बात है
चार दिन की चाँदनी, फिर अँधेरी रात है

सीम व ज़र का पाँव में ज़ेवर न हो तो डर नहीं
रास्ती[2] से पाँव फिसले गर ना तेरी जाँ कहीं।

1. बद-ज़ब : जो देखने में बुरे लगें, 2. रास्ती : सच्चाई।

जेठ की तपती दोपहरी में गरम हवा के थपेड़ों से रह-रहकर बिलबिला उठती पौली में उत्सुकता और जिज्ञासा मचल उठी मासूम बच्चे-सी। असग़री और बत्तो भी आ गईं टहलती हुईं।

शकीला ने जानबूझकर विषय छेड़ा वरना शायद ही किसी को याद आता।

"हम्बै मुमताज, हमन्ने भी तो बता ऐसी कौन-सी खास बात है वा किताब में, जो हमारा मिहमान मौलवी साब ने भिजवाई है।" दादी ज़ैतूनी ने शुरुआत करते हुए पूछा।

"बूढ़ी माँ, ऐसा कुछ भी नहीं है।"

"ना, है तो सही कुछ-न-कुछ, नहीं ई सकीला ना कहती।" जुम्मी ने आग्रह किया।

"माई, तम भी बेमतलब जीजा-साली का बीच में पाँव फँसा री हो...कहा पतो मौलवी साब ने वामें कोई नक्कस ही भिजवायो होए।" हसीना ने छेड़ा इस बार।

"काकी, कुछ भी तो नहीं है ऐसा।"

"अगर ना है तो फिर काँई लू मना कर्री है। ई तो हम एकाध जमात पढ़ी ना हैं, नहीं कौन खातो तेरो नहौरा !" असग़री ने सही मर्म पर पोर टिकाते हुए कहा।

"मुमताज, माने कर काई की बात...और फिर दीन और मजहब को थोड़ो-बहोत ज्ञान-ध्यान हमन्ने भी तो होणो चहिए।"

दादी ज़ैतूनी के इस आग्रह बल्कि आदेश की अवहेलना करने की हिम्मत नहीं हुई मुमताज़ की। जुज़दान में लिपटी असली और मुकम्मल हकीमुल उम्मत हज़रत मौलाना अशरफ़ अली थानवी द्वारा रचित 'बहिश्ती ज़ेवर' यानी मौलवी अख़्तर अली अर्थात अपने जीजा द्वारा भेजी गई सप्रेम भेंट को ले आई मुमताज़।

"सुनो रीऽऽ...अब ये गीबत बन्द करो और थोड़ो-बहोत दीन-मजहब पे भी ध्यान देओ !" मुमताज़ के आते ही ऐलान किया दादी ज़ैतूनी ने।

किताब के पृष्ठ पलटने से पहले मुमताज़ ने शकीला की तरफ़ इस तरह देखा, जैसे वह उससे पूछ रही है कि हवेली की इस पौली में वह दीन और मज़हब के कौन-से उपदेशों, सन्देशों, आदेशों या निर्देशों को पढ़कर सुनाए ? शकीला धीरे-से मुस्कुराई होंठों ही होंठों में। समझ गई मुमताज़ शकीला के मुस्कुराने का अर्थ।

मुमताज़ ने धीरे-से एक अध्याय के पृष्ठ खोले और दादी ज़ैतूनी के बहाने पूरी पौली को सम्बोधित करते हुए बोली, "बूढ़ी माँ, यह है लिबास और परदे का बयान। इसमें औरतों को हुक्म दिया गया है कि औरत को मर्दाना जूता पहनना और मर्दानी शक्ल बनाना जायज़ नहीं है। सल्लाहु अलैहि वसल्लम ने ऐसी औरतों पर लानत फ़रमायी है।"

"असगरी सुन ले, ई तेरा बारा में कही गई है। तैने बहोत उतारी है मरदन् की नकल बिहा-बरात पीछे खोड़ियान्[1] में।" सेन चलाते हुए छेड़ा ज़ैतूनी ने।

असग़री कुछ नहीं बोली बल्कि मुस्कुराकर रह गई। इसी बीच सोनदेई को आया देख जुम्मी ने इशारे से उसे अपने पास बैठा लिया।

"बूढ़ी माँ, आगे लिखा हुआ है कि औरतों का ज़ेवर पहनना जायज़ है मगर ज़्यादा

---

1. खोड़िया : लड़के की बारात जाने के बाद महिलाओं द्वारा खेले जानेवाले स्वाँग।

पहनना अच्छा नहीं है। जिसने इस दुनिया में ज़ेवर नहीं पहना उसको आख़िरत (परलोक) में बहुत मिलेगा। बजनेवाले ज़ेवर तो बिल्कुल ही नहीं पहनने चाहिए। हाँ, यह भी लिखा है कि पराए मर्द के सामने एक बाल भी नहीं खुलना चाहिए, बल्कि कंघी में टूटे बालों और कटे हुए नाखूनों को ऐसी जगह डालें जहाँ किसी ग़ैर-मर्द की नज़र न पड़े।''

''मुमताज, बेटी कहीं तू हमन्ने डरा तो ना री है ? कहीं ये सब तू अपणा मन सू तो बणा के ना कह री है ?'' मजीदन ने टोकते हुए कहा।

''अभी तो और सुनो के काफ़िर औरतें जैसे अहीरन, तेलिन, कोलिन, धोबिन, भंगन और चमारी अगर घर में आ जाएँ, तो उनसे भी उतना ही परदा करना चाहिए जितना कि ग़ैर-मर्दों से किया जाता है।''

''बेटी मुमताज, यामें नाइन् को भी जिकर है कै ?'' असग़री का चेहरा फ़क़ पड़ता चला गया। न जाने उसे ऐसा क्यों लगा कि मुमताज़ ने जानबूझकर उनका ज़िक्र नहीं किया है।

''ना बूढ़ी माँ, आपका इसमें ज़िक्र नहीं है।'' 'आप' से मुमताज़ का तात्पर्य असग़री की जाति से था।

''लाख-लाख सुकर है अल्लाताला को...कम-सू-कम वाने हम तो बकस (बख़्श) दिया...''

''नहीं तो तोसू भी पड़दा करनो पड़ जातो, गैर-मरद की तरह।'' बाकी का वाक्य असग़री का ज़ैतूनी ने पूरा किया हँसते हुए।

''ऐं री मुमताज, ये सारी बात या किताब में लिख री हैं ?'' हैरान होते हुए सोनदेई ने पूछा।

''असली बात तो अभी आपने सुनी ही नहीं है।''

''तो कहा अभी भी बच री है कोई असली बात ?'' असग़री जाते-जाते वापस बैठ गई।

''और क्या बूढ़ी माँ, जैसे शौहर के हकों का बयान, मियाँ के साथ निबाह करने का तरीका वगैरह।''

''चल, लगे हाथ तू आज इन्ने भी सुना ही दे।'' इत्मिनान से बैठते हुए कहा असग़री ने।

इसके बाद मुमताज़ 'शौहर के हक़ों का बयान' नामक अध्याय के पृष्ठों को खोलते हुए बोली, ''तो सुनो, मौलाना अशरफ़ अली थानवी साहब के इस असली और मुकम्मल ज़ेवर के मुताबिक़ औरत के लिए शौहर को राज़ी और खुश रखना सबसे बड़ी इबादत है। प्यारे नबी सल्लाहु अलैहि वसल्लम ने फ़रमाया है कि जो औरत पाँचों वक़्त की नमाज़ पढ़ती रहे, रमज़ान के महीने में रोज़े रखे, अपने आपको पाक-दामन रखे, अपने शौहर की सेवा और उसके हुक्म को मानती रहे, ऐसी औरत जिस दरवाज़े से चाहे जन्नत में चली जाए यानी ऐसी औरत जन्नती कहलाती है।''

"ई बात तो यामें सही लिख री है।" असग़री ने धीरे-से कहा।

"...अगर मर्द अपनी औरत को हुक्म दे कि वह इस पहाड़ के पत्थर उठाकर उस पहाड़ तक ले जाए, और उस पहाड़ से उठाकर तीसरे पहाड़ तक ले जाए तो उसको यही करना चाहिए। जहाँ तक हो सके मियाँ का दिल हाथ में लिए रहो और उसकी आँख के इशारे पर चला करो। अगर वह हुक्म दे कि रातभर हाथ बाँधे खड़ी रहो तो दुनिया और आख़िरात की इसी में भलाई है। अगर वह दिन् को रात कहे तो तुम भी दिन को रात कहने लगो..." कुछ क्षण रुककर मुमताज़ ने सब पर नज़र डाली, परन्तु किसी ने कोई प्रतिक्रिया व्यक्त नहीं की बल्कि जो असग़री इस लिखे हुए का समर्थन कर रही थी, उसी की आँखों में एक के बाद एक भाव आ-जा रहे थे।

इस बार मुमताज़ धीरे-से हसीना की तरफ़ मुड़ी और मुस्कुराते हुए बोली, "काकी, जरा इसे ध्यान से सुनना !"

"सुनो री सुनो, थोड़ी देर या गपड़चौथ ए बन्द करो !" दादी ज़ैतूनी ने झल्लाते हुए कहा।

"...अगर मियाँ किसी बात पर तुमसे नाराज़ होकर बैठ गया है तो तुम भी गाल फुलाकर ना बैठी रहो बल्कि ख़ुशामद करके माफ़ी-तलाफ़ी करके, हाथ जोड़के जिस तरह बने उसको मना लो। चाहे तुम्हारा क़सूर ना हो, शौहर का ही हो तब भी तुम हरगिज़ न रूठो और हाथ जोड़कर क़सूर माफ़ करने को अपनी इज़्ज़त समझो..." वाक्य के अन्त तक पहुँचते-पहुँचते अपनी हँसी नहीं रोक पाई मुमताज़ और किताब बन्द कर एक तरफ़ रख दी।

"अब तो सुन ली, रोज मुँ फुला के बैठी रहो हो !" एकाएक बेचैन चेहरों से मजीदन ने यह कहते हुए विषाद धो दिया।

"ई तो कोई बात ना हुई माई के कसूर करे मरद और वाहे मनाएँ हम।" ज़रीना ने विद्रोह करते हुए, मुमताज़ को उसके जीजा द्वारा सप्रेम भेंट किए गए तोहफ़े में दर्ज हिदायतों को जैसे मानने से इनकार कर दिया।

"मनानो तो पड़ेगो जरीना। याहे कोई मुमताज बणाके थोड़ी कह री है। ई तो जो या किताब में लिखी पड़ी है वही बता री है।" मजीदन ने गम्भीर मुद्रा अपनाने का अभिनय करते हुए कोंचा ज़रीना को।

"माई, कोई बुरो माने या भलो...हमारी बसकी ना है इ सब ढोंग करनो। ले बताओ, ई कोई बात हुई के मरद की जूती मत पहरो, मरदानी सकल मत बणाओ। याको मतलब ई हुओ के हम मरद की जूती बणी रहें बस...वाका हुक्म पे रातभर हाथ बाँधके खड़ी रहो...एक पहाड़ सू दूसरा पहाड़ पे पत्थर ढोती रहो, हम तो जैसे माणस ही ना हैं, हमारे तो जैसे जान ही ना है।" तमतमाते हुए हसीना ज़रीना के विद्रोह में शामिल हो गई।

चुपचाप देखती रही दादी ज़ैतूनी मजीदन तथा ज़रीना व हसीना के बीच चल रही इस नोंक-झोंक को। समझ गई वह कि शकीला ने जानबूझकर मुमताज़ से इस किताब

को बँचवाने की भूमिका बनाई थी।

"काकी, एक बात कहूँ, तिहारी या किताब में तो हू-ब-हू वे बात लिखी पड़ी हैं, जो हमारा वेद-पुराणनू में लिखी पड़ी हैं के औरत ए ई ना करनो चहिए, औरत ए ऊ ना करनो चहिए।" सोनदेई ने पहली बार प्रतिक्रिया व्यक्त की।

"दारी छोड़ो या रामाण ए ! सकीला, बेटी कोई बढ़िया-सी बात होए तो वाहे सुणवा दे !"

"बूढ़ी माँ, ये ना ही अच्छी बात ?" मुमताज़ ने दादी ज़ैतूनी से पूछा।

"हैं तो परऽऽऽ..."

"मुमताज़, अम्माँ को इससे भी बढ़िया बातें सुनाइए !" शकीला ने विद्रूप मुस्कान सरकाते हुए मुमताज़ से कहा।

"ठीक है बूढ़ी माँ, तो सुनो !" मुमताज़ एक बार फिर असली और मुकम्मल 'बहिश्ती ज़ेवर' का पहले से तय किया अध्याय खोलते हुए पढ़ने लगी, "एक बार किसी ने प्यारे सल्लाहु अलैहि वसल्लम से पूछा कि ऐ अल्लाह के रसूल सल्लाहु वसल्लम ! सबसे अच्छी औरत कौन है ?"

"ई हुई न कुछ ढंग की बात।" दादी ज़ैतूनी कमर सीधी कर खाट पर बैठते हुए बोली।

"तो बूढ़ी माँ, आपने फ़रमाया कि सबसे अच्छी औरत वह है कि जब उसका मियाँ उसकी तरफ़ देखे तो वह उसे ख़ुश कर दे, और जब कोई हुक्म दे तब वह उसकी फ़रमाँ-बरदारी न करे। अपनी सूरत बिगाड़कर मैली-कुचैली न रहा करे बल्कि सजी-धजी रहे। यहाँ तक कि अगर मर्द के कहने पर औरत सिंगार न करे, तो मर्द को उसे मारने का अख़्तियार है।"

ज़रीना और हसीना ने पहले आपस में एक-दूसरे को देखा तथा फिर सबसे बचते हुए शकीला पर निगाह डाली। दोनों ने एक-दूसरे की भाषा पढ़कर नज़रें यह सोचते हुए नीची कर लीं कि शायद इसी डर से शकीला सजी-सँवरी रहती है।

"बस बूढ़ी माँ, यह आख़िरी बात और सुन लो !" लगभग पूरी पौली को अपने प्रवचनों से उकताया हुआ देख निवेदन किया मुमताज़ ने।

"मुमताज, जल्दी सुणा बेटी...झपकी-सी आ री हैं।" असग़री ने पहले ही आज की इस मजलिस को बरख़ास्त करने की घोषणा करते हुए कहा।

"बूढ़ी माँ, जब मर्द ने ज़ुबान से कह दिया कि मैंने अपनी बीवी को तलाक़ दे दी, और यह इस तरह कहा कि चाहे किसी और को सुनाई दे या न दे, किन्तु अपने लफ्ज़ों को उसने ही सुन लिया तो समझ लो तलाक पड़ गई। चाहे वह यह किसी के सामने कहे या अकेले में कहे। चाहे इन लफ्ज़ों को उसकी बीवी सुने या न सुने, हर हाल में तलाक हो गई।" मुमताज़ ने एक-एक शब्द पर ज़ोर देते हुए पढ़ा।

पूरी हवेली की आँखों में एक अप्रत्याशित भय समा गया।

"और हाँ, किसी ने अपनी बीवी को तलाकिन भी कहके पुकारा, तब भी पड़ गई

तलाक।''

''मुमताज, बेटी बन्द कर अब या किताब ए। पतो ना कहाँ-कहाँ सू इन्ने ढूँढ़के सुना री है।'' दादी ज़ैतूनी ने एक तरह से हिदायत देते हुए आगे कहा, ''अब समझ में आई के तेरा जीजा ने यही किताब काँई लू भेजी है...तू ऐसो कर मुमताज याहे ऐसी जिगह धर दे, जहाँ सू याहे कोई ढूँढ़ ही ना सके।''

दादी ज़ैतूनी के इस 'कोई' का अर्थ सब समझ गईं कि ज़ैतूनी का इशारा हवेली के मर्दों की ओर है।

''वह तो ठीक है अम्माँ कि मुमताज़ इसे छिपाकर रख देगी कहीं, मगर यह समझ में नहीं आता कि इन मर्दों को अपने कौड़ों के लिए हमारी ही पीठ क्यों मिलती है ?''

शकीला के सख़्त हो गए ताँबई चेहरे को देखकर अब समझ में आया सबको कि उसने जानबूझकर मुमताज़ से इन्हीं चुनिन्दे अध्यायों के अंशों को सुनाने के लिए कहा होगा।

''तो कहा सारा कायदा-कानून बस हम कू ही बणाया हैं ?'' जुम्मी की मुट्ठियाँ कसती चली गईं।

''अच्छी बात सुणाई तैने भी बेटी मुमताज। यासू तो ना सुणाती जभी अच्छी रहती।'' उठते हुए असग़री ने गहरा साँस छोड़ा।

एक-एक कर सबने छोड़ दी अपनी जगह। मुमताज़ ने असली और मुकम्मल 'बहिश्ती ज़ेवर' को सलीक़े से जुज़दान में लपेटा, और उठकर जाने लगी कि जुम्मी ने एक बार फिर याद दिलाया, ''बेटी, याहे ढंग सू धर दीजो कहीं छुपाके !''

समझ गई मुमताज़ 'ढंग से' छिपाने का अर्थ।

शकीला भी अपने कमरे में आ गई। उसकी आँखें तब तक नहीं लगीं जब तक मुमताज़ द्वारा पढ़कर सुनाए गए उपदेशों, हिदायतों, सूक्तियों और आदेशों का एक-एक शब्द उसके अन्तर्मन में बजता रहा।

पैंतीस

हड़बड़ाकर खड़ी हुई शकीला।

पसीने से एकदम तर। साँसें ऐसी चल रही हैं मानो किसी लुहार की धौंकनी। उसे अभी भी चेत आने के बाद महसूस हो रहा है जैसे असंख्य हाथ उसे दबोचे हुए हैं। दम घुटने को हो रहा है उसका।

ऐसा भयानक सपना उसने इससे पहले कभी नहीं देखा, वह भी फ़ज्र की अज़ान के दौरान, यानी जो अज़ान उसे सपने में अपने पीछे भागती भीड़ के आगे-आगे दौड़नेवाले आदमी के मुँह से सुनाई दे रही थी, वास्तव में वह फ़ज्र के समय महजत में लग रही अज़ान थी। इसका पता उसे तब लगा जब जागने के बाद भी देर तक

अपने कानों में अज़ान के स्वर सुनाई देते रहे। अल-हम्दुलिल्लाह—यह महज एक सपना भर था। फिर भी, आख़िर शकीला क्या अर्थ लगाए अलस्सुबह अनायास आए इस सपने का ? क्या समझे अपने पीछे भागती उस भीड़ का अर्थ ? बमुश्किल अपने आपको सँभाला शकीला ने। उठकर फ़ज्र की नमाज़ अदा की, तब कहीं जाकर मन को शान्ति मिली। किन्तु बेचैनी फिर भी नहीं गई।

बहुत कोशिश की उसने मन को स्थिर रखने की किन्तु इसमें वह विफल ही रही। जब नहीं रुका गया तब पहुँच गई दादी ज़ैतूनी के पास।

हैरानी ज़ैतूनी को भी हुई उसका सपना सुनकर।

''ऐसो है, तेरा दिमाग सू अभी जैनब गई ना है।''

''अगर ऐसा है अम्माँ तो उस भीड़ को ज़ैनब के पीछे भागना चाहिए।''

''छोड़, तू काँई लू परेसान हो री है। आता ही रहवे हैं ऐसा सुपना।'' दादी ज़ैतूनी ने टालते हुए कहा।

''नहीं अम्माँ, आख़िर इस सपने की कोई तो गिरह समझ में आनी चाहिए। इस क़दर आदमख़ोर मर्दों की भीड़ का मेरे पीछे भागना...भागते-भागते रास्ते में एक मस्जिद का आ जाना...भीड़ से बचने के लिए एक मस्जिद की ओर दौड़कर उसमें पनाह लेने की कोशिश करना, और इस कोशिश में मैं जैसे ही कामयाब होती कि उसी आदमख़ोर भीड़ का पहले से अन्दर मौजूद होना, फिर एकाएक 'अस्लातु ख़ैरुम मिनन्नौमि' का कानों में पड़ना—क्या मतलब हो सकता है इस सबका ?'' साँसें फिर फूलने लगीं शकीला की।

''ऐसी कोई बात ना है बल्कि फजर की अजान के बखत आयो सुपना तो अच्छो होवे है।'' ज़ैतूनी ने अपनी तरफ़ से अलस्सुबह आनेवाले सपने का मिथ घड़ते हुए कहा।

दादी ज़ैतूनी के तर्क से सन्तोष नहीं हुआ शकीला को, ''जो भी हो अम्माँ, मुझे बहुत डर लग रहा है। जब-जब उस सपने की एक-एक तस्वीर मेरी आँखों के आगे तैरने लगती है, तब-तब दिल बैठता-सा मालूम होता है।''

अरसे बाद किसी गहरे समुद्र के नीचे बहती सर्द-गर्म धाराओं के बावजूद ऊपरी सतह की तरह एकदम शान्त है हवेली। दीन मोहम्मद की वही दोनों बहुएँ ज़रीना और हसीना जो पूरी हवेली की नाक में दम किए रहती थीं, उनके भी होंठ जैसे सिले हुए हैं। एकाध बार बिना किसी को बताए दादी ज़ैतूनी ने ज़ैनब की ख़बर भी ली। ज़ैतूनी को जब यह बताया गया कि ज़ैनब ससुराल में सुख-चैन से है, तब कहीं जाकर उसका और शकीला का डर तथा वहम दूर हुआ।

शकीला अन्ततः भूल गई सपने को। दादी ज़ैतूनी के इस मिथ के प्रति उसकी आस्था तथा श्रद्धा और गाढ़ी हो गई कि फ़ज्र की अज़ान के समय आया सपना तो अच्छा होता है। बेवजह घबरा गई थी वह।

पूरी तरह भूल गई शकीला इस सपने को, ऐसा ख़ुद शकीला का भी मानना है।

मग़रिब की नमाज़ अदा कर शकीला ने जा-नमाज़ लपेटकर कोने में खड़ा ही किया था कि एक चिर-परिचित स्वर उसके कानों में पड़ा। किसी औरत का रुदन है शायद। सामने जुम्मी को तेज़ी-से बाहर जाता देख, हेला देते हुए पूछा उससे शकीला ने लेकिन जुम्मी ने सुनी नहीं उसकी आवाज़। इसी बीच उसने मजीदन और जमीला को भी देखा बाहर की ओर लपकते हुए। रुदन अब और तेज़ सुनाई देने लगा। आख़िर नहीं रुका गया शकीला से और बढ़ गई जुम्मी और मजीदन के पीछे-पीछे।

हवेली के बाहर जो दृश्य उसने देखा, लगा उसका कलेजा उछलकर बाहर आ जाएगा। रुदन और विलाप करनेवाली और कोई नहीं समीना थी। वही समीना जिसे इस हवेली ने कलन्दर के साथ उज्ज्वल और सुखद भविष्य की कामना के साथ विदा किया था।

दीन मोहम्मद कलन्दर को बार-बार न मालूम क्या समझाने की कोशिश कर रहा है। हवेली के दरवाज़े पर खड़ी जुम्मी, मजीदन, जमीला, मोहसिना से चिपकी खड़ी समीना ज़र्द पत्ते-सी काँपती, निरीहता के साथ कभी दीन मोहम्मद को देखती, तो कभी उन्हें।

नहीं पल्ले पड़ा कुछ शकीला के तो उसने धीरे-से मजीदन से पूछा, "आपा, अब क्या हुआ ?"

"हुओ कहा, पूछ अपणा खसम सू !" मजीदन ने जवाब देने के बजाय डाँट-सा दिया शकीला को।

इसके बाद हिम्मत नहीं पड़ी शकीला की कि वह किसी से पूछ तो ले इसके बारे में। तभी उसने देखा कि दीन मोहम्मद कलन्दर को एक तरफ़ ले गया और न जाने उसने उससे क्या कहा कि वह वहाँ से चल दिया। हाँ, जाते-जाते उसने सबको सुनाते हुए दीन मोहम्मद से यह अवश्य कहा, "पर एक बात बता दूँ दीनू, अब अगर तू याहे फ्री में भी देएगो न तो जब भी ना राखूँगो मैं।"

"ठीक है यार, मत रखियो पर रौल तो मत मचा।" दीन मोहम्मद ने कलन्दर को शान्त करते हुए कहा।

"कैसे ना मचाऊँ रौल ! अन्यायी, अगर मोहे थोड़ी-सी भनक लग जाती, तो मैं ऐसी बिगड़ैल बीरबाणी ए अपणी दहली पे पाँव भी ना धरण देतो।" इतना कहकर कलन्दर वहाँ जमा भीड़ में ग़ायब हो गया।

जो सहानुभूति, दया, हमदर्दी, तरस, संवेदना आदि-आदि पिछली बार समीना के प्रति इस हवेली के कोमल हृदयों में अभी तक बची हुई थी कलन्दर के तेवर, और इस नए राज़ से हटे थोड़े-से परदे ने एक विकर्षण और घृणा में बदल दी। मजीदन ने तो इस घृणा के वशीभूत उससे कह भी दिया, "बहाण, खुदा के वास्ते अब तू या हवेली सू देर ही रहे तो अच्छो है !"

निरीह आँखों में नैराश्य और गहरा होता चला गया समीना के।

"चल री जुम्मी, ऐसी बदजात के साथ यही सल्लूक होणो चहिए !" मजीदन ने

जुम्मी को अन्दर चलने के लिए कहा।

जुम्मी नहीं गई मजीदन के साथ। गई शकीला भी नहीं।

साँझ के झुटपुटे ने तेज़ी-से अपने डैने फैलाने शुरू कर दिए। यही सोचकर दोनों भीतर तक सिहर गईं कि आख़िर अब किस खोल में दुबकेगी समीना ? उन दोनों के मन ने गवाही नहीं दी उसे हवेली के बाहर अकेला छोड़ने के लिए। और तो और दादी ज़ैतूनी भी इस बार इतनी सख़्त हो गई कि बार-बार दुहाई देने के बावजूद बिल्कुल भी नहीं पसीजी वह। कानों में मानो अँगुलियाँ ठूँस लीं। जुम्मी और शकीला ने मनाने की कोशिश भी की परन्तु उसने यह कहते हुए दोटूक मना कर दिया, ''अगर ई ऐसी भली होती तो वा फौजी को ही घर ना बसाती !''

''मगर यह भी हो सकता है अम्माँ कि वहाँ भी समीना की कोई ग़लती ना रही हो !''

''तेरा कहणा को मतलब है के सारी गल्ती वा फौजी और या कलन्दर की है। या सती-सावतरी में तो कोई ऐब है ही ना ?'' शकीला की आँखों में आँखें धँसाते हुए पूछा ज़ैतूनी ने।

''मैं कब मना कर रही हूँ। चलो अभी हो जाएगा दूध का दूध और पानी का पानी। समीना भी यहीं है, सारी बात की अभी दरयाफ़्त हो जाएगी।''

''माई, सकीला सही कह री है। या समीना की बात सुणना में बुराई कहा है।''

जुम्मी को अपने पक्ष में होता देख शकीला समीना को बुलाने के लिए बाहर जाने लगी कि दादी ज़ैतूनी ने उसका हाथ पकड़ लिया, ''सकीला, मुसकल सू या हवेली में अमन-चैन बगदो (वापस होना) है...वाहे तू अब या मुसीबत ए बुला के खतम कर दे। मरन दे चोदी ए, हमारी बला सू अब ई भाड़ में जाए, चूल्हा में पड़े !'' और सख़्त होते हुए बोली दादी ज़ैतूनी।

''देख ले माई, कहीं ऐसो ना होए के या लाचार की बद्दुआ काई और ए ले डूबे।''

समझ गई शकीला कि दादी ज़ैतूनी की यही सबसे बड़ी कमज़ोरी है। उसने भी बिना एक क्षण गँवाए तुरन्त कहा, ''अम्माँ, अगर हमें लगेगा कि सचमुच इसमें समीना का ही क़सूर है तो फिर हमारी बला से यह कहीं जाए।''

''चलो, अगर तम दोनूँ कह री हो तो बुला लेओ।'' अन्ततः दादी ज़ैतूनी मोम-सी पिघल ही गई।

शकीला तुरन्त बाहर गई और समीना को ले आई साथ।

''सकीला, बेटी पहले याहे एक बाल्टी में पाणी लाके दे...हाथ-मुँ धो लेएगी।'' समीना के सुर्ख़ पपोटों और आँसुओं से भीगे चेहरे को देखते हुए कहा।

वही दादी ज़ैतूनी जो कुछ क्षण पहले उल्का पिंड-सी कठोर दिखाई दे रही थी, एकाएक एक ऐसा हिमखंड बन गई जिसकी देह पर अनेक पतली-पतली धाराएँ बह रही हैं।

समीना ने जो कुछ बताया उसे सुनकर उन तीनों में से किसी को विश्वास नहीं हुआ पहले। दादी ज़ैतूनी का अनुभव एकाएक धोखा दे गया जैसे।

"पर तैने ई बात जभी काँई लू ना बताई, जब वा फौजी ने तू मारपीट के तल्लाक दे दी ही ?"

"बताने से क्या फ़ायदा होता, कौन यक़ीन करता मेरी बात पर।"

"निगोड़ी, जब तोहे पतो चलगी ही तो जभी आ जाती वाहे छोड़-छाड़के।" जुम्मी ने बड़ा भोला-सा तर्क दिया।

"आपा, किसके पास जाती ? कौन है मेरा यहाँ ?" एक बार फिर समीना रोने लगी।

"चुप हो जा। अब ना है कोई फायदा।" दादी ज़ैतूनी ने कुछ सोचते हुए कहा समीना से।

"वैसे, तोहे ऐसो काम करनो ना हो दारी। तैने ई ना सोची के जब या बात को भंडा फूटेगो तो तेरो कहा हाल होएगो।"

"मैं मानती हूँ कि मुझे यह ज़िना नहीं करना चाहिए था मगर मैं करती भी क्या ? मैं कब तक और किस उम्मीद में अपने आपको रोके रखती।"

"समीना, एक बात बता सच्ची-सच्ची..." जुम्मी की आवाज़ अब फुसफुसाहट में बदल गई, "तोहेऽऽऽ पक्को अकीन है के ऊ फौजी वाकई नामरद है ?" इस बार थोड़ी और सरक आई समीना के पास जुम्मी।

"मैं...मैं आपको कैसे यक़ीन दिलाऊँ आपा ! मैंने तो इस गुनाह को ढकने की लाख कोशिश की मगर..."

"वा बहाण, ई खूब कही के गुनाह भी कर्‌री ही और ढक भी रही ही !" मजीदन ने बीच में टोका समीना को।

"मुझे क्या पता था कि बात इतनी जल्दी खुल जाएगी बल्कि मुझे उम्मीद थी कि एकाध औलाद होने पर दुनिया-जहान को मेरे औरत होने पर यक़ीन हो जाएगा और उसकी मर्दानगी पर परदा पड़ा रहेगा।"

"वा हरामी ए जब अपणा बारा में सब पतो ही, तो वाने अपने साथ-साथ तेरी जिन्दगी भी काँई लू नरक बणा दी !" फ़ौजी उर्फ़ हनीफ़ के प्रति पहली बार नफ़रत दीखी ज़ैतूनी में।

"अम्माँ, दुनिया का कोई मर्द अपनी इस कमज़ोरी को सरेआम नहीं बताएगा। देखा नहीं उस फ़ौजी ने अपनी मर्दानगी साबित करने के लिए क्या नायाब तरीक़ा निकाला, यानी अपनी कमज़ोरी को क़बूल करने के बजाय पहले तो अपनी पहली बीवी को बाँझ बता दिया, और बाद में इसकी भी ज़िन्दगी तबाह कर दी।" शकीला का चेहरा सुर्ख़ हो गया इस बार।

"ई तो बावली निकली, चुप पड़ी रहती वा फौजी के पै।"

"माई, तू भी कैसी बात कर्‌री है, ई तो चुप ही बैठी ही पर ऐसी बात कदी छुपी

है जो ई भी छुपती।'' शायद यही निष्कर्ष निकलना था इस प्रसंग का।

''चलो, पर या हरामी कलन्दर ए कैसे पतो चलगी या बारा में ?'' दादी ज़ैतूनी झुँझलाते हुए असल मुद्दे पर लौटती हुई बोली।

''कहके तो गयो है चौड़ा-चट्ट में सबके आगे के अगर वाहे पहले पतो चल जाती, तो अपणी दहली पे पाँव भी ना धरन देतो।''

''तो कहा याने ई धन्धा कलन्दर के पै (पास) भी जाके सुरू कर दियो हो ?''

''मैं कैसे यक़ीन दिलाऊँ अम्माँ आपको। मेरा ख़ुदा गवाह है जो मैंने किसी की तरफ़ नज़र उठाकर तो देखा हो। मैं दोज़ख में जाऊँ अगर मैंने इनके साथ किसी तरह की ना-शुक्री की हो...ख़ुदा की मार पड़े जो मैंने इनके एतिबार को चोट पहुँचाई हो।''

''फिर कैसे छोड़ दी याने भी ?''

''अम्माँ, हो सकता है किसी ने बता दिया हो जाकर इस कलन्दर को।''

''सकीला, ई बात हो सके है।'' शकीला के तर्क से सहमत होते हुए बोली ज़ैतूनी।

इसी बीच दीन मोहम्मद भी आ गया। दादी ज़ैतूनी ने पहले तो उसे खूब लानत-मलामत दी लेकिन अन्त में उसी समस्या पर आकर रुक गई, जिसके हल के लिए वह, जुम्मी और शकीला काफ़ी देर से जद्दोजहद कर रही हैं।

दीन मोहम्मद भी अब जैसे पस्त हो गया। फ़िलहाल उसे भी कोई उपाय नहीं सूझा।

''अच्छो ऐसे कर, अब तो हीनी (यहीं) सो जा पौली में, धैरे सोचंगा...पूरी रात पड़ी है अभी।'' दादी ज़ैतूनी ने, फिलहाल इस तनाव से मुक्त होने का प्रयास करते हुते, अगले दिन के भरोसे छोड़ दिया समीना को।

रात भर दादी ज़ैतूनी ने अपनी कल्पनाओं के घोड़े दौड़ाए कि कोई तो ऐसा सवार मिल जाए जो इस समीना को लेकर इतनी दूर चला जाए, जहाँ से वह फिर कभी लौटकर नहीं आए इस हवेली की तरफ़। दादी ज़ैतूनी की जब भी आँखें खुलतीं तभी उसे लगता एक ज़िन्दा मांस का लोथड़ा ज़मीन पर पड़ा सिसकियाँ ले रहा है, तथा दो निष्प्रभ अधजले दीये छत की ओर टँगे हुए हैं। कई बार तो वह डर भी गई अपने कानों में अनायास पड़ी दबी-दबी सिसकियों से।

पता नहीं क्या लिखाकर आई है निर्भाग—यही सोचते हुए दादी ज़ैतूनी ने उस ज़िन्दा लोथड़े की तरफ़ धीरे-से करवट बदली। चौक में जल रहे बल्ब की रोशनी के चकत्ते में भीगी देह में हो रही जुम्बिश को बाँचने की कोशिश करने लगी। एक बार उसके मन में आया भी कि वह पानी के बहाने समीना को यूँ ही टोककर देख ले परन्तु नहीं कर पाई हिम्मत। बस, चुपचाप कोशिश करती रही यह अहसास करने की कि इस समय जैसा तूफ़ान समीना को आलोड़ित कर रहा है, क्या वैसा तूफ़ान औरों को भी मथ रहा होगा ?

बमुश्किल रात के इस एकाकी अँधेरे में आशा की धुँधली-सी एक किरन दीखी, किन्तु वह इतनी धुँधली और महीन थी कि उसे सन्देह हुआ क्या वह इसे पकड़ पाएगी ? इसी ऊहापोह ने दादी ज़ैतूनी को आख़िर पुनः नींद के हवाले कर दिया।

सुबह आँखें खुलीं तो समीना को बैठा पाया। सुर्ख़ आँखों ने बिना कहे चुगली कर दी कि रात को वह सोई भी है या नहीं। देर तक तैयार करती दादी ज़ैतूनी समीना की राय जानने का आधार। इसीलिए उसने समीना से ही जानना चाहा।

"समीना, बेटी अब कहा सोची है तैने ?"

जवाब देने के बजाय समीना ने कीच से भरी दादी ज़ैतूनी की आँखों में झाँका।

"हाँ बेटी, तू तो अब ना काई हिन्दू लायक रही और ना काई मेव लायक।"

विषाद और हताशा में डूबी समीना लपककर ज़ैतूनी के पाँवों से लिपट गई, "अम्माँ, ऐसा मत कहो। आप जैसा भी कहेंगी, मैं उसके लिए तैयार हूँ। मैं ता-उम्र अब किसी के साथ भी चटनी-रोटी खाकर बसर कर लूँगी। लाख तकलीफ़ों के बावजूद मैं अपनी ज़ुबाँ पर अपनी ख़्वाहिश नहीं लाऊँगी !"

ज़ैतूनी ने जिस तरह समीना को देखा, देखते ही एक गहरी खाई में उतरती चली गई।

"बस, मुझे एक मौक़ा और दिला दो !"

"मौका तो मैं घणाई दिवा दूँ पर कहीं दीखे तो सही।"

"नहीं अम्माँ, आप ही निकाल सकती हैं कोई रास्ता !"

"रस्ता तो है परऽऽऽ है बहोत टेढो।"

"मुझे सब मंजूर है, एक बार आप कहें तो सही।" समीना ने पूरी तरह जैसे अपने आपको दादी ज़ैतूनी के हवाले कर दिया।

"सोच ले, कहीं ऐसो ना होए पीछे मुकर जाए।" ज़ैतूनी ने समीना को तौलते हुए पूछा।

"मैं...मैं आपको कैसे यक़ीन दिलाऊँऽऽऽ !" समीना की सूनी आँखों में चमक लौट आई एकाएक।

"तो फिर ठीक है परला मुहल्ला में एक गरीब डकौत है, अगर तोहे उजर् ना होए तो मैं करूँ वासू बात...?"

"मुझे कोई उज्र नहीं है।" ज़ैतूनी का वाक्य पूरा होने से पहले ही अपनी स्वीकृति दे दी समीना ने।

"इतनी ताती मुल्ली मत बण ! पहले पूरी बात सुणूले फिर दीजो सोच-समझके जुआब।" इस बार ज़ैतूनी ने समीना को डाँट दिया।

"मैंने कह दिया न अम्माँ, मुझे सब मंजूर है।"

"पर बेटी, पहले मेरी बात तो सुण ले !" ज़ैतूनी अगले ही पल मुलायम फोस-सी हो गई।

इस बार समीना चुप हो गई।

"बेटी, तोहे पतो है ये डकौत कौण होवे हैं...ये हिन्दू होवे हैं।"

"क्याऽऽऽ ?" समीना जैसे नींद से जागी लेकिन अगले ही क्षण किसी सोच की खंदक में ग़ायब हो गई वह। वापस लौटी तो निर्विकार चेहरे पर एकसाथ कई तरह के भाव आपस में पुते हुए थे, "अम्माँ, मेरे लिए अब क्या तो मुसलमाँ और क्या हिन्दू ! मुझे तो अब सिर्फ़ एक ऐसा सहारा चाहिए, जिससे लगकर मैं अपने आपको थोड़ा-सा सीधा खड़ा कर सकूँ।"

"तो फिर ठीक है, मैं अभी रतनलाल डकौत सू जाके बात कर लूँ। अरी, तोहे ठिकाणो मिल जाएगो और वा गरीब का छोरा को घर बस जाएगो !" इतना कहकर ज़ैतूनी जाने के लिए तैयार होने लगी।

● ●

दादी ज़ैतूनी को इसका क़तई गुमान नहीं था। यह तो उसने सोचा ही नहीं कि उसके इस निर्णय का असर क्या होगा। वैसे यह सोचना समीना का काम है, जब उसे ही कोई आपत्ति नहीं तब वह भला क्यों सोचे। लेकिन नहीं, यहाँ तो उसकी योजना और सोच दोनों पर पानी फिर गया। उसने समीना की हालत को देखते हुए बहुत दलीलें दीं, बहुत दुहाई दी किन्तु किसी ने उसकी एक नहीं सुनी।

परास्त होते हुए उसे वही कहना पड़ा झुँझलाते हुए जो किसी भी ज़ैतूनी को कहना पड़ता, "तो फिर ऐसा करो, याहे काई पैंठ में ले जाके बेच आओ काई के हाथ !"

"काई हिन्दू के घर बिठाणा सू तो बढ़िया है याहे कहीं बेच देणो !" युनुस के नथुने फड़कने लगे।

"बूढ़ी माँ, एक बात बता तैने कहीं देखी है काई हिन्दू के मुसलमान्नी बैठती हुई...बल्कि हदीस में तो कही है के मुसलमान औरत को निकाह, मुसलमान के सिवा दूसरा मजहब का मरद से करना कुफर (कुफ़्र) है। कुरान में तो एकदम साफ लिखी पड़ी है के 'मुसरक (मुश्रिक) मरद से तब तक औरत का निकाह मत करो, जब तक वह ईमान न लाए यानी मुसलमान ना हो जाए। ईमानवाला एक गुलाम एक काफिर से अच्छा है।" तेज़ी-से राजनीति में परिपक्व होते जा रहे मुबीन की अपने धर्म में आस्था और उसकी विद्ग्धता को देखकर दादी ज़ैतूनी समेत पूरी हवेली की आँखें फैलने-सिकुड़ने लगीं।

"पर जब ई फत्तू या पारो ए करके लायो हो जब तो ना कही काई ने ?"

"बूढ़ी माँ, या बारा में भी लिखी पड़ी है के मुसरक औरत से भी तब तलक निकाह मत करो, जब तलक वह 'ईमान' ना लाए।"

"तेरा कहणा को मतलब है के फत्तू ने या पारो सू जभी निकाह करो होएगो, जब ई हिन्दुआणी सू पहले मुसलमाणूनी हुई होएगी ?"

"अकीन ना है तो पूछ ले या काकी पारो सू।"

हाथ कंगन को आरसी क्या। ज़ैतूनी मुबीन के कहे की पुष्टि के लिए उधर मुड़ी

जिधर मुबीन ने संकेत किया था लेकिन पारो तो वहाँ थी ही नहीं। चुपचाप पता नहीं कब खिसक गई वह।

बावजूद इसके ज़ैतूनी ने हिम्मत फिर भी नहीं हारी।

''चलो ठीक है बणगी होएगी मुसलमाणूनी, पर तमने देखी है कदी ई निवाज पढ़ती या रोजा रखती ? अब बताओ कहा फायदो हुओ ऐसा मुलमान बणना को...बेमतलब आदमी अपना दीन सू भी गयो और...''

मुबीन नहीं दे पाया ज़ैतूनी के इस प्रश्न का उत्तर और न ही प्रस्तुत कर पाया इसके पक्ष में कोई प्रमाण।

''पर माई, कान खोलके एक बात सुन ले ! चाहे ई हमन्ने उल्टी बिहार भेजनी पड़ जाए, पर याहे काई हिन्दू के घर ना बैठण देंगा।'' युनुस ने एक तरह से अपना निर्णय सुना दिया।

''तो फिर ठीक है...ऐसो करो रोज-रोज का बेचणा सू अच्छो है याहे तम याका माँ-बाप के पै ही भिजवा देओ। कम-सू-कम याकी माटी तो खराब ना होएगी।''

''हाँ अम्माँ, मेरा भी यही मानना है कि किसी जानवर की तरह ख़रीद-फरोख़्त से अच्छा है हम इसे वापस भिजवा दें।'' शकीला ने तुरन्त दादी ज़ैतूनी के सुझाव का समर्थन करते हुए कहा।

''माई, मेरो भी यही कहणो है याहे हूनी (वहीं) भिजवा देओ !'' दीन मोहम्मद ने भी तुरन्त हाँ में हाँ मिलाई।

''जैतूनी, तम याहे भिजवा-भिजवू के फंद काटो। तम काँई लू काई की दुआ-बद्दुआ लेओ !'' असग़री को भी इस समस्या का सबसे उचित यही हल लगा।

''हाँ री समीना, अब बता तेरी कहा सलाह है ? अपना माँ-बाप के पै जाएगी या याही काला पानी में धूल फाँकती डोलेगी ?''

''अम्माँ, जैसा आप लोग करेंगे मुझे मंजूर है।'' परोक्ष रूप से समीना ने अपनी भी स्वीकृति दे दी।

हवेली की तो मानो जान में जान आ गई। भला इससे आसान तथा अच्छा रास्ता और क्या हो सकता है एक अज़ाब से पीछा छुड़ाने का। एकसाथ कई मोर्चों को फ़तह कर लिया हवेली ने।

●●

''माई...!'' कहने की हिम्मत नहीं जुटा पाया दीन मोहम्मद।

दादी ज़ैतूनी ने ग़ौर से देखा उसके साथ आए उस अपरिचित को।

''माई, बुरो ना माने तो एक बात कहूँ ?'' शब्दों को बिलौते हुए कहा दीन मोहम्मद ने।

''हाँ, कह !''

''मैं सोच रो हूँ के याहे बिहार भेजणा की बजाय...''

"...याके साथ भेज देएँ, यही ना ?" दादी ज़ैतूनी ने हिचक रहे दीन मोहम्मद का वाक्य पूरा करते हुए पूछा।

"हाँ माई ! मैंने याहे सारी बात खोलके बता दी हैं अगर अकीन ना है तो पूछ ले यासू...हाँ भई सरताज, मैं गलत तो ना कह रो हूँ ?"

लगे हाथ दीन मोहम्मद ने उस अपरिचित से भी करा दी पुष्टि, "हाँ दादी, दीनू ने मोहे सारी बात बता दी है।"

"दीनू, तू ऐसे कर सकीला और जुम्मी ए बुलाके ला !"

दीनू के वहाँ से जाते ही ज़ैतूनी ने एकदम साफ़ कह दिया, "देख बेटा, यामें छिपाणा की कोई बात ना है...ई दो जिगह सू छोड़ी हुई है...चाल-चलन भी याको ठीक ना है। अब तू देख ले, अगर तेरी समझ में आए तो ठीक है नहीं..."

"दादी, मोहे सारी बात को पतो है। मोहे तो मेरा घर बसणा सू मतलब है।"

"एक बात और बता दूँ बेटा, ई इतनी चोट खाई बीरबाणी है के याका घाव अगर तैने थोड़ा-सा भी सहला दिया, तो समझ ले तेरा पाँवन् की पणहा बनके रहेगी। कहा करे, मुकद्दर की मारी है नहीं बीरबाणी में कोई कमी ना है..." सामने से दीन मोहम्मद के साथ जुम्मी और शकीला को आते देख चुप हो गई ज़ैतूनी।

शकीला अपरिचित को देखते ही बेक़ाबू हो गई, "अम्माँ, यह क्या ?"

"सकीला, बेटी आराम सू बैठ पहले। मेरी यासू सारी बात होगी हैं। भलो आदमी लग रो है।"

"लेकिन अम्माँ, आपने तो यह फ़ैसला लिया था कि..."

"तू सही कह री है, पर तू एक बात सोच-मान ले ई अपणा माँ-बाप के पै उल्टी चली गी, तो तू कहा समझ री है याका माँ-बाप याहे देखके याको आरतो उतारंगा। बेटी, हूँ जाके भी याकी फिर यही गत बण्नी है...या मारे मेरी ई सलाह है के याहे याके साथ भेज देएँ। अरी, कम-सू-कम याँ पड़ी रहेगी तो माँ-बाप का जी मैं ई तो तसल्ली रहेगी के उनकी बेटी राज कर्री है...सुखी है।"

"समीना, बहाण मेरी भी यही सलाह है के चाहे तेरा ई काट के टूक-टूक कर देए पर मुँ मत खोलियो।" जुम्मी भी दादी ज़ैतूनी से सहमत होते हुए बोली।

"आपा, मैं...मैं इनके कदमों की खाक बनकर रहूँगी बस्स ये..." होंठ लरज़ने लगे समीना के कहते-कहते।

शकीला के भीतर बाहर फूटने को हो रहा लावा एक झटके में शान्त हो गया। दादी ज़ैतूनी ने धीरे-से देखा उसकी तरफ़। क्या कहे अब शकीला। सारा प्रतिरोध और ताप एकाएक सहानुभूति में बदल गया।

"हाँ भई, सरताज ठीक है ?"

"लाला एक बात सुन ले, अगर मैंने ई सुन ली के याके साथ कोई बदसलूकी हुई है तो मोसू बुरो ना होएगो कोई...और समीना तू भी सुन ले कान लगाके अगर अब के कोई ऐसी बात होगी, तो या हवेली की दहली पे मत फटक जइयो...!" दादी ज़ैतूनी

ने सरताज और समीना को चेतावनी के साथ-साथ एक तरह से समझाते हुए कहा।

"माई, मैंने सरताज सू तो बात कर ली है...बस, तम या समीना ए और समझा देओ !"

"तो क्या समीना अपने आप भागकर आई थी दोनों जगह से ?" शकीला ने पलटते हुए पूछा दीन मोहम्मद से।

"भगके तो ना आई पर जिम्मेदार तो यही है..."

"हाँ-हाँ, सबके लिए हम ही जिम्मेदार हैं।" शकीला का जबड़ा सख़्त हो गया इस बार।

"चलो छोड़ो, अब गड़ा मुरदा उखाड़ना सू कुछ फायदो होएगो !" ज़ैतूनी ने शकीला और दीन मोहम्मद में शुरू हुई तकरार को वहीं विराम देते हुए बात समाप्त कर दी।

एक बार फिर समीना को उसके सुखद भविष्य की कामनाओं के साथ विदा कर दिया गया हवेली से। मगर यह क्या, इस बार समीना गले तो सबसे मिली परन्तु आँखें पिछली बार की तरह नहीं बरसीं। और तो और उसने हवेली की तरफ़ एक बार भी नहीं देखा पलटकर। क़दमों की गति देखकर हैरानी हुई सबको। ग़ुस्सा तो बहुत आया शकीला को समीना के इस ना-शुक्रेपन पर कि भली औरत ने पलटकर एक बार भी उस हवेली की तरफ़ नहीं देखा, जिस हवेली ने उसके लिए इतना कुछ किया है ?

एक लम्बे अन्तराल के बाद हवेली में शान्ति लौटी जैसे। बहुत दिनों बाद कइयों को तो ऐसी नींद आई कि रात-बिरात कोई दीवार तोड़कर अन्दर घुस जाता तो उनकी बला से।

दादी ज़ैतूनी को एक अजीब-सा खालीपन महसूस होने लगा। उसकी जब भी आँखें खुलतीं तो नज़र उस तरफ़ ज़रूर पड़ती, जहाँ पिछली रात एक ज़िन्दा मांस का लोथड़ा अपने वजूद के लिए छटपटा रहा था।

उसने बहुत कोशिश की कि आँखें लग जाएँ किन्तु नहीं लगीं। लगतीं भी कैसे उनमें तो तरह-तरह की कल्पनाएँ कुलाँचें जो भरने लगी हैं। वैसे भी इस उम्र में नींद भला इतनी आसानी से कहाँ आती है ?

छत्तीस

शकीला ने बहुत मना किया, खूब बहाने किए परन्तु उसकी किसी ने नहीं सुनी। बेशक किसी को यह विश्वास हो, या ना हो किन्तु उसे ज़रूर लग रहा है कि जितना मुश्किल पिछली बार था, इस बार उससे कहीं ज़्यादा है। हालाँकि इस बार सरपंच का पद

महिलाओं के लिए आरक्षित नहीं है, तथा इस घमासान में उसका पुनः निर्वाचित होना कठिन भी नहीं है लेकिन न जाने क्यों उसे ऐसा लग रहा है? क्यों उसे अपना आत्मविश्वास डगमगाता महसूस हो रहा है, समझ नहीं पा रही है। जबकि दूसरी ओर सभी प्रत्याशियों को अगर भय है तो शकीला से ही है। कारण इसका बहुत साफ़ है और वह है पूरे गाँव में उसके कार्यकाल के दौरान हुए कार्यों की लम्बी सूची।

सचमुच सारे समुदायों, मोहल्ले के मोहल्ले यहाँ तक कि पूरे गाँव के लिए यह एक चुनौती बन गई, जिससे निपटने के लिए कोई ब्रह्मास्त्र नहीं लग रहा है किसी के हाथ। यदि समय से पहले इसका वध नहीं किया गया तो वह और भी बुरा होगा। बहुत सोचा गया। तरह-तरह की योजनाएँ बनाई गईं परन्तु परिणाम फिर वही नज़र आ रहा है, जो पहले भी दिखाई दे रहा था।

थक-हारकर ज़्यादातर प्रत्याशियों ने सब भाग्य पर छोड़ दिया।

हाँ, इस चुनौती की अगर कोई काट हो सकती है, तो वह है शकीला की तरह दूसरी कोई महिला प्रत्याशी। पता नहीं यह किस पुरुष प्रत्याशी के दिमाग़ का कमाल था कि उसने नामांकन से कुछ घंटे पहले सालिगराम की बहू पद्मा के किसी शुभचिन्तक के कान में इस बात की फूँक मार दी। बस फिर क्या, इधर वह इस शुभचिन्तक के कान में फूँक मारकर गया और उधर पद्मा की महत्त्वाकांक्षा गुब्बारे की तरह फूलती चली गई। शाम तक पूरे गाँव को पता चला गया कि पद्मा भी इस पद की दौड़ में शामिल हो चुकी है।

उस दिन वह पुरुष प्रत्याशी कितना खुश हुआ होगा, इसकी आसानी से कल्पना की जा सकती है। भला दो बिल्लियों के बीच होनेवाले झगड़े में इस बन्दर के लिए इससे अच्छा अवसर और क्या हो सकता है। सचमुच उस दिन बहुत हँसा होगा वह प्रत्याशी सालिगराम की बहू पद्मा को, महत्त्वाकांक्षा के उड़नखटोले पर आसमान में बेसुध उड़ता हुआ देखकर।

उदास स्थानीय राजनीति में अचानक आए इस मोड़ ने गाँव में थोड़ी-सी हलचल पैदा कर दी। जहाँ पहले शकीला और अन्य प्रत्याशियों की हार-जीत का अन्तर काफ़ी बड़ा नज़र आ रहा था, अब वह थोड़ा कम हो गया। जबकि पद्मा के उत्साह को देखकर कुछ स्थानीय विश्लेषकों ने आकलन करते हुए घोषणा कर डाली कि पद्मा भले ही इस चुनाव में जीते या ना जीते, जीतने वह इस शकीला को भी नहीं देगी।

सचमुच उस दिन पूरे गाँव को इन विश्लेषकों के आकलन पर पहली बार विश्वास-सा होने लगा, जब सबने यह देखा कि उनकी घोषणा के अनुसार भविष्यवाणी सौ प्रतिशत तो नहीं, पचास प्रतिशत सच साबित हो गई अर्थात शकीला इस बार सरपंच का चुनाव हार गई। वह भी भारी मतों के अन्तर से और जो प्रत्याशी इस चुनाव में भारी मतों से विजयी घोषित किया गया, वह और कोई नहीं बक़ौल उसी पुरुष प्रत्याशी, इस झगड़े में शामिल दोनों बिल्लियों में से दूसरी बिल्ली यानी पद्मा थी। इस लड़ाई में पहली बार किसी चतुर-सयाने बन्दर को औंधे मुँह गिरते देखा गया, वह भी उसी

की मूर्खता के कारण।

अगले दिन हवेली से लेकर कचैड़ी में बहुत सोच-विचार किया गया अपनी इस हार पर। अपनी कमज़ोरियों पर आत्म-मन्थन किया गया तथा उन सभी पक्षों पर चर्चा हुई जो शकीला के पराजय के कारण बने। धनसिंह, रामचन्दर, हीरा सहित हवेली के सारे मर्द उपस्थित थे कचैड़ी में। पूरी कचैड़ी अवसाद और विषाद से सराबोर थी।

चाँदमल ने तो तस्बीह को सिरहाने रख मुबीन की इस राजनीतिक विफलता और उसकी अपरिपक्वता पर उसे सलीके से डाँट भी दिया, "अन्यायी, तू सुपना तो देख रो है एमेले और मन्त्री बणना का और तोसू जिताई ना गई एक सरपंचणनी भी।"

"बूढ़ा बाप, मैंने तो बहोत कोसिस करी ही पर..."

"घंटा कोसिस करी ही। कोसिस करतो तो ई सरपंची हमारा हाथ सू जाती ही ना।"

"तू तो बेमतलब की बात कर्रो है बूढ़ा बाप। मोपे बोटन् में घुसो तो जावे ना है। अब एक बात बता ऐसो कौण-सो मोहल्ला है जहाँ हमने काम ना करायो। इन हरिजनन् को ऐसो कौण-सो काम हो जो हमने ना करायो, पर मजाल है जो इन्ने एक बोट तो दी होए सकीला कू।"

"वैसे चाँदमल, ई बात सोचना की है। मुबीन कह तो सही रहो है।" धनसिंह पूरी तरह से सहमत था मुबीन के तर्क से।

"पर पहले या बात की खबर तो लगाओ के वा सालिगराम की बहू ने इन हरिजनन् कू आखिर ऐसी कौन-सी घुट्टी पियाई है, जाने एक भी बोट सकीला का डिब्बा में ना पड़न् दी।" नसीब ख़ाँ ने तह तक जाने की सलाह देते हुए क़हा।

"रामचन्दर, यार तू कैसे चुप बैठो है ? तू भी तो बोल कुछ ?"

"यार वली मोहम्मद, मैं कहा कहूँ और फिर मैं बताऊँ तो जब..."

"कैसे रुकगो कहते-कहते ?" शक हुआ कुछ धनसिंह को।

"मेरा मुँ ए क्यों खुलवाओ हो। इन इलेक्सन में बोट आदमी और आदमी के काम पे ना गिरी हैं बल्कि हिन्दू और मुसलमान का नाम पे गिरी हैं।"

"कहा मतलब ?" यह एक नया रहस्य था चाँदमल के लिए।

"मतलब यही के हिन्दून् की जो पचासेक बोट सकीला के नाम पे गिरी हैं वे हीरा, मेरी और दस-बीस काई और की गिरी होंगी, नहीं सारी बोट वा पद्मा का डिब्बा में गिरी हैं।"

"ना यार रामचन्दर, मोहे तेरी या बात पे अकीन ना है।" नसीब ख़ाँ ने जानबूझकर कहा।

"यही तो तिहारो भोलोपन है। तमन्ने पतो है चिमरवाड़ा में पूरी-पूरी रात बैठके उनका दिमाग में ई बात भरी गई ही के इन मुसलमानन् सू हमारो कैसो भाईचारा। हम चाहे आपस में लड़ें या भिड़ें...एक-दूसरा का हाथ को खाएँ या ना खाएँ, आखिर हैं तो हम सब हिन्दू। हमारी आपस में कहा दुसमनी।" रामचन्दर ने पूरी तस्वीर साफ़ करते

हुए बता दी असली बात।

"हूँऽऽऽ तो ई बात है।" लम्बा हुँकारा भरा नसीब ख़ाँ ने।

"पर रामचन्दर, ये हरिजन बिल्कुल ही उजबक हैं कै ? अरे, तिहारा हिन्दून् में ही छोटी घणी जात तलक तो इनका हाथ को खाएँ ना हैं, ये ऊँची जात जरूर खाएँगी। समझ में ना आई के ये इन सन्नार्थी और बणिया-बामण का चक्कर में कैसे आगा ? इन्ने ना है पतो के ये सब बोट लेणा का टोटका हैं ?"

"वैसे ई बात भी उठी ही के जब तक हम एक-दूसरा का हाथ को खाएँगा-पीएँगा ही ना, तो आपस में कैसे निभेगो ई भाईचारा...पर टीकम का छोटा छोरा रामजीलाल ने ई कहके बात काट दी के चाहे निभे या ना निभे, हमारी आपस में कोई दुसमनी ना है। इनसू ना है हमारो कोई झगड़ा।" धनसिंह के तर्क का भी लगे हाथ जवाब दे दिया रामचन्दर ने।

"बूढ़ा बाप, अब तो समझ में आगी पूरी कहानी।" मुबीन ने तसल्ली करते हुए पूछा।

"तो याको ई मतलब हुओ के सियासत में सब जाईज है।" धनसिंह को हैरानी-सी हुई।

"ये तो छोटी-सी पंचायत का इलेक्सन हैं जामें इतना खेल रचा गया हैं। अंदाजा लगाओ के बड़ा-बड़ा इलेक्सन में कहा हालत होती होएगी, जहाँ आदमी ए सियासत में हिस्सेदारी मिले है। ई सब वाही हिस्सेदारी की भूख है जाकी वजह सू रामजीलाल उनकी गोदी में जा बैठो। भई, हम तो खुस हैं इनका इन तेवरन्ने देखके। कम-सू-कम हम बामणन् पे अब ई इल्जाम तो ना लगेगो के इनकी हालत कू हम जिम्मेदार हैं।" रामचन्दर मुस्कुराते हुए बोला।

"वा भई रामचन्दर, तैने भली बात बताई। हम तो अभी तलक यही सोच-सोच के राजी होरा हा के चलो ये बनिया-बामण हमारा ना सही ये हरिजन तो हैं, पर अब ये भी उन्हीं में जा मिला। एक यही उम्मेद बच री ही के चलो कोई तो है हमारे साथ, पर ऊ भी अब खतम होगी।" नसीब ख़ाँ ने दीर्घ निःश्वास लेते हुए कहा।

"ई तिहारी गलतफहमी है। मिलो-विलो कोई किसी में ना है। ऐसो है हमन्ने तो इनकी जरूरत है क्योंके तमसू मेरो मतलब है, मुसलमानन् सू हम बणिया-बामण थोड़ेई टक्कर लेंगा...टक्कर तो यही लेंगा। हमन्ने तो सूधी-सी बात है अपनो बचाव चहिए।"

रामचन्दर ने बेहद निर्ममता के साथ उन सभी परतों को एक-एक कर उचेलकर रख दिया, जिनके नीचे बहुत-सी वे स्थितियाँ और सच्चाइयाँ दबी हुई थीं, जिनके प्रति नसीब ख़ाँ, चाँदमल, वली मोहम्मद जैसे लोग पूरी तरह अनभिज्ञ थे।

धीरे-धीरे रामचन्दर को लगने लगा जैसे उसके कानों में साँय-साँय की जगह ढोल-ताशों की गुमक गूँजने लगी है। रामचन्दर की समझ में नहीं आया कि पहले से सुनी परिचित-सी यह गुमक आज क्यों सुनाई दे रही है, परन्तु अगले ही पल उसे महसूस

हुआ कि यह तो उन ढोल-ताशों की गुमक की प्रतिध्वनियाँ हैं, जो ठीक एक दिन पहले चुनाव परिणामों की घोषणा के बाद सुनी गई थीं।

एक झटके में सारा दृश्य शीशे की तरह साफ़ होता चला गया।

परिणाम घोषित होने के थोड़ी देर बाद ढोल-ताशों के साथ सालिगराम के लड़के की बहू पद्मा यानी नव-निर्वाचित सरपंच की विजय-यात्रा और उसमें शामिल विजयोल्लास में झूमते-थिरकते पाँव। हाथों में थमीं केसरिया रंग की छोटी-छोटी विजय-पताकाओं, और इसी रंग की पट्टिकाओं के बीच से गूँजते 'बहन पद्मावती, ज़िन्दाबाऽऽऽद !' के उद्घोष। इन उद्घोषों से उत्साहित होते, पसीने से एकदम तर कुछ नए चेहरों को ढोल-ताशों की गुमक पर थिरकता देख, उन्हें पहचानने में तनिक भी समय नहीं लगा रामचन्दर को। लेकिन आश्चर्य हुआ उसे यह देखकर कि बेगाने की शादी में दिवाना हुए जा रहे इन अब्दुल्लाओं में ज़्यादातर वे हैं, जिनके मतानुसार इन बनिया-बामनों से कोई झगड़ा है ही नहीं उनका।

बीच-बीच में 'बहनजी' यानी नव-निर्वाचित सरपंच अर्थात पद्मावती उर्फ़ पद्मा के इशारेभर से फिर से उनके जिस्मों में रह-रहकर ताक़त लौट आती, तथा ये अब्दुल्ला दूने उत्साह के साथ ढोल-ताशों की गुमक पर नागिन की तरह बल खाते हुए, जुलूस की शिराओं में मन्दे पड़ते रक्त को और गरमा देते। देर तक देखता रहा रामचन्दर रामजीलाल और उसकी उन एक-एक भंगिमा और मुद्राओं को जिनपर 'बहिनजी' न्यौछावर हुई जा रही थीं।

जी तो कर रहा था रामचन्दर का कि वह इस विजय-यात्रा को तब तक देखता रहे, जब तक वह अपने गंतव्य तक न पहुँच जाए, किन्तु चाहकर भी नहीं देख पाया। धीरे-धीरे दीवाने अब्दुल्ला भी लगभग पस्त हो चुके थे और उनकी भूमिका भी अब अपनी ढलान पर थी। लेकिन जब तक उसने देखा, तब तक उसे यही लगता रहा कि इतना जोश और इतनी उन्मत्तता तो उन विजयी केसरिया पताकाओं और पट्टिकाओं में भी नहीं थी, जितना पसीने से भीगे रामजीलाल तथा उसके साथ जुड़े इन नए-नए अब्दुल्लाओं में थी।

कचैड़ी से लौटने के बाद भी इन ढोल-ताशों की गुमक रामचन्दर के कानों में गूँजती रही और शायद तब तक गूँजती रहेगी, जब तक रामजीलाल और उसके युवा साथी बहिन पद्मावती के इशारों पर थिरकते रहेंगे।

रामचन्दर रह-रहकर कोशिश करता रहा रामजीलाल और उसके साथियों के इस तर्क को समझने की किन्तु नहीं समझ पाया। धनसिंह या हीरा इस बात को कहें तो समझ भी आए। आख़िर रामजीलाल और उसके साथियों का झगड़ा इन बनिया-बामनों से नहीं है तो किससे है ? और जब है ही नहीं तब उसने ऐसा क्यों कहा ? यदि कहा है तब इनका झगड़ा किससे है—मुसलमानों से ? यदि इनसे है तो किस बात पर है ? आख़िर क्या बिगाड़ा है इन मुसलमानों ने इनका ?

देर तक इसी ऊहापोह की खोह में भटकता रहा रामचन्दर, परन्तु उसे इस सवाल

का जवाब नहीं मिल पाया।

उधर हवेली में भी अपनी कमज़ोरियों और अपनी इस असफलता पर काफ़ी विचार किया गया। दादी ज़ैतूनी और जुम्मी को इस हार में कहीं-न-कहीं ज़रीना और हसीना की भूमिका दिखाई दी। लेकिन उन दोनों ने धरम-कसम खाते हुए अपने आपको इस पाप से मुक्त कर लिया। बक़ौल ज़रीना और हसीना यह ठीक है कि बेशक उनकी यह सौतेली सास उन्हें फूटी आँख नहीं सुहाती है, लेकिन इसका मतलब यह तो नहीं है कि इस ईर्ष्या के चलते वे इस हवेली की पत ही गिरवी रख दें।

दंग रह गई दादी ज़ैतूनी ज़रीना और हसीना का यह तेवर देखकर। कम-से-कम उसे तो उम्मीद थी ही नहीं कि ज़रीना और हसीना में अपनी इस हवेली की गरिमा के प्रति इतना अनुराग व सम्मान होगा।

लेकिन असल राज़ तो बत्तो ने ही खोला।

उस दिन काफ़ी रात को जब पूरे गाँव में सोवता-सा पड़ गया, पद्मा अपनी कुछ महिला कार्यकर्त्ताओं के साथ सोनदेई के पास गई थी पहले। उसके बाद ही पूरे उत्साह के साथ ये सब बत्तो के पास आई थीं। बहुत प्रयत्न किया उन्होंने बत्तो को रिझाने और समझाने की किन्तु उसने दोटूक मना कर दिया।

बत्तो ने जो कुछ बताया उसे सुनकर दादी ज़ैतूनी और असग़री की नसों से रक्त फूटने को हुआ। शकीला ने एकदम मौन साध लिया। जैसे-जैसे बत्तो पद्मा और उसके कुछ समर्थकों के बीच हुए संवादों को बयान करने लगी, पौली में एक अनजानी-सी निस्तब्धता व्याप गई।

"ऐ वा हरामण सालिगराम की बहू ने ये बात कही ही ?" असग़री की आँखें जलने लगीं।

"हाँ काकी, मैं तो दंग रहगी पद्मा की ये बात सुनके। बोली के बत्तो तू तो फिर भी मेरी जाई है पर बता ये मुसलमान्नी हमारी कौन-सी सगी-सहोदरी हैं।"

"तो अब हम मुसलमान्नी होगी। भूलगी ये उन दिनन् ने जब भग्गी के बखत आसरो भी इन मुसलमानन् ने ही दियो हो।" दादी ज़ैतूनी ने अपने आपसे कहा।

"और काकी बोली के सोनदेई ने तो गंगाजल हाथ में लेके सौं खाई है के बोट जाएगी तो पद्मा का डिब्बा में जाएगी। जब तो ई सकीला जीतगी, अब पतो चलेगी कैसे जीतेगी। हमारा भी लम्बा-लम्बा हाथ हैं। मेरी भी मासी की बहू बैठी है दिल्ली में।"

"अच्छा अम्माँ, अब आया समझ में कि उनकी यह दिल्लीवाली भाभी जाते-जाते क्यों कहकर गई थी कि कभी तो मिलेगा हमें भी मौक़ा।" शकीला को जैसे याद आ गया। आज समझ में आया उस 'मौक़े' का अर्थ।

"पर वा सोनदेई ने तो ना बताई ई बात। आज भी मिलके गई ही।"

"काकी देख, सोनदेई की बात सोनदेई जाने पर हमारी तो बोट सकीला कू ही गई

ही और फिर कैसे ना जाती, जिनके साथ मुद्दत सू हमारो उठनो-बैठणो है उनके साथ हम कैसे दगा कर देएँ।'' बत्तो लगभग सफ़ाई देते हुए बोली।

बत्तो के संकल्प और आपसी विश्वास पर भीतर तक भीगती चली गई दादी ज़ैतूनी।

''अबके मिलण दे या हरामन सोनदेई ए, मैं सुनाऊँगी याहे हर का भजन। अब ई सन्नार्थन इतनी प्यारी होगी के गंगाजल हाथ में लेके अपनी बोट गिरवी धर दी। रात-दिन का या उठना-बैठना ए भूलगी।''

''छोड़ो भी अम्माँ, अब क्या फ़ायदा। बल्कि कहने से जो थोड़ी-बहुत दुआ-सलाम और लिहाज़ बची है, वह भी ख़त्म हो जाएगी। बेवजह की कड़वाहट बढ़ाने से अब क्या फ़ायदा। क्या हुआ जो वोट नहीं दिया...ये तो अपने-अपने ख़्यालात हैं।''

''जैतूनी, सकीला सही कह री है।'' असग़री को शकीला की सलाह उचित लगी।

''बात ई ना है निगोड़ी। सुख-दुःख में काम तो आवें हम और मौका पड़ना पे माँ की जाई हो जावे हैं वे, जो काई का चिरा पे भी ना मूते हैं।'' आहत होते हुए बोली ज़ैतूनी।

''आप भी क्या क़िस्सा ले बैठीं। आपको नहीं पता कि मेरी भी इस बार कोई ख़्वाहिश नहीं थी इलेक्शन लड़ने की मगर आप लोग माने ही नहीं। बल्कि यह तो अच्छा है कि आप लोग उसे भी आजमाकर देख लें।''

''अजमाए हमारी जूती, हम कौण-सा वाके छाछ माँगण जाए हैं, जो वाहे अजमाएँ।''

''काकी, बाकी तो सब ठीक है पर एक बात मेरी समझ में ना आ री है के वा पद्मा ने ई कह कैसे दी के मैं वाकी जाई हूँ।''

शकीला तो शकीला, दादी ज़ैतूनी और असग़री भी मुस्कुराई बत्तो के इस भोलेपन पर। शकीला ने तो लम्बा साँस खींचते हुए फेफड़ों में ढेर सारी हवा भर ली। देर तक सोचती रही वह कि आख़िर कैसे व्याख्या करे इस 'जाई' शब्द की ?

''आपा, पद्मा का कहने का मतलब है कि वो आपको अपनी तरह हिन्दू होने के नाते जाई कह रही थी।''

सुनते ही बत्तो के तन-बदन में आग लगती चली गई।

''सकीला, दारी हिन्दू तो ये चिमार-चुहड़ा भी हैं याको मतलब ई तो ना है के ये हमारा जाया हो गा। हिन्दू तो सोनदेई भी है पर याने तो आज तलक ना कही के मैं वाकी जाई हूँ। जाई बणानो तो दूर रहो, ऊ तो अपना चौका-बरतन सू भी हमन्ने कोस भर दूर राखे है।'' कहते हुए भूल गई बत्तो कि उसने भी तो पारो की इसी बात पर खूब बावेला मचाया था एक बार।

''उसका कहने का यही मतलब था आपा।'' शकीला अपनी व्याख्या पर क़ायम रही।

''सकीला, मोहे पतो ना ही के ई अपना मतलब कू अपनी जाई बणा री ही। तू

कहा मोहे इतनी बूबक समझ री है। ई जात तो उनमें सू है के *मतलब निकलो हीर को, खड़ो दिखायो तीर*।" बत्तो का आवेश फिर एक अवसाद में बदलता चला गया धीरे-धीरे, "सोनदेई तो हो सके है वाकी जाई, क्योंके दोनूँ ऊँची जात की हैं पर हम और तम कैसे हो सके हैं। तम ठहरी मुसलमानूनी और मैं ठहरी नीची जात की कुम्हारी। अब बताओ मैं कैसे होगी वाकी जाई ?"

बत्तो ने जिस तरह अपनी पीड़ा व्यक्त की, उसके बाद किसी से कुछ भी कहते नहीं बना।

"बत्तो छोड़, तू काँई लू दुःखी हो री है। वाका कहणा को मतलब तू भी समझ री है और ऊ भी समझ री ही।"

"वही तो मैं भी कह री हूँ काकी के जाहे पद्मा कू बोट देणी ही वाने वाहे दे दी, और जाहे हमकू देणी ही वाने हमें दे दी।" कहते हुए बत्तो ने लगभग विषय पर विराम लगा दिया।

●●

शकीला को कुछ ही दिनों में लगने लगा कि वह ज़बरदस्ती लादी गई एक बड़ी ज़िम्मेदारी से मुक्त हो गई है। वही ज़रीना और हसीना जो मौक़ा-बे-मौक़ा उसे कोंचे बिना नहीं रहती थीं, उनका भी रवैया काफ़ी हद तक तटस्थ-सा हो गया। अब जब उसका मन करता दादी ज़ैतूनी के पास आ बैठती। कई बार तो जुम्मी और मजीदन भी चली आतीं। मुमताज़ और फ़ौजिया के अलावा हवेली की अन्य लड़कियों को वह बीच-बीच में यह हिदायत देना नहीं भूलती कि जब भी मौक़ा मिले वे शरई किताबें ज़रूर पढ़ें। इन्हें पढ़ने से दिल और दिमाग़ दोनों खुलते हैं। कभी-कभी मुमताज़ आशंकित हो उठती कि शकीला क्यों ऐसी किताबों को पढ़ने के लिए प्रोत्साहित करती है।

हवेली भी अपनी इस असम्भव-सी हार से एक हद तक उबर चुकी है। उस दिन सब ऐसे ही बैठी थीं फ़ुरसत में। जुम्मी ने टोकते हुए पूछा, "मुमताज, सुणी है आजकल तम दीन और मजहब की किताब बहोत पढ़ो हो। कुछ तिहारे पै होए तो हमन्ने भी सुणा देओ बेटी !"

"सुण तो हम लेंगा पर वैसी बात मत सुणइयो जैसी तैने पहले सुणाई ही के, अगर मरद या पहाड़ पे सू वा पहाड़ पे पत्थर ले जाणा की कहे तो हमन्ने वही करणो चहिए।" दादी ज़ैतूनी ने पहले ही रख दी अपनी शर्त।

"ठीक है बूढ़ी माँ, आज उससे भी अच्छी बातें सुनाऊँगी।" इतना कहकर मुमताज़ लेने चली गई किताब।

वापस आई तो सबको इस नई किताब की शक्ल-सूरत देखकर तसल्ली हुई कि यह पहली किताब से भिन्न है। हालाँकि मुमताज़ ने इसे पढ़ तो बहुत पहले लिया था, परन्तु इसके शीर्षक का अर्थ आज तक समझ में नहीं आया यानी *दस्तरुल मुत्तक़ी फ़ी अहकामिन्नबिट्रियूय* का अर्थ।

मुमताज़ ने रेहल पर किताब रखी और उसके अन्तिम अध्याय 'जन्नत और उसके ऐशो-आराम' को खोलते हुए बोली, "बूढ़ी माँ, आज मैं आपको जन्नत के बारे में बताती हूँ।"

"हाँ बेटी, ई तो तैने मेरा मन की सी कह दी। अरी, आज ना कल मरनो तो हैई। कम-सू-कम जो सवाब करा हैं उनका बदला में, जो जन्नत मिलेगी वाका बारा में तो पतो होणी चहिए।" दादी ज़ैतूनी की खपच्ची-सी देह तनती चली गई।

शकीला ने मुस्कुराते हुए देखा मुमताज़ की ओर। वह समझ गई कि मुमताज़ आज फिर शरारत किए बिना नहीं मानेगी।

"बूढ़ी माँ, जन्नत में वही दाखिल होता है जो सच्चा मुसलमान है, और जो पैगम्बर हज़रत मुहम्मद सल्लाहु अलैहि वसल्लम के तरीकों पर चलता है। इस जन्नत में कई तरह की नहरें हैं। कोई दूध की है जिसका स्वाद नहीं बदलता। कोई साफ़ पानी की है जिसकी बू नहीं पलटती। कोई शहद की है जिसपर झाग नहीं होते और जो बहुत ही मीठी और ज़ायकेदार है।"

"या अल्ला, तू मोहे ऐसी ही जन्नत अता फरमइयो !" दादी ज़ैतूनी मीठी और ज़ायकेदार नहर में डुबकी लगाते बोली।

"वैसे जन्नतें आठ तरह की हैं जैसे जन्नते अदन, जन्नतुल फ़िरदौस, जन्नतुल खुल्द, जन्नतुल नईम, जन्नतुल मावा, जन्नतुल कुरा, दारुस्सलाम और दारूल मक़ाम। इन जन्नतों की दीवारें एक ईंट सोने की और एक ईंट चाँदी से बनाई गई हैं। इनकी दीवारों में मोती और याकूत यानी लाल के पत्थर और मुश्क यानी कस्तूरी का गारा लगाया गया है। यहाँ की ख़ाक जाफ़रान यानी केसर की है।

"जब मुसलमान जन्नत में दाख़िल होगा तो उसका स्वागत उसके अस्सी हज़ार सेवक करेंगे, जिनके चेहरे मोती की तरह चमकते होंगे और सोने-चाँदी की तश्तरियों में मेवे और कबाब रखे होंगे।"

कुछ क्षण रुककर मुमताज़ ने दादी ज़ैतूनी की ओर देखा। समझ गई मुमताज़ कि दादी ज़ैतूनी अस्सी हज़ार सेवकों के बीच पहुँच चुकी है। मेवों और कबाबों की तश्तरियाँ उसके सामने रखी जा चुकी हैं।

"बेटी, जन्नत में जाके ऐसी भारी सेवा होवे है ?"

जुम्मी की इस जिज्ञासा ने वापस खींच लिया दादी ज़ैतूनी को पौली में। कबाब और मेवों का स्वाद एकाएक कसैला हो गया।

"इस किताब में तो ऐसा ही लिखा हुआ है बूढ़ी माँ।" मुमताज़ ने बेहद भोलेपन के साथ कहा।

"या हवेली की रात-दिन की जलन सू तो ई जन्नत ही चोखी है। या अल्ला, मोहे बस्स तू जल्दी-सू-जल्दी उठा ले !" दादी ज़ैतूनी के हाथ सिजदा में उठते चले गए।

"बूढ़ी माई, मैं भी ऐसी जन्नत में जाऊँगी जहाँ..."

"मेरी सौक, तू जा मोसू पहले...कहीं ये कबाब और मेवा निबड़ ना जाएँ...मैं तो

पीछे भी आ जाऊँगी !'' बीच में टपक पड़ी हसीना को डाँटते हुए कहा ज़ैतूनी ने।

पूरी पौली ठहाकों से गूँज गई। जन्नत में जाने की सारी योजना धरी की धरी रह गई हसीना की।

बुरा-सा मुँह बनाते हुए बड़बड़ाई हसीना, 'जैसे हमारे तो जी ही ना है। हमारो जैसे मन ही ना करे है इन मावा और कबाबन्ने खाण कू।'

''कहा बड़बड़ा री है ?'' एक बार फिर डाँटा दादी ज़ैतूनी ने।

''माई, तू काँई लू मुँ लग री है या बेसहूरी के...मुमताज, बेटी तू आगे पढ़ !'' जुम्मी ने ज़ैतूनी के साथ-साथ मुमताज से कहा।

''जन्नत के दरवाज़े इतने चौड़े हैं कि एक चौखट से दूसरी चौखट चालीस साल की दूरी पर है। जन्नत में एक हौज़ है जिसे हौज़े कोसर कहते हैं। इसकी लम्बाई-चौड़ाई एक महीने का रास्ता जितना है और जिसके दोनों किनारों पर मोतियों के गुम्बद हैं। इसका पानी दूध से सफ़ेद और बर्फ़ से ज़्यादा ठंडा है और यह मुश्क से ज़्यादा ख़ुशबूदार और शहद से ज़्यादा मीठा है। इसमें ख़ालिस चाँदी के कटोरे तैरते रहते हैं।''

पूरी पौली का मुँह हैरत से खुला का खुला रह गया। सबके चेहरों से स्पष्ट था कि यदि कोई उन्हें अभी इस जन्नत में ले जाने की गारंटी दे, तो ऐसी कोई नहीं है जो इनकार कर देगी।

''जन्नत में जाने के बाद जन्नतियों का अगर घूमने का मन करेगा, तो वे अपनी औरतों के साथ घूमने को निकला करेंगे। हर जन्नती को जन्नत में दो-दो हूरें और सत्तर-सत्तर कुँवारी औरतें मिलेंगी। इन हूरों की पिण्डलियों में से गूदा नज़र आएगा और इनकी कंघियाँ सोने की होंगी। जन्नत की औरतों की आँखें बड़ी-बड़ी, दिल लुभानेवाली और रसीली होंगी। ये दिन में सत्तर-सत्तर जोड़े कपड़े बदलेंगी। जन्नतवालों की औरतें उनके सामने बड़ी प्यारी आवाज़ में गाएँगी, जिससे जन्नती बड़े ख़ुश होंगे। वे उसी वक़्त बच्चा पैदा करेंगी, जो उसी वक़्त बड़ा हो जाएगा।''

एक बार फिर देखा धीरे-से मुमताज़ ने दादी ज़ैतूनी की तरफ़। उसे अपनी योजना फिर से सफल होती दिखाई दी। चेहरे का तेज़ी-से बदलता रंग इसका गवाह जो है।

''जन्नती सत्तर तकियों पर सिर लगाए एक करवट लेगा, तो एक हसीन और एक बड़ी ख़ूबसूरत औरत उसके पास आएगी। फिर वह उस जन्नती के कंधे पर बड़े प्यार और अपनेपन से हाथ रखकर अपना हुस्न और अदाएँ दिखाएगी। इस औरत के जिस्म पर सत्तर तरह के बढ़िया लिबास होंगे, फिर वह उस जन्नती को सलाम करेगी...जन्नती फिर सलाम का जवाब देगा और फिर...''

''मुमताज, बेटी तू हमारी जन्नत का बारा में बता री है..या इन मरदनू की जन्नत का बारा में बता री है ?''

''जन्नत तो जन्नत होती है अम्माँ। मर्द और औरतों के लिए कोई अलग-अलग जन्नतें थोड़े ही होती हैं।'' मुमताज़ के बजाय जवाब शकीला ने दिया।

''बेटी, अलग-अलग तो ना होती होंगी पर या मुमताज की बात सुणके ऐसो लग

रो है जैसे ई जन्नत तो बस मरदन् कू ही बणाई है। इन मरदन् कू तो हूँ (वहाँ) सत्तर-सत्तर कुँवारी बीरबाणी मिलंगी...जब वे घूमण जांगा तो अपणी बीरबाणीन् के साथ घूमंगा, पर हम किसके साथ घूमण जांगा ?''

''बूढ़ी माँ, मैं अपनी तरफ़ से बनाकर थोड़े ही बता रही हूँ। यह सब तो शेख़ुल हदीस यानी हदीस को जाननेवाले सबसे बड़े मौलाना मुहम्मद युनुस क़ुरैशी देहलवी साहब ने इस किताब में लिखा है। अभी तो मैंने आधा भी नहीं सुनाया है जैसे हर जन्नती को मोती का एक-एक महल मिलेगा, जिसमें परदेवाली औरतें होंगी, जिन्हें कोई नहीं देखेगा। सिर्फ़ उनके मर्दों के अलावा उनसे कोई बातचीत नहीं कर सकेगा। कुँवारी औरतें जिनपर किसी मर्द या जिन्न ने हाथ नहीं डाला, मौजूद होंगी। जन्नत में एक बड़ा बाज़ार है जिसमें जन्नती हर जुमे को जमा हुआ करेंगे। फिर एक हवा चलेगी जिससे केसर-कस्तूरी के कण जन्नतियों पर पड़ेंगे। जब ये जन्नती अपने घर जाएँगे तो उनकी औरतें कहेंगी कसम है ख़ुदा की, हमसे अलग होकर तुम्हारा हुस्न क्यों बढ़ गया है... ।''

''मुमताज, बेटी बन्द कर ! मोहे ना है ऐसी जन्नत-फन्नत की जरूरत। ऐसी जन्नत सू तो ई हवेली ही चोखी है। इन मरदन् की जन्नत में जाके भी चाकरी करो। कहीं भी पिंड ना छोड़े है ई मरद की जात !'' पिच्च से ज़मीन पर थूकते हुए बोली ज़ैतूनी।

''माई, अभी तो तू कह री ही के या अल्ला, तू मोहे जल्दी-सू-जल्दी उठा ले और अब कह री है...''

''चुप कर दारी मजीदन ! पतो ना ई मुमताज भी कहाँ-कहाँ सू इन तुक्कान्ने घड़-के लावे है।''

''तो फिर ऐसो करें माई, या हसीना की टिकट कटवा देएँ !''

''मैं तो ऐसी जन्नत में भूलके भी ना जाऊँ।'' जुम्मी के सुझाव पर तपाक-से इनकार करते हुए कहा हसीना ने।

''सही तो कह री है काकी बूढ़ी माँ। अभी तो आप कह रही थीं कि हमारा जैसे मन ही नहीं करता है इन मेवों और कबाब खाने के लिए।'' लगे हाथ मुमताज़ भी अवसर का लाभ लेते हुए हसीना से मज़ा लेने लगी।

''ऐसा मेवा और कबाब सू तो या हवेली का टिक्कड़ ही चोखा हैं।'' बिना किसी हुज्जत के हसीना ने साफ़ इनकार कर दिया।

हँसते-हँसते बुरा हाल हो गया पौली का। हसीना ने जिस तरह पलटी खाई, उसे देखकर सबकी आँखों से पानी बहने लगा।

''मुमताज, बेटी तू तो बस मेरे पै आके कदी-कदी कुरान की तिलावत कर देए कर। ऐसी किताबन्ने ला-लाके मत सुणाए कर। सच्ची कहूँ, मोहे ऐसी किताब अब देखी भी बुरी लगे हैं। जब देखो बस या बीरबाणी ए ई करणो चहिए, ऊ करणो चहिए। जैसे बीरबाणी ना होगी कोई जिनावर होगी।'' दादी ज़ैतूनी का मन एक तीख़े आस्वाद से भर गया।

"और मेरी सुणो तो मोहे अब इनसू डर लगन लगो है।" जुम्मी की आँखों में भय साफ़-साफ़ झलकने लगा।

इसी डर और जुगुप्सा से तो इस हवेली को परिचित कराना चाहती हैं मुमताज़ और शकीला। यह अनायास नहीं था कि मुमताज़ ने ऐसे ही प्रसंगों और उद्धरणों को क्यों चुना। वह जानना चाहती थी अपने ख़िलाफ़ धर्म की आड़ में रचे गए प्रपंचों पर एक बेलौस टिप्पणी। वह भी ऐसे मुखों से जिनकी श्रद्धा और आस्था ऐसे उद्धरणों, निर्देशों, आदेशों तथा उपदेशों की तहों में गए बिना निर्मित होती है।

मुमताज़ को आज पहली बार अशिक्षित होने जैसी बुराई का एक अच्छा पक्ष यह दिखाई दिया, कि कभी-कभी यह मनुष्य को ऐसे रास्तों पर भी जाने से रोकता है जहाँ भय और जुगुप्सा के सिवाय उसे कुछ नहीं मिलता है। अच्छा है जो यह हवेली लगभग अशिक्षित है। वे कितनी सुखी हैं जो इन आदेशों, निर्देशों और उद्धरणों से अनभिज्ञ हैं—ठीक इस हवेली की दादी ज़ैतूनी, जुम्मी, मजीदन या फिर हसीना की तरह।

सैंतीस

आख़िर मौलवी अख़्तर अली बिना किसी को बताए कहाँ ग़ायब हो गया ? हवेली से लेकर ज़ैनब के ससुरालवालों तक ने अपनी-अपनी कल्पनाओं और अनुमानों के अश्व चतुर्दिशाओं में दौड़ाए, किन्तु सब थक-हारकर वापस लौट आए। कुछ ने कहा मौलवी किसी जमात में चला गया है, तो कुछ ने कहा हो सकता है कहीं ज़ियारत पर चला गया हो। कुछ ने कहा कि हज करने चला गया होगा, तो एकाध ने यहाँ तक सोच डाला कि हो सकता है सऊदी अरब न चला गया हो, कुछ माल-पत्ता पीटने।

परन्तु इन अनुमानों और कल्पनाओं के बावजूद सबसे बड़ा प्रश्न और चिन्ता की बात यह है कि जाने को चाहे वह कहीं चला जाए, लेकिन बताकर जाने में क्या हर्ज़ था ?

कहीं ऐसा तो नहीं है कि पहले की तरह...या फिर ज़ैनब से कुछ खटपट हो गई हो ?

दादी ज़ैतूनी से लेकर हसीना तथा शकीला से लेकर मुमताज़ ने खूब पूछा खोद-खोदकर, किन्तु ज़ैनब ने धरम-क़सम खाते हुए पच्छिम की ओर हाथ उठाकर कहा कि ऐसा कुछ भी नहीं है।

दादी ज़ैतूनी ने ज़ैनब से जब यही सवाल किया, तब भी उसने भर्राते हुए वही जवाब दिया, "बूढ़ी माँ, खुदा गवाह है मेरो जो मैंने कभी वाकी हुकम-उदूली करी होए। वाका एक इसारा पे मैं दौड़ी चली आऊँ हूँ। मजाल है वाकी इजाजत के बिना पत्ता तो हिल जाए।"

ज़ैनब के शब्दों और वाक्यों का अर्थ दादी ज़ैतूनी बेशक समझी या नहीं किन्तु

शकीला समझ गई।

हारकर सबको यही सोचकर ख़ुद और ज़ैनब को यह कहकर ढाँढ़स देने के लिए बाध्य होना पड़ा कि अख़्तर अली ज़रूर सऊदी अरब ही गया होगा। क्योंकि इसके अलावा बाकी के तीन अंदाज़ों में इसलिए दम नहीं है क्योंकि ज़्यादा-से-ज़्यादा इनकी मियाद ढाई-तीन महीने की है, जबकि मौलवी को तो गए हुए छह महीने होने को आ रहे हैं।

और मान लीजिए अख़्तर अली सऊदी अरब भी नहीं गया हो तब ?

इस 'तब' के बाद का उत्तर तथा चिन्ता और भी जटिल है कि यदि वह यहाँ भी नहीं गया, तब ज़ैनब उसका कब तक इन्तज़ार करे ? इस चिन्ता ने पूरी हवेली का दम सुखा दिया कि उसके इन्तज़ार में कहीं ज़ैनब की उम्र ही न बीत जाए ? ऐसा ना हो कि आशाओं की सारी कोंपलों के सूखने के बाद ज़ैनब को कहीं अन्यत्र बैठा दिया जाए और, तभी एक दिन पता चले कि मौलवी साहब टहलते हुए चले आ रहे हैं ज़ैनब को विदा कराने।

सभी पक्षों पर बहुत चिंतन-मनन किया गया हवेली में। यहाँ तक कि इस मामले में ज़ैनव के ससुरालवालों से भी विचर-विमर्श करने का मन बनाया गया। वली मोहम्मद और युनुस की सेवाएँ फिर से लेने की बात चली, किन्तु इस बार इन दोनों ने बेहिचक अपने हाथ खड़े कर दिए कि वे इस मामले में बिल्कुल अनभिज्ञ हैं।

आसपास के एकाध शरई हनफ़ियों से सलाह-मशविरा किया गया लेकिन नतीजा कुछ नहीं निकला। जो कुछ उन्होंने बताया यदि उस पर अमल किया जाए, तो बक़ौल उसकी दादी जुम्मी फिर तो ख़ुदा ही मालिक है ज़ैनब का।

जुम्मी ने मुमताज़ से यूँ ही पूछ लिया, ''मुमताज, बेटी मोहे अकीन ना है इन मुल्ला-मौलवीन् पे। सकीला और तेरे पै तो ऐसी घणी किताब हैं। बेटी, तम ही देख लेओ। कहा पतो कोई रस्ता इनमें ही मिल जाए।''

अंदाज़ा था मुमताज़ को कि इस मसले पर ज़रूर उससे पूछा जाएगा अन्त में, क्योंकि उसे पता था कि ये शरई हनफ़ी भी वही बताएँगे जो उसने पहले से पढ़ा हुआ है। इसलिए मुमताज़ ने किसी तरह की तत्परता और उत्साह नहीं दिखाया। बल्कि उसने इनकार करते हुए शकीला से पूछने की सलाह दे दी।

टालना शकीला ने भी चाहा किन्तु वह इसमें सफल नहीं हो पाई। अगले दिन दादी ज़ैतूनी ने उसे अपने पास बुलवाया और सबके सामने उलाहना देते हुए डाँटा, ''सकीला, अब तू इतनी बड़ी होगी है के हम तेरा नहौरा खाएँ !''

''ऐसी बात नहीं है अम्माँ, ज़रा जी ठिकाने नहीं था मेरा उस समय।'' साफ़ झूठ बोल गई शकीला।

''बेटी, या जैनब ए हमीं सहारा ना देंगा तो कौण देएगो। जो हो वाको पतो ना है।'' दादी ज़ैतूनी की छोटी-छोटी आँखें डबडबा आईं।

इसके बाद पौली में उपस्थित बाकी चिन्तित आँखें भी नहीं रोक पाईं अपने को

बहने से।

"सच कहूँ अम्माँ, शरीअत में शौहर के लापता होने पर जो फ़तवे और हिदायतें दी गई हैं वे इतनी सख़्त हैं कि उन्हें अमल में लाना एकदम ना-मुमकिन है। हालाँकि क़ुरान मजीद और हदीसों में इसके बारे में कोई भरोसे लायक हुक्म नहीं है मगर शरीअत में जो हैं उन्हें पढ़ते हुए कलेजा मुँह को आता है।" शकीला ने अन्ततः अपनी दुविधा बता ही दी।

"जो भी है बता तो सही। कहा पतो इनमें सू ही कोई गैल मिल जाए।"

"ठीक है अगर आप कहती हैं तो मुझे सुनाने में क्या परेशानी है।" इतना कहकर शकीला उठकर चली गई।

कुछ ही देर में लौट आई शकीला।

"अम्माँ, हज़रत उमर रज़ि०,[1] हज़रत इब्ने उमर रज़ि० और हज़रत इब्ने अब्बास रज़ि. की राय में शौहर के लापता होने पर बीवी को चार साल तक इन्तज़ार का हुक्म दिया जाए।"

"अगर चाल साल तक ना आयो तो...?"

"नहीं आया तब बीवी को ख़ुलअ लेने का हक़ है।"

"वैसे, चार तो कोई बड़ी बात ना है। इतनी बाट तो हम देख ही सके हैं। तैने भी दारी सकींला, हमारो जी ही सुखा दियो के ये तो इतनी सख़्त और नामुमकिन हैं के..."

"आगे भी तो सुनो, दूसरी तरफ़ हज़रत अली रज़ि० और हज़रत इब्ने मसूऊद रज़ि० की राय है कि ऐसे मामले में बीवी को उस वक़्त तक सब्र करना चाहिए, जब तक उसका शौहर वापस न आ जाए, या उसकी मौत का पता न लग जाए।"

इस हिदायत को सुनते ही सबकी ज़ुबान तालू से चिपक गई। ख़ामोशी छा गई ज़ैतूनी के चारों ओर।

"जबकि हनफ़ी यह राय देते हैं कि जब तक लापता शौहर के हमउम्र लोग उसी बस्ती या मुल्क में ज़िन्दा हों, उस वक़्त तक बीवी उसका इन्तज़ार करे।"

दादी ज़ैतूनी कहते-कहते रुक गई कुछ। शब्द जैसे बाहर आते-आते हलक़ में अटक गए। जुम्मी तब तो नहीं भाँप गई किन्तु अब समझ में आ गया उसके कि शकीला उसे क्यों टाल रही थी।

"अनेक बुज़ुर्गों ने अपने-अपने अंदाज़ों के मुताबिक़ लापता शौहर की ज़्यादा-से-ज़्यादा उम्र का इस तरह अंदाज़ा लगाया है कि अगर किसी का शौहर तीस साल की उम्र में लापता हुआ है, तो उसकी बीवी को नब्बे साल, कुछ के मुताबिक़ सत्तर साल और कुछ के मुताबिक़ साठ, पचास या कम-से-कम चालीस साल तक इन्तज़ार करना पड़ेगा। एक फ़तवे के मुताबिक़ अगर उस वक़्त बीवी की उम्र बीस साल थी, तो वह साठ साल की उम्र तक इन्तज़ार करे। इसके बाद उसे निकाह की इजाज़त है।"

1. रज़ि० : रज़िअल्लाहु अनहु।

दादी ज़ैतूनी समेत वहाँ मौजूद जुम्मी, मजीदन, जमीला, ज़ुबैदा, मोहसिना, ज़ीनत को लगा मानो यह हिदायत ज़ैनब के लिए दी जा रही है।

"पर माई, निकाह तो जब करेगी जब ऊ बचेगी और अगर ऊ बच भी गी, तो वामें कहा बचेगो जो वासू कोई निकाह करेगो।" मजीदन ने पहली बार प्रतिक्रिया व्यक्त करते हुए कहा।

"मान लेओ, हम चार साल तलक मौलवी की बाट देखके जैनब को दूसरो निकाह कर देएँ और निकाह पीछे ऊ आ गो तो...?" जुम्मी ने दबी ज़ुबान से पूछा।

"इस हालात में ज़ैनब दूसरे की ही रहेगी, अख़्तर अली का इस पर कोई हक़ नहीं रहेगा। वैसे वापसी की शक्ल में और भी कई फ़तवे हैं। मसलन हज़रत अली रज़ि० का फ़ैसला है कि औरत हर हाल में पहले शौहर को मिलेगी, बेशक दूसरे शौहर से बच्चे पैदा हो गए हों। हज़रत उस्मान रज़ि० का फ़ैसला यह है कि औरत अगर दूसरा निकाह कर चुकी है और इस बीच पहला शौहर वापस आ जाए, तो उससे यह पूछा जाएगा कि उसे बीवी चाहिए या मह्र ? अगर उसने बीवी लेने की गुज़ारिश की, तो उस औरत को दूसरे शौहर से अलग होकर तलाक़ की इद्दत (निश्चित अवधि) गुज़ारनी होगी। इद्दत पूरी होने के बाद उसे पहले शौहर के हवाले तो करा दिया ही जाएगा बल्कि दूसरे शौहर से मह्र भी दिलाया जाएगा।"

"ई तो कोई बात ना हुई सकीला के बालक हुआ पीछे बीरबाणी पहला मरद के हवाले कर दी जाए। याको मतलब ई हुओ के बीरबाणी इन मरदन् के पीछे ढोर-डंगर-सी डोलती रहे।"

"अम्माँ, इसीलिए तो हज़रत उमर रज़ि० के इस फ़ैसले को सबसे बेहतर माना गया है कि इद्दत ख़त्म हो जाने के बाद अगर औरत का निकाह होता है, तो उस पर पहले शौहर का कोई हक़ नहीं रहेगा।"

"बाकी तो सब देखी जाएगी सकीला पर चार साल तक बाट देखणी ऊ भी या उमर में, जो उमर खाना-खेलणा की होवे है आसान काम है ?" मजीदन बोली।

"आसान तो ना है पर कोई मरो जावे है अब। वैसे जिनका मरद कई-कई साल में बिलात (विलायत) सू खा-कमा के आवे हैं, वे ना रहवे हैं मरद के बिना ?"

"पर माई वे कहके जावे हैं।" जुम्मी ने तर्क दिया।

"चलो हम चार बरस तक भी बाट देख लेंगा पर जैनब रहेगी कहान् ? पीहर में या सुसराड़ में ?"

"या बारा में बात करनी पड़ेगी जैनब का सास-सुसरा सू। अगर उन्ने कही के जैनब सुसराड़ में रहेगी तो ई भेजनी पड़ेगी।" मजीदन के सवाल पर अपना मत प्रकट करते हुए कहा ज़ैतूनी ने।

"पर माई, मैं ना हूँ तेरी या बात सू राजी। मोहे ना है आजकल काई पे भरोसा—ना सुसरा पे, ना जेठ पे। ना देवर पे ना काई और पे। जुआन छोरी ऐसे ना छोड़ी जाए सास-ससुरा के भरोसे।" जुम्मी ने दादी ज़ैतूनी की राय से असहमत होते हुए कहा।

एकाएक उसकी साँसें तेज़ होने लगीं, लगा जैसे आदमक़द ज्वार के खेतों में कोई घात लगाए बैठा है कि कब ज़ैनब उनमें घुसे और कब वह भच्च से...।''

तभी न जाने ज़ैतूनी को क्या सूझा कि सबको सुनाते हुए बोली, ''जुम्मी, दारी हम वैसेई सूखा जा रा हैं के मौलवी साब अरब गयो है, या हज्ज करण गयो है। जमात में गयो है या जियारत करण गयो है। निगोड़ी, वाहे अभी छह महीना ही तो हुआ हैं। भूल गी उन दिनन् ने जब आठ-आठ, दस-दस बरस पीछे चाला होवे हा ! चाला पीछे बहाण-बेटी कई-कई बरस रुके ही अपने पीहर। वा बहाण, हमने भी या सकीला सू पूरी हदीस और सरीअत खंगलवा दी। चलो री चलो, खड़ी होओ ! अल्लाताला पे भरोसा राखो, सब ठीक हो जाएगो।''

सही तो कहा है दादी ज़ैतूनी ने। पूरी हवेली बेमतलब दुश्चिंताओं से अधमरी हुई जा रही है। थोड़े ही दिनों में हवेली ने ज़ैनब को ऐसा कर दिया मानो वह मुद्दत से बीमार है। छह महीनों में ही ज़ैनब न जाने कहाँ-कहाँ और कितने बियाबानों में मौलवी अख़्तर अली की खोज में भटक आई ! ज़ैनब की सुरक्षा के लिए कैसे-कैसे कवचों की ढूँढ़ मच गई हवेली में। यह तो अच्छा हुआ जो दादी ज़ैतूनी शोक और संताप के बीहड़ से सबको बाहर ले आई, अन्यथा न जाने कब तक वे भी कल्पनाओं और अनिष्टताओं की दिशाहीन, अन्धी पगडंडियों पर भटकती रहतीं।

थोड़ी देर पहले तक जिस हवेली के गज़भर चौड़े आसारों को काल्पनिक भय के पंजे लहूलुहान किए दे रहे थे, वही हवेली देखते ही देखते उन्मुक्त और उद्दाम गति से बहती निर्मल धारा में बच्चों की काग़ज़ की नाव-सी हो गई। हवेली के चेहरों से उद्विग्नता और विषाद ऐसे धुल गया, मानो सुबह की धूप ने रातभर ना-उम्मीदी में सिर झुकाए पत्तों को, उन्हीं पर बैठी ओस की बूँदों से धो दिया हो।

बाद में तो अपने भीतर शर्मिन्दगी और उपहास समेटे हवेली के द्वार कब खुलते और कब बन्द होते, किसी ने इस पर ध्यान ही नहीं दिया। नसीब ख़ाँ ने तो पहले ही कहा था कि इतनी जल्दबाजी ठीक नहीं है लेकिन किसी ने सुनी हो तब न ! ज़ैनब तो अतिवाद के डर से कई दिनों तक हवेली से बाहर ही नहीं निकली।

भरी दोपहरी का सपना था यह शायद !

हड़बड़ाकर खड़ी हुई ज़ैनब। अच्छी तरह पहचानते हैं उसके कान इस आवाज़ को। बदहवास दौड़ते हुए आई जमीला के पास, ''माई, तोहे भी सुणाई दी है मोटर साइकल की अवाज ?'' माँ की आँखों में हैरत और ख़ुशी से चहकते हुए पूछा ज़ैनब ने।

जमीला ने मुस्कुराने की कोशिश कर ज़ैनब की ओर देखते हुए कहा, ''युनुस आयो होएगो कोर्ट (कोटे) सू !''

''पर माई, ई तो मोहे काका युनुस की ना, तेरा जँमाई की मोटर साइकल की-सी अवाज लग री है !''

जमीला ने बेटी की आँखों में झाँका और इससे पहले कि वह कुछ समझ पाती, ज़ैनब खिड़की के पास पहुँच गई।

ज़ैनब ने खिड़की खोल, बाहर झाँककर देखा कि बाहर का दृश्य देखते ही वापस पलटी वह माँ की तरफ़।

''मा...माई, देख ले...तेरो ही जँमाई है !''

जमीला भी लपकी खिड़की की ओर। सचमुच ज़ैनब ने झूठ नहीं कहा है। मौलवी अख़्तर अली ही है जो स्टैण्ड पर अपनी मोटर साइकल खड़ी कर रहा है। पूरी हवेली में किसी ख़ुशबूदार फूल की गन्ध-सी फैल गई मौलवी अख़्तर अली के आने की ख़बर।

''मजीदन, कहान् है जँमाई ?'' टकराते-टकराते बची जुम्मी मजीदन से।

''माई के पै बैठो है।'' जवाब देते हुए आगे बढ़ गई मजीदन।

फिर तो जिसे देखो वही दादी ज़ैतूनी की ओर लपकती हुई दीखी। देखते ही देखते मौलवी अख़्तर अली चारों ओर से घिरता चला गया। मुश्किल हो गया चहुँ ओर से होते प्रश्नों का उत्तर देना। हारकर दादी ज़ैतूनी को ही देना पड़ा दख़ल, ''निगोड़ियो, पहले पाणी-पात तो पीण देओ ! आते ही सब याकी जान कू जज्ज बण बैठी !''

''बूढ़ी माई, जज्ज क्यों ना बणें। ई मौलवी साब तो छैला बणो मजा लेतो डोले और रो-रो के बावली होए हमारी जैनब।'' हसीना ने अख़्तर अली के मुँह पर ही जवाब देते हुए कहा ज़ैतूनी से।

''वैसे, ई बहू सही कह री है बेटा। अगर तोहे कहीं जाणो ही हो तो कम-सू-कम जैनब सू कहके जातो। पतो है सारी हवेली बावली होगी ही तेरे पीछे। जैनब तो ऐसी होगी जैसे काई जिन्द (जिन्न) ने दबा ली होए।''

''बूढ़ी माई, ई गलती तो हो ही गी मोसू। जैनब का दिल दुखाना की मंसा मेरी बिल्कुल भी ना ही।''

''बेटा, तेरी तो मंसा ना ही पर पतो है कैसा-कैसा बुरा ख्याल आरा हा मन में।'' दादी ज़ैतूनी ने थोड़े-से शब्दों में बहुत कुछ कह दिया।

शकीला और मुमताज़ ने एक-दूसरे की ओर देखा। अख़्तर अली ने चुपके से बिना बताए उन दोनों की आँखों को देख लिया बतियाते हुए।

''बूढ़ी माई, मोहे पतो है के पूरी हवेली ने फ़तवों से लेके फ़िकहा तक का फैसला खंगाल मारा हा मेरे पीछे।'' उन दोनों की तरफ़ देखकर मुस्कुराते हुए कहा अख़्तर अली ने।

हैरत हुई शकीला को कि अख़्तर अली को किसने बतायी इन शरई हनफ़ियों के फ़तवों और फ़ैसलों की बात ?

''ऐसी बात नहीं है अख़्तर अली साहब, हमने तो सिर्फ़ अपनी जानकारी के लिए इन्हें पढ़कर देखा था।'' असलियत पर परदा डालने की कोशिश की शकीला ने।

''अगर बेटा, खुदा-ना-खास्ता ऐसो हो जातो जैसो या सकीला ने बताई ही तो कहा होतो ?''

"बूढ़ी माई, ऐसो हो भी जातो तो मेरी या चचिया सास सू ही पूछो के ई कौन-सा फैसला या फ़तवा ए अमल में लाने के लिए कहती..." इसके बाद अख़्तर अली सीधे-सीधे शकीला की ओर मुख़ातिब हुआ, "आप ईमानदारी से कहिए के क्या जैनब को चालीस साल सू लेके नब्बे साल तक इन्तजार करन की सलाह देतीं ?"

"कहा पतो बेटा, इन मुल्ला-मौलवीन् का दबाव में ऐसो भी करनो पड़ जातो।" बड़े भोलेपन और भीरुता के साथ कहा ज़ैतूनी ने।

"इतनो आसान ना है बूढ़ी माई इन्ने अमल में लाणो। जा दिन ये फ़तवा और हिदायत अमल में लाया जाएँगा न, वा दिन सारो टंटा ही खतम् हो जाएगो। ना तलाक होंगा, ना खुला। ना मह्र का मसला रहेंगा, ना नफ़क़े का। ना ईला का इस्तेमाल होगा, ना लिआन का। ना ज़िरार की नौबत आएगी, ना तअद्दी की।"

शकीला को आज विश्वास हो गया पूरी तरह कि उसने अंदाज़े में जो आशंका व्यक्त की थी, वह महज अंदाज़ा नहीं था। इस अख़्तर अली ने ज़ैनब के पास न जाने की जानबूझकर क़सम नहीं खाई थी।

आज यह भी यक़ीन हो गया कि अख़्तर अली को इन शरई हिदायतों की पुख़्ता जानकारी है वरना आम मुसलमानों से लेकर आम हिन्दुस्तानियों को तलाक़, मह्र, खुलअ, ज़्यादा-से-ज़्यादा हुआ तो नफ़क़े (गुज़ारा-भत्ता) के, क्या पता है। ईला, लिआन, ज़िरार, तअद्दी का तो इन्होंने कभी नाम भी नहीं सुना होगा।

मौलवी अख़्तर अली ने जिस आत्मविश्वास के साथ दादी ज़ैतूनी की आशंका का निवारण किया, उसे सुनकर पूरी हवेली ने राहत की साँस ली। जमीला का तो गला ही रुँध आया, "बेटा, मेरी हाथ जोड़ा सू यही गुजारस है के मेरी जैनब सू कदी कोई खता हो जाए...या ई कोई भूल-चूक कर बैठे तो याहे माफ कर देए कर।"

"जमीला, बेटी छोड़ जो होगी वापे माटी गेर। चलो, मिहमान कू रोटी-टूक को सलीका लगाओ। भूखो-प्यासो आयो होएगो !" दादी ज़ैतूनी ने सबको सुनाते हुए कहा।

"बेटा, जा कचैड़ी में भी मिल-भेंट आ। सब बाट देख रा होंगा।" जुम्मी भी उठते हुए बोली।

अख़्तर अली हवेली से कचैड़ी पर चला आया। दुआ-सलाम तो पहले ही हो चुकी थी क्योंकि वह सबसे पहले आया ही कचैड़ी पर था, परन्तु नसीब ख़ाँ ने उसे यहाँ रोकने के बजाय हवेली में ही भेजना उचित समझा। वह जानता है कि जिन बातों को एक मर्द नहीं कह सकता, औरत उन्हें निर्द्वन्द्व भाव से कह देती है, यही सोचकर अख़्तर अली को नसीब ख़ाँ ने हवेली में भेज दिया था।

इशा की नमाज़ के बाद खाना खाकर अख़्तर अली मुबारक के साथ कचैड़ी लौटने लगा, तो जमीला ने मुबारक को वापस भेजते हुए कहा, "मुबारक, तू चल। मिहमान थोड़ी

देर में आ जाएगो !''

जाते-जाते रुक गया अख़्तर अली।

मुमताज़ उसे ऊपरवाले कमरे में बुलाकर ले गई। अख़्तर अली ने जाकर देखा परन्तु कमरे में कोई नहीं मिला उसे। मुड़कर देखा तो मुमताज़ भी नहीं थी। पता नहीं कहाँ चली गई। एकाएक उसे लगा मानो दरवाज़े की ओट में कोई खड़ा है। ग़ौर से देखा उसने। अनुमान एकदम ठीक निकला, ज़ैनब ही थी। पूरे कमरे में नज़रें घुमाते हुए देखा अख़्तर अली ने। पूरी तसल्ली हो गई कि कमरे में उन दोनों के अलावा और कोई नहीं है।

अख़्तर अली धीरे-से बढ़ा ज़ैनब की ओर तथा कलाई को जैसे ही उसने थामना चाहा कि ज़ैनब ने हाथ झटक दिया उसका।

''लगे है अभी तलक नाराज है !'' फुसफुसाते हुए कहा अख़्तर अली ने।

कोई जवाब नहीं दिया ज़ैनब ने। चुपचाप खड़ी रही दरवाज़े से लगी। अख़्तर अली ने पुनः ज़ैनब की ओर हाथ बढ़ाया कि तभी लगा बाहर है कोई। वापस चारपाई पर लौट आया वह।

खँखारते हुए शकीला और मुमताज़ ने कमरे में प्रवेश किया।

''हो गया होगा मियाँ-बीवी का मिलाप।'' मुस्कुराते हुए कहा मुमताज़ ने।

अख़्तर अली कुछ नहीं बोला। ज़ैनब तेज़ी-से निकल गई कमरे से।

''मौलवी साब, बहुत-बहुत शुक्रिया आपके तोहफ़े का।'' व्यंग्य किया मुमताज़ ने।

''किस बात का सुक्रिया ?'' नहीं समझ पाया अख़्तर अली।

''याद करिए, आपने कुछ तो भिजवाया था मेरे लिए।''

''अच्छोऽऽऽ तो आज याद आई है वाकी।''

''नहीं, याद तो था मगर सोचा कि मौके पर ही शुक्रिया अदा किया जाए तो अच्छा होगा।''

''यानी आज मौका है ?''

''मौका तो इससे पहले भी आया था मगर...''

समझ गया अख़्तर अली मुमताज़ का इशारा किस ओर है।

''मुमताज़, छोड़िए ! यह मौक़ा नहीं है ऐसी शिकायत करने का।'' शकीला ने दख़ल देते हुए टोका।

''क्यों नहीं है मैडम मौका। सारा अख़्तियार इन्हीं मर्दों को है ?'' मुमताज़ का चेहरा खिंचता चला गया।

''आज याहे कर लेण देओ सिकायत।'' अख़्तर अली ने मुस्कुराते हुए कहा।

''वैसे एक बात बताइए मौलवी साहब, आपने मुझे यही तोहफ़ा क्यों भिजवाया था ?'' तल्ख़ होते हुए पूछा मुमताज़ ने।

''क्यों अच्छो ना लगो ?'' व्यंग्य से अख़्तर अली ने पूछा।

''अच्छा तो इतना लगा कि पूरी हवेली को सुनाए हैं इसके कुछ हिस्से मैंने।''

वी अख़्तर अली के हाथ से अपना तोहफ़ा।

अख़्तर अली कमरे से बाहर निकला तो लगा दीवार से लगे किसी साये ने हल्के-से ा है उसे। पल भर भी नहीं लगा अख़्तर अली को इस छुअन को पहचानने में। ऐसा नहीं है कि कुछ ही महीनों में मौलवी अख़्तर अली स्पर्शों की भाषा भी भूल गया। भी प्रतिक्रिया व्यक्त नहीं की उसने, तथा इससे पहले कि वह साया उसे पुनः छूने कोशिश करता, अख़्तर अली उसकी पहुँच से बाहर हो गया।

कचैड़ी की ओर लौटते समय मटमैले अँधेरे में हवेली के भीतर से फूटनेवाले ठहाके तक उसका पीछा करते रहे, बिल्कुल ऐसे जैसे कोई साया उसके पीछे-पीछे चला रहा है—एकदम दबे पाँव।

अड़तीस

कुल अकेली रह गई शकीला।

पहली बार एहसास हुआ उसे इस अकेलेपन का। विचलित तो वह तब भी हुई जब मैना बिछुड़ी थी उससे। लेकिन अब तो ऐसा लगने लगा है जैसे किसी बीहड़ नेतान्त अकेली खड़ी रह गई वह। सिर्फ़ आगे-पीछे कटी हुई ज़मीन की ऊँची-ऊँची ारें हैं। रह-रहकर लगता है मानो मुमताज़ उसे धीमी आवाज़ में पुकारकर किसी ओट छेप जाती है। केवल मुमताज़ ही तो थी इस पूरी हवेली में, जिसे देखकर उसे अपने का अहसास रहता था। उम्र के एक फ़ासले के बावजूद न तो कभी उनके बीच ने हस्तक्षेप किया और न ही रिश्ते ने। ऐसे कितने अवसर आए जब दोनों ने ाबूझकर उस आग से हाथ धोने की कोशिश की, जिससे झुलसने की पूरी सम्भावनाएँ । किन्तु नहीं, दोनों को जैसे धीरे-धीरे इस आग से हाथ धोने की आदत-सी पड़ गई। ी-कभी तो शकीला भीतर से बैठने लगती थी, जब वह देखती कि मुमताज़ बिना सी की परवाह किए उस आग की ओर बढ़ने की कोशिश करती, जहाँ भस्म होने अलावा दूसरी कोई सूरत ही नहीं होती।

आज यह मुमताज़ भी उससे बिछुड़ गई। जब तक आँखों के सामने थी, तब तक क था परन्तु जैसे-जैसे उससे बिछुड़ने के क्षण नज़दीक आने लगे, वैसे-वैसे शकीला दिल बैठने लगा। न जाने कब चुपके-से, बिना बताए शकीला ने मौलवी अख़्तर अली ा दिया गया तोहफ़ा यानी असल और मुकम्मल 'बहिश्ती ज़ेवर' विदा होते समय ताज़ की अटैची में रख दिया। सिर्फ़ शकीला ही जानती थी कि मुमताज़ ने इसे दान में लपेटकर कहाँ छिपाकर रखा हुआ है। मुमताज़ तो भूल ही गई थी इसे कर। इसी तोहफ़े को शकीला ने रख दिया कपड़ों के बीच यह सोचकर कि यही ज़ेवर ी उसे रोशनी दिखाएगा, उन पलों में जब मुमताज़ को अपने चारों ओर छाए घने ारे में कुछ भी नहीं दिखाई देगा।

"चलो, फिर तो कामयाब होगो मेरो तोहफ़ा देणो।"

शकीला मूक श्रोता बनी जीजा-साली के बीच हो रही तकरार का मज़

"वैसे कुल मिलाके ई तोहफ़ा लगो कैसो ?" जानबूझकर कोंचा अख़

"बहुत अच्छा है कि मैं अपने मियाँ का दिल हाथ में लिए उसकी अं पर चलूँ। रातभर उसके हुक्म पर हाथ बाँधे खड़ी रहूँ। वह अगर दिन को तो मैं भी दिन को रात बतलाऊँ।"

"तो यामें बुराई कहा है। ये तो मियाँ के साथ निबाह करणा का तरी भी ई तो हर औरत को फरज है। याही मारे तो मैंने ई तोहफ़ा भिजवायो ह पढ़के तू अभी सू तैयार हो जाए।"

"मौलवी साहब, आपका तोहफ़ा आपको ही मुबारक !" इतना कहक दुपट्टे में छिपाया हुआ, जुज़दान में लिपटा मौलाना अशरफ़ अली थानवी और मुकम्मल 'बहिश्ती ज़ेवर' मौलवी अख़्तर अली के सामने रख दिया

धीरे-से उठाया अख़्तर अली ने 'बहिश्ती ज़ेवर' और जुज़दान से बाह उसके पृष्ठ पलटने लगा। जैसे-जैसे वह पृष्ठ-दर-पृष्ठ आगे बढ़ने लगा, उस रंग बदलता गया और होंठ वक्र होते चले गए।

"लगे है हमारी साली ने बहोत गौर सू पढ़ी है। पूरी किताब रंग रार काई ने तो इतना गौर सू पढ़के कुछ हासिल करो।"

नहीं समझ में आया मुमताज़ के कि इस 'हासिल करने' का अर्थ क्य है अख़्तर अली की नज़र में।

"मुमताज, तू कहा समझ री ही के ई किताब मैंने ऐसेई भिजवाई तो चाहवे हो के या किताब ए या इलाका की कोई औरत भी पढ़े। आ के अगर ऐसी किताब हम मरदन के हाथ लग जाए, तो हम कहा हालत औरतन् की। ऐसी किताबन्ने ही पढ़के पतो चले है के या मरद की दुनि कहाँ खड़ी है।"

हतप्रभ रह गई मुमताज़।

"मैं तो आपको सिर्फ़ एक मौलवी ही समझती थी। मगर आप तो फि हैं।"

"मुमताज़, मौलवी फिलॉसफ़र ही तो होता है।" शकीला ने मुमताज़

"जीजा, माफ़ करना मैंने आपको बहुत गलत समझा था।"

"तू ही कहा, हमन्ने तो दुनिया गलत समझे है। चलिए, इंसाअल्लाह हवेली की सिकायत दूर होगी होएगी।"

'बहिश्ती ज़ेवर' लेकर मौलवी अख़्तर अली उठकर चलने लगा तो मु टोका मुमताज़ ने, "जीजा, आपको पता है तोहफ़ा कभी वापस नहीं लिया

"परऽऽऽ तैने तो ?"

"लाइए, वापिस दीजिए मेरा तोहफ़ा !" मुमताज़ ने लगभग डाँटते हुए

एक ही रात में लगने लगा जैसे मुमताज़ को इस हवेली से विदा हुए एक युग बीत गया है। इसी उद्विग्नता और आकुलता से बचने के लिए शकीला जब दादी ज़ैतूनी के पास जाती, तब यह और बढ़ जाती। दादी ज़ैतूनी एक-एक दृश्य का विवरण इस तरह बखान करती मानो वह मुमताज़ के बग़ल में बैठी हुई है।

''अब बायणा घिराई हो री होएगी...अब मुँ दिखाई हो री होएगी...अब अलाना हो री होएगी...अब फलाना हो री होएगी।'' कहते हुए दादी ज़ैतूनी भूल जाती कि ये (चाक न्यौतना, तेल-बान न्यौता, पीढी का नेग, बटना, बनवारा, माँढा, बाग रोटी, गोरवा, बारौठी, झूठ का नेग, खाँड-कटोरा, दस्यारी आदि) अब अतीत की बातें रह गई हैं। वह भूल जाती कि मुमताज़ मेवात के किसी गाँव-क़स्बे में नहीं अपितु एक बड़े शहर के एक पढ़े-लिखे सम्भ्रात परिवार की बहू बनकर गई है।

जब तक मुमताज़ एक बार वापस मायके नहीं आई, तब तक यह आकुलता और बेचैनी हवेली में चहल-कदमी करती रही। तीन दिन बाद आई तो पूरी हवेली नवजात शिशु-सी चहक उठी। मारुति से उतरकर मुमताज़ पौली में उसी की राह देखती अपनी पड़दादी ज़ैतूनी से लिपट गई। नहीं रोक पाई दादी ज़ैतूनी भी अपने आपको। आँखों से बरबस ही जेठ के दोंगड़े बरस पड़े। एक-एक कर सबसे मिली मुमताज़। सबसे अन्त में शकीला से मिली तो देर तक कन्धे पर सिर रखकर रोती रही।

न जाने क्यों अपने अन्दर कुछ घुमड़ता-सा महसूस होता रहा शकीला को। उसने चुपके से यह जानने की कोशिश की तो पाया कि इन आँखों में रह-रहकर उमड़नेवाला उत्ताप और इस उत्ताप से पैदा होनेवाली उष्णता, हवेली से बिछुड़ने का कारण कदापि नहीं हो सकती।

फिर आख़िर ऐसी कौन-सी गिरह है जो अभी से उलझने लगी है ? बहुत सोचा शकीला ने मगर उस तक नहीं पहुँच पाई। पूरे दिन उसने कोशिश की परन्तु एकान्त ने जैसे साफ़ मना कर दिया मुमताज़ को अकेला छोड़ने से।

अगले दिन शकीला ने ही खोजा अवसर। ले गई वह मुमताज़ और ज़ैनब को अपने साथ। कोई नहीं था दूर-दूर तक सिवाय आपस में अठखेलियाँ करते आवारा पक्षियों के।

ज़ैनब ने चिकोटी भरते हुए छेड़ा मुमताज़ को, ''मुमताज, दारी हमारा जीजा ने ई दुआ भी पढ़ी है कै ना *बिस्मिल्लाह अल्लाहुम्मा जन्निब्ना अश्शयताना वजन्निबिश्शयताना मा रज़क़तना० ?''*

कुछ नहीं बोली मुमताज़। निस्पन्द-सी चुपचाप निरखती रही दोनों को।

''मुमताज़, सब ठीक तो है ? क्यों इस तरह उखड़ी-उखड़ी-सी हो ?'' ठोड़ी से चेहरे को ऊपर उठाते हुए पूछा शकीला ने।

''मै...मैडमऽऽऽ !'' हिलकियाँ बँध गईं मुमताज़ की। कन्धे पर सिर रख दिया शकीला के।

शकीला और ज़ैनब अवाक।

"क्या हुआ मुमताज़, बताती क्यों नहीं, सब ख़ैरियत तो है ?" शकीला की आवाज़ डूबने लगी।

"मुमताज, बहाण कहीं तेरे साथ भी मेरी जैसी तो ना हुई है ?" ज़ैनब ने पूछा।

"मैडम, मेरी तो किस्मत ही फूट गईऽऽऽ !"

"आख़िर बताती क्यों नहीं कम्बख़्त ?" लगभग चीख़ते हुए बोली शकीला।

"मेरी बहाण, बता तो सही आखिर बात कहा है ?"

शकीला और ज़ैनब ने काफ़ी प्रयास किया पूछने का किन्तु मुमताज़ के आर्तनाद में शब्द ही डूब गए। नहीं कह पाई वह उन दोनों के प्रयासों के बावजूद। कैसे बताए वह ? बताए भी तो कौन यक़ीन करेगा ?

"मुमताज़, ऐसे चुप रहने से काम नहीं चलेगा। जब पता चलेगा तभी तो उसका इलाज़ ढूँढा जाएगा। देखा नहीं, ज़ैनब की परेशानी भी तो दूर हो गई थी। ऐसा नहीं है रास्ते सबके हैं।" तसल्ली देते हुए कहा शकीला ने।

"मैडम, यह ऐसा मर्ज़ नहीं है जो ज़ैनब की तरह मोटर साइकल देने से खत्म हो जाएगा।"

"तो फिर कैसा मर्ज़ है ?" झिंझोड़ते हुए पूछा इस बार शकीला ने।

"मै...मैडम..."

"हाँ-हाँ, बताओ !" शकीला ने हिम्मत बँधाते हुए उत्प्रेरित किया मुमताज़ को।

"मैडम...।" अन्ततः सबकुछ बता दिया मुमताज़ ने उन्हें।

"क्याऽऽऽ ?" एकसाथ निकला शकीला और ज़ैनब के मुँह से।

शकीला को अपना जिस्म ठंडा पड़ता महसूस होने लगा। दिमाग़ की नसें तड़कने लगीं। ज़ैनब तो चक्कर खाकर गिरते-गिरते बची।

"मु...मुमताज़, यह तुम क्या कह रही हो जानती हो ?" बमुश्किल टूटे हुए शब्दों को पिरोते हुए कहा शकीला ने।

"ई तू सोच-समझ के भी कह री है मेरी बहाण ?" ज़ैनब ने मुमताज़ की आँखों में आँखें डालते हुए पूछा।

"ख़ुदा की मार पड़े मुझपर जो मैं झूठ बोलूँ। मैं जानती हूँ मैडम कि अल्लाह मज़े चखनेवालों और मज़े चखनेवालियों को पसन्द नहीं करता है मगर..."

"मगर ऐसा जानकारी न होने की वजह से भी तो हो सकता है।"

"कितनी बार होगा मैडम...एक बार, दो बार या फिर हर बार ?"

"क्या कह रही हो तुम मुमताज़ !" शकीला की आँखों के सामने दूर-दूर तक फैले खेत घूमने लगे। सचमुच शकीला के पास मुमताज़ के इस सवाल का कोई जवाब नहीं था। फिर भी उसने सुझाया, "मुमताज़, मेरी एक सलाह है। ख़ुदा के वास्ते इस बात को हवेली में किसी से नहीं कहना अभी। अगर यह बात तुम्हारे मुँह से अभी निकल गई तो अल्लाह कसम क़यामत आ जाएगी। मेरा मानना है कि एक बार और अपने वहम की तसल्ली कर लो।"

“और अगर फिर वही बात निकली तो ?”

ज़ैनब के इस ‘तो’ का शकीला के पास कोई उत्तर नहीं था।

“मुमताज़, ख़ुदा न करे। लेकिन अगर ऐसा हुआ तब क्या करोगी तुम ?”

“मैडम, यह तो मैं आपसे पूछना चाहती हूँ। यह तो आप बताइए ?”

“मैं क्या बताऊँ मुमताज़, मेरी तो कुछ समझ में नहीं आ रहा है।” शकीला ने जैसे हथियार डाल दिए।

“मेरी नज़र में तो मैडम इसका एक ही रास्ता है और वह है ख़ुलअ।”

“मु...मुमताज़...य...यह क्या कह रही हो तुम...” शकीला के हलक़ में शब्द फाँस की तरह चुभने लगे।

“मेरी बहाण, ऐसो जुलम मत करियो नहीं ई हवेली कहीं की ना रहेगी।”

“तो ज़ैनब मुझे बता मैं क्या करूँ, जिन्दगी भर यूँ ही रोती रहूँ अपनी किस्मत को ?”

“लेकिन मुमताज़, मेरी फिर वही सलाह है कि इतना बड़ा फ़ैसला लेने से पहले एक बार आज़माने में कोई बुराई नहीं है। क्या पता अल्लाहताला तुम्हारी सुन ही ले। अगर सचमुच ऐसा हुआ भी जैसा तुम कह रही हो तो फ़ैसला तुम्हारे हाथ में है। मगर यह भी मत भूलना कि अगर फुक़्हा की लगाई शर्तों में से एक भी शर्त इस मामले में सही पाई गई, तो शौहर से जुदाई इतनी आसान नहीं होगी। शरई क़ायदों के ख़िलाफ़ आज ख़ुलअ देना या ना देना भी मर्दों की मर्ज़ी पर हो गया है।”

“कौन-सी शर्त ?” मुमताज़ का चेहरा स्याह पड़ता चला गया शर्त शब्द को सुनकर।

“यह तुम्हें उसी वक़्त पता चला जाएगा। मर्द अगर अपनी पर आ जाए तो औरत के लिए कोई रास्ता नहीं छोड़ता है।”

“फिर तो मैडम मैं ख़ुदकुशी कर अपनी जान दे दूँगी।”

“मुमताज, मैडम सही कह री है मेरी बहाण। कोई भी कदम उठाणा सू पहले अच्छी तरह सोच लीजो !” ज़ैनब ने लगभग चेतावनी देते हुए समर्थन किया शकीला का।

“ज़ैनब, इसीलिए यह सलाह दे रही हूँ। क्या पता ऐसा ना-समझी की वजह से हुआ हो।”

“मेरी तो यही दुआ है खुदा सू के ई बात झूठी होए !” ज़ैनब भर्राते हुए बोली।

शकीला की सलाह को मानने के सिवाय और कोई रास्ता नहीं था मुमताज़ के पास। सच ही तो कहा है शकीला ने कि क्या पता यह उसका कोरा वहम हो ! ख़ुदा करे सचमुच उसका वहम हो। अपने आप पर मन ही मन ढेर सारी मलामत देते हुए मुमताज़ ने सिर झटकते हुए, अपने आपको इस द्वन्द्व और तनाव से मुक्त करने की कोशिश की कि उसने ऐसा क्यों सोचा ? एकाएक असली और मुकम्मल ‘बहिश्ती ज़ेवर’ के पाँचवें अध्याय के बयान उसके ज़हन में उतर आए, जिनमें शौहर के हक़ और उसके साथ निबाह करने के तरीक़े बताए गए हैं।

गर्त में जाते-जाते रह गई मुमताज़। जन्नत के दरवाज़े उसके लिए बन्द होते-होते रह गए।

सचमुच हवेली में ज़लज़ला आ गया मुमताज़ के वापस आने की ख़बर सुनकर। वह भी किसी के साथ नहीं बल्कि अकेली आने पर। जो साथ था, वह थी दाएँ हाथ में झूलती एकमात्र अटैची। नसीब ख़ाँ, चाँदमल, वली मोहम्मद, हसन मोहम्मद किसी की समझ में नहीं आया मुमताज़ का सिर्फ़ पन्द्रह दिन बाद ही ससुराल से आने का कारण।

अपने-अपने तरीक़े से सबने पूछा परन्तु सबको एक ही जवाब मिला—मैं नहीं जाऊँगी वहाँ।

दादी ज़ैतूनी को भी यही जवाब मिला। बहुत पूछा ज़ैतूनी ने मुमताज़ से कि आख़िर क्यों नहीं जाना चाहती वह ?

"बेटी, तेरा सुसरा ने कुछ कह दी ? तेरा देवर ने तेरे ऊपर गलत निगाह डाली या तेरी सास-नणद ने कह दी कुछ ?" बड़े प्यार से पूछा ज़ैतूनी ने।

"बूढ़ी माँऽऽऽ !" फफककर रोते हुए दादी ज़ैतूनी की गोद में मुँह घुसेड़ दिया मुमताज़ ने। शब्द होंठों तक आते-आते वापस हो लिए।

"सकीला, रंडी तू ही पूछके देख...कहा पतो तोहे बता देए कुछ।" शकीला से झल्लाते हुए कहा दादी ज़ैतूनी ने।

लेकिन शकीला क्या पूछे मुमताज़ से ?

"और बणा देओ इन्ने पढ़ा-लिखाके जज्ज !" हसीना ने एक बार फिर मौक़े को गँवाना उचित नहीं समझा।

"तेरी टाँट में लकड़ी, ना होएगी चुप !" मजीदन ने ज़ोर-से डाँटा उसे।

"माई, मैं तो चुप हो जाऊँगी पर तम किस-किसको मुँह बन्द करोगी ?" हसीना ने उसी ढिठाई से कहा।

मजीदन की दोबारा हिम्मत नहीं हुई उसे डाँटने की। हसीना ने ग़लत कहा भी क्या है ?

सारी हवेली ने ज़ोर लगा लिया परन्तु मुमताज़ ने अपने मुँह से नहीं बताई, इस तरह अचानक आने की वजह।

हारकर शकीला को ही कहना पड़ा, "अम्माँ, अभी तो आई है। कम-से-कम साँस तो लेने दो इसे।"

जुम्मी समझ गई शकीला के कहने के अंदाज़ से कि हो न हो, इसे पता है। समझ हसीना भी गई थी इसीलिए उसने कोंचते हुए कहा, "जरीना, देख ली ! या साँप की माँवसी (मौसी) ए सब पतो है। मोहे पतो है ई ना बसनू देएगी या मुमताज को घर। जरूर याही का इसारा पे छोड़के आई है सुसराड़ ए।"

इस बार जुम्मी ने देखा उसकी तरफ़।

नसीब ख़ाँ ने उसी वक़्त दौड़ा दिया युनुस को मुमताज़ के ससुराल यह जानने के लिए कि आख़िर यह माजरा है क्या।

दादी ज़ैतूनी ने इसके बाद कुछ नहीं पूछा मुमताज़ से, वह समझ गई शकीला का इशारा। एक-एक कर सब चली गईं तो शकीला ने झुँझलाते हुए कहा ज़ैतूनी से, "अम्माँ, मुमताज़ से पूछते वक़्त कम-से-कम यह तो देखना था कि पूरा मोहल्ला जमा था !"

"कहा करूँ बेटी, कदी-कदी अकल पे पत्थर पड़ ही जावे हैं। चलो अच्छो करो जो तैने मैं वाही बखत टोक दी।"

युनुस के लौटने तक किसी ने कुछ नहीं पूछा मुमताज़ से। शायद पूछने की अब ज़रूरत है भी नहीं क्योंकि सच्चाई तो जल्दी सामने आ ही जानी है। हाँ, जब तक युनुस वापस आता तब तक तरह-तरह के विभ्रमों की धुंध हवेली तो हवेली, पूरे मोहल्ले में छाई रही। सबसे अधिक वितंडों की प्रतिध्वनियाँ ख़ुद हवेली में ही गूँजती रहीं। रातभर अनुमानों, आशंकाओं, भ्रमों और कल्पनाओं के घोड़े इन प्रतिध्वनियों के पीछे दौड़ते रहे।

युनुस के वापस लौटते ही पूरी हवेली में एक अजीब-सी ख़ामोशी छा गई। ठीक इस तरह जैसे कोई तटीय जंगल तूफ़ान के आने से पहले चुप्पी साध लेता है। दादी ज़ैतूनी ने हवेली में आने का भी इन्तज़ार नहीं किया, कचैड़ी में ही जा पहुँची युनुस के पास। लेकिन युनुस यह कहते हुए सबको हवेली में ले आया, "बूढ़ी माई, ऐसी बात कचैड़ी में अच्छी ना लगे हैं होती हुई।"

दादी ज़ैतूनी को अपनी इस ना-समझी पर बेहद ग़ुस्सा आया। अपने आप पर झल्ला उठी वह। सचमुच लगने लगा है उसे जैसे आजकल उसकी अक़्ल पर पत्थर पड़ने लगे हैं।

शकीला ने हवेली का बड़ा दरवाज़ा पहली बार दिन के समय बन्द होता देखा है।

सबकी आँखें युनुस के होंठों पर चिपकी हुई हैं। आख़िरकार चाँदमल ही बोला झल्लाते हुए, "युनुस, बेट्टी का बाप कुछ बताएगो भी या हमारी ऐसेई जान निकाल देएगो !" खाट पर बैठने की कोशिश में गिरते-गिरते बचा हाजी चाँदमल।

"बूढ़ा बाप, कहा बताऊँऽऽऽ या छोरी ने तो हम कहीं का ना छोड़ा।" गहरा साँस लेते हुए युनुस मूढ़ी पर बैठते हुए बोला।

"अन्यायी, बता तो सही आखिर बात कहा है ?" नसीब ख़ाँ का भी धैर्य चूकने लगा अब।

"बात कहा, बेमतलब उनपे झूठो इल्जाम लगाके आई है।" युनुस का इशारा मुमताज़ के ससुरालवालों की ओर था।

इधर युनुस के मुँह से ये शब्द फूटे और उधर चाँदमल की कौड़ी जैसी आँखें सुलग उठीं, "मोहे तो पहले ही लग री ही के ये छोरी हमन्ने डुबोके छोड़ेंगी। मैंने पहले ही कही ही के इन्ने जितनी जल्दी होए बिहा-बिहू के छुट्टी करो, पर मेरी काई ने मानी होए जब न...लेओ और बणा लेओ इन्ने पढ़ा-लिखाके उकील !" चाँदमल की अँगुलियों

के पोर तस्बीह के मणकों पर तेज़ी-से दौड़ने लगे।

"युनुस, पहले तू पूरी बात बता के असलियत है कहा ? हमसू लेण-देन में कोई चूक होगी, काई ने ई मारी-पीटी है या..."

"मैं कहा बताऊँ, मुमताज सू ही बुलाके पूछो।" वली मोहम्मद की बात काटते हुए कहा युनुस ने।

"कहान् है मुमताज, बुलइयो वाहे !" चाँदमल ने लगभग आदेश देते हुए कहा।

"यार चाँदमल, ठंडा दिमाग सू कंाम ले। इतनो तातो मुल्ला मत बण। थोड़ी देर तसल्ली राख।" नसीब ख़ाँ चाँदमल के आदेश पर एक तरह स्थगन आदेश लाते हुए बोला।

"चोखो भई, जैसी तिहारी मरजी।" इतना कहकर चाँदमल चुप हो गया।

"अरी, तमने भी पूछके देखी है या ना ?" नसीब ख़ाँ ने हवेली की औरतों से पूछा।

"बाप, पूछी तो बहोत ही पर वाने कुछ बताके ही ना दी।" औरतों की तरफ़ से जवाब जुम्मी ने दिया।

"तो फिर या सकीला ने पूछी होए ?"

अपना नाम सुन शकीला आगे आई और धीरे-से कहा, "अब्बा, मुमताज़ ने किसी पर कोई झूठा इल्ज़ाम नहीं लगाया है।"

हवेली को साँप सूँघ गया शकीला द्वारा मुमताज़ के पक्ष में इस तरह अचानक आकर तर्क देने पर।

"बूढ़ा बाप, ई सब याही की पढ़ाई बिद्या है।" हवेली की चुप्पी का फ़ायदा उठाते हुए एक बार फिर मोर्चा मारते हुए बोली हसीना। वह भूल गई कि इस समय यहाँ पूरी हवेली जमा है।

ग़ुस्सा तो बहुत आया सबको हसीना के इस तरह बीच में बोलने पर, परन्तु मौक़े की नज़ाकत देखते हुए सब पी गए अपने-अपने ग़ुस्से को।

"अगर ई इल्जाम लगाके ना आई है तो फिर ऐसी कहा बात है ?"

"बात तो है मगर पूरी हवेली के सामने बताना मुनासिब नहीं होगा। अगर आप मुमताज़ के मुँह से ही सुनना चाहते हैं तो दूसरी बात है वरना बताने में मुझे भी..."

"सकीला, मैं समझगी...चल मेरे साथ। मजीदन तू भी आ जा, साथ में माई ए भी ले ले !"

इतना कहकर जुम्मी शकीला को लेकर अन्दर कमरे में जाने लगी कि हसीना भी खड़ी हो गई उनके साथ जाने के लिए। नहीं बच पाई वह मजीदन की नज़रों से और उसे उसी समय भच्च से धर दबोचा, "तू कहान् चल दी उठके, तू घणी पंच बण री है या हवेली की !"

हसीना खड़ी की खड़ी रह गई। न उससे वापस बैठते हुए बना, न उनके पीछे जाते हुए। मजीदन ने जिस तरह हसीना का माजना झाड़ा, उससे वह भीतर तक

तिलमिलाती चली गई।

दादी ज़ैतूनी, जुम्मी और मजीदन को काटो तो ख़ून नहीं। नहीं हुआ उन्हें देर तक शकीला के कहे पर यक़ीन। इसीलिए पलंग पर औंधे मुँह पड़ी मुमताज़ के पास गई जुम्मी और सिर पर हाथ फेरते हुए स्नेह से शकीला की बात की पुष्टि करते हुए पूछा, ''मुमताज, बेटी ई सकीला सही कह री है ?''

जवाब देने से पहले मुमताज़ पलंग की बाही पर बैठी जुम्मी से लिपटते हुए फफक पड़ी, ''बूढ़ी माँऽऽऽ !''

दादी ज़ैतूनी, मजीदन और शकीला तीनों लपकीं उन दोनों दादी-पोती की तरफ़।

''मुमताज, मेरो लाडो हिम्मत सू काम ले !'' जुम्मी ने पोती को अपनी बाज़ुओं में कस लिया।

''सकीला, अगर ऐसी बात ही तो दारी तैने ई जभी काँई लू ना बताई, जब ई पहली बर आई ही।'' हल्के-से शिकायत करते हुए डाँटा मजीदन ने।

''आपा, मुमताज़ तो हवेली को तभी बतानेवाली थी मगर मैंने ही इसे रोक दिया। मैंने ही इसे सलाह देते हुए कहा था कि हो सकता है यह इसका वहम हो। पता ना होने की वजह से ऐसा हुआ हो।''

''मजीदन, सकीला ने ई तो समझदारी को काम करो। बता इन बातन् को हमन्ने ही कौन-सो पतो हो।'' जुम्मी ने शकीला का समर्थन करते हुए कहा।

''बड़ी आपा, मान लीजिए मुमताज़ ने जैसा कहा था और वैसा नहीं होता तब कितनी मिट्टी ख़राब होती, इसके बारे में आप सोच सकती हैं। कम-से-कम अब हमारी मुमताज़ बे-क़सूर तो है। रही बात इल्ज़ामवाली तो मर्द ही क्या, कोई भी माँ-बाप इसके बारे में ठीक-ठीक नहीं बताएगा कभी।''

''फिर अब कहा करो जाए ?'' शकीला से पूछा जुम्मी ने।

''बड़ी आपा, यह तो आप मुमताज़ से ही पूछिए। फ़ैसला अब आख़िर उसी की मर्ज़ी पर है।'' शकीला ने चुपचाप गेंद दूसरे पाले में सरका दी।

''मुमताज, बेटी तैने अब कहा सोची है ?'' मुमताज़ के बालों में अँगुलियाँ डालते हुए पूछा जुम्मी ने।

''बूढ़ी माँ, मैं तो अपना फ़ैसला पहले ही बता चुकी हूँ मैडम को।''

समझ गईं सब कि ऐसे हालात में मुमताज़ ही क्या, किसी भी औरत का क्या फ़ैसला हो सकता है। फिर भी वे शकीला या मुमताज़ के मुँह से ही सुनना चाहती हैं।

''सकीला, कौण-सो फैसला बतायो है याने ?'' मजीदन शकीला के थोड़ा और निकट आ गई।

''आपा, कुछ हालात में जिस तरह मर्द को बीवी से तलाक़ का हक़ दिया गया है, उसी तरह कुछ हालात में औरत को भी मर्द से खुलअ का हक़ दिया गया है।''

“खुला, मतलब ?” दादी ज़ैतूनी ने हैरान होते हुए पूछा।

“ख़ुलअ मतलब मर्दों की तरह तलाक़।”

“तलाक, कैसी बावली बात कर्री है। निगोड़ी, मरद तो देखा हैं हमने तलाक लेता पर ई हम पहली बर सुण रा हैं के औरत भी ले सके है मरद सू तलाक, मेरो मतलब है खुला।” दादी ज़ैतूनी को विश्वास नहीं हुआ।

“पर माई, ई सब इतनो आसान ना है। कल कू ई बात हवेली सू बाहर जाएगी तो हम कहा जुआब देंगा !”

“तो फिर ठीक बूढ़ी माँ, मैं वापस चली जाऊँगी। काट लूँगी अपनी जिन्दगी जैसे कटेगी।”

“मेरा कहणा को मतलब ई ना है बेटी। इन मरदन् सू पार बसानो इतनो आसान ना है।” मजीदन ने मुमताज़ को अपने डर से परिचित कराते हुए कहा।

“तैने अपनी सास कू ना बताई ई बात ?” दादी ज़ैतूनी ने पास आते हुए पूछा।

“बताया था बूढ़ी माँ। उन्होंने उल्टा मुझे ही डाँट दिया कि मैं उन पर झूठा इल्ज़ाम लगा रही हूँ। मैंने जब कहा कि अगर आपको यकीन नहीं है तो बुलाकर पूछलो अपने बेटे से, तब पता है क्या बोलीं ?”

“कहा बोली ?”

“बोली कि फ़िक़ही मसला यह है कि शौहर को एक साल तक की मोहलत दी जाएगी इलाज़ के लिए। अगर वह इस एक साल में ठीक नहीं हुआ, तो मुझे अलग होने की इजाज़त मिल जाएगी।”

“याको मतलब है, तेरी सास ए सब पतो है।”

“अम्माँ, मैं तो पहले ही कह रही हूँ कि कोई भी माँ-बाप अपनी औलाद की ऐसी कमज़ोरी को अपने आप कभी नहीं बताएगा।”

“वैसे एक बात बता सकीला, अगर एक साल की मोहलत दे भी दी जाए तो यामें बुराई कहा है।” मजीदन ने दिया यह सुझाव।

“बूढ़ी माँ, अब तक क्या कर रहे थे वे ? यह इलाज़ वे पहले भी तो करा सकते थे। मुझे पता है वे ऐसा क्यों कह रही हैं।” मुमताज़ का इशारा अपनी सास की तरफ़ था।

“काँई लू कह री है ?”

“मैं बताती हूँ बड़ी आपा। चलिए मेरे साथ !” इतना कहकर शकीला मुमताज़ से अलग, दूसरे कमरे में ले गई उन तीनों को।

शकीला ने सबकुछ बता दिया साफ़-साफ़, “अम्माँ, मुमताज़ के कहने का मतलब है कि पहले भी तो कराया होगा उन्होंने उसका इलाज़। मुमताज़ के कहने का मतलब एकदम साफ़ है कि जब अभी नहीं हुआ कुछ, तब कैसे यह उम्मीद की जाए कि इलाज़ से हो जाएगा सब ठीक।”

“तेरी बात में दम तो है सकीला।” जुम्मी शकीला से सहमत होते हुए बोली।

"असल बात यह है बड़ी आपा कि वे लोग अच्छी तरह जानते हैं कि इस बीच मियाँ-बीवी में एक बार भी सोहबत हो गई, चाहे वह अधूरी ही क्यों न हुई हो, तो मुमताज़ का निकाह ख़त्म करने का हक़ तमाम हो जाएगा, बल्कि इसका यह हक़ हमेशा के लिए ख़त्म हो जाएगा।"

"याको मतलब है मेरी मुमताज जिन्दगी भर अपनी आग में भुलसती रहगी !" दादी ज़ैतूनी का चेहरा खिंचता चला गया।

"और यह भी हो सकता है कि एक साल में सचमुच वे इलाज़ से ठीक ही हो जाएँ।" शकीला ने तौलना चाहा तीनों को।

"इलाज तो वाको होए जामें कुछ होए, पर जा आदमी में कुछ तंत ही ना है वाको कहा इलाज होएगो। अगर वामें कुछ तंत होतो तो मुमताज काँई लू छोड़छाड़ के आती वाहे।" दादी ज़ैतूनी तमतमाते हुए बोली।

"और अम्माँ हाँ, फ़ुक़हा की शर्तों में एक शर्त यह भी है कि अगर औरत को निकाह के बाद इस बात का पता चलता है और शुरू में वह शौहर के साथ रहने पर अपनी रज़ामंदी ज़ाहिर करती है, तब भी वह निकाह ख़त्म करने के हक़ से महरूम हो गई।"

"निगोड़ी, ई भली सरत हुई। ले बता, पहले कोई मरद बताएगो ? या बात को निकाह पीछे ही तो पतो चलेगो, जब मरद बीरबाणी के पै जाएगो।" पहली बार जुम्मी के होंठ वक्र होते चले गए।

"सकीला, बेटी अब तू ही बता के कौन-सो रस्ता ठीक है ?" दादी ज़ैतूनी ने सबकुछ शकीला पर छोड़ दिया।

"बस, यही एक रास्ता बचा है यानी खुलअ, मगर वह भी इतना आसान नहीं है क्योंकि शरीअत के क़ायदों के ख़िलाफ़ इसको हासिल करना आज मर्दों की मरज़ी पर छोड़ दिया गया है। मेरे कहने का मतलब है कि मुमताज़ अगर अपने शौहर से इस बात पर खुलअ की माँग करती है और वह देने पर राज़ी नहीं हुआ तब...?"

मग़ज़ घूम गया उन तीनों का।

"...तब वह किसी अदालत में जा सकती है। उसे हक़ है अदालत में रुजू करने यानी खुलअ के लिए अपील करने का। लेकिन यह ज़रूरी नहीं है कि अदालत इसके शौहर को मजबूर करके तलाक़ दिलवाने, या इन्हें अलग करने का हुक्म ही देए।"

"सकीला, ई तो ऊ बात हो जाती दीखे है बहाण के *खसम करो हो सोण कू, होगी पत्थर ढोण कू*।" जुम्मी ने लम्बा साँस लेते हुए कहा।

"ई तो आगे कुआँ और पीछे खाईवाली बात होगी।" झुर्रियों से पटा दादी ज़ैतूनी का चेहरा स्याह पड़ने लगा। कमरे से बाहर आ गईं चारों।

"ऐसी कितेक लम्बी रामाण होगी जो अब जाके खतम हुई है ?" उनके आते ही कहा नसीब ख़ाँ ने।

"रामाण कहा, ई तो जिन्दगी ख्वार हो जाती दीखे है मेरी हीरा-सी छोरी की।"

कहते-कहते आँखें भर आईं दादी ज़ैतूनी की।

हैरान पूरी हवेली कि दादी ज़ैतूनी यह क्या कह रही है।

"कुछ बात भी होएगी ? कैसे हो जाती दीखे है याकी जिन्दगी ख्वार ?" नसीब ख़ाँ की देह सुन्न पड़ने लगी।

"माई, रोग को पतो चले जभी तो वाको इलाज ढूँढ़ो जाए। जब तलक बात को ही पतो ना चलेगो तो कैसे बात बणेगी।" हसन मोहम्मद झल्ला गया इस बार।

"कहा करोगा रोग जाणके। बात बतान् लायक होए तो बताऊँ भी।" चाहते हुए भी नहीं कर पाई दादी ज़ैतूनी हिम्मत।

"ठीक है अपणी ऐसी-तैसी कराओ अगर ना है बतान् लायक। अरे, आज ना एक-न-एक दिन तो पतो चलेगी ही। कहाँ तलक छुपाके राखंगा।" इतना कहकर नसीब ख़ाँ जाने के लिए उठने लगा।

"ऐसी बात है तो सुनो..."

"अ...अम्माँ, यह क्या कर रही हैं आप !" लपककर हाथ रख दिया दादी ज़ैतूनी के होंठों पर शकीला ने। इसके बाद कुछ क्षण रुककर शकीला ही धीरे-से हल्के स्वर में बोली, "अब्बा, मु...मुमताज़ के शौहर इन्नीन..."

"सकीला, बेटी या इन्नीन-फिन्नीन ए छोड़ और साफ-साफ बता बात कहा है ?" नसीब ख़ाँ का संयम जवाब दे गया।

"तू भी बात ए चुबला-चुबला के बता री है। इनके ना समझ में आएगी ऐसे और फिर किस-किस ए बताएगी तू याको मतलब !" मजीदन ने एक तरह से शकीला को सबकुछ बताने पर मजबूर करते हुए कहा।

"मैं बता तो रही हूँ के मुमताज को घरवालो नामरद है नाऽऽमरद !"

नसीब ख़ाँ और चाँदमल सहित पूरी हवेली को लगा जैसे उनके कानों में ज़ैतूनी के शब्द नहीं छोटे-छोटे पटाखे फूट रहे हैं। पिघला हुआ सीसा उबल रहा है कानों में। चाँदमल की अँगुलियों से तस्बीह छूटकर नीचे आ गिरी। पुतलियों पर पलकों की गति एकाएक तेज़ हो गई।

हाहाकार मच गया हवेली में।

इसी बीच सबने देखा कि चाँदमल बाही पर हथेली टेक मुश्किल से खड़ा हुआ। सूखे पत्ते की तरह काँपते जिस्म को सँभालते हुए हाथ जोड़ते हुए गिड़गिड़ाया, "मेरी सबसू हाथ जोड़के गुजारिस है के खुदा के वास्ते, ई बात या हवेली सू बाहर ना फूटनी चहिए...नहीं तो हम कहीं ना रहंगा !"

"पर हम छुपाके भी कब तलक राखंगा। दुनिया जब पूछेगी के बिहाई-तिहाई जुआन छोरी घर में कैसे बिठा राखी है तो कहा जुआब देंगा ?"

अनुत्तरित हो गया ज़ैतूनी के इस प्रश्न पर चाँदमल। धम्म-से बैठ गया वापस। पहली बार देखा हवेली ने चाँदमल को रेह लगी कच्ची दीवार-सा भरभराकर ढहते हुए।

"फिर अब कहा होएगो ?" पूरी हवेली से पूछा नसीब ख़ाँ ने।

''मेरे यार, आपस में कोई लड़ाई-झगड़ा होए, मनमुटाव होए, घर में कलहबाजी होए, कोई छोटो-मोटो नफा-नुकसान होए तो ऊ सुलट भी जाए, पर याहे कैसे सुल्टाओगा ?'' चाँदमल की पुतलियाँ आसमान में टँग गईं।

''अरे, सुल्टाओगा कैसे तल्लाक दिवाके अपणे घर बिठाओ !'' दीन मोहम्मद ने सरल और आसान सुझाव देते हुए कहा।

''तल्लाक मेरो मतलब है खुला मिलणो भी कोई इतनो आसान ना है।''

''तो माई फिर होएगो भी याको कोई इलाज।'' इस बार दीन मोहम्मद गुहार करते हुए बोला।

''युनुस, अन्यायी तू ही अपणी काई कानून की किताब में देख !'' विशाल शिलाओं से सारे मुहानों को बंद पाया देख, अन्तिम सम्भावना की ओर पलटा नसीब ख़ाँ।

''बूढ़ा बाप, तल्लाक का तो मैंने भी कई केस लड़ा हैं, पर ऐसो कोई मामला मेरे पै भी ना आयो है आज तलक !'' युनुस ने भी हाथ खड़े कर दिए।

''हेत्तेरे की, ई भी तो तल्लाक ही है मेरे यार।'' दीन मोहम्मद बोला।

''काका, ई वैसी तल्लाक ना है जैसी हम रोज देखे हैं। याहे खुला कहवे हैं जो बीरबाणी की तरफ सू ली जावे है।''

''ऐसो है काई भी तरह या मामला ए कह-सुनके सुल्टाओ। अगर बेटावाला ना मानें तो फिर याको एक ही इलाज है के मुमताज ए मत भेजो।''

''ठीक है अगर वे राजी-रजा सू मान जाएँ तो बहोत बढ़िया और ना माने तो बिठा लेओ याहे अपणे घर।''

''अब्बा, मेरी एक सलाह है अगर आप लोगों को मंजूर हो तो ?'' निराशा की कंदराओं में हल्की-सी रोशनी दिखाते हुए कहा शकीला ने।

''अरी तो फिर जल्दी बताए न ! इतनी देर सू काँई लू चुप बैठी है !'' चाँदमल की अँगुलियों में फिर से तस्बीह आ झूली।

''सकीला, बेटी आगे आ जा !'' दादी ज़ैतूनी को जैसे तिनका मिल गया वैतरणी पार करने के लिए।

शकीला थोड़ा आगे आ गई।

''अम्माँ, मेरी नज़र में इस मसले का एक हल है बशर्ते इसके लिए मुमताज़ का शौहर और उसके घरवाले राज़ी हो जाएँ।''

''राजी तो हम कर लेंगा पर तू बता तो सही।''

''यही के वे मुमताज़ को राज़ी-राज़ी तलाक़ दिला दें और फिर इद्दत पूरी होने के बाद इसका निकाह इसके देवर से करा दें। ऐसा होने से अल्लाह के हुक्म की ना-फ़रमानी नहीं होगी क्योंकि जो भी होगा शरीअत के मुताबिक़ ही होगा। वैसे क़ुरान मजीद में साफ़-साफ़ कहा है कि *ऐसी सूरत में जब डर हो कि मियाँ-बीवी अल्लाह की हदों पर क़ायम न रह सकेंगे, एक-दूसरे से अलग होने में कोई हर्ज़ नहीं है।*''

''वे या बात पे राजी हो जांगा ?'' जुम्मी ने अपनी आशंका जताई।

"बड़ी आपा, राज़ी तो उन्हें होना ही पड़ेगा और अगर नहीं होंगे, तो उसमें हमारा नुक़सान सिर्फ़ इतना है कि दहेज में दिया गया माल हमें वापस नहीं होगा, मगर राज़ खुलने पर उन्हें इस ज़िल्लत से पीछा छुड़ाना मुश्किल हो जाएगा।"

"बात तो ई सही कह री है पर उन्ने समझाएगो कौन ?"

"बूढ़ा बाप, या बात ए तम मेरे ऊपर छोड़ देओ। चौधरन् सू मैं बात कर लूँगो।" युनुस का संकेत मुमताज़ की सास की तरफ़ था।

"युनुस, तू रहण दे। ऐसी बात मरद-माणस करता अच्छा ना लगे हैं। तू तो बस एक काम कर दे अगर कर सके तो, काई तरह चौधरण, मुमताज की एकाध नणद और जिठानी ए लिया, बाकी हम सँभाल लेंगा।"

"हाँ बेटा युनुस, जुम्मी सही कह री है। तू एक बर हवेली में उन्ने बुला ला। मैं वाका पाँवन् में लूगड़ा गेर दूँगी, वाका पाँवन्ने पकड़ लूँगी।" दादी ज़ैतूनी की देह काँपने लगी।

"ठीक है बूढ़ी माँ, मैं आज ही कहा, अभी जा रो हूँ। अब देखो तम मेरा हाथ।"

"पर मेरी एक बर फिर हाथ जोड़ा सू गुजारिस है के ई बात हवेली सू बाहर ना फूटनी चहिए !" हाजी चाँदमल ने पुनः गुहार लगाते हुए कहा सबसे।

हैरानी हुई पूरी हवेली को यह देखकर कि सचमुच युनुस अगले दिन मुमताज़ की सास, दोनों ननदों और उसकी जेठानी को लेकर हवेली में हाज़िर था।

किसी तरह की कसर नहीं छोड़ी हवेली ने उनके आदर-सत्कार में। पलक-पाँवड़े बिछा दिए छोटे से लेकर बड़े ने। मजाल है शकीला के निर्देशों की किसी ने ग़लती से अवज्ञा तो की हो। नहीं ताड़ पाईं शहर की ये सास, ननद और जेठानी अपने सामने बिछाए गए निपट गँवई निष्कंटक उन फंदों को जिनमें उन्हें उलझना तो था, किन्तु बिना किसी आहट के।

सारा प्रपंच दादी ज़ैतूनी और शकीला का रचाया हुआ था।

बुलवाया गया मुमताज़ को उसकी सास, ननद और जेठानी के सामने और डाँटते हुए कहा गया दादी ज़ैतूनी द्वारा कि वह उनके साथ जाने के लिए तुरन्त तैयार हो जाए।

मजाल है मुमताज़ ने झूठे से एक बार भी प्रतिरोध और प्रतिवाद किया हो। चुपचाप चली गई तैयार होने के लिए।

"चौधरण, अभी बालक है हमारी मुमताज। छोटी-मोटी गल्ती हो जाए तो माफ कर देए कर। फिर ऐसो कौण-सो घर है जामें कहासुनी ना होवे है।" जुम्मी ने बेहद सफ़ाई से अपने फंदे में फँसाते हुए कहा मुमताज़ की सास को।

"वैसे बेटी, तमूभी समझाती रहा करो अपणी भावज ए। याहे कहा पतो कैसा होवे हैं सहर का क़ान-कायदा।" दूसरा फंदा मजीदन ने फेंका मुमताज़ की ननदों की तरफ़।

"और फिर नणद-भावज तो वैसे भी भायेली-सी (सहेली) होवे हैं। उनसू कोई बात

थोड़ेई छुपी रहवे है।" बेहद सावधानी से दादी ज़ैतूनी ने चारों ओर से उन्हें घेरते हुए फंदा धीरे-धीरे कसना शुरू कर दिया।

इस बीच शकीला ने संकेत कर दिया हसीना को।

"कैसी हालत बणा राखी है हमारा मिहमान ने। देह की एक-एक पोर तोड़ राखी है। बिहा तो हमारो भी हुओ हो पर हमारे साथ तो..."

"चुप कर छिनाल, जब देखो कुछ-न-कुछ बकती रहवे है ! सरम ना है काकी होके कैसी भायेली-सी बोल री है।" दादी ज़ैतूनी ने डाँटा हसीना को।

"येऽऽ मुमताज़ की चचीजान हैं ?" अंदाज़ा लगाते हुए पूछा मुमताज़ की जेठानी ने।

"हाँ बेटी, है तो चाची पर मजाक भावज सू भी बढ़के करे है।" दादी ज़ैतूनी ने उनकी जिज्ञासा शान्त करते हुए कहा।

देर तक समधिनों में हँसी-ठट्ठा, छेड़छाड़, चुहलबाजी चलती रही। पता ही नहीं चला कि दिन कितनी तेज़ी-से अपने गन्तव्य की ओर भागा जा रहा है।

"अम्मीं, अस्र की नमाज़ का वक़्त हो आया, मुमताज़ अभी तक तैयार नहीं हुई ?" घड़ी देखते हुए टोका मुमताज़ की जेठानी ने अपनी सास को।

मुमताज़ की सास जैसे नींद से जागी, "समधिन, क्या हुआ, इतना वक़्त कैसे हो गया तैयार होने में ?" जमीला की तरफ़ मुख़ातिब होते हुए पूछा।

"चौधरण, अब दिन ही कितनो बचो है। तम कौण-सी रोज-रोज आओ हो। रात भर की तो बात है बस। धैरे (सुबह) चली जइयो !"

"नहीं समधिन, हमारा जाना बेहद ज़रूरी है।" इस बार बेचैन हो उठी मुमताज़ की सास।

"ठीक है, मैं अभी पुछवाऊ हूँ के कहा देर-दार है !" उठते हुए जमीला ने हसीना को हेला देकर बुलाया किन्तु हसीना की जगह ज़रीना आई, "जरीना, पूछके आए न कितनी देर है। इन्ने भी इतनी दूर पहोंचणो है। आखिर कब पहोंचंगी ये अपणी दहली पे !"

वापस लौट गई ज़रीना, परन्तु कुछ देर बाद आई और इशारे से जमीला से बोली, "माई...!"

उठकर चली गई जमीला ज़रीना के साथ।

थोड़ी देर बाद ज़रीना फिर आई और इस बार मजीदन को ले गई बुलाकर। अन्ततः जुम्मी और दादी ज़ैतूनी भी चली गईं उठकर। एक-एक कर सबको जाता देख मुमताज़ की सास, ननद और जेठानी के माथे पर पसीना चू आया। चारों ने एक-दूसरे की तरफ़ देखा सहमते हुए।

सबसे पहले दादी ज़ैतूनी लौटी।

"अम्माँ, सब ख़ैरियत तो है ?" जी घबराने लगा मुमताज़ की सास का।

"बेटी, खैरियत कहा...हम तो बरबाद होगा।" आवाज़ काँपने लगी दादी

ज़ैतूनी की।

"अम्माँ, हुआ क्या ?" घबराते हुए पूछा मुमताज़ की सास ने इस बार।

"होणो कहा, मुमताज मना कर्‌री है जाणा सू।"

सुनते ही मुमताज़ की सास के पाँवों तले जैसे ज़मीन खिसकने लगी, "ये...ये आप क्या कह रही हैं ?"

"हाँ चौधरण, कह री है के वाँ जाणा सू तो बढ़िया है मैं जहर खा लूँगी।" जमीला ने आते हुए बताया।

मुमताज़ की सास का जिस्म धीरे-धीरे जैसे ठंडा पड़ने लगा, यह सोचकर कि कहीं मुमताज़ ने बता तो नहीं दिया है सबकुछ।

"ठीक है, मैं अभी बुलवा री हूँ मुमताज ए। जो बात होएगी तिहारे आगे ही हो जाएगी।"

हाथ-पाँव फूल गए मुमताज़ की सास के दादी ज़ैतूनी की इस सलाह पर। पसीना छलछला आया माथे पर यह सोचते हुए कि अगर सबके सामने मुमताज़ ने असलियत बता दी तब ?

दादी ज़ैतूनी और जमीला ने कनखियों से देखा एक-दूसरे की तरफ़ परन्तु बोलीं कुछ नहीं। अच्छा है इन्हें कुछ न पता होने का भ्रम बना रहे।

"बूढ़ी माई, मैं अभी आई।" जानबूझकर कमरे से बाहर निकल आई जमीला दादी ज़ैतूनी को अकेला छोड़कर।

"चौधरण, ऐसी बात कहा होगी जो हमारी मुमताज तिहारे साथ जाणा सू मना कर्‌री है ?"

"ऐसी तो कोई बात नहीं है अम्माँ।" अकबका गई इस बार मुमताज़ की सास।

"बेटी, तमन्ने पतो है कुछ ?" इस बार मुमताज़ की ननद और जेठानी की तरफ़ पलटी ज़ैतूनी।

क्या जवाब दें सब !

"देख बेटी, बात तो एक दिन खुलनी हैई। अगर कोई ऐसी-वैसी बात है तो अभी बता देओ। कहीं ऐसो ना होए के पीछे जगहँसाई होए।" दादी ज़ैतूनी एकाएक गम्भीर होती चली गई।

नहीं रोक पाई मुमताज़ की बड़ी ननद अपने आपको, "अम्मीं, आप क्यों नहीं बता देती हैं साफ़-साफ़।"

"हाँ अम्मीं, जो है उसे क़बूलने में आख़िर बुराई क्या है। वैसे भी आप सच को कब तक छिपाकर रखेंगी। क्या जवाब देंगी जब आप मुमताज़ के बिना वापस लौटेंगी।" मुमताज़ की ननद का समर्थन करते हुए कहा मुमताज़ की जेठानी ने।

टूट गई मुमताज़ की सास। नहीं कर पाई बेटी और बहू का प्रतिरोध।

"अम्माँ क्या कहूँ, कुछ कहते हुए हिम्मत नहीं हो रही है !"

"चौधरण, गल्ती कौण-सू ना होए है। बतानी तो पड़ेगी ही।" दादी ज़ैतूनी ने तने

हुए फंदे को ढीला छोड़ना उचित नहीं समझा।

हारकर मुमताज़ की सास ने सब कुछ बता दिया।

सुनते ही दादी ज़ैतूनी ने बिगड़ने का ऐसा अभिनय किया कि घबरा गई मुमताज़ की सास।

''अम्माँ, ख़ुदा के वास्ते चुप रहिए। मैं मान तो रही हूँ अपनी ग़लती।''

''मैं कैसे करूँ चुप ! तिहारी गल्ती माणूना सू मेरी मुमताज की जिन्दगी खराब होणा सू थोड़ेई बच जाएगी।''

कुछ नहीं आया समझ में मुमताज़ की सास के। मति ने जैसे साथ छोड़ दिया।

''बूढ़ी माई, जो होणो हो ऊ तो हो लियो पर अब आगे की सोचो।'' जमीला ने मुमताज़ के भविष्य के प्रति चिन्तित होते हुए कहा, एकाएक कमरे में उनके सामने प्रकट होते हुए।

''समधिन, इस मसले का कुछ तो हल निकालिए !''

शकीला के मुँह से अपने आपको इस शब्द से सम्बोधित होता देख, आश्चर्य हुआ मुमताज़ की सास को।

शकीला बिना किसी भूमिका के अपना संक्षिप्त-सा परिचय देते हुए, उनकी कौतुकता को शान्त करते हुए इन्तज़ार करने लगी उनके उत्तर का, यह कहते हुए, ''चौधरन, हल तो आपको ही ढूँढ़ना होगा।''

''हल क्या है समधिन सिवाय ख़ुलअ के। जब मेरे बेटे में ही कुछ नहीं है तो ख़ुलअ के अलावा और कोई रास्ता नहीं है।'' मुमताज़ की सास की आँखों के आगे मानो अँधेरा छा गया।

''देख लो चौधरन, कोई और रास्ता बचा हुआ हो ?'' अन्तिम बार पूछा जैसे शकीला ने।

''नहीं, और कोई नहीं है। सऽऽऽब पहले ही बन्द हो चुके हैं।'' गहरी निराशा में डूबती चली गई मुमताज़ की सास।

''ठीक है चौधरन, अगर कोई रास्ता नहीं बचा है तो ख़ुलअ की तैयारी करवाइए !''

शकीला के इतना कहते ही मुमताज़ की सास की आँखें भर आईं। चेहरा ज़र्द पत्ते-सा हो गया।

''चौधरन, चाह तो हम यही रहे थे कि हमारी मुमताज़ आपकी बहू बनी रहती मगर ख़ुदा को शायद यह मंज़ूर नहीं है।''

''समधिन, चाह मैं भी यही रही थी कि मुमताज़ हमारे ख़ानदान का नूर बना रहे म...मग...र...'' बिलख उठी इस बार मुमताज़ की सास।

''अम्मीं, चुप हो जाइए !'' मुमताज़ की बड़ी ननद होंठों को दाँतों के बीच भींच, मुँह फेरते हुए माँ को धीरज बँधाते हुए बोली, ''खड़ी होइए अम्मीं, मग़रिब की नमाज़ का वक़्त होने को है। वापिस भी तो जाना है।''

मुश्किल से खड़ी हो पाई मुमताज़ की सास। मानो सबकुछ लुटाकर लौटने लगीं तो मुमताज़ की छोटी ननद ने अपनी माँ से गुज़ारिश की, "अम्मीं, जाते-जाते भाभीजान से तो मिल लें एक बार !"

एक-दूसरे की आँखों के टकरते ही मुमताज़ और उसकी छोटी ननद बटी हुई रस्सी की तरह लिपट गईं आपस में।

"मुमताज़, बेटी घबराने की ज़रूरत नहीं है, खुलअ तुम यहीं से करके भिजवा देना।" नहीं मिला पाई मुमताज़ से नज़रें उसकी सास।

"चौधरन, खुलअ के अलावा वाक़ई कोई दूसरा रास्ता नहीं है ?" शकीला ने आख़िरी बार पूछा जैसे।

"क्या हो सकता है समधिन ?" उलटा शकीला से ही पूछा मुमताज़ की सास ने।

"अगर कोई हर्ज़ ना हो तो एक बात कहूँ ?" सहमते हुए पूछा शकीला ने।

"हाँ-हाँ कहिए !"

इसके बाद शकीला ने एकमात्र वही समाधान उनके सामने भी रख दिया।

"अम्मीं, क्या भाईजान इसके लिए राज़ी हो जाएँगे ?" शकीला के सुझाव पर मुमताज़ की बड़ी ननद ने पूछा अपनी माँ से।

"चौधरन, बस एक यही रास्ता जाता है जिस पर चलकर आप मुमताज़ को अपनी बहू के रूप में देख सकती हैं वरना..."

"नहीं समधिन, अगर मेरा बेटा तलाक़ के लिए राज़ी हो भी गया, तो मैं एक ही घर में रहते हुए अपने एक ज़िगर के टुकड़े के साथ ऐसा ज़ुल्म हरगिज़ नहीं करूँगी कि एक बेटे से तलाक़ दिलाकर दूसरे से निकाह करवा दूँ। आख़िर उनकी माँ हूँ मैं।"

"तो फिर तू ही बता चौधरण हम कहा करें ? हम तो तिहारी सारी बात मंजूर करण कू राजी हैं।" जुम्मी ने सचमुच एक दादी की भूमिका निभाते हुए कहा।

"नहीं समधिन, मैं यह ज़ुल्म बिल्कुल नहीं करूँगी। आख़िर एक ही छत के नीचे कैसे रह पाएँगे मेरे बेटे और यह मुमताज़ !"

"ठीक है अब खुलअ ही आख़िरी रास्ता है क्योंकि इस हालत में दोनों के बीच किसी रिश्ते की उम्मीद करना बिल्कुल बेमानी है।"

शकीला से भी छूट गया उम्मीदों का अन्तिम छोर। उसने तो बहुत कोशिश की थी उसे थामे रखने की किन्तु नहीं थाम सकी। असहाय, चुपचाप देखने के सिवाय वह कर भी क्या सकती थी, आकाश में तेज़ी-से छोटे होते उस पतंग के आकार को, जिसका यही पता नहीं है कि वह आख़िर अब जाकर गिरेगी कहाँ ?

"अगर आप कर सकती हैं तो एक महरबानी कर दीजिए मेरे ऊपर..." मुमताज़ की सास पूरी हवेली से फ़रियाद करते हुए भर्राए गले से बोली, "मुमताज़ को बस आख़िरी बार भेज दीजिए मेरे साथ ताकि मैं बा-इज़्ज़त अपने घर लौट सकूँ। निगाह नीची न करनी पड़े मुझे लोगों के सामने। यक़ीन करिए एक महीने के अन्दर मैं आपकी मुमताज़ को ख़ुलअ देकर भिजवा दूँगी। खुदा के वास्ते यह मेरी इल्तिजा है आपसे।"

दादी ज़ैतूनी समेत जुम्मी, मजीदन, शकीला सहित सारी हवेली एक ऐसे चक्रव्यूह में फँसती चली गई, जिसमें प्रवेश तो वह आसानी से कर गई किन्तु बाहर आने का रास्ता भूल गई। तरह-तरह के सन्देह-आशंका, डर-भय तथा अनिष्टताओं से सबके चेहरे खिंच गए यह सोचकर कि यदि मुमताज़ को इन्होंने वापस नहीं भेजा तब ?

न जाने शकीला का मुमताज़ पर कैसा विश्वास था कि सबकी दुविधा का हल उसे मुमताज़ के पास ही नज़र आया, "मुमताज़, क्या तुम जाने को तैयार हो ?"

मुमताज़ चुप। क्या जवाब दे वह ?

"मुमताज़, बेटी रहम खा मेरे ऊपर !" पास आकर मुमताज़ के दोनों हाथ थाम लिए उसकी सास ने।

"चौधरन, ठीक है मुमताज़ चली जाएगी आपके साथ।"

यह क्या ? शकीला ने कैसे कर दिया यह फ़ैसला ? कौन होती है वह ऐसा फ़ैसला करनेवाली ? पूरी हवेली का ऊपर का दम नीचे और नीचे का ऊपर।

"ठीक है चौधरन, भेज देंगा तिहारे साथ पर अब ना...अब तो वैसेई टैम ना है...दिन भी छिपनूवालो है। अब तो तम धैरे ही जइयो !" जुम्मी ने शकीला के निर्णय का अनुमोदन करते हुए कहा।

इसके बाद तो दादी ज़ैतूनी, मजीदन, जमीला, ज़ुबैदा, मोहसिना सबने स्वीकृति दे दी यही सोचकर कि जो लोग अभी नहीं रोक पाए जबरन मुमताज़ को, तब क्या रोक पाएँगे। जिस विश्वास के चलते शकीला ने मुमताज़ की मौन स्वीकृति को एक फ़ैसले में तब्दील कर दिया, शायद उसी विश्वास के चलते सबने हाँ कर दी।

●●

महीना कैसे बीत गया हवेली तो हवेली किसी को पता नहीं चला। बल्कि एक-दो दिन ऊपर भी हो गए। वही होता हुआ नज़र आने लगा जिसकी बहुत कम को आशंका थी यानी कहाँ तो वायदा किया गया था महीनेभर के अन्दर भिजवाने का, और कहाँ महीने से ऊपर हो गया।

मुमताज़ नहीं चाहती थी कि खुलअ की पहल कर वह वापस लौटे। शायद इसीलिए उसने बहुत कोशिश की ऐसा माहौल तैयार करने की कि अख़लाक मियाँ ही कह दे ग़ुस्से में अपनी ज़ुबान से कुछ। परन्तु पता नहीं अख़लाक मियाँ की जीभ में कैसी गाँठ पड़ गई कि ग़ुस्सा आना तो दूर रहा, वह घूरकर भी देखना भूल गया मुमताज़ की तरफ़। एकाध बार मुमताज़ ने तबियत ख़राब होने का भी बहाना बनाया तो उलटा वह परेशान हो उठा।

रात में अब तो जब भी उसकी आँखें खुलतीं, अख़लाक मियाँ को सोच के किसी गहरे समन्दर में डूबा हुआ पाती मुमताज़। एक बेचैनी से भीतर तक सिहर जाती मुमताज़।

दो महीने पूरे होने को आ रहे हैं। एक बार बीच में महीना होते ही युनुस गया भी था लेकिन मुमताज़ ने उसे वापस भेज दिया, यह कहते हुए कि वे उसकी तरफ़

से बेफ़िक्र रहें। हिम्मत नहीं हारी मुमताज़ ने अन्त तक बावजूद इसके कि अख़लाक मियाँ ने वैसे हालात ही नहीं पैदा होने दिए जैसा मुमताज़ चाहती थी।

उस दिन भी ऐसा ही हुआ।

न चाहते हुए मुमताज़ दूसरे कमरे में चली गई सोने के लिए। रातभर उसे लगता रहा जैसे अख़लाक बाहर दरवाज़े पर बैठा सुबक रहा है। नहीं रुका गया मुमताज़ से और वापस आ गई उसी कमरे में। अख़लाक मियाँ देर तक मुमताज़ के सामने एक गुनहगार की तरह बैठा रहा। मुमताज़ लेट गई किन्तु वह फिर भी बैठा रहा। हारकर मुमताज़ को ही कहना पड़ा, "अब सो जाइए, रात बहुत हो गई है !"

"मुमताज़, मैं तुम्हें बहुत दुःख दे रहा हूँ, है ना ?"

हैरत से देखा मुमताज़ ने अख़लाक मियाँ की आँखों में।

"तुम्हें पता है क़ुरान में फरमाया गया है कि अगर तुमको डर हो कि वे अल्लाह की हदों पर क़ायम न रह सकेंगे, तो इन दोनों को इसमें हर्ज़ नहीं कि वे अलग हो जाएँ।"

आख़िर आज इन्हें हो क्या गया है ? मुमताज़ परेशान हो उठी यह सोचकर कि आज ये कैसी बातें कर रहे हैं।

"तुम बहुत परेशान हो न मुझसे...आख़िर तुम क्यों नहीं खुलअ कर लेती हो ?"

मुमताज़ तो सुनते ही जैसे ज़मीन पर आकर गिरी तड़ाक से। रोशनी से भरे कमरे में आँखों के आगे अँधेरा-सा छा गया अख़लाक के मुँह से ऐसा सुनकर।

"मैं...मैं भला आपसे क्यों परेशान हूँ। परेशानी और दुःख तो मैं दे रही हूँ आपको। तलाक़ तो आपको ले लेना चाहिए था मुझसे अब तक।"

"मैं भला क्यों दूँ तुम्हें तलाक़ ? तुमने क्या बिगाड़ा है मेरा। बल्कि सच तो यह है कि मैं एक मर्द होते हुए भी...'मेरी गुज़ारिश है कि तुम खुलअ कर लो...मैं...मैं तैयार हूँ इसके लिए।" इस बार शब्द टूटने लगे अख़लाक के।

पहली बार मुमताज़ को लगा जैसे उसके भीतर धीरे-धीरे कुछ चटख रहा है। पहली बार उसके मन में आया कि बावजूद इस सबके वह अख़लाक को सीने से चिपका ले। आँखों के कोर भीग गए मुमताज़ के, परन्तु नियति के आगे विवश थी वह क्योंकि आवेश और भावुकता के सहारे ज़िन्दगी तो कटने से रही। यही सोचते हुए मुश्किल से अपने आप पर संयम रख पाई वह।

"मैं आ...आपसे एक अर्ज़ करना चाहती हूँ, मेरी वजह से आप इतने परेशान हैं, आप क्यों नहीं मुझसे तलाक़ ले लेतो हो !"

"मगर यह काम तो तुम भी कर सकती हो खुलअ करके ?" प्रतिप्रश्न किया अख़लाक मियाँ ने।

"नहीं, मेरा खुलअ करने का मतलब होगा आपकी बदनामी, जो मैं नहीं चाहती।"

"तो क्या तलाक़ लेने में नहीं होगी ?"

"नहीं।"

"यानी तुम चाहती हो कि मैं अपनी कमज़ोरी तुम्हारे ऊपर डालकर, तुम्हें आज़ाद कर दूँ ?"

"यह मतलब नहीं है मेरा। मैं नहीं चाहती कि मेरे खुलअ की वजह मेरे शौहर की जिस्मानी कमज़ोरी बने। इसीलिए मैं कहती हूँ कि आप मुझसे तलाक़..."

"ठीक है अगर तुम ऐसा चाहती हो तो कुछ दिन और कर लो इन्तज़ार।" इतना कहकर अख़लाक अपना बिस्तर लेकर दूसरे कमरे में चला गया। रोकना भी चाहा मुमताज़ ने लेकिन वह नहीं रुका।

जब से अख़लाक ने कुछ दिन और इन्तज़ार करने की बात कही है, तभी से मुमताज़ को अजीब-अजीब से ख़्याल आ रहे हैं। न जाने क्यों उसी पल से उसे रह-रहकर एक डर परेशान कर रहा है। शौहर होते हुए भी अख़लाक के सामने पड़ने तक से उसे डर लगने लगा है। न कुछ खाने को मन करता, न पीने को। रात में कभी आँख खुल जाएँ तो देर तक नींद नहीं आती है।

कई दिनों के बाद लौटा है अख़लाक। बेहद ख़ुश है। सीधा अपने कमरे में चला गया। मुमताज़ भी पानी का गिलास लेकर पहुँच गई पीछे-पीछे। मुमताज़ को अख़लाक का इस तरह ख़ुश दिखाई देना, पता नहीं क्यों आज अच्छा नहीं लग रहा है। उसने कनखियों से अख़लाक की एक-एक भंगिमा को बेहद बारीकी से पढ़ने की कोशिश की परन्तु कुछ भी अनुमान नहीं लगा पाई वह। कहीं ऐसा तो नहीं है कि उसे 'इस' अख़लाक को देखने की आदत नहीं रही इसीलिए उसे ऐसा लग रहा है ? पानी का गिलास लेते हुए मुस्कुराकर देखा अख़लाक ने मुमताज़ की तरफ़।

भीतर तक सिहरती चली गई मुमताज़ अख़लाक के इस अंदाज़ पर। कई दिनों बाद आए हैं इसीलिए नहीं गए कमरे में, यही सोचकर मुमताज़ भी लेट गई उसकी बग़ल में।

"मुमताज़ !" धीरे-से पुकारा अख़लाक ने।

"जी।"

"मैं आज तुम्हें आज़ाद करना चाहता हूँ सदा-सदा के लिए।"

"क्याऽऽऽ ?" लगा जैसे मुमताज़ के जिस्म में अचानक बिजली का तार छू गया हो। एक झटके-से बिस्तर पर उठकर बैठ गई वह।

"क्यों, यक़ीन नहीं आ रहा है ? तुम्हीं ने तो कहा था कि मैं तुमसे तलाक़ ले लूँ।"

"न...नहीं, मैं तो ऐसे ही मज़ाक कर रही थी।" अकबका गई मुमताज़।

"चलो, आज मैं तुम्हारे इस मज़ाक को हक़ीक़त में बदल देता हूँ। मैं, यानी मैं अख़लाक तुम्हें आज से..."

"य...यह क्या करने जा रहे हैं आप ! रोकिए अपने आपको ख़ुदा के वास्ते..."

चीख़ते हुए मुमताज़ ने लपककर अख़लाक के मुँह पर अपनी हथेली रख दी। पूरा जिस्म काँप उठा और चेहरा ज़र्द पत्ते-सा पीला पड़ता चला गया।

अख़लाक छिटककर मुमताज़ से अलग हो गया।

"...इसी वक़्त आज़ाद करता हूँ यानी मैं अख़लाक तुम्हें तलाक़ देता हूँ...तलाक़ देता हूँ...तलाक़ देता हूँ !"

पलभर के लिए पूरा कमरा तेज़ रोशनी से भरकर घुप्प अँधेरे में डूब गया। मुमताज़ की दिमाग़ की नसें फटने लगीं और शिराओं में दौड़ता रक्त वहीं ठिठक गया। कानों में अँगुलियाँ ठूँस लीं मुमताज़ ने।

"या ख़ुदा यह क्या किया आपनेऽऽऽ !" तेज़ी-से घूमने लगा पूरा कमरा मुमताज़ की आँखों के सामने। ज़ोर-से चीख़ना भी चाहा उसने किन्तु लगा जैसे गले को किसी ने दबा लिया है।

काफ़ी कोशिश के बाद चीख़ते हुए मुमताज़ दरवाज़ा खोलकर भागी कमरे से बाहर, "अम्मींऽऽऽ !"

चीख़ सुनते ही दौड़े सब मुमताज़ की तरफ़।

"मु...मुमताज़ क्या हुआ बेटी ?"

अपनी सास से लिपटते हुए घिग्घी बँध गई उसकी। सिर्फ़ कमरे की तरफ़ इशारा भर किया उसने।

मुमताज़ से अपने आपको मुक्त कर उसकी सास और पूरा परिवार उसके कमरे की तरफ़ दौड़ा।

"अख़लाक, बेटा क्या हुआ ?" घबराते हुए पूछा अख़लाक की माँ ने।

"कुछ नहीं अम्मीं, मैंने मुमताज़ को आज़ाद कर दिया है आज।" निर्द्वन्द्व-भाव से कहा अख़लाक ने।

"आज़ाद या...यानी ?"

"यानी मैंने मुमताज़ को तलाक़ दे दिया है।"

"क्याऽऽऽ तलाक़ दे दिया !" एक क्षण के बाद वह भी जैसे अपनी ख़ुशी नहीं छिपा पाई, "सोफ़िया, रेहाना, सुल्ताना सुना तुमने...अख़लाक ने मुमताज़ को तलाक़ दे दिया है !"

"अम्मीं, ख़ुदा के वास्ते चुप करो !" मुमताज़ की छोटी ननद ने डाँट दिया अपनी माँ को।

"अम्मीं, यह क्या किया आपके बेटे ने ?" अपनी सास से लिपटते हुए हिलकियाँ बँध गईं मुमताज़ की।

यह क्या ? मुमताज़ की तरफ़ ग़ौर से देखा उसकी सास ने। लगा जैसे वह किसी गहरी खाई में उतरती जा रही है।

"रेहाना, आपके भाईजान ने यह क्या कर दिया !" इस बार अपनी छोटी ननद की ओर पलटी मुमताज़।

मुमताज़ की सास पर जैसे घड़ों पानी पड़ गया। सबने उसे मिलकर उठाया और सहारा देते हुए कमरे में ले आईं। पत्थर हो गई मुमताज़ की इस हालत पर पूरे परिवार ने एक-दूसरे की आँखों में देखा। इस बीच सबने देखा कि अख़लाक कमरे में नहीं है। पता चला, दूसरे कमरे में चला गया है वह।

रातभर मुमताज़ के कानों में अख़लाक के शब्द गूँजते रहे। अब समझ में आया उसके कि यही वह डर था, जो उसे पिछले कई दिनों से परेशान कर रहा था।

हमेशा-हमेशा के लिए आज़ाद हो गई मुमताज़। थके-माँदे क़दमों से चल पड़ी मुमताज़ रसोई में चाय बनाने। रोज़ की तरह उसने चाय बनाई। सुबह की चाय लेकर मुमताज़ कमरे में दाख़िल हुई ही थी कि ट्रे उसके हाथ से छूटकर फ़र्श पर आ गिरी। विश्वास ही नहीं हुआ उसे अपनी आँखों पर। आँखें फटी की फटी रह गईं। नहीं देखा गया उससे कमरे का दृश्य। उलटे पाँव दौड़ी कमरे से बाहर और ज़ोर-से चीत्कार करती हुई बेहोश होकर गिर पड़ी।

हाहाकार मच गया। एक झटके में सबकुछ ठिठक गया जैसे। किसी की हिम्मत नहीं हुई कमरे में घुसने की। मुमताज़ को मुश्किल से मुँह पर पानी के छींटे मार-मारकर होश में लाया गया।

पंखे से लटकी अख़लाक की लाश उतरते ही माँ सहित सोफ़िया और रेहाना लिपट गईं अपने भाई से। मुमताज़ ने तो कल्पना भी नहीं की थी इसकी। लगा जैसे अख़लाक उसे किसी बियाबान टापू पर अकेला छोड़कर चला गया। दूर-दूर तक जहाँ भी नज़र जाती, कोई दिखाई नहीं देता।

क्या करे अब मुमताज़ ? अख़लाक के बाद जिससे कुछ उम्मीद थी वह उसकी सास ही थी। लेकिन युनुस की उपस्थिति में उसने भी उस दिन यह कहकर हमेशा के लिए उससे सारे रिश्ते ख़त्म कर दिए कि मुमताज़ अब इस घर के लायक रही ही नहीं। अब कैसे बनाए उसे अपने घर की बहू और अगर बनाया भी तो लोग क्या कहेंगे ?

सिर्फ़ धरती ही नहीं फटी जो मुमताज़ उसमें ग़र्क़ हो जाती। दिमाग़ ने काम करना बन्द कर दिया जैसे। इससे तो अच्छा होता वह हज़रत उमर रज़ि० के फ़ैसले पर अमल कर, इन्तज़ार ही कर लेती इलाज़ के लिए दी गई एक साल की मोहलत की। अच्छा होता वह चुपचाप रज़ामंद हो जाती उसके साथ रहने के लिए।

सोचती रही हवेली में आने के बाद भी मुमताज़ कि आख़िर हमेशा के लिए आज़ाद हुआ कौन है—वह या अख़लाक ?

उनतालीस

एक के बाद एक हाजी की हवेली में जिस तरह की घटनाएँ घट रही हैं, उनके चलते रामचन्दर ने कचैड़ी की ओर जैसे जाना ही छोड़ दिया। मुबारक अली द्वारा शग़ुफ़्ता को तलाक़ देना और बाद में समीना प्रकरण, इन दोनों घटनाओं से रामचन्दर इतना आहत हो गया कि अगर उसका बस चलता तो वह आता ही नहीं। हवेली के प्रति पैदा हुई जुगुप्सा से मन उदास और बेचैन रहने लगा। पता नहीं किस श्राप के चलते एक के बाद एक इस हवेली की औरतों को ही भुगतना पड़ रहा है यह सब।

मन तो उसका आज भी नहीं कर रहा था किन्तु वह अपने क़ौल से विचलित हो गया। नहीं रुका गया रामचन्दर से। दग़ा दे गई उसकी दृढ़ता। बहुत कोशिश की उसने अपने आप पर संयम रखने की लेकिन बढ़ गए उसके क़दम हाजी की कचैड़ी की ओर परन्तु यह जताने का अभिनय करते हुए मानो वह अपनी रौ में जा रहा है। जैसे नहीं जानता है वह कि कहाँ से गुज़र रहा है।

हुआ भी ठीक वैसा ही जैसा सोचकर निकला था इस तरफ़।

"रामचन्दर, मेरे यार कोई नाराजगी है जो चुपचाप निकलो जा रो है ?" वली मोहम्मद ने धर दबोचा उसे।

पाँव वहीं थम गए रामचन्दर के।

"कौन, रामचन्दर ! अन्यायी, ऐसी कहा खता होगी हमसू जो तैने ई गैल ही छोड़ दी ?" थोड़ी देर के लिए चाँदमल की अँगुलियों के पोर रुक गए।

"ना हाजीजी, ऐसी कोई बात ना है। कुछ फुरसत-सी ना ही और कुछ तबैत भी ठीक ना ही।" सीढ़ियाँ पार करते हुए साफ़ झूठ बोल गया रामचन्दर।

कचैड़ी ही नहीं, इस गाँव में बहुतों को लगता है कि पाँच-सात दिन अगर रामचन्दर दिखाई नहीं देता है तो बेचैनी-सी व्याप जाती है। लगता है जैसे अरसा हो गया है उससे मिले हुए। इसीलिए तो नसीब ख़ाँ ने जानबूझकर कहा उससे, *"आ जा मिंतर बैठ जा, खेलंगा बाजी/लेण-देन कू कुछ नहीं, तेरी सूरत सू राजी।"*

"लकड़ी को हथ्यार, ना पत्थर काटे आरी/ कैसे उतरे पार, हंस-कागन् की यारी।" रामचन्दर ने एक-एक शब्द पर ज़ोर देते हुए कहा।

नहीं समझ पाया नसीब ख़ाँ कि इन शब्दों में रामचन्दर की कौन-सी नाराज़गी छिपी हुई है। क्या खदबदा रहा है उसके अन्दर।

"ऐसो है रामचन्दर के *गुरु तपिसा और पंडिता, पंच बैद्य मनिहार/इतना तो सरस भला, निरस पड़े तो ख्वार।* भई, ज्ञानी की हर कोई कदर करे है। वैसे भी तेरो या गाँओ पे बहोत बड़ो एहसान है।"

समझ गया रामचन्दर कि नसीब ख़ाँ का इशारा किस एहसान की ओर है, परन्तु वह उसकी तरफ़ अब झूठमूठ भी पलटकर नहीं देखना चाहता है। इसीलिए उसने मूढ़ी पर बैठते हुए उसी अंदाज़ में कहा, "माँवसा, *ठाकर रहा न ठग रहा, घोड़ा रहा न*

चोर/माणस भी वे ना रहा, जो न्याव करे हा और।"

"वैसे एक बात बताओ, आज तम दोनूँ काई पंड्इत सू पत्रा बचँवाके आया हो कै ?"

"दोनूँ कौन ?" हैरान होते हुए उलटा रामचन्दर ने नसीब ख़ाँ से पूछा।

"मुड़के देख, धनसिंह भी चलो आ रो है पीछे-पीछे। ई भी जैसे गैल भूलगो। तीन-चार दिनाँ में सकल दिखाई है याने भी।"

यह मात्र एक संयोग था कि दोनों एक के बाद एक पहुँचे कचैड़ी पर।

"कुछ फैसलो हुओ है कै ना ?" नहीं क़ाबू रख पाया अपने भीतर उठ रही ऐंठन पर रामचन्दर।

"कौण-सो ?"

"वही, बहू जो भेज राखी है पीहर में।"

अब समझा नसीब ख़ाँ कि रामचन्दर का संकेत कौन-से न्याय करनेवाले आदमियों की ओर था।

"रामचन्दर, फैसला जो होणो हो ऊ तो जभी हो लियो। अब ना है कोई गुंजास। सारा रस्ता बन्द हो चुका हैं।" गहरा श्वास लेकर उसे बाहर छोड़ते हुए कहा नसीब ख़ाँ ने।

"माँवसा, रस्ता बन्द करनावाला भी तो हमीं हैं। जब हम इन्ने बन्द कर सके हैं तो खोल भी सके हैं ?"

"इतनो आसान ना है रामचन्दर। अरे, तोहे पतो तो सब है के रीति-रिवाज, धरम-करम, बिरादरी और कौम भी कोई चीज होवे है। बात जब तक घर में है, वाहे जैसे मन करे सुलझा लेओ, पर दहली पार करते ही आदमी का बस सू बाहर हो जावे है। मैंने तो बहोत कोसिस करी ही पर या हदीस और सरीअत के आगे एक ना चली।" नसीब ख़ाँ की आँखें एक अपराध-बोध से पनीली होती चली गईं।

"दूसरी बात ई है रामचन्दर के ये बेद-कुरान भी जभी तक अच्छा लगे हैं, जब ये हमारा मन की सी बात करता रहे हैं।" धनसिंह ने कहा।

"पर हम एक बात ए भूल जावे हैं के ये धरम-ग्रन्थ भी तो हमने ही रचा हैं। और सारा धरम-ग्रन्थन् में एक-सी बात है। सारा उपदेस इन बीरणानीन् कू ही दिया गया हैं। अब देखो हमारा वेद में एक सुलोक है के *'यत्र नार्यस्तु पूजयंते, रमंते तत्र देवता'।* मतलब जहाँ औरत की कदर है वा घर में देवता बसे हैं। मजा की बात ई है के जो अगली लेन है वाहे हम जानबूझके छोड़ देवे हैं। जाको मतलब है के जा घर में औरत की इज्जत ना है, वाकी कदर ना है, वा घर को एक भी काम सिद्ध ना होएगो।"

"या बात तेरी ए मैं मानू हूँ पर सच्ची बात ई है के चाहे ऊ इनकी हदीस होए या सरीअत...हमारा बेद-पुराण होएँ या सास्तर (शास्त्र), इन बे-पढ़ा नया-नया मुल्ला और तिलकधारीन्ने इनको बेड़ा गरक कर राखो है।"

"ई बात तो गलत है। इन बे-पढ़ान् सू स्याणा ये पढ़ा-लिखा जादा होवे हैं।" धनसिंह से असहमति जताते हुए कहा रामचन्दर ने।

"असल बात है ही यही धनसिंह, जाहे ई रामचन्दर कह रो है।" नसीब ख़ाँ ने भी सहमति जताई।

"एक बात और बता दूँ के हमारा जितना भी धरम-ग्रन्थ हैं, उनको सहारा लेके सबसू जादा जुलम भी या औरत की जात पे ही हुआ हैं। पूछो या माँवसा धनसिंह सू याहे एक दिन मैंने ऐसा-ऐसा सूलोक सुनाया हा के उन्ने सुनके आदमी की खोपड़ी खराब हो जाए।"

"तो यार, कदी-कदी हमन्ने भी सुणा देए कर !" इस बार आग्रह चाँदमल ने किया।

रामचन्दर ने चाँदमल की सफ़ेद पुतलियों में उतर आई जिज्ञासा को ध्यान से पढ़ने की कोशिश की। कहीं ऐसा तो नहीं है कि यह उसकी विद्ग्धता को परखना चाहता है ? इससे अच्छा अवसर और क्या होगा। यही सोचते हुए अपनी जेब में रखी एक पुस्तिका निकाली और उसके पृष्ठ खोलते हुए पढ़ने लगा, "हाजीजी, तो ले सुन *विशीलः कामवृत्तो वा गुणैर्वा परिवर्जितः/उपचर्यः स्त्रिया साध्व्या सतत देववत्त पतिः।* याको मतलब ई है के मरद में चाहे कितना ही ऐब होएँ, पराई औरतन् के पीछे मुँह ऊ मारतो डोले...बेसक अनपढ़-गँवार होए फिर भी भली औरत को फरज है के ऊ सदा देवता की तरह वाकी सेवा करती रहे।

"और सुन, *यथाखरो मघवंश्चारुरेष प्रियो मृगाणां सुषदा बभूव/एवा भगस्य जुष्टेयमस्तु नारी संप्रिया पत्याऽविराधयन्ती।* यामें औरत कू सलाह दी गई है के अगर घर में सुख-चैन चहिए तो ऊ मरद सू कोई बहस ना करे। कोई कलेस ना करे, चाहे ऊ कुछ भी करतो फिरे। बल्कि ऊ चुपचाप जैसे मरद कहे सुनती रहे।"

"यार रामचन्दर, हमारी कुरान में भी कुछ-कुछ ऐसी हिदायत दी गई हैं। एक तो जैसे मोहे याद है और जाको मतलब ई के 'जब मरद वाहे (पत्नी) देखे तो ऊ वाहे खुस्स कर देए। जब कोई हुकम देए तो वाहे मान लेए। एक नेक और भली औरत ही वही है जो मरद का हुकम ए मानती रहे।" वली मोहम्मद ने कहा तपाक से।

"अभी तो और सुन वली मोहम्मद, *सुमंगली प्रतरणी गृहाणां सुशेवा पत्ये श्वशुराय शम्भूः/स्योना श्वश्र्वै प्र गृहान् विशेमान्।* यानी औरत अपना घर, मरद, सास, सुसर की सेवा करे। मरद ए खुस रखणो वाको सबसू पहलो काम है। जो इन्ने मानेगी वाकी खुद की जिन्दगी तो सुखी होएगी ही, ऊ कुणबा ए भी सुखी और खुसहाल राखेगी। वली मोहम्मद हिन्दून् की पोथी भरी पड़ी हैं ऐसी बातन् सू। मैं कहाँ-कहाँ तलक सुणाऊँ।"

"रामचन्दर, या औरत जात की जिन्दगी तो ऐसेई सेवा करते-करते बीत जाएगी, बल्कि बीत ही री है।" अन्तिम शब्दों पर ज़ोर देते हुए कहा वली मोहम्मद ने।

"तैने एक बात गौर ना करी के सारा बंधेज या औरत जात पे ही लागू होवे हैं। मरद पट्ठा छैला बणो घूमे है।" रामचन्दर ने हँसते हुए कहा।

"यार, कहा करूँ रामचन्दर मैं तो बहोत सरमिन्दा हूँ, पर मेरी काई ने एक ना सुणी।" एक बार फिर अपराध-बोध से ग्रस्त होते हुए बोला नसीब ख़ाँ।

"किस-किस बात पे सरमिन्दा होएगो नसीब खाँ। दीन मोहम्मद जो बिहार सू इन बीरबाणीन्ने ला-लाके या इलाका में बेच रो है, ई अच्छी बात है ?" धनसिंह का चेहरा सख़्त होता चला गया।

"यार धनसिंह, तू इन्ने बेचणो कह रो है। अरे, एकाध काई गरीब-गुरबा को घर बसवा दियो तो दीन मोहम्मद ने ऊ बिकवा दी...हद कर्‌रो है यार तू !" तमतमाते हुए बोला चाँदमल।

"चाँदमल, अगर बुरो ना मानो तो एक बात कहूँ। ई हवेली चाहे कुछ माने पर पूरा इलाका में ई रौल मची पड़ी है के दीन मोहम्मद बंगाल, बिहार और हैदराबाद सू जुआन-जुआन छोरीन्ने ला-लाके नोट बणा रो है।"

धनसिंह की इस बात पर ख़िलाफ़त का किसी के मुँह से एक लफ़्ज नहीं फूटा। कचैड़ी के मौन से जैसे दीन मोहम्मद को हवेली की तरफ़ से मिली वैधता की पुष्टि हो गई।

"चाँदमल, जो कुछ हो रो है वाहे सब जाणे हैं। दीन मोहम्मद ए समझा लेओ वरना कहीं ऐसो ना होए के तम काई दीन का ही ना रहो।" धनसिंह से नहीं रहा गया। कह ही दिया उसने आज।

"हाजीजी, हम तो समझा ही सके हैं...आते-जाते हमसू भी कह देवे हैं लोग-बाग...बाकी तिहारी मरजी।" जाने के लिए उठते हुए बोला रामचन्दर।

चलते-चलते ध्यान से देखा रामचन्दर ने कचैड़ी को। जगह-जगह से उखड़े पलस्तर और छत की लरज गई कड़ियों को देखकर मन ही मन अंदाज़ा लगाया उसने कि जैसी हालत इस कचैड़ी की है, किसी भी दिन धराशायी हो सकती है यह। हालाँकि कमज़ोर और जर्जर तो यह बहुत पहले हो चुकी है, क्योंकि जगह-जगह महराबों में आई दरारें इसकी प्रत्यक्ष गवाह जो हैं।

उन दोनों के जाने के बाद नसीब ख़ाँ देर तक सोचता रहा कि ये दोनों सचमुच पहले से तय करके आए थे, या यह मात्र एक संयोग था, अन्य संयोगों की तरह ?

चालीस

वही ज़ैतूनी और असग़री जो जब भी मिलती थीं, उन्हें पता ही नहीं चलता था कि कब वे अतीत की पगडंडियों पर, कितनी दूर तक निकल जाया करती थीं, अब उनकी दिशाओं तक को भूल चुकी हैं। लगता है जैसे अतीत के ग्लोब की अक्षांश और देशान्तर रेखाएँ ही आपस में पतले धागे-सी उलझ गई हैं।

कोई माने या न माने किन्तु ज़ैतूनी का मानना है कि यह सब असग़री और शगुफ़्ता

के अभिशाप का परिणाम है। ज़ैनब और मुमताज़ के अलावा न जाने किस-किसको अभी यह अभिशाप झेलना पड़ सकता है। असग़री को बुरा तो बहुत लगा, इतना बुरा कि जी करने लगा वह भविष्य में इस हवेली की दहली पर पाँव ही न धरे।

"असगरी, गरीब की आत्मा दुखाणा सू तो लोह भी भसम हो जावे है, माणस की तो कहा औकात है।"

ज़ैतूनी के इस कहे का अर्थ तुरन्त नहीं समझ पाई थी वह। समझी भी तो तब जब ज़ैतूनी ने अपनी बात बढ़ाते हुए आगे कहा, "या हवेली ए तो तिहारी हाय ले बैठी।"

"हमारी हाय ! हमारी कौण-सी हाय ले बैठी ?" हैरानी से पूछा असग़री ने।

"और, ना ई हाजी तेरी बहू पारो पे बुरी नजर डालतो, ना आज या हवेली की ई गत बणती।"

आग लगती चली गई असग़री की पूरी देह में।

"जैतूनी, अगर हमारी हाय लगती न तो पूरी हवेली राँड हो जाती...पर कह करे हैं न के *राँड सू बढ़के गाली ना और साँझ सू बढ़के अमेर (देर) ना।* ऐसी हाय देके मोहे जहन्नम में ना जाणो है। फिर हमारो इन बिचारी बीरबाणीन्ने कहा बिगाड़ो है जो ये भुगत री हैं। मरदन् को तो बाल भी बाँको ना हुओ और बीरबाणी पिसती डोल री हैं।"

"सही कह री तू असगरी, इन मरदन् का गुनाह भी हमन्ने ही भुगतना पड़े हैं। इनको कहा बिगड़ रो। अरे, या हरामी दीन मोहम्मद ने अपणी पहली घरवाली जहर खवाके मार दी तो सालभर में, ऊ भी या बुढ़ापा में, सकीला ए कर लायो हैदराबाद सू। या ढेड मुबारक ने हीरा जैसी बहू तल्लाक दी तो फट्ट बिहा लायो दूसरी।" ज़ैतूनी की आँखें गहरे विषाद में डूबती चली गईं।

"वैसे बुरो ना माने तो एक बात कहूँ जैतूनी ?" पहले स्वीकृति लेनी उचित समझी असग़री ने।

कुछ नहीं बोली ज़ैतूनी। धीरे-से देखा असग़री की तरफ़।

"गादड़ा तो या हवेली का चारू (चारों) कूँठन (दिशाओं) पे वाही दिन बोलण लग्गा हा, जा दिन सगुफ्ता का पाँव या हवेली की दहली सू बाहर पड़ा हा !"

"असगरी, मेरी बहाण तैने तो मेरा मुँ की बात छीन ली।" ज़ैतूनी ने असग़री का हाथ अपने हाथ में ले लिया।

"पतो ना जैतूनी किसकी बद्दुआ किसे ले डूबे। किसका करम पतो ना किसपे भारी पड़ जाएँ। आखिर या मुमताज ने ही कहा बिगाड़ो हो काई को !"

"मेरी तो छाती फट-फट जावे है असगरी, जब कोयला-सी होगी मुमताज मेरी आँखन् के आगे सू गुजरे है। बस ना चले मेरो, नहीं तो मैं याहे अपना कलेजा ए चीर के बिठा लूँ भीतर !" कहते-कहते भर्रा उठी ज़ैतूनी।

देर तक दो पुराने खँडहर आपस में बतियाते रहे। मन जब हल्का हो गया, तो

उठकर जाने लगी असग़री को मनुहार करते हुए वापस बिठा लिया ज़ैतूनी ने। असग़री नहीं ठुकरा पाई उसके इस आग्रह को।

बैठने के बाद काफ़ी देर तक असग़री को महसूस होता रहा जैसे ज़ैतूनी या तो उससे कुछ कहना चाह रही है, या कुछ पूछना चाह रही है परन्तु उसकी हिम्मत नहीं पड़ रही है। असग़री ने भी कुरेदना उचित नहीं समझा। यूँ ही चुबलाती रहीं दोनों शब्दों को। हालाँकि पूछना कुछ असग़री भी चाह रही थी किन्तु वह भी नहीं पूछ पाई। कैसे पूछे वह ? अभी मुमताज़ को आए दिन ही कितने हुए हैं। अभी तो घाव पूरी तरह से सूखा भी नहीं है। दोनों तरफ़ शब्द होंठों तक आते-आते फिर वापस हो जाते।

"असगरी, दारी एक बात पूछणी है ?" हिम्मत ज़ैतूनी ने ही जुटाई।

थोड़ा पास सरक आई असग़री।

"कुछ सलाह देए न बहाण के अब हम कहा करें ?"

भाँप गई असग़री कि ज़ैतूनी किसके बारे में बात कर रही है। सच तो यह है कि वह खुद भी इसी के बारे में जानना चाहती थी कि अब उन्होंने क्या सोचा है आगे ?

"कैसे बताऊँ जैतूनी तल्लाक पीछे की इद्दत तो सबन्ने पतो है के तीन महीना है, पर बेवा पीछे की इद्दत मोहे भी पतो ना है।"

इसका मतलब यह हुआ कि अभी तक नहीं है पता किसी को सिवाय इस हवेली के कुछ लोगों के कि मुमताज़ को उसके पति ने आत्महत्या से पहले तलाक़ दे दिया था, या बिना तलाक़ दिए उसने आत्महत्या कर ली थी। ज़ैतूनी पी गई असलियत को।

"वैसे अगर काई मरद ने अपणा मरणा सू पहले, अपणी घरवाली तल्लाक दी होए तो ऊ बेवा मानी जाएगी या..."

"जैतूनी, तू मुमताज का बारा में ही पूछणो चाह री है न ?"

"हाँ-हाँ, मुमताज का बारा में ही।"

"तो फिर बीच में ई तल्लाक कहान् सू आ घुसो।"

"मैं तो ऐसेई पूछ री ही दारी के अगर मान लेओ ऐसो हुओ होए तो..."

"या बारा में तो काई मुफ्ती या मौलवी सू सलाह-मसौरा करनो पड़ेगो।"

"है कोई तेरी नजर में ऐसो मुफ्ती या मौलवी ?"

"मोहे तो जैतूनी इन मुल्ला-मौलवीन् सू वैसेई डर लगे है। इनसू तो बहाण खुदा बचाए।" असग़री ने साफ़-साफ़ मना कर दिया।

बहुत भाग-दौड़ की लेकिन आसपास ऐसा कोई मुफ़्ती नहीं मिला, जो मुमताज़ के मामले में हवेली को सही रास्ता दिखाता। कोई बताता मुमताज़ के लिए चार महीने दस दिन की इद्दत पूरी करनी ज़रूरी है, तो कोई कहता तीन महीने की इद्दत गुज़ारनी ज़रूरी है। किसी ने कहा इस सम्बन्ध में वे दारूल उलूम देवबन्द के मुफ़्ती से सम्पर्क करें, तो किसी ने सलाह दी वे दारूल उलूम नदवतुल उलेमा, लखनऊ के किसी उलेमा से

मिलें। किसी ने बताया कि वे यू.पी. के मुरादाबाद और मुजफ़्फ़रनगर के मुफ़्तियों से जाकर मिलें, तो किसी ने कहा कि वे दिल्ली के मदरसा अमीनिया में जाएँ। एकाध ने यहाँ तक कह डाला कि इस मसले का सिवाय ऑल इण्डिया मुस्लिम पर्सनल लॉ बोर्ड के, किसी और के पास कोई हल है ही नहीं। एक समझदार ने इन्हें इन सबकी बजाय इस्लामिक फ़िक़्ह एकेडमी, जामिया नगर या फिर दारूल क़दा, ओखला, नई दिल्ली से सम्पर्क करने की सलाह तक दे डाली। यानी जितने मुँह उससे कहीं ज़्यादा सलाह।

युनुस को अन्तिम दो से सम्पर्क करने की सलाह उचित लगी। किसी से मशविरा नहीं किया उसने सिवाय वली मोहम्मद और दादा नसीब ख़ाँ के। चुपचाप रवाना हो गया दिल्ली और मग़रिब की नमाज़ के कुछ देर बाद वापस भी आ गया। नसीब ख़ाँ ने पढ़ लिया उसका चेहरा कि मसले का हल लेकर ही लौटा है वह।

शाम को इशा की नमाज़ के बाद जब गाँव में गहमा-गहमी और आवाजाही लगभग थम-सी गई तो हवेली में इकट्ठा कर लिया सबको। बहुतों की समझ में नहीं आया कि युनुस अब कौन-सी पोटली सहेजे हुए हैं अपने भीतर, जिसे खोलने से पहले उसने सबको इकट्ठा किया है। कहीं मुमताज़ के दूसरे रिश्ते की तो कोई बात नहीं है ? रह-रहकर प्रश्नाकुल आँखें आपस में उद्विग्नता के साथ टकराने लगीं।

युनुस की समझ में नहीं आ रहा है कि वह कहाँ से शुरुआत करे।

"हाँ भई युनुस, बताए न कहा सलाह दी है ? बात बणी है कुछ, या किराया-भाड़ा भी गयो भाँग का भाड़ा में ?"

"बूढ़ा बाप, सलाह तो चोखी ही मिली है।" युनुस ने नसीब ख़ाँ को तसल्ली देते हुए कहा।

"तो मेरे यार बताए न फिर फटाफट !" हाजी की अँगुलियों के पोर तस्बीह के मणकों पर थम गए।

हैरत हुई युनुस को कि अभी तक वह इसके बारे में केवल दादा नसीब ख़ाँ औंर वली मोहम्मद को मालूम हुआ समझे बैठा था, लेकिन उसके बारे में तो दादा हाजी को भी पता है।

"बूढ़ा बाप, ई तो तय है के अखलाक हमारी मुमताज ए तलाक देके मरो है।"

"तो याको मतलब हुओ के मुमताज ए इद्‌दत गुजारनी पड़ेगी ही।" चाँदमल ने कहा तपाक से।

"ना, कोई इद्‌दत-विद्‌दत ना गुजारनी पड़ेगी।"

"कैसे ना गुजारनी पड़ेगी। चाहे औरत तल्लाक देणा सू पहले बेवा हुई होए या बिना तल्लाक दिए, इद्‌दत तो वाहे गुजारनी ही पड़ेगी।" वली मोहम्मद ने अपनी जानकारी के मुताबिक़ तर्क दिया।

"पर हमारी मुमताज बेवा ना मानी जाएगी क्योंके ऊ खुदकुसी सू पहले ही तलाक दी ही।" युनुस ने कोशिश की वली मोहम्मद को समझाने की।

"हद कर्‌रो है तू युनुस ! अरे, कैसे ना मानी जाएगी !" चाँदमल इस बार जैसे

आपा खो गया।

"मैं कैसे समझाऊँ ?" युनुस चाहते हुए भी अपने कथन को स्पष्ट नहीं कर पाया था।

"हाँ री सकीला, बेटी तेरी कुछ समझ में कुछ आई होए तो तू ही बता दे। या युनुस की तो हमारे पल्ले पड़ ना री है कोई बात।" चाँदमल अंदाज़े से मुड़ा शकीला की तरफ़।

"अब्बा, युनुस ठीक कह रहे हैं। मुमताज़ को बेवा नहीं माना जा सकता। दरअसल इद्दत उस औरत के लिए ज़रूरी है जो तलाक़ देने से पहले बेवा हुई हो। वैसे भी क़ुरान में फ़रमाया गया है कि अगर औरत के 'हाथ' लगने से पहले ही उसका तलाक़ हो जाए तो फिर इद्दत की कोई ज़रूरत नहीं है। मेरा मतलब हैऽऽऽ...!" शकीला भी निष्कर्ष से पूर्व हिचकिचाने लगी।

"लालाओ, हमारी तो समझ में आ ना री है तिहारी ई गपड़चौथ। अब बताओ ई सकीला नई बात बता री है के हाथ लगाणा सू पहले..."

"मैं कैसे समझाऊँ आपको अब्बा !" कुछ पल सोचने के बाद फिर से बोली शकीला, "हाथ लगाने से मेरा मतलब..." एक बार फिर ठहर गई कहते-कहते शकीला। उसने पलटकर ज़ैतूनी की तरफ़ देखा।

"सकीला, मैं समझगी, अब तू चुप रह।" ज़ैतूनी ने सबको कहा सुनाते हुए।

सारी हवेली की आँखें दादी ज़ैतूनी पर जाकर ठहर गईं। नहीं समझ पाई अभी भी हवेली शकीला के कहे का अर्थ।

"तम अब भी ना समझा के ये सकीला और युनुस कहा कहणो चाह रा हैं ?"

"तेरी समझ में आगी होए तो तू ही बता दे स्याणी !" व्यंग्य करते हुए कहा चाँदमल ने।

"तू भी कोरो उजबक है हाजी। हज्ज करके तू हाजी तो बण बैठो पर तोहे ना है थोड़ो-सो भी सहूर (शऊर)। तोहे ना पतो है धूल की भी ! तोहे ना पतो है के ऊँट कितनी बर (बार) बैठे है।" ज़ैतूनी ने अपने देवर यानी हाजी चाँदमल को जमकर मारे भिगोकर शब्दों के जूते।

चाँदमल एकदम चुप। ज़ुबान तलुए से चिपक गई जैसे।

"अरे, हमारी मुमताज के अगर 'हाथ' ही लग जातो तो आज ये दिन ही ना देखणा पड़ता।"

"याको मतलब है हम अपनी मुमताज ए अब बिना इद्दत पूरी करे दूसरी जगह बिठा सके हैं।" समझ गया नसीब ख़ाँ ज़ैतूनी के कहे का अर्थ।

"हाँ बूढ़ा बाप, सही समझो है तू।" युनुस ने तुरन्त कहा।

"परऽऽऽ एक बात तो बताओ अगर अब हमारो उनसू कोई रिस्ता ही ना रहो, तो दहेज में जो हज्जारोनू को माल पड़ो है वाको कहा होएगो ?" चाँदमल ने उचित अवसर पर सही सवाल किया।

"होएगो कहा, समझ लेओ वामें लगूगी आग। सिवाय अब सबर करणा के करोगा भी कहा।" नसीब ख़ाँ ने जवाब देते हुए कहा।

"युनुस, एक बर और बात चलाके देख। कहा पतो मुमताज की सास अपना छोटा छोरा कू राजी हो ही जाए !"

"कोई फायदो ना है बूढ़ी माँ। अगर उनका मन में ऐसी कोई बात होती, तो मुमताज की सास सबके आगे मुँ फोड़ के ना कहती के मुमताज अब या घर के लायक ना रही। हाँ, जब तो बन सके ही अगर अखलाक खुदकुसी ना करतो। मुमताज की सास ने तो चलते-चलते हीं तलक कह दी के मेरो बेटो मरो ही मुमताज की वजह सू है।"

"फिर तो ना है युनुस कोई गुंजास।" नसीब ख़ाँ को जँच गया कि मुमताज़ की सास ने किसी भी ग़लत-फ़हमी के लिए या किसी भी तरह की गुंजाइश के लिए जगह नहीं छोड़ी।

दादी ज़ैतूनी की आँखों से चिंगारियाँ फूटने लगीं, "देख लिया वा बीरबाणी का चलित्तर ! कैसे अपणा बेटा का ऐब ए हमारी बेटी पे मढ़ री है। ई तो ना कही के हमारी छोरी की जिन्दगी खराब करके धर दी !" ज़ैतूनी का इशारा मुमताज़ की सास की तरफ़ था।

"चलो छोड़ो, आगे की सोचो अब। अगर उनको जी करे तो हमारा माल ए उल्टो भिजवा देएँ, और अगर ना करे तो भई काई के गोला-लाठी लगाई जाए ना है। मरा के साथ अब मरो तो जावे ना है।" नसीब ख़ाँ ने जैसे विषय पर पूरी तरह विराम ठोंक दिया। शायद अब किसी को इससे आगे कुछ कहने की ज़रूरत भी नहीं थी।

मुमंताज़ को और किसी ने नहीं, हसीना ने दी चहकते हुए यह सूचना परन्तु मुमताज़ ने किसी तरह की प्रतिक्रिया व्यक्त नहीं की। बस, चुपचाप सुनती रही उसकी बात। हसीना को नहीं थी उम्मीद कि मुमताज़ ऐसा ठंडा बर्ताव करेगी उसके साथ। बल्कि उसे तो उम्मीद थी कि मुमताज़ सुनते ही किलकते हुए मारे खुशी के उससे लिपट जाएगी और उससे कहेगी कि काकी तेरे मुँह में घी-शक्कर ! लेकिन हसीना की सारी मेहनत पर पानी फिर गया। इसीलिए निराश होकर चली गई मुमताज़ के पास से।

हसीना के जाने के बाद देर तक मुमताज़ के कानों में, उसके द्वारा कहा गया एक-एक शब्द ख़दबदाता रहा, "मुमताज, खुस हो ले इद्दत सू तो छुटगो तेरो पीछो !"

मुमताज़ हसीना के इस वाक्य और इसके शब्दों में छिपे मूल अर्थ को बीनने की कोशिश करती रही। आख़िर उसकी काकी किस 'इद्दत' की बात कर रही है ? उसकी जो कभी शुरू ही नहीं हुई, या फिर उसकी जो अभी शुरू होनेवाली है ? उसे क्या पता कि निकाह के बाद से वह एक 'इद्दत' ही तो पूरी कर रही है।

रह-रहकर जब भी पुरानी यादें मुमताज़ के अवचेतन को थपथपाने लगतीं, तभी

सुर्ख़ आँखों के कोरों से पतली धाराएँ बहने लगतीं। आख़िर क्या कमी थी अख़लाक में। उसे याद आता कि वह जब भी उसकी आँखों में झाँकता, तो लगता उसके सामने एक मासूम, बे-ज़ुबान मेमना बैठा हुआ है। अन्तिम बार उसने जिस तरह अख़लाक को खुश देखा था, उसे अपनी आँखों पर विश्वास ही नहीं हुआ था। मुमताज़ लाख कोशिशों के बाद भी नहीं भुला पा रही है इन यादों को।

आज समझ में आ रहा है मुमताज़ के कि एक ही शब्द के कितने अर्थ और उसकी कितनी ध्वनि-प्रतिध्वनियाँ होती हैं। अगर ऐसा नहीं होता तब क्यों अख़लाक ने उससे हमेशा-हमेशा के लिए आज़ाद करने की बात कही थी। शायद इसीलिए कि वह नहीं चाहता था कि मुमताज़ को, आँखों में वैधव्य की कालिख लिए लोगों के उन प्रश्नों का जवाब देना पड़े, जिनका उत्तर देना किसी भी औरत के लिए बेहद मुश्किल है। फिर क्यों दे मुमताज़ उन प्रश्नों का उत्तर, जिनका उत्तर क़ायदे से अख़लाक को देना चाहिए था। तब क्या इसका अर्थ यह हुआ कि ख़ुदकुशी से पहले दिए गए तलाक़ और तलाक़ के बाद ख़ुदकुशी से पैदा होनेवाले उन शरई पेंचों से अख़लाक बख़ूबी परिचित था ? पहली बार मुमताज़ का मन ज़ोर-ज़ोर से हूक मारकर रोने को करने लगा इन यादों को याद करते हुए, लेकिन चाहते हुए भी वह नहीं रो पाई। आँसुओं की अविरल धाराएँ सख़्त पड़ चुके गालों की त्वचा पर लुढ़कते हुए धीरे-धीरे अपने आप ही सूख गईं। अगर किसी ने उसे रोते या उसके रोने की आवाज़ देख-सुन ली, तब क्या जवाब देगी वह कि अकेले में किसको याद कर रो रही थी वह ?

मुमताज़ की पूरी-पूरी रात उन यादों से बतियाते हुए बीत जाती, जिन यादों में रिश्तों की असंख्य परिभाषाएँ छिपी हुई हैं, परन्तु एक भी परिभाषा को नहीं समझ पाई वह। कैसे समझ पाती, किसी ने समझने दिया हो तब न ? पति-पत्नी जैसे रिश्ते की परिभाषा तो अब शायद ही उसके समझ में आए। जब आने लगेगी तब बहुत कुछ या तो टूटकर बिखर चुका होगा, या बहुत कुछ उसके भीतर सूख चुका होगा।

इकतालीस

चोरी कैद करावती, चुगली कर दे ख्वार
घर लुटवा दे जामिनी, सिर कटवा दे नार।

पता नहीं किसने रचा है यह दोहा ? अक्सर सुनती रहती है शकीला इसे दादी ज़ैतूनी के मुँह से। जब से शकीला को इस दोहे का अर्थ समझ में आया है, तभी से एक डर उसे भीतर ही भीतर कुतरने लगा है। कई बार उसने दीन मोहम्मद को समझाने का प्रयास भी किया परन्तु हर बार उसने शकीला को डाँटते हुए चुप करा दिया।

आख़िर वही हो गया जिसका उसे डर था। जिसने भी सुना पहले तो उसे एक

झटका-सा लगता, किन्तु अगले ही पल उसके मुँह से यही निकलता कि यह तो होना ही था एक दिन। भला ज़मानती और गवाह का क्या भरोसा कब उसे कोई बैरी ठिकाने लगा दे।

इस घटना के बाद दादी ज़ैतूनी ने हवेली के आगे कह भी दिया कि यह सब शगुफ़्ता का श्राप है। नहीं समझ में आया किसी के कि भला यह कैसा श्राप हुआ, जो एक-एक कर हवेली की औरतों पर भारी पड़ रहा है। एक-एक कर औरतें अपने आप तक से अकेली होती जा रही हैं।

शकीला की आँखों के आगे तो अँधेरा छा गया। कितना समझाया था उसने दीन मोहम्मद को कि ना जाया करे थाना-कचैड़ी में किसी की झूठी गवाही देने लेकिन उसने नहीं सुनी। शकीला जब-जब बेटियों की आँखों में झाँकती, तब लगता उनके सामने विशाल बंजर मैदान पड़ा है।

अब क्या करे शकीला ? एक झटके में रोशनी देती मोखियाँ इस तरह बन्द हो जाएँगी, उसे उम्मीद नहीं थी। दीन मोहम्मद की मय्यत के पास बैठी मातम भी नहीं कर पाई। शून्य में बस टँगकर रह गए दो निश्चेष्ट दीये। हसीना ने ससुर के इस तरह असामयिक देहावसान पर रोते हुए मातम मनाने की कोशिश की तो शकीला ने उसे टोक दिया।

''हसीना, नबी० सल्लाहु अलैहि वसल्लम ने फ़रमाया है कि जो चिल्लाकर और बयान करके रोता है, मैं उससे सख़्त नफ़रत करता हूँ।''

हवेली तो हवेली, पूरा मोहल्ला हैरान-परेशान कि भली औरत है। एक तरफ़ तो पति उसे नितान्त अकेला छोड़कर चला गया, फिर भी कह रही है कि रोकर मातम मनाना ग़लत है।

अच्छा असग़री को भी नहीं लगा। इसीलिए उसने शकीला को समझाते हुए कहा, ''सकीला, बेटी रोणा सू जी हल्को हो जाएगो !''

''अम्माँ नहीं, नबी० सल्लाहु अलैहि वसल्लम ने मातम करनेवालियों पर लानत फ़रमाई है।''

शकीला के इस जीवटपन का हवेली के साथ-साथ मोहल्ला भी क़ायल हो गया। इसके बाद किसी की हिम्मत नहीं हुई शकीला को सलाह देने की। सब यही सोचकर चुप रहे कि अभी तो सामने है, बेशक कुछ भी नहीं है इसमें। पता तो तब चलेगा जब इसे सुपुर्द-ए-ख़ाक कर दिया जाएगा। यादों के झोंके जब अँगुली पकड़ जबरन अतीत की अँधेरी कोठरियों में ले जाएँगे, तब अहसास होगा कि कितना ज़रूरी था अपने भीतर जमे थक्कों को आँसुओं के ज़रिए बाहर निकालना। असग़री ने यही सोचकर तो सलाह दी थी शकीला को। बाद में कौन रोने देगा उसे। आनेवाली भयावहता के बारे में सोच-सोचकर अभी से पूरे मोहल्ले का दिल बैठने लगा। आख़िर तीन-तीन बेटियों के साथ किसके आसरे जिएगी। ज़ैतूनी और नसीब ख़ाँ का भी क्या भरोसा। अब तो चला-चली का मेला है। रही बात चाँदमल की तो उससे किसी तरह की उम्मीद करना

एकदम बेमानी है।

सबकुछ नियति के भरोसे छोड़ दिया। यदि उसकी इच्छा होगी तो वह शकीला को तिरा देगा अन्यथा भविष्य तो सबको पता है ही उसका। शकीला नहीं भाँप पाई उस आहट को जिसकी थाप अभी से सबको सुनाई दे रही है।

शकीला और मुमताज़ को जब भी मौक़ा मिलता तो दोनों देर तक ख़ामोश बैठी रहतीं। मुमताज़ कई दिनों से कहना चाह रही थी शकीला से किन्तु नहीं जुटा पाई हिम्मत। लेकिन कब तक रोके रखती वह भी अपने आपको। कह ही दिया उसने एक दिन मौक़ा पाकर।

''मैडम, एक बार बूढ़ी माँ से बात करके देखो न ?''

''मुमताज़, इसमें कहने की क्या बात है। इस्लाम तो वैसे भी औरतों के हक़ों की बात करता है। क़ुरान की एक सूरा अन-निसा में साफ़ लिखा है कि *अल्लाह तुम्हारी औलाद के बारे में तुम्हें वसीयत करता है।''*

''मैडम, ये सब कहने की बातें हैं, अमल में कोई नहीं लाता है इन्हें।''

पहली बार मुमताज़ की आशंका से शकीला को अपना आत्मविश्वास डगमगाता-सा लगा। वह अपनी आँखों से सबकुछ देख चुकी है फिर भी इस हवेली पर उसे इतना विश्वास क्यों है ?

ताड़ गई मुमताज़ शकीला की दुविधा को।

''एक बार बूढ़ी माँ से बात करने में बुराई क्या है मैडम। आपको यक़ीन होगा इन पर मगर मुझे इरशाद और जमशेद काका की बात दूर रही, अपने ही अब्बा पर यक़ीन नहीं है।'' मुमताज़ ने शकीला के आत्मबल को पुख़्ता करने की कोशिश करते हुए कहा।

''ठीक है, अगर तुम कहती हो तो मैं बात करती हूँ अम्माँ से लेकिन तुम्हें रहना होगा मेरे साथ।'' एक तरह से शर्त रख दी शकीला ने।

शकीला के इस विश्वास पर मन ही मन मुस्कुराकर रह गई मुमताज़ यह सोचकर कि इस हवेली की नींव इतनी कमज़ोर नहीं है जितनी वह समझ रही है।

बहुत गोपनीय रखने का प्रयास किया शकीला और मुमताज़ ने लेकिन पता नहीं कैसे बात फूट गई। सुनते ही तीनों दौरानी-जिठानियों यानी खुद मुमताज़ की माँ रमज़ानो, ज़रीना और हसीना के तन-बदन में आग लगती चली गई। एक पल भी गँवाना उचित नहीं समझा उन्होंने और पहुँच गईं सीधी दादी ज़ैतूनी के पास।

''ऐं री बूढ़ी माई, हम ई कहा सुण रा हैं ?'' फुफकारते हुए बिना किसी भूमिका के पूछा हसीना ने।

समझ गई दादी ज़ैतूनी तीनों दौरानी-जिठानियों का इस तरह आने का प्रयोजन और समझ गई कि हसीना किस सुने हुए की बात कर रही है, परन्तु फिर भी अनजान बनने

की मुद्रा अपनाते हुए उलटा सवाल किया, ''कहा सुणी है ?''

''देख बूढ़ी माई, इतनी भोली बणूना की जरूरत ना है के...''

''दारी, तू सूधी-सूधी कह न !'' हसीना के बाद फिर ज़ैतूनी की तरफ़ पलटी, ''बूढ़ी माई यही के मुमताज और हमारी सास आई ही तेरे पै ?'' ज़रीना ने हसीना की बात को बीच में लपकते हुए कहा।

''तो यामें कौण-सी नई बात है ? वे तो रोज आवे हैं मेरे पै।'' बेपरवाह होते हुए जवाब दिया दादी ज़ैतूनी ने।

तीनों दौरानी-जिठानी समझ गईं कि दादी ज़ैतूनी इतनी आसानी से क़बूलनेवाली नहीं है।

''बूढ़ी माई, हमने सुणी है के हमारी सास तेरे पै कुछ जमीन-जादाद का बारा में बात करन् आई ही ?''

''ना, ऐसी तो कोई बात ना है।'' ज़रीना के अंदाज़े पर साफ़ झूठ बोल गई दादी ज़ैतूनी।

''देख बूढ़ी माई, अगर ऐसी कोई बात है तो दोटूक सुन ले, के ई जो हमारी सास जादाद का सुपणा देख री है न, वासू कह दीजो के वाहे भूल जाए नहीं तो वाका हक में अच्छी ना होएगी !'' हसीना ने साफ़-साफ़ चेतावनी भरे शब्दों में कह दिया दादी ज़ैतूनी को।

''और तू भी समझा दीजो रमजानो अपनी या मुमताज ए के जादा उकीलपणो ठीक ना होवे है। बहू-बेटीन् को जैसो कायदो है वैसे ही रह या हवेली में !'' लगे हाथ ज़रीना ने अपनी जेठानी को भी चेताते हुए कह दिया।

इससे पहले कि दादी ज़ैतूनी कुछ कह पाती, तीनों दौरानी-जिठानी यानी मुमताज़ की माँ रमज़ानो, ज़रीना और हसीना पाँव पटकती हुई लौट गईं। टकटकी लगाए देखती रह गई ज़ैतूनी उन तीनों यानी अपने देवर अर्थात हाजी चाँदमल के पोतों की इन तीनों बहुओं को।

जिसकी आशंका थी वही हो गया। हालाँकि डर तो ज़ैतूनी को पहले ही लग रहा था कि कहीं बात फूट न जाए लेकिन इसकी उसने बिल्कुल भी कल्पना नहीं की थी कि इतनी जल्दी फूट जाएगी। मौक़ा देखकर गई वह कचैड़ी में। हाजी नहीं था उस समय नसीब ख़ाँ था, वह भी एकदम अकेला।

सुनकर नसीब ख़ाँ देर तक देखता रहा ज़ैतूनी को कि वह यह कैसा प्रस्ताव लेकर आई है।

''रईसन की माँ, ई कैसे मुमकिन है ?'' नसीब ख़ाँ ने सीधे-सीधे पूछा।

''मुमकिन तो ना है पर सकीला इन तीन-तीन छोरीन् के साथ कैसे गुजारो करेगी ?''

''गुजारो तो ना होएगो पर तोहे कोई राजी होतो दीख रो है ? मोहे तो इकबाल, इरसाद, जमसेद में सू एक भी ऐसो भलो माणस ना दीख रो है जो तैयार हो

जाएगो...और अगर ये हो गा तो इनकी लुगाई ना होएँगी।'' नसीब ख़ाँ ने अपने अनुभव के आधार पर तस्वीर एकदम साफ़ कर दी।

''लुगाई कैसे हो जांगी तैयार, वे तीनूँ तो आज ही धमकाके आई हैं मोहे।''

''कहा मतलब ?'' हैरान होते हुए पूछा नसीब ख़ाँ ने।

ज़ैतूनी ने सब बता दिया नसीब ख़ाँ को।

''अब तू ही बता, जब बात चलणा सू पहले ही माणस मरना-मारणा की नौबत आ री है, तो तैने कैसे उम्मेद कर ली के सकीला के साथ न्याव होएगो ?'' नसीब ख़ाँ ने ज़ैतूनी से पूछा।

ज़ैतूनी चुप लगा गई।

''तोहे याद ना है, जब रईसन ने एक बर मेरा हिस्सा में सू अपणो हक माँगो हो, तो सारी हवेली कैसे एक होगी ही के कहीं बाप की जादाद में बेटी को हक होवे है। सारो हक या तो बेटान् को होवे है और अगर बेटा ना हैं तो चाचा-ताऊ का छोरान् को होवे है।''

''पर रईसन का बाप, चलो रईसन तो वैसेई घणी जादाद की मालिक बणी बैठी है अपने घर। वाहे ना मिले कुछ हमारा हिस्सा में सू तो कोई बात ना है, पर सकीला तो या हवेली की बहू है।''

''तू तो बावली बात कर्री है। कहीं देखी है हथेली पे सिरसू उगती हुई। छोड़, जब बखत आएगो जभी देखी जाएगी।''

सही कहा है नसीब ख़ाँ ने। कचैड़ी से उठने के अलावा और कोई रास्ता नहीं था ज़ैतूनी के पास। परन्तु जाते-जाते फिर बोली, ''एक बर या हाजी सू भी तो बात करके देख। हो सके यही पसीज जाए।''

''तोहे पतो तो सब है ई हाजी जैसो आदमी है। है तो मेरो भाई पर मोहे पतो है ई कैसो कसाई है।''

''पतो तो सब है परऽऽऽ''

कहते-कहते रुक गई ज़ैतूनी। देखा, सामने हाजी चाँदमल तस्बीह को फेरते हुए दीवार का सहारा लिए आ रहा है।

''नसीब खाँ, कौन सू बात कर्रो है ?'' खाट को टटोलते हुए उस पर बैठते हुए पूछा चाँदमल ने।

''कोई ना, रईसन की माँ है।''

''कैसे आई है ?''

''बस ऐसेई।'' टालना चाहा नसीब ख़ाँ ने।

''ना, ऐसे तो ई आई ना सके। जरूर कोई बात है !'' चाँदमल ने अंदाज़ा लगाने की कोशिश करते हुए कुरेदा नसीब ख़ाँ को।

ज़ैतूनी का कंठ सूख गया। भला इसे कैसे शक हुआ ? अच्छा हुआ जो हाजी को दीखता नहीं है अन्यथा मनोभावों को छिपाना मुश्किल हो जाता उसके लिए। इसी का

लाभ लेते हुए कहा ज़ैतूनी ने, "बस, ऐसेई चली आई।" इतना कहकर ज़ैतूनी कचैड़ी से बाहर निकल आई।

अंदाज़ा हो गया चाँदमल को कि उसके और नसीब ख़ाँ के अलावा और कोई नहीं है अब कचैड़ी में।

"नसीब खाँ, ई सही बात है के सकीला अपणो हिस्सा माँग री है ?" मौक़ा देख पूछा चाँदमल ने।

"ऐसे माँगना सू कोई हिस्सा मिले हैं।" नसीब ख़ाँ ने तर्क-वितर्क किए बिना एक तरह से अपना मत दे दिया।

"मैं भी यही सोच रो हूँ के हमारा इन मेवन् में बहू-बेटीन् को कद (कब) सू हिस्सा होगो !"

नसीब ख़ाँ ने ध्यान से देखा चाँदमल के चेहरे पर आए भावों को। कनपटी की नसें खिंच आईं उसकी। बिना कुछ कहे चाँदमल का चेहरा और सफ़ेद पुतलियाँ बहुत कुछ कह गईं। नसीब ख़ाँ ने जानबूझकर इस विषय पर ज़्यादा बात नहीं की।

एक बार फिर सारी हवेली इकट्ठी की गई परन्तु इस बार इक़बाल यानी मुमताज़ के अब्बा और उसके दोनों काका इरशाद और जमशेद के कहने पर। जिनको नहीं पता था उन्होंने भी भाँप लिया कि इस तरह अचानक इकट्ठा होने के पीछे क्या कारण हो सकता है।

कौन करे बात शुरू, नहीं समझ में आया उन तीनों के। पहल की भी तो चाँदमल ने ही।

"इकबाल, कैसे भेला करा हो...बताओ कैसे ना ?" तस्बीह को विराम देते हुए पूछा चाँदमल ने।

"बूढ़ा बाप, बोलें तो तब जब या हवेली ए पतो ना होए।" इक़बाल ने बहुत आसान तरीका ढूँढते हुए कहा।

"हाँ भई नसीब खाँ, तोहे पतो है कुछ ?"

समझ गया नसीब ख़ाँ कि जानते हुए भी चाँदमल उसी के मुँह से कहलवाना चाहता है। इसीलिए उसने बात को छिपाने की कोशिश नहीं की।

"मेरे यार पतो कहा, होएगी वही सकीला वाली बात।"

"इकबाल, तेरा बूढ़ा बाप को अंदाजो सही है ?"

"हाँ बूढ़ा बाप, बात तो यही है।" नसीब ख़ाँ के अंदाज़े की पुष्टि करते हुए कहा इक़बाल ने।

"हूँऽऽऽ...!" लम्बा हुंकारा भरते हुए सबको सुनाते हुए ख़ुद से कहा, "पर अन्यायी, एक बात समझ में ना आ री है के ई बात उठी कैसे ?" जानबूझकर पूछा चाँदमल ने पूरी हवेली से।

"उठी कैसे, ई सब या मुमताज की पढ़ाई बिद्या है।"

हसीना द्वारा सीधे-सीधे मुमताज़ का नाम लेते ही उखड़ गई रमज़ानो, "हसीना, बहाण तू मेरी बेटी ए काँई लू खसीट री है बीच में !"

"तेरे थोड़ी-बहोत सरम है या ना। जो जी में आए वही बकती होए !" जुम्मी ने डाँट दिया इस बार हसीना को।

"माई, यामें सरम की कहा बात है, जो सही है वही तो कह री है हसीना। तम सब इतनी देर सू चुप बैठी हो, तमन्ने पतो ना है।" ज़रीना ने हसीना का पक्ष लेते हुए कहा।

"खुद पे तो अपणो घर बसो ना, उल्टी या हवेली ए और उजाड़ना पे तुल री है !"

पूरी हवेली स्तब्ध कि हसीना क्या कह गई ? मुमताज़ तो उठकर ही चली गई वहाँ से उसी समय।

"अन्यायी, या बीरबाणी की जुबान पे तो लगाम ही ना है। पतो ना काई दिन माणस मरवाके रहेगी ई !" दाँत पीसते हुए कहा नसीब ख़ाँ ने।

देखते ही देखते हवेली का परिदृश्य बदल गया एकाएक। एकसाथ कई आवाज़ें उठीं हसीना को मलामत देने के लिए। रमज़ानो की तो हिलकियाँ ही बँध गईं बेटी को इस तरह पूरी हवेली के सामने भला-बुरा कहते देख। इस बीच पता नहीं जमशेद कब अपनी जगह से उठा और टूट पड़ा हसीना पर। जब तक इरशाद, इक़बाल, जावेद, युनुस आदि उन दोनों की तरफ़ लपकते, जमशेद अपना काम पूरा कर चुका था अर्थात लगभग आधा दर्जन लात-घूँसे हसीना पर पड़ चुके थे।

हसीना ने भी पीठ न दिखाने की जैसे क़सम खा ली और सबको सुनाते हुए फिर फुफकारी, "खरी बात कहे बिना तो मैं काई लाट सू भी ना मानू, फिर चाहे मेरो सिर ही कलम क्यों ना हो जाए !"

दंग रह गई शकीला हसीना को देखकर। मजाल है उफ़ तो की हो पट्ठी ने।

इधर माथा पकड़ लिया नसीब ख़ाँ ने। दिमाग़ ने जैसे काम करना बन्द कर दिया।

"नसीब खाँ, मेरे यार या हवेली का बड़ा-बूढ़ा मरगा हैं जो उनके जीते-जी जमीन-जादाद का हिस्सा हो रा हैं। अरे, जमीन-जादाद को हिस्सा होणो कोई हँसी खेल है।" साँस चढ़ने लगा चाँदमल का।

"बूढ़ा बाप, अगर जमीन-जादाद ऐसे इन बीरबाणीन् में बँटण लग्गी तो पड़गी पार।"

'अरे, आज तो ई सकीला माँग री है...कल कोई और माँगेगी।" चाँदमल ने इक़बाल की बात को आगे बढ़ाते हुए कहा।

"वैसे भी याको हक कैसे बणे है ?" इस बार इक़बाल ने हवेली से ही पूछा।

"हक तो जब दियो जाए जब कोई मना कर रो होए के तू मत बरते इन खेतन्ने। अरे, मजा सू जो अच्छो लगे वाहे जोते-बोए, पर जहाँ तलक या हक-वक की बात है मेरी तो ई समझ सू बाहर है।"

"बूढ़ा बाप, ई तो बावली बात कर्री है। पतो ना ई किसने चढ़ाई है। याहे बता

देओ के हमारा मेवात में दादालाही जादाद में कोई हक ना होवे है बहू-बेटीन् को।'' युनुस ने टका-सा जवाब देते हुए कहा।

''सही कह रा हो तम सब। तम तो यही चाहो हो के हम जिन्दगी भर तिहारे आगे हाथ पसारती डोलें।'' न चाहते हुए भी दादी ज़ैतूनी ने अपना विरोध जताया।

''बूढ़ी माँ, तू भी कैसी बात कर्री है। कहा ना है तेरे पै ? अल्ला की मौज है !''

''सही कह रो है इरसाद बेटा के कहा ना है मेरे पै। हरामी, ई देह तलक तो हमारी है ना...ऊपर सू ई और कह रो है के अल्ला की मौज है।'' दादी ज़ैतूनी की आँखों में लावा भर आया।

''देख बूढ़ी माई, तम सब सु्ण रा हो ! चाहे बुरो मानो या भलो, हवेली की जादाद में सू याहे ना मिलेगी फूटी कौड़ी भी...अब ई या हवेली में रहे तो याकी मरजी, ना रहे तो याकी मरजी।'' ज़रीना ने साफ़-साफ़ कह दिया।

''ज़रीना, हक़ तो मैं अपना जब चाहूँ हासिल कर सकती हूँ...''

''हासिल कर लेएगी सो कोई हराम को माल है...कौन-सा कानून में लिख री है के तेरो हक है !'' युनुस के अन्दर कानून के वरक़ में लिपटा मर्द अपने आपको नहीं रोक पाया।

''आप कानून की बात कर रहे हैं ! जनाब, कानून तो हमारा अपना ही है। शरीअत से लेकर क़ुरान में साफ़ लिखा है कि...''

''या सरीअत और कुरान ए धरी राख अपने पै। जब देखो सरीअत ई कहवे है...सरीअत ऊ कहवे है...। दो हरप कहा पढ़गी हमन्ने सिखा री है कानून।'' चाँदमल के होंठों के किनारों पर झाग बन आया।

''बूढ़ी माँ, याहे बता देओ के मुस्लिम कानून के मुताबिक बेसक एक बेवा को अपना मरहूम शौहर की जादाद में हक हासिल है, पर याहे ई भी बता देओ के हमारा या मेवात में मेवन् के रिवाज़े-आम के मुताबिक, बेटी ए अपना बाप की जादाद में कोई हक हासिल ना है। रही बात एक बेवा की तो ऊ अपना शौहर की जादाद को इस्तेमाल तो कर सके है, पर वाहे ना तो ऊ बेच सके ना अपने नाम करा सके।'' युनुस ने शकीला के बहाने पूरी हवेली की औरतों को सुनाते हुए कहा।

सुनते ही शकीला की आँखों के आगे अँधेरा छा गया। जिस शरीअत की बुनियाद पर उसने अपनी तीनों बच्चियों के छोटे-छोटे कच्चे घरौंदों की नींव अभी धरी ही थी, मेवात के इस रिवाज़े-आम ने उसे एक ही ठोकर में बिखेर दिया। क़ुरआन की सूरा अन-निसा की एक आयत में दिए गए इस आदेश के ये शब्द उसके कानों में नुकीले काँच की तरह चुभने लगे कि ये हिस्से अल्लाह ने निश्चित किए हैं। लगा जैसे धीरे-धीरे एक अन्तहीन गहरे कुएँ में उतरती जा रही है वह।

''और बूढ़ी माँ, असल बात तो मैं बताणो ही भूलगो के अगर बेवा सिर्फ बेटीन् की माँ है जैसे ई सकीला है, तो ऐसी हालत में ऊ अपना शौहर की जादाद ए बेच तो सके ही ना, बल्कि वा जादाद ए अपनी बेटीन् के नाम भी ना करा सके है।''

जिस विजयी भाव के साथ युनुस ने इस रिवाज़े-आम (मेव कस्टमरी लॉ) के बाकी बच गए फ़ैसले को सुनाया, उसे सुनकर शकीला की रही-सही ताक़त भी चली गई। तो क्या ज़िन्दगीभर इस हवेली से उसकी इन बच्चियों का सम्बन्ध सिर्फ़ तब तक रहेगा, जब तक वह जिएगी ? उसके मरने के बाद यह हवेली भी पराए रूखों-सी हो जाएगी ? थोड़ी देर के लिए लगा जैसे हवेली में मुखौटे लगाए उसके सामने सिर्फ़ मर्द ही मर्द बैठे हैं। वह असफल रही यह भाँपने में कि इस हवेली की इन औरतों में यह 'मर्द' की आत्मा कैसे प्रवेश कर गई ?

"सकीला, बेटी बस तू अपणा दिन काट ले। मत देख या जमीन-जादाद में सू हिस्सा लेणा का सुपना।" दादी ज़ैतूनी ने भी अन्ततः उससे सारे हथियार ले लिए।

समझ गई शकीला कि मर्द तो मर्द, इस हवेली की औरतों के रूप में बैठे इन मर्दों से भी कुछ हासिल होनेवाला नहीं है।

"राँड, तैने ये तीन-तीन चीकली (लड़कियाँ) जनके रख दीं, कम-सू-कम एक बेटा ही जन देती तो आज ये दिन तो देखणा ना पड़ता !" मजीदन भी अपना गुबार शकीला पर ही निकाल पाई।

"अरी तो माई, फिर भी कौन-सी मालिक बण जाती। मालिक तो वही होतो।" युनुस ने अपनी माँ के विषाद को और गाढ़ा करते हुए कहा।

"मालिक तो ठीक है वही होतो, पर कम-सू-कम ई तो उम्मेद रहती के बेटा तो मेरो है। अब किससू करे ई उम्मेद ? मजीदन की पलकें पसीज आईं।

"आपा, बेटा या बेटी जनना हमारे हाथ में थोड़े ही है। यह तो खुदा की मरज़ी है।"

"खुदा की मर्जी है तो भुगत। इन मरदन् के समझ में थोड़ेई आवे है ई बात। रह अब इनके रहमो-करम और आसरा पे।" दादी ज़ैतूनी की मुट्ठियाँ भिंचने लगीं।

"शायद ठीक कह रही हो अम्माँ। मैं तो भुगत ही रही हूँ और भुगत भी लूँगी मगर मुमताज़ तो इसी हवेली की बेटी है। उसका इसमें क्या क़सूर है जो हसीना उस पर इस तरह तोहमत लगा रही है।"

"सकीला, ये तो भाग ही फूटगा या मुमताज का...नहीं जैसो घर मिलो हो वैसा में तो ये हसीना जैसी बाँदी बणना कू भी तरस जाती।"

"बूढ़ी माँ, अगर गंजा के नोह हो जाएँ तो ऊ खुजा-खुजाके ना मर जाए।"

अन्दर मुमताज़ के कानों में पड़ गया हसीना का यह व्यंग्य। हरहराते हुए आई वह बाहर।

"काकी, वक्त आने दे ! मैं भी असल हाजी चाँदमल की औलाद नहीं, जो इस हवेली में से तुम्हारे ही आगे अपना हक लेकर ना दिखा दूँ तो।"

सन्नाटा छा गया मुमताज़ के इस आवाहन पर। ज़ैतूनी की पतली जिल्द की महीन शिराओं में ठंडा पड़ता रक्त ठहाठा मारने लगा। नसीब ख़ाँ जो अभी तक बिल्कुल चुप था, उसके भी होंठों पर एक बारीक मुस्कान तैर गई। सब अवाक कि मुमताज़ यह क्या

कह गई। खुद इक़बाल भी किसी अनहोनी के भय से सहम गया। चाँदमल, उसकी तो सफ़ेद पुतलियों में ख़ून उतर आया। शकीला गहरे कुएँ में उतरते-उतरते रह गई।

"बूढ़ा बाप, अब तो आगो अकीन ? अब तो देख लियो सबकुछ अपनी आँखन् सू ? मैंने तो पहले ही कही ही के ई सारी बिद्या या मुमताज की पढ़ाई हुई है।" हसीना ने चाँदमल को सम्बोधित कर उसके पुरुषत्व को चुनौती देते हुए कहा।

"इकबाल, मेरे यार सबसू पहले या उकील को पत्ता काटो या हवेली सू। जब तलक ई या हवेली में रहेगी ऐसा ही बीज बूता रहंगा।"

"ऐसा करो बूढ़ा बाप, एक दिन ज़हर लाकर खिला दो हम सबको और बाँट दो सारी जायदाद इस हवेली के मर्दों में।" देखते ही देखते तेज़ लौ में बदल गई मुमताज़।

हवेली को बिल्कुल भी उम्मीद नहीं थी मुमताज़ से। चाँदमल के कन्धे पर लटके तरकश के सारे बाण समाप्त हो गए जैसे। पूरी हवेली भीतर तक तिलमिला गई मुमताज़ के इन नुकीले शब्द-बाणों से। नसीब ख़ाँ ने धीरे-से देखा। उसे लगा जैसे मुमताज़ नहीं सामने रईसन खड़ी है।

सारी हवेली पलभर के लिए सहमती चली गई। शकीला की तो सारी पीड़ा, सारा संताप ही सोख लिया मुमताज़ ने। फेफड़ों में ढेर सारी ताज़ा हवा भरती चली गई। वह हौले-से अपनी जगह से खड़ी हुई और कुछ पल ख़ामोश रहने के बाद मुस्कुराते हुए बोली, "अम्माँ, अब यह हवेली चाहे मुझे मेरा हक़ दे या ना दे, मुझे इसका कोई मलाल नहीं है, मगर मुमताज़ ने आज अपना और मेरी बेटियों का हक़ मुझे दिला दिया है।" इतना कहकर शकीला अन्दर चली गई।

पूरी हवेली हक्की-बक्की कि शकीला यह क्या कह गई ? इसके इस कहे में आख़िर कौन-सा अर्थ निहित है ? समझ में आया भी तो तब, जब शकीला के कहे की दादी ज़ैतूनी ने व्याख्या करते हुए लताड़ा सारी हवेली, विशेषकर मर्दों को, "काई कुआँ में डूब मरो सारा का सारा...अब तो राजी हो जब मुमताज और सकीला खूब भिजो-भिजो के लीतरा (सूखा जूता) उड़ाके गई हैं ! अपने आप ए मरद बतावे हैं ! मरते बखत अपने साथ ले जइयो या जमीन-जादाद ए...और ये बीरबाणी, दारी जिन्दगीभर इन मरदन् की पाँव की जूती ही बणी रहोगी।"

हवेली के कथित मर्दों के चेहरों से मर्दानगी का सारा दंभ दादी ज़ैतूनी, शकीला और मुमताज़ ने नोंच-नोंचकर उतार डाला। उठे तो सही सब अपनी-अपनी जगह से किन्तु चौपड़ की सारी बाज़ियाँ हारकर। सबको लगा पाँवों में मानो भारी-भारी पत्थर बँध गए हैं। होंठ ऐसे शुष्क हो गए जैसे किसी रेगिस्तान को पार करके आए हैं। कुछ देर पहले जिन मुश्कों की मछलियाँ रह-रहकर बेक़ाबू होने को हो रही थीं, वे भी कब शान्त हो गईं, किसी को पता नहीं चला।

● ●

हाजी की हवेली के गज़भर चौड़े आसार एक बार विफल रहे, इस ख़बर को बाहर जाने

से रोकने में। असग़री, धनसिंह, पारो, बत्तो, रामचन्दर, सोनदेई, हीरा, फत्तू सहित पूरा मोहल्ला जान गया कि चन्द घंटों पहले क्या घटा था इस हवेली में। जिसने भी सुना उसे विश्वास नहीं हुआ। बहुत तीखी प्रतिक्रिया हुई जिसके भी कानों में यह ख़बर पहुँची। किसी को अच्छा नहीं लगा कि कैसे शकीला ने भरी हवेली के सामने जायदाद में अपना हक़ माँग लिया ? कैसे मुमताज़ ने सबको चुनौती देते हुए अपना हक़ लेने की बात कही।

असग़री नहीं रोक पाई अपने आपको। लगा जैसे शिराओं को भेदता हुआ ख़ून जिस्म से बाहर फूट पड़ेगा। अकेली ही अपने आपसे बतिया रही थी ज़ैतूनी कि लगा कोई सिरहाने आकर खड़ा हुआ है। पलटकर देखा ज़ैतूनी ने।

"दारी आ जा, मैं भी तोहे ही याद कर्‌री ही !" लेटे-लेटे ही कहा ज़ैतूनी ने।

"हुँ, बीज बोके तो याद करेगी ही !"

"तू कैसे ताती हो री है, कहीं बहू सू तो ना उलझ के आ री है ?" ज़ैतूनी असग़री के शब्दों की अतलता को नहीं छू पाई।

"वासू तो ना उलझी हूँ पर तोसू जरूर उलझूँगी।" सचमुच गरम होते हुए कहा असग़री ने।

"कहा मतलब ?" इस बार माथा ठनका ज़ैतूनी का।

"अच्छोऽऽऽ...कैसी साँप की माँवसी बण री है ! सारा गाँओ में तो हल्ला मचो पड़ो है और मोसू पूछ री है कहा मतलब !"

"खुदा तलक असगरी मोहे ना है पतो।" ज़ैतूनी की समझ में सचमुच अभी तक नहीं आया कि असग़री किस बारे में बात कर रही है।

"चलो, तोहे ना पतो...पर हमने तो सुणी है के या हवेली सू एक नई रीत सुरू होन वाली है।"

"असगरी, बात तो चोदे मत...जो कहणी है साफ-साफ कह !" झुँझला उठी इस बार ज़ैतूनी।

"दारी यही के अभी तलक तो दादालाही जमीन-जादाद पे बेटा-पोतान् को हक होतो देखो हो, अब बहू-बेटी भी हो जाएँगी हकदार।"

"अच्छो, अब आई समझ में।" ज़ैतूनी मुस्कुराते हुए बोली।

"चलो, आई तो सही। जैतूनी, बहाण मैं ना तो या सकीला ए ऐसी जाणे ही और ना या मुमताज ए।"

"तू भी वही बोल री है जो जरीना और हसीना बोल री ही।"

"कैसे ना बोलूँ दारी ! आखिर इन बहाण-बेटीन्ने कहा मतलब है इन जमीन-जादादन् सू। अगर इन्ने मान लेओ इनका माँ-बाप हिस्सा दे भी देएँ, तो फिर कौन भरेगो इनको छूछक-भात ? किसका बीरा बुलाएँगा इन्ने अपणी दहली पे ?"

"पतो ना असगरी तैने भी कैसे सोच ली ई बात। एक बात बता आखिर या दुनिया में हमारो है कहा ? पीहर में सब भाई-भतीजान् को और या सुसराड़ में खसम और बाकी

औलाद को।''

''सही कह री है तू काकी।'' हँसते हुए कहा किसी ने।

''अब ई कौन आगी सही वाली ?'' मुड़ते हुए देखा असग़री ने।

''मैं हूँ बत्तो।''

''आ जा, तेरी भी कसर रहगी ही।'' ज़ैतूनी ने किसी तरह की उत्सुकता नहीं दिखाई।

''ई तो काकी मजाक की बात ही, पर सच्ची कहूँ अच्छो मोहे भी ना लगो या मुमताज की बच्ची को ई सहूर। एक बर मेरी नणद के भी मची ही उचंग के या घर में मेरो भी हिस्सा है, पर तेरा भतीजा ने काकी ऊ ऐसी फटकारी के भूलगी सारा हिस्सा-विस्सा ए।'' बत्तो ने भाँप लिया कि ये भी उसी विषय पर बात कर रही हैं।

''बुरो ना माने तो एक बात कहूँ बत्तो...ठीक है, जब तो हीरा ने अपनी बहाण गंगा फटकार दी, पर अब अगर तेरी बेटी अपणो हक माँगन् लगी, तो तू उन्ने भी ऐसेई फटकार देएगी ?''

''काकी, माँगके तो देखें !''

''तू कहा करेगी ?'' ज़ैतूनी के वक्र होंठों पर एक कुटिल मुस्कान तैर गई।

''करूँगी कहा, साफ कह दूँगी के अगर ऐसे हिस्सा-विस्सा माँगणो है तो धरी रहो अपने घर।'' आवेश में बिना एक पल गँवाए जवाब दिया बत्तो ने।

''अगर वे फिर भी ना मानीं तो ?''

''कैसे ना मानेंगी, उन्ने ना पतो है के जमीन-जादाद में हक तो बेटान् को होवे है...उन बेटान् को जिनसू बंस चले है।''

समझ गई ज़ैतूनी कि बत्तो की मति फिर गई है आज। असग़री चुपचाप सुनती रही दोनों को।

''बेटान् को हक होवे है ई तो तू सही कह री है !'' ज़ैतूनी ने अपने आपसे कहा उसे सुनाते हुए।

''तू भी जैतूनी कहा राग ले बेटी ! बत्तो ठीक ही तो कह री है।'' असग़री को अपनी उपस्थिति अनावश्यक लगी जैसे।

''असगरी, बहाण तू चुप रह थोड़ी देर ! मोहे आज यासू निपटण दे...हाँ री बत्तो, तेरा कहणा को मतलब है के जादाद पे हक बेटान् को होवे है, पर एक बात बता रंडी के धनसिंह का इन ढोंढन् (जीर्ण-शीर्ण) पे तो हीरा को हक होगो, पर हीरा के पीछे तेरा कौन-सा बेटा को हक होएगो ? या उमर में अभी भी बेटा जनना की उम्मेद है तोहे ?''

बत्तो चुप। क्या जवाब दे वह ज़ैतूनी को ! कुछ क्षणों के लिए तो उसे ऐसा लगा जैसे पाँव में बहुत पहले रह गए किसी काँटे के किनक को हल्के-से कुरेद दिया गया हो। हलक़ खुश्क हो गया उसका।

''अभी थोड़ा दिन और रुक जा बत्तो, पतो तो जब चलेगी जब धनसिंह तो जन्नत

में पहोंच जाएगो और हीरा इकल्लो रह जाएगो।''

''का...काकी, जब कहा होएगो ?''

''होएगो कहा, तेरी छोरी या गाँओ का रूखनू कू भी तरस जाएँगी।''

''काकी, तू कहा कह री है मेरी तो समझ में आ ना री है।'' बत्तो का सिर चकराने लगा।

''बत्तो, यामें समझणा की कोई बात ना है। अरी, साफ है के तिहारे मरे पीछे तिहारी या जादाद को कौन मालिक होएगो—यही तेरा तायसरा की औलाद। तू कहा समझ री है कौसल्या, रामरती या मैना ए तेरी या जादाद ये लेण देंगा, ना। मेरी बहाण, ये तो हाथ भी ना लगाण देंगा तिहारे मरे पीछे।''

ज़ैतूनी ने जिस प्रामाणिकता के साथ अपना तर्क दिया, उसे सुनकर तो बत्तो का जी चाहने लगा कि वह रामरती, मैना और कौशल्या के पास उड़कर पहुँच जाए। हूक-सी उठने लगी हिया में उसके।

''एक बात और सुन ले बत्तो के बेटी तो फिर भी टैम-बेटैम आके सहारा दे जाएँगी, पर ई चाचा-ताऊ की औलाद ना पकड़ाएगी एक कूलड़ा पाणी भी।''

''जैतूनी, ई बात तो तू सही कह री है। ये तो फिर भी चाचा-ताऊ का हुआ... हीं तो अपणा ही पोता ना पूछे हैं के बुढ़िया कहाँ पड़ी है। सारे दिन सलीमा, नफीसा और नसरीन ही सीली हवा-सी आगे-पीछे डोलती रहवे हैं।''

''असगरी, तू सब जाणे है के या हवेली में मेरी और रईसन का बाप की थोड़ी-बहोत कदर या मारे हो री है के रईसन का बाप का हिस्सा में पाँच-छह बीघा जमीन आ री है। अगर ई जमीन ना होती तो हमन्ने कौन पूछतो। ई तो रईसन आके हमारो हालचाल पूछ जावे है, नहीं ई हाजी और याकी औलाद...ये तो चाहवे हैं के जहाँ हम कल मरें आज मर जाएँ और आपस में बाँट खाएँ या जमीन ए। मेरो तो या मुमताज और सकीला ए देख-देख के हौसला बण रो है जो...''

''ले, कितनी बड़ी उमर है इनकी, नाम लेतेई आ पहोंची दोनूँ।'' शकीला और मुमताज़ को आता देख बोली असगरी।

''मत दे असगरी इन्ने बड़ी उमर की दुआ। कौन जीण देएगो इन्ने इतनी उमर तलक !''

ज़ैतूनी को पहली बार देखा असग़री ने इस तरह टूटते हुए।

''अम्माँ, क्यों नहीं दें दुआ ? बल्कि मैं तो चाहती हूँ कि आप हमें इसी तरह उम्रदराज़ होने की दुआएँ देती रहें।'' शकीला ने ज़ैतूनी के चेहरे पर छा गए ना-उम्मीदी के बादलों को छाँटते हुए कहा।

ज़ैतूनी को थोड़ी देर के लिए कुछ भ्रम-सा हुआ। क्या यह वही शकीला है जो एक दिन पहले थी ? ऐसा क्या घुल गया इसकी रगों में जो तेज़ी-से गाढ़ा होकर इतना सख़्त हो गया है ? कुछ पल लगे उसे भविष्य में घटनेवाली कुछ सम्भावित अनिष्टताओं के धागों से अपने आपको सुलझाने में।

"आपा, आप इतनी परेशान क्यों हैं ? सब ठीक तो है ?"

कच्ची नींद से जागी जैसे बत्तो।

"परेसान कहा, ई भी सोच री है के अपने मरे पीछे अपनी जादाद को मालिक अपना तायसरा की औलाद ए बणा दूँ।" जानबूझकर छींटे मारे दादी ज़ैतूनी ने।

"आप क्यों परेशान हैं, आपकी जायदाद पर तो सीधे-सीधे कौशल्या, रामरती और मैना का हक़ है।"

"यह तो, हमारे मेवों के कस्टमरी लॉ यानी रिवाज़े-आम में ही है कि एक बेटी का अपने ही पिता की जायदाद में कोई हक़ नहीं है।" मुमताज़ के होंठ टेढ़े होते चले गए।

"पर सकीला, अगर मैना का बाप का ताऊ की औलाद जबरदस्ती हमारे पीछे मालिक बण बैठी तो ?"

"बत्तो आपा ऐसा कुछ भी नहीं है। अगर ऐसा डर है तो किसी को गवाह बनाकर आपके ससुर अपनी वसीयत, जिसके चाहे नाम लिख सकते हैं।"

"और अगर वे ना माना तो ?"

"आपा, ना मानना इतना आसान नहीं है। कानून से बड़े नहीं हैं वे।" शकीला ने बत्तो का रहा-सहा भय भी निकाल दिया।

"वैसे किस मजहब में लिखा है कि बेटियों या घर की बेवाओं का हक़ नहीं होता है जायदाद में। इस्लाम में भी दो औरतों के हिस्से के बराबर का हिस्सा एक मर्द को वसीयत करने की बात कही गई है। यह हिस्सा इसलिए दो औरतों के हिस्से के बराबर देने का हुक्म दिया गया है कि मर्द के ऊपर बहनों की परवरिश, शादी के बाद होनेवाली बीवी का मह्र, उसके गुज़ारे-भत्ते का इन्तज़ाम और दीगर खर्चे उसे ही करने पड़ते हैं। ज्यादातर घर की जिम्मेदारी मर्द को ही निभानी पड़ती है, जबकि औरत के खर्चे का जिम्मा उसके शौहर पर होता है।"

"मुमताज, बेटी कहान् सू पढ़-पढ़के आ री है तू इन बातन्ने ?" हुलसते हुए कहा दादी ज़ैतूनी ने।

"जैतूनी, मुमताज और सकीला की सारी बात ठीक हैं, पर इन मरदन् सू टक्कर लेए कौन ?" असग़री ने फिर उसी भय को प्रकट करते हुए कहा जो हमेशा उनके पीछे लगा रहता है।

"बूढ़ी माँ, इसमें टक्कर लेने की बात कहाँ से आ गई। यह तो बराबरी का सवाल है, और फिर अपने हक़ों के लिए लड़ना बुरी बात तो नहीं है।"

"बेटी, ये सब बात इतनी आसान ना हैं। तैने भी देख ही लियो या हवेली में...तू तो या हवेली की बेटी है फिर भी..."

"अम्माँ, आपकी बात सही है मगर आपकी लड़ाई लड़ने कोई बाहर से तो आएगा नहीं, लड़नी तो आपको ही पड़ेगी।"

"सकीला, तोहे ना है पतो बेटी या मरद की जात की ताकत को !" गहरा साँस लेते हुए असग़री अन्त तक शकीला और मुमताज़ के तर्कों से सहमत नहीं हुई।

देर तक सन्नाटा छाया रहा उनके बीच। असग़री और बत्तो के अन्दर मुमताज़ तथा शकीला को लेकर आते वक़्त जो लावा धधक रहा था, वह एकदम ठंडा पड़ गया। सुप्त शिराओं में बहते रक्त का संचार उसी गति से होने लगा जैसे पहले हो रहा था। हाँ, कुछ देर पहले जिस भय से अन्दर ही अन्दर बत्तो आग से तपी किसी प्लास्टिक की रस्सी-सी बल खाए जा रही थी, उस भय को शकीला और मुमताज़ ने एक हद तक ख़त्म कर दिया। कहने को असग़री ने अपनी हैसियत में किसी तरह के बदलाव से लगभग मना कर दिया, परन्तु मुमताज़ ने इसे बदलने में इनकी पूरी मदद की। शायद यही वजह है कि दादी ज़ैतूनी को अपने भीतर अनेक छोटी-छोटी सरिताएँ बहती हुई लग रही हैं।

बयालीस

सचमुच इसी को कहते हैं कलजुग।

जिसने भी सुना और सुनने के बाद ख़ुद अपनी आँखों से जाकर देखा, देखने के बाद उसे भी अपनी आँखों पर जैसे यक़ीन नहीं हुआ। आख़िर क्या कारण है कि सांसारिक मोहमाया का त्याग करनेवाला व्यक्ति उसी मोहजाल में जा फँसा, जिसके दरवाज़े क़ायदे से अब तक पूरी तरह बन्द हो चुके हैं उसके लिए।

विश्वास तो बत्तो को भी नहीं हुआ पहले लेकिन जब उसने स्मृतियों की डोर को वापस लपेटा, तब उसके सामने सारी गिरह अपने आप सुलटती चली गईं। थोड़ी देर के लिए बत्तो अकबका-सी गई यह देखकर कि क्या वह उसी के पास आई है, या किसी और के पास।

''आ जा भावज, तू भी देख ले अपनी आँखन् सू सारी हकीकत। काई ज्ञानी ने अपनी या 'होली' में सही कही है के–

सायर सुरता और गवैया, जग में बुझ रही इनकी
भेंट-इनाम मिले अब इनकू, नहीं कदर अब संतन की
घट गई पीर की पीरी
अब झूठी पड़ी फकीरी
भुगतेंगे नीच अमीरी।''

इतना कहकर उसने खाट की बाही से लगा सुलफ़ा उठाया और लम्बा कश लेते हुए फिर बोला, ''भावज बोल, कैसे दिया हैं आज या ढोंगी कू दरसन ?''

भूल गई बत्तो कि वह उसके पास किसलिए आई है ? सबकुछ गड्डमड्ड हो गया उसके इस रूप को देखकर। आख़िर कहाँ गई वह फ़क़ीरी ? किस चोले में विलीन हो गया वह दरवेश जिसके चमत्कारों से पूरा गाँव अभिभूत था कभी ? बत्तो भूल गई अपनी पीड़ा को। क्या यह वही दरवेश है जिसकी झोंपड़ी अध्यात्म की गन्ध से सराबोर रहती थी ?

"भावज, अब कुछ भी ना है मेरे पै। ना वे राख की चुटकी, ना वे झूठा गंडा-ताबीज। हो तो मेरे पै वा बखत भी कुछ ना, पर ई बावली दुनिया..."

"क...कल्लन या दुःखयारी कू कुछ भी दे दे...सब ले जाऊँगी !"

"बावली होगी है तू ! कहा दूँ ? है कहा मेरे पै जो मैं तोहे दूँ ?" झूठमूठ डाँटते हुए बोला कल्लन।

"कुछ भी दे दे भला आदमी। चाहे एक चुटकी राख ही दे दे या सुलफा में सू !"

"एक चुटकी राख और ऊ भी या सुलफा में सू !" ठहाका मारकर हँसा कल्लन, "याको मतलब है तू अभी भी ना समझी है या ढोंगी ए !"

"स...समझ तो मैं बहोत रही हूँ पर कहा करूँऽऽऽ !" कहते-कहते गला रुँध गया बत्तो का।

कल्लन हतप्रभ !

"भावज, सब ठीक तो है।" अचकचाते हुए पूछा कल्लन ने।

"कल्लन, ना देखी जा री है मोपे मेरी चिड़िया की हालत !"

धीरे-धीरे धुएँ की हल्की लकीर को उगलते सुलफ़े को कल्लन ने उठाया और इतना लम्बा कश खींचा कि हलक़ को चीरता धुआँ जैसे ही फेफड़ों तक पहुँचा, खाँसी बेक़ाबू हो गई। सुर्ख़ पपोटे बाहर निकल आए उसके।

इसी बीच उलटे तवे की मानिंद अन्दर से आती हुई एक महिला को देखा बत्तो ने। नहीं पहचान पाई इस नए चेहरे को वह।

"हाँ भावज, यही है ऊ चीज जाहे मेरे साथ देखके पूरा गाँओ में रौल मची पड़ी है।" अपने आपको संयत कर सुलफ़े की दीवार से चिपक गए तम्बाकू को खुरचते हुए कहा कल्लन ने।

इतना ही परिचय काफ़ी था बत्तो के लिए। इसके बाद न तो उसी की कुछ पूछने की हिम्मत हुई और न ही इससे आगे कल्लन ने कुछ बताया। भूल गई अपनी पीड़ा को वह। कुछ सवालों के जवाब उसे मिल गए और कुछ नए सवालों को वहीं छोड़ वापस हो ली वह।

निराश बत्तो को बोझिल क़दमों से दूर जाता देख कल्लन स्वयं ही हँस पड़ा तथा सुलफ़े में नया तम्बाकू भरते हुए बड़बड़ाने लगा, 'वा भावज, दुनिया अभी भी समझ री है के कल्लन के पै पतो ना ऐसी कौन-सी बिद्या है जो उनका दुःख ए हड़ लेएगी। अरे, होती भी तो पहले ई कल्लन अपना ही दुःख ए ना हड़तो। अगर ऐसो ना होतो तो कोई ज्ञानी ई क्यों कहतो—

देख ले कलजुग के रंग को, बिगाड़ा है ऐसे ढंग को
साध ने छोड़ा सतसंग को, चढ़न लग्गो बनिया अब जंग को
चौदहवीं सद्दी भुगत गी, जग में घणो पाप बियापो
कलजुग आयो बुरो जमानो।'

जैसे-जैसे बत्तो कल्लन के घर से दूर होती गई, उसके पाँवों में वैसे-वैसे तेज़ी आती गई। रह-रहकर उसका मन करता रहा कि उड़कर पहुँच जाए वह अपने घर।

सोच और कल्पनाओं के धागों में उलझी बत्तो को न चाहते हुए भी रुकना पड़ा, जब शकीला ने उसे रास्ते में रोकते हुए टोका, "आपा, सुना है मैना आई है ?"

"हाँ, आई है।" नहीं बताना चाहती थी बत्तो, किन्तु फिर भी मुँह से निकल ही गया।

"कहाँ तो मैना के आते ही पूरा मोहल्ला ए पतो चल जावे ही और कहाँ आज पूछना सू पतो चल री है।" शकीला के पीछे-पीछे आ रही जुम्मी ने कहा हँसते हुए।

"ना, रात में आई ही या मारे..."

"बत्तो, कहा बात है, ये तेरी आँख सूजी-सूजी-सी कैसे हो री हैं ?" सन्देह-सा हुआ कुछ जुम्मी को।

"बस ऐसेई दूखनी-सी आ री हैं।" निगाह नीची करते हुए टालते हुए बोली बत्तो।

"आपा, ये दूखने से सुर्ख़ नहीं हुई हैं। इनकी तो वजह ही कुछ और लगती है। लगता है जैसे पूरी रात आप सो नहीं पाई हैं !" शकीला ने मानो बत्तो का झूठ पकड़ लिया।

"बत्तो, बहाण बात तो है कुछ ?" जुम्मी ने एकदम नज़दीक आते हुए पूछा।

जुम्मी के वाक्य पर बत्तो नहीं रोक पाई अपने आपको। रेह लगी दीवार-सी भरभराकर ढह गई, "जु...जुम्मी, बहना ऐसा में नींद आए भी तो कैसे आए !"

लपककर थाम लिया जुम्मी और शकीला ने उसे।

"आपाऽऽ क्या हुआ...मै...मैना ठीक तो है ?" शकीला के शब्द बिखरने लगे।

"ठीक कहाँ सकीलाऽऽऽ मेरी तो मैना ही तोड़के धर दी..."

"बत्तो, निगोड़ी तू ई कहा कह री है ?"

"अकीन ना है तो अपनी आँखन् सू खुदी जाके देख लेओऽऽऽ...!"

पीछे-पीछे हो लीं दोनों बत्तो के।

पूरे जिस्म सहित पीठ पर पड़े लम्बे-लम्बे सुर्ख़ निशानों से पटी मैना की बाघिन-सी देह को देखकर, आँखें फटी की फटी रह गईं सबकी। शकीला से देखते ही लिपट गई मैना। मुमताज़ की आँखों के कोरों से पतली-पतली गरम धाराएँ बहने लगीं।

जिसने भी सुना वही दौड़ी आई मैना को देखने। असग़री, पारो सब आ गईं। ज़ैतूनी को भी लग गया पता। उसी समय उसने मजीदन को साथ लिया और चल पड़ी मैना को देखने। बत्तो की दहली लाँघते हुए ऐसी ठोकर लगी कि ज़ैतूनी तो ज़ैतूनी मजीदन भी नहीं सँभाल पाई उसे तथा ज़मीन पर पुराने दरख़्त-सी आ गिरी।

भूल गई ज़ैतूनी कानों से टकरातीं हल्की-हल्की सिसकियों के बीच अपनी पीड़ा को। ज़ैतूनी को देखते ही मैना दौड़कर उससे लिपट गई। अपने बाज़ुओं में समेट लिया ज़ैतूनी ने मैना को।

"मैना, बेटी ई कहा हुओ ? तैने काँई लू ना बताई पहले या जैतूनी कू...मैं कोई

मरगी ही जो...''

''बूढ़ी माँ, बात बताने की होए तो बताऊँ भी।'' मुमताज़, फ़ोजिया, फ़िरोज़ा के साथ-साथ मैना के लिए भी ज़ैतूनी बूढ़ी माँ हो गई।

''ठीक है, ना बताओ तो तुड़वाती रहो इन मरदन् सू अपणी देह !'' मारे ग़ुस्से के शरीर काँपने लगा ज़ैतूनी का।

''बत्तो, तोहे तो सब पतो है। दारी तू ही बता दे !'' असग़री ने मैना के बजाय बत्तो से पूछना उचित समझा।

''काकी, कहा बताऊँ, सब समझ सू परे है।'' लोक-लाज के डर से बत्तो की भी हिम्मत नहीं हुई बताने की।

''ऐसे हिम्मत हारना सू काम ना चलोगे, बतानी तो तोहे पड़ेगी ही। नहीं जब बतानी पड़ेगी जब दुनिया ई पूछेगी के बिहाई-तिहाई छोरी घर में कैसे बिठा राखी है। पतो तो एक दिन सबन्ने चल ही जाएगी !'' ज़ैतूनी ने समझाते हुए कहा बत्तो से।

''आपा, अम्माँ ठीक कह रही हैं। आख़िर बताओ तो सही कि बात है क्या ? क्या ख़ता हो गई है हमारी मैना से जो उसे यह सज़ा दी गई है ?''

''सकीला, ये घाव भी देख लिया जाएँ पर उन्ने तो छोड़ना की भी धमकी दी है।''

''हरामन, बात इतनी बढ़ चुकी है और तेरो थोथरा अब खुल रो है ! मत बताती अभी भी !'' दादी ज़ैतूनी इस बार बत्तो पर चढ़ बैठी।

''काकी, हमारो मेहमान कह रो है कि...''

''कहाऽऽऽ !'' एकसाथ कइयों के मुँह से फूटे इस विस्मय में बत्तो का आगे का वाक्य घुलकर रह गया।

''तो या मैना ने ना पूछी के जब ई वाको ना है तो किसको है ?''

''काकी, पूछणा की जरूरत ही कहा है ऊ तो दहाड़-दहाड़ के कह रो है के इनके बगल में कोई मुसद्दी बणिया है, वाका पोता सू हमारी मैना का नाजाज...''

सन्नाटा छा गया थोड़ी देर के लिए। बीच-बीच में मैना की सिसकियाँ ही इसे बाधित करती रहीं।

''तेरा जँमाई ने हद ना कर दी बत्तो छोरी पे इतनी बड़ी तोहमत लगाके।'' असग़री के होंठ टेढ़े होते चले गए, ऐसा कहते समय।

''वैसे तैने मैना सू भी दरयाफ़्त करी है, कहा पतो अपणो ही सिक्का खोटो होए ?'' ज़ैतूनी ने जानबूझकर पूछा बत्तो से।

''बूढ़ी माँ, मैं जिन्दी मिट्टी ले जाऊँ अगर ई बात सही निकल जाए।'' माँ के बजाय चीत्कार करते हुए जवाब मैना ने दिया।

''बेटी, जैतूनी सही कह री है। आदमी सू गल्ती होई जावे है। अगर ऐसी कोई बात है तो अभी कुछ ना बिगड़ो है। हम सब सँभाल लेंगा।'' असग़री ने धीमे स्वर में कहा।

''बूढ़ी माँ, आप भी कैसी बात कर रही हैं। मैना आपको ऐसी लगती है ?''

"तू चुप कर, आई मैना की हैजवाल (हितैषी) !" ज़ैतूनी ने मैना का पक्ष ले रही मुमताज़ को डाँट दिया।

"बूढ़ी माँ, भरी पंचायत में मैं अपना बिट्टू के सिर पे हाथ रखकर कसम खाने को तैयार हूँ अगर दूर-दूर तक ऐसी बात निकल आए।"

मैना के मुँह से इतनी कठोर क़सम सुनकर ज़ैतूनी या असग़री ही नहीं सबको यक़ीन करना पड़ा। औरत अपने झूठ को छिपाने के लिए और कितनी भी क़समें खा ले, लेकिन अपने बच्चों की क़सम वह कभी नहीं खाएगी।

"काकी, अगर उनका या इल्जाम में रत्तीभर भी सच्चाई हुई, तो मैं अपना हाथन् सू या कुलच्छणी को गला दबा दूँगी।"

"आपा, आप भी पागलों जैसी बातें कर रही हैं। मैना को कुलच्छनी कहकर आप भी उस पर अपना शक़ ज़ाहिर कर रही हैं !"

"फिर बता मैं कहा करूँ सकीला ? माँ हूँ, मैं ही जानू हूँ बेटी को दरद।"

"तू भी अपणी जगह सही है बत्तो। तू बेफिकर रह, मैं जरूर या बात को भेद निकालके रहूँगी। या रिस्ता के बीच में मैं ही न, अब मैं ही निपटाऊँगी याहे।" इतना कहकर ज़ैतूनी जाने के लिए खड़ी हो गई।

एक-एक कर सब चली गईं।

● ●

दादी ज़ैतूनी ने उसी समय दौड़ा दिया युनुस को मैना के ससुराल। जाते-जाते उसने यह भी ताकीद कर दी कि हो सके तो वह उसके यहाँ से यानी उसके मायके से भी ले आए किसी को अपने साथ।

अगले दिन युनुस मैना के ससुर उमराव को लेकर आ गया। सीधा कचैड़ी पहुँचा उसे लेकर। दादी ज़ैतूनी का ऐसा ही हुक्म था। ख़बर पाते ही ज़ैतूनी कचैड़ी पर पहुँच गई। नसीब ख़ाँ, चाँदमल, वली मोहम्मद, हसन मोहम्मद, रामचन्दर सब इकट्ठे हो गए। ज़ैतूनी ने असग़री को पहले ही ख़बर कर दी थी, परन्तु धनसिंह के यहाँ से जानबूझकर किसी को नहीं बुलवाया।

कचैड़ी में प्रवेश करते ही ज़ैतूनी ने मैना के ससुर उमराव को आड़े हाथों लेना शुरू कर दिया।

"उमराव, ढेड दिलद्दर धु गा तिहारा जो हीरा-सी छोरी मिली है। ये तो भाग फूट गा जो एक गरीब कुम्हार के याने जनम ले लियो। अगर काई ठाड़ा-सा घर में पैदा हुई होती तो तम याका पाँवन् की धूल भी ना हा।" साँस फूलने लगा ज़ैतूनी का।

"यार उमराव, इतनो बड़ो इल्जाम लगाते बखत कम-सू-कम कुछ तो सोची होती। अन्यायी, एक बीरबाणी पे यासू बड़ी तोहमत और कहा हो सके है।" नसीब ख़ाँ ने थोड़े-से शब्दों में बहुत कुछ कह दिया।

"रिस्तेदार, ऐसा ही इल्जाम सू सरमसार होके सीता मईया धरती में समा गी ही।"

''कसूर इनको ना है रामचन्दर। ई तो मेरी ही मति मारी गई जो अपणी गाय-सी मैना का गला में याको हरामी सराबी बेटा बाँध दियो।''

''जैतूनी, नसल सुधरगी इनकी, नहीं ऐसी छोरी ये दीया लेके ढूँढ़ता न तो भी ना मिलती।'' असग़री भी साथ हो ली ज़ैतनी के।

''इल्जाम लगा रा हैं के हमारी छोरी वा मुसद्दी बणिया का पोता सू हिली पड़ी है। सरम तो ना आई थोड़ी-बहोत अपना घर की आबरू पे ऐसे कीच उछालते बखत !'' ज़ैतूनी की आँखों में ख़ून उतर आया।

''रिस्तेदार, ये तो सोचता के या इल्जाम सू वा छोरी पे कहा बीत री होएगी। अगर खुदा-न-खास्ता ऊ कोई उल्टी-सूधी हरकत कर बैठी तो तुम कहीं का ना रहोगा। कहीं मुँह दिखान् लायक भी ना रहोगा।''

''काँई लू सोचें, ये तो ई माने बैठा हैं के हीरा इकलो है। याके ना है कोई आगे-पीछे।''

''अगर ये यही सोचता तो ई नौबत ही ना आती...और फिर मेरे यार, इन्ने कहा जरूरत पड़ी सोचना की...छोरीन् की कोई कमी थोड़ेई है।'' चाँदमल ने अपनी प्रवृत्ति के अनुरूप व्यंग्य करते हुए कहा।

''या गुमान में मत रहियो उमराव के ई छोड़ दी तो और मिल जाएगी। जिन्दगी भर ऐसेई भले डोलता रहो।''

''जैतूनी, छोरी कोई दगड़ान् में (रास्तों में) पड़ी डोले हैं जिन्ने जो चाहे हाँक ले जाए !'' असग़री का ताँबई चेहरा सख़्त होता चला गया।

कुछ नहीं बोला उमराव। बुत बना बस चुपचाप सहता रहा, चारों ओर से एक के बाद एक बरस रहे शब्द-बाणों को। कचैड़ी के तानों, उलाहनों और कटाक्षों को मौन धारण कर पीता रहा।

''उमराव, तिहारा हिन्दून् में तो घर की बहू-बेटीन्ने लिच्छमी कहता बताया। कहीं घर की लिच्छमी की ऐसी आबरू लुटाए हैं जैसे तम लुटा रा हो।'' ज़ैतूनी ने जैसे तय कर लिया कि अपने भीतर जमी सारी गाद को वह उलीचकर मानेगी आज।

''जभी तो हमारा ग्रन्थन् में लिखी पड़ी है के जहाँ औरत की कदर होवे है, वाँ देवी-देवता रहवे हैं। जहाँ इनकी कदर ना होवे है रिस्तेदार, उनका सारा काम खराब होवे हैं।''

''रामचन्दर, बीरा इनको भी समझ ले होगो सत्यानास। सच्ची बात तो ई है के मैना इनके लायक ही ना ही।''

''फूफी, इतनी कठोर मत बोल। हम पहले ही बहोत कायल हैं।'' पहली बार बोला मैना का ससुर उमराव।

''कायल होता न, तो छोरी ए ऐसे ना ताड़ (भेज) देता और अगर ताड़ भी दी तो आके माफी माँगता। इज्जत के साथ बिदा करके ले जाता वाहे।''

''अब आ तो गयो हूँ मैं।'' उमराव ने हिम्मत बटोरते हुए कहा।

"बुलाया सू आयो तो कहा आयो। वैसे भी अब घणी अमेर होगी है।"

"अमेर होगी, फूफी मैं समझो ना ?"

"मतलब ई के मैना ने साफ मना कर दी है जाना सू। अब ऐसो कर जहाँ सू तोहे अच्छी बहू मिले, हूँ सू भाँवर गिरवा ला !"

उमराव पसीना-पसीना हो गया ज़ैतूनी के मुँह से मैना के इस फ़ैसले को सुनकर। पूरी कचैड़ी स्तब्ध कि उसने तो किसी को इस निर्णय की ख़बर दी ही नहीं। सबने देखा ज़ैतूनी की ओर। असग़री ने भी लेकिन प्रतिक्रिया कुछ व्यक्त नहीं की।

"फूफी, इतनो बड़ो जुलम और अन्याव मत कर हमारे साथ।" एक ही वार में उमराव चारों खाने चित्त हो गया।

"जुलम हम कर्रा हैं...अन्याव हम कर्रा हैं ! जाके देख, छोरी की देह सूजके कैसी तूमड़ी-सी हुई पड़ी है। ऐसा जुलम तो कोई जिनावर पे भी ना करे हैं जैसे तमने हमारी छोरी पे करा हैं।" ज़ैतूनी का गला भर आया कहते-कहते।

"ना वाड़ी उमराव, मैं तो तोहे समझदार माणस समझे हो, पर तू तो अन्यायी निरो भैंस को फूफा निकलो। तैने अपनी तो सोची सो ना सोची, हमारी भी ना सोची।"

नसीब ख़ाँ ने जिस शालीनता के साथ उमराव को शर्मसार किया, उससे वह पूरी तरह टूट गया।

"फूफा, अबके पीछे ना होएगी ऐसी गल्ती, मैं याकी गारंटी ले रो हूँ। अभी तैयार कर देओ मैं साथ ले जाऊँगो बहू ए !"

"साथ ले जाऊँगोऽऽऽ ! उमराव, जब तलक तेरो बेटा हीरा की दहली पे आके नाक ना रिगड़ेगो, मैं ना भेजूँ अपनी छोरी ए।" ज़ैतूनी और सख़्त हो गई।

"फूफी, मैं माँग तो रहो हूँ माफी। ले, मैं अभी अपनी पाग तेरा पाँवन् में धर रो हूँ।"

"बावला उमराव, मेरा पाँवन् में धरके तोहे कहा मिलेगो। अरे, पाग धरनी ही है तो वा धनसिंह का पाँवन् में जाके धर, जो अपणा जी का टूक की फिकर में सूख के काँटो हुओ जा रो है।"

"ठीक है फूफी, मैं अभी..."

इतना कहकर सचमुच उमराव उठने लगा कि नसीब ख़ाँ उसे बिठाते हुए बोला, "उमराव, बैठ तो सही। इतनो तातो मुल्ला मत बण !" इसके बाद उसने युनुस से कहा, "युनुस, जा धनसिंह और हीरा ए बुलाके ला !"

कुछ ही देर में युनुस दोनों बाप-बेटों को ले आया उनके घर से।

देखते ही देखते जिस तेज़ी के साथ पूर्णिमा की रात में उठे ज्वार की तरह कचैड़ी में आवेश, आक्रोश, संताप उफन रहा था, वह धीरे-धीरे शान्त होने लगा। पानी का जो तेज़ बहाव थोड़ी पहले छोटे-छोटे उपबंधों को ढहाने पर उतारू था, उसने चुपचाप अपनी दिशा बदल दी।

"धनसिंह, उमराव छोरी ए ले जाणा की कह रो है अपणे साथ ?" नसीब ख़ाँ ने

धीरे-से टटोलते हुए पूछा धनसिंह से।

धनसिंह कुछ नहीं बोला। बोले भी कैसे, उसे तो यही नहीं पता कि कचैड़ी में उसके आने से पहले क्या फ़ैसला हुआ है।

''माफी माँग रो है उमराव के अब ना होएगी ऐसी गल्ती।'' असग़री ने संक्षेप में बताया।

''ठीक है, जब अगला ने गल्ती मान ली है तो फिर हमन्ने कहा उजर (उज्र) है भेजणा में।'' धनसिंह ने दे दी अपनी स्वीकृति आधे-अधूरे मन से।

''हद कर्‌रा हो तम सारा, कैसे भेज देएँ याके साथ ? ऐसे ना भेजी जाए करे हैं बहू-बेटी। छोरी जाएगी अपणा धनी के साथ जैसे तौर-तरीका होवे हैं। उमराव उल्टो जा और पहले अपणा छोरा ए अपने साथ ला। बहू-बेटी अपणा धनी के साथ ही अच्छी लगे हैं बिदा होती।''

एक-एक रोम पुलकित हो उठा दादी ज़ैतूनी का। एक नया उजास झिलमिलाने लगा उसकी आँखें में। ऐसी आशा नहीं थी उसे इस मौक़े पर अपने देवर चाँदमल से कि वह इतनी समझदारी की बात कहेगा।

''उमराव, सही कह रो है हमारो हाजी। छोरी बिदा का तरीका सू बिदा होएगी। ऐसे ना ताड़ी जाए हैं बहू-बेटी मनचाहे किसी के साथ।'' जहाँ तक ज़ैतूनी को याद है उसने पहली बार चाँदमल को इतनी इज़्ज़त दी है कि उसके लिए 'हमारा हाजी' शब्द का इस्तेमाल किया।

''हाँ भई धनसिंह, ठीक है ?'' अन्तिम बार स्वीकृति लेते हुए पूछा नसीब ख़ाँ ने।

''ठीक ही है, तम कोई गलत फैसला थोड़ेई करोगा।''

''तो फिर ठीक है। हीरा, अब अपणा मिहमान ए इज्जत सू घर ले जाओ और राजी-राजी पानी-पत्ता पियाओ...और हाँ उमराव, जाए तो मिलके जइयो हमसू !''

''ठीक है फूफा।''

इसके बाद उमराव धनसिंह और हीरा के साथ चला गया।

● ●

मुमताज़ ने यूँ ही टोहना चाहा मैना को। मैना ने तुरन्त हाँ कर दी। एक बार भी उसने झूठे से ना नहीं की। अच्छा है खेतों पर जाकर एकदम अकेले में चित्त थोड़ा शान्त हो जाएगा। मुमताज़ ने चलते समय शकीला को भी साथ ले लिया।

भादो के अन्तिम दिन। जहाँ तक नज़र जाती बस दूर तक धीरे-धीरे लहराती हरी चादर दिखाई देती। लगता जैसे अभी-अभी किसी मज़ार पर कोई श्रद्धालु ताज़ा-ताज़ा गलेप चढ़ाकर गया है। जब-जब हवा का कोई हल्का झोंका दूर तक फैली इस हरीतिमा को छूता हुआ आगे बढ़ता, तब लगता इस विशाल चादर के अन्दर कोई पीर करवट ले रहा है।

काफ़ी दूर निकल आईं तीनों। अच्छा हुआ जो मटमैले बादलों से आच्छादित है

आसमान, अन्यथा भादो में आदमक़द ज्वार-बाजरों से निकलती उमस से पूरी देह पसीज उठती है। चींटियाँ-सी चलने लगती हैं मारे चटक धूप के। ठण्डी-ठण्डी पुरवा हवा जब-जब देह से टकराती, तब उसका एक-एक हिस्सा बग़ावत पर उतर आता। परन्तु नहीं, बग़ावत तो मानो इन तीनों की देह से न जाने कबकी छिन चुकी है। इस बीच मैना ने एक बार भी नहीं पूछा शकीला और मुमताज़ से कि वे और कितनी दूर तक जाएँगी। पसीने से पूरा जिस्म चू उठा।

आख़िर अपने आप ही रुक गए क़दम एक घने दरख़्त के नीचे।

देर तक यूँ ही बैठी रहीं तीनों। बीच-बीच में पूरब से हरहरा कर उठनेवाले बादलों पर जाकर टिक जाती निगाह। कौन छेड़े अतीत के तारों को ? कौन कुरेदे पस पड़े घावों को ? असहाय वेदना के डर से किसी की हिम्मत नहीं हुई कि कौन करे शुरुआत ?

मुमताज़ ! जिसके अतीत का एक-एक पृष्ठ पूरी तरह कोरा है अभी तक, या फिर वह शकीला जो अपने साथ-साथ मुमताज़ के लिए कमोबेश अपने आपको कम गुनहगार नहीं मानती है...और मैना, उसका तो वर्तमान ही जैसे अतीत है और वर्तमान ही भविष्य।

बीच-बीच में तीनों की आपस में आँखें मिलतीं, तो लगता वे किसी भी पल बरस पड़ेंगी।

"मैना, बुरा न मानो तो एक बात पूछूँ ?" हिम्मत कर शकीला ने ही संवादों को जोड़ने की शुरुआत की।

धीरे-से पलकों को सरकाया ऊपर मैना ने।

"सुना है तुम्हारा ससुर तुम्हें वापस ले जाने के लिए राज़ी हो गया है ?"

"हाँ मैडम, सुना तो मैंने भी है।" शकीला का जैसा सवाल था, मैना ने वैसा ही जवाब दिया।

"तो क्या तुम राज़ी हो वापस जाने के लिए ?"

"आप ही दीजिए न कुछ सलाह मैडम कि क्या इसे वहाँ वापस जाना चाहिए ?"

बिल्कुल भी उम्मीद नहीं थी शकीला को कि मुमताज़ उलटा उसी को इस भँवर में धकेल देगी, जिससे उसे ही निकलने में इतनी मशक़्कत करनी पड़ रही है। विचित्र दुविधा में फँस गई शकीला।

"बताओ न मैडम, मैना को क्या वापस जाना चाहिए ?" नहीं भागने दिया मुमताज़ ने शकीला को।

शकीला को मुमताज़ ने जिस तरह घेर लिया था, उसके चलते शकीला का बचना मुश्किल हो गया। आख़िर क्या जवाब दे वह मुमताज़ के इस सवाल का।

"मैना, मेरा तो मानना है किऽऽऽ तुम्हें वापस अपने ससुराल चले जाना चाहिए।"

"क्याऽऽऽ !" मुमताज़ ने हैरान होते हुए पूछा।

"हाँ मुमताज़ !" गहरा साँस लेते हुए कहा शकीला ने।

"यह आप क्या कह रही हैं मैडम ?"

"मुमताज़, मैना के पास वहाँ जाने के अलावा और कोई रास्ता है भी नहीं। वहाँ न जाने से आख़िर इसे हासिल क्या होगा ? मेरी तो सलाह ही नहीं यह गुज़ारिश भी है कि इसकी वापस जाने में ही भलाई है। क्या हुआ जो इसके शौहर ने थोड़ा-बहुत इसे मार-पीट लिया। किसी ग़ैर ने तो नहीं मारा, मारा तो इसके शौहर ने ही है। वैसे भी अगर इसके किसी से जायज़—ना-जायज़ रिश्ते हैं ही नहीं, तब इसे डरने की क्या बात है।"

"सही कह रही हैं आप मैडम, कोई रास्ता नहीं है मेरे पास सिवाय जाने के। सच बताऊँ, मैंने भी यही सोचा हुआ था, जैसा आप कह रही हैं।"

"ले...लेकिन मैना, मुझे तो उम्मीद नहीं थी तुझसे !" तमतमाते हुए बोली मुमताज़।

"तो फिर क्या उम्मीद थी ?" मुस्कुराते हुए पूछा शकीला ने।

"मैडम, देखा नहीं किस तरह मारा है इसे उस ज़ालिम ने...चलो, मार लिया कोई बात नहीं मगर इतना बड़ा इल्ज़ाम लगने के बाद भी यह मैना..."

"ना जाऊँ तो जिन्दगीभर अपने माँ-बाप की छाती पर बैठी रहूँ ?" शकीला के कहने से पहले बोली मैना।

"वैसे मुमताज़, अगर तुम्हारे साथ ऐसा सुलूक हुआ होता तो क्या तुम भी यही फ़ैसला लेती ?"

"यही तो मेरी बदकिस्मती है मैडम कि मेरे साथ ऐसे सुलूक की नौबत ही नहीं आई, फ़ैसला लेना तो दूर रहा।"

"और अगर आती भी या फिर आएगी, तो तुम भी मना नहीं कर पाओगी। मुमताज़, हमारे पास कुछ गिने-चुने रास्तों में से एक यही ऐसा रास्ता है, जो हमें उस बहिश्त तक ले जाता है जिसकी चाह में मोटी-मोटी किताबें लिखी जा चुकी हैं। मैना, तुमने सही वक़्त पर सही फ़ैसला लिया है। सचमुच तुमने समझदारी भरा फ़ैसला किया है।"

"और मैडम, मेरी तो किस्मत में ही शायद ऐसा वक़्त आए जब मैं ऐसा फ़ैसला ले पाऊँ..." कहते-कहते गला रुँध गया मुमताज़ का।

"इतना आसान नहीं है ऐसा फ़ैसला लेना। ये सब किताबी बातें हैं। वक़्त आने पर कोई साथ नहीं देता है, न बाप, न भाई, औरों की तो बात छोड़िए।" शकीला ने मुमताज़ को सीने से लगाते हुए कहा।

"वैसे मैना, इस बात में कितनी सच्चाई है ?" मुमताज़ ने आँखों को पोंछते हुए पूछा।

"किस बात में ?" उलटा मैना ने किया सवाल।

"यही, जो तेरे ससुरवाले कह रहे हैं कि अपने किसी पड़ोसी से तुम्हारे..."

"मुमताज, सब लोग एक बात नहीं समझ रहे हैं कि उसी घर में कौशल्या और रामरती भी तो हैं। मेरे ही ऊपर यह इल्जाम क्यों लग रहा है ?"

"यही तो हम जानना चाहते हैं।"

"शुरू में मैं भी नहीं समझ पाई थी पर बाद में धीरे-धीरे सब बातें खुलने लगीं।"

"मतलब ?"

"मतलब यह कि मेरा सबसे बड़ा दुश्मन और कोई नहीं मेरी यह थोड़ी-सी लिखाई-पढ़ाई है।"

"मैना, मैं समझ गई तुम्हारे कहने का मतलब कि तुम क्या कहना चाहती हो।"

"क्या कहना चाहती है मैडम ?"

"तुम अभी भी नहीं समझी मुमताज़। इसका शौहर तो अपनी भड़ास इसे मार-पीटकर निकाल लेता है, मगर तुमने अपनी ही हवेली में अपने घर के मर्दों का सुलूक नहीं देखा कि कैसे हर बात के लिए वे सबसे ज़्यादा मुझे और मेरे बाद तुम्हें ज़िम्मेदार मानते हैं।"

देर तक सोचती रही मुमताज़।

"मुमताज़, इन्हें लगता है कि हमारी हर बात इन्हें ललकारती है। हमारे हर लफ़्ज से इन्हें डर लगता है। देखा नहीं बात-बात पर हवेली के मर्द किस तरह तिलमिला जाते हैं। ठीक यही दिक्कत मैना के दरपेश आती होगी। इसीलिए इसका शौहर शराब पीकर अपनी कमज़ोरियों को ढकने की कोशिश करता होगा, और जब लगा होगा कि उसके ये हथियार काम नहीं कर रहे हैं, तब उसने यह हथियार इस्तेमाल किया कि मैना के किसी से ना-जायज़ रिश्ते हैं।"

"मैडम, आप अंदाजा लगा सकती हैं कि इस इल्जाम के बाद मेरा घर की दहली लाँघना कितना मुश्किल हो गया है। अपने ही घर के लोग चोर-नजरों से मेरी देह को ऐसे टटोलते हैं कि मन करता है यह धरती फट जाए और मैं उसमें समा जाऊँ।"

"तू तो फिर भी वापस जाकर थोड़ी-सी इज्जत की ज़िन्दगी जी लेगी, मगर मैं कब तक अपने आपको हवेली और दूसरे लोगों की निगाहों से बचाती फिरूँ। आखिर मेरा इसमें क्या कसूर था जो सभी मुझे गुनहगार मानते हैं। सच कहूँ मैना, मुझे अब अपनी ही हवेली से डर लगने लगा है। ज़रीना और हसीना काकी आते-जाते जिस तरह मुझ पर ज़हर बुझे तीर छोड़ते हुए गुजरती हैं, उससे लगता है किसी दिन मैं कुछ उल्टा-सीधा न कर बैठूँ।" मुमताज़ की आँखें गीली हो उठीं।

"जिस दिन ऐसा कर लिया उस दिन यह हवेली आराम की नींद सोएगी।"

"लेकिन मैडम, मैंने अभी देखा ही क्या है। मैं...मैं अभी जीना चाहती हूँ।" इस बार नहीं रोक पाई अपने आपको मुमताज़।

शकीला और मैना ने लपककर उसे अपनी बाँहों में कस लिया। वे दोनों भी नहीं रोक पाईं अपने भीतर ठहाठा मार रहे समन्दर को। नहीं पता चला वे कितनी देर तक एक-दूसरे को ढाँढ़स बँधाती रहीं।

शायद कोरा वहम था यह दोनों सास-बहू यानी असग़री और पारो का लेकिन नहीं, पुरवा बयार के साथ रह-रहकर छनकर आ रहे टुकड़ों-टुकड़ों में शब्द उन्हें नहीं रोक पाए।

"पारो, दारी तोहे भी आ री है ई रोना की-सी अवाज, या मोहे ही आ री है ?" कानों के परदों को थोड़ा ढीला छोड़ते हुए पूछा असग़री ने।

"माई, आ तो मोहे भी रही है।" कुछ पल साँस रोककर असग़री के वहम की पुष्टि की पारो ने।

"चले न दारी, देखें तो सही के कौन दुखियारी या जंगल का इकंत (एकान्त) में अपणा दुःख ए बाँट री हैं !"

नहीं इनकार कर पाई पारो सास के इस आग्रह पर। सच तो यह है कि ऐसा चाहती वह स्वयं भी थी।

असग़री और पारो जैसे-जैसे आगे बढ़ने लगीं, वैसे-वैसे दिल ज़ोर-ज़ोर से उछाल मारने लगा। भूल गईं वे दोनों कि पूरब से चढ़ते बादलों के गुच्छे कभी भी उन तक पहुँच सकते हैं। रोने की आवाज़ें अब तेज़-तेज़ हिलकियों में तब्दील होती चली गईं। पहचानने की कोशिश करने लगीं दोनों कि भला ये कौन हो सकती हैं ? आतुर पारो तेज़ी-से उन अस्फुट हिलकियों को जानने की ग़रज़ से आगे बढ़ी कि असग़री ने उसे वापस खींच लिया। अस्फुट शब्द धीरे-धीरे आकार लेने लगे।

"पारो, दारी इनमें एक तो सकीला-सी लग री है !" अपने अनुमान की पुष्टि करते हुए कहा असग़री ने। पारो का भी लगभग ऐसा ही अंदाज़ा था। असग़री इसके बाद दबे पाँव विपरीत दिशा की ओर बढ़ने लगी। पारो भी हो ली उसके पीछे-पीछे। इस तरफ़ अस्फुट शब्द साफ़ सुनाई देने लगे। असग़री और पारो पर उनकी नज़र भी पड़ना आसान नहीं था।

देर तक अपलक निहारती रहीं दोनों गठरी बनी एक-दूसरे से लिपटी शकीला, मुमताज़ और मैना को।

"चल, कहा देखे इन्ने !" शायद अब रुकना मुश्किल हो रहा था असग़री के लिए या रुकना नहीं चाहती, वही जाने।

वापस हो लीं दोनों सास-बहू। पारो की समझ में नहीं आया कि असग़री ने क्यों इतनी ठंडी प्रतिक्रिया की उन्हें देखने के बावजूद ? क्यों नहीं वह उनके पास गई उन्हें सांत्वना देने ? मन उचट गया उसका। पूरब से चढ़नेवाले बादलों की तरफ़ उसका ध्यान गया, तो देखा सारे बादल आसमान में छितर गए हैं। बारिश की दूर-दूर तक कोई सम्भावना नहीं है।

आगे जाकर दोनों बैठ गईं एक पेड़ के नीचे।

"माई, कम-सू-कम हमन्ने थोड़ी-सी तसल्ली देणी ही।"

असग़री ने नज़र उठाकर देखा पारो को।

"ना, अच्छो करो जो हम ना गईं इनके पै (पास)। कम-सू-कम इनको जी तो हल्को हो जाएगो रोणा सू...वैसे भी इनका ही कहा, हम सबका दुःख एक-सा हैं।"

पारो को अपने अन्दर कुछ घुमड़ता-सा महसूस होने लगा। अनायास उसे याद आया कि यही असग़री उसे एक दिन ऐसे ही एकान्त में लेकर आई थी। आज ये तीनों भी इसी एकान्त में आई हैं चलकर अपने भीतर जमी उस कीच को बाहर उलीचने, जिन्हें हवेलियों और घरों की दीवारों के भीतर उलीचना शायद मुमकिन न हो।

''चल खड़ी हो !'' इतना कहकर असग़री खड़ी हो गई वापस चलने के लिए। खिंची चली आई पारो उसके पीछे-पीछे।

लौटते समय रास्ते में बत्तो ने यूँ ही पूछ लिया असग़री से अलटप्प, ''काकी, हमारी मैना तो ना देखी ही कहीं ?''

''ना दारी, हमने तो ना देखी।'' इससे पहले कि पारो के मुँह से कुछ निकलता, असग़री ने तपाक से जवाब दिया।

अभी वे थोड़ा और आगे बढ़ी थीं कि रमज़ानो मिल गई, ''दादी, हमारी मुमताज तो ना मिली ही कहीं ?''

असग़री एक बार फिर अनभिज्ञता जताते हुए पारो के साथ आगे बढ़ गई।

पारो हैरान-परेशान कि जानते हुए भी उसकी सास क्यों झूठ पर झूठ बोले जा रही है ? घर तक पहुँचना मुश्किल हो गया उसके लिए।

''माई, जब तोहे पतो ही...'' घर पहुँचते ही पारो ने सबसे पहले वही सवाल किया, जो उसे काफ़ी देर से परेशान कर रहा था।

''पहले पाणी-पात पी ले ! गरमी में जी निकलो जा रो है।'' सवाल पूरा होने से पहले ही असग़री ने अनमनेपन के साथ ऐसे कहा, जैसे उसे पता था कि पारो यह ज़रूर पूछेगी।

''पर माई तैने उनसू झूठ काँई लू बोली ही ?'' पारो का इशारा बत्तो और रमजानो की ओर था।

''तू ना समझेगी, जरूरी हो झूठ बोलनो।''

''आज ऐसो कहा घुसगो माई तोमें जो तू सूधा मुँ जुआब ही ना दे री है।'' झल्ला उठी इस बार पारो।

''अब मैं तोहे कैसे समझाऊँ...'' कुछ क्षण की चुप्पी के बाद फिर बोली असग़री, ''तू एक बात बता के मोहे कहा मिल जातो ई बताके के वे तो जंगल में गई हैं रोण। इकल्ली बैठके तीनूँ जब खूब रो लेंगी तो अपणे आप आ जाएँगी। बावली, ऐसा ही इकंत में बँटे हैं एक-दूसरा का दुःख। रो लेण दे इन्ने भी जी भरके अपना-अपना फूटा भाग पे। पतो ना, फिर कदी मिलणो होएगो भी या ना।'' आँखें भर आईं असग़री की।

असग़री की वही आँखें, जिनमें न जाने कितनी बार पारो ने जुगनुओं की भाँति चिंगारियाँ फूटती हुई देखी थीं, इस कदर बरसने लगेंगी, यक़ीन नहीं हुआ। वही झुर्रियों से पटा जिस्म जिसे समय की चोटों ने कूट-कूटकर लौह बना दिया है ऐसे प्रकम्पित होने लगेगा, कल्पना भी नहीं की।

समय मुमताज़ और मैना के साथ ऐसा क्रूर मज़ाक करेगा, किसने सोचा था। यही

जब हौसलों और कामयाबी की शुरुआती सीढ़ियों से होती हुई एक ऊँचाई पर पहुँचने को आतुर थीं, कि नियति ने इनके पैरों के नीचे से एक-एक कर सीढ़ियाँ खींचनी शुरू कर दीं। आँखें नहीं थकती थीं इन दोनों को देखते हुए। सोचते-सोचते पारो को लगने लगा मानो उसके जिस्म पर बरसों बाद एक बार फिर कनखजूरे रेंगने लगे हैं। एक-एक रोआँ खड़ा हो गया अपनी जगह एक लिजलिजी सिहरन से।

एकाएक बच्चों के शोर से उसकी तन्द्रा भंग हुई। बाहर आकर देखा तो पाया कि तेज़ी-से एक मोटर साइकिल धूल उड़ाती हुई हवेली की ओर बढ़ी जा रही है। जब तक वह उसके पीछे बैठी सवारी को देख पाती, मोटर साइकिल धूल में ग़ायब हो गई।

वही ज़ैनब जो शादी के बाद कुछ महीनों में ही ज़र्द पत्ते-सी हो गई थी, उसी ज़ैनब को देखकर कोई भी कह सकता है मानो उससे ज़्यादा सुखी और ख़ुश कोई है ही नहीं। कोई नहीं कह सकता कि ये वही ज़ैनब है। आख़िर उसके हाथ ऐसी कौन-सी कुंजी लग गई जो वह इतनी ख़ुश है ?

अगले दिन अपने घर के सामने से गुज़र रही असग़री ने टोक दिया ज़ैनब को। अन्दर चली आई वह। मूढ़ी डाल दी पारो ने सामने बैठने के लिए।

''और सुना जैनब, बेटी अब तो ना है घर में कोई कलेस ?'' पता नहीं असग़री ने क्यों पूछ लिया यह सवाल जिसकी इस समय न कोई प्रासंगिकता है, न औचित्य।

''ना दादी, अब तो अल्ला की दुआ सू सब ठीक है।'' संक्षिप्त-सा जवाब दिया ज़ैनब ने।

''इन मुल्ला-मौलवीन् को भी कोई ईमान है, मोटर साइकिल मिलगी तो सब ठीक नहीं तो...''

''ई बात तो है ही दादी पर असल बात और है, जिनको पतो इनके साथ रहके ही चले है।''

असग़री द्वारा बीच में किए गए सवाल बल्कि कहिए उसके अंदाज़े का जवाब दिया ज़ैनब ने। पारो के कान सतर्क हो गए। इसी गिरह को तो जानना चाहते हैं वे।

इसके बाद ज़ैनब ने अपने सुखी रहने के जो रहस्य बताए उन्हें सुनकर असग़री आपा खो बैठी, ''जैनब, तू तो हू-ब-हू उन बातन्ने बता री है जो वा किताब में लिखी पड़ी हैं ?'' असग़री का इशारा 'बहिश्ती ज़ेवर' की तरफ़ था।

''हाँ दादी, हैं तो वही।'' ज़ैनब ने स्वीकृति में सिर हिलाते हुए कहा।

पारो की समझ में अब आया ज़ैनब के ख़ुश और सुखी रहने का रहस्य। परन्तु अगले ही पल उसने सोचा कि क्या इन उपदेशों, निर्देशों और आदेशों को माने बिना कोई औरत ख़ुश और सुखी नहीं रह सकती ? अगर ऐसा है तब वह क्यों है इतनी ख़ुश और सुखी इस निपट गँवार, अँगूठाटेक फत्तू के साथ रहकर ? इसने तो कभी नहीं कहा किसी पहाड़ के किसी पत्थर को इधर से उधर लाने-ले जाने के लिए।

इसने तो कभी ज़िद नहीं की रात को दिन, और दिन को रात कहने के लिए। इसने तो कभी नहीं कहा कि वह मियाँ का दिल हाथ में लेके, उसकी आँख के इशारे पर चलती रहे। यानी जो ज़ैनब की तरह ऐसे हिदायत, निर्देशों और उपदेशों का पालन नहीं करती हैं वे इस संसार की सबसे दुःखी औरतें हैं ? लेकिन वह तो नहीं है। उसे तो इस फत्तू ने पूरी उम्र इतना प्यार दिया है कि उसे कभी इसके हुक्म की ज़रूरत ही नहीं पड़ी ?

वह देर तक सोचती रही। यहाँ तक कि उसे यह भी पता नहीं चला कि ज़ैनब कब उठकर चली गई।

पारो ने बाद में एक-एक कर सबसे जानने की कोशिश की किन्तु किसी का जवाब ज़ैनब के जवाब से मेल खाता नहीं मिला—न बत्तो का, न सोनदेई का। न जमीला का, न ज़ुबैदा का। यहाँ तक कि खुद उसकी सास असग़री और ज़ैतूनी का जवाब भी ज़ैनब के जवाब के अनुरूप नहीं मिला।

तैंतालीस

मैना भी चली गई अपने ससुराल।

इधर हवेली ने रात-दिन एक कर दिया कि किसी तरह मुमताज़ का कहीं रिश्ता तय हो जाए तो हवेली का उससे पिंड छूटे, और हवेली अन्ततः अपने इस प्रयास में सफल हो भी गई। इसलिए जहाँ पूरी हवेली इस नए घटनाक्रम से उल्लसित है, वहीं दो दीये जैसे शून्य में टँगे हुए हैं। जहाँ हवेली का एक-एक पोर उछाह, उमंग और उत्साह के मद में डूबा हुआ है, वहीं अपने आपमें गुमसुम मुमताज़ के भीतर जैसे कुछ तेज़ी के साथ चटक रहा है। रह-रहकर लग रहा है कि दिमाग़ की नसें कभी भी फट जाएँगी। शकीला ने बहुत समझाया, खूब तसल्ली दी कि यही लिखा है उसकी क़िस्मत में शायद !

बिना किसी विघ्न-बाधा के निकाह सम्पन्न हो गया। जैसाकि ज़्यादातर के मन में तरह-तरह की अनिष्टता के बादल घुमड़ते हुए गरज रहे थे, वैसा कुछ भी नहीं हुआ। सबने ऊपरवाले का लाख-लाख शुक्रिया अदा किया कि सबकुछ आराम से निपट गया। हवेली अपनी चिर-परिचित मुद्रा में ऐसे ही मुस्कुराने लगी जैसे अरसे से मुस्कुराती आ रही है।

दूर तक फैले अविचल और शान्त विशाल समुद्र की भाँति उनींदी हवेली के गज़ भर चौड़े आसारों के भीतर किसी ने दादी ज़ैतूनी, नसीब ख़ाँ, जुम्मी या शकीला के भीतर उठ रहे तूफ़ानों की आहट लेने की कोशिश तक नहीं की।

अब तो पता ही नहीं चलता कि मुमताज़ कब आती और कब चली जाती।

तीसरी बार आई मुमताज़ थी। इस बार उसका बिल्कुल भी मन नहीं लगा।

मन-पंछी रह-रहकर हवेली से उड़ने के लिए फड़फड़ाता रहा। एक बेचैनी उसे बार-बार परेशान करती रही।

उस दिन दादी ज़ैतूनी ने अपने पास, लगभग अपने आपसे सटाकर बिठाते हुए, स्नेह से सिर पर हाथ फेरते हुए पूछा था।

"मुमताज, बेटी तू खुस तो है न ?"

"हाँ, बूढ़ी माँ।" धीरे-से जवाब दिया मुमताज़ ने।

नहीं हुई तसल्ली ज़ैतूनी की, "ना बेटी, मेरी आँखन् में देखके जुआब दे !" अनुभवी आँखों ने कुरेदते हुए कहा।

"और कैसे जवाब दूँ बूढ़ी माँ ?"

"बूढ़ी माई पूछणो चाह री है के हमारा मिहमान के साथ तू खुस भी है या ना ?" बीच में दख़ल देते हुए इस बार हसीना ने पूछा।

अचानक वहाँ आ पहुँची हसीना की ओर पलटकर देखा मुमताज़ ने।

"बूढ़ी माँ, मैं बहुत खुश हूँ। किसी-किसी खुशकिस्मत को मिलता है शौहर, और जिन्हें मिलता है उनमें से मैं भी एक हूँ।" जबरन मुस्कुराने की कोशिश करते हुए कहा मुमताज़ ने।

हैरानी हुई दादी ज़ैतूनी को कि मुमताज़ ने कहाँ से सीख लिया ऐसा बोलना।

"ना बेटी मुमताज, ऐसी खुसकिस्मत तो अल्लाताला काई अभागी ए भी ना बणाए।" जुम्मी थी यह।

"यामें अभागापण की कहा बात है माई ?"

किसी के पास नहीं था हसीना के इस सवाल का जवाब। ज़ुबान तलुए से चिपक गई दादी ज़ैतूनी समेत जुम्मी और मुमताज़ की। शकीला जो शुरू से ही चुप थी उसके भी तन-बदन में आग लगती चली गई। एक-एक कर सब उठने लगीं ज़ैतूनी के पास से।

"बूढ़ी माई, अब पतो चलेगी अगर ई ठेकेदार याका सारा बल ए ना निकाल देए तो।" मुमताज़ की तरफ़ देखते हुए कहा हसीना ने।

दादी ज़ैतूनी के मुँह से एक भी शब्द नहीं फूटा हसीना के इस तरह व्यंग्य करने पर।

"हुँ, कह री ही के मैं भी असल हाजी चाँदमल की औलाद ना, जो या हवेली में सू अपणो हक ना लेके दिखा दूँ तो...देखती जाए पूरी हवेली जो ई ठेकेदार या उकीलनी के नकेल ना घालके रख देए तो।" हसीना का इशारा मुमताज़ के नए शौहर बरकतउल्ला उर्फ़ ठेकेदार की तरफ़ था।

दादी ज़ैतूनी के पास से उठते हुए हसीना का एक-एक शब्द पड़ गया था मुमताज़ के कानों में।

जब तक मुमताज़ हवेली में रही अपने आपसे लड़ती रही। रातें तो ऐसी हो गईं कि काटे से नहीं कटीं। बार-बार अपने आपको वह समझाने की कोशिश करती रही कि अब उसे सचमुच ऐसी नेक और भली औरत बनना होगा कि उसका शौहर जब भी उसे देखे, उसका दिल ख़ुश हो जाए। जब वह हुक्म देगा तो उसकी बात मानेगी। उसे सचमुच बनना होगा ऐसी बीवी कि अगर उसका शौहर ख़फ़ा होकर रूठ जाएगा, तब वह गाल फुलाकर नहीं बैठेगी बल्कि ख़ुशामद करके, माफ़ी-तलाफ़ी करके, हाथ जोड़कर जिस तरह बनेगा उसे मना लेगी, यह जानते हुए भी कि उसका कोई क़सूर नहीं होगा। शौहर का क़सूर होने पर भी वह रूठकर नहीं बैठेगी बल्कि हाथ जोड़कर उससे माफ़ी माँग, अपनी इज़्ज़त समझेगी।

मुमताज़ ने तय कर लिया कि वह ऐसी ही भली और नेक औरत बनेगी क्योंकि इसी में उसकी भलाई है। वह चुपचाप बिना किसी हुज्जत के इन फ़रमानों और हिदायतों पर सख़्ती से अमल करेगी, जिनका उसने बहुत मखौल उड़ाया था। शायद यह सज़ा उसे इन्हीं फ़रमानों का मखौल उड़ाने के एवज़ में ही मिली है।

कोई रास्ता नहीं बचा है अब तुम्हारे भागने के लिए मुमताज़। इसलिए अपने क़व्वाम (सिरधरे) के हुक्म को मानने में ही तेरी भलाई है। अगर तुझे ख़ुश रहना है तो उसका दिल हाथ में लिए उसके इशारे पर चलती रहना। तेरी और इस आख़िरात की इसी में भलाई है कि अगर वह हुक्म करे कि रातभर हाथ बाँधे खड़ी रहो, तो खड़ी रहो। याद रख मुमताज़ नबी० सल्लाहु अलैहि वसल्लम ने फ़रमाया है कि अगर मैं ख़ुदा के सिवाय किसी और को सिजदा करने के लिए कहता, तो औरत को ज़रूर यह हुक्म देता कि वह अपने शौहर के लिए सिजदा किया करे। इसलिए अपनी फ़िक्र छोड़ अपने शौहर के लिए सिजदा कर, इसी में तेरी भलाई है—आमीन !

हड़बड़ाकर खड़ी हुई मुमताज़। पूरा जिस्म पसीने से तर। कलेजा देर तक बेक़ाबू हो ज़ोर-ज़ोर से धड़कता रहा। क्या यह कोई सपना था ? शायद नहीं, क्योंकि सपनों में कहे गए शब्द नींद से जागने के बाद कानों में नहीं गूँजते हैं, जबकि मुमताज़ के कानों में तो ये शब्द रह-रहकर देर तक खदबदाते रहे।

● ●

बरकतउल्ला ठीक आठवें दिन जुमे के रोज़ मुमताज़ को लेने आ पहुँचा। सारी तैयारी हो गई अगले दिन मुमताज़ को विदा करने की।

सबसे पहले मुमताज़ दादी ज़ैतूनी के पास गई। पहले की तरह गले मिलते हुए पतली जिल्द से पटे हाथों का घेरा मुमताज़ के चारों ओर कस गया। आषाढ़ में पछुआ हवा के साथ तेज़ दोंगड़े-सी बरस पड़ीं दादी ज़ैतूनी की आँखें, "जा बेटी, सदा सुखी रह !"

जी तो मुमताज़ का भी कर रहा था कि वह दादी ज़ैतूनी से यूँ ही लिपटी रहे लेकिन ऐसा मुमकिन नहीं था। बरकतउल्ला सबसे विदा हो मारुति में आ बैठा। मुमताज़ को

लेकर जुम्मी, मजीदन, जमीला, ज़ुबैदा, रमज़ानो, ज़रीना, हसीना, शकीला हवेली के बाहर खड़ी मारुति तक ले आईं। रमज़ानो ने मारुति में बैठने से पहले पानी का भरा लोटा मुमताज़ को दिया। पानी पिलाने के बाद मुमताज़ को अन्दर बैठाया ही था कि अचानक जैसे शकीला को कुछ याद आ गया। कार को कुछ देर रुकने के लिए कहकर, वह तेज़ी-से अपने कमरे की तरफ़ लपकी और कुछ ही देर में लौट आई।

"मुमताज़, तुम्हारी यह अमानत रह गई थी मेरे पास।"

क्षणभर भी नहीं लगा मुमताज़ को यह समझने में कि शकीला के पास उसकी कौन-सी अमानत रह गई थी। क्या करे वह अपनी इस अमानत का ? शकीला से ले, या नहीं ? हाथ काँपने लगे उसके।

बरकतउल्ला ने पीछे पलटकर देखा तो शकीला और मुमताज़ के बीच किसी फ़ैसले के इन्तज़ार में हवा में झूलती अमानत उसकी नज़र से नहीं बच पाई, तथा उसने शकीला से यह कहते हुए ले ली, "लाइए, मुझे दीजिए ! अब तो जो इनकी अमानत है, वही हमारी भी है।" पूरे हक़ के साथ बरकतउल्ला ने जुज़दान में लिपटी किताब को बाहर निकाला और धीरे-धीरे उसके पन्ने पलटने लगा। जैसे-जैसे निगाह पन्नों पर पड़ती गई, वैसे-वैसे उसकी आँखों की चमक भी बढ़ती गई, और जब तक कोई कुछ समझ पाता 'ख़ुदा हाफ़िज़' के साथ गाड़ी झटके से आगे बढ़ गई।

जिस तेज़ी-से गाड़ी आगे बढ़ी उसके चलते शकीला न तो बरकतउल्ला के चेहरे पर आए भावों को बाँच पाई, और न ही पढ़ पाई मुमताज़ के चेहरे को।

मुमताज़ के विदा होते ही हाजी की हवेली में जैसे थोड़ी देर के लिए सबकुछ ठहर गया। मुद्दत बाद हवेली में ऐसा सन्नाटा छाया, मानो किसी भू-मध्यरेखीय प्रदेश में रोज़ाना दोपहर बाद होनेवाली तेज़ बारिश के बाद छा जाता है।

वापस लौटते हुए इस सन्नाटे को बींधा भी तो ज़िबह किए गए किसी चौपाए के गले से फूटते दादी ज़ैतूनी के शब्दों ने। हवेली के विशाल दरवाज़े से अन्दर दाख़िल होते हुए सबको सुनाते हुए कहा दादी ज़ैतूनी ने, "चलो, मेरी मुमताज भी अपने घर चली गी !"

किसी ने कुछ नहीं कहा जवाब में। सब अपनी-अपनी दिशाओं में बढ़ती चली गईं। शकीला ने ज़रूर देखा था ज़ैतूनी की तरफ़। सबसे आख़िर में शकीला ही थी और उसके आगे हाँफती हुई ज़ैतूनी चल रही थी छोटे-छोटे क़दमों से—ठीक ऐसे मानो मीलों लम्बे रेगिस्तान को पार करते हुए थक-सी गई है। ज़ैतूनी को जब लगा कि शकीला उसके बराबर आ गई है, तो उसने धीरे-से शकीला का हाथ थाम लिया। समझ गई शकीला दादी ज़ैतूनी द्वारा इस तरह ख़ामोशी से, चुपचाप अपना हाथ थामने का मतलब। रुकना तो नहीं चाहती थी शकीला। क्योंकि कलेजे में रह-रहकर उठनेवाली हूक को रोकना मुश्किल हो रहा था उसके लिए, किन्तु फिर भी रुक गई।

अपने सामने बिठा लिया शकीला को तथा उसकी सुर्ख़ पनीली आँखों में उतरते

हुए बोली दादी ज़ैतूनी, "बेटी, अब तो तू बिल्कुल ही इकली रहगी ?"

"अम्माँ, आप भी तो अकेली रह गई हैं।" शकीला की आवाज़ काँपने लगी।

"पतो ना बेटी, कहा लिखाके आई हैं या हवेली की ये बहू-बेटी !" गहरा साँस लेते हुए कहा ज़ैतूनी ने।

तभी सामने से फ़ौजिया और फ़िरोज़ा को आता देख शकीला की आँखों में चमक लौट आई और मुस्कुराते हुए बोली, "इतना उदास मत हो अम्माँ।"

"उदास ना होऊँ तो कहा करूँ ?"

"नहीं अम्माँ, एक मुमताज़ ही तो गई है इस हवेली से। फ़ौजिया, फ़िरोज़ा, सबीना भी तो हैं अभी।"

नहीं देर लगी ज़ैतूनी को यह समझते हुए कि शकीला क्या कहना चाहती है। पतली जिल्द में लिपटे जिस्म में तेज़ी-से ख़ून दौड़ने लगा। उदास आँखों में उतरी उदासी और मुरझाए चेहरे का रंग बदलने लगा। पूरी ताक़त से ज़ैतूनी ने अपने फेफड़ों में हवा भरी। इस बीच फ़ौजिया और फ़िरोज़ा भी बिल्कुल नज़दीक आ गईं।

दोनों को पास से गुज़रते हुए शकीला ने टोका। चुपचाप बैठ गईं दोनों दादी ज़ैतूनी के अगल-बग़ल।

पूरी हवेली भूल गई मुमताज़ के जाने के रंज़ में कि एक और दूसरी ख़बर भी चुपके से आ बैठी है उनके बीच, लेकिन ध्यान किसी ने नहीं दिया इस ओर। यह तो अच्छा हुआ जो शकीला को याद आ गया।

"फ़ौजिया, आज तो तुम्हारा रिज़ल्ट भी आना था, उसका क्या हुआ ?"

"हाँ मैडम, आ गया है।" बिना किसी जोश के ख़बर दी फ़ौजिया ने।

"क्या हुआ फिर ?" पूछते हुए शकीला का कलेजा ज़ोर-ज़ोर-से उछाल मारने लगा कि जिस ठंडपेन के साथ फ़ौजियाँ बोली है कहींऽऽऽ।

"मैडम, पास हो गई हूँ।"

"तुम पास हो गई हो और मुँह लटकाकर ऐसे ही बैठी हुई हो। अम्माँ, सुना आपने आपकी फ़ौजिया पास हो गई है।"

"कहाऽऽऽ पास होगी है ?"

"हाँ, बूढ़ी माँ।"

"और तू हीं चुपचाप बैठी है !" इतना कहकर ज़ैतूनी ने अपने लूगड़े के पल्लू की छोटी-सी गाँठ को खोला, और उसमें बँधे एकमात्र पचास रुपए के नोट को शकीला को देते हुए बोली, "सकीला, दारी तू भी इनकी भली मैडम हुई...ले फटाफट इन रुपयानू का लड्डू मँगवाके हवेली में बँटवा दे !"

देखते ही देखते पूरी हवेली में यह ख़बर फैल गई। थोड़ी देर बाद लड्डुओं से भरे दो बड़े लिफ़ाफ़े भी आ गए। शकीला ने दोनों लिफ़ाफ़े ज़ैतूनी की ओर बढ़ाते हुए कहा, "लो अम्माँ !"

"ई अम्माँ के इन्ने अपनी..." कहते-कहते रुक गई ज़ैतूनी। कह भी देती वह अगर

इस बीच फ़ौजिया और फ़िरोज़ा के साथ पूरी हवेली की लड़कियाँ नहीं आ गई होतीं, "ऐसो कर इन्ने पूरी हवेली में बँटवा दे !"

"नहीं अम्माँ, सबसे पहले आप मुँह मीठा करिए ! फ़ौजिया, अपनी बूढ़ी माँ का मुँह मीठा कराइए !" फ़ौजिया को लगभग हुक्म देते हुए कहा शकीला ने।

फ़ौजिया को जैसे अपनी ग़लती और बे-अदबी का अहसास हुआ। हड़बड़ाते हुए एक लड्डू ज़ैतूनी के होंठों के पास ले जाते हुए बोली, "बूढ़ी माँ, मैडम ठीक कह रही हैं।"

लेकिन ज़ैतूनी ने मुँह नहीं खोला। चेहरा अचानक खिंचता चला गया और आँखों की पुतलियाँ ठहर-सी गईं। सब हैरान-परेशान कि दादी ज़ैतूनी को यह हुआ क्या ? फ़ौजिया का हाथ हवा में ही रुक गया।

"फौजिया, बेटी मैं तो मुँह मीठो कर ही लूँगी पर मेरी एक सलाह है और ऊ ई के तू पहले कचैड़ी को मुँह मीठो करवाके आ और हाँ, कोई पूछे न तो कह दीजो के ये लड्डू बूढ़ी माँ ने बँटवाया हैं।"

ज़ैतूनी ने जिस अंदाज़ में कुटिल मुस्कान बिखेरते हुए फ़ौजिया को कचैड़ी में जाने का हुक्म दिया था वह तो इसका मतलब समझी नहीं, हाँ शकीला मुस्कुराए बिना नहीं रह पाई।

बक़ौल दादी ज़ैतूनी 'शकीला की फ़ौज' हरहराती हुई, समन्दर की लहरों-सी उछलती हुई कचैड़ी की ओर बढ़ गई लेकिन आज इसका नेतृत्व मुमताज़ नहीं, फ़ौजिया कर रही थी।

हू-ब-हू वही मुमताज़ वाला अंदाज़।

"बूढ़ा बाप, मुँह खोल !" नसीब ख़ाँ के बजाय चाँदमल के पास जाते ही आदेश दिया फ़ौजिया ने।

"मुँह खोलूँ, पर काँई की खुसी में ? मुमताज चली गी है या मारे ?" अपने आप सवाल कर खुद ही जवाब देते हुए पूछा चाँदमल ने।

"बूढ़ा बाप, मुमताज की खुशी में नहीं बल्कि फौजिया पास हो गई है।" जवाब फ़ौजिया की बजाय फ़िरोजा ने दिया।

"फौजिया पास होगी हैऽऽऽ !" चाँदमल का मुँह खुलते-खुलते रह गया।

नसीब ख़ाँ हौले-से मुस्कुराया और चाँदमल को सुनाते हुए बोला, "तोहे तो ना हुई होएगी थोड़ी-बहोत खुसी।"

कोई जवाब देते नहीं बना चाँदमल से। सफ़ेद पुतलियाँ अचानक शून्य में टँगी की टँगी रह गईं।

"बूढ़ा बाप, जल्दी मुँह खोलो हमें हवेली में भी जाना है !" चाँदमल के अधखुले मुँह में जबरन लड्डू ठूँस फ़ौजिया सबको लेकर लौट गई।

लौटते हुए चाँदमल के ये शब्द उसके कानों में ज़रूर पड़े, जो उसने जैसे खुद से कहे थे, "तो ईऽऽऽ फौजिया भी पास होगी है ?"

नसीब ख़ाँ कभी वापस जाती हुई शकीला की फ़ौज को देखता, तो कभी एक अनजाने ख़ौफ से सहमी हुई चाँदमल की सफ़ेद पुतलियों को।

ज़ैतूनी जैसे फ़ौजिया और उसके साथ गई अन्य लड़कियों के लौटने का इन्तज़ार कर रही थी।

''बूढ़ी माँ, कचैड़ी में तो सबका मुँह मीठा करा आई हूँ, अब आप भी मुँह खोलिए !'' इतना कहते हुए दादी ज़ैतूनी को चारों ओर से घेर लिया सबने।

ज़ैतूनी के कानों में फ़ौजिया के मुँह से फूटे जब ये शब्द पड़े, तब लगा जैसे सुबह की उजास में हल्की-हल्की घंटियाँ बजने की आवाज़ सुनाई दे रही हैं।

''तेरो बूढ़ो बाप तो बहोत राजी हुओ होएगो तेरा पास होणा की खबर ए सुण के ?'' हुलसते हुए पूछा ज़ैतूनी ने।

''पता नहीं बूढ़ी माँ, लेकिन आते-आते उनके मुँह से इतना जरूर सुना था कि क्या यह फौजिया भी पास हो गई है।''

''हुँऽऽऽ !'' मुस्कुराते हुए देखा ज़ैतूनी ने शकीला की तरफ़। फिर वापस फ़ौजिया की ओर पलटते हुए बोली, ''फौजिया, बेटी अब पूरी हवेली में और बाँट दे !''

''बूढ़ी माँ, वहाँ भी बाँट दिए हैं।''

''ठीक है, जाओ और आज तमन्ने जितनो हुड़दंग मचाणो है, मचा लेओ !''

शकीला की कुछ समझ में नहीं आ रहा है कि दादी ज़ैतूनी को यह क्या होता जा रहा है ?

''सकीला, बेटी सही कही है तैने। मैं तो भूल ही गई ही के या हवेली में अभी फौजिया, फिरोजा, रूबी, सबीना भी हैं।''

''अम्माँ, मैंने कहा था न कि इस हवेली से बस मुमताज़ ही तो गई है।'' शकीला ने एक बार फिर कहा दादी ज़ैतूनी से।

दादी ज़ैतूनी के चेहरे से उदासी की धूल पोंछ दी मानो शकीला ने।

सूरज चढ़ने के साथ-साथ जो हवा तेज़ी-से गरमाते हुए जिस्म को झुलसानेवाली लू में तब्दील होती जा रही थी, उसी लू का एक तेज़ थपेड़ा हरहराता हुआ पौली में दाख़िल हुआ। हैरानी हुई ज़ैतूनी को कि कुछ देर पहले जो लू देह को भस्म करने पर आमादा थी, वह कैसे बर्फ़ की घाटी से गुज़रनेवाली ठंडी हवा में बदल गई ? पता नहीं यह उसका वहम था, या सचमुच कोई ठंडी हवा का झोंका था जो उसके पास से गुज़रा था, कुछ समझ में नहीं आया उसके। शायद इसीलिए उसने अपने सामने बैठी शकीला से दरयाफ़्त करना चाहा, लेकिन इसका उसने कोई जवाब नहीं दिया। जवाब तो शकीला तब देती जब वह वहाँ मौजूद होती। ज़ैतूनी एकाएक हड़बड़ाते हुए जैसे नींद से जागी।

उनींदी आँखों से अपने चारों तरफ़ ग़ौर से देखा, किन्तु उसे वहाँ अपने सिवाय और कोई नहीं दीखा।

ज़ैतूनी ने जिस्म को ढीला छोड़ते हुए एक बार फिर ज़ोर-से साँस खींचा और यह सोचते हुए चारपाई पर लेट गई कि नहीं, वहम नहीं था यह उसका। गरम लू की बजाय ठंडी हवा का झोंका ही था यह, जो अभी-अभी उसके पास से गुज़रा था--इठलाता, हरहराता उसे छूता हुआ।

●●●